JN291017

島田荘司
全集 I.

占星術殺人事件　斜屋敷の犯罪　死者が飲む水

南雲堂

写真——濱浦恵美子　装幀——戸田ツトム

島田荘司全集　I

島田荘司全集　I

1

改訂完全版

占星術殺人事件

目次

登場人物

一九三六年
梅沢平吉、画家。
梅沢多恵（妙）、平吉の最初の妻。
梅沢時子（登紀子）、平吉と多恵の娘。
梅沢昌子（勝子）、平吉の二番目の妻。
金本一枝（和栄）、昌子の娘。
村上知子（友子）、昌子の娘。
村上秋子（亜紀子）、昌子の娘。
梅沢雪子（夕紀子）、平吉と昌子の娘。
梅沢吉男（良雄）、作家。平吉の弟。
梅沢文子（綾子）、吉男の妻。
梅沢礼子（冷子）、吉男と文子の娘。
梅沢信代（野風子）、吉男と文子の娘。
富田安江（富口安栄）、画廊喫茶経営者。
富田（富口）平太郎、安江の息子。
竹越文次郎、警察官。
緒方厳三、マネキン工房経営者。
安川民雄、マネキン人形職人。

石橋敏信、日曜画家。
徳田基成、彫刻家。
安部豪三、画家。
山田靖、画家。
山田絹江、詩人。

一九七九年
御手洗潔、占星術師。
石岡和己、イラストレイター。事件記述者。
江本、板前。潔の友人。
飯田美紗子、文次郎の娘。
飯田、その夫。警察官。
竹越文彦、警察官。文次郎の息子。
加藤、安川民雄の娘。
吉田秀彩、四柱推命占い師。人形作家。
梅田平太郎、明治村従業員。

プロローグ

これは私の知る限り、最も不思議な事件だ。おそらく世界にも、まずめったに例を見ない不可能犯罪であろうと思う。

事件は、昭和十一年（一九三六年）に東京で起った、一種の猟奇犯罪的な連続殺人であるが、登場人物の誰にも犯行を成すことは不可能であり、犯人は完全に（この表現にはいささかの誇張もない）見あたらなかった。

したがって当然のように迷宮入りとなり、以後四十年以上にわたり、日本中が大騒ぎで知恵を絞り、犯人を捜したが、私がこの事件に関わった昭和五十四年（一九七九年）の春にいたっても、謎はまるで手つかずで残されているといったあんばいだった。

しかも、この事件には詳細な記録が遺されており、すべての手がかりが完璧に公表されてなおこの結果なのだから、まったく信じがたいほどに手強《てごわ》い代物《しろもの》というほかはない。

本書の進行においても、解答がなされるよりずっと以前に、読者の眼前には解決に必要なすべての手がかりが、あからさまなかたちで示されるであろう。

AZOTH

これは私自身の為に書かれた小説であり、本来誰の眼に触れさせる事も意識しなかった。

しかし、この様に形を成さしめた以上、他者の眼に触れる可能性をも考慮しない訳にはいくまいから、そういう事態を想定し、私にはこの一文が遺言状、もしくはそれに準ずる意味を持っている事、また「小説」である事を、自分自身の為に明記しておく。

万一私の死後、ゴッホの場合のごとく私の創作が資産を生むような事があるなら、この「小説」に私の意志を正しく読みとり、遺産をしかるべく処理されんとするは、これを読まれた方の自由である。


昭和十一年二月二十一日（金）　　梅沢平吉

私は悪魔憑《つ》きである。

私の内には、明らかに私とは別の意志を持つ存在が棲《す》みついている。私の身体は今やこの物に思うまま操《あやつ》られる傀儡《くぐつ》に過ぎない。

この物は実に意地が悪い。何とも子供じみた悪さをする。さまざまなやり方で、私を怯《おび》えさせようとする。

ある晩、私は小牛程もある巨大な蛤《はまぐり》が触手を出し、ねばった液による跡を床に残しながら、私の部屋を横切るのを見た。それは机の下からのっそりと現われ、何とも緩《かん》慢《まん》な速度で板の間を進んで行った。

ある夕暮れ時には、鉄格子の窓によって出来る部屋の四隅や、すべての暗がりに、例外なく二、三匹ずつのやもりが潜《ひそ》んでいた事もある。これらはすべて私の内なる存在が、私に見せる現実である。

ある春の日の明け方には、まるで凍《こご》え死んでしまいそうな寒さに私をおとしめた事もある。内なるデモンの仕業だ。私が次第に若さを失い、体力が衰えるにつれ、内なるこれはますます傍若無人にその力をふるい始めた。

ケルススの指摘する通り、病人を煽動《せんどう》するデモンを身体より立ち退《の》かせる為には、病人にパンと水の懲《こ》らしめを与え、棒で打たねばならぬ。

聖マルコによる福音書には、「師よ、唖《おし》の霊に憑かれたる我が子をみもとに連れ来たれり、霊何処にても彼に憑けば、ひきつけ泡をふき、歯をくいしばり、しかして痩《や》せ衰う。御弟子達にこれを追い出すことを請《こ》いたれど、能《あた》わざりき」とある。

幼い頃より、この内なるデモンを胎内より追い出す為、私はどんなに自らに苦痛を強《し》いた事であろう。私は幼い頃よりこの内なる存在に気づいていた。

ある書物にはこんな一文も見える。「中世、悪魔憑きの患者の前では強い香をたき、発作を起して倒れると、その者の髪の毛を一握り引き抜いて瓶に入れ、蓋をする。こうするとデモンを瓶に封じ込めたことになって患者は回復するのである」

自分が発作を起した時、私はこうしてくれるよう周りの者に頼んだ。しかしやってくれる者とてなく、それではと自分で試みたが、所詮一人では無理な事であり、私はたちまち狂人という評価になってしまった。そして人々は、私に現われる現象を癲癇《てんかん》という恐ろしく凡庸なる名称の内に閉じ込めようとした。

経験のない者には決して解らないであろう。その苦痛はもはや生理現象の域を超え、恥や名誉心等のささいな精神次元をも超越して、荘重な儀式の前に抗《あらが》い難《がた》くひれ臥《ふ》すようで、その時、私は恍惚の内で、この世での自身の営みのすべてがただ仮りのものに過ぎぬ事を悟るのである。

私の身体の内には、明らかに私と別の意志を持つ存在、デモンが寄生している。それは球状をなしているから、中世の頃言われた、いわゆるヒステリー球とも呼ぶべき物なのであろう。

普段は私の下腹部、骨盤のあたりにこれはおさまっているのだが、時として胃や食道をかき分けながら喉まで昇って来る。これが週一度、必ず金曜日と決まっている。この時、聖キュリロスの描写にあるごとく、私は地面に薙《な》ぎ倒され、舌を引きつらせ、唇をわななかせ、口中に泡を生じるのである。私はその時、デモン達の凄《すさ》まじい哄笑を耳もとで聞き、彼らによって何本もの鋭い釘《くぎ》を、槌《つち》で身体中に打ち込まれるのを感じる。

蛆《うじ》、蛇《へび》、ひき蛙《がえる》が後から後から這い出て来る、人間や動物の死骸が部屋に現われ、それら薄汚ない爬虫類《はちゅうるい》は私のそばまで寄って来て、鼻、耳、唇を咬《か》み、しゅうしゅうと蒸気を吐《は》くような音をたてながら、ひどい悪臭をあたりに撒《ま》き散らす。だから私は、魔術の祭祀や儀式に、多く爬虫類が用意されるのを少しも奇異と思わない。

また近頃は、泡を噴く事がなくとも（最近は倒れることはほとんどなくなった）、毎週金曜日になると、胸の中の聖痕が血を流すのを感じる。これはある意味では倒れる以上に辛い試練だ。十七世紀のカタリーナ・チアリナ尼や、ヴェルセイユのアメリア・ビッチェリの様な法悦者になった心持ちがする。

それは内なるデモンが私を急き立てているのだ。私への数々の嫌がらせは、その故である。私は行動を起さなくてはならぬ。その行動とは、デモンの助けを借り、デモンの要求する通りの完璧な女、ある意味では神であり、また通俗的な呼び方では魔女と言ってもよい、全知全能の女を一人、この世に生み出す事である。

最近はその夢を見る事が多い。繰り返し、繰り返し、同じ夢を見るのである。夢こそが、あらゆる魔術の原点だ。プルニウスの魔法使いの草も良いが、私には蜥蜴《とかげ》の肉を灰になるまで焼き、それを上等の葡萄酒《ぶどうしゅ》に混ぜて身体に塗って眠るのも効果がある。今やデモンの傀儡《かいらい》であり、いやデモンそのものと化したところの私が、この合成し創り上げた完璧な美を持つ女の姿を、夜ごと、幻視の内に見るのである。

それはまるで夢のような美しさを持ち、私などの筆ではとてもキャンバスに写す事も出来ぬ精神の重さ、力、そして形態上の勢いを持っている。そして私は、もう今やその姿を一目見たい、見てから死にたい、と狂おしい、祈り以上の願いを抑え切れなくなっている。

この女は「アゾート」だ。哲学者のアゾート（石）だ。私はこの女をアゾートと呼ぶ事にしている。このアゾートこそが、私が三十年以上、キャンバスの上に追い求めた理想の女であり、私の夢である。

私は人間の身体というものを、六つの部分に分けて理解して居る。即ち頭部、胸部、腹部、腰部、大腿部、下足部、の六つである。

西洋占星術では、人体という一種の袋状の物こそは宇宙の投影であり、縮小形であるから、この六部分のそれぞれを守護する惑星が、厳に存在している。

頭部は牡羊座《おひつじざ》の守護星♂（火星）が支配している。即ち、頭部という人体宇宙の一隅は、牡羊座の支配領域に当り、この牡羊座は♂が守護している関係から、頭部は♂によって力を与えられているといえる。

　胸部は双子《ふたご》座の領域であると同時に、獅子《しし》座の領域でもある。従って双子座の守護星☿（水星）、もしくは獅子座の☉（太陽）が守護する。或いはこの胸部を、女性の場合なら乳房の領域と考える事も出来、とするならこれは蟹《かに》座の支配領域であるから、蟹座の☽（月）の守護範囲ともいえる。

　腹部は乙女《おとめ》座に当るから、乙女座の守護星☿（水星）が統治する。

　腰部は天秤《てんびん》座であるから、天秤座♀（金星）が支配する。ただしこれも女性の場合子宮、即ち生殖機能を有する部分と考える事が出来、とするならこれは蠍《さそり》座の統治領域となる。つまり蠍座の守護星♇（冥王星）がここを統治しているともいえる。

　大腿部は射手《いて》座の範囲に当る。従って射手座の♃（木星）が支配する。

　下足部は水瓶《みずがめ》座である。従って水瓶座の♅（天王星）の統治下にある。

　人間の肉体というものは、この様に、惑星によって強められた部分を一箇所持っている。例えば牡羊座生まれの人間なら頭部を強められ、天秤座生まれの者は腰部を星により強められる。この箇所は生まれ落ちた瞬間の太陽の位置により決定されて来る訳だが、逆の言い方をするなら、一箇所しかない事が人間を人間たらしめている。人間が存命中、決して人間という月並みな存在以上のものになり得ぬのは、この星の祝福というものを、身体のうちにわずか一箇所しか持たぬという理由による。

　頭部を強められた人間、腹部を強められた人間、という風に皆まちまちに強められた箇所を身体の一箇所ずつに持ちながら、この世に多くの人間が散らばって生きている。これらの者達のうちから、頭部を強められた者の頭部、胸部を強められた者の胸部、腹部を強められた者の腹部、という風に、それぞれ異なった場所を強められた人間六人を集め、各々から強められた部分のみを採り出して、一つの肉体に合成出来たとしたらどんなであろう!?

肉体のすべての部位に惑星の祝福を受けた完璧な肉体、光の舞踏手がここに誕生する。これこそは、人間を超越した存在と言わずして何であろう!?

力を与えられたものは、概《おおむ》ね美しさも兼ね備える。もしこの光の肉体が、六人の処女によって制作されたものならば、これは完璧な美しさを持つ「女」となるはずである。キャンバスに女性の完成美を追い続けた者として、ここに現われるはずの完成の美に対し、私は畏怖《いふ》にも似た憧れを禁じ得ない。

何とも幸運である事に、眼と鼻の先に、偶然にもこの六人の処女が在ることに、私は最近気づいたのである。いや、もう少し正確な言い方をするなら、私の邸内に生活する六人の娘達が、偶然にもバラバラの星座宮に属し、各々の身体のそれぞれ別の部分に惑星の祝福を持っていると知った事が、アゾート作製というこの芸術的霊感を得る助けとなったのである。

世間の常識からいえば驚くべき事に、私は五人の娘の親である。

上から順に和栄《かずえ》、友子《ともこ》、亜紀子《あきこ》、登紀子《ときこ》、夕紀子《ゆきこ》だが、和栄、友子、亜紀子までは、私の二度目の妻勝子《まさこ》の連れ子だ。夕紀子が私が勝子に生ませた娘で、登紀子は私が前妻の妙《たえ》に生ませた娘だ。この夕紀子と登紀子は、偶然にも同い年である。

妻の勝子がバレエをやる女であったから、これらの娘達に道楽でバレエとピアノを教え始め、これに私の弟良雄の娘、冷子《れいこ》と野風子《のぶこ》が生徒に加わり、そしてこの二人の娘が、弟の家が借家で手狭である為に、いつしか私の家の母屋《おもや》に寝泊りを始めた為、私の邸内には常に大勢の若い娘が居る事になった。

ただし、妻の連れ子のうちの長女和栄、これは既に結婚して家を持っている。従って私の邸内にいる娘達は都合六人、友子、亜紀子、夕紀子、登紀子、冷子、野風子である。

各々の属する星座は、和栄が明治三十七年生まれの山羊《やぎ》座、友子が明治四十三年生まれの水瓶座、亜紀子が明治四十四年生まれの蝎座、夕紀子は大正二年生まれの蟹座である。そして登紀子が同じく大正二年生まれの牡羊座、弟の娘のうち、上の冷子がこれも大正二年生まれの乙女座、野風子は大正四年生まれの射手座である。

私の家には都合三人の満二十二歳の娘が居る事になるが、偶然とは言え、よくもこうあつらえたまでに六人の娘が揃ったものである。頭から下足部までばらばらに星の祝福を受けた娘が六人、一人も重複する者はない。私は次第にこれを偶然とは考えなくなった。これは私の前に揃え置かれた素材である。デモンが私に、これらを用いて供物《くもつ》を創《つく》れと命じている。これは疑う余地もないことだ。

長女の和栄は三十一歳と一人だけ歳も離れ、現在結婚生活をしているし、住んでいる場所も遥かに離れているから対象とはならない。上から順に、頭部は牡羊座の登紀子、胸部は蟹座の夕紀子の物、腹部は乙女座の冷子の物、腰部は蝎座の亜紀子の物、大腿部は射手座の野風子の物、下足部を水瓶座の友子の物、という風に各々採り出して合成するのである。腰部は天秤座、胸部は双子座の処女の方が或いは望ましいとも言えるが、そこまで都合良くは行くまい。

それにアゾートは「女」であるから、胸は乳房、腰は子宮と考えた方が、むしろこの仕事の意に沿うといえる。幸運を天に感謝せずばなるまい。あるいはデモンにか。

このアゾートの制作は、純粋に錬金術《れんきんじゅつ》の処方に則《のっと》って行なわれなくてはならない。でなくてはアゾートは永遠の生命を得る事が出来ない。六人の処女達は金属元素である。言わばまだ卑金属であるが、やがて精錬され、アゾートとして黄金に昇華するのだ。低い雨雲は払われ、真の青空が現われる。何と神々しいことか。

ああ、こうしていても私は身体が震えて来る。どうしても見たい。この眼で見て死にたい！　私が世俗的な生命のうちの三十数年を、キャンバスとの悪戦苦闘に費したのは、私の内なるこのアゾートを絵の具で定着させたかったからに他ならぬ。絵筆でなく、実際の肉体で創り上げる事が出来たなら、何と美しい事か！　この世のすべての芸術家よ、これ以上のいったい何を望むであろう。

これは有史以来、誰も思いつかなかった夢だ。完璧な意味の創作だ。黒魔術のミサも、錬金術の賢者の石も、女の肉体の美を追求するあらゆる彫刻も、このアゾートの創造に比せば、いったいどれ程の意味があったというのであろう。

この元素的素材の娘達は、一旦は世俗的生命を奪われなくてはならぬ。その肉体は二つの切断面によって一部分が抜き出され、二つの部分となって残った身体は放棄される訳であるから（登紀子と友子の場合は頭と下足部を提供する訳だから残りは一つだが）、世俗的生命は保ち得ないが、その肉体は精錬され、永遠の存在として昇華するのだ、不服のあろうはずがないではないか。

作業の始まりは、錬金術の第一原質の原則に従い、太陽が牡羊座にあるうちに始められなくてはならない。

頭部を担《にな》う登紀子の肉体は、牡羊座であるから♂によって生命を奪われなくては

ならぬ。（♂は火星の記号であると同時に、錬金術では鉄を意味する）

胸部を担う夕紀子は蟹座である。従って☽で生命を奪う。（☽は月の記号であるが、錬金術では銀を意味する）

腹部を担う冷子は乙女座、よって☿の嚥下《えんか》によって死なねばならぬ。（☿は水星の記号であるが、錬金術では水銀を意味する）

腰部を担う亜紀子は蝎座、蝎座の支配星は現在♇（冥王星）であるが、まだ発見されてなかった中世の頃のしきたりに準じ、♂で生命を奪われるのが望ましい。

大腿部の野風子は射手座である。故に♃で死なねばならぬ。（♃は木星を意味するが、錬金術では錫《すず》の記号である）

下足部の友子は水瓶座、水瓶座の支配星は現在♅（天王星）であるが、中世の頃まだ発見されていず、♄が代行していた。よって♄によって死が訪れるのが良い。（♄は土星であり、錬金術では鉛）

さてこうして六つの肉体が手に入ったなら、その身体と私自身の肉体を清める事から始めねばならぬ。これは葡萄酒《ぶどうしゅ》とある種の灰とを混ぜた物によって行なう。

次に♂の鋸《のこぎり》で各々の肉体の求める部分を切り取り、十字架をレリーフした板の上に組み合わせる。この時キリスト像のように釘《くぎ》で固定するのも良いが、やはり私は不必要な皺《しわ》や傷を肉体に作りたくはない。アゾートはヘカテーの神託にある様に、前もって木彫の像に作り、よく磨き、小さな蜥蜴《とかげ》で飾っておくのが望ましい。

そしていよいよ隠された火を用意する段階に入る。ホンタヌスの様に、多くの錬金術師がこの隠された火を本物の炎と解釈し、多くの失敗を繰り返しているのは愚かな事だ。手を濡らさぬ水、焔《ほのお》を出さずに燃える火というのはある種の⊖（塩《えん》）と香である。

次に獣帯（十二星座）を構成する各要素、即ち羊、牛、乳児、蟹、獅子、乙女、蝎、山羊、魚等のうち、手に入る限りの肉片と血、それにひき蛙と蜥蜴の肉片を加えた物を鍋《なべ》で煮《に》なくてはならない。この鍋こそがアタノール、つまり黄金炉である。

この時、心に念ずべき口寄せの呪文を私はプロソピュメテから見つけた。オリゲネス、或いは聖ヒッポリュストによって書かれた物だ。

「来れ汝、奈落《ならく》の、地上の、そして天上のボンボー、街道、四辻の女神よ。光をもたらし、夜にさまよい、光の敵、夜の友にして伴侶たる汝。犬の吠声と流されたる血に興じ、幽鬼に混じり墓場をさまよう汝。血を欲し、人間に恐怖をもたらす汝。ゴルゴ、モルノ、千にも姿を変える月よ、仁慈の眼《まなこ》もて我々の供儀に立会いたまえ」

この混合物は「哲学の卵」に密封されなくてはならぬ。そしてこの卵は、卵を孵《かえ》している雌鶏《めんどり》の体温に合わせて保温されなくてはならない。これがやがてパナッェー（魔術的な万能薬の意か？）へと昇華して行くのである。

このパナッェーにより、六つの部分から成るアゾートは一つの肉体として結合せられ、全知全能、永遠の神的肉体を持つ、光の同盟の女としての生命をやがて得るのである。そうして私はアデプト（奥義に達した人の意）となり、アゾートの光の肉体は不壊《ふえ》となるのだ。

人はよくこのマグヌス・オプス（大いなる作業）、錬金術を、卑金属を黄金に変える為の物と誤解するが、これはまったく馬鹿げている。おそらく天文学が占星術を母胎にして発展した様に、化学もその黎明《れいめい》期に、錬金術が大きく貢献している事実を現代の化学者達が劣等感にしている為、錬金術にあえて低俗な印象を与えようとしているのではあるまいか。名を成した学者が、大酒飲みの父をさして、あれは父ではないと主張するのに似ている。

錬金術の真の目的は、もっと高次な次元にある。ありきたりの日常的認識に隠されている現実の本質を、完璧な意味で具現させる手段なのだ。「美の美」、或いは「至上の愛」、等と単純に表現されている至高存在を具現する事なのである。その過程において意識は根源的に変革され、洗い直され、世俗の要求する危険な凡庸さの内で鉛の様に無価値となっている意識を、ある精妙な、黄金のような認識水準にまで引き上げるのである。東洋では、おそらく「禅」がこれに当るのではあるまいか。この様にすべての事物の永遠なる完成、あるいは「普遍的救済」とも呼ばれるこの創造行為が、錬金術の真の目的なのである。

従って、錬金術師が実際に金を作ろうとした事もあったかも知れぬが、それはいわばお遊びの様な物か、あるいはその大半はペテンだったはずだ。

奥義に到達出来なかった多くの人々は、第一原質を求めて坑道を下った様だが、その原質は鉱物とは限らない。パラケルススは、「それは至る所にあって子供が共に遊んでいる」と言っているではないか。真の第一原質が人間の女の肉体でなくして何であろう。

人が私を狂人と見做しているのは、誰より私自身が知っている。私は他人と違っているかも知れないが、芸術家ならそれは当然のことだ。他人と異なった部分が、大抵は才能と呼ばれる部分なのである。以前に誰かが創った物と大して変らぬ物をまた作ったとしても、どうしてそれを芸術と呼ぶ事が出来よう。反抗の中にしか創造はないのである。

私は決して必要以上に血を好む者ではない。しかし作家として、人体の解剖を見た時の感動は決して忘れられぬ。どうしても平常でない状態に置かれた人体というものに憧れを禁じ得ない。若い頃から脱臼した肩をデッサンしてみたいと強く願ったし、死によって次第に力がゆるんで行く筋肉を観察したいと思った事も、一度ならずある。しかしこれは、芸術家なら誰しも同じであろう。

私自身について少し語ろう。私がそもそも西洋占星術にのめり込む事になったのは、十代の頃気の進まぬまま、母の贔屓《ひいき》の、当時非常に珍しかった西洋占星術師に診《み》てもらい、それが実にことごとく、現在までの私の人生を言い当てたからである。彼には後に私も教えを請《こ》うたが、オランダ人のもとキリスト教伝道師で、西洋占星術にのめり込みすぎた為に伝道師の資格を失い、占い師で生計をたてているという男であった。明治のあの時代、東京には無論の事、日本中にも、西洋占星術師は彼一人であった。

私は明治十九年一月二十六日、午後七時三十一分に東京で生まれている。太陽宮は水瓶座で、上昇宮は乙女座、上昇点(生まれた瞬間の東の地平線上)に♄(土星)があったから、私は自分の生涯に♄の影響を非常に強く受ける事になった。

♄こそが私自身の星、私の人生の象徴だ。後に私が錬金術に興味をひかれたのも、この私の象徴である♄が、錬金術で金に変化して行くべき第一原質の鉛をも同時に意味していると知ったからである。私は芸術家としての自分の資質を、黄金へと昇華させる術《すべ》を知りたいと願ったのである。

土星は人の運命に最も試練と忍耐とを運んで来る星だ。私は出発点からある決定的な劣等意識を持ち、人生はそれを克服して行く歴史になるだろうと占い師は言ったが、振り返れば私の生涯はまさにその通りであった。

私は身体が丈夫とは言えず、特異体質で幼い頃特に弱い、また火傷《やけど》に注意という事を言われた。私の体質についてもう一度繰り返す必要はあるまい。また小学生の頃に私は、例の発作によって教室のストーヴで右足に大火傷を負っている。その跡は、未だに大きく残っている。

人生のある時期、女性と秘密の交渉を持つという予言、これが登紀子と夕紀子という二人の同い年の娘を持つという現実になって現われている。

私は♀（金星）を魚座に持つから、魚座の女が好みの女性であり、最終的には獅子座の女を妻にするという。そして二十八の頃、家族に対する責任が増すような試練があるという事であった。その通り私は魚座の女妙を初めての妻としたが、私はその後一時期ドガに傾倒し、盛んにバレリーナを描いていた。その頃モデルに頼んだのが現在の妻勝子であり、一目惚《ぼ》れした私は強引に関係して、人妻であった勝子に子供を生ませた。これが夕紀子である。妙と勝子とは巡り合わせで、同じ年に前後して子供を生む結果となり、それが私が妙を離婚し、獅子座の勝子と一緒になるという結果を生んだ。その年こそ、まさしく私の二十八の時であった。

妙は、現在都下保谷《ほうや》に私が買い与えた家で煙草屋をやっている。私が引き取った登紀子が、時々行ってやっている様だ。心配していた登紀子と他の娘達との仲も上々に見える。私は常々この妙には済まぬ事をしたと思っている。もう別れて二十年も経つが、この気持ちは去らない。むしろ最近強くなった。アゾートが将来、私に資産をもたらすなどという事がもしあるならば、全額をこの妙に与えても良いとさえ思っている。

また私は後年、私生活上で秘密や孤独な生活方針を持ち、病院や収容所等に入る事によって世間を離れるとか、或いは精神的に世俗を離れ、空想の世界に生きるであろうと言われた。これも完全に当った。私は現在庭の隅の土蔵を改造したアトリエに一人こもり、母屋に足を踏み入れる事さえ稀《まれ》な生活を送っている。

そして次に、これが最も私の現在を言い当てていると思うのだが、♆（海王星）と♇（冥王星）が合《ごう》（重なる）して九室にある。これは超自然界における純粋に霊的生活の暗示で、内なる啓示と神秘的能力を持ち、異端的な宗教に心を魅《ひ》かれやすく、魔術や呪術の研究を始める事になるという。またこれは、意味もなく外国を放浪するという暗示でもあり、しかも海外へ出る事により、性格や境遇が一変してしまう。その時期は月の進行から判断して十九歳から二十歳の頃になるであろうと言われた。

♆と♇とが合しているというだけでも相当風変りな事であるというのに、私の場合、それらの働きが最も強められる九室に入る時間に生まれている。私の人生の後半は、この二つの凶星に支配されたのだ。私は十九の時日本を旅立ち、仏蘭西《フランス》を中心に欧州を放浪した。そしてこの生活が私に神秘主義的な人生観を植えつけるに至った。

他にも細々《こまごま》とある。私は若い頃は決して西洋占星術など信じなかったし、当然の様に反発して意識的に逆の行動をとったが、結果は術師を喜ばせる物になってしまった。私に限らず、私の一族、のみならず私と関わりを持つ者は、不思議に運命的な因縁に左右されるものの様である。端的な例が私の周りの女達だ。私と関わりのある女達は、どういう訳か結婚に縁のない宿命を背負う。

かく言う私自身、最初の妻を離縁している。現在の妻勝子は私にとって二度目の妻であるだけでなく、彼女にとっても私は二度目の夫である。そして私は現在死を決意しているから、遠からず勝子は二度目の夫をも失う事になるであろう。

私の母も父との結婚に失敗している。祖母も失敗しているらしい。そして勝子の連れ子のうちの長女和栄も先頃離婚した。

友子はもう二十六になり、亜紀子も二十四になってしまった。広い家もあり、母親と気も合っているから結婚は諦《あきら》めてしまった様である。どうやら支那と戦争になりそうな雲行きの怪しい時代だし、いざ戦さとなり、未亡人となる時の事を考えれば、ピアノもバレエも上達した今、これで良いと考えているのであろう。勝子は軍人を好む女ではない。

ただ結婚を諦めた今、勝子と娘達が金に興味を持ち始めたのは、当然の成り行きとはいうものの私には有難くない。六百坪もの土地をただ遊ばせておくのはもったいない、文化長屋を建てようと再三私にせっつくようになった。

勝子達には、私が死ねば自由にするが良いと申し渡してある。弟の良雄も未だ借家住まいだから、当然賛成しているであろう。出来上がれば一世帯分は無料で確保出来るからだ。

考えてみれば私などが長男というだけの理由で、家屋敷の相続を一切独占してしまったのは確かに不公平である。しかしそれなら充分の広さがある母屋に、良雄夫婦も勝子達と住めば良いと思うのだが、良雄の女房の綾子が遠慮しているのか、それとも勝子が許さないのか、未だに近所に借家住まいである。

要するに私を除く全員が文化長屋の建設に賛成しているのだ。反対する私を当然疎《うと》ましく思っているであろう。この頃では妙を懐かしく思うようになった。妙は従順なだけが取柄の、何の面白味もない女であったが、このままでは勝子達に毒を盛られかねぬ。

私が頑《かたく》なにアパルトマンの建設に反対するのには理由がある。私は現在、親から引き継いだ目黒区大原町の邸の庭の、北西の隅にある土蔵をアトリエに改造して住んでいるが、このアトリエをすこぶる気に入っている。窓からは緑が気持ち良く望める。しかしアパルトマンが出来れば、この樹々に代わって大勢の好奇の目がアトリエを覗き込む結果となる。それでなくても私は奇人として聞こえてしまっているから、住人は私に好奇の眼を注がずにはいまい。創作にとってこういう類《たぐ》いのわずらわしさは大敵以外の物ではない。到底賛成する気にはなれぬ。

この土蔵は、子供の頃からその陰気さが気に入ってよく遊んだ場所である。私は子供の頃から完全に密閉された空間でなくては気が落ち着かないようなところがあった。しかしアトリエにするにあたっては、あまり暗いと困るので、天井に二つ大きな明り採りの天窓を作った。しかし人が侵入できる可能性を残しておくのは気持ちが悪いので、二つとも頑丈な鉄格子を付け、硝子《ガラス》はその上に載った恰好になっている。

窓にもすべて鉄格子をはめ、便所と流しを作り足し、元来二階建てだったのだが、二階の床を抜いて高い天井の平屋とした。

アトリエの多くはそうなっているはずだが、何故高い天井が良いかと言えば、広い空間に居るという開放感が創作に都合が良いという事ももちろんだが、大作に取り組む時、天井が低いと具合が悪いのである。無論キャンバスが低い天井につかえるなどしては論外だが、作品を距離をとって遠くから眺める必要があり、この時大きな壁面、広い空間が欲しくなる。そしてこの為、広い床面積も必要となるのである。

私はこの仕事場がいたく気に入っているので、軍病院用の車の付いた金属製の寝台を手に入れて来て、ここで寝泊りもする事にした。車が付いていると、この広い空間の気に入った位置に寝台を引っ張って行って眠る事が出来る。

　私は高い窓が好きだ。秋の午後など、広い床に天窓の鉄格子が作った縞模様が二つの四角い陽だまりを作って落ち、枯れ散った木の葉がその上に点々と丁度音符の様に見える。

　また二階があった頃の名残りの窓が、壁の高い所に残っているのを見るのも気持ちの良いものだ。こういう時、私はカプリ島だの月下の蘭《らん》だの、好きな歌の旋律を知らず口ずさんでいたりする。

　一階の窓は、北と西の二面が塀と接する恰好になったので、南の面を残して塗り潰《つぶ》してある。光の入らぬ窓ならば、いっそ広い壁になってくれた方が有難いのだ。この蔵の出来た私の子供時分には、まだ大谷石の塀などはなかった。東の面は入口の扉と、新設した便所が占めている。

　塀の出現で窓を失った北と西の壁面に、私の心血を注いだ十一枚の作品が並べてある。これは十二星座をテーマとした各々百号の大作で、従って遠からず十二枚となる予定だ。

　現在、最後の牡羊座の制作にかかろうとしている所だが、これは私のライフワークであるから、十二枚目の牡羊座の仕事が終ったらいよいよアゾートの制作にとりかかり、その完成した姿をこの眼に焼きつける事が出来たなら、私は自らの生命を絶とうと考えている。

　私の欧羅巴《ヨーロッパ》放浪時代にも触れておく方が良かろう。私は仏蘭西《フランス》放浪時代、一人の日本人と知り合った。富口安栄《とみぐちやすえ》という女性である。

私が巴里《パリ》の石畳を初めて踏んだのは明治三十九年であった。私の青春の彷徨は、あの石の街に置いて来た心地がする。現在はもっと違うのであろうが、当時仏蘭西語も碌《ろく》に話せない東洋人があの街をうろつけば、同国人と行き合う可能性など万に一つもなく、それは心細いものだった。月の明るい夜、街に出れば、私は世界で唯一人生き残った人間の様であった。

しかしやがて慣れて来て、片言の仏蘭西語も出来る様になると、その心細さもやがては心地よい切なさに変って行くのが感じられ、意味もなくカルチェラタンあたりをうろついたものだ。

そんな私に巴里の秋はひときわ素晴しく、枯葉が音をたてて石畳の道を横切って行く時、すべてに感動する為の眼が、徐々に開かれ始めるのを覚えた。灰色の石の街に、枯葉の色はよく似合う。

ギュスターヴ・モローに感銘したのがその頃である。ロシュフーコー通りに十四番という金属板が塡《は》まっていた。以来、私はモローとゴッホとを心の糧《かて》として来た。

ある晩秋、いつも散歩コオスとして立ち寄っていたメディシスの泉で、私は富口安栄と出逢った。安栄は泉の金属の手すりに身体をもたせかける様にして、ぼんやりしていた。あたりの樹々はすっかり葉が落ち、老人の血管を思わせる様に、枝は白っぽい鉛色の空に向かって鋭く立ち、その日は急に冷え込み始めた日だったから、異国の地は異邦人にはひときわ寒々とした印象だった。

安栄は一目で東洋人と知れ、私は懐かしさから近寄って行った。彼女の、どこかおどおどした様子は、私にも憶えのある事だった。しかし、私は何故か安栄を支那人と独り決めしていた。

向こうも懐かしそうに私を見たので、私は今日から冬になった様ですねと仏蘭西語で話しかけた。日本ではとてもこうはいかないのだが、外国語にはこんな風に人を気安くする性質がある。しかしこれはまずい呼びかけであった。彼女は気重そうに首を振ると、くるりと背を向け歩み去ろうとした。私は驚き、彼女の背中に、君は日本人ですかと今度は日本語で呼びかけた。その時振り返ったこの女の顔が安堵感で一杯で、私達は恋に落ちる運命を知った。

その界隈《かいわい》は冬になると焼き栗屋が出る。ショウ、ショウ、マロン、ショウ！ と懐かしい呼び声に誘われ、私達は二人でよく焼き栗を食べた。心細い異郷の地での日本人同士であるから、私達は毎日逢った。

安栄は私と同い年の生まれであるが、私が一月、彼女は十一月の末生まれなので、まあ一つ年下のようなものであった。やはり絵の勉強に来ている金持ちの道楽娘といったところであったろう。

私が二十二、安栄が二十一の時、手を取り合うようにして日本に帰って来た。その数年後、巴里《パリ》は欧州大戦（第一次大戦）に巻き込まれたはずだ。

東京でも付き合いは続き、私は結婚するつもりでいたのだが、東京では孤独な巴里時代と違い、安栄の知人達が大勢彼女を取り巻く様になり、彼女の奔放さにもついて行けなくなって別れた。その後結婚したという噂を聞いたが、しばらくは逢う事もなかった。

私が妙と結婚したのは二十六の年であった。良雄が府立高等（現在の都立大学）近くの呉服屋から、半ば冗談の様にして持って来た話で、その年母を病気で亡くしていた私は、淋しくて誰でも良いという心境であった。もう土地屋敷を引き継いで、私はいっぱしの資産家であったから、結婚相手の条件としてはそれなりに良かったのではあるまいか。

しかし皮肉なもので、私が結婚して数ヵ月経った頃、銀座でばったり安栄と再会した。見ると子供を連れている。やはり結婚したのだなと言うと、主人とは別れたと言う。今は銀座で画廊カフェをやっているのだと語った。店名は忘れられない場所の名をとったのよ、解る？　と問うてくるので、メディシスかい？　と言うと、そうよと言った。

私は自分の作品をすべて彼女にまかせることにした。もっとも大して売れはしなかったが。個展も、勧められるまま何度かやった。しかし私は二科とか光風会とか、公募されている賞を狙うことに熱心ではなかったので、いつまで経っても何の実績も出来ず、自己紹介の文案作りに苦労をした。安栄は時には私のアトリエにも来るようになっていたから、彼女の肖像画も描き、メディシスでの個展の際は必ず入れるようにした。

安栄は明治十九年十一月二十七日生まれの射手座、息子は明治四十二年生まれの牡牛座であったが、何かした拍子に、平太郎はあなたの息子なのよと匂わすことがあった。いつものあの女一流の冗談なのかも知れないが、計算が合わないことでもない。わざわざ平の字を頭に付けて、平太郎などとしているのも意味深である。もし本当なら、運命としか言い様がない。

私は古いタイプの芸術家だから、最近流行のピカソとかミロとかいう、いわゆるアヴァンギャルドな傾向にはあまり興味がない。私が心の糧《かて》とするものは、ゴッホとギュスターヴ・モローのみである。

　自分が古いのはよく解っている。しかし私は、「力」を解りやすく感じさせてくれる作が好きなのだ。力を内包しない絵など、絵の具の付いたただの布ぎれに過ぎない。だからそういう意味での、或いは解釈の範囲での抽象ならば、よく理解している。ピカソの一部や、身体をキャンバスにぶつけて描く隅江富岳《すみえふがく》など、私の好みの範疇だ。

　しかし私は、創作には技術が必要条件としてつきまとうと考える。子供が泥の玉を叩きつけたレンガ塀とは、おのずと差が生じなくてはならぬと思う。ありふれた、いわゆるアヴァンギャルドの画家のものなら、私は舗装道路に残る交通事故のタイヤ痕の方に何倍も感動する。石の上の強烈なエネルギイの軌跡、真紅の裂け目のような、それとも石からにじみ出た様な血の滴《したた》り。好対照を成す弱々しい白墨の線。これらは完璧に作品としての条件を備えている。ゴッホやモローの次に私を感動させる作品だ。

　そうであった。私が自分を古い人間と書いたのには別の意図があった。私は彫刻も好きではあるが、人形の方により魅力を感じる側の人間である。まして針金のような身体を持つ金属の彫刻など、まるでくず鉄以外のものに見えない。大体において、前衛に傾き過ぎたものは私には駄目である。

　若い頃、私は府立高等付近の洋装店のショウ・ウインドウに、非常な魅力を持った女を発見した。それはマネキンであったが、私はすっかり夢中になり、毎日その店の前に立って眺めたものだ。駅前に行く用事があれば、どんなに遠廻りでもその店の前を通るようにしたし、多い時は日に五度も六度も眺めた。一年以上そんな状態が続いたから、私は彼女の夏の服装、冬の装い、春のドレス、すべてを見る事が出来た。

　今なら一も二もなく店主からその人形を譲り受けたろうが、当時私はほんの子供であったし、非常なはにかみ屋でもあったから、店に入ってそんな話を切り出すなど、思いもよらなかった。また自由になる金もなかった。

煙草の煙がうっとうしかったり、酔客の胴間声が耳ざわりだったりするので、私はあまり酒場には足を向けないが、近頃柿の木という店には割合よく行く。それは、この店の常連にマネキン人形工房の経営者がいるせいだ。

酔いにまかせ、私はこの男にその話をした事がある。それではと言って、彼は自分の工房を見せてくれたのだが、無論そこに登紀江《ときえ》は居なかったし、彼女の百分の一の魅力さえ備えた女は見当らなかった。どこと言って説明は出来ないのだが、おそらくみなはその工房の人形と登紀江とは、顔の作りといい姿形といい区別はつかぬであろう。しかし私には歴然と違う。真珠の輪と針金の輪程も、私にとっては価値の差があるのである。

前後してしまったが、私は彼女を密かに登紀江と名付けて呼んでいた。それは当時人気のあった同名の女優と彼女の顔立ちがちょっと似ていたからだが、私はこの人形の登紀江に完全に参ってしまい、今様の言い方をすれば、寝ても醒めても彼女の顔が眼前に浮かぶといった風であった。彼女に捧げる詩も沢山《たくさん》書いたし、彼女の顔や身体を思い出して密かに絵も描き始めた。思えばこれが私の画家生活の原点であったろうか。

その店の隣りには生糸問屋があって、初中終《しょっちゅう》馬力（荷馬車）がやって来て荷の積み降しをやっていた。私はそれを見物する振りをしながら登紀江を眺めることが出来、極めて好都合であった。彼女の気取った顔、栗色の髪、この髪は硬そうであった。折れそうな華奢《きゃしゃ》な指、そしてスカアトからのぞいた膝から下の足の線、三十年も経った今でさえ、私はありありと登紀江の容姿を思い出せる。

一度私は、彼女が硝子《ガラス》箱の中で裸にされ、服を着せ替えられているところを見てしまった。私はこの時以上の衝撃を、以降女との関わりにおいて体験することはなかった。膝が震えて、立って居ることも難しい程であった。以来私は、女性の身体の下腹部に毛があること、その奥に生殖機能が備わっていることの意味や価値を、随分長い間理解が出来なかった。

その他にも、私の人生のうちで、登紀江によって捩じ曲げられた部分がいかに大きいかを思い知る機会が度々《たびたび》あった。これは数え切れない程にある。まず硬い髪の女の方が好みである、唖《おし》の女に非常な魅力を感じる、どちらかと言えば植物的な、動かなくなった時を容易に想像させてくれる肉体を持つ女に魅《ひ》かれる、いくらでもある。

これが前述した私の芸術観と食い違う事を私自身一番よく知っていて、我ながら奇異に思うことも多い。それはモローとゴッホという、明らかに傾向の違う作家を同時に好んでいる点にも端的に表われる。登紀江に逢わなければ、或いは芸術観も一貫したものになったかも知れない。

前妻の妙は、どちらかと言えばそういう植物的な、人形のような女であった。しかしもう一人の私の、芸術家としての内なる激しさは、知らず勝子を求めた。

登紀江のことは明らかな初恋であった。そして忘れもしない三月二十一日、登紀江はショウ・ウインドウから姿を消した。春だった。桜がちらほら咲き始める頃であった。

その時の私の衝撃は、とても言葉で言い表わすことなど出来はしない。私は一切が空しくなり、いや、そうではあるまい、その事件によって一切があらかじめ失われていた事を知って、欧羅巴《ヨーロッパ》への放浪の旅に出たのである。欧羅巴を選んだのは、登紀江がその頃観《み》た仏蘭西《フランス》映画の雰囲気を持っていたからで、仏蘭西へ行けば或いは登紀江に似た女に巡り逢えるかも知れぬと勝手な妄想を抱いたからであった。

そして何年かのち、初めて娘を持った時、私はその子に迷わず登紀子と名付けた。それは何とこの娘の生まれた日が、あの登紀江がショウ・ウインドウから姿を消した三月二十一日であり、私はここに不思議な運命の暗示を感じたからである。

そしてあの登紀江も、牡羊座の生まれであった事をやがて私は疑わなくなった。また私は、この娘はあの硝子《ガラス》の中の登紀江が私のものになれなかったので、生まれ変って私の下《もと》に来てくれたのだと信じるようになった。だから私は、登紀子は成長するにつれてあの顔になって行く事を知っていた。

しかし、この娘は身体の弱い子であった——。

とここまで筆を進め、私は初めて気づいて愕然とする。私は登紀子を一番愛し、彼女があまり丈夫な身体でないから、彼女の顔に相応《ふさわ》しい完璧な肉体を創って与えてやろうと、無意識のうちに思っているのではあるまいか。

確かに私は、登紀子に片寄った愛情を感じている。登紀子は牡羊座の生まれらしく元気が良いが、火と水の境い目の日に生まれているから（牡羊座のエレメントは火、一つ前の魚座は水、三月二十一日は丁度この二つの星座の境い目に当る）、躁鬱《そううつ》症気味なところも多分にある。彼女が鬱《うつ》状態にある時、登紀子の体内の弱々しい心臓を思うと、私はたまらぬ愛情が湧いて来る。それが通常父が娘を思う感情以上のものである事を、告白しておかねばなるまい。

一番上の和栄を除く六人の娘達のうち、弟の娘である冷子と野風子以外は、私は半裸にしてクロッキーを描いた事がある。登紀子の身体はあまり豊かでない。右の脇腹には小さな痣《あざ》もある。その時私が、登紀子の顔が完璧な美しさを有する肉体の上に載っていたならと思った事は確かである。

いや、しかし決して登紀子の身体が一番貧弱という訳ではない。そういう意味では友子や、身体を見たことは無いが、冷子や野風子の方がずっと貧弱であろう。私は登紀子には完璧な女であって欲しいのである。

考えてみれば、本当の私の娘は登紀子の他には夕紀子しかいないのであるから、この気持ちもそれ程不自然ではあるまい。

ブロンズの人体などには興味が無い私だが、唯一の例外がある。数年前、私は二度目の欧州旅行をした。その時、ルーブルには大した感動は無かった。私が最も感動したのは、ルノアールやピカソではなく、ましてロダンなどでもなく、和蘭陀《オランダ》のアムステルダムで観たアンドレ・ミヨーという無名の彫刻作家の個展であった。これには完全に圧倒されてしまい、創作を続ける気力をその後一年程喪失してしまったくらいである。
それはいわば死の芸術とでもいうべき種類のもので、もう廃虚の様になった、使われていない古い水族館が展覧会場にあてられていた。
電信柱からぶら下った男の首吊り死体、道端に放置された母と娘の死体、もうかなり腐敗が進んでいて強い腐敗臭が漂っていた。(それが演出されたものであったのかと思い至ったのは、一年も経った頃だった)
恐怖に歪んだ顔、死の苦痛の持つ強烈なエネルギイによってつっぱった筋肉、それらが、凍ったように力を凝結したまま腐蝕していく様が、克明に描写され、定着されていた。

金属で作られた事を忘れさせる、まごうかたなき柔らかな曲面、単色であったはずなのに、今それをすっかり忘れさせているあの量感。

圧巻は水死の場面であった。一人の男が水の中に立ち、後ろ手錠をかけた男の頭を無理矢理水中に押し沈めている。その男の口からはまだ断末魔の水泡が、細い鎖の様に線を引いて水面とつながっていた。それが覗きからくりの様に、暗い会場から夢のような明るさを持つ水槽内に覗けるのだ。

そうだ、それはまさに現場であった。そして私の記憶は、未だに事件の追想である。腑《ふぬ》抜けの様になった私の虚脱感は、その後一年程も続き、なまじの創作ではあれを越えられないと悟って、私はアゾートの制作を決意した。アゾートならばあれを越えられる。

犬に気をつけなくてはならぬと思う。あの死の芸術の会場には、あらゆる悲鳴が充満して居た。二万サイクルを越える音声は、人の耳には聴こえない。まだ音になる前の悲鳴、三万サイクルのかん高い悲しみの声、それを私の前を行く婦人に抱きかかえられたヨークシャー・テリアは、耳を敏感に反応させながら、確かに聴いていた。

アゾートを制作し、設置する場所であるが、これは純粋に数学的計算によって割り出され、決定された土地でなくてはならない。

制作だけなら私の現在のアトリエでも良いのであるが、六人の娘が一時に行方不明となったのに、私のアトリエが調べられぬはずもないし、たとえ警察が調べなくとも勝子は入ろうとするであろう。その為の専用の家を、やはり手に入れなくてはなるまい。そこは、アゾートの設置場所を兼ねることにもなる。田舎だから大した金はかかるまい。アゾートの完成、そして私の死の前にこの手記が発見される万一の可能性を考えて、正確な場所は書き記さないでおく。ただ新潟県とだけ言っておこう。

しかし、この小説はいうなればアゾートの付属品の様な物である。アゾートと共に日本帝国の中心に置くべき物と私は考えている。この小説だけが人目に晒されるという事態はまずあり得ないであろう。

アゾートの為に身体の一部を提供した六人の娘の各々の残りの肉体は、日本帝国の、それぞれの星座に属する土地に帰されなくてはならない。

私は、どのような金属を産する土地かによってその場所が属する星座が決まると考えている。即ち♂（鉄）を産する土地は牡羊座、もしくは蝎座に属している。⊙（金）を産する地域は獅子座である。同じく☽（銀）を産する地方は蟹座であり、♃（錫）を産する土地は射手座であり、魚座の支配する土地でもある。

この考え方に従い、登紀子の残りの身体は牡羊座に属するところの♂を産する場所に、夕紀子の残りの肉体は蟹座である☽を産する場所に、冷子の身体は乙女座である☿（水銀）を産する場所に、亜紀子の身体は蝎座である♂を産する場所に、また野風子は射手座である♃を産する場所に、友子は水瓶座であるから♄（鉛）を産する場所にと、それぞれ帰納されなくてはならない。それでこのアゾートの制作という空前のマグヌス・オプスは完璧の物となり、アゾートはその持てる力を、考えられる限り有効に行使出来るのである。この作業のどれ一つとして手を抜いてはならない。完遂してこそマグヌス・オプスである。

アゾートが何故創られなくてはならないか、それは私が西洋画を描く様な、いわば個人の気紛《きまぐ》れめいた創作行為ではない。無論私にとっては美意識の行き着く極北であり、無限大の量の憧れではあるが、それはあくまで私個人の次元での話で、アゾートはその様な事情とは別に、我が大日本帝国の未来の為に創られなくてはならぬのである。日本帝国は誤った道を歩んで歴史を作って来た。不自然な皺《しわ》は、歴史年表の至る所に見出せるが、今我が国は、かつてない程の大きな皺寄《しわよ》せを体験しようとしている。二千年に及ぶ過ちのつけを、今払わされようとしている。一歩間違えば、大日本帝国は地球儀の上から姿を消すであろう。亡国の危機は眼前にある。そしてこれを救う存在が、私のアゾートである。

　アゾートは、私にとっては言うまでもなく美その物であり、神であり、デモンである。そしてあらゆる呪術的な物の象徴であり、結晶である。日本人は、祖国の歴史を二千年ばかり遡《さかのぼ》れば、容易に私のアゾートに似た存在を見出すことが出来る。言うまでもないだろう、卑弥呼《ひみこ》である。

　日本帝国は、西洋占星術上天秤宮に属している点から見ても、日本人は本来お祭り好きの陽気で社交的な民族であった。それが朝鮮系の民族に支配され、更に中国儒教文化の影響下に置かれるに至って、非常に抑制的な、ある意味では陰湿でさえある国民性を育《はぐく》む結果に追い込まれた。

　仏教一つをとってみても、中国を経由する事で本来的なスケールをまるで失ってしまった。私は、漢字も中国から学ぶべきではなかったとさえ考える者だ。その理由は長くなるからここでは省くが、ともかく私は、日本帝国は邪馬台国時代の女王制を取り戻すのが正しいと考える。

　日本は神国である。物部《もののべ》氏の主張は正しかったのだ。禊《みそぎ》や祓《はらい》を重んじ、太占《ふとまに》で神意をうかがっていた古来の日本を捨て、外国かぶれの蘇我《そが》氏の口車に乗って浅薄皮相な仏教崇拝に走った報いは、その後の歴史の流れの内に明らかである。日本は女神の国なのだ。

その意味では、我が国は大英帝国と国民性が共通している。日本の武士道精神は、海外に共通項を求めるなら、大英帝国の騎士道精神に最も類似する気質を感じる。

卑弥呼なき今、私のアゾートは将来における日本帝国を救い導く存在であるから、正しく日本の中心に置かれなくてはならない。中心とはどこであるか、日本の標準時は、明石を通る東経百三十五度を基準にしているから、この東経百三十五度が日本国の南北方向の中心線であると考える事も出来そうであるが、これはまったく馬鹿げている。我が日本帝国の中心線は、その尺度を借りて言うなら、明らかに東経百三十八度四十八分である。

日本列島は美しい弓である。何処までをその弓の内に含めるかを決定するのは非常に難しいのであるが、東北方向ではカムチャツカ半島の手前までの千島列島と考えるのが妥当であろう。そして南端は小笠原諸島の南に浮かぶ硫黄島としなくてはならない。沖縄先島《さきしま》諸島の波照間《はてるま》島が緯度的にはより南に位置しているのであるが、硫黄島の方をより重要視すべきである。何故なら、この島は矢尻だからだ。

日本帝国は、ヴィナスの支配する天秤座らしく、実に美しい特長的な姿をしている。世界地図をどれ程に睨《にら》んでも、これ程に美しい島の連なりを他所に見出すことは不可能だ。この連なりは、まさしく均整のとれた美女の身体を思わせる。

この弓形の島に番《つが》えた矢が太平洋に延びる富士火山帯であり、そしてその矢の先端に光る宝石の矢尻《やじり》が硫黄島なのだ。だからこの島は、日本帝国にとって非常に重要な意味を持つ島である。やがて日本人は、この硫黄島が我が日本列島という弓にとってどれ程重要な意味を持っていたかを思い知る時が来るであろう。

この日本列島に番えられた矢は、かつて放たれた事もあるのだ。矢の方向にずっと地球儀を辿《たど》って行くと、豪州《オーストラリア》の左を通り、南極の脇を抜けてホオン岬を通り、南米は伯刺西爾《ブラジル》にぶつかる。伯刺西爾は日本移民の最も多い場所だ。さらに進めば前述の大英帝国を通り、亜細亜《アジア》大陸を抜けて戻って来る。

日本列島の東北端も正確に示しておきたい。千島列島の大部分は日本列島に含まれるべきである。幌莚《パラムシル》もオンネコタン島も日本領土と考える者は多いが、これらの島はカムチャツカ半島に近く、しかも大きいので大陸に属し、ハルムコタン以南の小島の列を、日本領域と考えるべきである。それならラショウとケトイとの間で公平に両断する方が適切かも知れぬが、古くから千島列島と名付けられている以上、大半は日本列島の一部と考えるべきだ。でないと、南の沖縄諸島との均衡が悪くなる。これらの小島列は、弓の両端を飾る房紐《ふさひも》で、この二本の紐によって日本列島という弓は、大陸から吊り下がっているのだ。

ハルムコタン島は、東端が東経百五十四度三十六分、島の北端が北緯四十九度十一分である。

次に南西端であるが、西端は明らかに与那国《よなくに》島である。この島の西端は東経百二十三度零分。

日本帝国の南端は硫黄島と考えるべきだと先に書いたが、真の南端も一応記しておこう。与那国島の東南に位置する波照間島である。この島の南端の緯度は北緯二十四度三分。硫黄島の位置は島の南端が北緯二十四度四十三分である。

さて東西に関して、東端のハルムコタン島と西端の与那国島との中心線、つまり平均値を求めてみると、東経百三十八度四十八分となる。この線こそ我が日本帝国の中心線である。伊豆半島の先端と、新潟平野のほぼ中央、最も北へ脹《ふく》らんだ部分とをつないでいる。

富士も大体この線上に含まれる（東経百三十八度四十四分）。この線は日本帝国にとって非常に重大な意味を持つ線である。おそらく日本の歴史にも、重要な意味を持っていたはずだ。過去においても、将来においてもである。私は一種の霊能力を有するから、これをはっきり言う事が出来る。解るのだ。

この東経百三十八度四十八分という線は非常に重要である。この東経百三十八度四十八分の線上の北端に、弥彦《やひこ》山がある。ここには弥彦神社があると聞く。この神社は呪術的な意味での重要地である。ここには神の石があるはずだ。言わば日本の臍《へそ》に当る。この地をないがしろにしてはならぬ。日本の命運が握られている。私は死ぬまでに、この越後弥彦山だけは訪れてみたい。必ず行くつもりだ。もし万が一、目的を果さず倒れる事があるならば、私の子孫でも良い、必ず訪ねて欲しい。この線、特に北端の弥彦山には私を呼ぶ力を感じるのである。

この線の上に、南から四、六、三の数字が並ぶ。加えて十三、デモンを喜ばせる数字である。私のアゾートは、この十三の中央に置かれるであろう。

※文中の（　）の大部分は編集部でつけたもの。また旧かなづかいはすべて新かなづかいに改め、星座の呼び名も現在一般に使われている形に改めた。（例、白羊宮→牡羊座）

I　四十年の難問

1.

「なんだい？　これ」

御手洗《みたらい》は本を閉じると私の方へ投げてよこし、またソファの上に長くなった。

「もう読んだの？」

私は言った。

「うん、梅沢平吉さんの手記の部分はね」

「どうだった？」

私はかなりの熱をこめて尋ねた。しかしすっかり元気をなくしている御手洗は、

「うん……」

と言ったまま、なかなか応えようとしない。しばらくしてから、

「電話帳を読まされたみたいだ」

と言った。

「この人の西洋占星術に対する見解はどうなんだい？間違いは多いのかな」

彼は占星術師らしく、そう言われると少々威厳を回復して言う。

「独断に充ちてるね。体の特徴を決定するのは太陽宮より上昇宮《アセンダント》だからねえ。太陽宮だけで身体を語るのはちょっとね。でもまあ、そのほかはおおむね正確だな。基本的な知識の間違いなどは、ないみたいだ」

「錬金術に関しては？」

「こっちはもう、根本的な勘違いがあるんじゃないかと思うね。昔の日本人はよくこんな間違いをやった。たとえば野球を、アメリカ人の精神修業かと思ったりね。ここで拙者にヒットが打てねば切腹してお詫びを、という

のと同じくらいずれてるんじゃなかろうか。しかし、鉛を金に変えるだけのもんだと思ってる人たちよりは数段ましかな」

私、石岡和己《かずみ》は、以前からミステリーとか謎と名のつくものが大好きだった。一種の中毒といってよいかもしれない。一週間もそういった類いの本を読まずにいると、たちまち禁断症状が現われ、ふらふらと本屋へ行き、気づくと背表紙に「謎」という文字を捜しているのだ。

こんな調子だから邪馬台国論争だの、三億円強奪事件だの、現在にいたるまで謎として生き残っているものはだいたい本で読んで知っている。おそらく私は、インテリ・ミーハーとでもいうべき人種であろう。

しかし、日本に未だ生き残っている多くの謎のうちでも、戦前の昭和十一年、あの二・二六事件と時を同じくして起った例の「占星術殺人」ほど、謎に充ちた魅力的なものは他にはないのではあるまいか。

これは御手洗や私がちょっとしたきっかけからかかわることになったいくつかのささやかな事件のうちでは、文句なく群を抜いた、というよりは桁はずれの大事件であり、解決はどう考えても絶対に不可能ともいうべき不可解さ、奇怪さ、そして何よりとんでもないスケールを持っていた。

というのも、これはいささかの誇張もなく日本中を巻き込んだ大事件であり、日本中の知能指数におぼえのある無数の人々が四十年以上も争って知恵を絞り続け、なおかつ一九七九年にいたっても、謎は発生当時のままほとんど手つかずで残っているという信じがたいほど手強い代物だったからだ。

私自身も、知能指数は低い方ではなかったから、一応挑戦はしてみたものの、この謎の手強さは強烈で、とてもではないが歯がたたなかった。

この事件は、私の生まれた頃、先に紹介した殺された一人梅沢平吉の私小説的な手記と、事件の経過をノン・フィクションふうに綴った記録とがカップリングされて「梅沢家・占星術殺人」と題して出版され、たちまちベストセラーになり、日本中から何百人という素人《しろうと》ホームズが立候補して、推理論争を展開するほどのブームになったと聞いている。

犯人がとうとう解らず、迷宮入りとなったことへの興味もあるが、この空前の猟奇事件が、太平洋戦争直前の暗い時代を象徴的に反映したものとして、日本人の心を惹《ひ》きつけたものに違いない。

事件の詳しい経過は後に述べるが、最も戦慄すべき、そして不可解な部分は、先の手記の通りに殺され、日本の各地から点々と発見された梅沢家の六人の娘たちだろう。しかも彼女たちは手記に示されている通りに死体の一部分を切り取られ、彼女たちの属する星座を意味する金属元素が添えられていた。

ところが彼女らが殺害されたと思われる時点で、当の梅沢平吉はすでに殺されており、その他の容疑者たちには、全員アリバイが成立した。

しかもそのアリバイはあらゆる角度から検討して意図的に作りだされたものではなく、したがって殺された娘たちを除く手記中の登場人物は、全員物理的にこの狂気の所業を成すことは不可能であると断言することができる。すなわち死んだ平吉以外に、このような挙に及べる者は、動機的にも物理的にも絶対に存在しないのだ。

このため論争は、結果的に外部犯行説が圧倒的となった。議論は百出して、一時はこの世の終りのような大騒ぎであった。それこそ考えられる限り、思いつける限りの名解答が示されているので、それらに割り込んでつけ加えるほどに卓越したアイデアは、もう私には思いつけそうもない。

いや事実、この問題を人々が真剣に考えていたと思えるのは昭和三十年代までで、最近は奇抜なアイデア競争と言った方があたっているような状態になってきている。これが本当に真剣に考えた結果なのだろうかと首をひねるような出版物が近頃どしどし世に出ていて、その理由は売れるからだ。金《きん》が出たその声でいっせいに西部へなだれ込むアメリカのゴールドラッシュを連想させる。

そのうちからエポック・メイキングなものを拾ってみるなら、まずは警視総監説、あるいは総理大臣説。しかしこれらはまだおとなしい方である。もっとずっと出来の良いもの（？）としては、ナチの生体実験説、それからニューギニアの人喰い人種が当時日本にいたとする説がある。

すると世間は広いもので、たちまちそれだ、私も連中が浅草で踊っているのを見た、とか、私もあやうく食べられそうになった、と言いだす人までが日本のどこからか現われる始末で、ついには某雑誌で、これらの人たちと料理研究家によって人肉の食べ方という座談会までが企画されるにいたった。

しかし、これらはまだ優等生の解答というべきで、最新型としてＵＦＯの宇宙人説というものが台頭してきた。一九七九年当時、ＳＦブームだったからだ。これはいうまでもなく、ハリウッドのブームに便乗したものである。そう考えてみると、この推理ブームが近頃再び盛りあがったのも、ハリウッドのオカルト・ブームに歩調を合わせたものであろう。

　しかしこれら外部犯行説には、明らかに一つ、致命的な欠陥がある。それは、外部の者がどうやって平吉手記を読むことができ、かつこの手記の通りに事を進行させる必要があったか、という点だ。

　この点について、私自身の意見を言えば、あらかじめ存在していた梅沢平吉の手記を、何者かが利用して思いを遂げたものであろうと推理している。つまり六人の娘の誰か一人にでも想いをよせる男がおり、それがあしらわれたために殺意を抱く、そしてこの男が、他の娘も全員手記通りに殺してしまえば捜査は混乱するはずだ、と考える。

　しかしこれも、あらゆる角度からあっさり粉砕されるのである。まず第一に、六人の娘たちは母昌子（平吉の手記では勝子となっている）によって非常に厳しく監督され、男性関係はまったくなかったと警察によって結論されている。これが現代ならいざ知らず、昭和十一年という時代を考えれば、充分あり得る話だ。

　また、そういうことがもしあったにせよ、あとの五人の女も同時に殺し、死体を日本中に捨て廻るなどという気の遠くなるような面倒を、その男が冒すだろうか？もっと手っとり早いやり方をする方が自然だ。

　さらに加えて、そういう男がどうやって平吉の手記を読む機会を得るというのか。

　そういった理由から、私はこの考えを捨てざるを得なかったが、警察を含め、大方の結論めいたものは、一応終戦直後に出されている。いわく、軍関係の特務機関の仕業だろうというのだ。これほど派手なものはなくとも、戦前はこれと似た事件や計画で、国民に知らされなかったものはたくさんあるという。

　軍が彼女たちを処刑する理由は、平吉の妻昌子の長女一枝（手記中では和栄）が結婚していた相手は中国人であったらしく、彼女にスパイ容疑がかかっていたというものである。確かにこの事件の翌年の日中戦争勃発を考えれば、非常にリアリティがある。

　したがってわれわれが前人の説を陵駕《りょうが》して、まだ誰一人成し得ないこの空前の難事件の解答に迫り得るとすれば、当面この定説が、くつがえすべき最大の壁という言い方もできる。

ただ、解決は無理としても、この壁を破るという点に限れば、私はできないこととは考えない。というのも、この説もまた、他の外部犯行説が共通して持っている弱点に関しては例外ではないからだ。相手が軍特務機関にせよ、行動力が桁違いになるというだけで、何故平吉の手記に目を通すことができたか、そして一民間人の手記通りに事を運ぶ必要があったのかという疑問は、相変らず残ることになる。しかし、となるとこのミステリーは、またしても解決不能という砦の中にするりと逃げ込んでしまうのだが——。


一九七九年の春、いつもうんざりするほど元気な御手洗は、どういうわけか強度の鬱病にとらえられていた。したがってこんな桁はずれの難問に挑戦するには、いささかコンディションが悪かった。この点だけは彼のために書いておいてやろう。

御手洗という男は、芸術的資質を持つ人間の常として、一風変っていて、何の期待もなく買ってきた練《ね》り歯磨きが思いがけず良い味だったと言って一日中はしゃいでいたり、お気に入りのレストランのテーブルが、「実にくだらない」ものに変っていたと言っては、三日間ふさぎこんで溜め息ばかりつくという調子だったから、お世辞にもつき合いやすい人間とはいえず、したがって全然驚くにもあたらなかったが、以降の彼との長いつき合いを含めても、あれほどにひどい状態には再びお目にかかっていない。

トイレに行くのも、水を飲みに行くのも瀕死《ひんし》の象のような調子で体を起し、たまに部屋にやってくる占いの客に接するのも辛そうだった。いつも彼から傍若無人な扱いを受けている私としては、しかしその様子はなかなかに心休まる眺めであった。

私は当時、その約一年前のちょっとした事件がきっかけで御手洗という男と知り合い、彼の占星術教室に入りびたるようになっていた。彼の事務所に生徒や客がやってくると、私は常に彼の無償の助手という扱いに甘んじなければならなかったが、ある日ふらりとやってきた飯田という婦人が、かつてあの有名な占星術殺人にかかわった当事者の娘だと名乗り、まだ誰の目にも触れていない証拠資料をさし出して解決を依頼して行った時は、私はあまりのことに心臓が停まる思いだった。そしてこの時ばかりは彼と知り合った幸運に感謝し、この変人を見直した。どうやらこの無名の若い占い師は、世間のごくごく一部には、ささやかな名声もあるらしい。

その頃の私は、忘れるともなくこの事件のことを忘れていたが、思い出すのに時間がかかるというほどでもなかった。私自身もあの事件に関われるというなら、これにまさる喜びはないというものである。ところが肝心の御手洗の方はというと、占星術師の癖に、あの有名な占星術殺人事件をまるきり知らなかった。それで私は、自分の本棚から例の「梅沢家・占星術殺人」を埃を払いながら持って来て、彼に一から講義しなくてはならなかった。

「それでこの後、この小説を書いた当の梅沢平吉が殺されたんだろう？」

御手洗は苦しそうに言う。

「そうだよ。この本の後半を読めば詳しく書いてあるぜ」

私は言った。

「読むのが面倒臭いんだ。活字が小さいから」

「そりゃ絵本じゃないからね」

私は言った。

「君は詳しいんだろう？　君の口から要領良く聞けるとありがたいな」

「いいけど、うまく説明できるかな。君ほど演説の才能がないものでね」

「ぼくは……」

と御手洗は言いかけたが、気力が続かなかったのか、やめた。いつもこのくらいおとなしいと実にやりやすい。

「じゃあ御手洗君、最初に、起った一連の事件の全貌をまず話してしまおうか。ね？」

「……」

「いいのか？」

「いいよ……」

「この占星術殺人は、大きく分けて三つの事件から成り立っている。まず最初が平吉殺し、第二が一枝殺し、第三があの、アゾート殺人だね。

この手記の作者梅沢平吉は、手記にある日付の五日後、つまり昭和十一年二月二十六日の朝十時過ぎ、手記にも出てくる例の土蔵を改造したアトリエで死体になって発見された。そしてこの時、さっき君が読んだあの奇妙な小説も、アトリエの机の引き出しから発見された。

次に平吉殺しの目黒区大原町からはずっと離れた世田谷区上野毛《かみのげ》で、一人暮しをしていた長女和栄こと一枝が殺害された。これは物盗りで、暴行の跡もあったから男

図1

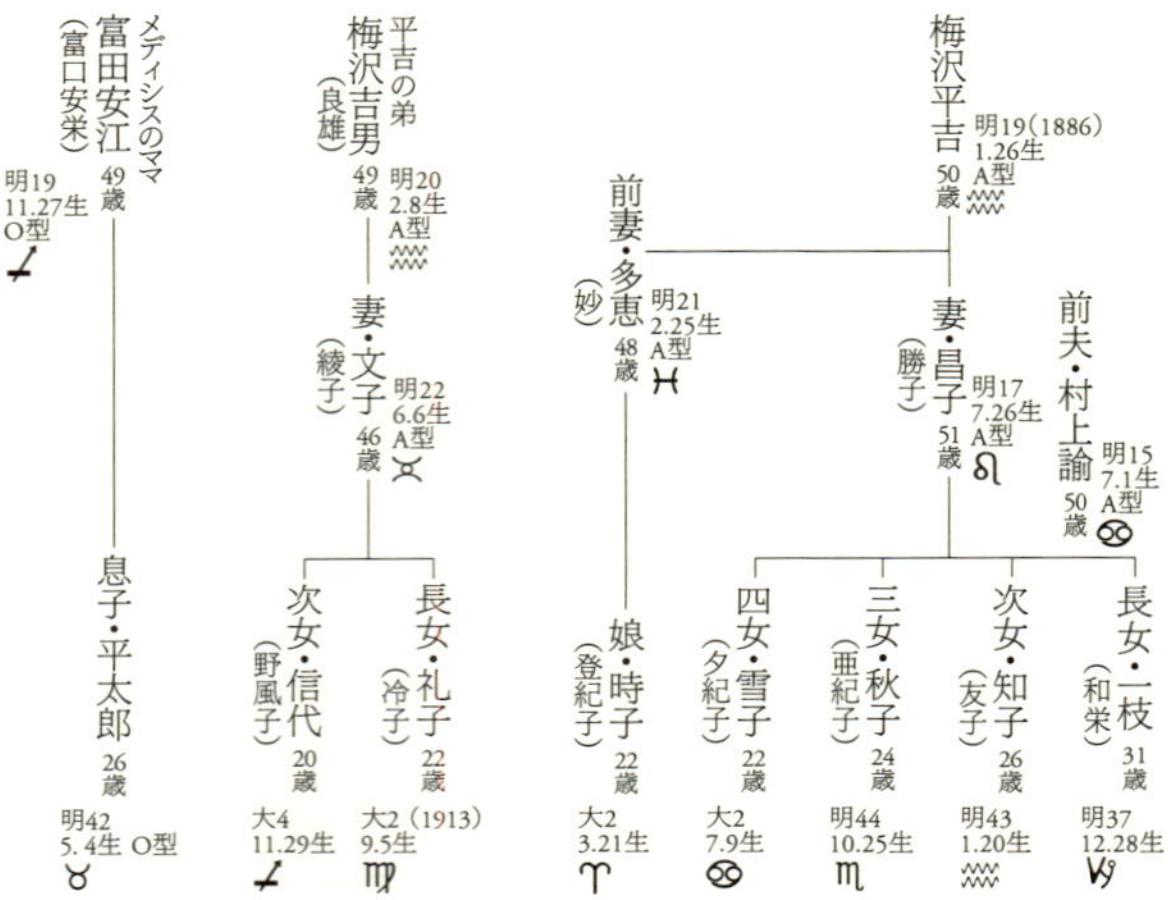

であることは間違いないんだ。この事件だけは、あるいは犯人はまるで別の、単に不運なハプニングであったかもしれない。客観的にみてその可能性の方が高いとぼくも考えている。たまたま平吉殺しとアゾート殺人との間にはさまって起ったので、梅沢家を巡る惨劇の一部をになっているように思えるだけでね。

　そしてこれで終るのかと思うとそんでもなくて、これからが本番だった。例の平吉の手記に出てくる通りの連続殺人が実際に起りはじめた。もっとも連続殺人といっても、殺されたのは同時であろうと見られているんだがね。いわゆるアゾート殺人だ。

　梅沢家というのはこんなふうに、まあ呪われた一族なんだな。ところで御手洗君、この平吉の死体が見つかった昭和十一年二月二十六日というのは、何の日か解るだろうね？」

　御手洗は面倒臭そうな声で手短かに返事した。

「うん、二・二六事件の日なんだ。おや？　君も案外こんなことを知ってることもあるんだな。ん？　何だここに書いてあったのか。

　さて、と、ではどんなふうに説明していこうかな、この空前の謎を。まず平吉の小説に出てくる人物を正しい名で全員紹介することから始めるかな。この本のここのところに表（図1）があるよ。ちょっと見てくれたまえ、御手洗君。

平吉の小説中と名前が違うんだ。大半は字を違えてあるだけだけどね（カッコ内が手記の名前）。それでなくてもこみ入った、人間関係のややこしい事件なのに、これでますます混乱してくるんだよ。

文字だけじゃなく、発音も違っているものについて言うと、小説中の野風子は信子じゃなく信代なんだ。それからメディシスの富田安江は富口という苗字《みょうじ》になっている。おそらく富田に別の漢字を当てることができなかったからだろう。その息子の平太郎に関しては小説中も名前が変っていない。これも平の一字に重要な意味があるし、太郎には別の漢字は当てられないからね、こうなったという推測でたぶん間違ってないと思う。

年齢も書いてあるが、これは事件の起った昭和十一年二月二十六日現在のものだ」

「血液型まで出てるんだね」

「うん、この血液型に関してはね、事件の説明が進行していくと解るよ。先の方で、登場人物の血液型が必要な部分があるんだ。

さて、この登場人物たちの人となりとかエピソードなどは、平吉の小説に出てきてるね、あれは正確なものらしい。あれを事実と考えて問題ない。

補足が必要なものがあるとしたら、平吉の弟の吉男についてだろうな。彼は物書きで、旅雑誌に雑文を書いたり、新聞に小説を連載していたらしい。芸術家兄弟というところさ。最初の平吉殺しの時も、彼は東北に取材旅行に行っていたから、足どりが不確かな傾向はある。ただ、一応のアリバイは成立したけれどね。その辺は後で詳しく述べるよ。各人の犯行の可能性について論じる段になってからね。

そうだ、昌子についても補足しておかなくちゃならないかな。彼女は旧姓を平田といって、会津若松のかなりの旧家の出らしい。村上諭《さとし》という貿易会社の重役と見合結婚をしていた。一枝、知子、秋子は、ともにこの村上諭との間にできた娘だよ」

「富田平太郎は？」

「そうか、平太郎は事件当時二十六歳だったけれど、まだ独身で、母の店を手伝っていたらしい。メディシスをだね。というよりもう経営者かな。もしこれが事実平吉の子供なら、平吉二十二歳時の作品ということになるね」

「血液型からは？」

「何ともいえない。富田安江と平太郎母子がO型、平吉はA型だからな」

「この富田安江という女性は、パリ時代しか登場してこないけれど、昭和十一年当時は平吉と親しかったんだろうか？」

「そうみたいだ。平吉が家の外で誰かに会っているといえば、たいてい安江だといってもいいくらいで、非常に信頼してたみたいだね。まあ、絵が解る女性だからね。妻の昌子や、自分と血のつながっていない娘たちはどうもあまり信用していなかったようだ」

「ふうん、じゃ何で結婚したんだろうな。昌子と安江の仲はどうだったんだろう？」

「駄目だったみたいだね。道で会えば、挨拶くらいはするという程度だろうな。平吉のアトリエに安江が来ることもたまにはあったようだけど、母屋の方には顔を出さないでそのまま帰ったりしていたらしい。

　彼がこの別棟を気に入って、終始独立生活みたいなことを続けたのも、案外この辺に理由があるのかもしれない。アトリエは裏木戸からすぐだ。家人の誰にも会わず安江は平吉を訪問できる。つまりだ、平吉はまだ富田安江という女を好きであった、未練を残していたという可能性は大だ。安江を、彼は嫌になって捨てたわけじゃない。そのすぐ後多恵と一緒になったのも、この失恋からやけになっていたともとれる。だからすぐ昌子なんて女によろめいた。ちょっと古風な表現だね、よろめいた。こんなふうに気持ちが浮わついたのも、パリ時代の安江というものを心のどこかにひきずっていたせいとも考えられる」

「ふむ、じゃこの二人の女が手を組むってことは……」

「絶対にあり得ないね」

「平吉は、前妻の多恵とは会うことはなかったのかな？」

「こっちは全然なかったようだなあ。娘の時子はしょっちゅう保谷の実の母親のところへ帰ってやっていたようだけどね。母親が一人暮しで、細々と煙草屋をやってたわけだから、心配だったんだろう」

「冷たいな」

「うん、平吉が時子と一緒に多恵のところへ行くということはなかったし、多恵も平吉のアトリエへ来ることはなかった」

「当然多恵と昌子とは駄目だったろうな」

「むろんそうだろう。多恵にとっては昌子は夫を取った憎い女だからね。女同士はそうしたもんだ」

「ほう、君は女性心理に詳しいからね！」

「………」

「時子はそんなに心配な母親なら、一緒に暮してやろうと思わなかったのかな？」

「そんなのは解らないな。女性心理に詳しくないもの」

「平吉の弟の吉男、この男の妻の文子と、昌子とは親しかったのかな？」

「これは親しかったようだね」

「でも広い母屋で一緒に暮すのは嫌だったわけだ。しかし娘二人には、まるで当然の権利みたいに梅沢家に寝泊りさせていたわけか」

「まあ、案外内心では反目《はんもく》し合っていたかもね」

「安江の息子平太郎と、平吉とはどうだったんだろう？仲がよかったんだろうか」

「そこまで解らないよ、この本には書いてないもの。平吉と安江とは親しくて、銀座の安江のやってるメディシスへはよく行っていたようだからな、そこで話くらいはしてたろう。まあ親しかったといってもいいんじゃないのかな」

「ふむ、じゃあ前置きはこのくらいでいいかな。要するにこの梅沢平吉という男が、昔の芸術家によくあったような破天荒《はてんこう》な行動をとる男であったために、こういう複雑な人間関係が生じてしまったということだ」

「その通りだ。君も気をつけたまえ」

するとと御手洗は、不思議そうな顔をした。

「何を？　ぼくはあまりに道徳的な人間だから、彼のような人の気持ちは全然見当もつかない」

人間自分のことは解らないものである。

「前置きはすんだよ石岡君。さっそく平吉殺しの詳細から説明を始めてくれよ」

「ぼくはこの問題の通《つう》だからね」

「へえ」

御手洗は、からかうようなにやにや笑いを浮かべた。

「空《そら》で話せるよ。その本はどうぞ君が持っていてくれていい。あ、その図面の載ってるページはしばらく変えないで！」

「犯人じゃないだろうな？」

「え？」

「君が犯人だったら楽だろうね。こうやってソファに寝たままで解決だ。ちょっとこの手を伸ばして警察に電話するだけでいい。ついでにそれも君がやってくれないか」

「何をくだらないこと言ってんだ。四十年前の事件だってことを忘れるなよ。ぼくが四十過ぎに見えるのか？　いや、そんなことより君、今何て言った？　解決する？　ぼくにはそう聞こえたが」

「聞こえたのなら言ったんだろう。そのために君の退屈な講義につき合ってるんだ」

「フフフフ」

私は思わず含み笑いを洩らした。

「君、これはちょっと普通の事件とは違うんだぜ。少し考えが甘いとぼくは指摘せずにはいられない。おそらくホームズ・クラスの名探偵がここにいても……」

御手洗は露骨にあくびをした。そして早く始めてくれと言った。

「娘の一人、時子は、二月二十五日の昼頃、梅沢家を出て保谷の実母、多恵のところへ行った。そして二十六日の朝九時頃目黒に帰ってきた。

二十五日から二十六日にかけては二・二六事件の日で、東京は三十年振りの大雪だった。この点は重要だ。よく自慢の頭に叩き込んでおきたまえ。

時子は梅沢家の母屋に帰ってから、平吉のための朝食を作りはじめた。平吉は実の娘の時子の作ったものなら信頼して食べるんだ。

彼女がそれを例のアトリエに持っていったのが午前十時少し前、十時少し前だぞ。ドアを叩いても返事がない。それで横へ廻って窓から中を覗いてみた。するとだ、平吉が倒れていて、板の間には血も流れている。

びっくり仰天して母屋から女たちを呼んできて、みなでドアに体当たりして壊した。そして平吉のそばへ寄ると、後頭部を何か面積のあるもの、たとえばフライパン状のもので強打されて死んでいた。いわゆる脳挫傷、頭蓋骨が壊れ、脳の一部が崩れた状態だね、鼻と口から出血していた。

机の抽斗《ひきだし》には金や、若干の貴重品もあったが盗られてはいない。そしてこの抽斗から、例のグロテスクな小説が出てきた。

北側の壁には、ライフワークと平吉も称していた十一枚の絵がたてかけてあって、別に痛められた形跡もない。十二枚目、つまり最後の作品だが、これはまだイーゼルに載っていた。まだ下描きの段階で、着色はされていないんだけれども、これにも何の変化もない。

石炭ストーブには、娘たちが現場に入った時点でまだ少し残り火があった。ぼうぼう燃えていたわけではない

図2

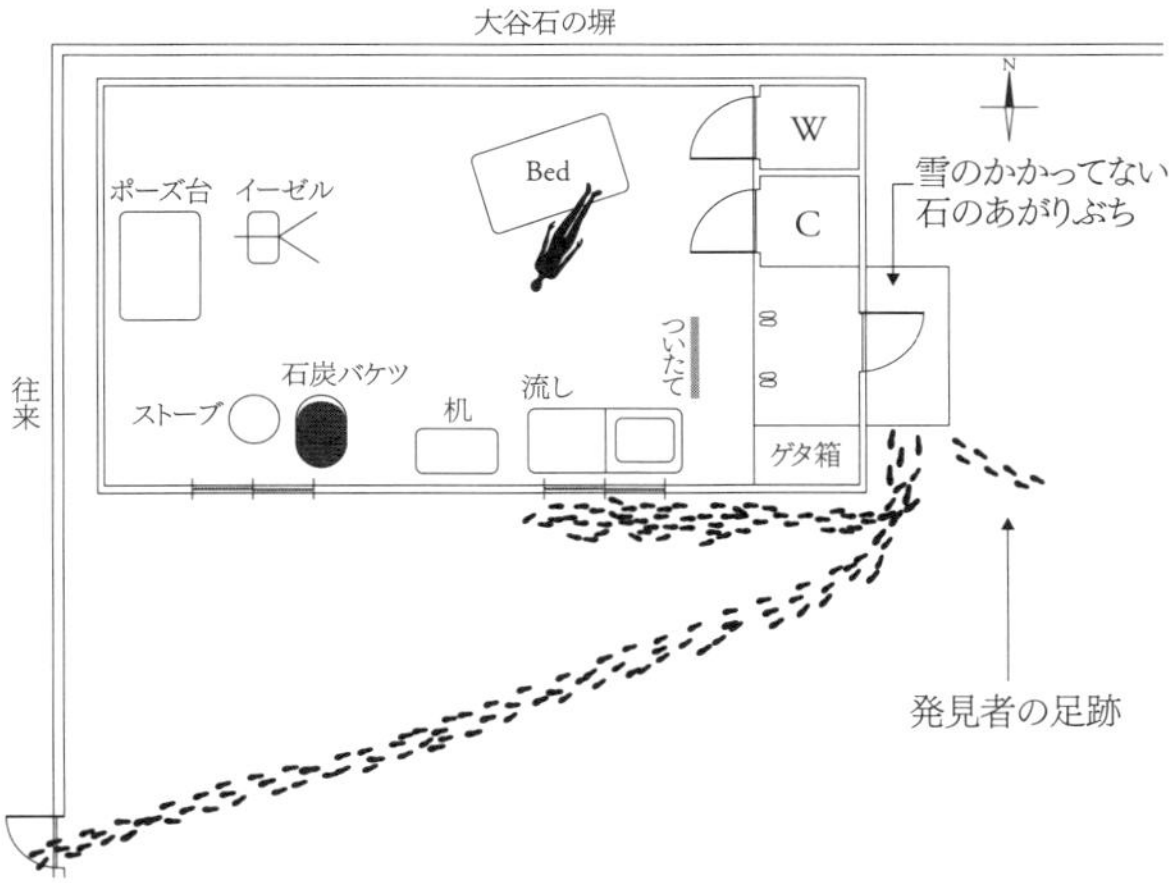

が、要するに完全に消えていたわけじゃない。

この頃は探偵小説というものがあったからね、みな心得たもので、窓の下の足跡とか、アトリエ内もできるだけ手を触れないように注意し合ったので、警官が到着した時、現場はきわめて望ましい状態に保たれていた。というのはさっきも言ったように、東京はその前夜三十年振りの大雪だったから、アトリエから木戸まで、積雪の上に足跡がはっきり遺っている。

その図(図2)を見てくれたまえ。足跡があるだろう? これが大変なヒントになるはずだ。東京に珍しく積雪があったために、思いがけない鍵が、ここに現われたのさ。それもちょうど事件当夜だものな。

しかもこの足跡は、妙なことにアヴェックなんだな。男靴と女靴による足跡なんだ。しかし二人が同時に歩いて帰ったとは考えにくい。その第一の理由は、足跡が重なっている。少なくとも並んで歩いてはいない。

だが、同時に帰っても、前後に並んで歩けば足跡も重なる理屈になる。ところがこれもちょっと考えにくい。何故なら、この点が実に不可解なんだが、男靴はアトリエを出るとまず南側の窓のところへ廻り、何故かここでさんざん足ぶみをして、それから帰っている。一方女靴の方は立ち停まった形跡がない。さっさと木戸までの最短距離を歩いている。ということは、もし二人が同時にアトリエを出たとすれば、男靴は女靴にずいぶん遅れる理屈になる。事実男靴が女靴を踏んでいる。つまり男靴の方が後に帰ったわけだよ。

木戸の外は舗装した道路で、死体発見時の十時頃はもう車や人通りがあったため、木戸をくぐった後はもうたどれなくなっていた」

「ふん」

「雪の降った時間がポイントだから、そこをはっきりさせておこう。ここ目黒区あたりは、二十五日の午後二時頃から降りはじめたらしい。それまでは雪なんか降りそうじゃなかったんだ。まして東京のことだからね、積もるかもしれないなんて考えた者は、東京中に一人もいなかったろう。今みたいに正確な天気予報があった時代じゃない。

ところが、案に相違して夜中の十一時半まで雪は降り続いた。つまり十一時半にやんだ。午後二時から午後十一時半まで、九時間半も降り続いたわけだ。これなら積もるだろうね。

そして翌二十六日の朝、八時半からおよそ十五分程度、これはほんの少しだが、ちらちらと降ったりやんだりしている。雪の降った時間帯はこういうことだ。いいかい？二度降っているわけだ。

そして例の足跡を見ると、薄ら雪がかぶさっていたので、二つとも雪のやむ夜の十一時半よりは少なくとも三十分前にアトリエに入り、十一時半から翌朝の八時半までの間に、女靴が先、男靴が後という順に帰っていると、こういうことがいえる。雪がやむより三十分前というのは、いうまでもなく来た時の足跡がないからなんだね。

さてこの足跡の問題に関してだが、このキーから解る事柄にどういうものがあるかと考えると、男靴の主、女靴の主、それから平吉、とこの三人が、アトリエで顔をつき合わせた時間帯というものが確実に存在していると推測される。

そうだろう？　女靴が先にアトリエに入って平吉に会って帰り、次に男靴がやってきて平吉を殺して帰っていった、とかそういうことはこの足跡からはあり得ない理屈になる。これがこの事件の面白いところだよ。

つまりだ、もし男靴が犯人なら、女靴のゲストは犯人の顔をはっきり見ていることになる。あるいは逆なら、男靴が犯人である女を見ていることになる。がこれはあり得まい。何故なら男靴が後から帰っているからだ。女靴が犯行に及んでいる間、男靴はじっと横で見学してい て、犯人が帰ってもなお少々現場に残り、しかも窓のところへ廻って未練がましく行進練習でもやってから帰ったという変な話になってくる。

今のは単独犯ならという前提で話したが、では男靴と女靴が共同して犯行に及んだとしたならどうか？　当然次にはこれを考えなきゃならなくなってくる。とするとだ、非常に不可解な事実がここにあるんだな。それは、殺された平吉が、睡眠薬を飲んでいるという事実なんだ。

彼の胃から睡眠薬が検出された。もちろん致死量にはほど遠いものだ。眠るために飲んだものなんだな。おそらく自分で飲んだものと考えて間違いあるまい。そして飲んだ直後殺されたとみられる。すると、だ、男靴と女靴が共犯なら、平吉は二人も客がいるうちに、彼らの目の前で睡眠薬を飲んだことになる。

な？　おかしいだろう？　相手が一人というならまだ解る。だがそれでもよほど親しい人間の場合だろう。まして二人だ、二人の前で飲むだろうか？　二人ともよほど親しい人間だったのか？　何しろ睡眠薬を飲むってことは、客のいるうちに失礼して眠ってしまうかもしれないんだからね。人づき合いの悪い平吉に、そういう親しい人間がいるだろうか？

そう考えると、これは単独という線が濃くなってくる。となると、こういうことだ。十一時半に雪が降りやみ、女靴が帰る。男靴と二人になる。その時、男靴の前で飲んだ、こういうことになる。

しかし、これでもまだ不可解なんだ。女一人の前でなら飲むかもしれない。まず女なら体力的にも非力だし、何よりそういう女の友人なら、幾人かあり得る。ところがだ、男となると平吉にはそれほどに親しい者はいないんだな。

こんなふうに、この睡眠薬の問題は実にやっかいなんだ。ぼくが今この問題を手ぎわよく語れたのも、この点は実に四十年間、繰り返し繰り返し議論されてきているからなんだ。別にぼく自身が考えたことじゃない。

とにかくだ、少々おかしいが、この足跡からはそう考えるほかないんだ。男靴の単独犯、そして女靴はその顔を見ている、とこうだ。君はこの女靴を誰だと思う？」

「モデルなんじゃないの」

「へえ！　そうなんだ、モデルではないかと考えられてる。犯人を目撃したはずのモデルだ。それで警察は秘密を厳守するから名乗り出よと当時何度も呼びかけた。ところが、とうとう出なかった。四十年たった今日にいたるまで、この女が誰だったか解っていない。幻のモデルだね。まあ、このことは後で話そう。

ところがだ、そうするとまたしても妙なことになる。モデルが、夜中の十一時半過ぎまでもポーズするだろうかという問題だ。とすればよほど平吉と親しい女とみなければならない。また、そういうことなら、家庭の主婦だの、嫁入り前の娘なんてことはあり得ないだろう。

まあ考えられることは、傘がなかったから、雪がやむまで待ったのではないかという可能性だが。アトリエには傘はなかった。しかしそれはどうだろう？　平吉が母屋へ借りにいってもよい。

こんなことから、このモデルは存在しなかったんじゃないかという議論もある。未だに見つからないというのはやはり妙だ。後で言うが、警察はさんざん捜査したんだ。それでこの不存在説は案外根強い。そして、足跡はトリックではないかというわけだ。

この足跡トリック説も、うんざりするほど議論されてきている。だからもう出つくした感があるな。だから現在はっきりしていることから言うと、まずこの二つの足跡は、二つとも前進したものであること、これは足跡を微細に観察すると、はねっ返りの跡、力のかかり方などから確かめられるんだそうだ。

それからこれらは両方とも、一回の歩行によってつけられた跡であること、つまり、たとえば女靴の後を大きい男靴で踏んでいって、男靴一つのものに見せるという、あれでは絶対にないこと、これもよく観察すると、どこかに必ず輪郭が二重になった箇所ができてしまうので解るんだそうだ。もっともこの場合、朝八時半からの少量の雪が薄くかぶっていたはずだからな、ちょっと解りにくかったろうと思うが。

それから、と、四つんばいの可能性だな。少々馬鹿馬鹿しいが、四つんばいになって手に女靴、足に男靴というふうに履いてのそのそ歩いても、こんなふうな足跡はつけられないと実験で結論されている。何故かというと、男靴の方が女靴よりだいぶ歩幅が大きい。

さて、足跡の話はもういいだろう。この平吉殺しで最も面白い点は、しかしこの足跡の問題じゃない。平吉の小説にもあるように、このアトリエは、すべての窓も、天窓も、頑丈な鉄格子がはまっている。平吉はそういうところは神経質だから、これは実に頑丈な鉄格子なんだね。しかもはずされた形跡はない。第一外からは当然はずせない仕組みになっている。はずせたんじゃ意味ないからね。つまり人間なら、たった一つしかないドアのところからしか出入りできなかったはずなんだ。犯人だって例外じゃない。

その入口のドアなんだが、ちょっと変ってる。洋式で、外側に向かって開く一枚ドアなんだが、スライド・バー式のカンヌキつきなんだね。平吉がヨーロッパを放浪した時、フランスの田舎の宿はドアがたいていこうなってたんで、気に入ってつけさせたんだそうだ。内側で閉めると、ドアについたバーを横にすべらせて壁の穴に差し込み固定する。それからバーについた舌みたいな部分を持ってぐるっと下方に廻すと、ドアに穴の開いた突起部分があってそれにかぶさるやつ、よくあるだろう？　その突起についた穴に、なんとカバン型の錠が降りていたんだよ」

御手洗は閉じていた目をパッチリと開け、そしてゆっくりとソファの上に起きあがった。

「本当なのか？」

「ああ、完全な密室というやつだったのさ」

2.

「しかし、それじゃ不可能じゃないか。カバン錠だろ？　では犯人は、カバン錠の下りた密室で平吉を殺してから、どこかの抜け穴か何かから脱出したと、誰がどう言おうとそう考えるしかないな」

「警察がさんざんやったよ。これはもう徹底的にね。アトリエのどこにも抜け穴はない。トイレの汚物をくぐってという可能性さえ否定された。子供の体でも物理的に無理と結論されている。

スライド・バー式のカンヌキだけなら何とかなるだろうけど、カバン錠となるとねえ、どんな機械トリックでも無理だよ。絶対に室内側からしかかけられないだろう。となると、この窓のところで男靴がもたもたしていたのはねえ、何をやっていたんだろうなあ。不思議だろう？

それから、平吉の死亡推定時間をはっきりさせておかなければね。死亡推定時刻は、二十六日の午後零時を中心に、つまり二十五日と二十六日のちょうど境い目だな、これを中心に前後一時間ずつの二時間のうちらしい。つまり二十五日の午後十一時から、二十六日の午前一時までの間。すると、雪のやむ十一時半までに三十分間食い込んで重なることになる。この点は、いくらか注目に値するだろうね。

それから現場の状態の説明だが、二つばかり奇妙な点がある。一つは図（図2）のように、ベッドが壁と平行になっていないこと、それと平吉の片足がベッドの下に入っていることだね。

でも平吉はベッドをゴロゴロ移動して、広いアトリエの好きな位置で眠るのが趣味だったみたいだから、とりたてて変ってる点ともいえないかもしれない。しかし、これは考えようによっては、非常に重要な点とも思えるんだが。

それからもう一つなんだが、これがまた変ってる。平吉は鼻の下と顎に髭を伸ばしていたんだけれど、死体には何と髭がなかったんだ。

こいつが何とも不可解だ。殺害される二日前まで髭があったことは家族が証言してる。何が不可解かというと、自分の意志でつんだんじゃないと思えるからで、ということはどうも犯人がやったらしいんだな。

髭がなくなってたといっても、ちゃんと剃《そ》られてたわけじゃない。ハサミで短くつまれてたんだ。犯人がやったと思われる理由は、切り取られたと思われる髭の一部が、ごく少量だが死体のそばに落ちていたことと、このアトリエ内には、ハサミもカミソリもなかったことだ。

変だろう？

ここから、弟の吉男との入れ替わり説なんてのが出てくる。というのは、つまれたとも見えるが、逆に不精髭の長い状態ととれなくもない。平吉と吉男は、兄弟が双子みたいによく似ていたらしい。そして吉男には髭がなかったんだな。平吉が何かの理由で吉男をアトリエに呼び入れ、殺して入れ替わろうとしたとか、あるいはその逆とか……。

ま、これはあまりに少年少女向け探偵小説といった発想だから、今は誰も問題にする人はいない。しかし家族も髭のない平吉の顔を見るのは久し振りだったようだし、脳挫傷で顔は変形していたろうしね、家族だって断定できなかった可能性はあると思う。したがってこの説もすっかり消滅したってわけじゃない。平吉はあんな狂人の芸術家だから、アゾートのためになら何だってやるだろうしね。

さて、現場の解説はこんなところでいいかな？　あとは登場人物の、この事件に関するアリバイかな」

「ちょっと待ってくれたまえ、先生」

「何です？」

「授業のスピードが速すぎるよ。居眠りする時間もないぜ」

「何という生徒だ！」

私は憤慨した。

「例の密室が気になるんだ。あれに関しても足跡みたいに、議論はたっぷりされているんだろう？」

「四十年分ね」

「そいつを聞いとこうか」

「急には全部思い出せないかもしれないけど、ベッドを縦にして、その上に載っかったとしても天窓には届かない。何しろ二階分の高さだからね。それにたとえ届いても鉄格子とガラスがある。室内には梯子《はしご》なんてもちろんないし、そういう目的のために使えそうなものはいっさいない。十二枚の絵も、別にいつもの位置から動かした形跡はない。

　石炭ストーヴの煙突はブリキ製の華奢《きゃしゃ》な代物だから、サンタクロースでもこんなものは昇れまい。それにまだ火もついていた。壁に開いているこの煙突用の穴は、小さくて頭も通らない。そんなところかな、要するに抜け穴はないってことだ」

「窓にカーテンは？」

「あった。あ、そうだ、アトリエ内には高い窓のカーテンを開閉するための長い棒があったらしい。しかしこれは窓のある側からは遠い北側の壁の手前、ベッドのところにあった。しかも非常に細いものだったようだな」

「ふうん、窓に鍵は？」

「かかってるのもかかってないのもあった」

「この足跡がゴチャゴチャあるところの窓だよ」

「かかってなかった」

「ふむ、じゃああと、室内にどんなものがあったか聞いておかないとね」

「うん、でも大したものはないよ。この図（図2）に見えるもので全部といっていいくらいだ。ベッドに机、油絵を描くためのいろいろな道具、絵の具、机の中には筆記用具、それから例のノート、腕時計、若干の金銭、そして地図帳があったらしい。そんなもんじゃないかな。平吉は意識的に書物の類いはいっさいアトリエに置いてなかったらしい。雑誌や新聞の類いもない。読まなかったそうだ。さらにラジオ、蓄音機の類いもない。純粋に絵を描くためだけの部屋だったようだよ」

「へえ、ではこの塀についた裏木戸の鍵はどうなんだい？　かかってたの？」

「内側から一応ロックできるようにはなってたけれど、壊れてたらしい。こじ開けようと思えば外からでも簡単にできたらしくて、つまりいつも開いてたようなものだった」

「不用心だな」

「そうなんだ。平吉は殺される直前、食事はろくにとらない、不眠症で睡眠薬は飲むで、だいぶ身体が弱っていた。この裏木戸は、鍵がしっかりしている必要はあったと思う」

「平吉は体力が弱っていた。その上睡眠薬を自分で飲み、後頭部を強打され、しかも密室で殺された……、何だか妙な事件だなあ、まるで筋が通らない」

「しかも髭を切られてた」

「そんなのは関係ないさ！」

御手洗はうるさそうに鼻先で手を振った。

「後頭部を殴打されての死なら、これは他殺に決まってる。それなのに何で密室にしなきゃいけないんだ？　密室というのは自殺に見せかけるためのものだろう？」

私はふふんと思った。というのも、それに関してなら一応の解答は持っていたからだ。

「さてその睡眠薬だけどね、御手洗先生。さっき足跡の問題で説明した通り、平吉は男靴女靴二人の客の前で睡眠薬を飲んだか、さもなければ男靴一人の前で飲んだことになる。この二つの可能性のうち、確率はどちらが高いかといえば、それはやはり二人より一人だろう。男一人と対している時だ。平吉がむろん顔見知りで、相当に親しい男、ということになる。となると、弟の吉男か、せいぜいメディシスの平太郎、この二人くらいしかいないってことになってくる」

「平吉は、あの小説に出てくる以外に親しい人間はいないの？」

「メディシスで知り合った芸術家仲間が二、三人、それから近所の柿ノ木坂に、手記にも出てきた『柿の木』という、まあなじみとまではいかないかもしれないが知り合いの飲み屋があって、ここで知り合った人間がやはり二、三人いる。その中に、これまた平吉の小説にも出てきたマネキン工房の経営者緒方厳三《おがたげんぞう》、それにそこの職人、安川民雄《やすかわたみお》という男がいる。

ところがこれらは顔見知りに毛がはえた程度でね、第一これらの人間のうちで平吉のアトリエを訪れたことのある者は一人しかいないんだ。しかも一回だけで、この人間は平吉とはあまり親しくない。だからもし事件当夜、彼らのうちの誰かが平吉のアトリエへこっそりやってきていたとしたら、それはまずはじめてのことのはずだ。まあ彼らの証言を信ずるなら、という話にはなるけど。そんな者の前で、平吉は睡眠薬なんか飲まないだろう？」

「そうだなあ。で、吉男と平太郎は、警察ではどうなったんだ？」

「シロになったよ。二人とも不確かながらアリバイが成立した。まず平太郎だが、これは例の銀座の画廊カフェ『メディシス』で、ママの富田安江も含め、二十五日の午後十時半近くまで知人とトランプをやっていたというんだ。店を閉めてからね。十時二十分くらいにみな帰っていったんで、親子は二階の各自の寝室にひきとって寝たというんだが、これがほとんど十時半になっていたという。

目黒あたりで雪がやんだのが十一時半だが、この三十分前までにアトリエへ入らなければならないとすると、それから三十分しかない計算になる。もし足跡が二十分程度ですっかり消えるとしても、それから四十分。大雪が降る中で、車のスピードも落ちるだろう、そういう道を車でとばして、銀座から目黒区大原町まで四十分で行けるだろうか？

ではこれが母子の共謀犯行としたらどうか？　するとこれはアトリエの雪の上の男女の靴跡ともよく呼応するようにみえる。しかもこれならもう十分程度上載せできる。メディシスから客が帰ると、すぐ二人でとび出せばいい。そうなるとおよそ五十分、どうにかアトリエに入れるかもしれない。まあ微妙なところだけどな。

ところが、するとだ、こんどは動機が不明になってくる。平太郎一人なら、これは動機がないこともない。すこぶる弱いけどね。無責任な父親とか、母を苦しめたとか、そういった理由だ。しかしこれに安江が加わるとなると、ちょっと解らなくなる。何故なら、安江は平吉とは仲が良かった。しかも仕事のこと、つまり平吉が彼女に絵を預けるとかそういった事柄だが、この話し合いの途上にあった。そういう時殺してしまうのでは、画商としては実にまずいやり方のはずだ。というのも平吉の死後、それも戦後になってからだが、彼の作品は非常な高値を呼んだ。しかし安江は平吉とまだ契約問題をはっきりさせておかなかったため、その恩恵にはほとんど浴していない。

ま、いずれにせよ、銀座の店からアトリエまで夜の雪道、四十分では無理と警察は実験の上で結論づけている」

「ふうん」

「次に弟の吉男だけれども、彼は事件当夜、つまり二十五日から、東北方面に旅行に行き、二十七日の深夜帰京している。彼のアリバイは充分ではないけれども、津軽では知人にも会っているし、旅行に行ったことは証明されている。詳しい事情を話してもいいが、長くなるからな。

　この平吉殺しに関しては、吉男みたいにアリバイがあってないような者が非常に多い。全員そうだと言ってもいいくらいだ。たとえば吉男の妻の文子もそうだ。彼女は主人が今言ったように旅行に行っている、娘二人は昌子のところへ泊っているというわけで、その夜は家に一人。アリバイはない」

「彼女がモデルだったなんてことはあるまいね？」

「当時四十六歳だぜ」

「うーん」

「だいたい女性軍はアリバイに関しては全滅なんだ。まず長女の一枝、これは離婚して上野毛の一軒家に一人住まいだからね。当時の上野毛はそりゃ淋しいところだったみたいでね、当然アリバイなんてない。

　次に昌子と娘たち。彼女らはいつも通り、昌子以下、知子、秋子、雪子、それに礼子と信代が、母屋に集まってワイワイガヤガヤやってから、十時頃各自の部屋にひきとって寝たというんだね。時子は保谷の母のところへ行っていたからここにはいない。

　梅沢家の母屋は、台所とレッスン室に使っていた応接間の小ホールを別にすれば、部屋数は六つある。平吉が全然母屋の方を使うことがなかったんで、娘たちは各自部屋を割り当てられてた。礼子と信代は二人で一部屋だった。この本にはその図もある。

　あまり関係ないと思うが一応言っておくと、一階の応接間の隣りから昌子、次に知子、そして秋子。二階へいって、同じ方向で言うと、礼子と信代の部屋、これが一番階段寄りだ。それから雪子の部屋、時子の部屋となっていた。

　どの部屋の娘も、皆が寝鎮まってからなら行動できないことはなかったろう。一階の連中は窓からだって出入りできたはずだが、これはない。何故なら窓の下の雪には足跡が全然なかった。

　もちろん玄関から道に出て、塀に沿ってぐるっと裏木戸まで廻れば犯行は可能なんだ。というのは玄関から門まで飛び石があったんだけど、知子が早起きして二十六日の朝、石の上だけ雪かきしてるんだ。知子の証言では、雪の上には新聞配達の往復した足跡があっただけだったと言ってるけど、まあ知子が言ってるだけだからね。

もう一つ勝手口がある。ここも昌子が、自分が起きてきた時足跡はなかったと言ってるが、これも彼女がそう言ってるだけでね、警察の連中が来た時にはだいぶ足跡は乱れていたという話だ。

それから塀を乗り越えた可能性、これはもう完全に除外できる。二十六日の午前十時半頃警察が調べたところでは、雪の上のどこにもそれらしい足跡はなかった。

さらにもう一つの理由として、大谷石の塀の上は、すべて厳重な鉄条網が巡らしてあって、大の男でも乗り越えるのは骨が折れそうだった。同じ理由で、塀の上を歩くなんてことも不可能だそうだ。

それからアリバイに関してあと二人残っているな、時子と平吉の前妻多恵だな。二人は互いに証言し合っている。時子は自分の家へ来ていたと多恵が証言している。娘たちのうちで、一応アリバイの証言があるのはこの時子だけだけれど、ま、これは肉親の証言だからね。あまり力はない」

「ということは、まがりなりにもアリバイが成立しそうな者というと」

「厳密な意味では一人もいない」

「なるほどね、誰もが可能性を持っている。二十五日、平吉は仕事してたんだろう？」

「そうみたいだ」

「モデルを使っていたんだね？」

「そう、そうなんだ。その話が途中になってた。雪の上の女靴はこのモデルじゃないかと、警察もそういう見方をした。

梅沢平吉がよく絵のモデルを頼んでいたところに、銀座の『芙蓉《ふよう》モデル倶楽部《クラブ》』というものがあった。たいていここからか、あとは富田安江の紹介してくれるモデルを使っていたんだ。しかし、警察が芙蓉モデル倶楽部をあたっても、二十五日に平吉のアトリエへ行ったモデルはいなかったし、大勢のモデルの中で、友人を平吉に紹介したという者もなかった。安江の方も、二十五日の仕事にと平吉に紹介したモデルはないという話だった。

ただ、面白いことを平吉が言っていたというんだな。二十二日に安江が平吉と会った時、いいモデルが見つかった、描きたい女に一番近いんだと言って喜んでいたんだそうだ。こんどの作品は、自分としては最後の大作だから、全力を注ぎたい。ぜひ描きたい女がいるが、これは無理だから、それにすごく近い女を見つけたんだ、と嬉しそうに話していたそうだよ」

「ふうん……」

「君、さっきから他人事のように聞いているようだが、これは君の仕事だぞ。ぼくは手伝っているってだけだ。今のぼくの言葉から、何かひらめくことはないのか？」

「別に」

「あきれたね！　これで解決だって？　描きたい女、最後のテーマは牡羊座だった。では平吉の言う描きたい女というのは娘の時子ではないか、時子は牡羊座だ。しかし裸婦だから、娘を描くというのはむずかしい。それで時子によく似たモデルを見つけたと、こういうところではないか、警察はそう考えた」

「なるほど、なかなかいい」

「それで東京中のあらゆるモデルクラブを、時子の写真を持って徹底的にあたったってわけさ。しかし一ヵ月以上かけてもこのモデルは見つからなかった。

何しろこの女が見つかれば、この密室事件は解決だからね。彼女は犯人と会っているんだから、顔を知ってるんだよ。しかしとうとう見つからなかった。二・二六事件が起っていたから手薄になったのか、とにかくモデルが見つからないので、警察も平吉が街頭か飲み屋でスカウトした素人だろうと判断するにいたった。

考えてみればプロのモデルが、よほど画家と親しくでもない限り、夜中の十二時頃までだらだらとポーズするはずもない。金に困っていた人妻か何かである可能性が高い。新聞で、自分が帰った後画家が殺されたのを知って、びっくり仰天して身を隠してしまったのじゃないか。お金のために人前で裸になったわけだから、名乗り出て新聞にでも出たら、隣り近所で何を言われるか解らない、とまあそんなところだろう。

警察もそれで、秘密は厳守するから名乗り出よと繰り返し訴えたが、とうとう出なかった。四十年後の今も、このモデルは誰であったか解っていない」

「犯人なら出てこないのも当然だぜ」

「え？」

「この女がもし犯人だったのならだよ。このモデルが平吉を殺した後、一人で二人分の足跡を作ったのかもしれない。自分の足跡の後に男の足跡を作っておけば、単独とすれば間違いなく男の方になる。さっき君が言ったような理由からだ。だから……」

「それも否定されている。何故かというと、この女、たぶんモデルだろうけど、男靴の跡も作ったとすると、男物の靴を用意してこなくちゃならない。とすると、雪が積もるのを予想していたことになる。

ところが雪が降りはじめたのは二十五日の午後二時頃で、それまでは全然降りそうじゃなかったらしい。モデルが夕方にでもやってきたならともかく、二十五日の午後一時頃にはアトリエに入っていると思われるんだ。これはアトリエのカーテンが引かれたり、家人たちには感じで解るんだそうだ。これは娘たちの証言だな。

だから、このモデルが、たとえ殺意を抱いてアトリエにやってきたとしても、男靴まで用意できたとはちょっと考えられない。

では思いついて、平吉の靴を使ったか？　しかし平吉の靴は二足しかなかったのを家族が証言しているし、二足とも土間にちゃんとあった。あれだけの足跡で、足跡を作った後、あるいは作りながらでもいいが、土間に平吉の靴を返しておくというのは、どう頭をひねっても不可能だ。

したがってこのモデルは関係ない。仕事をすませてさっさと帰ったと考えていいんだ」

「モデルがいたとすれば、だろう？」

「ああ、そうだ。いたとすれば、だ」

「男靴が犯人で、もう一つ女の足跡もつけようと思って女靴も用意してきたというなら、これはあり得るよな」

「そう……だな、これはあり得る。雪の降る中をアトリエへ入ったんだから」

「だが、考えてみると、そういういっさいがっさいはみんな本末転倒ともいえる。女靴が犯人で、もし男靴の跡もつけてやろうと思ったのなら、男靴の跡だけつければいいんだ。犯人が男だと思わせようとしてやるんだからな。

逆に女靴を用意して男靴の犯人がやってきたのなら、女靴の跡だけつければいい。これでいいはずだ。他に何か、二つ足跡をつけなきゃならない理由というのは考えられるかな……、あっ！」

「どうしたんだ？」

「頭が痛くなってきた。要するに状況の説明だけならいいのに、君が他の連中のつまらない推理までごたごたと聞かせるもんだから、頭がズキズキしてきた。それでなくても今調子悪いんだ」

「そうらしいな。少し休もうか？」

「そんなことはいいけど、状況説明だけにして欲しい」

「解った。現場に遺留品の類いはいっさいなし。灰皿には平吉のタバコとその灰があっただけ。平吉はヘヴィースモーカーなんだ。

　指紋も目新しいものはなし。モデルのものと思われる指紋はあったが、平吉は何人もモデルを使っていたからね。謎の男靴のものと思われる指紋はなし。ただ吉男のはあったから、彼が男靴ならね、あったことになるけど。それから故意にハンカチで指紋を拭き取ったという形跡も認められなかった。

　指紋だけでいうなら、犯人は家族のうちの誰かか、外部の者なら指紋を絶対残すまいと注意した人間か、要するに指紋調査からは大して得るところはなかったということだよ」

「ああ……」

「それからアトリエ内に、奇想天外な大トリックの跡、つまり氷が溶けたら頭の上に石が落ちてくるような仕掛けとか、滑車を壁にとめたネジの穴の跡とか、そういった形跡は全然なかった。だいたい凶器の類いは残ってないんだ。アトリエ内はいつも通り、なくなったものも増えたものもない。ただ部屋の主の命だけがなくなってた」

「アメリカあたりのミステリーにあったような気がするけどね、部屋には十二星座の絵があった。犯人も人間ならどれかの星座に属しているはずだから、絵の一つを傷つけるとか倒すとかして、平吉が犯人の星座を示すなんていいね、でもこの場合は……」

「即死だよ」

「残念ながら即死というわけだ」

「せっかく貴族趣味の道具だてが揃ってたのにな、おしいね！　まさか髭を剃って犯人を示したわけでもあるまい」

「即死だね」

「さて、これで目黒二・二六事件とも呼ばれている梅沢平吉密室殺人の手がかり、状況は、全部話したと思う。さあ、君ならどう推理する？」

「その前にさ、この後七人の娘は全員殺されるんだろう？　だったらこの時、娘たちは被疑者から除外できるわけだ」

「まあそうだろうけどね、でも平吉殺しとアゾート殺人とは、犯人が別々かもしれない」

「確かに。しかしいずれにしても、動機の点から考えるなら、文化長屋建設のためか、それとも例の小説を盗み読みした娘たちが身の危険を感じてか、それとも平吉にスキャンダラスな死に方をさせて、絵に高値をつけようとした画商がいたか、もうないかな……。いずれにしても例の小説に登場してくる人間のうちに犯人を捜す方が自然だろうなあ。他には動機を持つ者はいないはずだ。そうだろう？」

「そう思うね」

「ところで、絵は高値を呼んだの？」

「呼んだよ。百号一枚で家が建つほどにね」

「じゃあ十一軒も建っちゃうじゃないか」

「うん、でもそりゃ戦後になってからの話だよ。この『梅沢家・占星術殺人』もベストセラーになったし、多恵は遺言状の遺志がくまれ、吉男にしてもいささか潤ったろう。でもこの事件後、すぐに日中戦争が始まってるわけだし、さらに四年後は真珠湾だ。当分それどころじゃなかったろうよ。警察も捜査に没頭できなかったんだと思う。だからこんな面白い事件が迷宮入り同然になっているんだろうけどね」

「しかし、世間も騒いだろうな。これだけ悪魔的な道具だてが揃うと」

「そりゃあ大変なものさ。その大騒ぎだけで一冊、それも相当厚手の本ができてしまう。ある老錬金術研究家が言うには、平吉手記は品性下劣な拡大解釈である。こういう低級な妄想をたくましくするから神の逆鱗《げきりん》に触れたのである。密室にて人力の能《あた》わざる死に方をしたのも神の仕業なる何よりの証拠なり、という調子で決めつけている。こういった類いの主張はすこぶる多い。まあ一種の道徳論だけど、こういう意見が出るのはこれは当然だろうね。

　この事件はエピソードにはこと欠かない。梅沢家の玄関は、宗教家の品評会場みたいな騒ぎになった。日本中からあらゆる種類の宗教家が、入れ替わり立ち替わり現われたらしい。たとえば、玄関に上品そうな中年の婦人が現われたとみるや、あれよあれよという間に応接間にあがり込んで長々と説教を始めたとかね、怪しげな宗教団体、祈祷師《きとうし》、牧師、神がかりのお婆さん、そういった人々が自分のＰＲを兼ね、全国津々浦々から梅沢家に押し寄せるようになった」

「いいね！」

　御手洗は一瞬、嬉しくてたまらないという顔をした。

「この辺の話もなかなか面白いけど、ちょっとね。君はどう思う？」

「神様が犯人じゃね、ぼくらの出る幕はない」

「そう思うね、ぼくも。知能犯罪と考えて、論理的に解明しようとするから面白くなる。

さて御手洗先生、どうかな？　お手あげだろう？　アゾートに限らず、この平吉殺しの密室だってなかなかの難問だ」

御手洗はするとちょっと苦しそうに顔をしかめた。

「ああそうだな……、これだけじゃ断定はむずかしいな。誰がやったかというと……」

「いや犯人じゃないよ。方法だよ。内側からカバン錠の下りた、この密室での殺人方法」

「ああ、そんなのは簡単だ！　ベッドを吊りあげればいいんだろ？」

3.

「凶器は面積を持つ板のようなものだったんだ、だったら床でもいいわけだ。

カバン錠だって悩む必要はなくなる。平吉が自分でかけたんだもの。

そう考えれば、一応いろんな面で辻褄が合ってくる。遺言状として書いたと平吉自身が断わっているあの小説には、自分が自殺するようにほのめかしてある。しかもせっかくの密室なんだし、犯人としては平吉は自殺したように見せかけた方がいいのは解りきっている。それがどうして脳挫傷が死因の死体になったのか、それも後頭部。これでは他殺以外考えられないから当然犯人捜査が始まってしまう。みすみす遺書があったのに、ま、それは犯人は知らなかったのかもしれないが。それにしても何故こんなことをしたのか？

それは明らかに犯人側の失敗だったというふうに考えられる。えらく奇想天外な方法のようだけど、他が否定されちゃ……、仕方が……ない……」

「そうなんだ！　すごいじゃないか。当時の警察だって、君ほどすぐには気づかなかったんだぜ。でもどうしたんだ？」

御手洗は黙り込んでしまって、なかなか続けようとしない。

「ああ何だか、全部馬鹿馬鹿しいような気がして、喋るのが、面倒なんだ……」

「ふむ、ではぼくがあとを続けよう。ベッドにはキャスターがついていた。どちらかベッドに近い方の天窓のガラスをはずして、まずカギのついたロープを一本降ろしてベッドのどこかにひっかけ、天窓の下まで持ってくる。平吉は眠る時、睡眠薬を常用しているのが解っている。しかも相当量が増えていた。慎重にやれば起きない。

それから同じようにカギのついたロープをあと三本降ろしてベッドの四隅にひっかけ、そろそろと持ちあげる。ベッドに載った平吉が天窓のところまで持ちあがったら、青酸カリとか、手首を切るとか、まあ方法は断定できないが、自殺に見える工夫をして殺すつもりだった。

ところが計画と実際とじゃ大違い、何しろぶっつけ本番、練習ができないんだから。四人でそれぞれ四つのロープを引っぱったんだがやってみると何ともむずかしいもんでうまく息が合わず、天窓近くでぐらりとベッドが傾いてしまった。それで平吉は真っ逆さま。何しろ二階の床を取り払った土蔵だから、天井近くからだと十五メートルもあるだろう。これじゃあとても助からない」

「ああ……」

「しかし大したもんじゃないか御手洗君。当時の警察もこの方法に気づいたのは一ヵ月近くも経ってからなんだ」

「ああ……」

「じゃあ、あれはいったいどうなんだい？　解るの？　足跡のトリックだ」

「ああ……、ん！」

「解るのかい？」

「あんなもの、どうにでもなるだろう？　ええ……と、ちょっと考えさせて……、ううんと、そうか。

こんなところだろう。例の窓のところにごちゃごちゃと足跡が重なっていたのは、窓のところで何か密室作りの小細工をしてたんじゃなくて、あのあたりに梯子をかけていたんだ。ベッドを持ちあげる係は最低四人必要だし、自殺と見せて殺す係が別に一人いたとしたら、総勢五人もいたことになる。だから梯子から雪の上に降りる時、どうしてもあんなふうにごちゃごちゃと足跡がついてしまうわけだ。

それから二筋の足跡だけど、モデルのと思われる女靴の跡は本物として、あと一筋の男靴の跡の方なんだけれど、これは、バレエダンサーなら爪先立《つまさきだ》って歩けるからね、雪の上でそんなふうに歩くと、竹馬の跡みたいになると思う。最初の者がそんなふうに歩いた跡を、次の者、その次の者、と同じ歩き方で同じ場所を踏んで歩けばいい。でもどうしてもちょっとはずれる。それを大きめの男靴を履いた人間が、最後につぶして歩けばいい。

先に歩く者が最後に歩く者より靴が小さいなら、理屈では可能のように見えるけど、どうしたって少々ずれるだろうし、さっき君の言ったような不都合も起る。何しろ前に最低四人はいるわけだから。でも爪先立って歩けるバレエダンサーが先を歩くのなら、千人いたって平気だ。となると、必然的に犯人も決定されてくる」

「そうなんだ！　君はやっぱり非凡な力を持っているよ御手洗先生。こんな横浜のはずれで占い師なんかやってるのは、国家的損失かもしれない」

「ああそうかい？」

「梯子を降りた地点では、みんなで同じ場所を踏むのを心がけるなんてことはちょっとむずかしい。それに梯子の跡も残る、だからあんなふうに最後の男靴は、念入りに足ぶみしておかなくちゃならなくなる。これがあの図(図2)の、足跡が乱れた場所になって現われたわけさ」

「………」

「さて」

と私はひと息つくつもりで言った。

「そこまでは解ってるんだ。問題はその先なんだけどね」

私がそう言うと、途端に御手洗はいくらか気分をそこねたらしく、

「ふん！　そうかね。ところで腹減らない？　石岡君。ぼくは減りましたよ。降りて何か食べに行こうよ」

と言った。

翌日は、少し早めにと思い、私は遅い朝食をすませるとすぐに綱島《つなしま》へ駈けつけた。御手洗は、ハムエッグスを作ろうと思ったのだが、途中で挫折してハム入りのいり卵に変更したというのが一目瞭然な代物と、パンとで食事をしていた。

「おはよう、食事中だったのか」

と私は声をかけた。すると彼は何となく肩で皿を隠すような仕草をした。

「えらく早いんだな。今日は仕事はないのかい？」

「ないよ。うまそうな食事だな」

と私は言った。

「石岡君」

と御手洗は、食べながらあらたまった口調で言う。

「あれは何だと思う？」

彼は小さい四角い箱を指さす。

「開けてみたまえ」

開けてみると、それはコーヒーを淹《い》れるための、ドリップ式の新しいカップだった。

「隣りの袋にはひきたての豆が入ってる。君がコーヒーを淹れてくれたらもっとうまい食事になるんだが」

と彼は言い、見るとテーブルの上には水しかなかった。

「昨日はどこまで聞いたっけな？」

食後のコーヒーを飲みながら、御手洗は言う。ありがたくないことに、鬱病は昨日よりは快方に向かっているらしかった。

「梅沢平吉の殺害事件までだよ。だから三分の一ってところだ。土蔵を改造した密室で殺されたと説明したら、君がベッドを吊りあげたんだと気づいたところまでだった」

「ああ……、そうだった。でもそいつは何か根本的に矛盾があったと思ったなあ。何だったっけな……、君が帰ってからぼくも少しは考えたんだ。時間がたったので忘れてしまった。まあいいや、思い出したら言うことにしよう」

「昨日、説明し忘れたことがあるんだ」

私はさっそく始めた。

「弟の梅沢吉男のことなんだけどね、彼が昭和十一年二月二十六日の事件当日、東北方面に旅行していたことは話したと思う。

この事件を、事件というのは平吉殺しに限らず、この梅沢家の事件全体をややこしくしている要因のひとつに、この吉男と平吉が双子みたいに顔がよく似ているということ、それと死んだ平吉の顔に髭がなかったという点、この事実があるんだな」

御手洗は何も言わず、私を見ていた。

「事件の当日は平吉に会った者はいないんだけれども、二日前には髭があったことを、家族や富田安江が証言している」

「それがどうしたの？」

「だってこれは一応重要だろう？　平吉と吉男の入れ替わり説を粉砕しておかなきゃならない」

「そんなのは問題にもならないだろう？　吉男は東北の旅から帰って……、それはいつだっけ？　そう二月二十七日の深夜だ。その日に帰ってから吉男は妻の文子や、礼子、信代の娘なんかと普通に生活しているわけだろう？　出版社とのつき合いもある。いくらよく似てるったって、こういう連中まで騙せるわけがない、全然問題にもならない」

「うん、まあそれは常識的にはぼくもそう思う。しかしこの先アゾート殺人まで話が進むとね、ここをこんなにあっさり片づけて君も後悔することになると思うぜ。平吉を何とかここで生き残らせておかないと、先で困るのが目に見えてるんだ。ぼくもイラストレーターだから、出版社の人なんかとおつき合いがある。徹夜明けに会ったりすると、おや別人みたいに見えますね、とか言われることがあるからなあ」

「妻子にも徹夜明けだっていうのかい？」

「髪型変えたり、眼鏡をかけたりして、そのせいと思わせれば、編集者くらいは騙せるかもしれない。原稿渡すのは夜だけにすると決めたりして……」

「梅沢吉男はこの事件以来、眼鏡をかけたという記録でもあるのか？」

「いやないけど……」

「ま、君のために出版社の連中が全員強度の近視で、しかもかなりの難聴だったと仮定しよう。でも終始一緒に生活している女房までは騙せないぜ。もしそういうことがあれば、これは妻も共犯とみなければなるまい。するとこんどは、この一連の殺人の犯人が同一人とすればだが、実の娘二人を殺す片棒を文子はかついだことになるぜ」

「うーん……、吉男は娘二人も騙さなきゃならないもんなあ……。あっ、いや、これで娘二人を殺す理由ができたじゃないか。あんまり長く暮すとボロが出るから、娘は早く殺してしまおうとしたとか」

「あんまり思いつきを言わないで欲しいな。文子にとってはどんなメリットがあるんだ？　主人や娘と引き換えに、文化長屋のひと部屋を確保しようとしたのかしらん」

「……」

「芋を焼くのに、一万円札の束を燃やすようなもんだね。それとも平吉と文子とは、前々から怪しい仲だったふしでもあるのかい？」

「いや」

「だいたいこの兄弟二人がうり二つってのも怪しいもんだぜ。アゾート殺人なんかが起ったもんで、そういやあの二人はそっくりともいえるんではあるまいか、とかそんな話になってきたんじゃないのかな？　無理やり平吉を生き返らせようとして」

「……」

「とにかく、この二人の入れ替わりなんてのは絶対あり得ない。そんなのだったら、昨日の、神様の仕業って方がまだ信じられるよ。

　可能性があるとしたらこういうことくらいだろう。吉男とは関係なく第三者の、誰か平吉にそっくりな男、つまり文字通りの第三者だな、こういう人間を平吉があらかじめ見つけておいて身代わりに殺したと、この程度ならね、あるいはと思うけれど、そんなに都合よくそっくりさんがいるものかね。

　こりゃあもうこのくらいでいいだろう？　入れ替わり説なんていうのはまるで馬鹿げてるよ。そもそもこんな話が出るってのも、弟の吉男に確実なアリバイがないからなんだろ？　こいつを証明しちまえば、少なくとも兄弟の入れ替わり説は粉砕できたという理屈になる。そうだろ？」

「ずいぶん景気がいいな御手洗君、今この時点では確かにそうだろう。だが話がアゾート殺人にまで進んだ時、そんなに強気でいられるかな？　たぶん吼《ほ》え面かくことになるぜ」

「そりゃ楽しみだね！」

「身のほどを知らぬというか……、まあいい、吉男のアリバイだったね」

「そうだ。事件当夜、吉男が宿泊した東北の旅館なんか当然解ってるんだろう？　だったらアリバイの証明なんて簡単じゃないのか？」

「ところがこれがそう簡単じゃないんだ。何故かというと、犯行時の二十五日夜から二十六日の朝にかけては、吉男は夜行列車の中で証明がむずかしい。

　それから翌朝青森に着いてすぐ旅館に入ればよかったんだけれど、二十六日は一日中吉男はカメラをぶら下げて津軽の海を撮り歩いていてね、誰にも会ってない。夜になって旅館へ入ったんだ。だからやっかいなんだよ。しかもその旅館も予約していたわけじゃない、行きあたりばったりなんだね。まあ、冬だからね、予約の必要もなかったわけだ。だから女房も連絡がとれなかったんだが。

　二十六日の夜、津軽の旅館へ入ればいいのなら犯行は可能なんだ。二十六日、平吉を目黒で殺してから上野駅へ駆けつけ、明け方の列車に乗ったとしたらね、吉男が宿に入った時間には何とか着けるんだ。

　二十六日一日は冬の津軽の散策だが、二十七日は、朝から知人が旅館へ吉男を訪ねてきている。これは作家梅沢吉男の読者らしい。そう親しい間柄じゃない。会うのはこの時でまだ二度目という話だった。この男とずっと行動を共にして、お昼の列車に乗って東京へ帰ってきている」

「なあるほどね！　すると二十六日に撮影したフィルムがアリバイの決め手になってくるわけだ」

「そうなんだ。吉男は少なくとも雪が津軽に降ってからは東北には行っていない。これはどうやら証明できるんだ。つまりこの時がその冬はじめての津軽だったんだ。だから撮影されたフィルムがその時のものでないとすれば、それは昨年の撮影ということになる」

「自分で撮ったとすれば、だろう？」

「うん、でも東北方面には、景色を撮ってフィルムを送ってくれるような友人はいそうもなかった。これは殺人の片棒をかつぐことになるんだからね、大変なことだ。理由を知らずに軽い気持ちでやったなんていうのなら、警察に訊かれりゃそう言うだろうしな、そこまで吉男に義理立てしそうな人物は浮かばなかったんだよ。

だから吉男がもしそんなトリックを弄《ろう》するとしたら、彼が自分でやったはずという判断があってさ、それからフィルムを調べるとその前の年の秋、つまり昭和十年の十月に新築された家が写っていたというわけなんだ。これが決め手になった。

この辺の話はなかなか劇的だろう？　この本の盛りあがる部分のひとつだったよ」

「ふうん、そういうことならアリバイは成立だろうな、とすれば兄弟の入れ替わり説もなしだぜ」

「まあ一応そういうことにしておこう。早く君の困った顔を見るためにも、次の事件へ進もう。いいかい？」


「いいとも」

「次の事件はね、平吉の妻昌子の連れ子のうちの長女一枝ね、解るでしょう？　昌子と前夫村上諭との間にできた娘のうちの一番上の娘だ。この一枝が上野毛の自宅で殺された。

時は平吉の事件から約一ヵ月後の三月二十三日夜、殺害の推定時刻は夜の七時から九時の間。凶器は一枝の家にあった厚いガラス製の花瓶。この事件の場合、凶器が遺っていた。このガラス瓶で殴打し、死にいたらしめたものらしい。らしいというのはね、これがこの事件の唯一の不可解な点なんだけれども、凶器に使ったと思われるこの花瓶に、当然血がついたはずだけれども、それが拭き取ってあったことだ。

平吉の密室に較べれば、この一枝殺しは謎が少ない。そう言っては不謹慎かもしれないが、殺人事件としてはいたって平凡なものにすぎない。それに動機も『物盗り』とほぼはっきりしている。部屋も荒されているし、箪笥《たんす》は物色され、抽斗からは金や貴重品もなくなっている。どう見ても荒っぽい仕事だ。となると、凶器であることが誰の目にもはっきりしているこの花瓶から、血を拭き取る理由がないじゃないか。そうだろう？

血を拭いたといっても、水で丁寧に洗っているわけじゃない。布か、紙でさっと拭いたものなんだ。だからたちまち一枝の血が検出されている。

もし凶器であることを隠したいのなら、これは持ち去ればいい。その方がずっと確実だ。ところがそうされるでもなく、血を拭き取られ、襖《ふすま》を隔てた隣りの部屋に、いかにもこれが凶器ですといった感じで転がっていた」

「警察や、戦後の素人探偵たちは、これを何て言ってるんだ?」

「うっかり指紋をつけたんだろうと言ってる」

「なるほど。案外それは凶器じゃなくて、血を薄くなすりつけただけなんてことはないのかな?」

「それはないね。一枝の傷口の状態と、この花瓶の形状とは完全に一致する。疑問の余地はない」

「へえ、じゃ女なのかな、無意識に凶器の血を拭いてもとの場所へ戻したのかもしれない。これは何となく女性を連想させる」

「それも絶対に違う確実な証拠があるんだ。これ以上確かなものが他にあったら教えて欲しいというくらいの確かな証拠がね。この犯人は男なのさ。何故かというと、死体は強姦されていたんだ」

「うーん……」

「どうやら死んでから犯した可能性が高いらしいんだけれど、一枝の体から精液が出た。血液型はO型。そこで、今までに登場した男の血液型を全部調べてみると、といっても平吉を除けば男は梅沢吉男と安江の息子平太郎の二人だけなんだけど。吉男の血液型はA、平太郎はOなんだけれど、彼は三月二十三日の夜七時から九時には、確実なアリバイがある。

というわけでね、この事件は、平吉殺しや後のアゾート殺人なんかとはいっさい関係ないと思われるんだね。たまたまこのふたつの事件の谷間にはさまって起ったというだけの、不幸なハプニングなんじゃないか。このひとつをとってみても、梅沢家というのはよほど祟《たた》られてるのさ。世にいう呪われた一族だね。もっとも正確には一枝は、梅沢家の血というものは引いてないんだけれども。

何もこんな時、こんな事件が起きなくてもよさそうなものだが、こんなものまで加わってるんで、全体がよけい入り組んで、難解なものになってる。ま、事実難解なんだが」

「一枝殺しの計画は、例の平吉の小説にも出てこないしね」

「そうなんだ」

「一枚の死体はいつ発見されたんだ？」

「翌三月二十四日の夜八時頃らしい。近所の奥さんが回覧板を届けにいって見つけたんだ。近所とはいっても、当時の上野毛は人家もまばらな田舎だったそうなんでね、多摩川の土手からもそんなに離れてないような場所だからなあ、発見も遅れたんだろう。

もう少し正確に説明するならね、もっと早くに発見できた可能性はあったんだ。というのは、近所の主婦が回覧板を持って金本家、金本という人に嫁いでいたんだけれど、金本家に行ったのは殺害翌日のお昼過ぎだったんだ。その時玄関に鍵もかかってなくて、土間に入って上がりぶちのところで何度も呼んだんだね、でも返事がないから買物にでも行ったんだろうと思って、下駄箱の上に回覧板を置いていったん帰ったらしい。でもその日の夕方になっても、回覧板が先へ廻っている気配がないので、また金本家へ行ってみた。もう暗くなりかけているのに家に電灯がともってない。玄関を開けてみると、相変らず回覧板はそのままだ。それで、もしやと思ったんだね。

でもそこで踏み込む勇気はなくて、この人はまたいったん家へ帰ってる。ずいぶんまごまごしてるみたいだけど、まあこんなもんだろうな、それで主人が勤めから帰ってくるのを待って、一緒にあがってみたらしいんだ」

「一枚の嫁いだ金本家というのは、中国人だって言ってたね？」

「うん」

「職業は？　貿易商か何かかな？」

「いや、飲食店の経営というから、中華料理屋じゃないのかしら。銀座や四ツ谷に何軒か、かなり大きな店を持っていたらしい。だからちょっとした成功者だな、お金持ちなんだよ」

「じゃあその上野毛の家も、かなりの豪邸だったのかい？」

「ところがこれがまったく普通の平屋なんだ。これもおかしなところでね、だからスパイ説なんかが出てくる」

「恋愛結婚？」

「そうらしい。相手が中国人ってことで、当然母の昌子は猛反対した。当時の情勢だからね。だから結婚後しばらくは梅沢家と往き来が途絶えていたらしい。でもやがて雪融けがあったようだ。

しかし、二人の結婚生活は数年間だけで、正確には七年間だったと思ったが、事件の一年ほど前、日中間の雲行きが急を告げてきたと判断した金本は、店の権利を人に売って本国へ帰っている。離婚だな。

この破局は、戦争が二人を裂いたということには違いないが、例の性格の不一致というやつもあったらしく思われる。一枝は、ついていこうとした形跡なんか、全然ないからね。

とにかくそういうことで、一枝は上野毛の家をもらった。名前は面倒だから、ずっと金本のままでいたらしいんだ」

「その家は誰のものになったんだ？　主が殺されてから」

「やっぱり梅沢家が管理することになったんじゃないか？　金本家の親類縁者なんて、まったく一人も日本にはいなかったろうからね。一枝には子供はなかったし、売ってしまおうにも殺人のあった家だからなあ、ほとぼりが冷めるまで買い手はつかないと思うよ。当分空き家になっていたはずだ」

「誰も怖がって近づかない、人家もまばらな多摩川付近の一軒家か、まるでアゾートの制作のために、あつらえたような家だな」

「そうなんだ。素人ホームズの諸氏も、大半がここをアゾート制作の現場だと指摘している」

「平吉の小説では新潟県になってるのに？」

「うん」

「とすればそれは、犯人は平吉を殺した後、アゾート制作のためのアトリエを確保するため、一枝を殺害したと、こういう考え方なのかな？」

「ここをアトリエだと考える人たちは、そうなんだろうね。

確かにね、この後のアゾート殺人を見ると、犯人は緻密な計画をたてて冷静着実にことを進めているような感じがある。この家がアゾート制作のアトリエに向いているのは、それは間違いのないところだ。ややこしい事件なら警察もたびたびこの現場に足を運ぶだろうけれど、単なる行きずりの物盗りだからね、そう何度もやってきはしないだろう。

人家はまばらだし、数少ない近所の連中も気味悪がって近づかない、面倒な親戚もほとんどいやしない、唯一の親戚の梅沢家は、それどころじゃないはずだ。多少目端のきく人間なら、この家の主を物盗りを装って殺せば、この先当分この家が空き家になることくらい、楽に見当がついたろう。

ところがだ、そう考えるとたちまち困ったことになってくる。そうなるとこの一連の梅沢家占星術殺人事件の犯人は男、それも血液型O型の男という話になってくる。

　今までの登場人物にこだわるなら、別にこだわる必要はないという意見もあるだろうが、この先のアゾート殺人を考えると、外部の人間の仕業とはどうにも考えられないんだな。現在までの登場人物の内に犯人を捜すという方が、ずっと自然なはずだ。すると、これはもう富田平太郎しかいないではないかという話になってくる。そうだろう？　血液型Oの男となると、メディシスの平太郎しかいない。

　ところがこの平太郎という可能性は、ふたつばかりの理由から、決定的にむずかしい。

　まず第一に、彼には確実なアリバイが成立する。一枝殺しのあった時刻、彼は銀座のメディシスで、三人ばかりの知人と談笑している。それをウェイトレスも見ている。これがひとつ。

　それから、もしも平太郎が犯人とするなら、目黒の梅沢平吉殺しも彼ということになる。しかしそうすると、ここでカバン錠の下りた密室という大問題にぶつかるわけさ。

　もし彼が平吉を殺したのなら、モデルの帰った後平吉を殺し……、またここにも問題があるんだが、平吉は睡眠薬を飲んでいた、平太郎が絵の売買か何かの問題で平吉のアトリエへ行くのはあり得るとしても、それほど親しいとも思えない平太郎の目の前で、平吉は睡眠薬を飲んだことになる。

　それとも親しい人間の犯行と思わせるために、殺す前に脅《おど》して飲ませておくなんてややこしい工作を平太郎がしたのか？　そう考えるのは、どうもこちらの都合を優先しているように思えて、気分が良くない。

　ま、そういったことを気にせず、先へ進むにしても、平吉を殺してアトリエを出る時、彼が一人でカバン錠を下ろして密室を作るという工作をやったことになる。これは難問だぜ。

　したがって平太郎を犯人とするためには、このカバン錠のトリックを解明するという条件がつくのだよ」

「ふむ、困ったことならもっとあるだろう？　平太郎も画商なら、平吉がライフワークと自分でも言っている十二枚の大作を、自分が預かるなり、預かる契約を結ぶなりしてから殺そうとするんじゃないかな？　家が建つほどの高値を呼んだのは、当然この大作の方なんだろう？」

「そうなんだ。平吉という画家は、生涯のうちで大作と呼べそうな作品は、いやこれは物理的に大きいキャンバスという意味なんだけれど、例の十一枚しか描いてない。あとは小品ばかりなんだ。それもこの十一枚のための習作といった傾向のものが多い。残りはドガふうの、バレリーナの絵だ。これらはほとんど安江が預かってはいたが、これらの作品群はしたがって、それほどの高値は呼ばなかった」

「うん」

「だがね、そういうこともだけど、この一枚殺しも、この梅沢家にまつわる一連の事件の同一犯の仕業だとしたら、いたって衝動的な、意志薄弱な犯人像が浮かびあがってきそうだ。ぼくらの期待するような、冷静で知的な人間じゃなさそうだぜ。自分の血液型や性別まで知らせてしまうような間抜けじゃね!」

「ふむ」

「しかし、今言ったような一連の理由のために、O型の平太郎は除外するとする、そうだもうひとつあった、単独犯行なら、彼はメディシスから梅沢家まで、雪の中を四十分で移動しなくちゃならなくなる、平吉殺しの方も、時間的にちょっと無理がある。

平太郎をそういった理由から除くとしたら、これはもう犯人は、われわれの見当もつかない外部の人間という話になって、このミステリーから推理の面白さは半減してしまう。まあ、それは贅沢というものかもしれないが」

「うん」

「だからね、ぼくとしてもこの一枚殺しは、一連の事件とは全然無関係だと、偶然間にはさまって起った突発事だと思う。というか、思いたいね」

「ふむ、ということは、君としてはここがアゾート制作のアトリエとは考えないということだね?」

「うん……、そういうことになるね。一連のこの事件の犯人が、後のアゾート事件のために一枚を殺してこの上野毛の家を手に入れたなんてね、ちょっと考えられない。

それはね、お話としては面白い。殺人のあった空き家で、アゾートが夜な夜な狂気の芸術家によって創られているなんてね、怪奇小説としては確かにぞくぞくするよ。でも実際問題としてはどうだろう? 真暗な中ではできない。蝋燭《ろうそく》の明りくらいは必要だろう。すると近所の噂くらいにはなるんじゃないだろうか。

そうなると警察だって、普通の噂話のケースよりは腰をあげやすいだろう。そうして警官がやってきた時、自分の家だったら令状を持ってこいと玄関先で追い払うこともできようが、空き家じゃね。ぼくなら全然別の、誰にも知られてない家を手に入れるね。この家じゃおちおち仕事もできない。できあがったアゾートだって、ゆっくり鑑賞もできない。もっと落ちつける場所にするね」

「ふむ、これはぼくもそう思うね。でも素人探偵のみなさんのうちには、ここをアゾート制作の現場だと言う人が多いわけだろ？」

「そう、アトリエを確保するために一枝を殺し、この家を手に入れたという考え方ね」

「すると血液型の問題などから、必然的に外部説に傾いていくわけだ」

「そう、まったくそういうことなんだ。ここはちょっとした分岐点なんだね」

「ふうん、この事件を行きずりの物盗りと考えない限り、梅沢家占星術殺人は外部の者の犯行という話になる……か、しかし、この一枝殺しは迷宮入りだろう？」

「そうだよ」

「行きずりの物盗り程度で、犯人があがらないわけか」

「そう言うけど御手洗君、迷宮入りにこういうケースは案外多いんだぜ。たとえばぼくらが今北海道へでも出かけていって、一人暮しの老婆を殺して床下の金でも奪ってきたとしたら、これはもう警察はぼくらを捜しようがないはずだ。ぼくらとこの老婆を結ぶものは何もない。こういう種類の事件で、迷宮入りになっているケースは非常に多いんだ。


謀殺、つまり計画殺人の場合、犯人は必ずはっきりした動機を持つからね、そういうケースでなら、いつかは必ず挙げられる。こういう場合、あと必要なものはアリバイ捜査ひとつだ。


ところが、ついでに言えばこの梅沢家の事件がお宮入りになっている理由の一つに、この動機の問題がある。この先に来るアゾート殺人は、動機を持つ者がまったくいないんだ。動機があるのは梅沢平吉ただ一人だが、これはしょっぱなに殺されている」

「ふむ」

「だけどぼくは、外部説は考えたくないな。聞いたこともないような人間が犯人だというんじゃね、ちっともスリルがない」

「といった理由から、君の考えは、この一枝殺しは単なる行きずりか……、ふむ。解った、とにかくこの一枝殺しの現場の様子も、一応解説してもらおうかな」

「この本のここに図（図3）がある。これを見てくれれ

図3

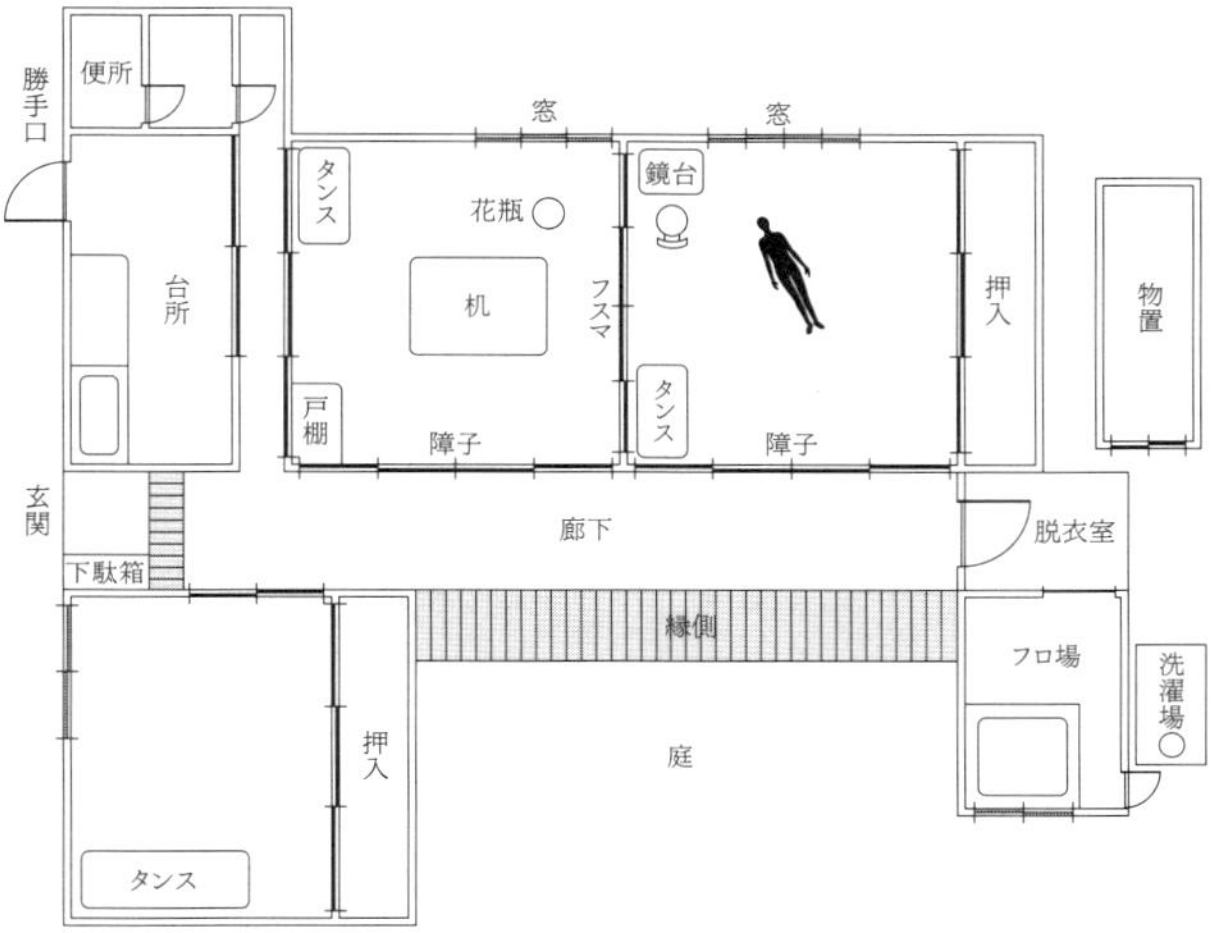

ばいい。これに大してつけ加える事柄もない。何の変哲もない事件なんだ。一枝は和服を着て倒れていた。別にとりたてて服装が乱れているということもない。ただ下着をつけていなかった」

「ん？」

「こんなのは別に驚くにはあたらないだろ？　当時の習慣としては自然な話だ。

　箪笥の抽斗は全部引き出され、中身が部屋に散乱していた。金もなくなっている。

　この部屋には三面鏡があったが、こっちは少しも乱れていない。きちんとたたまれ、鏡台の上は少しも乱れていない。

　凶器の花瓶は、襖一枚を隔てた隣りの部屋の畳の上に転がってた。

　それからだ、発見された時一枝の倒れていた場所、それがこの図（図3）の場所なんだが、この場所がどうも殴打されて最初に倒れたはずの場所じゃないようなんだな、殺してからここまで動かしたらしいんだ。

　相当強く殴られているから傷も深く、血も若干飛び散ったはずだと思われるのだけれど、ここだと特定できる場所がない。殺した後乱暴しているのだから死体を都合のいい場所へ移動するのは当然だとしても、殴打された場所がないというのはおかしい」

「ちょっと待ってくれ、やはりそうなのか。殺した後、情交しているのか？」

「うん」

「それは確かなのか？」

「どうもそうらしい」

「そいつは納得できないな。さっき君は一枝の服装が乱れてなかったと言ったろう？　これが君の言うように、行きずりのけちな物盗りで、自分の血液型も性別もはっきり示していくような粗忽《そこつ》な男の仕業としたら、死姦した後、女の服装をちゃんと直しておいたりするだろうか」

「ああ……、うん、そうだな……」

「まあいい、続けてくれよ」

「うん……、殴打された場所がないというのはおかしい。そしてこの家の外にその場所を求めるというのは、ちょっと不自然だ。いや、この可能性を非常に問題にする人はいる。未だに論じられてるし、やろうと思えばできないことではないが、ぼくにはその理由があるとは思われない。警察が念入りに現場を検証すると、きちんとたたんであった鏡台の鏡、三面鏡だからね、この鏡の表面に、相当綺麗に拭き取ってはあったのだけれど、ごく少量の血液が付着していることが判明した。そしてこの血が一枝のものと一致した」

「すると、鏡に向かって化粧している時、殺された？」

「いや、死体の状態から見て、そうではないらしい。あまり化粧はしていなかった。髪を梳《す》いている時だろうといわれている」

「鏡に向かって？」

「鏡に向かって」

「ええっ？　それじゃまたおかしな話にならないか？　この家は平屋だったね？」

「そう」

「この図（図3）で見ると、鏡台の横には襖がある。鏡台に向かってすわる時、背中の方向には障子《しょうじ》があって廊下がある。この賊が、鏡台に向かっている一枝を殺そうとしてこの部屋に侵入するとしたら、横の襖を開けて隣りの部屋から来るか、障子を開けて一枝の背中側から来るか、ふたつにひとつしか方法はない。

仮りに背中から来たとしたなら、鏡に映ったはずだ。すわったまま、おとなしく殴られるのを待ったろうか？　あり得ないね、即刻立ちあがって逃げだすだろう。

では横からか？　三面鏡なら、これも横の鏡に映ったかもしれない。映らないにしても、気配や襖の開く音で、そっちを反射的に振り向く余裕くらいはあったはずだ。一枝は前頭部を、前から殴られているのかい？」

「いや、ちょっと待って……。いや、やはり違う。背後から、犯人に対して後ろ向きの姿勢ですわっている後頭部を殴打されたと思われる、とある」

「ふむ、平吉の時と同じか。何か匂うな……。まあいい、もうひとつ窓から入ってくるという方法もあるが、これはもう、なおさら変だ。賊がもたもた窓から侵入する間、一枝は髪を梳きながらのんびり待っていたことになる。

　やっぱり変だ。行きずりの物盗りという線は、ぼくには解《げ》せない。顔見知りだ。でないとちっとも理屈が通らないぜ。スツールにすわって、しかも前には鏡、それも三面鏡があった。そういう条件で、立ちあがって逃げもせず、振り返りさえしないでおとなしく殺されてる。鏡の方、つまり前を向いたままでだ。これはすぐ背後に犯人が迫っているのを知っていて、なおそのままの姿勢でいたということだ。

　こいつは絶対に顔見知りだ。しかも相当親しい間柄だ。賭けてもいいね。一枝は鏡に相手の顔を見ていたはずだ。行きずりの物盗り、それも粗忽な男だなんて絶対に信じられない。そんな奴が鏡の血を入念に拭き取るもんか！　鏡の血を念入りに拭いたということは、親しい間柄だってことを隠そうとしたんだ。間違いない。こいつはすごいヒントだぜ。

　この二人は親しい。それも相当に親しいと思う。体の関係があるくらいのね、だってあまり親しくもないような男の前で、背中を向けて鏡台に向かったりはしないだろう？　当時の女は。

　あれ？　とするとまた変だな、何でそんな深い仲の男が、殺した後で犯さなくちゃならないんだろう。生きてるうちに充分楽しめるはずなのにな。情交があったのは前なんじゃないのかい？　殺す前」

「うーん、それが、理由は解らないんだけど、どういうわけか、これには殺した後となっている。こいつは一応定説になってるんだ。でも確かに妙だね、逆かもしれないな」

「死姦に興味のある男だったのか。くそ、分裂症だぜ、こいつは。とにかくこの犯人は、そういう深い仲の男でなくてはならない。一枝には当時、そういう男がいただろう？」

「ところが、だ、申し訳ないが、そういう事実はまったくなしと結論されている。警察の徹底した捜査の末の結論なんだ。それらしき人物はまったく浮かばず、というわけだ」

「ありゃ、お手あげだな！　いや、待てよ、そうじゃない、化粧だ！　一枝は化粧をしていなかった。君、さっきそう言ったよね？」

「うん……？」

「そういう男の前で、三十過ぎの女が化粧気なしでいる……？　そうか！　女だ。石岡君、こいつは女だぜ。いや、駄目だ！　精液を発射できる女がいるわけないじゃないか石岡君。

だが女、ならいいんだけどな、犯人がもし女なら、それも顔見知りの女の前でなら、一枝も背を向けて鏡台にもすわるだろう。化粧だってしないでいるかもしれない。背中に花瓶を隠し持って、にこやかに近づいてポカリだ。これなら一枝は、逃げもせず、振り向きもしないはずだ。だが精液か、ふん！

そうか、精液を持ってきたとしたらどうだろう？　精液が簡単に手に入る女となると吉男の妻の文子だ。主人のを持ってくればいい……、いや駄目だ。吉男はA型だったっけ」

「それに新鮮度も査定できるって話だよ。一日前のとかで間に合わせようとしても無理だろう」

「その通りだ。精子というやつは、日が経つと尾がちぎれるんだ。この度合いで日数も解る。しかし、ともかくこれは、登場人物全員のアリバイを訊かないわけにはいかなくなった」

「アリバイはね、みんなぱっとしないんだ。平太郎のアリバイは話したね？　はっきりしているのは彼だけなんだ。まず彼の母親安江は、いつもだいたいメディシスにいるのに、その日その時刻に限って、ちょうど銀座をぶらついていたと言ってるらしい。したがって安江のアリバイはない。

梅沢家では昌子と、知子、秋子、雪子が、一緒に食事の仕度をしていたと言っている。四人でね。

時子はこの時もちょうど保谷の多恵のところへ帰っていたようだ。したがって娘のうちの四人は、肉親の証言とはいえ、一応アリバイらしきものはある。

全然ないのが礼子と信代で、二人は一緒に渋谷へ『空中レヴュー時代』という映画を観にいっていたと言っている。だいたい八時頃に映画は終わり、この日は九時頃、吉男と文子の家へ帰り着いている。

だからこの二人になら、一応犯行は可能だよ。上野毛は、東横線府立高等とそんなには離れていない。でも二十歳と二十二歳の娘だからね。まず関係ないだろう。

文子も吉男も、この娘たちと事情は似ている。はっきりしたアリバイはない。

しかし、だ、アリバイはそんな調子だが、では次に動機はと考えると、これは平吉殺しの時の逆だ。全員、一枝を殺そうというような動機はない。

まずメディシスの富田安江親子、彼女たちにいたっては、一枝に会ったこともないはずだ。

それから吉男と文子、この二人も似たようなもんだろう。面識くらいはあるかもしれないけれどね、殺したいと思うほどに親しくなる機会があったはずはない。

次に娘たちとなると、これはもう自分たちの姉だからね」

「一枝は梅沢家へ遊びにくることはあったのかい?」

「ごくたまにね。動機に関してはそういうことだ。だから物盗りだって言いたくもなるのさ。ま、とにかくこのあたりの問題に関しては、例の飯田さんの登場で進展があったじゃないか。そこまで早く進みたいからね、さあいよいよ、次のアゾート殺人にとりかかろうじゃないか」

4.

御手洗は多少この事件に未練が残るらしかったが、

「そうだね、先へ行こう。疑問点はまた後でまとめて問題にすればいい」

と言った。

「この次こそ、いよいよ本番と言ってもいいだろう。怪奇、猟奇、ここに極まれりといったところだ。例の世に言う『アゾート殺人』だね」

「待ちかねたよ」

「ぼくの説明が終ってからも君がそう言えれば大したものだ。一枝が殺された三月二十三日から二、三日後には、梅沢家はもうどうやら葬式をすませてしまったらしい。それであまり嫌なことが続くし、どこかでお祓《はら》いでもしてもらおうということになったんだな。で、それをどこにするかと考え、それならいっそ平吉の手記にもある越後、新潟県の弥彦山にしようかという話になった。あの小説は遺言状でもあったわけだから、それは死んだ平吉の遺志だった。平吉に祟られても大変だし、供養を兼ねて、故人の希望をかなえておこうと女たちは考えたんだろう」

「それは誰が言ってるんだ?」

「生き残った昌子が言ってるんだよ。一家の誰ともなくそう言いだしたらしい。それでアゾートのために殺されることになる、知子、秋子、雪子、時子、礼子、信代の六人の娘と母親の昌子は、新潟県の弥彦山をめざして、三月二十八日に東京を後にしている。女七人でね。バレエ学校の遠足みたいなものだ。

実際そんな意味もあったんだろう。気分転換の気晴しだな。三月二十八日の夜弥彦に着いて、宿をとって一泊して、それから翌二十九日に弥彦山へ登ってるんだ」

「で、弥彦神社におまいりしたのかい?」

「そりゃそうだろう。しかしそれからが問題なんだ。あの辺に岩室《いわむろ》温泉というのがあるそうだね? ま、世間知らずの君が知るわけもないが、弥彦からバスですぐらしい。二十九日夜は、その温泉へ足を延ばして一泊したらしい。

あのあたりは佐渡弥彦国定公園というくらいだから、なかなか景色のいいところらしいんだ。それで、もう一泊して遊んでから帰りたいと娘たちは言いだした。

ところで前に言ったかどうか忘れたけど、母親の昌子は福島県の会津若松の出身なんだ。昌子としては、せっかくここまで来たんだから、実家に寄って帰ろうと予定していたらしい。しかし、弥彦と会津若松は、まあ近いともいえるからね。しかし、実家に娘六人もぞろぞろ連れて帰るのもどうかと内心思っていた。そこで、それなら別行動をとろうということになった。いや、これはあくまで昌子がのちに法廷で言っていることだよ。娘ももう子供じゃないからね、それでもう一泊したいのならそうなさい、自分は明日の朝、ということは昭和十一年三月三十日の朝、会津若松へ一人で行くことにしますから、家へ先に帰ってなさいということにした。つまり娘たちの方は、三十日は一日中遊んで、三十一日の朝帰る予定になっていた。だから目黒の梅沢家には、娘たちは三十一日の夜、帰り着く予定でいた。

一方昌子の方は三十日の朝岩室温泉を発つから、その日の午後にはおそらく会津若松へ着けたろう。そして三十一日は一日実家で骨休めして、四月一日の朝、東京へ帰る手はずにしていた。したがってその夜には東京に帰り着けるだろうから、四月一日の夜には梅沢家に七人が合流できるはずだった」

「娘たちだけで一日、母親を待つ恰好になるんだな、東京で」

「そうなるね。それで当初の予定通り昌子が、四月一日の夜、目黒の梅沢家へ帰ってくると娘たちは一人もいなかった。それどころか、出ていった時のままで、帰ってきた様子もない。

娘たちはそのまま行方不明になって、やがて次々に死体になって、それも平吉の手記にある通りに、体の一部をそれぞれ切り取られるという無残な姿で、各々思いがけない場所で発見されることになるのだが、その時の昌子を待っていたのは、何と逮捕状だったのさ」

私はそこでちょっと言葉を切った。御手洗も考え込んだ。

「逮捕されたのか……？　もちろん一枝殺しの容疑じゃないよな？」

「むろん違う。平吉殺しだよ」

「警察も、ベッド吊りあげという方法に気づいたというわけだ」

「いや、どうやら投書があったらしいんだな」

すると御手洗は、軽蔑したように鼻を鳴らした。

「それも複数、いや相当数あったらしいんだな、この時の様子をいろいろと読んでみると、やっぱりマニアはいるもんだ。当時から日本は、ミステリーの先進国だよ。ぼくだって当時生きていて、あの密室トリックの方法を思いついたら、やっぱり警察に投書したと思うな。

それで警察が梅沢家へ行ってみると、犯行に及んだと思える女七人が揃って旅行に出ている。すわ高跳びかと考えた。しかしそうではなく、昌子は一人で家に帰ってきた。そこで警察は、投書にそういうものがあったのかもしれないが、昌子が平吉殺しに使った娘六人を、口封じに次々と消した可能性も否定できないとみて、彼女を引っぱったんだ」

御手洗は、何か言おうとして口を開きかけたように見えたが、言葉を呑み込んだ。

「で、昌子は自白したのかい？」

「した。しかしその後これを翻し、否認するようになった。結果から言っておくと、その後ずうっと否認を続け、昭和の女巌屈王だとか言われていたけれども、昭和三十五年に、だから七十六歳かな、で獄死している。

昭和三十年代にこの占星術殺人の推理ブームが起ったのも、昌子のこの頑強な無実の主張とか、ついに獄死するといった事件がマスコミで大々的に扱われたせいもあったんだ」

「警察側が昌子に抱いた容疑としては、平吉殺しだけなのか？　それともアゾート殺人の方も含めてなのか？」

「はっきり言って彼らは、五里霧中だったんじゃないかと思う。何だか解らないが、とにかく昌子あたりが一番匂うので、引っぱって絞めあげようというところじゃないのかな、叩けば何か出るだろうと。当時の日本の警察ってのはそんなところがあった」

「無能な岡っ引きだ。しかしそんな状態で逮捕状が取れたのか？」

「いや、さっきのはありゃ言葉のあやだよ。正式な逮捕状となると……」

「ああその通り！　当時の連中に逮捕状なんか必要じゃない。だが検察はどう言ったんだ？　誰を殺したって？」

「そこまでは書かれていない」

「判決は？　起訴されたんだろう？」

「死刑だった。自白があるから」

「死刑。では娘も殺したと思われたんだな。確定したんだね？」

「した。だけど何度も再審請求をしている」

「だが門前払い」

「うん」

「昌子が娘六人を殺した可能性というのは、これは考えなくてもいいだろう。実の娘が大部分なんだ。わが身の保身のために実の娘を殺すなんてね、それじゃまるっきり鬼婆だぜ」

「いや、昌子という人はね、他人にそういう印象を与えるようなところはあったらしい。かなりきつい性格だったようだ」

「では一応訊くんだけれど、というのもこんな質問はいろんな方向から無意味だと思うからなんだが、昌子には弥彦で、娘六人を殺すことが可能なくらいの時間があったのかい？」

「これも今までさんざんに論じられているところなんだけれど、結論からいえばいくらか否定的だね。まずいくら列車ダイヤのトリックなどを駆使しても、三月三十一日の朝までは、娘六人を殺すことはできない。何故なら三十一日の朝まで娘たちは生きていたことがはっきりしているからだよ。つまり宿の証言だ。三月二十九日から三十日にかけては、昌子を含む七人の女連れが確かに泊ったことを、岩室温泉のつたや旅館の人たちが証言している。


　そして翌三十日から三十一日にかけても、今度は母を除く娘たちの六人連れが、同じ旅館に泊っているという証言がある。娘たちは二晩続けて同じ宿に泊ってるんだ。このつたやを、三十一日の朝出てからの娘たちの足どりが解らないわけだが、だから三十一日の朝までは彼女たちは消息がはっきりしているわけだ。

ある人間のアリバイを論じようとする時、当然死亡推定時刻をまずはっきりさせなきゃならないが、このケースではこれが不明だ、というのも彼女たちの死体が発見されるまでに、大変な時間がかかったからなんだ。死体が傷みすぎている。

ただこういうことはある。一番早く発見された知子、彼女一人は発見までの時間が比較的短いために、わりあい正確な死亡推定時刻が出ている。それによると三月三十一日の午後三時から九時頃までの間。ということは行方不明になった日の午後だ。

そして娘六人が、一ヵ所で同時に殺された可能性はいろんな条件に照らしてみてかなり高い。となるとこれは、娘たち全員の死亡推定時刻でもある可能性が高くなってくる。

というわけで、三十一日の午後を犯行推定時刻と仮定して、これはまあ午後というより、陽が暮れてからというう可能性の方が高いと思うんだけど、とにかく三十一日の午後の昌子のアリバイを調べると、これが決して彼女に有利とはいえない。

三月三十日の夕方、昌子は確かに会津若松へやってきていると、実家の人たちは強く主張している。しかしこれは肉親の証言だ、それに昌子は、梅沢家の事件が全国に知れ渡っていたから外を出歩くのを嫌がったそうでね、三十一日は一日中平田家にこもって、肉親以外の誰とも会っていない。これは彼女に大いに不利な材料だ。死体が昌子が三十一日の朝にでも、弥彦へとって返していないとは、ちょっと言いきれない」

「ああ、しかし死体は全国各地にちらばって発見されてるんだろう？　昌子一人じゃ死体を全国にばらまくなんて大それた芸当はできないはずだ。彼女は車の免許なんて持ってなかったろう？」

「うん、ない。昭和十一年ともなると、女性で車の運転免許を持っている人なんて皆無じゃないのかな。今でいえば飛行機のライセンスみたいなもんだろう。今までの登場人物のうちでいえば、持っているのは男でも、死んだ梅沢平吉と、富田平太郎の二人だけだ」

「じゃあこの一連の事件の犯人が同一で、単独犯とすれば、もう女性は除外してもいいわけだ」

「そういうことならね、そうだよ」

「もう一度娘たちの足どりに戻ろうよ、三十一日の朝までは解るが、以後はまるっきり目撃者がないのかい？しかし若い娘の六人連れとなると目だつだろうに」

「これが全然ない」

「四月一日の夜までに目黒へ帰ればいいんだから、羽を伸ばしてもう一日遊ぼうと考えたんじゃないか？」

「むろん警察もそう考えて、そのあたり一帯の旅館を、岩室温泉はもちろん、弥彦や吉田、巻《まき》、西川、ちょっと離れた分水《ぶんすい》や寺泊《てらどまり》、燕《つばめ》までの全旅館をくまなくあたった。どこにも若い女性の六人連れなんて泊ってなかった。あるいは三十日の時点で、娘のうちの何人かはすでに殺されていたのか……」

「だって三十日の夜は、娘六人揃ってつたやに泊ってるんだろう？」

「ああ、そうか！　そうだった。そうだな、それに途中で人数が減れば、残りの娘たちが警察に駈け込むなり、何か行動を起すだろうな」

「娘たちは、佐渡へ渡った可能性はないのか？」

「どうかな、佐渡ケ島へは当時、新潟と直江津からしか船が出てなかったらしいからね、両方とも岩室温泉からはだいぶ距離がある。でもいずれにしても、警察はそれは佐渡も調べたろうと思うよ」

「うん、ま、隠れて旅をしようと思えば、三名ずつとか二名ずつ分散して宿をとるとか、偽名を使うとか、方法はいくらでもあるだろう。それに三十一日の朝からその夜までの丸一日をかけるとなれば、ずいぶんと遠くの街の宿に入れるだろうしね、列車の中でもそんな調子で分散してればそれほど目だたなかったかもしれない。でも娘たちがそんな行動をする理由が見あたらない」

「そうなんだ。確かにそんなふうに分散して旅行をすれば目だたないかもしれない。しかしそんなことをする理由も、遠くまで遠征する理由もないと思う。死体になって発見される場所まで、娘たちがそれぞれ自分で行ってくれたら、それは犯人としては楽だったろうけどね。

　では彼女たちは旅館に泊らなかったのか。ところがその可能性はまた低い。というのも彼女たちは、親戚というものが東京以外に少なかったし、その親戚たちも口を揃えて来なかったと言っている。その他に知人宅、友人宅というものがどこかにあったにしても、それなら情報があるだろう。自分の家に泊った六人の娘が、そのあとであんな猟奇的な殺され方をしたというのに、沈黙している家があろうはずもない。したがって三十一日の朝以降、六人の娘は岩室温泉で完全に消息を絶ったということになるね」

「四十年間議論して、なお、娘たちが黙ってどこかへ旅行していく理由は見つからないわけだね？」

「そういうことだね」

「何となく昌子を引っぱったお巡りさんたちだけれども、自白がないのにその後も昌子は帰されなかったところを見ると、何か事態の進展があったんだな？」

「その通り。それから警察が梅沢家を家宅捜索して、三酸化砒素《ひそ》の瓶と、ベッドを吊りあげる時使ったらしいカギのついたロープを見つけたからだよ」

「えっ⁉　そんなものが出てきたのか？」

「うん、でも妙なことに一本だけなんだ。たぶん処分し残したんじゃないだろうか」

「何だかそれじゃかえって信じたくなくなるぜ。自分がやりましたと宣伝するようなもんじゃないか。こいつは罠だって言っただろう？　昌子は」

「言った」

「誰に塡められたとは言わなかったのかい？」

「それは知らない。でも当人にもおそらく、その見当まではつかなかったんじゃないのかな」

「ふーん、どうも気に入らないな。とにかく天窓だ。そういうことになれば、警察は次に天窓も調べたろう。はずされた形跡はあったのかい？」

「これがね、事件の何日か前、子供がアトリエの屋根に石を放り投げるかどうかしてガラスにヒビが入ってね、平吉が気にして新しいガラスに取り替えさせたばかりだったらしい。だからパテも新しくて、何ともいえなかったようだな」

「周到な奴だな」

「周到って？」

「いや、とすりゃ石は子供じゃなく、犯人が投げたんだろうよ」

「と言うと？」

「そりゃ後にしよう。しかし警察も、もっと早く気づけばよかったな。二月二十六日当時なら、屋根にも雪が大量に載っていたはずだ。何しろ三十年振りの積雪なんだから。梯子をかけて、ちょっと屋根を覗いてみればすぐに解ったろう。足跡とか手の跡とか、ガラスをはずしたかどうかの形跡が……、あっ」

「どうした？」

「雪だ。雪は天窓のガラスの上にも当然積もってたろう。すると平吉を発見した時、アトリエの室内は暗かったはずだ。天窓を雪が塞ぐからだ。しかしガラスがはずされたのなら、一つの方は雪が載ってなく、部屋は明るいことになる。アトリエは不自然に明るくなかったのかい？」

「そんな形跡はなかったようだな、はっきりとは書いてないが、そういうことがあれば書いてあるだろう。たぶん両方のガラスに雪が積もってたんだろうな、でも……」

「そうか。それだけ周到な犯人なら、ガラスをもと通りにしてからまた雪をかけておくだろうな。それに二十六日の朝八時半にまた少々降っているわけだし。しかし、濡れた屋根に新しいパテはつきにくいだろう……」

「でも何しろ昌子の逮捕は平吉殺しから一ヵ月以上も後になるんだから」

「ふむ、何とも遅すぎるか……。しかし、梯子といえば梅沢家には梯子はあったのかい？」

「あった。母屋の壁のところにいつも寝かせて置いてあったそうだよ」

「それは動かした跡があったの？」

「いや、軒先で雪のかからない位置にあったようだし、それにガラス屋がアトリエの天窓のガラスを取っ替えた時に、この梯子を使ったそうだしね。何よりさっきから言ってる通り、家宅捜索の時点で、事件から一ヵ月も経っていたわけだから、埃だって積もってたろう。むろんそれは、この梯子を使ったとしてだけれど」

「それは、昌子たちがやったとすればこの梯子だろうが、しかし……、足跡がなかったようだな、雪の上に、梯子を運んだらしい足跡というのは」

「いやそれは、この梯子の置いてある場所というのは、一階の窓のすぐ下なんだ。窓からいったん家の中へ入れて玄関から持ちだせば……、いやそんなことする必要もない。梯子を持っていく時はまだ雪が降ってたわけだから、問題は帰りだ。裏木戸から出て、邸に沿って表の道をぐるりと廻り、玄関から家の中へ入れ、一階の窓から出して所定位置に戻しておけばそれでいいんだ。簡単だよ」

「ふふん、ま、彼女らがそんな煙突掃除屋みたいな真似をしたとすれば、そんなところだろうね」

「やってないってのかい？　じゃロープや砒素系化合物は何なんだい？」

「そうだ、その砒素系化合物ってのは何なんだい？　そりゃこっちのセリフだよ」

「この亜砒酸こそ、六人の娘の殺害に使われた劇薬だよ。娘たち全員の胃から、〇・二から〇・三グラム程度の亜砒酸が検出されたのさ」

「ええっ⁉　しかしそりゃ、いろんな意味でおかしいじゃないか⁉　まず第一に、平吉の小説では、牡羊座は鉄によって、乙女座は水銀によってという調子で死ななきゃならないと書いてあったはずだ。

それに、四月一日の夜の時点で、娘たちはもう殺されていた可能性が高いんだろう？　それなのに、そんな毒薬の瓶がまだ梅沢家にあったのか？」

「そうさ、だから警察は昌子を帰さなかったのさ。これなら逮捕状もとれるだろうしね、起訴もできることにもなる。

それから平吉の手記にある金属元素だけれども、娘たちの死体の喉や口中からは、確かにそういったものも出ている。平吉の指定通りにね。しかしこういうものを使って殺してはいない。殺すには平吉の小説とは違って、亜砒酸を用いている。

これは猛毒だからね、〇・一グラムで致命的なんだそうだ。青酸カリが劇薬としては名が通っているけれど、これは〇・一五グラムが致死量といわれてるんでね、毒性はこの亜砒酸の方が強いんだ。ここに亜砒酸の説明もあるけれど、読まなくていいだろう？

さっき言った三酸化砒素 As_2O_3 が水に溶けて、これはアルカリ濃度が増すほど溶けやすいそうだが、亜砒酸になる。公式は $As_2O_3 + 3H_2O \rightleftarrows 2H_3AsO_3$。

なおコロイド状水酸化第二鉄 $Fe(OH)_3$ は、亜砒酸を吸着除去するので解毒剤として用いられる、そうだよ」

「ふうん」

「この亜砒酸を、果物の絞り汁、つまり今様に言えばジュースだな、今様に言わなくてもジュースだが、何しろ戦前にはジュースなんて言葉はほとんど使われてなかった、果汁だな、果汁に混ぜて飲まされている。

この果汁は、六人ともどうも同一のものと見られるわけさ。毒物の量もほぼ同じ、ということは、やはり六人が一堂に会している時、つまり同一場所で、同時に殺害されたとみる方が自然に思えてくるわけさ」

「ふむ」

「でもこうやって殺した後、そのままにはしないで犯人は、死体のそれぞれの口の中に、平吉の手記通りにいろんな金属元素系の薬物を押し込んでるんだ。まずこいつを全部言ってしまおうか。

水瓶座の知子は、口腔中から酸化鉛 PbO が出ている。これは黄色い粉末で、これ自体劇薬らしい。水には溶けにくいらしいけどね。

ということは、これを使ってでも殺せたはずだ、それをしなかったということは、やはり一人一人に別々の毒を盛るということができなかったからじゃないか。つまり、一堂に会している時だからと、こういう推測が成り立つ」

「なるほど、立派なものだ」

「蝎座の秋子は、酸化第二鉄 Fe_2O_3 を口腔中に押し込まれている。これは別名ベンガラといって、顔料や塗料に使われる赤い泥のようなものらしい。別に毒でも何でもなく、非常にポピュラーな物質で、地球上の物質のおよそ八パーセントはこれなんだって。

次に蟹座の雪子、これは硝酸銀 $AgNO_3$ を喉に押し込まれている。無色透明な、これも有毒物質なんだそうだ。

それから時子、これは牡羊座で、蝎座の秋子と同じく鉄なんだけれど、何しろ首から上がないんでね、切断面や体にベンガラが塗られていた。

次に乙女座の礼子、これは水銀だ。水銀 Hg が口腔中から出ている。

そして射手座の信代、これは錫 Sn が喉から検出された。とまあこういったところでね、そりゃ水銀くらいなら体温計を壊せば手に入るだろうけれど、あとの薬品はちょっとした知識も必要だろうし、大学の薬学部にでも出入りできるような人間じゃないと手に入らないものばかりだよ。素人じゃ、無理なんじゃないかしら。梅沢平吉ならね、狂人の情熱で揃えたかもしれないが、もう死んでいるし」

「平吉が生きているうちに揃えていて、アトリエのどこかに隠していたなんてことはないの？」

「それは解らない。あるいはそんなところじゃないかとぼくも思ってる。ただ警察はそんな事実はないと言ってる」

「じゃあ昌子がどうやって揃えたんだい？」

「さあね。いずれにしても、本気かブラック・ジョークか、この犯人は錬金術的な作業を完璧に、少なくとも平吉の解釈としては完璧に踏まえているわけさ。平吉が密かにノートに綴った計画は、ほぼ完全なかたちで遂行されている。当の梅沢平吉が死んだ今、誰が何のために、という謎なわけだよ」

「ふむ。みんな昌子が犯人だとは？」

「思ってないね」

「思っていたのは警察ばかりか」

「これじゃ梅沢平吉が生きていたとしか思えない。六人の娘の体の一部をそれぞれ切り取ったところで、アゾート制作に興味のない人間にとってはまるで無意味なことだからなあ。

では平吉の思想や芸術観に心酔していた、彼と同類の芸術家か？　ところが平吉には、そんなに親しい芸術家の友人は一人としていない」

「平吉は本当に死んだんだろうな……」

途端に私は、高らかな笑い声をたてた。

「ほらね！　君がそう言うのを待ってたよ」

御手洗はしまったという顔つきをした。しかし巧みな彼は、

「いや、君の考えているような意味じゃない」

と言い訳した。

「ではどういう意味だ!?」

私は追及の手をゆるめなかった。彼がほんのちょっとでも隙を見せた時は、後々のため、徹底して叩いておかなくてはならない。私には今の彼の言葉が、別段深い考えの故ではないことが解っていた。


「君、これで説明を全部し終ったつもりかい？」

と御手洗は私に言った。

「死体はそれぞれどこから出たんだ？　ぼくが自分の考えを述べるのは、君が謎を全部提出し終ってからにしたいね」

「よく解った」

私は挑戦的な気分で言った。

「でも今の君の言葉は忘れないぞ。後でちゃんと答えてもらうからな」

私はしっかりと釘をさした。

「ああ、どうせ君はすぐ忘れるさ」

「何だって？」

「誰から先に見つかったんだい？　やはり東京に近い順なのかな？」

「いや、知子だよ、最初の死体はね。これは細倉鉱山というところでね、宮城県なんだけれど。正確な住所も言おうか？　宮城県栗原郡栗駒村大字《おおあざ》細倉、細倉鉱山だな。林道からほんのちょっと分け入った林の中に捨てられていた。埋められてもいず、膝から下が切断されていて、体全体が油紙にくるまれていた。弥彦旅行の時のままの服装で、発見された日は四月十五日、消息が解らなくなっ

図4

× 小坂鉱山
☽ 雪子(11.10.2発見)
× 釜石鉱山
♂ 秋子(11.5.4発見)
× 細倉鉱山
♄ 知子(11.4.15発見)
× 群馬鉱山
♂ 時子(11.5.7発見)
× 生野鉱山
♃ 信代(11.12.28発見)
× 大和鉱山
☿ 礼子(12.2.10発見)

たのが三月三十一日の朝だから約十五日後だね。通りかかった付近の住人が見つけている。

　細倉鉱山というのは、鉛や亜鉛を産出するので知られている鉱山なんだ。知子は水瓶座で、占星術というか、錬金術的には鉛を意味している。というわけで、いかに空想力を押し殺した捜査をすることで有名な日本の警察も、さすがにこれは、平吉の小説通りにことが運ばれている可能性も否定できないと考えたんだね。つまり娘たちはすでに殺されていて、全国各地に平吉の小説通りに遺棄されているのではあるまいか——？

　ところが、平吉の小説には牡羊座は鉄を産する場所に、蟹座は銀を産する場所にと書いてあるだけで、具体的に鉱山の名前まで記してあるわけじゃない。そこで、時子なら全国で鉄を産する著名な鉱山を捜索させた。たとえば北海道の仲洞爺《なかとうや》、岩手の釜石、群馬の群馬鉱山、埼玉の秩父というふうにだね。同じく雪子なら蟹座で銀だから、北海道の鴻之舞《こうのまい》とか豊羽《とよは》、秋田の小坂、岐阜の神岡、といった具合だ。

　しかし、大変だったようだ。何しろ場所を絞れる要素がない。それでかなりの時間がかかっている。というのも他の死体はどれも埋められていたからなんだが」

「え!?　埋められてた？　というと知子だけは埋められていなかったわけ？」

「そうなんだ」

「ふん……」

「もっと不思議なことがある。埋められていた深さがおのおの違うんだ。何か占星術的な意味あいがあるんだろうか？　ここは君の出番だと思うがね」

「具体的にはどうなってるんだい？」

「ええと、秋子が五十センチの深さ、時子が七十センチの深さ、信代が一メートル四十センチほど、雪子が一メートル五センチの深さ、礼子が一メートル五十センチほどの深さ、とこういうことだよ。むろんこの数字はおよそということだけどね。この数字に関しては、素人ホームズも警察もお手あげなんだ。万人が納得するような説明を思いついた者はまだいない」

「ふうん」

「ま、別に理由なんてものはなくて、単なる気まぐれかもしれないけれどね、土のたまたまの柔らかさの関係とか」

「五十センチから七十センチといえばやっと隠れる程度だぜ。一メートル五十とはまた極端に差があるね。背の低い人間なら、穴の底に立って頭まで埋まりそうだ。こりゃどうしたわけだろう？　秋子が蝎座で、これが五十センチ……、時子が……」

「牡羊、蝎が七十センチ、五十センチ、乙女座、射手座、蟹座が、それぞれ一メートル五十、一メートル四十、一メートル五、の深さだよ。ここに表がある」

「そして水瓶が雨ざらしか。エレメントか？　……違うな。アスペクトでもあるまい。そうか！　うん、こいつは星座とは関係ないぜ。七十や四十なんて細かい数字は考える必要ないんじゃないか？　五十センチくらいと、一メートル五十センチくらいの二種類の穴に埋められたんだ」

「ああ……。しかし、一メートル五センチなんてのもあるぜ？」

「ああ、そりゃちょっと手を抜いたんだろうさ。で、知子の次は？」

「埋められている場合、雨だって降るから、早期発見のチャンスを逃《のが》すと痕跡が消えて、えらく時間がかかるんだよね。過去日本の死体を埋めた事件で、死体が出ているのはみんな犯人の自白のためなんだ。それから一ヵ月たっぷりかかって、五月四日に秋子の死体が発見されている。やはり油紙に包まれて、旅行の時の服を着ていたけれども、これは服の下で、腰の部分を二十から三十センチにわたって切り取られているという無残な姿だった。見つかった場所は、岩手県釜石市甲子《かっし》町大橋、釜石鉱山付近の山中に埋められていた。どうやら警察犬が見つけたらしいな。この二人とも、それぞれ、当時拘留中の梅沢昌子が出向いて当人であること、つまり自分の娘であることを確認している。

　それから警察犬が優秀だということになって、警察犬を大量に動員している。そのかいあってか、それからわずかに三日後の五月七日、群馬県群馬郡群馬村大字保渡田、群馬鉱山で、時子の死体が見つかっている。油紙で包まれて、旅行の時の服装をしているのは他の死体と同じだが、何しろこれは首から上がないんでね、別人である可能性だってないとはいえない。で、義母の昌子だけでなく、実母の多恵も出向いて確認している。実母の証言というだけでなく、両足にバレエをやる者の特徴が認められ、しかも平吉の手記にある通りに脇腹の痣《あざ》も一致する。それに死亡推定日頃行方不明になっている同年配の娘というのは、当時ほかにはまったくなかったからね、これは時子と断定された。

　それからはかなり時間があいてしまった。穴が深いからね。夏を越して十月二日、雪子の死体が見つかった。これは一番無残だったかもしれない。時間がたってかなり腐乱していたこともあるが、胸部が切り取られているから、お腹の上にいきなり首が載ったような恰好になっている。まるで一寸法師のようだったという。他はみんなと同じ。全体が油紙に包まれ、旅行の時の服装で、一メートルと少しの深さに埋められていた。場所は秋田県大館《おおだて》郡毛馬内《けまない》村、小坂鉱山の廃鉱付近だよ。これも母の昌子が確認に出向かされている。

それからもまた時間があいている。次の信代の死体が発見されたのはその年の暮れ、それもだいぶ押し迫った十二月二十八日だから、殺されて九ヵ月も経ったことになるな。残る信代と礼子は、それぞれ射手座と乙女座、錫《すず》と水銀だからね、両方とも有名な鉱山というのは日本にいくつもあるわけじゃない。水銀にいたっては、本州と限定すれば、奈良県の大和だけといってもいいくらいらしい。錫も兵庫県の明延《あけのべ》と生野《いくの》くらいだよ。そういう事情がなければこの二体は、あるいは見つからなかったかもしれない。何しろ相当な深さだったからね。

十二月二十八日、信代が兵庫県朝来《あさこ》郡生野村川尻、生野鉱山付近の山中で見つかった。彼女の場合は大腿部を切断されている。だから、骨盤と膝関節がくっついたような恰好で埋められていた。その他の事柄は他の場合とすべて同じ、旅の時の服装で、油紙にくるまれていた。殺されたのが三月末と見られるので、もう九ヵ月経っている。したがって一部白骨化していた。無残なことだ。

それから最後が礼子だ。彼女は、年が明けて昭和十二年二月十日に見つかっている。だから最初の平吉殺しから大方一年が経ってしまったわけだね。礼子の場合は腹部を切断されている。他はみなと同じだよ。発見場所は、奈良県宇陀《うだ》郡菟田野《うたの》村大字大和、大和鉱山付近の山中ということだ。彼女も一メートル五十ほどの深さに埋まっていた。

この二人の死体に関しては、実母の文子がわざわざ出向いて確認する必要はなかった。というのは、もう白骨化して、どんなに親しい人間にも識別はむずかしいと思われる状態だったからだ。しかし文子はやはり一応出向いたらしいけどね」

「しかしそういうことなら、時子より、この二人こそ別人の死体で間に合わせることができたんじゃないか？　顔は確認できなかったんだろう？　服装というだけで」

「うん、その点に関してはいろんな事情がある。時子の場合はまだ死体が新しかったからさっき説明した通りだけれど、この二人に関しても、まず骨格や皮膚などから年齢の推定ができる。それから身長の見当も、だいたい正確につけられる。また、頭蓋骨にクレーによる肉付け、つまり『復顔』てやつだけれども、これによって人相もだいたい判明する。血液型によってさらに限定されてくる。

そして決定的なことには、これは六人ともそうなのだけれども、バレリーナであることが、足の骨格や爪の変形の具合からはっきりと推定できるんだそうだ。詳しいことは知らないが、バレリーナは爪先立って歩くからね、足指の爪は当然変るだろう。指の骨格も同様だろう。

さらにこの当時、この娘たちの身代わりになりそうな同年配の、しかもバレエをやっている女の子の事件なんてのは、日本全国見渡してもほかにはなかった。

ただまあ当時、家出して捜索願いの出ている十代の娘なんてのは当然いたろうから、可能性がすっかりゼロというのもおかしいかもしれない。しかしこういう女の子を、わざわざ足指の爪や骨が変形するほど長い間バレエのレッスンをさせておいて、それから殺すというのもね、ちょっと考えられないだろう？　だからまあ、このくらい限定条件が揃えばね、もう九分九厘、梅沢家の娘たちと考えていいんじゃないかしら」

「ま、そうだね」

「それからもう一つ言っておくべきことは、彼女たちは弥彦旅行の際、めいめいバッグなど少しばかりの手荷物を持っていた。しかしそういったいっさいは見つかっていない。死体だけだ。これは案外重要かもしれない。

それから前にも言ったが、もう一度言うと、知子の死亡推定日時は、昭和十一年三月三十一日、午後三時から九時までの間。そして前にも言った理由により、これは他の五人の死亡推定日時でもあると想像される。ほかの本には、五人の死亡推定日を四月はじめと書いてあるものもあったが、これは別に無視していいだろう」

「ほかの五人が知子と死亡推定日時が同じであるとする根拠は、君が先に言った理由からだけだね？」

「そう。これは、遅く発見された何体かに関しては単に推測という域を出ない。信代や礼子にいたっては、死亡日時は正確にいえばまるっきり解らないと言ってもいいんじゃないかな。死体が一年もたつと、法医学者によって死後一年になったり三年になったりまちまちなんだそうだね。長く言う癖《くせ》のある人とか、短く言う癖のある人とか、死体の置かれていた状態によって腐敗度も違うしね。たとえば夏に殺して綿入れのちゃんちゃんこを着せておいたら、死亡推定日時が半年ばかり延びたという話もあるそうだよ。ええと、これで全部だったかな……、説明は」

「アリバイだよあとは。今までの登場人物の三月三十一日午後のアリバイだ。考えてみればこいつはジェノサイドだぜ。梅沢一族の抹殺だ。アゾート制作というものも単なるカムフラージュかもしれない。切り刻むことで怨みを晴らせる部分もあったろう。梅沢家に怨みを抱く者となると、すぐ浮かぶのは平吉の前妻の多恵だけれども」

「多恵の可能性は、アリバイの点からいえば絶対にあり得ない。多恵は、一日中煙草屋の店先にすわっているのが日課だからね。平吉殺しの時は深夜だから別としても、一枝殺しの時も、娘六人が行方不明になった時も、むろん三月三十一日も一日中、ずっと煙草ケースの向こうにすわっていたのを近所の人が大勢証言しているよ。

多恵の煙草屋の向かいに散髪屋があるらしいんだな。これが三月三十一日はひまだったらしい。それで多恵が午後中、陽が暮れるまで店頭にすわっていたのを見ている。そして陽が暮れても店を閉める七時半頃まで多恵はちゃんとそこにいたようだ。


ちょっと姿を消すという時はあっても、店を休みにして、一日中多恵を近所の人が見かけなかったという日は、昭和十一年中一日もないそうだよ。それに多恵は当時四十八歳の女だし、死体を六つもかついで日本全国にばらまくなんて芸当は到底無理だ。さらに彼女には自動車の運転免許がない。さらには、六人の娘のうちには自分によくしてくれている実の娘の時子もいるんだ。多恵が犯人である可能性なんてのは、あらゆる方向から見て絶対にあり得ないね」

「多恵にはアリバイがたつわけだね？」

「たつ」

「しかし昌子はアリバイが充分でないから拘留された。平太郎や富田安江は引っぱられることはなかったんだね？」

「いや、みんな引っぱられているんじゃないかな。前にも言ったけど、今みたいに逮捕状を取ってはじめて身柄を拘束できるなんて時代じゃないからね。不審尋問だけで留置もできた時代だよ。吉男なんかは、確か何日も留められたはずだ。お巡りさんの気分次第なんだね」

御手洗は軽蔑して鼻を鳴らした。そして、

「へたな鉄砲も何とやら」

と言った。

「一応それぞれアリバイを言うとね、みんなはっきりしている。まずメディシスの富田母子、これは三月三十一日というのは当然店が開いているから、ウェイトレスや客、知人などの多くの証言がある。店は午後十時まで開いていたが、その間富田安江も息子の平太郎も、三十分と店内から消えることはなかったそうだ。さらにその夜の十時に店を閉めてからも、店内には知人が残り、十二時近くまで談笑をしている。この間平太郎も安江も、むろんこの中に加わっていたそうだ。したがってこの母子ははっきりアリバイがたつ。

それから梅沢吉男だが、彼は三月三十一日は午後一時から、護国寺の出版社で会合があったらしい。これが五時頃まで続き、その後編集者の戸田《とだ》という男とともに電車で目黒の自宅に帰り、午後十一時過ぎまでともに酒を飲んでいる。

吉男の妻の文子の方は、夫の帰宅する六時頃までのアリバイは充分ではないが、五時に十分ほど前に、近所の主婦と道で立ち話をしている。こういうことならこの夫婦はアリバイ成立だろう？　それに多恵のケースと同様、六人の娘のうちには二人も自分の娘がいる。殺そうなんて考える道理がない。

登場人物となると、残るはもうこの五人だけだぜ⁉　この五人のアリバイは、もうこうなると全員完全といっていいんじゃないか？　吉男の妻の文子は、アリバイがちょっと不完全のように見えるが、殺害現場がどこであるのか解らない、もしかすると弥彦の方かもしれないんだからな、そうなるとずいぶん早くから東京を留守にしていなくちゃならなくなる。この程度で充分アリバイ成立と見ていいだろう？　さらにこの五人には、のちに死体を遺棄してまわるなどという時間もなかったはずだと結論されている」

「登場人物にアリバイは成立するわけか、なるほど、それで外部説か……、ふむ。しかし、昌子にも事実上アリバイは成立するんだろう？」

「しかし身内の証言だからねえ、それに、五人にアリバイがたつとなると、急転直下、昌子への嫌疑が濃くなるわけさ。砒素の瓶の問題もあるしね」

「ふうん、するとベッド吊りあげ説でいくなら、昌子は仲間の娘、もっとも全員が参加したのかどうか解らないが、仲間の娘たちの口を封じる必要はないと平吉殺しの時点では考えていたが、何故か一ヵ月たつと突然、殺した方がいいと心変りしたわけだね。そうなると根本的に矛盾する話になりそうだ」

「それは？」

「いや、これは後で問題にしたいんだ。そうなると犯人は、あるいはこの狂気の芸術家は、平吉の夢見たアゾートの制作に必要な材料は、これですべて手に入れたことになるな、かくしてアゾートは作られたんだろうか？」

「それが今やこの『占星術殺人』推理競争の、最大の目標であり、魅力だね。一説にはアゾートは剥製《はくせい》にされて今も日本のどこかにあるといわれている。この謎解きには、大ざっぱにいって二つの問いかけがあると思う。一つは犯人捜し、もう一つがこのアゾート捜しだよ。

アゾートは十三の真中、日本の真の中心に置かれなくてはならない、と梅沢平吉は書いていた。この正体不明の芸術家氏は、平吉の小説通りにことを運んでいるように見える、そうなら完成したアゾートも、平吉の意図した場所に正しく置いたと考えたい。

ではこの十三の真中というのはどこか？　犯人捜しがちょっと無理のように思えるから、今や世間では、これが一番の目的になったみたいだね。

多恵はね、入ったお金の大半を懸賞金にあてるから、このアゾートを捜して欲しいと言ったんだ。この懸賞金はまだかかっていると思ったな」

「ちょっと待てよ、何で犯人捜しが無理なんだ？」

「ほう！　まだそんなこと言う元気が残っていたとは頼もしいね御手洗君。もう一度言う必要もないと思うがね、アゾート殺人に関しては登場人物の全員にアリバイがたつ。さらに、自動車でも用いて死体を遺棄して廻れる可能性だが、平太郎は四月に入ってからも毎日メディシスにマスターとして顔を見せている。

昌子は警察に留められていた。吉男、彼には運転免許がない。残る女たちも同様だ。多恵にせよ、文子にせよ、安江にせよ、全然問題にならないといってもよい。免許はないし、それまで通りのペースでその後も生活している。

そうなるとアゾート殺人に関しては、われわれの知らない外部の人間であると考えるほかないだろう？　となると、われわれ一般人にできるのは、アゾート捜ししかないという結論になってくるじゃないか」

「そりゃまたずいぶんと淋しいな。しかし、平吉に弟子なんてないしな……。だが、メディシスで知り合った仲間はいるって言ってたね？」

「うん、メディシスと柿の木の関係でね、五、六人ばかしいる。でも単に知り合いという程度だよ。しかもこの数人のうちで、平吉のアトリエを訪ねたとはっきり解っているのは一人しかない。もう一人訪ねていてもおかしくない人間がいるが、これは訪ねていないと本人が言っている。あとの連中となると、平吉のアトリエの所在地さえろくに知らなかったはずだよ」

「ふむ」

「そういう連中に、平吉はアゾートの話なんかしなかったろうしね、第一こういう人たちは平吉の小説に登場してもいないんだ。平吉に代わってアゾート殺人を犯すほどの人間となると、よほど彼の思想に心酔してるとか、肉親的愛情を抱くかしていなくちゃならない。そうなると、平吉の小説に登場してきてなくちゃならない」

「ああ……」

「ただひそかにアトリエへ遊びにきて、あるいは忍び込んで、平吉のノートを盗み見た人間がいたかもしれない。というのは例のカバン錠、あれを平吉は外出する時は、ドアの表にかけるようにしていたらしい。ドアの表にも、カバン錠は施錠できるようになっていたらしい。彼が街で酒でも飲んでいる時、平吉の懐からそのカバン錠の鍵を盗めば、誰でもアトリエへ入ることはできたはずだ。もし犯人を捜すつもりなら、そうでも考えなきゃ無理だよ。今までの登場人物には、こんな大仕事をやれる人間は絶対にいないんだ」

「ふうん……、確かに……、不可解な事件だな」

「そりゃ四十年もかかって、誰も解けない謎だからな」

「六人の発見日の表を見せてくれないか、ちょっと気になっていることがあるんだ」

「いいよ」

「……これで見ると、当然といえば当然だけれども、深く埋められた死体ほど発見が遅れている。埋めなかったものは一番に発見されている。となると、これは犯人の意図したものじゃないかと思うんだ。この発見順序は、犯人の思惑通りである可能性がある、とすればどういう意味があったのか……?

考えられることは、たぶん二つだ。ひとつは自分が逃げ延びるために有利な何かの状況工作、もうひとつは、犯人が本気で錬金術なり占星術なりを信奉していて、そういう種類の意味があるということ。最初が水瓶座、次が蝎座、そして牡羊座、それから蟹座、射手座、乙女座、か、バラバラだな……、別に獣帯の順じゃない。

日本の北からとか南からとかの順で発見されているわ

けでもない。東京に近い順か？　いや、違うな。これは思い違いかな、順番に意味はないのか……」

「そうさ。これは最初は全部深い穴を掘って埋めていこうと考えていたんだけれど、だんだん面倒になってきたって、そんなところじゃないかな。だから深い穴ほどはじめに埋めたもので、知子が最後なんだよ。したがってそんなふうに犯人の足どりが追えるんじゃないだろうか」

「しかし深く埋めたものは兵庫と奈良、これは近いが、あとはまるで離れて秋田だぜ？」

「うん……、そうなんだ、この秋田の雪子さえなきゃな、話は見えてくるんだが……。つまり、まず最初に奈良か兵庫に足を延ばして礼子と信代を埋める。次に群馬へ出て時子を埋める。それから一直線に青森へと突っ走って、県境いの小坂へ雪子を埋める。そうして岩手まで南下して秋子を埋め、最後に宮城まで南下してから、これはもうお終いだからと知子を乱暴に放り出して、一目散に東京へ逃げ帰ったと、こういう推測ができる」

「ふむ、そうなら死体を深く埋めるのが面倒になったというより、まだその全国行脚《あんぎゃ》の途中で、最初に棄てた死体が見つかると面倒なことになると思ったせいかもしれ

発見日	**名前**	**生年**	**星座**	**発見場所**	**埋葬の深さ**
昭和十一年					
四月十五日	知子	明治四十三年	水瓶座	宮城県細倉銅山	〇センチ
五月四日	秋子	明治四十四年	蠍座	岩手県釜石鉱山	五〇センチ
五月七日	時子	大正二年	牡羊座	群馬県群馬鉱山	七〇センチ
十月二日	雪子	大正二年	蟹座	秋田県小坂鉱山	一m五センチ
十二月二十八日	信代	大正四年	射手座	兵庫県生野鉱山	一m四〇センチ
昭和十二年					
二月十日	礼子	大正二年	乙女座	奈良県大和鉱山	一m五〇センチ

ない」

「ああ、うん、そういうこともあるだろう。しかしそれだと、秋田の雪子が困るんだな、これは深く埋められている。そのひとつ前の時子が浅いのにだ。つまり、深い、深い、浅い、深い、浅い、の順だ。三番目と四番目が入れ替わるか、四番目も浅く埋めていてくれたら、ずいぶんすっきりするのにね。

では二度に分けてこの旅をやったか、あるいは軍の特務機関説を採用して、二グループがこれをやったと考えるか。Aのグループが西日本の奈良、それから兵庫と、関東の群馬の仕事を担当、Bグループが秋田、岩手、宮城の東日本を担当、順序はというと、それぞれこういう順序でやったと考える。そうなら、それぞれの旅で最初のものを深く埋めているということになって、一応辻褄は合うらしくみえる。

しかしそうなると、二度に分けて民間の犯人がやったというより、断然特務機関の二グループ説に傾いてしまいそうだ。というのは、さっき君の言った考えに立つと、一人の犯人の仕業なら、群馬の時子を浅く埋めてはまずいことになる。一回目の終りとはいえ、まだ途中には違いないいんだ。

では群馬は後廻しにして、西日本の後、いきなり秋田へ行ったか？　すると群馬の時子と、埋められてなかった宮城の知子とが矛盾するんだ。この二人が逆ならいいんだけれどね。

では西日本は後と考えられないか？　これも無理だ。埋められていない宮城の知子があるからなんだね。

そういうわけで、ここでもちょっと特務機関説に傾きがちだ。二グループが平行して、西日本と東日本の仕事を同時にこなしたのなら、東京から考えてそれぞれ一番遠いものが深く埋まっているという理屈になって、一応辻褄も合う。特務機関なんて組織は当時の東京なら当然あるだろうしね」

「しかし、そうすると西日本担当のグループも、群馬の時子を埋めずに放り出していないと、バランスが悪いんじゃないか？」

「まあ、そういうこともあるよね。それに、この特務機関説というのも、かなりむずかしいんだ。というのは戦後、そういう軍内部の事情に特に詳しい多くの人の証言がとれていて、彼らによれば、軍関連の機関が、昭和十一、二年にそんな作戦を遂行した事実は、まず絶対にないということなんだな」

「ああそう」

「しかし極秘にやるから特務機関なんでね」

「でも内部の人間の証言なんだろう？」

「まあね。ともかくだ、秋田の雪子を深く埋めたのはちょっとした気まぐれとすれば、その考えから一つ推測が成り立つ。それは、犯人は関東在住の人間だということだよ。もし青森なんかに帰っていけばよいのなら、雪子の死体が最後になって、これが野晒しになったはずだ」

「ふむ……、これはその通りかもしれないな。あとこの表を見て気づくことはほかにないかな？　鉱山は九州や北海道にも多くあるはずだけれど、発見場所は本州に限られてるね。これはおそらく車で運んで棄てて廻った証拠と考えていいだろうな。当時は関門トンネルなんてなかったものね。

　年齢の順じゃないだろうな？　知子が二十六、秋子が二十四、ん？　君、これは年齢の順になっているよ。年上から順に見つかっている！　最後の信代と礼子が逆になってるけど、これは同じ深さだから順が入れ替わる可能性はあったはずだ。少なくとも一番若い信代をこの芸術家は最後の組に入れた。こいつは何か意味があるかもしれないぜ、えーと」

「偶然だよ、そんなの。今まで問題にした人もいたみたいだったが、何も引き出せなかったようだぜ」

「そうかな……、ふん、そうかもしれないな」

「さて、ずいぶん長くなったけれど、これでこの『梅沢家・占星術殺人』の全貌を説明し終ったと思う。どうだい？　ほんの少しでも解決の見通しはたちそうかい？　御手洗君」

　途端に御手洗は鬱病がぶり返したらしかった。眉の間に皺を寄せ、両瞼のあたりを親指と人差し指でぎゅっと押し込んだ。

「確かに想像したよりずっと難物のようだ。今日すぐ答えを出すのは無理らしい。何日か、かかりそうだ」

「何日か、だって!?」

　何年かの間違いだろう？　と私は喉まで出かかった。

「アゾート殺人には登場人物の全員にアリバイが成立する。それどころか、動機もまるっきりない」

　御手洗は、自分に言い聞かせるようにつぶやく。

「ではメディシスや柿の木で平吉と知り合った人間か？　しかしここにはそれほど平吉と親しい人間はいない。動機だってない。平吉に代わってあんな馬鹿げたことをやりそうな者もいない。第一あのノートだって読む機会はなかったはずだ。

ではまるで外部の人間か、陸軍特務機関のような。しかしそうなるとますます平吉のノートを読める機会というものはなくなるし、第一平吉に代わって国の特務機関がアゾートを作ってやる理由なんかないだろう。それに、軍内部の事情に詳しい人間の証言でも、そんな事実はないときた。つまり犯人は、どこにも存在しない……」

「その通りさ御手洗君。だからおとなしく両手をあげて、ぼくらも四・六・三、十三の中心のアゾート捜しでもやろうか、みんながやってるみたいにね」

「しかし、それは日本の中心に置いてあるっていうんだろ？」

「そう」

「東西の中心は彼がはっきり書いている。東経百三十八度四十八分の線だというんだろう？」

「うん」

「じゃあこの線上のどこかだ。この上を徹底的に歩いて捜せばいいんじゃないのか？」

「そりゃあそうだけど、長いよ、この線は。だいたい三百五十五、六キロメートルくらいある。東西の直線距離なら、東京からほとんど奈良に届くくらいの距離だぜ。その間には三国《みくに》山脈とか、秩父山地がある。富士の裾野《すその》の、有名な樹海も通りそうだ。車やオートバイでひとっ走りやってみるというわけにはいかない。それに、アゾートは埋まっているかもしれないんだ。三百五十キロ、延々とモグラみたいに掘り返すわけにはいかない、やはりある程度は絞らないとね。これだって大変な難問なんだぜ」

するとと御手洗は即座にふん、と言った。

「そんなのは、今夜一晩あれば……、充分だ……」

とどうやら言ったようだが、後半は次第に蚊の鳴くような声になり、あとは聞きとれない声で、ぶつぶつ何ごとか続いただけだ。

5.

翌日、私は突然急な仕事が入ってしまい、気にはなっていたのだが、御手洗のところへ行けなかった。彼も四・六・三でも考えているらしく、電話をかけてこなかった。

こんな時、私はフリーの悲哀を感じる。どうしても仕事を優先させざるを得ないのである。いつだったか私は御手洗に、いっそ就職しようかと思うと言ったことがあった。途端に御手洗はすっくと立ちあがり、

「馬車馬の鼻先にぶら下げた人参の話をしよう！」

と言った。

「イバラのつるの栽培地があって、その中を曲がりくねった道が一本抜けている。つるを切り開きながら出口へとたどり着けば、一軒の家が建っている。君、ここまでは解るだろう？」

「ああ……？」

解らなかったが、私は一応同意した。

「これが一生を賭けた一人の男の大仕事の終着駅だが、栽培地の入口の門柱にもし君がよじ昇るなら、出口はすぐそこに見えていたのだ。ナタを振るう作業があまりにも馬鹿馬鹿しく疲れるので、大変な距離をやってきたと錯覚するのだよ！」

「何を言っているのかさっぱり解らない」

正直に私が言うと、

「惜しいな、理解する能力がなければ、ピカソもただの落書きだ」

と彼は残念そうに言った。

今考えると、要するに御手洗は、私に就職なんてくださらないと言いたかったらしい。性格がひねくれているから、君があまりぼくのところへ来られなくなると淋しいから、就職は辞めて欲しいと素直に言えないのだ。

翌々日、私が彼の部屋に入っていくと、御手洗は一日会わないうちに、薄気味が悪いほど機嫌が良くなってした。この男の調子はいつも出たとこ勝負で、会ってみるまで解らない。

それまでボートにしがみつく漂流者のように、ソファの上から一歩も床へ降りようとしなかった男が、うろうろと部屋中を歩き廻っている。そして、その頃さかんに表を走り廻っては大声でわめきたてていた選挙運動の宣伝カーの物真似を、繰り返し私にやって見せては上機嫌だった。

カンノ・マンサクとか、トベ・オトメ（実際にそういう名前の立候補者がいた）などの声色を実に巧みにマスターしており、微妙に震える高音で、「みなさまのお力におすがりしなくては、家計は火の車でございます」などと女の声を出してみたり、と思うと急に野太い声で、「みなさまのご支援でここまでやってこられましたカンノ・マンサク、カンノ・マンサクが、後ろで手を振っております」、と言いざまくるりと私の方を向き、せいぜい愛想よく手を振るのであった。

私にはその理由の、おおよその想像がついていた。したがって彼が、「四・六・三が解ったよ」と言った時も、ああやはりと思っただけだった。

　御手洗はコーヒーをすすりながら言う。

「あれからいろいろ考えたんだ。いまいましい選挙演説に邪魔されながらだけどね。まず日本国の南北の中心を一応出してみようと思ってさ、東西の中心はもうはっきりしてるんだから。

　平吉の考える北端というのはハルムコタンで北緯四十九度十一分とある。次に南端、これは硫黄島だ、北緯二十四度四十三分。この二つの中心を出すと北緯三十六度五十七分。地図で例の平吉の言う東西の中心線、東経百三十八度四十八分と、この南北の中心線とが交わる点を見ると、だいたい新潟県の石打《いしうち》スキー場のあたりかな。

　それから平吉の言うところの真の南端、波照間《はてるま》島とハルムコタンとの中心線も一応出してみようと思ったんだよ。波照間島は北緯二十四度三分だ。ハルムコタンの北緯四十九度十一分との中心線を求めるとね、北緯三十六度三十七分だ。この線と、例の東経百三十八度四十八分の線との交差点も出してみる、すると群馬県の沢渡《さわたり》温泉のあたりかな。そしてこの二つの中心点の差が、なんとぴったり二十分なんだ、こいつは何かありそうだ。

　次に平吉が日本のへそだと言っていた弥彦山の緯度を求めると、北緯三十七度四十二分だった。さっき出した二つの中心点のうちの前者との差が四十五分、これもきりのいい数字だ。

　しかし、これだけではどうひっくり返しても四・六・三なんて数字は現われない。弥彦山と、二つの中心点のうちの後者との距離は六十五分、一度と五分だが、こんなものでもなさそうだ。

　そこで横になってもう少し考えた。するとたちまちひらめいたよ。六人の娘の死体が発見された六つの鉱山の緯度、経度を、全部出してみたんだ。こうなったよ」

　御手洗は数字を書き込んだ表を投げてよこした。

☽小坂鉱山（秋田県）	東経140度46分	北緯40度21分
♂釜石鉱山（岩手県）	東経141度42分	北緯39度18分
♄細倉鉱山（宮城県）	東経140度54分	北緯38度48分
♂群馬鉱山（群馬県）	東経138度38分	北緯36度36分
♃生野鉱山（兵庫県）	東経134度49分	北緯35度10分
☿大和鉱山（奈良県）	東経135度59分	北緯34度29分

「この六つの鉱山の平均を出してみようと思ったんだよ。まず東経をやってみた。すると驚いたことに、ぴったり百三十八度四十八分になったんだよ！　平吉の言う東西の中心線に、ぴったりと重なった。この六ヵ所は、あらかじめそうなるように選定された場所だったんだ！

こうなるともうできたも同然だ。次は緯度の平均。この六つの緯度の平均を出してみると、北緯三十七度二十七分になる。東経百三十八度四十八分との交点を見ると、長岡の西あたりだ。

そしてこれを、さっき出した日本の南北の中心点と較べてみる。二種類の中心点のうちの前者の方、つまりハルムコタン島と硫黄島との中心点、これとの関係を見るとぴったり三十分の距離がある。

ついでに弥彦山との位置関係を見ると、北緯三十七度二十七分というのは、弥彦山から南へ十五分だ。これで東経百三十八度四十八分の線上に、弥彦山を入れれば四つの点が並んだことになる。

南から北へ向かっていうと、まずハルムコタンと波照間島との中心点、それから北へ二十分の位置にハルムコタンと硫黄島との中心点、さらに北へ三十分の位置に六つの鉱山の平均緯度点、その十五分北に弥彦山がくる。

つまり、南から二十分、三十分、十五分の間隔をおいて、四つの点が百三十八度四十八分の線上に並んでいる。おのおのを五で割ると四・六・三、だ。この四・六・三の中心、つまり足して十三の、真中というのは、北緯三十七度九・五分だぜ！

北緯三十七度九分三十秒、東経百三十八度四十八分の位置、地図で見ると新潟県十日町の北東にあたる山中になりそうだ。ここに平吉は、アゾートを設置しようと考えたはずだね。

君はどうもそう思っていなかったようだが、ぼくは以前からこんなふうに思ってた、つまり、ぼくんちのコーヒーは格別うまいとね！　今日は特にその印象が強い。どうだい？　石岡君」

「ああ、今日のはまあまあかな……」

「いやコーヒーじゃなく、四・六・三の話だよ」

私はほんのちょっと口ごもったと思う。

「……ああ、見事だよ」

すると御手洗も、敏感に悪い予感を抱いたようだ。

「いや、本当に大したもんだと思うよ、御手洗君。たったひと晩でここまで進めるとは、やはり非凡な才能の故だ」

「まさか……」

図5

弥彦神社
貫前神社
御岳神社
阿伎留神社
白浜神社
138°48'
弥彦山(北緯37°42')
13の真中(3)15'
6つの鉱山の平均緯度点(37°27')
(6)30'
ハルムコタンと硫黄島の中心点(36°57')
(4)20'
ハルムコタンと波照間島の中心点(36°57')
東経
138°48'

「え？」

「もうやられてるなんて言いだすんじゃないだろうな、ここまで、もう考えた者がいる、のか？」

私はたぶん、気の毒だなという顔をしたかもしれない。しかしたまにはこういうのもよかろうと思い、遠慮を押し殺して言った。

「御手洗君、四十年という時間を軽んじちゃいけないよ。凡人だって四十年もかけるなら、ピラミッドのひとつくらい作るんだ」

こういう皮肉っぽい言い廻しが、私が御手洗から学んだ最大のものであろう。

「こんな嫌な事件は見たことがない！」

御手洗はソファを蹴って立ちあがり、ヒステリーを起しそうになった。

「行けども行けども見つけるのは前来た奴の手アカばかりだ。これじゃまるでテストの時間じゃないか！　君が解答の紙をじっと持っていて、マルかバツをつけてやろうと待ちかまえているんだ。ぼくは誰にもテストをされるのは好まない。百人のうちで、ハイ君が一番優秀です、なんて言われてもちっとも嬉しくなんてない。

いったい優等生になることがどれほどの立派な行為なんだ？　優等生が劣等生にどれだけのことをしてやれる？　ぼくは、他人に優越意識を持つためだけにやる努力なんて、絶対に価値を認めない。今までも、これから先もだ！」

「御手洗君」

しかし彼は、窓ぎわに寄ったまま無言だった。

「御手洗君」

「………」

「ねえ、君」

するとようやく御手洗は口を開いた。

「君の言いたいことはよく解っている。しかしぼくは、みんなが言うほど自分が他人と変っているとは思わないぜ。みんなの方こそ、ぼくに全然理解ができないほど変ってるんだ。こんなふうに毎日普通に生活しているだけでも、ぼくは何だか火星で暮しているような気がするよ。眩暈がするほど、みんなぼくと違っている」

どうやら鬱病の原因はその辺らしい。

「御手洗君、君はどうもこのところ調子がよくなかったようだから……。まあ立っていないでかけたらどうだい？　立ったままだと疲れるだろう？」

「どうしたわけかさっぱり解らない！」

御手洗は言った。

「みんな、明らかに馬鹿げたことのために必死になっている。カンオケに入る時、あらこいつは勘違いだったと言いだすのが目に見えてるのにな！

徒労だよ、石岡君、徒労だ。その通り、平吉氏の言う通りさ。すべてはあらかじめ失われている。だからぼくのやろうとしていることなんて徒労だ。

ささやかな喜びや、悲しみや怒りや、そんなものは台風や夕立や、春になれば毎年決まって咲く桜みたいなもんだ。そういった類いのものに、人間は毎日右や左に押しやられながら、結局みんな似たような場所へ流されていく。誰にも、何もできやしない。

理想か、ふん！　ささやかな理想の看板をかかげて何になるんだろうな。そんなのは徒労と大きく書き込んだプラカードだよ」

そう言うと、御手洗はソファへどすんと腰かけた。

「君の言うことも解るが……」

私は言った。すると御手洗は私をじろりと睨み、

「解るって？　ふん、どう解るっていうんだい」

と悲しげな口調で言った。

「いや、君にあたってても仕方がない、失礼した石岡君、君だけはぼくのことを、狂人だなんて言わないでいてくれるだろうね？　ありがとう。君は彼らのお仲間かもしれないが、中ではずっとマシな方だ」

なかなかありがたい評価だ。

「さて、ではスイッチを切り換えよう。さっきぼくの言った場所には何もなかったのかい？」

「え？　場所って？」

「ちっ、ちっ、君、十日町の北東の山中だよ、十三の真中だ」

「あ？　ああ！」

「素人ホームズたちが水牛の群れみたいに押し寄せたんじゃないだろうね？」

「たぶんそんなところじゃないかと思う。今や新潟の新名所なんじゃないかな」

「アゾートまんじゅうでも売られてるかな」

「そうかもね」

「で、どうだったんだ？」

「何もなかった」

「なかった!?　何ひとつなかったのかい？」

「何も」

私は首を左右に振った。

「しかし……、とすればもっと別の考え方があったんだろうか、だが……」

「いろんな迷案、珍説が出揃ってるよ。びっくり発明見本市だ。知りたければこの本を読んであげようか？」

「けっこう！　そんな暇つぶしをして遊びたい気分じゃない。ぼくは自分で解っている。あの問題はあれで正解だ。あれ以外の答えはない。

　ではどんなケースが、ここに考えられるだろう。この犯人、謎の芸術家先生が、あの問題を解けなかったのか？平吉の小説通りにことを遂行させようとは思ったのだが、最後のアゾート設置地点に関する平吉の謎かけを、彼は解けなかった……。

　いや！　まさかそんなことはあるまい。こいつは大してむずかしい謎々じゃない。ひと晩あれば解ける代物だ。それにだ、この芸術家が、例の手記から平吉の死体遺棄、いや死体配置というべきか、この意図を完璧に理解していたという証拠もある。

　それは『遺棄地点』だ。平吉の小説には、死体を棄てる正確な場所というものは指示されていない。具体的な鉱山の名は書かれてないんだ。しかし平吉が四・六・三と書いているからには、平吉はすでに遺棄地点を、頭の中で想定していたことになる。そしてこの犯人は、自分で遺棄地点を決めたにもかかわらず、ちゃんと四・六・三が現われている。つまり平吉の考えていた死体配置場所と、この犯人の決めた遺棄地点とが完全に同じであったという何よりの証拠がここにある。この正体の見えない芸術家が平吉の意図を完全に理解していた、この謎かけもちゃんと解いていたという事実をこれが物語る。さてそう見ていくと、この犯人と平吉とは、ほとんど同一人物ではないかと言いたくなるくらいだ」

「そうなんだ！　実にそうなんだ！」

「それとも、何か突発的な理由が生じたか。アゾートを作ってはみたが、置いておく場所に関してはもっと合理的な場所をほかに考えついた……。それともずっと深くに埋めたのか？　素人探偵たちはこのあたりを掘ってもみたんだろうか？」

「掘ったなんてもんじゃないね！　硫黄島の砲弾の跡みたいになってるよ」

「硫黄島！　硫黄島といえば、この島に関しても平吉の予言はあたったわけだな。ま、そんなことはいいが、埋まってもいなかった……、このあたりはどんな地形なんだい？　みんなが見落としているような場所はないのかな？」

「そんな可能性はないようだよ。地形的にもわりあい平坦な山の中らしいね。そこをあっちを掘り、こっちを掘りして、四十年も経ってるんだ」

「ふむ、まあ、一応信頼してもいいだろうな、そういうことなら。埋まってもいない……、となるとアゾートは作られなかったのか……」

「それじゃ何のために六人も女の子を殺して、体の一部ずつを集めたんだい？」

「集めてはみたが、腐敗が早かったりして挫折したのかもしれない。剥製《はくせい》になってるなんてのも、まったくの噂話なんだろう？　剥製にするなんてね、技術を習得するのが大変じゃないのか？」

「しかし、ひそかに勉強していたかもしれないぜ。本を集めるくらい簡単だろうからね。動物の剥製の作り方なんて本だ。あとはそれを応用して、ぶっつけ本番でやったかもしれない」

「そうかね」

「平吉の小説にはそんな計画は全然出てこないけど、平吉以外の人間がやったのならね、剥製にしたいという発想はわりあい自然なものだと思うけどな。ぼくにだって解らなくもない。もともとは一日くらいこの世に存在すればそれで満足だというような作品だろう？　ぶっつけ本番の稚拙な剥製技術でも、そうすることでアゾートの寿命が半年にでも延びれば、犯人としては大満足だったと思う。ぼくはやったと思うな。第一あれだけの大それたことをいろいろやる男だもの」

「小説を読むと平吉は、アゾートを組み立てれば、それが生命を得ると信じていたふしもあるね？」

「まさか歩きだすなんて考えてたことはないだろうけど……。でもあんな気違い芸術家だからな、案外あり得るかな」

「ふむ」

「でもね、確かに君の言う通り不可解だ。十三の真ん中というのは、君ので正解だとぼくも思う。でもアゾートはなかった。その時点でもうこの推理ブームの真剣な部分はすっかり終ってしまったといってもいい。あとは冗談半分のガラクタばかりさ、続いて出てくるものはね。でも何故なんだろう？　不思議だな」

「考えられることがもうひとつあるよ」

「それは？」

「十三の真ん中だの、東経百三十八度四十八分なんてね、全部出まかせだったという可能性さ。平吉はちょっとした思いつきを書いてはみたが、本気で信じちゃいなかった……」

「それだけは絶対にないね、ぼくにははっきりそう言いきれる」

「ほう！　どうして？」

「そりゃこの線には実際に何かありそうだからさ」

「というと？」

「ちょっと話が横道にそれるかもしれないが、南北のこの線について書かれたものは、平吉の手記がひとつだけじゃない。他人のもの、それも高名な作家によって書かれた作品に、この線が不可解な力を持つものとして紹介されている。君はどうやらそうでもないらしいが、ぼくはミステリーと名のつくものはずいぶんと読みあさっている。君も松本清張という作家は知っているだろう？この人の短編で、『東経百三十九度線』というものがあるんだ。読んだことあるかい？」

「いいや」

「だろうね、この小説が梅沢平吉の予言を裏づけているようで、実に面白いんだ。日本には古くから亀卜《きぼく》と鹿卜《ろくぼく》という二種類の占いの方法が伝わっているらしい。占いだから、君も興味があるだろう？

　鹿卜というのは鹿の肩胛骨《けんこうこつ》を火箸《ひばし》で突き通して、その時の骨のひび割れ具合でその年の狩猟や農耕の吉凶を占うやり方。そして亀卜というのは、島国の日本としては、海べりなんかでは亀の甲羅《こうら》の方が手に入りやすいという事情があって、これで次第に代用するようになったというもの。

　つまり亀卜より鹿卜の方が歴史が古いのだけれども、この亀卜の習慣が伝わる場所として、例の越後の弥彦神社が出てくるんだ。ここは海べりだから当然亀卜だけれども。

　他に亀卜の伝わる場所がもう一ヵ所ある。弥彦から真南にあたるもう一方の、つまり太平洋側の海べり、伊豆の白浜神社なんだ。

　そして鹿卜の伝わる場所が、その二社の間に三ヵ所ほどある。上州、群馬県の貫前《ぬきさき》神社、それから武州、今の東京都下だけれど、御岳《みたけ》神社、同じく都下の阿伎留《あきる》神社なんだ。

　そしてね、実に不思議なことに、この五ヵ所の神社が、みんな東経百三十九度線に沿って、南北に一列に並んでいるというんだな。しかもこの亀卜、鹿卜の伝わる神社は、このほかには日本の西にも東にも一ヵ所もないというんだよ」

「ほう！」

「しかもその理由がすごいんだ。この百三十九度を、ヒイ、フウ、ミイ、ヨウの昔ふうに読むと、ヒイ、ミイ、ココノツとなる。つまりこの線はヒ、ミ、コの暗示だというのさ」

「そりゃー面白いな！　しかし、それはやはり偶然の一致というものだろう!?　東経百三十九度という数字は、イギリス、グリニッジを基準にして近代作られた人工的な目盛りの数値だからね、これに二千年も昔の、日本の卑弥呼をこじつけるのは無理というものじゃないか？」

「それは作者も言ってるよ。しかし卑弥呼は神秘的な力を持っていたシャーマンだからね、いわば科学を超越した暗示力を持っていたわけだ。だからこの数字の啓示になって現われたという考え方も、それはそれでぼくには説得力があるよ。亀卜、鹿卜というのは、邪馬台国の頃、鬼道に仕える卑弥呼が実際に行なっていたはずのものだからね」

「じゃあこの東経百三十九度線上に邪馬台国があったということかい？」

「いや、じゃなくて、邪馬台国の後身がそのあたりに移住した、あるいはさせられたというんだよ。邪馬台国というのはたぶん九州にあったんだろうけれど、魏志倭人伝という中国側の資料に登場してくるのは、三世紀なかば頃のたった一度のことだからね、その後日本では、八世紀にいきなり大和朝廷の歴史が始まるんで、邪馬台国がどうなったのかは誰にも解らない。日本側の文献には、この国の記述は一行も出てこない。

　一説には対立していた国内の狗奴《くな》国に滅ぼされたとも、朝鮮から来た大陸系の民族に滅ぼされたともいわれている。平吉のは後者の説だよね。

　こういうわけで、卑弥呼の邪馬台国は、滅亡したかそれとものちの日本の中央政府軍に併合されたかしたのだろうと考えられるが、大和に中央政府を樹立した後、大和朝廷は政策として、もとの邪馬台国人たちを、卑弥呼の子孫も含めて東国へ強制移住させたのではないかというのが、さっきの小説の考え方なんだよ。

　奈良時代以降の中央政府の政策を見ると、歴史的に上《か》総《ずさ》、上野《こうずけ》、武蔵《むさし》、甲斐《かい》あたりの関東地方は、朝鮮半島の動乱を逃れてきたいわゆる『帰化人』を、強制的に居住させていた地域だったらしいんだ。しかしこれは朝廷の前々からの政策を踏襲したものにすぎないと推察されるので、その強制移住第一号が、邪馬台国人だったのではないかという考え方なんだ」

「ふうん」

「ま、邪馬台国というのは面白い謎だよ。所在地の推定に関しても、九州説だけじゃない、いろいろあるんだ。しかし今回はそれを論じるのが目的じゃないんでね、東経百三十九度線の話に戻ろう。ぼくはこの問題に関しても通《つう》なんでね、知りたければまた別の機会にゆっくり話してあげよう。

　さっきの亀卜、鹿卜の伝わる神社の話に戻るとね、越後、弥彦神社の経度は前に触れたけれど、上州貫前神社が東経百三十八度三十八分、武州御岳神社が東経百三十九度十二分、同じく阿伎留神社が百三十九度十三分、伊豆白浜神社が東経百三十八度五十八分だそうなんだ。

　こうなると、これらは、平吉のいう東経百三十八度四十八分に沿っているんだといってもいいように思える。また逆に平吉の説を東に十二分ずらして、松本説に併合してもいいように思える。沖縄の先島諸島の真中を東経百二十四度の線が通っているから、これを大ざっぱに西の端として、東は端数を切り捨てあっさり百五十四度とする。平吉の言うハルムコタン島の左隣りのシャシコタン島をだいたい東の端とするんだ。この真ん中を求めると東経百三十九度となるからね。

　いずれにしても、このあたりの南北の線が、松本説でも何かありそうだというんだね。平吉の考えるように、卜占《ぼくせん》は日本の中心で行なうのが最も有効と考えたのか、それとも霊感にシャーマンたちが導かれたのか、梅沢平吉の、この線は重要であるという昭和十一年の予言は、ここで一つ力を与えられているといえる」

「なるほどね、面白いもんだな」

「これで終りじゃない、もうひとつあるんだ」

「うん」

「これも小説なんだけれどね、高木彬光という作家の『黄金の鍵』という長編がまたすこぶる暗示的なんだな」

「それにもこの線が出てくるの?」

「そうなんだ。いや、この小説ではそんな具体的な数字は問題にしていないんだけれどもね、維新で滅んだ江戸幕府が、再起のためにどこかへ隠しているという埋蔵金の伝説をめぐる話なんだ。

　平吉の小説に関係のある部分だけを抜き出して解説すると、江戸幕府崩壊当時、勝海舟と並んで幕府を切りまわしていた小栗上野介《おぐりこうずけのすけ》という切れ者の政治家が幕府側にいたんだね。

　彼は勝などと違って、薩長の連合軍に降伏するなんて気はさらさらなくて、徹底抗戦の構えだった。そして、当時かなり衰えていた幕府軍をもってしても、薩長の東征軍を壊滅させせられるだけの名作戦を腹案として持っていたというんだ。この内容を、西郷隆盛や大村益次郎がのちに聞いて震えあがったといわれている。

　その作戦というのは、東海道を静岡までがらあきにして東征軍に黙って進撃させ、箱根から小田原にかけて守りを集中させるというんだ。そして箱根で、命運を賭けて東征軍を押し返し、彼らに興津《おきつ》まで敗走させたところを興津沖に待機させた軍艦で砲撃させるというものだった。当時、海軍は幕府のものが最新鋭だった。興津という街は、鰻《うなぎ》の寝床《ねどこ》みたいに山が海に迫っている狭い場所だから、ここにいるところを砲撃されたら隠れる場所がない。

　しかしこのグッド・アイデアも、歴史の勢いには逆らえず、具体的には徳川慶喜が乗らず、日の目を見ることがなかった。でももし実行されていたら、江戸幕府の崩壊は、あるいはもっと先になったかもしれないといわれている。

　さてこの幕府軍の駿河湾作戦だけれども、箱根と興津というのは例の東経百三十八度四十八分を中心に、東と西に対称的にほぼ同距離に位置してるんだな。つまりこの作戦は、あの百三十八度四十八分の線上で展開するはずだったのさ。

　またこの作戦の主、小栗上野介が生まれた上州権田村というのが東経百三十八度四十八分なんだ。この人はこの村へ帰っている時首を刎《は》ねられていて、墓もこの村に作られている。だから首を斬られた場所も、墓の位置も、ほぼ東経百三十八度四十八分上なんだね。

　それからこの小栗上野介が、幕府の財宝を隠したと伝説に言う赤城山、これは百三十九度十二分くらいなんだけれども、この小説では財宝を隠密裏に埋めるとしたら、適した場所は赤城山などではなく、信越線の松井田と権田村とを結ぶ間道のどこかになるであろうというんだ。これがまただいたい東経百三十八度四十八分なんだよ。

　脱線ついでにもうひとついうと、この小説でちょっと興味をそそられる事実を知ったんだ。太平洋戦争敗戦の直前、日本軍は本土決戦を決意して、大本営を東京から内陸部の松代《まつしろ》に移す計画をたてていたんだね。松代といえば長野の南で、有名な決戦川中島のあったところだ。日本軍もこの故事にひっかけて、背水の陣を敷くつもりでいたのだろう。

日本軍、本土徹底抗戦という形になると、その場合アメリカ軍は九十九里浜と相模湾に上陸してきて、関東平野をまず手中に収めようとするだろう。これはもういかんともしがたい。そして最終的には、先の松代に立て籠《こも》った大本営と日本政府を相手に、最後の決戦を展開するという段どりになる。そうなると米軍の進撃路は中仙道ということになるはずだから、陸軍は一番激戦が予想される安中《あんなか》から碓氷峠《うすいとうげ》にかけての中仙道に、陣地をいくつも設置する計画をたてていたらしいんだ。

この安中から碓氷峠にかけての中央に松井田があって、この松井田が東経百三十八度四十八分なんだよ。何だか小栗上野介の駿河湾作戦と性格が酷似しているだろう？

両方とも国家の歴史的な転換期に、国家存亡の命運を賭けた最終決戦として計画された作戦で、ふたつとも結局は実行されなかった。

今ぼくは、このくらいしか知らないけれども、調べればこの線にまつわる歴史的な重大事はもっと見つかるんじゃないかと思うよ」

御手洗は話が横道にそれたせいか、ぼんやりしていた。そして、

「なるほど、じゃあぼくもそのあたりにでも引っ越すかな」

とひと言言った。

「そのほかにも、たとえばレイラインというものが知られている」

「レイライン、イギリスの？」

「そう、知ってるの？」

「知っている。古墳や祭祀場が一本のラインの上に並んでいて、これらの地名には、みんな末尾に『レイ』の音がついていた」

「そうなんだ。これが日本にもある。たとえば北緯三十四度三十二分。これは東西線だけれど、これに沿って七百キロにもわたって、神社や関連史蹟が並んでいるといわれている」

「ふむ」

「皇居から鬼門の方角、つまり正確な東北方向の線分上には、矢先稲荷とか、日枝神社とか、石濱、天祖神社などが点々と並んでいる。鶴ヶ丘八幡宮の真北には日光東照宮があって、この間の南北線上には、金属神を祭る神社が並んでいるという説がある」

「ほう」

「つまり日本には、イギリスもそうらしいけれど、こんなふうに重要な直線を考えて、この上に祭祀場を配する発想というのは昔からあったらしい」

「なるほどね、平吉さんの発想は特殊ではないわけだ」

「そうさ。さて、じゃあいよいよ飯田さんの持ってきてくれた資料を読むことにしようじゃないか。今日はそのつもりで来たんだ。世間の人が知っている資料は、もうこれで全部君に提供し終った。飯田さんのあの証拠資料も頭に入れたら、あとはもう、君の頭脳労働が残るだけだ」


話が前後してしまったが、御手洗と私とがこの四十年も昔の占星術殺人事件に、酔狂にも首を突っ込もうという気になったのは、この飯田美沙子《いいだみさこ》という女性がきっかけだった。いつものように、私が御手洗の占星学教室でごろごろしていると、ふいにこの女性が現われたのだ。

それまで私は、街頭の手相見のおばさんなどが、予備知識として西洋占星術を知っておくため、ここで御手洗に講義を受けるということは知っていた。しかしあまりにひまなので、それ以外に使われることはないのだろうと思っていたのだが、案外占って欲しいと言ってやってくる客もあるのだった。たいていは女性で、それもまるではじめてという人はほとんどなく、みな開口一番、なんとかさんがよく当たったと教えてくれたので、と言うのだった。そんな時、御手洗は大きな顔で私にあれを取れこれを取れと命じた。


飯田美沙子もそういった女性の一人には違いなかったが、依頼の内容は大いに違っていた。

「実はちょっと変ったお願いかもしれないんですが」

とその婦人は、ためらいがちに切りだした。

「占って欲しいというのではなく、いえ、それでもけっこうなんですけれど、それも私ではなく、父のことなんです」

そう言うと、また彼女は黙った。よほど言いだしにくいことらしい。


しかし御手洗の方は、まるで釣り糸を垂れてうきが動くのを待っている世捨て人のような顔をしている。何か言ってあげれば、励まされて口も開きやすくなるだろうにと私は横でやきもきするが、この時の彼は強度の鬱病であったため、致し方ないともいえた。しかも御手洗は、肺ガンの直接原因と解っていて煙なんぞ喫うのは低能のやることだと軽蔑して、煙草を口にしなかったため、こういう時はよけい間が抜けて見えた。

「実は」

と彼女は決心したように言った。

「これは本来なら警察へ行くべき種類のことと思うんです。でも私どもに、ちょっとそうできない事情がありまして……。

あのう……、御手洗さんは、水谷さんって憶えておいででしょうか？　一年ばかり前に、ここにうかがったと聞いておりますが」

「水谷さん……、ですか？」

御手洗は鹿爪らしい顔で考え込んだが、

「ああ！　あの嫌がらせ電話の時の」

とすぐに言った。

「そうです。彼女は私の友人なんです。あの事件の時も、彼女はほとほと途方に暮れていたらしいんですけれど、ここにご相談にうかがったら、すぐ解決して下さったといって、御手洗さんて、占いだけじゃなくて、その、探偵さんのような才能もおありになると彼女、よく私に話してくれます。とても頭のいい方ですって」

「ははあ」

飯田美沙子はなかなか巧みだった。御手洗はどちらかといえば、おだてのきく種類の男である。

しかし、彼女はそこでまた沈黙した。

「あの、御手洗さんて、お名前は何とおっしゃるんですか？」

と突然彼女は無関係とも思えることを言いだし、御手洗ははた目にもそれと解るほどに狼狽《ろうばい》した。

しかし私は、この堅い雰囲気をうち壊すにはむしろ理想的な質問だと考えた。

「ぼくの名前が、今からお話になろうとする内容と関係があるんですか？」

御手洗は用心深く言った。

「いいえ、そういうわけじゃないんですけど、水谷さんが知りたいっていうもんで、彼女がうかがった時はどうしても教えて下さらなかったって」

「ぼくの名前を訊きにわざわざいらしたのですか……」

と御手洗が嫌味を言いはじめるのを遮り、

「潔《きよし》ですよ。これが何と清潔の潔でしてね」

と素早く私が、横あいから教えてやった。御手洗が口にするのをおっくうがる事柄や、いたらない部分を補うのが私の役目というものだ。

飯田美沙子はしばらくうつむいていたが、笑いを噛み殺していたのだろう。御手洗はというと、どうしたわけか非常に苦い顔つきになっていた。

「変ったお名前ですわね！」

飯田美沙子は顔をあげると言った。やや頬が紅潮している。

「つけた人間が変ってましてね」

と御手洗はさっさと言った。

「つけた方っていうと、お父さまでいらっしゃいますか？」

御手洗はますますうんざりした顔つきになり、

「そうです。罰《ばち》があたって早死にしましたよ」

と言った。

それからなおも少々、こんどは別の意味で気まずい沈黙があったが、飯田美沙子の気分がほぐれ、話しやすくなったことは確かだったろう。彼女は今度こそすらすらと話しはじめた。

「先ほど、警察へ行けないで悩んでいると申しましたけれど、それは父の恥になるような性質の、ものだものですから。いえ、多少の恥でしたら、父は先月亡くなりましたので、もうどちらでもよいようなことなんですけれど、刑事責任にまで発展しかねないように思われます。そうなりますと、主人にも、兄にも、不都合が起るはずです。と申しますのは、私の一家は、父も、兄も、私の主人も、警察関係の仕事をしておりますものですから。

刑事責任なんて今申しましたけれど、父が犯罪を犯していたとか、そんなことでは絶対にありません。

父はまったく真面目一方の人でした。これには少しの誇張もありません。停年退職の時も、表彰されたり感謝状をもらったりしております。本当にやむを得ない場合以外は、欠勤したり、遅刻もなかったのではないかと思います。しかし、最近それも別の理由が、一種の罪ほろぼしとでもいうか、そういう理由が、父の心理としてあったのではないかと思うようになりました。

ここにご相談にうかがったのも、あれほど有名になりました事件ですから、兄や主人などに知れますと、表沙汰になって世間に知られずにすむわけもありません。主人の方は、どちらかといえば父に似た真面目一方の地味な人間ですが、兄は冷酷な、仕事熱心なところがありますから、そういうこともやると思います。そうなると私は、父が可哀想で、とてもそんなふうに思いきることはできません。

できれば、父のささやかな名誉や、経歴にも傷をつけたくありませんし、でも表沙汰にしないである程度の解決がなされるものなら、父があれほど願っていたことのようですから、父のためにもそうしてあげたいと思います」

彼女はそこで言葉を切った。記憶を探っているようでもあったし、自分の決心を確かめているふうでもあった。

「私としては、一家の恥をお話するようなかたちになりますので、兄などが知ったらどんなことを言われるか知れたものではありませんけれど、でもあの事件は西洋占星術も関係しているみたいなので、その知識のある方ならとあれこれ考えまして、御手洗さんならあらゆる点でぴったりだと信じました。それで思いきってうかがったようなわけなんです。

でも誤解なさっては困るんですが、父が犯人であったり、その仲間に関係したりしていた可能性は絶対にありません。父は、ちょっと利用されたんだと思います……。

あのう……、御手洗さんは、戦前の、梅沢家の占星術殺人事件といわれているものをご存知でらっしゃいましょう？」

しかし、御手洗が無愛想にいいえと言ったので、よほどびっくりしたのだろう、彼女は御手洗の顔をじっと見つめた。あれほど有名になった事件であるし、占星術もからんでいることだから、御手洗は当然知っているだろうと彼女は思っていたのだ。この時は、正直にいって私もびっくりした。日本に暮らす者で、あの事件を知らない者がいるとは考えなかった。

「そうですか、ご存知かと思いましたので……。それでは事件の内容の方からまずお話しなくてはなりませんわね」

彼女が梅沢家の事件を、平吉殺しのあたりからかいつまんで話しはじめたので、私が横から、その事件ならぼくは詳しいし、本を持っているので、この先生には後でぼくが詳しく説明しておきますよと口をはさんだ。彼女はそうですかと言い、それでも一応ざっと説明し終ってから、およそ次のようなことを語った。

「私は結婚して飯田になりましたけれど、旧姓は竹越《たけごし》と申します。父はですから竹越文次郎《ぶんじろう》と申しまして、生年月日は明治三十八年、二月二十三日です。

父が警察関係に勤務しておりましたことは、さっき申しましたけれど、事件当時、昭和十一年ですね、その時父は三十一でしたが、高輪警察署に勤務しておりました。

その頃、私はまだ生まれてはおりませんでしたけれど、兄はもう生まれていたはずです。今私どもは、自由ヶ丘の方に住んでおりますが、当時、父と母は上野毛に住んでおりました。それであの事件に、どうやら巻き込まれたようなのです。

先日、亡くなった父の書棚を整理しておりましたら、こんなものが出てきたんです。よく警察で供述書の作製なんかに使う便箋ですけれど、これにびっしりと父の字であの当時の出来事が書き込まれておりました。

読んだ時は本当にびっくりいたしました。信じられませんでした。あんなに温厚で、真面目だった父がと思うと……。でもだから父がよけいに可哀想で、とてもこのままにはしておけませんでした。

これによれば、例の梅沢家の事件のうちの、一枝さんの事件ですわね、あの事件の直前に父は一枝さんと、その、警察官にあるまじき、間違いを犯したらしいんです……。

もうお見せする覚悟を決めてきたんですから、これはお預けして帰ってもけっこうです。読んでいただければ、すべてお解りになると思います。父がどんなふうに望んでいたかも解っていただけましょうから、できましたら、この事件を解いていただきたいんです。そうすれば父も成仏できますでしょう。現状のままでは、死んでも死にきれないと思っているのは間違いありません。いえ、事件全部を解決するのは無理としましても、父が関わった部分だけでも、きちんとした説明がつかないものかと思いまして……」

私たちはその後話し合い、いきなり竹越文次郎氏の手記を読むことはせず、まず世間一般の知識を頭に入れてから目を通すことにしたのだが、この時私が感じた猛烈な興味と興奮は、ここに説明するのがむずかしいほどである。御手洗と知り合ったことを、神に感謝したい気分だった。

御手洗もまんざらではなかったはずだが、ああそうですかと言っただけだった。

文次郎手記

　三十四年に及ぶ本職の警察官人生の内で、得た物は少なく、失った物ばかりが目立つ。一枚の感謝状と、警視の肩書とが私の得た総《すべ》てであるが、壁に下がるそれらも、私の心痛を軽減してはくれない。

　しかし、それが私の職種、警察官の故であるとは考えないようにして居る。誰しも人は、真の苦痛を他人に語ろうとは考えぬもの、放蕩《ほうとう》に明け暮れる者も、胸にどんな心痛を宿しているか知れぬ。

　私が五十七歳の優遇退職を受け入れた時、意外な顔を作《す》る部下も居た。私は五割増の退職金が欲しかった訳ではなく、また警察官としての仕事の張りを失い、老い込んでいく事への恐れは人並にあったものの、このまま仕事を続け、老人が警察官として取り返し難い失策をしでかすのではという恐れの方が勝《まさ》ったのである。実際無事の退職は、この二十数年、私の頭を去らぬ望みであり、花嫁姿を夢見る乙女の様な、邪気のない、ほとんど憧れとさえ言えるものであった。

　この様な書き物を遺しておく事は、甚《はなは》だ危険であり、無事退職出来たならば、この類いの物は一切書かぬと固く心に決めていたのであるが、やはり退屈に過ぎて行く老人の暮しにあって、あれを少しも思い抱かずに過ごして行く事は難しい。この用箋を用い、多くの供述書を作製した昔が懐かしく浮かび、ペンを少しも持つ事なく過ぎて行く日々にあっては、私の老いは早められる様にさえ思われて、いざという時は燃せば良いと我が身を励まし、ペンを走らせれば、思い起される事実は唯一つしかない。

本職は、絶えず怯えていた事を告白しておかねばならぬ。私に地位が出来、責任が増すにつれ、それも又重さを増した。いや、その時でさえ自分に限った事であるから、まだ大した悩みではなかったと言える。息子が私と同じ道を選び、また相応の地位を得る様になれば、私の恐怖はたとえ様もない物となり、ただただ無事な停年退職の日をのみ、思い描く様になった。

それなら自ら職を辞せば良かったのであるが、小心な本職は、それすらなし得なかった。警察官以外に天職はないと思える本職に、退職の理由などあろうはずが無く、同僚たちの眼や、彼らへの釈明を思えば思い留まらざるを得ない。また、もしあの事実が露見すれば、どこにどうしていようと結局は同じ事であるし、警察官としての息子の立場は、私が退職している事によって救われる物でも無かろうと考えた。そして何より、不審な退職により、かえって私が捜査の対象となる事を恐れた。

私の脳裏を一刻も去らず、終始私を怯えさせ続けたのは、昭和十一年の、例の梅沢一家鏖殺《おうさつ》事件である。終戦直後程ではないが、暗いあの時代にはよく鏖殺（みな殺し）や、猟奇事件があった。むしろ地方に多かったが、そのいくつかはお宮に入っている。梅沢家の物もそういう一つで、これは桜田門の一課が担当していた様に思う。本職は当時、高輪署の探偵係長をしていた。あの当時は各署に探偵係という物があって、赤落ちのホシの本数により、探偵手当を貰うのである。確か七円、八円、九円とランクがあった。昭和十一年当時まだその競争制度が残っていて、私は成績が良かった為、三十歳で探偵係長を拝命していた。

その頃私は上野毛に一家を構え、長男も誕生したばかりであったから、気力は充実していた。あれは忘れもしない昭和十一年三月二十三日の夜の事である。私はこの期《ご》に及んでまだ躊躇《ちゅうちょ》して居るが、以下は思い切って書く事とする。

私が不幸にも巻き込まれるきっかけとなったのは、上野毛の金本一枝殺しであった。この一枝殺しを含む梅沢一家事件は、戦後一般のよく知る所となり、世間はこの一枝殺しを一家鏖殺と無関係と判断して居る様であるが、私の以下の記述は、これを誤りと指摘する結果になろう。

一探偵に過ぎなかった頃の私は、成績を上げる為、場合によっては女房より早くに起き、女房が休む頃に帰宅するといった風であったが、当時は係長に昇進した為、毎日定刻六時には署を辞し、そのあたりにさしかかるのは決まって七時過ぎであったから、あるいは私を陥《おとしい》れる画策《かくさく》を巡らす事も容易であったかと思われる。

駅を降り、五分ばかり歩いた頃、私の前を行く黒っぽい和服の女が、突然うずくまるのが見えた。他に人通りも無く、下腹部を押さえたまま立ち上がる気配もないので、どうしたのかねと声をかけた。

女は相済みません、急にさし込んで来ましたものでと、その時言ったように記憶している。家を訊くとこの近所だと言うから、自分の警察官としての職務意識も蘇《よみがえ》り、肩を貸して家まで連れ帰ってやった。部屋まで抱きかかえる様にして上げ、横にならせて帰ろうとすると、心細いのでもう少し居て下さいませと言う。聞けばこの一軒家に一人暮しと言う事であった。

告白するならば私は、妻以外に女を知らなかった。けれどもその事を恥と考えた事は無い。誓って言うが、その時も私には決して下心は無かった。しかし時折女が苦しみ、裾《すそ》の乱れが眼に入る度《たび》、愚かにも私は心を乱した。

私は今に至るまで、あの女の心理をはかりかねるのだが、聞けば結婚の経験を持つ未亡人であるというし、孤閨《こけい》の淋しさに耐えかねたものと、その時は考えた。事実私に抱きつく際、淋しかったのですと私の耳もとで繰り返し、灯《あか》りを消して下さいませと、悲しげに言った。私が果てた時、女はしきりに謝った。そしてこのままで結構でございます、どうかこのまま灯りをつけずににお帰り下さいませ。遅くなってはあなた様のお宅に御迷惑がかかります。私は淋しかったのです、どうか私の事はもうこれでお忘れ下さいませ。私も決して口外する事は致しません、と言った。

手探りで服を着け、犯罪者の様に人眼をはばかって玄関を出た私は、歩きながら考えた。正直な所、狐につままれた様な心持ちであった。あるいは腹痛は芝居であったのか。思い返せばいかにもそれらしい。よく股旅物等に、ああして街道筋にしゃがみ込んでは男の懐中を狙う女スリが出て来る。しかし懐中をまさぐっても、何一つ失くなった物とてない。もしあれが芝居なら、男が欲しかったものと考えざるを得まい。

この時の私の胸中には罪悪感は無く、むしろ女を一人救ってやったくらいの心持ちさえして居た。女のあの様子なら、決して私との事を口外するような事はあるまい。私が黙っていれば万事無事だ。よしんば露見したにせよ、家内に知れる程度の事なら大した問題にはならぬ。

家に帰り着いたのは、正確な時刻は解らぬが、九時半頃ではなかったかと思う。通常の帰宅時間より丁度二時間程度遅れていた。この二時間が、とりも直さず私が女と関った時間である。

翌日は何事も無く、私が彼《か》の女の死を知ったのは翌々日、二十五日の朝である。名前もこの時初めて知った。金本一枝、新聞に中程度の記事となって載っており、私は驚愕した。写真は修整の跡が著しく、別人の様に写っていた。おそらく若い頃の物を使ったのであろう。

逃げる様に家を出て、出署してそこで初めて事件を知った風を装わなくてはならなかった。一枝の家と私の家とでは相当の距離があるのだが、もし事前に知っていれば、現場を見てから出署するのが自然と思われたからである。その為、家ではあえて新聞を熟読しなかった。

発見が昨日の夜八時頃というから、私が帰宅した直後という事になる。それよりも私を驚かせたのは、死亡推定時刻であった。二十三日の夜七時から九時といえば、ほとんど私が女と一緒にいた時間帯である。迂闊《うかつ》にも私は、正確な時間を少しも憶えないのであるが、上野毛駅からそう距《へだた》って居ない路上で女と出遭ったのは、おそらく七時半頃であったろう。あるいはもっと遅かったかも知れぬが、八時にはなって居なかった。そしてその時点で一枝は生きていたのだから、私の知らぬ三十分間などはむろん大した問題ではない。八時前後に家に行き、私が一枝の家を出たのは九時十分前か、せいぜい十五分前であったろう。

これは物盗りであり、鏡台に向かっている所を殴殺されたとあるから、その直後、私とほとんど入れ違いの様に、賊は家に侵入した事になる。あるいは私が居る間も家のどこかに潜んでいたのか、案外それもある得るのかも知れぬ。女が私との事の後、すぐ鏡台に向かい、乱れた髪を梳《す》くというのもありそうな事であった。

何より私を慌てさせたのは、被害者が強姦されていると思われていた事だ。血液型までが割り出されている。私の血液型は、確かにO型であった。

帰宅してのちも、とうとう私はその事件を報じた新聞を読む事が出来なかった。一枝殺しは、以後いわゆるアゾート殺人まで新聞に記事となる事はなかったので、私はこの事件がどういう文章で報道されたのかはついに知らないが、一枝が強姦されていた旨《むね》の記述は伏せられていたと思う。これは、私が署で知った事である。

死体の和服も、私が知るものと一致していた。凶器となった花瓶も、私が入った部屋の机の上に確かに載っていた。三十一歳という年齢には多少驚いた。もう少し若く見えた。しかしああいう事の為であるから、精一杯若く粧っていたのかも知れぬ。私はこの時、恐怖とともにある感傷を抱かずにはいられなかった。私に抱かれた直後、襖《ふすま》一つ隔てた隣室で髪を梳きながら、この女は殺されたのである。

一夜を通じたこの女に憐憫《れんびん》の情を持ち、今から思えば青臭い闘志を、私はこの犯人に対し抱きもした。しかし管轄の違う私が、表立ってこの事件を探偵する理由がつけられなかった。無為に思える幾日かを過ごした四月二日、私の家に茶の封筒による速達が届いた。親展とあり、消印は四月一日牛込局となっていた。冒頭に要焼却と断ってあって、その通りに処理したので、内容は記憶に頼るしかないが、おおよそ次の様な事が書かれていた。

我々は皇国の利益のため行動する雉《きじ》機関であるが、あるきっかけから、去る三月二十三日に上野毛にて殺害せらる金本一枝は、貴下の仕業なる確証を入手する所となった。貴下の職分にあれば極めて遺憾《いかん》であり、放置するに堪えぬべきなれども、現在の国情に鑑《かんが》み、同民族相食《あいは》む時でない事もまた明白である。

従って当方としては、目下我々の直面せる重大事において貴下の献身的協力が解決処理に貢献するならば、情状を酌量《しゃくりょう》して、恩赦《おんしゃ》する用意がある。また貴下に遂行を望む任務は、将来に亘りこれ一つである事を確約する。

さてその任務の具体的内容であるが、六つの女の死体の処理である。この女達は総て中国人スパイであり、処刑したものであるが、公にする事は出来ない。これが日支、戦を開く端となっては困るからである。事は民間次元の猟奇事件として処理されねばならぬ。従って当方の人員がこれに当たる事は出来ず、当方の自動車を用立てる事も出来ない。貴下に個人的責任で自動車を調達し、定められた場所に、定められた方法で、定められた日時内に、六死体を遺棄する事を命ずるものである。尚《なお》発覚した場合も、当方は責任を負う事はせず、すべて貴下個人の責任となるものと理解せよ。

六遺体は、貴下が犯行を成した上野毛の金本一枝宅の物置小屋に置かれている。日限は四月三日より十日までの一週間以内とする。夜を選んで走行することが望ましい。言うまでもないが、地方人に道を訊く事は厳禁であり、飲食店への立寄りも原則として禁ずる。痕跡《こんせき》を留めてはならない。これは貴下の利害に帰する問題である事を肝に命じておくこと。地図は同封しておいた。不充分かも知れぬが、これで間に合わせる事を望む。

大体以上のようなものであったと記憶している。私が仰天したのは無論であるが、まったく愚かなことに、私が容疑者とされたなら、不可能と言って良い程に反駁《はんばく》が難しいという事に、この時初めて気付いたのであった。

もし私が一枝と連れだってあの家に入り、また単身出て来る所を目撃されていたとしたらどうか、一枝の死亡推定時刻は七時から九時である。私は七時半過ぎ位にあの家へ入った。その時、無論一枝は生きていた。そして私があの家を出たのは、精々《せいぜい》九時に十分か十五分前である。つまり、問題の時間帯の大半を、私が一枝と一緒に居た事を知られているのだ。私の無実の可能性は、わずかにこの九時までの十分そこそこの時のうちに、残されているにすぎない。

さらに一枝の体は、私との情交の痕跡を留めている。これでは私自身が取り調べても、他に犯人があるとは考えないであろう。

この時、私は絶望の内で、もう自分の警察官としての将来はなくなったと感じた。唯一の救いの道は、この雉《きじ》機関とやらの機嫌を損《そこ》ねない程にうまく、私が事を処理した場合であろうが、これとてその時は希望の道と言う風には考えられなかった。

当時私は、中野学校系列の隠密組織が実際に存在する事を、知識としては知っていた。私のような下級警察官にとっては現実味の乏しいものでしかなかったが。しかしもし彼らの組織がしっかりしたものであったなら、気紛《きまぐ》れに約束をたがえたりはしない様に思われた。六人もの女の死体を作り出した事は、彼らにとっても隠しておきたい事柄のはずだからだ。

だが私は、手紙の続きを読んでさらに驚愕した。死体は一箇所に放棄するものとばかり思っていた。ところが手紙には、六つの死体はバラバラの場所に遺棄する様に指示がされており、それらはほとんど日本中に散らばっていたからである。

容易な仕事ではなさそうだった。一晩程度の徹夜では済みそうもない。手紙にはそれぞれの死体を遺棄する場所のみならず、旅行程の順序も指定され、穴を掘る深さまでが指示されていた。遺棄場所は住所が書かれ、地図に示されてもいるが、××鉱山付近の山中と書かれた程度であったのは幸いだった。私自身、総て初めての場所であったから、これ以上の詳細な指定があれば、まごつく時間も生じるであろう。

同時にこの時感じた事だが、この作戦を計画した者も、おそらくこの各々の土地には行った事がないのであろうと思った。あれば地図にでも、もっと細かい目印を書き込んでいたと思われる。

六遺体を、何故この様に地方にばら撒く必要があったのか、未だに理解に苦しむのであるが、おそらく猟奇犯罪としての演出をしたかったのではないか。身体の一部分を切断した理由なら見当がつく。この為に死体は私の調達したキャディラックの後部座席に丁度収まった。これが切断されていなければ、相当に苦労したであろう。持ち運びの便を考えたのではあるまいか。

翌日、私はほとんど何一つ手につかぬ状態で、あれこれ考えて過ごした。殺人に関しては、私は明らかに無実である。従ってこの様な危ない橋を渡らずとも、生き延びて行く道はある様に思われた。しかし前述した通り、状況はあくまで私に不利である。そして殺しに関しては白《しろ》であっても、情交して居るのは事実であるから、真実の証言なりと主張するならば、この点は正直に述べねばならぬ。しかしこの事実だけでも、警察官としては風紀を紊乱《びんらん》する行為と叱咤《しった》はまぬがれぬであろう。さらに殺しの無実も、通る確率は千に一つもないのであった。よし通ったにせよ、新聞活字となった私は、冷笑を背に職を辞さねばならず、一家は路頭に迷うであろう。

不思議な事ではあるが、この時、私の内に次第に燃える物も生じた。人生のうちには生死を賭《と》さねばならぬ大事が一度はあると言うではないか。私は齢《よわい》三十で探偵係長を拝命し、その安心も手伝って子供を儲けたばかりであった。私の身体はもはや私一人の物ではなく、何としても妻子の生活は支えねばならない。私は、そして決心した。

昭和十一年当時、無論私は自家用自動車など持てる身分ではなく、同僚を見渡しても、あるいは私などより遥かに収入の良いはずの同窓生など思い巡らしても、自家用自動車など持つ者は無い時代であった。署に車はあったが、一日二日で済む仕事では無し、借り出すなど思いもよらない。

散々考えたが、車を調達できる当ては無かった。いや、本当はすぐ思いついた当てがあるにはあった。ある詐欺事件で顔見知りになった某建築屋で、経営上後ろ暗い所がありそうな会社であり、私に貸しを作りたがっていた。後々の事を考えると、ここに借りを作るのは望ましくなかったが、とうとう他に思いつかなかった。

署の方は、入署以来一日も欠勤の無い模範署員であったから、妻を病人に仕立て、実家の北上へ連れ帰って近くの花巻温泉で療養させたいと言うと、簡単に一週間の休暇をくれた。東北へ行くのは嘘ではない。同僚には途中で花巻にでも立ち寄り、土産《みやげ》物《もの》を買えばよかろうと考えた。

いよいよ明日から休暇という四月四日の朝、今夜までに握り飯を三日分作っておけと妻に命じた。翌五日は日曜日であったから、余程の事がない限り、この握り飯以上の物は口にしない覚悟で、上野毛の家から服の中で無気味に縮んでいる死体を二つ積み、四日の夜のうちに関西へ向かって出発した。

指令の書簡には、死体の服装と切断部分によって、遺棄する場所、順序などが厳に指定されており、眼前にした屍《しかばね》は奇形児の様であった。急いだのは指令もさることながら、遅れる程に死体が腐敗臭を発するので、運搬の不便と、上野毛の家が何らかの理由で再び捜査されないとも限らないと思ったからである。

今と違って、深夜国道を走れば、ほとんど検問の心配などない時代であった。最悪停められても、警察手帳を見せながらならば何とでも言い繕ろえる、いや繕ろわねばならぬと決心した。

　しかしその夜のうちに最初の指定場所、奈良県の大和鉱山へは着く事がかなわず、夜が白んで来たので浜松あたりの山中に入り、仮眠をとった。四月の夜は長いとは言えず、こんな仕事に向く季節ではなかった。これは思いの他時間がかかりそうだと悟った。

　当時の恐怖を思い出してしまうので、詳しくは書きたくないが、心臓の停まる様な思いは何度かした。山道が多いので、燃料を節約する走行も難しい。燃料缶《かん》は三つ積んではおいたが、やはり心もとない。今の様に石油販売店が多くある時代ではなく、従って数少ない給油所で給油すれば、顔の印象が強く遺るであろうと思った。少なくとも、死体を積んでいる状態では給油したくない。

　指定では遺棄は、奈良県の大和、兵庫県の生野、群馬県の群馬、秋田県の小坂、岩手県の釜石、宮城県の細倉、という順になっていた。

　借りたキャディラックに、六つの死体を総て積載するのは無理であった。トラックも考えたが、警察手帳を見せねばならない状況を考えると、トラックではない方がよさそうだ。キャディラックを用いるなら、東京の東西という形に、二度に分けざるを得ない。ところが群馬が三番目に指定されている以上、三死体を積んでは当然補給の必要が生じるであろう復路に、まだ一体を残している事になる。奈良と兵庫の場合、二死体とも一メートル五十もの穴を掘る様指示されているので、前回では二体のみの処理でも、浅い穴の多い後回と比較してそれ程の不釣合にはならないと判断した。二死体にしたのはそういう理由からである。

　行程順が指定されている事は何とも不安であった。あるいは順路に待ち伏せがあり、さらに何らかの落し穴が用意されていないとも限らぬ。しかし、たとえそうであっても私はやる他に道はなかった。

　六日の午前二時頃には大和鉱山に着き、作業することが出来た。一メートル五十もの穴を一人で掘るという事は、想像を超えた重労働であった。明け方には何とか終り、その山中付近で眠った。

　夕刻かすかな異常を感じて眼を覚ますと、頬かむりをした不審な男が車を覗き込んでいるので、心臓が停まる思いがした。もう駄目だと思った程であった。しかし明らかに知能の低そうな男で、私が跳《はね》起きると、のろのろとどこかへ去って行った。死体には被《かぶ》せ物がしてあったし、さほど臭気もしてはいなかった。また人里離れた場所であるから他に目撃者があるとも思えない、ともかくよくよしても始まらぬので、誰《た》そ彼《が》れ時《どき》を待って出発した。

　生野での作業もすこぶる辛かった。が、深い穴はこれともう一つで終いだと自分に言い聞かせた。

　帰路の七日は、朝から日中大っぴらに走る事ができる。大阪で燃料を補給し、携帯してきた燃料缶《かん》も満タンにした。

　家に帰り着いたのは八日の午後となった。二死体だけでほとんど四日もかかった事になる。休暇は十日までだった。とても済みそうにない。そこで簡単に家で栄養をつけると、電話には絶対に出ない様にと家内に言いつけ、その夜のうちに残り四死体を積んで出発した。十日までには花巻に到着し、そこから、妻の容体が悪化したので安定し次第連絡すると、手紙なり電報なりを署に打つつもりであった。都合のいい事に十一日、十二日は土、日曜日であった。

　九日の夜明け頃に、高崎付近にまで行き着けた。ここでは中々人気《ひとけ》のない山道がなく、仮眠をとるのに苦労をした。そして九日の日暮れ頃からまた走って、夜中過ぎに群馬鉱山付近に着き、ようやく作業にかかれた。一メートル五十の穴に比べれば、まるで嘘の様に楽な仕事であった。指定ではぎりぎり死体が隠れる程度の穴で良いのである。従って十日の夜明け頃には、走り辛い山道であるのにもかかわらず、白河の付近にまで辿《たど》り着けたのであった。

十日の、いや正確には十一日の午前三時頃になってしまったが、ようやく花巻に着いた。この街のポストに、速達仕様にした手紙を投函した。十五日には出署できる見込みと書いた。この調子なら、それより早くは無理と踏んだのである。考えた末、電報はやめにした。

十二日の明け方には秋田県の小坂鉱山での作業を終えられた。この時は道に迷ってさんざん苦労をしたが、どうにか予定を狂わせる事もなかった。

十三日の明け方には岩手県の釜石鉱山の作業を終え、十三日の夜更けには、最後の宮城県細倉鉱山の作業も済ます事が出来た。細倉では埋めなくてもよいと指示にあったからである。林道からそれ程入ってもいない場所なので、あれならすぐに見つかってしまうだろうと考えたが、事実十五日にはもう見つかっている。

十四日の夜明けには福島付近まで帰る事が出来た。この一週間ほとんど飲まず食わずで、ろくに眠ってもいなかった。後半にかかると、行動が狂気に支配されるのが自分で解った。すべてが無我夢中で、自分のやっている事が何であるかも見失いそうである。よく体を壊さなかったものと思う。

とにかく十四日夜には、総ての仕事を無事に果たして東京へ戻った。その夜は泥の様に眠った。

思えば妻の危篤《きとく》とはうまい言い訳であった。翌十五日、約束通り出署した私は、完全に別人の形相であったらしい。眼は落ちくぼんで光り、頬はこけ、身体は針金のようになって居た。妻も驚いたが、同僚や部下達も一様に驚き、これも重病の妻を看病した心労の故と納得した風であった。

実際その時の私は、ただ若さと気力とでもっている様な状態であったから、その後も度々勤務中眩暈《めまい》や吐き気に襲われた。どうにか以前の調子に戻るのに、一週間程もかかった。体力のもつ、あれがぎりぎりであった。遺棄の場所がもう一箇所でも多ければ、私は確実に発狂したか、身体を壊したろうと思う。いずれにしても私の人生で、とりあえず一難は去ったのだ。若いから出来た事であった。あれ以前でも以後でも無理であった。以前ならまだ地位が無いから、休暇などの無理はきかなかったし、後ならば身体が持たなかった。そして以後私は、停年退職まで遂に一度も欠勤する事が出来なかった。

しかし体が落ち着くにつれ、不安が消えた訳では無いことを知った。それどころか、無我夢中のいっ時が過ぎると、たちまち一つの疑念が生じた。私は罠に塡《は》められたのではないかという疑惑である。あの手紙は私が犯人と思い込んで書いている様に仕立てられていたが、実は私が殺していない事を知っていたのではないか、という事は手紙の主自身が、私が犯人と思える様な一枝殺しの状況を演出したのではないか。そうしておいて私を利用し、死体を全国の思う場所に配置したのである。

しかし、たとえそうだとしてもどうだと言うのであろう。あの時点でそう考えたにしても、結局私は同じ様にしたであろう。あれ以外の道は、あの時の私には残されていなかった。それは今考えてみても同じである。しかしこの疑惑は、十五日に早々と、最後に私が棄てた宮城県細倉の死体が発見されたというニュースが署に入った時から、突き上げる様な痛みと共に湧き上がって、以来私の中で成長を続けた。

その後続々と、私の棄てた死体は見つかった。その度に私は、心臓の停まる恐怖を味わった。想像した通り、やはり浅く埋めた死体から順に発見されていったが、二番目の死体が発見される頃、迂闊にもようやく私は、これがアゾート殺人と呼ばれる梅沢家の一連の事件の一部である事を知った。その以前、梅沢家占星術殺人という事件の名称だけは私は聞き及んでいた。しかし忙しくて、一枝の姉妹の事までは知る時間が無かった。この事件は、それまでの我々の常識から判断すれば、明らかに鏖殺事件である。しかし調べてみると、一枝の夫が中国人である事は事実だが、その妹達にまでスパイ容疑を拡げるのは無理がある。とすれば、雉《きじ》機関という名称も虚言の様に思われた。

私は単なる怨恨による殺人といった程度の事件の片棒を、担《かつ》がされた疑いが濃くなった。これは私の自尊心をいたく傷つけるものであった。当時の情勢下でもあり、私は国益の為という大義名分も、自分を動かした理由と信じていたかった。

五月四日には釜石の死体が発見され、同七日には群馬の死体、そして案の定深くに埋めた三死体は手間取り、十月二日に小坂の死体、生野のものが出たのは九箇月も経った十二月二十八日だった。大和の死体に至っては、翌年の二月十日になってからである。

署内はこの一連の死体発見の話題で持ち切りで、私は居場所の無い思いであったが、皮肉な事に、私を救ってくれたのは例の阿《あ》部《べ》定《さだ》の事件であった。

阿部定の逮捕を、私は実に明瞭に憶えている。この女は五月二十日午後五時半、芝区高輪南町六五の品川駅前旅館品川館に、大《おお》和《わ》田《だ》直《なお》の偽名を使って投宿している所を逮捕されたのであるが、品川駅前は我が高輪署の管轄地域であり、逮捕の殊勲者は、何と我が高輪署の同僚安藤《あんどう》刑事であった。阿部定の捜査本部は尾久署に置かれていたが、同夜は安藤刑事を囲んで双方の刑事一同が祝杯を上げ、その後も高輪署ではしばらく阿部定逮捕の余韻が尾を引いた為、私は随分と救われたのである。

六月頃には私は、梅沢平吉の手記を読む機会も得ていた。資料として、平吉の手記が謄写版《とうしゃばん》で摺《す》られ、一課から各署へ廻って来ていた。従って平吉のアゾート制作の為という考え方もすでに知っていたが、これには半信半疑であった。私はこの死体をばら撒いた当人であるから解るのだが、小柄な女の身体は、二、三十センチ切り詰めただけで、格段に運び易くなるのである。当時の私には、犯人は何らかの理由で死体を全国にばら撒く必要を持っており、切り詰めたのはその運搬を容易にする為であるという先入主が強くあった。しかし、全国にばら撒く理由となると、これは皆目見当もつかないと言う他ない。

私は以後この問題に取りつかれ、考え続けた。しかし最後には、やはりこれは平吉の思想に心酔した狂漢が、アゾートとやらの制作の為に成した凶行と考える他ない気持ちになって行った。そう考える以外に、死体の一部を切断した事、危険を承知で全国にばら撒こうと考えた理由を、合理的に説明する方法は無い様に思える。私は狂人の手助けをしたのだ。

しかし、そう考えても尚、解らない点がある。死体遺棄の場所は西洋占星術的な意味合いがあったにせよ、大和と生野の死体は何故、他より深く埋める必要があったのか。また細倉は、何故埋めさせなかったのであろう。文章にはされていないが、これにもやはり、西洋占星術的な意味があるのであろうか。

たちまち思いつく理由は、穴の深さで発見の時期を調節したという事であるが、それなら何故、小坂と大和と生野の三死体の発見は遅らせる理由があったのだろう。この三死体は、別に他と異った要素、腐乱の度を強めて隠してしまいたい様な特徴や損害は無かった。私は一応死体はあらためた。またそういう事なら別の金属鉱山とか、鉱山からおよそ離れた場所へ埋めさせれば、浅い穴でも発見は遅れたであろう。そもそもこれらは平吉の手記が存在したからこそ、この様に比較的早くに発見されたのである。そうでなければ、埋めずにおいても容易に見つからないであろう場所はいくらもあった。どうしても平吉の手記通りに、関連ある金属を産する鉱山に置かねばならなかったのだろうか。とすれば、その論理的、合理的な根拠は何であろう。やはり西洋占星術狂言者としての、一種狂人としての理由以外には無いのか。

　さらにもう一つ、場所に関して以上に大きな疑問が残る。常識的にみて、梅沢家の一枝を除く六姉妹は、スパイ容疑をかけるのは無理と断定してよい様に、私には思える。とすれば雉《きじ》機関の名を騙《かた》る犯人に私は騙《だま》されて、面倒な死体処理を押しつけられた事になるのだが、そうならば一枝の行動はどうした事であろう。すべては一枝の行動がきっかけで、私は罠に落ちている。とすると一枝に、私を罠にかける意図があった事になる。偶然の私と一枝との事を犯人が利用した、そう考えられなくはないが、これは不自然であろう。この犯罪には非常に計画性の匂いがする。六死体が出来る事は、あらかじめ決まっていた事に思われる。そしてこの死体を処分させるにふさわしい人間をあれこれと考えてみれば、なるほど私程それにふさわしい者はない。運転免許を持つのはもちろんだが、死体を積んだ車を見られても言い逃がれの出来る可能性を持つ者となると、警察官しかあるまい。民間人ならたちまち御用となろうし、医者、科学者と言っても面倒は避けられまい。何より警官が犯人とは誰も考えない。この様な計算から私を選び出したのだ。とすると、一枝も犯人の片棒を担《かつ》いだと考える方が自然だ。私と過《あやま》ちを犯したのも、一枝がそう仕向けたのである。

その一枝が、どうして殺されたのであろう。いや、この疑問自体が逆説的である。犯人は一枝の死をもって私を脅迫したのであるから、最初から一枝の死は決まっていなくてはならない。自分は殺されると解っているのに、その殺人者の為に一枝はあれ程、体を張る程の献身をしたのだろうか。それとも殺す事は知らせず、何か別の目的を与えておいて犯人は一枝を動かしたのか。ではどんな目的、理由が考えられるであろう。死体が出る事は計画にあったのだから、やはり私にその処理をさせるという目的以外には考えられない。ならば、一枝と情交したという事実だけをもって私を威《おど》す予定であったのか。少なくとも一枝にはそう思い込ませたのであろうか。

いや、その事実だけでは弱いはずだ。いくら私がお人好しでも、ただそれだけであれ程の辛い思いをする道理がない。ましてや私が押し込んだ訳でもない。女の方から誘ったのである。

もう一つ、こんな風に奇抜な推論も出来そうだ。一枝が総ての犯人であり、六人を殺し、あらかじめ、私に脅迫の手紙が届く様に細工しておいてから私と情交して、他殺に見える様に状況を作っておいて自殺した——。あの手紙は私のもとへ唯一度来たきりで、もう二度と来なかった。あれを初めて読んだ時、私はうろたえて、無実を主張した返事を出したいとさえ思ったものである。しかし差出人の住所とてなく、私に反駁《はんばく》の機会は与えられていなかった。すでに差出人が死んでいたのであれば、一度しか来ない事、返事を出されては困る事の理由にはなりそうだ。

しかし、やはりこれはあり得ないのである。まず、一枝は後頭部を殴打されて死亡していた。鏡台に付いた血の跡はあらかじめ細工できるにしても（しかし身体には他にどんな小さい傷も、出血を伴う様な物は無かったが）、後頭部を打ちつけて死ぬ様な自殺が出来ようはずが無い。まして凶器はガラス製の花瓶とはっきりしているのだから、これはどう考えてみても他殺である。

そしてもう一つ、決定的な事には、私が最後に一枝を見かけ、一枝が殺された日でもあるのが三月二十三日、そしてそれより一週間も後の三月三十一日の朝まで六人の姉妹は生きている事が確認されているのである。死人にアゾート殺人を成せる道理が無い。

やがて梅沢昌子が逮捕されるに及んで、私は頭を抱えた。いよいよわけが解らなくなった。しかし自白したという。では梅沢の妻があのようなことをしたのか。この女に会ってみたかったが、しかし私が尋問に行く理由がない。

私は運のない男である。あの様な事件に巻き込まれ、犯人の片棒を担《かつ》がされた事ももちろんであるが、おおよそどの様な事件でも、下山事件にせよ、帝銀事件にせよ、時間が経てば人の心から薄れていくのが常である。

ところが、この事件に限ってはまるで逆であった。戦後しばらく経つと、この一連の事件が梅沢家占星術殺人として一般の知る所となり、出版物を読んだ大衆が、多くの情報や意見を一課に寄せるようになった。同僚がおびただしい投書の山を読み、これは一顧に値するぞと叫ぶ度、私は身の細る思いをした。停年退職するまで、いやしてからでさえ、私はこの不安から解放される時が無かった。

桜田門の一課へ配属させられた事も不運であった。放火犯人が、火事場へ手伝いにやらされる様なもので、状況は否応なく耳に届き、その度に私は、心臓の停まる思いをした。

当時の捜査一課は四十六名しか居らず、しかも今なら三課や四課の担当である詐欺、放火、不良関係、これらが強殺、強盗と並んで一課の仕事であった。高輪署の次長に赴任《ふにん》して来た小山《こやま》さんが、私の地味で理詰めの仕事ぶりを見て、欠員のあった一課の詐欺担当へ廻したのである。

時は昭和十八年、戦争も激しくなった頃であった。詐欺を担当させられたのも不運だった。キャディラックを借りた某建築屋の便宜を二度三度とはかってやらねばならず、私の不安はさらに倍加した。

空襲が激しくなって、警視庁もばらばらに疎開し、私たちは浅草の第一高女に入った。その頃には私は、むしろ徴用され、戦死した方がましだと考える様になっていた。しかし要員を残すという事で、同僚の多くが戦地へ赴《おもむ》いていたにもかかわらず、私は召集延期となっていた。その事にも私は苦しんだ。

しかも昭和十一年当時はまだ一歳にもなって居なかった息子の文彦《ふみひこ》が、私と同じ道を選び、さらに娘の美沙子も警察官の妻となるに及んで、私の苦悩はさらに深刻なものとなった。

しかし、私は他には何の失策も無い無遅刻無欠勤の模範囚（実際、まさにこの様な気分であった）であったから、息子の手前もあって受けた昇進試験も次々と合格し、停年退職前には、お情けにせよ警視の肩書さえ頂いた。端目《はた》には波風の少ない、理想的な警察官人生とも見えたろう。しかし私には、待ちこがれた停年退職の日であった。人は私の去るのを惜しんでくれたが、この日、私はまさに刑務所の門を出る気分であった。

時は昭和三十七年、私は五十七歳であり、昭和三年、新規採用第三百九十期生として入署以来、三十四年間の苦痛に充ちた警察官人生であった。


その年は、梅沢平吉、及び一家鏖殺で死刑を宣告されていた梅沢昌子が獄死した二年後であり、いわゆる占星術殺人の推理ブームが最も盛り上がっている時期であった。私は手に入る限りの関連出版物を読み、テレビ、ラジオの特別番組も欠かさず聴いたが、私が知る以上の情報はなかった。

一年ばかりそんな風にして骨休めをしていたが、昭和三十九年の夏が過ぎる頃になると、どうにか元気を回復した。その頃私はまだ六十前であったし、捜査官としての能力が衰えているとも思えなかったので、残された余生をこの事件の解明に費そうと決心した。

梅沢家も訪れ、銀座のもとメディシスも訪ねたし、関係者たちにも会った。丁度東京オリンピックの頃であった。昭和三十九年十二月当時、梅沢家占星術殺人に直接関った人物のうち、生き残っていたのは梅沢吉男の妻文子と、富田安江の二人だけであった。それぞれ七十五歳と七十八歳であったと記憶している。

梅沢文子はもとの梅沢家の敷地にマンションを建て、老後を送っていた。子供も孫もない、孤独な老婆であった。夫の吉男は、戦争中もう五十歳を越していたから召集される事は無かったが、私が訪ねた時、亡くなって間もなくだと語っていた。

富田安江の方は、戦後銀座の店を売り、渋谷に同じメディシスという名の店を出したが、これも養子にまかせて、田園調布のマンションに一人暮しであった。息子の平太郎は兵隊にとられ、戦死しているから、戦後、親戚から養子を貰った様であった。この養子が時々やって来て面倒を診てはくれるが、やはり孤独な老後と言わなくてはなるまい。

平吉の前妻多恵は、私が訪ねる直前に、保谷ですでに死亡していたが、こちらは平吉の遺産が入ったので、比較的恵まれた老後を送った方であろう。しかし三人共、経済的にはさほど苦労がなく、あの時代としては恵まれた部類に入るのではあるまいか。他は総て死んでいた。

しかし、生き残ったこの二人のうちに犯人が居るとは到底思われなかったし、他の吉男や平太郎を含めてみても、多くの素人研究家が結論する様に、私自身もこれらの内に犯人は無しと判断せざるを得ないのである。

実は私は署に勤務する時代から、胸中密かに暖めていたある考えがあった。それは平吉の手記にも綴《つづ》られているが、品川に住むという昌子の前夫の事である。

私はこの村上諭《さとし》という人物が、警察をはじめ世人にあまりに寛大に放置されているという気がしており、もし身が自由になり、自ら捜査できる時が来れば、この人物を徹底して洗ってみたい考えであった。戦前の警察は容疑者は徹底して追及するが、世間的な肩書を持つ人物には遠慮する傾向がある。村上氏にしてみれば妻があやまちを犯し、のみならずその男のもとへ娘を連れて走った訳であるから、もし私がその立場としてみれば、まったく何事も起さずにいる方がむしろ不思議と思えた。

元警視の肩書を持って私が品川の村上邸を訪れた時、村上諭氏は当然ながら隠居して、広い邸内の植木をいじって暮す老人であった。頭髪を失い、腰も曲って、八十二歳という年齢らしい様子ではあったが、眼光は時折鋭くなり、現役時代の俊敏さを忍ばせた。

　結論から言えば、私はまったくの思い違いに失望せざるを得なかった。自分程の地位を持ち、アリバイも完璧とは言い難いが成立する様な者が、いかに不当に糾弾圧迫されたかの不平を、長々と聞いたのみであった。

　私は元警察関係者として、苦笑と共に頭を下げるしかなく、戦前の一課の捜査は、私の想像以上に徹底したものであり、私は警察の捜査の対象となって後に白《しろ》と判断された者は、一課を信頼して対象からはずすべきだという教訓を得た。

　世論の中には、戦前の特務機関説が根強い様であるが、こうなるとやはり、私へのあの手紙が本物であった可能性も、さらに一度検討してみるべきかも知れぬ。

　また、平吉の手記中の登場人物の内に犯人が居るとするなら、平吉殺し、一枝殺し、アゾート殺人と、各々別々の犯人をたてねばならないであろう。あるいは複数犯であったのか。

　一般にアゾート捜しが盛んであるが、私はこのアゾートについては懐疑的である。私の知る限り、地方に多いのであるが、特に血縁者による鏖殺事件などにはバラバラ殺人の事例が相当数ある。これは切り刻む事によって怨恨を晴らすと同時に、遺棄、運搬の便をはかるものである。私はこの「梅沢家・占星術殺人」も、その例外では無いと考えている。ましてこの事件の場合六遺体もある訳だから、その処理には相当知恵を絞ったであろう。

　私はアゾートなどに囚《とら》われるのは正しくないと考えるが、もしも娘六人の体の欠損部分が一箇所に集められるような事があったとするなら、一般に言われるような剥製になどされる事はなく、平吉ゆかりの地とか、平吉の墓付近に埋められた可能性があると思う。犯人が平吉ゆかりの者か、思想的な信奉者であれば、あるいは平吉の為、その程度の事はしたかもしれない。

しかし私は、平吉も眠っている梅沢家の墓地に行ってみたが、まわりはすぐ隣接して他家の墓石が建ち、拝道もセメントで固めてあるから、この墓石のすぐ付近に埋めるのは無理の様である。あるいはあの墓所の周辺の空地にでも埋められているか知れぬが、私などが一人で捜査するのは難しい。

さてその思想的信奉者であるが、梅沢平吉は人付き合いの良い方ではなく、交際範囲となると、当時銀座にあった画廊「メディシス」か、手記にも出て来る、東横線、府立高等にあった一杯飲み屋、「柿の木」で知り合った人間という風に絞れそうである。

平吉は、「メディシス」の方は比較的よく顔を見せていた風だが、「柿の木」の方は月に一度現われるかどうかといったところで、良い客ではなかった様だ。

他に碑文谷《ひもんや》や、自由が丘の飲み屋に姿を現わした事もないではないが、平吉は陰気に飲む一方の酒であったらしいから、おかみや他の常連と親しくなるには至っていない。

「メディシス」と「柿の木」を通じて、平吉と打ち解けた仲となった人物は、一課の捜査によれば十指に満たない。

「柿の木」のおかみ里子は、無口な平吉と不思議にうまが合い、平吉と合いそうな男を何人か紹介して居る。多くは店の常連であるが、その一人に平吉の手記にも出てくるマネキン工房の経営者、緒方巌三が居る。

この男は、店から遠くない目黒区柿ノ木坂に当時工房を構え、十数人の人間を使って、それなりに羽振りも良かった。昭和十一年当時四十六歳。おかみの里子が三十四歳でやもめであったから、おそらく里子目当てで通っていたのであろう。ほとんど毎日、決まって八時頃顔を見せていた様だ。

平吉も、この緒方を里子に紹介された時は興味を持ったと見え、緒方目当てに四、五日は毎日通って来たらしい。人形談義に花が咲き、平吉は工房も見学している。しかしこの緒方に関しては、どちらかと言えば、平吉が与えられる立場であった様で、緒方の方が平吉に心酔するとは考えにくい。

緒方は、里子の前での気取りもあってか、太っ腹な人格者を装う傾向があり、自力でのし上がった経営者にありがちな、線の細い芸術家を見下す様な所があって、到底平吉の為にあれ程の罪を犯すとは考えられない。またこういった性格の男に、平吉が胸に秘めたアゾートへの情熱を吐露《とろ》するとは思われない。

さらに平吉殺害時には、深夜過ぎまで自分の工房で急な仕事に付き合っており、アリバイが成立するし、なにより平吉を殺す動機が無い。一枝殺しの時にはアリバイがないが、アゾートの時は連日仕事場と「柿の木」にいた時間帯であるから、ほぼアリバイが成立する。

怪しいとすれば、緒方に使われていた職人の安川《やすかわ》であろう。工房の見学に行った際、平吉は彼を緒方に紹介されている。そして後日、緒方に連れられて安川が「柿の木」へ飲みに来た折り、平吉は会い、共に飲んでいる。こう言う事が二度ばかりあった風である。「柿の木」と工房以外での付き合いが、二人にあったか否かは不明だが、この男にならば、平吉はあるいはアゾートへの情熱を打ち明けたかも知れぬ。

平吉殺しに関しては、緒方と行動を共にしていたのであるから、安川も状況は共通する。動機がなく、アリバイがほぼ成立する。一枝殺しのアリバイはあるが、アゾート殺人となるとはっきりしない。

この安川民雄《たみお》などは、一課ももう少し調べてみる必要があったかも知れぬ。この男は当時二十八歳であった。その後応召し、負傷はしたが戦死はしていない。現在は京都に住んでいるはずである。今も生きている数少ない関係者の一人だが、私はこの男にはまだ会っていない。住所は解っている。京都市中京区富小路通リ六角上ル。この男には、生きているうちに何とか一度会いたいと思う。

もう一人、やはり店からそう遠くない柿ノ木坂に住んでいた画家がいる。名前は石《いし》橋《ばし》敏信《としのぶ》、歳は昭和十一年当時三十歳で、偶然にも私と同年配である。しかし画家とは言っても、他に職を持ついわゆる日曜画家で、家が代々柿ノ木坂のお茶屋であった。商売をやりながら、展覧会などの入選を狙っていたのであろう。パリが憧れの地であり、外国へ行った者など少ない時代であったから、平吉のフランス時代の話を聞く為と、里子の顔を見たくて「柿の木」の常連になっていた。

彼は現在も柿ノ木坂にお茶屋を経営して居るから、訪ねて話をした。戦争経験があり、九死に一生を得たと語った。絵はもう辞めていたが、娘に美大を出させたそうである。私が訪問した時、念願のパリを旅して帰ったばかりで、平吉から聞き知ったレストランがそのまま存在していて感激したというような話を、小一時間も聞いたであろうか。

平吉とは、「柿の木」で数度話す機会があったと言う。大原町のアトリエにも一度だけ押しかけたが、歓迎されてない風だったから、以後遠慮したと言う。平吉は寡黙《かもく》な男ではあったが、時として憑《つ》かれた様にまくしたてるといった、あの頃の芸術家によくある性格だったと彼は説明した。

「柿の木」は今はもう無い。おかみの里子はあれから緒方のものとなったようだ。しかし緒方も妻子ある身のはずだから、その後はどうしたのであろう。マネキン工房は息子が後を継ぎ、今は花小金井に移っている。

お茶屋の上がりぶちの小部屋で石橋氏と話し込むうち、私は心の通じるものを感じた。女の子を使っており、その娘が時折顔を覗かせて石橋氏の指示を仰ぐのだが、丸顔の気の良さそうな娘で、奥さんも気さくな人であった。この様な人が、あの様な陰惨な事件に関係しているとは到底思われない。動機は無く、アリバイもある。辞す時、また是非お越し下さいと言ってくれたが、まんざら社交辞令ではない様に受け取れた。その時は、本気でまた来ようと思ったものである。

「柿の木」での平吉の交友関係は、わずかにこの三人に過ぎない。この中では、マネキン人形職人の安川民雄が最も怪しいという風には言えるであろう。

おかみの里子も容疑者に含むべきかも知れぬが、平吉殺しを除けば確実なアリバイがあり、また平吉に関しても殺す動機となるとまったく考えられない。

次に富田安江の画廊喫茶「メディシス」の方である。こちらは安江の若い頃からのとり巻きが、継続して「メディシス」を根城にしており、銀座のこの店はさながら中年芸術家のサロンという性格を帯びて居た。これは安江の人柄を反映したものであろう。画家、彫刻家、モデル、詩人、劇作家、小説家、映画関係者など、ベレー帽をかぶりたがる様な様々の人種が集まっては、芸術論を闘かわせていた。

平吉も比較的よく顔を出している方であったが、決して彼にとって、ここは居心地の良い場所とばかりは言えなかった様で、押しつけがましいしゃべり方をする人物を毛嫌いし、そういう人種の来る日は意識して避けていた。劇作家、映画関係者がそれに当たっていた様である。そんな人種の中にあって、平吉が心を許した人間はここでもわずかに三人、拡げてもせいぜい四人であった。

そのうちで、最も怪しい者を選ぶと言うなら、何と言っても彫刻家の徳田基成《とくだもとなり》であろう。徳田は眼光狂気を帯びた鬼才で、三鷹にアトリエを構え、当時四十過ぎ、芸術家仲間では名を知られた存在であった。梅沢平吉は徳田には明らかに魅力を感じており、作家として影響を受けていた。アゾート制作を思いついたのも、一つには徳田の影響があったものと推察される。

当然徳田は一課に厳しく追及され、偶然私も顔を見る機会があった。頬はこけ、白毛混じりの長髪が乱れて、誰の眼にもアゾートの制作者にふさわしく思われた。

しかし、どうやらアリバイが成立したらしく放免された。運転免許証の無い事も釈放の大きな理由となったらしいが、その様なものの必要でない事は、私が一番よく知っている。

徳田は死ぬまで精力的な創作活動を続け、現在三鷹の彼のアトリエは、徳田基成記念館となって作品が並べられて居る。

私が会いに行こうと思った昭和四十年の正月、突然亡くなったので、遂に会う事は出来なかったが、アゾートはともかく、平吉と一枝殺しに関してはまるで動機が無い。平吉のアトリエを訪ねた事もないし、一枝とは一面識もない。アゾート殺人に関しても、妻の証言とは言え、アリバイがある。

いずれにせよ徳田基成は、平吉の交遊関係の線上に、いかにもそれらしい人物が浮かんだと言うだけの話である。一応以上に名を成した徳田程の人物が、あの様な犯罪を犯すとは思われない。

「メディシス」で心を許したもう一人の仲間に、同じ画家の安部豪三《あべごうぞう》が居る。この安部は徳田の後輩に当り、そういうことから平吉は心を開いたものと思われる。と言うのはこの安部は豪放な性格の男であり、どちらかと言えば平吉は苦手なタイプであったはずだからである。年齢ははっきりしないが、昭和十一年当時、安部は反戦思想を持っており、発表した作品のいくつかがその思想を反映しているとされて官憲から睨まれ、芸術家仲間からは村八分の状態にあった。こういう安部の事情も、孤独な平吉の心を開かせたのであろう。

しかし安部はその頃まだ二十代で、平吉とは歳が違い過ぎるし、「メディシス」以外での二人の交際となると、あったとは思われない。平吉のアトリエを安部が訪れた事もないし、安部は事件当時吉祥寺に住んでいたから、目黒の平吉宅とは随分離れている。

安部は、津軽の出身である作家太宰治《だざいおさむ》と同郷である。太宰もその頃吉祥寺に居たから、二人は相当に親しい友であった。しかし太宰が「メディシス」に姿を現わした事は無かった様である。従って太宰と平吉とが顔を合わせた事はない。

この安部にしても、一連の梅沢家の事件には動機など無いし、おそらく梅沢家の所在地も知らぬであろう。アリバイなどははっきりせぬが、一課の捜査が手温かったとも思われない。

安部には妻があった様だが、応召してからは大陸へやられ、思想犯のレッテルを剥がす事が出来ず、終戦まで二等兵で苦労したようだ。戦後離婚して若い妻を貰い、共に南米を放浪したりした様であるが、昭和三十何年かに故郷で亡くなっている。芸術家諸氏には名を知られた存在であるが、それ以上にはなり得なかった様だ。

安部の未亡人は、現在西荻窪で「グレル」という画廊喫茶をやっている。私はこの店も訪ね、夫人と話をした。店内には安部の絵が飾られ、太宰治から安部に宛てた手紙も見せてもらった。しかし戦後に安部と一緒になった人であるから、梅沢家の事件当時の事は少しもご存知ない様であった。

さてもう一人の「メディシス」の仲間は、やはり画家の山田靖《やまだやすし》であるが、これは平吉も特に親しかったという訳では無く、芸術家として影響を受けたという風でも無い。温和な性格の人だから、「メディシス」に出入りする人間のうち、経営者を除けば心の通じる者など先の二人しか居なかった平吉が、ただ話のできる相手を見つけたと言うだけであろう。当時、四十を過ぎていたと思われるが、齢《よわい》ははっきりしない。住所は大森であった。「メディシス」以外で二人が会ったとは思われなかったが、意外にも平吉は、二度ばかり大森の山田宅を訪ねている。これは山田より、妻の絹江《きぬえ》に作家としての魅力を感じていたからと思われる。

絹江は元モデルで詩人であった。当時やはり四十前後であったろう。平吉は以前からランボーやボードレール、マルキ・ド・サドなど愛読しており、アトリエには書物の類いは美術書も置いていなかった様であるが、梅沢家の母屋にはこれらの著作が遺っている。こうした趣味が、おそらく絹江との間に接点を見出したのであろう。絹江は、平吉が衝撃を受けたと手記に綴っているアンドレ・ミヨーも知っていたふしがある。

しかし、絹江及びこの夫婦にも動機は無く、アリバイがある。夫婦が平吉のアトリエに来た事も無い。このあたりの一課の捜査は信頼して良いであろう。この二人も、昭和三十年前後に相次いで亡くなっている。

さて「メディシス」の常連から、平吉の交遊関係の線上に浮かぶ者となると以上の四人である。「柿の木」の関係者を加えて七人。しかしこの七人の内に犯人の有無を論ずるとなれば、たちまち否定的にならざるを得ない。居るとすれば無論、アゾート殺人に限った犯人である。平吉と一枝に対しては、殺意を持つ者など一人も無い。一枝に至っては、会った者さえ無いであろう。そしてアゾート殺人の容疑者を強いて挙げるなら、それは安川民雄であろうが、これとて一課のこう言った類いの捜査に、手緩さがあったとは思われない。

そもそもこの七人は、直接関係者の中に犯人の影さえ見出すことが出来ないので、無理に捜査の枠を拡げた結果に過ぎない。いわば補足的な当事者で、直接関係者の内に犯人を見出し得れば、捜査の対象にさえならなかった人々であろう。

平吉は人付き合いが悪く、これら以外に親しい友人は無かった。あるいは厳に秘密を保って交遊を結ぶ者があったかも知れぬが、少なくとも一課の捜査では、誰一人浮かんではいない。

この事件の奇妙な点は、三つの事件から成り立つのであるが、その三つの事件にそれぞれ動機を持つ者が無いではないけれど、死んでいて存在しなかったり、のちに殺されているという点である。

平吉殺しに関しても、動機を持つ者はいた。これは家族の全員と言っても良いであろう。しかし手を下したと思われる昌子と六人の娘のうち、娘の方はのちに殺されている。この娘殺しの犯人は、当然のことながら六人の娘たち以外に居るはずである。

一枝殺しに関しては、これは動機を持つ者は皆無である。動機は物盗りの賊にしか存在すまい。

アゾート殺人、つまり娘六人殺しに関しては、さらに奇妙である。この大量殺人の動機は、殺されてすでに存在しないはずの平吉にしか無い。

いずれにせよ、三つの事件は別々の犯人によって成されたと考えるしか無いのであるが、この矛盾する材料を用いて形を成さしめる方法が、一つ位ならありそうである。すなわち平吉を殺した女達に、平吉に親愛の情を抱く者が報復したと考えるのである。そして平吉の最も浮かばれる方法、それは彼の手記通りに事を進行し、処理する事である。これは同時に、罪を平吉の幽霊に押しつける事ともなり、捜査を混乱させる結果にもなる。その為に一枝の家が必要であった。だから一枝を殺したのである。

すると犯人は、何らの罪も無い一枝を殺した事になるが、この一枝にせよ、平吉殺害の計画にまったく加担しなかったという証明は無い。昌子が中心となり、娘達を使っての夫の殺害を決意したならば、計画に長女が加わらなかったと考える方がむしろ不自然であろう。そう考えれば、犯人にとって一枝の殺害は復讐の一部ともなり、一石二鳥である。

私は、自分がこの犯人の片棒を担ぎ、死体を処分してやった者であるから、犯人に運転免許証がなくても良い事をよく知っている。従って女でも良い事になる。あの時私は秘密機関の密命と考えて馬鹿正直に日本中を歩き廻ったが、犯人としては私が挫折して、秋田へ捨てるべき死体を福島で誤魔化しても、それはそれで良かったのであろう。万一私が逮捕されても、証拠はあの手紙一通しかない。あの時の辛苦を考えると、私はこの犯人を到底許す気になれぬ。

だがいずれにせよ、私は人より多くの事実を知っている。故に一般の人よりも、真相に迫れるはずである。かくして、前述の様な考えに到達する。

しかし、前述の推論も一つの大きな壁にぶつかる。それはやはり一枝である。一枝は平吉殺しには加担したかも知れない、しかしアゾート殺人と一枝殺しは、前述した考えでは、いわばその復讐として成されたものである。それなのに何故一枝は私を誘い、巻き込んだのであろう。あれは私を故意に罠に塡めたとしか思われない。

その理由を率直に言うなら、のちに私をして六死体の処理をさせんが為であろう。では復讐しようとする側に、一枝は加担した事になる。

これは矛盾している。だが、それ以前にも更なる矛盾がある。一枝が死ななければ、私に対する脅迫としては弱いのだ。以前にも考えた事であるが、一枝はいずれ自分が殺されると知っていて、ああいう行動をしたのか、そうなら一体誰の為に、それ程の献身をしたというのか。

さて犯人は誰なのか――？　言うまでもなくこれは大問題である。平吉殺しの方は一課の考え通り、昌子と六人の娘であるとしよう。しかし、誰がその仇を討ったのか。これ程危い橋を渡ってまで、いったい誰が平吉の為にあれ程大がかりな殺人を成し、私を使って死体を全国にばら撒かせたのか。平吉への同情という感情だけで、それ程の行動が出来るものなのか。多恵か、吉男か、文子か、これらの人間ならば、実の娘をも殺した事になる。安江か、平太郎か――？

直接の関係者はこれだけであるが、彼らに関して決定的な事には、アゾート殺人の行なわれたと思われる三月三十一日の夜、余裕を持って犯行時間を午後三時頃から深夜十二時位までの間としても、ほぼ全員にアリバイが成立する。

この五人は、二組の男女と一人の女である。安江と平太郎母子に関しては、午後十時頃まで店を開けており、この間は当然多くの証人があるが、閉めてからも常連の客が何人か残り、十二時近くまで騒いでいる。母子どちらも、皆の前から三十分と姿を消してはいない。

次に吉男夫婦であるが、この日丁度吉男と仕事付き合いのある戸田という編集者が、客として梅沢家を訪れて酒を飲んでいる。三月三十一日は火曜日であったから、泊ったりはしていないが、午後六時過ぎに訪れ、十一時過ぎまで吉男宅に居た。それ以前も、昼頃から吉男と戸田は行動を共にしている。こう言う事なら吉男夫婦はまず問題にならない。

多恵の方は、煙草屋の店先に坐って居るのは毎夕七時半位までの様だが、その後も完全には店を閉めず、雨戸を少し開けていて、十時位までなら行けば煙草を売ってくれるそうだ。その夜も、七時半から十時までの時間帯に二、三人の客があり、すべて近所の人であるから、多恵が家に居たことの証言がとれている。雨戸を完全に閉め、多恵が床に就いたのが午後十時過ぎ、六人の娘の殺害場所は不明だが、一応上野毛の一枚の家とすると、四十八歳の女の足で保谷の駅まで歩き、電車を乗り継いで上野毛まで行き、それからさらに歩くとなると二時間以上は楽にかかる。アリバイ成立と判断してよいであろう。

補足として昌子であるが、これは四月一日の朝八時四十七分の汽車で会津若松を発っている。当然前日は一日中会津若松に居た事を家人が証言している。

間接関係者の例の七人について、アゾート殺人に限って言えば「柿の木」の里子、緒方、石橋にはアリバイがある。安川はアリバイが無い。「メディシス」関係の徳田、安部は各々《おのおの》妻の証言だがアリバイがある。山田夫妻は他の四、五人のベレー帽族と一緒に十一時頃まで「メディシス」に居た。銀座から上野毛までは一時間はかかる。七人の中で最も怪しいのは安川と言う事になるが、安川は平吉とは「柿の木」で二度、仕事場で一度会ったきりである。

緒方と平吉との付き合いは一年程度あった様だが、安川との出遭いは日時まで解っている。最初の工房での出遭いは昭和十年の九月、後の二度はいずれも十二月、「柿の木」での事である。十二月の「柿の木」での出遭いは、九月以降初めてらしいと、里子や緒方が二人の会話から推測、証言している。また昭和十一年が明けてから、平吉は一度も「柿の木」へは行っていない。

安川犯人説をとるとすると、十二月を入れて三ヵ月の間に二人の仲が密かに進行した事になるが、それも考えにくい理由がある。安川は工房から徒歩で十分程度の所にある工員用の寮に寝泊りしていた。その寮の管理人や同僚の話によれば、安川の日常は仕事場と寮の往復以外にはたまに飲みに行く程度で、それも大抵同僚の誰かと一緒であったから、行く先が同僚に解らない外出は、日曜日を入れて、十二月から三月末までには四度しかない。そのうちの一回が三月三十一日だが、その日も十一時前には帰っている。本人は映画を観に行ったと主張している。つまり残りの三回で平吉と親交を暖めたかも知れないのであるが、その程度でどこまで親しくなれるであろう。

また安川が六人の娘を殺したにせよ、この男は人形作りの職人であるから、当然アゾートの制作に興味があったはずだ。とすればまさか寮では制作出来まいから場所が必要となって来る。しかし安川は事件後もずっと寮に居た。時間が例え作れたにせよ、安川にそんな場所はない。

さらに否定的な材料がある。六人の娘たちに安川には引き合わされた形跡が無い。六人の娘は一堂に会している時、共通の飲み物に毒を盛られたと見られるので、初対面の安川が六人を集める、もしくは集まった席に突然顔を出すというのは不自然である。もしもそう言う事があるとすれば、犯人は単独ではないと言わずばなるまい。しかし安川も孤独な男で友人は少なく、すべて職場の仲間ばかりである。

この梅沢家占星術殺人事件は、一課と同様、私もお手上げと告白せざるを得ない。明らかに犯人が存在しないのだ。この他にも、昌子や六人の娘たちの交遊関係に浮かんだ小人物群があるが、すべて一課は白《しろ》と判断しており、私自身もそう感じた。

退職してからの十何年というもの、私はこの事件の事ばかりを考えて過ごした。体力の衰えは自覚して居たが、この頃は思考力の老化も意識しないではすまなくなった。考えが、同じ所を堂々巡りするのである。

警察官生活の苦痛の内で、私は胃をすっかり悪くした。あまり先が長いとは思って居ない。この事件を私は遂に解き得ず、そのままこの人生をも停年退職する事になりそうである。

思えば、私はただ流されるばかりの生き方を生き、流れに逆らって成し遂げた事など何一つない。従って凡人は凡人らしく、ただ平和な道程を遺して去りたいと願った。自分の蒔《ま》いた汚点としての種《たね》は自分で刈り取り、せめて平凡な土壌に戻しておきたいと切望したのであるが、無力の自覚をまた一つ重ねたのみであった。いかにも心残りである。

この事件の謎は、誰かに解いてもらいたい。いや、解かれねばならぬと思う。しかし、息子に打ち明ける勇気は無いのである。

この手記を燃すか、遺すか、私の人生に於けるそれが最後の決断となるのであろう。

もし私の死後もこれが存在し、この拙文《せつぶん》を読まれる機会を得た方は、それが私の決断力の無さ故と笑うであろうか。

※文中、多く旧かなづかいが見られたが、私（石岡）が新かなづかいに改めたことをお断りしておく。

II　推理続行

1.

「この人は、結局京都の安川民雄には会いにいったんだろうか」

　御手洗が低い声で言った。

「さあ、この様子なら行けなかったんじゃないだろうか」

「うん、でもこれで実にいろいろなことが解ってきた。何で日本中いたるところから死体が出たのか、誰がどうやったのかが解ったわけだ。犯人に免許証の必要がないってこともね。今このことを知っているのは、日本広しといえども君とぼくと、あの飯田さんだけなんだぜ」

「まったくその通りだ。君と知り合っていいこともあるんだね！」

「ふむ、ゴッホに友人がいたら、価値が解らなくてやっぱりそんな口をきいたろうな。この安川民雄って人は、君のその本には載ってるのかい？」

「それは載ってる。でもこの人の手記の方がずっと詳しいよ」

「この手記は、何となく他人に読まれることを意識して書かれているふしがあるね。平吉の手記の時にもそう感じたが」

「そうだね」

「結局遺したんだ。燃すことができなかったとは思えない。そう決断したんだ」

御手洗は立ちあがり、窓に寄った。

「何と押さえた悲しみに充ちた手記だろう。これを読んで、心に何ものも生まれない人間なんているだろうか。ぼくは東京のはずれの、こんな薄汚ない街の一角に占い師の看板をあげて、さまざまな悲しみの声を聞いてきた。そしてぼくは、汚れた瓦礫《がれき》の山みたいに見えるこの都会が、実はさまざまに抑圧された叫びの巣であることを知った。そのたびにいつも思ってた、聞くだけなんてもうたくさんだとね。そんな時代は、今日できっぱり終りにしよう。もうそろそろ誰かを救ってあげてもいい頃だ」

御手洗は、また戻ってきて腰を降ろした。

「この人は手記を遺した。よほどこの事件を誰かに解いて欲しかったんだ。一生をかけて築いた自分の名誉と引き替えにしてもね。この人の最後の勇気を間違いにしちゃいけない。君だってそう思うだろう？　この手記を読んだ者の義務だ」

「ああ……、まったくその通りだね」

「さて、これでもう考えられる限り、材料は手に入った。あとは頭脳労働というわけだ。この人は殺人が専門じゃなかったようだけど、さすがにいい線まで進めてるね。

でも一つ納得できないことがある。最初君から説明を聞いた時も思ったことなんだが、この手記を読んでいて思い出したよ」

「ああ、いつか根本的に矛盾するとか何とか言ってたやつか？　何だい、それは」

「この人も定説通り、七人の子が平吉を殺したものと考えていることだよ。一番最初の平吉殺しの密室に話が戻ってしまうんだけどね、その通り、根本的におかしいと思うんだ。だって昌子とその娘を含む女七人というのは……、いやそうじゃない、時子は保谷の多恵のところへ行っていて六人だったっけ？　七人というのは、これは嘘だという考え方なんだろうな……、とにかく六人でも七人でもいい、これは事件の夜の梅沢家の全員なんだぜ。

平吉殺しの夜、梅沢家には殺す者と殺される者しかいない。つまり欺くべき、あるいは警戒すべき第三者は存在していないんだ。

だったら何もわざわざベッドを吊り上げたり、苦心して密室を作りだしたりする必要なんかないじゃないか。全員が口裏を合わせさえすればそれでいいんだ。この打ち合わせさえしっかりやれば、極端にいえばどんな空前絶後の不可能犯罪だって可能だぜ」

「……ああそうか、そうだな……、でも嘘言っても調べられるんだからね、現場は。雪の上の足跡のことだってあるし」

「そんなの大した問題じゃないさ、足跡なんてね。いくらでも作れる、たとえばこうやるんだ。まだ雪の降っている二十五日の深夜、誰でもいいから女たちのうちの三人ぐらい……、いや、それじゃ賑やかすぎて平吉が睡眠薬を飲まないかもしれないし、モデルの手前入れてくれないかもしれないから、誰か一人、平吉のアトリエへ行く。雪のやんだ十二時頃モデルが帰る、そうしたらその一人が平吉を殺す。その後外へ出て男靴の足跡をつけるわけだけど、男靴を用意してきてもいいし、自分の靴は手に持って平吉の靴を履いてもいい。どうせ後でいくらでも返しておくことができるんだ。

帰りはもちろん裏木戸から出て、表通りをぐるりと廻って玄関から母屋へ帰る。アトリエの扉は別に鍵なんてかけておく必要はない。そして翌朝十時過ぎにみんなでアトリエへ行く。誰か一人が窓のところへ寄って中を覗いたように足跡をつけ、一人はアトリエの中に入り、ドアを閉め、カンヌキをかけ、カバン錠を下ろす、そしていいわよと声をかけ、外に残った全員がドアに体当たり、とこれでいいじゃないか。何でわざわざベッドを吊り上げる必要があるんだい？」

「………」

「それからもう一つ、ベッド吊り上げ説には矛盾があるよ。梯子を持ってきたんだったね？　梯子がなきゃ、いくらバレリーナでも二階の屋根には昇れない。でも持ってきた時の足跡はない。とすればそれは雪の降っているうちだ。つまり、えーと、二十五日の午後十一時半よりだいぶ前ということになる。まったく消えていたんだものね、降りやむよりずいぶんと前にきたのでなくちゃならないよ。

一方モデルの帰っていった足跡は残っている。となると、これはこのモデルのいるうちに梯子をかけて七人もの大所帯が、七人全員じゃなかったかもしれないが、昇ったことになってくるじゃないか。

平吉は別にラジオでもガンガンかけて仕事してたわけじゃないだろ？　いくら何でも気づくよ、これは。耳が聞こえないわけじゃないんだ。しんしんと雪の降る夜中なんだぜ。それにモデルも、帰る時梯子なんかがかかってたら変に思ったろう」

「うーん……、しかしカーテンもあったしねえ、窓には。それに平吉はもう五十で、耳も若干遠くなってたかもしれない……」

「五十歳の人が聞いたら怒るぜ」

「ストーブもパチパチ燃えてた。確かにそうやって言えば、ずいぶんと危険な真似をやったもんだけれど、運にも助けられたからこうやって迷宮入りになってるんじゃないのか？　どんな完全犯罪でも、後で振り返れば危険な賭けの一つや二つはやってるもんだよ。

　それにモデルが、たとえば娘のうちの誰か、時子か何かだったらどうかな、平吉と話をしながら彼の注意をそらしてたと……」

「とすりゃもっと変だぜ。その時子が殺してしまえばいいじゃないか」

「あ、そうか。やっぱりモデルはいたんだよ。それとちょっと話が戻るけど、女たちが全員でやったんじゃないよ。そうだな……、きっと昌子と、実際に昌子の生んだ三人、知子、秋子、雪子、この計四人でやったんだよ。もしかしたら、一枝も入って五人だ。それなら残る者が第三者となって、騙すべき相手も存在する……」

「ずいぶんとご都合主義のように思えるが。まあいい、そうなると雪子の立場が微妙だぜ。雪子だけは平吉の実の娘なんだ。計画に加わるかな？　この七人の、一枝を入れてだけれど、七人の姉妹のうちでは、雪子と時子だけが平吉の血を引いてるんだ。父親が同時に別の女に生ませたおない年の女同士、こいつはどんな感じのものなんだろう？　見当もつかないけど、案外この二人が特に親しかったなんて可能性だってあるかもしれない。

　だがまあこれは、毎日娘たちと接していたから、昌子は判断できる状態にあったかもしれない。雪子をはずすか、加えるかの判断、君の推理にしたがえばだけれどね。

　ところで君は、さっきの竹越文次郎氏の考え方、アゾート殺人は、平吉殺害への報復であるというあれ、あの考え方はどう思うんだい？　賛成？」

「うん、まあ……、そんなところかな、とも思うよ」

「じゃあ六人全員を殺さなくてもよかったんじゃないか？　君の推理にしたがえば。それとも間違いなのかな？　アゾート殺人の犯人は、平吉殺しは女たち全員による仕事と勘違いしたわけだ」

「そうなるよねえ……。それと、アゾート制作のための殺人、平吉の仕業か、平吉の信奉者の仕業に見せかける必要もあったんじゃないかしら。実際信奉者だったのかもしれないけど。平吉の小説を読んで、悪魔的な気分のとりこになって、実際に作ってみたくなったのかもしれないし」

「ははん！　だがまあベッドを吊り上げるというのはいただけないよ。気持ちは解るけれどね。ここでこんなふうに考えてるのと実際とは違うぜ。なかなかできるものじゃない。雪の真夜中、かじかんだ手で、それも女だけでね、平吉だっていつ目を覚ますかしれない。絶対にやってないね。断言してもいい」

「そんなこと言いだすと、今までささやかながら解っていたと思われる部分まで駄目になっちゃうんだぜ。ますますわけが解らないことになっちまうじゃないか！　じゃ出てきたロープはどうなるんだ!?　毒薬の瓶は!?　罠だって言うのか？　女たちの仕業に見せようとする」

「そう思うね」

「誰がやったって言うんだ？　いや誰がやれるって言うんだ!?　梅沢家に入り込んでそんなもの置いておけるといったら、僕らの知らない外部の者じゃ絶対にないぜ!?　竹越文次郎氏の言う『メディシス』や『柿の木』の、例の間接関係者でさえ除外しなくちゃならなくなるんだぜ。あの七人のうちに、梅沢家の女たちに紹介された者は一人もいないんだからね。富田安江と平太郎だって無理だろう。すると梅沢吉男か、その妻の文子か、多恵の、三人の中にそんなものを置いておいた人物、すなわち犯人がいることになるぞ、誰だ？」

「ははあ、空巣は知人の家に入るとは限らないぜ」

「え？」

「いや、ま、さて誰だろうね」

「御手洗君、挙げ足をとるのは簡単だ。何事も批判はたやすく、創造はむずかしい。昌子逮捕だって、警察はぼくらの知らない事実を検討したかもしれない。第一ぼくらは現場が見られないんだからね。昌子逮捕はその現場検証の結果だろう。君も犯人を指摘できないで、あまり大きなことは言えないよ。

　さっきの三人だって、もう一段階突き詰めるとたちまちお手あげになる。まず多恵は無理だろう、もう梅沢家には入れない。吉男、文子夫婦なら可能だが、以前君も言ったけど、だいたいこの三人は、実の娘が六人の中にいるんだぜ？　自分の娘を罠にかけてどうするんだい？

昌子一人を陥れるというならともかく、実の娘を殺人犯にするのかい？　となるとこの三人は関係ない。のちのアゾートのための殺人となると、さらさら関係ない。自分の娘を殺すわけがない。つまりそんな罠をかけそうな人間は、存在しないのだよ」

「こいつが難問であるのは、今やもう充分に解っている。でも実際にあったことだ。しかも君やぼくと同じ人間がやったことだ。解けない謎とは思わないよ」

「これはぼくの考えでは、二つしか解決はないと思う。ひとつは、ぼくらの考えも及ばない……」

「魔法の犯罪かい？」

「まさか！　絶対にそんなふうには考えないつもりだ。外部の人間、または団体だよ。つまり竹越文次郎への手紙は本物だったと考えるんだ。何かで、その何とかいう秘密機関が以前から梅沢家に目をつけていて、巧妙に全員を消したという解釈だよ。ただそうなると、これはもうぼくらの手には負えない」

「しかし、そいつはもうむずかしいって話じゃなかったっけ？」

「まあ、まあ……ね、そしてもうひとつの考え方は、ぼくはこれに一番魅力を感じるんだけれどもね、梅沢平吉は生きていたという推理だよ。何だか方法は解らないが、実に巧妙なトリックでもって、彼は自分を消したんだよ。そう考えれば、すべてに辻褄が合ってくる。

雪の上の男物の靴跡は、あれは平吉自身の足跡だったんだ。死体に髭がないのも当然だよ。どこかで自分そっくりの男を見つけたんだろうけれど、髭を伸ばさせることまではできなかったんだ。撲殺されたんだからね、顔も変るだろう。ましてはじめて見る髭のない平吉の顔だ、家族も騙されなかったとは言いきれないとぼくは思う。

そう考えれば、庭の隅のアトリエであんまり家族と会わないようにして隠遁生活を続けた理由だって解るじゃないか。家族と四六時中顔を突き合わせていると、入れ替わった時、すぐに解ってしまう。アゾートの制作を決意した時からの、それは計画の一部だったんだよ、家族と別居するのはね。つまりアゾートを創るために、その第一段階として自分を消すことを思いたったんだよ。

自分が幽霊になってしまえばこんないいことはない。もう一度死んでしまっているんだから、どうことがひっくりかえっても、自分が疑われることはない。死刑だって怖れる必要はない。密かに六人の娘の動向を見張り、殺す好機を狙う。殺してのちも、心おきなくアゾートの制作に没頭できるというものだ。

自分を消すことは、アゾート制作のための第一段階だったんだよ。だから内向的な平吉が、積極的に街へ出たんだ。自分の身代りを探してたんだよ。そして見つかったから、あの二月二十六日、自分のアトリエへ連れてきたんだ。それで、女たちに疑いがかかるように細工しておいて、その男を殺した。

しかし昌子なら、自分がアゾートを制作するアトリエにあてそうな場所の、見当をつけるかもしれないと平吉は怖れた、何しろ夫婦だからね。それで逮捕させてしまえば安心だったんだ。そうだ、これだよ！　これですべて説明できるじゃないか！」

「まあ、なかなかいいとは思うよ。ほかにどう掘り返しても犯人はいそうにないからね、平吉が生きてたなら、アゾート殺人なんか簡単に説明できちゃうよ。

でもその考え方には、うんざりするほど細々《こまごま》した問題点がありそうだなあ。実際問題として死体を入れ替えるってのはね、肉親たちを騙そうってんだから、常識的には無理だと思うんだが。ま、そいつは譲るとしてもね、まだ問題はいろいろと残るぜ」

「どんなこと？」

「まず、自分が生き残るなら、最後の大作だと言ってた絵を仕上げてからにしたいだろう、君も絵描きならそう思わないか？　十二枚目なんだからね、いわば画家平吉としては、生涯の総決算だったわけだろう？」

「それは……、描きあげてからじゃまずいだろう？志《こころざし》なかばだからこそ、いかにも殺されたという印象を与えるんだ」

「ふん、そう言うと思ったよ」

「それに、アゾートこそ十二枚目だと考え直したのかもしれない」

「では一枝は、何で殺さなくちゃならなかったんだ？」

「アゾート制作のための場所を、確保するためだろう……？」

「それはないだろう⁉　一枝の家は、それは一見制作に向いてはいるが、平吉なら弥彦の近くにでも場所を用意できたはずだ。そう小説にもある。一枝の家は危険だよ、一度殺人のあった場所だ。平吉ならもっといい場所が用意できると、確か君もそう言わなかったっけ？　自分の言ったこと、忘れないでくれよ。

それに、そんなことよりだ、一枝が竹越文次郎氏を罠にかけたという事実の方が問題だ。何で一枝はそんなことをしたんだ？　いや、平吉がさせたのなら、何でそんなことを平吉は一枝にさせたんだ？　死体を運ばせるためなら平吉も運転免許は持っている」

「死体を全国にばらまくのなら、それはね、そりゃ平吉なんかのお年寄りより、若い、それも警察官の方がいいよ」

「うん、じゃ何と言って平吉は一枝を動かしたんだろう？　義理の父親あたりの言うことで、彼女は男に体を許すところまで行動するかな？」

「それは、ぼくには、今すぐには思いつけないけれど、何とか巧妙な嘘があるかもしれない」

「決定的な難関がさらに三つばかりあるぜ。ひとつはノート、あの小説だよ。これは現場に遺す必要なんか全然なかったはずだ。いや、平吉が生き残ってアゾート殺人を成すつもりでいるなら、これは彼にとって絶対に遺してはいけなかったもののはずだよ。あんなものがあれば娘たちは警戒するだろうし、全国に死体をばらまくのもむずかしくなる。死体も発見されやすくなる。いいことはひとつとしてないぜ。

　だいたい、一メートル五十もの深さに埋めた娘たちの死体が残らず発見されたってのも、こんなノートがあったせいだ。違うかい？　どうして持ち去らなかったんだ？」

「それは何ごとにも手落ちはあるよ。どんな巧妙な計画だってだ。あの三億円強奪の犯人だって、ニセ白バイでてだ。現金輸送車を追って走りながら、それまで白バイにかけておいたシートの布を、ずるずる引きずるという馬鹿みたいなミスをやっている」

「手落ちね……、じゃそのノートに、どうして自分の身代わりの男を探す計画のこととか、見つけたとか、なかなかいないもんだとか、そういった苦労談が書いてないんだ？　さっきの君の話だと、アゾート制作計画の重要な一部分なんだろう？

　それからもうひとつ、こいつは大問題だぜ。平吉が最後にアトリエを後にしたのなら、例のカバン錠の下りた密室を、平吉が作りだしたことになる。どうやったのか？　こいつは大変な難問だ」

「そこだよ。ぼくはこれからその問題に頭を絞るつもりだ。それが解決できれば、ぼくは堂々と梅沢平吉生存説を主張するよ。

　でも君だって解ってるはずだ。絶対にこれしかないよ。

ほかに犯人なんかいやしない。平吉を犯人にしない限り、この一連の事件に、単独の同一犯人を推定する方法なんてないんだ。

しかもだ、ここに来て竹越手記というものが現われた。これを読んだら、これはどうも、やっぱり単独同一犯人という線で考えなきゃならない感じだ。とすれば、やっぱりどう穿《うが》った見方を試みようと、やはり平吉だ。ほかにはあり得ない。

それにひとつの家で、犯人が別の事件が三つも連続して起るってのは確率的にも不自然だ。こいつはやはり同一犯人の、ひとつの意志による連続殺人だと思う。

そのひとつは、自分を消すための事件だよ。こいつは手品だ、最初のやつはね。これがこの梅沢家の一連の事件のトリックのタネだと思うんだ。ぼくはきっと証明してみせるよ」

すると御手洗は、期待してるよと言った。

2.

その夜、私は寝床に入ってからも一心に考え続けた。御手洗が何と言おうと、平吉を生き残らせる以外にこの一連の事件を説明する方法はないのだ。ほかにあるならぜひ聞きたいものだ。絶対にない、と声を大にして断言してもよい。

竹越氏の考察は充分に鋭いから、私は彼と違う角度から考えようと思う。それはすなわち、平吉が生きていたと乱暴に仮定してしまうのだ。

つまり、最初のアトリエでの事件は、街で見つけて連れ帰った自分とうり二つの男を、自分で殺したのだ。そうして——。

いや、そうするとカバン錠の密室という難問にぶつかってしまう。そうか、あらかじめ入れ替わっておいて、昌子と娘たちに殺させるのだ。方法は——、やはりベッドを持ちあげたくなる。他に方法はないだろう——。

その時、私はベッドの中であっと声をあげそうになった。これだ！　自分の替え玉を昌子たちに殺させたとしたら、そのことは娘の一枝に対する脅迫の、充分な理由になる。

文化長屋の建設のため、昌子たちは自分と思い違いをしてある男を殺した。ところが自分は生きている。昌子たちを助ける方法として、自分が黙っていてやるからと——いや、それだけでは弱い——。

そうだ！　これだ！　警察官を一人抱き込んでしまえば強いと、こうだ、こう一枝に吹き込んだ。こう説得して一枝を動かしたんだ、解ったぞ！

竹越氏は、平吉殺しへの報復としてアゾート殺人が行なわれたと考えた。そして中間の一枝殺しの処理に困った。しかし、私のこの考えならどこにも無理はない。一枝にあれほどの献身を強いる理由としても充分だ。

だが――、何故その一枝を殺したのだろう？　殺す必要はないと思うが――。

まあいい、平吉は変質者だ。妹たちが死ぬのに一枝だけが生き残る必要はないとか、そんな理由だっていいのじゃないか。それより平吉が生きていた証拠だ。こいつを見つける方が先決だろう。

素人ホームズのうち、平吉生存説を主張する人たちは、ほとんど平吉が吉男に変身したものと考える。これが落し穴だと思うのだ。生存して、何も吉男になりすます必要はない。その方がずっと危険だ。身を隠してアゾート制作のことだけを考え、透明人間として単身で行動する、この方がはるかに有効だ。これでよし。

今のところ、平吉が生存していた証拠を見つけるのはちょっと無理だが、これで一応の説明はできた。明日ワトスンの役をやるのは御手洗だ、そう思うと私は安らかな眠りに落ちた。

現在までのところ、御手洗はお世辞にも名探偵とは言いがたい。しかし、飯田美沙子があれほど大事なものを持ち込もうという気になるのだから、きっと以前にはいくらか頭の冴えを披露したこともあるのだろう。ごくごく一部の人々には、ささやかな名声も得ているらしい。私はまだ彼と知り合って一年にもならないから、それ以前の彼の活動については何も知らない。

ただこのままの調子では、とても解決などという大それた成功は望めないと思う。私は、去年自分が遭遇した災難で、彼に救われたという経験があるため、今度もあるいは、と期待する部分があった。しかし、この占星術殺人は、四十年にもわたって日本中のミステリーファンが競争で知恵を絞り続けてきたものである。あらゆる推理が出つくしたここにいたって、今までの誰も気づかなかった真実を鋭くつき、快刀乱麻を断つような推理の展開というものを彼に望むのは、これはもう不可能だ。そんなことがもしできたら、それは奇蹟というものだろう。

加えてタイミングの悪いことに彼は鬱病で、食事のために部屋の外へ出るのも嫌がっていた。だが四十年昔の事件という性質上、この点は大したハンディキャップにはならないだろう。

　翌日、御手洗に何か進展はあるかいと尋ねると、不景気な唸り声をたてただけだった。つまり全然進展していないのだ。前述したような理由からこれも致し方あるまいと思うが、彼は一般人とは明らかに少し変っているから、何か一部分だけでも進めることができるかもしれない、それを期待しようと私は考えた。それだって大変なことではないか。無名のわれわれとしては上出来というものだ。

　そこで、彼がこの様子ならと、私は内心湧きあがる微笑をせいぜい押さえながら、私の方は進展した考えを語って聞かせた。すると御手洗は即座に、

「またベッドを吊り上げるのか」

　とうんざりしたように言った。

「あらかじめ探してきた替え玉とすり替わっておくわけ？　いつ女たちがベッドを吊り上げにくるか解らないのに？　昼間もそいつにアトリエにいさせるんだろう？　娘は遊びにくるかもしれないんだぜ？　ばれちまうよ。そんなことするんだったら彼の髭も伸びるまで待って、それからせいぜいデッサンの練習もさせておかなくちゃね」

「デッサン？　何で？」

「何でって、平吉は絵描きだからね。アトリエで絵も描かないでブラブラしてちゃおかしいだろう？　それでキュウリの絵描いたらカボチャに見えたなんてことになったら大変だぜ」

　だが私もむきになった。

「じゃ、一枝の方のはどうだい。あれ以外に説明の方法があるのかい？　竹越氏だって困ってたじゃないか。

　とにかく、君の修正案が登場するまでは、これが一番有効な考え方ということになると思うがね！」

　私は皮肉をきかせたつもりであった。御手洗は黙った。結局のところ、このホームズは五里霧中なのだ。そこで私はつい調子に乗って言ってやった。

「どうも差がついちゃうな、シャーロック・ホームズならもうとっくに解決して、ワトスンに次の事件の説明をしてる頃じゃないかな。たとえ解決は無理でも、もっとアクティヴなところを見せてるぜ。君みたいに一日中ソファの上でごろごろしてないでさ」

「ホームズ？」

　御手洗は怪訝《けげん》そうな顔をした。しかし次に彼が発した

言葉を聞いた時、私はあまりにびっくりしたので、いわゆる鳩が豆鉄砲を喰らったような顔、というやつをしたに違いない。

「ああ！　あのホラ吹きで、無教養で、コカイン中毒の妄想で、現実と幻想の区別がつかなくなってる愛敬のかたまりみたいなイギリス人のことか？」

　開いた口がふさがらないというべきか、身のほどを知らぬというべきか、この時はさすがに私もしばらく絶句し、やがていくらか真剣に腹がたってきた。

「ずいぶんと偉い人だったんだな、君は。ぼくはちっとも知らなかった。おみそれしていたよ！　よくまあ伝説の偉人をつかまえてそんな口がきけるものだ。ほう！　どこが無教養だというんだ？　あんな大英図書館が歩いてるみたいな知識の宝庫をつかまえて。いったいどこがホラ吹きなんだ!?」

「君は日本人の弱点を完璧に身につけている。政治的発想というものが価値判断のすべてだという大変な間違いに、骨の髄までつかっているのだよ」

「演説は間に合ってる！　それより今日はどこがホラかの説明をちゃんとしてくれ。どこがいったい無教養なんだ？」

「そんなのいっぱいありすぎてかえって困るよ。そうだなあ……、君はどの話が一番好きなの？」

「ぼくはもう全部好きだね！」

「一番好きなのは？」

「全部好きだ！」

「それじゃ話にならない」

「だからぼくは決められないけど、筆者も自薦一位で、読者にも一番人気があるのは『まだらの紐』だって、何かで読んだことが……」

「あれか！　あれは確かに一番傑作だ！　ヘビのやつだろ？　金庫でヘビを飼ってれば普通窒息すると思うんだが、それは呼吸をしないヘビだったとして、ミルクを与えながら調教したというのがすごいね。ミルクをありがたがって飲むのは哺乳類だけだぜ。母親がミルクを出すから飲みたがるんだ。ヘビは爬虫類だからねえ、よほどの変種じゃない限りミルクなんか飲まないよ。ぼくらにカエルやトンボを食べさせてやるから芸をしろというようなものだ。

　それから口笛を吹いてヘビを呼んだんだそうだけど、ヘビは一般的な意味での耳がないから、口笛の音は聞けない。こんなのはちょっと真面目に考えれば誰にだって解ることだ。もう常識の範疇《はんちゅう》だよ。中学の時ちゃんと理科や生物の授業を受けてればね。だからあの先生は教養がないっていうんだ。

それにしても、こんなめちゃくちゃな話はきっと作りごとだと思うんだ、推理を働かせるとね。あれはワトスンも一緒に行動したことになってるけど、それはワトスンの作家的嘘で、きっと仕事のない日にでもホームズ先生から聞いた話を、さも自分も加わった冒険のように創作したんだと思うんだ。とするとおそらくこれは、コカインによる妄想だね！　ヘビなんてのは、中毒患者の幻覚や夢にはよく出てくるものね。だからホラ吹きで妄想家だっていうんだ」

「だがホームズは、君なんかと違ってひと目見ただけでその人の職業や性格までずばりと推理で当てちゃうんだぜ。君なんかには到底できない芸当だろう」

「あの当てずっぽうの乱行ぶり！　目を覆いたくなるね。たとえば、そうだな……、黄色い顔の事件だったかな、依頼人が置き忘れたパイプを見て、持ち主のことを推理する場面があったっけ。

あの時、確か修理にもとの値段とあまり変らないほどの費用をかけてるから相当大事にしているパイプだとか、先生は言ってたね。それから吸い口から見てパイプの右側が焦げているから持ち主は左ききだって言ってた。それもマッチじゃなく毎日ランプで火をつける癖がある、いつも左手でパイプを持ってランプの炎に近づけるから右側が焦げるんだって。

そんな大事なパイプの右側を毎度焦がすようなことを持ち主がするとして、ぼくらは右ききだけど、もしパイプをやるとしたらいつもどっちの手で持つだろう？　むしろ左手で持ちそうだ。右手は字を書いたり、しょっちゅう何か作業をするからね、パイプなんてのは作業しながらも吸ってるもんだ。するとこれは火をつける時も左手で常にランプに近づけるという人も相当数いそうだぜ、そう思わないか？

つまりこれはどっちとも言えないんじゃないかしら。こんな当てずっぽうに黙って感心してくれる人が、イギリス中にワトスン博士以外にいたかな？　こんな程度のことを断定しちゃうんだものなあ、それでも大したホラ吹きだなんて本当のことを言っちゃいけませんか、石岡君。ま、彼も毎日純真なワトスン氏をからかって退屈しのぎしてたのかもしれないけどね。

もうないかな……、いやいや、まだまだあるよ、えーと、あ、そうそう、あの人は変装の名人だったっけ！　白髪の鬘《かつら》と眉をつけて日傘をさしてさ、お婆さんに変装してよく街中を歩いたんだろう？　ホームズの身長がいくつか知ってるかい？　六フィートと少しだぜ。一メートル九十近いお婆さんがいて、こいつが男の変装かもしれないと思わない人間がこの世にいるのかしら。こんな婆さんがいたら化け物だぜ。おそらくロンドン中の人間が、あ、ホームズさんが行くと思ったろう。でも何故かワトスンさんは気づかないんだな。

だから思うにさ、つまりホームズばりに当てずっぽうの推理を働かせると、このホームズという人はコカインのやりすぎで脳に変調をきたしていてさ、その発作が起ると狂暴になる癖があったんじゃないかと思うんだ。発作が起きた時のことはあえて伏せているけど、ワトスンはよく書いているじゃないか、ボクシングの選手になったらあのクラスで並ぶ者がないだろうって。皮肉だよ。きっと発作を起したホームズに、彼は何度もノック・アウトをくらったんだぜ！

でもホームズのことを書いて生活していたから、縁を切るわけにはいかない。それでこわごわ一緒に暮していたんじゃなかろうか。だからホームズのご機嫌をそこねないように、涙ぐましい努力をしていたんだよ。たとえば誰でも解るような変装でホームズ氏が表から帰ってきても気づかないふりをしてさ、あるいは下宿のおかみさんが、またホームズさんが鬘かぶって帰ってきましたよと毎回ワトスンに前もって報《しら》せていたのかもしれないが、でも気づかないふりして、ホームズが、わははボクだあ、と言うのを待って、ああびっくりした、と大袈裟に驚いて見せてあげてたんじゃないだろうか。すべてこれ、生活のためと割りきってね。あれ？　石岡君、どうしたの？」

「……よく、……そんな罰《ばち》あたりのことを次々と思いつけるもんだ……、信じられない。今に口がはれるだろうよ！」

「待ち遠しいね。ところで君、今人の性格を推理する芸当は、ぼくはホームズより劣ると言ったね？　そいつは大いに間違いだ。だってぼくはそのことに一番興味があって占星術を始めたんだからね。

それまで全然つき合ったこともないような他人の性格を、いきなり推し測るには、おそらく占星術が一番効果的だろうと思う。もっといわゆる常識的なものにするために、精神病理学なども一応やったけれどね、天文学？

それはもちろんやったさ。

　人の性格を知るためには、生年月日と誕生時間を聞くのが一番早い。もっとも誕生日を聞いて顔を見れば、誕生時間の見当をつけるのはそうむずかしいことじゃないんだけれどね。ぼくが何度もそれをやっているのは見てるだろう？　そういう時、ぐいぐいとその人の性格に分け入っていけるんだ。

　イギリスに生まれながら、ホームズ氏が占星学を身につけなかったのは片手落ちだと思うね。だって人間の理解にこんなに役立つものもないぜ。ある人が遭遇しているトラブルがあるとする、ぼくがその相談を受けたとして、占星術を知らなかった頃を思い出したら、まるで盲目のようだった気がするよ」

「君が精神医学に詳しいのはいつかの事件で知ってるけど、天文学にも詳しかったのかい？」

「それは当然じゃないか。ぼくは占星術師なんだぜ？

　はははあ、望遠鏡を覗かないからなんだな。望遠鏡は持ってるけどね、スモッグを拡大して観たところではじまらない。ぼくはね君、天文学に関しては最新の知識を持ってるんだぜ。たとえば、だね、土星のほかに、この太陽系で輪を持っている惑星は何か、君は知ってるかい？」

「え？　土星だけじゃないの？」

「ほらね、そんなこと言うだろう。そりゃ終戦直後の知識だぜ。焼け跡で編集された教科書あたりに書いてありそうだ。その教科書には、月ではウサギさんがモチをついていますなんて書いてなかったろうね？」

「……………」

「気にさわったかな？　ま、いいじゃないか石岡君。科学は刻々と前進する。うかうかしてはいられないぜ。宇宙に充ちている電磁波のこと、重力が空間を歪め、時間にブレーキをかけること、すべての物体は、空間の指令を受けて運動を開始する、なんてことが小学校の教科書に載る時代がくればね、ぼくらはみんな養老院の天動説仲間だ、仲良くやろう。

　輪の話に戻ればね石岡君、天王星にもあるんだよ。木星にも薄い輪があるんだ。こういうのはつい先日解ったばかりなんだぜ。ぼくにはそういう情報も入ってくる」

　しかし、これは何だかホラのような気がした。

「君がホームズと天文学に詳しいのはよく解った。しかし、じゃ誰なら君は満足できるのかな？　ブラウン神父は読んだ？」

「それは誰？　教会には縁がなかったからね」

「ファイロ・ヴァンスは？」

「は？　何バンス？」

「ジェーン・マープルは？」

「おいしそうだな」

「メグレ警部は？」

「目黒区のお巡りさんかい？」

「エルキュール・ポアロ」

「二日酔いしそうな名前だ」

「ドーヴァー警部」

「はじめて聞いた」

「要するに君はホームズしか知らないのか!?　へえ！　それでよくこきおろせたもんだ。あきれてものが言えない！　ほう！　つまるところ君は、無能なホームズには全然感動できないと言うんだな？」

「誰がそんなこと言った？　完全無欠なコンピューターなんかにぼくらがどんな用事があるっていうんだ？　ぼくが魅力を感じるのは彼らの人間にだ。機械の真似をしてる部分にじゃない。そういう意味じゃ彼ほど人間らしい人間はいない。彼こそ、ぼくがこの世で最も好きな人間だ。ぼくはあの先生が大好きだよ」

　私はこの時、いささかびっくりした。そして不覚にも少々感動した。あんまり人を褒《ほ》めたことのない御手洗の口から、これほど最大級の賛辞を聞くのははじめてだった。

　しかし御手洗はあわてるようにこうつけ加えた。

「しかしホームズにはひとつ、絶対に気に入らない点があるんだ。晩年の戦時中になって、イギリス国家のために働いたことだよ。ドイツ軍スパイを逮捕することが、まるで正義のように信じて行動したことだ。

　スパイなんてイギリスだって放ってたに決まってる。君も『アラビアのロレンス』を観たろう？　アラブに対するイギリスの三枚舌外交は有名だ。イギリスはなかなかずるい大国だった。あれがホームズの晩年にあたる第一次大戦だぜ。

　まあそんなもの持ちださなくても、アヘン戦争なんて犯罪行為を、中国に対して犯してるじゃないか。そんなイギリスのために行動するのが正義なものか。あれは単なる政治的行為だよ。ホームズはあんなことに関わるべきじゃなかった。田舎で蜜蜂にでも刺されながら、超然としているべきだったんだ。あの行動でホームズ物は半分に評価されてしかるべきだとぼくは思っている。

　単純素朴な愛国心だと君は言いたいのだろうな、政治には無知だとワトスン先生も言ってるからね。でも犯罪は政治に関係のないものばかりじゃないからね、根元的な正義意識は、国家主義の次元を超越すべきもののはずだ。明らかに晩年のホームズは堕落したんだ。もしかしたらモリアーティと二人で滝つぼに落っこってから、あの事件もおかしなことだらけだけれど、復活したホームズは実は別人だったんだよ。それもイギリス国家が有名人ホームズを宣伝に利用するために、影武者を作りだしたんだと思うね、その証拠にさ……、おや？」

その時、ドアが妙に威嚇的な感じでノックされた。今までに私が聞いたどんなノックとも、明らかに違う音だった。そしてこっちの返事を待たず、ほとんど荒々しいやり方でもってドアが開かれ、非常に地味な背広を着た恰幅のいい四十がらみの大男が立っていた。

御手洗さんてのはあんたかね？　と彼は私に向かって言った。

私は多少どぎまぎして、いえ違いますと応えた。彼はそれなら残りの方だと判断したらしく、御手洗の方へ向き直ると、内ポケットから、まるで成り上がりの実業家が札束をちらりと見せる時のようなやり方で黒っぽい手帳を見せ、竹越だがね、と低い声で言った。

すると御手洗は途端に落ちつき払って、

「こいつは珍しいお客さんだ。誰か駐車違反でもしたかな」

と言った。そしてよせばいいのに、

「警察手帳の本物を見るのははじめてだ。この機会にもっとよく見せてくれないか？」

と言い放った。

「どうやら君は口のきき方を知らんタイプの男らしいな」

と彼は、お巡さんにしてはなかなか洒落《しゃれ》た言い廻しをした。

「近頃の若い奴はルールを知らん。だからわれわれが忙しいんだけどな」

「われわれ若い連中のルールでは、ドアはノックの返事を聞いてから開けることになっている。まあそれはこの次から憶えてもらうとして、用事は何だい？　お互い早くすませたいな、不愉快なことはね」

「驚いた奴だな。身のほどを知らんと言うか、君は誰に対してもそんな口をきくのか？」

「キミみたいな偉い人に対してだけだよ。そんな無駄話はいいだろう？　早く用件を頼むよ。占って欲しいのなら生年月日を言ってくれたまえ」

竹越と名乗った刑事は、明らかに予想もしなかった事態に直面したらしく、この非常識な若造の鼻柱を何とか効果的にへし折ってやる言葉はないものかとひとしきり悩んでいたが、その間も威嚇的な表情をくずさなかったのはさすがだった。

やがて彼は、あきらめて口を開いた。

「妹が来ただろう？　妹の美沙子がここへ来たはずだ」

彼の口調は、何とも腹だたしくてやりきれないといった感じだった。

「ああ！」

と御手洗はは素頓狂な声をあげた。

「あれは妹さんだったのか！　あんまり感じが違うんで解らなかった。やっぱり人間、環境に大いに左右されるものらしいな、石岡君」

「何を血迷ってこんな占い師風情のところへ持ってきたのか知らんが、俺の親爺の書き物を美沙子が持って来たはずだ。知らんとは言わせんぞ！」

「知らんとは言ってないよ」

「今日義弟から聞いたんだ。あれは警察にとっては大事な資料だ、返してもらおう！」

「もう読んだからね、それは返してもいいけれど、妹さんは諒承しているんだろうね？」

「兄の俺が返せと言ってるんだ。妹に文句のあろうはずがない。この俺が言ってるんだ。早く出しなさい！」

「どうやら妹さんに直接聞いたわけじゃなく、妹さんのご主人から聞きだしたようだね。さて、こいつは困ったな、君に返すことが妹さんの意志と重なるのかな？　何より文次郎氏の意志に沿うことになるのかしら？　君の態度も、人にものを頼むやり方としてはなかなかご立派だしな」

「礼儀をわきまえんにも限度があるぞ。生意気なことばかり吹いていると、こっちにも考えがあるぞ、おい！」

「どんな考えだい？　ぜひ聞いたいもんだね。君もものを考えることがあるとは頼もしいな。はて、どんな考えだと思う？　石岡君。大方手錠でも出して逮捕するってんだろうぜ」

「ちっ！　まったく何という奴だ。世間というものがまるで解っていない。近頃の若い奴は、エチケットも何もわきまえん！」

御手洗はあくびの真似をした。

「つまり、君の思ってるほどぼくは若くないんだろうな」

「こっちは遊びじゃないんだぞ。あの書き物を君らのようなやからの探偵ゴッコに使われたんじゃ親爺も浮かばれん！　犯罪捜査というものはな、君らの考えるような甘いもんじゃない。現場百回、何度も何度も歩きまわり、靴底を擦《す》り減らして聞き込みを続ける地味な苦労の積み重ねだ！」

「犯罪捜査というのは、梅沢家の占星術殺人のことかい？」

「占星術殺人？　ふふん！　何だいそりゃ。まるで漫画の題名だ。君らシロウトはちょっと世間で評判になるとすぐ表面のカッコ良さばっかりにのぼせあがって名探偵を気どりたがる。捜査というものはそんなカッコのいいもんじゃない。血と汗と足で築くものだ。

とにかく、あの資料はわれわれのちゃんとしたまともな捜査に必要なものだ。そのくらいのことは君らにも解るだろう？　常識の問題だ」

「君の言うのを聞いてると、刑事には靴屋の息子がなるといいな。何か大事なことを忘れていないかい？　ここだよ。一番必要なのは脳味噌じゃないか？　登場以降の君を見ていると、どうも君にはそいつが充分ありそうには思えないんだがね。

この手記は君たちにこそ、宝の持ちぐされというものだ。まあ、返すがね。この手がかりを加味しても、君なんかじゃあ到底あの事件は解決できないね、賭けてもいい。この手記と一緒にぼくもついていきたいものだ。そうすれば君が四十年前の事件で、どうやって靴底を減らすのかが見れるんだけどな。あの事件は君なんか見たこともない、ここを重点的に使わなきゃならない事件だぜ。覚悟はいいのかい？　せいぜい恥をかかないようにしてくれよ」

「へっ！　なァにをほざく。捜査というものはそれなりの訓練と経験を積んだわれわれ専門家にしてはじめて可能なものだ。シロウトが簡単に割りこめるような、そんな甘いもんじゃない」

「さっきから何度もそれを言ってるようだが、はてな、ぼくは捜査は甘いもんだって言ったっけな？」

憶えてないな、と私も言いたかったが、しかしとてもその度胸は出なかった。黒皮の手帳を持ったこの男は、やはり容易にそうさせない威圧的な雰囲気を、周囲に発散させていた。

「歩き廻るより、頭脳労働の方がイージィだと君は勝手に決めこんでいるらしいが、その方がよっぽど甘いぜ」

御手洗は続けた。

「靴底なら歩きさえすれば減る」

「頭脳労働だって俺は誰にも負けはせん！」

刑事も負けじと吠えた。

「しかし、俺は君のような非常識な、人間のクズみたいな奴をはじめて見た。社会的地位も何もない、たかだか場末の占い師風情のくせをして、ルンペンと大差ないじゃないか！　ああ言えばこう言う、こう言えばああ言う、口先だけは女みたいに達者だ。まあそれで食ってるんだろうからな。

が、われわれちゃんとした人間はそれでは困るんだ。正確な事実を引き出さなくちゃならない。そんないい加減なことでは困るんだ。警察官がそれではみんなが迷惑する。それだけの責任ある立場なんだからな、われわれは。で、何か？　これはついでに訊くんだが、君はそれで、この事件の見当がついたって言うのか？　え？」

御手洗ははじめて言葉に詰まった。

それまでの堂々とした態度は決して虚勢などではなかったし、その時も表面的には不敵な態度をくずさなかったが、内心は悔しさでいっぱいになっているのがそばにいる私には解った。

「いや、まだだ」

竹越刑事はするとみるみる勝ち誇った表情になり、はじめて笑い顔を見せた。

「はははは、だァから遊びだっていうんだよ、君らのは。別に期待したわけじゃないがね、あんまりご立派な口をきくからさ、見当くらいはつけてるんだろうと思ってさ。何ともはや、まだケツが青いね」

「キミが何をわめこうとね、どうせ能無しジイさんのたわ言だ。大して気にはならないが、ひとつだけ気になることがある。キミがその手記を持ち帰って読んでみたところで、どうせ電卓をもらったチンパンジーみたいなもので、途方に暮れるだけだろう。そして結局は署の同僚に公開して知恵を出し合うってことになる。君も宮仕えの身だからそうしないでいることはできまい。

それで解決すりゃ大いにめでたいが、署の同僚だってもしかしたらみんなキミ程度の脳味噌の持ち主じゃないとも限るまい。そうなるとこの竹越文次郎という人は、自分の恥を後輩に公開しただけという結果に終る可能性も充分に考えられる。それでは何の意味もない。君の妹さんもこの点を考えたから血迷ったのさ。文次郎氏はこの手記を燃すこともできた。そうしなかったのは間違いだったってことになる。

だからだ、この手記を手がかりにして、事件だけを解決し、手記の方は伏せておくというふうにしたって大した罪とも思えない。君だって今日この手記を持って帰り、明日にはもう署で公開するという気はないだろう？　父親の恥なんだからな。何日かは無駄にせよ、自分で考える真似事ぐらいはするはずだ、字は読めるらしいからな。手記を君が手もとに置いておくのは何日くらいだ？」

「まあ、三日というところだろう」

「手記は長いぜ。三日じゃ読むだけで過ぎてしまう」

「一週間だ。それ以上は無理だ。義弟以外にも、署でこの手記の存在することを薄々勘づいた者がある。それ以上、私個人の手もとに置いておくのは絶対に無理だ」

「一週間か、解った」

「おい、おい、はは、まさか……」

「一週間で解決してみせる！　少なくとも、この手記を衆目《しゅうもく》に晒《さら》さなくてもいいところまでは、事態を進展させてみせる」

「そりゃ犯人を指摘できない限り無理だ」

「聞いてなかったのか？　解決ってのは普通そうすることをいうんだ。犯人を君んちの玄関まで連れていくのは無理かもしれないということだよ。今日は五日の木曜日だな、来週、十二日の木曜日までは待てるということだな？」

「十三日の金曜日には署でこの手記を公開する」

「では時間は貴重だ。お帰りは同じドアからどうぞ！　ところでキミは十一月生まれかい？」

「そうだが、妹が言ったのか？」

「解るんだよ。ついでに誕生時間は夜の八時から九時の間だってことも教えてあげよう。じゃこの手記を持って、廻れ右の時間だ。落さないでくれよ、来週の木曜日には灰にしなくちゃならないんだからな」

荒々しくドアを閉め、竹越刑事が足音も高く階段を降りていくのがしばらく聞こえていた。

「大丈夫なのかい？　あんなこと言って」

私は本当に心配になって尋ねた。

「何が？」

「来週の木曜日までに犯人を指摘するってことだよ」

するとと御手洗は鹿爪らしい顔をして、何も応えなかった。それで私はよけいに不安になった。御手洗という男は、前後の見境いがつかなくなるほど異常に我が強いところがある。

「君があの刑事より頭がいいのは認めるが、何か、手がかりとか、めどはついているのかい？」

「この事件の説明を最初に君に聞いた時から、ずっとひっかかっていることがあるんだ。それが何だか、今のところうまく言葉にはできないんだが……、確かに憶えがあるんだ。何かこれに似た経験……、というと変だが、共通するような何事かをぼくは知っている。パズルとかそんなような直接的なことではあるまい、何か、ごく何でもないことなんだろうな、そいつが思い出せれば……。

　しかし、それも全然見当違いの思い違いかもしれない。とすれば、すこぶるうまくないけれどね。まあいい、とにかくあれで一週間延びた。やってみるだけの価値はある。ところで君、今財布は持ってるかい？」

「……持ってるけど？」

「中にお金は入ってるかい？」

「ま、そりゃね」

「割とたくさんかい？　君一人が四、五日暮せるだけのお金を今持っているんだね？　けっこう、ぼくはこれから京都へ行くけど、君も来るかい？」

「京都!?　これから!?　そんな！　仕度だってしなくちゃならない。仕事関係に電話も入れなくちゃならない。突然言われたって無理だよ」

「そうか、じゃあ四、五日のお別れだ。残念だが無理にとはいえない」

　御手洗はそう言うが早いか私に背を向け、机の下から旅行カバンを引きずり出した。したがって私も大あわてでこう叫ばなくてはならなかった。

「行くよ！　ぼくも行くよ！」

3.

　御手洗が事件に対して真に本気になったのは、やっとこの時だったと思う。あいつはその気になって腰をあげれば、電光石火のように行動する男だ。私たちは（特に私は）、京都の地図と例の「梅沢家・占星術殺人」だけを持って、一時間半後には新幹線に揺られていた。

「でも、どうしてあの竹越という刑事が君のところへやってくることになったんだろう？」

「飯田さんが、自分の主人には内緒にして、ぼくにだけあの手記を見せたことに気が咎《とが》めたんだろう。だからご主人にはつい洩らしてしまった。すると実直なご主人も気が咎めて、それほど重大なことを義兄に黙っておくことができなかったというわけさ」

「真面目な人なんだな、飯田さんのご主人って」

「まあそうだろうな。それともあのチンパンジーが飯田刑事の首を絞めあげたかな？」

「しかし尊大な男だね、あの竹越という刑事は」

「連中はあんなもんだろう。黒皮の手帳をちらつかせれば、みなたちまち土下座して尻尾を振るものと思ってるのさ。水戸黄門だね。二十世紀も末だというのに、そうしないことが礼儀知らずと信じて疑わない。

まあ彼はあの手記の内容を薄々知っていたろうから、一家の恥を見ず知らずの、それもルンペンと大差ない他人に見られたという憤りはあったろう、そいつを割り引きしなくちゃならないだろうけどね。しかしいずれにしてもあの先生は、戦前の特高警察式の体質が抜けないのさ。あれじゃ民主警察の名が泣くぜ」

「ああ、外国人には見せたくないな。日本人は、お巡りさんにはせいぜい威張らせるからね」

「ああいう日本型のお巡りさんはまだけっこう多いけれど、その中でも彼は特に威張っている。なかなか貴重な存在だ。ああいうのを時々見ていると、日本人は戦前の嫌な記憶を忘れないですむ。天然記念物に指定したいね。そして国で保護するべきだ」

「あれなら竹越文次郎さんも、あの飯田美沙子さんも、出てきた手記を兄に見せたくなかったわけだね？　気持ちはよく解るよ」

するとと御手洗は私の顔を見た。

「ほう……、美沙子夫人の気持ちも？　そりゃ是非教えて欲しいな」

「え？」

「彼女はあの手記を見つけてどう考えたんだい？」

「そりゃ決まってるじゃないか。あんな横柄な兄貴にあの手記をゆだねたら、署内中に亡父の秘密を晒《さら》す結果になるに決まってる、だから君んところへ相談にきて、密かに事件の謎を解くこと、それが亡き父の浮かばれる道だと考えたんだろう」

御手洗は鼻先で笑い、小さく溜め息をついた。

「これだからな君は。相変らずだっていうんだ。だったらどうしてダンナに洩らしたんだい？　彼女はね、兄には知らせず、まず亭主にだけ見せて、亭主一人にこの事件を解決させることはできないものかと考えた。しかしそいつはどうも無理と思われた。実力的にもだが、彼氏の性格として、胸にこの驚くべき証拠を秘めておくことはできそうもないと判断した。

それでぼくのところへ持ってきたのさ。ぼくなら友達からこういう仕事に向いていると聞いている。しかも変人で嫌われ者だから友人なんて数えるほどしかいない、世間に広まる可能性はごく少ない。したがって運良くぼくがこの謎を解いたら、その功績を独り占めすることも可能と思われる。ぼくが駄目でももともとだ。父の恥が世間に広まることはまずない。ぼくもそんなことあえてするタイプじゃないしね。そしてもしぼくが成功したら、これはしめたものだ。そいつを亭主の功績にすればいい。するとこれだけの大事件だからね、地味で目だたなかった自分の亭主も、間違って警視総監へのコースに乗っからないとも限らないぜ。彼女としてはね、これだけの計算があったのさ」

私は絶句した。

「……そうかなあ……、考えすぎじゃないのか？　あの人はそんなに……」

「悪い人には見えないかい？　そう考えるのは別に悪いことじゃないだろう？　女なら当り前のことだ」

「君は女性というと、みんなそんなもんだ思ってるらしいな。そんなの女性に対して失礼じゃないか」

「女というとすぐ極端に控え目で、貞淑な人形でなきゃ駄目だと思い込んでいる男たちより失礼かね？」

「……」

「徳川家康とエア・コンについて議論したら、たぶんこんなふうに空《むな》しいだろうな」

「とにかく君は、女性というのはみんなそんな打算のかたまりだって思ってるんだな？」

「そんなことはない。千人に一人くらいは立派な女性もいるだろうと考えている。自分の損得だけではなく、他者の利益を考え、自分へのその見返りは計算に入れないようなね」

「千人!?」

私はあきれた。

「千人はひどいだろう!?　せめて十人くらいに確率を上げる気はないのか？」

すると御手洗はあははと笑ってあっさり言った。

「ないよ」

私たちはそれからしばらく黙った。私としてもこれ以上この話題で話を続けても仕様がないと思ったからだ。けれどもやがてまた御手洗が口を開いた。

「この事件について、ぼくらはもう完全に全体像を掴んでいるのかな？　解決に必要な手がかりはもう全部得ているのだろうか」

「何か残ってたかな」

「梅沢平吉の後妻昌子のことは解った。会津若松出身だってこと、両親も事件当時健在だったらしいね、兄弟とか親戚関係までは解らないけど、解らないんだろ？　うん、そこまでは必要ないだろうね。最初の妻の多恵の方、こっちもせめて昌子くらい生いたちとか、家族の様子とか知っておきたいな。解るかい？」

「ああ解るよ。多恵は旧姓を藤枝《ふじえだ》といって、京都は嵯峨《さが》野《の》、落柿舎《らくししゃ》あたりで生まれ育ったらしい」

「へえ、そりゃ偶然だな。これから行くところだぜ」

「兄弟はなく、一人っ子だったらしい。多恵が大きくなった頃、一家は上京区の今出川《いまでがわ》に移って西陣織りの店を始めたらしい。ところが運が悪いのか、両親に経営の才がなかったのか、店はうまく行かなくなってきた。そしてさらに悪いことに、母親が病気になって寝たきりになってしまった。近所に兄弟や親戚もない。父親に兄がいたはずだけれども、当時満州にいたらしい。

　やがて母親が病床に死んで、店がいよいよ駄目になったのと、人生に絶望したのとで、父親は満州の兄夫婦を頼っていけと多恵に言い遺して首を吊ってしまったんだね。悲惨な話だな。でも多恵は満州には行かず、どういうわけか東京に流れてきた。店の借金なんかなかったんだろうか？　その辺は不明だけれど、これが多恵の二十歳《はたち》の時のことだよ」

「遺産放棄したんじゃないか？」

「遺産放棄？」

「うん。そうなら借金も引き継がない」

「ふうん。で、彼女が二十二、三歳の頃、都立大学、当時の府立高等近くの呉服屋に住み込みで働いていたんだが、これもどう因果が巡ったのか平吉の弟吉男に、その店の主人が多恵の縁談を持ちかけたらしい。

　主人もおそらく多恵に同情したんだろう、働き者で気だてもすごくいい娘だという調子で、いやこれは想像だけども、見合いを勧めた。その時多恵も二十三だったし。最初は冗談半分だったらしいが、あまり熱心に言うので、吉男は兄貴にいいんじゃないかと思ったんだろう」

「そして、やっと運が向いてきたかと思ったら、離縁されちゃったわけか」

「うん、運の悪い人はいるもんだな。多恵としては、保谷の煙草屋で一生を終える覚悟をしていたんだろうと思う。星の巡りの悪い人なんだろうな」

「その通り、星の配置からいえば、人間みな平等なんてことはあり得ない。さて、そんなところかな、ほかに君が彼女に関して知っていることはあるかい？」

「そんなところだね。あと、あんまり関係ないけど、多恵は子供の頃から信玄袋という、巾着《きんちゃく》というのかな、小袋があるでしょ？　紐でもって口のところをきゅっと絞ってあるやつ、和服の時に持つんだろうな、あれを集めるのが趣味だったんだって。歳とってからも、ずいぶんとたくさん持っていたらしいよ。

多恵は、西陣織りで信玄袋を作って売るのが夢だったという話だ。小袋物屋だね、そういう店を、自分の育った嵯峨野の落柿舎あたりに出したいというのが生涯の夢だったらしい。保谷で近所の人に、多恵はそんな話をしたことがあるそうだよ。きっと今出川に移って以降はいい思い出がなかったんだろうな」

「事件後、特に戦後、多恵にはちょっとした遺産が入ったんだろう？　絵のお金とか、出版物の印税とか」

「それも大して意味がなかったみたいだね。というのは、こんどは体が弱くなって寝たり起きたりになっちゃった。でもお金ができたんでね、人を頼んだり、近所の好意には充分のお礼ができたりで、まあ生活に余裕ができたようだけれども。

でも身寄りも全然ないに等しいし、お金を持っててたってしようがないような状態だったからね。もしアゾートが存在するなら、見つけた人にほとんどあげちゃうみたいなことを言ってたらしい」

「しかしお金ができたんだから、念願の店を嵯峨野へ出すこともできたろうに」

「うん、そうなんだが、体の不安もあったしね、けっこう近所の人と気が合ってたみたいだし、同情してみんなよくしてくれてさ、今さら知り合いのまるでない嵯峨野へ行って商売を始めるふんぎりがつかなかったんだろう、もう歳もとってたしね。結局行かずじまいだよ。保谷で死んでいる」

「そうか……。それで多恵の遺産はどうなったんだ？」

「これがすごいんだ。多恵が死にかけると、どこからともなく姪《めい》というのかはとこというのか、つまり多恵の父親の兄貴の息子の娘、孫だね、つまりいつか自殺した父親が多恵に頼っていけと言い遺した満州の兄夫婦の孫娘だよね、これが日本のどこかからタイミングよく現われてね、ちゃっかり遺産を受け継いでいる。多恵が遺言を書いてやったらしい。むろん死ぬかなり前からやってきて、看病くらいはしていたろうけど。

多恵は、近所の人なんかにもお金は分けてあげたらしい。だから彼女が死んだ時、近所の人たちはみんな泣いたという話だね」

「まだもらってない人が？　いや、冗談だよ。ふうむ、なるほどなあ、多恵のことはそれでよく解った。あとは、メディシスの富田安江。彼女についてはもうあれ以上解らないのかい？」

「安江については、あれ以上はもう解らないね。いいとこの出らしいよ、それくらいだな」

「じゃあ一応梅沢吉男の妻の文子についても、知っておきたいが」

「彼女は旧姓が吉岡、二人兄妹の下で出身地は鎌倉、吉男の物書き仲間の一人、というより恩ある人の紹介らしい。何でもお寺か神社か、そういった類いの家だったな。もう少し詳しく話そうか？」

「いや、そんなところでいいよ。別に劇的な過去を持ってたりする人じゃないだろう？」

「違うね。ごく平凡な女性だよ」

「うん、ならけっこう」

御手洗は、それからもずいぶん長いこと頬杖をつき、暗い窓外を眺めながら、何ごとか考えているふうだった。車内は明るいから、暗い窓ガラスには室内がわずらわしいほどにはっきりと映っている。窓外を後方に向かって流れているはずの夜景は、ほとんど見えない。私の席からは、窓に顔を押しつけるようにした御手洗の顔が、そこだけ暗い洞穴のように見える。

「月が出てるよ」

と唐突に御手洗が言った。

「星も割合見えてきた。あの世界的に有名なスモッグの都市をこのくらい離れるとね。ほら、あの、月のすぐ横にあってまたたかないのが木星だよ。惑星を探そうと思ったら、月を基準にするのがいいんだ。まさか空を見あげて月を探し出せない人はいないだろうからね。

今日四月五日、月は蟹座にある。もうすぐ獅子座に移ってしまうけど。木星も今蟹座の二十九度にあって、だからこの二つは今蟹座ですぐ近くに並んでいる。月も惑星と同じ線上を通ることは説明したよね？

こうやって毎日星の動きを追っかけながら暮してるとね、この惑星の上でのわれわれのささいな営みには、空しくなってしまうようなものがいかにも多いのさ。

その最大級のやつが、ほかより少しでも所有の量を増やそうとするあの競争だ。あれにだけは、どうにも夢中になれない。宇宙はゆっくりと動いている。巨大な時計の内部みたいにね。われわれの星も、その隅っこの、目だたない小さな歯車の、そのわずかな歯の一山だ。ぼくら人間なんてのは、そのてっぺんに住みついているバクテリアといった役どころだよ。

ところがこの連中ときたら、つまんないことで喜んだり悲しんだりしながら、ほんの瞬《まばた》きみたいな一生を大騒ぎしながら送ってる。しかも自分が小さすぎて時計全体を眺められないもんだから、自分たちはそのメカニズムの影響を受けないで存在してるとうぬぼれてる。なんて滑稽なんだろうね。このことを考えると、いつも笑いたくなる。バクテリアがささやかな小金を貯め込んで何になるんだい？　カンオケにまで持ち込めるわけじゃない。どうしてあんな馬鹿馬鹿しいことに、あれほど熱中できるんだろう？」

そう言ってから、御手洗はくすくす笑った。

「もっと馬鹿馬鹿しいことに熱中しているバクテリアが一匹いたな。竹越なんとかっていう太めのバクテリアへの対抗意識から、新幹線に飛び乗って京都へ向かっている」

はははと私はちょっと笑った。

「人間は罪を重ねて死んでいく」

と御手洗は言った。

「京都へ行って、ところでどうするんだい？」

私は今までこの重大な質問をしないでいたことに自分で驚いた。

「安川民雄に会うんだよ。君も会ってみたいだろう？」

「うん、それは、会ってみたいけど」

「昭和十一年、二十代後半だったらしいから、今七十歳くらいのはずだ。時間の流れだな。まだ生きてるとすれば、だけれどね」

「ああ、時代の移り変りだ。でも、それだけ？　京都行きの目的は」

「まあとりあえずはね。でも久し振りに京都へも行ってみたくなったし、友達にも会いたいからね。紹介するよ、なかなかいい奴でね、さっき電話しといたから迎えに来てくれてるはずだよ。南禅寺の順正って店で板前をやってる男なんだ。今夜は彼氏のアパートへ泊めてもらうんだ」

「京都へはよく行くの？」

「うん。住んだこともあるよ。京都へ行くと不思議にアイデアが閃《ひらめ》くんだ」

III　アゾート追跡

1.

　ホームに降りると、突然御手洗がわめいたので私はびっくりした。

「おーい、江本《えもと》くーん！」

　すると柱にもたれていた長身の男が、はっと体を起すのが見えた。ゆっくりと近づいてくる。

「久し振りですね」

　御手洗と握手しながら、江本君は言った。

「お元気でしたか？」

　すると御手洗はニヤリとした。

「久し振り。でもあまり元気とは言いがたいんだ」

　そう言ってから、彼は私を紹介してくれた。

　江本君は昭和二十八年生まれと言ったから、二十五歳くらいか。長身で、一メートル八十五くらいはありそうだった。板前さんだから髪は五分刈りで、ひょうひょうとした印象だった。

「荷物を持ちましょう。おや、少ないですね」

「ええ、思いたってすぐ来たものですから」

　そう私が言うと、ああそうですかと江本君は言った。

「ちょうど桜の観られる頃に来ましたね」

　江本君は御手洗に言う。すると御手洗は、桜？　と、そんなものは考えてもいなかったという声を出した。そして、

「ああ桜ね、きっと石岡君は見物に行くと思うよ」

と言った。

　江本君のアパートは西京極《にしきょうごく》にあった。平安京時代の感覚でいうなら、碁盤《ごばん》の目の南西の隅っこ、地図でいえば

左下の角にあたる。

　江本君の運転で西京極へ向かう間、私はずっと夜景を眺めていた。京都ふうの古い街並を期待したが、沿道にそんな場所はなく、ネオンやビルディングの、四角い窓の明りがゆっくりと流れていく。東京と少しも変らない。私は、京都に来るのははじめてといってもよかった。

　江本君のアパートは２ＤＫで、その一部屋に私と御手洗は枕を並べて眠ることになった。これもはじめての経験である。

　御手洗は、明日は忙しい、さっさと寝ようぜと言って、早々に布団をかぶってしまった。江本君が襖越しに、もし必要なら明日車を置いていきますよと言ったが、いやそれにはおよびません、と御手洗は布団の中から応えていた。


　翌日、阪急電車で四条河原町《しじょうかわらまち》に向かったのはまだ午前中だった。御手洗によれば、竹越文次郎氏の手記にあった安川民雄の住所は、河原町の駅からすぐなのだそうだ。

「君は、京都の住所の見方、たとえばこの安川民雄氏の、中京区富小路《なかぎょうくとみこうじ》通り六角上《ろっかくあが》ルといった住所の捜し方を知ってるかい？」

「いいや。東京なんかと違うの？」

「違うんだ。東京式の住所も別にあるんだけど、京都では一般にこれで通してる。これは京都の通りが碁盤の目みたいになっているのを利用した表示のやり方だ。通りの名前でもって位置を示してあるんだ。座標軸だよ。

　この住所表示の、最初の富小路通りというのは、この家の面した南北方向の通りなんだ。そして六角通りというのは、それに一番近い東西方向の道なんだよ」

「ふうん……」

「すぐ、実際にやってみせるよ」

　私たちは終点のホームに降り、階段をあがった。

「このあたりはね、四条河原町というんだが、京都では一番賑やかな場所だよ。東京でいえば銀座、八重洲あたりかな、むしろ駅付近より、こっちの方がそれにあたるだろう。そういうところはちょっと広島と似てる。京都愛好家の間では、京都タワーの次に評判の悪いところだよ」

「どうして評判が悪いんだ？」

「そりゃ京都らしくないからだよ」

　石段を昇り、通りに出てみると、なるほど木造の建て物など見あたらず、石のビルディングが並び、渋谷あたりの感じに似ている。写真や絵葉書で見る古都らしい佇《たたず》まいの場所は、ここからはどっちの方角にあたるのだろう？　こうしてみると、全然別の街へやってきたようだ。

御手洗は先にたってずんずん歩いていく。交差点を渡ると、浅い流れに沿って歩く恰好になった。浅いから石を敷いた川底が透けて見える。ところどころに藻がなびいている。水はびっくりするほど綺麗だった。

こういうところが東京と違う点だと思う。銀座や渋谷あたりに、こんなに水の綺麗な小川が流れてはいない。お昼前の陽を受け、川面の反射がちらちらと石垣に照り返している。

「高瀬川《たかせがわ》だよ」

と御手洗が言った。

彼の説明によると、この川は商人が荷を運ぶために開いた運河なのだそうだが、こんなに浅くて大丈夫なのだろうかと思う。米俵を三俵も積んだら、舟はたちまち川底にすわり込んでしまいそうだ。それとも使われなくなって浅くしたのだろうか。

「さあ着いた」

ほどなく御手洗が言った。

「何だい？　これ」

「中華料理屋だよ。ここでまず腹ごしらえをするんだ」

食べながら私は、これから会うはずの安川民雄について考えた。安川という人はもう七十歳だから、あれから家族を持ったにしてももう隠居老人のはずだった。いくらか怪しいところはあるが、別段犯罪者の烙印《らくいん》を押されたわけでもないから、平和な老後を送っているはずだ。けれども私の想像に浮かぶのは、汚れた借間に一升瓶とともにごろ寝している、浮浪者のような姿だった。

私の抱えている「梅沢家・占星術殺人」にも彼は紹介されているから、どうせ私たちがはじめての客ではないだろう。また彼にとって、私たちは招かれざる客に違いない。しかし私は、安川民雄の口から梅沢平吉が生きていた証拠を、何とか引き出してやろうと燃えていた。御手洗は何を訊こうというのだろう？

めざす住所はその店からすぐだった。

「これが富小路通りだよ。あれが六角通りだ、だからこの辺ということになる」

御手洗は大通りに立って言う。

「こっちへ行くともう三条通りに近くなっちゃうからね」

と言いながら少し歩いていく真似をする。

「このあたりのはずだ。この辺でアパートみたいな建て物というと……、これしかない。まあ、部屋を借りてるとは限らないが」

などと言いながら、御手洗は金属の階段を昇っていく。そのアパートは、一階が「蝶」というバーになっている。この時間だからむろん閉まっている。化粧合板の裾が少しめくれたドアが、白々しく正午前の陽に光っている。隣りにもすぐにスナックがある。金属の階段は、だからそのわずかなすき間に無理やり押し込んだような恰好でついている。幅が狭い。一人昇るのが精いっぱいというところだ。

あがりきった廊下に、郵便受けが並んでいた。私たちは、争って安川という名を探した。しかしなかった。

御手洗の顔に、これはちょっと間違えたかなという表情が浮かぶ。しかし自信家の彼は、すぐにそんなはずがないという顔になって、手近のドアをノックした。

返事はなかった。まだ眠っているのかもしれない。次のドアに移っても同じだった。

「こいつはまずいな」

御手洗は言った。

「こうやって軒なみ叩いていると、中の連中は押し売りと間違えて、いる者まで出てこなくなるぜ。反対側からやり直しだ」

そう言いながら、廊下の端まで歩いていった。

反対側のドアを叩くと、今度はややあって、中で人の動く気配がした。ドアが細めに開き、顔を出したのは太った婦人だった。

「すいませんね、新聞の勧誘じゃないですよ。このアパートに安川民雄さんてお爺さんが住んでいませんでした？」

御手洗は尋ねる。

「ああ安川さんね、だいぶ前に越しはったよ」

とその女性は、それほど面倒そうでもなく応えてくれた。御手洗は、やっぱりな、という顔をちらと私の方へ向け、

「そうですか、どちらへ越したかご存知ないですか？」

と訊いた。

「さあ、もうずいぶん昔になるよってになあ、そこまでは聞いてへんけど、隣りが大家さんやさかいに、聞いてみはったらどうどす？　ああ！　ひょっとするとお留守かもしれへんな、もしそやったら北白川のお店の方や」

「北白川の、何て店ですか？」

「白い蝶、いいますのや。そこか、ここか、どっちかにいてはるやろ」

礼を言い、御手洗はドアを閉めた。しかし隣室の大家は案の定留守だった。

「となると、北白川まで遠征ということになるな。大家さんの名は……と、大川か。さあ、行こう石岡君」

バスに揺られていくと、ところどころに瓦屋根の寺院らしい建て物が見える。土塀が現われ、しばらく続いたりする。待ちに待った眺めだ。さすがに古都だなと思う。こんな街にしばらく住むのも悪くない。

北白川でバスを降りると、探すまでもなく目の前に白い蝶があった。私たちが近寄っていくと、こんどはタイミングよくドアが開いて、四十歳くらいの男が出てきた。

「大川さんですか？」

と御手洗が声をかけると、男は動作をピタリと停め、私たちを交互に見た。

御手洗が事情を少し話し、安川民雄さんの引っ越し先を知りたいんだがと言うと、うーん、解るかいな、聞いたかいな、と言いながら彼は考えこんだ。

「いずれにしてもここじゃ解らしまへん、河原町の方へ帰らんとな。たぶん聞いたと思うんやけれどな、あんたら警察の人？」

私たちは、女性を別にすれば、日本中で一番警察の人に見えない二人連れだった。彼としては、この言葉に何がしかの皮肉を込めたものに相違ない。

しかし御手洗はまるで動じなかった。にやにや笑いながら、

「何に見えます？　僕ら」

と言った。

「お名刺を拝見」

と男は言い、私は内心ぎくりとした。御手洗も今度ばかりは私と同様だったのだろう、眉の間に縦皺を作って非常に困った表情になった。

「実は……」

と御手洗は弱々しく声の調子を落して言う。

「のっぴきならない事情がありましてね、名刺というものをお渡しするわけにはまいりません。他の機会でお会いしたのならよろしいんですがねえ、ええ。ところであなたは、内閣公安調査室という名前を聞いたことがおありですか？」

途端に男の顔色がさっと曇った。そして、

「え、名前だけは……」

と言った。私の方は初耳だった。

「あ、いや……」

と御手洗は口ごもった。

「これはしまった。今のはお忘れ下さい。ところでいつなら解りますですか？　安川民雄氏の引っ越し先というものは」

男の顔には、明らかに緊張が現われていた。

「今夜には……、いや五時、夕方の五時でよろしいです。私は今からどうしても抜けられん用事で高槻《たかつき》の方へ行かななりまへん。しかし大急ぎで戻りますから、五時なら大丈夫でっしゃろ。それまでに調べときますさかい、お電話いただきましょか」

私たちは電話番号だけを聞いて、とりあえず引きさがった。今お昼になったばかりだから、まだ四時間もある。しかしすぐに知りたいと無理を言うわけにもいかない。

鴨川べりに出ると、

「君は何をやっても成功できそうだな」

と私は嫌味を言った。

「特に向いてるのが詐欺《さぎ》師だ」

御手洗ははあと言ったが、あまり反省をしているふうでもなかった。

「向うが悪いのさ」

そう一言だけ弁解した。

「お見合いの相手の調査にきた興信所の人間あたりが、いちいち名刺を置いていくものか！」

しかし鴨川の河原を川下に向かって歩きながら、安川民雄に会うといった程度のことが思ったより手間どるものだなと、御手洗も考えていたに相違ない。今日は六日の金曜日だが、こんなことをしていたら、一週間などすぐに経ってしまう、そう私も考えていた。

「調子はどう？」

私は不安になって尋ねた。

「さてね」

と御手洗は応える。

それからずいぶんと長い距離を、黙って肩を並べて歩き、行く手に橋が見えてきた。橋の上を車が忙しく往き来するのが見える。

橋付近の建て物に、確かに見憶えがあった。どうやら今朝阪急電車で降りた、四条河原町のあたりらしい。少し喉が渇いてきた。いい加減足もだるくなった。喫茶店で冷たいものでも飲みたいなと口にしかけた時、御手洗が口を開いた。

「何か忘れてるんだ。誰でも気づくような、ごくささいな、何でもないものなんだ」

そして御手洗は俯《うつむ》き、眉根にしわを寄せた。

「この事件は、グロテスクに組みあがったくず鉄の前衛作品みたいに見えるけど、それはどこかがずれてるから、全体がそんなふうにとんでもない恰好に見えるんだ。

たった一本、たった一本、ポイントのピンを引き抜くだけで、こいつはパラパラと本来の場所に収まっていって、たちまちすっきりした、誰もが理解できるかたちに落ちつく。そいつは解ってるんだ。

最初を真面目にやらなかったからきっといけないんだ。最初のあたりにたぶんとんでもない見落しがある。そうだ、最初だ。だって後半は割合真面目にやったからね。

根本の部分での大きな見落しがなきゃ、こんな不可能犯罪が成立しているはずがない。何でもないその一本のピンの見落しを、日本中の名探偵が、四十年にもわたって、それこそ一億回も繰り返しやってるんだ。まあそういうぼくも、今のところその一人なんだが……」

2.

私たちは、四条河原町の和風喫茶に落ちついた。精いっぱいちびちびとジュースを飲んでいたら、どうやら五時が近くなったので、御手洗は早速ピンク電話へ飛んでいった。

しばらく話しているようだったが、解ったよと言いながら戻ってきた。もう席には着こうとせず、テーブルの脇に立ったまま、すぐ出発しよう、小休止は終りだと言う。

表通りに出ると、そろそろ勤め帰りのラッシュが始まりかけている。御手洗は人ごみをぬうようにして、今朝乗ってきた阪急電車ではなく、京阪電車の駅に向かって橋を渡っていく。

「どこなんだ？」

私は訊いた。

「大阪府寝屋川《ねやがわ》市木屋《こや》町四の十六、石原荘だってさ。駅は京阪電車の香里園《こうりえん》だそうだよ。ほら、あそこの京阪四条から乗るんだ」

御手洗は、鴨川を渡りながら駅を指さした。

「香里園って駅の名前かい？」

「そうだよ」

「ふうん、何だか美しい名前だな」

京阪四条の駅は鴨川に沿っている。ホームで電車を待っていると、足もとの鴨川がゆっくりと暮色に染まっていく。

香里園に着いたのは、もう薄暗くなりはじめる頃だった。名前からの想像は見事に裏切られ、駅前には見渡す限り飲み屋の類いの明りしか見えない。そしてそれらが、ちょうど意味を持ちはじめる時間帯だった。

早くも千鳥足の男が現われはじめている。そしていかにもそれらしい夜の女性たちが、こちらは実にしっかりした足どりで彼らを追い越していく。

ようやく石原荘を探し当てた時、陽はとっぷりと暮れていた。管理人室と書かれたドアをさんざんノックしても返事がないので、二階へあがり、手近なドアをノックした。しかし顔を出した中年女性の返事は、意外にも安川さんなんて人は住んでいないというものだった。

別の部屋もあたってみる。うーん、この前引っ越した人が安川さんて名やったかもしれまへんなあ、と隣室の住人は言った。しかし、全然つき合いなんぞあらしまへんでしたさかい、どこへ越しはったかまではねえ……、下の管理人に訊いてみはったらどないどす？

御手洗の顔にみるみる失望の色が浮かぶ。今のところ、足を使ってアタックできる手がかりといえばこれしかないのだ。

降りてもう一度管理人室を叩くと、運よくこんどは中から返事があった。安川さんて人を探しているのだけれどと事情を話すと、越しはったなあ、と管理人は言う。引っ越し先はと訊くと、

「聞いてまへん。言いとうないふうやったんでな、無理に聞くこともおまへんよってにな。まあ、お爺さん亡くなりはったさかい、ショックもあったんやろけど」

「亡くなった⁉」

私たちは同時に声をあげた。

「その人、安川民雄さんですか？」

「民雄？　ああそや、そんな名やったな」

安川民雄はこの寝屋川で死んでいた。私は体中から力が抜ける思いがした。

東京の柿ノ木坂から戦争をはさむ四十年、どんな生活を流れてここまでたどり着いたのかは想像もつかないが、ともかくこのひびのいっぱい走った古いモルタルのアパートが、彼の人生の終着駅だった。

管理人の話が私にとって意外だったのは、安川民雄は一人者ではなく、三十過ぎの娘がいたこと、その娘が大工と結婚していて、その娘夫婦のところへ彼は置いてもらっている恰好だったようだ。その娘夫婦には子供も二

人いたという。一人は小学生、一人はまだひとつかふたつだという話だった。

管理人室の前の蛍光灯は古くなっているらしく、時おり瞬《またた》いた。そのたびに管理人は私たちから目をそらし、いまいましそうに天井を見あげた。

アパートを出た時、私はもう一度その建て物を振り返った。この時の気分はうまく説明できないが、何やらほろ苦く、どうしたわけか、いたずらを見つかった子供の頃の気分を、私に思い出させた。一人の人間の一生を追いかけて歩くなど一種の覗き行為で、人間に対する冒《ぼう》涜《とく》のように思われた。

御手洗も、こうなってはその娘をさらに追っていくべきかどうか、迷っているようだった。別れぎわ、管理人はこんなふうに言った。

「引っ越し先の住所は聞いてへんけどな、どうしても知りたければ運送屋に訊いてみなはれ。運送屋は解るさかい。越したんはつい先月のことや。運送屋は寝屋川駅前の寝屋川運送や」

今何時だい、と御手洗は私に訊いた。

「八時十分前だよ」

「まだ早い……、よし、こうなれば寝屋川運送だ！」

また香里園の駅まで戻り、私たちは電車に乗って寝屋川まで行った。寝屋川運送はすぐに解ったが、どうせこの時間では大した収穫は期待できないだろう。

御手洗は店の前に立つと、まず看板の電話番号をメモした。そして、引っ越しのご相談はお気軽に、と書いたガラス戸の奥にぼんやりと明りがともっているのを見て、私たちは声を揃えてこんばんはとわめいた。すると中で人が動く気配がした。

運送屋の親爺の言うことは、だいだい予想通りだった。自分は解らないけれども、明日の朝になれば若い者が出勤してくるから、連中は憶えてるかもしれない。木屋町なら佐藤か仲井だろうけれども、というようなことを言った。

私たちは礼を言い、西京極の塒《ねぐら》へ帰るべく電車に乗った。こんなことをしていていいのだろうか。これで六日の金曜日はあっさりと終っていく。おそらく御手洗も、同じことを考えていたに違いない。

3.

翌朝、私は御手洗の電話しているらしい声を襖越しに聞き、目を覚ました。江本君は朝が早いから、もう出かけているようだった。寝床から抜け出し、布団をあげ、私はインスタントコーヒーを淹《い》れるために台所へ行った。

コーヒーを持って部屋へ入っていくと、御手洗が受話器を戻したところだった。コーヒーカップを鼻先へ突き出すと、今メモした紙をピッと破り、どうにか解ったよと言った。

「大阪の、東淀川区の方らしい。正確な住所は解らないけれど、豊里町というバス停のすぐ近くだったそうだよ。豊里町は終点だそうだから、バスがターンできるロータリーがあって、そこら辺から大道屋という駄菓子屋兼お好み焼屋が見えるそうだ。その横の路地を入ったところにあるアパートだって。

名前は加藤に変ってる。淀川の土手のすぐ近くらしい。豊里町行きのバスは梅田から出てるらしいけれど、阪急電車の上新庄《かみしんじょう》からも乗れるそうだ。行くかい？」

私たちの塒の西京極も阪急電車の駅だから、上新庄まででは一直線だ。上新庄からバスに乗り継ぎ、終点の豊里町に降りたつと、遠く淀川にかかっているらしい鉄橋が望めた。

このあたりはまだ田舎らしく、雑草の伸びた空き地が広がり、点々と古タイヤが放りだされている。私たちのバスがやってきた道が、そのまま続いて鉄橋へ向かっている。土手の高さの分だけ坂になって昇っていく。

道だけは真新しく、道路のふちのセメントもまだ白い。あたりにはポツンポツンと古い粗末な建て物が残骸のように建っているが、新しい道路にうまく沿っていない。大道屋もそういう一軒である。私たちはこれに向かって歩きだした。

これらの建て物も、古タイヤと少しも変るところのない使い古しだ。大道屋の脇を入り、しばらく行って振返ると、店の背中はトタンだった。

アパートは何軒か並んでいて、そのたびに郵便受けに名前を探したが、それほど苦労するまでもなく、私たちは加藤の名を見つけた。

古い木の階段を昇っていくと二階の廊下へ出たが、どういうものか、廊下にびっしりと洗濯物が乾《ほ》されていて、私たちはこれを避けたり屈んだりしながら、加藤の文字の小さく貼られたドアまでたどり着かなくてはならなかった。

ドアの横の曇りガラスの小窓が、ほんの少し開いていて、洗い物をしているらしい、瀬戸物のかちゃかちゃと鳴る音が洩れていた。赤ん坊の泣き声も聞こえる。

御手洗がドアをノックすると、返事が聞こえた。それでもドアはしばらく開かなかったから、落ちついて皿でも拭いているのだろうと私は想像した。

ドアが開く。何もかまわない人らしく、化粧気のない顔に、髪も乱れている。御手洗がくどくどと事情を話す間、彼女がドアを開けたことを次第に後悔しはじめるのが解った。

——といったようなわけで、お父さんの民雄さんについてお話を少々、と彼が言ったあたりで、

「お話することは何もありません！」

と彼女はきっぱりと言った。

「父は何も関係ありません。今までも何度かこんなことで迷惑してるんです。そっとしておいて下さい」

そう言ってドアはぴしゃりと閉められた。背中の赤ん坊がまた泣きだした。

御手洗は冷たく閉じられ、ロックの音も露骨に響いたドアの前で、ひとしきり白目をむいて唸っていたが、意外なほどあっさり、行こうと言った。

私には彼女が東京弁であったこと、少なくとも関西訛りが全然なかったことが、非常に強い印象になって残った。こっちへやってきてから、私は関西弁の洪水の中に飛び込んだような気がしていた。この言葉は強烈な印象で私に迫り、周囲が全員漫才師か何かのような気がした。この地で、東京弁の女性に会うとは予想していなかった。

「別に期待してたわけじゃないんだ」

負け惜しみのように御手洗は言う。

「安川民雄氏が仮に生きていたとしても、おそらく大した話は聞けなかったろう。ましてその娘だからね。あの竹越文次郎氏が行こうとして果たせなかった京都だから、代わりに行って会ってみようと思っただけだ。さて、これで安川なにがしを追っかけるのはきっぱり打ち切りにしよう」

「じゃ、これからどうするんだ？」

「考えるのさ」

私たちは上新庄の駅まで戻り、再び阪急電車に乗った。

「君は京都は修学旅行で来ただけだって言ってたね？」

御手洗が問う。私が頷くと、

「じゃ次の桂《かつら》で降りて、嵐山行きに乗り換えてさ、嵐山や嵯峨野《さがの》あたりを見物してくるといいよ。この京都観光案内を貸してあげよう。今頃はおそらく桜が咲いてるぜ。

ここらで別行動をとろう。ぼくはちょっと一人になって考えたい。西京極のアパートへの帰り方は解るよね？」

嵐山の駅を降り、人の流れについてぶらぶら行くと、ところどころに桜が見えて奇麗だった。

広い河のほとりに出る。桂川《かつらがわ》だ。道は木造の橋に続いていく。川幅が広いから橋も長い。渡っていくと舞妓とすれ違った。カメラを首からぶら下げた金髪の青年と一緒だった。彼女の履いた、名前はなんというのか知らないが、ポックリのような履き物が、小さな木音をたてていく。ほかには誰も、音をたてる履き物を履いた者はない。

渡り終り、橋の名前を観光案内で探すと、渡月橋というらしい。なるほど、川面に映った月を渡ったわけだなと一人得心する。

橋を渡りきったあたりに、お地蔵さんの社《やしろ》みたいな木造りの小屋があったので、何だろうと近づいてみたら、何と電話ボックスだった。ここから誰かにかけてやろうかと思ったが、京都に知り合いなど一人もない。

落柿舎まではかなりの距離がありそうだった。それで私は嵐山で軽い昼食をとり、そこからすぐ京福電車に乗った。京福電車は路面電車だった。東京ではもうめったにお目にかかる機会がないので、私には路面電車が珍しい。

題名は忘れたが、私の好きだった推理小説に、推理に頭を巡らすのは都電の中がいいというくだりがあった。私は時々思うのだが、東京から都電が消えると同時に、古き佳き探偵小説も死んでいった心地がする。

この路面電車がどこへ行くのか、私はよく知らなかった。終点らしい場所で降りると、そこは四条大宮という駅で、賑やかな通りのすぐそばだった。その大通りをぶらぶら歩いていくと、見憶えのある場所に出た。四条河原町だった。どうやら京都では、どうやっても最後にはこの四条河原町へ戻る仕掛けになっているらしい。

それから私はもう少し足を延ばし、清水寺《きよみずでら》へ行ってみた。三年坂あたりの石畳を昇り下りすると、京都へやってきたという感じがして嬉しかった。土産物屋をひやかし、軒の低い茶屋に入って甘酒を飲んでもみた。

私のところに甘酒を運んできた着物姿の女の子が、通りに出て石畳に水を撒く。向かいの土産物屋にしぶきが散らないように気をつけている。

それからまた四条河原町へ出て、行くところもないし歩き疲れたから、西京極へ帰ってきた。

4.

アパートへ入ると、や、お帰りなさい、と江本君が言った。

「京都はどうでした？」

「ええ、やっぱりいいですね」

「どの辺に行ってきはったんです？」

「嵐山とか、清水寺のあたりです」

「御手洗さんはどうしました？」

「はあ、電車の中で放りだされたんですよ」

私が言うと、江本君は真剣に同情するような顔をした。

私たちが夕食に天ぷらを作っていると、夢遊病者のような顔つきで御手洗が表から帰ってきた。それで私たちは、三人でささやかな夕食の卓を囲んだ。

ふと見ると、御手洗は江本君の上着を着ている。

「おい御手洗君、そりゃ江本君の上着じゃかいか。こんな室内じゃ上着は脱いでこいよ。見ているこっちまで暑苦しいぜ」

私は言ったが、御手洗の耳には少しも入らないらしい。放心した顔で、壁の一角を見つめたままだ。

「おい御手洗君、その上着を脱いでくるんだ」

もう一度、やや強めに私は言った。御手洗はのろのろと立ちあがる。しかししばらくして食卓に帰ってきた彼を見ると、こんどは自分の上着を着こんでいた。

天麩羅の味は特上だった。さすがに彼の腕は一流らしい。しかし、御手洗にはそれが解らなかったろう。

明日は日曜日ですね、と江本君は御手洗に言う。

「ぼくもお休みなんですよ。石岡さんを洛北《らくほく》あたりまで車でご案内したいんですがね。どうです？」

私は内心喜んだ。

「おおよその事情は石岡さんから聞きましたよ。頭を使うだけでしょう？　じゃ体が車に乗っててもいいんじゃないですか？　もしほかに具体的な予定がないのなら」

御手洗はこんどは感心にこくんこくんと頷《うなず》いた。

「ぼくが後部座席でずっと黙ってていいならね」

江本君の運転で大原三千院へ向かう間中、御手洗は夕べの宣言通りひと言も口をきかず、後部座席に無愛想な仏像のように陣取っていた。

大原では懐石料理を食べた。江本君は職業柄熱心に解説を加えてくれたが、御手洗はというと、相変らずうわの空である。

江本君と私とはうまが合った。彼は気のいい人で、同志社から京大のあたり、二条城、平安神宮、京都御所、太泰《うずまさ》の映画村と、ほとんど京都中を走り廻ってくれた。そして河原町では私たちが辞退するのに（正確には私一人が辞退していたのだが）、寿司までご馳走してくれ、高瀬川のほとりのクラシック喫茶で、食後のコーヒーまで奢《おご》ってくれた。

私には楽しい一日だった。しかしこんなふうにして八日の日曜日も過ぎていった。

翌朝目を覚ますと、隣りの御手洗の布団は冷えていて、江本君も出かけていた。

空腹を感じたので起きあがり、西京極の街へ出る。軽く食事をして、小さな本屋をひやかしたりしながら駅前を過ぎ、小川を渡ると、西京極球場を中心としたちょっとしたスポーツ公園がある。トレーニング・シャツ姿で、声をかけながらランニングしていく小集団と幾組か擦れ違いながら、私はまた事件のことを考えようとしていた。

私自身の考えは、御手洗と別行動をとるようになってから何ひとつ進んではいなかった。けれども事件のことは、いつも頭から離れる時はない。

この事件は、明らかに一種の魔力を持っていた。私は「梅沢家・占星術殺人」で読んだ、この事件の謎解きに熱中したあまり家財産を擦り減らした男のことや、幻の女の幻影に魅入られて、日本海に身を投じたマニアの話などを思い出していた。幻のアゾート——か、確かにこんなふうに熱中してくると、それをひと目見たいと熱望する彼らの気持ちも解る。

気づくと、また駅の、こんどは裏側に戻ってきていた。西京極の街も散歩しつくしたので、私はとりあえずまた四条河原町へでも出てみようと考えた。昨日のクラシック喫茶も悪くなかったし、丸善があったのを見たから、そこでアメリカのイラストレーター年鑑でも探してみたいと思った。

西京極駅のホームのベンチに腰を降ろし、河原町行きの電車を待った。この時間、ラッシュ時にはまだほど遠いから、見廻しても人影は、陽のあたるベンチに老婆が一人ぽつんとすわっているばかりだった。レールの鳴る音がするので、来たかなと顔をあげると、近づいてくる電車には急行と書かれた赤い文字が見えた。

急行電車が鼻先を通過する。思いがけない突風のようだ。陽のあたる場所に捨てられた新聞紙があおられて舞い、私のいる陽陰にとび込んできた。その時、私はふいに豊里町のバス停の付近を思い出した。

淀川の土手近く、まだ空き地が多く、古タイヤが散乱して、何となく汚れた印象だった。そしてすぐにそれはあの東京弁の女、安川民雄の娘につながった。

御手洗が今どんなことをやっているのか知らないが、あの女性を放っておいてこの事件の調査はあり得ないのではないか――？　そう感じると、私は思いがけず憤然と立ちあがっていた。階段を降り、反対側のホームへ廻る。そして上新庄へ行くため、梅田行きの電車を待った。


上新庄の駅に降りた時、ホームの時計は四時を少し廻っていた。バスに乗ろうかとも考えたが、見ず知らずの土地をぶらぶら歩いてみたい気もした。

上新庄の街は、駅の周りだけがほんの申し訳程度に賑やかで、少しはずれるとたちまち淋しくなっていく。タコ焼屋や、お好み焼屋が多くて、いかにも大阪という感じがする。

ずいぶんと歩いて、見憶えのある場所へ出た。遠く、淀川にかかる鉄橋が望める。やがてバスのロータリーと、大道屋が見えてきた。


私一人なら彼女が会ってくれるという自信が、私にあったわけではない。ただひとつには、彼女は父親のことで梅沢家の事件に関しては少なからず関心もあるだろうから、例の竹越文次郎の手記の内容を語って聞かせれば、必ず興味を持つのではという計算はあった。

警察の人間でもない自分が、こんなふうに首を突っ込んでいることへの言い訳としては、あの飯田美沙子という女性が、自分の以前からの親しい知人であるという嘘を用意していた。それなら、自分があの手記を読む機会を得た理由にもなる。

竹越氏の名前さえ出さなければ大した問題とはなるまい。それに彼女は父のことで何回か迷惑していると言っていた。とすれば彼女も、あの手記の内容程度のことは知る権利がある。

とはいえ、何より私は梅沢平吉が生存していたという何らかの証拠、とまでいかなくても、匂い程度のものでよい、掴みたかった。事件後の安川民雄がどんな人生を送ったのか、そのことにも興味はある。知りたい。しかし事件後、安川民雄は梅沢平吉と接触していた形跡はないのか……!?

今度は廊下に洗濯物は乾されていなかった。ドアをノックする。ドアが開けられる気配、緊張が走る。顔が覗いた。私を見て、彼女の表情がさっと曇る。

あ、あの、と私は大あわてで語りかけた。かろうじて開いたドアのすき間に、自分の言葉を精いっぱい挟み込む気分だ。

「今日は一人なんです。あの戦前の事件について、ぼくは世間の人もまだ知らない知識を得たんです。ほんの偶然からなんですが、あなたにもそれをお報せしたくて……」

私の様子があまりに真剣だったからだろう、彼女がふっと笑った。そしてあきらめたようにドアから一歩出ると、

「子供を探しにいかなくちゃなりませんから、外でよかったら」

と東京弁で言った。

彼女の背中には今日も子供がいた。いつもこっちにいるから、と言いながら淀川の土手を昇っていく。昇りきるとさっと視界が開けた。広々とした川原を目で探しているふうだった。視界の及ぶ限り、しかし子供の姿はなかった。

彼女の歩幅が狭くなり、私は急いで用意していた内容をぺらぺらとしゃべった。彼女はやはりいくらか興味を持った様子だったが、私の予想よりも遥かにわずかだった。彼女は黙って聞いていた。やがて彼女の話す番になった。

「私はずっと東京で育ったんです。いえ、柿ノ木坂じゃないんですけどね、蒲田《かまた》の近くの蓮沼《はすぬま》というところです。蒲田から池上線でひと駅目なんです。母はいつも電車賃を節約するために、蒲田駅まで歩いてました」

そう言ってから彼女はちょっと笑った。苦笑いのように見えた。

「父に関しては、昔のこと、私の生まれる前のことなんか、私も大して知らないんですよ、お役にたつかどうか……。

父はあの事件の後、兵隊にとられて、そして負傷して右腕が駄目になってしまったんです。戦後、母と一緒になった頃は優しい男だったらしいけど、だんだんにひどくなって、生活保護を受けてましたけどね、近くの大森のボートレース場とか、大井競馬場とかへ日参するもんだから、とても足りなくて、母が働いてました。

でもだんだん母も嫌になって、辛抱しきれなくなったんでしょうね、六畳一間の生活で、酔えば手をあげるよ

うになったし、だんだん頭もおかしくなってきてたみたいでした。もういるはずのない人に今会ってきたとか、そんなふうな嘘も……」

途端に私は緊張した。

「誰です!? その会ってきたって人は。誰に会ったっておっしゃってました？ 梅沢平吉ではありませんでしたか？」

「そうおっしゃると思いました。父が言っていたのはただお金の算段のこと、確かにそんな人の名前も聞きました。そんなこと言ってる時もあったけど、でも酔っ払いのたわ言よ。ひょっとすると父は、あの頃、ポンとかモヒとか、麻薬もやってたのかもしれないわね。幻覚も見えるようになってたみたいですから」

「しかし、本当に平吉が生きていて、生きた平吉に実際に会ったのかもしれません。平吉が生きていたと考えなければ、この事件は説明のつかない部分が多いんです」

私は勢い込んで、自分の考えを語って聞かせた。御手洗と繰り返し話し合っていたことだから、いくらでもすらすらと説明できる。平吉の死体に髭がなかったこと、一枝が竹越文次郎を罠にかけてから死んだこと。アゾート殺人の動機は平吉にしかないこと。

しかし私の意気込みとは対照的に、彼女の方は気分が醒めていくらしかった。時々背中の子供を揺する。川を渡ってくる風が、ひっつめにした彼女の髪の、額や頬に落ちた部分を揺らせていく。

「アゾートのことなんか、言ってらっしゃいませんでした？ 民雄さんは。説明とか、アゾートを見たとか……」

「さあ、聞いたような気もしますが、私は小さかったから……。梅沢平吉という名前は、もうつい最近まで聞いたような気がします。でも私にはどちらでもいいことです。そんなことに興味を持ったことはありません。そんな名前を聞くと、私は嫌な気持ちになります。いい思い出はありませんから。

一時、あの事件が有名になって、父のところへいろんな、何だか得体の知れない人が会いにくるようになりました。一度なんか、私が学校から帰ってくると、部屋の上がりぶちのところに男の人がずっと腰かけて、父が帰るのを待ってたことがあります。狭い部屋だし、ひと部屋だから、部屋の中全部をじろじろ見られたんだなと思うと、本当にたまらないくらい嫌だった。未だに忘れられません。そんなこともあって、京都へやってきたんです」

「そうですか……、いろんなことがあるものなんですね……。ぼくなんか、そんなこと想像もつきませんでした。じゃぼくなんかも御迷惑だったでしょうね」

「いえ、そんなつもりで言ったんじゃありません。私の方こそ、この前は失礼しちゃって」

「お母さんは、亡くなられたんですか？」

「離婚したんです。あんまり父がひどいんで。母は私を引き取るって言ったんですけど、父がどうしても私を離さなかったんです。私も父が可哀想だったから、一緒にいてあげることにしたんです。

父は私には優しかったんです。叩かれたことも私はありません。父は好きな仕事ができなくなって、気の毒な人でした。私たちの暮しも悲惨には違いなかったのでしょうけど、あの頃はみんなあんなもんでしたし、もっとずっとひどい家もあったでしょうから……」

「民雄さんには、特に親しい人はいなかったんですか？」

「ギャンブル仲間とか、飲み友達とかはいろいろいたようですけど、特に親しかった人といえば、一人しかいません。吉田秀彩《しゅうさい》という人です。親しかったというより、父の方が一方的に崇拝していたようでしたけど」

「どんな方なんでしょう？」

「四柱推命というのかしら、占いをやる方みたいでした。歳は父より十歳くらい下だと思います。以前東京に住んでらして、飲み屋か何かで知り合ったようなんですけどね」

「東京の、ですか？」

「東京のです」

「民雄さんは占いにも興味がおありだったんですね？」

「さあ、どうかしら……、別にそんなこともなかったと思うけど。父が吉田さんに興味を持ったのは、その人が人形作りの趣味がある人だったからだと思うわ」

「人形作り!?」

「ええ、それでね、話が合ったんじゃないかしら。その吉田さんが何かの都合で京都へ移られたんで、父も京都へ来る気になったんだと思います」

吉田秀彩——か、もう一人、注目していい人物が現われた。

「そのこと、警察にはお話になりましたか？」

「警察？　私は父のことで警察の人と話したことなんか一度もないわ」

「じゃあ吉田さんという人物のこと、警察は知らないんですね？　素人マニアの人たちにはどうです？　お話になりました？」

「そんな人たちの相手をちゃんとしたこともないです。今日がはじめてよ」

淀川べりを肩を並べて歩いていくと、陽はみるみる傾き、隣りにいる彼女の顔がほとんどシルエットになって、表情が読めなくなってきた。もうそろそろ切りあげなくてはならない。

「あなたはどうお思いになります？　最後にこれだけをお訊きしたいんですが、梅沢平吉は本当に死んだとお考えです？　そしてアゾートは作られたんでしょうか？　お父さんは、民雄さんはその点をどう思っておられたんでしょう？」

「さあ、私としては、とにかく何も解りません。何とも考えたくない気持ちです、そのことに関しては。

父がどう考えていたかは、アル中のようになってひどいありさまでしたから、はっきりとはあれなんですけど、もうこの世にいない人とは、考えてないみたいでした。

でも何度も言うようですが、酔っ払いのたわ言ですから、それを信じて行動なさってもちょっと……。あなたもあの頃の父の様子を見たら、きっと私の言うこと、解ってもらえると思いますけど……。

でも父の考えてたことなら、その、さっきの吉田さんにお聞きになったらいい。私なんかは父の言うことを本気になって聞いてあげなかったから。父は吉田さんにはきっと、ちゃんとしたことを話してると思います」

「吉田、何とおっしゃいましたっけ？」

「秀彩さんです。秀《ひい》でて、彩《いろ》どると書くんです」

「どちらに住んでいらっしゃるんでしょう？」

「正確な住所とか、電話番号とかは知りません。私は一度しか会ったことはないんですから。でも父の話では確か、京都の北区の、烏丸《からすま》車庫の近くだったと思います。烏丸車庫というのは、京都の人なら誰でも知っています。烏丸通りの突き当たりで、その車庫の塀のすぐ近くだって言ってました」

私は丁寧に礼を言って、彼女と淀川の土手の上で別れた。しばらく歩いて立ち停まり、振り返ると、子供をあやしながら彼女は、一度も振り返らずに夕闇にすぐ溶けこんだ。

それから私はふらふらと土手を降り、川原の、芦の繁みに踏み込んでみようと思った。芦は、近寄って見ると予想よりずっと背が高く、私の背よりもだいぶ高かったから、二メートルはあったろう。細い踏み分け道が繁みの奥へ続いている。ずんずんと行くと、繁みの中をトンネルのようになって続く。次第に下がぬかるんでくる。枯れた芦の匂いがした。

　思いがけなく水ぎわへ出た。黒く堅い粘土質の土に、川の水がひたひたと寄せていた。左手には、夕闇の中に鉄橋が黒々と見え、車のランプが往き来している。

　事件のことを考える。今や私は、警察も御手洗も知らない、大変な手がかりを掴んでいると思った。

　吉田秀彩――、この男と安川民雄はどんな話をしたのか。この二人の会話の中に、おそらくは平吉が生きていた証拠があるのではないか？　その可能性は、たぶん誰も否定できまい。

　たった今、彼女は酔っ払いのたわ言と何度も私に念を押した。しかしいずれにせよ安川が、平吉を生きているものと考えていたのは間違いのないところだ。そして私にはそれが酔っ払いのたわ言とはどうしても思えないのだった。

　今何時か、私は時計を見た。七時五分過ぎだった。今日は九日の月曜日だ、それももう過ぎたも同じだろう。デッドラインの木曜まであと三日しかない。のんびりしてはいられない。仕事の〆切りとはわけが違う。金曜日には竹越文次郎氏の恥が、大袈裟にいえば満天下に公表されてしまう。私はまた芦の繁みに乱暴に踏み込み、来た道を大急ぎでとって返した。

　バスを待って上新庄の駅まで出、電車に乗ったが西京極では降りず、そのまま終点の四条河原町まで行った。そして烏丸車庫行きのバスに乗る。後で聞くと、これはあまりうまいやり方ではなかったらしい。烏丸車庫へ行くには四条河原町より、ひとつ手前の四条烏丸下車の方がよいという話だった。待ち合わせのロスも多かったので、烏丸車庫のブロック塀のそばにたどり着いたのは、もう十時が近くなった頃だった。

　人通りももうほとんど絶えていたから、人に道を訊くこともできない。それで私は仕方なく、とぼとぼと烏丸車庫の周囲をブロック塀に沿って一周した。しかしこの塀に沿った家の内には吉田などという表札はなかった。やむを得ず私は、大通りに出て交番に入り、尋ねた。

　吉田家の門の前に立った。むろん中は暗く、住人は眠っているように見える。電話番号は解らないから、明日またここへやってくるしかない。

　いずれにしても私は、今夜のうちに吉田秀彩なる人物に会いたいと思ったわけではない。もし起きているならと考えないではなかったが、別に期待はしていなかった。

今夜のうちに家を見つけておきたかったのだ。そうすれば明日の朝一番でここへやってこられる。早めにここへこられれば、彼が外出する予定を持っていたにしても擦れ違うことはあるまい。

終バスと終電に駈け込むようにして西京極のアパートへ帰ってくると、もう御手洗も江本君も眠っていた。御手洗は私への思いやりというより、横でばたばたされるのを警戒して、私の寝床も作ってくれていた。恐縮した私は、音をたてないよう注意して布団にもぐり込んだ。

5.

翌朝目を覚ますと、またしても御手洗と江本君の布団はもぬけの殻だった。これはしまったと思った。昨日加藤さんと会って得た新しい手がかりを、御手洗に話すことができなかった。夕べ興奮してなかなか寝つけなかったせいである。

だがまあいいと思い直した。別に私が事件を解決してはいけないという理由はあるまい。私と御手洗のチームが解決すればそれでいいはずだ。

起きあがって身仕度をすると、すぐに西京極の駅へ行き、四条烏丸駅へ出た。昨夜下調べをしておいたから、吉田秀彩氏の家の前にはすぐやってこられる。時計を見ると、まだ午前十時を少し廻ったばかりだ。

玄関のガラス戸を滑らせ、ごめんくださいと言った。するど、奥から小走りで和服のお婆さんが出てくる。夫人なのだろう。秀彩さんはご在宅でしょうかと言って、大阪の安川民雄さんの娘さんに聞いてここへうかがったんですけれども、と話した。

主人は昨日から出かけているんですよ、とその上品なお婆さんは言った。私は大いに失望した。

「はあ、どちらの方へ……」

「名古屋へ行くと申しておりました。今日中には帰ると言っておりましたから、夕方には帰っていると思います」

私は電話番号を聞き、それではまた電話でご在宅を確かめてから出直すことにいたしますと言った。

時間がすこぶるあいてしまい、いささか拍子抜けがした。何となく賀茂川まで歩き、私は川に沿って南下してみようと考えた。

京都のこの川は、面白いことにこのあたりを賀茂川と書く。もう少し南下すると、東から来る高野川とY字形に合流し、一本の流れになる。そこからを鴨川というのだ。その合流地点あたりが今出川で、平吉の前妻多恵の両親が、西陣織りの店を開いて失敗したあたりのはずだ。

するとと連想は、当然ながら事件に及ぶ。御手洗は竹越刑事に、一週間で事件を解決してみせると豪語したが、解決とはどういう状態をいうのだろう。カラクリ（そんなものがあればだが）を解明し、犯人を指摘するということだろうか。しかし、机の上の指摘だけではおそらくあの刑事は満足すまい。第一、それでは彼が犯人であるという証明はむずかしいだろう。もう死んでいるというのでない限り、犯人の現住所を突きとめ、そこまで行って、現在も犯人が生活していることを会って確かめてくるくらいまでやらなくては駄目なのではないか。

とすると、今日は十日の火曜日だ。今日を入れて三日しか猶予はないのだから、今日までに犯人を指摘できていなければ絶望だろう。犯人は日本中、いや日本にいるとは限らないが、どこで暮しているかしれない。たとえ国内にしても、椎内かもしれないし、沖縄かもしれない。明日とあさっての二日くらいはその犯人の居場所を捜すことに空けておかなくてはならないだろう。

その二日間にしてもギリギリの線で、二日以上かかる可能性の方が高い。何しろ四十年も昔の事件だ。それにもしできるなら、木曜日は東京に帰っていて、その日はあの竹越刑事や飯田さんに事件の解説をやり、ノートを燃すことに費すという段どりにした方がいい。できれば明日水曜中に解決し、明日の夜には東京へ帰れるのが一番よいのだ。今日御手洗に事件の謎が解けていなければ絶望だ。

私の方の場合、たとえば、まあそううまくは行かないだろうが、吉田秀彩の言葉から平吉が生きているという確証が掴めたとしよう、すると犯人は平吉と解りきった話になるが、平吉の現住所など解ろうはずもないので、最後に会った場所を聞くことになる、そして明日そこへ行く、さらにそこで消息を尋ねて、また明後日追いつめる、とこんなふうに私の方もデッドラインぎりぎりなのだった。

気の遠くなるほどゆっくりした時間が流れ、午後の二時を廻った。電話ボックスへ入り、吉田家のダイヤルを廻す。しかしやはりまだだった。どうも相すみませんという夫人の丁寧な返事があった。あまり電話を入れても失礼だろうし、そのたびにあの調子の謝られ方をされるとこっちが縮みあがってしまう。五時まで待つことにしようと私は決めた。

鴨川の見降ろせる公園の柵にしばらく腰かけてみたり、本屋を梯子したりしたあげく、私は通りの見降ろせる喫茶店に入り、残る二時間近くの時間を、ただじっと椅子にすわって過ごした。しかし、店の時計の針が五時にあと十分というところまで近づくと、とても待ちきれず電話機に飛びついた。

はたして秀彩氏は帰っていた。今帰ったばかりという。私はすぐにうかがいますと言って、放り投げるように受話器を置いた。

玄関先まで迎えてくれた吉田秀彩は、加藤さんの話からは六十歳くらいのはずだけれど、完全に銀髪に変った髪が輝くようで、私には七十過ぎほどに見えた。

くどくどと玄関先で説明を始める私に、まあまあがんなさいと応接間に招じ入れてくれる。示されたソファに腰を降ろすのももどかしく、私は説明を始めた。私の以前からの友人のお父上が先日亡くなったのですが、書斎を整理しているとある手記が出てきたんです、と竹越氏の名は伏せて、まず手記の内容をかいつまんで説明した。

それから友人の亡き父のために、この事件を解決したいと話した。そして、梅沢平吉が生きていたに違いないこと、またそう考えなくてはこの事件は説明がつけられないことなど、いつもの私の持論をもう一度語った。

「そういうわけで、安川民雄さんの娘さんにお会いしたんですが、安川さんは梅沢平吉が生きているとお考えになっていたようでした。そして彼はその考えを、吉田さんには詳しくお話になっているということでしたので、これは吉田さんにお会いしてみなくては、と考えました。吉田さんは、平吉の生存説についてはどうお考えになりますか？　それと例のアゾートですが、実際に作られたんでしょうか？」

吉田秀彩は、渋い色のソファに深く身を沈めて聞いていたが、私が話し終ると、大変興味深いお話です、と言った。あらためて顔を見つめると、吉田秀彩は輝くような銀髪の下に、細く高い鼻、少し肉のそげた頬と、時おり極端に鋭くなったり、また柔和になったりする目を持っていて、実に魅力的な顔だちだった。体には贅肉もなく、老人にしては背も高い。彼の人となりは知らないが、孤高の人という形容を思うと、この人の容貌ほどそれにふさわしいものはない気がした。

「私は以前、あの事件を占ってみたことがありました。しかし平吉に関してはどうしても生死五分五分で、はっきりした卦《け》が出せんのですよ。が、今は私は、四分六分で死んでいたと思ってます。

しかしアゾートとなるとねえ、私は人形作りを道楽にしているもんだから、こう言っちゃちょっと何だが、そこまで入れあげて、あれほどの殺人まで犯したんだからねえ、作ったと思うね私は。いや、前後が矛盾するようですがね」

その時、夫人がお盆にお茶とお菓子を載せて応接間に入ってきたので、私は恐縮して何度もおじぎをした。そして手ぶらで来たことに気づき、自分の非常識に赤面した。どうも御手洗の悪いところが伝染したらしい。

「手ぶらで来てしまいました、あわてていたもので。どうもすいません……」

そう言うと吉田秀彩は笑い、そんな心配はご無用に頼みますよと言った。

私はそれからはじめて吉田秀彩の応接間を見廻した。入ってきた時は、闘牛場の牛みたいに頭に血が昇っていたからそれどころではなかったのだ。占いの書物らしい背表紙がたくさん並んで見えているのと、秀彩氏の作品らしい大小の人形、木製らしいものもあるが、合成樹脂製らしいものも多い。おおむね写実的な作品だった。


それから私は人形の出来ばえを褒め（実際それらは見事な出来であった）、しばらく人形の話をした。

「これはプラスチックですか？」

「ああそれはね、ＦＲＰですよ」

「ほう……」

老人の口から横文字が出たので少し驚く。

「人形作りには、どうして興味を持たれたんです？」

「うーん、いや、そりゃちょっと説明しにくいな、私は人間に興味があったからね。などと言っても理解してはもらえんだろうな、同じ興味を持たない人にはね、道楽の理由を説明するのはね、むずかしいよ」

「先ほど、アゾートを自分なら作ったろうというふうにおっしゃいましたけれども、人形作りにはそんなに魅力があるものなんでしょうか」

「魔力、と言っていいだろうね。いや実際、人形というのは人のうつし身ですからね。これはね、説明がむずかしいが、人形を作っていて、うまく行っているなと思うような時、自分の指が触れている人型の物体に、次第に魂《たましい》が入っていくような感じがあるものです。そういう感じね、私は何度も味わいましたよ。人形作りというのはね、だからある意味では怖ろしいもんです。死体を作っているのかもしれんのですしね。だからそういう意味で、魅力なんていう穏やかな言葉じゃあ、もの足りないものを感じるんだな。

たとえばこういうことがありますね、日本人って奴は、人形というものを決して作らないようにしてきた人種です。歴史を見るとね、明らかなんだ。埴輪《はにわ》なんてものがあるが、あれは完全に人間の代わりをしていたんだね。これも実に象徴的だが、人形とか彫刻とか、そういった概念じゃないんだよね。

日本人の歴史には、彫像どころか肖像画だってきわめて少ない。ギリシア、ローマあたりを見ると、為政者や英雄の肖像画や彫刻、レリーフ、ずいぶんある。有名な人物のものはたいてい遺っているといっていい。しかし日本の為政者の顔を知りたいと思ってみるとね、こりゃいったいどうしたんだと思うくらいないんだ。肖像画がちらほらある程度でね、彫刻となると、もう御仏の像以外ないんだ。

こりゃあ日本人に技術がなかったわけじゃない、恐れたんだね、魂を抜き取られる気がしたんだな。だから絵だって少ないんです。絵くらいならと今のわれわれは思うけどね、絵さえ少ないんだ。

したがって人形作りなんてのはね、日本じゃあ人目を忍んだ仕事だった。道楽どころか、全身全霊をかけた、厳粛な、もう命賭けの仕事だったんですよ。やっと昭和に入ってからじゃないかな、人形作りが趣味や、道楽の対象になったのは」

「なるほど、じゃアゾートなんてのは……」

「あれはねえ、むろん完全な邪道ですよ。そんな考え方はね。人体以外の材料を使って作ってはじめて人形ですよ、本物を使っちゃあ駄目だ。

しかしね、人形作りというものは、さっきも言った通り、歴史的に見ても本来暗い、陰惨な精神世界での仕事なんだ。だからああいう発想が生まれるのもね、私は解るよ、日本人だからね。

いや、私くらいの年代でね、人形作りということに一度でも本気で打ち込んだことのある人間ならね、理解はできるよ。きっと心情はね、理解できる。でも自分もではやるかとなるとね、こりゃ別問題です。いや道徳とかそういったこととは違う、根本的な人形作りの発想がね、創作の姿勢が私らとは違う」

「なるほど。さっき、アゾートは作ったかもしれないが、平吉は生存してなかったろうと言われたように思いますが、あれはどういうことなんでしょうか?」

「いや、それはね、私はいっ時あの事件には、人形作りを道楽にする者として興味を持ったことはあった。梅沢平吉と会見した経験を持つ安川君なんていう知り合いもいたことだしね、でも事件の具体的な内容にまで立ち入って興味を持ったわけじゃないんだ。だから、今まで何となくそう思ってただけです。確かに矛盾してる。君にそのことを追及されたら、今、考えなくちゃならない。しかしもう理論的に物事を考えるのは苦手になったからね、特に君みたいな若い人に論理的な説明をするのはもう苦しいよ。


ただね、平吉って人がもし生きていたとして、ずっと生活するならね、近所づき合いもしないわけにゃいくまい。山奥で一人暮すなんてのもね、口で言うほど簡単なことじゃない、食糧の調達とかね、かえって噂になってしまう。そういう仙人がこの山にゃいるってえ調子でね。また、下界で生きていたら女房ももらわなきゃ何かと不自由かもしれない、変に目だたないためには世間と同じように振るまわなきゃならん、すると女房の実家が何かと調べるだろう。この狭い日本じゃね、実際問題としては不可能だと思うんだよ。死んだはずの平吉がこっそり人目をはばかって生きていくなんてのはね。


まあアゾートを作ってすぐ自殺したのかもしれんが、そうなると案外変死体発見なんて調子で話題になる。自分の死体を完全に消し去るような方法で死ねば別だがね、そうなると一人じゃどうかな、事後処理をやってくれる人間が必要だ。埋めるか燃すかしなきゃあ、まず見つかってしまう。それにそうなると、アゾートのそばじゃあ死ねんかもしれない。まあそういったことをね、私は漠然と考えていたんです」

「なるほどそうですか……。安川民雄さんにもそのことは話されたんでしょうねえ」

「話したよ」

「安川さんはどんなふうに言われました?」

「いやあ彼はね、全然信じなかったよ、頭からね。あの人はちょっと狂信的なところがあったからね、梅沢平吉は生きているって信じて疑わなかったね」

「アゾートは……」

「アゾートも作られて、必ずこの日本のどこかにあるって言ってた」

「どことは言ってませんでしたか?」

すると吉田秀彩は、声をあげて笑った。

「あははは、言ってたよ」

「どこです⁉」

「明治村にあるんだって言ってた」

「明治村？」

「知らないかね？」

「いや、名前だけは聞いてます」

「名鉄が名古屋の北の犬山に作った村だよ。こりゃ偶然だな、私はさっき、その明治村から帰ってきたばかりなんだよ」

「え？　そうなんですか、それは……。でその明治村のどこに？　どっかに埋まってるっていうんですか？」

「いやね、明治村に宇治山田郵便局というのがあるんだ。この内部がちょっとした博物館になっててね、郵便の歴史がひと目で解るようなパノラマになってるんだ。ほらよくあるだろう？　江戸時代の飛脚のマネキンがあってさ、次に明治の頃のポストがあって、その次に大正時代の郵便配達夫がいて、といった調子のやつ」

「ええ、ありますね」

「そのパノラマの奥の、隅っこの方にね、何故か女の人形が一体あるんだが、あれだって言うんだね」

「はあ……、またどうしてそんなところに？　だって作って搬入した人は解っているわけでしょう？」

「いや、それがね、ちょっとしたミステリーがあったんだ。作った人はね、そりゃもうよく解ってるさ、かく言う私なんでね。

　あの人形たちっていうのは名古屋の尾張マネキンと私とが頼まれて作ったんだよ。私も名古屋と京都を行ったり来たり、名古屋の連中も京都の私のアトリエへ来たりしてね、そして互いに作った人形をそれぞれ明治村へ運び込んでディスプレイしたんだが、オープンの時行ってみると、一体増えてるんだねえ、尾張マネキンの連中に訊いても知らないっていうんだ。ちょっと驚いてね。

　だいたいあれは、女の人形は作らなかったんだ。郵便屋の歴史に、女は必要なかったんでね。それでこれじゃあ淋しいだろうってんで、明治村の誰か関係者が置いたんだろうと思ってるんだけれど、ちょっとしたミステリーでね、しかもそれがちょっと不気味な、またよくできた人形でね、安川君がそう言うのも無理からんところはあったよ」

「はあ、そうですか……、じゃあこんど行かれたのもその人形のことで？」

「いや、そりゃもう関係ないんだ。明治村に友人がいるんでね、昔の人形道楽の仲間なんだが。それに、そういうこととも別にね、私は明治村が気に入ってるんです。だからこの歳になってもバスと電車を乗り継いでよく行くんだよ。あそこへ行くと気が落ちつくんでね。

　私は東京で子供時分を過ごしたんで、東京駅の巡査派出所とか、新橋の鉄道工場とかね、みんな憶えてるんだな。とても懐かしい。隅田川の橋とか、帝国ホテルとか。

　休日を避ければ人も少ないしね、ああいうところを歩くと気が落ちつくんだ。あそこへ行った友人がうらやましいくらいだ。私くらいの歳になると東京なんてのは駄目でね、京都の、それもこんなはずれがいい。明治村なんかもっといいね」

「明治村ってそんなにいいところなんですか」

「私は好きだね。君たち若い人はどうなのかな、それは解らないがね」

「で、話は戻りますが、吉田さんは、安川さんのその話、その考え方を、どうお考えなんです？　可能性としては、お認めにはならないんですか？」

　すると吉田秀彩はまた少し笑った。

「狂人の妄想ですよこれは。真剣に考えるべきことじゃないね、少なくとも」

「安川さんは、吉田さんが京都へ移られたんで、後を追ってこられたんでしたね？」

「うーん……、そうなのかな」

「ずいぶん親しいおつき合いだったんでしょうね？」

「よく来てたね、ここにも、アトリエの方にもね。でも、亡くなった人のことを悪く言ってはいけないのだが、亡くなる前はずいぶんとおかしくなってたからねえ……。

　彼は、梅沢家の占星術殺人に取り憑《つ》かれたいわゆるマニアでね、まあ犠牲者だろうね。日本中にはほかにもああいう人はたくさんいるのかもしれないけれど、あの事件の真相を暴くのが自分に課せられた天からの使命と信じて疑わないようだった。ちょっと親しくなると、誰彼となくあの事件のことを話したがってね、議論をふっかけるんだ。病気だね、これはもう。

　彼氏のポケットに、安ウイスキーの小瓶が入ってなかったことがない。もういい歳なんだから辞めろと私は何度も言ったっけな、でも感心に煙草はやらなかったようだ。しかしその小瓶をちびちびやりながら、私のところに集まっている仲間にいつもそれをやるもんで、みんな安川君が来ると帰っちゃうんだ。

死ぬ前頃は、私もいい顔しなくなったんで、あまり来なくなったね、それでもたまには来ていたが、たいていそれは何か面白い夢を見た翌日でね、私のところへ来ちゃその夢を子細洩らさず語ってくんだ。でもいつもお終い頃は夢だか現実だか解らないような話になってたけど。

そしてとうとう、夢のお告げなのかどうか知らんがね、私の仲間の一人を梅沢平吉だと言いだす始末さ。もうこりゃ断定的でね、その彼が来ている時なんか土下座せんばかりにへり下っちゃってさ、お久し振りですとか何とか言うわけだ。その人は眉のここんところに火傷《やけど》の跡があってね、それがまた梅沢平吉である何よりの証拠だって言うんだな」

「どうして火傷の跡が平吉の証拠になるんです？」

「さあ、そりゃ知らないよ。彼氏にしか解らない理屈があるんだろうな」

「その人とは吉田さんはまだおつき合いがあるんですか？」

「あるよ。一番親しい友人です。さっき話した明治村へ行っちゃった友人というのがさ、その彼氏だよ」

「お名前は何とおっしゃるんでしょう？」

「梅田八郎というんだがね」

「梅田!?」

「いや、安川君もそれを言ってたけどね、梅沢平吉と梅の字が共通するからってそりゃ証拠にならんよ。大阪はね、駅あたりが梅田というくらいだからねえ、関西じゃ珍しい苗字《みょうじ》じゃないよ」

だが、と私は思った。その時インスピレーションを感じたものは、梅田ではなく、名前の八郎の方だった。八郎といえば、あの占星術殺人で殺された人間は、平吉、いや平吉に似た男と六人の娘、それに一枚の、計八人ではなかったか？——

「梅田君はね、東京にいたことはないはずなんだ。それに歳も私よりいくらか若いはずでね、平吉にしちゃとにかくちょっと若すぎるよ」

「明治村でどんなお仕事をしてらっしゃるんですか？」

「あそこにね、京都七条巡査派出所というのがあるんです。やはり明治時代の建て物なんだが、そこにジョンブル髭を生やして、サーベルを吊ってさ、明治の巡査の恰好をして一日中立ってるよ」

私はその時、これはやはり一応行くべきだろうと考えた。吉田秀彩は、しかし私のその考えを見抜いたように言った。

「君が明治村へいらっしゃるのは勝手だがね、梅田君は平吉じゃ絶対にないよ。今言った年齢の点もそうだしね、安川君は自分が東京で会ってた頃の若い平吉と、梅田君とを似てると考えたんだと思う。その間の時間的な推移をあっさり忘れておるんだ。

それに平吉って人はまあ内向的な、暗い性格だったからね、梅田君はそりゃもうひょうきんで陽気な男でね、人を笑わせるのが人生最大の楽しみといったタイプの男だからなあ。それに平吉は左ききだった。梅田はそんなことはない、右ききだからね」

私は厚く礼を言い、吉田家を辞した。奥さんが出てきて、おかまいもしませんでと丁寧におじぎをされた。

吉田秀彩は、表の往来まで下駄を突かっけて出てくると、もし明治村へ行くのなら今はもう夏期営業だから夕方五時までやってるけど、京都や大阪から行く人はね、それでも午後三時、四時に着いてよく失敗しちゃうんだ。朝は十時から開いてるからね、それを気をつけた方がいい、明治村を全部観るには二時間は絶対かかるよと教えてくれた。

私は深くおじぎをして、バス通りの方へ向かった。陽は落ちていて、車の黄色いスモールランプが目だった。十日の火曜日も暮れようとしている。あとわずか二日だ。


西京極のアパートへ帰ってくると、江本君がもう帰っていて、ぼんやりとレコードを聴いている。私も横に腰を降ろし、今日あったことなどを雑談ふうに話した。

「御手洗君は？　知りませんか？」

私は訊いた。

「さっき会いましたよ、表でね」

と江本君は言った。

「どんな様子でした？」

即座に尋ねた。

「それが……」

と彼は口ごもった。

「すごい目つきでぼくを見て、絶対に見つけてみせると言って、どっかへ出ていきましたよ」

少し暗い気持ちになった。そしてこれは私が頑張らなければならないと決心した。私は今までの経過をもう少し詳しく話し、明治村へ行きたいから明日車を貸してもらえないだろうかと江本君に切りだした。ここからなら京都のインターチェンジから名神高速に乗り、小牧インターを降りて北上すれば明治村のはずだ。それほど時間はかからないだろう。江本君は快く、いいですよと言ってくれた。

明日は六時起きで出発しようと考えた。疲れているから早く眠れるはずだ。京都の道路事情はよく解らないが、東京なら七時過ぎからもう朝のラッシュが始まる。京都も似たようなものとしても、六時過ぎに出ればまず間違いなくすいているだろう。

御手洗とは話し合う機会を持てないが、やむを得まい。彼は彼でやっていることがあるだろうし、明日彼が起きる時刻まで待っていてはラッシュが始まってしまう。話し合うのは帰ってからでもよかろう。

私は自分の床の隣りに御手洗の寝床も作っておき、早々と布団をかぶった。

6.

緊張していたためだろう、翌朝はまだ夜が明けたばかりとみえる時間帯に、自然に目が開いた。鼻先の襖に、朝日の黄ばんだ光がさしている。

夢を見たようだった。しかし内容を、どうしても思い出せない。感じだけを憶えているのだ。

いい夢ではなかった。けれど悪い、苦しい夢でもなかったように思う。思い出そうとするともどかしい。切なく、ちょっと辛いような感じもあるが、深刻なものでもない。夢は、気分だけを残すものだ。

隣りで御手洗が寝ている。私がゆっくりと起きあがる時、苦しそうな呻《うめ》き声をたてた。

階段を降り、朝の空気の中に出ていく。息を吐けば白い。体も頭もまだ充分眠りから覚めていないらしいが、かえってそれが心地よいくらいだ。八時間近くは眠ったはずだ。睡眠時間は充分だろう。

名神高速は思った通りすいている。二時間も走った頃だ、追越車線に出てバスを追い抜き、走行車線に戻ろうとして私は左手を見た。畑の中に大きな看板が立っている。それは冷蔵庫の広告で、笑った女の子の髪が、風で横になびいていた。その瞬間、私は今朝見た夢を思い出した。

あれは海の底らしかった。あんなふうに髪の長い女の裸身が、ゆらゆらと蒼い光線の中で揺れていた。その白々とした肌の、乳房の下と、腹、そして膝のあたりに、糸を強く巻いたようなくびれがあった。

目は開いて私を見ていたようであったし、次の瞬間、顔には何もなかったような気もする。その唇は何も語りはしなかったが、やがて手招きするような仕草で暗い海の底へ沈んでいった。今こそはっきりと思い出した。美しいような、怖いような、不思議な夢だった。

これは、あなたがこれから行くところに私はいるという夢の啓示かもしれない、そう考えると私は、体の芯《しん》が冷えるような心地がした。安川民雄や、日本海に身を投じたマニアのエピソードも思い出された。私もとうとうそういった人たちの域にまで達してしまったかと思うと、鳥肌が立つような感じがする。

朝早く出たのに、明治村の駐車場に乗り入れた時にはもう十一時になっていた。京都から五時間近くかかったことになる。小牧インターを降りて渋滞にぶつかったためだ。

車を降りてみると、すぐ明治村の門があるわけではないらしい。どうやらここからまた、明治村行きの専用のバスに乗らなければならないようだ。

バスが走りだすと、坂道をまだ延々と昇っていくようなので、ちょっと意外だった。道があまり広くないから、張り出した枝が窓をかすめていく。時にはガラスを叩く。

そして飛び去る枝の向うに、ぽっかりと青い水面が見えた。湖というほどに大きくはないその池は、明治村を歩く間も、そこここから見降ろせた。明治村はその入鹿池《いるかいけ》をすぐ足もとに見る場所にあった。

歩み込むと、天井のない博物館のようだった。時間は早いので、とりあえず順路に沿って歩いてみようと思った。

百年ほど昔の日本の街並を歩くと、アメリカの田舎にいるような気分になるのは考えてみれば不思議なことだ。欧米の家造りは、今も百年前と基本的に変らず、日本の場合すっかり変ってしまったということか。

今ベーカー街に住むイギリス人は、ホームズと変らない家に住み、同じような家具に囲まれている。しかし日本人の場合はそうはいかない。日本人の住様式は、明治以降めまぐるしく変った。伝統が生まれてくるひまもない。百年前これも、もともと日本のものではなかった。

そして現在の選択ははたして正しいのか？　モルタルの壁とブロック塀、考えられる限り面白味を押し殺した窓、日本人はまるで生涯を墓石の色の中で送る決心を固めたようだ。

明治人たちの、直接的な欧米模倣は問題があったのだろう。おそらく高温多湿の日本では、欧米ふうのプライヴァシー重視の建て物は結局無理だった。しかし今エア・コンが普及して、日本人の家はまたここへ戻っていく。

日本人の家造り、街造りは廻り道をしている。ここが歩いていてなかなか気持ちがよく、そして日本の街並と全然違っていると感じる最大の理由は、ブロック塀がないということだ。日本人は豊かになった。全家庭が冷暖房設備を持ち、家がまたここへ返っていくなら、そろそろブロック塀は取り払う時期に来ているのではないか――？　明治村を歩いて、私はそんなことを考えさせられた。

大井牛肉店とかヨハネ教会堂を過ぎると、森鷗外、夏目漱石宅と紹介された日本家屋の縁側の前へぽんと出た。立て札によればこの家で「吾輩は猫である」が書かれたらしい。

先を歩いていた四、五人のグループの一人が、縁側に腰かけ、奥に向かっておい猫、猫と大声を出している。こんな時思いつく冗談というのはたいていこんなところだろう。御手洗がここにいたら、やはり似たようなことを言ったのではないか。この家の奥で一日中昼寝でもしていれば、やってくる連中が入れ替わり立ち替わり同じ冗談を言うのを聞けるだろう。

しかし私がその時考えたことは、猫より、「草枕」の有名な一節だった。

智に働けば角が立つ。情に棹《さお》させば流される。とかくに人の世は住みにくい――。

智に働いて角をたてている典型が御手洗であろう。全地球上で、彼ほどこの言葉がふさわしい人間もちょっと見あたらない。

反対に情にばかり棹さして、ひたすら流されている弱い人間が私に違いない。そして私も御手洗も、未だに金がなくてピーピーしているわけだから、確かにこういう二種類の人間にとって、この世は住みにくいものに違いない。

そしてあの竹越文次郎も、情に棹さすことしか知らなかった一人だ。あの手記を、私は他人事として読みとばすことができなかった。私が彼の立場でも、寸分違わない結果になったことだろう。あの人にとってこそ、この世は住みにくいなどという生やさしいものではなかった。

漱石の家を過ぎ、石段を下っていくと、本当に白い猫が目の前を横切ったのには笑ってしまった。とすればあれは、別段冗談ではなかったのかもしれない。冗談が解る者は、ここへ猫を持ち込んだ明治村の誰からしい。

猫は実に暮しやすそうにみえた。往来を車が走ってこないからだ。なるほど、こんなところも明治村だ、と私は思う。

石段を降りきると広場に出た。まさしく時代物の市電が、よたよたと走っていく。若い娘たちの歓声が聞こえたのでその方角を見ると、金モールの入った黒ズボンも派手派手しいおじさんが、チックで固めたらしいジョンブルひげの形を整えながら、女の子たちの集団に取り囲まれて写真におさまっているところだった。腰にはこれもピカピカのサーベルが下がっている。

カメラマンが小走りに二人、三人と交代するのだが、いったいどういう理由からか、そのたびに黄色い歓声が湧きあがる。しかし金モールズボンの男は、実に辛抱強く立っていた。

どうやらあれが梅田八郎らしかった。撮影はまだ当分かかりそうだったので、私は先に一巡りしてくることにした。というより、早くその宇治山田郵便局を見たかったのだ。

ここもたぶん観光名所には違いないのだろうが、まだよく知られていないせいか、人でごった返してはいない。そのせいもあってか、村に勤務する老人たちが（どういうわけか若い人はほとんどいなかった）とても親切だった。また実に生き生きと働いている。それとも、生き生きと働いているから親切になれるのか。

京都市電に乗った時だ。運転手の老人が私のキップにハサミを入れてくれた後、村のスタンプをわざわざ押してくれ、記念にね、と言って握らせてくれたりする。東京生活の長い私は、電車の乗務員というと、満員の時背中を蹴とばす人間というイメージが強いので、ひどくびっくりした。

しかし車掌の老人の方はもっと強力であった。電車が動きだすのを待ちかねたように、右に見えますのが品川灯台、左側が幸田露伴《こうだろはん》住宅でございます、と実に流暢《りゅうちょう》なガイドを始める。しかもその声が何とも渋いのだ。完全に喉がつぶれているのだが、車内に朗々と響きわたる。おそらくこの人は、以前講談師だったに違いない。自らの喉に満々たる自信を抱いているのが感じられる。

ただ残念だったのは、マナーのあまりよくない中年の婦人たちの集団が乗り合わせていたことで、彼女たちがこの老人の案内に合わせ、車内を水牛の群れのように駈け廻るので、そのたびにこの老いぼれた貴重な電車は、マッチ箱のように揺さぶられるのであった。

運転手の老人について驚いたのは、その喉ばかりではない。電車が折返し点に着いた時のことだった。それまで落ちつき払って見えた老人が、脱兎のごとく電車を飛び降りたので、私は何事かと窓に顔をつけ、行方を目で追った。

パンタグラフからロープが一本垂れている。小柄な老人は、柳に飛びつく蛙のようにこれに飛びつき、全身でぶら下がる。パンタグラフは彼の体重によって引き下げられる、と見るや老人は、これを持ってたたたたと電車の脇を弧を描いて走る、そしてパンタグラフを電車の前部に持っていくと離した。つまり、彼はパンタグラフの向きを変えたのだった。そして大あわてで再び電車に飛び乗ってくる、そして電車は、たった今の運転手の情熱にはふさわしくないのろのろした速度で、走りだすのであった。

別に東京あたりで過密ダイヤの運転をしているわけでもあるまい。少々遅れても文句を言う人もいないだろうに（第一ダイヤなんてあるのだろうか）、彼の見せるこの情熱ぶりはどうであろう!?　とても老人とは思えない。私は心の底から感心した。

しかし心配な気もする。あの老人の家族が見たらもっとそうであろう。あれなら神経痛は吹き飛び、夜は夢も見ないで熟睡できるかもしれないが、業務中にコトリと逝ってしまったらどうするのか。別にあそこまで頑張る必要はないのではないか。

けれどもそれはそれで立派なことだと私は考え直す。隠居老人になり、子や孫に迷惑をかけながら死ぬより、パンタグラフの紐を握って死ぬのならこれは男子の本懐だ。なるほど、これならあの吉田秀彩がうらやましいと言っていたわけだと私は一人得心する。


電車を降り、鉄道寮新橋工場、品川硝子工場と徒歩で巡っていくと、行く道に黒い箱が立っていた。どうやら郵便ポストだ。あれだ！　と私は内心で叫んだ。あった、宇治山田郵便局だ。私は駈けだしたくなる気分を押さえた。
二、三段ばかりの正面の石段を駈けあがり、油が染み込んだふうの茶色の板張りの床へ歩み込む。心臓が高鳴った。
どういうわけかそこには一人の見物人もなく、高い窓から正午過ぎの光線が床に落ちて、埃が漂うのが見えた。

飛脚のマネキンが目に入る。そして明治時代の第一号ポスト。続いて何台かのポストが並び、最後のものは赤い円柱の、見憶えのあるものになっている。そしてそのそばには明治の郵便夫、それから大正、昭和のそれぞれの郵便夫——。アゾートは⁉　私はもどかしく目で追った。いた！　真昼の光線が陽溜りを作るその向こう。外の陽に目が馴れて、そのために薄暗く見える部屋の隅に、その女の人形は和服を着て、直毛の髪を額まで垂らして、ひっそりと立っていた。

これがアゾート⁉

私は、暗がりが持つ凶悪さに怯える子供のように、おそるおそる彼女に近づいていった。

赤い着物だ。手はまっすぐに下に垂らし、何のポーズもしていない。髪の毛と肩に、薄く埃が積もっているのが、四十年という時間を示すようで不気味だった。そして髪のすぐ下で、ぽっかりと、開いた穴のようなガラスの目で、彼女は私を虚ろに見据えた。夢とは全然違う女だった。

いつだったか遠い子供の頃に観た海洋映画で、深海に水中灯の光が延びていたその中に、ぬっと突然現われて私を驚かせた鮫《さめ》の目を、私は思い出した。

真昼間なのに、広大なこの村に、自分がたった一人しかいないような錯覚にとらわれた。私は今、一人きりでこの人形（と見えるもの）と対峙している。この圧倒的な静寂が、だからすぐに同量の恐怖に変っていくに違いないと予感した。

私は、精いっぱいの勇気を持続させようと考えた。柵にもたれ、身を乗り出す。せいぜい顔を突き出す。体が堅くなっているのが解り、それは、この物体がぴくんと動きだした時の用心であることに気づいて、われながら驚く。

そろそろと限界にまで顔を近づけた。しかしそれでも彼女と私とは、私の身長分くらいの隔りがあった。この距離では、光線の具合なのか。目のあたり、小じわがあるように見える。しかし、目は明らかにガラスだ。手は⁉　手は人間の手じゃない。ここからは充分見えないが、しかしあれは違う。手は人形のものだ。だが顔は？

顔はどうしたことだ。あの微妙な小じわは⁉

ここからではよく見えない。私は入口を振り返った。誰もいない。よし、柵を乗り越えて——、と足に力を入れかけた時、ガチャンと心臓が縮みあがるような音がして、清掃員の女性が入ってきた。手に箒と、長い柄のついたちり取りを持っている。金属製の箱型のちり取りが、ガチャガチャと何とも大袈裟な音をたてるのだ。

　彼女はさっさと板の間を掃きはじめる。煙草の喫い殻や小石を掃き集め、床に小さな山を作ってはその前にちり取りを乱暴に置き、中へ掃き込む。

　やむなく私は、いったんその建て物を出た。むろん後でまた入るつもりだったがとりあえず、とぼとぼと坂を降りていった。

　左手に茶店《ちゃみせ》ふうの売店が見える。ひどく空腹だったことに突然気づいた。明治村には食堂や喫茶店の類いが全然ない。正門の前に一軒あったが、これは村の外へ出なくてはならない。私はパンと牛乳を買い、吉田秀彩の言っていた帝国ホテルの中央玄関の見えるベンチに、腰を降ろして食べた。ベンチは、これも彼の言っていた隅田川新大橋のたもとにあった。

　そのあたりは明治村の一番奥で、ここまでやってくれば、あとはもう引き返すだけだ。目の前には池があり、天童眼鏡橋というものが架かっている。水面には白鳥も浮かんでいる。水は少しずつ入鹿池に向かって流れ落ちていく。なかなか落ちつける場所だった。広々とした周囲に、見渡す限り人の姿はない。樹々の上を煙が進んでくると思ったら、陸蒸気《おか》だった。三両ばかりの客車を引いている。遠く高い場所にかかった陸橋の上に、いきなり汽車は姿を現わす。

　常識的に考えれば、あの人形がアゾートである可能性はないというべきだ。四十年も昔の、それも生身の人間であったものが、こんなところに飾られている。大勢の目に晒《さら》され、チェックを経て搬入されたはずの人形としてだ。それらの人々がそんなことを許したと考えること自体、常識にはずれている。

　だがそれならあの人形がどこから搬入されたか、どこで、誰によって造られ、どんなルートで運び込まれたか、それらを確かめてから否定すべきではないのか。それらがすべてはっきりしていて、搬入の時、別のものにすり替わる可能性がまったくないとなれば、これはもうきっぱりあの人形は忘れるべきだ。それでもなおあの人形にこだわるのは、単に時間の無駄である。

　私は立ちあがり、あとの建て物はざっと眺めて、また宇治山田郵便局へとって返した。あの清掃員がいなくなっていれば、柵を乗り越える気でいた。

　ところが、もう一度入ってがっかりした。こんどは数人の見物人がいたし、続々とこちらにやってくる人の姿が見えた。これではとても無理だ。

私はもう一度部屋の中央まで進んで、その人形を見た。彼女は数人の見物人の肩越しに、確かに私のことだけをじっと見ている。

私は郵便局を出て、わき目もふらずに京都七条交番へ急いだ。巡査派出所の前の広場へ来ると、梅田八郎が箒で石畳の上を掃いている。女の子の一団が、通り過ぎる時さようならと言った。彼もさようならと返しながら軽く敬礼をする。その恰好はなかなか板についていて、本物のお巡りさんのようだ。（しかし考えてみると、私は本物のお巡さんが敬礼するところをまだ見たことがない。）

近寄ってみると案外柔和そうな顔だちで、話しかけやすそうな印象だった。だから私は、ごく気安い調子で声をかけるとができた。

「梅田八郎さんですか？」

「はいそうですよ」

名前を言われても少しも驚かないところを見ると、村内ではかなりの有名人なのであろう。

「実は吉田秀彩さんからうかがって来たんですが、石岡と申します。東京から来たんです」

梅田八郎は、吉田秀彩の名を聞いてはじめて意外そうな顔をした。そこで私は、三度目になるからもうすっかり馴れてしまい、繰り返し同じことを喋るセールスマンのように、加藤さんや吉田秀彩に話したことを語った。

彼は、箒を両手で握ったまま、例の派手ないでたちで、時々相槌を打ちながら私の話を聞いてくれ、一段落すると、じゃあまあこちらへと言って、巡査派出所へ私を招じ入れてくれた。

私に椅子を勧めてから、自分用にはキャスターのついたグレーの事務椅子を引き寄せ、梅田八郎は語りはじめる。

「そうなあ、そういう人、いてたなあ、安川ちゅう大酒飲みの爺さんがなあ、憶えてます。あの人もう死んだんやったな。ここでも来りゃあんた、長生きでけたろうになあ、もったいないこっちゃ。空気はええし、そりゃのんびりしてますで。食い物はうまいしな。これで昼間は酒飲んだらあかんのさえなきゃ、あんた、もう天国や。

このカッコなかなかええやろ？　子供時分にはなあ、憧れたもんや。サーベル下げられるのやったらチンドン屋でも何でもかまへん、なってこましたろとずっと思とったんやけどな、降って湧いたようなこの話や、ほかにもな、電車の運転手、車掌、何でもなれたんや。でもな、もう拝み倒して巡査にしてもろた」

聞きながら、私はいささかの失望を禁じ得ずにいた。梅田八郎という人は、知的な印象とはだいぶ遠かった。別に演技とも思えない。これで地のようだ。この程度の知性の人が、と言って失礼なら、このような善良な人が、ああいう血腥《ちなまぐさ》い一連の事件を計画し、冷徹に実行したとは信じられなかった。それにこの人は若い。六十前のようだ。あるいはこの住みよい環境が、彼を若く見せているのかもしれないが。

私はひと言、梅沢平吉という言葉をぶつけてみた。

「梅沢平吉？　おお、おお、あの大酒飲みが何を血迷うたか、わしのことをそんな人やと言うてへいこらしとったわな。なんぼ違う言うてもな、信じしまへんのや。たぶんよっぽど似とったんやろな、わしが。

しかしその人、えろう悪人なんやろ？　あんまり嬉しないなあ、そんな人や言われてもなあ。まあこれで乃木大将とか明治天皇に似てる言われるのやったら、そら嬉しいけどな。わははははは！」

「昭和十一年頃は、もう四十年も昔になりますけど、どちらにお住まいだったんですか？」

「そりゃあんた、あれやな？　よう聞くアルバイト？　いやちゃうな……、アル、アル……」

「は？」

「アルバイとかアルバイトとかいう……」

「あ、アリバイですか！　いやそんな意味ではないんですけど、ただ何となくお訊きするんですが……」

「四十年前いうたらわしが二十歳《はたち》の頃か、戦前やな……、まだ四国の高松におった。高松の酒屋に丁稚《でっち》奉公してましたなあ」

「はあ、そうですか……」

素人の私が、明治のとはいえ警察官にアリバイを訊いているのも奇妙な図だった。それ以上詳しく尋ねるのは失礼というものだろう。

「高松のご出身なんですか？」

「そうです」

「でも大阪弁でらっしゃいますね」

「そやな、大阪暮しが長かったさかいに。兵隊から帰ってきてな、私らみたいなもんにはあんた、大阪でも出な働き口なんぞなかった時代や。大阪の酒屋にまた転がり込んでな、でもそこも潰れてしもた。それからは転々としましてな、いろんなことやった。屋台のラーメン引いたりな、マネキン人形屋もやったな」

「吉田さんとはそこでお知り合いになったんですか？」

「いやいや、ちゃうちゃう。あの人と知り合うたんはもっとずうっと後や、わりあい最近です。難波でビルの守衛してた頃やったな。でももう十何年……、二十年近くも前になるかなあ……、そのビルで仕事してはった芸術家の先生がいはってな、人形の彫刻なんぞがようけ仕事場にあったさかいにちょくちょく行って、自分もマネキン作る仕事してたことあります、懐かしいなあ、言うてたらな、京都に友人がやってる人形同好会があるよってに、顔出してみたら？　わいが紹介状書いたるさかいに、言うてくれはって、そいで行ってみた。そこの主宰者が秀彩さんやったというわけでな。

それからは京都でビルの守衛やりながら、秀彩さんの仕事手伝いましてな、あの人は人形作りは道楽や言うてはるけどな、とんでもない話ですわ、人形作りの腕は文句なく日本一でっせ。いや、こりゃ私だけが言うんやない、偉い先生方も言うてはります。何でもうまいけど、特に洋ふうの顔作らせたら、日本中であの人の右に出る者はおりません。こら確かなことや。

あの人はあの頃、わいが知り合うた頃やけど、東京から移ってきはったばっかりやった。それでなんぼかわいも役にたてることがありましてな。

しかし一番秀彩はんと親しゅうなった原因いうのはな、例の万博の仕事やったな。二人してええ年して徹夜なんかしてな、しんどかったけど、ええ思い出や……」

あの安川民雄もそうだったが、この梅田八郎も、いわば吉田秀彩に惚れて一時期京都に移り住んだことになる。昨日話した吉田秀彩という老人には、確かにそういう魅力、一種の風格のようなものがあった。

それにしてもこの人は、ずいぶんと身軽な人生を送ってきたように見える。妻子はないのだろうか。

「妻子はなあ……、そらありました。遠い遠い昔のことやな、思い出すのも骨ですわ、戦争でな、空襲で亡くしましてん。この通り主人の方はな、南方行ってもな、生きて帰ったいうのに、故郷《くに》におった妻《さい》の方が死んじゃどうもなりません。

それからは一人暮しや、もう、もらう気いになれしません。一人者は身軽やしな、それにいったん馴れてしもたらな。一人やなかったらこんなところにも来れてしまへん。今頃は四国でおもろない爺さんになっとったとこや」

なるほどそうかもしれない。あるいはそうでないのかもしれないのだが、若輩の私には、ここにさし挟める言葉を持ってない。

「吉田秀彩さんが昨日、ここへ来られたようですね？」

「来はりました。あの人はよう来てくれはります。ここが気に入ったいうてな、月に一度は必ず来はります。私も会うのが楽しみでな、ひと月以上顔を見せはらん時は、私の方で押しかけます」

いったい吉田秀彩という人の魅力はどこから来るものなのだろう？　占い師という仕事からではあるまい。芸術家だからだろうか？　そういえば吉田秀彩は、どこでそれほどの人形作りの技術を体得したのだろう？　聞けばこの梅田八郎とも、そんなに古くからの知り合いではなかった。

「秀彩はんのことはなあ、よう知りまへんのや。わいも訊きしまへん。会員の誰に聞いてもよう知りまへんのや。どこぞの金持ちの息子はんやいう話でしたな、若い頃から家やアトリエ持ってはったいう話でしたからな。東京の人いうのは確かや、しかしそんなこたどうでもよろし。あの人は教祖はんみたいなところがおましてな、偉い人や。わいはあの人に会うとホッとします。会員のみんなもおそらくそうでっしゃろ。何でもよう知ってはる。あらゆる経験を積んではる。わいもな、あの人に、将来起ることをいろいろ教えてもろた。よう当たる、いやそやない、知ってはるんや、あの人は知ってはるんやな……」

知ってはる——、この言葉を聞いた時、私は一瞬雷に打たれたような衝撃を感じた。どうして今までこれに気づかなかったのか！　梅田八郎を疑うなら、もっとずっと怪しい人物がいたではないか。

神がかり的な魅力を持ち、知識もあり、頭も切れ、人形を作る技術にすぐれ、占いの才能も持っている。

吉田秀彩——!?

そう考えれば数々思いあたるところがある。六十そこそこという話だが、見ようによっては八十以上にだって見える。いや、そんなことより何より、私の頭にひらめいたのは、秀彩のこの言葉だった。

「平吉は左ききだったけどね、梅田君はそんなことはない、右ききだよ」

平吉が左ききなどとは、私の熟読した「梅沢家・占星術殺人」にも書いてなかった。吉田秀彩は何故そんなことまで知っていたのだ!?

死んだはずの人間がひっそりと生きていくとしたら、こんな問題があるといろいろ話してくれた。あれは妙に生々しかったが、彼の実体験ではないのか？

日本の歴史における人形というものについて、少し語ってくれたが、あれは平吉のあのノートに続けて書かれるべき内容ではなかったか？

それからあの安川民雄だ。何故彼はわざわざ東京から京都まで、住まいを変えてまで秀彩を追ってきたのか？

これには彼の人柄の魅力という以外に理由はなかったか？

思いがけず興奮して、私は胃が引き絞られるような気がした。心臓がせりあがり、喉もとで打った。

しかし梅田八郎は、私の気持ちの高ぶりにもいっこうに気づく様子がなく、吉田秀彩を賛美する言葉を延々と並べている。梅田八郎が犯人である可能性がほとんどなくなったと思われる今、私の知らねばならないことは宇治山田郵便局の人形のことだ。私は相槌を打ちながら、梅田八郎の言葉が途切れるのを待って、素早くあの人形のことを話題に出した。

「宇治山田郵便局の人形？　ありゃ秀彩さんと尾張マネキンが……、ああ、知ってはるか。何？　ひとつだけ誰も知らなかった人形があるって？　そら知らなんだなあ。わしは知りませんでしたなあ、はじめて聞きました。秀彩はんも知らへんのかいな、ほんまかいな……、ほう……。そやったら、どうしても知りたい言わはるんなら、入口の事務所へ行ったらよろしかろう。そこにな、ここの館長はんがいてるはずや。室岡はんいうてな、あの人なら知ってはるやろ」

私は厚く礼を言い、この予想外に善良だった梅田八郎にお別れを言った。不思議なもので、ほんの一瞬彼との別れが名残り惜しいような気がした。しかしむろん、もう会うこともないだろう。彼はこの明治村で、金モールにサーベルの巡査として生涯を終えることに、少しの悔いもないらしくみえた。

事務所で室岡館長にお会いしたいと言うと、館長室に通された。名刺をもらったが、私には差し出す名刺がなく、気まずかった。名刺も持たず、取材でもなく、人形作りの趣味を持つ者でもない私は、館長には不可解な面会人だったろう。

私は吉田秀彩がちょっとしたミステリーと評したあの人形について、秀彩の語った通りにもう一度語り、どういう理由だったのでしょうかと訊いてみた。

館長は声をたてて笑い、ありゃあなた、別にどうということもないんですよと言った。

「ディスプレイしてみたら淋しかったんでね、一緒に見てた男にそう言ったらね、彼が名鉄の人間だったんで、うちの系列のデパートで余っているマネキンがあるから、明日来る時持ってきましょうということになったんですよ」

私はついでにその人の名も聞き、どこへ行けば会えるかを尋ねた。その場所は名古屋駅の近くだったが、勤務先なので、今日はこれから急行しても無理だと言われた。私が明治村を出る時、ちょうど閉村の時間だった。

車で名神高速へ向かいながら考えた。名鉄の男は杉下といったが、今夜はこの辺で一泊してでも明朝その杉下に会うか？　しかし明日は最後の一日、すなわち十二日の木曜日だった。この最後の日の朝に御手洗と会わないのは、どう考えてもまずい気がした。

考えてみれば御手洗とは、七日の土曜日に阪急電車の中で別れて以来、毎夜ほんの一メートルほどの隣りに寝ているのに、ろくに口もきいていない。互いに掴んだ情報を提供し合うことは、やはり必要だろう。明日という大事な日の、半分ほどにせよ私が一人名古屋でうろうろしているのはまずい。

小牧インターが見えてくる。私はもう迷わず、高速入路の車の列についた。やはり杉下に会うのはあきらめるしかない。彼からそんなに面白い話が聞けるとも思えない。どうせあの室岡館長と似たり寄ったりに決まっている。

そして吉田秀彩、彼こそはこの最後の一日を費してぶつかる賭けに、最も不足のない相手と思われた。彼の方を優先させるべきだ。吉田秀彩は、内に秘めた何物かを感じさせる人物だ。確かに怪しい。少なくとも何かはありそうだ。

道がゆるやかにカーヴし、高速道路に合流する。私は追越車線のレーンには入らず、走行車線を行くトラックの後方についたまま、考えることを続けた。

私はさっきからあることを考えていた。吉田秀彩と話し込み、彼が犯人でなくては知らないような何かひと言を、うっかり口にさせるようなうまい方法はないものか、ということだ。吉田秀彩自身の失言で、彼自身が犯人であったことを証明してしまうようなもの、後でどんな言葉をもってしてもつくろい得ないような失言に彼を追い込む、そんなうまい策略はないものか――？

平吉殺しは自分を消した手品だ。もし秀彩が平吉なら、事件の最後も、そういう手品で幕切れを迎えるのがふさわしい。何らかのトリックを用いた、完璧で鮮やかな詰め、そのためには何を用意すればいいか？　もし御手洗の方に、万一大した進展がなかったなら、一緒に考えてみるのもいい。あいつはこういう芝居がかったやり方は得意だから、何かいい知恵を出すかもしれない。

しかし彼が駄目でも、私は一人でやるつもりだった。もし吉田秀彩が犯人と判明するなら、宇治山田郵便局の人形のことなど、後でいくらでも調べることができる。

そうしてみると、今日明治村へやってきたことは無意味だった可能性もある。夕べの時点でこれに気づいていれば、今日吉田秀彩に会い、一日節約できていたかもしれない。

しかし、無理からぬところもあった。ひとつしかない手がかりの安川民雄には、大きな期待をかけざるを得なかった。私は、安川が犯人を知っているような気さえしていた。そして苦労して探り当てた安川が、明治村にアゾートがあると言い、梅田八郎という人物を平吉だと言ったという。そしてその男の今いる場所を聞けば明治村というではないか。これではその梅田が自分のアゾートを明治村に密かに置き、自分はそのそばで暮しているのではないかと誰でも疑ってしまう。やはり来るしかなかった。来ないで行動すれば、先で心残りになったに違いない。

それに秀彩が平吉かもしれないと感じたのは、梅田八郎の言葉からだ。秀彩の前身は誰も知らないという話から、その根拠を得たのだ。誰かが昭和十一年頃の吉田秀彩をよく知っていて、事件当時の梅沢家への完全な不在証明がなされるなら、彼を疑惑の対象とすることはできない。少なくとも彼と親しい人間が、その頃の秀彩を全然知らないという事実を確かめずにおいては、秀彩を疑ってかかることはできない。今日の梅田八郎の言葉によって、ようやく私はそれを確かめたのだ。やはり今日の明治村行きは無駄ではなかった。

高速道路は、帰宅途上の車で混んでいる。水曜日の陽が沈んでいく。私はこの時間帯をかわすことも兼ねて、ドライブインで軽く食事することにした。

テーブルにつき、だが、と私は思う。吉田秀彩にボロを出させるといっても、これはなかなかむずかしいと気づいた。むろん、あの吉田秀彩という男は相当に頭がよさそうで、今日の梅田八郎を相手にするのとはちょっとわけが違うということもあるが、これは犯人しか知らない事実だと私が指摘できるということは、犯人以外の人間が知り得ない事実であると、私が証明できなくてはならない。

ところが彼には、安川民雄という平吉を知る友人がいた。私は安川民雄の平吉に関する知識の範囲というものを掴んでいるわけではないから、また掴みようもないのだし、安川君に聞いたんだと秀彩に言われれば反論のしようがない。いうなれば安川民雄という人は、吉田秀彩にとって、シェルターのような具合のよい存在である。

高速道路に戻り、西京極のアパートに帰ってきたのは十時過ぎになった。御手洗は帰っていず、江本君だけがテレビを観ていた。私は明治村で買ってきたささやかなおみやげを差し出して、車を借りた礼を言った。

しばらく明治村の話をしていたら、やがて強烈な睡魔に襲われ、二人分の寝床を敷くのももどかしく、私は布団に倒れ込んだ。

7.

一度六時起きをやると習慣になるのか、翌朝、私は昨日と同じ時刻に目が開いた。その瞬間、吉田秀彩だ！　とたちまち私は昨日の決意を思い出した。眠ることをあきらめ、御手洗の方へ寝返りを打った。もし彼が目を覚ますなら、こうやってお互いの進展を報告し合えばいい。しかし次の瞬間、私はびっくりして完全に目が覚めてしまった。御手洗の布団はもぬけの殻だったからだ。

もう起き出して行動を開始したのか、大したものだと思ったが、すぐにそうでないことに気づいた。何故ならこの布団は明らかにゆうべ私が夢うつつで敷いた時のままだったからで、その証拠に掛け布団が派手に斜めになっている。こいつはどうしたわけだ？　と私は寝床の中で考えた。御手洗は明らかにゆうべは帰ってきていない。

もしかすると犯人を追い詰めていて、何か危険な目に遭《あ》い、帰れないでいるのか、とまず考えた。どこかに監禁されているのか――？　しかし、自分の属する世界がそんな映画のように展開するとは信じられなかった。

少なくとも、何らかの進展の結果ではあろうと私は考えた。相変わらず頭を絞っているだけなら、帰って布団の中でだってやれる。それをしないのは外にいる理由ができたからで、それは彼の調査の進展によるもの以外に理由はないはずだ。まして今日は十二日の木曜日、最後の一日だ。今日は本当のデッドラインなのだから、彼も寸暇を惜しんで行動しているのであろう。

もしかすると京都以外の場所へすでに飛んでいるのかもしれない。いや、これは絶対にそうだ、だから帰れないのだ。そう思うと私は少し安堵もしたが、同時に、早く彼に会って報告を聞きたい気分もつのった。私の方も話したい事柄が山ほどある。これも早く彼の耳に入れなくてはなるまい。

私は自分の昨日までの行動が無駄ではないと思っている。そして御手洗の得たものも間違っていなければ、私の調査した事実と何らかの関わり方をしているはずだ。彼がもし今も、完全な結論に到達し得ないでいるにしても、私のものと突き合わせれば、たちどころに正解が眼前に開けるという可能性もあるのではないか。

しかしいずれにしても彼はここへ電話を入れてくるはずだ。待っていればいい。私は寝床の上にうずくまっていたが、またパタンと横になった。しかしとても眠れそうにはなくいても立ってもいられない気分だった。何でもいいから行動を起したい。私はまた上体を起した。

江本君は眠っているようだった。彼が起きる時間までまだ一時間近くある。私は彼を起さないようそろそろと立ちあがり、散歩に出ることにした。もしその間に御手洗から電話が入れば江本君が出るだろうし、その結果彼があわててとび出すにせよ、置き手紙くらいは残してくれるだろう。

やって来た時は生まれてはじめてだったこの西京極の街も、今ではすっかり勝手が解ってしまった。スポーツ公園まで歩いて、もうそろそろ江本君が起きる頃だという時間に、私は部屋へ帰ってきた。ドアをそっと開けると江本君が歯を磨いている。御手洗から電話は入っていなかった。

やがて八時が近くなり、江本君が出かける時刻になった。出かける時、彼は私に尋ねた。

「どうします？　一緒に出ますか？」

「いや、御手洗君から電話が入ると思うからここにいますよ」

「ああ、そうですね、それがいいでしょう」

そうしてドアが閉まり、江本君が階段を降りていく靴音が終って、ああ表のアスファルトに今出たなと思った時、電話が、とびあがりそうなほどけたたましい鳴り方をした。その様子には、どこか人の不安をかきたてるような様子があった。

受話器を取る——。

「石岡君……」

と男の声が言う。しかしその声が御手洗とは、私にはとても思えなかった。久し振りなのだから、普段の彼ならここは何かつまらない冗談のひとつも言うところだ。痛々しいほどに声が弱く、ほとんどかすれている。言葉が聞きとれないほどだ。不安で私の胸は圧迫される。やはり何かあったのだ。

「どうしたんだ!? 今どこにいるんだ!? 何か危険な目に遭ったのか? 何かあったんだな? 大丈夫か?」

声が思わず高くなる。

「ああ……、苦しくて……」

そこでかなりの時間があいた。

「死にそうなんだ……、早く、来てくれないか……」

これは、かなり深刻な事態だ、と私は判断した。

「どこにいるんだ? 何があったんだ?」

しかしこれはまずい質問だ。場所をまずはっきりさせるべきだ。御手洗の声はまるきり弱々しく、ほとんど聞きとれない。ささやくよりも声が小さい。時々車の音と、通学途上らしい子供の声が入る。そちらの方が大きいくらいだ。どうやら外らしい。

「何かあったかなんて……、今はのんびり説明なんて……」

「解った、解った!」

と私は言った。

「それはいい、すぐ行くからどこにいるか場所を言ってくれ!」

「哲学の小径《こみち》の……、入口の……ところにいるんだ……、銀閣寺側じゃなく……、反対の……方の……入口」

哲学の小径? 何だそれは? と私は思った。そんな名前は聞いたことがなかった。錯乱して、変なことを口走っているのではあるまいかと思った。

「哲学の小径っていう道があるのか? あるんだな、確かに、タクシーの運転手に訊けば知ってるかい?」

「知ってる……。それと、途中でパンと牛乳を買って……、きて……欲しい……」

「パンと牛乳!? いいけどそんなものどうするんだ?」

「パンと牛乳……、食べる……以外に……どうするんだ?」

苦しい息の下で、まだこんな憎まれ口をきいている。よほど根性のひねくれた男だ。

「怪我なんか、してないのかい?」

「怪我……、してない……」

「解った、とにかく今行く、そこでじっとしてろよ!」

私は受話器を放りだすと部屋をとび出し、西京極の駅まで走った。私の脳裏を、前の事件の嫌な思い出がかすめた。御手洗はいったいどうしたというのか？　まさか死にかかっているのではあるまいな。彼はあんな救いがたいような男だが、私には唯一の友人に違いないのだ。憎まれ口をきいていたから安心とは限らない。線香の、煙とともにはいさようなら、と悪ふざけの句を遺して死んだ人間もいる。御手洗も明らかにその手だ。

四条河原町でパンと牛乳を買い、タクシーを停めてとび乗る。この突き当たりだよと運転手が教えてくれた坂道を、パンと牛乳の入った袋を抱えて駈けていくと、なるほど「哲学の小径」と刻んだ石が立っている。石碑のところまでたどり着くと、小さな公園があった。しかしそこには誰もいなかった。

公園を過ぎると、小川に沿って哲学の小径が始まる。しばらく行くとベンチがあって、不精髭の浮浪者みたいな男が寝ていた。脇に黒い犬がいて、その男に向かってさかんに尻尾を振っていたから、まさかこれが私の友人とは思わなかった。あやうく通りすぎるところだった。

御手洗の顔を覗きこむと、おや石岡君だと言って起きあがろうとする。力がまるで出ないらしく、私が背に手を添えて手伝ってやらなくてはならなかった。

ベンチにようやくすわった御手洗の顔を見て、私はあらためてびっくりした。寝顔くらいは見ていたはずだけれど、考えてみれば四、五日会わずにいたことになるから無理もない。不精髭は伸び、髪はぼさぼさ、目は落ち窪んで赤く、頬はげっそりと肉が落ちていた。肌の色も病的に蒼く、完全に病みあがりの浮浪者か、行き倒れのルンペンといったところだ。

「パンは？　買ってきてくれた？」

御手洗は真先に言う。私は急いでさし出す。

「すっかり食べるってことを忘れてた。人間不便なものだね、食べたり眠ったりする無駄な時間を節約できたら、人間はもっとすごい仕事がやれるのに！」

そう言いながら彼は、袋を開くのももどかしくパンに齧《かじ》りついた。

私は一瞬、もしやと思った。御手洗のこの様子には余裕というものが感じられない。やりたいことが申し分なくうまくいっている時の彼からは、もっと余裕が伝わってくる。嫌な予感が私のうちをかすめる。強いて打ち消した。そんなことはあるまい。行動していたからこそ、食べるのを忘れたのだ。

欠食児童のようにパンを齧っている御手洗を見て、私は何だか拍子抜けすると同時に可哀想になってきた。

「君は、食べてないのかい?」

「ああ、うっかりしていた、おとといからだったか、先おとといからだったか……、とにかくここしばらく食事をした記憶というのはないなあ……」

つまり御手洗は異常に腹が減っていたということらしい。心配して損をした。こんなふうに彼は常識というものがまるっきりない男なので、だから誰かが横にいて、食事をしろとか、そろそろ眠る時間だとか指示を与えてやらないと、間違いなく長生きはできないだろう。

けれどもとにかく、私は自分の進行状況を話したかったし、そのためにはまず御手洗の方のを聞くのが順序と考えた。それで私は彼が食べ終るのを待って(ゆっくり食べろと何度も注意した)、進展したかい? とできるだけ刺激しない調子で尋ねた。すると御手洗は応えず、どうしたわけか低い唸り声をたてた。それから突然、

「朝というやつは、昨日の絞りかすだ!」

とわめいた。私はあっけにとられた。

「何という欺瞞《ぎまん》だろう!」

御手洗は続ける。

「東海道をバッタみたいに走り、こんなに眠れぬ夜を重ねたのに、どうしてみんなはおはようと言う時に、あんなに遠い昨日のことをひとつ残らず憶えているのだろう?!」

御手洗の目は血走り、狂気に支配された。

「眠らぬ夜も少しだったらいいもんだ。体の抵抗力がほどよく衰えて、見えるべきものがちゃんと見えてくる。見渡す限りの菜の花畑だ。ああ、本をたくさん伏せたみたいなこの街だ。そしてブレーキのきしみ! 方々で鳴っている! 君にだって聞こえているはずだ。何故だい!? 苦しくないの?

違うぞ! コスモス畑だ。そうだ、あれはコスモス畑だった。茎を木刀で薙ぎ払いながら歩いたあの無頼ぶり。あのひと振りをぼくはなくして、今や人畜無害になり下がった。トゲもなく、爪もなく、牙もなくして、木刀さえどこへしまいこんだか忘れちまった。

苔だ! 苔がぼくにこびりついてる! まるでカビみたいにだぜ。実際いい眺めだろうな。写真を撮ったら? 記念になるよ。

モグラだ! モグラ……、ああそうだ! 早く捜しにいかなくちゃ! こうしちゃいられない。君、手伝ってくれよ。早く穴を掘らなければ二度と掴まえられなくなっちまう!」

これは駄目だ！　と私は直感した。立ちあがりかける御手洗をあわてて制し、君は疲れてるんだ、と二度も三度も繰り返して同じことを言った。事実彼は疲れきっていた。とにかく横になるんだ、と私は言い、御手洗を冷たい石のベンチにそろそろと倒した。

その仕事が完了すると、今さらのように絶望が足もとから駈け昇り、私は目の前が暗くなるのを見た。ああいうことは、言葉だけでなく、実際に起るものだ。もう間違いない。御手洗は一歩も進んでいないのだ！

あんな鬱病の状態で始めたのがまずかったのかもしれない。だがいずれにしても、これを御手洗とあの竹越刑事の競争とするなら（ずいぶんと不公平な競争だが、御手洗が無謀にも一方的に宣言したのだからやむを得ない）、御手洗は明らかに敗れたのだ。

しかし、はじめから勝ち目のない競争だった。向こうはただ突っ立っていればよかったのだし、御手洗が挑んだ謎は、日本中が四十年間頭を絞りつくしてなお解けない難問なのだ。たとえたった今この謎が解けたにしても、もう間に合わない。仮に犯人が解っても、もう今日中にその犯人を探し出すことは時間的に不可能と言いきってよい。日本中、いや世界中のどこにいるかも解らない。

御手洗は、負けたのだ。

残る一縷《る》の望みは、私の掴んだ情報だろう。吉田秀彩が平吉である可能性だ。ここに首の皮一枚で望みがつながっている。だが私としても、これにある程度以上の自信があった。あの吉田秀彩という老人には何かある。しかし何といってももう時間がなかった。そういうことなら今すぐ、御手洗を放りだしてでも行動を起さなくてはならない。何しろ望みはもうこれだけなのだ。われわれとしてはこれに、残る何時間かの望みを託さなくてはならない。

とはいうものの、こんな状態の御手洗に、私の今までの成果を話したものかどうかためらわれた。ますますおかしくなるかもしれない。御手洗はどうやら昨夜、このベンチで夜を明かしたらしい。無茶をする男だ。ふがいない自分に罰を与えようとでもしたのか、雨でも降ったらどうするつもりだったのか。

腕時計を見た。九時をだいぶ廻っている。もうこうしてはいられなかった。もし御手洗が目を離せないようなら、電話で江本君にでも来てもらい、一人で吉田秀彩のところへ乗り込むしかない、そう考えた時、御手洗が口を開いて、今度は凡人にも解るようなことを言った。

「以前君が言ったように、ぼくはホームズの悪口を言いすぎたんで罰があたったらしい。君の言う通りだ。ぼくは身のほどをわきまえなかったな。あんな謎、すぐに解けると思っていた。事実、解けかかってもいたんだ。あの感じがあった。ピンの一本なんだ。たった一本、そいつが解ってるのにな、くそ！　真面目に根をつめすぎて全然ほどけなくなっちまった！　何か、きっかけなんだ。ちょっとした、ほんのちょっとしたきっかけがあるとな！」

そして御手洗は頭を抱えた。

「あいてて！　こりゃすごい。君の言った通りだ、本当に唇がはれてきた。喋るのが辛い。自分のペースを見失って、ぼくはすっかり駄目になった。君はずいぶん張り切ってたらしいね、聞きたいな。君の活躍を話してくれないか？」

今日の御手洗はずいぶんとしおらしかった。人間たまには挫折も必要ということか。しかしこの挫折の代償は大きいはずだった。私はこの時、今さらのようにこの友人が、あの横柄な警察官の前に跪《ひざまず》くことを許せないと感じた。御手洗はどこかへ隠して、私一人であの刑事と対決するか、などと考えた。

とにかく私は、この時と思い、東淀川の加藤さんを再び訪ねたこと、彼女に吉田秀彩なる人物の存在を聞き、烏丸車庫近くまで出向いて訪ねたこと、そして安川民雄が平吉だと言った梅田八郎とアゾートを訪ねて、昨日は明治村まで遠征したことなど、今までの行動を洩らさず話した。

腕を枕にして、石のベンチに仰向《あおむ》けに寝た御手洗の目に、当然浮かぶべき興味の光が少しも感じられず、異常にぼんやりして宙を見つめるばかりなので、やはりこれは普通ではないと思った。何か全然別のことを考えているようだ。御手洗はもうあきらめ、事態を半分投げだしている。私は心の底から失望した。

御手洗は一応落ち着いた。どうやら放っておいても大丈夫そうなので、私は単身吉田秀彩のところへ行こうと決心した。うまい作戦は結局思いつけなかったが、やむを得ない。会えば何とかなるであろう。いずれにしても今日は最後の日だ、狂人と遊んでいる気にはなれない。

「そろそろ若王子《にゃくおうじ》が開くなあ……」

とベンチに起きあがり、寝ぼけた声で狂人は言った。

「若王子って？　お寺かい？」

「うんそう、神社だ……。いやそうじゃない！　あれだ」

指さす方を見ると、小径のふもとに西洋館ふうの小さな時計塔があり、先端が樹々の間から突き出している。

私たちのいる哲学の小径は、小川に沿った土手の上にあるが、この土手がずいぶんと高いので、このあたりの建て物は、みんな道から四、五メートルほど低い土地に建っている。この建て物もそういった一軒だったが、見ると小径沿いに門があり、これを入ると石段を下っていく。時計塔のある西洋館へと続いているらしい。

「喫茶店？」

「うん。温《あった》かいものが飲みたいんだ」

体の弱った御手洗が、温かいものを飲みたいと言うのに反対はできない。私たちは立ちあがって門を入り、二人でよろよろと石段を下って、その西洋館へと入った。

名のある俳優が、自宅の庭の一部を開放して作った店だという。とっつきはサンルームふうのガラス張りのスペースだった。そこに席を占めると、庭に置かれたスペインふうの石の井戸や、彫刻が見える。朝の陽が私たちのテーブルに落ちて、私たちのほかには客はなく、なかなか居心地がよかった。

「いい店だね」

私はしばらくその気分を楽しみ、コーヒーをほとんど飲んでから、言った。

「うん」

御手洗は相変らずぼんやりしている。

「ぼくはこれからさっき言った吉田秀彩のところへ行こうと思うんだ。君はどうする？　一緒に来るかい？」

御手洗は、長いこと考え込んでから言った。

「そうだな、それもいいかな……」

「それじゃ時間がない！　何しろ今日中に黒白つけなくちゃならないんだからね」

私はカップの底に残っていたコーヒーをすするのももどかしく立ちあがり、テーブルの伝票を掴んだ。その時、大きなガラスを抜けて室内を照らしていた朝の陽が、さっと曇った。一瞬おやと思う。さっきまでよく晴れていたが、これは、天気がくずれるのかもしれない。

御手洗は先にぶらぶらと出ていった。私は代金を払うために財布を出したが、ちょうど細かいのを使ってしまっていて、一万円札しかなかった。店の人も開店早々でおつりがなかったらしく、奥に取りに入ったりしたので、御手洗にだいぶ遅れてしまった。

私は急いでかき集めたらしい九枚の千円札をいつもの癖で同じ向きに揃えながら、哲学の小径に出る石段を昇った。九枚の中に一枚、破れた中央を、セロテープで貼り合わせた札があった。伊藤博文の顔の右半分がテープの下になっている。

御手洗はまたベンチにすわっている。するとどこからか、またさっきの犬がやってきていた。御手洗は犬には好かれるたちらしい。同類と思われているのだろう。烏丸車庫に向かうため、私は御手洗をうながして歩きだした。いよいよ最後の賭けだ。私は内心燃えるものを感じた。

揃えた九枚の千円札を財布に入れる時、

「ほら、こんなふうにテープで貼りつけたお札をくれたよ」

私は何げなく御手洗に見せた。

「へえ、まさか不透明なテープじゃあるまいね？」

そう御手洗は言った。

「ふん、セロテープか、じゃ大丈夫だ」

「何が大丈夫なんだ？」

「いや、ま、千円札ならまず可能性はないけどね、これが一万円札なら、それに不透明なテープだったら、ニセ札の可能性があるんだ」

「どうして不透明なテープだったらニセ札の可能性があるんだ？」

「そりゃつまり……、いや説明が面倒だよ、言葉じゃね。図を描きゃ簡単なんだが。ニセ札というういい方も正確じゃない、一万円札詐欺《さぎ》とでもいう方が……いい……かも……しれ……な……」

またどうやら言う気がもげてきたらしい。語尾がよく聞き取れなかった。彼には時々こういうことが起きる。たいていは鬱病の兆候なのだが。

私はやれやれと思いながら御手洗の顔を見た。ところが、私はそこに想像もしていなかった御手洗の表情を見て、背筋に緊張が走った。彼のこんな顔を見たのははじめてのことだ。目はかっと見開かれ、赤い血管が浮き立っているのまではっきりと見てとれた。そして狂気故の強烈なエネルギーが、激しく空中に放射された。口はそれとは対照的に、ポカンと力なく開いている。

瞬間、私は大あわてにあわてたが、どうしてよいかはさっぱり解らなかった。いよいよ絶望的な事態が訪れたのだ。私は弱々しい混乱の内で、終焉の瞬間を待った。

それはたちまち始まった。御手洗は両の拳を筋肉が震えるほどに強く握りしめ、前方に突き出すと、

「おおお……」

と大声で吠えはじめたのである。

私たちとすれ違ったアヴェックが立ち停まり、振り

返って見ている。犬も何ごとかと息をつめて御手洗を見ている。

今までいろいろと数えきれないほどの不平を言ったが、私はただの一度も彼の頭脳の優秀さを疑ったことはない。その精密さを尊敬さえしていた。しかし精密さの故に、それは破滅の瞬間を迎えたのだ。私は絶望的な悲しみの内で、彼の脳の死を、すなわち彼が本物の狂気への門をくぐるのを見た。

「どうしたんだ!? 御手洗、しっかりしてくれ!」

しかし私は傍観者でいることなどできない。訊く必要もない愚かな質問の叫び声をあげ、気の遠くなるほどに月並みな行動(しかし他にどんなやり方ができよう!?)、すなわち彼の肩に手を置き、揺すろうとしたのだ。

けれども彼の顔を見た時、私は不思議な、一種の感動を覚えて、動作が凍りついた。不精髭を顎から肉のそげた頬にかけて生やし、痩せた身体から全力で意味不明の大声を絞りだしている御手洗は、自尊心ばかりが強く、したがって食う物にありつけなくて死にそうになっているくせに、まだ精いっぱい頑張って吠えている誇り高い痩せライオンのようだった。

と、突然痩せライオンは、吠えるのを中止して、だっと走りだした。

狂人の発作は、誰の手助けも拒否するぞと叫ぶような迫力に充ちているものだ。私は気弱に跡を追って駆けだしながら、そうか、これは誰か子供でも川に落ちそうになっているのを見つけたのだ、奴はそれを助けようとして駆けだした、となかば以上本気で考えた。きっとそうだ、いやそうであって欲しい! などと私の頭は忙しく回転する。思えば不思議なことだ。何故なら私は、川に誰も落ちたりはしていないことを、自分の目で見て知っていたからだ。

しかし御手洗は三十メートルも走らないうち、キキッとブレーキをかけ、私とぶつからんばかりにして擦れ違い、反対方向へと駆けていく。立ち停まっていたアヴェックが全速力で逃げはじめた。私も必死で跡を追う。御手洗はあっという間に彼らを追い抜いて停まると、今度は頭を抱えてしゃがみ込んだ。賢明な黒い犬は、とっくの昔に安全な場所へと消えている。

いったいどうしたものかと思いながら、私がとぼとぼと歩いていくと、怯えたアヴェックが、私と、危険な御手洗とを交互に非難の目で見た。御手洗がしゃがんでいるあたりは、ちょうどさっき遠吠えしていたあたりだ。

要するに私は、ただじっと待っていればよかったらしい。

近づいていくと、御手洗は顔をあげた。しかしその顔は、いつも部屋で見せるいたずらっぽい、余裕のある表情に戻っていた。そして、

「あれ、石岡君、どこへ行ってたんだ？」ときた。

まだまだ油断はできないが、私がこの時感じた安堵感は、ちょっと言葉にできない。私はほかのことがいっさい考えられなかった。

君が足の速いのはよく解ったが——、と私は言おうとした。狂人の足は実際速いものだ。しかし彼は私が口を開くより一瞬早く、

「ぼくは実に馬鹿だった！」

とわめいた。そりゃ同感だ、と私は思った。

「何という間抜けだ！　これでぼくは自分の頭の上に載っけた眼鏡を探して部屋中ひっくり返すような男を、生涯馬鹿にできないだろうな！　これからは最初から真面目にやるぞ。だがまあこんなにまごついたおかげで、どこかで犠牲者が出たといった種類のものでないからよかったな。ああよかった」

「何がよかったんだ？　ぼくがいてよかったろ？　あのアヴェックだけだったら、今頃は救急車のサイレンが近づいてる頃……」

「ピンだ！　一本のピンだよ石岡君！　ついに見つけた。ついに見つけたぞ！　思った通りだ。思った通り、このピン一本を引き抜けば、見てごらんよ、たちまちパタパタカラカラと、一発ですっきりしたかたちにおさまったじゃないか。

しかし、こいつは何てすごい奴だ、頭が下がるよ！　だが何といってもぼくが間抜けすぎた。ちゃんとやってれば最初君に説明を聞いた途端に解ったろうにな！　実際馬鹿みたいに簡単な事件じゃないか！　なあにやってたんだろうな、はん！　畑の大根を盗もうと思って、地球の裏側から穴を掘ってたモグラみたいだぜ！

何してるんだ石岡君？　君はぼくを笑うべきだ。みんなも笑ってくれたまえ、そこをいく君、君もぼくを笑ってくれたまえ。許す。ぼくは道化だった。まったくこの事件のうちで、これが最も驚くべきことだ。このぼくともあろう者がだ、こんな簡単な謎々でこんなにたっぷりもたつくとはね！　子供にでも解る謎かけだぜ。そうなると急がなきゃな！　今何時だ！　石岡君」

「え？」

「えじゃない、時間を訊いてるんだ。左腕につけてるそ

れは時計じゃないのかい？」

「……十一時だけど……？」

「十一時！　大変だ、もう何時間もありゃしない。忙しいぞ。東京行きの新幹線の最終は何時だったっけ？」

「確か、八時二十九分だったと思うけど……？」

「よし、それに乗ることにしよう。それじゃ石岡君、西京極のアパートに帰ってぼくの電話を待っていてくれたまえ。時間がない、それじゃさようなら！」

「ちょ、ちょっと待ってくれよ！　どこへ行くんだ？」

　御手洗はもう早々と遠ざかっていたから、少し大声で言う。

「決まってるじゃないか、犯人のところだ！」

　私はぽかんとしてしまった。

「何だって!?　また気が狂ったのか？　君、まだやる気なのか？　第一どこにいるんだ、犯人って」

「それはこれから捜すんだけどね、大丈夫、夕方までには見つかるよ」

「夕方!?　おい、何を捜すのか解ってるのか？　傘の忘れ物じゃないんだぞ!?　吉田秀彩はどうするんだ？　行かなくていいのか!?」

「吉田何？　何だそれ？　ああ！　さっき君が何か言ってた人か。行かなくていいよ、そんなの」

「どうしてだ？」

「だってその人は犯人じゃないからだよ」

「どうしてそんなことが言える？」

「ぼくが犯人を知ってるからさ」

「あのなあ……、犯人って……」

　と私が言いかけた時、御手洗は角を曲ってさっさと姿を消してしまった。

　私はたった二、三時間だったが、極限的に疲れてしまった。何の因果であんな半狂人と友達になってしまったのか、前世でよほど悪いことをしたのかもしれない。

　だが一人になると、当面選択を迫られている大問題があることに気づいた。吉田秀彩、彼をどうするかだ。御手洗は行かなくてもいいと言った。しかしあんな気違いの言うことなど、いったいどこまで信じていいのだろう。

　馬鹿みたいに簡単な事件？　馬鹿みたいに簡単？　どこが簡単なんだ!?　こんな馬鹿みたいに複雑な事件はないじゃないか。子供でも解ること？　あいつが気違いだということなら子供でも解るだろうが。

　御手洗は何に気づいたというのだろう？　だがまずなにより、本当に気づいたのか？　あれはどう見ても狂人の発作だった。突然走りだしたり、吠えたり、大声でわめいたり——、まともな人間のやることじゃない。どうせ妄想をたくましくして、謎が解けた気になったのだろう。

百歩譲って、何かのきっかけをやつが掴んだとしても、犯人を今からちょいと夕方までに捜しだすというのは、これはもう絶対に不可能だ。四十年かかって誰も見つけることができなかったのだ。それをあとたったの何時間かで、電話ボックスに忘れた傘みたいに犯人を捜しだせたら、私は京都中を逆立ちして歩いてもいい。このひと言に関しては、間違いなく狂人のたわ言、それも相当程度の重いやつだと自信を持って断言できる。郵便ポストが赤いことに疑いを持つ者も、彼が狂人であることになら反論はしないだろう。私がこう言っても、十人が十人頷いてくれるはずだ。

第一御手洗は、私と同じだけの予備知識しか頭に入れてないはずだ。いやいや、吉田秀彩、梅田八郎などは知らないのだから、私よりずっと少ない。それでもって犯人を今日中に捜しだすというのだから恐れいる！

帰って電話を待てと言っていた。もし私がそうしたなら、それはあの相当重症の病人が、犯人を今日中に捜し出すという夢みたいな大ボラを、ほんの少しでも信じるということになる。

その可能性となると、これはもう常識的にいって、全然まるっきり、絶対に、信じることはできかねる。が、見当違いのおそれは大いにあるにせよ、あの末期症状の先生はとにかく走りだしたのだから（これは本当に文字通り走りだしていたが）、どうせ私の協力が必要になるだろうという気がした。そのためだけには帰っていてやる必要もあった。はてどうしたものだろう——？

制限時間は今日いっぱいだった。もし御手洗の方が失敗と解った時どうするのか？　その時のために、私の方も一応やっておくに越したことはないのではあるまいか？

要するに御手洗が、時間がないせいもあるが、ろくすっぽ説明もしないですっ飛んでいったので、こんなに悩まなくてはならないのだ。あいつの閃めいた考えというのが、うんこれならと納得のいくものだったら、私もおとなしく部屋へ帰って電話の前にすわっている気にもなるのだが、あの調子ではなあ……、と私は思わず天を仰いでしまう。天は今やすっかり厚い雲で埋まり、私の頭の中同様どんよりとしている。

とりあえず御手洗が、本当に事件を解明した可能性があるかどうかについて、考察してみようと思った。ほんの少しでも、そんなことがあり得るのか。発作を起して吠えはじめたのはいつからだったろう――？　そうだ、セロテープを貼ったお札を見せた時からだ。ということは、あれが何かのヒントになったということだ。

私は急いで財布を取り出した。テープを貼った千円札を引き出してみる。別に何の変哲もない。透明なテープが貼ってあるばかりだ。これから何を思いつけるというのか？　裏返してみる。裏にもセロテープがあった。しかし御手洗は裏は見なかった。

何か書き込みでもしてあったかと思い、よく観察してみるが、何もない。色、といってもとりたてて変ってはいないし、伊藤博文という名前が何かのきっかけになったのか？　別にそんなこともあるまい。それでは千という数字か？　これはありそうに思える。しかし、何も考えつかない。

お札、つまり金という概念そのものが何かの関連を呼んだのかもしれない。あの事件に金銭がからんでいたとか――、しかしそれは当たり前の話だろう。今さらといった問題だ。

そうじゃない、いや、そうじゃないぞ、私は思いついた。ニ、セ、札、だ！　ニセ札がどうのと言っていた。これだ！

あの事件はニセ札がからんでいたのか？　梅沢家の事件は占星術殺人と見せかけて、実はニセ札のからんだ犯罪だった？　平吉は芸術家だから、あるいは――？

だがそれでは今まで得た材料とどうつながるんだろう？　今までの感じでは、これがニセ札の事件だという匂い、あるいは兆候は皆無だったように私は思っている。

しかし、御手洗のあの大騒ぎと、ニセ札という言葉が無関係であるとはまず絶対に思えない。ニセ札という言葉が何らかのヒントになったのだ。ではどんなふうに――!?

それにまだ言ってたな、不透明なテープでつないであればニセ札だって。それから千円札なら可能性はないが、一万円札ならあり得ると――。何故だ？　一万円札の方が紙質がいいのかしらん。

ああそうか、解った。それはこうだ。千円札のニセ物を作っても大した利益はない。一万円札のニセ札なら十倍の利益があるわけだ。十万円札でもあれば当然そっちにするだろう。これはそういうことだろう。

だが、何でセロテープでなく、不透明なテープが貼ってあればニセ札なんだ？　ニセ札というのは版を新たに起して印刷するもののはずだ。別段テープを貼る必要はないだろうに。不可解なことを言う男だ。

あれこれ考えたあげく、結局私は部屋へ帰っていてやることにした。夕方までには連絡すると言っていた。そうなら、彼が失敗と解れば、その時点で私が部屋をとび出し、吉田秀彩のところへ急行するというのもできない相談ではない。馬鹿と天才は紙一重というではないか。私はその紙一重に、今度だけは賭けてみようかと、気乗りはしないものの思ったのである。

少々遅かったかもしれない。しかしこれも、完璧なフェアプレーを期することは無論だが、一人でも多くの読者にこの謎を解いて欲しいがためである。

勇気を振り絞り、私はここらであの有名な言葉を書いておこう。

〈私は読者に挑戦する〉

今さら言うまでもないが、読者はすでに完璧以上の材料を得ている。また謎を解く鍵が、非常にあからさまなかたちで鼻先に突きつけられていることもお忘れなく。

島田荘司

Ⅳ　春雷

1.

私はあえて思考停止の状態だった。私には、この事件が今、詰めの段階を迎えているとはいっこうに思えなかったから、少しでも考えることを始めれば、ここを放りだして吉田秀彩のところへ行きたくなるに決まっていた。

電話を抱きかかえんばかりのところに置いて横になった私は、精神的にはあまり愉快な状態にはなかった。しかし空気の抜けた風船のようだった御手洗が、一応元気を取り戻したのだから、友人としては喜ばなくてはなるまい。

部屋までの帰り道、夕方まで電話の前でどうやって時間を潰そうかということばかりを考えながら、私は帰ってきた。したがって早めの昼食も、せいぜい時間をかけてとった。ところがそんな心配はまったく無用だった。部屋へ帰り、電話の隣りでごろりと横になって二十分もしないうち、早々とベルが鳴ったからだ。あまりに早かったから、私はこれが御手洗だとは考えなかった。それで私は受話器をとり、

「はい、江本です」

と言った。

「石岡ですだろう？　君」

すると、御手洗のからかうような声が言った。

「何だ君か、えらく早いな、何か忘れものでも持ってこいっていうのか？」

「今嵐山にいるんだ」

彼は言った。

「へえ、そりゃいいね、そのあたりは気に入ったよ、特に君の嫌いな桜の咲いているところがいい。ところで脳の調子はどう？」

「生まれてからこっち、今ほど快調な時はないね！　君は渡月橋を知っているだろう？　嵐山の。その渡りきったところにお地蔵さんの家みたいな電話ボックスがあったのを憶えているかい？」

私ははっきりと憶えていた。

「今そこからかけてるんだ。このボックスから道をはさんで反対側にね、琴聴茶屋《ことぎき》って店があるんだ。桜餅がおいしいんだぜ、あんこが入ってなくてさ。今すぐ食べにおいでよ。君にちょっと会わせたい人がいるんだ」

「いいけど、誰だい？」

「会えば解るよ」

御手洗はこういう時、決して教えようとしない。

「君もきっと会いたい人だよ。ぼくだけ一人占めで会ったら、きっと君に一生恨まれると思うね。でも急いで欲しいんだ。何しろ有名人で、忙しい人だからね、早くこないと帰っちゃうよ」

「スターか何か？」

「ああまあ、そんなところだね、それも上に大の字がつくよ。それからね、雲行きが少々怪しいんだ、風も出てきた。こいつはひと雨くるぜ。だから傘を持ってきて欲しいんだ。その部屋の玄関のところに江本君のこうもり

傘と、白いヴィニール製の安物の二本がある。ずっと前降られた時、ぼくが買ってきたんだ。その二本を持ってきてくれたまえ。じゃあね、大急ぎだよ！」

　私は跳ね起き、上着を引っかけた。玄関のところまで出ると、下駄箱の陰に白い傘と黒い傘が見える。私のと御手洗の分だ。

　また駅まで小走りになった。今日はよく走らされる日だ。きっと体にはいいだろう。走りながら考える。しかし御手洗は何でこの忙しい時に、私に映画スターか何か知らないが会わせようというのだろう？　それは大女優なら会ってはみたいが、事件にどう関係があるというのか。

　嵐山の駅を出ると、まだ陽は高い時刻のはずなのに、雲行きのせいで空は黄味がかった灰色に薄暗く、まるで夕闇が迫るようで、時おりの強い風に梢《こずえ》が鳴った。小走りで渡月橋を渡る時、稲光《いなびかり》が走ったように思って空を仰いだが、待ってももう光らなかった。春雷か。

　琴聴茶屋に入っていくと、客は少なく、赤い布のかかった窓ぎわのテーブルに、御手洗がすわっているのが見えた。私を見つけ、ちょっと手をあげる。その手前に、和服の婦人の背中が見えた。

　傘を持ったまま二人のテーブルに近づき、御手洗の隣りに腰を降ろすと、御手洗の顔の向こうに川と渡月橋が見えた。何にいたしましょうという声がして、私は自分のすぐ後ろに、店の女の子がついて来ていたことに気づいた。桜餅、と御手洗が勝手に言って、女の子に百円玉をいくつか手渡した。先払いらしい。

　私は、テーブル分のわずかな距離をはさんでその女性と向かい合ったので、顔をはっきりと眺められる位置だった。目を少し伏せがちにしていた。何ともいえず貴族的な顔だちで、品があり、若い頃はさぞ美しい人だったろうと思わせた。

　年は四十代のなかばくらいか、五十にはなってないだろう。するとこの人は、五十歳としても事件当時は十歳くらいということになる。とするなら大した参考人とも思えない。御手洗は何を訊こうというのか？

　婦人の前には桜餅とお茶とが手をつけられずにあって、おそらく冷えていた。私はこの女性がどうして顔を俯《うつむ》き加減にしているのかと考えた。

　そして私はずっと思っているのだが、この女性の顔には別段見憶えがないのである。ブラウン管でもスクリーンでも、お目にかかった記憶というものがない。

いずれにしても私は、席に着くなり御手洗が私のことを紹介してくれるものと思っていたので、このほとんど気まずいような沈黙の時間は予想外で、それとなく仕草で御手洗をうながそうとした。しかし非常識な御手洗も、これは一応解ってはいたらしく、君の桜餅が来てからね、と言ってまた黙った。

だがそれほど辛抱するまでもなく、すぐに小皿とお茶とを盆に載せた女の子がやってくるのが見え、私の目の前にそれらが置かれた。そして女の子が背を向けると同時に、御手洗は口を開いた。

「彼が一緒にやってきた友人の石岡和己君です」

その婦人は軽く微笑んで、はじめてちらと私の顔を見た。そして会釈した。その不思議な笑顔を、私はしばらく忘れなかった。五十歳の女性が、こんなふうな微笑み方をするのを、私は生まれてはじめて見た。羞《はじ》らいを含んでいる、などと言うとぞっとするほど月並だが、とにかく嘘の感じられない少女のような笑いだ、とその時思った。そしてこれがおとなの魅力というものかとまず考え、いや絶対にそうではあるまいと考え直した。

御手洗がゆっくり私の方を向く。そして夢の中の登場人物のような、不思議なセリフを口にした。

「石岡君、そしてこちらはね、須藤妙子さんだよ。例の梅沢家・占星術殺人事件の、われわれの尊敬する犯人でいらっしゃる」

その一瞬、私はすうっと気が遠くなるような心持ちがした。そしてその感じに堪え、長い長い時間を、じっと三人で向き合って過ごしたような気がする。あるいはそれは、あの四十年という時間に匹敵するものであったかもしれない。

そして、この得体の知れない時間にけりをつけるように、春雷の閃光《せんこう》が荒々しくきらめき、薄暗かった店内を、一瞬真昼よりも明るくした。奥で女の子の悲鳴が聞こえ、ややあって地鳴りのように音が追ってくる。

それから、まるでこれが合図ででもあったかのように、驟雨《しゅうう》が窓の外を劇的に覆いはじめ、川も橋も、みるみるしぶきに煙って見えないほどになった。強い雨が屋根を叩く激しい音が店内に充ちて、大声を出さなければ会話もできなかったろう。だから私たちは黙っていた。

雨は次第に横殴りになり、ガラスを打ちはじめ、かろうじて見える滲《にじ》んだ墨絵のような世界を、人々があたふたと逃げ廻るのが見える。そのうちの幾人かは、荒々しく引き戸を開け、店に飛び込んできた。彼らが大声で語り合うのも、私は遠い世界の音のように聞いた。

私の内では何かが萎《な》えたようになっていて、燃えて丸まっていく紙が、何故かしきりに目の前に浮かんだ。

だんだんに私は、御手洗がまた何かぶしつけな冗談を言ったのかもしれないと思いはじめ、御手洗を睨みつけようと思ったのだが、相手の女性の様子を見ているとそうでもないようだ。

だが、それでは何故だ——!?　私はやっとそんなふうに発想し、興奮する気持ちの余裕が生まれた。

須藤妙子と言った。そんな名前ははじめて聞く。では、全然われわれの知らない人物だったのか!?

この人はせいぜい五十だ。昭和十一年には十歳にもならない。五十五歳としても十五歳だ、そんな子供に何ができるというんだ!?

犯人というくらいだから、一連の事件、平吉殺し、一枝殺し、アゾート、と続く連続殺人をこの女性が一人でやったというのか!?　十歳そこそこの子供が?!

では竹越文次郎を手紙で脅迫して動かしたのも、この女性一人の仕業なのか!?

この人が六人の女の体を切り刻んで、アゾートを作ろうとしたのか?

吉男でも、安川でもなく、文子でもなく、平吉でもなく、この女性が一人で!?　たった一人で!?

動機は!?

だいたいこの人は梅沢家とはどういう関係にあたる人なのか?　われわれが今まで得た資料の中に、そんな子供はいなかった。いったいどこに潜んでいたというんだ?　われわれは、いや日本中の人間が、あっさりそれを見逃してきたというのか!?　そんな子がどうやって六人のおとなを、どこに、どうやって連れ込んで毒殺したというんだ?　第一そんな毒を、どこで手に入れてきたというのか。

いやそれより、もっと解らないことがある。もしこの女性が、正しく四十年間も日本中を煙にまいた犯人ならばだが、どうやってたったあれだけの時間で、御手洗は見つけだしたのか?　あれから、あの哲学の小径からここへやってくるまでの時間と、せいぜい食事する時間くらいしかなかった。

今朝私が哲学の小径に駆けつけるまで、謎はまったく謎のままだった。昭和十一年当時とも大差はなかったろ

う。若王子から出た時、御手洗ははじめて閃めいたのだ。それがどうして？　どういうことだ⁉

表は相変らず雨足が強く、時おり雷光が閃めき、店内には、夕立に独特の蒸すような気配が充満した。他の客たちからは、私たちはまるきり化石したように見えたことだろう。やがて雨の音は徐々に穏やかになり、いっときの激しさが去っていくのが感じられた。

「どなたかが、いずれやっていらっしゃるだろうと、私は思っておりました」

と、この時を待っていたように、ほとんど唐突に婦人が口を開いた。

しかし意外なことに、その声はほとんどしわがれたようにかすれており、私はこの声を、目の前の女性と結びつけることがむずかしかった。この声からすれば、あるいはもっと歳取っている人かもしれない。

「私からすれば、あのくらいの謎で、四十年以上もかかったことがむしろ不思議です。でも……、私のところへやってこられる方はきっと、あなた方のようなお若い方だろうと思っておりました」

「ひとつだけおうかがいしたいんですが」

御手洗が丁寧に言う。

「何故あなたは、あんなふうにすぐ解る場所にずっといらしたんですか？　ほかにお移りになることもできたはずです。あなたほどの頭脳がおありなら、外国語をマスターすることも、そんなにむずかしいことではありますまい」

窓の外はまだ黄味がかった暗灰色に支配され、相変らず雨はしとしとと降り、時おりその暗い空に雷光が浮いた。

「それは……、ちょっと説明がむずかしいですわね、きっと……、待つ気になっていたからです。私は孤独でしたので、この人ならという人も、とうとう見つけることができませんでした。私のところへ来る人なら、少なくとも、きっと私と同類の人ですから……。あ、いえ、私のような悪人という意味ではありませんのよ」

「もちろん解っています」

御手洗は真面目くさった顔で頷く。

「お会いできて、嬉しゅうございましたわ」

「ぼくはその三倍、思っております」

「あなたは優れた能力を持っていらっしゃいます。これからきっと、大きな仕事をなさる方です」

「もうやりましたよ。これ以上大きな仕事に、この先巡り逢えるものでしょうか」

「私のささいな謎なんかで、そんな言葉をおっしゃってはいけません。あなたはお若い、まだまだこれからです。あなたは大変な力を持ってらっしゃいますけれど、私の事件を解いたくらいで満足して、慢心したりはしないで下さいね」

この時私は、この教訓めいた言葉の意味をじっと考えた。

「ははあ、そっちの方なら大丈夫です。前半にたっぷりもたついて、さんざん頭を打ちましたので」

御手洗は言った。

「さて、あまりこうしていると、ぼくも自分のささやかな成功に、不当に酔いそうな気分になるので、そろそろ切りあげなくてはなりません。実に後悔しているのですがね、ぼくは今夜東京へ帰ると、明日あなたのことを警察に話すと、成りゆき上約束してしまったのです。あなたもよくご存知の、竹越文次郎氏の息子の竹越刑事にね。この男は、チンパンジーが背広を着たような馬鹿な男ですがね、ぼくはある理由から、そう決めてしまったんです。その理由を申しあげれば、あなたもきっと賛成して下さるでしょう。

それさえなければ、ぼくはあなたとお別れして東京へ戻り、一週間前から放りだしている仕事の続きをやるだけなんですが。たった今のこの会見以上の満足など、こういった仕事には存在しないということを、ぼくはよく知っております。

チンパンジーと会うのは明日です。したがってこいつが仲間を誘ってこっちへ押しかけてくるのは、たぶん明日の夕方といったところでしょう。それまでにどこへいらっしゃろうと、あなたのご自由です」

「そんなことおっしゃると、時効の事件とはいえ、逃亡幇助《ほうじょ》になりかねませんよ」

すると御手洗は横を向いて笑った。

「はっはっはあ、ぼくはこれまでいろんな経験をしてきましたが、不幸なことにブタ箱の中がどうなっているのかまだ知りません。ぼくは犯罪者と会うこともたまにあるのですが、彼にいずれ入る場所の説明ができなくていつも困るんです」

「あなたはお若い。恐いものなどないのでしょうね。女の私でさえ、若い頃はそうでした」

「夕立みたいなものかと思ったけど、まだやみませんね。この傘をお持ちになってください、こんなものでも濡れるよりはましでしょう」

御手洗は白いヴィニールの方を差し出した。

「でも、お返しすることができませんよ」

「そんなことかまやしません、どうせ安物です」

私たち三人は、揃って椅子から立ちあがった。

須藤妙子は持っていたバッグを開け、左手を入れた。

私の方は彼女に尋ねたいことが山ほどあった。それらが喉まで出かかっていたが、この場の雰囲気を壊しそうで口に出せなかった。私はまるで初歩的なことを知らないのに、大学の講義に出たようなものだった。

「何もお礼ができませんので、これを差しあげます」

そう言って須藤妙子は、バッグからとり出した小さな袋を御手洗に手渡した。それは赤い糸と白い糸が複雑に絡んだ布でできていて、非常に綺麗なものだった。

御手洗は、この場の雰囲気には不釣合いなほどそっけなくありがとうございますと言い、その小袋を無造作に左の手のひらに載せて眺めた。

店を出ると、私たちは黒い傘に二人で入って橋の方へ歩き、婦人は白い傘で反対の方角、落柿舎の方角へと歩きだした。別れる際、婦人は御手洗におじぎをし、続いて私にもした。私はあわてて身を屈めた。

狭い傘の下で窮屈に歩きながら橋にかかり、何げなく私が振り返ると、その人もちょうど振り返ったところで、歩み去りながらまたおじぎをした。私たちも揃ってぺこりと礼をした。

この時になっても私は、小さくなっていくこの弱々しそうな人影が、あれほどに日本中を騒がせた張本人とはまだ信じられなかった。婦人はゆっくりと歩いていく。大勢の人が彼女と擦れ違うが、誰も注意を払う者はない。

雷光はもうまたたく様子がなかった。劇的な時間は去ったのだ。嵐山の駅に向かいながら、私は御手洗に言った。

「ちゃんと話してくれるんだろうね？」

「そりゃもちろん話すさ。君が聞きたいならね」

聞いて、私は思わずかっとした。

「聞きたくないと思ってるのか⁉」

「いやいや、ただ君の脳味噌がぼくのに劣るとは、君も認めたくないだろうと思ってさ」

私は沈黙した。

2.

西京極のアパートへ帰ると、御手洗は東京へ長距離電話をかけ、飯田さんと話しているらしかった。

「ええ……、解決しましたよ。ええ……、もちろん解りました。生きてましたよ。今会ってきたところです。どなたですかって？　うん、そうですね……、お知りになりたければ明日の午後にでもぼくの教室の方へいらしてください。あなたのお兄様、お名前は何とおっしゃいましたっけ……、文彦？　文彦っていうんですか、はあ、そうですか、案外可愛らしいお名前ですね、その文彦さんにも来るように言ってください。その時、必ず例の文次郎氏の手記も持ってくるように、ぼくが強く言っていたとお伝えください。手記がなければお教えすることは何もありません。ええ、ぼくは明日は一日中部屋にいます。何時でもかまいません。いらっしゃる前に電話を入れてください。それじゃあ……」

またダイヤルを廻す音がして、こんどは江本君にかけるらしい。

私は台所から箒を探しだすとその横へ行き、かまわず、一週間お世話になった部屋の掃除を始めた。電話をかけ終っても御手洗は、部屋の中央にすわり込んだまま放心したように動かなかったので、大いに掃除の邪魔になった。

雨は今や霧雨のようになり、窓を開け放しても、部屋に降り込んでくることはなかった。

私たちが、手にささやかな荷物を下げて京都駅のホームにあがっていくと、江本君がすでにわれわれを待ち受けていて、弁当の包みを二つくれた。

雨はもうやんでいた。

「お土産ですよ。また来て下さい」

江本君は言う。

「本当にお世話になりっぱなしの上に、こんなことまでしていただいちゃ心苦しいですよ。また今度は東京の方へも是非来て下さい。本当にお世話になりました。とても楽しかったです」

「いやあ、ぼくは何もしてませんよ。ぼくの部屋はいろんなのが来て勝手に泊ってくんで、どうってことないんです。またいつでもご遠慮なくどうぞ。でも事件が解決してよかったですね」

「はあ、おかげさまで、と言いたいとこなんだけど、ぼくはまださっぱり解ってないんです。いやはやキツネにつままれたみたいな気分で……。真相はこの不精髭の先生だけが知ってるんです」

「ははあ、それでまた教えたがらないのでしょう？」

「いやそうなんです」

「この先生は昔からそうでね、たとえば部屋中にいろんなもの隠して、自分で忘れちゃうんです。だから大掃除なんかすると、部屋のとんでもないところから、いろんなガラクタが出てきますよ」

私はちょっと溜め息をついた。

「はあ……、やっぱりちょっと普通じゃないんですねえ……。この事件の説明も早めにやってもらわないと、忘れちゃうかもしれませんね」

「それは急いだ方がいいですね」

「しかし、占いの先生ってのはどうしてこう偏屈が多いんでしょう」

「占いなんてのは偏屈老人の仕事ですから」

「まだお若いのにねえ……」

「お気の毒なことです……」

「さて諸君！　別れの挨拶はそのくらいで。われわれを長く引き離し、五百年のちの夜に連れ去る列車がじきに滑り込む。われわれはロマンの甲冑に身をかため、白いロバにうちまたがろうではないか！」

「万事この調子ですからね」

「あなたも疲れますね」

「事件のこと、完全に解ったら手紙を書きますよ、長いやつを」

「楽しみにしてますよ。また近いうち、本当に来て下さいね。夏にはね、大文字の送り火もあるし」

新幹線が滑りだし、ホームで手を振る江本君も見えなくなって、陽暮れ時の薄明るい平野に走り出た時、私は御手洗に向き直った。

「ヒントくらいはどうなんだ？　御手洗君、教えてくれても罰《ばち》はあたらんと思うよ」

私たちは、事件があまりにあっさりと片づき、御手洗が眠ってなくて、早く自分のベッドに帰りたいというので、予定の最終よりだいぶ早い列車に乗ったのだ。

「ヒントはだから……、セロテープだよ」

「何でお札のセロテープがヒントになるんだ!?　それは本気で言ってるのか？」

「今ほど本気になったことはないね。ヒントどころか、あのセロテープこそがこの事件のすべてだと言ってもいいくらいだ」

「…………」

私は途方に暮れた。

「……じゃあ、大阪の加藤さんとか、安川民雄とか、吉田秀彩さんとか、梅田八郎さんとかは、全然関係ないの？」

「うん、まあ、なくはないけど、知らなくても解けるよ」

「とにかくぼくは、解決に必要なすべての材料を、完全に得ているわけね？」

「もちろんそうだよ。これはもう完全にね。何一つ不足しているものはない」

「しかし……、でも……犯人の、あの須藤さんと言ったっけ？　あの人の居場所までは解らないだろう？」

「それが解るんだよ」

「あれだけの材料で？」

「あれだけの材料で」

「でも、君は何か調べて掴んでたんじゃないのかい？　ぼくなんかの知らない事実を。ぼくが大阪へ行ったり名古屋へ行ったりしている間にさ」

「まるっきり！　ずっと鴨川べりで昼寝していただけだよ。ぼくらは、この新幹線で京都駅へ滑り込む前に、完全に材料は手に入れてたのさ。だからぼくは、京都駅のホームに降り立ったその足で、あの須藤妙子のところへすたすたと行くこともできたんだ。ちょっと信じられないほどにもたついただけだよ」

「でもあの須藤妙子って誰なんだい？　本名なの？」

「偽名に決まってるじゃないか」

「じゃぼくの知ってる人物なの？　そうなんだね⁉　じゃ誰だ⁉　事件当時の名前は何ていうんだ？　御手洗君、ちょっとでいいから教えてくれ！　アゾートはどうなったんだ？　作られたのか⁉」

御手洗は面倒臭そうに言った。

「アゾートね……。うん、存在してるよ、生きて動いている。この女がすべてをやったのさ」

私はシートから飛びあがりそうになった。

「本当なのか⁉　生きられるのか？　生命を得られるの⁉」

「何しろ魔法だからね」

途端に、私の興奮は沈んだ。

「そうか、冗談なんだな。そうだな……、そんなわけないものな……。しかし今日の、あれは誰だ？　誰なんだい？　ありゃあ」

御手洗は薄目を閉じてにやにやした。

「君、教えてくれ！　君は解んないだろうな！　ぼくは今たまらんのだよ。死にそうだ。苦しくて、胸をかきむしりたくて、たまらんのだよ」

「遠慮しなくていいぜ、思う存分やりたまえ、ぼくは少し眠るからね」

　窓ガラスに頭をもたせかけ、御手洗はうっとりとした表情でそう言った。

「御手洗君……」

　そう言って私は溜め息をついた。

「君はそれでいいだろうな。だがぼくはどうなるのだ⁉

　辛いじゃないか。ほんの少しくらいなら、君はこの忠実な友人に教える義務を持ってると思う。ずっと一緒にやってきたんだ。ぼくらの間に、もし友情というものが介在しているなら、これを消すも残すも、今君の決心ひとつにかかっているとぼくは思う」

「オーバーだな！　何を言いだすんだ？　こんどは脅迫か。ぼくは説明しないとは言ってない。でもそんないい加減なやり方はできないんだ。やる以上、ちゃんと筋道をたて、徹底的に説明したい。それがひとつ。

　もうひとつはぼくはひどく疲れている。心身ともにね。君の質問にちびちび答えていたらちっとも疲れがとれない。

　さらにもうひとつの理由として、今君に答え、また竹越の文彦君に説明するとしたら、二度同じ話をしなきゃならなくなる。それにここには図を描く黒板もない。もろもろのこういった条件を充たす方法はひとつ、明日、ぼくの部屋で一度に行なうことだ。君だってそう思うだろう？　聞きわけの悪いこと言ってないで眠りたまえ。たった一日の辛抱じゃないか」

「ぼくはちっとも眠くなんてない」

「ああさすがに眠いものだな、二日も寝てないとね。髭も早く剃りたいものだな、どうもこの不精髭があると、こう窓にもたれた時、ちかちかしてうまく眠れないものだね石岡君、どうして男には髭が生えるんだろうね？

……解ったよ、もうひとつくらい言っておこうか。あの須藤さんを君はいくつくらいだと思う？」

「五十前くらいじゃないの？」

「これで絵描きだからね！　六十六歳だよ。なったばかりだけれどね」

「六十六⁉　じゃあ四十年前は二十六歳か……」

「四十三年前だ」

「て四十三年か……、すると……？　えーと二十三歳……？

　解った！　すると六人の娘のどれか一人だ！　じゃやっぱり深い穴で故意に腐敗させたもののうちに、別人の死体があったんだ！　そうなんだね⁉」

　御手洗は大きくあくびをした。

「本日の予習はそのくらいにしよう。そんなに調子よく、同じ歳頃の、しかもバレリーナの死体が調達できるものか」

「何⁉ じゃ違うのか⁉ 嘘だろう！ しかし、ま確かにそれはそうだよな……、以前もそう考えた……。くそ！ 眠れそうもないな、今夜は」

「君の場合はひと晩じゃないか。明日には答えが聞ける。たったひと晩くらいならぼくにつき合う方がいいんじゃないのかい？ われわれの間に介在するらしい友情の証しとしてね」

御手洗はそう言いおいて、また気持ちよさそうに目を閉じた。

「……楽しいだろう？」

「別に、眠いだけさ」

しかし御手洗はその割にはそれから目を開け、何やらごそごそやっていた。そして須藤妙子にもらった小袋をバッグから引っぱり出すと、また手のひらに載せて眺めた。

窓の外は、何時間か前の雷雨が嘘のようだった。ゆっくりと移動していく地平線のあたり、暗幕に横一文字に走ったオレンジ色の亀裂のように、思いがけず夕焼けが現われた。

私は一週間の京都滞在を思い返した。大阪の淀川べりで加藤さんと話したこと、烏丸車庫に吉田秀彩を訪ねたこと、梅田八郎が巡査の恰好でぽつねんと立っていた、犬山の明治村のこと、たった一週間なのに、ずいぶんといろんなことがあった。

そして最後の嵐山での須藤妙子、あの人と会ったのが今日の、それもたった何時間か前であるとは、どうしても信じられなかった。春雷で薄暗い午後、むしろ今よりも遅い時刻だったような錯覚が去らない。

「じゃあぼくは、大阪とか明治村とか、まるで見当違いの方角をのどかに走り廻っていたわけか、無駄足だったんだね……」

私は誰に対してとも知れぬ敗北感でいっぱいだった。御手洗は小袋のあちこちをいじりまわしながら、うわの空で応える。

「そんなことはないだろう」

私は、あるいは私の調べてきたことも、御手洗の判断の参考程度には役だったのかと思い、気をとり直して訊いた。

「どうしてだい⁉」

「そりゃつまり……、明治村が観れたじゃないか」

御手洗は袋を逆さにして振った。すると二粒の小さな

サイコロが、彼の左の手のひらに転がり出てきた。御手洗は、手のひらのそのサイコロを、右手の指で押し転がしたが、

「あの女《ひと》は、自分のところへたどり着く者は、きっとぼくらみたいな若いやつだろうと思ってたと言ったね？」

そうぽつりと言った。私が頷くと、

「ぼくらみたいな若い者でよかったのかな」

ともう一度言った。

「どういう意味？」

「いや、別に深い意味はないんだが」

御手洗は手の中でいつまでもサイコロをもてあそんでいた。その向こうで夕陽が沈んでいく。

「手品の幕は降りた」

と、御手洗が言った。

第二の挑戦状

　御手洗氏の言葉には何ひとつ誇張はない。私は、彼ら二人が京都駅のホームに到着した時点で、読者に第一の挑戦状を書くこともできたのである。しかしそれではやはり難問にすぎると思い、大きなヒントが現われるまで待つことにした。

　露骨なヒントを示し、さらには犯人まで登場させた。しかしこれでもやはり大多数の読者は、まだお解りでないと推察する（何しろ日本中が四十年間も解けなかった難問なのだから！）。そこで私は大胆にも、ここに第二の挑戦を行なう次第である。

　須藤妙子とは誰なのか？　当然ながら彼女は、みなさんがよくご存知の人物である。そして彼女の犯行の方法は？　事態がここにまで至れば、もうそろそろ解いていただきたいと思うのだが――。

島田荘司

V　時の霧のマジック

1.

須藤妙子という女性はこれからどうなるのだろう？私は法律の知識に乏しいのでよく解らないのだが、御手洗の話では公訴時効は十五年で成立するそうだから、死刑になることはないのだろう。

イギリスやアメリカでは謀殺（計画的な殺人）には時効は定めないようだし、アウシュビッツのナチなどには永久に時効はないらしい。あの人は日本人だが、いずれにせよ今後、もう平和な生活は望めないに違いない。

翌十三日の金曜日、綱島駅を降りて街を抜けていくと、朝が早いために普段はあまりがらのよくないホテル街も、まだひっそりと眠っている。

私は昨夜、覚悟していた通りほとんど眠れなかった。ひと晩中事件のことを考えたが、突然登場したあの須藤妙子という女性が誰であるのかさっぱり解らず、頭が混乱して、以前「梅沢家・占星術殺人」を読んであれこれ考えていた頃よりも、さらに五里霧中になってしまうありさまだった。あの頃なら、今よりまだ事件の真相に、見当がつくような気がしたものだ。私はつくづく自分の頭が、平凡であることを思い知らされた。

以前何回か入ったことのある喫茶店からマスターが出てきて、営業中と書いたカードを入口にひっかけるのが見えたので、私は入ってモーニング・セットを取り、これからの劇的な時間にそなえた。

ところが御手洗の事務所に着くと、半分は予想したことだが御手洗はやはり眠りこけており、私は全然劇的でない時間を、何時間もソファの上で持てあまさなくてはならなかった。

今日は最低二人は来客があるはずだからと思い、コーヒーカップなどを洗って準備をしておいた。御手洗はああいう男だから、放っておけばもちろん何もやらないだろう。それから私は御手洗を起こさないように低くレコードをかけ、ソファの上に長くなっていた。ついうとうとしたらしく、寝室のドアが開いて御手洗が出てきたらしい物音で目を覚ました。

御手洗はドアのところに立ち、あくびをしながら頭を掻いていた。不精髭は感心に剃られていて、昨夜風呂にも入ったらしく、案外さっぱりとした印象だった。

「疲れはとれたかい？」

私は言った。

御手洗はまあねと言い、

「えらく早いご出勤だけど、君は眠れなかったんだね」

と言った。

「だって今日は劇的な日なんでね」

「劇的？　何で？」

御手洗は言った。

「そりゃだって今日は、四十年間の謎が解かれる日だろう？　公的にさ。君だって得意の演説がぶてるってものじゃないか」

「チンパンジー相手に？　ふん、あんまり劇的とも思えないね。ぼくにとっての劇的な瞬間はもうとっくに終っちゃったよ。今日のはお祭りの翌日の後片づけといったところ。そりゃ君に説明をするのなら必要を感じるし、かなり有意義なことだとも思うけどさ」

「しかし公的な作業ともいえるからね、今日のは」

「公的な後片づけ」

「言い方はどっちでもいいが、今日話す相手は二人でも、彼らはいわばマイクロフォンだ、そのあとスピーカーで一億の人たちが聞くかもしれない」

御手洗は何故か乾いた声で笑った。そしてこう言う。

「ああそう、そいつは晴れがましいね。歯でも磨いておこう」

御手洗はどうもあまり気乗りがしないふうだった。顔を洗い終り、ソファにかけてからも、もうすぐ自らが作りだすはずの記念すべき時間のために緊張するといった様子がなかった。あるいは犯人の女性と会ってみて、刑事に彼女の存在を告げるという役目が気重《きおも》になったのかもしれなかった。

「御手洗君、君は今日、英雄になるんだぜ」

と私は言ってみた。

「興味ないね！　ぼくは謎を解いた、それで終りじゃないか。それ以上何をしろっていうんだ？　そりゃ犯人が極悪非道な殺人マニアで、これからもどしどし死体を作りだすおそれがあるってのなら話は別だけどね、この場合は、そういうのと一番かけはなれたケースだよ。

君だっていい絵が描けた、その出来に自分で納得したとして、その後何をする？　いい絵描きなら、いい絵が描ければそれで仕事は終りさ。そいつに値札を下げたり、買ってくれそうな金持ちを探して歩いたりするのは画商の役目だろう？　ぼくは胸に勲章なんて下げたくない。もし重ければ、走るのに邪魔になる。本当にいい絵には大袈裟な額縁《がくぶち》は必要じゃない。ぼくは本当はやりたくないんだ。チンパンジーの手伝いなんてまっぴらだ。あのことさえなきゃね、ぼくは約束を反故にするいい加減な男にくらい、いつでもなってやるんだがな」

飯田美沙子から電話が入ったのは、正午を少し廻った頃だった。ええかまいませんよと御手洗が電話に応えてから、当人たちが姿を見せるまでにまた一時間くらいかかった。御手洗はあきらめたらしく、その間しこしこと何やら図を描いていた。

やがて待ちに待ったノックの音がする。

「やあいらっしゃい！　どうぞお入りください」

と御手洗は、飯田さんに向かって快活に言った。このへんにでもどうぞおかけください、と言ってからちょっと意外そうな顔になった。

「おや、文彦さんはどうなさいました？」

見ると例の大柄な刑事の姿は見えず、代わりに小柄で痩せぎすな、これはまた対照的に腰の低い印象の男が、飯田さんに続いている。

「それが、あ、兄が先日は大変失礼いたしました。ご無礼を申しまして。兄はあの通りの性格でして、本当に何とお詫びを申してよいか……。

それが兄は、今日どうしても抜けられない仕事が入ったとか申しまして、代わりに主人が参りました。主人も警察の人間でございますので、兄の代わりは務まると思います」

飯田さんのご主人は、私たちに二度ずつ頭を下げ、椅子にかけた。私は彼には悪い印象は抱かなかった。どちらかといえば彼は、刑事というより、呉服屋の番頭といった感じの人物だった。

御手洗はいささか残念な様子だったが、それでも男らしく気をとり直してこう言った。

「そうですか。もしぼくが失敗していたとしても、抜けられない仕事が入ったでしょうかね。ま、偉い人は忙しくていけません。あれ、石岡君、コーヒーを淹れてくれるつもりじゃなかったのかい？」

私ははじかれたように立った。

「さて今日お集まりいただいたのは……」

御手洗は、私をキッチンに追いたてると言いだす。

「例の梅沢家・占星術殺人、今を去る四十三年前の事件になりますが、この事件の犯人をみなさんにお報せするためです。おっと、忘れるところだった、お父上の手記を持ってきてくださったでしょうな？　けっこうです。それをこっちにください」

　御手洗はこんな言い方をしているが、彼の頭からこの手記という存在が片時も離れなかったことは確かだった。その証拠に手記を受け取ると御手洗は、もう誰にも渡さないぞというように強く握りしめ、手の甲に血管が浮くのが見えた。思えばこの手記のため、御手洗はあれほどに無謀な情熱の絞り方をしたのだ。

「さて、犯人をお教えするのは簡単です。名前は須藤妙子、京都で小袋を扱う小さな店をやっています。住所は新丸太町通り清滝街道上ル、京都は嵯峨野で、清涼寺の近くです。店の名は小袋の店『めぐみ屋』、嵯峨野におなじ名の店はほかにないのですぐ解るでしょう。この店の女主人が須藤妙子さんです。

　以上でよろしいですか？　どうせぼくがここでひと通り説明しても、この人に根掘り葉掘り聞くことになるんでしょうから……。あ、駄目ですか？　では致し方ない、説明するとしましょう。でも少々長くなるかもしれませんよ、覚悟の方をよろしく。では石岡君のコーヒーが到着したら講義に入ることにします」

　御手洗の胸を張っての堂々たる講義は、千人くらいの聴講生を前にしての方がふさわしかったろう。御手洗のこのささやかな教室は、彼が占星学の講義をするので、小さな黒板やベンチなどあってなかなか具合がよいのだが、しかしいかんせん生徒が私を入れてたったの三人で、それが背をかがめてコーヒーをすすりながら、真剣に聞き入った。

「事件そのものは、単純至極な性格のものです。聞けばなんだと言わない人はおりますまい。須藤妙子なる女性が、むろんこれは現在の名前ですけれど、この一人の女性が、梅沢家の人間を次々と殺していった、単にそれだけのことです。

　しかし、そんな単純な事件のカラクリがどうして四十年以上も解かれることがなかったのか、それはこの須藤妙子という女性が、あたかも透明人間のごとく、姿が見えなかったからであります。それは、いつかそこにいる石岡君が言ったのですが、手品を使ったからです。彼はそれを、梅沢平吉が自分自身を消した手品と思ったけれど、そうじゃない、須藤妙子という女性が、自分を消したのです。

石岡君の言う通り、この一連の事件には犯人が見あらない。いや彼だけじゃない、日本中の人が四十年間、そんなふうに騙され続けた。それも無理からぬところがある。犯人は自分を透明にする手品を使った、タネは西洋占星術、つまり占星術の手品《マジック》ですな。

ま、この手品のカラクリは、この事件の最大のポイントでありますから、のちにゆっくり説明するとしまして、まずは平吉殺しの密室殺人から順を追って解いてまいりましょうか。

これは現場の、天窓はじめすべての窓に鉄格子が塡まっていて、生身の人間なら出入りはできそうもない、ほかに隠し扉もなければトイレからも無理、ドアはしっかりしているし、カンヌキと同時にカバン錠という、まあ実にやっかいな代物が中からかけてあった。おまけに外は三十年振りの大雪で、来訪者は足跡を遺さずにはすまないという二重の密室です。

しかも被害者の平吉は、殺される直前睡眠薬を飲んでいる。さらには髭も短く鋏《はさみ》で摘《つ》んでいた、あるいは摘まれていた。これが剃っているというのならまだ解るが、摘まれている、つまり非常に短くされていた、これは何故か、しかもアトリエには鋏などなかったらしい。

表の雪の上には足跡が二筋遺っていた。女物の靴跡と男物の靴跡、そして男靴の方が後に帰っている。雪がやんだのは午後十一時半、死亡推定時刻は午前零時頃で、許容範囲は一応その前後一時間ずつの間。この時の絵のモデルは四十年後の今日も未だ不明、実に謎に充ちた事件です。ただ雪の上には、男靴も女靴もやってきた時の足跡は消えているので、当然この二人はアトリエの中で顔を合わせていなくちゃならない。

さて、平吉の殺され方としては、この足跡を考慮に入れて、おおよそどんな場合が考えられるか？

まず平吉の死亡推定時刻は十一時から始まるわけですから、十一時一分過ぎにでも誰かがやってきて平吉を殺し、さっさと引き揚げた場合、これでもその後二十九分近く雪は降っているわけですから、足跡は往復とも消えるかもしれない。

次に女靴のモデルが一人で殺して去った場合。

同じく、男靴が単独で殺して去った場合。

さらに、二人が共謀した場合。

次に足跡は実はトリックで、アトリエから帰った者は一人しかおらず、その人間が足跡を男靴と女靴の二通りつけたという考え方があります。

まずはモデルが二通りつけたとする。

あるいはモデルは雪の降るうちに帰り、入れ替わりにやってきた男靴の方が女靴を用意していて、二筋の足跡をつけたとするもの。

こんなところですかな……？　あとはベッド吊りあげ説というのがあるが、これは常識的でないので除外します。さて、いくつになるかな、えーと、六通りになりますか。

この足跡のミステリーは、なかなか面白いには違いないのですが、これは理詰めでやっていって解答に行き当たるというほどに親切なパズルではありません。その理由もいくつかあげられるでしょうが、この六つの道は、どれも一応行き停まりになっているんですね。日本中の名探偵が四十年間も道に迷ったのは、導入部の迷路がこういう仕掛けになっていたせいがあります。

しかし、ま、逆にそのことが解答を指し示しているというふうにもいえるわけですがね。

このひとつひとつの道について、いちおう検討してみるなら、まず第一の十一時一分説、これはないとはいえますまいが、ちょっと珍にして妙です。

何故かというと、こいつが仕事をすませた現場を、つまり平吉の死体が転がっているところを、女靴と男靴、あるいはこれらは一人としても、この犯人以外の人間がやってきて、見ていることになります。しかしそんな証言者が現われた事実はない。この人間に名乗り出られない理由があったのかもしれないが、どうでしょうね、投書だってできた。だって無実の自分の足跡が、犯人のものと疑われているんですからね、何とかしたいと思うでしょう。したがってこれは考えにくい。

第二に、女靴のモデルが一人で殺した場合、これはまあ全然可能性がないに近い。雪のやんだ時間の関係から、男靴と女靴とはアトリエで鼻を突き合わせていたはずで、男靴がぼんやりと見ている前で、女靴は殺したことになる。その間男靴はとめもせず、後で証言もしていない。これは考えられない。

第三に、男靴が一人でやった場合。これは今のよりはありそうですがね、同じように女靴の方がこんどは見ていたことになる。これも男靴にとって後々が面倒だから、やったとは思えないですね。

第四に、二人の共謀説、これは前の二つよりはよいでしょう。ところがここにも問題が立ちふさがる。それは平吉の睡眠薬でありまして、男女、とは限らないが、二人もの人間がいるうちに、連中がよほど親しかったとしても睡眠薬など飲むものだろうか？　脅して飲ませたのかもしれないが、それじゃ何のためにそうまでして睡眠薬を飲ませる必要があったのか？　考えられるとすれば、それはベッド吊りあげ説に材料を与えるためかもしれない。

しかしそうなると、次の一枝殺しも、アゾートも、二人による仕事という可能性が高くなってきます。複数になると割れる率も高い。冷徹な人間のやることじゃないです。この事件は非常に一人の犯罪という匂いがします。二人いたなら、一枝やアゾート殺人の方のかたちも変ってきたように思えますし、竹越文次郎氏を巻き込むこともしなかったでしょう。

第五に女靴が一人でやり、足跡はトリックであったとするもの。しかしこれにも障害があります。何かというと、このモデルは雪の降りはじめる二十五日の午後二時より以前にアトリエに入っているという点。その時点では雪など降りそうじゃなく、ましてや三十年振りの積雪になるという予想はできない天候であったから、あらかじめ男靴を用意してきたとはどうにも考えにくい。

方法が考えられるとしたら、平吉の靴を使ったとするものだろうけれど、彼の靴は二足しかなく、その二足ともがちゃんと上がりぶちにあった。しかもあの足跡じゃ、どうやっても平吉の靴を土間に返すことはできないのであります。

つまりアトリエの入口のところから自分の靴で裏木戸のところまで出て、あと爪先立つか何かで引き返す、これはやや大股で歩いておく、次に平吉の男靴に履きかえて、この爪先立って歩いた跡を踏んで消していく、とこうでありますが、それ以上足跡がないため、どうやってもこの後、男靴を土間に返しておくことができない。

それにもうひとつ、こんな面倒を冒して、どうしてわざわざ男靴の跡とふた通りの靴跡を遺したか、ということが解らない。男靴だけでいいじゃないか、ぼくが困ったのはこの点です。

考えられることといえば、そりゃ捜査を混乱させるためでしょうなあ、おそらく。

捜査陣が迷い込む方向としてはふたつ考えられます。ひとつはベッド吊りあげ説、もうひとつは一枝殺しとからめて、犯人は男と誤った判断を下すこと。警察は当然文次郎氏の体液から、一枝殺しは男の犯行と考えます。

この考え方と呼応させようとするものですね。しかしこれも男、女、と二筋の足跡があるために迷い込むってものじゃない。男靴一筋で充分迷い込みます。

第六番目に、その逆が考えられます。男靴が一人でやってくる。しかしこれは雪が降りはじめてだいぶたってからであるため、のちの足跡の問題の予測がつく。そのため、女靴を用意してくることができる。これが最も可能性が高いと、皆さんおそらく考えたでしょう。

しかしこの道も、トリックなら女靴ひとつでいいじゃないかという点、これはさっきの五番目のケースよりさらにその傾向は強いです。女靴ならモデルのものとも思われるだろうが、男靴ならたちまち犯人のものと疑ってかかられますよ。それからもうひとつ、平吉には目の前で睡眠薬を飲もうかというほどに親しい男の友人はいない点、こういった事実からこの道も行き止まりとなるんです。

こんなふうにして、みんなこの六つの道を結局全部投げだした。しかしもう一歩を進めて子細に検討してみると、正解は五番目のケースしかないことが解りますよ。今の六つのケースは、同時に、推理の進行の六つのステップというふうにもいえるんですね。

第一のケースが否定されるということは、ふたつの足跡のうち、少なくともひとつは犯人のものでなくてはならないという事実を導きます。そうですね？

そして四番目のケース、つまり男靴、女靴の共謀説が否定されるということになると、この犯人は単独ということになります。ここでこういう条件がひとつ、大きく加わるわけです。

さらに第二、第三で、アトリエ内でこの二人が鼻を突き合わせてはおかしいとなると、必然的にこの二筋の足跡のうち、一筋はトリックであるという結論にいたらざるを得ない。すると第五か、第六のケースか、このうちのいずれかであるはず、という結論に、ごく自然に導かれてしまいます。

そして六番目の場合は、さっき申しました通り、トリックとして女靴の跡をつけるのなら、男靴の跡まで遺すのは決定的におかしいわけです。それで五番目しかない。結論は五番目に落ちついてしまうのです。

すると、さっき五番目のオプションを否定することになった理由、すなわち靴を返しておけない点、あるいは女靴の跡まで遺した点、これらは逆に謎に迫る強力な武器に変ってくるわけです。

女靴が一人でやり、足跡はトリックであった、これが正解ですが、ただこの時、この女靴をイクォール・モデルのものと考えていいかという問題が残ります。しかしこのモデルが未だに名乗り出ない点、それから女靴になれる可能性の高いメディシスの富田安江が、アリバイや動機の面から除外される点など考え合わせると、モデルと女靴とを重ねてしまうのは、そう不自然ではないと思われます。

となるとこのモデルは、目の前にして平吉が睡眠薬を飲もうかというほど平吉と親しく、しかも足跡のトリックのために使用したはずの平吉の靴を、ちゃんともと通りアトリエの入口に返しておくことのできた女、ということになってきます。これは大変な限定条件です。

そう、その通り、このモデルが須藤妙子です。彼女はポーズしているうち、表に雪が降りだし、しかも予想もしなかったほどの降雪量になったので、悩んだあげく、一計を案じて平吉の靴を拝借することを思いついたわけです。何しろ考える時間はたっぷりあったでしょうからね。

彼女としては、ベッド吊りあげに見せかけて、昌子と娘たちを罠にかけることを前もって考えており、そのためにわざわざアトリエの天窓のガラスを割って、新しいのに取り替えさせるといったほどに周到な準備を進めてきていたわけですから、雪が降ったことは計算外だった。内心大いにあわてたことが容易に想像つきますが、ポーズしながら持ち前の冷静さで考えを巡らせたのでしょう。みんなでベッド吊りあげをやった後、あの女たちならどうするか、とね。まさか全員が、ひとつずつ足跡をつけるなんてことはしないんじゃないか――。

彼女には次の一枝殺しの計画も、もうできていたでしょう、あれは男の仕業に見せかける、それならこれもいっそ男靴で、というふうに考えたのではないか、少し一貫性がないが、彼女としては、とにかく自分でないことを示せばよいと思ったのでしょう。平吉が、床に頭を打ちつけたことによる脳挫傷と見せかけるため、フライパン状の凶器も用意してきていたでしょうしね、雪が降ったといって、簡単に計画を変更するわけにはいかなかった。

撲殺してからは、床で打ったように見せるために、床のゴミとか小石なんかを平吉の頭におそらくつけておいたでしょう。それから平吉の髭を鋏で摘んだ、ところがこれも解らない、何故こんなことをしたのか？

まあ強いていえば、弟の吉男が平吉とよく似ていることを知っていたから、おそらくまぎらわしくするためでしょう。しかしそれならいっそ剃ってしまえばよかったともいえますがね。ただ平吉生存説が出てくることは当然想定していたでしょうから、そのために、こういうこともやっておいてよかろうという発想でしょう。いかにも若い犯人らしい発想じゃないですか？

この事件は、実によく考え抜かれていて、しかも冷静に、完璧に遂行されたから迷宮入りになっていると、一般にそう信じられていますが、それは違うと思いますね、よく見るといたるところに小さな失敗があります。

たとえば次の一枝殺しで、粗忽な男に暴行殺害されたはずの一枝の、着物の裾《すそ》の乱れを深く考えずつい直しておいたりしたのも、若い娘らしい失敗だったけれど、さっきの足跡の創作なんか一番いい例です。

これは明らかにはじめての殺人を前にして頭が混乱して、しかも考えすぎたために勘違いした例だと思う。足跡は別に男靴、女靴と二筋つける必要はなかったんです。男靴だけでよかった、その方がベッド吊りあげ説にはずっと有効です。まだモデルがいるうちに屋根へ昇るより、帰ってから昇ったとした方が、後で考える方は騙されやすいですからね。

雪の降りやんだ時点で平吉はもう眠っていたかもしれない、モデルは雪の降っているうちに帰ったとした方がずっと自然だったんです。この二筋の足跡のおかげで、ぼくは安心してベッドの吊りあげを否定することができました。

そう、犯人が計算外だったことがもうひとつありましたね、それは平吉が、自分のいるうちに睡眠薬を飲んでしまったことです。おそらくまたここで彼女の頭は混乱したでしょうが、結局計画通りやるしかなかった。

ええ、そう、さっきの靴をどうやって返しておいたか、それからカバン錠の密室をどうやって作りだしたか、こういった大問題が残りますね、しかしそれはここで無理をして説明するより、先へ進めばおのずと解ってくる要素なんです。カンヌキだけで作る密室なら簡単でしょう？　横の、例の足跡の乱れていたところの窓から、糸一本くらいでたやすくかけられるでしょう。輪にしておけば、糸の回収も簡単です。

次に一枝殺しに移ってしまいましょう。これはそうむずかしくはありません。みんな根本的なイージィ・ミスがあったのです。ちょっとさっきのはややこしかったでしょうね、失礼しました。長々と微細な部分までを話すのはぼくもだんだん面倒になってきたので、結論から言いましょうか。

文次郎氏が一枝の家に連れ込まれたのが七時半、出たのが九時十分前、死亡推定時間は七時から九時の間だから、これは不思議と思いそうですが、何のことはない、もうすでに一枝は殺されて隣りの間《ま》にいたのです。文次郎氏がもし襖を開けたなら、警察が検死した時とまったく変らない現場をそこに見たでしょう。犯人は一枝と文次郎氏の情交、そして一枝殺害という二つの事件の順を、意図的に入れ替えたわけです。

竹越文次郎氏をたぶらかしたのは、つまり彼と情交したのは、一枝ではなく、そうです、須藤妙子だった。理由はもちろん文次郎氏を脅迫して死体を全国に運ばせるためでありますが、もうひとつは、文次郎氏の精液を必要としたんでしょうな。そうしておいて、この一枝殺しは男の仕業と見せかけようとした。

平吉殺しの時、男靴の跡を遺したので、それと呼応させて、もし万一昌子や娘たちがシロになったにせよ、その場合は一連の事件を男の仕業と思わせて、自分の身の安全をはかろうと考えたわけです。

この精液を、どこからか運んできたのかとぼくは最初思ったのだが、自分に発射されたものを隣室の死体に移すのだから新鮮そのものでしょう。おそらく死姦行為があったように見せる細工も何かしたんでしょうが、これは女性の怨念の深さを理解するにはよい事例です。竹越文次郎氏は生きた女と情交したが、一枝殺しの定説は死姦となっていた。このずれの理由はそういうことです」

「じゃあ、一連の事件を男の仕業に見せたかったのなら、行きずりの物盗りに見せない方がよかったじゃないか」

私は言った。

「いや、そりゃ違うだろう、行きずりの物盗りに見せておかなければ、平吉殺しに関連ありと見て、警察が一枝の家に何度も足を運んでくる可能性が出る。そうすると物置きの娘の死体が見つかるからね、そういう計算があったんだ。

それに一連の事件を、つまり平吉殺しを含めて男の仕業に見せるというのは、あくまで昌子がシロになった時の用意だよ。

ただね、じゃあ物盗りに見せておけば警察はもう絶対に足を運んでこないかといえば、それは大いに疑問ではある。行きずりとはいえ殺しなんだから。

それで竹越氏を精いっぱい急がせたんだろうけれど、ここはすこぶる危険な部分だったとは思うな。上野毛が当時田舎だったからよかったんでしょう。お巡りさんものんびりしていた。

そんなふうに考えていくなら、このトリックもね、おそらく現在の検証なら騙しおおせないんじゃないかと思います。

何より新聞の写真が当時よりずっと鮮明だろうから、一枚の写真を見た時、文次郎氏が別人と気づいたでしょうしね。しかしま、顔写真は今でも若い頃のを使ったりするし、修整もするから、新聞写真なら今も変らないかな。

さて、こう考えるといろいろなことが解ってまいります。厚ガラスの花瓶の血が拭き取ってあったこと、これは血の付いてない状態で文次郎氏に見せようとしたからです。

別に後でまた血をつけておいてもよかったし、前もって文次郎氏に見せておく必要というものも、とりたててなさそうに思えるけれど、そうではありません。ああ、あの花瓶だったんだなと文次郎氏に思い出させた方が、のちにより恐怖感を抱かせるだろうと計算したことと、何より、文次郎氏がやってくる前に一枝が殺されていた可能性を、文次郎氏に考えさせないためです。

それから鏡の前で殺されていること。これは一枝と須藤妙子とが相当に親しい間柄であったことを自動的に示します。したがって彼女はその事実を隠すため、鏡の血を神経質に拭き取り、殺害の場所を鏡の前以外の場所に移そうとした。これも彼女はあまりうまくやったとは思えませんな、実際にほかの場所でやればよかった。

しかし女性は鏡で自分の顔に見入っている時が、案外一番油断している時かもしれない。もしそうなら、須藤妙子は自分も女だからそれを知っていたでしょう。

それに鼻先で自分の顔に見入っている女というものに、何ごとか殺意のバネとなる要素があるのかもしれない。妙子にはそれも計算に入っていたか——。いずれにしてもまだ女になった経験がないものでね、空しい想像です。

この一枝殺しには、前言った理由のほか、あと二つばかり動機が考えられます。それはまず一枝への怨念でしょうね。これは一連の殺人の動機でもあるから、後で述べるとして、もうひとつはアゾート殺人への伏線とするためです。

おそらくこの家が、間違いなく娘たちを殺害した現場でしょう。つまり娘たちを毒殺する場所、そして娘たちを集める理由を提供するもの、さらに、たくさんの死体をいっ時置いておく場所の確保、また死体を切断する場所の確保、立地条件も申し分ない、こういったさまざまな理由を、この殺人は兼ねていたわけです。さて……、と」

御手洗はそこでひと息入れた。私たちはいよいよだと思い、息を呑んだ。

「次はいよいよアゾートであります。これこそが、犯人が白いハンカチの表と裏をひらひらと見せながら、四十何年間もわれわれを煙にまいた会心の手品でありましょう！　最初この事件のあらましを聞いた時、ここに何かあるなと直感的に思ったのですが、ハードル競走の一発目をしくじったようなもので、ジャンプすれどもすれども絶妙のタイミングでハードルに激突するといったありさまで、なかなか立ちあがれませんでしたよ。

この謎が解けたのはやっと昨日で、それはこれとよく似た難問を思い出したからです。でもそれからは非常にスムーズで、わずかに二時間後には犯人の前に立つことができました。つまりこの事件のカラクリは、それだけ単純ということです。ただあまりに大胆不敵な単純さなので、みなさんまさかと思って、これに考えがいたらなかったんじゃないでしょうか。われながら、いつも心がけている謙虚な言い方です。

さて、そのよく似た問題とは何か、これもひとつの犯罪として起ったものだから、警察関係の方ならご存知と思います。こちらを説明すれば、すぐにアゾートのカラクリは理解していただけるでしょう。

その事件とは、三、四年前に関西を中心に流行した、まあなかなかに巧みな一万円札の詐欺事件です。ぼくがこれを知ったのはやはりその当時で、どこかの店で、食事しながらテレビをぼんやり観ていると、ニュースが言ったわけです。もうだいぶ前になりますんでね、アナウンサーがどんなふうに説明したか、正確な言葉は忘れましたが、だいたいこんな言い方でした。

『本日、なんとか区なんとか町で、中央部分が切り取られた一万円札が発見されました。このお札は、一部分切り取られているため左右の長さが少し短く、切り取られたところはテープで貼り合わされています』

それからその札の写真が出ましてね、並べて普通の一万円札も写りました。長さの違いを見せようというわけです。そうして、

『このお札は、切り取られた部分を利用して、もう一枚

のお札を作ろうとするもので、関西には例がありますが、関東で発見されたのははじめてです。なおこのお札の特徴は、左右の通し番号が違うことです』

とまあこんな調子だったと思いますが、これではとっさには何のことだか解りません。現にその時隣りのテーブルにいた学生たちなど、へえ、少しずつ切り取ったところを集めて一枚のお札を作るのかあ、じゃあテープだらけの、アコーデオンのジャバラみたいになっちゃうじゃないか、使えるのか？　と話し合っておりました。

これだけの説明じゃ、こう思うのも無理はありません。向こうとしても言葉だけで説明するのはむずかしいし、図を描けば簡単なんですが、やり方をあまり正確に解説して、さっそく真似されたんじゃ藪蛇になってしまいます。だもんで、大ざっぱなところと、普通の札との判別のポイントだけをニュースにしたんでしょう。

左右の通しナンバーが違うというので、ぼくはさっきの学生みたいには考えなかったけれど、どういうトリックなのか、すぐには解りませんでした。それで部屋に帰ってから、思い出して考えてみたんです。図に描けば簡単なことですよ。飯田さんはむろんご存知でしょうが、石岡君や美沙子さんはたぶんご存知ないと思うのでね、ちょっと説明しましょうか……」

言いながら御手洗は黒板の方へ向き直り、たくさんのお札らしい図を描いた。

「こんなふうに二十枚のお札を並べたとします。十枚でもいいのですが、それじゃあ欠損部分が大きくなりすぎ、危険も大きくなります。三十枚だとより安全だけれど、儲《もう》けが少なくなります。十五から二十枚くらいが適当な枚数でしょう。

この二十枚のお札を、この線のところでそれぞれ切り離してしまいます。切取り線は全部で二十本あるわけですから、お札の左右を二十一で割った距離だけ線をずらしていけばいい。こうして二十枚のお札は、それぞれ二分されたので四十片になったわけです。

さてこの四十片に、今小さい数字をうちます……、こうです。この小さい数字で示したように、２と２、３と３、４と４、というふうにずらしてテープで貼り合わせて行きます。セロテープで貼り合わせてもいいのですけれども、それではぴったりくっつけてつながなくちゃならないから、左右の幅が短くなります。だから少し離して、不透明なテープでつなぐ必要がでてきます。

するといいですかみなさん、これが１です、そしてこ

図6

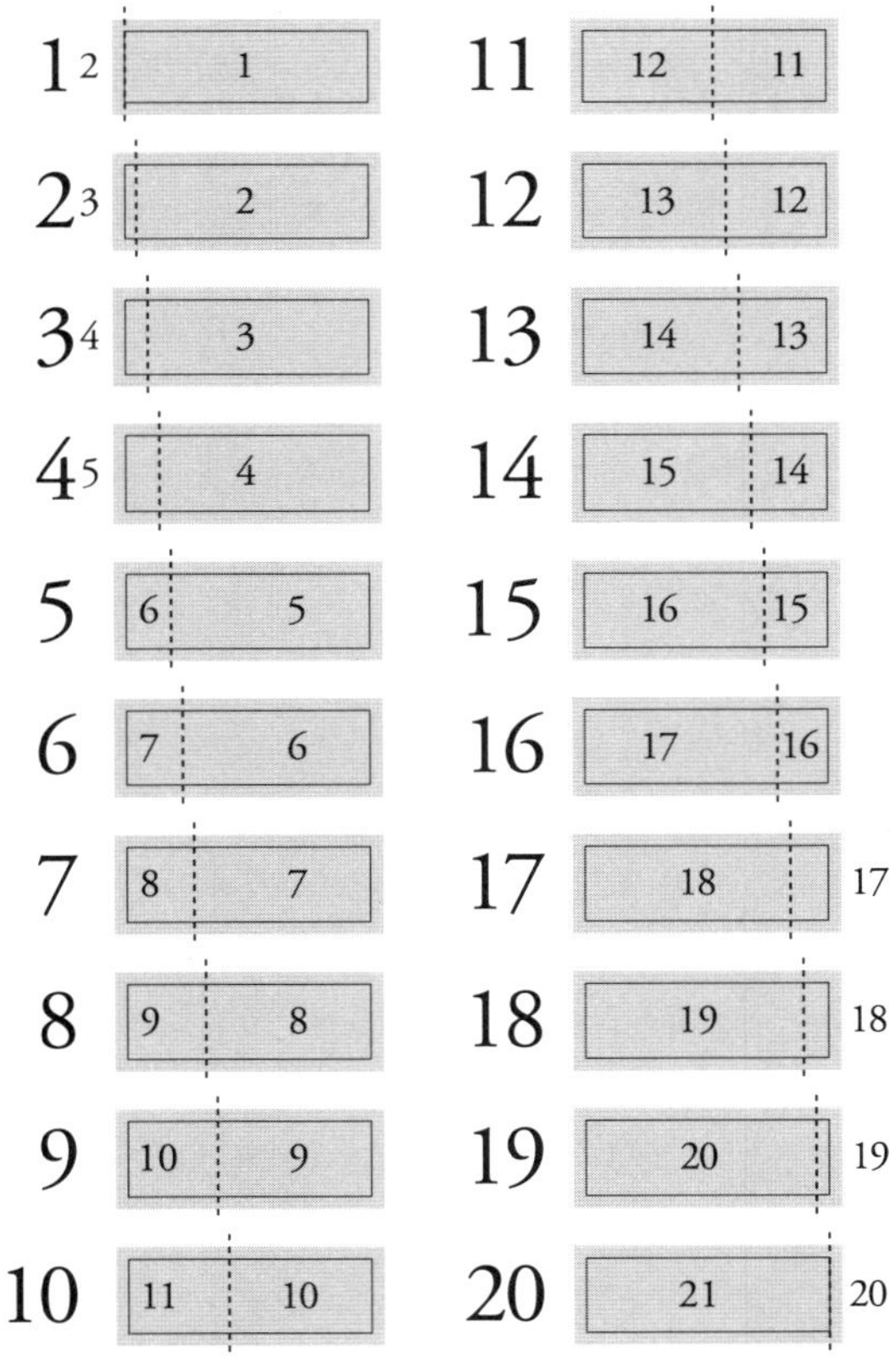

1 2 1
2 3 2
3 4 3
4 5 4
5 6 5
6 7 6
7 8 7
8 9 8
9 10 9
10 11 10
11 12 11
12 13 12
13 14 13
14 15 14
15 16 15
16 17 16
17 18 17
18 19 18
19 20 19
20 21 20

れとこれで2、これとこれで3というふうに新しいお札を作りだしていくと、お終いにはほら、21ができてしまう、ね？　不思議でしょう？　二十枚のお札を元手に、鋏とテープさえあれば、わずか三十分かそこいらの労働で一万円が儲かるわけです。面白いでしょう!?

1と21の二枚はね、ちょっと横の欠けたお札ができてしまうけれど、折りたたんだままで受け取ってくれるような場所でなら、大丈夫使えるでしょう。ぼくらの子供の頃には、よくこんなふうに、破れたのを和紙か何かで貼りつけたお札を見ましたからね。

さて、これからが本題です。このお札たちは、使われている時、つまりわれわれの目に触れるものとしては二十一枚ですが、実体は二十枚にすぎません。

ぼくが何を言いたいかお解りですね？　このお札の詐欺事件は、ぼくがこの事件の本質に思いいたったきっかけにすぎない。この二つの事件、アゾートと、今の一万円札詐欺は、三十数年の隔たりがあるけれど、質的には同じものなんです。

ぼくらはアゾート殺人による若い娘たちの死体を、六死体と信じて疑わなかった。実際にわれわれの目に触れるものとして、確かに六つあった。しかし、実体は五つの死体しかなかったんです！」

2.

私はあっと言った。

目の前で消えた！　蜃気楼《しんきろう》のように。

そうか！　あれは蜃気楼だったのか!?

私だけでなく、飯田さん夫婦も、少なからず興奮しているのが解った。

逃げ水だ！　私は心の奥で叫んだ。

鼻先でサーチライトがともったように、私は目の前が真っ白くなり、目が眩《くら》んだ。立っていられるのが不思議なくらいで、この時ばかりは御手洗を尊敬した。首筋の後ろあたりがしきりに鳥肌立つのが感じられた。

「この場合はお札と違うので、切り離した死体をテープでつなぐわけにはいきません」

御手洗の方は、われわれの興奮にはまるでおかまいなしに、淡々《たんたん》と続ける。

「したがってそれに代わる強力な接着剤が必要だった。その、つまり不透明なテープの役目を果たしたのが例のアゾート幻想ですよ。この理論というか、幻想というか、があまりに強烈で、猟奇的だったので、ぼくらは死体をずらして組み合わせていただけという、ごく簡単なことに思いがいたらなかったわけです。この一部分が足りない六つの死体が、アゾート制作のために一部分ずつが切り取られた結果だと、信じて疑わなかったのです。

え？　そう、その通りです。アゾートなんて造られちゃいません。最初から犯人は作る気なんてなかったんです。これですべてです。もうこれ以上ぼくがここでくどくどと説明しなくても、ここにお集まりのみなさんなら、充分に自分で補足する能力をお持ちです。では……」

「もっと説明してくれないか！」

思わず私は叫んでいた。

御手洗に向き合った側の私たち三人は、心臓の鼓動を喉もとで聞き、興奮の真っただ中で喘《あえ》いでいたが、御手洗の方は私があっと言った時はにやりとしたものの、あとは対照的に面倒臭くなってきたらしい。

この時私の頭に浮かんでいたものは、何とも不思議なことだが、「遠近法」という三つの文字だった。それが踏切の赤ランプのように、高く低く、こめかみの血管を震わせて打ち、いつまでも私の頭の中で明滅した。

ルネサンスの大家の筆が描いたようなアゾートという巧みな「騙し絵」、その微笑があまりに謎に充ちていたから、四十年人は惑わされ、道を誤まった。

まるで皮肉なほどに機能的な「一点透視」という遠近法、アゾートはこの手法で描かれ、そして私の目が今無理やり向けられた場所は、その絵のすべての線が凝縮していく「消点」だった。

アゾートの消点。私はこの時、アゾートにまつわる数々の偽《いつ》わりの風景が、目の眩むような勢いで遠ざかり、すうっと針先の点のようになって消えるのを見た。

しかし私は、まだ疑問符の林立する林に立っているような気分だった。それが激情の強風になびいて、耳もとの嵐のようだった。

では犯人は――!?

何故深く埋めた死体と浅く埋めた死体がある?!

それでは全国に死体を配置したのは、占星術の理論からではなかったのか!?

青森とか奈良などの具体的な土地は、どういう理由から割り出したのか？

東経百三十八度四十八分は――!?

遅く発見された死体、早く発見された死体、これらは

図7

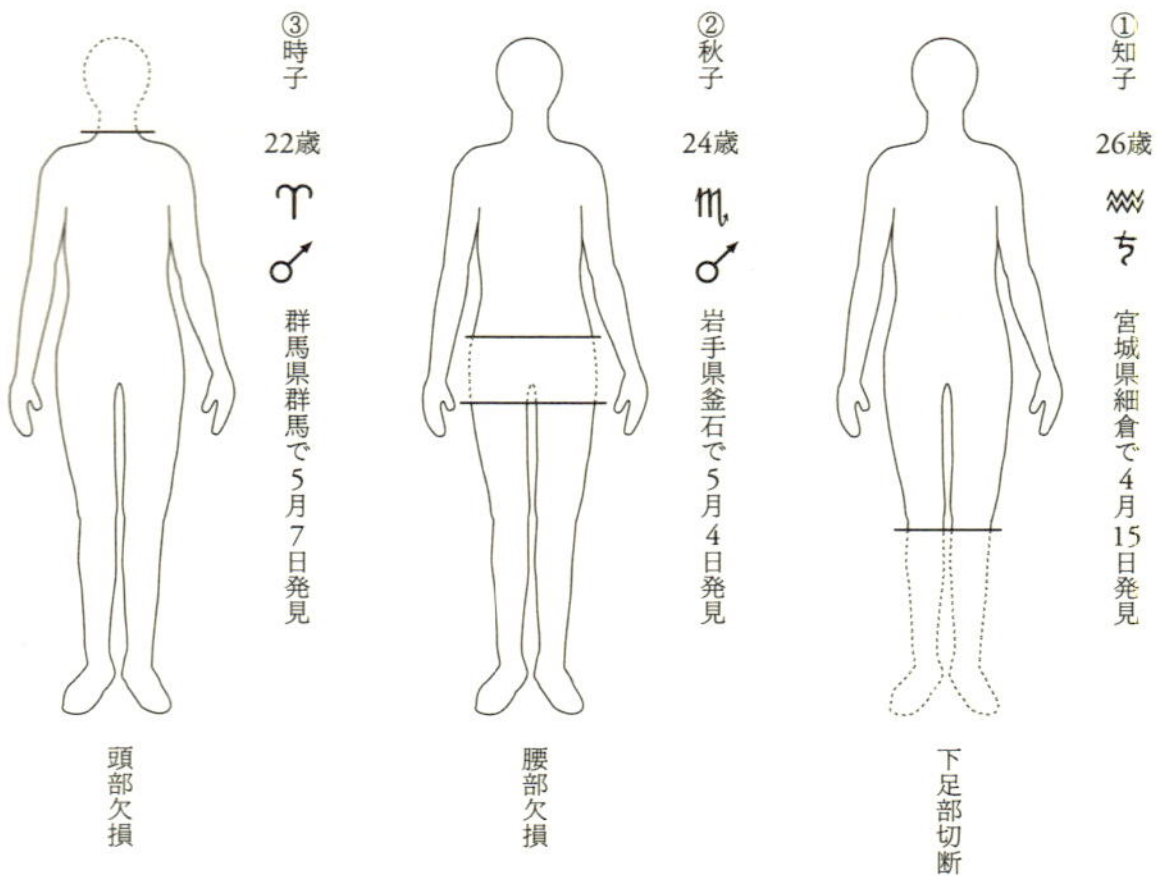

どういう意味を持つ?

動機は――!?

自分を消した後、犯人はどこにいたんだ?

第一それではあの平吉のノートはどういうことになるのだろう? あれは平吉が書いたものではなかったのか!? では誰が書いた!?

「どうも君は趣味が片寄っているようだ」

御手洗が言う。

「いつもぼくが、これよりもっとずっと価値のある話をしている時は、うらの空で全然聞かないくせに。

本日はどうも犯人を讃《たた》える講演会といった趣《おもむ》きが強いです。ぼくはいつも思うのですが、これは犯人がやるべき仕事ですよ、謎解きの解説なんてね。ぼくが犯人なら、他人になんてまかせないな。みなさん、まだぼくにお聞きになりたいですか?」

飯田刑事は従順に頷き、私ももちろん頷き、美沙子夫人はというと、目玉がこぼれるほどに目を開いて、必死の勢いで何度も頷いた。

御手洗は本気なのか、それともおどけたつもりか、ちょっと溜め息をつき、

「それでは致し方ありません、出血大サーヴィスで延長

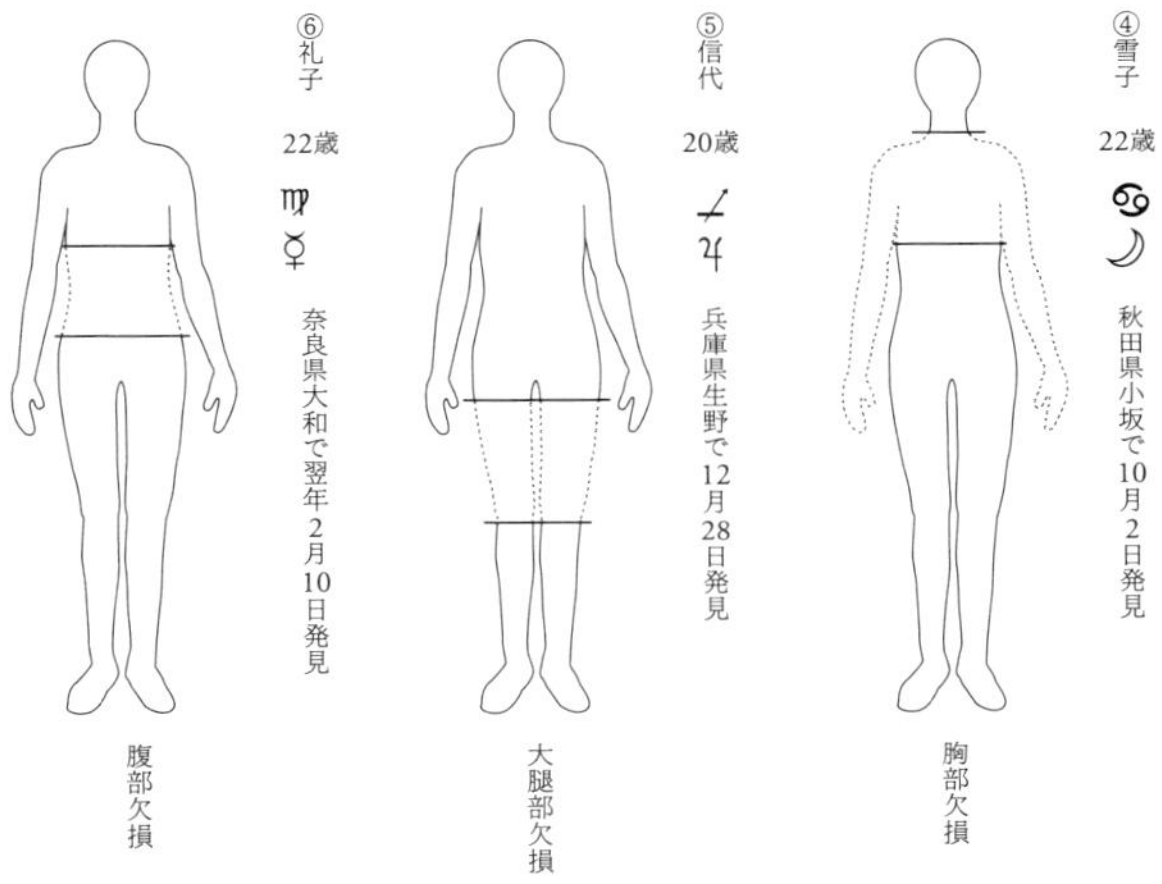

戦へと突入しましょう」

と言った。

「ここに六遺体を発見された順に並べた図があります」

そう言って御手洗は、さっき描いていた図の紙を、みなに廻すようにと私に手渡してきた。(図7)

「しかしこれでは解りにくいので、というより意図的に一番解りにくい順番に発見させるよう、犯人は仕向けているのですが、解りやすくするために上から順に、つまり頭部欠損、胸部欠損、腹部欠損という順に、並べ替えてみましょうか。すなわち牡羊座の時子、蟹座の雪子、乙女座の礼子という順番です」

言いながら御手洗は、先に書いたお札の図を消して、黒板に次のような人体の図を書いた。(図8)

「これをどうやって本人と確認したのか、四番目、五番目、六番目に見つかった雪子、信代、そして礼子は、日付を見ると一年近くたっているので、腐乱して顔は解らなかったでしょう。しかしほかは、だいたい死後二、三ヵ月程度の死体なので、おそらく顔、すなわち頭部と服とで判断したのでしょう。白骨死体の方は、たぶん例の手記を参考にして判断したと思われます。

この死体の上部と下部に名前をふるとこうなります。

図8

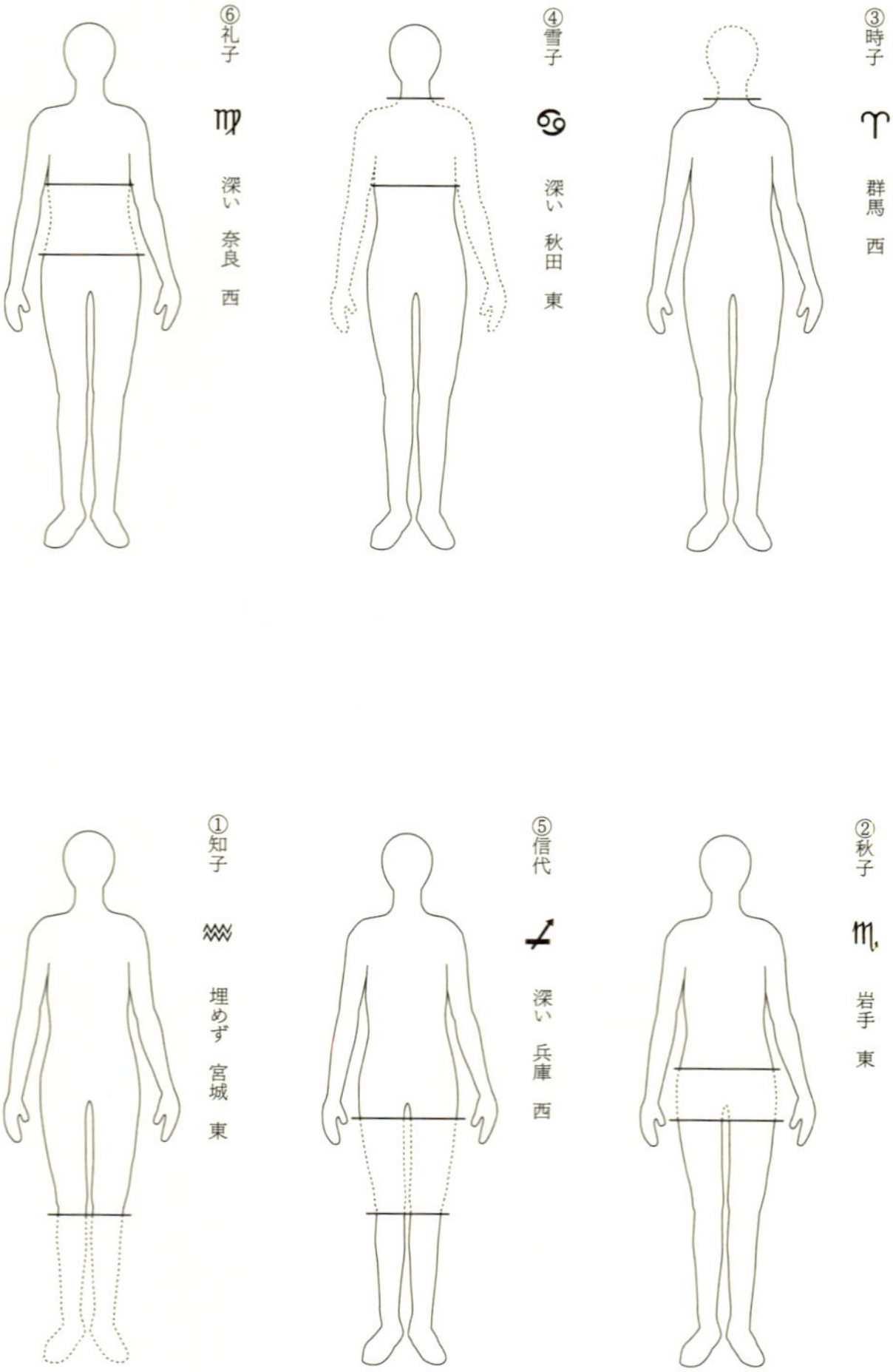

図9

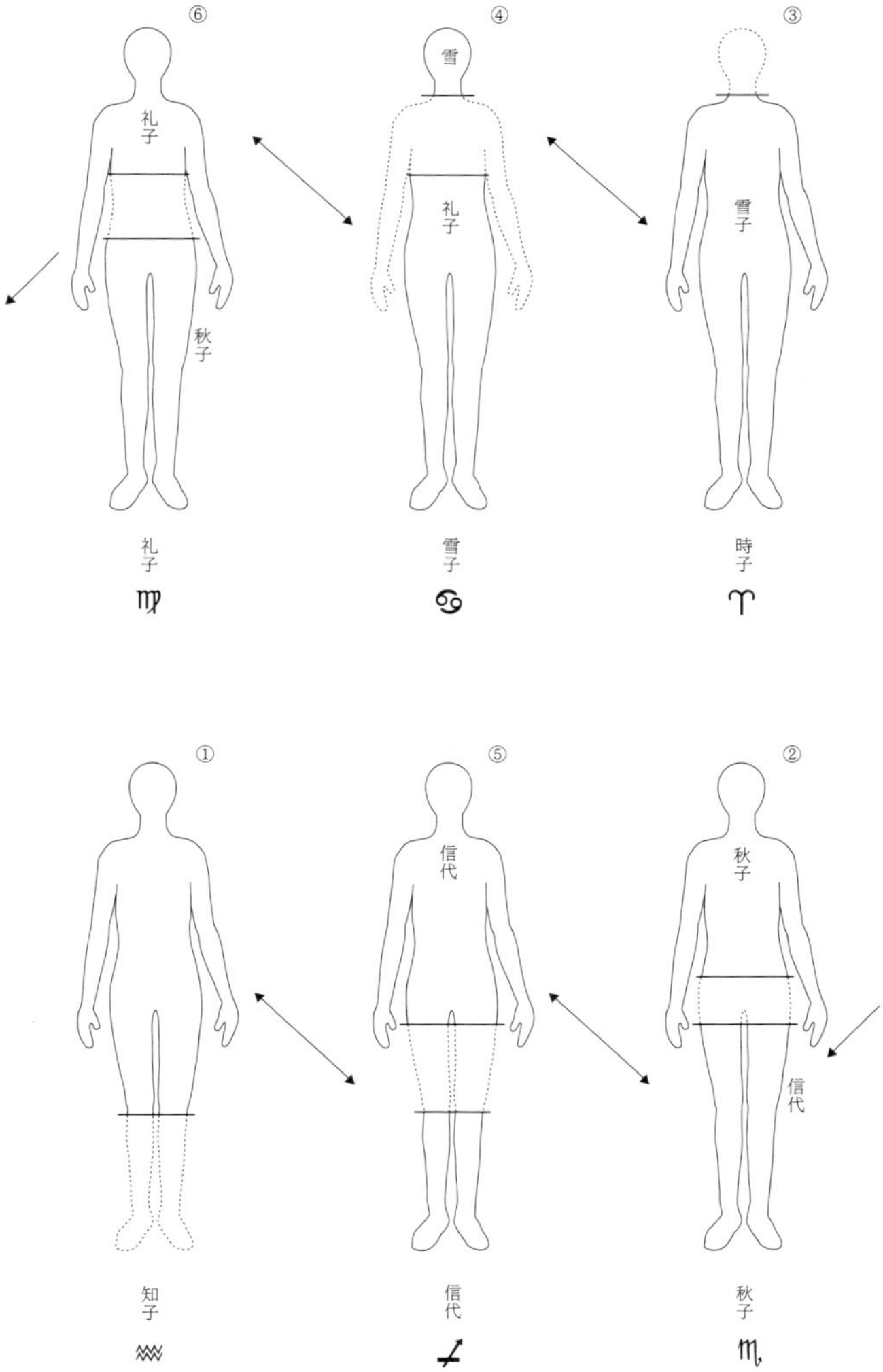

図10

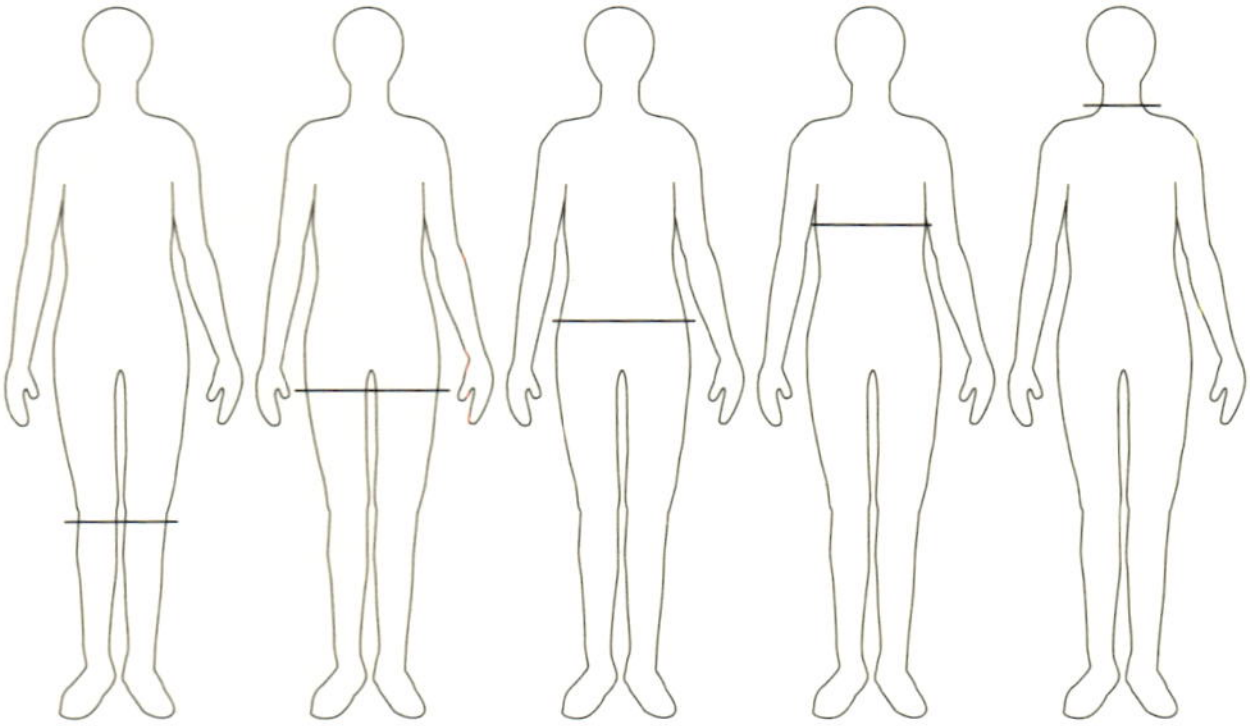

（図9）こんなふうに矢印でもつけ、斜めにつなげていくと、何のことはない、それぞれがひとつの死体となるわけです。

さっきのお札みたいに書くとすると、こういう感じになるかな……、こんなふうに五つの死体を切り離したわけです。それからずらして並べた、とこれだけの話ですな。（図10）

そしてここにも盲点があったのですが、犯人が女一人と聞いて、ぼくらはえらく意外だと思う。というのは、今までこの犯人は、六死体について四死体までは体の二ヵ所を切断し、二死体は一ヵ所を切断するという、計十ヵ所もの切断をやったとわれわれは思いこんでいたからです、そうして切り取った六つのパーツをどこかへ運んで組み立てるなんていう力仕事もやったと勝手に想像していた。これは到底男でなければできない大仕事です、時間もかかる。

ところが今こうやって考えてみると、犯人の実際の労働は、ごく少ないことが解ります。死体を全国に遺棄して廻ったのも本人ではないし、切断箇所も五死体について一ヵ所ずつ、たった五ヵ所にすぎないのです。そして切ったらあとは隣りと入れ替えただけ。ま、服を着せ替える手間はあったでしょうがね、これですべて終りです。これなら女一人にだって充分やれますよ。

　さてこうして造りだした六組の死体ですが、これらが発見された時点で一堂に並べられるなんてことがあると、いくらアゾート幻想でカムフラージュしていても、並べ替えることを思いつかれてしまうでしょうから、全国にばらまいたんです。これが死体遺棄場所が全国にちらばっている真の理由です。死体配置に関する呪術的《じゅじゅつてき》な意味というものを、彼女は本気で信じてはいなかったでしょう。遺棄場所は、東京を中心に大ざっぱに東と西に大別できますが、隣り合った体は、東と西に必ず振り分けられています。

　さて犯人は、もちろんこの六人の女の内にいます。体の方は何とかごまかせても、頭部は、つまり顔はごまかすことができない。すなわち頭のない、顔のない者が犯人ということになります。こうざっと見渡すと、そう、時子の顔が見あたりませんな、したがって時子が犯人ということになります」

　御手洗はここで言葉を切ったが、われわれ三人は声もなかった。

　ずいぶんして、ようやく私が口を切った。

「じゃあ須藤妙子というのは……」

「時子だよ」

　また沈黙が続いた。みな、それぞれの混乱を抱えて無言だった。

「さて、と、ほかに質問はありますか？」

　この場合、私を除く二人は御手洗とあまり親しいわけではない。飯田刑事にいたっては今日初対面だから、いくらか遠慮もあるだろう。御手洗に積極的に質問を浴びせるのは私の役目である。

「四番目以降、ずいぶんと……、えーと半年もずれて発見された雪子、信代、礼子の死体、それはこの三つが深く埋められていたせいだよね？　どうしてこの三つは深く埋められたんだ？」

「うんそりゃね、この黒板の図で隣り合っている死体、たとえば知子と信代、こういうのは時間的に相当ずれて発見されなきゃならなかったからなんだ。だっていくら離して遺棄しても、東京かどこかに運ばれて並べられる可能性が絶対ないとはいえない。並べられたらすこぶる危険だ。切り口が符合するし、隣りと組み合わせることを思いつかれてしまう。まあ服を着ているからね、なかなかそういう発想は出てきにくいだろうけども。

だから、こういう隣り合った者同士の一方が相当遅れて発見されたら、もう一方の死体がその時まで保存されているなんてことは、まずないだろうと考えたんだよ。これもうまいと思うんだが、前半に発見された三体はすべて春の発見だからね、これから夏にかけては遺体が一番腐敗しやすい季節だ。したがって夏までにはまず火葬されてしまう。これがヨーロッパみたいに土葬の習慣のある国だったら危ないけれどね。

だから知子の死体をまず最初に発見させるとしたら、というのは知子は二つの部分のない一部分のみの死体だ、これなら切断面だの血液型だのと面倒がなくて、絶対安全な一体だからなんだが。

反対側の時子も、まあ同じく一部分のみの死体だけれど、こっちは頭がないのだし、実際に時子じゃないんだから、犯人もこれを最初にもってくるのは恐かったんだろうね。最初に発見させるのなんか簡単だ、埋めなきゃいい。

ともかく知子の死体を最初に発見させるとしたら、秋子、雪子を次に発見させ、信代、礼子、時子をずっと遅らせて、もう腐敗が進んで、白骨化する頃までずらしてしまうのが一番いいんだ。そうすれば万一、前半に発見された隣り組が保存されていても、ちょっと切り口の符合の具合までは解らない。つまり三体ずつ、前半発見組と後半発見組とに分けるんだね。そうすれば前半のグループの死体は、後半のグループの死体が見つかる頃にはまず間違いなく処分されているだろうから、切り口を照合されたりする危険がない。

さらにひとつおきの三体なら、これら前半組が一堂に集められるなんてことがもしあったにしても、並べ替え、組み替えを思いつかれる心配はない。とまあこういった理由から、二グループ目の信代、礼子、時子は深く埋めさせることにしたんだよ。

うん、そう、解ってる、ところが時子と目される死体は深く埋まっていなかった。そして雪子が深く埋まってた。つまり時子と雪子が前後のグループを入れ替わっていた。これは何故かというと、時子としても、自分の死体として用意したものに対しては不安が残ったからだろうな。いくら足や爪の変形でバレリーナであることは解っても、それだけじゃ弱い。何しろ顔がないんだから、これは替え玉かと疑われる危険がある。またたとえそうは言われなくても、この顔なしに限ってしつこく追及される可能性も当然考えられる。

そこでこの死体に限って、もうひとつ判別の材料を用意しておいた。それは痣だよ。確か平吉の手記にあったね？　時子は腰かどこかに痣があるって。これは本当は雪子の体だから、雪子に痣があることを時子は知っていて、利用したんだろう。したがって腐敗させてしまっては痣が識別できなくなる。それに白骨化してしまったら、バレリーナの特徴である足の爪の変形も消えてしまわないとも限らない。ほかの死体ならともかく、この一体に限っては、それはなんとしてでも防ぐ必要がある。とまあこんなような理由で、この死体に限っては、深く埋められなかったんだ。

しかしそうなると、ここにはいくつもの危険な点が現われる。まず、雪子と並べられる可能性があるということだよ。群馬と秋田とでずいぶん離しているからまず大丈夫とは思えるが、楽観はできない。もし並べられたらえらいことだ。首をぽんと時子の方へ移されたら、それで雪子の完全な死体ができあがってしまう、一巻の終りだ。

さらに、痣を判別の材料にするってことは、雪子の体に痣があるってことになる。すると、雪子は昌子の実の娘だ、母親が娘の腰に痣があることを知らないわけがない、したがって時子の死体は昌子に見せず、雪子の方は腐乱してから母親に見せるという段どりにしなくちゃなるまい。さらに時子の死体を保谷の多恵が見ることになる。だから時子は多恵に、自分の腰に後天的な痣ができたことを示しておく必要も出てくる。

こんなふうに問題点がさまざまに現われるが、これはしかし、時子はやらないわけにいかない。多恵には自分で痣を作って見せておくとして、前ふたつの危険は簡単に回避する方法がある。それはつまり、雪子を深く埋めるということさ、それでいいんだ。というわけで、雪子と、時子と見える死体とは、グループを入れ替えたのさ。

しかしこう入れ替えることによって、新たな危険が生じる可能性はある、つまりさっき言ったことだが、前半発見グループの三体が、もし万一、一ヵ所に並べられるなんてことがあれば、隣り組同士が含まれるんじゃないかって点だ。

ところが実にうまいことに、それは後半グループの方に現われるのであって、前半には出てこない。秋子と時子は別に隣り組じゃない。そして後半グループの方は、腐乱組だから問題はないというわけだ。

腐乱組といえば、後半グループを信代、礼子、雪子にしたのは、もうひとつ意味がある。つまり昌子というのは、容疑者として逮捕されている身だ、精神状態も普通じゃないだろう。だから何かことの異常に気づいておかしなことを口走ったにしても、警察はとりあげない可能性が高い。また相当腐乱していて、肉親でも識別がむずかしいと思えるような死体なら、現在逮捕拘留しているような人間を、警察はわざわざ確認に連れ歩かない可能性も高い。したがって雪子は、実の母の目には触れずに、火葬される可能性が高かったわけだ。

しかし、梅沢吉男の女房の文子となるとこりゃ別だ。彼女は自由の身だから、娘の死体が出たとなれば即座にどこへでも行くだろう。そして実の娘の死体を、当然子細に観察するだろう。母親の執念だ。すると、もし文子が不審な点があると発言すれば、これは昌子の場合とは違い、警察は耳を傾けることが考えられる。したがって文子の娘たちの方は相当腐敗させ、あるいは白骨化させる必要があったわけさ。

とまあこういったさまざまな理由から、時子は浅く埋める死体、深く埋める死体のグループ分けを決定していったと思うね」

私は舌を巻いた。これほどによく考えられた犯罪とは思わなかった。

「なるほどなあ……、ちょっとびっくりしたよ。しかし……、それなら、そんなにグループを入れ替えるなんて無理をしなくても、時子に見せかけた雪子の死体を含む方のグループを、浅く埋めるグループ、つまり前半発見組にしたらよかったんじゃないの？　それなら……」

「ちっ、ちっ！　だからさ、説明したじゃないか。一発目ってのは、警察もびっくりして突っ込んでくると思うのさ、それが時子としても恐かったんだよ。

たとえば時子を二番目か三番目かに発見させようと意図したとする、浅く埋めることによってね。すると信代か礼子を一発目に持ってこなくちゃならない。とするとだ、このふたつはふたつとも上下は別々の娘の体なんだ。どちらを一発目に持ってくるにしても、知子みたいに埋めもしないで放りだしておいたら、まず間違いなく母親の文子が異常に気づくね。賭けてもいい。母親ってやつはそういうところはすごいぜ。時子もこの計画で一番警戒したのは、警察なんかより母親だったと思うね。

それにだ、新鮮な状態で、こんな別人の体を組み合わせた派手な死体が発見されたら、これはいくら田舎警察でも勘づくかもしれない。少なくとも全力で知恵を絞るだろう。

では問題の顔なしを一発目に持ってくるか、これも一部分だけの死体だ。しかしこいつはもっと不安だよ。さっき説明した通りだ。

雨ざらしで放りだしておく最初の一体ってのは、どう頭をひねっても知子以外に考えられないいんだよ」

「それならいっそのこと……」

「全部埋めちゃったらっていうんだろう？　そうするときっかけがなくなっちゃう。警察がなかなか平吉のノートに思いいたらないで、六組の死体が出揃うのに十年かかるかもしれない。そうなれば痣はもちろん、バレリーナの特徴であるところの骨格や爪の変形も消えちゃうだろう。

それでも発見されればまだましだけれど、へたをすると六組とも永久に見つからないかもしれないし、五組だけ見つかり、偶然首なしに限って見つからなかったなんてことだって、絶対にないとはいえない。すると、『偶然』が犯人を指し示すという馬鹿馬鹿しいことにもなってくる。これじゃ何のことだか解らない。苦労して自分の死体を用意したのにね。

この六死体ともが見つかってはじめて、自分の身が安全になるんだ、時子としてはね。それもあまり時間がたたないうちでなきゃならない。バレリーナの特徴が消えないうちってことだけじゃなく、犯人が見あたらない難事件だから、死体の見つからない人間がイクォール犯人とされてしまう危険性が高い。となると、六つともが出揃うまでは、身を隠して逃げ廻ってなきゃならないんだからね、あまり長くかかってもらっては時子としてもありがたくないだろう」

「はあ……。なるほどなあ……」

私は深く溜め息をついた。

「しかし、じゃあ、上下が……、ともかく別々の、別人の死体だったのかあ……、そんなことができるものなのか？　血液型とか、よく警察まで騙せたもんだなあ……」

「血液型は偶然全員がA型だよ。星座もまあうまい具合に散らばっていたものだ。だからこの計画を思いついたんだろうけれどね。

しかしね、君の言う通りだよ。これが現在だったら、もう全然問題外のトリックだよ。第一血液型だって、飯田さんはご専門だから詳しくていらっしゃるだろうが、今はＡＢＯ式だけじゃない。ＭＮ式、Ｑ式、Ｒｈ式といろいろある。要するに抗体がいろいろと発見されてきたってことなんだけれど、これをそれぞれやっていけば、順列組み合わせ式に、人間の血液型は一千通りくらいに分類できる。

血液型だけじゃない、上下に切り離された死体なら、当然染色体から骨組織まで微細な範囲にわたって調べるからね、とても騙しおおせるものじゃない」

「どんな田舎警察でもそうなの？」

「どんな田舎でも、三、四時間で大病院のある街まで出られない場所というのは、今日本にはないんじゃないかな？　あったとしても、警察に法医学者くらいはついているだろうからなあ、まさかＡＢＯしか調べないなんてことは、現在はないと思うよ。

でもほかのＭＮ式、Ｑ式なんてのが発見されたのは戦後なんでね、飯田さん、警察がこれを取り入れた時期はご存知ですか？　ああ、やはり戦後かなり経ってからですか。昭和十一年当時はＡＢＯ式しかなかったんだよ」

「染色体ってのは血液から解るの？」

「染色体ってのはもう何からでも取れるよ。血液からでも、唾液、精液、皮膚、骨のかけらからでもね、解る。だからもう今じゃ死体を黒焦げにしたとしても、白骨化させたとしても、こんなトリックは無理だ。昭和十一年だからできたことだよ。今なら白骨化させて、骨をさらさらの粉まで砕いてしまわなきゃ駄目だ。それなら血液型も染色体も骨組織も不明になる。今は顕微鏡単位までが捜査の対象だからね、そういう意味じゃ現代は、犯罪者にとって夢のない時代だよ」

「今までのことはよく理解できたよ。なるほどこれなら君が吠えたのも無理はない。しかし、これだけでどうして須藤妙子、いや時子の居場所まで解ったんだ？」

「ははん！　そんなのは簡単だろう？　動機を考えてみれば解ることさ」

「そうだ、その動機も解らない。どうしてなんだ？」

「君の持ってた本があったね、『梅沢家・占星術殺人』、あれを貸してよ。

えーと……、ほら、ここに家系図がある。これで見ると、時子だけが前妻多恵の子だね、この多恵という人は、この家系図に登場している人物のうちでは圧倒的に不幸な人だ。この女性のただ一人の実の娘時子が、母親の復讐を考えたんだと思う。

ここからは想像だけれどね、父平吉はいい加減な男で、やり手の昌子に乗りかえて、おとなしい母を簡単に捨てたような男だ。そして昌子とその三人の娘は、これはもういうまでもなく敵だ。時子は彼女たちと一緒に暮していても、何かと疎外されたんじゃないだろうか。

　礼子と信代、それに雪子、こういった娘たちとは時子は血がつながっていたはずだけれど、これもいわば母を苦しめた平吉を通じてつながっているんだからね。この六人、いや昌子、時子も入れて八人の女が一堂に会した時なんかに、時子だけが疎外感を感じるような何ごとかがちょくちょく、あるいは頻繁にあったのかもしれない。直接的に殺意に発展していくような何かの事件がね。

　昨日、ぼくは訊かなかったんで解らない。何にしてもこれだけの計画をたてるほどに思いつめたんだ、こっちがちょいと質問して、何十分かの時間でそれに手短かに答えられるような、そんな単純なものじゃないと思ってね。

　いずれにしても、大ざっぱに言えば、これは時子が、きっと私怨もあるけれど、それ以上に、あまりに恵まれない実の母多恵のために犯した犯罪ということになりましょう。

　多恵という女性は、両親が事業に失敗してからはずっと苦労を重ねてきた女性であります。やっと平吉という、そこそこの金持ちと一緒になって幸せになったかなと思ったら、今度は昌子という女に主人をとられてしまった。最近の主婦ならもっと要領よく立ち廻って、昌子なんて女を家に入れたりはしないのでしょうが、多恵は昔ふうの消極的な女で、それもできなかった。金銭的にも何的にもあまりに可哀想だ、せめてお金くらい入るようにしてやろうというのが、この犯罪の動機でしょう。

　そう考えていけば、現住所の候補地がひとつ、非常に明確なかたちで浮かびあがってきます。多恵は嵯峨野で袋物の店をやりたかった。京都のこの嵯峨野だけが、多恵にいい思い出をもたらす場所だったからです。しかしついに果さず、保谷で死んでしまった。それなら時子が、母に代わって夢を継《つ》いでやろうと考えても不思議はないでしょう。むろん、今はもういないかもしれない、しかし多恵への強烈な同情と愛情とがこの犯罪の動機なら、嵯峨野へ行ってみる価値はある。

　果たして、時子はいた。四十年後の今も、ずっとそこに身をひそめるようにして、生活していました。ぼくは店の名も母親にちなんだ名をつけているんじゃないかと思いましてね、多恵からとって、妙屋とかめぐみ屋とかつけているかもしれない、それで交番でこのへんにそんな名の袋物の店はないかと訊くと、まさしくめぐみ屋はありました。時子は自分の名も妙子に変えていましたよ」

「じゃあ、例の梅沢平吉の手記と言われているものも、平吉が書いたものじゃないんだね？」

「当然時子の作さ」

「じゃああの二月二十五日の雪の日、平吉のモデルになってたのは、時子だったのか？」

「そうなるね」

「平吉は実の娘をモデルにしたのか……。ついでに例のカバン錠の密室、あれも説明してくれないかな」

「あんなのはどうということはないだろう、ここまでくれば。例の平吉の靴の問題もそうだが、今さら説明するまでもない。

モデルになっているうちに雪が降りだした。だから足跡のトリックのことを考えた。これは前にも言ったね？

平吉は信頼する時子が一人いるだけだから、まだ彼女がアトリエにいるうちに睡眠薬を飲んだ。時子はもう帰るばかりにしていたんだろうな。

突然、時子は父を殺した。そうしてベッド吊りあげとも見えるようにベッドを斜めにして、平吉の片足をベッドの下に入れ、髭を摘んだ。それから外へ出て、例の足跡の乱れた窓の横のところから、輪にした糸か紐かでカンヌキをかけた。しかしカバン錠までは当然かけられない。

それから木戸のところまで女靴のままで出て、それから得意の爪先立ちで大股に引き返し、入口で平吉の靴に履きかえて、窓のところの足跡を徹底して踏みつぶしておいて、さっきの爪先立ちの跡を踏み消しながら歩いて、表通りへと出た。

それからどこへ行ったのかは解らない。保谷の母のところへ行ったか、しかしもうバスや電車はあるまい、タクシーを拾えば足がつく、おそらくどこかへひそんで朝を持ったのだと思う。三十年振りの大雪の夜を、震えて朝を待ったわけだ。たぶんその時凶器も処分したのだと思う。

朝になり、梅沢家へ帰ってきた。この時、袋かバッグくらいは必ず持ってたはずだ。何故ならその中に平吉の靴が入っていたはずだからだよ。

それから朝食を作って平吉のところへ持っていき、窓のところで中を覗いて発見を装った時、窓から靴を土間に投げ込んで返しておいた。少々靴が土間で乱れていてもいっこうにかまわない、どうせドアをみなで破ることになるんだからね。

みなを呼んできてドアに体当たりして壊し、みなが平吉のところへ駈け寄ったり大騒ぎしている間に、時子は一人でドアを起して立てかけるふりをしながら、カバン錠を下ろしたんだ。

体当たりの前に、みなが窓のところに鈴なりになってアトリエ内を覗き込んだら、あるいは一人くらいドアにカバン錠がかかってなかったことに気づいたかもしれない。しかし、窓の下の証拠の足跡を消してはまずいという大義名分がたって、時子はみなを窓のところへ行かせないようにできたわけです」

「なるほど……、警察にカバン錠がおりていたかと訊かれたら、時子はおりてましたと答えればいい。何しろ中を覗き込んだのは時子だけなんだからなあ……」

「その通り」

「保谷の多恵は、時子のアリバイを偽証してたわけだね？」

「そういうことになるね」

「するともちろん上野毛で一枝を殺し、竹越文次郎氏を罠にかけたのも時子だね？」

「一連の梅沢家の事件はともかく、この竹越文次郎という全然無関係の人物を巻き込んだのが、この事件の一番気に入らない点だよ。そのために文次郎氏は人生の後半を苦しむことになった。しかし今日のわれわれは、いかにも遅かったけれども、文次郎氏のその苦しみを、ささやかながら軽くすることのできる立場にあります。石岡君、あっちの部屋に、冬の灯油の残りが入ったタンクがあるんだ。持ってきてくれないか」

私が、中身が少ないのであまり重くない石油タンクを持ってくると、御手洗はタイルの流しの前に立って待っていた。そして流しに竹越文次郎の手記をばさりと放りだすと、ポンプで灯油を少しかけた。

「美沙子さん、マッチかライターを持っていますか？ああ持ってましたか、それは都合がいいです、貸して下さい。おや、君も持ってたのか石岡君、でもポケットにしまいたまえ、飯田さんのの方がいいだろう」

御手洗が火をつけると、手記はあっけなく燃えあがった。私たち四人は流しを囲んで、小さなキャンプファイアーのように、燃える手記をじっと見た。御手洗が時々棒でつつくと、黒い灰になった紙のかけらがふたつ、みっつ、ひらひらと舞いあがる。

私は飯田美沙子が、かすかに、よかったとつぶやくのを聞いた。

3.

事件は確かに解決したのだろうけれど、私にはまだまだ多くの疑問点が残っていた。御手洗の謎解きの時は、あまりに驚いてしまったものだから、とっさには御手洗にぶつけるべき疑問点さえ出てこないありさまだったが、一人になって考えると、頭の中の泥水をかきまわしたみたいな混乱が次第に落ちついてきて、いくつか不明な点が見えるようになった。

まず最大の疑問点は、当時二十二歳の娘だった時子が、毒殺に使った亜砒酸をはじめ、酸化鉛とか酸化第二鉄とかの薬品を、いったいどこからどうやって集めてきたのかということだ。水銀くらいなら、体温計をたくさん壊せば手に入るだろうが、硝酸銀だの錫だのとなると、薬科大学へでも出入りしていなければ揃えることはできないはずだ。

次に自分を消してから、どこにひそんで生活したのかという点も腑に落ちない。四十年後には確かに嵯峨野にいたが、事件後すぐに名を変え、嵯峨野で新生活を始めたりすることが何の危険もなくできるものだろうか？いつか吉田秀彩が私に言ったように、いったん死んだはずの人間が、誰の注意もひかず、ひっそりと生きていくなどということは、案外むずかしいものと思う。

それからこんなこともある。時子が父のアトリエでモデルをやっていたとしたら、娘たちがひょっこり遊びにこないとも限らない。そんな危険をあえて冒したのか？

しかしこれは父平吉としても、娘たちや昌子には秘密にしておきたい事柄であったろうし、内から窓に鍵をかけ、カーテンも引いておけば、つまり平吉自身が内緒にしようとする意志を強く持っていれば、大した問題ではないかもしれない。

それならこれはどうだろう？　この計画は時子のものではなく、母多恵のたてたもの、あるいは母娘二人で計画したものという可能性はないのだろうか？

そう考えれば、多恵が時子のアリバイを何の抵抗もなく偽証している点、それから多恵が時子のものと見せかけた雪子の死体を見に出向いた時、何も異常を申したてていない点にも得心がいく。平吉殺害の夜も時子は行くところができ、雪の夜明けを震えて待つ必要がなくなる。これは大いにありそうなことに思われた。

それからもうひとつ、平吉が左ききであることを何故あの吉田秀彩が知っていたのかという点だ。私はこれが気になって仕方がなかったので、自分の部屋から彼に電話をかけた。結果はなかば予想したことだったが、安川民雄から聞いたという、何ともあっけないものだった。

飯田刑事夫妻が御手洗の教室のドアを押し、この驚くべき真相を世間に告げるために帰っていくと、御手洗は何ごともなかったかのように以前のぐうたら生活に戻り、私もさっさと自分の部屋に帰ってはきたが、私は少々のぼせてしまったらしく、なかなか以前のペースを取り戻せなかった。

そして戦争をはさんで昭和十一年から五十四年に及んだこの梅沢家占星術殺人事件が、完全な終焉を迎えるには、さらにもうひとつの事件が必要だった。謎解きを聞いた翌日の朝、私は胸をときめかせて新聞を開いた。そしてがっかりした。「梅沢家・占星術殺人」、四十年後に解決、などという大見出しを期待したのだが、それはなく、代わりに、もっと深刻な記事があった。

四面の隅に、中くらいの記事で、須藤妙子の自殺が報じられていた。御手洗はどう思っていたか知らないが、私自身は気持ちのどこかで、こういう結末を予想しないでもなかった。しかし、やはり衝撃を受けずにはすまなかった。

記事によれば十三日金曜日の夜発見というから、たぶん飯田刑事の連絡を受けた警察関係者が見つけたのだろう。死因はアゾート殺人と同じ、砒素系化合物の嚥下による中毒死。めぐみ屋の奥の座敷でひっそりと死んでいたという記事には、わずかに一行、戦前の梅沢家一族鏖殺《おうさつ》事件に関連があるとの見方もある、とつけ加えられていた。

記事によれば遺書もあったようだが、それは通いの女の子二人に対する簡単な詫び状といった類いのものだったらしい。少なくとも新聞にはそう書かれている。遺書には、職を失う女の子たちのために、お金も添えられていたそうだ。私はその新聞を丸めて握り、これはまた御手洗に会わなくてはならないと思ってアパートを出た。

記事を読み、すぐ頭にひらめいたことがある。それは砒素というから、須藤妙子は以前自らの犯罪に用いたこの劇薬の残りを、四十年間密かに肌身離さず持っていたのではあるまいかという想像だった。そう考えると、この須藤妙子という女性の孤独さが、私にも少しずつ理解できた。だが彼女は何故、何も語らずに死んだのか――？

駅まで出ると、私のとっている新聞は、世にものんびりした社のものと解った。売店の前に、占星術殺人解決とか、犯人は女、などと書かれた大きな活字が見え、まさしく羽が生えたように売れていた。新聞で作られた円柱が、私の見ている前でみるみる低くなっていく。なくなってしまう前に私も買った。

しかし記事は、死体遺棄のトリックが図入りで説明されているようなものではなく、昭和十一年の事件の概要をもう一度簡単に説明し、警察の四十年以上に及ぶ地道な捜査のたまものであると結ぶという調子の、実情を知る者にはいささかピントのずれた内容であった。もちろん御手洗潔の名など、どこを探してもない。

御手洗は、例によってまだ眠っていた。私がベッドルームまでずかずか入り込み、須藤妙子が死んだぞと言った時、御手洗はベッドの中でぱっちりと目を開き、そうか、とひと言言った。

腕を枕にしばらくそうしていたので、私はやがて劇的な言葉のひとつも口にするのではないかと思い、待ったが、御手洗の言ったセリフは、コーヒーを淹れてくれたくはないかい、だった。

コーヒーを飲みながら御手洗は、私の買ってきた新聞を熱心に読んでいたが、じきにぱさりとテーブルの上に置き、にやにやした。

「読んだかい？　地道な捜査の勝利だってさ」

御手洗は言った。

「あの竹越刑事あたりが、地道な捜査とやらをあと百年やったって、何が解ったかな？　ま、靴屋は儲かったろうがね」

私はこの機会に例の疑問をぶつけてみようと思い、七種類の薬品のことを切り出した。

「さあね、どうしたんだろう？　全然解らないよ」

「嵐山で、ぼくが行くまで時間があったじゃないか」

「ああそうね、でもほとんど話なんかしなかったんだ」

「どうして!?　やっと見つけた犯人なのに」

「あんまり訊くと情が移るからさ。それにぼくは地道な捜査の末たどり着いたんじゃないからね、彼女を前にした時も、ああ苦労したなあという感慨も別段湧いちゃこなかったし」

嘘をつけと私は思った。あんなに半狂乱になるほど苦しんだのは誰だったというのだろう。

この御手洗という男は、息を切らせて走ったくせに、私を前にすると荒い息を押し殺し、自分などの天才にはあんなのは軽いと気取ってみせるところがある。

「それにね、訊くまでもないよ。ぼくには重要な部分で解らないところは何ひとつなかった。本人にこまごました部分を訊いて確かめたところで、大した意味はないよ」

「じゃ薬品の出所を教えてくれよ」

「またそれか！　君も地道な捜査をやりたいらしいね。その薬品といい、東経百三十八度四十八分といい、いわば柱を飾る浮き彫りだよ。一級のデコレーションだ。彼女の才能が本物だったから、その装飾も精巧で生命力を持ち、ぼくらは建て物全体を見るのを忘れるほどに惹きつけられた。でも問題は骨組みだぜ。ぼくならそのことに一番興味を持つね。装飾ばかり分析していても、建て物の構造は把握できないもの。薬品のことだって、たとえば今君があの薬品が絶対必要で、揃えなきゃ自分の生命に関わるとなりゃ、何とかするだろ？　どこの大学に清掃員に化けてもぐり込んだかをつきとめたところで、大した意味はないよ」

「じゃ、これはどうだい。あの計画は時子一人によるものじゃなく、母多恵との共同謀議か、それとももっと大胆に、多恵のたてた計画で時子が動かされていただけという、こんな可能性はどうだろう？」

「それはないと思う」

「時子一人のものだということ？」

「そう思うね」

「でもありそうなことだと思うけどな。君は確信があるわけだね？」

「まあね。でも証拠はないな、そう思うだけだよ」

「納得できないなあ。じゃあ証拠は無理でもいいから、もう少し話してくれないか」

「理詰めで割りきれる問題じゃないと思う。こりゃあ彼女たちの感情の問題としてね、推測するわけだが。

そうね、まず四十年後の今日、時子が妙子の名で、めぐみ屋という小袋屋を、それも嵯峨野でやっているという事実、こいつがなくなるような気がする。いややってもいいが、何も昨日まで危険を承知でやってる必要はないだろう？　あれはまるでそういった事実と心中するつもりだったようにさえ見える。うんその通りだ、心中したじゃないか。

第二に金の問題もある。共同謀議なら、多恵のところに金が入ると同時に、あるいはしばらくしてからでもいいが、そのうちの半分は消えなきゃならない。少なくとも多恵は、自分の気まぐれでこの金を自由に使うということはしないだろう。実際は、まあちゃんと調べたわけじゃないからはっきりとは言い切れないが、今言ったような事実はなかったようにぼくは思ってる。

最初の方のをもう少し言おうか、つまり計画成功、お金も入ったという時点で、もし多恵のそばに時子がいたのなら、多恵はすぐに京都、嵯峨野へやってきたんじゃないだろうか。多恵は夢を実現することができたはずだよ。孤独な多恵が、その孤独さの故に、大金を得ながら結局それがなんにもならなかった、ささやかな夢も実現することができなかったというそのことが、計画を完遂したにもかかわらず、時子の充実感を薄めたんじゃないのかな。だから時子は、危険を承知であそこにいたんだと思うんだ」

「なるほどな……」

私は、気持ちが少し沈んだ。

「でもね、こいつは論理的な証明じゃない。これに情熱を持って反論する気になれば、同じ理由をもってまったく逆を主張することもできるだろう。本人の死んだ今、もう誰にも、永久に解らない」

「惜しかったな……、千載一遇のチャンスを逃した」

「そうかね、あれでよかったのさ」

「でも君宛てに、二、三日うちに遺書が送られてきたりはしないかな」

「あり得ないよ。住所はもちろん、ぼくは名前だってろくに名乗ってない。劇的な場面で堂々と名乗りをあげるには、あんまり向いてない名前だから」

「うーん、それは……」

それもそうだと言いそうになって、私は口をつぐんだ。私は御手洗にほんの少し同情した。

「しかし須藤妙子は、いや時子は、事件後どこに身を隠してたんだろう……」

「その話なら少しした」

「どこだ？」

「大陸にいたそうだよ」

「満州かあ……、なるほど、イギリスの犯罪者がアメリカへ逃げ込むようなものか」

「内地へ引き揚げてきた時ね、汽車の窓から外を見ると、ほら、ぼくらは窓から見る山を、遠くのものの代表みたいに思って見るだろ？　それが彼女は、日本の汽車から見える山々が、懐に飛び込んでくるような気がしましたって言ってたよ、日本は狭いんだな。詩的でとてもいいだろう？　すごく印象に残ったよ」

「ふうん……」

「あの頃はよかったのかもしれないな。今の日本人は、地平線を一度も見ないで死ぬやつも案外多いぜ」

「スケールが小さくなってんだろうな……。しかし、こいつはすごい犯罪だったな、大胆不敵な犯人だ。それがたった一人の、それも二十三歳の女だったなんて」

御手洗はするとこの時、遠くを見るような顔をした。

「ああ……、大したやつだ。このたった一人に、日本中が四十年間、一杯食わされたんだ。あんな女をはじめて見たよ。脱帽だ」

「うん……、しかし君はどうして、いや、お札がヒントになったのは解ってるが、それだけじゃないだろ？　どうして気づいたんだ？　これほどのカラクリに。ぼくの説明から、いきなりあの死体のトリックには思いつけないだろ？　いくら何でも」

「ああ、そりゃね。説明している方も、アゾートは作られたものと思い込んで説明してくれてるわけだから。

そう、ただ、そのアゾートだけどね、どう考えてもこれを制作する場所も時間もあるまいと思ったことはある。

いや、そんなことはどうでもいいな、何といってもあの平吉の手記だ。あれはどうもおかしなところが多い。インチキ臭いと思った」

「たとえば？」

「それはいろいろあると思うが……、そうね、まず根本的におかしな点がひとつある。この手記はアゾートの付属品であるから、日本の中心に置かれて、誰の目にも触れさせるつもりはないなんて言いながら、もし金が入ったら多恵にやって欲しいなんて言ってる。明らかに他人に読ませることを想定して書いているふしがある。

しかもこれを犯人は絶対に持ち去るべきなのに、平吉の死体と一緒に現場へ遺している。だいたい犯人が自分で書いたのじゃなければ、このノートを持っていって時々読みながらじゃないと、死体の遺棄場所なんて指示できないだろう？　他人が、平吉が書いたものなんだ、コピーでも取っておかなきゃ、細かいところは忘れちまうぜ!?

ま、それは平吉殺しの時はじめて見たんじゃなく、以前何度も読んでしっかり頭に入っていたのかもしれないが、とにかく持ってっちゃった方がいいことは確かだ。それが置いてあったのは、読ませるためじゃないか。とすれば平吉の作じゃない可能性が高くなる。

それにアゾートが資産を生むことがあれば、なんて言ってる。こりゃおかしいぜ。何で大日本帝国を救うために作るアゾートが、資産を生むんだ？　これは計画の全体を見渡せる人間の言葉だ。しかもその金は多恵にやってくれなんて言ってる。これだけでも充分気づくべきだったね。ここに犯人の意図ははっきりと現われてる。

それにだ、あの手記にはこまごましたおかしな点は、まだまだあったと思うな。たとえば……、そう、平吉はヘヴィスモーカーだって君は言った。でもあの手記には、煙草の煙がうっとうしいからあまり酒場には行かないなんて記述があったと思う。こりゃ時子が自分のことを書いてるのさ。

それから……、そう、音楽だ。平吉は『カプリ島』だの『月下の蘭《らん》』だのが好きだって言ってた。これらは昭和九年から十年にかけてのヒット曲だ。ぼくはあの頃の音楽は、以前調べたことがあって、ちょっと詳しいんだ。ふたつともなかなかいい曲だ。あとひとつ、カルロス・ガルデルの唄う『ジーラ・ジーラ』なんて名曲もあるんだが……。いや、そんなことはいい、昭和十年といえば殺される直前だぜ。もう平吉は当然アトリエで隠遁《いんとん》生活をしていたはずだね、いったいどこでそんな曲を、思わず口ずさめるほどに憶えたんだろう。アトリエにはラジオも電蓄もなかった。だが時子なら、こんな曲は当然聴いているだろう。母屋の応接間でね、昌子は音楽が好きだそうだから」

「なるほどなあ……」

言われてみると、確かに私は多くの事柄をあっさり見落としていた。

私は御手洗の話の中に、須藤妙子の、口をつぐんだままの死を説明する要素はないかと探した。しかし、見あたらなかった。

「須藤妙子の自殺なんだが……」

私は口に出した。

「何故彼女は黙って死んだんだろう？　あれほど世間を騒がせた張本人なのに、少しの説明もなく。これはどういうんだろうな」

「どういうんだろうって、どう答えれば君は満足するんだい？」

御手洗はまるで自分のことのように言った。

「この新聞を見てごらんよ。罪が発覚したので観念して死んだと断定して疑わない。理由はそれで全部だと思っている。受験生が自殺をすれば受験戦争を苦にとくる。成績がトップでもビリでも中くらいでも、死ねばたちまち受験戦争を苦にしていたことになるらしい。そんな単純なものかね!? くだらないね! 大衆次元への押し下げというやつだ。馬鹿みたいな凡庸《ぼんよう》さの中にいる自分の危機感や劣等感を、大衆って人種はこういう暴力的な行為によって取り除こうとしているのさ。

人間一人何十年も生きてきて、そのすべてを消し去ろうと決心したんだ。あらゆる、それこそ数えきれないほどの事情がある。それをこんないい加減な調子で待ちかまえている連中に、何て説明するんだ? はたして説明する必要もあるのかしら? 黙って死ねばたくさんさ! 君だってはたして例外かな? 死に方をうんぬんするくらいだから、自殺の理由はもう解ってるんだろうね?」

「………」

4.

御手洗は結局、須藤妙子の死に関しては自分の考えを語ることを避けた。しかしあれは事件の真相が発覚したからなどでは断じてないと言いたげで、何か自分だけにしか解らない事実があるんだという含みがあるように、私には感じられた。

それが何なのか、私には未だに見当がつかない。その後追及する機会もたびたびあったけれど、そのたびに御手洗はのらりくらりと逃げ、あのサイコロだよと言ってはにやにやした。

サイコロといえば、この「梅沢家・占星術殺人」は、子供の頃正月によくやったすごろくに似ていると思うことがある。ベッドの吊り上げとか、東経百三十八度四十八分とか、四・六・三の中心とか、アゾートとか、途中多くの事件が落し穴のように用意されており、御手洗と私とは、弥次喜多コンビのようにサイコロを振っては一喜一憂した。そして上りを前に私は道を間違え、単身名古屋は明治村までのどかな遠征をやってのけたのだった。

けれども悪い思い出は少しもない。いろんな場所へ行き、大勢の人と会ったが、嫌な思いをさせられたのはあの竹越刑事くらいだ。皮肉なことだと思うが、一番好印象を受けたのが犯人からだったといえる。私はこのことからどんな教訓を感じとるべきなのだろう。

嫌な思いといえば、最後に味わった気分もこのうちに入れていいかと思う。

あれから世間は思った通り大騒ぎで、巷は梅沢家・占星術殺人解決の噂で持ちきりになった。新聞には一週間近くも何のかのと関連記事が続いたし、週刊誌は競って特集を組んだ。テレビでもいくつか特集番組が組まれ、あの控え目な飯田刑事がブラウン管に登場することさえあった。さすがに竹越刑事は、顔がお茶の間向きでないせいか、ブラウン管でお目にかかるという苦痛は味わうことなくすんだ。

以前この事件に関して、人喰い土人説とかＵＦＯ説をさかんに世に送り出していた勇気ある出版社も、最後のひと稼ぎとばかり、何冊かの書物を大急ぎで完成し、たて続けに世に問うていた。

しかし、何かで読んだのだが、飯田刑事はこの功を認められて出世したという話なのに、御手洗のところへは、美沙子夫人から書いても書かなくてもよいようなおざなりの礼の文句が並べられた葉書が一枚届いたきりだった。

そして世に出たどの印刷物を虫眼鏡で見るようにして探しても、御手洗という活字は発見できなかった。つまり私の友人は、世間から奇麗さっぱり無視されたのだった。このことに、私はやはり裏切られた気分を感じないではすまない。

しかし、これにはよい面もあった。御手洗の名が表面に出ず、警察官たちの地道な捜査が事件を解決したという話になったため、竹越文次郎の名や文次郎手記が、完璧に世間の目から伏せられたという点だ。

このことに、私は何よりも喜んだ。ささやかなわれわれの努力も、完全な形で報われたと感じたからだ。御手洗もそれは同じだったろう。いや、彼は私以上だったに違いない。しかしやはり私は、私の友人の名が無視されたことで、喜びが半減する気がした。

ところが当の御手洗にとっては、そんなことは問題にするまでもない当然至極のことであったらしく、世間の騒々しさとはまるで無関係に、鼻歌まじりに暮していた。

「君は悔しくはないのかい？」

私は思わず訊くことがあった。

「何が？」

御手洗は無邪気に訊き返す。

「だってこの事件は誰が解決したんだい？　君だろう？　君は全然無視されてるじゃないか！　本来なら君は今頃テレビか何かに出て、もっと有名になってたかもしれないんだぜ？　お金だってできたろう。

いや、君がそう考えるタイプじゃないことは知ってるさ。でもこの世の中、名前を売っちまった方が何かとやりやすいことが多い。君の仕事だって例外じゃないと思うね。もう少しいい建て物に引っ越して、ここらへんにもっとましなソファも置けるぜ⁉」

「そしてこの部屋は、脳ミソの代わりに野次馬根性しかつまってないような得体の知れない低能でいっぱいになるのさ。ぼくは部屋へ帰ってくるたびに、君がどこへまぎれこんだか大声出して探さなきゃならないだろうな。君は解ってないかもしれないがね、ぼくは今のこの生活が気に入ってるんだ。このペースを、頭をどっかに置き忘れてきたような連中に乱されたくないね。

翌日仕事さえなきゃ好きな時間まで眠れる。パジャマのままで新聞も読める。好きな研究をやり、気に入った仕事だけのためにそのドアを出ていく。嫌な奴には君は嫌な奴だと言えるしね、白を白、黒を黒と誰に気がねもなく言うことができる。これらはみんな、いつかの刑事も言ってくれたように、世間から相手にされないルンペンと言われることと引き替えに、ぼくが手に入れた財産だ。まだまだ失いたくはないね。淋しくなれば君もいてくれる、ぼくは一人ぼっちじゃない。この生活がとても気に入ってるのさ」

私はたちまち他愛なく胸がジーンと熱くなった。そうか、そんなふうにぼくのことを思っていてくれたのか。そして、とするなら自らの友情の証しとして、私にはやるべきことがあるように思われた。そのことを考えると、私はいくら押さえても内心笑みがこみあげた。

「じゃあ御手洗君」

私は言った。

「ぼくが今までの一連の経過を原稿用紙にまとめて出版社に持っていくと言ったら、君は驚くだろうな」

すると御手洗は、昔恐くて逃げ出した女房と、夜道で出くわしたような顔になった。そして必死に話をそらそうと悪あがきをした。

「心臓に悪い冗談はやめてと、……おや石岡君、もうこんな時間だ！」

「そりゃ活字になるかどうかは解らないがね、世に問う価値は必ずあると思う」

「君、ほかのことならどんなことにでも堪えよう」

御手洗はこんどはしみじみと言った。

「それだけはやめてくれ」

「何故だ？」

「さっき言ったことを充分理解してもらえなかったようだな。理由はほかにもある」

「是非聞きたいな」

「あんまり言いたくない」

書きあげたら、お世話になった京都の江本君に一番に見せなくてはいけないな、と私は考えた。この調子なら、御手洗が読むのは最後になるだろう。私はイラストレーションを描くのを職業としているから、出版社に顔見知りは多い。読んでもらうくらいなら、そうむずかしくはないはずだ。

「君は、名前を名乗った時、相手にどんな字を書くんですかと言われる恐怖というものを、想像つかんだろうなあ……」

ソファに老人のように沈んでいた御手洗が、弱々しく言った。

「君の作品にはぼくも登場するのかい？」

「それは当然だろう!?　君のような一風変った登場人物がいないとね、大作としての盛りあがりに欠けるからね」

「それならぼくの名は月影星之介とか何とか、もっと恰好いいのにしてくれよ」

「ははあ、いいとも。まあ君にもそのくらいのトリックなら許されるだろう」

「占星術師の、マジックだな……」

しかし、事件はこれですべて終了したわけではなく、最後にもうひとつの意外な展開がわれわれを待っていた。

須藤妙子は御手洗宛てにどうやら遺書を遺していたらしい。どうも世間に発表される事実というものは、こんなふうにでたらめが多いもののようだ。しかもわれわれがその事実を知り、遺書の写しが御手洗の手に届いたのは、事件の終了から半年もたった頃であり、何とそれを持ってきたのはあの竹越刑事だった。

十月のある午後、御手洗の事務所のドアが、実に控え目なやり方でノックされた。御手洗は即座にはいと応えたが、ドアからかなり離れていたし、下を向いたままで言ったので、来訪者には聞こえなかったらしい。しばらくの沈黙があり、再びしとやかな女性によるもののようなノックが聞こえた。

どうぞ！　と御手洗はこんどは大声を出した。

おずおずとドアが開き、見るとあの見憶えのある大男が立っている。

「おや、これは、これは！」

と御手洗は、まるで十年来の親友がやってきた時のように、椅子から跳ね起きた。

「こいつは珍しいお客さんだ。石岡君、こりゃお茶を淹れなきゃなるまいよ！」

「いや、おかまいなく、すぐに失礼しますんで」

と大男は言い、カバンからコピーの束を出した。

「これをお渡ししにまいっただけだから……」

言いながら刑事は、それを御手洗に差しだした。

「どうも遅くなってしまって……、それにコピーで大変失礼なんだが……」

言い訳するように大男は言った。

「われわれとしてもこれは大事な資料であるし、その……、これが誰に宛てたものであるかの判断に、いくらか時間を要したものですから……」

私たちには何の話かさっぱり解らなかった。

「では、確かにお渡ししましたよ」

言い終ると、竹越刑事はくるりと廻れ右して、大きな背中を私たちに向けた。

「おや、もうお帰りですか？　せっかくお会いできたのに。積もる話もありますよ」

御手洗は嫌味を言った。けれども刑事はとりあわず、さっさと廊下に出ていき、開け放したままになっていたドアのノブを持って、閉めようとした。

しかしドアは、あと十センチというところで停まった。もう一度開き、刑事は一歩、部屋の側へと引き返した。そして、

「これを言わなきゃ男じゃないな」

とつぶやくように言った。

それから私たち二人の靴をじっと見つめながら、言いにくそうにこう続けた。

「このたびのことは、大変感謝しております。親爺も、おそらく同様でしょう。父の分も、お礼を言います。ありがとう。この前はいろいろと無礼なことを申しあげ、申し訳ありませんでした。では……、失礼します」

それだけをやっと言うと、刑事は素早く、しかし丁寧にドアを閉めた。彼はとうとう一度も私たちの顔を見なかった。

御手洗は唇の端をちょっと歪め、静かに笑った。そして、

「あいつも案外悪いやつじゃない」

と言った。

「ああ、悪いやつじゃないよ」

私も言った。

「きっと今回、君から学んだことも多いと思うね、彼は」

「ははん、そうだな……」

と御手洗は続けた。

「どうやらノックのやり方は憶えた」

刑事が置いていった厚いコピーの束は、須藤妙子が御手洗に宛てた遺書だった。これにより、事件の細かいところがすべて明らかになるため、私は最後にこの遺書の全文を紹介して、この長い物語を終えることにしようと思う。

アゾートの声

嵐山でお会いしたお若い方へ

私はあなた様をずっとお待ち申し上げておりました。このような言い方がずいぶんとおかしいことは重々承知いたしておりますが、やはり私には、このような言い方しか思いつけません。

私はもうずいぶんとおかしくなってしまっております。それが自分でもはっきりと解るのでございます。それはあのような大それた悪業を成した女ですので当然とも申せましょうが、やはりこの不安定な心持ちは、自分には不思議でございます。

母が好きだった土地で細々と命をつないでおります間、私は強く怖い男性が私の前に突然現われ、私を叱りつけ、店の前の道をひきずって私を牢屋へ連れて行く夢を何度も見ました。そしてその時私は、決まってあの事件の頃の私に戻っているのです。私は毎日が怖くて怖くて、足が震えるようでした。しかし、それを待っていたこともまた確かなのでございます。

けれども私の前に現われたあなた様はずいぶんとお若く、それにとても優しくて、私に事件のことは何ひとつお訊きになりませんでした。私は今、そのことにとてもとても感謝いたしております。そのことだけが申し上げたく、こうしてペンをとった次第です。

それでもこうして考えてみますと、あれほどに世間をお騒がせした事件であるのに、あなた様のお優しさのために、とうとう解らないままになってしまう事柄も多くできてしまったように思われます。私はこの世でちっとも良いことはしませんでしたので、あの事件のことを少しでも多く説明して遺し、懺悔《ざんげ》の言葉にかえたいと存じます。

義母昌子や、その娘たちとともに暮した梅沢家での生活は、私にとっては地獄のようでございました。罪深いことですが、こうしている今も、まだ本当の意味での後悔の念というものは湧いてまいりません。あの生活のことを考えれば、私はどんな場所で、どんな辛い生活を強いられようと堪えられると考えました。実際そうであったから、今までこうしておめおめ生きてまいれたのでございましょう。

母が父に捨てられる時、私はまだ一歳になったばかりでした。母は私を引き取ると必死に頼んだそうですが、父が母の身体が弱いことを理由に許さなかったのだそうです。けれどもそんなに身体の弱い女に、一人で煙草屋をやれと言って捨てる人間もどうかしております。

私はそれで義母に育てられましたが、何かと辛く当たられました。今さら故人となった人のことをくどくどとあげつらうのは、いかにも女々しく、自己弁護がすぎるのでございますが、私は子供の頃より義母に小遣いというものをもらったことがありません。小遣いだけでなく、お人形ひとつ買ってもらったことも、新しい着物を買ってもらったことも、一度としてありません。みんな知子や秋子のお下がりでした。

雪子と同じ学校へ上がってからも――学年こそ私が一つ上とはいえ、この私と同い年の姉妹がいるということで、私は毎日顔から火が出るような思いでした――雪子はいつも新調の服を着、私のはお古でした。私は雪子にだけは負けたくなく、私の方がずっと良い成績をとるようになってくると、親子揃って私の勉強の邪魔をしたものです。

今でも不思議なのですが、どうして義母は私を保谷の母のもとへ返さなかったのでしょう？　たぶん近所の噂が怖かったのと、広い家なのにお手伝いさんをおくほどの余裕がなかったせいもあるのでしょう。私は子供の頃からずっとていの良い家政婦でしたから、私がもう保谷の母のもとで暮したいと言うと、いつも何かと理由をつけて許しませんでした。でもこういった私の境遇は、近所の人たちも（というのもあまり親しいおつきあいはしませんでしたので）、学校の友人も、誰一人気づかなかったことです。梅沢家の塀の中は、世間から孤立した一種の別世界でしたから。

私が保谷の母のもとへ行くたび、そして帰ってくるたび、義母たちは親子で共謀して何かと嫌がらせをしかけてきました。それでも私は母のもとへ行かなければならない理由があったのです。

私は頻繁に保谷の母のもとへ行ったように世間で思われておりますが、そうではなく、私は働いていたのです。それにはさまざまな理由があります。まず第一には母の小さな煙草屋からの収入など微々たるもので、母に生活費を与えなければならなかったこと、母は身体が弱っておりましたので、いつ病気になるか解りませんでした。そのため、多少の貯えを作っておく必要もあったのです。

そしてもうひとつは、私自身ある程度のお金を持っていなければ、梅沢家にいて、とても困るようなことがたびたびあったのです。義母は私のためには決してお金を使おうとはしませんでした。けれども自分の実の娘たちにはまるで私への当てつけのように、豊かな暮しをさせているというところを世間に見せようとしました。

とにかく私は、自分のお財布にある程度のお金を入れておくためには、どうしても自分で働く必要があったのです。貧しい母からもらうわけにはまいりませんでした。

母はそんな私の事情をよく察していてくれました。だから時に梅沢から電話が入ることがあっても、私はこっちに来ていると、母はいつも嘘をついていてくれました。彼女たちは時々さぐりを入れてくるのです。もし私が働いているなどと解ると、あの当時のことですから、梅沢の女たちに何を言われるか解ったものではありません。

あの当時、身元が非常にしっかりしていなければ、女一人、バーでさえ働けない時代でした。けれど私はひょんなことで知り合った方のお世話で、ある大学病院で週一度働かせていただけることになったのです。そのいきさつや、大学の名前などは、そのお方やご子息にご迷惑がかかるといけませんのでご容赦下さい。私はこの方のおかげで、人体の解剖なども見る機会を得たのです。

しかしそのことは私を虚無的にしました。人の生命がとてもはかないものに思え、この肉体に生命が宿っていること、そして脱け出してしまうこと、これらはほんのささいな運、不運、それもまわりの人間の意志ひとつにかかっているように思われました。

私は次第に死ぬこと、みずからを殺すことを考えるようになりました。今思えば別に深い理由があったわけではありません。今の若い方たちはどうか知りませんが、あの時代の娘たちは、清いままでの死というものに強い憧れ、というより一種の信仰を感じていたものです。

大学には同じ敷地内に薬科も理科もありました。これが砒素だと教えられた薬品瓶の前で、私の死の決心は固まりました。私がその劇薬を少し、化粧品の小瓶に盗んで母の家に行くと、母は陽の当る火鉢《ひばち》にかがみこんで、いつものように小さくなっておりました。

その日、私は母にお別れのつもりで行ったのですが、母は私を見つけると、今川焼の紙袋を脇から出して私に見せました。私が来ることを知っていたから、買っておいてくれたのです。

母と二人でその今川焼を食べながら、とても一人では死ねないと思いました。自分がこの世に生まれてきた理由が何なのかと私はよく考えました。生きていて楽しいことなんてちっともないし、全然意味がないように思えていたのです。でもその時、母はそれ以上だということに気づきました。


いつ訪ねても母は、煙草屋の店先に、丸めて忘れられた新聞紙みたいにしょんぼりとすわっておりました。本当に、いつだってそうでした。母の家にやって来て、その姿勢以外でいるところを、私は見たことがありません。母はこうして狭い店先の畳にすわり続けて死んでいくのだなと思いました。そう考えると、何てつまらない一生なのだろうと思い、次第に、梅沢の人たちを許せない気持ちになってゆきました。

私が梅沢の人たちに対して殺意を抱くにいたった大きなきっかけ、それとも事件といったものは別にありません。何年も何年もかけた、細かいいろいろな出来事の積み重ねです。

義母は派手好きな人でしたから、梅沢の家には音楽と笑い声があふれ、一方私が保谷へ行くと母は店先にしょんぼりとすわっていましたから、その差を見るにつけ、私は背筋が寒くなるような気分をおぼえたものです。

そう、でももしそういうきっかけがあるとしたら、ひとつだけ思い当たります。梅沢家の食堂で、一枝さんがやって来ていた時です。ひとつだけすわりの悪い椅子がありました。一枝がそのことに不平を言うと(あの人は一日中くどくどと不平ばかり言っていました)、義母はどこからか小袋を出してきて、これを足の一本に履かせてごらんなさいと言いました。それは母が大事に集めていたもののひとつで、この家を出る時、忘れていったものでした。

私はその時、もう許せないという気持ちになりました。そして自分はもう、一度死んだ身だと思いました。どうせ死ぬのなら、自分の身と引き替えに、母を何とか幸せにできないものかと考えました。

あの計画を思いついたのは、お恥かしいことですが、私は自分の顔がそれほどひどいつくりとは思っておりませんでした。しかし身体には少しも自信がありませんでした。そういう劣等感が、私にあれを思いつかせたのではないかと思います。お笑い下さいませ。

私はそれから夢中で計画を練り、方々を歩きまわりました。竹越さんを知ったのもその時でございます。

私は竹越さんのことは、本当に後悔いたしました。あのお方の前に手をついて名乗り出ようかと何度も考えました。しかし私は自首するくらいなら自殺と決めておりましたので。

薬品は、一年がかりで少しずつ勤務先から集めました。そして昭和十年の暮れに、黙って勤めを辞めました。私は勤め先に身元や住所を偽っておりましたので、探しようがなかったことと思います。盗んだ薬品もごく少量ずつでしたので、おそらく大学の方もお気づきにならなかったはずです。勤めに出る時、梅沢の女たちに万一見つかってはと思い、私は必ず眼鏡をかけ、髪の形を変えるようにしておりました。それもさいわいしたと思います。

父には強烈な憎しみといったほどのものはありません。ただただ勝手な人という印象です。

父を殺した凶器は、大学の構内にいつも捨ててある、薬品瓶を入れるための木の箱を利用して作りました。この箱は板のすき間もほとんどなく、とても頑丈にできているのです。この空箱に、木の棒で厳重に把手《とって》をつけ、片手でやっと持てるくらいの重い鉄の板をまず箱に入れ、大学から盗んできた石膏《せっこう》を藁と混ぜて、箱と鉄板の間に流し込みました。藁を混ぜたのは、そうすると丈夫になると以前聞いたことがあるからです。この把手は、ずいぶんと頑丈に作ったつもりだったのに、父を殺した時、やはり壊れました。

あの時が一番嫌でした。父は勝手な人でしたが、私は父から特別ひどい目に遭わされたことなどはありません。あの日の何日か前、私がみんなに内緒でモデルになると言うと、私と二人だけの秘密を持ったことを、父はむしろとても喜んでいるようでした。父はとても子供っぽいところのある人です。

モデルになっていて雪が降り始め、とうとう、私が今まで見たこともないほど積もった時のことを思い出すと、今でもぞっとします。これは神様がやめろとおっしゃっているのだと思いました。

私はとても迷いました。そして今夜は駄目だ、やめよう、明日にしようとほとんどそう決めたのは、父が私のいるうちに睡眠薬を飲んでしまった時です。あらゆることが、ちっとも計画通りにいきません。

　けれども明日にすることはできませんでした。何故なら、明日になれば絵がずいぶんとでき上ってしまうからです。私はカンバスを見ました。まだ木炭の下描きしかできていず、私の顔のところは十文字に線が引かれているだけでした。明日になればもっと描きこまれ、モデルが私であることが解ってしまいます。

　それに翌二十六日の水曜日は、バレエのレッスン日でした。決行を一日延ばすなんてことはあり得ないと思い、二十六日のレッスンには出ることを私は義母と約束していたのです。

　覚悟を決め、私は父を殺しました。

　しかしこの時、皆様は御存知ないようですが、私は失敗いたしました。女の力では不充分で、殴打し、父は昏倒しましたが、死にはせず、苦しみました。それで私は、重ねて濡らした和紙で鼻と口を塞ぎ、じっと手で押さえて窒息死させました。このことは何故か警察には露見せず、私はのちにずいぶんと不思議な思いをしました。

　髭《ひげ》が鋏で摘まれていたのを皆様は不思議に思っておいでですが、私は最終的には剃刀で剃るつもりでいたのです。だから剃刀も用意していたけれど、髭を摘んでいるうち、鼻と口から出血が起こり、ひどい恐怖が襲ってきてとても中止せずにはいられませんでした。切った髭も、床に落さないようにずいぶんと注意したつもりでしたが駄目でした。

　それから父の靴を持って表に出て、これとカバンをいったん雪のない場所に置いて、横の窓のところに行ってここから糸でカンヌキをかけ、まず自分の靴のまま木戸の外まで出ました。そうして人の眼が恐いので、すぐ中へ引き返そうと思ったのですが、ここで一瞬、あの恐ろしい事柄に思い当たりました。このことに気づけたのも、今思うと幸運でした。

表通りを爪先立ち歩き《スコル・デ・ポワント》で歩いてみて、ためしにその上を靴底で踏んでみました。すると予想した通り、靴跡の中央に少し窪みが残るのです。もしもこのことに気づかなかったらと思うと、ぞっとしました。

私はこの時、手には何も持っていませんでした。あわてて手に持てる限りの雪を持って、アトリエの上がりぶちまで爪先立ちで戻りました。

そうしてこの雪をカバンの中に入れ、それでも足りそうもないので、上がりぶちの敷石のまわりの雪を、そうっと表面をなでるようにしてすくい、カバンに入れました。そしてこの雪を、父の靴で先ほどの爪先立ちの跡を踏む前に、一掴みずつ爪先立ちの穴に落すようにしました。

表通りに出ると、カバンの中に残った雪を捨て、父の靴を入れました。朝もう一度少しの雪が降らなければ、アトリエの上がりぶちの雪をすくった跡が、もしかすると見つかったかもしれません。

人と出会わないよう気をつけながら、私は家からそう遠くない駒沢の森に生きました。車とは何台かすれ違いましたが、通行人とは誰一人行き会いませんでした。深夜のこととはいえ、運が良かったというべきでしょうか。

駒沢には小さな小川があり、そのほとりに私が気に入っていた場所がありました。原っぱのようになっていて、触れると痛いつる茎を持った雑草が全体を覆っているのですが、そこだけは一段低くなっていて、周りからの眼は届かないのです。もし死ぬとしたらここでと、私は決めておりました。

私はそこに前もって穴を掘っておき、これを板きれで蓋をし、草を載せて隠しておりました。その穴へ手製の凶器や、剃刀、父の髭などを捨て、もと通り埋めたのです。それから林の中に入り、うずくまって朝までじっとしておりました。動けば目撃者を作るだけです。そうする以外にないと、私は考えた末決めていました。

凍え死ぬかと思うほどの寒さでした。じっとそうしていると、さまざまな後悔と不安の念が起ってまいります。まず、雪の降っているうち帰った方が良かったのではあるまいかということを考えました。しかしそれではまだ人通りがあり、目撃される危険というものがあったのです。

父は、私が母屋に帰るはずなのに、早く帰らないと玄関を閉められてしまうぞ、とも言いませんでした。そういうところはまったく気のつかない人なのです。義母には、保谷へ泊ってくると言ってありました。もし電話が入っても、母はいつものように答えてくれるでしょう。

自分が創作したノートを、私はアトリエに置いてきていましたが、この内容に関しても、今さらのように不安が起こります。よく考えたつもりだけれど、何かミスがあるかもしれない、こんな大それた計画にしなければよかったとも思いました。ただ普通に、全員を毒殺にする計画でよかったのでは——。

でもそれでは困るのです。まず私がそんな大それた大殺人鬼として警察に逮捕されてしまっては、母が今以上に世間から辛い目に遭います。私が殺されたとした方がまだずっとましなのです。母の前に現われる方法は、あとでゆっくり考えればよいと思いました。それに義母は、あっさり殺してしまうのではあきたらない気がしました。

父の筆跡の問題については心配していませんでした。というのは、父は二十歳のころからずっとこのかた、文字というものをほとんど書いていなかったからです。父は友人というものがまったくなく、手紙の類いもいっさい遺していません。あの手記が父の筆跡かどうかは、較べるものがないため、確かめようがないはずでした。

　私が父の筆跡というものを見たのは、若い頃のヨーロッパ時代のものだけです。スケッチの横に添えられた簡単な文章ですが、その時、自分の字に似ている、やはり親子なんだなと思った記憶があります。

　でも私の字そのままでは、私の筆跡は方々に遺っていてまずいので、ある中年の男性からいただいた手紙の文字を真似ました。それでも不安でしたから、できるだけ柔らかい絵画用の鉛筆を用い、あまりとがらさないで、書き殴る感じにしました。

　いろいろとりとめないことを考えていると、父が私に優しくしてくれた時のことばかりが意地悪く思い出され、自分の罪の深さに気が狂うような恐怖感にとらわれました。思えば、父は私だけは信頼してくれていたのです。私には何でもよく話してくれました。だからあの手記を、私は書くことができたのですが、父はメディシスの富田さんと私とを、数少ないおしゃべりの相手と思っているようでした。その信頼されている私が、よりによって父を殺したのです。

　夜が明けるまで、気が遠くなるほどに長い、恐怖の時間でした。冬の夜はとても長いのです。

　夜が白んでくると、けれども今度は別の恐怖が襲ってきました。梅沢の女たちのうちの誰かが、私が帰るよりも早く、死んでいる父を見つけてしまわないかということです。そうなると私は、靴を返しておくことができなくなります。アトリエに靴が二足あったことは、おそらく娘たちも義母も知っているように思います。一足靴がなくなっていることが解っては、私は大いに不利となります。かといって、私があまり早く家に帰っては怪しまれます。また食事を持っていく以前にあのアトリエのあたりに行くのは、理由のない足跡を遺すことになるためできません。私はとてもじっとしていられないほどでした。

また、この靴の問題に関しては、急に思いついてやったことなので、そうしていると次々にいろいろな不安が新たに起ってまいりました。はたして靴を返しておく方が本当に良いのか――？ 靴が少々湿っているのは、父自身が雪の上に出なかったというはっきりした根拠はないはずですからよいとして、警察はこの土間に戻してある父の靴を、一応足跡と照らし合わせてみることをするのではないか？ この靴は非常に平凡な形のものでしたが、すると足跡はこの父自身によるものと断定されるのではないかという恐怖でした。それでは靴が紛失しているのとあまり変りません。いや、それよりずっと悪いのです。

けれども私はずいぶんと迷ったあげく、靴はやはり返しておくことにしました。結果は幸運にも足跡は父の靴によるものという断定が下されることはなく、私は命拾いをしました。朝もう一度、ほんの少しの雪が降ったのが幸いしたのです。それとも警察は、念のため父の靴を足跡にあててみるということをやらなかったのでしょうか？

しかし、警察の私たちに対する取り調べは、それは峻烈をきわめました。私は覚悟を決めておりましたからどうということもなかったけれど、娘たちはみんな泣いておりました。でも私は少しも同情する気になれず、むしろ胸がすっとするような心持ちがしたものです。

ただ私は、雪の中に一晩中立っておりましたので、どうやら風邪をひいたらしく、取り調べの間中身体を悪寒が走ってとても辛かったのですが、父の殺害に遭遇した娘ですから、その様子もかえって幸いしたかもしれません。

母は、私が自分のところへも来ず、梅沢の家にもいなかったと聞いて、偶然勤務先で何かあったのがこの事件と重なったと思ったらしく、ここで私が働いているのが梅沢にばれたら大変とばかり、かたくなに私が自分の家に来ていたと主張してくれました。

母はこんなふうに素朴な人でした。

一枝さんの事件についてもお話しておきます。私はあの時、一枝さんの家を一人で訪ねるのはまだ二度目でした。それもこの二度の訪問の間に、あまり時間をおいておりません。あまり何度も下見のために家に行ったり、逆に間をおいたりすると、どういう風の吹きまわしかと、一枝が義母に告げ口しそうな気がしたからです。

私は一枝と同じ和服を用意したいと思ったけれど、とてもそのような余裕はなく、殺した一枝の身体から脱がして着なければなりませんでした。

かねて計画していた道で竹越さんを待った時、着物の襟《えり》に血のしみがあるのに気づき、あわてて暗い方へ行きました。

思えばあの事件で、私ははらはらしたり、ぞっとしたりすることの連続でした。とても若い小娘一人の手には負えない大それた計画をたてたものですから。父の時もそうでしたが、あの時もそれに劣らず、私ははらはらのしどおしでした。

暗い道を目立たぬように歩きながら、もし今夜に限りあの人の帰りが遅れたら、と考え、めまいがするのを覚えました。この時間に合わせ、私は一枝を殺してきているのです。

けれども、それならまだいいのです。今夜に限りあの方は早く帰宅し、もうこの道を通り過ぎているのではと思った時は、私は足が萎え、すうっと道にくずれ落ちそうになりました。

竹越さんと一緒に一枝の家に入った時もそうでした。六畳の間に入ると、何とも言えず血の嫌な匂いがしました。竹越さんがよく気づかれなかったものと思います。襟の血も気になり、私は慌てて明りを消して下さるようお頼みしました。

それでも死亡推定時刻が七時から九時となったのは、後で知ったことですが、幸運でした。実際の時間は七時ちょっと過ぎだからです。おそらく物盗りによる殺人の時刻ですから、少し遅い方が自然であろうと鑑識の方がお考えになったのではないでしょうか。

竹越さんとのことが、私にははじめての経験ではありませんでした。

一枝さんのお葬式の後、私はわざと座布団を何枚か汚しました。そしてそれらのカバーを洗濯して、部屋に干しておいたのです。

そのほかにも、細々したことですが、いくつかわざとやり残したことを作っておきました。これは弥彦旅行の帰りに、目黒の家の前に娘たちを一枝の家に誘い込む口実を作るためです。

この頃になると、私は殺人に馴れ、今ふうに言えばゲームを楽しむような気分にさえなっておりました。女たち七人によるぞっとするような旅行も、はじめて楽しい心持ちになれました。

あの旅の時は、父や一枝を殺した時とは違い、すべてが思う通りに運びました。私が父の手記のことを持ち出し(私たちには平吉手記の大まかな内容しか教えられておらず、しかもアゾートに関する事柄は伏せられておりました。これも私にとっては都合がよかったのです)、弥彦行きをほんの少し匂わすと、義母はたちまち賛成しました。さらに岩室温泉で、私が雪子たちにもう一日延ばしたいと言いだすようにしむけると、まるで嘘のように義母は一人で会津若松へ帰ると言いだしました。

しかし、私はあの世間体を気にする義母が、すっかり有名になった梅沢の娘たち六人をぞろぞろひき連れて故郷へ帰るわけがないと最初から考えておりました。そして実家へ帰っても、まず表は出歩かないはずと読んでおりました。ただ、私と文子さんの娘二人に帰れと言いだすのではないかと、それだけが心配でした。そのため、この時はいつも以上に六人がうまくいくように努めました。

帰りの列車の中では、知子、秋子、雪子、そして信代、礼子、私、と三人ずつ二つのグループに自然に分かれ、それほど目立たなかったように思います。

汽車の中で、一枝さんの家の後片づけを今日すまそうと言うと、知子や秋子たちが反対しました。もう疲れたから、あなた一人がやればいいと言うのです。勝手な言い分でした。一枝という人は、私とは何の関係もない、血のつながりなどない人です。

彼女たちはいつでもこんな調子でした。こういうことは、もう数えきれないほどにあります。バレエのレッスンの時も(知子や雪子は驚くほど下手でした)、私がうまく踊ると、皆さっさとやめてしまうのです。そうして私が保谷から帰ってくると、義母は私抜きで皆にレッスンをしていることがよくありました。

列車の中で、私は一人では心細いからとか、私がジュースを作るからとか、なだめたりすかしたりしながらようやく承知させなければなりませんでした。

一枝の家に着いたのは、三月三十一日の午後四時を少し廻った頃でした。私はすぐに台所へ立ち、ジュースを作り、五人を毒殺しました。それは、陽が落ちると明りをつけなければならず、そうするといかに一軒家とはいえ、人がいたことを証言される危険があるためです。

私は亜砒酸の解毒剤があることを知っており、これをあらかじめ飲んでおくことも考えましたが、その薬品は手に入りませんでした。けれどそんなトリックを弄する必要もなく、彼女たちは台所仕事を私にまかせっきりでしたから、何の苦労もありませんでした。

私は彼女たちの死体を浴室に運び、その日は目黒の梅沢の家に一人帰りました。それはかねて用意していたカギのついたロープとか、亜砒酸の瓶とかを義母の部屋に置いておくためですが、泊るところがなかったせいもあります。室内に干した洗濯物は、あえてそのままにしました。おそらくそれから何年もあのままであったことと思います。

翌日の夜、死体が固まり始めるのを待って、窓からの月明りの下、浴室で切断しました。一晩浴室に置いておくことにも非常な不安がありました。しかし、切断する場所は浴室しかないと考えておりましたし、五人もの死体を一晩物置きへ入れ、翌日また出してくるなどということは女の力ではできそうもありませんでしたので、万一見つかれば、この先の計画はきっぱりあきらめ、この家の付近で、私も何とか同一犯罪者の手にかかったように見える工夫をして、砒素をあおるつもりでした。それはむろん母のことを考えたためです。こうしておけば、犯人はアゾートを作ろうとして六死体を作りだし、切断を待つばかりにしていたところを運悪く見つかった、という形になるはずです。

しかし幸か不幸か死体は見つかりませんでした。私は五つの死体を切断し、六組に作り直すと、それぞれをかねて用意した油紙に包み、物置き小屋に運んで布をかぶせました。一枚の家の物置き小屋は、葬式の時丹念に掃除し、雑巾《ぞうきん》拭きまでしてありました。これは死体に、藁くずとか、関東の土とか、証拠になりそうなものが付着するのを防ぐためです。

六人の血液型が偶然にもすべてA型であることは、一度梅沢家の女たちで揃って献血に出かけたことがあり、以来私は心得ておりました。

困ったのは、六人の旅行荷物の処分です。小さいとはいえ、六つもありましたから、これまで死体と一緒に運んで埋めてくれというわけにもまいりません。仕方なくそれぞれに錘《おもり》を入れ、多摩川に沈めました。切断に使ったノコギリも、のちにそのようにしました。

竹越さんへの手紙は、だいぶ以前より用意してありましたため、目黒の梅沢家で明け方まで休んだ日、つまり五人を毒殺した翌日の四月一日、梅沢家からのその足で都心へ出て投函しておきました。その後で死体を切断したわけです。それはできるだけ段取りを良くして、少しでも死体が腐敗する前に事を終らせようと考えたためです。竹越さんが、手紙を受け取ってから逡巡する時間も、考えに入れなくてはなりません。

痣を私の身体を識別するための材料としたのは、義母は自分のお腹を痛めた子以外には、決して興味を示そうとはしない人だったため、私の身体に痣がないことなどを知っているはずもないと思ったからです。

ただ母の多恵は、私の身体に痣などないことを知っておりましたから、私は無理に鉄の棒で自分の腰を打ち、もうずいぶんと以前からこんな痣ができているんだといって母に示さなくてはなりませんでした。母は私が予想したよりずっと驚き、何度も何度もこれを手でこすりましたので、化粧品などで作らなくてよかったとつくづく思ったものです。

それからはしばらく川崎や浅草などの木賃宿を、髪型や服装を変えて泊り歩き、住み込みでやれる仕事を探しながら様子をうかがっておりました。心残りは、何といっても母を悲しませるだろうということでした。

私はずいぶん長いこと働いておりましたので、多少の貯えもできており、しばらくはそんな生活を続けることもできると思いましたが、国内にいるのは危険であろうとも考えておりました。あの頃はそういう意味ではよい時代で、日本は海外に植民地を持っておりましたから、事件が私の思惑通りに進むようでしたら、それを見届け、私は大陸へ身を隠すつもりでおりました。

母のことは心残りでしたが、私は母の前にはしばらく姿を現わさない方がよかろうと決心しました。母は本当の意味で嘘のつける女ではありません。母にも秘密の一端を背負わすのはいかにも酷な気がしました。それに母からことの真相が露呈したなら、私以上に、それは母にとっての不幸です。私は自分の心に鞭打って、母の前から去ろうと決めたのです。

事件は幸運にも助けられ、私の思い通りに進行しました。そしてある旅館に住み込みで働くうち、故郷に帰り、田舎の兄弟とともに、満州に入植開拓団として移り住むつもりだと言っている女中さんに会いました。私は無理にお願いしてその一行に加えていただき、大陸へと渡ったのです。

けれども大陸は、当時内地で盛んに言われていたような別天地ではありませんでした。土地はそれは広々としていましたが、冬の夜になると畑はマイナス四十度にも気温が下がるのです。

しばらくすると私は畑仕事を辞め、北安《ぺーあん》に出て働きました。当時、女が身一つで人生を切り拓けるという時代ではありませんでした。私は何度もひどい目に遭いました。詳しくは書けませんが、母が若い頃満州へ行かなかった理由も解る気がしました。私は自分の身に次々と起こる困難を、たぶん神様の下される罰だろうと考えました。


敗戦により内地へ引き揚げてきてから、私はずっと九州におりました。そして昭和二十年、三十年と経ち、次第にあの事件のことが有名になってきましたし、保谷の母にもたくさんのお金が入ったという話をあちこちで読みましたので、私は一人満足し、そして昭和三十年頃には、母は当然京都に移り住み、袋物の店を持っているものと考えておりました。

そして昭和三十八年の夏、私はとうとう我慢ができず、母に会いに京都嵯峨野へ行きました。けれども二日かけて落柿舎から嵐山、大覚寺や大沢池付近まで探し廻っても、母の店はありませんでした。

私のこの時の落胆は、ちょっと言葉にできません。私はその足で東京に出ました。東京はもうすっかり変っていました。車の量は何倍にも増え、高速道路が走り、街のあちこちにオリンピックという文字が目立ちました。

私はまず目黒へ行き、梅沢家を遠くから眺めました。敷地内の樹々の間から、真新しいマンションが覗いていました。

次に駒沢の森へ行ってみようと思いました。あれから駒沢は、ゴルフ場になったと聞いています。私の好きだった原っぱや、小川や、朝を待った林や、父を殺した証拠の品々を埋めた場所などを、もう一度見たかったからです。

けれども駒沢の地に立って、私はまた驚きました。あちこちにブルドーザーやダンプカーが走り廻り、森や小川などどこにもなく、一面が関東ローム層独特の赤土の色で平たく埋められていました。わずかに残った、あの、足に触れると痛いつる茎の上に、みるみる土がかけられていきます。

ずっと道に沿って廻りこんでみると、小川のあったあたりに大きなセメントの土管が見えました。小川はあの土管の中に入ったのでしょう。私が父親殺しの凶器を埋めたあたりはどの辺なのか、もう見当もつきません。

人に尋ねると、ここは来年のオリンピックのための競技場と、スポーツ公園ができるのだという話でした。

陽ざしが強く、日傘をさしてじっと工事を見ていると、額に汗が滲みます。働く半裸の男たちの影も濃く、何から何まであの夜と違っていました。あの雪の明け方の弱々しい光と、何と違っていることか……。

それから私は保谷へ向かいました。この時にはもう、母は保谷から動かなかったんだなと察しがついておりました。考えてみれば、母はもうとうに七十を過ぎているはずでした。この時正確には七十五歳であったはずです。私が京都で店を持ったろうと考えていた昭和三十年頃でさえ、六十歳を過ぎていました。そんな年になって、母が一人で新しい仕事を始められる道理がありません。私は一人で自分の都合のよいように思い込み、勝手に満足していたのです。愚かなことでした。

保谷に降り立ち、母の店へ向かう時、足が震えました。もうじき、あの角を曲がれば母の店が見える、すると母に会える、母はあの店先にじっと今日もすわっているはずだ。

角を曲った時、けれども母の姿は見えませんでした。母の家はひどく汚れ、古くなっていました。まわりはすっかり変り、ほとんどの店が通りに面したガラス戸は、アルミサッシの小綺麗な一面ガラスに変えていましたから、相変らず木の桟《さん》のガラス戸で、それもすっかり黒ずんでひときわ見すぼらしい印象の母の店は、よく目立ちました。

店先には煙草はなく、母はもう商売を辞めているようでした。ガラス戸を開け、ごめんくださいと言うと、近所の人らしい中年の女の人が出てきました。私が大陸から引き揚げてきた親戚の者だと名乗ると、ありがたいことに帰っていきました。

母は奥の間で寝ていました。すっかり老けこんで、完全な病人のようでした。私は母の横にすわり、母と二人きりになれました。

母は眼もほとんど見えない様子でした。だから私が誰だか解らないのです。いつもすいませんねと私に向かって言いました。

涙が後から後からあふれました。

私はこの時はじめて、あの大犯罪を悔いる気持ちになりました。

何てことだろう、と私は思いました。母は少しも幸せになんかなっていないじゃないか。私は間違っていた、とはじめて心の底から思いました。

それから何日もかけて、私は辛抱強く、自分が時子であることを解らせようとしました。四、五日たち、母はようやくそのことを理解し、時子と呼んで喜び、泣いてくれました。しかし、母にはもういったい何がどうなっているのか、よく理解ができない様子でした。

そのことは、けれども私にとってはありがたいことだったのです。とにかく、私が時子であることを解ってくれればそれでいい。

あくる年、東京オリンピックが迫り、私はその頃出はじめたばかりのカラーテレビを、母のために買いました。けれども、母はほとんど観られなかったと思います。

カラーテレビは当時珍しかったですから、たいてい近所の誰かが観にきていました。そして、ようやく待ちに待った開会式の日、テレビに映る、ジェット機の描く五つの輪を見ながら、母は亡くなりました。


私は母のためにやり残したことが、とてもとてもたくさんあるように思いました。母に代って嵯峨野に店を持ったのもそのためです。でなくては、私にはもう生きていく理由などありはしませんでしたから。

ただ私には、一般的な意味での後悔というものはありません。考えに考えた末やったことです。なまじのことでたちまち後悔するくらいのものなら、やらない方がよいと思います。この気持ちは、あなたならたぶん解ってくださいましょう。

けれどこのまま京都でお店をやりながら、一生をぬくぬくとまっとうするのでは、いかに何でも虫がよすぎるように思いました。若い娘さんと三人で商売をやっていると、ささやかながら楽しいこともありましたので。

そこで私はひとつ、賭けをしようと考えました。あなたは西洋占星術を研究していらっしゃる方だそうですから、お解りになりましょう。私は大正二年、三月二十一日の朝九時四十一分に東京で生まれております。

第一室に♇（冥王星）があり、ですからこの不吉な、死、転生の象徴である♇が私の星です。私の奇怪で異常なものを好む性格は、この星から来ているのでしょう。ただ私はある意味では運が強いのです。♀（金星）と♃（木星）と☽（月）による幸運の大三角を持っております。私の計画が完全に成功したのは、こういうものの助けでしょうか。

けれども私は恋愛や子供運を意味する第五室が、はさまれて消滅しております。同じく反対側の、友人や願望を司る十一番目の部屋もつぶれております。私は事実友人は一人もできず、本当の意味での恋愛もできず、子供を持つこともありませんでした。

私が私自身の人生に対し、願望を抱くとしたらそれはたったひとつだけです。お金も家も名誉も、そんなもの少しも欲しくはありません、ただ一人の男性が欲しかったのです。もしそんな方が現われたなら、私は脇目も振らず、ただひたすらその人に尽くすのに、と思いました。

私はそれでじっと嵯峨野を動かず、真相をつきとめて私のところへやって来る男性に賭けてみようと考えました。今思えばおかしなことですが、閉じられている恋愛運も、中年期以降はきっと自然に解消されると勝手に解釈しました。そして私は運が強いのだから、こうしてじっと運命に身をゆだねていると、いいことがあるかもしれない、などと思いました。相手がたとえどんな人であっても、あの真相が見破れるのなら頭の悪い人のはずがない、それなら私もきっと愛せるだろう。たとえ妻子のある方でもかまわない。その人は私の絶対的な弱味を握るのだから、私はその人の自由になるしかないのです。そしてこれが私の定まった運命なのだ、といつのまにか信じるようになりました。愚かなことです。

けれども時間は空しく過ぎ、私は老いてゆきました。そしていつか、これはもう私のところへやって来る人がもしいるにしても、私などよりずっと若い方になるに違いないなと思うようになりました。私自身の計画が、あまりにうまくいったがため、私は賭けに敗れたのです。皮肉なことでした。そしてこれこそは、これ以上ない罰と言うべきでしょう。

けれどもあなた様をお怨みする気持ちはかけらもありません。あなたにお会いして、私は自分の賭けが少なくとも間違いではなかったと思いました。けれどもサイコロはいい目が出なかった、それだけのことです。

私はこの賭けに負けた時は、潔く死のうと決心しておりました。私は八室、死や遺産相続を司どる部屋に、幸運の♃を持っております。死を手に入れるのに、それほどの苦労はいらないと思います。

あなた様のご健康を祈り、私はこの世で持つ最後のペンを置きます。あなた様の今後のご活躍を、陰ながら、いつまでもいつまでもお祈り申し上げております。

四月十三日　金曜

時子

参考文献

『錬金術』スタニスラス・クロソウスキー・デ・ロラ著　種村季弘訳　平凡社
『魔術と占星術』アルフレッド・モーリー著　有田忠郎・浜　文敏訳　白水社

2 改訂完全版 斜め屋敷の犯罪

目次

プロローグ

「我は雨国《あまぐに》の王者と似たり。富みたれど不能なり、若くして老衰者なり。狩の獲物も、愛鷹も、おばしまの下に来て、飢えて死ぬ民草も、何ものも、この王を慰めず」
（ボードレール「憂鬱《スプリーン》」）

南フランスのオートリヴという村に、「シュヴァルの宮殿」と呼ばれる奇妙な建築物がある。一九二二年、貧しい一介の郵便配達人フェルディナン・シュヴァルという男が、三十四年の時間をかけ、まったくの独力で完成した理想の宮殿だ。

アラビア寺院ふうの一角があるかと思えばインドふうの神殿があり、中世ヨーロッパの城門的な入口の脇にはスイスふうの牧人小屋があるといった調子で、統一性には少々難があるけれども、誰しも子供時分に空想する夢の城はこういったものに違いない。様式だの経済性だの世間体だの、そういったつまらないおとなの雑念が、彼らの住居を結局東京にひしめく兎小屋にする。

シュヴァルはしかし無学な男であったことは間違いなく、彼の遺したメモには間違いだらけの文字で、いかにして自分が神の啓示を受け、この独創的な神殿を創りあげるにいたったかが、熱く語られている。

それによれば、この仕事は郵便配達のかたわら、道に落ちている変わった形の小石を拾ってポケットに詰めることから始まったという。この時シュヴァルはすでに四十三歳だった。やがて彼は郵便物の入ったバッグと一緒に、石を入れるための大きな籠《かご》を肩から提げるようになり、ついには手押し車を押して郵便配達をするようになった。

この風変わりな郵便配達人が、退屈な田舎町にあってどんなふうに遇されたか、想像は容易だ。シュヴァルは、集めたこれらの石とセメントを用いて、宮殿の基礎工事にかかった。

長さ二十六メートル、幅十四メートル、高さ十二メートルの宮殿本体の完成には三年を要した。やがてその壁面に鶴《つる》や豹《ひょう》、駝鳥《だちょう》や象、鰐《わに》などのセメント像が現われはじめ、ついには覆《おお》いつくした。さらに彼は滝を作り、巨大な三つの巨人像を作った。

彼が七十六歳の時、宮殿は見事に完成した。彼は一番よく働いてくれた手押し車を宮殿内の一番良い場所に安置し、自分は入口のところに小さな家を建てて、郵便局を定年退職してからはその家で、宮殿を眺めながら暮らした。宮殿に住もうという発想はなかったらしい。

写真で見るシュヴァルの宮殿は、こんにゃくのような柔らかい材料でできているような印象がある。アンコールワットよりもさらに細《こま》かいさまざまなセメント像や装飾が、入り組んで宮殿を覆いつくし、全体の形状や、壁面も定かでないが、建物全体はそれらの重みや、バランスの狂いで奇妙にたわんでいるように見える。こういった仕事に興味を感じない人々には、自分の後半生を賭けたシュヴァルの作品は、用ずみの骨董品とか、くず鉄の山にしか見えないかもしれない。

シュヴァルを、オートリヴの村人たちに混じって狂人と呼ぶことは簡単だが、この宮殿に表われた創意には、スペインの天才建築家アントニオ・ガウディの創意にも一脈通じるものがある。この「シュヴァルの神殿」は、ほかに見るところもないオートリヴの田舎村の、今では唯一の観光資源になっている。

建築狂の奇人といえば、もう一人忘れてならないのがバイエルンの狂王、ルートヴィッヒ二世であろう。彼は音楽家ワーグナーのパトロンとしても世に知られるが、彼がその生涯において興味を抱けた事柄は、ワーグナーを尊敬することと、城を造ることだけだった。

彼の最初にして最高の傑作は、リンダーホフ城と呼ばれるものだが、これはフランス、ルイ王朝文化の猿真似と多くの後世人が口を揃える。しかしこの建造物の裏山にある回転する岩の扉を押し、高い天井のトンネルへと入っていくなら、これがそんなありふれた代物《しろもの》とはだいぶ違っていることに誰しも気づく。

そこには雄大な人工の洞窟《グロッタ》と、黒々とした湖面が広がり、大きな真珠貝を象《かたど》った舟が浮かんでいる。色とりどりの照明が明滅し、水辺のテーブルは模造珊瑚《さんご》の枝で作られ、壁は精密な幻想画のスクリーンで飾られている。こういった道具だてに、空想力を刺激されぬ人間などいないであろう。

愛するワーグナーに去られたルートヴィッヒ二世は、昼間からこの薄暗い地底にこもり、一人彼をしのびながら、毎日この模造珊瑚《さんご》のテーブルで食事をしたという。

欧米にはこういった建造物や、カラクリ屋敷の類《たぐ》いがたくさんある。一方日本に目を向けると、残念ながらわが国にはあまり多くない。

忍者屋敷などは数少ないカラクリ屋敷だが、これはいたって実用的なものであった。

もうひとつ、関東大震災後に、東京深川に「二笑亭《にしょうてい》」という風変わりな住宅が建てられていたことは比較的よく知られる。梯子《はしご》が天井《てんじょう》にぶつかっていたり、ドアの節穴にガラスがはめられて覗《のぞ》き窓になっていたり、玄関の窓は五角形になっていた、などと記録には残っている。

あるいはこれらのほかにも、日本に「シュヴァルの宮殿」は存在するのかもしれないが、私は寡聞《かぶん》にして知らない。知っているものはあとひとつ、北海道の「斜め屋敷」と呼ばれるものだけである。

日本の最も北の果て、北海道、宗谷岬《そうやみさき》のはずれのオホーツク海を見下ろす高台に、土地の人が「斜め屋敷」と呼ぶ風変わりな建造物が建っている。

エリザベス王朝ふうの、白壁に柱を浮き立たせた三階建ての西洋館と、その東に隣接した、ピサの斜塔を模したふうの円筒形の塔とから成っている。

ピサの斜塔と違う点は、その円筒形の壁面にびっしりとガラスが填められていることと、そしてこのガラスに、アルミニウムを真空蒸着した、いわゆる鏡面フィルムが貼《は》られていることだ。そのために、晴れた日には周囲の風景がこの円柱に映る。

高台のはずれには丘があり、その上から見降ろすこの円筒形の巨大なガラス、いや鏡と言うべきかもしれないが、このガラスの塔と西洋館とは、何とも幻想的な眺めだった。

周囲は、視界の及ぶ限り人家などなく、一面は枯れ葉色の草が風に震《ふる》える荒野だった。人家の集落に出遭うには、この屋敷の脇を抜け、高台を下って十分ばかり歩かなくてはならない。

夕陽が落ちる時刻、荒涼とした寒風のすさぶ草原《くさはら》のただ中で、この塔が夕陽を受けて金色に輝く時刻があった。背後には北の海が広がっている。

北の冷えた海は、何故か濃《こ》い藍色《あいいろ》に沈む。丘を駈け降り、その水にさっと手を浸すなら、指がインクの色に染まりそうに思える。その手前で、金色に光るこの巨大な円柱は、宗教建造物のようにも見え、またどんな神仏像を前にするよりも荘厳だった。

西洋館の手前には、彫刻が点在する石敷きの広場があり、小さい池や、石段も見える。塔のふもとには、扇形の花壇らしいものもある。らしいというのは、それらは今はすでに寂れ、手を入れる者もなく荒れているからだ。

西洋館も塔も現在は空家で、売りに出されて久しいが買い手はまずつきそうではない。それは辺鄙《へんぴ》な場所のせいよりも、この屋敷で殺人があったためと思われる。

その殺人事件は、思えば実に不思議な要素を持つもので、好事家《こうずか》をも充分に驚かせるものだったろうと私は考えている。そんな人たちのために、私は今からこの「斜め屋敷の犯罪」を語らなくてはならない。

実際、これほど申し分のないほどに奇妙な道具だての揃った事件を、私はほかに知らない。舞台はむろん、寒々とした高台の、この斜め屋敷だった。

この西洋館と塔とは、シュヴァルの宮殿というよりは、ルートヴィッヒ二世の城に近い。何故ならこの建物を造った人物は、現代の王のように、富と権力とを持つ富豪だったからだ。

ハマー・ディーゼル株式会社会長、浜本幸三郎《はまもとこうざぶろう》は、しかしシュヴァルや、ましてルートヴィッヒ二世のように精神が常人と違っていたというわけではなく、単にきわめて趣味人であったというにすぎない。その打ち込み方が、財力もあって、一般人よりいくらか嵩《こう》じていたというだけだ。

もっとも、頂上をきわめた者にたいてい訪れる退屈、それとも憂鬱に、彼も辟易《へきえき》していた可能性はある。頭上に貯えた金貨の重みが、多かれ少なかれその人間の精神を押しゆがめることは、洋の東西を問わず、往々にして起こるものだ。

西洋館も、塔も、その構造にはとりたてて驚くものは見あたらない。中に若干迷路めいた仕かけはあるが、一度説明を受ければ、二度三度と迷子《まいご》になるほどに凝ったものではない。回転する壁板も、地下の洞窟も、落ちてくる天井もない。この建造物が人々の関心をひくのは、土地の人が呼ぶ通り、それらふたつが、最初から傾けて建てられていたという一点によってであろう。したがってガラスの塔は文字通りの「斜塔」であった。

西洋館に関しては、読者はマッチ箱を摩擦面を下にして置き、底を持ち上げないようにちょっと指で押し傾けたところを想像していただけるとよい。傾斜角は五度かせいぜい六度といったところで、外からではほとんど解らない。しかしいったん中へ入れば、ずいぶん面くらわされる場面にぶつかったものだ。

西洋館は南北の方向、北から南の方へ向かって傾いている。北側、西南の窓はもちろん普通の家と同じように付いているわけだが、東側、西側の壁が問題だった。この二面の壁の窓や額は、地面に対し正常な角度で取りつけられていたから、部屋の様子に視覚でなじむと、床に落としたゆで卵が坂の上をめがけて転がっていくようによく感じた。この感じは、あの建物に二、三日滞在した者でなくては解るまい。長くいると、いささか頭の調子がおかしくなる。

斜め屋敷の主、浜本幸三郎は、要するに自分のこのおかしな屋敷に招いた客が、そんなふうに戸惑うのを見て楽しむような稚気《ちき》を持つ人物だったといえば、あの事件の常識はずれの舞台装置の説明として有効だろうか。それにしても、ずいぶんと金のかかる稚気もあったものだ。

　彼は七十歳の少し手前で、すでに妻は亡くし、この北の果てに生涯をかけて得た名声とともに隠遁する身であった。

　好きなクラシック音楽を聴き、ミステリーを愛好し、西洋のからくり玩具や機械人形の研究を道楽にする趣味人で、中小企業の資本金ほどに金のかかったそれらの収集品は、この館《やかた》の中の「天狗《てんぐ》の部屋」と呼ばれる、壁面が天狗の面で埋まった三号室に保管されていた。

　ここにゴーレムとかジャックと彼が呼んでいる、嵐の夜になると動き出すという伝説を欧州時代から持つ等身大の人形もすわっていた。実はこの人形こそが、この北の館で展開した一連の不可解な事件の、主役を演じたといってよい。

　浜本幸三郎は、風変わりな趣味のわりには決して変人ではなく、館の周囲の景観が、人を楽しませそうな風情を見せる季節には人を屋敷に招き、大いに語ることを好んだ。おそらくそれは同好の士を求めてのことだったに相違ないが、しかしその願望がかなえられることはまずなかった。その理由は、やがて幕があがるなら、読者はたちまちのうちに理解されるであろう。

　事件が起こったのは、一九八三年のクリスマスの夜であった。その時代の斜め屋敷、いや「流氷館」は、むろん住み込みの執事、早川康平《はやかわこうへい》、千賀子《ちかこ》夫婦によって念入りに手入れが行き届いていた。庭の植込みも、石を敷いた広場も、隅々まできちんと手が入ってはいたが、その上を厚く雪が覆っていた。

周りは、あれほどの狂暴な吹雪《ふぶき》の結果とはどうしても信じられない、優しく柔らかい白一色の起伏が連なり、枯れ草色の地面はその下に眠っていた。白いフランネルのシーツのようなその白色の上に、人工の構築物は、世界の果てまで探してもこの斜め屋敷がひとつだけであるように思われた。

陽が落ち、暗い色に沈んだオホーツク海を、水平線から手前に向かって日に日に蓮《はす》の葉のような流氷が押し寄せ、埋めていくのが望まれた。陰鬱な色に染まった上空で、高く低く、呻《うめ》くような寒風のささやきが絶えず聞こえた。

やがて館に灯がともり、またちらちらと雪が舞いはじめ、そういう景色は、誰の気持ちをもほろ苦《にが》い気分にさせた。

図1

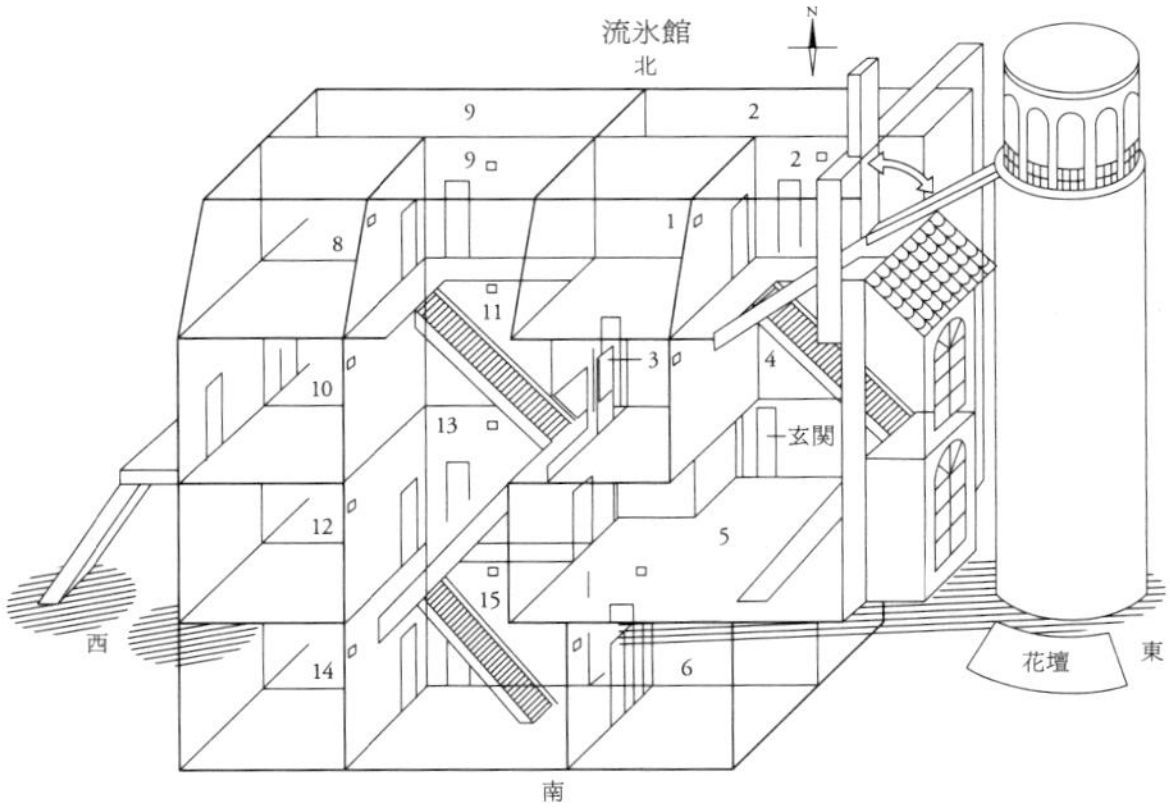

［流氷館］クリスマスの夜の部屋割り

1号室　相倉クミ
2号室　浜本英子
3号室　（骨董品室）
4号室　（図書室）
5号室　（サロン）
6号室　梶原春男
7号室　早川康平夫婦
8号室　浜本嘉彦
9号室　金井道男夫婦
10号室　上田一哉
（スポーツ用具置き場）
11号室　（室内卓球場）
12号室　戸飼正樹
13号室　日下瞬
14号室　菊岡栄吉（書斎）
15号室　（空室）
塔　浜本幸三郎

登場人物

〈流氷館の住人〉

浜本幸三郎（68）　ハマー・ディーゼル会長、流氷館の主人。
浜本英子《えいこ》（23）　幸三郎の末娘。
早川康平（50）　住み込み運転手兼執事。
　千賀子《ちかこ》（44）　その妻、家政婦。
梶原春男《かじわらはるお》（27）　住み込みのコック。

〈招待客〉

菊岡栄吉《きくおかえいきち》（65）　キクオカ・ベアリング社長。
相倉《あいくら》クミ（22）　菊岡の秘書兼愛人。
上田一哉《かずや》（30）　菊岡のおかかえ運転手。
金井道男（47）　キクオカ・ベアリング重役。
　初江（38）　その妻。
日下《くさか》瞬《しゅん》（26）　慈恵医大生。
戸飼正樹《とがいまさき》（24）　東大生。
浜本嘉彦《よしひこ》（19）　慶応大学一年、幸三郎の兄の孫。

牛越《うしこし》佐武郎　札幌署、部長刑事。
尾崎　同、刑事。
大熊　稚内署警部補。
阿南《あなん》　同、巡査。
御手洗《みたらい》潔《きよし》　占星術師。
石岡和巳《かずみ》　その友人。

第一幕

「もし、真の退屈をまぎらわせる踊りがこの世にあるとすれば、死者のそれだ」

第一場　流氷館の玄関

奥のサロンから、ホワイト・クリスマスと人のざわめきが洩れてくる。

小雪のちらつく中を、チェーンの音をきしませて、黒いベンツが坂を昇ってくる。パーティの招待客である。

玄関の、開け放した観音開きのドアの前に、パイプをくわえた浜本幸三郎が立っている。派手なアスコットタイを喉もとに見せて、髪は完全な銀髪、高い鼻、体にぜい肉もなく、ちょっと年齢をはかり難《がた》いところがある。パイプを口から離し、白い煙を吐くと、笑顔になって横を見た。

そこに末娘の英子《えいこ》が立っている。見るからに高価そうなカクテル・ドレスを着て、露出した肩が寒そうだ。髪はアップにしている。父親譲りのわし鼻、顎の骨がかなり張ってはいるが、美人と呼べる部類の顔だちだろう。背が高い。父親より少し高いくらいである。

化粧は、こういう夜に女性たちが決まってする程度には濃く、唇の端を、まるで組合員の言い分を黙って聞いている時の社長のように結んでいる。

車が黄色い明かりを滲《にじ》ませる車寄せに走り込み、二人のすぐ目の下に停まると、停まるか停まらないかのうち、勢いよくドアが開き、恰幅のいい、髪の薄い大男がせっかちに降りてきて雪を踏んだ。

「これはこれは。わざわざお出迎え恐縮です！」

盛大に白い息を吐きながら、大柄な菊岡栄吉《きくおかえいきち》は、不必要なほどの大声で言う。口を開けば大声になる性分らしい。こういう生まれついての現場監督向きの男は、割合世間でお目にかかる。そのせいか、彼の声はがらがらである。

館の主は鷹揚《おうよう》に頷《うなず》き、英子はお疲れさまですと言った。栄吉に次いで小柄な女が降りた。これは館の二人、少なくとも娘の方にとっては思いもかけぬ不安な出来事であった。黒いドレスに、豹の毛皮のコートを腕を通さずにはおり、なかなか優雅な腰の動きとともに降り立った。浜本親子ははじめて見る女性である。小猫を思わせる、小さくて愛くるしい顔だちだ。

「ご紹介申しあげます。秘書の相倉《あいくら》クミ君です。……こちらが浜本さんだ」

菊岡の言葉には、懸命に押し殺しているにもかかわらず、一種の自慢めいた響きがあった。

相倉クミは嫣然《えんぜん》とほほえみ、びっくりするほどの高い声で、お会いできて光栄ですと言った。

その声を英子は少しも聞いてはいず、さっさと運転席を覗き込んで、顔見知りの上田一哉《うえだかずや》に車を置く場所の指示を与えていた。


後ろにひかえていた早川康平が、二人をサロンへ案内して消えると、浜本幸三郎の顔に、愉快そうな微笑が少しの間浮かんだ。相倉クミは、菊岡の何人目の秘書になるのか――？　メモでもしておかなければ憶えられるものではない。彼女もこれからせいぜい菊岡の膝に載ったり、腕を組んで銀座を歩いたりという秘書の業務に精をだして、ひと財産を作るのであろう。

「お父様」

と英子が言った。

「何だね？」

幸三郎はパイプをくわえたままで答える。

「お父様はもうよろしいわよ。あとは戸飼《とがい》クンか金井《かない》さんたちでしょう？　お父様がわざわざお出迎えになることはないわ。私と康平さんとで充分。お父様は菊岡さんのお相手でもなすってて」

「ふむ。ではそうするかな……。だがお前、その格好じゃ寒いだろう？　風邪《かぜ》をひくぞ」

「そうね……、じゃおばさんに言って、ミンク出させて下さる？　どれでもいいわ、それ日下《くさか》クンに持たせて、ここへ寄こして下さるかしら。戸飼クンそろそろ来る頃だから、日下クンにも出迎えさせた方がいいわ」

「解った。康平さん、千賀さんはどこ?」

幸三郎は後ろを振り返り、言う。

「キッチンの方におりましたが……」

などと言葉をかわしながら、二人は奥へと消えた。

一人になると、さすがに英子はむき出しの両腕を抱くようにする。そうしたまま、しばらくコール・ポーターの音楽を聴いていると、肩にふわりと毛皮がかけられた。

「ありがと」

英子はちょっとふり返ると、日下瞬《しゅん》にそっけなく言った。

「戸飼は遅いね」

日下は言う。色白の、なかなかハンサムな顔だちの青年である。

「雪道でどうせまいってんのよ。あの人運転下手だから」

「そうかもしれない」

「あなた、彼来るまでそこで待ってるのよ」

「ああ……」

少しの沈黙。やがて英子がさりげなく切りだす。

「さっきの菊岡さんの秘書見た?」

「ああ、うん、見たけど……?」

「大したセンスね」

「……?」

「人間、育ちね」

眉根にしわを寄せて言った。彼女の発する言葉は、たいていの場合、押えた感情の見本のようなものである。それが彼女の周りにいる若い男性たちには、謎めいた効果を生むのであった。

国産の中型セダンが、喘ぐようなエンジン音をたて、坂を昇ってくる。

「来たみたいだ!」

車が横づけになり、大あわてで窓が開く。銀縁眼鏡をかけた、肉づきのよい顔が覗く。驚いたことに少し汗が浮かんでいる。ドアをちょっと開けたが、すわったまま、英子さんご招待どうも、とせかせか言う。

「遅いのね」

「いや雪道でね、まいっちゃった。へえ! 今夜はまた一段と綺麗ですね、英子さん、これクリスマス・プレゼント」

長細い包みを差し出す。

「ありがと」

「おう、日下。そこにいたのか」

「いたよ、冷凍になるところだったぞ。早く車置いてこいよ」

「そうだな」

二人は、東京では時たま会って一杯やる仲である。

「早く置いてきて。場所解るわね？　いつものところ」

「うん、解ります」

中型車は、小雪の中をよたよたと裏へ廻っていく。日下は、小走りになってそれを追っていった。

入れ替わりにタクシーが昇ってくる。ドアが開き、えらく痩《や》せた男が雪の上に降り立った。菊岡の部下の金《かな》井道男《いみちお》である。彼が腰を屈め、まだタクシーの中に取り残されている愛妻を待っている様子は、どことなく雪原に単身飛来した鶴を連想させる。そして今ようやく狭いシートから、全力を振り絞って脱出したというふうの、これは対照的に恰幅のよい妻の初江《はつえ》。

「これはこれは。どうもお嬢さん、またお世話になります」

痩せた亭主の方が笑顔で言った。この金井道男という男は、そう言っては気の毒だが、どうも愛想笑いのしすぎで、顔の筋肉が定型化してしまったようなところがある。一種の職業病というべきか。ほんのちょっとでも顔の筋肉に力を込めると、それはたちまち持ち主の意志と無関係に愛想笑いを形造るといったふうだった。いや、むしろ笑い顔以外の表情をしている時にこそ、彼は顔の筋肉に力を込めているのかもしれない。

この男の顔を後で思い出そうとすると、どうしても普通の表情が思い浮かばない、と英子はよく思った。金井の普通の顔を思い描くくらいなら、どうしたことか一度も見たことのないはずの聖徳太子《しょうとくたいし》の笑い顔の方が、よほど想像しやすいのである。つねに目尻に皺《しわ》を作り、歯をむき出している。生まれて以来、ずっとこんな顔をしているのではあるまいかと彼女は思っていた。

「お待ちしてましたわ。お疲れでしょう」

「とんでもない！　うちの社長来てますか？」

「ええ。もういらしてますわ」

「ちぇっ！　遅れちゃったか」

初江は雪の上にずっしりと立つと、鷹揚そうなその体格からは想像もできない素早い目の動きで、英子の髪から爪先までをさっと点検する。そして次の瞬間、顔をくしゃくしゃにほころばせ、まあ、素敵なお洋服！　と英子のドレスのみを褒《ほ》めちぎるのであった。

客はこれだけのはずである。

二人が奥へ消えると、英子もとり澄ました仕草で踵《きびす》を返し、奥のサロンへ向かう。コール・ポーターの音楽が次第に近づいてくる。その足どりは、控え室から舞台のそでを通り、ステージへ向かう舞台女優の、あの適度の緊張と自信とに充ちている。

第二場　流氷館のサロン

サロンには豪勢なシャンデリアが下がっている。これは、そんなものはこの家には合わないと主張した父を、英子が押し切る格好でつけさせた。

一階ホールの西の隅《すみ》には円形の暖炉があり、その脇の床には木の枝や丸太がむき出しのままで重ねられているのが見える。暖炉の上には特大の漏斗《じょうご》を伏せたような黒い煙突がかぶさり、煉瓦を積んだ囲いの上に、金属製のコーヒーカップがひとつ、忘れられている。その手前に、幸三郎の愛用するロッキング・チェアがあった。

客たちは全員、蝋燭《ろうそく》型のランプでできた、小さな空中の森のように見える豪勢なシャンデリアの下の、細長いテーブルについている。音楽がクリスマス・ソングのメドレーになった。

サロンの床は斜めになっているから、テーブルや椅子は足を切って、うまく平らになるように調整されている。

客たちの前にそれぞれワイングラスと蝋燭が置かれている。客たちはめいめいそれらを見つめながら、英子が口を開くのをじっと待っていた。やがて音楽が絞られたので、女王のお出ましの時間がきたことを、みなが了解した。

「みな様、遠いところ、ようこそおいで下さいました」

若い女主人のかん高い声は、ホール中によく通る。

「若い人もいるけど、お年の方もいらっしゃるからちょっぴりお疲れじゃないかしら。でもきっとそれだけのことはありましてよ。今夜はクリスマス、クリスマスには白い雪がなくっちゃつまりませんもの！　それも綿や紙のじゃなくて本物の雪。それには北海道の別荘が一番ですわよ、ねえみな様。今夜は私ども、みな様のために特別製のクリスマス・ツリーをご用意致しましたのよ！」

彼女がそう叫ぶと同時に、シャンデリアの明かりがすうっと絞られ、消えた。ホールのどこかで、使用人の梶原《かじわら》がスウィッチを絞ったのである。そして音楽が、荘厳な賛美歌の大合唱に変わった。

このあたりの段どりは、英子の指図であらかじめ千回も練習がなされていた。その完璧の期し方は、軍隊にも見学させた方がよかろうと思われるほどであった。

「窓の外をごらん下さいませ、みな様！」

いっせいに客たちの口から、感嘆のどよめきが起こった。裏庭に大きな本物のもみの木が植えられ、その木に巻きつけられた無数のランプに今、スウィッチが入ったところであった。色とりどりの光が明滅する。その上にしんしんと、本物の雪が積もりつつあった。

「明かりを！」

まるでモーゼの悲鳴に世界がしたがうように、間髪を入れずどこかでスウィッチがひねられる。音楽がクリスマス・ソングのメドレーに戻った。

「さあみな様、ツリーはあとでいくらでもご覧になれますわ。寒さを我慢してツリーの下に立てば、オホーツクの海に、流氷がギシギシと音をたてるのを聴くこともできましてよ。こんな本物のクリスマスは、東京にいては絶対に味わえませんことよ。

では次には、私たちにこんな素敵なクリスマスを与えて下さった方のお話を聞いてあげなくちゃなりませんわね。私の誇り、私の自慢のお父様がみな様にご挨拶しますわ！」

と言うなり英子は、素晴らしい勢いで自ら拍手をした。客たちもあわててしたがう。

浜本幸三郎が立ちあがる。相変わらずパイプは左手に握られている。

「英子、あんまり私を持ち上げるのは次からよしてくれ、くすぐったい」

客たちが笑った。

「みなさんも迷惑されておる」

「あら、そんなことはないわ！　みな様もパパとお近づきでいられることを誇りに思ってらっしゃるわ。ねえみな様⁉」

小羊の群れは力強く、ここぞとばかりにてんでに顎を引いた。一番力を込めていたのは菊岡栄吉であったろう。それは彼の会社の浮沈が、ひとえにハマー・ディーゼルにかかっているという、まことに切実な理由からである。

「みなさんも、この老人の酔狂《すいきょう》な道楽館に来られるのはこれで二度目、三度目になられるだろうから、傾いた床にも馴《な》れてしまわれたろう。したがって足をとられて転ぶことももうないだろうから、私も楽しみがなくなってしまった。また別な家を考えなきゃあならん」

客たちは、お愛想でなく笑った。

「いずれにしてもだ。今夜はクリスマスとかいって、日本中の飲み屋が大儲けするための日だ。ここに来られたみな様方は賢明でしたぞ。

お、そうだ乾杯しなくてはいけませんな、ワインが暖まってしまう。なに、暖まったとしても、外に五分も出しておけばそれでよいんだが。私が音頭をとりましょう、では……」

幸三郎がグラスを握ると、みな素早く自分のグラスに手を伸ばした。そして幸三郎がクリスマスに乾杯と言うと、口々に、今後ともどうかよろしくお願いします、などとつい商売気を出した。

乾杯がすむと幸三郎はグラスを置き、さて、と言う。

「今夜はじめて顔を合わせる方々もいらっしゃいますな。若いのも、髪が白くなったのもいるが、これはいちおう私からご紹介しておいた方がいいな。

そうだ、それにこの家には、住み込んでいろいろとやってもらっておる者もいるんで、いちおうお目見得しておいた方がよかろうな。英子、康平さんや千賀さんなんかもみなさんにご紹介しておこう」

英子はさっと右手をあげ、きっぱりとした口調で言う。

「それは私がやりますわ。お父様じきじきになさらなくてけっこうよ。

日下クン、ちょっと梶原クンや康平さんやおばさんたちを呼んできて」

使用人とコックがゾロゾロと集まると、壁を背にして並ぶように、と女主人は指図をした。

「夏にもすでにいらした菊岡さん金井さんは、もう家《うち》の者たちの顔は憶えておいででしょうが、でも日下クンや戸飼クンなどとお会いになるのははじめてですわね？　ご紹介致します。上座《かみざ》の方から参《まい》りますわね、みんなもよおく聞いてしっかりお名前憶えて、そそうのないようにしてね。

まずこちらの恰幅のよい紳士から。みな様もよくご存知キクオカ・ベアリングの社長でいらっしゃる菊岡栄吉様。雑誌のグラビアなどでごらんになった方もおありになるんじゃないかしら？　本物をよっくごらんになるといいと思うわ、この機会に」

菊岡は二度ばかり大きく週刊誌のグラビアに登場していた。一度は女との手切れ金のゴタゴタで裁判ざたになった時と、もう一度は女優に手を出して振られた時である。

菊岡は歴戦で薄くなった頭をテーブルの上に下げ、幸三郎に向かってまた一度下げた。

「何かひと言おっしゃって下さらなくちゃ」

「おう、そうですな。これは失礼。

あー、いつ来ても素晴らしい家ですなー。場所がまた素晴らしい！　こういう家で、浜本さんのすぐ隣りにすわってワインをいただけるのは光栄のいたりであります」

「そのお隣りにいらっしゃる素敵なお洋服の方が、菊岡さんの秘書でいらっしゃる相倉さん。お名前の方は、何ておっしゃるんでしたかしら？」

むろんクミという名を彼女ははっきりと憶えており、本名ではないなとも踏んでいた。

しかし敵もさるものでまったく動じる気配はなく、堂々と砂糖をまぶしたような猫撫で声で、クミです、よろしく、と言った。

この女はもまれている、と英子は即座に判断した。やはりホステス稼業の経験があるに違いない。

「まあ、素敵なお名前！　普通の方じゃないみたい！」

それからせいぜい時間を置いて、

「タレントさんみたいだわ」

と言った。

「本当に名前負けしちゃうんです」

相倉クミはいっこうに男性用の声のトーンを崩さない。

「私ってこんなおチビちゃんだから、もっとスタイルいいと名前負けしないんですけど。英子さんみたいに背が高いといいんだけどなァ」

英子は一メートル七十三ある。そのためいつも地下タビのごときペタンコの靴しか履けないでいる。ハイヒールなど履けば、たちまち一メートル八十を越えるからである。英子もさすがに言葉に詰まった。

「そのお隣りがキクオカ・ベアリングの社長でいらっしゃる金井道男様」

ちょっと自分を見失い、妙な言葉を口走ってしまったらしい。そして、おいおい、お前いつから社長になったんだ？　と部下に言う菊岡の声を聞いても、しばらくは自分の失敗に気づかないありさまであった。

金井は立ちあがり、例の笑い顔で、幸三郎をめちゃめちゃにほめあげ、さりげなく自分の社長をも忘れずもちあげるという、かなり巧みな演説をひとしきりやった。彼はこの辺の芸ひとつでここまでのしあがったのである。

「そのお隣りのグラマーな女性が奥様の初江様」

と言ってから英子はたび重なる自分の失策に気づいた。

「美容体操を休んでやってきましたの」

案の定、そんなふうに初江は言った。ちらと目を走らせて見るクミは、明らかににんまりと居心地がよさそうである。

「私ってこんなおデブさんだから、ここの空気を吸って痩せたいと思います」

彼女は相当気にした様子であった。ほかのことを口にしようとしない。

しかし紹介が男の子たちに戻ると、英子はたちまちいつもの余裕を取り戻した。

「こっちの色白でハンサムな若い彼が日下瞬クン。慈恵医大の六年生。もうすぐ医師国家試験なんだけど、パパの健康チェックのアルバイトも兼ねて、冬休みの間中泊まり込んでもらってますの」

ああ何て男の紹介は楽なのだろう、と英子は思う。

「食事はうまいし、空気はいいし、うるさい電話のベルは鳴らないし、こんないいところで病気になれる人がいたら、医学生としては顔が見たいです」

などと日下は言った。浜本幸三郎は有名な電話嫌いで、この流氷館のどこにも電話はないのだった。

「そのお隣りが日下クンのお友達でもあり、将来が有望な東大生、戸飼正樹《まさき》クンです。お父様は参議院議員の戸飼俊作《しゅんさく》さん、ご存知でいらっしゃいましょう？」

一同にかすかなどよめきの声。それは、ここにももうひとつ金のもとが転がっていたか、という人間の素朴な感動の響きである。

「毛並みのよいサラブレッドというところ……、さあサラブレッドさんどうぞ」

色白の戸飼は立ちあがると、銀縁の眼鏡をちょっと気にするようなしぐさをして、

「お招きいただいて光栄です。父に言うと、父も喜んでくれました」

それだけ言ってすわった。

「彼の隣りのちょっとスキー焼けした坊や、彼は私の甥《おい》っていうのかしら、正確に言うと、パパの兄の孫です。嘉彦《よしひこ》。なかなかハンサムでしょう？　当年まだ十九歳。慶応大学の一年生で、冬休みの間中ここに滞在しておりますの」

スキー焼けした、白いセーターの青年が立ちあがる。はにかんだような様子でよろしくと言い、すぐにすわろうとした。

「それだけ？　駄目よ嘉彦、ちゃんとしゃべらなきゃ」

「だって何もしゃべることないもん」

「駄目ねえ、本当にひっ込み思案なんだから。趣味とか、大学のこととか、しゃべることはいくらでもあるでしょ。駄目、話しなさい」

しかし無駄であった。

「さあ、これでお客様方はすみましたわね。あとはうちの使用人たちをみな様にご紹介させていただきたいと存知ます。

まずあちらの方から。早川康平。家《うち》が、鎌倉にありました時代から、もう二十年近くも働いてもらっております。運転手も兼ねております。

その隣りのおばさんが千賀子と申しまして、いろいろな雑用一般、やってもらってます。みな様も何なりとお申しつけ下さい。

さて、それからこっちの一番手前がうち自慢のコック、梶原春男《はるお》。この通りまだ二十代で若いんだけど、腕は超一流、何しろホテル・オーハラから、手放したがらないのを無理に引き抜いたんですもの。彼の腕のほどはじきにみな様がご自分の舌でご確認なさると思います。

さあ、もういいわ。あなた方は自分の持ち場にそれぞれ戻ってちょうだい。

お顔合わせはこれで終わりますわ。このテーブルについていらっしゃる方々は、それぞれ南へ帰ればエリートと呼ばれ馴れていらっしゃる方ばかり。名前やお顔を憶えるのはきっと得意でいらっしゃいましょう。

ではこれからディナーが運ばれますまでの間、皆様めいめいツリーでも眺めながら、おしゃべりに花を咲かせていただきましょうかしら。嘉彦ちゃん、それから日下クン、戸飼クン、テーブルの蝋燭に火をつけて下さる？

それがすみましたらサロンの明かりを絞ります。ではみな様、ごゆっくりお楽しみ下さいませ」


浜本幸三郎のまわりにはさっそく中高年組が駆けつけ、談笑が始まったが、派手に笑い声をたてるのはキクオカ・ベアリング組ばかりで、幸三郎の口は終始パイプをくわえているばかりだった。

英子は、クミのためにもうひとつ失策をしでかしていた。菊岡の運転手、上田の紹介を忘れていたのだ。大柄な戸飼の陰で見えにくかったせいもある。だがまあいいわ、とすぐに思った。彼は運転手にすぎないのだ。

そして夕食になり、遠路はるばる駆けつけた客たちは、豪華な七面鳥料理によって、英子の言葉通り東京の一流ホテルの味が、この北の果てまで遠征してきていることを自らの舌で確かめた。

食後の紅茶の後、日下瞬は立ちあがり、クリスマス・ツリーを見るために一人で窓に寄った。ツリーは相変わらず雪の中で、孤独な明滅を続けている。

しばらく見入っていたが、その時日下は雪の上に妙なものを見つけた。

サロンから庭へ出入りできるガラス戸のところに、細い棒が一本ぽつんと立っていた。軒下《のきした》から、およそ二メートルくらいの位置になるだろうか。

雪の上に、誰かが突き刺しておいたのだろう。雪の上に出ている部分はせいぜい一メートルくらい、棒はどうやらサロンにある、暖炉用の薪の一本らしかった。それも比較的真っすぐなものを選んであるようにみえる。大わらわでツリーの飾りつけをやっていた今日の昼間には、こんなものはなかった。

何だろうと思い、日下は窓ガラスの水滴を手で拭い、目をこらした。すると、ずっと西の方、流氷館の西の角のあたりにも、雪の舞う闇にまぎれるように、もう一本棒が立っている。遠く、暗いのでよくは解らないが、こっちも同じく暖炉用の薪らしい細い枝で、やはり一メートルばかり雪の上に突き出している。

そのほかには、サロンの窓から目の届く限りには、棒はなかった。その二本だけである。

日下は、戸飼でも呼んで意見を聞きたいと思ったが、戸飼は英子と話し込んでいたし、嘉彦は、幸三郎や菊岡、金井など中高年組の談笑とも商売ともつかぬ輪の中にいる。梶原や早川も厨房《ちゅうぼう》の方にいるとみえて、姿が見えなかった。

「若い諸君、年寄りのおしゃべりにつき合っているばかりでは退屈だろう？　何か面白い話をして、私を楽しませてくれんかね？」

突然幸三郎が大声で言いだし、日下はそれでディナー・テーブルの自分の席に戻ったので、不可解な雪の上の棒は、そのままになった。

浜本幸三郎は、さっきから自分を取り巻くごますり部隊のおざなりさにうんざりしていて、少々機嫌が悪かった。そういう俗な一切合切《いっさいがっさい》から逃げ出すために、こんな北のはずれに、この風変わりな家を建てたのだ。

しかし彼らアニマルの進撃ぶりは、数百キロの距離などものともせず、怒涛のごとく突進してくる。そして訪ねた家の床が傾いていようと、貴重な骨董品を鼻先に突きつけられようと、ろくに見もしないで褒めまくり、自分の体から金《かね》の匂いがすっかり消えない限り、世界の果てまでつきまとう。

彼は若い連中に期待したい気分になっていた。

「君たち、ミステリーは好きかね?」

幸三郎は彼らに話しかける。

「私は大好きなんだよ。ひとつ私が君らに問題を出そうか? ここに集まっている諸君は、みな最高学府をきわめた頭のいい人たちばかりだ。

たとえばこんな話を知っているかね? メキシコの砂金採集所の近くの国境を越えて、一人の少年が毎日アメリカへ入国してくる。毎日自転車に砂袋を積んで、国境を越えてメキシコから入ってくるんだ。税関の連中が確かにこれは密輸だと思い、怪しんで袋を開けてみるんだが、中には正真正銘の砂が入っているばかり。少年はいったい何をどうやって密輸していたのだろうというクイズだよ。どうかね? どうです、菊岡さん、解りますか?」

「いやあ……、解りません」

「私も解りませんなあ」

金井も言った。この二人は考えている様子がない。

「嘉彦君、解らんかね?」

嘉彦は黙って首をひねった。

「諸君も解らんかね? これはちっともむずかしい問題じゃない。密輸品は自転車だったんだよ」

わははと一番大ぎょうな声をたてたのは菊岡栄吉であった。自転車だったんですか、いやなるほど、などと金井も言った。

「これはね、ペリー・メイスンが友人のドレイクと秘書のデラに出題したクイズさ、なかなかいいだろう? 自転車を密輸するなら砂金採掘《さいくつ》場のそばに限るというわけだ。

もうひとつ出してみようかね? こんどは答えは言わんぞ。そうだな……、何がいいかな……、うん、昔、私の友人が実際にやった手柄話《てがらばなし》でもするかな、私はこれには感心して、以前新入社員訓辞などで何度かしゃべった記憶もあるんだがね、あれは昭和三十年頃のことだった。

今では国鉄や私鉄は、雪が降るとレールのところに小さなバーナーみたいな炎をともして、レールに雪が厚くかぶさったり、凍結したりするのを防いでいるが、当時は日本が貧しい時代で、そんな設備など持っている鉄道はなかった。

昭和三十年頃のある冬、東京に大雪が降った。ひと晩に五十センチも積もったというから、当然東京中の私鉄、国鉄は、一夜明けて全部運休という始末になった。

今はどうか知らんが、雪なぞほとんど降らない東京に、除雪車なんか用意してあるわけもなし、出勤してきた職員が総出で雪かきなんぞやってもこれは大変な時間がかかる。朝のラッシュ時に間に合うはずもない。

ところが、だ、現在私の友人が社長をやっておる浜急《はまきゅう》電鉄だけは、始発がほんの少々遅れただけであとはすべてダイヤ通りに運行し、ラッシュ時も何の支障もなく走り通した。どんな方法を用いたと思うね？　これは私の友人が、ミステリーふうに言えばあるトリックを用いたからだ。ただし、レールの雪をかかせるために、自分の一存で大勢の人間を動員できるなどという立場には、当時その男はなかったし、特殊な道具も使おうにも、そんなものはなかった。彼はこの才知で、以降一躍社内でその名を知られた」

「ほう。そういうことがあったんですか。こりゃ不思議だ」

菊岡が言った。

「いや、本当ですな、不思議ですなあ……」

感に堪えぬという調子で金井も合槌を打った。

「不思議なのは解っとるよ。私は答えを訊いとるんだよ」

「は、は、さようですな」

「始発電車に除雪用のガードでもつけて走らせましたかな？」

「そんなものありゃしませんし、あっても無理ですよ、雪が深すぎる。またそれが可能なら、他の鉄道もやったでしょう。そんな特殊なものではなく、ありあわせの材料を使ったんです」

「しかし、浜本さんのお友達というのは、優秀な方ばかりですな」

金井がまるで関係のないことを言い、幸三郎はもう取り合わなかった。

「解りました」

と言ったのは日下だった。戸飼が、ちょっと形容し難《がた》い形相をした。

「前の晩からひと晩中、空《から》の電車を走らせたんでしょう？」

「はっはっは、その通り。私の友人は雪が降りだし、これは積もりそうだなとみると、空の電車をひと晩中十分おきに走らせたのさ。たったこれだけでも、当時はずいぶんと決断力のいることだったらしい。頭の堅い上司はどこにでもいるからね。しかしおかげで彼は今社長の椅子にすわっているんだがね。どうかね？　まだ出題して欲しいかね？」

幸三郎が問うと、戸飼は出足の遅れを一挙に挽回《ばんかい》すべく、無言で強く頷いた。

しかし幸三郎お気に入りのクイズを二、三出題すると、それらをことごとく解き去ったのは日下瞬であった。彼が颯爽と正解を口にするたび、戸飼は表のツリーのように赤くなったり青くなったりした。

浜本幸三郎はちらりとそれを見た。そして自分の酔狂が、目の前でどんなものに変質するかを理解した。すなわち自分の思いつくパズルは、鼻先でたちまち世界一周旅行当てクイズに変身するのである。二人の若者は、少なくとも戸飼は、明らかに英子をこのクイズによって争うつもりになってしまうのだ。首尾よく一等をとれば、新婚旅行という名の世界一周キップを手に入れ、帰ってからも家と、一生暮らせるだけの遺産という賞金を懐ろにできる。

内心幸三郎は、こうなることを当然予想していた。そこで彼はある用意をしておいたのだった。それは言ってみれば、何年も練りに練ったとっておきの皮肉のようなものだった。

「日下君、君はなかなか優秀だ。もっと難問を所望するかね？」

「できましたら」

日下は今や実績をつんで大胆になった。

すると幸三郎は、みなが一瞬耳を疑ったような、この場とまるで無関係にみえる言葉を口にした。

「英子、お前、結婚相手はもう決めておるのかね？」

英子は当然ながらびっくりした。

「何おっしゃるの!? お父様ったら、突然」

「もしまだで、ここにいる男性の中で、と思うなら、私が今から出題するあるクイズを解けた者と、なんていう趣向はどうかね？」

「お父様ったら冗談ばっかし！」

「ところがこれが冗談ではないのだ。この家も、三号室の馬鹿げたガラクタ集めも、みんな冗談だが、このひとつだけは冗談ではない。ここにいる二人はいずれも立派な若者だ。私としては、どっちかにお前が決めたと言っても別に反対する気はないし、またその元気もない。もしお前が決めかねているのなら、遠慮することはない、私にまかせなさい。私が選んでやろう、パズルでな。そのためにとっておきのを作って用意してあるんだ」

これでいい、と幸三郎は思う。ことの本質がこれでいささか明瞭になる。

「むろんもう昔ではない。この謎が解けた者に娘をきっとくれてやるとは言えんが、これができるくらいの人間なら、私としては異存はないということだ。あとは娘自身の問題と、こういうことだね」

二人の若者の目が光る。今や彼らは札束の山を眼前にしているのだ。しかし幸三郎の方も内心にやりとしていた。この皮肉は、解けた時にこそ最も強烈な意味を持つ。

「英子さんのことはともかく、その謎そのものに、とても興味がありますね」

日下が言った。

「戸飼君にも名誉挽回の機会を与えようじゃないか。それにだ、私はこの通りもう人生とやらいう、森を揺する嵐をさんざん経験し、葉をすっかり落として枯れ木になったような人間です。この世界のつまらんかけひきにはすっかりうんざりしている。家柄だの何だのそんな看板は、もう目が遠くなってしまって読めんよ。中身だよ、要はね。言い古された言葉ではあるが、歳をとるにつれ、あるいは地位を得るにつれ、人は誰もが知っていたこの言葉を、いつのまにか忘れてしまう。わしはだからね、この謎を戸飼、日下両君に限らず、上田君にも梶原君にも提供したいと思うんだ」

「そのパズルが解けた人でも、私が嫌なら嫌よ」

「そりゃ当然だろう？　私がこの男と一緒になれと言ったところで、黙ってしたがうお前でもあるまい」

「ほかのことならそりゃしたがいますけど」

「いや、お前は家柄だの何だの、そういう分別はわしよりずっとある。だからそういう意味では私は安心しておるんだよ」

「私が解けた場合もお嬢さんをいただけるんで？」

菊岡社長が言った。

「ああ、当人同士さえよければいいとも」

幸三郎は気前よく言い、菊岡はわははと笑った。

それから、幸三郎はまたみなを驚かせるような言葉を口にした。

「さて、それじゃ梶原君も呼んできなさい、みなさんを私の塔の上の部屋までご案内するから」

「何ですって!?」

英子がびっくりして言った。

「どうしてそんなところへ行くの？　お父様」

「そのパズルはね、塔の上にあるんだよ」

立ちあがりながら幸三郎は言う。そして思いついたようにつけ加えた。

「何しろとっておきだからな」

第三場　塔

サロン側の階段を、客たちをぞろぞろとひき連れて昇りながら、幸三郎は言う。

「私の謎というのはね、実に他愛のないものなんだが、この家を造った時、まあこういった日のためにと思って用意しておいたものなんだよ。

みなさんは、この館の隣りの、私の部屋がある塔の、その根もとにあるところの花壇が、何となくおかしな格好というか、模様をしているなと一度はお思いになったんじゃないかな？　謎というのは、その模様が何を意味しているのか、また何故あそこにあるのか、ということなんだ。ま、要はただそれだけのことなんだがね……」

やがて階段は次第に狭くなり、行き止まりになった。巨大な黒い鉄の扉が、まるでそこがこの世の果てだとでもいうように、行く手に立ち塞《ふさ》がる。その黒々とした扉には、蛇腹のような鉄の凹凸が表面に溶接されているため、彫刻家の前衛作品を思わせる。武骨で巨大なモニュメントだ。

幸三郎がどうするのかとみなが見ていると、彼は手前の壁に下がった鎖をたぐった。鎖は環になっている。するとガラガラと実ににぎやかな、大時代な音がして、意外なことが起こった。

金属の扉は当然左右に引かれるか、一方を蝶つがいにして開くものとみなは思っていたが、そうではなく、それはゆっくりと向こう側に倒れていったのである。

そのあたりは、外側が屋根になって少し傾斜しているためだろう、階段側に右側の壁が斜めにせり出していて、階段自体も右側が少し低くなっているため、客たちはみな不安な面持ちで、狭い階段に一列に並んで立っていた。

扉はゆっくりと、ちょうど十二時のスポットを通過した大時計の秒針のように倒れていくが、倒れるにつれ、みなは再び度肝を抜かれた。

扉は――正確にはそうではないのだが――扉として室内側に見えていたのはごくごく一部にすぎなかった。倒れていくにつれ、それはまさに巨大な高さを持ってそそり立つ金属板の、ごく一部、根もとの部分にすぎないことが解った。その頂上は黒々とした上空の闇のはるかな高みに消え、天までも届いているかと思われた。

扉が倒れ、壁との隙間が生まれると、にわかに闇で凪の鳴る音が聞こえはじめ、雪片がはらはらと舞い込んでくる。

ガラガラと鎖の鳴る音は果てしなく続き、息を呑んで見守る客たちの前で扉が大きく倒れると、客たちはこれが長いものでなくてはならなかった理由をようやく理解した。

これは塔への橋なのだった。そして溶接された蛇腹のような凹凸は前衛的な装飾などではなく、実用的な意味あいを持っていた。すなわち階段である。みなはずいぶんと母屋の階段を昇ってきてはいたが、塔の頂上部はそこよりもさらに上にあったのだ。

階段橋がほとんど倒れ終ると、今までそれが塞いでいた台形の隙間から、雪の舞い狂う空間が覗き、その向こうに、まるで宗教的な絵画のように、それとも厳粛な音楽でも聴くように、塔の頂上の部分がおごそかな調子で姿を現わした。

頂上部の外観はいくらかピサの斜塔に似せてあり、中央に丸い部屋があって、その周囲はぐるりと回廊になっているらしかった。手すりと、幾本もの円柱が見える。そして中央の部屋の軒からは巨大なつららがいくつも下がっていて、それが激しく舞う粉雪の中で、北端の地の冬が持つ狂暴な牙のように見えた。

まるでワーグナーの未発表オペラの一場面のようだった。気の遠くなるほど巨大で、美しい舞台装置。塔の背景は漆黒の暗幕のように見えているが、その奥には流氷が埋めた北の海があるはずだった。客たちは時代を逆行し、それも日本を遥かに離れた北欧にでも連れてこられたような気分になっていたから、誰もが息を呑んだまま、この台形の隙間から覗く、地獄にも似た「冬」を見ていた。やがて、ちょうど船が岸壁に着くように、階段橋がガチャンと大仰《おおぎょう》な音をたて、彼方の塔の張り出しに載ったらしかった。

「さあて、橋がかかった。少し傾いているから、気をつけて昇って下さい」

幸三郎が背後の客たちを振り返って言い、言われるまでもなく客たちは、橋の手すりにしがみつくようにして、おそるおそる、凍えあがるような冷気の中に出た。

傾いた梯子のような空中の階段は、大勢が一時に乗るとグラリと一回転して放り出されそうな錯覚がくる。

万一そうなっても、手すりにさえつかまっていれば何とかなるのではあるまいかと、誰もが本能的に手すりを持つ手に力を込めた。

　下を見ると、三階分以上の高さがあるから相当に恐怖感が湧く。しかも強く握ろうとする手すりは、氷よりも冷たく冷えていた。

　最初に塔にたどり着いた幸三郎が、塔側からロックして階段橋を固定した。塔の頂上は幅一メートルと少しくらいの回廊が巡っているが、そこは軒が充分覆っていないので、かなりの量の雪が載っている。

　階段橋を渡りきったあたりには窓があり、そこから右に二メートルばかり回廊を巡ったところに入口のドアがある。窓の明かりは消えている。幸三郎はドアを開けてするりと部屋に入り、部屋の明かりをつけるとまたさっと出てきた。窓から洩れる明かりが回廊に注ぎ、それでどうにか足もとの不安はなくなった。幸三郎は吹きさらしの回廊を、ドアを過ぎ、右廻りで廻っていく。一行も積もった雪に気をつけながら続いた。

「私の謎というのはね、この塔のふもとにあるその花壇の模様が、いったい何を意味しているかという、ただそれだけのことなんだがね、いささか大きいんで、花壇の真ん中に立ったところで模様はよく解らない、全景が見渡せないからだ」

　そう言いながら幸三郎は足を停めた。そして手すりに上体をもたせかけるような姿勢をとる。

「では全景がはっきりと見渡せる場所はどこかというと、それがここなんじゃよ」

　浜本幸三郎は雪の中に立ち、手すりを軽く二度、三度と叩いた。みなはそれで幸三郎の横に並んで立つと、自分たちの足もとを、ゆっくりと見降ろした。ほとんど三階分の高さを経《へ》た足もとに、すると確かに花壇があり、裏庭の照明や、例のクリスマス・ツリーの明かり、また一階のサロンから洩れる明かりなどで、幸三郎の言う通り、花壇の全景が望めた。白く雪をかぶり、クリスマス・ケーキのようだった。模様は、影によって浮きあがってみえる（図2）。

「ああ、こんな形だったんですか！」

　円柱にすがりながら、日下瞬が叫ぶように言った。風の音も強かったし、何より寒かったからだ。

「ほう！　こりゃ見事なもんですな」

　菊岡栄吉が、これは例によって大声を出した。

「今は雪をかぶっているからね、花や葉の色を楽しむこ

図2

とはできないが、植え込んであるところはこんもり盛りあがっているので、むしろ解りやすいとも言えるだろう。余計な要素が目に入らないからね」

「扇形ですね」

「うん、扇形だ、扇を表わしているなんて単純なことではないわけですね？」

　日下が言う。

「ああ、別に扇とか、扇子《せんす》が描いてあるわけじゃない」

　幸三郎が答える。

「塔を囲むような格好に作ったので、結果的にそういう形になったと、こういうことでしょうか？」

「ふむ、まさにそういうことだ」

「直線が一本もない……」

「ふむ！　日下君、さすがにいい線をつくね、まさにそのあたりがポイントといってもいい」

　そう言ってから幸三郎は、一行の内にコックの梶原春男の姿を見つけ、声をかけた。

「どうだい梶原君、この花壇の謎かけ、何とか解りそうかね？」

　梶原は大して考えたふうでもなく、

「解りません。すいません」

と言った。

「さて……と、これがどういうものか、どういう性質を持つものか、解ったら私に教えてくれたまえ。ただ言っておかなきゃあならないことがある。この変てこりんな花壇は、この流氷館という建物の、ここにあってこそ意味をなす、ここになくちゃあいかんものなんだ。建物と込みで考えてもらいたい。もとはと言えばだね、この建物が少々傾いておるのも、まさにこの花壇の模様のためなんです。そこをよく結びつけて考えてもらいたい」

「この建物が傾いているのもそのせいなんですか？」

日下が驚いて問い返した。幸三郎は黙って二度三度頷いた。

この花壇のおかしな模様とこの建物の傾き——、と日下は花壇に吸い込まれるように落下していく雪を見つめながら、思っていた。じっとそうしていると、奇妙な模様を浮き彫りにした、白い壁に向き合っているようにも思われてくる。雪が、まるで無数のダーツの矢のように、的《まと》にむかって飛んでいく。平衡感覚を次第に失って、花壇に落下しそうな気分になる。それはおそらく、母屋と同様にこの塔も、花壇の方に倒れかかるように傾いているせいがあるのだろう。

待てよ——、日下は思う。何か解りそうな気がした。それじゃないのか？　塔の傾きと、その上に落下しそうな感覚、不安、そういった類いの感情が関係あるのじゃないか!?

人の感情？　だが、とすればえらく難解な謎のようである。そういった漠然とした、抽象的な事柄から、いったいどんなものが導き出せるというのだろう？　一種の禅問答のようなものだろうか？

扇——、これは日本的なものの象徴だ。それを高い塔から見下ろす時、その上に落下しそうな気分が来る。それは塔が傾いているから——塔とは何かの思想を象徴している——まあそういった種類の謎かけなんだろうか——？

いや、たぶんそうではあるまい、と彼はたちまち思う。浜本幸三郎という人は、どちらかといえば西洋人的な体質があって、そういう情緒的なものより、もっとはっきりした、つまり答えを聞いた瞬間、みながいっせいに納得の声をあげるような、すこぶる明解な謎かけを好む傾向がある。とすればこれはもっと整理的な内容を持つ、しかもしゃれのきいたパズルに違いあるまい——、日下はそんなふうに考えを進める。

一方戸飼の方も、もちろん日下以上の情熱を、このパズルに対し燃やしていた。

「この図形をスケッチしたいんですが……」

戸飼は言う。

「むろんかまわんが、今は用意がなかろう」

館の主人は答える。

「寒いわ」

と英子が言った。一行の全員、体が震えはじめていた。

「さて、それじゃ諸君、いつまでもこんなところにいて風邪をひくといけない。戸飼君、橋はあのままにしておくから、あとでスケッチに来たまえ。私の部屋にみなさんをご招待したいが、この人数ではいささか窮屈だ。サロンに戻って、この梶原君の淹《い》れてくれる熱いコーヒーでも飲むとしませんか」

客たちのうちに異議のある者などなかった。一同はこのさいということで、雪を蹴って落しながらそのまま回廊をぐるりと一周し、跳《は》ね橋《ばし》階段に向かった。

そろそろと跳ね橋階段を下り、母屋が近づくにつれて、住み慣れた現実の世界に戻っていける心地がして、みなの心に安堵感が湧く。この時、雪はまだ降っていた。

――

第四場　一号室

雪はどうやら降りやんで、月が出ているらしかった。塔の頂上に行った時は、月の姿はなかった。窓のカーテンに、ほんのりと淡く、蒼白い光線が透けている。そして世界は完全な静寂だ。

相倉クミは、ベッドに入ってもう何時間にもなるというのに、少しも寝つけなかった。その理由の最大のものといえば、やはり浜本英子のことを考えたからに違いない。英子のことを考えると、クミはレスリングの選手権大会を翌日に控えた選手のような気分になった。

外の、必要以上にといいたくなるほどに完璧な静寂も、気になりはじめた。クミの割り当てられた一号室は三階だった。見晴らしだけはなかなかよいが（しかし英子の二号室の方が海が見えてもっとよい）、一階の方がもう少し心地よい、自然なもの音がしているような気がした。

都会の生活に慣れた者には、完璧な静寂というものは、工事現場の騒音にも負けないほど眠るのに邪魔になるものらしい。どんな夜中でも、東京なら何かしらもの音が聞こえているものだ。

吸取り紙をクミは連想した。外を覆いつくした一面のぶ厚い雪は、まったくそんな印象だった。きっとあれがあらゆる音を、意地悪く吸い取っているのに違いない。風の音さえしなくなった。何と嫌な夜だろう。

ところがその時！　かすかな異音がした。驚くほど近くに感じた。天井裏のあたりのように思えた。ざらついた板を爪でひっかくような、嫌な音だった。クミはベッドの中で一瞬身を堅くし､聞き耳をたてた。しかしそれっきりだった。音は途絶えた。

何だろう!?　クミは急いで頭を巡らす。何時かしら？　サイド・テーブルに置いた腕時計を手探りで取った。女物の時計は小さいし、暗くて文字盤がよく見えないが、どうやら一時過ぎらしい。

突然、またかすかな音がした。蟹が、瀬戸物の器《うつわ》の底でもがくような音だ。クミは闇の中で思わず身構える。天井裏だ！　天井裏に何かいる！

次の音がした！　それは思いもかけず大きな音であったので、クミは心臓が縮んだ。うっかり声をあげるところだった。そうではない、外だ！　何の音か見当もつかない、だが——まるで巨大な蟹が建物の外壁に貼りついていて、一歩一歩三階の窓まで登ってきているような——、とそう考えると、悲鳴をこらえているのが苦痛になった。

また音がする。堅いもの同士が擦れ合うような——、そしてそれは何回か連続して起こった。少しずつ近づいてくるようだ。助けて、助けて、とクミは口の中で小さく、呪文のようにとなえた。

今や激しい恐怖が彼女の体中を充たしていて、喉は誰かの見えない手で絶えず絞めつけられているように息苦しく、気づくと小さな泣き声を洩らしているのだった。嫌よ！　何だか知らないけど来ないで！　壁をよじ登っているのなら、もうその辺で引き返すか、他の人のところへ行ってよ！。

突然！　金属の触れ合う音がした。一度だけ、小さな鈴の音のような——、しかしそうではない。明らかに窓のガラスだ。何か堅いものが、この部屋の窓のガラスに触れたのだ！

強力なバネで弾かれたように、ちっとも望んでいないのに、クミは窓の方を見た。そしてとうとう、自分でも驚くほどの悲鳴を、思いきりあげた。その大声はたちまち部屋を充たし、壁や天井をぶるぶる震わせてから跳ね返って、クミの耳に戻ってきた。手も足も、すっかりバラバラになってしまったようだった。声はいつか泣き声に変わっていたが、クミは自分ではそのことに気づかなかった。

信じられない！　ここは三階のはずだった。窓の下に張り出しの類いなんてない。絶壁のように切りたった壁なのだ。しかし窓の下部、カーテンの隙間から人の顔がじっと部屋を覗き込んでいる！

その顔！　それは明らかに尋常の顔ではなかった。大きく見開き、そして少しも瞬きしない狂人の目。妙に黒ずんだ青黒い皮膚。鼻の頭はまるで凍傷にかかったように白く、その下には少し鬚があった。頬にはまるで火傷《やけど》のような傷痕があり、それはケロイドのようで、正視に堪えない肌だった。ところが彼の唇には狂気ゆえの薄笑いを浮かべ、冷えた月の光を浴びて、夢遊病者のように、怯《おび》えて泣き叫ぶクミの様子をじっと見つめていた。

鬢の毛が逆立った。気の遠くなるほどの長い時間に思われたが、実際にはほんの二、三秒だったのかもしれない。気づくと、顔は窓から消えていた。

しかしクミはもうそんなことには関係なく、喉を振り絞ってかん高い悲鳴をあげ続けた。するとしばらくして、吼《ほ》えるような男の悲鳴が、遥かな遠くで聞こえた。むろん窓の外だが、それがどこかはまるで解らない。館《やかた》中がその声に身震いしたようにも思われた。さすがにその時は、クミも悲鳴をいっ時中断してこれを聞いた。

声はせいぜい二、三秒というところだったろうか。しかしまるで長々しいサイレンのように、耳の奥で尾を引いた。

静寂が戻ると、クミはまた悲鳴の続きをあげはじめた。自分が何のために、いったい何をしているのか、もう全然解らなかったが、とにかくそうしていれば、一人でいる恐怖から救われる気がした。

たちまちドアが激しく叩かれた。

「相倉さん！　相倉さん！　どうしたの!?　ここ開けてよ！　大丈夫!?」

かん高い女の声だった。するとクミの悲鳴はたちまちのうちにおさまった。

のろのろとベッドに起きあがり、しばらくは目をぱちぱちとさせていたが、ゆっくりベッドを脱け出し、ドアまで行ってロックをはずした。

「どうしたの!?」

ロウブをひっかけた英子が立っていて、言った。

「誰かが、誰か男の人がその窓から覗いてたのよ！」

クミは叫んだ。

「覗いた!?　だってここ三階よ！」

「ええ、解ってます。だって覗いてたんだもの」

部屋に入るや、英子は勇敢にもつかつかと問題の窓に寄っていった。そして半分閉じかげんになっていたカーテンを左右にさっと開くと、観音開きの窓を開けようとした。

この館はほとんどが二重窓になっている。防寒のためだ。ロックをはずし、開けるのには少し手間どった。やがてさあっと冷気が室内に流れ込み、カーテンが揺れる。身を乗り出して上下左右を見ていた英子は、首を引っ込めると、何もないわよ、見てごらんなさいな、と言った。

クミはベッドに戻っていた。ゆっくりと体に震えが起こりはじめている。冷気のせいではないようだ。英子は二重窓を閉めた。

「だって見たんですもの」

クミは主張した。

「どんな人だったの？　顔見たの!?」

「男の人だった。すごく気味の悪い顔。普通の顔じゃないのよ、目が狂ってるの。肌がどす黒くて、ほっぺたに痣《あざ》みたいな、火傷みたいな跡があるの。鬚生やしてて……」

その時、ガラガラと飛びあがるような大きな音がした。クミは縮みあがって身震いした。目の前にいるのが英子でなかったら、また泣き声をあげたに違いない。

「パパが起きてきちゃったわ」

英子が言い、クミは、そうかあれは幸三郎が塔からこっちへやってくる時の、跳ね橋階段をかける音かと気づいた。

「夢見たんじゃないかしら？」

英子が薄笑いを浮かべて言った。

「違うわ！　絶対に見たのよ！　確かよ！」

「だってここ三階なのよ!?　下の二階の窓にも屋根や張り出しなんてないし、下の雪には足跡だってない、見てごらんなさいよ」

「だって！」

「それに、そんな顔に火傷のある人なんてこの家にいないわよ。そんな怖ろしい顔の人！

やっぱり悪い夢見たのよ。夢でうなされたのよ。そうに決まってるわ！　よくベッドが変わると寝つけないっていうじゃない？」

「絶対に違うわ！　夢と現実の区別くらいつくわよ！

あれは絶対に現実」

「そうかしら」

「だって音も聞いたのよ。あなた聞かなかった？」

「どんな？」

「何かものが擦れるような音」

「別に」

「じゃあ悲鳴は？」

「あなたのをたっぷり聞いたわ」

「そうじゃなくて、男の人の声よ！　吼《ほ》えるみたいな」

「どうしました？」

英子が振り返ると、開け放したドアのところに幸三郎が立っている。ロウブでなくジャケットをはおり、普段着のズボンをはき、セーターも着ている。がその下は、おそらくパジャマに違いない。跳ね橋階段の上は寒い。

「この人が痴漢に遭ったんですって」

英子が言った。

「痴漢じゃないわよ！」

クミは泣き声になった。

「誰かが覗いてたんです、窓から」

そしてちょっと涙を拭いた。

「窓!?　この窓からかね？」

幸三郎も驚いて言った。みんな驚いているが、一番驚いているのはこの私なのだ、クミは思った。

「しかし三階ですよ」

「私もそう言ったんだけどね、見たんだって頑固におっしゃるの」

「でも見たんです」

クミは言った。

「夢じゃないですか？」

「違います！」

「相当背の高い男でないとね、何しろ三階だ」

そうしていると、ノックの音が聞こえた。ドアのところに金井道男が立ち、すでに開いているドアを拳骨で叩いていた。

「どうしました？」

「このお嬢さんが、どうも悪い夢を見たらしい」

「夢じゃないんですってば！　金井さん、男の人の悲鳴みたいな声、聞かなかった？」

「ああ、何か聞いたような気がする……」

「うん、それは私も夢うつつで聞いたような気がするんだ」

幸三郎も言った。

「だから、起きてきたんだがね」

第五場　サロン

翌朝はよく晴れていたが、北の果ての冬の朝は、強力な暖房が入っていてもまだ寒い。暖炉に音をたてて燃える火がありがたかった。

人間が凝った暖房器具をいくら考案しても、実際に炎の見えるこういう素朴な暖房器具に結局かなわないのではあるまいか。その証拠に暖炉の周りはすこぶる人気があって、客たちは起きだしてくると、本能的に炎にひき寄せられて、みな次々にこの丸い暖炉の煉瓦の周りに集まる。

客たちのうちで、あの奇怪な顔をした鬚の男はともかく、身の毛もよだつような男の悲鳴と、それから自分の悲鳴をも知らず眠りこけていた人がいるというのは、クミにとっては信じられないことだった。英子の姿が見えないので、今のうちにとクミは、昨夜の恐怖の体験を熱っぽく語った。

金井夫婦、日下、浜本嘉彦、これらの人々が聞き手だったが、実のところみな少しも信じてはいないようだった。クミは自分の感動がいっこうに相手に伝わっていかないもどかしさを感じた。

しかし、一方では無理からぬ気もする。彼女自身、この健康的な朝の光の中では、どうにもピンとこないのだ。あの底知れない昨夜の恐怖感は、まるっきり夢の中の体験のように思える。金井夫婦など、露骨ににやにや笑いを浮かべている。

「じゃあその吼《ほ》えるような男の悲鳴っていうのは、そのおかしな顔の男がたてたものなのかなぁ？」

嘉彦が言う。

「そう……、そうじゃないのかしら……」

そう言われるとクミは、その点を今までしっかり結びつけて考えてはいなかった。

「しかし足跡はないですよ」

遠くから日下の声がして、みながその方を見ると、日下は窓のところへ寄り、体を斜めにして裏庭を見ていた。

「あのあたりがあなたの窓の真下だ、でも足跡なんかないな、奇麗なまんまの雪ですよ」

そう言われると、今なら自分もまた夢のような気がしているのだ。

クミは沈黙した。いったいあれは何だったのだろう?
あの人間じゃないような気味の悪い顔は――?

戸飼が、昨夜あれから一人でスケッチした花壇の図面とともに起きだし、続いて浜本幸三郎が現われた。そして、「ほう! 今朝はまた、いい天気に晴れましたなあ!」と例の現場監督ふうの胴間声《どうまごえ》でわめきながら菊岡栄吉もサロンに姿を現わすと、人数は全員揃ったと見えた。

菊岡の言葉通り、表は朝陽がまぶしく、やがて陽が高くなるにつれて、一面の雪原は巨大な反射板のようになってぎらぎらと陽を照り返し、眺めるのも苦痛なほどになった。

菊岡社長も、クミの昨夜の大騒ぎをまるで知らないくちだった。睡眠薬を飲んでいたからな、と彼は言い、どうせ何を言いだすか見当がついたので、クミは彼には話さなかった。

「さあみな様、そろそろ朝食ですよ、テーブルについていただけますか?」

非常に発声のはっきりした、女主人に特有の声がサロンに響いた。

テーブルにつき、客たちはクミの昨夜の体験を話題にしていた。やがて菊岡が、上田一哉のいないことに気づいた。

「うちの若い者がまだ起きてきませんな」

社長は言い、ちぇっ、しようがない奴だな、重役出勤は十年早いぞ! と重役も言った。

英子は、その時になってはじめて気づいた。しかし誰も呼びにいかせたものかと迷った。

「ぼくが起こしてくるよ」

日下瞬が言った。彼はサロンのガラス戸を開け、気軽な調子で処女雪の上に降りると、上田が割り当てられた十号室の方へ廻っていく。

「さあ、冷めてしまいますわ、私たちはいただきましょう」

女主人の言葉に、一同は食事を始めた。日下は、ちょっとみなが意外に思ったほど時間がかかった。が、やがてゆっくりとした足どりで戻ってきた。

「起きた?」

英子が尋ねる。

「それが……」

日下は言いよどんだ。

「ちょっとおかしいんだ」

日下のこの異様な様子に、みなは食事の手を休めて彼の方を見た。

「返事がないんだ」

「……どこか行ったのかしら」

「いや、中から鍵がかかっている」

英子が椅子を大きく響かせて立ちあがった。戸飼も続いて立ち、菊岡と金井は顔を見合わせた。それから英子に続いて全員が雪の上に出た。その時彼らは、さらさらした粉雪の上に、日下の往復した足跡だけが残っているのを見た。

「返事がないのもおかしいんですが、それより……」

日下は言いながら十号室のある西の方角を指さした。館の西の角あたりに、黒っぽい人影らしいものが倒れている。

客たちは戦慄を感じて立ちすくんだ。この雪の中に長く倒れていたとするともう生きてはいまい。あれは死体ということになる。あれが上田ではないのか!?

続いてみなは訝《いぶか》しむ目を日下に向けた。何故この重大なことを真っ先に言わないのか？　何故そんなに落ちついていられるのか？

日下はみなのその目に気づいていた。それでも、

「しかし……」

とだけ言った。

客たちは若い日下の真意をはかりかね、ともかく死体の方へと急いだ。

近づくにつれ、客たちはますます不審な気分にとらわれていった。倒れている人影の周りに妙なものが散らばっていて、それは彼の所持品かと思われたが、そうではなかった。

いや、厳密に言うならその表現は正しい。一団のうちの早川康平や、相倉クミなどは不吉な予感を感じて足を停めたほどだ。

現場へ到着すると、客たちは自分たちの目が見ている現実を疑い、全員が全員、何だこれは!?　わけが解らない！　と頭の中で叫んだ。しかしこれで、日下の気持ちだけは完全に了解した。

浜本幸三郎は大声をあげて跪《ひざまず》くと、雪になかば埋もれて横たわる、人間に似たものに手を伸ばした。それは、幸三郎が大事にしていた等身大の人形だった。

しかしみなが驚いたのは、三号室の骨董品収集室にあるはずの人形が、こんな雪の上に落ちているということもあったのだが、何よりその手足がバラバラにされていたことだ。片足だけは胴体に付いていたが、両手と、も

う一方の足は、そのあたり一帯の雪の上に点在していた。

何故!?

日下や戸飼、そして菊岡や金井、また使用人たちは、その人形を見るのははじめてでなく、首がなくてもどの人形であるかはすぐに解った。幸三郎がチェコスロバキアから買ってきた鉄棒人形で、「ジャック」という名と、「ゴーレム」という仇名をヨーロッパ時代から持っていた。

手足と足首から先を除き、ゴーレムは木目《もくめ》がむき出しの木の体を持っている。それらがあちこちで半分以上雪に埋まっていて、幸三郎は大急ぎで拾い集めて廻り、雪を丁寧《ていねい》に払った。

日下は、手を触れずにそのままにしておくのがよいのではと内心思いながら、しかし口にできずにいた。今のところ、これは少しも事件ではない。

「首がない!」

絶望的な調子で幸三郎が叫んだ。それではみな、それぞれ頭を巡らせて周囲を探したが、ざっと見たところ、それらしいものは見あたらない。

持ち主に助けあげられた人形の手足や胴体の跡は、雪の上にいやに深く、はっきりと残った。ということは、雪の降っているうちにここへばらまかれたということか。


幸三郎は、ちょっとこいつをサロンに置いてくると言って、引き返していった。彼には大事な収集品である。

一同は幸三郎を待たず、二階の十号と十一号室の前に出るセメント造りの石段を昇った。その雪の上にも、足跡は日下の往復したものしかなかった。

十号室のドアの前に立ち、菊岡社長がドアを激しく叩き、

「上田! おい、ワシだ! 上田君!」

そう呼んだが、返事はなかった。

みなは窓を見た。窓ガラスは、中に金網が埋まっている曇りガラスで、室内は少しも見えない。しかも頑丈な鉄格子で守られていた。格子の隙間から手を差し入れ、ガラス戸に触れてみると、これも内側からロックされている。さらに内側のカーテンまでが引かれている。

「破ってもかまわんよ」

声がして、振り向くと幸三郎が立っている。

「これは外側に開くドアでしたな!?」

菊岡がわめいた。その頃には、ドアの向こうで何ごとかただならぬ出来事が起こっていると、みなが確信しはじめていた。

「そうだが、そう頑丈なドアじゃない。ひとつぶつかってみてくれんかね」

菊岡が巨体を二、三度ぶつけた。しかしその程度ではドアはまったく動じなかった。

「金井君、君やってみるかね?」

菊岡はからかうように言った。

「わ、わたしは駄目《だめ》ですよ、軽量級ですから」

金井は怯えて後ずさりした。考えてみれば、こういう仕事に最もふさわしい男は、ドアの向こう側にいるのである。

「誰か、あなたたち!」

英子が断固とした声を出した。

女王にいいところを見せるべく、戸飼が果敢にドアに体当たりをしたが、激しく飛んでいったのは彼の眼鏡であった。

日下も駄目、コックの梶原も駄目だったが、不思議なことに彼らは、同時にぶつかるという方法に思いいたらなかった。初江と英子が同時に体をドアにぶつけると、ミシッと音がして、奇蹟が起こった。ドアの上部が少し奥に向かって傾いた。なおもぶつかると、とうとうドアが壊れた。

初江を先頭に一同が部屋になだれ込んだ時、客たちが見たものは、薄々は想像していた怖ろしい光景であった。

倒れた上田一哉の、心臓の真上あたりに登山ナイフの柄だけが見え、その周りのパジャマには黒ずんだ血が滲んで、もう乾きはじめている。

クミは悲鳴をあげ、菊岡の胸にすがりついた。英子と初江は無言のままであった。一人幸三郎だけが、男たちの中では驚きの声を洩らした。それはおそらく上田の姿勢がひどく風変わりであったからだろう。

上田はベッドの上には寝ていず、ベッドの足もとのリノリウムの床に仰向《あおむ》けに寝ていたのだが、彼の右手首には白い紐《ひも》が結びつき、その端はどうしたことか金属製のベッドにつながれている。したがって右手は宙に浮いていた。ベッドの位置はいつも通りで動いている様子はない。

左手は自由であったが、それも上に向かってあげられている。つまり片方は紐つき、片方は紐なしであるが、両手が万歳《ばんざい》をした格好にあげられていた。

それよりさらに奇妙なのは足だった。まるで踊るように腰をひねり、両足をほとんど直角に右側(当人から見て)に向かって振りあげている。もう少し正確を期すなら、彼の左足が体に対してほぼ直角に振りあげられ、右足がその少し下に添えられるような格好で、つまり右足は体に対して百十度から百二十度くらいの角度まで振り

図3

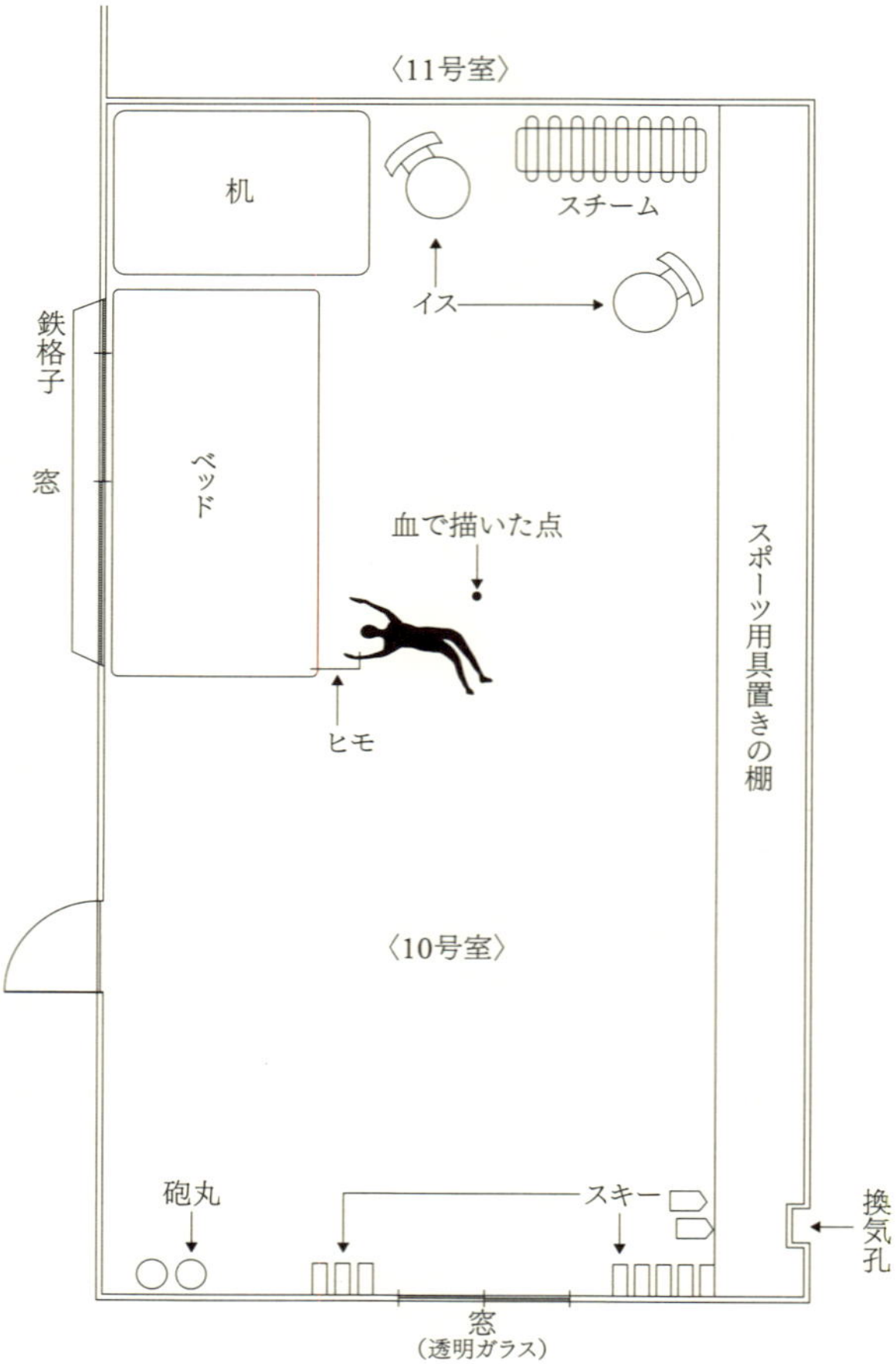
〈11号室〉
机
スチーム
イス
鉄格子
窓
ベッド
血で描いた点
スポーツ用具置きの棚
ヒモ
〈10号室〉
砲丸
スキー
換気孔
窓
(透明ガラス)

あげられている。

そして彼からみて左側にあたる腰のあたりの床に、血をつけた指で描いたらしい直径五センチほどの大きさの、丸い赤黒い点があった。自由になる左手の、親指を除く四本の指でぐるぐると描いたもののようだ。というのは、上にあげた左手の四本の指に、血と床の埃《ほこり》によるものらしい汚れが黒々とついている。ということは、彼は床にこのマークを描き、その後、自分の意志で左手は上にあげたということにならないか――？

しかし、最も奇妙な事実はそれではない。この死体には、さらに不可解な特徴が認められた。胸に突き立った登山ナイフの柄尻に、いったいどうした理由からか、長さ一メートルくらいの白い糸がついていたのだ。これが大いにみなの注目をひいた。その糸の、柄から十センチくらいの場所がパジャマを汚している血にちょっと触れ、ほんの少々茶色に染まっていた。血はあまり流れていない。顔にも、もはや苦悶の表情はなかった(図3)。

調べるまでもなかったが、医学生の日下は上田の脇にしゃがみ、ちょっと体に触れてから、警察に連絡しなければなりませんねと言った。

警察に連絡するため、早川康平が一キロばかりふもとにある村の雑貨屋まで、車を使って下っていった。

まもなく制服警官が大挙して流氷館に到着し、十号室に綱を張ったり、チョークで床に線を引くなどしていつもの大騒ぎを始めた。

何かの手違いか、上田一哉は冷たくなってだいぶ経つと思えるのに、タイヤにチェーンを巻いた救急車が坂を昇ってきた。黒い制服警官の群れに白衣の男までが混じり、世捨て人の棲み家だった流氷館は、たちまちものものしい俗世間の営みに包まれた。

客たちも、使用人たちも、主人も、サロンに待機してこの騒ぎのもの音だけを不安げに聞いた。

まだ朝っぱらである。客たちの大部分にとっては、まだ滞在二日目が始まったばかりであった。菊岡にせよ金井にせよ、考えてみればまだやってきてから十数時間しか経っていない。これでは先が思いやられた。夕食を一度食べたきりで、この先延々《えんえん》と警官たちと過ごさなくてはならないかもしれない。それでも予定通り解放されればまだいいが、へたをすると長々とこの家に足留《ど》めを食うかもしれなかった。

見知らぬ警官たちの群れから、見るからに刑事という風貌の、えらの張った、頬の赤い大柄な男がサロンに現われて、稚内署《わっかない》の大熊《おおくま》です、とややもったいぶった口調で言った。それからサロンのテーブルで何やかやと一同に質問を始めたのだが、思いつくまま、成りゆきで質問しているふうで、ひどく要領を得ないものであった。

ひと通り尋ね終わると大熊は、

「その人形というのはどれですか？」

と訊いた。ゴーレムは、幸三郎によって首を除いて組み立てられ、この時まだサロンに置かれていた。

「ほう、これですか、ふむ。こいつはいつもどこに置かれておりますか？」

そう彼が問うので、幸三郎はゴーレムを抱え、大熊を案内して三号室の骨董品収集室へあがっていった。

やがてサロンに降りてきた大熊は、かなり驚いたとみえて、ひとしきり収集品に対して素人《しろうと》らしい素朴な感想を述べていたが、その後は考え込む様子でしばらく沈黙した。その姿には、さすがに犯罪の専門家らしい威厳がただよう。それから手を口のところへもっていき、ささやくような口調で、

「するとこれは密室殺人というやつですな？」

と幸三郎に言ったが、そんなことは最初から解っていることだった。

大熊警部補がそんな調子で、あまりにローカル色を発散させるから、一応殺人の捜査らしいなとみなが感じる捜査が始まったのは、午後の四時頃札幌署から牛越佐武郎《うしこしさぶろう》という中年の刑事と、尾崎《おざき》という若い刑事が流氷館に到着してからであった。

三人の警察関係者は、ディナーテーブルに付属した椅子に並んで腰を降ろし、簡単な自己紹介をした。それがすむと、牛越と名乗った男が、

「変わったお屋敷ですなあ」

とひどくのんびりした口調で言う。

尾崎という若い刑事が見るからに俊敏そうな印象であるのに反し、この牛越という男はのっそりとした平凡な風貌で、大熊と大差がありそうには見えなかった。

「馴れないと転《ころ》びそうですな、この床は」

牛越は言い、若い尾崎は無言のまま、軽蔑するような目つきでサロンをぐるりと見廻した。

「さて、みなさん」

椅子にかけたまま、牛越佐武郎が言う。

「われわれの方の紹介はすみましたんで、というよりもわれわれは警察官という、この世で一番退屈《たいくつ》な人種ですからな、名前のほかに皆さんに申し上げることもありま

すまい。そんなわけで、ここらで一応みな様の方の自己紹介をたまわりたい。できましたら普段《ふだん》はどこに住み、どういうお仕事をしていらっしゃるのか、またどういう理由からここに滞在していらっしゃるのか、とそういった事柄ですな。詳しいこと、たとえば仏になられた上田一哉さんとの間柄なんぞに関しては、これはのちに個別にうかがいますからけっこうです」

牛越が自分で言う通り、少しの面白味もない彼ら警察官の服装や、たった今の話しぶりは丁寧でも、この先どんな修羅場《しゅらば》が起こっても決して動じないぞ、と言っているような彼らの目つきなどが客たちをわずかに威圧し、緊張で口を重くした。

客たちはとつとつと言葉少なに自分を説明した。牛越は時々控えめなやり方で質問を差しはさんだが、メモは取らなかった。ひと通りすむと、彼は次に、一番言いたかったことは実はこれであるという調子で、語尾にちょっと力を込めるやり方で口を開いた。

「……さあて、申し上げにくいことを、そろそろ言わねばならんのです。被害者の上田一哉という人は、今のみなさんのお話からも解る通り、この辺の人間ではありません。この家へ来たのは、いや北海道へ来るのも、今度でまだ生まれて二度目であるらしい。となるとです、この辺の土地に彼の知人がいて、その者が上田さんを訪ねたということは考えられんのですな、そのような者がいるとは思われんです。

ではもの盗りかというと、その線もまずなしです。彼の所持金、二十四万六千円は比較的探り当てやすい上着の内ポケットにあったにもかかわらず、手つかずで残されております。

まず何より、一応内から鍵のかかる部屋だ、そんな見知らずの人間がドアを叩いたにせよ、簡単に開ける者もないでしょう。たとえ開けても、そういう人間が入って来れば争いになり、大声もあげるでしょう。しかし部屋に争った形跡はほとんどない。また上田さんは自衛隊出身で、体力には常人以上のものがあったでしょうしな、こういう場合にそうむざむざやられるというのも解《げ》せない。

となると、これは顔見知り、いや、親しい人間ということを疑わなきゃなりません。しかし先ほども申した通り、この土地に、上田一哉と親しい人間など住んではおりません。

上田一哉という人は、今のみなさんのお話と、ざっとわれわれの調べたところを総合しますと、岡山生まれ、大阪育ち、二十五歳の時陸上自衛隊に応募入隊して、東京や御殿場《ごてんば》にいたが、三年で除隊、二十九歳でキクオカ・ベアリングに就職して三十歳の現在に至っている。自衛隊時代から一貫して人づき合いは悪く、親しい友人はなし、そんな男に北海道に知人がいるはずもないが、わざわざ関東や関西の人間がひそかに訪ねてくるというのも考えにくい。となると、ですな、上田一哉の親しい人間という者は……、ここにおられるみなさん以外にはないのです」

テーブルについた者たちは、沈痛な顔を見合わせた。

「これが札幌や、あるいは東京のような大都会なら、こりゃ別です。しかしこんな人里離れた辺鄙な場所ですからな、よそ者がこの辺に現われていれば、土地の者の目につく可能性は大です。というのも、下の村には旅館は一軒しかありません。この季節ですからな、村の旅館に昨夜泊まっていた客は一人もありません。

ふむ、だがそんなことよりえらい問題がひとつある。こいつが断然曲ものだ。というのは足跡なんです。普通警察官はこういうことを、一般の方にはすぐは話さないものなんだが、この際だから申しましょう。どういうことかと申しますとね、上田一哉の死亡推定時刻は昨夜の真夜中の零時から零時半の間です。ということは、零時から零時半までの三十分間に、犯人は上田の心臓にナイフを突き立てたわけですから、当然犯人はその時刻、あの部屋にいたわけです。

ところがだ、こいつが困った、昨夜雪がやんだのは午後十一時半なんですな！　死亡推定時刻にはもう雪はやんでいたわけです。ところがどうしたわけか、雪の上には犯人の足跡がない。来た足跡も、帰った足跡もないんですな！

あの部屋はご承知のように外からしか出入りができない。犯人がその時刻にあの部屋、十号室でしたかな？　そこに確かにいたのなら、少なくとも帰っていった足跡くらいはなくてはならん。でないと上田さんは、自分で自分の胸にナイフを突き立てたことになる、そんな自殺はありはしません。にもかかわらず足跡がない、こいつは困った。

お断わりしておきますが、この足跡の問題や、例の密室とやらの解明でわれわれが困っておると思わんで下さい。足跡なんぞは箒《ほうき》で消すなり、たぶんいくらでも手はあるでしょう、密室にいたってはもっとそうでしょう。探偵小説書きが、ありとあらゆる方法を考えてくれている。

が、外からの侵入者が仮《かり》にあったとすると、こいつが延々と自分の足跡を、ふもとの村まで消していくというのは、ちょっとこれは並み大抵の仕事じゃない、むずかしい。それにそんな小細工なら、綿密に調べれば何らかの跡が、必ず雪の上のどこかに遺るもんです。しかし、さっきわれわれの、そういうことにかけての専門家が徹底して調査したが、その手の痕跡は、いっさい、どこにもなかった。

雪は昨夜の十一時半にやんでから、今までまったく降っておりません。しかるに十号室からふもとの村への、あるいはどっか別の方角であってもそれはかまわんのですが、向かっている足跡を小細工で消した形跡というものはないのです。

私の言いたいことはお解りですね？　そういうことからもですね、申し上げにくいが、この母屋《おもや》の、このサロン、玄関、そして厨房からの勝手口、これは一階のすべての窓を一応除いてですが、この三つの出入口から十号室への往復、これを考えないわけにはいかないのです」

これは警察官の、自分たちに対する宣戦布告のようなものだと、みなは感じた。

「しかしですね」

日下がみなを代表して、反論の口を開く。

「今おっしゃった三つの出入口から十号室への往復の線上に、そんな細工をした跡というものはあったのですか？」

実によい質問で、一同は耳をそばだてた。

「これはですね、このサロンから十号室にかけてはみなさんの足跡が大勢乱れているんで充分確認はできませんでしたが、正直に申し上げれば、残り二つの出入口からも、一階のすべての窓の下からも、そういう細工の可能性はきわめて低かったですな。雪の表面は、空からふんわり落下したままの状態であるという、いくつかの特徴が確認されております」

「でしたら外部侵入者とわれわれとは、条件は一緒ではないですか？」

日下の反論は論理的である。

「ですからその点だけではないわけです。先ほど申しましたような条件もありますんでね」

「それに箒の類いのものは、この母屋にはありませんわ」

英子が言った。

「ふん、ごもっとも。それも先ほど早川さんからうかがいました」

「じゃあ何故足跡がないんだろう？」

「ゆうべ風でも強けりゃあ別だけどな、粉雪だから。でもたいして吹いてはいなかった」

「午前零時頃なら、ほとんど風はなかったくらいだったわ」

「ほかにもいろいろおかしな点があるんじゃございませんか？」

「そうだ、ナイフについていた糸のこととか、あのおかしな踊るような格好とか、上田さんの」

「死体があんな格好をするのは、われわれには珍しいことではないのです。ナイフを突き立てられれば当然苦痛も大きいですからな、上田一哉も苦しんだでしょう。私の知っておるケースでも、もっと奇妙な格好で死んでおった者はあります。

糸のこともですな、たとえば夏などで衣服が薄く、ポケットなど隠し場所が少ない場合、あんなふうに糸で体のどこかに巻きつけて隠し持っていた例はあります」

しかし客たちは、即座に全員が思った。今は冬だ。

「ではあの右手首に巻かれてベッドにつながっていた紐は……」

「ふむ、あれが少々この事件の特殊な部分でしょうな」

「前例がやはりあるんですか？」

「まあまあみなさん」

大熊が、一般人と専門家がフランクに話し合ったことを後悔する顔で割って入った。

「それを捜査するのがわれわれの仕事です。そこのところは、われわれを信じてまかせていただきたいものですな。みなさんはみなさんの領域で、われわれに協力をしていただきたいんです」

みなさんの領域？　容疑者としての領域ですか？　と日下は腹の中で思った。しかしむろん頷くしかない。

「ここに簡略な図がありますがね」

言って牛越は、便箋紙のような紙を広げた。

「みなさんが発見なすった時も、むろんこの状態でしたな？」

客たちと使用人はいっせいに立ちあがり、額を寄せて覗き込んだ。

「ここに血で何か丸く描いた跡がありましたけど」

戸飼が言った。

「はあ、はあ、血の跡ね」

牛越はいかにもそんな子供じみたものは無視しているというふうに言った。

「だいたいこんなもんでございましたな」

と菊岡が例のがらがら声で言った。

「この椅子は普段からあるわけですな？　浜本さん」

「さようです。この棚《たな》の上段の方はちょっと手が届きにくいですからな、踏み台を兼ねて置いておるわけです」

「なるほど、それから窓なんでございますけれども、こっちの、つまり西側は鉄格子がついているが、この南側は鉄格子がありませんな、しかも透明ガラスです。そして他の部屋と違って二重窓になってないんですな」

「そうです。それはこの南側の窓は二階になりますから な、鉄格子をつけなくとも賊は入りにくかろうと思ったわけです。西側の方はこじ開けさえすれば簡単に入れますからな、まあそう高価なものはここにはないが」

「砲丸がここの床に置いてありましたが、いつもここにあるんですか？」

「さあ、それは気がつきませんでしたね」

「いつもはこっちの棚にあるんですか？」

「いや、それは適当なものです」

「この砲丸には両方十文字に糸がかけてあって、それぞれに木の札がついてましたね？」

「ええ、砲丸に四キログラムと七キログラムと二種類あるんでね、買った時木の札をつけて、それぞれ重さを書いておいたんです。これは買ったものの、円盤もそうだが全然使わないんでね、そのままになっておるんですよ」

「そのようですな、ただ七キロの方の札のついた糸が、ずいぶん長くなっておったようですが……」

「そうですか？　ほどけたのかな？　そりゃ気づかなかったが」

「いや、故意に糸を足して長くしたようにわれわれには見えました。砲丸から木の札まで、一メートル四十八センチありました」

「ほう、そりゃ犯人がやったんでしょうか？」

「おそらく。それからその7kgと書いた木の札ですが、これは三センチ×五センチ、厚さが約一センチありますが、これにセロテープが三センチばかり、少しはみ出すような位置に貼りつけてありました。比較的新しいと思えるテープです」

「ほう」

「心あたりございますか？」

「いや、知りません」

「それは何かトリックに関係があるんですか？　犯人がそれを貼って何かに使ったんでしょうか？」

日下が言った。

「さあて、どうですかな。それからここに約二十センチ四方の換気孔がありますね。これは、そこの階段がある空間に向かって開いているんですな?」

「そうです。しかしこれはこの母屋側の人間が廊下に立って、十号室の中を覗ける位置にはないのですよ。十二号室の前に立ってみるとお解りだが、壁の遥か高いところになりますからね、十号室の換気孔は、母屋側からは。これがほかの部屋、たとえば十二号室の中なら、台でも使えば十二号室の穴から何とか中が覗けるかもしれないが、十号室はね……」(冒頭図1参照)

「ええ、承知しております、さっき確かめましたんでね」

「いずれにしても、これは完璧な密室じゃないわけだな。足跡がないんだから、この穴から何かトリックをやったのかもしれない、犯人は」

戸飼が言った。

「二十センチ四方の穴じゃ、頭も通らないじゃないか。それに被害者の手首に紐を結んだり、砲丸に細工したりしている。中に入らなきゃ無理だ」

日下が言った。

「じゃあ足跡はどうなるんだ?」

「そりゃあ解らないが、この密室を作るのだったら簡単だと思う」

「ほう」

牛越佐武郎が聞き咎《とが》めて言った。

「聞きたいもんですな」

「説明してもよろしいですか?」

日下は言った。刑事は頷く。

「これは簡単ですよ、この十号室は、普段物置として使っている時は外にカバン型の錠を下げておくんですが、人が泊まる時のロックは、中からこう受け金具に相棒のバー型の金具をカチャンと落とし込むだけの簡単な錠です(図4)。あとから人を泊められるように改造したものですからね、そういう簡単な錠しかついてません。これなら、踏切の遮断機ふうに上下する相棒の金具の方を、持ち上げて雪で固めておけばいい、犯人が帰ってしばらくすると、室温で雪が溶けて、このバー状の金具は自然に受け金具の中に落ちます」

なるほど、とキクオカ・ベアリング組が感心して言った。しかし牛越は、

「われわれもそれは考えたんですよ。しかしね、その金具のついている部分は木の柱なんだが、完全に乾いていてね、少しも湿っていなかった。そのやり方はちょっと

図4

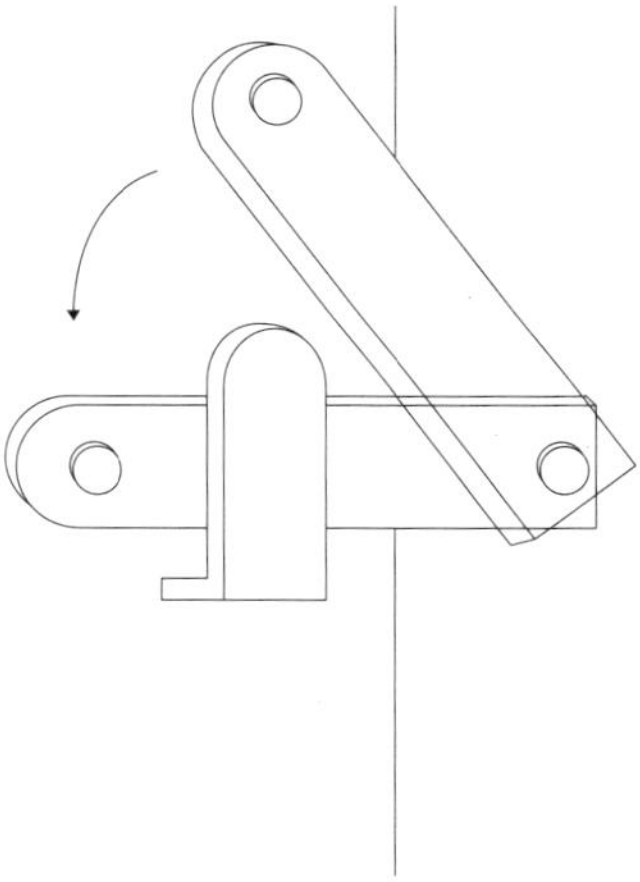

むずかしい雰囲気でしたな」

「え？　これではないんですか？」

日下は驚いて言った。

「どうも違うようですな」

それで一同は考え込んだ。

「しかしね、私はこの密室に関しては、そう大して手強いものとは考えてはおりません。どうということはないでしょう、おそらくですがね。実はそれよりもうんと困ったことがある」

「それは何です？」

「ふむ、そうですな、これはどうもじっくり腰を据えなきゃならん気がするし、みなさんのご協力をいただかなきゃあならんわけだし、今さら犯人としてもじたばたのしようがなかろうとも思うんで、腹を割って申し上げることにしましょう。つまりみな様の中にはどうも犯人がいそうもない」

客たちは少し笑った。

「先刻申し上げたこととまるっきり矛盾してしまうんだが、みなさんの中には犯人がいそうもない。それで困っている。というのは動機の点ですな、みなさんの中に上田一哉と前々から面識《めんしき》のあるという方は少ない。キクオカ・ベアリングの方たちを除けば、浜本さん、英子さん、早川さんご夫婦、梶原さん、それから戸飼さん、日下さん、嘉彦さん、すべてこれ、夏と今度とでたった二度目でしょう？　上田さんと会ったのは。それも短い期間会っただけだし、上田という人はひどい無口だったようだ、殺してやろうと思うほど親しくなった方はおられんだろう」

また少々乾いた笑い声。

「殺人は決して割のいいもんじゃない、一応以上の名も地位も得て、こんないい暮しをしておる人でも、ひとつ殺人を犯せば誰もが平等に刑務所行きです。まさかそんな勇気がある方はおられんだろう。菊岡社長も、相倉さんも、金井さんご夫婦においても、事情は大して変わりゃしません。上田一哉さんという、まあそう言っちゃ何だが一介の目だたない運転手一人を殺したところで仕様がない。殺す理由がない。それで私は困っておるんですよ」

なるほどそれはそうだ、と戸飼も日下も英子も思った。上田は、誰もが、少しも気にもとめていなかったような男なのだ。たとえばあれがもう少しいい男で、女性問題のひとつやふたつ起こしそうなら話も見えてくるが、あえて不遜な言い方をすれば、別段殺される必要もない脇役なのだった。金も地位も持っていず、人の恨みをかうほどの積極的な性格さえ持ちあわせてはいなかった。

牛越佐武郎は、客たちの顔を眺めながら、これはひょっとして間違えられたのではあるまいかという気になった。誰かもっとそれらしい、殺されるべき人間と間違えられ、身代わりになったのではないか——？

しかし上田が最初から十号室をあてがわれ、寝泊まりしていたことは明らかである。また館に滞在する誰もが、このことははっきりと知っている。上田が、十号室に泊まっている誰かと部屋を替わってやった、などという事実もない。しかも十号室というのは、外からしか出入りができない特殊な部屋である。九号室へ押し入ろうとして間違って十号室へ入ってしまったなどという可能性は、この場合考えなくてよい。

どうにも腑《ふ》に落ちない。この上田一哉という男は、どうしても被害者にふさわしくないのであった。殺されるべき人間はほかにいたという気がして仕方がない。

「もしみなさんの中に犯人がおられるなら、今夜にでも夜逃げにかかってもらいたいものだ。それなら話が早くなる」

牛越が、まんざら冗談でもなさそうな調子で言った。さらに、自らに言い聞かせるようにこう続ける。

「しかし人間、理由がなければ何もことは起こしません。まして殺人など、動機がなければ絶対やらない。結局動機捜しになるだろうが、みなさん個別に不愉快な質問をする前に、もうひとつだけ訊いておかなきゃならんことがあります。

それはですな、昨夜殺人のあった時刻の前後、何か変わったもの、不審なものを見たり聞いたりした方はおられませんか？　被害者のものらしい悲鳴とか、いや、何でもいい、どんなささいな事柄でもいいんです。何かちょっと普段と変わった事柄に気づかれませんでしたか？　そういうちょっとした、一見何でもないことが、往々にして捜査に役立つんです。何かないですか？」

少し間を置いて、あります、と言ったのは当然ながら相倉クミであった。即座にそう言わなかったのは、自分がこれから言わんとする内容が、質問のニュアンスと食い違うような気がしたからだ。すなわち昨夜の自分の体験は「一見何でもない」とか、「どんなささいな」とか形容される事柄とは、到底思えなかったからである。

「ええと、相倉さんとおっしゃいましたな、何ですかな？」

「もう、いっぱいあるんですけど……」

クミは、自分の体験を真面目《まじめ》に聞いてくれる人間が、ようやく現われたと感じていた。

「ほう、何かご覧になったのですかな？」

地方刑事は、クミの愛くるしい顔を、眩《まぶ》しそうに見た。

「見たし、聞きました」

「詳しくお願いします」

言われるまでもなく、彼女はそのつもりだった。順番を少し迷ったが、やはり内容が穏やかな方から話すのがよかろうと判断した。

「悲鳴を聞きました。ゆうべの夜中、あれ、それじゃ殺された上田さんの声だったのかしらねえ……、すごく苦しそうな、絞り出すような、吼《ほ》えるみたいな男の人の声でした」

「ふむ、ふむ」

刑事は満足そうな様子を見せ、頷いた。

「で、その時間は解りますかな？」

「私、ちょうど時計を見たんです。ですからはっきりしています。一時五分過ぎくらいでした」

とたんに牛越は、見つめるのが気の毒なほどにうろたえた。

「何ですと!?　一時五分過ぎ!?　それは確かですか!?

勘違いじゃないですか!?」

「絶対に確かです。私、さっき言ったように時計を見ましたから」

「しかし……」

刑事は椅子をずらし、椅子ごと横を向いた。するととたんに後ろに倒れそうになった。この家では、ちょっとした仕草にも慎重を期した方がよい。

「しかし……、そんな馬鹿なことはあり得んでしょう! 時計が狂っていたということはないですか?」

クミは腕時計を右手首からはずした。彼女は左利《き》きなのだ。

「これ、その時から全然手を触れてませんわ」

牛越は差し出された女物の時計をうやうやしく受け取り、自分の安物の時計と見較べた。むろん時刻をである。それらは正確に同じであった。

「一ヵ月で一秒と狂わないって話でした」

これは菊岡がつけ足してもよい説明であった。つまりそれは、贈り主たる菊岡の言葉であった。牛越は恐れ入って、その高そうな時計をクミに戻した。

「けっこうです。しかし……、そうなるとこいつは大いに困ったことになるんだ。みなさんもうお解りだろう、言うまでもないことだが、上田一哉さんの死亡推定時刻、ということは犯行推定時刻でもあるわけですが、先刻も申した通り、それは午前零時から零時半までの間です。あなたがその被害者のものらしい男の悲鳴を聞かれたのは、するとそれより三十分以上も後ということになるんですぞ! あなたの今言われたことは、この先当分、われわれを悩ませることになるでしょうな。

そのほかの方々はいかがです? その男の悲鳴というやつを聞かれましたか? 聞かれた方は恐縮ですが、手をあげていただきましょうか」

金井夫婦と英子、それに幸三郎の手があがった。クミは英子の手もあがっているのをちらと見て、非常に気分を害した。何よ、自分も聞いていたんじゃないのと思った。

「四人……、ふむ、相倉さんも入れて五人か。戸飼さん、あなたはその声を聞きませんでしたか? あなたは現場の十号室の真下に寝てらした」

「気がつきませんでした」

「日下さんは?」

「同じです」

「金井さんは三階の九号室でしたな? 必ずしも十号室に近い人とは限っておらんようです。で、時間にまで自信のある方は、そのうちにいらっしゃいますか？」

「私は時計を見ませんでした。相倉さんの悲鳴も聞こえたもんですからな、あわてて部屋を起きだしていったような次第です」

幸三郎が言った。

「金井さん、いかがです？」

「さて、時間は……」

亭主の方が言った。

「一時五分過ぎ、正確には六分くらいでした」

横で初江がきっぱりと言いきった。

「解りました……」

牛越が苦《にが》りきって言った。

「どうにも難問ですな……。さて、ほかにも何か変わったものを見たり聞いたりした方はいらっしゃいますか？」

「ちょっと待って下さい。まだ私の話はすんでません」

クミが言った。

「まだありますか？」

牛越が警戒するように言った。

クミは、ちょっと刑事が気の毒になった。悲鳴でもこのありさまである。このうえあれを話したらいったいどうなるのだろう？　しかし彼女は結局、昨夜の異常な体験を容赦なく、正確に話した。終わると、牛越は案の定、口をぽかんと開けた。

「私が男の叫び声だけで悲鳴をあげたとお思いになったの？」

クミは言った。

「本当ですか？　しかし、それは、つまり……」

「夢を見たのではないか」

二人のセリフは声が揃った。刑事のセリフの見当がついたので、クミが後半をかぶせて言ったのである。

「そうおっしゃりたいんでしょう？」

「ま、ありていに言えばね」

「みなさんにさんざん言われました。でも絶対に確かなんです。夕べに較べれば、今の方がずっと夢の中にいるみたい」

「この辺にそんな人が住んでますかな？　つまり肌がブラジル人みたいに浅黒くて、頬に大きな火傷のあるような……」

「それから夢遊病の気もある人間ですな」

横から大熊が余計な口をはさんだ。

「月が出ると、雪の上を散歩したくなるような怪物ですかな」

「そんな人、絶対にいませんぞ」

まるで自らの名誉がかかっているように、英子がきっぱりと否定した。

「むろんこの家にもいらっしゃいませんでしょうな?」

牛越のこの言葉は、さらに彼女の自尊心を傷つけたようであった。ひと息鼻で笑い、当然ですわ! と言ったなり黙り込んでしまった。

「この家の住人は、幸三郎さん、英子さん、それに早川夫婦と梶原春男さんだけですな?」

幸三郎が頷く。

「どうにも弱りましたな。相倉さん、あなたは三階に寝てらした。つまり、ええと、一号室でしたな? 一号室の窓の下には足場はない、なおかつ下の雪の上にも足跡はない。その怪物は、空中に浮かんであなたの部屋を覗き込んでおったのですかな?」

「そんなの私、解りません。それに私、怪物なんて言いましたかしら!?」

「悲鳴か、不気味な男か、どっちかひとつにしていただけると助かるんですがね」

大熊がまたくだらないことを言った。


クミは、もうひと言も話してやるものかという気になって黙りこんだ。

「さて……、他にまだわれわれを困らせてやろうと思う方は?」

客たちは、一様にさあ……、という顔になった。その時、表の制服警官の一人がサロンに入ってきて、刑事たちの耳もとで、何事かを小声でささやいた。

「浜本さん、例の人形の首らしいものが見つかったようですよ。十号室からだいぶ離れた雪の中だそうです」

発表してよいと判断したらしく、牛越が館の主人に向かって言った。

「お、それはありがたい!」

幸三郎は、即座に腰を浮かせた。

「この警官と一緒に行って下さい。鑑識でいっ時お預かりするかしれませんが、もしお返しした場合、どうなさいます?」

「もちろん、体とくっつけて三号室の骨董品室に戻しておきますが」

「解りました。いらしてけっこうです」

幸三郎は、警官と一緒に出ていった。

「さて、ほかに異常に気づかれた方はおられんかな?

戸飼さん、あなたは上田さんの真下の部屋だ」

「さあ……、ぼくは十時半くらいにはもう寝ましたからねえ」

「窓の外に異常はなかったですか？」

「カーテンを閉めてましたしねえ、二重窓ですから」

「しかし、犯人はあの大きな人形を、何のためか知らんが、三号室から裏庭まで持ってきているわけです。しかもご丁寧にバラバラにして、首だけは遠くに放り投げている。今見つかった首は雪に埋まって、ちょうど体のあったあたりから、思いきりぶん投げたくらいの距離のようです。深く埋まってるし、周りに足跡もない。

雪は十一時半頃にやんでいる。あの人形の体の状態からみて、犯人が来たのはその直前くらいじゃないかと思われるんですがね、戸飼さんの窓のすぐ外だ。何かもの音とか気づかれませんでしたかねえ……」

「さあ……、ぼくは十時半頃にはもう寝ましたから。上田さんの悲鳴なんてのも全然聞いてません」

「みなさん、意外に早くお休みですな」

「ええ、朝が早いですから……」

「あっ！」

日下が突然叫び声をあげた。

「どうしました？」

牛越が、もう驚かないぞという顔で訊いた。

「棒だ！　棒が立ってました、雪の上に。二本。殺人のある何時間か前になるはずです」

「何ですって？　もう少し解りやすくお願いしますよ」

日下はそれで、昨夜サロンから見た裏庭の二本の棒のことを話した。

「それは何時頃です？　見たのは」

「夕食が終わって、お茶を飲んですぐでしたから、八時か、八時半くらいだったと思います」

「ええと、梶原さん、食後のお茶のあとというと、そのくらいの時間ということで間違いないですか？」

「はあ、そんなものだと思いますが……」

「日下さん以外にその二本の棒に気づかれた方はいらっしゃいますか？」

全員が首を横に振った。日下はあの時の視界を思い浮かべた。これはやはり誰かを呼んで見せておくべきだった。

「その時雪は降ってましたか？」

「降ってました」

日下が答える。

「それで朝、あなたが上田さんを起こしにいった時はどうでした？」

「棒ですね？　そう言われて今気づいたんですが、朝、その時はもうありませんでした」

「棒の跡はどうです？」

「さあ、しっかり注意はしなかったけど、たぶんなかったように思います。人形が棄ててあったあたりですし、そのあたりに今朝立ったわけですから……。あれ、犯人が立てたんでしょうか？」

「さあて、でもまたまた不思議な話ですな。早川さん、あなた方は気づきませんでしたか？」

「私たち、昨日はほとんど庭には出ませんでしたから、気づきませんでした」

「その棒は、真っすぐに立ってましたか？」

「ええ」

「地面に対して垂直に立っていたわけですな？」

「まあ、そうです」

「それはしっかりと、つまり下の地面にまで打ち込んであるふうでしたか？」

「いえ、それは無理なんです。だってそのあたりは両方とも、雪の下に石があるはずですから」

「というと？」

「つまり、庭には石が敷きつめてあるんです。石畳みたいに」

「ふむ。じゃ、ちょっとどのあたりか、図に描いてみてくれませんか？」

牛越は紙とペンを差しだした。日下は、思い出しながら、見当をつけて描いた。

「はは あ、これは興味深い話ですなあ！」

日下が図を描き終わると、大熊がそれを眺めながら言った（図5）。

「この棒は、母屋から何メートルくらいの場所に立ってました？」

牛越が言う。

「二メートルくらいでしょう」

「こっちの人形のところのもそうですか？」

「おそらく」

「するとこの二本の棒を結ぶ線と、母屋の壁とは二メートル幅で平行になるわけですね？」

「そうなりますね」

「ふむ……」

「何なんでしょうね、もし犯行に関係あるとしたら……」

図5

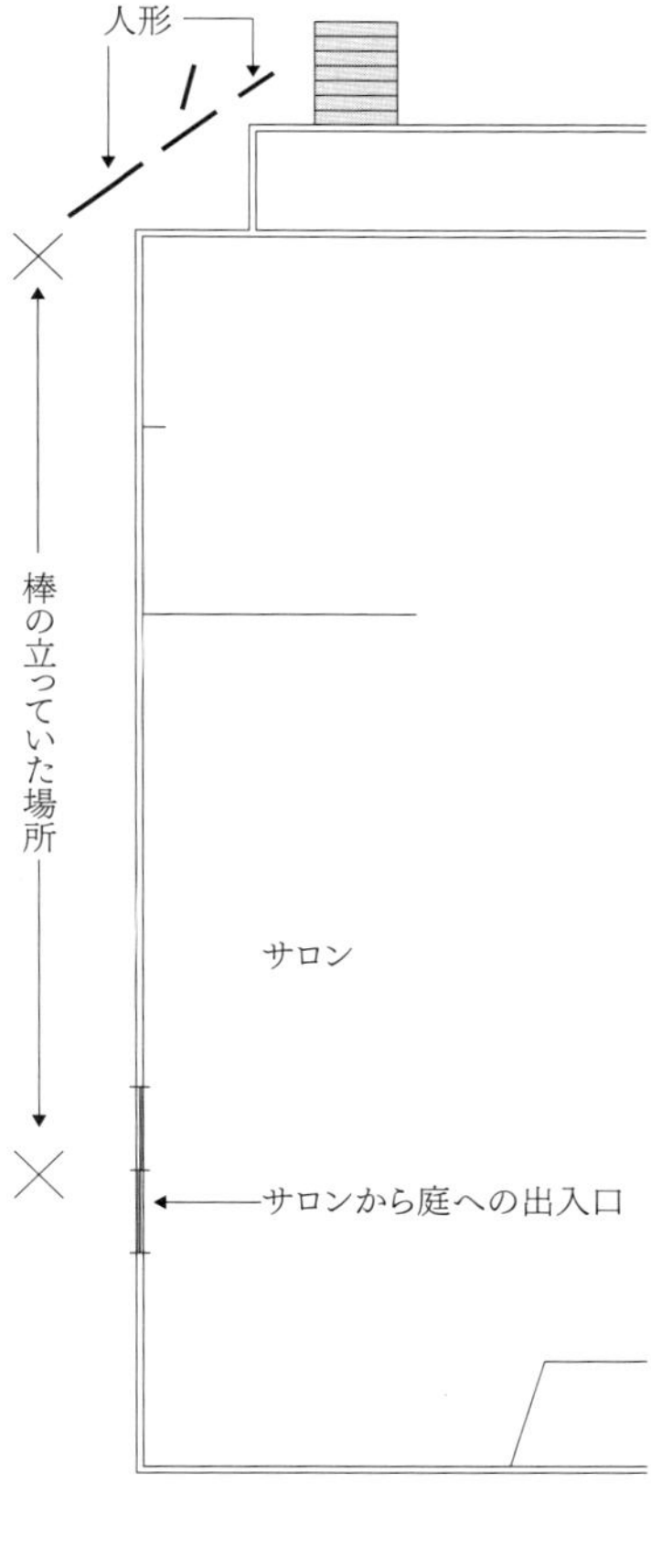

「まあよろしいでしょう、それはあとでゆっくり考えましょう。あるいはまるっきり無関係な事柄かもしれない。ところで昨夜一番遅くまで起きてらっしゃったのはどなたです？」

「それは私です」

早川康平が言った。

「いつも夜は戸締まりをしてから休みますので」

「それは何時頃でした？」

「十時半過ぎ……、十一時にはなってなかったように思いますけれども」

「何ごとか、異常には気づかれませんでしたか？」

「別に、いつもと違ったことといっても……」

「特に気づかれませんでしたか？」

「はい」

「戸締まりと言われましたが、サロンから庭への出入口、あるいは玄関のドア、勝手口のドア、それぞれ中からなら簡単に開けられるわけですな？」

「さようでございます。中からでしたらそれは……」

「あの母屋の角に棄てられた人形ですな、あの人形が置いてある部屋は、普段鍵がかかっておるんでしょう？　浜本さん」

牛越刑事は、今度は英子に向かって訊いた。

「かかっています。でも廊下のところの壁についた窓が大きくて、この窓には鍵がかかっておりませんから、その気になれば窓のところから簡単に持ち出せますわ。あのお人形は窓ぎわに置いてありますので」

「壁に窓が？」

「はい」

「ほう……、さて、よく解りました。とりあえずこのくらいでけっこうでしょう。あとはちょっと個別に、少々お話をうかがいたいんでございますがね、それにわれわれの方もちょっと打ち合わせをしたい、狭い部屋でけっこうなんですが、空《あ》いたお部屋はありませんですかな」

「あ、それでしたら、図書室をどうぞお使い下さい。今ご案内させますので」

英子が言った。

「恐縮です。まだ時間は早いようだ。ではのちほど名前を呼びますんでね、呼ばれた方は一人ずつ図書室へお越し願いましょうか」

第六場　図書室

「世の中にゃ、なんというもの好きがおるんでしょうな！　酔狂にもほどがある、こんな床の傾いた家なんぞわざわざ造って。こっちは満足な家の一軒だって持てんというのに！　気違い沙汰《ざた》ですよ。金持ちの道楽もここまでくると腹がたってきます」

早川康平が案内を終えてさがると、若い尾崎刑事が毒づいた。窓の外には風の咆える音が聞こえはじめた。陽はすでに暮れかかっている。

「ま、そう言うなよ」

牛越がなだめて言った。

「金持ちってのは道楽をやろうが、真面目《まじめ》にますます金儲けに精出していようが、われわれ庶民《しょみん》にとっちゃそう気分のいいもんじゃない」

牛越はまあすわれというように、足を斜めに切った椅子を尾崎の方へ引いた。

「それにだ、世の中みんな判で押したように似たような人間ばっかりじゃ面白味も何もない。金持ちもいれば私らのような貧乏刑事もいると、こういうことでいいんだと思うな、私は。金持ちが幸せとばかりは限らんよ」

「時に、兵隊たちはどうしましょうな？」

大熊が言い、

「そうですな、もう帰してもようござんしょう」

牛越が応えて、大熊はその旨《むね》を伝えるべく廊下へ出ていった。

「しかし、こりゃ気違い屋敷ですよ。さっきたっぷり調べておきましたがね」

尾崎がまた不幸の続きを始めた。

「ここに一応、見取図も書いときました。これです。ちょっと見て下さい（冒頭図1参照）。

この西洋館は、流氷館という洒落《しゃれ》た名がついておるんですがね、地下一階、地上三階の西洋館と、その東側に隣接したピサの斜塔を模した塔との二つから成っております。この塔がピサの斜塔と違うところは、最上階に浜本幸三郎の自室があるということのほかに、下にはいっさいの部屋がなく、階段もないんですな。ということはつまり、下の階には入口がない。地上からこの塔に入り、昇っていくことはできないわけです。

ではどうやって浜本は自室へ帰るかというと、母屋、すなわちこの西洋館から鎖をたぐって跳ね橋式の階段を架け、塔の部屋へ寝に戻るんですな。戻ったら、今度は塔側からまた鎖で橋をあげておく、とこういうわけです。まったく酔狂なことですな！

それからこっちの母屋側ですがね、この家には十五、部屋があるんです。おのおの、東側の上方、つまり塔に近い順に番号がふられております。その部屋のうち、この図を見て下さい、この三号室が、例の人形なんかを置いてある骨董品室です。それからこの隣りの四号室、これが図書室。すなわちわれわれのいるここです。その下の五号室、これはさっきのサロンです。それから西へ行って殺しのあった十号室、これはスポーツ用具置き場です。もともとは人を泊める部屋じゃない。その隣りの十一号、これは室内卓球場です。

つまりですね、私が何を言いたかったかといいますと、今あげた五つの部屋、これを除いたこの館の全部屋がバス・トイレ付きの客室なわけです。まあ一流ホテル並みですな。客室十部屋と、各種娯楽室の完備した無料ホテルと考えればいいでしょう」

「ふむふむ、なるほど」

その時大熊が帰ってきて、聞き手に加わった。

「すると上田は、そのバス・トイレつきの十部屋のうちの一つには割りあてられてなかったのか、十号室はもともとは用具置き場だったんだろう？」

「そうです。大人数がこの家に集まった時など、部屋数が足りなくなったことがあるらしいんですな。それで、比較的小綺麗な十号室にも人を泊められるように、一応ベッドを持ち込んであったわけです」

「すると夕べも部屋数が足りなかったのか？」

「いや足りてました。現に十五号室は空《あ》いておったんですから。つまり……」

「つまり運転手ふぜいはスポーツ用具並みということだな。誰が部屋を割り振ったんだ？」

「そりゃ娘の英子ですね」

「なるほど」

「部屋はですね、地下を入れてこの館の階は四層あるわけです。それが東西に分かれておるんで、四つずつ八つのフロアー、そして、それらがおのおの南北に二分割されて部屋になっているんで十六部屋、となるところですが、しかしサロンが広くて二部屋分とってるんで、それで数がひとつ減って十五の部屋数になるわけです」

「ふむふむ、なるほど、なるほど」

「そして、常に南より北側の部屋の方が広いわけです。それは階段が南側にあるために、南側の部屋はその分だけ狭くなるわけですな」

「なるほどね」

「したがって夫婦者は、すべて北側の広い方の部屋をあてがわれています。たとえばこの家にいる夫婦者は二組、金井夫婦と使用人の早川夫婦ですが、金井は三階北の九号室、早川は地下の北側の七号室、早川夫妻はこの家ができた時からずっとここだそうです。

　ところでこの階段ですがね、こいつがすこぶる変わってましてね、東西に二ヵ所ある。東側は例のサロンからあがっていくわけですね。これは一号室と二号室、それから塔の幸三郎の部屋へ行くためのものです。が、なんとそれだけのためについておるわけです。二階の三号室と四号室はすっ飛ばしてしまうんですね。この階段を使っては、二階へは絶対に行かれないわけです」

「へえ！」

「何でこんなおかしなことしたんでしょうな、私もずいぶんと戸惑いましたよ。サロンから階段を昇ったら、いきなり三階に着いちゃったんでね。そして東側には地下へ降りる階段もありゃしません。まるで迷路ですよ、歩いてりゃ腹たってきます」

「すると二階へ行くのも、地下へ降りるのも、さっきわれわれの昇ってきた西側の階段を利用するしか手はないわけだな？　しかし、さっきの階段は、二階止まりじゃなくて、まだ上の方へ昇っていたけどな」

「そうなんですよ。二階と地下へ行くにはこの西側の階段を使う。三階へは東側のであがれるから、こっちの西側のは二階止まりになっていてもよかろうとわれわれは思うんですがね、ところが西側の階段も、三階まであるわけなんです」

「ほう、すると三階の者に限り、東西二つの階段を利用できるわけだ」

「ところがそうじゃないんですね。西側の階段を使えるのは三階の八、九号室二部屋の者だけ、東側の階段が使えるのは同じく三階でも一、二号室の者だけです。つまり、三階には東西を結ぶ廊下がないわけです。したがってたとえば八、九号室の者は、同じ階の一、二号室へちょいと遊びに行くというわけにはいかんのです。行こうと思えば一階までいったん階段を降り、一階のサロンを通ってぐるっと迂回しなくちゃなりません」

「へえ！　面倒だな！」

「だから気違い屋敷ですよ。実にややこしい。私も相倉クミがおかしなオジさんを見たという例の一号室へ行こうとして西側の階段を昇ってさんざんまごまごして、また降りてサロンで聞いたりしましたよ」

「だろうな」

「浜本幸三郎という人は、そうやって人が驚いたりまごついたりするのを眺めて喜ぶような悪い趣味があるらしい。それで床もこんなふうに傾けて造ってある。なれないうちは転ぶ者もいるだろうし、なれてくると、この東西の側の窓を基準にして、坂上を坂下と勘違いしたりするんです」

「窓の方が傾いて見えるようになりゃあ、もうこっちの負けだ。窓枠が床から距離がある方を、坂上だと思いやすい」

「しかし床のボールはその坂上に向かって転がっていくんですね」

「びっくり屋敷だ。しかしその南北に隣り合った、たとえば八号室と九号室なんてのは、こりゃ往《い》き来《き》ができるんだろう？」

「それはそうです。これはひとつの階段で昇るわけですから。

それでですね、階段がそういう格好でついておると、階段が全室を網羅《もうら》しきれんのですな。つまり東側の階段が東側の二階をすっ飛ばすように、当然西側の階段も西側の二階をすっ飛ばしてしまいますんでね。その西端の二階が、例の殺しのあった十号室と、十一号の卓球室なわけです。これは室内からは行けないことになります」

「うん……、そうだな」

図面を見ながら、牛越はぽつりぽつりと応える。少々解り辛《づら》いのだ。

「しかしこれはスポーツ室と、スポーツ用具置き場ですから、外からしか出入りができんということで、いっこうにかまわんわけです」

「なるほどなぁ！　よく考えてある」

「この二室に限り、表に取りつけられた階段を利用するわけです。だから十号室をあてがわれた者にとっては、こういう季節ですから、眠るために寒い表を廻るのは辛いですがね、まあ、こりゃ運転手だから仕方ないんでしょう」

「いずれも宮仕《みやづか》えは辛い」

「十号室にも人を泊めるようになったんで、それでひどい汚れ物、たとえば農機具とか、箒とか斧《おの》とか鎌《かま》とか、そういったガラクタの類いはですね、収納するために別に庭に小屋を作ったようです。こっちは早川夫婦が管理しております。

それでですね、この特殊な母屋の構造を利用して、英子はかなり頭を使った部屋の割り振りをしております。まず相倉クミ、これはなかなか男好きのする顔をしております。今朝、桜田門の方が非常に迅速《じんそく》に動いてくれまして、すでに調査資料が届いておるんですが、千代田区大手町のキクオカ・ベアリング本社で、秘書の相倉が社長の妾であることを知らないのは、来年入る新入社員くらいなもんのようです。そういうわけで、二人を近くに置くとベタベタされるかもしれんというので、館の一番端と端に引き離しております。三階東の一号室に相倉、地下西の十四号に菊岡という具合です。

ただこの菊岡が十四号というのは、これは決まっておったようなもんなんです。というのは十四号室というのは、浜本幸三郎がこの母屋に作った書斎なんですね。私物とか、大事な書物とか、そういうものを置いて、しかも英国製の壁板材や照明具、さらには何百万円もするペルシャ絨毯などでもって、いたく金をかけておるんです。いつもここで眠ることはないんで、ベッドは狭いようですがね、まあ一種の長椅子《ながいす》ですから。しかしクッションは申し分ないらしいが。

菊岡は今回の客の中ではまあ主賓《しゅひん》ですんで、この一番金のかかった部屋に泊めたわけです。浜本がどうしてこの部屋を書斎に選んだかというと、ここは地下で、母屋で一番暖かいらしいんですな。ほかの部屋は二重窓とはいえ、隙間《すきま》風でいくらか寒い。それから窓がないんでここは考えごとをするのに気が散らんらしい。眺めを楽しみたけりゃ、塔の上へ帰りゃ三六〇度の展望で、これ以上の眺めはないわけですからね。

それから相倉の方ですが、これは英子が隣りの二号室を最初から自室にしておりますんでね、隣りの一号に入れることで相倉を監視するつもりがあったんじゃないですか。

同じ理由でうぶな嘉彦を西の三階の八号室にしたようです。これはさっきも申しましたように、同じ三階でも相倉の一号室と、嘉彦の八号室とは往き来ができない。むしろ一番遠いともいえるわけです。英子はこの嘉彦を、海千山千《うみせんやません》の相倉に誘惑でもされたらたいへんと考えたんでしょう。

それから三、四、五号室は、さっきも言いました通り人は泊められません。それから地下の六号室、これはコックの梶原の部屋です。七号室は同じく使用人の早川夫婦の部屋。いくら暖かいとはいえ地下室は窓がないので、短期滞在の客分には面白味がないですからな。家ができた時からこの東側の地下の二部屋は、使用人の部屋と定めておったわけです。

西へ行って三階の八号室は浜本嘉彦、九号室は金井夫婦、十号室は上田、それから一階の十二号室は戸飼です。その隣りの十三号室は日下、十四号が菊岡で、十五号室は空部屋でした。以上です」

「えらくややこしいんで、一回の説明だけじゃ呑み込めんが、たとえば三階一号室の相倉や、浜本の娘の英子が、一階下の三号室から例の人形を持ち出そうと思っても、簡単にゃいかんわけだな？　一、二号室から二階へは降りる階段がない」

「そうです。西側の八、九号室からならすぐ三号室の前へ降りられますがね、一、二号室からだったら、いったんサロンへ降りて、西側の階段までぐるっと迂回しなくちゃなりません。すぐ足もとの部屋へ行くのでもね」

「八、九号室から、すぐ下の階の例の十号室の現場へ行かれんのと一緒だな。確かにちょっとした迷路みたいだな。まあそこまでオーバーなものでもないが。

ほかに知っておくことはないかな？」

「われわれの今いるここの隣りの三号室ですがね、別名『天狗の部屋』とみんな呼んでおるようです。ご覧になると解りますがね、この部屋は先ほども申しあげた通り、浜本幸三郎が金にあかせて世界中から買い漁ったいろんな西洋ガラクタが置いてあるんですが、壁一面に天狗の面がかけてあるんですな」

「ほう！」

「もう、真っ赤ですよ！　特に南側の壁、これは天井から床までびっしり天狗の面で埋まってます。それから東側の壁ですな、この部屋は表へ向かって開いた窓がないので、この二面の壁は両方とも窓はないわけです。だから壁面いっぱいに天狗の面をかけられる。

西側の壁は廊下側で窓はあるし、北はこう、手前に向かってかぶさるように傾いている壁なわけですから、かけられないんでしょう、北と西の側の壁にはお面はかかってません」

「何でそんなに天狗の面ばかり集めたんだ？」

「これも桜田門が、中央区八重洲のハマー・ディーゼル本社を聞き込んでくれましてて、浜本幸三郎が、子供の頃自分が世の中で最も怖かったものが天狗の面だったという思い出話を、何かの随筆に書いたことがあるようです。四十の誕生祝いに、彼の兄がからかって面を贈ったんだそうですな、それがきっかけで収集を始めて、日本中の珍しい天狗の面を集めるようになったらしい。するとまあ偉い人ですからね、話を伝え聞いた連中がわれ先にと争って贈って、たちまち今の数だけ集まったという話です。これは業界誌なんぞにも何回か載った有名なエピソードだから、彼を知る人間なら知らぬ者はないそうです」

「ふうん……。例の何とかいう、バラバラにされてた人形はどうした?」

「一応鑑識が持っていきましたが、別に返してもよかろうと話しておるようです」

「返してもというと、もと通りに戻りそうなのかい? 首や手足は」

「ええ」

「取りはずしがきくのかい?」

「そのようです」

「壊されたわけじゃないのか。ありゃどういう人形なんだ?」

「浜本が、ヨーロッパの人形屋で買ってきたものらしいです。十八世紀のものだという話ですがね、それ以上は知りません。あとで浜本に直接訊けばよろしいでしょう」

「何でホシはあの人形を収集室から持ち出したんだろう? あれは浜本氏が特に大事にしているものなのか?」

「というわけでもないようです。金銭価値的にも、もっと高価なものはほかにたくさんあるようですしね」

「ふうん……、解らんな……。この事件はおかしなことが多いな。もし浜本に怨みを持つやつの仕業なら、菊岡の運転手なんぞバラしてもしようがないだろうにな……。あ、そうだ。十号室には、密室とはいうものの東側の壁の隅っこに小さい換気孔があったな、二十センチ四方くらいの。あれは、この家の西側の階段のある空間に向かって開いておるんだったよな?」

「そうです」

「そこから何か細工はできそうかい?」

「無理でしょうね。ご覧になると解りますがね、階段が十号室のある二階をかわしてるんで、十二号室前の廊下から見ると、問題の換気孔は壁の遥か彼方、上空にぽつんと開いておるわけです。何しろ十二号室、十号室と上下に重なった二部屋分の高さの壁ですからね、刑務所の塀みたいなもんで、とても細工は無理でしょう」

「この換気孔は、各部屋洩れなくついておるようだね?」

「その通りです。いずれ換気扇を取りつける予定のようですが、まだついてません。各室それぞれ、階段のある方の空間に向かって開いておるわけです。

換気孔について、ついでに言っておきますと、西側の八、十、十二、十四の各部屋は、積み木みたいに重なっておるわけですから、全部十号室と同じように行儀よく東側の壁の、南上の隅っこに開いておるわけです。

それから九、十一、十三、十五、これも重なっているんですが、階段のある空間は南側にあたりますんでね、南側の壁の、東寄りの天井近くに開いてます。

あと東側の方に移って、一、二、三、四号室まではですね、今の西側のとまったく同じスタイルです。一、三号室は、八、十、十二、十四と同じく東側の壁の南上の隅、二、四号室は、九、十一、十三、十五と同様、南の壁の東上に換気孔は開いてます。

残りの六、七ですが、七号室は上の二、四号室と同じく南の壁の西上の隅、六号室の場合ちょっと特殊でして、全館中でこの部屋だけ、西の壁の南上の隅に換気孔が開いておるんです。五号室の、例のサロンにも換気孔がつくとすれば、構造上同じく西の壁になるでしょうがね、サロンには換気孔はありません。以上ですが、まあこんなものはあまり関係ないでしょうな。

それからついでに窓なんですが、今言った換気孔の開いている壁面にはすべて窓はないですね。三号室を除いて、窓は原則的に全部外、つまり表の外気に向かって開いておるんです。室内側の空間に向かっては換気孔とドア、外の空間に向かっては窓というのが、基本的なこの建築物の設計ルールのようです。

外気に接しておる壁には全部窓がついており、階段のある室内側の空間に接しておる壁には換気孔とドアがついている、とこう考えておけば間違いありません。残るは床と天井と、隣室との壁ですのでね、こんなものに穴が開いてちゃ大変だ。

たとえばこの図書室、この部屋だけは廊下の位置関係から入口のドアが妙なところにあって、ちょっと変形だが、それでもこのルールからは例外じゃありません。今言ったように、東側の階段の空間があるはずの、こっちの南側の壁の、東寄りの上の隅、ほらあそこに換気孔は開いておりますが、窓はありません。この壁面は室内側の空間に接しておるからです。窓はこの通り、外気と接している北側と東側にそれぞれある。

ドアの位置はさっき申したように、上の二号や下の七号、西側の九、十一、十三、十五号などと違って、あんなふうに南側の壁の西寄りの端にあります。廊下の位置のせいですが、しかし、換気孔のついている壁にドアがあるという原則は変わらんのです」

「うーん、ややこしい！　全然解らん！」

「しかし、例外は三号室です。この部屋だけは外気に接している南側の壁に窓がない。さらに室内側の空間に接している西側の壁面に大きな窓があるのです。そしてその同じ西側の壁面にドアもあり、反対側の東側壁に換気孔がある。これはおそらく収集した骨董品に、直接外光を当てまいとしてでしょう。しかし換気のため、窓は大きくとる必要があった」

「もういいよ。よく調べたな、建築家になれるぞ。全然頭に入らんが、こんな事柄は今回の捜査には関係なかろう？」

「ないとは思いますがね」

「あって欲しくないね、こんなややこしいのは！　われわれは、今日はじめてこのびっくり屋敷へ来た新入生みたいなもんだからえらく戸惑うが、客たちははじめてじゃないんだろう？　この冬が」

「いや、はじめての者もいます。相倉クミと、金井の女房の初江ですね。菊岡や金井の亭主の方は、夏に一度避暑に来てます」

「ふん、だがまあ大方の者はこのびっくり箱にゃ馴れておるわけだ。この酔狂な構造を利用して何かうまい殺しのやり方を思いついたかもしれん。私はまたさっきの十号室の換気孔にこだわるんだけどもね」

牛越佐武郎は、そう言ってから、ちょっと考えをまとめるように言葉を切った。

「さっき君が壁の遥か高いところにぽつんと開いとるだけと言ったが、そりゃ一階の、えーと、十二号室の前あたりの廊下から見あげた時の話だろう？」

「そうですね」

「ところで、さっきわれわれのあがってきた階段は金属製だったよな？」

「ええ」

「サロンから二階の踊り場までのやつだけは木造りで、赤い絨毯が敷いてあってなかなか立派なものだったが、その他のは全部金属製だ。こいつは何でだろうな？　札幌署の階段だってもうちょっとはマシだぜ。ありゃあ新しい、それも安手《やすで》のビルなんぞにつける代物《しろもの》だ。ちょいと乱暴に歩くと、カンカン不粋《ぶすい》な音がする。いささかこの中世ヨーロッパふうのお屋敷にゃそぐわんな」

「そうです。しかし、ちょっと角度が急ですからねえ、丈夫で安心な金属製にしたんでしょう」

「そうね、確かに急だ。ま、そんなところかもしれんな。それで踊り場、というより廊下だな、各階の廊下、これも金属みたいだったな？」

「ええ」

「この階は違うが、一階も、この上のもそうらしかった。どうやら全部L字型になっている」

「そうです。東側の三階もそうです。ここの階だけが例外なんです」

「そのL字型のそれぞれの先っぽ、つまり廊下のそれぞれの突きあたりが、設計ミスか何か知らんが、両方とも壁にぴったりくっついていなかったな。二十センチ近く隙間《すきま》があった」

「そうです。ありゃちょっと不気味ですねえ。あそこの隙間から、壁に頭つけて下を見降ろすと、たとえばこの上の八号室の前の廊下の突きあたりの隙間から下を見下ろすと、何しろ三階分の隙間が下にあるわけですから。地下の廊下まで見通せますね、手すりがあるとはいえ、ちょっとね、気味が悪い」

「だからさ、あの隙間を利用してだ、換気孔からロープとかワイヤーとか差し入れて、何か細工がやれるかもしれん。何しろ三階のあの隙間のすぐ下に開いてるわけだろう？　十号室の換気孔は」

「ああ、それですか。それは私も考えてはみたんですがね、たとえば八号室の前の隙間のところの、一番壁よりに寄ってみて、換気孔はすぐ手の届くところってわけでもないんですよ。廊下からはだいぶ下になります。そうですね、一メートルは下になるでしょう。二人組か何かで計画的にというのならですが、ちょっとむずかしそうでしたね」

「中は覗けんかね？　十号室の内は」

「とてもとても。それは無理です」

「そうか。まあ何しろ二十センチ四方といや、こんなもんだからな。ちっちゃいもんだよな」

「ええ、何かやろうったってむずかしいでしょうよ」

尾崎の、気違い屋敷の講義は終わった。

「大熊さん、何かありますか？」

えらく神妙にしている大熊に向かって牛越が言った。

「いや別に」

と彼は即座に言い、そういったややこしい事柄は本能

的に避けておるんだというような顔をした。そして、

「今夜は吹雪きそうだなぁ」

とまるで別のことを言った。

「そうですな、えらく風が出てきた」

牛越も応じる。

「しかし寒々としたところですなぁ。周りに人家なんぞまるでありゃせん。よくこんなところに住む気になるもんだ。これじゃ殺しのひとつやふたつあっても不思議はないですな」

「そうですな」

「よくもまあこんなところに暮らせるな」

尾崎も言う。

「しかしまあ金持ちってやつは、周りに俗物をはべらせて生きてるようなもんだからな。もういい加減そういう輩から逃げだしたくなる頃合いなんだろうよ」

牛越が、貧乏人の割に解ったようなことを言い、

「さて、まず誰を呼ぶかな？」

と言った。

「私個人としては、使用人の三人をちょいと絞めてみたいもんですな。ああいう手合いは主《あるじ》に対していろいろと鬱積《うっせき》したものがあるもんだし、大勢人のいるところではカカシみたいに何も言わんが、一人になるといろいろ出てくるもんです。どうせ気の小さい奴らだ、吐きそうもなけりゃ頭をふたつみっつ叩いてやりゃいい、すぐ吐きますよ」

「あの早川康平、千賀子夫婦ってのは子供はないのかい？」

「あったようですが、亡くしたらしいですな。詳しいことはまだよく調べがついておりませんが」

「じゃあ今は、子供は一人もなしか」

「そのようです」

「梶原は？」

「こりゃ独身です。二十七ですからね、まだ若いともいえるでしょう。どっちか呼びますか？」

「いや、使用人を最初に呼ぶというのはまずかろう。最初は医学生の日下にしようじゃないか。すまんが、ちょっと呼んできてくれませんか」

警察官たちは、三人の閻魔《えんま》大王のように並んですわり、呼ばれた人間はテーブルをはさんで三人と向かい合うかたちになる。日下はすわる時、まるで入社試験の面接みたいですね、と軽口を叩いた。

「よけいなことは言わずに質問に答えて下さい」

と尾崎がいかめしい口調で言った。

「浜本幸三郎さんの、健康診断のアルバイトを兼ねて滞在してるんでしたね？」

牛越が言った。

「そうです」

「われわれの質問は主としてみっつです。ひとつは殺された上田一哉さんとの間柄ですな、どの程度の親しいつき合いであったか、これはどうせ調べれば解ることですから、手間を省く意味でも包み隠さず、本当のところを答えて下さい。

ふたつ目はアリバイですな、むずかしいとは思うが、もし昨夜の零時から零時半までの間、十号室にはいなかった、すなわち、どこかほかの場所にいたという証明ができるものでしたら答えていただきます。

みっつ目は、これが一番大事だが、さっき君の言われた棒のようなものでもいいんだが、夕べ何か変わったもの、あるいは具体的に誰かの変わったそぶりを見なかったかということです。そういう事柄は、大勢《おおぜい》の前では言いにくいものですからな。われわれは、誰から聞いたかは伏せますんでね、もしそういう事実があればお教え願いたい。以上です」

「解りました。まず最初の質問ですが、たぶんぼくは一番はっきりした人間だろうと思います。上田さんと口をきいたことは生まれてから二回しかありません。それも菊岡さんはどこ？　とか、あと一度は忘れましたが、そんなようなことです。もちろんここ以外、たとえば東京なんかでは上田さんと会ったこともないですし、そんな機会もないですし、したがってまるっきりの他人です。ぼくとあなた方の方が親しいくらいですよ。

次の不在証明ですが、これはむずかしいですね。ぼくは九時にはもう部屋へさがり、そろそろ国家試験も近いですから参考書を読んでました。部屋からはもう以後一度も出ませんでしたので、みっつ目の質問にも別にお答えするようなことはないです」

「いったん部屋にさがったら、もう二度と廊下へは出なかったということですな？」

「そうです。トイレも各室にありますし、外へ出る理由がありませんから」

「あなたは十三号室でしたね？　隣りの十二号の戸飼さんを訪ねたりすることもないんですか？」

「以前はありましたが、今回はあいつも夢中で考えてるとがあるし、ぼくの方も受験勉強がありますんで、とにかく夕べはそういうことはしませんでした」

「夢中で考えてることというと何ですか？」

日下はそれで、昨夜幸三郎が出した花壇のパズルの一件を話した。

「なるほど」

と牛越は言い、尾崎はまた軽蔑して鼻を鳴らした。

「それで部屋にいて、不審なもの音など聞きませんでしたか？」

「いや……、窓は二重ですしね」

「廊下や階段の音はいかがです？　犯人はあの大きな人形を、三号室から持ち出してるんですよ。十三号室の近くを通ってるはずです」

「気がつきませんでした。まさかあんな事件があるとは思いませんから。今夜からなら気をつけると思いますけど」

「夕べは何時頃眠りました？」

「十時半くらいでしょう」

日下からはほとんど得るところがなかった。それは次の戸飼も同様だった。違う点といえば、上田との間柄がもっとはっきりしていることで、つまり、何と一度も口をきいたことがないというのだ。

「今のが政治家の戸飼俊作の息子ですよ」

尾崎が言った。

「おお、あれがか！」

「東大生か、頭がいいんだろうな」

大熊も言った。

「今の二人、日下と戸飼が浜本英子を巡るライバルというところでしょう」

「なるほどな。毛並みがいいだけに戸飼に分があるかな」

「そんなところでしょう」

「次はキクオカ・ベアリング組でも呼ぶかな、この連中については、知っておくべき予備知識などあるかい？」

「菊岡と秘書の相倉が愛人関係にあることは申しあげましたね。それから金井は十数年、菊岡の徹底した腰巾着《きんちゃく》をつらぬいて、今の重役の地位まで昇った男です」

「キクオカ・ベアリングとハマー・ディーゼルの関係はどうなのかね」

「これはですね、一介の弱小企業にすぎなかったキクオカ・ベアリングがここまでになれたのは、まさに昭和三十三年でしたか、菊岡がハマー・ディーゼルの内懐ろにもぐり込めたおかげでしてね。ハマー・ディーゼルあってのキクオカ・ベアリングです。ハマー・ディーゼルのトラクターのボールベアリングの半分近くは、キクオカ・ベアリングのはずです」

「提携《ていけい》してるわけか」

「そうです。まあそういう縁で、彼はここへ招待されてるようですね」

「最近この二社の関係が波風立ったなんて話はないのかい？」

「そういうことはまったくないようですね。両社とも、特に輸出の業績をあげてまして、しごく順調というところです」

「解った。それから相倉と上田ができてたなんてことはないだろうな？」

「あ、そういう線はまったくないようですね。上田はまったく目だたない地味な男ですし、一方菊岡は詮索好きで、しかも嫉妬深いときてますから、金目あての二号としちゃ、そんな損な立ちまわり方はせんでしょう」

「解った。呼んでくれ」

しかし、キクオカ・ベアリング組も日下や戸飼と大差はなかった。相倉クミは仕事の上で上田と顔を合わせる機会はあるはずだが、それでもほとんどまともに口をきいたことはないと言った。そしてこの点は、他のキクオカ組にそれとなく確かめられた。事実と思われた。

金井夫婦もその点はまったく同様だった。驚いたのは、当の菊岡栄吉までが似たようなことを言ったことだ。彼が上田について知っている事柄は、無口な独身者で、兄弟はなく、父を亡くし、つまり母一人子一人で、その母の家が大阪の守口《もりぐち》市にあるという程度のことだった。一緒に酒を飲んだことも二、三度で、ほとんど親しいつき合いというものはしていない。

彼らにはみっつの質問の他に、上田を殺そうとする人間の心あたりについての問いが加えられたが、まるで成果はなかった。全員口を揃えて、全然見当もつかないというのだ。

「金井さん、一号室へ駈けつけたのは何時頃です？」

「相倉君の悲鳴が聞こえたのが一時五分過ぎあたりらしいんでね、それから十分くらいベッドの中でまごまごしてからですね」

「男の悲鳴というのも聞きましたか？」

「ええ、まあ……」

「窓の外を見たりしましたか？」

「いいえ」

「部屋へ引き揚げたのは？」

「二時ちょっと前です」

「サロンを通って往復したわけですね？」

「むろんそうです」

「途中誰かに会ったり、何か変わったものを見ませんでしたか？」

「別に」

というのが唯一の収穫といえばいえるだろうか。つまり金井の言を信じるなら、一時十五分頃と五十五分頃、九号室と一号室を結ぶ線上には不審な人物はいなかったということになる。

いずれにせよ彼らには、判で押したようにアリバイがない。彼らは九時半に部屋へさがると、たちまちパジャマに着替え、礼儀正しく寝巻のままでは決して外へ出ようとはしないのであった（例外は金井道男だけだ）。食事が終わると、客たちはまるで冬眠する熊のように部屋へ籠ってしまうのだ。

確かに各室バス・トイレ付きのこの家は、ホテルと似ているからそういうことにもなるのだろうが、育ちがあまりよいとはいえない警察官三人には、少々理解がむずかしかった。警察学校の寮など、夜が更けると部屋より廊下の方がずっと賑やかだったものだ。それで次の嘉彦に、彼らはその理由を訊いた。

「今君もそう言ったが、みんな上田さんとはほとんど話をしたこともないし、いったん部屋へ入ると全然外へ出ないから何も聞かないし、見てもいない。したがってアリバイもない。何でみんな部屋へ籠ると、もう外へは出ないんだろう？」

「それはつまり、みな、パジャマくらいは持ってきてますけど……」

「ふん、ふん」

「ナイト・ロウブまでは用意がないですから」

と嘉彦は言い、刑事たちはいちおうふうんと頷いたものの、実はまるでピンとこず、どうやら自分らはえらい家に来たらしいと思うだけだった。ではパジャマの用意さえない自分らは、今夜はいったいどういう目に遭うのだろうと考えた。

三人が次に呼んだのは浜本英子だった。牛越は彼女にもみっつの質問を繰り返した。

「アリバイは無理ですわ。一時過ぎから二時近くまでの間なら、父とそれから相倉さんと金井さんと、一号室で顔を合わせましたけど。零時から零時半までのアリバイって言われましても」

「ふむ。しかし金井さんを除いて、やっと部屋の外へ出た方が現われたわけです。どうやらあなたはナイト・ロウブを持っていらっしゃるらしい」

「え？」

「いや、こっちのことです。上田一哉さんとは親しかったですか？」

「ほとんど口をきいたこともありません」

「やはりね、ま、そうでしょうな」

「あとひとつは何でしたかしら？」

「誰かの何か不審な振るまいを見たり、不審なもの音を聞いたりされませんでしたかな？」

「ああ、見ません」

「ふむ、部屋にいったんさがられてからまた外へ出たのは、例の相倉さんの悲鳴を聞いて隣りの部屋へ行ったのが一度だけですな？」

「ええ。……いえ、正確にはもう一度ありますけど」

「ほう。それは？」

「ひどく寒くて、それで目が覚めたんです。ドアを開けて出てみて、跳ね橋のドアがちゃんと閉まってるかどうかを確かめようと思いました」

「どうでした？」

「やはりちゃんと閉まっていませんでした」

「そういうことはよくあるんですか？」

「たまにあります。塔の方からでは、うまく閉まらないことがあるらしいんです」

「で、閉めたんですね？」

「はい」

「それは何時頃でした？」

「さあ……、相倉さんの悲鳴を聞く二、三十分前かしら……、私、時計は見ませんでしたから」

「すると零時三十分に近いですね？」

「そうなりますわね。でももっと遅かったかもしれません」

「相倉さんの悲鳴を聞かれた時のことを詳しくお願いします」

「今申しあげたような理由から、私はベッドでまだ起きておりました。そしたら悲鳴が聞こえたんです、凄いのが。何だろうと思って耳を澄ましていると、今度は男の人の悲鳴みたいなのが聞こえました。それで私はベッドから起き出して、窓を開けて外を見ました」

「何か、誰か、見ましたか？」

「いいえ。月が出てましたから、雪の上のかなり遠くまでよく見えましたけど、何も見えませんでした。それからまたあの人の悲鳴が聞こえたので、一号室のドアのところへ行って、ノックしたんです」

「ふうん、それからお父上も出てらしたんですな？」

「そうです。最後が金井さんです」

「あなたは相倉さんの見たものは何だと思われます？」

「夢だと思います」

英子はきっぱりと言った。


次に彼らは幸三郎を呼んだ。牛越のみっつの質問を聞くと彼は、

「私は上田君とは何度か親しく話したことがあります」

と意外なことを言いはじめた。

「ほう……、それは何故です？」

牛越と大熊は怪訝《けげん》な顔をした。

「何故と言われましても、困りますな、私が上田君と親しくしてはいけませんか？」

「はっはっは。いやいけなくはありませんが、浜本幸三郎氏といえば、いうなれば銅像になっていてもいいくらいの著名人でいらっしゃいますからな、一介の若い運転手あたりと親しくされていると聞くと、いくらか奇異な印象は抱きますな」

「ははあ！　良識の府たる警察関係の方からそういう意見をうかがうとは、それこそ奇異な印象を抱きますな。もし私に知的な刺激や、ある種の精神的充足を与えてくれるのなら、私は売春婦とだって話し込みますよ。そうですな、彼と話し込んだのは、私が軍隊経験者だからでしょう。上田君に、現在の自衛隊の様子について聞きたかったからです」

「なるほど。しかし、彼とのおつき合いは、この家においてだけですな？」

「それはむろんそうです。ほかでは会う機会はありませんから。というのも私がここを離れないからです。ただこの館ができたのがだいたい一年前ですが、その前は鎌倉におりましてね、その頃菊岡さんがうちを訪ねてきてくれた際、運転手としてやってきていたのを見かけたことはありました。しかしその頃は、言葉をかわしたことはありません」

「菊岡さんと上田さんがこの家へ来られたのは、夏と今度とでまだ二度だけですね？」

「そうです」

「夏はどのくらい滞在なさいました？」

「一週間です」

「そうですか」

「それから次の問題ですが、私は十時半頃部屋へ帰ったきりですんでね、不在証明と言われても無理です」

「十時半ですか、ずいぶん遅いですな」

「英子と雑談しておりましたんでね。ただ私のアリバイになるかどうかは解らんが、私の部屋はご承知の通り塔の上にあって、跳ね橋式の階段を通る以外には帰る方法はありません。この跳ね橋階段は、あげ降ろしに館中に響くような音がしますんでね、しかし今は冬だもんだから、架けっ放しにしておくというわけにはいかない、そうすると扉が開いたままになって母屋が寒いもんですからな。したがってこの跳ね橋を上下させる音が一度すると、次に翌朝上下させる音がするまで、私は塔の部屋から一歩も出られんことになります」

「ああなるほど。いやむろんあなたを疑っておるわけじゃありません。あなたほど地位も名誉も得た方が、大して親しくもない一介の運転手を殺して何もかも台なしにするようなことをなさる道理がない。今朝は何時頃、跳ね橋を架けられました？」

「八時半くらいでしたでしょう。あまり早く起きてくると、娘にうるさくて目が覚めてしまうと文句を言われますんで。しかしそういうことでしたら、犯人はこの家の中には絶対いないでしょう」

「そうなると、上田さんは自殺と考えるしかなくなってきます。ああいう自殺はわれわれの経験上からもちょっと考えられません。もしあれが殺しとするなら、遺憾ながら犯人はこの館の中に必ずいなければならんのです」

「しかし、いそうもない」

「おっしゃる通りです。だが東京の方にも動いてもらっておりますからな、案外隠れた動機その他が露見してくるやもしれません。ところで橋のあげ降ろしの音ですが、これは家中の誰にも聞こえますか？」

「聞こえるでしょうな、派手な音ですから。ただ、地下まではどうか解らないですがね。そういう意味でも菊岡さんの十四号は特等室なのです。一号室、二号室の者などは、もし起きていればはっきり聞いておるはずです」

「みっつ目の質問に関してはいかがでしょう？」

「みっつ目というと、誰かの不審な振るまいですな？これも私の部屋は塔の上で、みなさんとまったく離れておりますんでね、全然解りません。ただ男の悲鳴と、相倉さんの悲鳴だけは聞きました。それ以外には、何も変わったものは見ても聞いてもおりません」

「ふむ、相倉さんの見たものというのは、浜本さんは何だとお考えですか？」

「さあ、私には何とも。夢でうなされたのでは、としか考えられませんが」

「しかし男の悲鳴はお聞きになったのでしょう？」

「聞きました。しかし、かすかなものですからな、私はどこかこの家よりずっと遠くで、酔っ払いでも叫んでいるのではないかと思いました」

「そうですか。それからですな、何故隣りの三号室から、例の、何と言いましたかな……」

「ゴーレムですかな？」

「それです。その人形が、特に持ち出されたんだと思いますか？」

「さて、解りませんな。ただあの人形は窓ぎわで、持ち出しやすい位置にはありましたから」

「浜本さんを苦しめてやろうとすると、あの人形を持ち出して雪の上に棄てるのは、うまいやり方ですかな？」

「そんなことはありませんな。もっと小さくて、高価で、私の大事にしているものはあります。それにそういうことなら、バラバラにするだけではなく、当然壊すでしょう。それも三号室でやればいい。外へ出す必要はない」

「あれはそれほど大事にしているものではないんですな」

「違いますな。ほんのついでに買ってきたものです」

「何故、ゴーレム……、でしたか？　という名前がついてるんです？」

「プラハの人形屋がそう呼んでましてね、ゴーレムというのは仇名です。それについてはちょっと風変わりな話があるんだが、警察の方にそんな話をしても致し方ないでしょう」

「どんな話です？」

「いや、自分で歩いて水のあるところへ行くというんですよ」

「まさか！」

「はっはっは、私も信じちゃいません。しかし中世ヨーロッパには、不思議な伝承がいろいろとありましてね」

「気味の悪い人形ですな。何でそんなもの買われたんです？」

「さあ、何でと言われましても……、つまり私はフランス人形みたいなものにはそう心をひかれんのです」

「そういえば、このお屋敷もいっぷう変わってますな。一度伺いたいと思ってたいんですが、階段も、それから各階の廊下というか踊り場というのか、それらは金属ですな？　そいつにやたらと、これも金属の手すりがついている。

それにですな、各階のL字型の廊下の両端は、ぴったり壁に埋め込まれてませんな。隙間が開いてて、そこにも手すりがある。こりゃどういう理由であんなふうにされたんです？」

「あの隙間は手違いなんですよ。若い建築家の発注したサイズと別な鉄板が届いたらしいんですな。それでやり直させるというんで、私はこのままでいいと言ったんです。むしろその方がいいと。空中回廊のように見えますからな。しかし手すりはつけてくれと言った。私は階段も通路も全部鉄で、ゴチャゴチャやたらに手すりのついたような、そして階段は急で、錆が浮いておるような、そういう陰気ないかつい空間がどういうわけか好きでしてね。それは学生の頃から、イタリアのジォバンニ・バッティスタ・ピラネージという画家の銅版画が好きだったせいでしょう。ピラネージという人は、そういう陰気な牢獄の銅版画をたくさん遺しておるんです。牢獄の画家ですな。何階分もあるような高い天井と、黒い鉄の階段、それから塔や、空中回廊、あるいは跳ねあげ式の鉄の橋、そういうものが彼の絵にはいっぱい出てくる。この家はそういうイメージにしたかったんですよ私は。『ピラネージ館』という名にしようかと思ったくらいだ」

ははあ、と牛越は言ったが、幸三郎はそういう話になると、少し熱っぽい語り口になった。

使用人たちの番になった。しかし梶原春男は、料理と、自室でテレビを観るくらいしか趣味はない男らしかった。上田と口をきいたこともないし、昨夜不審なものも見ていない。

早川千賀子も同じだったが、康平だけは少し違う印象だった。彼は五十歳くらいのはずだが妙におどおどして、実際の年齢よりはずっと老けて見える。

早川康平の回答はまるで政治家の答弁のようだったから、全部嘘ですと言っているようにも聞こえた。何か隠している、と刑事たちは直感した。

「じゃああんたは上田なんて男とはほとんど口をきいたことさえないし、十時過ぎに部屋へさがってからは二度と外へ出てないからアリバイはないし、不審なものも何ひとつ見なかったと、こう言うんだな!?」

尾崎が少し荒い声を出した。それまでの皆の答えがあまりにありきたりだったから、彼自身いくらか苛だってもいたのだろう。

康平は怯えたように俯向いた。その様子には、もうひと押しすれば何か出てくる、と老練な刑事の勘に訴えるものがあった。外はますます風の音が強くなり、いよいよ吹雪きはじめた気配だった。

牛越と尾崎は、みっつの質問のうち、嘘があるのはどれであろうと考えた。そいつをうまく当てて突くことができれば、そのひと押しはきわめて有効なものになる。が、はずせば相手に口をつぐみ通す決心もさせかねない。

「あんたから聞いたとは誰にも言わない」

そして牛越は少々賭けに出た。

「ゆうべ何か不審なものを見たんだね!?」

とたんに彼ははじかれたように顔をあげ、とんでもない、と言うと以後、刑事たちが何を訊いても具体的なことは何ひとつ口にしなかった。どうやら見事にはずれたようであった。牛越は苦《にが》りきって質問を変えた。

「それじゃあ早川さん、外部の人間が夕べこの家に侵入することはできたと思うかね？」

「無理ですそりゃあ。勝手口の厨房のところにゃ梶さんがおりますし、サロンのガラス戸はみなさんのすぐそばですし、玄関や、その他の場所の戸締まりは、毎日陽が暮れたらすぐやりますから」

「トイレの窓は？」

「トイレは一日中鍵がかかっておりますし、鉄格子があります」

「ふむ、だが客室の窓まではあんたが管理はせんのだろう？」

「客室の方は、お客さんがお泊まりの時は、希望がある時以外は入らないようにと言われております。でもお嬢さんがその辺のところは、よくお客様にお願いしてらっしゃるようですんで」

ふむ、そうか、と牛越は言ったが、この質問自体おかしいとも言えるのだ。

外部の人間が、上田を殺すためにいったん流氷館に侵入するというのは本末転倒というべきである。目的の十号室だけはおあつらえ向きに外から直接訪問できる。母屋に忍び込む必要などないのだ。

ではゴーレム人形はいったいどういうことなのだ？ これは昨日の昼間、例のゴーレムとかいう人形が、確かに三号室にあったかどうかをもう一度幸三郎に訊いて、確かめた方がいいなと牛越は考えた。

「ありがとう」

　とそう言って牛越は、康平を解放した。


「吹雪いてきましたなあ」

　窓の外の闇を見ながら、尾崎がいまいましそうに言う。

「こりゃ今夜は荒れそうだ、帰れませんよ」

「今夜は帰しませんわ、と吹雪が言うとるね」

　大熊がまたつまらない冗談を言う。

「むろん、そのつもりですがね」

　牛越はうわの空で言った。彼は実りの少なかった事情聴取のことを思い返していた。解ったことと言えば上田は殺されそうもない人間であるということ、それから英子が跳ね橋を兼ねたドアのところへ行った零時三、四十分頃、彼女は何も見ていないのだから、その時刻一、二号室付近には誰もいなかったということ、さらに一時十五分頃と五十五分頃、金井がサロンを通って一号室と九号室とを往復して、その時も何も不審なものは見なかったということだから、犯人はその時刻には仕事を完了して、部屋へ戻っていたのだろうということだ。それとも足音を聞いて、とっさにどこかへ潜んだか――？　まあこれは、泊り客のうちに犯人がいればということだが。

「牛越さん、ひょっとして何が起こるか解らん。生きのいい若い者を一人でも呼んどいた方がよくはないかね、今夜ここへ泊まるなら、捕《と》り物《もの》になるかもしれん」

　そうなれば申し分ないんですがね、と牛越は内心思った。

「力自慢の猛者《もさ》がおりますんでね、ちょうど今夜は当直のはずだ、呼びましょうかな、ね？」

「そうですな、大熊さんがそうした方がよいとお考えなら、そうして下さい」

「いや、その方がいいと思うなわしは。そうしましょう」

第二幕

「違うよ！　こんなの仮面《マスク》だよ。いつわりの、ただの虚飾さ」（ボードレール「仮面」）

第一場　サロン

刑事たちの一団が図書室からサロンへ降りてくると、それを目ざとく見つけた英子が、例の非常に発音のはっきりした大声を出した。

「さあさみな様、刑事さんたちが降りていらっしゃいましたわ。仕度もちょうど整ったようですから、お食事に致しましょう。テーブルにおつき下さいませ。今夜は北国の味覚を存分に味わっていただきますわ！」

料理は、英子が自慢するだけあって確かに見事なものだった。毛蟹の姿盛《すがたも》り、ホタテのグラタン、鮭《さけ》のバター焼き、烏賊《いか》のけんちん蒸《む》しといった、確かにこれらは北海道ならではのメニューであったのだろう。しかし北海道生まれ、北海道育ちの大熊や牛越は、こんな食べものを目の前にするのは生まれてはじめてであった。確かに北海道ならではのメニューなんだろうなぁ、と彼らは漠然と想像した。しかしこういうものを北海道のどこでいつも食べさせているものか、見当がつかなかった。

ディナーがすむと、英子は椅子を引いてつと立ちあがり、サロンの隅のグランドピアノにと向かった。

スポットライトこそ彼女を追わなかったが、外の吹雪に挑むように突然ショパンの「革命」が唐突にサロンに響き渡ると、客たちはいったい何ごとが起こったのかと顔を見合わせた。当然のことながら、皆の目は続いていっせいにピアノに注がれる。

英子は、ショパンのもののうちではこの激しい曲を最も好んだ。聴くためならほかにも好きな曲はたくさんあったが（ただ「別れの曲」だけはどうしたわけか大嫌いだった）、自分が弾《ひ》くにはこの曲や「英雄」が一番と考えていた。

ひときわ激しく鍵盤を叩き、曲を終えると、女王の突然の名演を讃《たた》える拍手や、心からの賞讃の声が、ディナー・テーブルから力強く巻き起こった。ショパンの初演の時でさえ、聴衆がこれほど熱狂したであろうかと思われるほどであった。

そして彼らは無心にアルコールを要望した。感動のあまり、ほかには何も思いつけないと、そんなふうであった。刑事たちも食事をごちそうになった手前もあって、控えめに拍手の群れに加わっていた。

聴衆に向かって優しくほほえむと、英子は静かに夜想曲を弾いた。弾きながら顔をあげ、大きな窓を見た。

吹雪は強くなっており、ひと声唸りをあげるとがたがたと窓を揺する。そんな時、粉雪はさらさらとガラスを打ち、撫でるようにして落下した。

すべてが、自分のため用意された小道具だと彼女は感じた。この吹雪の夜も、礼儀正しい客たちも、そして殺人でさえも、自分という美しい女王を讃えるため神が用意したのだ。美しい者は、それだけで他をしたがえ、ひれ伏させる権利を持つ。したがって椅子も、ドアも、ひとりでに彼女に道を開けるべきであった。

弾き終え、鍵盤の蓋を閉めずに立ちあがりながら、彼女は観客の拍手が鎮《しず》まるのを待って言う。

「この蓋、閉めてしまうにはまだ早いわね、どなたか次に……」

彼女がそこまで言った時、相倉クミは胃の片隅にキリを突き立てられたような痛みを覚えた。英子の意図《いと》が今や明瞭となったからである。

「私の下手《へた》なピアノのあとだから、きっとやりやすいんじゃないかしら」

しかし英子はむろん最も得意な曲を選んでいたため、完璧といってよい出来であった。

英子は、おざなりに日下や戸飼などに水を向けながら、じりじりと目ざす獲物に迫った。

それは怖ろしい光景であった。足がすくんで動けぬ小羊の群れの周囲を、ゆっくりと徘徊する特大の狼のようであった。

そして続く彼女の演技は、非常な見ごたえがあった。

「ピアノの弾けそうな素敵な方がいらっしゃったわ！」

とさもたった今思いついたという様子で、女らしい叫び声をあげたのである。

「私はこのサロンで誰かが私のピアノを弾《ひ》くの、是非一度聴いてみたかったの、相倉クミさん」

というふうに英子は説明した。観客たちは、緊張のあまり生唾を呑んだ。料理の味など吹雪の彼方に飛んでいった。

蒼くなり、怯えたようにパトロンと英子とをかわるがわる見ているところを見ると、クミはピアノが弾けないらしかった。それからほとんど聞きとれないほどの小声で、

「弾けないんです私」

と答えた。その声は、今まで誰も聞いたことのないような、まるで別人の声であった。

しかし英子は、この勝利になおもの足りぬようであった。じっとしばらく立ったままだ。

「いやあこの子はタイプなんぞの勉強が忙しくてですな、ピアノなんぞをやらせる時間がなかったんですよ。英子さんひとつ、ここは私に免《めん》じて勘弁《かんべん》してやって下さい」

ついに菊岡が助け舟を出した。クミは俯向いたままだ。それよりもっと英子さんのピアノをと、菊岡が例のセイウチのような大声でわめきたて、ここが点数の稼ぎどころとばかり金井も熱心に、いや英子さんのピアノは素晴らしい、もっと聴きたいな、などと同意したので、英子は結局自らがピアノへとUターンせざるを得なかった。

そしてまた飽きもせず、クミを除いた商売人たちの拍手が活気に充ちて巻き起こり、などというつまらないことを長々と書いていても仕方があるまい。

客たちが食後の紅茶を飲み終わった頃、大熊の要請で見るからに頑健そうな阿南《あなん》巡査が、制帽に雪を載せて流氷館に到着し、みなに紹介された。

英子が、それでは阿南さんと大熊さんは十二号室に泊まっていただきましょうかしら、と言った。十二号室の先住者戸飼は、驚いて顔をあげた。その顔に向かい彼女は、

「戸飼クンは八号室へ移って、嘉彦と一緒になってちょうだい」

と言った。

戸飼は、そして日下たちも、十二号室の隣りの十三号は広いのだから、八号室でなく、十三号室の日下と戸飼を何故一緒にしないのだろうと思った。その理由は、おそらく自分を巡るライヴァル同士をひとつの部屋にしてはまずかろうという、女性らしい細やかな配慮と思われる。

しかしそれなら日下を八号室へ動かすべきではあるまいか。十二号より、日下の今いる十三号の方が広いのだ。刑事二人を泊めるには十三号の方がよい。これはたぶん、日下が医師国家試験の受験を間近に控えていたからであろう。プライヴェート・タイムは一人にしておいてやる方が、勉強ははかどるに違いない。自分の崇拝者はさらに磨くというのが英子のモットーである。そうしていずれは医者か弁護士か東大生、さもなければ最低有名人という足切りの基準を設けるつもりでいる。

「牛越さんと尾崎さんは、菊岡さんのお隣りの地下十五号室が空いておりますので、そちらにお泊まり下さい。すぐに用意をさせますので」

「恐縮です」

牛越刑事が四人を代表して礼を言った。

「お寝巻などは、お持ちじゃないですわね？」

「はあ、ありませんが、そんなものは必要ではないでしょう」

「いくらかパジャマの用意はございますが、四人分はございませんわねえ……」

「いやいやけっこうですよ！　署のセンベエ布団のことを思えば天国です」

「では歯ブラシなどは用意がございますので」

そりゃ留置所並みだなと大熊はひそかに思った。留置所では、拘留者に歯ブラシを出す。

「申しわけないですな」

「いいえ、私たちを守っていただくんですもの」

「頑張らなくちゃいけませんな」

二杯目のブラック・コーヒーを口に運びながら、浜本幸三郎は菊岡栄吉に話しかけていた。糖尿病を地球最後の日のように恐れている菊岡の二杯目も、むろんブラックである。

菊岡はさっきから窓を、あっけにとられたように眺めていた。水滴で曇ったガラス越しに、邪悪な凶器の破片のように、雪片が勢いよく舞い飛んでいく。

冬になると、このあたりはこういう凶暴な夜が週に一度はあった。ガラス二枚を距《へだ》て、こんな暖かい場所にいられることを、大声をあげて神に感謝したい気分になる。

「いかがですかな菊岡さん、さいはての地の吹雪は」

「ええ……、いや、凄いもんですな。私ははじめてですよ、こんな凄い吹雪の経験は。なんか、家が揺れるようですなあ」

「何か連想されるものはないですか？」

「と、言われますと？」

「いや別に。ここは野中の一軒家ですからな。誰かが言っていたが、大自然の中にあっては、人間の思いついて作るものなんぞささいなもぐら塚です。無力なものです。爆風に絶えず晒されておるようなもんだ」

「本当、さようですな」

「戦争を思い出しませんか？」

「え？　またどうして突然？」

「はっはっは、急に思い出したもんですからね」

「戦争ですか……、いい思い出はない……。しかしお邪魔してからはじめてですよ、こんな夜は。夏はこんなことはなかったですからな。まるで台風ですなあ」

「上田君の怨念かもしれんね」

　幸三郎が言う。

「じょ！　冗談はよして下さいよ。今夜は眠るのに苦労しそうですなあ、この音も、それに今夜はいろいろありましたんでねえ……。疲れちゃいるはずなんだが、こういう時はかえって眠れんもんですからな」

　横にいた金井が、この時、減給ものといえるほどに効果的な口をはさんだ。

「社長、お車出しましょうかぁ……って、上田が枕もとに立つかもしれませんな」

　途端に菊岡は、顔を真っ赤にして激怒した。

「バ、馬鹿なこと言うのはやめたまえ!!　まったく、く、くだらんじゃないか！　なんてこと言うんだ！　くだらんな！」

「菊岡さん」

「は？」

「それで伺うんだが、この前差しあげた睡眠薬はまだ残っておりますか？」

「は、二錠ほど、残っとりますが……」

「いや、じゃいいんだ。君、今夜呑まれるでしょう？」

「はあ、そうですな。そうしようかと今思っとるところです」

「じゃいいんだ。私は日下君にまたもらうとしよう。菊岡さんも二錠ともお呑みになるといい。何度か服用している者は、今夜のような夜は一粒じゃ効かんでしょう」

「そうですな。いずれにせよですな、今夜は早めにさがって眠るとしたいですな。えらいことになってきたから」

「それがいいでしょうな。私ら年寄り組はね。それからせいぜい戸締まりを厳重にした方がいいですよ。ドアのロックを忘れないように。この家の中に殺人犯がいるぞ

「何か、こう……、頼りなくないか？」

「別に」

返事もそっけない。あなたほどじゃないわと言いたげである。

「いや、わしゃ今まで電気毛布一枚で眠ったことがないんでね、何だか頼りないんだよ。暖ったかいのは申し分ないんだが。お前んところも掛け布団用意してなかったのかね？」

「あったわよ」

「どこに、どこにあったんだ？」

「収納棚」

「どんな布団だった？」

「羽根布団」

「わしのところにゃ全然そういうのがないんだ。もともと寝る部屋じゃないんでな。ベッドだって狭くて、寝返りうったら落っこちそうだ。クッションは申し分ないんだけどな。お前も見ただろう？　な？　こういう椅子の、このすわるところを前に向かってぐうっと長くしたような、まあ長椅子じゃからね、枕もとのところに背もたれがついとる。実に変てこりんな代物《しろもの》なんだな」

「あらそう」

うですからな」

「まさか！　わははははは！」

菊岡は、一見豪快に見える笑い方をした。

「いや、解らんですぞ。もしかするとこの私が血に餓えた殺人鬼で、あんたを殺そうと狙っておるかもしれん」

「はははははは！」

菊岡はますます笑ったが、その額には汗が浮いている。その時牛越佐武郎が幸三郎の隣りにやってきて、ちょっとよろしいでしょうかなと言い、幸三郎は快活に、ああどうぞと言った。警官の群れを見ると、牛越を除く三人は、テーブルの一角に額を寄せ、ひそひそと話しこんでいる。

幸三郎が菊岡に背を向け、牛越と話しはじめたので、菊岡はクミの方に向き直った。

「な、クミ、君んとこは、ベッドは電気毛布かね？」

しかし彼の秘書は、いつもと様子が違ってひどく不機嫌だった。

「そうだけど？」

彼女の、つねに何かに驚いて目を見張っているような表情は相変わらずだが、その猫のように大きな目はほとんどパトロンの方を向かない。何かにすねているのだ。

返事があまりに手短かなので、さすがに菊岡も恋人の異常に気づいた。

「どうかしたのか?」

「別に」

「別にじゃないだろう、えらくつんけんしとるじゃないか」

「そうかしら」

「そうだよ」

このやりとりを見ていると、どうやら菊岡も、場合によっては小さな声が出せるらしい。

「我慢できない?」

「できないくらいだ。ははあ、だんだん解ってきた。ちょっと部屋で話そう、私はどうせもう寝るつもりだった。ちょっと今挨拶して部屋へさがるから、後でさりげなく部屋へ来なさい。スケジュールの打ち合わせにな」

そう言って菊岡は立ちあがった。するとテーブルの隅から大熊が目ざとく認めて、

「あ、菊岡さん、もしお休みでしたら、部屋の戸締まりを厳重にお願いしますよ。ドアのロックをお忘れなく。あんなことのあとですからな」

と声をかけてきた。

第二場　十四号室、菊岡栄吉の部屋

「もう嫌よ!　私帰るわ!　だから嫌だって言ったのよ。とっても堪えられそうもないわ!」

相倉クミは、菊岡の膝の上ですねていた。

「どうした?　帰るったってお前、あんなことが起こって足留めだ。帰れるわけないじゃないか。いったいどうしたんだ?　ん?」

菊岡社長は、キクオカ・ベアリングの社員たちには一度も(昭和五十年に業績が一挙に倍に跳ねあがった時でさえ)見せたことのない、仏様のように柔和な表情で尋ねた。

「解ってるでしょう?　んもう意地悪ね、社長さんたら!」

こういう場面での女性のセリフは、ここ数十年少しも変わっていない。何故かこういうことに流行はないのである。

クミは、菊岡栄吉の自慢の胸毛があるあたりを軽く叩いた。これはテクニックを要する。強すぎても、弱すぎ

てもいけない。この時クミは、自分でも気づかなかったのだが、目に薄っすらと涙が滲んでいた。何といっても死ぬほど悔しかったからである。今や天は、彼女に最も効果的な材料を与えられた。

「社長さんたらひどいわ！」

そう言って、手で顔を覆う。

「泣いてばかりいちゃ解らんじゃないか。何がそんなに悲しいんだ？　うん？　あの英子のことか？　あん？」

真珠の涙が濡らしてくれた顔を、クミはこくんと頷かせた。

「よしよし、クミは傷つきやすい子だからな。だがそういうことじゃ世の中生きてはいけんぞ」

どうにも信じ難いことだが、彼はこれを本気で口にしているのであった。

クミはまた愛らしく頷く。

「だがまあわしは、クミのそういう優しいところ、可愛い、ういういしいところが好きなんだけどな、本当にお前はいい子だ」

菊岡栄吉はそう言うと、クミを強く抱きしめ、逞《たくま》しい、保護者としての包容力を感じさせる仕草で（と栄吉は思っていた）、クミの唇にキスをしようとした。しかしもしここに見物人がいたら、この光景を、巨大な熊が捕えた獲物を頭から丸かじりしようとしているようだと思ったであろう。

「いや！」

とクミは叫び、菊岡の顎のあたりに手を突っぱった。

「とてもそんな気になれないわ、こんな気分じゃ」

しばらく気まずい沈黙。

「だから私来るの嫌って言ったのよ、上田君は殺されちゃうし。あんなひどい女がいるなんて思ってもみなかったわよ。だからパパ一人で……」

「パパと言うなと言ってあるだろう！」

パパは怒った。注意しないと、つい社員の前で出ないとも限らない。

「ごめんなさい……」

女らしくクミはしおれた。

「それは私だって、大好きな社長さんと雪のあるところを旅したいわよ、この旅行に出る前はすごく楽しみにしてたもの。でもあんな凄い女がいるなんて思ってもみなかったもの。ショックだわ」

「ああ。ありゃまるで女じゃないな！」

「そうよ！　あんなのはじめて見たわよ！」

「しかしまあしようがないじゃないか。こんな妙ちきりんな家建てて喜んどるような気違い爺さんの娘だからな。少々頭がイカれとるに決まっとるじゃないか。バカ娘だよ、あんなノータリンの言うことといちいち真に受けて、あれこれ思い悩むやつがあるか」

「それはそうだけど……」

「世の中ルールというもんがある。平等の世の中でも、身分というやつは歴然とあるんだ。こいつはどうあがいてみても仕方がない。

だがな、世の中よくしたもので、虐められて後ろを振り向きゃ、虐めていいやつがちゃあんと立っとる。そいつをどんどん虐めてやりゃいいじゃないか。この世は力のある者の天下なんだ、どんどん弱い者虐めて楽しみゃいいんだ。そのための子分だ、堂々とやりゃいい。人生苦あれば楽あり。負け犬になっちゃいかん！」

この男が言うと妙に説得力が出る。

「こいつが浮世の知恵、解ったか？　あん？」

「ええ、でも……」

「何だ、近頃のカッコウばっかりつけとる若いやつらみたいに。でも、でも……、うじうじうじうじしとる。わしゃああいうバカ者どもの気持ちがさっぱり解らん！　男らしゅうスパッといけ、スパッと。神は狼の食糧として羊を作った、子分を虐めて気晴らしをして、鋭気を養うんだ。そのために給料やっとる！」

「誰を虐めるの？」

「とりあえず金井の腰巾着あたりでいいだろうが」

「だってあの人、奥さんいるから怖いもの」

「怖いって？　金井の女房がか？　何をバカなこと言うとる。女房が何ぞ言うたら、わしが辞表書くか？　と一言亭主に言うたる！」

「でも明日もまたあの英子なんてヤな女と顔を突き合わせるかと思うと……」

「相手にせにゃいいじゃないか！　頭を下げにゃならん相手はみなカボチャだと思えばよい。わしなんぞ見なさい、浜本にゃ確かに頭下げとる、下げとるが腹の中じゃ何だこのノータリンと思うとる。商売上利用価値のある人間だから、格好だけ頭を下げとるだけだ。人間こうあらんとな」

「解ったわ。じゃあここを帰る時、札幌なんか廻って、それで何か買ってくれたら機嫌直す」

これはかなりの論旨の飛躍である。しかし社長は、何故か大きく頷くのであった。

「廻ってやるとも！　札幌へ出て、クミに何でも買ってやるぞ。何がいい？」

「本当？　わあ、うれしい！」

クミは栄吉の太い首に腕を廻し、自分から軽く唇を重ねた。どうやらそういう気分になったようである。

「おおよしよし、クミは可愛いな。あんな英子なんて気違い女とは月とスッポンだな」

「よしてよ！　あんなのと較べないで！」

「ははははは、そうだな、こりゃわしが悪かった」

と一件が見事に落着した時、ドアにノックの音がした。クミは瞬間、菊岡の膝から電光石火の素早さで跳び降り、栄吉はかたわらに置いていた見るからに面白くなさそうな業界雑誌を、さっと手もとにひきよせた。二人のこの行動の迅速さはなかなかの見ものであったが、この場合、いくら素早くても素早すぎるということはなかった。何故なら三回のノックの三回目と同時に、ドアは勢いよく開いたからである。訪問者は、おそらく両手を使ったものと思われる。

十四号室には、他の部屋と比較してはるかに念入りな錠がついていたが、いかに栄吉でも秘書が来ているこの時、本社の社長室でもあるまいから錠を下ろすわけにはいかなかった。

英子は、サロンにも一号室にもクミがいないことをとうに知っていたから、彼女の居場所もまた心得ていた。彼女の頭にあったものは、自分の家で（父の家というふうには、今までどういうわけか彼女は一度も考えたことがない）おかしな真似はさせられないという、強烈な道徳意識であった。

そこで彼女は、ドアを開くと同時にさっとベッドを見た。しかしそこには栄吉が一人で腰かけてむずかしい顔で業界誌を読んでおり、クミはというと、壁の何の変哲もないヨットの絵を、非常な興味をもって見つめているところであった。

業界誌は逆さにこそなっていなかったが、栄吉が楽々と読める状態にないことは確かであった。というのも彼は眼鏡なしでは細かい文字は全然読めないとうかつにもサロンで洩らしたことがあり、今彼はまさに眼鏡なしだったからである。

栄吉は今やっと気づいたというふうに顔をあげ（しかし最初からこの状態であったなら、ドアが開くと同時に顔をあげたであろう）、

「あ、こりゃあ英子さん」

と愛想よく言い、尋ねられてもいないうちから馬脚《ばきゃく》を現わした。

「いや何ぶん、スケジュールの打ち合わせとか、いろいろあるもんでしてね」

しかしむろんテーブルにはそれらしい書類も手帳も載ってはいず、社長は熱心に業界誌を読み、秘書は真剣に壁のヨットの絵に見入りながら、スケジュールの打ち合わせをしていたようであった。

「何かご不満でもないかと思って、廻っておりますのよ」

英子は言った。

「不満？　いやいや、何もありませんよ。こんないい部屋で誰が不満を洩らすでしょう？　あるわけがないです。それにもう二度目ですからな」

「はじめての方もいらっしゃいますからね」

「え？　ああ！　この子ですか。この子にゃわしから説明しておきました、詳しく」

「お湯出ますかしら？」

「お湯？　おお、出ますとも！」

「一号室はいかがだったかしら？」

「え？　ああ、私？」

「一号室の方はほかにいませんよ！」

「出ました」

「そう。もうおすみになったの？　打ち合わせは」

「すみました」

「そう。お休みになりたいのなら遠慮なさることはありませんのよ。どうぞお休みになって下さい、一号室でね」

「…………」

「君、だから早く寝なさいと言ったじゃないか！

いやどうもすいませんなお嬢さん、この子はどうも一人で寝るのが怖いらしくてですな、何しろあんな事件のあった後ですし、夕べは窓から何か妙な男を見たなんて言いますし、どうも一人じゃ怖いらしい。何ぶんまだ子供で、わははははは」

その言い方も英子はまったく気に入らなかった。若いといっても自分と同じか、ひとつ若いだけのはずである。

「お父様に昔話でもしてもらいながらじゃなきゃ眠れないのかしら？」

英子は、堂々とクミを見据えて言い放った。

さすがにクミは顔を英子の方にさっと振り向け、彼女の目を真正面からじっと睨みつけたまま、しばらくそうしていたが、足音も荒々しく、英子の脇をすり抜けて廊下へと出ていった。

すると英子は柔らかな微笑をたたえ、

「あのくらいの元気があれば、一人でも眠れますわね」

と言ってドアを閉めた。

第三場　九号室、金井夫婦の部屋

「おい初江、見てみなさい。すごい吹雪だが、その向こうに薄っすらと、白い流氷みたいなものが見えるぞ」

大勢のいる場所から静かな部屋へさがると、風の音や、窓枠の鳴る音が何倍にも大きく感じられ、いよいよすさまじい吹雪だという気がしてくる。それで金井は、いつになく物腰が男性的になっていた。

「さいはての地の吹雪って感じだぞ。実に荒涼とした感じがするじゃないか！　はるばるやってきた北の果てのオホーツクだ。どうだ！　荒々しい大自然とさしで向かい合える場所だぞ。いいなあ！　男性的で！

やっぱりこの部屋は見晴らしがいいな。晴れていても、吹雪いていても、それなりに見ものだ。明日の朝になればもっといいぞ。きっといい眺めだ。

おい、見ないのか？」

亭主は妻に呼びかけた。妻はさっきからぽつねんとベッドに腰を降ろし、何もやる気が起こらないといったふうで、気のなさそうにひと言、見たくないわ、とだけ言った。

「何だもう眠いのか？」

初江は応えなかった。別にそういうことでもないらしい。

「しかしなんだな、殺されてみると上田も、何だかいい男だったように思えてくるなあ。生きている時は、えらく気のきかん、もっさりしたやつだと思ったが……」

金井は、妻の沈んでいる理由を勘違いしたようであった。

「戸締まりは厳重にしておけよ。連中の中に、いやこの家に殺人鬼がおるのかもしれんのだからな。まったくもう、えらい物騒な騒ぎになったもんだ。こんなことなら来るんじゃなかったな、まったくの話が。しかし本当に気をつけた方がよかろう。あの刑事たちが今、戸締まり戸締まりとさかんにうるさく言ってた。おまえも気をつけろよ、ドアのロックしたか？」

「まったくいつ見ても気分の悪い女ね！」

初江は突然、亭主がまるっきり予感もしていなかったことを言った。金井道男は一瞬あっけにとられたが、みるみるうんざりした顔になっていった。もし英子がここにいたら、今まで見たことのない金井の表情を、何種類もたっぷりと見られたであろう。

「何だ、また始めたのか……、はあ！　社長秘書をやろうなんて種類の女は、みなあんなもんだっていつも言ってるじゃないか」

初江はあきれ顔で亭主を見た。

「あんな小娘のことなんて言ってないわよ。あの英子ってバカ女のことに決まってるじゃないの！」

どうやら女房の方は亭主とは別のかたちで、外の吹雪の影響を受けているらしかった。

「ああ……？」

「まったく自分が何様のつもりでいるのかしら！　あんな胴長の大女のくせして。それでよ！　自分はあのボッテリスタイルしてよ！　私のこと太ってるっていうのよ！　アタマおかしいんじゃないの!?」

「なんだ、昨日のこと言ってるのか？　別にそうは言ってないだろう。馬鹿だなお前は」

「そう言ってるのよ！　だからあんたは間抜けだっていうのよ。しっかりしなさいよ。あんただって笑われてるのよ！　がりがりの青なりびょうたんだって」

「何だと！　何てこと言うんだ！」

「それを何よ！　デレデレニヤニヤしちゃってさ。英子さんのピアノは素晴らしい、また聴きたい、なんてあんな小便臭い小娘のご機嫌とって。あんただって重役なのよ！　シャンとしてなさいよ！　私が恥かくんじゃないの！」

「シャンとしてるじゃないか」

「してないわよ！　あんたなんか、笑い顔してないのは私といる時だけじゃないのよ。二人の時はプリプリ小言ばっかり。たいていブスッとしてるのにみなの前にでるとへいこらばっかし。私の身にもなってよ、あの亭主の女房だと思うから、英子なんかがああいう態度に出るんじゃないの！　そうでしょ!?　そういうもんなのよ！」

「そりゃ宮仕えの辛さだ。多少のことはやむを得ん」

「多少じゃないから言ってんのよ！」

「お前いったい誰のおかげでそんなえらそうな口がきいてられるんだ!?　未だに公団アパートに住んで、旅行ひとつできん女房は日本中にいっぱいおるんだぞ。まがりなりにも重役夫人と呼ばれて、家があって、車を乗りまわしてられるのは誰のおかげだ!?」

「あんたがそうやって方々でペコペコしてるおかげだっ

て言うの?」

「ああ、そうだ!」

「へえ!」

「ほかにどうできたっていうんだ!」

「あんたも菊岡のスケベ社長が、あのクミって色気違い女に、あんたのこと何て言ってるか聞いたら目が覚めるわよ」

「あのハゲがなんて言ってるっていうんだ!?」

「金井の腰巾着って言ってるわよ」

「そのくらい誰だって陰へ廻りゃあ言っとる。それがボーナスの金額になると思や安いもんだ」

「でもあんたって人もよくあんな海坊主にペコペコする気になるわね。私ならごめんだわ!」

「俺だって楽しくてやってるわけじゃない。妻子のためと思ってじっと堪え忍んでるんじゃないか。歯をくいしばってるんだ。お前は俺に感謝こそすれ、そんなことが言えた義理じゃないだろう馬鹿もんが。それともやっぱり連れてこなきゃよかったのか? ああ?」

「そりゃ来たいわよ。私だってたまにはこんないいところへ来て、いいもの食べる権利はあるはずよ。普段あんたばっかりいい思いしてるんですからね」

「何で俺がいい思いしてるってんだ! 前後が食い違うこと言うな! あんなハゲちゃびんのスケベ社長のご機嫌ばっかりとってると今言ったばっかりだってのに。しっかし、どうしてお前はそんな勝手なことばかり言えるんだ!? いったいどういう神経しとるんだお前って女は」

「それがあんな英子だのクミだのがいちゃぶち壊しもいいとこよ。まったく何しに来てんだか解りゃしないわ。あのクミなんてバカ女、あんたのこと自分の部下だって思ってるのよ!」

「まさか! そりゃお前の思いすごしだ」

「思いすごしじゃないわよ!」

「あの娘はあれでいいところもあるんだ。案外女らしい心の優しいところもあるんだぞ」

「何ですって!?」

初江は絶句した。

「何だ?」

「あんたって男は救い難い間抜けね。自分がどう思われてるかも知らないで!」

「お前はちょっと考えすぎのところがあるんだよ!」

「私が考えすぎだって言うの!?」

「そうだ。勘ぐりすぎだ。世の中そんなことじゃ生きていけん。もっと逞しくならにゃな」

「あんな海坊主にへいこらして、二号にまでアゴで使われて、それが逞しい生き方だっての!?」

「その通りだ。一日中へいこらするってのも柔《やわ》な男じゃできやせん。俺だからできることだ」

「ああ、あきれた！」

「俺だってあの海坊主を別に尊敬しとるわけじゃない。ただ金儲けはうまいからくっついて利用しとるだけだ。ひねり殺したいといつも思うとる。夕べだってあのハゲ頭の脳天カチ割ってやった夢を見たわい。まったくすっとした」

「クミはどうしたのよ？」

「クミ？　クミは出てこなかった。出てきたのは海坊主だけよ。土下座して君勘弁してくれと言うとった。そいつを大笑いしながら斧《おの》でもってカパッと……」

その時ノックが聞こえた。すかさずハイと言ったのは初江の方だった。亭主の方は快感にわれを忘れていたからだ。しかし気をとり直し、金井がドアを開けると、そこは当の話題の主、つまり昨夜彼が斧で頭をカチ割った人物が立っていた。

金井は腰を抜かしそうになってうろたえ、なかなか言葉が出てこなかったが、

「あらあ社長様、どうぞお入り下さい。このお部屋見晴らしがよろしゅうございますわよ」

と初江が非常に柔和な、かつ自然な物腰で社長を招き入れた。

「夫婦でだいぶ話がはずんどるようだね」

社長は言いながら入ってきた。

「い、いやあ、な、何ぶん眺めがようござんすもんでしてね、いや本当に社長におかげです。こんな息抜き、骨休めができまして、幸せ者ですわ、私らも」

「うん、うん。いやわしのところからは外が見えんもんでね、ちょっとつまらんのだよ。部屋は申し分ないんじゃがね。吹雪いとるかね？」

「相変わらずのようでございますわねえ、ねえあなた。大変な吹雪」

「そうだな、相変わらずだ。相変わらず吹雪いとるようでございますな、社長」

「しかしこの部屋は特等室だね、劇的ないい眺めじゃないか。今は暗くてよく見えんが、朝になりゃさぞいい眺めだろうな。わしの部屋と替わってもらいたいくらいだな」

「あ、お替わり致しましょうか？」

「う？　うん、いや、浜本老じきじきのご指示じゃあそうもいくまい。また明日の昼にでも来させてもらおう」

「どうぞ、どうぞ。いつでもいらして下さいませ。夫婦二人じゃ何ぶん退屈致しますもんですから。この人、もう面白いことひとつ言えない朴念仁ですから……」

「ははは、いや、こりゃきびしいな、はは、まあ、そういうわけでございまして」

「ありゃあ流氷なんだろうなあ、あの白っぽいのは」

「は？　え、さようでございましょう。晴れた日は樺太が見えるそうですけどね」

「流氷かと訊いとるだけだわしゃあ」

「は、は、流氷でございましょう」

「流氷ですわ。さっき英子さんもそうおっしゃっておいででしたもの」

「うむ。さて、そろそろ寝るかな、夜更かしは体にいかんからな。夜更かしで糖尿にでもなったら、人生の楽しみの半分がとこなくなってしまうからなあ、わはははは」

「糖尿？　ご冗談を！　糖尿？　社長はお若い……、うは、うは、うはははは。糖尿なんてご冗談を……、はははは」

「いや冗談じゃない、君も気をつけた方がいいぞ。奥さんを喜ばせることができんようになるからなあ。わははは！」


　金井の肩を二度、三度叩き、社長が階段を降りていくと、重役夫婦はこれ以上ないほど苦《にが》りきった顔を互いに見合わせた。というのも金井は二週間ほど前の検査で、尿に糖が出ていたからだった。シュガーカットという糖尿者用の砂糖は、おそろしくまずい代物だ。これは食べた者でなければ解らない。

「まったく情けなくて涙が出るわよ。どうしてあんな太っちょの好色爺いが糖尿にならないで、あんたみたいながりがりが、ご丁寧に糖尿にまでならなきゃいけないの!?　あの海坊主がなりゃいいのよ。だったら色狂いもできなくなるってのに！　世の中うまくいかないものよね！」

「うるさいぞもう。黙って寝ろ！」

「あんた一人で寝なさいよ。私はバスでも使うわよ」

「勝手にしろ！」

「明日またあのいまいましい小娘の独演会につき合わなくちゃいけないかと思うと、腹がたって眠れないわ。どうしてあのバカ娘はじっとおとなしくしてらんないのかしらね。まったく！」

その時またノックの音がした。鼻息も荒く、野獣のような声で初江は呪いの言葉を吐き続けていたが、その時反射的に応えたはいという声は、十代の乙女のように愛らしい声である。

「あらあ、これは英子お嬢様、何か？」

「何かご不満でもないかと思って、いちおう廻っておりますの。何か勝手が解らないことでもございますかしら？」

「いいえ、とんでもございませんわ。こんないいお部屋で。それに二日目ですもの、解らないことなんてございませんわよ」

「お湯出ますかしら？」

「ええ、もう、ちゃんと」

「そうですか、いちおう確かめてはおいたつもりなんですけれども」

「本当にこのたびはどうもありがとうございました、素敵なパーティにお招きいただいて。その上あんな素敵なピアノまで聴かせていただいて」

「本当に英子さんはピアノがお上手だ。もう長いんでしょうな、ピアノを始められて」

金井の顔はもう例の表情になっている。

「ええ、長いことは長いんですのよ。四つの時からですから。でもお恥ずかしいわ、あんな下手なピアノで」

「とんでもございませんわ、もう、すっばらしいピアノで。この人なんかこんな！　何の面白味もない青びょうたんでございましょう？　もうこんなことでもないと、息抜きもなんにもありゃあしませんもの」

「おいおいこいつ、そりゃあないだろう？　しかし、明日も是非お聴かせ願いたいもんですな」

「ええ、是非！」

「いえ、明日は父がレコードのコレクションから何かお聴かせすると思いますわ」

「でも本当、英子さんって素敵だわあ。私もピアノくらいやっておけばよかったって、今も主人と話してましたのよ」

「ほほほ、嫌ですわ。では何かありましたら、何なりと、うちの早川の方か、私までお申しつけ下さい」

「はい、もう、解りました」

「それじゃ、戸締まりを厳重にして下さいね。お休みなさい」

「ええ、どうも、何から何までありがとうございました。お休みなさいませ」

第四場　再びサロン

相倉クミは、まだ一号室で一人になる気にはなれず、サロンに戻ってぐずぐずしていた。

サロンには、菊岡と金井夫婦のキクオカ・ベアリング組、それに英子を除けば、まだ全員が残っていた。その英子も、西側のドアが開いて九号室から帰ってきた。

客たちも、夫婦者や、菊岡のように体調に気を遣う者を別にすれば、クミと同じ気持ちだったのであろう。こんな風の強い夜、さっさと一人になって、心細い気分と闘う気にはなれないのだ。

しかしさすがに警官にはそんな気分はないとみえて、大熊は二度、三度大きなのびをすると、

「ああ、眠くなってきた。夕べあんまり寝てないものでね、仕事で」

と言いわけのように言って立ちあがった。英子がその様子を見て、千賀子を案内のため呼んだ。

刑事は十二号室へ消え、千賀子はすぐにサロンへと戻ってきた。しかし変化はそれだけであった。その後サロンに身を寄せ合った者たちは、いっこうに動く気配を見せない。

客たちがこういう状態であったために、早川夫婦も梶原も、先に眠るわけにはいかず、サロンと厨房との境目あたりにみっつ椅子を並べて、控えめに並んでかけていた。

時計は十時を廻った。いつもならテレビもないこのサロンは、もうとっくにひっそりとしているはずである。

英子がステレオに寄り、コリン・デイヴィスの「春の祭典」をかけた。

ディナー・テーブルに、戸飼と嘉彦とが並んでかけていた。日下は医学書を広げ、その向かいの席にいた。戸飼が嘉彦に話しかける。

「嘉彦君、あの花壇の図案なんだけどさ、もともとのデザインは誰かに発注したのかい？」

「ううん、そんなことないよ。幸三郎おじさんが一人でスケッチ描いて、造園業者を呼んで手渡したって話だよ」

「自分一人で図案描いたの？」

「うんそうみたい。で、造園や花壇造りが始まってからもずっと付き添って、あれこれ指図したんだって」

「へえ」

「でもぼくのこれ、聞いた話ですよ、英子姉さんから」

「何のお話？」

言いながら英子がやってきて、嘉彦の隣りの椅子に腰を降ろした。

「あの花壇の話だよ」

「ああ、あれね」

英子は興味なさそうに言う。

「パパが何か思いついてデザイン描く時ってたいてい大変なのよ。あれ持ってこい、これ持ってこいって。パパって芸術家なのよね、本当はハマー・ディーゼルの社長なんてやりたくなかったんだと思う。好きなワーグナーでも聴きながら、絵描いてるのが一番好きなのよ」

「あれ持ってこい、これ持ってこいって、そんなにおっしゃるんですか？」

戸飼が訊く。

「けっこうワンマンだよねえ、おじさんて」

嘉彦が言う。

「芸術家だからよ。あの時もアルミホイルに図案描くんだって言うから、私梶原君のところへ借りにいかされたのよ」

「アルミホイルに？　そんなものに描いたんですか？」

「そうみたい。で借りてきてあげたら、こんどは返さないの。それで梶原君に料理に使うからないと困るって言われて、必要なだけとって返してよってパパに言ったら、そんなの駄目だって。新しいの買ってこいって。だから私、わざわざ下の村まで買いにいったのよ、新しいアルミホイル」

「へえ」

とこれは向かいの日下が言った。

阿南巡査は制帽をきちんとテーブルの上に置き、赤い頬を少しこわばらせてテーブル席の一番隅についていた。

「お巡りさん」

と相倉クミが話しかけた。

「はい」

巡査は前を向いたまま、声だけで返事をした。

「阿南さんって変わったお名前だけど、やっぱり北海道だから？」

返事はなかった。

しばらくして彼女がビリヤード台の方へでも行ってみるかと思いはじめた頃、

「父は広島の出身です。祖母は沖縄の出だという話でした」と巡査が言ったのでクミはびっくりした。

「あなた、彼女いる？」

クミは重ねてやっかいな質問をした。

「そのような質問にはお答えできかねます」

と彼は、考えた末、答えた。

クミはいきなり彼の片腕を引いて立たせ、五歩ばかり歩いてから、

「ビリヤードやらない？」

と訊いた。

「それは……、困ります。自分はここへビリヤードをやりにきたんではありませんから」

警官は抵抗した。しかしクミは強引に言う。

「大丈夫よ、ビリヤードをやりながらでもお仕事はできるでしょ？　私たちを守るのがお仕事ですもの。やったことなければ教えてあげるわ」

牛越佐武郎は幸三郎と談笑していたが、阿南巡査が女の子と玉突きを始めたのを、意外なものを見つけたように、時々盗み見た。

やがて戸飼と嘉彦が立ちあがり、部屋へさがるつもりらしく、並んで幸三郎のところへやってきた。しかし幸三郎は何故か二人を手で制し、牛越と同時に立ちあがった。それから英子も手で招き、みなをしたがえてビリヤード台の方へ向かう。

さかんに玉を突いていた阿南は、牛越に気づき、はっと姿勢を正した。幸三郎が笑いながら手を振り、どうぞ続けて下さいと言った。

その時テーブルで退屈していたらしい尾崎が立ちあがった。そして玉突き台のそばにいる阿南に軽蔑するような一瞥《いちべつ》をくれると、牛越の耳もとで、休みますんでと告げた。

英子がそれを目ざとく見つけ、千賀子を呼んで案内につけた。早川千賀子はこの時も案内後すぐに戻ってきて、今までと同じ椅子にすわった。

幸三郎は上機嫌で、初心者らしい阿南に模範演技を見せたりした。幸三郎は、牛越が驚いて目を見張ったほど腕がよかった。彼は牛越に向かってやってみますか？などと言ったが、経験のない牛越は笑って辞退した。

幸三郎は、英子と嘉彦に向かって言う。

「この阿南さんは筋がいい。二人で徹底してコーチしてさしあげなさい。

阿南さん、夜っぴて玉を突いて下すってかまいませんよ。ここは隣家もないし、あなたがここでずっと起きていて下すってると思うと私も心強い。明日、あなたの上達を見るのが楽しみです。上達されたら二人で対戦しましょう。しかし、もし殺人犯人を見つけたら練習は中断して下さいよ。

嘉彦君、英子、よおくコーチしてさしあげるんだぞ。この人はひと晩で上手になるだろう。今夜は、できるだけ警官のそばから離れん方がいいかもしれん」

牛越には、阿南がそれほどビリヤードの素質をひめているようには見えなかったので、幸三郎のこの言葉はずいぶん意外だった。

「さて牛越さん、ちょっと私の部屋へまいりませんか？ あなたとは話が合いそうだ。私の部屋にはとっておきのコニャックがあるんですよ。偉い人間に飲ませるためでなく、話が合う人のためにとっておいたやつがね。それに何より私も心細いんでね、何しろ殺人事件の翌晩だ、刑事さんと一緒の方がいい酒になりそうです」

「おつき合いしましょう」

と牛越も言った。戸飼は一人では部屋へ引き揚げる気になれないのか、所在なさそうにしていたが、日下の隣りの椅子に腰を降ろした。

幸三郎は、牛越と一緒にサロン隅の階段を昇ろうと一段目に足をかけたが、思い直して牛越に言った。

「そうだった。菊岡さんに言っておくことがあったんだった。もう眠ったかな？ ちょっと申しわけありませんが、おつき合い願えませんかな」

「いいですよ」

牛越は応え、二人はサロンを横切って地下への階段を降り、十四号室のドアの前に立った。

「眠ってしまっているのなら、起こすのは申しわけないからな……」

とつぶやきながら幸三郎は控えめに十四号のドアをノックした。返事はなかった。

「菊岡さん、私だ、浜本です。もう眠りましたか？」

あまり大きい声でもなかった。耳を澄ますと、吹雪の音が地下の廊下に案外よく響いていた。

「返事がない。もう寝たようですな」

幸三郎はいちおうノブをガチャつかせた。中からロックされている。

「行きましょう。眠ってるようだ」

「いいんですか？」

「かまわんです。明日でもいいことですから」

二人は階段を昇り、ホールへ戻った。幸三郎は早川夫婦のところへ行き、

「今夜はずいぶんと冷えそうだ、いつもより暖房の温度をずっとあげてくれ」

と命じた。それから二人は塔の部屋へ帰るためにサロンの階段を昇っていった。やがて跳ね橋階段をかけるガラガラという音が、風の鳴る音に混じってかすかにホールまで届いた。

ビリヤード台のところにいた相倉クミは、英子の参加によってゲームが息苦しいものに変わっていたから、幸三郎が姿を消すとすぐに自室へさがる決心をした。

サロンには、例の花壇の図を眺めている戸飼と、医学書をめくっている日下、ビリヤードに興じている英子、嘉彦、阿南巡査、それから早川夫婦と梶原春男が残っていた。

第五場　塔の幸三郎の部屋

図6

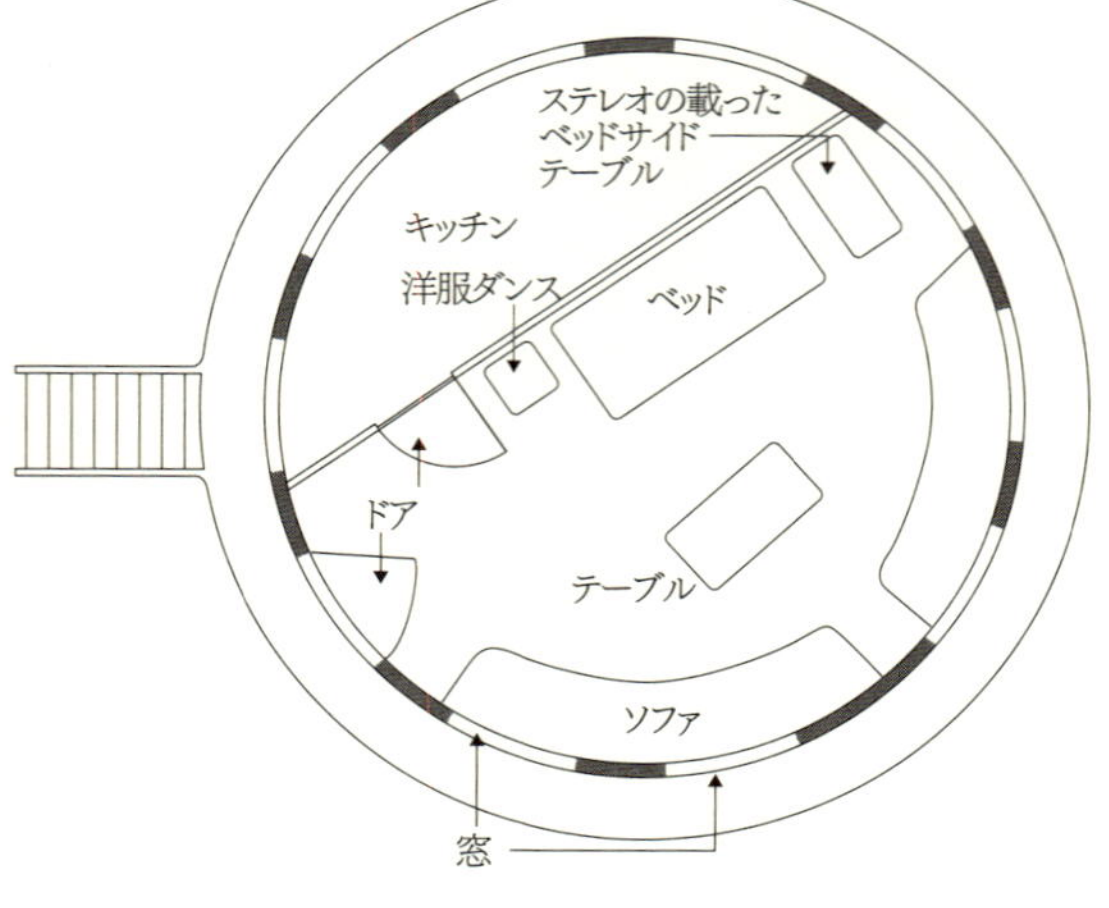

「こりゃあまた、何とも奇抜な、しかし素晴らしいお住まいだ。いい部屋ですね」(図6)

「不良道楽老人の閑《ひま》つぶしには持ってこいです。われながら何でこんな馬鹿げたことをやったんだろうと考えているうちに一日がたちます。あきれかえられたでしょう?」

「驚くことばかりだ。いやはや驚きの連続です。この丸い部屋も床は傾いておるんですな?」

「これはピサの斜塔のつもりですからな。もともとは、この塔だけを傾けるつもりだったんですがね、ピサの斜塔は五度十一分二十秒ほど傾いておるんです。この塔も正確にその角度だけ傾けてあります」

「ははあ……」

「今、何か淹れます。つまみも作ろうかな、ちょっとお待ち下さい」

「ええ、ええ、よろしゅうございますが、この向こうは台所か何かなんでございますか?」

「まあ台所というほどじゃないが流しとか、冷蔵庫とかレンジとか、ご覧になりますか?」

「そうですな、こんな珍しい建物へ入ったのははじめてですからな、後学のために是非ひとつ……」


幸三郎は台所へのドアを開け、明かりをつけた。

「ほう! こっちにも窓がたくさんありますな、ぐるりについておるんですな?」

「この部屋のぐるりは窓が九個にドアがひとつ、台所は窓で言えばよっつ分ですな」

「そうですな、眺めもいいんでしょうなぁ……」

「眺めはいいですよ。今は真っ暗で何も見えんが、朝になれば一面に海が見えます。そうだ、よろしかったらここへお泊まりになりませんか? 朝の眺めが一番いいんですよ、ここに眠っていれば見逃すことはない、ね? そうなさいませんか? いや私もね、あとで一杯やりながらゆっくり白状しようと思ったが、少々心細いんですよ。ここまで来るのに、やはり敵をまったく作らないというわけにはいかなかった。もし殺し屋がこの辺にひそんでおるなら、次の目標を私に定めても何の不思議もない。刑事さんにひと晩中同室してもらえるなら、こんな心強いことはありませんからな」

「そりゃかまいませんが、ベッドがないでしょう。見たところひとつしかありませんでした」

「いや、これをご覧下さい、ここに、この下にですね……」

幸三郎は自分のベッドの下に手を入れ、何か引き出した。見るとそれもベッドだった。

「ほら、親子ベッドなんですよ、引き出しみたいになっておるんです」

次に幸三郎は窓ぎわのソファのクッションをどけた。

「それからこの下は収納になっていて、布団が入っておるんです、二人分ね、お解りでしょう？」

「ははは、こりゃまた驚いた。ずいぶんと合理的にできておりますね」

それから二人はソファに腰を降ろし、ルイ十三世を飲んだ。外はさらに風の音が増してきたようで、手の中のグラスに氷が触れる音も、聞きとれないほどだった。

「こんなすごい風だと、こんな傾いた塔は倒れませんかな？」

「ははは、大丈夫でしょう」

「あっちの母屋の方も平気ですか？」

「はっはっは。平気、平気」

「そうですか。しかしこの家が倒れて、隠れておった犯人が下敷きになったりすると愉快ですな。はっはっは」

「ふむ、しかしこの雪の中に犯人が立ってるとすりゃ、もうコチコチに凍っておる頃合いでしょう」

「でしょうなぁ、行ってこのブランデーでも飲ましてやりたいもんだ。これがルイ十三世ですか。噂には聞いていたが、見たのも飲んだのもはじめてだ。いや、旨いものですな」

「悪酔いしないのですよ、これは。牛越さんはところで、犯人の目星はついていらっしゃるんですか？」

「来ましたな！　うーむ、ついとるといえばついているような……。ま、結論から白状してしまうならば、まだです。かなり困っとることは確かです。えらく風変わりな事件ですからな、ガイシャが、殺されて三十分もたってから悲鳴をあげた事件なんぞ私はほかに知りません」

「しかも死体は踊りを踊っている」

「さようですな。ホシはといえば、どこにもいないような、頬にケロイドの跡があって、髭をはやした肌の浅黒い夢遊病者という話で、これじゃまるで怪奇映画だ。警察の出る幕はないです」

「人殺しをやった後、空中をふわふわ飛んで、女の子の部屋を覗いたりしてる……。ちょっといくつか質問してもよろしいですか？」

「ええ、まあ、さしつかえのない範囲内でならお答えしましょう」

「犯人は、何で私の人形なんか持ち出してあんな雪の上に、しかもバラバラにしてばらまいんです？」

「うーん、そりゃあま、単なる目くらましでしょう。一見意味ありげにみせて、混乱させるためでしょうな、われわれを。それ以上の深い意味なんぞ、ありはしませんでしょう」

「上田君のあのおかしな格好はどうです？」

「あれこそ何の意味もないでしょう。他殺死体というものは、苦痛からいろんな奇妙奇天烈な格好をするもんですよ」

「上田君が左の腰のところの床に描いていた、丸い血のマークは何です？」

「偶然でしょう、それは。偶然苦悶する指が触れたんですよ、あのあたりの床に」

「庭に立っていたと日下君が言っておる棒は？」

「さあて、それはですな、もしあれが上田さんの犯行と関係があるとすれば、犯人というやつは、みな間違いなく一種の精神異常者ですからな、殺人をはじめ、いろんな犯罪に及ぶ際、常人には理解のむずかしいいろんなまじない、まあ願《がん》かけのようなものをよくやるんです。そういう例は無数にあります。たとえばある空巣《あきす》は、仕事の時は必ず女性用のストッキングを穿いていましてね、こりゃ一種のジンクスだったらしいんですな、奴《やっこ》さんにとって。女のストッキングを穿いて出かけると、決まってうまくいったと言っておりました。まあそういったことだと私どもは思ってますがね……」

「ふうん、すると相倉さんの部屋を覗き込んでいた、顔に火傷のある男というのは」

「そんな人間はこの家にもこの近所にも住んではおらんのでしょう？　下の村の連中にも見た者はない。となるとやはり……」

「相倉さんの夢ということになりますか、ふむ。しかしそうでしょうか。あの叫び声や、足跡がないこと……、うーん、そんな単純なものなんでしょうかねえこの事件は。で、動機も見当がつかれますか？」

「そこなんですなぁ問題は。この館《やかた》の住人の内からホシを一人絞れというのなら、これはいくら難問とはいっても、最後には間違いなくやり遂げられるでしょう。しかし、この家の誰を選びだしても動機だけはないという話になりそうです。登場人物の全員に動機がない。こういう種類の難問が、われわれには一番こたえるんです。しかし桜田門の方にも動いてもらっておりますからな、必ずや予想外の動機が出てくると確信しておりますがね」

「そう願いたいですな。ところで牛越さん、刑事になられて長いのでしょう？」

「二十年選手です」

「そういうベテランの方は、犯人に対する強烈な勘をお持ちと伺っておりますが、今度の事件でもその勘に訴える人間がおるのじゃないですか？」

「残念ながら。しかし予想外の人間のような気はしますがね……。ところで、私はここで休んだ方がよろしいのですかな？」

「できましたら是非」

「じゃあ尾崎君にそう断わってこないと。彼もドアをロックしないで待っておるかもしれん、ちょっと行ってきましょう」

「いや、それなら誰かを呼びましょう。このボタンを押せば、サロンと早川夫婦の部屋と両方のベルが鳴るんです。千賀さんが来てくれるから彼女に頼みましょう。なに、すぐ来ますよ」

　まもなく髪の雪を払いながら、早川千賀子が現われた。幸三郎は、牛越がここへ泊まることを十五号室の尾崎に伝えてくれと言い、サロンの様子を訊いた。まだみなさんいらっしゃいます、と千賀子は答えた。幸三郎は、それじゃあもう三十分もしたら部屋へさがりなさいと言い添えた。牛越は何となく部屋の時計を見たが、その時十時四十四分だった。

　千賀子がドアを閉めると、二、三分して入れ替わりのように英子が現われた。

「おう英子、どうしたんだね？」

「私、そろそろ休みたいと思うんです。眠いから」

「そうかね」

「それで、よろしかったらこの橋、あげてくれません？こちらの刑事さんがここにお休みになるのなら。サロンの方たちが寒いから」

「ああ、そうか、解った。今サロンには誰がいるんだね？」

「日下クンと戸飼クン、嘉彦ちゃんはお巡りさんとビリヤードやってますわ。あと早川夫婦と梶原クンよ」

「みんなまだ部屋へは帰りそうもないかね？」

「帰りそうもないみたい、日下クンも戸飼クンもビリヤード観てるもの」

「相倉さんはもう部屋へ引き揚げたんだね？」

「あの人はもうとっくよ」

「解った。じゃあ君も早く寝なさい」

幸三郎は英子を送り出し、ドアを閉めた。

それから彼はソファに腰を降ろし、ルイ十三世を一口飲んだが、

「氷がなくなりましたな」

と妙に沈んだ声で言った。

「何か音楽でもかけましょう、殺伐とした夜ですからな。ここにはカセットテープしかないんだが」

ベッドサイドのテーブルの上に、卓上型のステレオがあった。

「この曲、娘は大嫌いだと言うんだが……」

流れはじめたピアノ曲は、牛越にも確かに聴き憶えのあるメロディだった。しかし思い出せなかった。自分も知っているくらいだから、たぶん有名な曲に違いない、そう牛越は思ったが、そうなると題名を尋ねるのはますますためらわれた。あまり極端な恥はかかない方がよかろう、今後の捜査にもさしつかえる、と彼は考えた。

「私はクラシックではピアノ曲が最も好きでしてね、オペラとか交響曲など、大袈裟なものも割合好きなんだが。牛越さんは音楽などお聴きになることはありますか？どういったものがお好きです？」

「い、いや、私は……」

牛越は激しく手を振った。

「音楽は全然駄目なんです。歌は音痴ですし、ベートーベンを聴いてもみんな同じに聴こえます」

「そうですか……」

浜本幸三郎はいくぶん悲しげに言った。それではこっちの方向の話はできないなと思ったようだった。

「氷をとってこよう」

そう言ってアイスペールをとると、彼は隣りの台所へのドアを開けた。

隣室で冷蔵庫の開く気配がした。牛越はグラスを持ったまま、隣室とのドアを見ていた。それはきちんとは閉じられていず、隙間を幸三郎の姿がちらちら横切るのが見える。

「よく吹雪きますなあ」

幸三郎が大声を出した。

「まったく！」

とドア越しに牛越も応える。ピアノ曲は相変わらず続いていたが、外の風の音もほとんどそれと同じくらいのボリュームだった。ドアが開き、アイスペールを氷で充たした幸三郎が現われた。ベッドに腰を降ろし、牛越のグラスに氷を落とす。

「恐縮です」

牛越は言い、幸三郎の顔を覗き込んだ。

「どうかされましたか？　元気がありませんな」

聞くと、幸三郎は少し笑った。

「どうもこういう夜っていうのは、いけませんな。私は弱いんです」

「はあ……」

牛越は幸三郎の言葉の意味をはかりかねた。しかし重ねて訊くのも野暮に思われた。

「とにかく、この氷を使いきるまで飲むとしましょう。つき合って下さいますね？」

幸三郎は言った。その言葉が終わるか終わらないかのうち、壁の古風な時計が十一時を打った。

第六場　サロン

それからずいぶんとたって幸三郎が、そうだった、橋をあげなければ、と言った。牛越と幸三郎は揃って吹雪の中へ出て、一緒に鎖を引き、体が冷えたのでまたしばらく飲んだから、二人が眠ったのは零時を少し廻った頃だったろう。

しかし翌朝は塔からの眺望を楽しむために、二人は八時前に目を覚ました。すっかり風もやみ、雪ももう舞ってはいなかった。だが青空は見えず、陰鬱《いんうつ》な空の下に、流氷が覆いつくした寒々とした海が見えた。東の雲が一ヵ所白く光っている。障子《しょうじ》の向こう側で電球が光っているようだった。あのあたりに太陽があるのだろう。

北の地に住み馴れた者にも、そんな光景は感動だ。人間が白い板を浮かべてこの広い海を隠そうと思えば、いったいどれほどの労力を必要とするのだろう。自然は、いともたやすくそれをやってのけるのだ。

跳ね橋階段を降ろし、これを下る時、牛越は行く手の母屋の壁に、コの字型の金属が縦一列に埋め込まれているのを見た。壁に埋込み式の梯子であろう。母屋の屋上にあがるには、あの梯子を昇るわけだなと彼は考えた。

サロンに降り、時計を見ると、午前九時を少し廻ったところだった。しかし昨夜が遅かったせいか、サロンに起きてきていたのは金井道男が一人だけだった。ぽつんと一人、食卓についていた。三人の使用人たちは厨房でたち働いている気配だったが、ほかの客たちはまだ眠っているのだろう。

三人は挨拶《あいさつ》をかわした。金井はすぐに読んでいた新聞に目を戻し、幸三郎は燃えている暖炉《だんろ》のそばの、愛用のロッキングチェアまで行って腰を降ろした。牛越もその近くの椅子にかけた。

暖炉の薪がはぜ、煙は巨大な漏斗のような煙突に吸い込まれていき、窓ガラスは外の寒さを教えるように曇っている。いつもと変わらない朝だった。

しかし、牛越佐武郎はかすかに妙な気分を抱いた。そして、すぐにその理由に思いいたった。尾崎や大熊たちが起きてこないからだ。そう思ったとたん、ドアが乱暴な調子で開いて、尾崎と大熊がサロンに駆け込んできた。

「すいません！　ちょっと疲れてたもんで」

尾崎が言った。

「何か変わったことはありませんか？」

言いながら椅子を引き、食卓についた。牛越は暖炉のそばから立ちあがり、テーブルの方へ歩いた。

「まあ、昨日の今日だからね、何も変わったことは起きんだろうと思うよ、今のところはね」

「でしょうな」

大熊も寝ぼけまなこで言った。

「どうも夕べは風の音で寝つけなくて……」

尾崎がまた言いわけした。

「阿南君はどうしたろう？」

「あの男はゆうべ夜っぴて遊び呆《ほう》けてたから、当分起きてはこんでしょう」

大熊が言う。

それから金井初江が降りてきた。続いて英子、すぐそのあとに相倉クミも続いた。しかしそれで先発隊は撃ち止めで、残りの連中が起きてくるまでには、それから一時間以上がかかった。

みなは紅茶を飲みながら待っていたが、

「どうしましょう、起こしてこようかしら……」

と英子は幸三郎に言った。

「いや寝かせておいてあげなさい」

と幸三郎は応える。その時車が坂を昇ってくる音がして、すぐに、ごめん下さい、おはようございます、という若い男の声が玄関でした。

英子がはいと返事をして玄関へ出て行き、きゃあと悲鳴をあげたので警官たちは色めきたったが、英子はすぐにひと抱《かか》えもある菖蒲《しょうぶ》の花束《はなたば》を抱えてサロンへ戻ってきた。

「お父様が注文なすったの？」

「そうだ。冬の間は花でもなければ殺風景だからね、空輸されてきた花だよ」

「お父様って素敵！」

英子は花を抱《だ》いたままで言った。車が坂を下っていく音がした。英子はしょうぶの花束を、ゆっくりとテーブルに横たえた。

「千賀さんと手わけして、それをここや、みなさんの部屋へお配りしなさい。各部屋に花瓶があるはずだし、なければどこかその辺にあるだろう。なにしろ部屋数だけ花瓶はあったと思うからね」

「ありましたわ、お父様。さっそくやりましょうか、おばさん、おばさん！」

客たちは自主的に立ちあがって、それじゃあ花瓶を持ってきましょうと言った。そして花の分配があらかた終わった頃、日下と戸飼が起きてきた。しかし事情を聞いて彼らはもう一度部屋へ花瓶を取りに引き返さなくてはならなかった。

その時点でもう午前十一時が近くなっていた。英子は花を持って嘉彦を起こしにいった。阿南巡査はその頃起きてきた。


十一時五分前になり、サロンには菊岡一人を除いて全員が集合した。菊岡栄吉は痩《や》せても枯《か》れても社長であるから、誰も起こしにいこうとは考えなかったのだ。

しかし考えてみれば、これはおかしいと言わなくてはならない。ゆうべ菊岡は一番早く寝たのだ。サロンから消えたのは九時前くらいだった。あれから金井の部屋を訪ねたりはしているが、おそらく九時半くらいには寝たのではあるまいか？　それが十一時になっても起きてこない——。

「おかしいな……」

金井がつぶやいた。

「何か具合でも悪いのかな？」

「様子見に行きましょうか？」

クミも言いだした。

「しかし眠いのを起こすと機嫌悪いからなぁ……」

「まさかとは思いますがね……」

大熊が言った。

「起こした方が安心ではありましょうな」

「よし、じゃあ花でも持って……、英子、その花瓶貸しておくれ」

「あら、だってこれはここに置く分よ」

「いいじゃないか、ここには花なんかなくていい……、ありがとう。じゃあみなさん行ってみましょう」

そこでみなは、ぞろぞろと十四号室へ向かった。

ドアの前に立ち、幸三郎はドアを叩いて、菊岡さん、浜本です、と呼んだ。牛越は一瞬ギクリとした。昨夜これとまったく同じ情景があったのを思い出したからだ。あの時はもう少し控えめな呼び方だったが。

「起きないな……。今度は君が呼んでみて下さい。女性の声の方が目が覚めるかもしれない」

幸三郎はクミに言った。しかしクミの声でも同じことだった。みなは顔を見合わせた。

一番顔色を変えたのは牛越だった。彼はヒステリックにドアを叩き、

「菊岡さん！　菊岡さん！」

と叫んだ。

「おかしいぞ、こいつは！」

刑事の切羽詰まった声は、誰の胸にも急激な不安を呼び起こした。

「ぶつかっていいですか？　壊しても……」

「いや、しかし……」

幸三郎は少しためらった。この部屋には愛着があったのだろう。

「あそこから、少しなら中が見えるんじゃあ……」

日下が壁の高いところにある小さな換気孔を指差した。しかし廊下にはテーブルも椅子も、台になるものは何もなかった。

「尾崎君、君の寝た部屋に台……」

牛越が言い終わらないうちに、尾崎は十五号室に飛び込んだ。そして、ベッドサイドのテーブルを持ってきた。それを換気孔の下に置くのももどかしくとび乗ったが、

「駄目だ！　低くてよく見えません。ベッドまでは！」

「脚立《きゃたつ》だ！　梶原君、外の物置に脚立があったろう!?　持ってくるんだ！」

幸三郎が命じた。脚立が届くまでのわずかな時間が、ずいぶん長く感じられた。脚立が立てられ、尾崎が昇って覗き込むと、

「いかん！」

と叫んだ。

「死んでるのか!?」

「やられてるのか!?」

刑事たちが叫ぶ。

「いや、菊岡はベッドの上にはおりません！　しかし血

らしいものがベッドの上に」

「菊岡はどこに!?」

「見えんのですよ、ここからは。ベッドのあたりしか見えません！」

「破りますよ」

牛越は有無を言わせぬ口調で言った。こうなればもう致し方ない。大熊と牛越が揃ってドアに体をぶつけた。

「それはかまわんのですが……」

幸三郎が言う。

「このドアは特別頑丈なんですよ。おまけに錠も特別製で、ちょっとやそっとでは壊れんでしょう。さらには合《あい》鍵《かぎ》もない」

幸三郎の言葉は正しく、阿南も加わって三人の男が体当たりしても、ドアはびくともしなかった。

「斧《おの》だ！」

幸三郎が叫んだ。

「梶原君、もう一度物置だ。あそこに斧があったろう？もう一度行って取ってくるんだ！」

梶原は駈けだした。

斧が届くと、阿南が、さがって下さいと言いながら両手で客たちを押した。

大熊が斧をふるった。この男は、どうやら斧をふるうのがはじめてではないようだった。たちまち木片がとび散り、小さな裂け目ができた。

「いや、そこでは駄目なんです」

幸三郎が見物人の群れから進み出た。

「ここと、ここと、このあたり、この三ヵ所を見当に破って下さい」

幸三郎は、ドアの上部と下部と真ん中あたりを指し示した。大熊は怪訝そうな顔をした。破れば解ります、と幸三郎は言った。

三つ穴があき、大熊は不用意に手を入れようとした。牛越がさっと白ハンカチを差し出す。大熊はそれを受け取り、手に巻いた。

「このドアの上と下に、上に向かってと、下に向かってのカンヌキがあるんです。つまみを持ってぐるりと廻して下さい。上のは落ちるでしょう、下のは引きあげて、それからぐるりと廻して留めて下さい」

しかし勝手が解らないらしく、ずいぶん手間取った。

ようやくドアが開く、警官たちは一気になだれ込もうとした。しかしどすんと音がして、ドアが何かにつかえた。尾崎が力まかせに押す。ソファらしいものが見えた。

どうやらソファが邪魔しているらしい。しかしそのソファは、どうしたわけか底がこちら側に見えている。倒れているのだ。尾崎が足を差し入れ、蹴飛ばした。

「乱暴にするなよ！」

牛越が言った。

「現場が失われる。ドアが開きゃあいいんだ」

ドアが開き、後ろで半円を作った見物人たちは、息を呑んだ。ソファが倒れ、テーブルも横倒しになっている。その向こうに、菊岡栄吉の巨体がパジャマ姿で横たわっていた。どうやら争った跡らしい。菊岡はうつ伏せになっている。その背中の右側に、ナイフが立っていた。

「菊岡さん！」

幸三郎が叫び、社長、と金井道男も叫び、クミはうっかりパパ！　と口走った。

刑事の群れが飛び込む。その時、しまった！　という叫び声が背後で起こった。尾崎が振り返る。瞬間大きな音をたてて花瓶が割れていた。

「しまった！　すいません」

幸三郎が言った。彼も刑事に続いてあわてて部屋に入ろうとしてソファにつまずいたのだ。

しょうぶの花が菊岡の巨体の上に散乱していた。これも何かの因縁か、と牛越は口には出さず、思った。

「本当に申し訳ありません、拾いましょう」

幸三郎が言った。

「いやけっこう。こちらでやります。あなたはさがっていて下さい。尾崎君、花を片づけてくれ」

牛越は現場を見廻した(図7)。血はかなり流れている。ベッドのシーツに少々、それから床にずり落ちた電気毛布にもつき、さらに、寄せ木細工の床の中央に敷かれたペルシア絨毯の上にも流れていた。

ベッドは床に木ネジで留められているから当然動いてはいない。家具で位置を変えているものはソファとテーブルで、しかも両方とも横倒しになっている。ほかには見渡したところ、位置が変わったり壊れたりしたものはないようだった。暖炉にガスストーヴがあったが、火はついていず、元栓も閉じていた。

牛越は菊岡の背中のナイフを見た。そして驚いた。ひとつには、ずいぶん深々と突き立っていることだ。柄の部分まで体に埋まりそうになっている。力まかせに突き立てたのだろう。しかしそれ以上に驚いたのは、ナイフが上田殺しの時と同種の登山ナイフで、しかもこれには白い糸が結びつけられていたからだ。パジャマは血に染

〈14号室〉

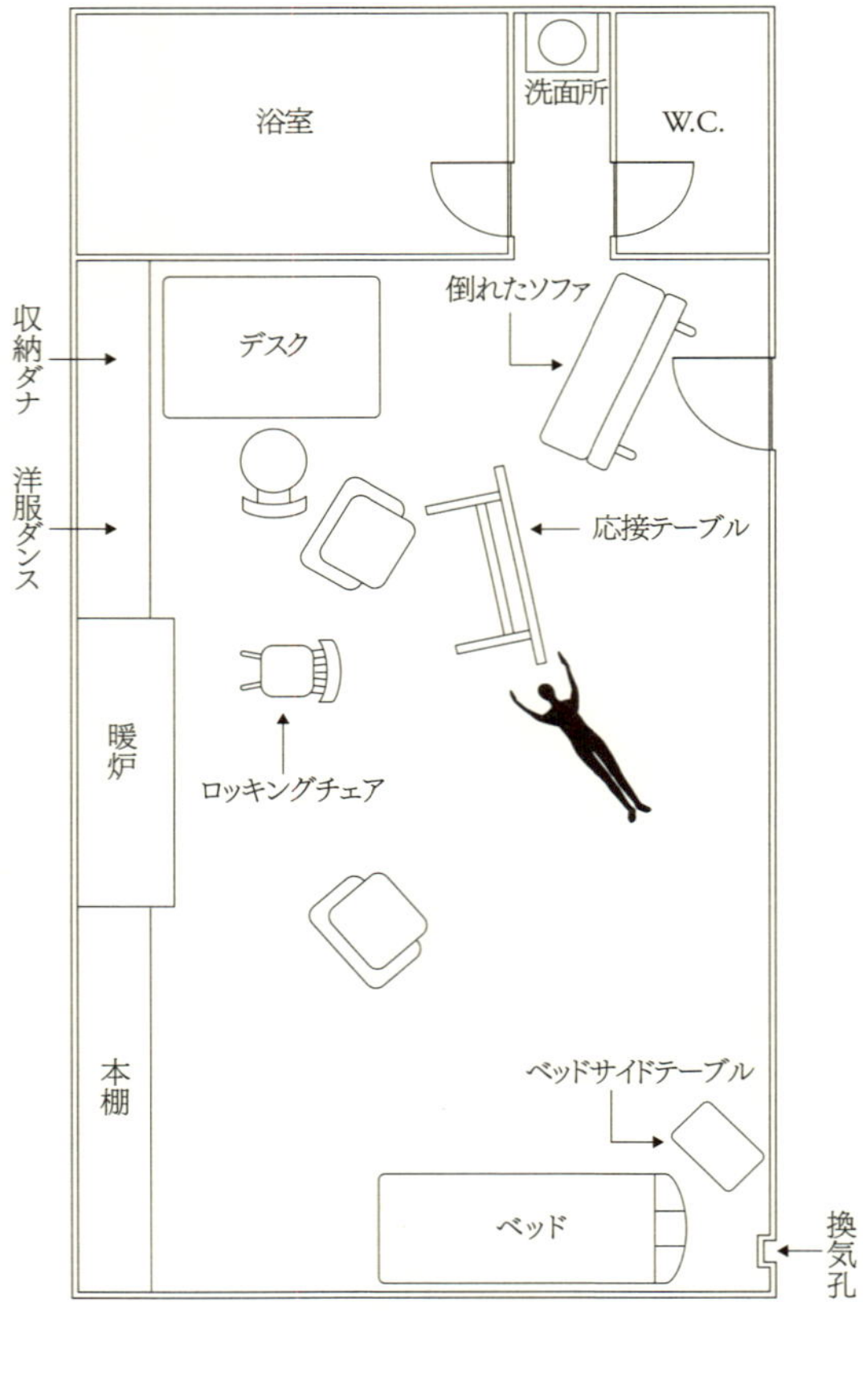

浴室
洗面所
W.C.
倒れたソファ
デスク
収納ダナ
洋服ダンス
応接テーブル
暖炉
ロッキングチェア
本棚
ベッドサイドテーブル
ベッド
換気孔

まっているが、白い糸はまったく染まっていない。

ナイフは背中の右寄りに立っているから、心臓ははずれていることになる。

「死んでます」

尾崎が言った。ということは、出血多量で死んだということか。

牛越はドアを振り返った。思わず、馬鹿な、という言葉が口をついて出た。こんなはずはない！

ドアはこれ以上ないほどに丈夫なものだった。今あらためて室内側から眺めると、まるで嫌味なくらい頑丈にできている。厚い樫《かし》の木でできていて、錠前も上田殺しの時と違って何ともしっかりしたものだ。しかも三つもついている。まるで金庫である。

ひとつはドアノブの中央のボタンを押す形式のもので、これは他の部屋のものと同じだが、残りのふたつが大した代物だった。ドアの上部と下部に小型のカンヌキが取りつけてある。直径三センチばかりの頑丈そうな金属のバーを、当然上のものは持ちあげてからぐるりと廻して留め、下のは落とし込んでおく。これではいくら器用《きよう》な人間でも、部屋の外から遠隔操作してロックすることなどできまい。しかもドアに限らず、ドアの四方の枠も、実に細工のしっかりしたもので、上下左右に隙間などほとんどなかった。

それがこの乱れたソファとテーブル、そしてナイフによる死体、いったいどうなっているんだ!?　何が起こったんだ!?

牛越はしかし冷静を装って言った。

「尾崎君、みなさん全員をサロンに誘導してくれ。阿南君、署に連絡だ」

「この花瓶の破片はどうする？」

大熊が言った。

「そうですな、それは集めて棄ててもよござんしょう」

それから牛越は腕組みをし、面目まる潰《つぶ》れだ、とつぶやいた。


警官の群れが坂を昇っていちダースも駆けつけ、いつもの大騒ぎが始まった時、牛越の胸はますます敗北感でいっぱいになった。いったいどこの血に飢えた野郎の仕業なんだ!?　警察官が四人も泊まり込んでいるというのに、少しは遠慮してもよさそうなものじゃないか！　何でまるでおかまいなしに、連続して殺しなんぞやらなくてはならないのか？

だいたいどうして密室なんだ？　二人とも自殺ではあり得ないじゃないか！　どんなヘソ曲がりが見てもあの死体では自殺には見えまい。まして菊岡の場合、背中じゃないか。

赤恥をかかせてくれたものだ。簡単には許さんぞ、と牛越は思った。彼の見込み違い、見当違いをしていた部分が多くあったことも確かだった。これだけ警官がいるのだから、連続殺人など百パーセントないと、内心たかをくくっていたのだ。出直さなければいかんな、と牛越は気を引き締めた。

夕方には、もう鑑識から死亡推定時刻の報告が届いた。それによれば午後十一時頃だが、余裕を持ってその前後三十分以内ということだった。午後十時三十分から、十一時三十分までの間——。

「手っとり早く伺いましょう」

牛越はサロンで、生き残った客たちと家の主、そして使用人たちに向かって口を切った。

「昨日の夜、午後十時半から十一時の間、つまり午後十一時をはさんで前後三十分ずつの間です、この時刻、みなさんはどこで何をしていらっしゃいました？」

「われわれは……」

日下が即座に言った。

「その時間はまだこのサロンに、そのお巡りさんと一緒にいた頃です」

「われわれというのは？」

「ぼくと戸飼君、それから嘉彦君に早川さん夫婦、梶原君です。六人ですね」

「なるほど、何時頃までここにおられましたか？」

「午前二時過ぎまでです。時計を見て二時だったんで、あわてて部屋へ帰って寝たんです」

「六人全員ですか？」

「いえ」

「あの、私たちは十一時半頃、部屋へさがりましたです」

早川千賀子が口をはさんだ。

「あなた方ご夫婦が、ですな？」

「いえ、ぼくもです」

梶原が言った。

「するとあなた方は十一時三十分頃、三人で十四号室の前を通ったわけですな？」

「いえ、前は通りません、階段を降りたところは、十四号室のドアと反対側ですから」

「ふむ、それで十四号室のもの音とか、何か不審な人影とか、見ませんでしたか？」

「さあ、何しろあの風の音でしたから」

「そうですな……」

この三人は、きわどいところだが、と牛越は思った。時間の点から一応に除外できるだろう、しかし十一時三十分に十四号室のドア近くを通った者があるという事実は大きいかもしれない。犯人はすでに仕事をすませて立ち去っていたのか——!?

「すると、ですな、残りの三人の方が、午前二時頃までサロンにいたわけですな？」

「そうです。阿南さんと一緒に」

「阿南君、そうかね？」

「そうです」

すると日下、戸飼、嘉彦の三人は文句なく除外できる。幸三郎も昨夜はずっと自分と一緒にいたから問題外だろう。

「早川さん、昨夜は家中の戸締まりはしっかりしていましたね？」

「そりゃもう、夕方五時頃からしっかり鍵をかっておりました。あんなことのあとですから」

「ふむ」

しかし、これで殺人鬼がこの家の中にいるという事実がはっきりしたことになる。ということは、とりもなおさず自分の目の前のこの十一人の内に犯人がいるということだ。今、七人が除外できた。残る人間は、浜本英子、相倉クミ、金井道男、初江、この四人！　何と、ほとんど女ばかりではないか!?

「浜本英子さん、相倉クミさん、あなた方はどうです？」

「私はもう部屋で休んでましたから」

「私もです」

二人が答える。

「つまり、証明はむずかしいわけですな？　アリバイの」

二人の顔色が、少し白くなった。

「でも」

クミが思いつめたような声で言う。

「一号室から十四号室へ行くのでしたら、サロンを通らなければ行けませんし、サロンにはお巡りさんたちがいたんだから……」

「そうよ、私もそうだわ！　サロンを通らずに十四号室へ行く方法は絶対にないですわ。十四号室は地下で窓もないし、たとえ外へ出て廻ったにしても、また中へ入る方法がないわ」

「なるほど」

「ちょっと、ちょっと待って下さいよ！　それじゃあわれわれが怪しいということになる。私はずっと部屋に、九号室におりましたよ。女房が証人です」

金井道男が大あわてで言った。

「ご夫婦の場合はですな……」

「い、いや、ちょっと待って下さい。今度のことで一番打撃を受けているのは私なんだ、ということは女房もそうです。菊岡さんが死んで一番深刻な打撃をこうむっているのはわれわれ夫婦なんですよ。こういう言い方は何だが、この際かまっちゃいられません、私はいわゆる菊岡派なんですよ、社内の派閥でね。言ってみりゃ菊岡の子分ですわ、十何年というものね、菊岡さんにかけてここまで来とるんです。ここのところはどうお調べいただいてもけっこうです。よっく調べて下さい。私は菊岡社長が死んだらもうお先真っ暗なんですわ、明日からどうしようかと思っとるくらいです。私に殺せるわけがないじゃないですか！　動機の持ちようがないです。社長を殺そうというやつがいたら、体をはってでも守らにゃいかん立場だ。自分の生活のためにです。私が殺すわけがない。第一こんな貧弱な体です、社長に立ち向かっても勝てる道理がない。私じゃありません、私じゃないですよ。同じ理由で女房でもありません」

「ふむ」

牛越は溜息をついた。追い詰められるとえらく能弁になる男だ。ただ、この男の言い分ももっともではあろう。しかし、そうなるとまたしても犯人は存在しなくなるのだ。弱った。

「浜本さん、またあの図書室を利用させていただいてよろしゅうございますか？　われわれ、またちょっと打ち合わせをしたいんで」

「おお、よろしいですよ。どうぞ、どうぞ。ご自由にお使い下さい」

幸三郎が言い、

「恐縮です」

牛越は応えた。そして、行こう、と仲間を促して立ちあがった。

第七場　図書室

「こんな馬鹿げた事件は見たことがない！」

大熊警部補が言った。

「いったいどうなっとるんだ!?　死因がナイフによるもんであるのは確かなんでしょうな？」

「確かです。解剖の結果ですからな。若干の睡眠薬も検出されたが、むろん致死量には遠いものです」

「何か仕掛けがあるんじゃないのか？　この家には」

「十四号室は、鑑識の連中がざっとですが、さっき調べてますよ。どこにも隠し戸や、隠し戸棚の類いはないですな。それは十号室も同じです」

「天井はどうですか？」

「天井も同様です。普通の天井ですよ。もっとも壁板にせよ天井板にせよ、全部引き剥がしてみれば、案外何か出てくるかもしれませんがね、現段階では、そこまでの必要性にはいたってないでしょう。その前にやることがたくさんありそうです」

「しかし、天井くらいは調べる必要がないかな？　なんとなればあの糸だよ。ナイフになんで糸が付いておるんだろう？」

大熊がなかばわめくように言う。

「この家の連中は、金井夫婦を除けばアリバイが立つ、十一時前後はね。しかし金井には動機がない、そしてまあ、ホシが今この家に寝起きしている連中の中に確かにおるのなら、こりゃいささか小説めくが、前もって何か仕掛けをしておいて、十一時頃菊岡の背中にナイフが立つようにしておいたんじゃないかね？　それしか考えられん。そうじゃないですか？」

「ふむ、そういう可能性も考えなきゃならんでしょう。こうなっては、ですな」

「ね？　だろう？　そうすると、天井が一番臭い。なんとなればあの糸です。あれでナイフを吊り下げておいて、十一時になればベッドの上に落ちるようにしておく……」

「だから天井板ですか？　しかし、天井板はごく普通のシーリング材でしたよ。さんざん叩いて廻った限りでは、どこにもはずれたりめくれたりするような仕掛けはありませんでした。

それに、です。その考え方は……、そうですな、ふたつばかりの理由によってむずかしいです。ひとつは高さです。あのナイフは柄《え》もほとんど埋まるほどに深く刺さっております。天井から下げて落としたくらいでは、あれほど深くは立ちませんよ。いや、傷を負わせられるかどうかだってむずかしい。天井から落下したくらいではね、少々痛いかもしれんが、せいぜい蜂に刺されたくらいで、ぽろりと横に落ちるでしょう。

ではずっと高くすればどうか？　すると十四号室の上の階には大熊さん、あなたが寝てらしたわけですからな、あのくらいナイフを突き立てるためには少なくとも二階分程度の高さは必要でしょう。それでもあのくらい刺さるかどうか解らんですがね。十四号室で取れれる高さというのは、どう頑張っても十四号室の天井裏、上の十二号室の床板の下までです。その高さでは、ナイフはあんなに深くは立ちませんよ」

「ふん、まあそうだろうね……」

大熊が言った。

「もうひとつは毛布です。それだと毛布の上から突き立てることになります。しかも背中じゃなく、まず胸でしょう」

「だがそりゃあまあ俯伏せに寝てたかしれん」

「そうですな」

「この考えが弱いことは解っとります。それなら私にはこれしか考えられん、つまりこの家のどこかにもう一人、見たこともないホシがひそんどるんだ。それしか考えられんじゃないですか。どう見てもあの十一人の中にゃホシはおりませんよ！」

「それもしかし、どうですか。誰も泊まってない空いている部屋は、すべて調べましたよ。宿泊している客が、まさか隠まっているわけもないでしょうしね」

「それはしかし、解らんでしょうが」

「ふむ、一応彼ら立ち会いのもとで、この家の全室のチェックをやった方がいいかしれませんね、しかし……」

「いや、それもですがね、案外この家のどこかに一人くらい人間がひそんでいられるスペースがあるかもしれん、その点をね、念入りに捜査した方がいいかもしれん。仕掛けというのはそういうことです。何しろこんな変てこりんな家ですからな、何が用意されとるか解らん」

「お言葉なんですが……」

尾崎が口をはさむ。

「そうするとこの家の主であるところの浜本幸三郎、ないし英子が共犯という話になってきます。ところがですね、動機ということを考えますと、浜本親子は日下、戸飼と並んで、真っ先に除外されてしかるべき人間なんですね。上田一哉に関してもそうなんですが、菊岡栄吉に対してもそうなんです。

上田の時の資料なんですが、浜本幸三郎は菊岡栄吉という人間に対して、別に古くからのつき合いがあるわけではありません。むろん幼馴染みというわけではありませんし、二人が出遭ったのは互いに一国一城の主となってからです。仕事の関係で、つまりキクオカ・ベアリングとハマー・ディーゼルとのつき合いとして、関係が始まったわけです。

それはもう十四、五年の前になるようですが、しかし二人が特に親しくつき合った様子もないですし、このふたつの会社が、特別危険な摩擦を生じたという事実もありません。幸三郎氏と菊岡氏が会った回数にしても、十回にも充たない程度です。菊岡をこんなふうに屋敷に招き入れるようなつき合い方を始めたのもつい最近、浜本氏がここに別荘を構えてからです。とても殺意が生まれるほどのつき合いがあったとは考えられません」

「出身地も違うのかね？」

「違います。浜本は東京、菊岡は関西ですから。この二人が会社を興《おこ》す以前に知り合いであったという事実はないと、多くの二人の側近が断言しています」

「英子も当然そうだろうね」

「当然そうです。英子が菊岡に会うのは、夏の時と今回とでまだ二度目のはずです」

「ふうん」

「この夏と今度とでこの家にはまだ二度目だというのがほかにもおりまして、それが日下と戸飼です。それから浜本嘉彦と梶原春男ですね。これらはすべて条件は同じ、今回で菊岡に会うのは二度目です。どう考えても、殺意を生むほどの確執《かくしつ》が生じる時間はなさそうですな」

「ふむ、常識的に、動機の点を考えれば、今名前の出た連中は除外してよいと、こういうわけだね」

「動機の線からは、ですね」

「しかし、われわれの扱ったヤマで、変質者の仕業でない限り、動機のない殺しなんてのはなかったよな」

「そうですね」

「怨恨、もの盗り、嫉妬、かっときて、女とやりたい、金が欲しい……、おっそろしくケチなものばっかりだったがな」

「今名前が出なかった者の内に、秘書嬢や子分の金井夫婦は解るとしても、この家の使用人の早川夫婦がいるな？　これはどうしたわけだ？」

「これが昨日の時点では解らなかったんですが、大いにわけありでしてね。今日報告が入ったんです。実は早川夫婦には二十歳《はたち》になる一人娘がありましてね、この娘がこの夏、避暑にきた菊岡とここで会っているわけです」

「ほう！」

牛越と大熊の目の色が少し変わった。

「色白でポッチャリ型の、男好きのする顔だちだったという話ですが、写真は手に入っておりません。必要なら早川夫婦に言えばよいでしょう」

「解った、それで？」

「その娘は東京は台東区、浅草橋でヒミコというスナックに勤務しておったんですが、この娘も今年の八月、ここへ遊びにきておったわけです。それをここへやってきた菊岡が、まあ興味を抱いたんでしょうな、菊岡栄吉という男の女に対する執着というか、情熱家ぶりは、当人を知る人間誰もが口を揃えるところでしてね」

「菊岡って男は独身なのかい？」

「とんでもない。妻と、高校生になる男の子、中学生の女の子、二人の子持ちです」

「ふうん、頑張るね……」

「菊岡ってのは豪放磊落《らいらく》を装いながら、一面ちょっと陰険なところがある男らしくてですね、社内でも自分に不義理をしたような人間があると、表面的には笑ってすませるんですが、あとでしっかり仕返ししておくというような性格のようです」

「宮仕《みやづか》えの辛《つら》さじゃね」

「早川良江《よしえ》、その早川夫婦の娘ですが、この時もそういうことがありましてね、ここでは両親の手前もあってそういう素ぶりは露《つゆ》ほども見せませんでしたが、東京へ帰ってからせっせとヒミコへ通ったらしいんですな。

ヒミコというのは若い連中が相手の、まあモダンだが高くはない店でしてね、ママと良江の二人だけでやっていたようですが、そこへキクオカ・ベアリングの大社長が日参したわけですからな、これはひとたまりもないです」

「金も地位もある好色爺さんというのは、悪徳警官の次にたちが悪いね」

「奴さん、女には金を惜しまないというのが生活信条だったようですから」

「大した心がけだ」

「ご立派なものだね」

「そういうわけで、せいぜい札びらを切ったんじゃないですか。で、良江としばらく関係を続けておったようですが、ある時菊岡がポンと身を引いたようなんですね」

「ふん」

「ところがヒミコのママの話によると、マンションも買ってやる、スポーツカーも買ってやるという口約束を菊岡はしていたらしい、それがそのままになっている、悔しいと、そういう話だったらしい」

「なるほどね」

「ママとしては、良江がさかんにそういう話をするので気分が悪かったらしいんですがね、とにかく良江は捨てられた、菊岡に電話しても出てはくれないし、うまく捕えてもそんな話した憶えはないというわけです」

「それでどうしたんだい？」

「自殺をはかったわけです」

「えっ？　死んだのか!?」

「いえ、死にはしなかったようです。睡眠薬を飲んだんですが、すぐに洗浄《せんじょう》されましてね、たぶんに菊岡に対するあてつけの要素が強かったようですね。それからママの話では、まあ自分にあんな話をした手前、恥をかいたということもあるんじゃないかと」

「ふうん、これはどちもどっちのような感じだが。で、今は？」

「それがですね、体の方もどうにか回復してぶらぶらしていたところが、先月のはじめに交通事故で死んだそうです」

「死んだか!?」

「これは菊岡は何のかかわりもない単なる交通事故だったんですが、おさまらないのは早川夫婦ですね、菊岡に殺されたと思ってるようです」

「だろうな……、一人娘じゃな。……で、それは浜本幸三郎氏は知っとるのかい？　その話」

「たぶん知らんでしょう。早川夫婦の一人娘が交通事故で死んだというくらいは知ってるでしょうがね」

「なるほどねえ、女の趣味もほどほどにせんといかんな。で、その早川夫婦のいるこの家へ、菊岡はのこのこ来る気になったわけか？」

「それは大ハマー・ディーゼル会長じきじきのお招きとあれば、断われんでしょう」

「やれやれ気の毒に。よく解った。早川夫婦に菊岡殺しの動機はあり、か。昨日は、そいつを黙っていやがったんだな。では上田に対しては？」

「こっちは何とも妙なんですね、早川夫婦に上田一哉を消したいという動機は絶対にないはずです。早川夫婦が上田と接触があったのは、この家で二度だけのはずです」

「ふうん、菊岡にはあるが、上田にはない。妙だな……。おまけにその菊岡殺しの方に関しては鉄壁とも言えるアリバイがある。

ま、いいだろう。では次に金井道男、初江夫婦に関して菊岡殺しの動機にからんだ情報はあるかね？」

「こっちもありますよ、女性週刊誌ふうのやつが」

「ほう」

「金井道男が社内で菊岡派であること、これは疑いもない事実です。奴さんは菊岡のよいしょを十数年、雨の日も風の日も続けてここまでのしあがったんです。この点に関しては金井自身がさっき熱弁をふるっておった通りです。大筋としてはやつの言う通りで間違いはないです。ただ問題は、女房の初江なんですがね」

「女房か……」

尾崎はじらすように煙草に火をつける。

「初江を金井に娶《めあわ》せたのは菊岡で、それは二十年近くも昔の話になるんですが、どうも初江というのはもと菊岡の愛人であったふしがあるんですな」

「またか！」

「好きな男だな！」

「根が好きというんでしょうかね」

「頭が下がるね。で、金井はそのことを知ってるのか？」

「どうですかね、この辺が微妙なところでしてね、表面は知らん顔しているが、案外勘づいておるかもしれません」

「となると、だ、こりゃどうかねえ……。金井がこれに勘づいていたとしても、こんなものが殺しの動機になるかねえ……」

「むずかしいと思うんですよ。というのもですね、菊岡という大黒柱を失ったら、金井は社内ではカカシも同然です。菊岡あっての金井重役ですから。となるとですね、奴がそういうことに気づいたにせよ、こりゃあ時効の事実です。だったら菊岡に死ぬまでむしゃぶりついて、こいつを銭で返してもらおうと考えるのが普通じゃないでしょうか。殺しちまっちゃあ元も子もありません。

もしくはですな、どうしても殺してやりたい、でないと腹の虫がおさまらんと金井が考えたとしてです、その時はどうするかというと、社内の他派の連中に前もって渡りをつけておくだろうと思うんです、親分なきあとのね。ところが調べた限りでは、そういう形跡はまったくないんですな」

「終始一貫、菊岡の腰巾着だった……」

「そうです」

「なるほど」

「算盤の上からもですね、金井に菊岡殺しの動機ありと考えるのはちょっと厳しいように思いますね、私としては」

「女房はどうだ？」

「女房がねえ、そんなことするとは、できるとは思えんのですがねえ」

「金井は上田に対しては？」

「これは前の調査の通り、別に親しいつき合いがないですからね、動機というのは、どんなもんでしょうな、全然無理と思いますね」

「じゃあ次に相倉クミだ」

「この女が菊岡の愛人であることは社内では公然の秘密です。しかしクミとしても菊岡あっての現在ですからねえ……、殺しちゃまずいでしょう。万一殺す理由があったにせよ、絞れるだけ絞り取って、そろそろ菊岡が自分から離れそうだなという、頃合いを見計らってやるでしょう。現在のところ菊岡は、クミに惚れきっておったようですから」

「じゃあ良江とのことは、クミと並行して励んでおったわけか？」

「まあ、ま、そうなりますね」

「感心、感心」

「性格がマメなんですな」

「しかし、たとえばだが、何かわけありでクミが菊岡殺害のために秘書にもぐりこんでおった、なんていうことはないかな？」

「それもないでしょう。クミは秋田県出身で、子供の頃も、それからクミの両親も、まったく秋田を離れたことはないですし、菊岡も秋田へ行ったことはないようですから」

「ふうん、よく解った。つまるところ、動機ありは早川夫婦だけか。そして上田殺しに関しては動機を持つ者はなし、か。おまけに今度の密室はやっかい千万だ。大熊さん、あなたはこれをどう思われます？」

「見たこともないくらい馬鹿馬鹿しい事件です。絶対外から操作できんような密室で助平爺さんが殺され、動機を持つ者なんかいやしない。やっといたと思ったら、殺しの時間はお巡りさんと一緒にサロンにいたというわけですからな！

私としちゃあ、やることはひとつだと思いますね、十四号室の壁板と天井板を引っぺがすんです。たぶん抜け穴でもあるんじゃないかな？　あの暖炉あたりが一番怪しい。あの裏に抜け穴があるんだ。抜け穴をたどっていくと、秘密の隠し小部屋があって、そこに十二人目の人間、小人《こびと》か何かかもしれん、そういう奴がじっとひそんどる……、いや、これは冗談で言っとるんじゃありませんぞ、私は。これしかないんじゃないですか？　小人なら狭いところにでもひそんでいられるし、細い抜け穴も潜《くぐ》ってこられる」

「あの暖炉はかたちばかりで、実際に火は焚けないようになってました。ガスストーヴが置いてあるだけなんですよ。したがって煙突もありません。さんざん叩いて廻って、継ぎ目も調べて、私が調査した限りでは何の仕掛けもありませんでした」

「じゃあ牛越さん、あんたはどうお考えなんです？」

「ふうむ……、尾崎君、君はどう思う？」

「すべて論理的に考えなきゃいかんと思うんです」

「同感だね」

「ふたつの殺人は、ふたつの密室で起こってます。言い換えれば、ホシは殺人に際して、ふたつの密室を作りだしておるわけです。といいますのも、十号室の場合、殺した上田の手首にどういう理由かは知らんが、紐を巻きつけたり、床の砲丸に糸を足したりしている。今度の十四号室の場合、ソファとテーブルを菊岡と争って倒したりして、室内に入った形跡を確実に遺している。したがって密室は、両方とも殺人のあと作り出したもんじゃないか、そう考えるべきじゃないですかね？」

「ううん、ま、そういうことになるだろうなあ」

「しかし両方とも、特に十四号の場合、上下のカンヌキふたつと、ノブのボタンというみっつものやっかいな錠を、きれいに降ろしている。ドアに隙間でもあるならともかく、あの十四号室のドアは実によくできていて、上部も下部も横も、隙間はまるでない。しかもドアは、内側の天地左右の枠にあたって止まるようになっているわけですから、隙間はさらに完全になくなります。

　ということは、あの壁の高いところにある、二十センチ四方の換気孔から、糸か何かで操作するしかなくなってくる。ところがドアの周りの床や、柱付近にも、ピンの類《たぐ》いが落ちていたり、留めた跡らしい新しい穴なんかもない、私はずいぶん念入りに調べたんです。そういう方法を用いた形跡はないんですね」

「うーん……」

「それともあの倒れていたソファやテーブルが、何か密室工作のトリックに関係あるんでしょうかね？」

「どうだろうなぁ、それに、何で密室にする必要があったのかという問題もある。背中刺しておいて自殺ですという馬鹿もいないだろう」

「ええ、しかし、今一応ソファやテーブルを、密室作りの小細工の道具に使ったとしますね、このふたつを倒したら、紐で引かれて錠が降りるみたいな方法が何かあったとしてです。これだって紐か丈夫な糸かは絶対必要だろうと思うんですが。そして糸は例の換気孔から回収したと。牛越さんは夕べ十四号室のドアをノックしたとおっしゃいましたね？」

「叩いたのは浜本氏だがね」

「それは何時頃でした？」

「十時半くらいだったろうな」

「その時、壁の換気孔から糸が垂れていたりしませんでしたか？」

「なかった。私は中の返事がないから、何となく壁の上の換気孔を見たんだ。何もなかったな」

「そうでしょうね。その時点ではまだ菊岡は生きて眠っていたはずですから。しかしそのおよそ三十分後に菊岡はホトケになって、しかも十一時三十分には使用人の三人が近くを通っている。彼らは換気孔なぞ見なかったらしいが、常識的にはこの時は、もう紐の回収は終えていなきゃならんでしょう。


あの換気孔は高くて、ベッドサイドのテーブルに乗っても中が見えないくらいだから、犯人が踏み台を使わないとすれば、紐は相当長く垂らしておかなくちゃならん。これを、そばを人が通るのに、いくら真ん前は通らないといっても、そのままにしておくというのは考えにくいでしょう」

「つまり、十一時十分くらいまでにさっさとやってしまったと、こういうことだな、十分程度の時間で」

「そうですが、これはたまたま十一時三十分に使用人たちは地下へ降りてますが、これはそうなるとは全然限らないんですな、いつもならもっとずっと早い時間に使用人たちは部屋へさがるわけですから。下手をすれば糸を引いてるところを見られるかもしれない、この計画だとそういうことになりますね。だから私なら、もっともっと早くやりますね、遅ければ遅くなるほど使用人たちが地下へ降りてくる確率があがるわけですから」

「うん、俺なんぞがドアの前に行った頃は、もう片づけていても不思議はない」

「ええ」

「しかし、その計画だと、ホシは物理的に決まってきそうだな。十一時頃という犯行時刻は動かないんだからな。

その時、人目につかず、十四号室を訪問できる人間というと、九号室の住人だけという話になる」

「まあ、そうなんですがねえ……、すると十一時という時間が頷けない。それにこういう計画自体えらくきわどいですしねえ、どうでしょうかねえ」

「まあ俺ならやらんが、俺なら最初から人殺しもやろうとは思わんだろうからな」

「もうひとつ考えとかなきゃならんことがあると思うんですよ」

「うん」

「つまり、十一時になると菊岡の背にナイフが立つような仕掛けですね、こういううまいことがもしできるものなら、ホシは悠々とお巡りさんとビリヤードをしてようと、刑事と酒を飲んでいようといっこうにかまわんわけです」

「うん、それをね、わしも考えたんだ!」

大熊がわめいた。

「しかし、こいつは糸で密室を作るのよりもよほどむずかしいですよ。というのは、十四号室に前もってそういう仕掛けを準備しておこうにも、まず第一、部屋に入れんのです。


加えて十四号室自体、別段何の変哲もない部屋で、そんな都合のいい仕掛けができそうじゃないんですがね、隅の書き物机の上は片づいていて、インク壺とペンとペーパーウェイトくらいしか載ってなかったし、本棚も荒らされてはいない。聞いた限りでは、本の位置も変わってはいないと浜本氏が言ってました。暖炉の右の壁に、造りつけの洋服箪笥がありますが、これも中には何の異常もなく、ドアは閉まっていました。

ただ変わってる点といえば、この部屋にはやたらと椅子が多いんですね。隅の書き物机用の椅子、これはいつもの位置から動いてません。机に押し込んであります。それから暖炉の前のロッキング・チェア、これもだいたいいつも通りの位置らしいですがね。それから応接セットふうの椅子ふたつとソファですね、ベッドも椅子の変形みたいなものですが、これを入れなくても合計五つもあるんですな。こいつらを使って何かやれるかなとも考えたんですが、どうですかな、応接セットの椅子ふたつも、あんまり位置は動いてないようですしね。

ま、ともかくです、そんなことより、まずこの部屋には菊岡本人以外ちょっと入れんのです。というのは十四号室には合鍵というものがないんですね。作らなかったのか失くしたのか、それとも浜本自身神経質なところがあったんで、自分の書斎の鍵はひとつしか作らせなかったのか、とにかく絶対にないのは確からしい。そのひとつを菊岡が持っていたわけです。今朝もこれが菊岡の脱ぎ捨てた上着のポケットに入っておりました」

「じゃあ、うっかり鍵を部屋の中に置いてボタンを押してロックしたままドアを閉めたりしたら大変だ」

「いや、それは大丈夫なんです。開いているドアのノブの中央のボタンを押して、ドアを閉めても、ロックはされないそうです。その場合、ロックは自動的に解除されるらしくてですな」

「ああそうなのか」

「しかしいずれにしても、菊岡は滞在中、部屋を出る時はきちんとドアをロックしていたようです、金を部屋に置いていたらしくてね。これは早川夫婦をはじめ、何人かの証言があります」

「なるほど、それじゃあ前もって部屋へ入れる者はないということだな」

「ええ、ほかの部屋ならですね、空いてる時は鍵ふたつを早川夫婦が管理し、客を入れたらその時点で鍵をひとつ渡し、残りひとつの合鍵は英子に渡しておくというシステムのようですがね。とにかく十四号室の場合特別なんですね。そういうこともあって、ここに一番の金持ちを入れたんでしょう」

「やれやれ！」

「サロンの連中の前じゃ言えることじゃないですがね、私自身の気持ちを結論から言や、もうお手上げと言いたいところです。大熊さんが今言われたようにね、犯人がいないんですから。あの十一人の中には犯人はいませんよ」

「ふうん……」

「今度のもそうですがね、前のあの上田殺しにしたって、棚あげになったままの不明の事実はいっぱいありますよ。まず第一、足跡がないという問題がある。密室の方はあんなちゃちな錠ですからね、何とでもなるかしらんが、あの雪は、ふんわり積もったままの状態だった。母屋のどの出入口付近も、それから家の周囲、さらに十号室の階段のところの雪、みんなそうでした。この家の連中や、日下が嘘ついているのでなければ、昨日連中が踏みあらす前に見た雪は、間違いなく処女雪でしょう。この問題。

さらには日下が夜見たという二本の棒の問題。それからあのゴーレムとかいう薄汚ない人形の問題……。あと、そうだ、牛越さん、上田殺しがあったのは二十五日の深夜ですが、二十五日の昼、例の人形は隣りの三号室にあったかどうか確かめるって言ってましたね、どうでした？」

「あったって。二十五日の昼、ちゃんと三号室にすわってるのを浜本氏が見たんだそうだ」

「そうですか、じゃあ、やはり殺しのちょっと前にホシが持ち出した……、待てよ！　ちょっと一応念のために隣りの人形を見てきます」

人形はもう天狗の部屋に戻されている。尾崎は図書室を出ていった。

「だからさ、私はひょっとして十号室も、外側からは、つまりドアからは入ってないんじゃないか、あの部屋の換気孔はこの家の中に向かって開いとるんだろう？　あの穴から何か操作したんじゃないか？」

大熊がまた言いだした。

「しかし壁のは遥か上の方に開いてるんですよ」

「さもなきゃあこいつもまた抜け穴で、いや何かそういう仕掛けでもって……」

「牛越さん！」

尾崎が戻ってきた。

「あの人形の右手に、糸が巻きついてますよ」

「何!?」

「見てごらんなさい」

三人は争って図書室を出た。天狗の部屋の窓のところへ行くと、なるほど窓ぎわに足を投げだしてすわったゴーレムの右手首に、白い糸が巻きついているのが見える。

「くだらんまやかしだよ、戻ろう。こんなのに騙されてたまるものか」

牛越が言った。

「ホシがやったもんでしょうね」

「そりゃそうだろうな、鑑識の連中が早々とこんな人形を返してよこすからだ。しかし人を喰った野郎だ」

三人は、図書室のもとの椅子に戻った。

「さっきの足跡に戻りますが、もしあれを何らかのトリックで消したとするとですね、あんまりそれは意味がないと思うんです。今度の菊岡殺しで、ホシはこの家の内部にいるとほぼ完全に解ったわけですから、言ってみれば次に菊岡を殺す予定でいるなら、上田の時別段足跡を消す必要はないともいえる」

「そうかな……、まあいい、するとどうなるんだ？」

「ですから最初から足跡などなかったと、何らかのトリックで、この家の中からやったと……」

「それを今、わしも言っとったんだ！」

大熊が大声を出した。

「しかしそれじゃあの人形はどうしたんだ？　一人で空を飛んでったのか？　私はそうは思わんよ。いくら内部の者の犯行とあとで解るにせよ、足跡というやつからは案外いろんなことが解るもんだ。まず男靴か女靴かが解る。歩幅から身長や性別も割れやすい。歩幅から女くさいのに、靴が男靴なら女で男靴を持ち出せそうなやつが怪しいという話にもなってくる。何しろ消した方が無難なんだよ。できることならな」

その時ドアにノックの音がした。

「はい」

虚を衝《つ》かれた刑事たちがいっせいに応えた。おずおずとドアが開き、早川康平が腰を屈めるようにして立っていた。

「あの、そろそろ昼食の用意が整うようでございますが……」

「あ、そう。それはどうも」

ドアは閉まろうとした。

「早川さん、菊岡が死んで気は安らぎましたかな？」

牛越が無遠慮な言い方をした。早川は蒼白になって目を見開き、ノブを握る手に力が込もるのが解った。

「なんで、そういうことを言われます!?　私があれに関係していたと……」

「早川さん、警察を舐めんで下さい。娘さんの良江さんのことは調べがついとるんですよ。あんたは娘さんの葬式で、東京へもいらしてるはずだ」

早川はがっくりと肩を落とした。

「ま、こっちへかけて下さい」

「いや、このままで……、申しあげることは何もない……」

「かけろと言ってるんだ！」

尾崎が言った。早川はのろのろと三人の前まで歩み寄り、椅子を引いた。

「あんたこの前、やはりその椅子にすわって、そいつを隠してた。一回ならまあすんだことだ、だがもう一回、今またそれをやろうとしてるなら、はっきり言うが、ためになりませんぞ」

「刑事さん、そんなつもりはもうないです。あの時にしてもです、私は言いたかった、ここまで出ておったです。でも、菊岡さんが亡くなったならともかく、あの時は上田さんだった、わざわざ申しあげて疑われることもあるまいと思いましてな」

「今日はどうです？　菊岡はもう死にましたぞ」

「刑事さん方、私を疑っておられるんですか!?　私がどうやってやれるというんです？　そりゃ私は娘が死んだ時、確かに菊岡さんを憎いと思うとりました。女房も同じでしょう、一人娘ですからな。そりゃ否定はせんです。しかし殺そうとまで思うわけもない、また思ってもできんです。私はホールの方におったし、部屋に入ることもできんのです」

牛越はじっと早川の目を、鍵穴から脳の中を覗こうとでもするように覗き込んだ。しばらくの沈黙。

「あんたは、菊岡さんがまだサロンにいる時にでも、前もって十四号室に入ったりはしなかったでしょうな？」

「滅相《めっそう》もない！　お嬢さんなどからも、お客様がお泊まりの時は、絶対に部屋へ入っちゃいかんと言われておりますし、第一鍵がないです。入りようがないでしょう」

「ふむ、それからもうひとつ伺いたい。外の物置小屋ですな、今朝梶原さんが斧や脚立を取りにいった、あの小屋は鍵がかかってはいないのですか？」

「かかっとります」

「しかし今朝《けさ》彼は別に鍵を持ってはいかなかったようだが？」

「あの小屋のは数字を合わせると開く、あのぶら下げておく……」

「カバン型の数字錠？」

「そうです」

「その数字は、誰でも知ってるんですか？」

「この家の者なら知っとります。数字を言いましょうか？」

「いやけっこう。必要ならあとで伺います。つまり客を除いて、浜本さん、お嬢さん、梶原さん、それからあなた方ご夫婦、これだけの者が知っておるんですな？」

「そうです」

「それ以外の方は知らんわけですな？」

「知りません」

「解りました。けっこうです。われわれは三十分以内に降りていくと伝えて下さい」

早川は、実にほっとした顔になり、即座に立ちあがった。

「あの爺さんは、上田一哉の方は充分にやれる立場にいるわけです」

ドアが閉まると尾崎が言った。

「ああ、動機がないという致命的な弱点はあるがね」

牛越が、なかば皮肉のように言った。

「条件としちゃ可能だ。夫婦が共謀すりゃさらにやりやすくなる。何しろ執事というやつは、主人なんぞより遥かに家のことを知ってるもんだ」

「動機の点ですが、こう考えられんこともないんじゃないですか？　菊岡を消すつもりだったが、上田が用心棒として頑張っており、したがってこいつをまず消す必要があったと……」

「そりゃ弱いだろう。その話なら、上田殺しの夜は、同時に菊岡殺しに願ってもない条件下にあったわけだ。用心棒は一人だけ、そして用心棒は外からしか出入りできないような、まあ物置小屋みたいなえらく離れた場所に追いやられたわけだからね、菊岡を消すにはもってこいの状態だったわけだよ。そうならホシは、躊躇《ちゅうちょ》なく菊岡だけをやるだろう。

何といっても上田はまだ若いし、自衛隊あがりで体力もある。菊岡ならもう歳だし、あんなに太ってるからね、早川でも何とかなるだろう。わざわざ上田を殺す必要なんかない」

「しかし上田は早川良江がらみの事情を知っていて、口を封じておかないと後がやっかいだったということもあるかもしれませんよ」

「まあ、ないとは言えんが、それなら金井とクミがもっと心配だろう。菊岡は上田とはそれほど打ちとけてはなかったようだからな。まずそんな話はしてなかったろう、上田には」

「まあ、そうでしょうね」

「とにかく早川夫妻がやったのなら、何といっても十四号室の密室が解らん。ま、密室はともかく、死亡推定時刻にはあの二人は明らかにサロンにいたわけだ。こいつはもうどうしようもない。そうなると、だ、動機の問題などはとりあえず一切合切かなぐり捨てて、物理的に犯行が可能であった者に対象を絞った方がよかないかな」

「そうですね……、となると……」

「さよう、金井夫婦ということになる。それから点を甘くしてクミと英子だ」

「英子が……？」

「だからそういった問題は、今は一切合切はしょるんだ」

「しかし、それじゃ菊岡殺しをどうやってやったか、ホシを絞るのはともかく、牛越さんは方法の見当はついてるんですか？」

「ま、そりゃいささかついておらんこともない」

「どうやったんです!?」

尾崎は真剣に、しかし大熊は半信半疑の目を牛越に向けた。

「つまりだね、やはりあのドアは完全なものと考えなきゃならんと思うんだ。あれを糸か何かの操作で、上のカンヌキを上に向かってかけ、下のカンヌキを下に落とし、ドアノブの真ん中のボタンを押し、とそこまでは絶対にできんと思うんだ」

「あの施錠はガイシャ自身が施したものということですね？」

「さよう。となると、だ、あの部屋は地下室で窓もない、ドアも開かない、となると残るはただひとつ、あの換気孔しかないことになる」

「あの二十センチ四方の穴ですか？」

「いかにも、あの穴だよ。あそこから刺したとしか考えようがないじゃないか」

「どうやってです？」

「あの換気孔はベッドの真上あたりに開いておった。だから槍《やり》みたいな長い棒の先にナイフをくくりつけて、あそこから室内に差し入れ、刺したとこういうわけだよ」

「ははあ！　すると少なくとも二メートル以上の長さの棒が要りますよ。廊下につかえちまうでしょう。さらにです、持ち運びに不便だし、部屋に置いておけば目立つし、第一この家に運び込むのが大変だったでしょう」

「だからだ、私はこう考えた。それは折り畳みのできる釣り竿だったんじゃないかとね」

「ははあ！　なるほど」

「釣り竿なら適宜《てきぎ》継《つ》ぎ足《た》しながら部屋へ差し入れることもできる」

牛越は得意げに言った。

「はあ、しかしですな、うまく体内にナイフが残るでしょうか。しっかりくくりつけているわけでしょう？」

「さよう。それがあの糸だと思うんだが。しかしその仕組みはまだ解らない。何とかうまく考えたんじゃあるまいか。だがそりゃ犯人に訊きゃよかろう、捕まえてからな」

「すると十号室も、そのやり方ということになりますか……」

「いや、そりゃ解らん」

「しかし、あの廊下には踏み台になるものは何もなかったですよ。それで私は、部屋からベッドサイドのテーブルを持ってきたが、それに乗ってもまだ低すぎて中は全然覗けませんでした。応接テーブルはもっと低いし、どの部屋のベッドサイドのテーブルも、全部あれと同じ高さですよ」

「うん、それなんだがねえ……。ふたつ重ねたかな……？」

「傾いた床で？　ほかの家ならいいですがね。それにテーブルはひと部屋にひとつしかありませんよ。ふたつ重ねたテーブルに乗るのはちょっと骨でしょう、足場が不安だ」

「二人組なら肩ぐるまするとか、いろいろと方法はあるんじゃないか？　まあそれでさっき早川に外の物置の錠のことを訊いたんだがね、例の脚立のことを考えてな」

「しかしまあこの家の、外へ開いた出入口は一応みっつしかないわけです。そのみっつともサロンに隣接してますからね、出入りすればサロンにいた連中に姿を見られるわけです。外へ出るだけなら、たとえば一号室からの階段の、踊り場の窓のところからでも外へ降りられるわけですが、今度は入ってくるところがない。また同じところから入ったら、十四号室へ行くためにはやはりサロンを通らなきゃならんわけです。これじゃなんのために表へ出るんです？」

「サロンにいたやつらがみんな共謀したんじゃないだろうな、と疑いたくもなるが……」

「阿南も一緒に？　すると阿南という巡査も混じってるわけです」

「ああそうだ。やつらに尋ねても、脚立を抱えてのこのこサロンを横断してった、ペンキ屋みたいなのはいなかったと言うに決まってるだろうしな」

その時、牛越の頭に電流が触れたように閃めいた事柄があった。待てよ！　と彼は思った。もうひとつだけ方法があるんじゃないか。一階の住人だけは、自室の窓から自由に外と出入りができるのだ。それはつまり日下か戸飼ということになるのだが。この当人たちは菊岡殺害時刻には確かにサロンにいたが、英子とクミはいなかった。この二人がさっき話の出た東側階段の踊り場の窓から外へ出て――。

「それだったら特殊な、つまり特別製の銃というのはどうだろう？」

と大熊が言いだしたために、牛越の思考は中断された。

「バネ仕掛けかゴム仕掛けでナイフを撃ち出す鉄砲だね。糸はその時、このからくりに必要だったということで……」

「しかし踏み台がないという問題は依然残りますからね。それにあの十四号室の中は、ソファとテーブルがひっくり返っていた。争った形跡があったという問題も無視できませんよ。十号室の場合もホシは中へ入ってますからね」

尾崎が言う。牛越は腕時計を見ながら続けた。

「だからだ、そこんところは一応目をつむってだね、客、およびこの家の住人たちの部屋をあらためさせてもらっちゃどうだろうな。こいつは是非ともやっといた方がよかろうと思う。

特に金井夫婦、英子、クミ、この三組をマークして、捜すものは釣り竿、二メートル以上の棒、それから特製の、改造銃のようなもの、さらに折畳み式の高い台になるようなものだね、こういったものだ。

むろん令状はないから、本人の同意が必要だが、学生たちは見せてくれるだろう。なに、これだけ人数がいりゃ、まず最後には全員が部屋を見せるだろう。まだ兵隊はいるだろう？　サロンの阿南君とも手分けして、できりゃ同時がいい。空部屋もやった方がいいな。それから、窓から棄てているかもしれん。家の周りの雪の中も一応念入りに見た方がよかろう。投げて届く範囲もだ。あ、それから暖炉だな。サロンの暖炉で燃されておらんとも限らん。一応見といた方がいい。

さて、遅くなったな、サロンへ降りよう。食事がすんだら私からみなに言うとしよう。丁重にお願いせんといかんな、何しろ上品なお方ばかりだ」

食事の後、牛越と大熊は、むっつりしたまま図書室の同じ椅子に陣どり、陽が落ちていくのをぼんやり見ていた。明日も明後日もこんな調子で陽の暮れるのを見なきゃいかんのではないかという予感がして、互いに口をきく気になれなかった。

ドアが開いたのにも気づかなかったというわけではないのだが、牛越佐武郎は、自分の名を呼ばれるまで何となく振り返らなかった。結果に期待は大きかった。牛越は何となく尾崎の顔を見ずに口を開いた。

「どうだった？」

「全室、全員、念入りにやりましたよ。婦人警官がいなかったんでね、女性軍には告訴されるかもしれません」

尾崎のしゃべり方は、少々だらだらした調子だった。

「ああ。で？」

「まったく何もなしです。釣り竿なんか誰も持っちゃないし、この家にもなさそうです。長い棒もありません。せいぜいビリヤードのキューくらいです。むろん改造銃の類いも見つかりませんでした。

暖炉も最近薪以外を燃した形跡はないですし、家の周りも、オリンピックの槍投げ選手でも届かないくらいの遠くまで念入りに調べさせましたが、何も出ません。

台もないですね。梶原の部屋と早川の部屋には十四号室みたいな、いやあれほど上等なものではないですが書きもの机がありまして、しかしこれは大きすぎて持ち運びはむずかしそうだし、高さも各部屋のテーブルと大差ないですしね。せいぜい二十センチばかり高い程度です。

それから長いものは、十号室に槍投げの槍でもあるかと思って行ってみましたが、そんなものはなく、スキーと、ストックがありましたね。それから物置小屋に鋤《すき》、鍬《くわ》、スコップ、箒の類いですね、これがありました。でもこれらは家に持ち込むとしたら、脚立と同じ条件ですからね。とにかくお手あげですよ」

「ま、何ともね。覚悟はしていたさ」

溜息と一緒に、牛越は強がった。

「何か、いい考えはないかね？」

「実はですね、あれからいろいろと思いついたんですよ」

「ほう、どんな？」

「たとえば凍らせた縄、これだって長い棒になるかもしれませんからね」

「うまい！　でどうだった？」

「誰も縄なんぞ持ってませんでした。物置小屋にはありましたけどね」

牛越はじっと考え込む。

「……しかしだ、こいつはポイントかもしれん。何か長い棒だ。この家の中の長いものだ。いつも俺たちの目に触れているものなんだ、たぶんな。そいつがちょいと手を加えると長い棒に早変りする。長い棒として使える、そういうものだ。そういうものがあるはずなんだな、この家の中に。この隣りの部屋にゃなかったかい？」

「念入りに見ましたがねえ……、棒はねえ……」

「どっかにあるはずだ。でなきゃホシのやつはドアを閉めなきゃならなくなっちまう。ロックしなきゃならなくなるんだ。取りはずすと長い棒になるようなもの……、暖炉階段の手すりなんてのは取りはずせないしな……、暖炉の薪、こいつを何本も糸で結んで継ぎ足して、長くしたかな？　……いや、無理だろうな、くそ！　本当に隣りにゃないんだな？」

「ないですよ。ご自分でご覧になったらいいでしょう」

「そうね」

「ただ、ですね、一応隣りの人形、例のゴーレムってやつです、あれはもともと手が何か握っている格好をしてますね、あの手に例のナイフが差し込めるかどうか、ちょっと試してみたんですよ」

「はあ……、君はなかなか優秀なデカだな、好奇心が強い。で、どうだった」

「ぴったり！　赤ちゃんがおしゃぶりをくわえるみたいに填まりましたよ」

「嫌なことに気づく男だ君は。そりゃどうひいきめに見ても、単なる偶然というやつだろう？」

「ま、そうですね」

「とにかくだ、いろんなことがこれですっかり駄目になったが、九号室の金井夫婦にアリバイがないということ、ただ一点、こいつだけは確かなんだ。こいつがある限り、そう悲観したもんでもないさ」

牛越が自らを慰めるように言い、三人はしばらく黙りこんだ。

「何だ？　尾崎君、何か言いたそうだな？」

牛越が、尾崎がもじもじするふうなのを見とがめて言った。

「実はですね、牛越さん。今まで黙っていたんですが……」

「何だ？」

「ちょっと申しあげにくいことなんですが、昨夜部屋に帰りましてから、どうにも気になりましてね、考えてみれば今部屋にさがっておるのは、大熊さんと自分を除けば、菊岡と金井夫婦だけだなと思うと、どうにも気になりはじめましてね、この二人が部屋を出て何かやるんじゃないかと。それで私は自室を出て、二人の部屋のドア・ノブの下のところに、ドアと壁を跨いで髪の毛を一本、整髪剤で留めておいたんですよ。ドアが開けば髪の毛が落ちて、後で見た時解るように。どうもあまりおとなげないんで、ちょいと言いづらかったんですが……」

「どうしてだ!?　いい着眼だよ。菊岡の部屋と金井の部屋以外はどうしたんだね？」

「サロンを通らないと行けない部屋はやりませんでした。自分が人に見られない範囲でだけやったわけです。ほかの西側の連中、日下や戸飼や使用人たちは、彼らが部屋へ籠《こも》ったらやろうと思っていたんですが、なかなか帰ってこないもんですからね、自分は寝てしまいました」

「その、髪の毛を貼りつけたのは何時頃だね？」

「牛越さんに部屋へさがりますと言った直後ですからね、十時十五分か二十分か、そのくらいでしょう」

「ふむ、それで？」

「一度目を覚ましてこの二部屋だけは髪の毛を確かめにいったわけです」

「ふむ、で、どうだった⁉」

「菊岡の部屋の髪の毛はなくなってました。ドアが開いたわけです。しかし、金井の部屋の方ですが……」

「どうだった⁉」

「そのままでした」

「何⁉」

「ドアは開いてないわけです」

途端に牛越は、下を向いて唇を噛むような仕草をした。

それから顔をあげて尾崎を睨み、

「何てこった！　君はひどい男だ。これで正真正銘お手あげになったじゃないか！」

と言った。

第八場　サロン

翌十二月二十八日の朝は何ごともなく明けた。それは刑事たちにとって、ささやかながら胸を張れるできごとであった。昨夜は何ごとも起こらなかった。彼らにとって心残りは、それを、起こさせなかったと言えないところだ。

　辛辣《しんらつ》な客たちは、このもったいぶった顔の専門家たちも、掴《つか》んでいるものは自分たちと大差ないと気づきはじめていた。クリスマス・パーティの夜から数えて、彼らの経験したみっつの夜のうち、殺人は二夜にわたって起こり、一度は無遠慮にも刑事たちの鼻先で行なわれた。そしてこの哀れな専門家たちの突きとめた事実はといえば、死亡推定時刻と、指紋をはじめとするあらゆる手がかりが、まるで遺されていないことを確かめたという程度なのであった。

　やがて客たちにとってはゆるゆると、警官たちにとってはあっという間に二十八日の陽は落ち、夕食の時間となる。警察官たちは名を呼ばれ、のろのろと贅沢《ぜいたく》な料理に向かって行動を起こした。

　テーブルを囲むたび、客たちの口数が減っていく。幸三郎はそのことを気にかけているふうだった。食事の間中、強いて陽気に振るまっていたが、そういう時、見えすいているとはいえ、がらがら声で大袈裟なお追従《ついしょう》を言う男が一人欠けたのは大きかった。

「どうも楽しかるべきクリスマス休暇が、何だか大変なことになってしまった。私は責任を感じております」

食事が終わり幸三郎が言う。

「いやいや、会長が責任をお感じになることはありません」

横から金井が言った。

「そうよ、お父様がそんなふうにおっしゃることないわ！」

英子も、例の悲鳴のような声で大急ぎで言った。少しの沈黙。そしてこの沈黙が、ある人間たちに口を開くことを促した。

「責任を感じねばならんのはわれわれです」

牛越佐武郎が観念して言った。幸三郎が言葉を続ける。

「こういうことだけは絶対に避けねばならんと思っていたことがひとつある。それは、われわれのうちで、あいつが犯人だ、いやあいつだと陰でひそひそやり合うことです。われわれ素人が、互いにそんなことを始めると、この家の中の人間関係はがたがたになってしまいますからな。しかし見たところ、刑事さん方は本当にお困りのご様子だし、そして何より私たちも、こんなつまらんごたごたには早くけりをつけたい。みなさん方の中で、この事件について何か気づいた方、あるいは知恵を刑事さんたちにお貸ししたいという方はおられんかな？」

専門家たちはそれを聞くと一瞬苦い顔をし、それからちょっと身構えるような姿勢になった。刑事たちのそういう気配を察してか、幸三郎の言葉を受けてすぐ口を開く者はなかった。幸三郎はそれでもう少し言葉を続けなくてならなかった。

「日下君、君はこういった謎解きは得意だったんじゃないかね？」

「ええ、いくつか考えたこと、あります」

日下はやはり待ち構えており、即座に言った。

「どうです？　刑事さん方」

「うかがいましょう」

牛越が言った。

「まず、例の上田さん殺害の十号室の密室ですね、あれは解けると思います。つまりあれは砲丸だと思うんです」

刑事たちに、誰も頷く様子はなかった。

「あの砲丸には紐が結びつけてあって、その先に木の札《ふだ》が付いていた。その紐が、おそらく犯人によってさらに長くされていましたが、それは明らかに密室工作という目的のためだと思うんです。あの錠の、踏切の遮断機ふうに上下する方の金具を持ちあげておいて、支《ささ》える格好に木の札をセロテープでとめておく、そうしておいて砲丸をドアのところに置いてさっとドアを閉めると、この家の床は全部斜めになっていますから、当然砲丸は転がっていく、やがて紐はピンと張って、ついには木の札《ふだ》は引かれて剥がれ落ちる、すると錠は受け金具に落ちる」

「ああ、なるほど！」

金井が言い、戸飼はというと、明らかに心中穏やかでない顔になった。刑事たちは無言で二度三度頷いただけだった。

「ふむ日下君、ほかにも考えたことはあるかね？」

幸三郎が言った。

「あることはありますが、あとはまだはっきりしません。菊岡さんの密室なんですが、あれも何とかやってやれないことはないように思うんです。というのも完全な密室なら文句はないんですが、小さいとはいえ換気孔が開いているわけですから、ナイフで殺してソファの上にテーブルを縦にして置いて、それを紐で支えて、どこかトイレのノブにでもひっかけてそれから換気孔に出して、その紐の端を廊下で放せば、テーブルが倒れてその足の先がノブの中心を押すみたいなやり方で……」

「そういうことはむろんわれわれも考えましたがね」

尾崎がきっぱりした口調で遮《さえぎ》った。

「しかし柱にも壁にも、ピンの類いをとめた跡などいっさいないし、さらにそういうことなら膨大な量の紐の類いが要るが、この家の中には、あるいはみなさん方の所持品の中にも、ロープや紐の類いはいっさいなかったのです。

さらに、密室工作を何かやるとしたら、いつ早川さんたちが地下に降りてくるかもしれないあの状況下では、ホシはそういった操作、細工には五分からせいぜい十分以上は見込まんだろうと私は思います。しかし今おたくの言ったやり方だと、錠はみっつもあるわけだし、それ以上の時間は確実にかかります」

日下は黙った。そして、それからの何げない沈黙も、前よりずっと気まずいものに変わった。

「英子、レコードが聴きたいな。何かかけてくれんか」

幸三郎が気配を察して言い、英子が立ちあがり、誰も埋めることのできないサロンの空虚さを、ワーグナーの「ローエングリン」が埋めた。

第九場　天狗の部屋

十二月二十九日の午後ともなると、流氷館の客たちは、サロンのあちこちで死んだように動かず、ホールはまるで刑場へ引かれていく罪人たちの待合室のようになった。倦怠感に支配されているというには緊張しすぎていたし、怯えていたといえばそれも当たっている。退屈していたといえば、確かにそんな感じもあった。

客たちのそんな様子を見て、浜本幸三郎は金井夫婦やクミに、自分の西洋からくりの収集品をお観せしましょうかと言った。金井道男と殺された菊岡は夏に一度観ていたが、初江とクミはまだ観ていなかった。もっと早く観せる予定だったのだろうが、あんな騒ぎでそれどころではなくなっていたのである。

少々古いが西洋人形がいっぱいあるから、クミは興味を持つと幸三郎は考えたのだろう。英子と嘉彦はもう観飽きていたからサロンに残った。となると当然戸飼も残った。日下はそういうものに興味があると見えて、何度も観ているのにもかかわらず、ついてきた。クミは先日図書室に行く途中、廊下の窓から中を観て、あまりいい印象がなかったので気が進まなかったのだが、したがった。何となく悪い予感のようなものが彼女にはあったのだ。

浜本幸三郎と、金井夫婦、それから相倉クミと日下は、西側の階段を昇り、天狗の部屋のドアの前に立った。クミはこの前と同じように窓を見た。廊下に窓がついているのはこの三号室だけだ。それもすこぶる大きい。室内の様子が廊下からすっかり覗けるほどだ。窓の右端は南端の壁と接する格好で始まり、左端はドアの手前一・五メートルくらいのところまであるから、窓の幅は二メートル近くあるだろう。左右が三十センチばかり開けられ、二枚のガラス戸は中央に集められるかたちにされている。このガラス戸はたいていこうされていた。

幸三郎が鍵を差し込み、ドアを開いた。外からあらかじめ様子は解っていても、中へ入るとやはり壮観だった。まず入口の正面に、等身大のピエロが立っている。陽気に笑った顔、しかしそれとは対照的に黴《かび》臭い、すえたような陰気な匂いがする。

大きい人形も小さい人形もあるが、それらは一様に薄汚れていて、若い表情のまま歳をとった、今や瀕死の者たちだ。顔が汚れ、塗料が剥げかかった人形は、どこか狂気を秘めている。立ったまま、あるいは思い思いに椅子にかけ、みな一様に常人には理解のむずかしい感情で薄笑いを浮かべている。しかしみな不思議に穏やかで、まるで悪い夢に出てくる、精神病棟の待合室のようだ。

長い時間が贅肉を削ぎ落とし、塗料をかさぶたのように剥いで、彼らの内面の狂気を、今やはっきりと露出させている。その狂気が何より蝕《むしば》んでいるものは、紅《べに》の落ちた唇に浮かぶ微笑に似たものだろう。今やそれはもう、微笑などではなく、彼ら人形という、この世で最も得体の知れない存在の本質、それとも業《ごう》の滲みに変わっている。微笑の本質とはこんなものなのかと、観る者一瞬怖《おそ》気《け》をふるわせる。腐食、そうだ、それはまさにそう呼ぶのがふさわしい。彼ら愛玩用の存在の浮かべる微笑の変質ほど、そんな言葉のふさわしいものはない。

救い難い怨念。彼らは人間の気紛れから生み落とされ、千年も死ぬことを許されない。われわれの体にもしそんなことが起こったなら、われわれの唇も、あんな狂気を浮かべるに相違ない。つねに復讐の時を狙う、怨念の嵩《こう》じた狂気を。

クミは小さく、しかし、深刻な悲鳴をあげた。だがそれはこの部屋の大勢の人形たちの口が、常にあげ続けているかん高い、声になる前の悲鳴に較べれば、なんとささやかなものであったろう。

南側の壁を、天狗の面が真っ赤に埋めている。怒ったような無数の目と、林のようにそびえ立つ鼻が、部屋の人形たちを見降ろしている。

部屋に入った者は、この無数の面の意味に気づく。この面が、人形たちの悲鳴を封じ込めているのだ。

クミが声をあげたのを見て、幸三郎は少しご機嫌になったふうだった。

「いやいつ見ても素晴らしいものですな」

と金井が言い、初江がさかんに相槌を打ったが、そんなおざなりな会話は、この部屋の深刻な雰囲気にひどくふさわしくない。

「私は昔からね、博物館を作りたかった。だが仕事が忙しくてね、ようやく集めた収集品は、これですべてなんです」

幸三郎は言った。

「充分博物館ですよ」

牛越が言うと、幸三郎は少し笑う。そして、

「これがね」

と手近のガラスケースを開け、高さが五十センチくら

いの、椅子にかけた男の子の人形を取り出した。その椅子は小さいテーブル付きのもので、男の子はペンを握った右手と、何も持たない左手をテーブルの上に置いている。この人形の表情は可愛く、顔もあまり汚れていない。クミが「可愛い！」と声をたてた。

「文字書き人形といわれる、からくり人形の傑作でね、十八世紀末の作品といわれています。噂には聞いていてね、手に入れるのに苦労したんだ」

ほう、と客たちは一様に感嘆の声をあげる。

「文字書き人形って言うからには、字が書けるんですか？」

クミが怯えたような声で尋ねた。

「むろんその通り。今でも自分の名前くらいは書けると思うよ。やってみせてあげようか？」

クミは何となく答えなかった。幸三郎は横に置いてあった小さいメモ用紙を一枚破り、人形の左手の下に挟むと、背中のゼンマイを巻き、そして右手にちょっと触れた。すると人形の右手がぎごちなく動き、メモ用紙にたどたどしく、何か文字らしいものを書きはじめた。カタカタと、歯車の噛み合うらしいかすかな音がする。

安心したことに、それはすこぶる愛らしい動きであった。紙を押える左手に、時々力を込める様子もリアルだ。それでクミは、

「わあ、可愛い！　でも何だか怖いけど」

と叫んだ。

実際、気持ちがすうっと落ちつくような気分を、一同は味わった。なんだ、彼らの動きはこんなものじゃないか、正体が解った、ちっとも怖いことなんかないじゃないか、とそんな思いである。

人形はほんのちょっとしか書かなかった。書き終わると、両手をつと紙から浮かす。そして動かなくなった。幸三郎はメモ用紙を抜くと、クミに見せた。

「もう二百歳なんでね、少々下手になっちゃったが、Ｍａｒｋと読めるでしょう？　マーク、マルコかな、この少年の名前だよ」

「まあ、ほんと。サインするなんてスターみたいですね」

「はっはっは。昔は自分の名くらいしか字が書けないスターもいたらしいからね。以前はもっといろいろ書けたらしいんだが、今はレパートリーはこれだけなんですよ。字を忘れたのかもしれん」

「二百歳なら老眼になったのかもしれませんわね」

「はっはっは。じゃあ私と同じだ。しかしペンをボール・

ポイント・ペンに換えてあげたんでね、昔よりはずっと書きやすくなったはずだとは思うんだがね、昔はいいペンがなかったから」

「すごいですわね。これ、ずいぶんとあの、お高いんでしょうね？」

初江が主婦らしいことを言う。

「値段はつけられんでしょうな。大英博物館にでもあるべき代物なんでね。私がこれをいくらで手に入れたかという質問には、答えんことにしておるんです。私の非常識ぶりで、あまりみなさんを驚かせても申しわけがないから」

「ははあ」

亭主が言った。

「しかし高価という意味では、こっちのものの方がもっと高かった。この『ティンパノンを奏《かな》でる公爵夫人』の方がね」

「これは、この机と込みになっとるんでございますな？」

「さよう。この台の中の方に主《おも》にからくりが仕込んであるんでね」

ティンパノンを奏でる公爵夫人は、見事な木目を浮かせたマホガニーの台の上に、長いスカートを穿《は》いてすわっている。彼女の前には小型のグランドピアノのように見えるティンパノンがあった。人形自体はそう大きなものではない。三十センチくらいの高さだろうか。

突然、幸三郎がどこかを操作したらしく、ティンパノンが鳴りはじめた。意外に大きな音だった。人形の両手が動いている。

「実際に鍵盤を叩いてはいないんですね」

日下が言った。

「うん。そこまではちと無理のようだね。まあ、大袈裟なオルゴールのようなものといってよかろうと思う。動く人形付きのオルゴールだね。原理は同じなんだから」

「でもオルゴールにしては音がきんきんしてませんね、まろやかな、どちらかといえばゆったりした、低音もある音です」

「本当。鐘が鳴ってるようにも聴こえますね」

クミも言った。

「箱が大きいからだろうね。それにこれはあのマルコ少年と違ってレパートリーが広いんだ。LPの片面いっぱい分くらいはあるんだよ」

「へえ！」

「これは、ロココ時代のフランスの傑作だね。こっちはドイツの傑作、十五世紀のものといわれている。『キリスト降誕場面のある時計』」

それは金属製で、城のような形をしていた。上にはバベルの塔があり、宇宙を模した球からT字型の振り子が下がっていて、その上にキリストが載っている。

「こっちは『女神の鹿狩り』、この鹿や、犬や馬もそれぞれ動くようになっている。

これは『水撒き人形』、今はもうちょっと水を撒く元気はない。

それからこっちは十四世紀の貴族が造らせた卓上の噴水、これももう水はあがらなくなってしまったがね。

こんなふうに中世の頃のヨーロッパというのは、こういう魔術的玩具のびっくり箱という観があるね。まあそれまでの魔術に替わるものとして、機械が登場しはじめていたんだね。誰でも驚かされるのは好きだからね。その役目を魔法がになっていた時代は長かったが、ここにいたってようやく機械が登場してきて、お役目交代というわけだ。機械崇拝というかな、自然を機械でもって次々に複写しようとするような傾向があった。だから魔術と機械というのはね、当時しばらくの間、同義語だったんだよ。過渡期にあたるのでね。もちろんそれらは玩具、つまり遊びとしてだがね。しかしそれが今日の科学の明らかな出発点、原点となっていると思う」

「日本のものはないんですね」

「そうだね、あの天狗の面くらいだ」

「日本のからくりはそれだけ出来が落ちるわけですか？」

「うーん、いや、そうは思わんね。茶くみ坊主とか、飛騨高山のからくり人形とか、平賀源内やからくり儀右衛門なんかはかなり高度な自動人形を造っていたはずだよ。ただもう手に入らんのだね、入りにくい。何故かというと、日本の場合、金属の部品というものが少ない、ほとんどが木の歯車に鯨《くじら》のヒゲのゼンマイという調子だからね、百年も経てば破損してしまう。手に入っても、それはコピーだね、模作品、しかしそれも手に入りにくいな」

「図面も遺りにくいでしょうね」

「そうなんだ、図面がなければ模作もできない。ただ絵が遺っているというだけではね。

どうも日本の職人というのは遺したがらん傾向がある。からくりの秘密を自分だけのものにしたがるんだね。技術の高卑じゃない。私は日本人のこういう体質の方をこそ問題にしたい。たとえば江戸時代に『鼓笛児童《こてきじどう》』という、なかなか見事なからくり人形があったらしい。一人で笛を吹いて太鼓を打ったらしい。これなど、実物も図面も遺っておらん。だから私は会社のエンジニアたちにうるさく言う。新製品や技術を開発したら、そのプロセスまで細かく記録に遺しておくようにとね。それは後世への遺産になるんだよ」

「いい話ですなあ！」

と金井が言った。

「日本でからくり職人が軽視されたという事情もあるんじゃないですか？」

「あるだろうね。日本ではからくりなんてのは結局単なる遊び、玩具でしかなかったからね。西洋のようにそれが発展して時計を生み、オートメーションを生み、ついにはコンピューターを生んでいくというふうにはなっていかん」

「なるほど、そうですね」

客たちはそれから各自、思い思いに収集品を観て廻った。相倉クミは、さっきの文字書き人形と、「ティンパノンを奏でる公爵夫人」の方へ引き返していった。金井と幸三郎は並んで歩き、初江は一人でずんずん奥へと進んでいった。そして、突きあたりにある一体の人形の前に立った時、初江は、突然激しい恐怖――に似た衝撃を感じて立ちすくんだ。最初この部屋に入った時、ひそかに感じていた恐怖がさっと甦《よみがえ》る。

いや、それは以前にも増したもので、この部屋全体から受けた得体の知れない妖気は、すべてこの一体が発していたものだったのではあるまいかとさえ思われた。

初江は、自分が霊能力があると感じていて、夫にもお前は神がかったところがあると何度か言われていた。この人形は彼女から見て、明らかに尋常でない気配を発散させている。

それは、例のゴーレムと呼ばれている等身大の男の人形だった。体だけは雪の上に横たわっている時も、組み立てられてサロンに置いてある時も見たが、顔を見るのはこれがはじめてだった。大きな目を開き、口髭を生やし、天狗の面で埋まった南の壁のすぐ右側、窓のある廊下側の壁に背をもたせかけ、両足を前方に投げだしてすわっていた。

体は木でできている。手も足も木だった。顔もおそらく木でできているのだろうが、顔はすこぶる精巧に作られているのに、胴体の方は木目《もくめ》の浮いた荒い木の肌がむき出しだった。

それは、この人形がもともとは衣裳を着けていたせいに違いない。その証拠に、手首から先はリアルに造られ、足は、靴を履いたふうに入念に造られている。これは服から露出する部分だからである。そして手は両方とも、何故か細い棒でも握った時のような格好をしていた。しかし実際には何も握っていない。

妖気は、その人形の体全体から発散されていたが、一番強いのはやはりその頭部、いや顔からだった。この人形の表情は、ほかのどれよりも強烈な狂気の薄笑いを浮かべている。可愛らしい人形というなら解るが、何故こんな大きな、しかも成人男性の人形の顔を、笑っているふうに造る必要があったのだろうと初江は不思議に思った。

気づくと後ろに亭主と、幸三郎が立っていた。二人に勇気づけられ、彼女は人形の顔に自分の顔を近づけ、子細に観察した。アラブ人のように少し黒ずんだ皮膚、しかし鼻の頭だけはどうしたわけか白く、てらてらと光っている。頬のところは、塗料が、ちょうどゆで卵の殻が剥がれ落ちるようにして剥がれはじめていて、まるで重度の火傷を負っているようだ。それなのに口もとには、そんなことにまるでおかまいなしといった様子で薄笑いが浮かんでいる。無痛症のようだ。

「こんな顔してたんですのね、このお人形」

「ああ、はじめてでしたな、こいつをごらんになるのは」

幸三郎が言った。

「ええと、ゴ……、なんとかっていいましたわね」

「ゴーレムですか？」

「ええ、どうしてそういう名前なんでしょう？」

「買った時、店の連中がそう呼んでおったんです。それで私も何となくそう呼んでおります」

「すごく気味の悪いお顔ですわね。さっきから何かをじっと見てにやにやしてるみたいだわ。何だか怖いわ、これ」

「そうですか」

「あのサインするお人形みたいな可愛いところがちっともございませんのね。どうしてこんなふうに笑い顔に造ったんでございましょう？」

「たぶん人形はみんな笑ってなきゃいかんものと、当時の職人は考えたんじゃないですかな」

「…………」

「夜に一人でここへ入ったりする時、暗がりにこいつがすわって一人でにたにたしているのを見ると、私もいささか気味が悪い時がある」

「いやですわ」

「こいつには感情がある」

「本当ですね。人の気づかない場所をじっと見て、ひそかににんまりしてるみたいだ。何となくこいつの視線、追いたくなりますね、何を見てやがんだろうって感じで」

日下もやってきて言った。

「君もそう思うかね？　私もね、この部屋ができたばかりでがらんとしてた時、まずこいつを持ってきてすわらせてね、その時こいつが見てる私の背中側の壁に、蝿か蜂でもとまってるんじゃないかと思えて仕方なかったもんだ。凄い存在感だ。ひと癖ありそうな人形だろう？　何か腹にいちもつ持っているような、その癖何を考えているのか解らんような顔しておる。しかしそれだけよくできた人形ということだね」

「ずいぶん大きいですが、これは何のための人形だったんですか？」

「等身大だからね。おそらくね、鉄棒人形だったんだろうと思う。サーカスあたりの出し物だったんだろう。それとも遊園地かな。手のひらを見ると小さな穴があいている。そこに鉄棒についた突起《とっき》を差し込んでいたんじゃないかと思うんだ。手足の各関節は、人間の体と同じ範囲の動き方しかせんようにできている。おそらく鉄棒の方を廻して、こいつに大車輪なんぞをやらせたんだろうな。体の方はただの木の塊りで、何の仕掛けもないんでね」

「それはちょっとした見ものだったでしょうね、等身大だから」

「なかなかの迫力だったろうね」

「どうしてゴーレムって名なんですか？　何か意味があるんですの？」

初江が尋ねた。

「ゴーレムって、何かの創作に出てくる自動人形じゃなかったでしたっけ？　確か瓶《かめ》に入れた水を永遠に運ぶといったような、ロボットのはしりだったような記憶がありますが……、違ったかな」

日下が言った。

「ゴーレムというのは、ユダヤ教の伝説にある人工人間のことなんだよ。もともとはどうやら創世記の、詩篇百三十九の記述から来ているらしい。ユダヤ教の偉人は、代々ゴーレムを作り出せる能力があるというんだな。アブラハムがノアの息子のセムと一緒にゴーレムを大勢作って、パレスチナに連れていったという記述が詩篇にあるらしい」

「そんなに昔からあるんですか？　ゴーレムって。旧約聖書の時代から」

「もともとはそうなんだ、一般には知られていないが。私はゴーレムについては少し研究した。それが、時代がくだった一六〇〇年頃のプラハに甦るんだ」

「プラハに？」

「そう。当時のプラハは、これはヨーロッパにあって、輝ける学問の中心地だった。『千の奇跡と無数の恐怖の街』と言われていた。その学問とは、占星術や錬金術、黒魔術などのことだが、つまり当時のプラハは、オカルト的な神秘主義の都だったわけだ。あらゆる神秘主義者たち、思想家や、奇跡を起こせるというふれ込みの魔術師たちが大勢集まっていた。そういう街でゴーレムが甦った。何故なら、この街に欧州最大のユダヤ人コミュニティがあったからだよ」

「ユダヤ人の？」

「そう、ユダヤ人ゲットーだ。何故ユダヤかというと、ゴーレムというのはもともとはユダヤ教のヤーハェと同じでね、迫害の民ユダヤ人の、凶暴な守り神なんだ。怪力で、強大で、無敵なんだ。どんな権力者も、どんな武器も、彼を倒すことはできない。ユダヤ人は古くから迫害を受け続け、放浪と苦難の歴史を生きてきている。だから彼らはヤーハェとかゴーレムといった願望や想像を生んだ。そんなふうに私は解釈している。ヤーハェは神だが、ゴーレムは修行を積んだ聖職者や、賢人ならば創りだせるとされていた。だからユダヤ教のある宗派は、いかにしてゴーレムを創るか、いかにしてそんな偉大な人物になり得るか、そういった神秘主義的な研究に没頭するようになる。この思想をカバラと呼ぶ。

　そして十二、三世紀、フランスとドイツにゴーレムの論文が現れる。ハシドというラビと、フランスのガオンという神秘主義者が、粘土と水でゴーレムを創る方法を詳しく書き遺したんだ。呪文や、必要な儀式をこと細かに書いたんだな。アブラハム以来、一部の賢人や位の高い聖職者しか知ることができなかった秘法だ。それがついに書かれた。プラハのゴーレムは、この論文が下敷きになっているんだ」

「プラハでゴーレム創りが盛んになったのは、ここが学問の街であったことと、ユダヤ人のコミュニティがあったゆえですか？」

「それと迫害があったからだね。プラハは迫害の街でもあった。ここでユダヤ人は激しく迫害された」

「誰にですか？」

「むろんキリスト教徒にだ。だからユダヤ人にゴーレムの必要が生じた。身の危険があったからだ。最初にゴーレムを創った者は、レーヴ・ベン・ベザレルというラビだといわれる。彼はユダヤ社会の指導者だった。プラハを流れる川の、川岸の粘土から創ったそうだ。おびただしく現れた伝承や物語、のちに創られた白黒無声映画も、だからたいていそういうストーリーになっている。ユダヤ教のラビが、呪文とともに粘土から作るんだ」

「映画もですか」

「何本もある。一般に知られるようになったのはそれからだ。ドイツ映画の奇才、パウル・ヴェゲナーなんて人は、三度もゴーレム映画を作っている。私がまだ若い頃、あれは昭和十一年だったと思うが、デュヴィヴィエの『巨人ゴーレム』なんて映画が日本に来ていた記憶がある」

「どんな話だったんですか？」

「いろいろあったからね、どれがどれだったかもう忘れたが、たとえばあるラビが、自分が創ったゴーレムを宮廷に連れていった。王が見物を所望したからだ。このラビは、ユダヤ人のこれまでの困難と流浪の歴史を、魔法を使って映画のようにして王に観せる。ところがその時、宮廷の道化が不謹慎なジョークを言い、集まっていた貴族や踊り子たちが腹を抱えて笑いこけた。するとユダヤの神の怒りに触れて、宮廷が轟音とともに崩壊を始める。ユダヤ人への迫害を辞めるという王の約束と引き換えに、ラビがゴーレムに命じて王や人々を救出するというお話だったりね」

「ふうん」

「こんなのもあったな。あるラビがゴーレムを創る。しかし彼は聖職者としてまだ未熟だったから、創り出したゴーレムを制御しきれなかった。大きさも予定よりうんと大きくなって、頭が家の天井を突き破ってしまった。そこで彼はゴーレムを壊そうとした」

「どうやってです？」

「カバラの秘法では、ゴーレムには最後にヒブル、つまりヘブライ語で『エメット』と額に書き込まなくてはならない。でないと動かないんだ。この文字からEのひと文字を書き落とすと『メット』となって、これは土という意味だから、ゴーレムはたちまち土に返ってしまうんだ」

「ふうん」

「ユダヤ教の考え方では、言葉とか文字は霊力を持っていると考えられていた。だからゴーレムを創りだすものも、儀式の呪文と、ゴーレム自体に書き込まれた文字なんだ。ラビはゴーレムに、自分の靴紐を結べと命令する。そしてゴーレムが自分の足もとに跪いてきたら、彼の額の文字を素早く消すんだ。するとゴーレムはたちまちひび割れ、崩れ落ちて土に返ってしまう」

「はあ」

「ここにあるゴーレムも、これは木製だが、よく見ると額にヘブライ文字で小さく『エメット』と書かれている」

「そうなんですか？　じゃもしこれが動いたらこの文字を消せばいいんですね？」

「そういうことだね」

「ぼくもゴーレムの話、何かで読んだことあります」

「ほう、どんな？」

「ある村の井戸が干上がってしまって、村人たちが喉の渇きに苦しみます。そこで遥かに離れている小川から、瓶に水を汲んでこの井戸に運んでくるようにとゴーレムに命令するんです。ゴーレムは忠実にしたがって、来る日も来る日も井戸まで水を運び続けるんです。いつか井戸からは水が溢れて、村は水びたしになるんです。家々がだんだんに水没していって、だけど誰もゴーレムを止めることができない。止める呪文が解らないからです。そんな話でしたね」

「恐いのね」

金井初江が言った。

「人工人間というのは、どこかそんな融通のきかない不完全さを持っていて、それが人間には狂気として写り、恐怖も生む。人形にも、ややもするとそういうものを感じるんじゃないかね？」

「おそらくそうでしょう。核戦争の恐怖みたいなものじゃないですか？　最初は人間がスウィッチを入れるんだけれど、いざ作動をはじめたら、人間にはもうどうすることもできない。人間の懇願なんて全然通じない。人形の無表情さには、そんな様子を連想させるところがあります」

幸三郎は感心したらしく、大きく頷いた。

「ふむ、いいことを言うね、日下君。それは実に言い得ている。

ところでこの人形だが、この人形ももともとは、こういったものがたいていそうであるように、ジャックというごくありきたりの名前を持ってたらしい。『鉄棒ジャック』だね。ところが、この人形を買ったプラハの古道具屋の親爺が言うには、こいつは嵐の夜になると、井戸端とか川とか、水のある場所へ一人で降りていくというんだな」

「いやだ……」

「ある嵐の晩の翌日、こいつの口のところが濡れているのを発見したというのさ」

「はっはっ、まさか！」

「水を飲んだ跡が残っていたというわけだ。それ以来、こいつをゴーレムと呼ぶようにしたんだと言ってた」

「作り話でしょう？」

「いや、実は私も見たんだ」

「え!?」

「ある朝こいつの顔を見たら、唇の端からすうっと一筋、水滴が垂れていた」

「本当ですの!?」

「本当です。しかしそれは何てことなくてね、ただ汗をかいたのさ。よくあるでしょう？　ガラスが曇るみたいにね、顔に水滴がついて、それが唇のところを伝って流れてたんだよ」

「なんだ！」

「いや、そうなんだろうと私は解釈してるんだがね」

「はっはっは」

その時、突然けたたましい悲鳴が背後で起こり、一同は飛びあがった。振り向くと、いつのまにか後ろに、蒼白な顔をしたクミが立っており、それが膝をついて床に崩れるところだった。男たちが抱きとめると、

「この顔よ！　私の部屋覗いてたの！」

と人形を指して叫んだ。

第十場　サロン

ところがこの驚くべき新事実も、捜査の進展にいささかも寄与するところがなかった。例によって石橋を叩きすぎる刑事たちは、半日ばかりクミの発見を信じようとしなかったが、三十日の朝が明けると、渋々ながら、そういうこともあるかもしれないと言いはじめた。

それはむろん彼ら流のきわめて常識的な方法論にあっても、そういうけしからん事実が存在していい抜け道を、半日かけて思いついたせいである。すなわち、「誰かがあの人形を使って、寝ているクミを脅《おど》かしたのだ」とい

う、いかにも彼らしい解釈だった。しかし彼らは、誰が、いったい何のために、クミを脅かす必要があったのかと問われると、たちまち暗礁に乗りあげてしまうのだった。

犯人がクミを殺そうとしてそんなことをやったとは、どうにも考えにくい。今にいたるまで彼女には、あれ以外の危害は加えられていない。ましてあの夜は、上田を殺したばかりの時間帯なのだ。

クミを脅かせば上田を殺しやすくなるということはさらに考えられない。クミが人形の顔を見たと主張しているのは、上田殺害の時刻より三十分も後になる。

さらにその時聞こえたという男の悲鳴。あれは何なのか？　ゴーレムは、バラバラになって十号室付近の雪の上に落ちていたが、それでは、その後人形は体をバラバラにされたのだろうか？

三十日の午前中、刑事たちはサロンの一隅のソファで、半日ばかり頭を抱えていた。

「何度も言うようだが、こんな馬鹿げた事件からはわしはもう降りたい。いち抜けたと言って、さっさと退場したい。まるでからかわれとるような気がする」

大熊が、ディナー・テーブルの客たちに聞こえないよう、小声で言った。

「右に同じですな」

牛越も声を殺して言った。

「どっかの気違いが上田を殺して、それから人形を引っぱり出してクミを脅かし、それからそいつをバラバラにして雪の上に放りだしたというわけだ。こんな精神分裂症とのおつき合いは、早いとこご免こうむりたいもんだ」

「クミの一号室の下は三号室ですね、人形の置いてある部屋だ」

尾崎が言う。

「ああ、しかし、クミの部屋の窓の下に三号室の窓はないぞ。天狗の部屋の南側には、表に向かって開いた窓はないんだ」

「しかし、牛越さんの今言われた一連の行動に、ちゃんと理屈にかなった意味はあるんでしょうかね？」

「あるもんか！　もう放り出したくなったよ、俺は」

「この一連の訳の解らない謎々を、あっさり片づける方法はあるぞ」

大熊が言いだした。

「何です？」

「つまりだ、あの人形一人に全部おっかぶせるのよ」

大熊はふてくされたように言いつのる。

「全部あいつがやった、上田も菊岡も。そしてあの晩は、上田をやったあとフラフラ空中を飛んでて、ちょいと気紛れを起こしてクミの部屋も覗いたのさ。しかし、はめをはずしすぎて体がバラバラになっちゃった。その時やつは、一人前に悲鳴をあげたというわけさ」

しばらくの沈黙。くだらない軽口だとは思いながら、誰もそれをたしなめる気になれなかった。たった今のでっちあげのストーリーには、何がしかの真相がひそむようにさえ感じられた。

大熊は、もう少し真面目《まじめ》にやろうと思い直したらしく、今度はずっとましなことを言いはじめた。

「そんな素っ頓狂なことはしばらくおいといて、菊岡の密室の問題に戻ろう。ナイフはこう、真っすぐ刺し込まれてはいないよな？ 菊岡は」

「そうです。斜め上から振り降ろすような形で入っています。ですから、こう振りかぶってナイフを持つ手をザクッと振り降ろしたんでしょう。ですからナイフが体からみて少し斜めに入っている」

尾崎が答える。

「つまり立っているところを、後からグサッとやったわけだね、その考え方は」

「私はそう思いますね。あるいはガイシャは少し俯向き加減に腰を屈めていたのかもしれません。その方がホシとしてはやりやすいかもしれない」

「じゃあ尾崎君は、寝てる時じゃなく、ガイシャが起きて部屋で行動している状態の時、ホシはやったと、こういう考えだね？」

「うーん、断定するに足る根拠はないんですがね、背中だしね、寝ている状態をやったのなら、俯向せで眠ってたことになります。それにそれだったらこう、普通に真っ直ぐ押し込むように思います」

「しかし、それはこう寝ているやつの上に覆い被さるようにして、上の方からナイフを持った腕を振り降ろすということだってあるだろう？」

「まあ、そりゃそうでしょうね」

「それにだ、菊岡が起きて動いてる状態だったとすると、ちょっと解《げ》せんことがあるんだよ」

牛越が口を挟んだ。

「というのは十時半頃、いや二十五分ぐらいだったかしれんが、浜本幸三郎氏が菊岡の部屋をノックしてるんだな。私は同行してそれを見ている。ノックは比較的軽いもんではあったが、中から菊岡の反応はなかった。もし起きていたのなら、あの時返事をしただろう。

死亡推定時刻はそれからほんの三十分ばかり後だから、あの時もう死んでいたということは考えられない。ということは眠っていたんだ。

ところがガイシャはその後三十分以内に目を覚まし、ホシを部屋へ迎え入れたことになる。いったいどんな方法でホシは菊岡を起こしたんだろう？　あの時の浜本氏と違うやり方ができるもんだろうか？

せいぜいドアをノックするくらいだろう。ほかに方法なんてない。何といってもあの夜、上には大熊さん、隣りには尾崎君がいたんだ。あんまり大声も、大きな音もたてられまい。どうやって起こしたんだ？　それとも浜本氏のあのノックの時は、寝たふりをしていたんだろうか？」

「なるほど。それこそあの換気孔から棒で突っついたかな？」

それが皮肉に聞こえたのか、牛越は少し苦い顔をした。謎だらけで彼も多少苛ついているのだろう。

「しかしもし尾崎君の言うようにガイシャが突っ立っている状態で殺されたのなら、そのナイフの角度で、ホシの身長なんぞ割りだせんかな？」


大熊は無頓着に重ねて言った。

「そういうことは案外むずかしいんですね、小説のようにはいきません。さっき申しあげたように、ガイシャは腰を屈めていたかもしれませんし。ただ、ナイフが比較的高い位置に入っているんで、そう背の低い人間ではないだろうと、それくらいは言ってもいいんじゃないでしょうかね。つまり女性軍は除外できる可能性が出てくる。もっとも英子は除外できないかもしれませんが。英子は一メートル七十以上あるので……」

「小人説はするとむずかしいな」

牛越がすかさず言った。

「どういうことです、それは？」

一瞬、秩序の番人たる警察官の間に、不穏《ふおん》な空気が流れた。

「それでですね」

尾崎があわてて割って入った。

「右にナイフが入ってるのが問題といえば問題です」

「右に心臓はないからな」

牛越が言った。

「あわてたんだろう」

「心臓を刺す気がなかったんじゃないかな」

大熊が言った。

「世の中変わり者がいる」

「いや、右利《き》きか左利《き》きかという問題なんですが……」

尾崎が話を戻そうと頑張ったが、彼らは少し意固地になっていた。

「もう駄目だ！」

牛越が言って椅子から立ちあがった。

「私は手をあげます。さっぱり見当がつかない。こんなことしていて、また事件が起こったでは遅いです。私はこれから署へ行って、東京の一課に応援を頼んでみますよ。いいですか？　かまわんでしょう？　このさい面子にこだわってはいられません」

一同は無言だった。それで牛越は、さっさとサロンを出ていった。

「確かにわれわれだけじゃ無理かもしれん。こんなやっかいなヤマはな」

大熊も言った。尾崎だけは憮然とした表情であった。

彼らがとりたてて無能というわけではなかったろう。しかし、彼らが長年の経験で身につけたやり方は、明らかにこの事件には向いていなかった。

外には雪こそちらついていなかったが、どんよりとして陰気な朝だった。サロンの客たちは、一隅を占めた警察官たちからはずっと離れた位置で、思い思いに顔を寄せ合っていた。その中で日下のつぶやいたひと言だけは、ここに紹介しておくだけの意味がある。

「こりゃあ、どう考えても刑事が犯人だぜ」


牛越は、午後に入ってから流氷館へ帰ってきた。

「どうでした？」

尾崎が尋ねた。

「まあひと口で言えば難色を示していたよ」

「はあ？」

「つまりこっちの面子をおもんぱかってのことだろう。例の赤渡雄造《あかわたゆうぞう》事件の東京出張で知り合った中村刑事だけどね、私とは気が合うんだ。事件を念入りに説明すると、確かに不思議な事件だが、ホシが間違いなくその一軒の家の中にいるんだったら、何も焦《あせ》ることはないんじゃないかと、こう言うんだな。

それは確かにそうなんだが、ホシさえ挙げりゃそれでいいってもんじゃない。問題は、これ以上の犯罪は断じて防がなきゃならんということだ。そのためにこっちは恥を承知で頭を下げている」

「ええ」

「何しろこんな妙ちくりんな事件は、都会では知らんが、こんな田舎じゃあ絶対起こらんからね、東京の連中はいくらか、少なくともわれわれよりはこの種の事件に馴れとるだろうとこっちは思ってな」

「しかし牛越さん、実際われわれの面子に関わりますよ。何もそう早々《はやばや》と手をあげることはないんじゃないですか？　われわれで何とかなりますよ。われわれが自分を無能だって言ってるようなもんじゃないですか」

「そりゃそうだが、しかし君それじゃ見当はつくかね？」

「それは……」

「それに東京から応援が来ても、われわれは、それで完全に出番を降ろされるわけじゃない。要は人命を守ることだ。協力してことにあたりゃそれでいいじゃないか。われわれの面目《めんぼく》なんぞ小事だよ」

「しかしこれ以上殺しが起こりますかね？」

「何しろ動機の見当がつかないんだ、解らんよ。私はまたやると思うな」

「そうですかね」

「とにかくそう言ったら向こうは、それじゃお互いによい方法を考えましょう、ちょっと心あたりがあるからと言っていた」

「何です？　心あたりってのは？」

「さあね、あとでここに連絡すると言っていた」

「どうやってです？」

「電報だろう」

「嫌《いや》だな私は、そういう言い方は。嫌な予感がするな。パイプをくわえたシャーロック・ホームズがやってくるなんてのじゃないでしょうね。私はそういうのだけは絶対に嫌だからね」

「ふふん、しかしそんな名探偵がもし東京あたりにいるものなら、私は是非ご出馬願いたいね。もしいるものならだがね！」

第三幕

「君たちを困らせているものの正体は、たぶんその極端な単純さなんだろうよ」（デュパン）

第一場　サロン

電報です！　の声に英子が立ちあがった。

牛越もすぐに続いて立ちあがり、英子にしたがうような格好で玄関へ行った。やがてこんどは白い紙を眺めながら牛越が先に現われ、英子の顔はその肩越しに見えたが、さっさと仲間たちに囲まれたもとの席に戻った。

牛越は尾崎の隣りの椅子へ復しながら、尾崎の鼻先に電報用紙を突きだした。

「読んでくれんかね」

大熊が無愛想に言い、それで尾崎が声に出して読んだ。

「『そのような……、えー……、キカイセンバンなジケンにふさわしいニンゲンは、ニホンジュウにこの男のほかになし、ゴゴのビンですでにそちらへむかえり。その男の名は、ミタ……、えーと、ミタライ』か。

なんです？　こりゃあ。ちぇっ！　やっぱりホームズ気どりの能無《のうな》しが登場ときやがった！」

「何だ？　そのミタなんとかってえのは。一課の人間か？」

大熊が尾崎に訊いた。すると驚いたことに、尾崎は御手洗《みたらい》の名を知っていた。

「占い師ですよ」

牛越と大熊は目をパチクリさせ、一瞬絶句した。牛越は、胃痙攣《いけいれん》の起こっている男がようやく薬をくれというような声で言う。

「……何かの冗談か……!? いくら五里霧中たぁ言っても、まだ占い師のご託宣《たくせん》にすがろうってほど落ち込んじゃいないぜ、こっちは」

大熊は大笑いを始めた。

「はっはっはっはっはっはあ！ 牛越さん、あんたの友達もひどい男だねえ！ からかっとるんだよ、わしらを。はっはっはっは。しかしまあ考えてみれば、その占い師の爺さんがぜい竹を振るって首尾よく犯人を当ててくれりゃ儲けもんではあるな！ 確かにこっちの面子は安泰《あんたい》だし、桜田門の連中としても一応協力はしたことになる。互いにとって確かにこりゃよい方法だわ。最善の方法にゃ違いない。しかしそんなら爺さんなんぞじゃなくて、犬でも送ってくれた方がまだよかったんじゃないかな？ 鼻の利く警察犬なら、腰の曲がった爺さんよりはちっとは役にたつだろう」

「しかし、中村という刑事は、そんないい加減な男じゃないんだが……。しかし尾崎君、君はこのミタライってやつを知ってるのか？」

「牛越さん、梅沢《うめざわ》家の鏖殺《おうさつ》事件を知っておられるでしょう？」

「ああ、そりゃまあ、あれだけ有名な事件だからなあ」

「ありゃあ私らの子供時分の事件だろう？」

大熊も言う。

「それがやっとこの三、四年前に解決したでしょう？」

「そうらしいな」

「一説にはあの事件は、このミタライって占い師が解決したってというんですよ」

「ありゃあ一課の何とかいう刑事が解決したんじゃないのかね？ 私はそう聞いているが」

「まあ真相はそうでしょう。でも占い師本人は、自分が解決したと思ってテングになっておるようです」

「そういう爺さんがよくいるな。こっちが汗水たらしてヤマを片づけたのに、ホシが自分が前言った当てずっぽうと偶然同じだったもんで、自分のご託宣が正しかったと思い込んでるんだ」

大熊が言った。

「いや、このミタライってのは爺さんじゃなくて、まだ若い男なんですよ。高慢ちきでね、どうしようもない鼻つまみだという噂でしてね」

牛越は溜息をついた。

「中村さんも、何を勘違いしたんだろうなあ……。会いたくねえなあ……、そんなのには……」

しかし彼らの心配は、その程度ではまだまだ不充分だったといってよい。奇人御手洗が、その日の夜からどんな種類の活躍をするかを彼らが知っていたら、牛越佐武郎は溜息をつくくらいではすまなかったろうからだ。

　私と御手洗とがその家に到着するのは夜も遅くになりそうだったので、私たちは土地の粗末なレストランで食事をしてから流氷館へ向かった。雪は降っていなかったが、靄《もや》のようなものが、荒涼とした平野一面にかかっていた。

　流氷館の住人にとって（特に警察官たちにとって）、われわれは招かれざる客であろうと二人でさかんに想像はしたが、これはすぐに確かめることができた。玄関まで迎えてくれたのは英子と刑事たちだったが、私たちは北国への長旅《ながたび》をねぎらう言葉もかけてもらえず、なかなか歓迎されていないのが解った。

　しかし御手洗への刑事たちの予想は、大いにはずれたようだった。御手洗はあれで、愛想笑いをすると妙に人なつこい顔になる男である。

　刑事たちは、われわれをどう扱ってよいか戸惑っているふうであったが、とりあえず互いの自己紹介をすませ、牛越は次に十一人の流氷館の住人に向かって、このお二《ふた》方《かた》はわざわざ東京から、この事件を調査するために来られました、などと苦しい説明をし、次に住民の一人一人を私たちに紹介した。

　ある者はにやにや笑いながら、ある者は深刻そうな顔で、一様にこっちを見つめている客たちの視線を浴びた時、私は座興のために呼ばれ、これからポケットのハンカチを取り出そうとする手品師にでもなったような心地がしたものである。

　しかし御手洗の方は、少なくともそう控えめに自らのことを評価してはいなかった。牛越刑事の、こちらがミタライさん――、という言葉が終わるか終わらないかのうち、

「やあみなさん、ずいぶんお待たせしたようです。ぼくが御手洗です！」

　と、さも大物のような口をきいた。

「人力だ、人力が落下をもたらし、人形を立ちあがらせる、これは明らかにテコの原理の変形というものです。ジャンピング・ジャック・フラッシュだ、ひと幕限りの操り人形。何とせつない幻だろう！　彼の棺《ひつぎ》に土をかける前に、ぼくは跪き、敬意を表するために、こうして北

の地まではるばる飛んできたのです」

　そして御手洗の意味不明の演説が進むうち、先ほどの刑事の、多少愛想のあった顔もみるみる曇っていき、彼がさっき御手洗に対して抱いたほんのささやかな好感らしきものも、あっさり帳消しになっていくのが手にとるように解った。

「年末も押し迫ってきたようですね？　いやはや東京中がバーゲンセールを始めたみたいだった。紙袋を持ったおばさんがみんなで体当たりしてくる。しかしここはまるで別天地のように静かです！　でもお気の毒だな。正月の四日ともなれば、みなさんは最前線へ逆戻りというわけですからね。しかし土産話にはこと欠かないでしょう、三日の解決はなかなか変わったものになると思いますのでね。

　しかし、死体はふたつでもう充分でしょう！　もう大丈夫。ぼくが来たからにはみなさんのうちの誰も、あの冷たい死体になることはありません。何故なら、ぼくにはすでに犯人が解っているからです」

　客たちの間から、一様にどよめきが起こった。横にいた私も、実は驚いた。刑事たちもむろん同様であったろう。が、彼らは無言だった。

「それは誰ですか!?」

　客たちを代表して日下が大声を出した。

「言うまでもないでしょう」

　一同が息を呑むのが伝わってくる。

「ゴーレムとかいうやつです！」

　なんだ冗談かという失笑が、客たちの口もとで起こった。しかし一番ほっとしたのは、どうやら刑事たちらしかった。

「熱いお茶でもいただければ、雪を踏んできた体も暖まります。そうしたら階段を昇り、ぼくは彼に会いにいきたい」

　このあたりから刑事たちは、全員一様に渋い顔に変わっていった。

「がしかし、急ぐこともない、やつはたぶん逃げないと思うからです」

　そりゃそうだ、と戸飼が英子に言うのが聞こえた。何だ？　漫才師か？　とささやく声も聞こえた。

「みなさんは当事者でいらっしゃるから、この刺激的な事件について、いくらか知恵を絞られたことと思う。しかし、もしあの人形を、一年中ただ三号室にすわっているだけのでくの坊と考えたのであれば、眼鏡をかけることをお勧めしたい！　あれはただの板っきれなんかじゃない。二百年昔のヨーロッパ人なのです。彼は、二百年という時空を越えてこの家にやってきている。みなさんはそのことを、もっと光栄に思わなくてはならん。二百年前のチェコ人になど、そう簡単に会えるものではありません。したがって彼こそは奇蹟だ。吹雪をつき、空高く舞い、ガラス窓越しに部屋を覗き込む。人間の心臓にナイフを突き立てることなど、われわれが鼻先のティーカップに手を触れるより簡単だ。ユダヤの秘法カバラで千年の眠りから醒め、この事件のひと幕を演ずるために天から生命を与えられた、彼こそは最も重要な配役を割り振られた存在なのであります。

　踊る人形のひと幕限りのきらめきだ！　嵐の夜にだけ、彼はその暗い玉座《ぎょくざ》より立ちあがり、漆黒の天空から延びた操りの糸を闇にきらめかせて、千年の昔より定められた舞いを舞うのだ。それこそは死者の舞いだ！　何とあざやかな瞬間だろう！　最初の死体もそうだった。彼は魅せられたんです。

　歴史は進んでなどいない。千年の昔と同じです。時間は今、故障したバスのようにすわり込んでいる。だからやつにとって、待つ時間などほんの瞬きの間だったに相違ない。

　進歩なんてまやかしだ。われわれはどんどん足が速くなった。さっきまで銀座にいたのに、もうこんな北の果てで震えていられる。しかし、この浮いた時間を自由にできますか？　できやしない」

　御手洗は自分の世界に酔っているようだったが、ついに客席からは、声をともなった笑いが起こりはじめた。刑事たちはというと、御手洗のこの馬鹿馬鹿しいおしゃべりを、早く打ち切らせたいとうずうずしているのが明かだった。

「機械は人間を楽にする？　何と見えすいたお題目でありましょう。こんなのに較べたら、駅から三分、都心へ三十分、緑多い絶好の環境なんていう不動産屋の誇大広告の方がずっと信用できるんであります。われわれはこんなものに優越意識を持ってちゃいけない。雑用一般を機械がやってくれ、一時間で北海道へ行けるとなれば、この通り、今夜中に北海道へ行ってきてくれと言われるんであります。ほかにも仕事があったのにね。北海道に行くのに三日かかった頃よりずっと忙しくなって、本を読む時間もなくなっちゃった。なんてくだらないペテンだ！　今にお巡りさんは自動販売機で犯人が買えるようになるに違いない。しかしその頃は、犯人の方もコインを放り込んで死体を買っているのです」

「御手洗さん……」

牛越がついに割って入った。

「初対面の挨拶としてはもう充分すぎるくらいでしょう。ほかにおっしゃりたいことがなければお茶が入ったようですから……」

「あ、そうですか。ではもうひとつ、友人を紹介しておかなくちゃなりません。彼はぼくの友人で石岡《いしおか》君と言います」

私の紹介は簡単なものだった。

第二場　天狗の部屋

お茶を飲み終わると、疲れを知らない御手洗は、ゴーレムはどこです？　と言った。

「逮捕なさるんですかな？」

牛越が横あいから声をかける。

「いや、今夜はその必要はありますまい」

御手洗は真面目くさって答える。

「はたしてやつがぼくの想像通りの殺人鬼であるか否か、これから確かめてみるつもりでおります」

「そりゃ、そりゃ」

と感心したように大熊が言った。

「それじゃあ不肖私めがご案内せずばなりますまい」

そう言って浜本幸三郎が立ちあがった。


「天狗の部屋」のドアを幸三郎が開けると、例の大きなピエロがわれわれを出迎える。この人形は台に固定されているから動くことはできない。

「おや、こりゃ『スルース』の！」

御手洗が大声を出した。

「おお！　あなたはあの映画をご覧になりましたか⁉」

幸三郎が嬉しそうに言った。

「三度ばかり」

御手洗が答える。

「映像的とは言い難いですからね、映画としては評論家の言う通り二流かもしれませんが、好きな作品です」

「私は大好きな映画なんですよ。イギリスで舞台も観ました。実によくできていた。こんなガラクタを集めたいと思ったのも、ひとつにはあの映画の影響もあるんです。とてもカラフルでね、コール・ポーターの音楽なんぞも、申し分なくよい趣味だった。いや、あれをご存知の方がいたとは嬉しいな」

「このピエロは、あの映画みたいに笑ったり手を打ったりするんですか?」

「実に残念ながら、さっきのあなたの言葉を借りればでく、の坊です。ヨーロッパ中探したんですがね、あんなのはありませんでしたよ。たぶん映画用に作ったものか、トリックじゃないですかな」

「そりゃあ残念でしたね。で、彼はどこです?」

言いながら御手洗は、勝手にずんずん奥へ進んだ。幸三郎もしたがい、部屋の一隅を指さした。

「いた、こいつか。うーむ……、あっ、これはいかん!」

御手洗は周りがびっくりするような大声を出した。サロンの客たちのほとんどが、ぞろぞろとわれわれについてきていた。

「これはいかん、これは駄目ですよ! むき出しですね、こういうのはいけませんよ、浜本さん!」

御手洗は一人で大騒ぎをする。

「何故です?」


「こいつは屈折した怨念のかたまりです。しかも二百年もの間それが蓄積されている。いやそうではない。パレスチナ以降、迫害に迫害を重ねられてきた全ユダヤの怨念の象徴なのです。このような姿で置いておくことは、彼を辱《はずかし》めることになります! いかん、実に危険だ! これこそがこの家を舞台としたあらゆる悲劇の原点です。何とかしなければ! 浜本さん、あなたほどの方がこんなことにお気づきにならないとは、実に遺憾《いかん》です」

「ど、どうすればいいんでしょう?」

浜本氏は途方に暮れたように言う。

「もちろん服を着せるんです。石岡君! 君のバッグの中に、もうあまり着たくないと言ってたジーンズの上下があったね、急いで持ってきてくれたまえ」

「御手洗君……」

さすがに私はたまりかねて彼の悪ふざけをやめさせようとした。

「それからぼくのバッグの中に着古したセーターがある。そいつも頼むよ」

私はそれでもいちおう忠告を試みようとして口を開きかけたが、早くしてくれたまえと促され、しぶしぶサロンへ降りた。

服を持ってくると、彼はうきうきした仕草で人形にズボンを穿かせ、セーターを着せた。上着のボタンを填める頃には、御手洗の口からハミングが洩れはじめた。一方警察学校の卒業生たちは、全員苦虫《にがむし》を噛《か》みつぶしたような顔で、彼の仕事ぶりを見守っていた。しかし彼らは実に辛棒強いことに、誰も口をさし挟まなかった。

「やはりこいつが犯人ですか？」

見学していた日下が、御手洗に話しかけた。

「間違いないです。凶悪なやつだ」

その頃には、作業はもうほとんど終了していた。人形は服を着てますます気味の悪い様子になった。西洋人の浮浪者が一人、ここに紛れ込んだように見える。

「するとこいつが裸で放っておかれたがために、二人も人を殺したと、こう言われるのですな？」

幸三郎が言う。

「二人ですめば儲けものですがね」

御手洗はさっさと言う。

「いかんなあ、まだこれでは」

御手洗は腕組みをする。

「セーターに上着まで着せて、まだ足りませんか？」

「帽子です！　帽子が必要だ。こいつの頭が曲者なんです。隠さなければ。となると帽子が欲しいな。むき出しにしておいてはいけない。しかしぼくは帽子までは持ってこなかったしな……。

誰か、みなさんの中で帽子を持っている方はいらっしゃいませんか？　どんなものでもけっこうです。ちょっとお借りしたい、借りるだけです」

御手洗は観客を振り返って言う。コックの梶原春男が控えめに口を開いた。

「あのう……、ぼくが、皮のテンガロン・ハット持ってますけど……、西部劇みたいなやつです」

「皮のテンガロン・ハット!?」

御手洗はほとんど叫び声をあげた。観客たちは、これがこの狂人のどういう感情の故なのかを計りかね、次の言葉をじっと待った。

「犯罪を防ぐのに何と理想的だろう！　これこそが神の御恵《みめぐ》みだ。君！　早くそれを持ってきてくれますか？」

「はあ……」

梶原は首をかしげながら階段を降りていき、やがてハットを持って帰ってきた。

御手洗の体中から、嬉しくてしようがないという気分があふれていた。彼はそれを受け取ると、うきうきと踊るような仕草で、人形の頭の上へちょんと載せた。

「完璧だ！　これなら絶対大丈夫。君、どうもありがとう！　君こそこの事件の最大の功労者です。これほど素晴らしい帽子が手に入るとは思わなかったな！」

　御手洗はそれからも揉《も》み手をしたりしてひとしきりはしゃいでいたが、ゴーレムの方はこれ以上ないほど不気味な様子になって、そこに人間が一人すわっているようにしか見えなかった。

　糸はまだ彼の手首に結びついていたが、もうこれは取った方がいいでしょう、と言いながら御手洗はプッンと切ってしまった。あ、と牛越がつぶやくのが私には聞こえた。


　それからみなでまたサロンに戻り、御手洗は幸三郎や客たちと談笑した。中でも日下と一番話が合ったらしく、夜が更けるまで精神障害についてさかんに話しこんでいた。

　二人は、はた目にはいかにも和気あいあいと、非常に打ちとけているように見えたが、日下という医学生は、どうも御手洗を患者として興味を抱いていたのではないかと私は思う。精神科の医師と患者の話し合いというものは、あのようなごやかなものと聞いている。

　私たちのあてがわれた部屋は、何と上田一哉の殺された例の十号室であった。これを見ても、女主人のわれわれへの歓迎ぶりが解ろうというものだ。

　さすがにベッドだけは早川康平に命じて折畳み式のものをもう一台運び込ませたが（十号室のベッドは完全なシングルだった）、十号室はトイレもシャワーもないから、私は刑事たちの部屋を借りてシャワーを浴び、旅の疲れをとらなくてはならなかった。

　殺人のあった部屋で眠るというのもまたとない貴重な体験であった。観光旅行ではこんなことはちょっと味わえまい。

　御手洗が、私の後からその寝苦しいベッドにもぐり込んできたのは、もう十二時を少し廻った頃であった。

第三場　十五号室、刑事たちの部屋

「いったいどこの気違い病院から来たんだ、あいつは！　いったい何ですかありゃあ!?　だいたいどういう理由でわれわれのようなちゃんとした警察官が、あんなクルクルパーのお守《も》りをせにゃならんのですか!?」

若い尾崎刑事が憤懣《ふんまん》やるかたないという調子でわめいた。

その夜、刑事たちは十五号室に集まっていた。今夜は阿南巡査もいる。

「まあそう言うなよ尾崎君。あの先生は確かに普通じゃないが、あれはそれでも一課の中村氏が、自信を持って送り込んできた人間には違いないんだ。しばらくお手並みを拝見させてもらおうじゃないか」

牛越がなだめるように言う。

「お手並み!? もう見ましたよ、人形にズボンを穿かせるお手並みをね!」

「確かにあんなことをやっていてホシが挙げられるもんなら、警察の仕事もずいぶん楽ではあるな」

大熊も言った。

「私はあんな正真正銘の、どこからひっくり返してみてもバカ者というやつを生まれてはじめて見ましたよ。あんなのを野放《のばな》しにしておいたら、捜査も何もあったもんじゃない。めちゃめちゃにされてしまいますよ!」

尾崎は吐き捨てるように言う。

「しかしまあ、人形にズボンを穿かせたところで捜査に著しい支障をきたすということもなかろう」

「そりゃ今のところは人形相手で悦に入ってますが、もしまた殺しでもあったら、こんどは死体にケチャップでも振りかけかねませんよ」

牛越はうーんと考えこんだ。確かにそのくらいのことはやりかねないように思われたからである。

「阿南君、君はどう思う? あの男を」

牛越は若い巡査に尋ねる。

「さあ……、私は何とも……」

「君は玉突きの練習はやめたのか?」

尾崎が嫌味を言った。

「連れの男の方はどうした?」

「今、十二号室の方でシャワーを浴びていますよ」

「あの男はまともなようだな」

「あれは狂人の付添夫といったところでしょうね」

「とにかくだ、お引き取り願った方がよくはないかな?」

大熊が言う。

「ええ、でもまあもうしばらく様子を見ましょうよ。あまりわれわれの仕事に支障をきたすようでしたら、私の方で言います。お引き取りいただきたいとね」

「まったくぜい竹持った爺さんの方がよっぽどマシだったですよ。腰がたたなきゃ、少なくともじっとはしてるでしょうからな！　あいつは若い分だけ始末が悪い。今に雨乞《あまご》い踊りみたいに、あの人形を持って犯人を占う踊りでもやりだすんじゃないですか？　そしてわれわれには、刑事さん、火を焚いて下さいと言いますよ！」

第四場　サロン

翌朝、外は比較的晴れていた。どこからかハンマーで何かを叩く音が聞こえてくる。三人の刑事はまたソファのところにかたまっていた。

「何だ？　何を叩いているんだ？」

「女性軍二人が換気孔を塞いでくれと言いだしたんですよ、気味が悪いから。それで戸飼と日下がナイトぶりを発揮して、金槌《かなづち》を振るっておるところです。日下はついでに自分のところも塞ぐんだと言っておりました」

「ふん、ま、そうしとけば安心には違いあるまい。しかし、金槌の音ってのは何か落ちつかないな、何となく大晦日《おおみそか》らしい雰囲気になってきやがった」

「あわただしいですな」

しかしそこへ、さらにあわただしい男が入ってきて、人の名前とも何ともつかぬ、意味不明の言葉をわめいた。

「南大門《なんだいもん》さん！」

誰も反応を示す者はなく、サロンには非常に不可解な沈黙が訪れた。

御手洗は不思議そうに首をかしげた。巡査が、ひょっとして自分のことかと第六感を働かせたらしく、立ちあがった。しかし実際よく解ったものと思う。

「阿南《あなん》ですが……」

「失礼！　稚内《わっかない》署までの道順を教えてくれませんか」

「はあ、承知しました」

御手洗という男は、生年月日は一度聞いたらすぐ憶えるくせに、人の名前というものを絶対に憶えようとしないのである。のみならず、その場の思いつきで勝手な名で呼ぶ。しかも一度間違って憶えると、横で何度訂正しようと死ぬまでその名で呼び続けるのだ。

御手洗がいそいそとサロンを出ていくと、入れ替わりに幸三郎が現われた。

「あ、浜本さん」

大熊が声をかけた。

幸三郎はパイプの煙とともに寄ってくると、大熊の横の椅子にかけた。それで牛越は尋ねた。

「あの名探偵の先生はどこへ行ったんです?」

「変わってますな、あの人は」

「変わりすぎです。完全な狂人でしょう」

「例のゴーレムの首を取りはずして、もう一度鑑識へ持っていきたいと言うんですよ。あの首がやはり怪しいんだそうで」

「やれやれ……」

「この調子じゃわれわれの首も取りはずしかねんぞ」

大熊が言う。

「デパートの万引き係でも当たっておいた方がよいかもしれん」

「私はあんなアホウと心中する気はないですよ」

尾崎はきっぱりと言った。

「しかしこれは君の言っていた占いの踊りもいよいよ近いぞ。帰ってきたらさっそくとりかかるんじゃないか?」

「火を焚く用意をしますか」

「冗談言ってる時じゃないですよ。それで何で首を取りはずしたいんだって言ってました?」

尾崎は真剣な顔で幸三郎に尋ねる。

「さて……」

「理由なんかあるわけないじゃないか」

「踊りの邪魔になるんだよ!」

「私もね、あんまり首をはずされるのはありがたくないんだが、まあ、一応取りはずしはきくのでね。指紋でも調べる気ですかな?」

「そこまで知恵が廻るかな、あの先生に」

大熊が、自分のことは棚にあげて言う。

「指紋はさんざんやりましたよ」

牛越は言う。

「指紋の方はどうだったんです?」

幸三郎が訊く。

「近頃、特にこんなホシがいくらか知恵を持ってるらしい事件で、指紋調査が役にたつことなんかありゃしませんよ。ホシだってテレビ観てますしね。それにもし事実、この家の人間のうちにホシがいるのならなおさらです。誰がドアのノブに触れてたって不思議はないですからね」

「そうですな」

御手洗が流氷館に帰ってきたのは午後もだいぶ廻った頃であった。何かよいことでもあったのか、例のうきうきした調子でサロンを横切り、私のかけた椅子のところへ来た。

「法医学の先生の車に乗せてもらって帰ってきたんだ。ちょうどこっちへ行く用事があるっていうんで」

彼は言った。

「ああそう」

私は答えた。

「それで、ちょっとお茶でも飲んでいけばと誘ったんだ」

御手洗はまるで自分の家のような言い方をした。

玄関のところに白衣の男が入ってくるのが見えた。そこで御手洗は、お茶を注文するべく、こんなふうに大声をあげた。

「南大門《なんだいもん》さん！　梶原さんを呼んでくれませんか！」

どうした気紛れか、梶原の名はちゃんと憶えているらしい。厨房付近の壁にもたれていた阿南が、別段何の抗議もせずに奥へ消えたところを見ると、彼は改名を決意したらしい。

紅茶をすすっていると、サロンの大時計が午後三時を打った。この時サロンにいた人間の名をここに明記しておくと、私と御手洗はもちろんだが、刑事三人と阿南巡査。浜本幸三郎、金井夫婦、浜本嘉彦、早川夫婦、それから厨房には確かに梶原の姿が見え隠れしていた。つまりサロンに姿が見えなかった者は、英子、クミ、戸飼、日下、の四人だった。長田《おさだ》と名乗った法医学者も、その時私たちのすぐ横にいた。

突然、吼えるような男の叫び声が、どこか遠くでした。悲鳴という印象ではなかった。何か信じられないものを見たというような、驚きの声だった。

御手洗は椅子を蹴って立ちあがり、十二号室の方角に向かって走った。私は反射的に部屋の隅の大時計を見た。五分にはなっていなかった。三時四分三十秒というところか。

刑事たちは声の発せられた場所をはかりかね、どこへ向かって走ってよいものか解らない様子だったが、御手洗にしたがうのもしゃくとみえて、ついてきたのは牛越と阿南だけであった。

声の主が日下か戸飼であろうとは思った。姿が見えない者のうち、あとは女だからだ。しかし二人のどっちであるかは判断がつきかねた。御手洗は、だがまったく迷わず十三号室のドアを激しく叩いた。

「日下君！　日下君！」

ハンカチを出してノブにかけ、ガチャガチャと廻した。

「鍵がかかっている！　浜本さん、合鍵はありますか？」

「康平さん、大急ぎで英子を呼んできてくれ。あいつが合鍵を持っている」

康平は駈けだした。

「はい、ちょっとどいて！」

遅れてきた尾崎が横柄に言い、また激しくドアを叩いた。しかし誰がやろうとこれは同じことである。

「破りますか!?」

「いや、まず合鍵だ」

牛越が言う。英子が駈けつける。

「ちょっと待って。これですか？　貸して下さい」

合鍵が差し込まれ、廻された。ガチンと、確かにロックのはずれる音と手ごたえがした。尾崎は急いでノブを廻したが、どうしたことかドアは開かなかった。

「やはり！　もうひとつの方も廻してるんですな」

幸三郎が言った。

各部屋は、ノブの中心のボタンを押すロック以外に、ノブの下に楕円形のつまみがあり、それを一回転させると横にバーがとび出す鍵がもうひとつついている。これは中からしか操作ができない。

「破れ」

牛越が決断した。尾崎と阿南がドアに何度か体当たりを食らわした。やがてドアは壊れた。

日下は、部屋のほぼ中央に、仰向けに倒れていた。テーブルの上に、読みかけらしい医学書が開かれたままになっていて、部屋は少しも荒らされている様子はなかった。

日下のセーターの心臓のあたりに、今までとまったく同じ登山ナイフが立ち、柄の先から例によって白い糸が垂れている。そして今までと大きく違う点は、日下の胸が時おり上下することだった。

「まだ生きているぞ」

御手洗が言った。日下の顔面は蒼白だったが、瞼《まぶた》は薄っすらと開かれているように見える。

部屋に入るなり、尾崎はぐるぐると頭を廻して部屋を観察した。その時、私も彼に続いて壁の一点に、この一連の事件の性質を明瞭にする異常を発見した。小さな紙が、ピンで留められていたのだ（図8）。

「何を見た!?　君、何か見たろう!?　答えるんだ！」

尾崎は叫ぶなり、日下の手首を握ろうとした。御手洗がそれを制した。

「南大門さん、外の車に担架がある。持ってきて下さい！」

図8

〈13号室〉

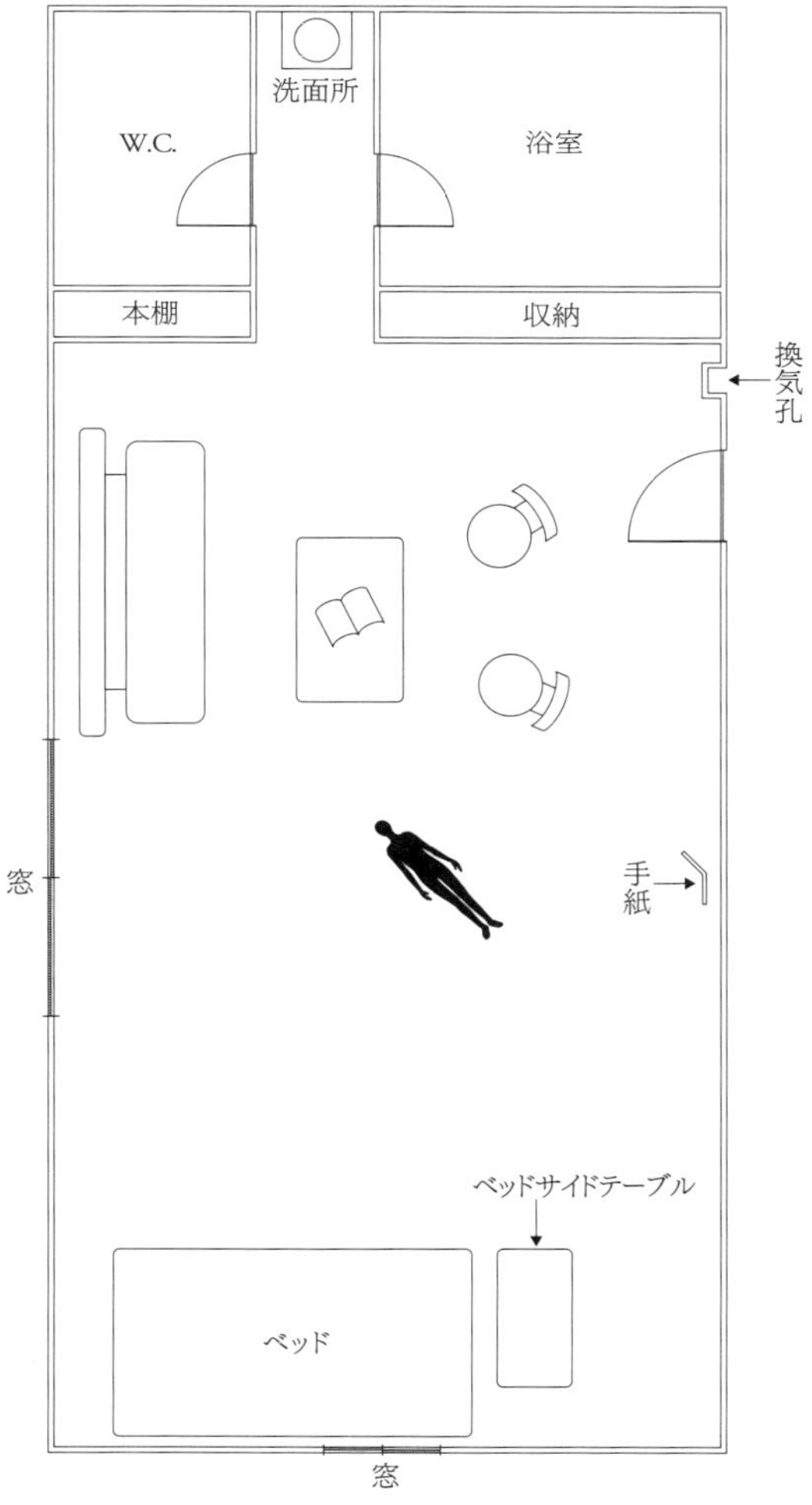
洗面所
W.C.
浴室
本棚
収納
換気孔
手紙
窓
ベッドサイドテーブル
ベッド
窓

「何を言うんだ！　君のようないい加減な男の指図をどうしてわれわれが受けんといかんのだ⁉　気違いは引っ込んでいてもらおう！　邪魔しないで、ここは専門家にまかせておいてもらおう」

「是非そうしようじゃないか君、さあ、われわれは引っ込もう！　長田先生、お願いします」

　白衣の長田医師が私たちをかき分け、部屋に入ってきた。

「危険だ。今は何もしゃべれんだろう。話しかけないで下さい」

　そう専門家は言った。そこへ御手洗の的確な指図によって、担架が届いた。長田と御手洗は、そろそろと日下の体を担架に載せた。

　血はあまり、というよりほとんど流れてはいない。長田と阿南とによって担架が持ちあがり、外へ向かって出発した時、信じられないことが起こった。浜本英子が泣きながら担架にすがりついたのである。

「日下君！　死なないで」

　彼女は泣き叫んだ。その様子を、どこからか姿を現わした戸飼も無言で見ていた。

　部屋に残った尾崎は、壁にピンで留められた小さい紙片を慎重にはずしていた。それは間違いなく犯人の遺したもののようである。むろんその時彼は、すぐにはその紙に書かれた内容をわれわれに公開しなかったのだが、あとで見せてもらったところでは、次のような簡単な文章が書かれていた。

『私は、浜本幸三郎に復讐する。近いうちあなたは自分の最も大事なもの、すなわち生命を失う』

　尾崎はもう刑事としての日頃の冷静さを取り戻していたが、さっき瀕死《ひんし》の人間にあれほど詰め寄ったのも、無理からぬところはあった。見渡せば十三号室は、ドアの施錠が完全であったのみならず、ふたつの窓も完全にロックされ、ガラスもはずされた形跡はなかった。造りつけの洋服箪笥《ワードロウブ》も、物入れも、ベッドの下も、バスルームも、すみやかに、そして完全に調べられ、誰もひそんではいないことが確認された。加えて、何らの異常も発見されなかった。

　そして何より特筆すべきは、今回の場合、これまでのケースでの唯一の窓、例の二十センチ四方の換気孔まで、厚手のベニヤ板で完全に塞がれていたのである。完璧な密室であった。ドアも内枠に当って止まる形式のもので、まるっきり隙間はない。

　さらに、ドアを破った者も、最初に部屋に踏み込んだ者も刑事であり、しかも大勢の人間がすぐ横でそれを見守っていた。ドアを破った時点で、誰かが何らかのトリックを施《ほどこ》す時間的余裕は絶対になかったと言いきれる。となると、唯一の頼みは日下が何を見たか、というこの一点にかかってくることになるのだ——。

約一時間後、日下が死んだという電報が、一同の集合したサロンに届いた。犯行推定時刻は、当然のことながら午後三時過ぎ、死因はむろんナイフによるものだったという。

「戸飼さん、あなた三時頃どこにいらっしゃいました？」

個別に戸飼一人だけをサロンの隅に呼び、牛越が沈んだ声で訊く。

「外を歩いてました。天気も悪くなかったし、考えたいこともありましたから」

「それを証明する人はいますか？」

「残念ながら……」

「でしょうな。こういう言い方は何だが、あなたは日下さんを殺す動機がないとは言えませんのでね」

「それはひどい……、ぼくは今、誰よりも衝撃を受けていますよ」

クミと英子は、二人ともそれぞれの部屋にいたと主張した。この二人の供述はいたって平凡なものだったが、次の梶原春男の証言は、心臓に苔《こけ》の生えた刑事たちの胆《きも》をも冷やした。

「今まで、あんまり意味がないんじゃないかと思って言わなかったんですけど、いや、日下さんの時のことじゃないんです。菊岡さんが殺された夜、ぼくは厨房の入口の柱にもたれて立ってたんです。その時、外の吹雪の音に混じってシュウシュウというような、……蛇の這うような音を、確かに聞いたんです」

「蛇!?」

刑事たちは、飛びあがらんばかりに驚いた。

「何時頃です!?　そりゃあ？」

「さあ、十一時頃だったと思いますけど」

「ちょうど殺しのあった時刻だ」

「ほかの人は聞いてますか!?」

「それが、康平さんたちに訊いても、聞かないって言うんで、ぼくだけの空耳《そらみみ》かなあと思って、ずっと黙ってたんです。どうもすいません！」

「その音についてもっと詳しく！」

「そう言われても……、シュウ、シュウという音のほかには、女がすすり泣くような音っていうかなあ……。かすかな音です。日下さんの時には気づきませんでした」

「女のすすり泣き!?」

刑事たちは顔を見合わせた。まるで怪談である。

「上田一哉さんの時は!?」

「気づきませんでした。すいません」

「つまり、菊岡さんの時だけなわけだね？」

「はい、そうです」

警官たちは、ほかの客たちや住人全員にも、その不可解な音のことを一人一人個別に問い質《ただ》した。しかし梶原のほかには、そんな不可解な音を聞いた者はまったくいなかった。

「どういうことだ!? こりゃあ！　本当なのか？　いったい」

大熊が二人の刑事に向かって言う。

「たまらんぞこれは。気が狂いそうだ。どうなってるのか、見当もつかん！」

「私ももう力がつきかけていますよ」

「何かとんでもない魔物でも棲んでるんじゃないか？　この家は。それともこの家そのものが魔物なんだ。まるで家が意志を持って人殺しをやってるとしか思えんじゃないか！　特にこんどの日下殺しだ、絶対人間技じゃない。やれるやつがいるとすれば、この家だけだ」

「さもなければ、何かとてつもない仕掛けがあるんじゃないか……。たとえば機械仕掛けで部屋が持ちあがるとか、ナイフが飛び出すとか……、どっかがぐるりと回転するとかですね……」

尾崎が言った。

「もしそうだとすりゃ、ホシは客分の側じゃなく、招待側ということになる……」

牛越がつぶやく、すると大熊が続けた。

「しかしおらんのだ。わしはね、この十一人の内に捜すとすりゃあだよ、相倉だと思うね。何となりゃあ、あの窓から人形が覗いてたってえ話だ。あんな馬鹿げたことはあり得るわけがない、絶対無理だ。となりゃあ当然ながら作り話ってことになる。ありゃあ嘘つくタイプの女です。それからみっつの殺しともアリバイがない」

「でも大熊さん、そうなるとひとつ妙なことができますよ、あのクミって女は、三号室のゴーレムの顔を二十九日まで一度も見てないはずなんですよ。でも供述《きょうじゅつ》の人相は、細かいところまで、例の人形の顔とぴったり一致してます」

尾崎が言い、大熊は鼻の頭に皺を作ってひとしきり唸った。

「でもとにかくだ、われわれがいつも鼻を突き合わせとる連中の内にはホシは絶対いやせんよ！　何かひそんどるんだ。こりゃ徹底してやるしかないぞ。壁板、天井板を剥がすんだ。特に十三号と十四号だ。もうそれしかない。そう思わんかね、牛越さん」

「そうですね。明日は正月、気は進まんが、ホシは正月だからって休んではくれんでしょうしね、それしかないかもしれんですな」

そこへ御手洗が通りかかった。

「どうしました？　占いの先生。あんたが来たからにはもう死体は出ないんじゃなかったのかね？」

大熊が嫌味を言った。御手洗はそれには何とも応えなかったが、彼もいくらか元気がなかった。

第五場　図書室

昭和五十九年が明けた翌一月一日、私と御手洗とは午前中から図書室に二人で閉じこもっていた。彼は、日下が殺されてから自分の面子が潰されたと考えているらしく、ずっとふさぎこんでいて、私が話しかけてもろくに返事をしなかった。両手の指で三角を作ったり、四角を作ったりしながら、何やらぶつぶつひとり言を言った。

図書室の一番隅の椅子からも、流氷のひしめく北の海は望める。私はしばらくそうしていたが、やがて階下から絶えず響いてくるノミやハンマーの音が、私を夢見心地からゆっくりと破っていった。

「おめでとう」

と私は御手洗に言った。彼はうわの空でうん、うん、そうだねと生返事をした。

「おめでとうとぼくは言ってるんだぜ」

私はもう一度言った。彼はやっとまともに私を見た。そして、

「何が!?」

と少し苛々した様子で問い返した。

「年が明けたからに決まってるだろう!?　今日から一九八四年だよ」

御手洗は、何だそんなつまらないことかとでも言うように、ちょっと唸り声をたてた。

「だいぶ苛々しているように見えるね」

私は言った。

「あんな大見得《おおみえ》切るからだよ。それより君、あの十三号室と十四号室の天井や壁板剥がしている刑事たちの様子を見にいかなくていいのかい？」

「ははん！」

すると御手洗は鼻で笑った。

「君は何も出ないと思うんだね？　抜け穴も、隠し部屋も何もないと？」

「賭けてもいいね、今夜お巡りさんたちは、手にいっぱいマメを作ってサロンの椅子でぐったりしてるだろう。特にあの尾崎とかいう若いおじさんは、年齢からいっても今頃は間違いなく一番活躍しているはずだから、今夜はさぞおとなしくなってることだろうよ。楽しみだね」

「十三号室と十四号室に、何もカラクリはないんだね？」

「あるわけがない」

私はそれを聞いて、しばらく黙って考えこんだ。しかし何にも思いいたれなかった。そこでまた声をかけた。

「君はずいぶん何でも解ってるらしいね？」

すると私の友人は、まるで背中に熱湯でもかけられたように、反射的に天井を向いた。そしてまた低い唸り声をたてた。どうも様子が変である。

「もうすべて解ってるっていうのかい？」

「……とんでもない、今大いに困ってるんだ」

御手洗はかすれたような声で、低く応える。

「君は、今何を考えるべきか、自分で解ってるのか？」

すると御手洗は、ぎくっとしたように私の顔をまじまじと見た。

「実は……、それなんだ、問題は」

私はなんだか不安になり、次に怖くなった。これは私がしっかりしなくてはいけないのかもしれないと考えた。

「話してみたらどうかね？　ぼくだって少しは役にたつと思うが……」

「そいつが無理なんだ。話すより解く方が……、いややはりむずかしい。階段には上と下がある。人はこの場合、どっちに立とうとするものなんだろう？　問題はそこなんだ。解答不能かもしれない、ぼくは博打を要求されている」

「何を言ってるんだ……？」

御手洗のこの話しぶりには、はたして見当違いでないところに頭を使っているんだろうかと、人を不安にするような感じがある。私には、錯乱一歩手前のようにしかみえない。

「まあいい、じゃぼくの方に問題提起をさせてくれ。あの上田一哉の死体はなんであんな格好を、踊るような格好をしてたんだ？」

「ああ、あんなのはこの部屋に一日もいれば解る」

「この部屋に⁉」

「ああ、ここに答えがある」

私は部屋を見廻した。本棚があるばかりだ。

「適当なこと言うのはやめろよ！　……じゃあこれはどうなんだ？　昨日の日下殺しは。あれに君は責任を感じて沈んでいるんじゃないのか？　どうやらぼくの観察するところ、君はろくに解ってもいないのに、もう死体は出さないなんていい加減なことを言ったんで……」

「あれは仕方がなかった！」

御手洗は悲痛ともとれる声を出した。

「彼以外じゃ……、しかし、いや、そうじゃないかもしれないが……、とにかく今は……」

私の友人は、どうやらことの真相と呼べるほどのものは何も掴んでいないらしい。しかし、どんな場合であろうと、彼の口から殺人に対して仕方がないなどというセリフを聞くのははじめてだった。


「ぼくはちょっと考えたんだが……」

私は言った。

「今君の言うのを聞いて、いくらか自信を持った。日下はひょっとして自殺じゃないのか？」

御手洗はすると、かなりの衝撃を受けたようであった。一瞬呆然とし、それからゆっくりと口を開いた。

「自殺……、なるほどそうか……、それは気がつかなかった。そうか、そういう手があったか……」

彼はしょんぼりと肩を落とした。こんな簡単なことに気がつかないようでは先が思いやられる。

「あれを自殺と推理してやれば、彼らをもっと煙《けむ》に巻くこともできたな」

とたんに私は少々腹がたった。

「御手洗君！　君はそんなこすっからいことを今まで考えてたのか⁉　自分がよく解らないもんだから、名探偵を気どることばかりに気を遣ってるのか⁉　へえ、こりゃ驚いた。解らないことは解らないと言えばいいんだ。本職の刑事たちが頭を絞り合って解らないんだ、恥ずかしがることなんてない。いっときを糊塗《こと》するから後の恥がより大きくなるんだぜ」

「ああ疲れた。休みたいな」

「じゃあぼくの講義でも聴けよ」

私がそう言っても彼は黙っているので、私は話しはじめた。私も今回の事件に関してはひと通り以上に考え、自分なりの意見を持っていた。

「しかし、自殺したのだとすると、これもまたおかしなことになる。あの例の、壁に遺されてた手紙があるよね？」

「ああ」

「あのひどく文学的才能の欠如《けつじょ》した手紙に……」

「というと？」

「あの文章はひどいじゃないか」

「あそう？」

「そう思わないか？　君は」

「ああいう内容はほかに書きようがないと思ったが」

「復讐の劇的な決意を示す手紙としては、三流品もいいところだ。もっとほかに何とでも美しい書きようがあるだろう？」

「たとえば？」

「たとえば文語調で迫るとか、そうだな……『我《われ》、汝《なんじ》の息の根を止めんとす。我《われ》の名は復讐、血の色の馬に跨《また》がれり』とかね」

「とても綺麗だ！」

「こんなふうにいろいろとあるだろう？　あるいは……」

「もういいよ。それより何が言いたいんだ？」

「つまり復讐ということ、浜本幸三郎に復讐するとなると、さっきの日下犯人説では浜本氏に復讐する理由がない。彼は浜本氏と知り合ったのはまあ最近だし、二人の間はすこぶるうまくいっていた。それに、浜本氏を殺さずに自殺しては復讐にならないだろう。それとも彼は、浜本氏の生命を奪えるような、何か仕掛けをしておいたのかな？」

「そいつは今、お巡りさんがさんざん調べている。塔の部屋の方もやると言ってたからね」

「だいたい、上田や、菊岡の生命を奪うことが何故浜本氏への復讐になるのか？」

「そうそう」

「しかし日下説を捨てても、もうこの家に残っている人間というと使用人の三人と、あとは娘の英子、相倉クミ、金井夫婦、嘉彦と戸飼、これだけだからね。この中に浜本氏に復讐心を抱こうかという人間は見あたらないよ」

「見あたらない」

「それではと翻って日下殺しを考えてみると、彼を殺すことだって別に浜本氏への復讐にはならんと思うんだ」

「ああ、ぼくもそう思う」

「それとも英子が日下に関心があったようだから、その相手を殺すことで娘を苦しめ、ひいては父親を苦しめようという、そういうまわりくどいことを考えたのかな。訳の解らない事件だ！　あのにやにや笑いの人形をはじめとして、おかしな要素がいっぱいだ。あの雪の上に立ってた二本の棒とか……」

その時ドアが乱暴なやり方で開き、二人の女性が図書室に入ってきた。浜本英子と相倉クミだった。二人は冷静な、これ以上ないほど落ちついた足どりで窓ぎわへ寄っていったが、二人とも自分を見失うほどの興奮に支配されているらしく、その証拠におっかなびっくりで見守る部屋の隅のわれわれ二人の存在に、少しも気づく様子がなかった。

「ずいぶんご活躍のようね」

と英子が、どちらでもいい晴天の話をする時のような、さりげない口調で言った。

「何のことかしら？」

相倉クミも慎重に応える。これには私も同感であった。しかしあとで聞いたところでは、クミは日下や戸飼や梶原などに、さかんに接近を試みていたという話であった。

英子は、柔らかな笑顔をみせて言った。

「無意味な時間をかけるのはよしにしないこと？　私の言葉の意味が解ってらっしゃるはずだわね？」

英子は見降ろすような態度を崩さない。

「さあ……、少しも解らないわね」

クミも見下ろす者としての言葉を選んだ。私は固唾を呑んだ。

「ほかのことはいいわ、あなたはそういうふわふわした、いい加減な生活態度が体の奥まで染み込んだ方、私は違う、それだけよね。私にはできないことだけど、そんなことはいいわ、許せないのは日下君のこと、お解りよね？」

「私に染み込んだいい加減な生活態度って何のことかしら？　自分に全然ないものだっておっしゃるけど、それなのによく私のそういうところがお解りね」

「質問に答えて下さらないこと？」

「私だって質問してるんですのよ」

「これはあなたご自身のためですのよ。こんな問題にいつまでもかかわっていると、あなたがお困りじゃないかしら？　それとも菊岡社長と秘書たるあなたのご関係について、私に説明して欲しいのかしら？」

さすがにクミは言葉に詰まった。しばしの血も凍る沈黙。

「日下君のことって何よ」

クミの言葉遣いの一角が崩れた。それは彼女の部分的な敗北を物語るものでもあったろう。

「あらぁ、ご存知のはずよ」

英子は途端に素晴らしく優しい声になった。

「その鍛《きた》えぬいた職業的武器で、純情な日下君をたぶらかしたんじゃなかったかしら？」

「ちょっと、職業的武器ってどういうこと!?」

「あら、男と寝るのがあなたのご職業でしょう？」

ここでクミが、何か感情的な反論の叫びをあげなかったのは賢明であった。彼女はぐっと言葉を呑み込んだようであった。それから一種、挑戦的な笑い方をした。

「そういえばあなた日下君の担架にすがって、何だかみっともない様子してらしたわね。何だか女中さんが主人にすがって泣いてるみたいで、素敵だったわぁ」

「………………」

「それで私の日下君を誘惑した女は許せないってわけ？　バカみたい！　古くていらっしゃるのねえ！　そんなお考えしてらっしゃるとおムツにカビがはえましてよ。そんなに自分の男だと思っているのなら、首に縄つけときなさい！」

二人はあやうく激情の絶望的な爆発を見そうになった。御手洗などは身の危険を感じて、腰を浮かせて逃げ腰になっているほどであった。しかしさすがに気位《きぐらい》の高い英子は、かろうじて自分を守った。

「あなたのような人といると、自分の品位を守って冷静でいるのが苦しいわ」

ほほほっとクミは嘲《あざ》笑った。

「品位ですって？　もう少しやせてからおっしゃい！」

英子はこれでまた次の言葉を口にするまでにかなりの時間を要した。

「はっきり申しあげるわ。日下君を殺したのはあなたじゃないこと？」

クミはきょとんとした。

「何ですって？」

二人は睨み合った。

「バッカみたい！　どうやって私が日下君を殺せるの？　動機は何だっておっしゃるの？」

「方法は解らないわ。でも動機はあるんじゃないかしら」

「…………どんな？」

「日下君を、私に与えないためよ」

とたんにクミはまた、こんどはけたたましい声で笑いだした。しかし不気味なことに目は少しも笑っていず、じっと英子を見据えたままであった。

「ちょっと、笑わずにいられないようなこと言わないで！　ああ可笑しい！　私が日下君を殺さなきゃならないとしたら、そりゃ彼があなたにぞっこんで、私も彼が好きな場合でしょう？　そうじゃないこと？　ああ、可笑しい！

　私は彼のこと何とも思ってないし、彼はあなたのことはもっと何とも思ってなかったわよ。どうして私が殺さなきゃならないの？　彼を殺さなきゃならないとしたらあなたでしょう？　違って？　だって彼、私に興味持ってるみたいだったもん」

「いい加減なこと言うのやめなさい‼」

　ついに恐れていた最悪の事態が起こった。

「あんたみたいな薄汚ない女、この家に入れるんじゃなかったわ！　出ていって！　私の家から出ていきなさい！」

「私だってできるものならそうしたいわよ！　お巡りさんがいいって言えばね！　人殺しばっかり起こって、女プロレスみたいなヒステリー女がしょっちゅう金切り声たててるような家なんか、もうたくさんだわよ！」

　それから二人はひとしきり、ここに書けないような難解な言葉を駆使して存分に罵《ののし》り合った。われわれは恐怖感から、息を殺して小さくなっていた。

　やがて壁が震えるほどの音とともにドアが閉まり、部屋には英子が一人、うっとりするような静寂とともに残った。彼女はしばらく激しい闘争の後の放心に身をゆだねていたが、それからやっと部屋を見渡す余裕が生じたらしく、首を巡らした。すると、当然ながらそこに、特等席にまぎれこんだ貧乏人のように、おっかなびっくりですわっている二人の観客を発見したのであった。

　英子の顔からすうっと血の気が引き、唇がわななくのがかなりの距離からでも解った。

「こんにちは」

　と御手洗は果敢《かかん》にも声をかけた。

「ずっとそこにいらしたんですの⁉」

　彼女は、強いて冷静さを装っているのがありありと解る声で、解りきった質問をした。それともわれわれが戦争の最中、窓から忍び込んできたとでも思ったのであろうか。

「どうしてそこにいると言って下さらなかったのです？」

「そのう……、恐怖で声が出ませんでした」

と御手洗は実に馬鹿げたことを言った。しかし幸運にも彼女は、冷静さを失っているあまり、御手洗の言った言葉の意味をよく理解できないようであった。

「ひと言も声をかけて下さらないなんて、ひどすぎますわ！　そこでずっと黙って聞いてらしたんですか？」

御手洗が私の方を振り返り、こりゃあやっぱり黙ってないで、応援するべきだったかなとささやいた。

「聞くつもりはなかったんです！」

私は御手洗を無視し、この時とばかり、心を込めて言った。

「でも心配だったもので……」

そう私が言うと、横で御手洗がすかさず、

「そう、成りゆきが」

とつけ加えた。

「どんな成りゆきだと言うんです!?」

彼女は噛《か》みついた。肩が小刻みに震えている。

「いったいどんな興味があって、私たちの話をそこで聞いてらしたんですか！」

話、という言葉には抵抗があったが、英子の声はしだいにかん高くなった。しかし私は、さっきの自分の弁解がそうまずいものだったとは思っていなかったし、この場の雰囲気のうちに、何とかことをおさめられそうなかすかな兆候を、本能的に見いだしていた。私は自分なら何とかできる自信があった。つまり、私が一人だったらという意味であるが——。

非常識な友人は持つものではない。私の横にいた男は、そこでまったく人間として信じられないような言葉を口にして、それまでの私の努力をあっさり無駄にした。

「その……、どちらが勝つかと思いまして……」

彼女の肩の震えが一瞬ぴたりと停まった。そして腹の底から絞り出すような声で、

「非常識な人ね」

と言った。

「あ、そう言われるのは馴れています」

御手洗は快活に応える。

「ぼくは非常識にもつい今しがたまで、図書室というのは本を読むところだと思っていたくらいで……」

私は御手洗の脇腹をつつき、よせと小さく、しかし断固とした調子でささやいた。しかしむろん時すでに遅く、

事態がこれ以上ないほどに悪化していることは明らかであった。彼女はそれ以上はひと言も発せず、じっと御手洗を見ていたが、ゆっくりとドアの方へ進んだ。

　ドアを開け、ちょっとこっちを振り向いて、何ごとか効果的な呪いの言葉を模索しているようだったが、結局思いつかなかったらしく、そのままドアを閉めた。

　今度は私が唸り声を発する番であった。私はひとしきり唸った後、

「あきれた男だな……」

　と心底そう思いながら言った。

「君には一般的な意味での常識というものが、いっさいないらしいな」

「千回も聞いたよ」

「ああぼくも言い飽きた！　おかげで大した元旦だ！」

「たまにはいいだろう？」

「たま!?　じゃあぼくはいつも君のたまの時とやらにばかりつき合っているらしいな！　君とどっかへ出かけていって君がこういう種類のトラブルを起こさなかった時があったか!?　そんな経験はとんと思い出せないな！　少しはこっちの身にもなってくれ。ぼくの気持ちも考えてくれたらどうだ!?　いつもぼくは何とかことを丸くおさめようと一生懸命やるのに、君が端から面白半分に突き崩すんだ」

「よく解った石岡君、次からは気をつけようと思う」

「次から？　ほう！　次からね！　次がもしあったら是非そうしてもらおう」

「というと？」

「ぼくは今真剣に絶交を考えているところだからさ」

　私たちはそれからしばらく気まずい沈黙をした。しかしたちまち私は、こんなことをしている場合ではないと思いはじめた。

「とにかく、そんなことより君は、この事件をやれるのか？　どうなんだ!?」

「そこなんだが……」

　御手洗は力なく言う。

「しっかりしてくれ！　こんなところから夜逃げとなってもぼくはつき合わないぞ。凍死したくはないからね。だがまあこれで解ったこともあるだろう？　あの女性軍二人は何となく除外できそうだ」

　私は言った。ハンマーの音はもうやんでいる。

「ぼくにはもうひとつ解ったことがあるぜ」

　御手洗は言った。

「何だ？」

私は期待を込めて尋ねた。

「これでもうぼくらは、あの居心地の悪い物置から当分出られそうもないってことさ」

それが解っているのなら、もう少しおとなしくしていて欲しいものだ。

第六場　サロン

その夜、私は内心危ぶんでいたのだが、夕食にはどうにかありつくことができた。

客たちの様子はというと、滞在が一週間にもなると、さすがに彼らは憔悴《しょうすい》の色を隠せなくなっていた。それも無理はない。自分たちのごく身近に（あるいは自分たちの中に）、殺人鬼がいることは今や間違いなく、自分の左胸に、いつあの白い糸のついたナイフが突き立つか知れたものではないのである。

しかしその夜、最も憔悴を隠すのに苦労した者は警察官たちであったろう。彼らは御手洗の予想した十倍も疲れており、その肩の落とし方ははた目にも気の毒なほどであった。食事の間中、そして終わってからも、彼らのうちで誰一人口をきく者はなかった。おそらく口をきけば、それまで百回も口にしたセリフをまた繰り返すことになりそうだったからだ。

私はというと、御手洗が刑事たちに向かって、「ネズミの巣でも見つけましたか？」と言いだすことを絶えず警戒していなくてはならなかった。

「いったいどうなってるんだ!?」

大熊警部補が、ついに百一回目のセリフを口にした。応える者はなかった。尾崎などは、奮闘がたたって右手があがらないほどになっていて、彼の場合、口を開けばその点をぼやきそうだったからだ。

「われわれは何も知らない」

牛越がほとんどささやくような声を出した。

「このことはもう認めなきゃいけない。あの登山ナイフになんで白い糸が一メートルあまり付いているのか？　なんで最初の殺人のあった夜、雪の上に棒が二本立っていたのか？

それからみっつの密室だ。特にあとのふたつはさっぱり解らない。事件が起こるたびに密室が難解になっていく。あれほど完全な密室で、誰かが殺人など絶対に行なえるはずがない。絶対に不可能だ。だからわれわれは壁板に天井板に、床板まで剥がした。ところが何も出てきやせん！　暖房のパイプにも、いっさい何の細工もなかった。

われわれは何ひとつ知らない。得たものなどほとんどない。もうこうなれば魔物でも信じるほかない。署への報告も毎日四苦八苦だ。もしこの気違いじみた事件を、常識的に納得できる理屈でもって説明できる人間がいたら、私はどんなに頭を下げてでも話を聞きたい。もしいたらだけどな」

「いやしませんよ」

尾崎は右腕をさすりながら、それだけをやっと言った。

私と御手洗は、幸三郎と話し込んでいた。浜本幸三郎氏は、私たちがこの館の客になってからのわずかな時間の間に、十歳も老けこんだように見えた。口数が少なかったが、話題が音楽や芸術のことに及ぶと、それでも以前の快活さを取り戻した。御手洗はさっきの私の抗議がこたえたのか、それとも自信喪失の故にか、刑事たちに馬鹿げた軽口を叩いたりもせず、割合おとなしくしていた。

音楽の話となると、御手洗は幸三郎と案外話が合うらしかった。二人はリヒャルト・ワーグナーの図々しさについて、小一時間にわたって話し込んでいた。

「ワーグナーという男は、中世より完成し、保たれていたあの時代の調和を、音楽により最初に破った革命的な人物でしょう」

御手洗は言う。

「なるほど、彼の音楽は、当時イギリスなどでは、完全に前衛的な、今でいう現代音楽のように遇されていたわけですからね」

幸三郎が応じる。

「そうです。彼のやり口は、ルートヴィッヒ一世へのローラ・モンテスのやり口よりさらに徹底していた。ワーグナーは、純情なルートヴィッヒ二世を通じて、王権へと接近しようとしたのです。あるいはもったいぶった演劇にも似た、当時の絶対君主制の舞台裏に気づいていたというべきでしょうね。でないと彼のあれほどの図々しさは、ちょっと理解がむずかしい」

「そういう考え方はできるでしょう。ワーグナーは、救けてもらっておきながら、王に堂々と大金を要求したりしていますからな。しかしルートヴィッヒ二世というパトロンなしでは、『ニーベルングの指輪』以降の彼の傑作群は生まれ得なかった。彼は借金ダルマとなって、ヨーロッパ中を逃亡して廻っていたわけですからな、ルートヴィッヒの救済なしでは、おそらくどこかの田舎街で、空しく朽ち果てていたでしょう」

「その可能性はあるでしょうね、しかしスコアは書いたでしょうが」

「先ほど調和といわれたが……」

「当時のヨーロッパの都市のありようは、ルートヴィッヒやワーグナー出現の直前で、ある調和に達していたと思うんです。たとえば建築を構成する、石とガラスと木材等のバランスなどもしかり」

「ああ、うん」

「当時の理想都市の設計コンセプトは、都市を巨大な演劇の舞台装置と規定するということですね。都市というものは劇場であると。そこで演じられる、人々の日々の生活上の営みは、すべてパフォーマンスであるという解釈ですね」

「うん」

「そこにおけるガラスという最新テクノロジーの成熟度合いが、舞台装置にとって最も重要な建築のファサードを、たまたま美しく決定していた。あれ以上大きなものはできませんでしたから。ここにあるガラスの斜塔は当時は造れなかったわけです。さらに馬車という乗り物、つまり自動車が現われていない、こういう調和状況に、建築家や都市プランナーのみならず、画家も音楽家も、一定の了解を持って参加していたわけです。

ところがここに、強力な鉄骨や、巨大な板ガラスや、列車などといったテクノロジーと歩調を合わせるようにして、ワーグナーという怪物がバイエルンに現われたわけですね」

「なるほどなるほど。彼はゴシックの頃完成していた調和を破る形で出現してきた」

「そうです。以来ヨーロッパは悩みを抱え込んで、それが現在まで続いているといえますね」

「そこで純情なルートヴィッヒ二世という青年王が果たした役割というのは何です？ フランスのルイ王朝文化を猿真似するのと同じようにしてワーグナーを取り込んだ、単なるお調子者ということですかな？」

「いや、それは当時のバイエルン人一般にあった傾向でしょう。それはルートヴィッヒ二世を狂人とするために、世間が行なっている『常識』へのゴマすりですよ。彼に限らない、ルートヴィッヒ一世も、パリを真似て、必要もない凱旋門をミュンヘンに造ったりしていますからね。

　しかし、ぼくに今最も興味があるのはあなたですよ浜本さん」

「私？」

「あなたはルートヴィッヒ二世には見えない。この家はヘレンキームゼーではないでしょう。あなたほどの知性の人物なら、理由もなくこんな家を北の果てに建てたりはしない」

「買いかぶりというものじゃないですか？　それとも日本人一般に対しての買いかぶりだ。東京には、ヘレンキームゼーよりひどい迎賓館というものがあるじゃないですか」

「この家は迎賓館なんですか？」

「そうですとも」

「そうは見えませんね、ぼくには」

「私から見て、あなたが単なるお調子者に見えないのと同じですかな」

　二人はそれからしばらく沈黙した。

「御手洗さん、あなたは不思議な人だ」

　幸三郎は言う。

「いったい何を考えてらっしゃるのか、私には少しも解らない」

「ああそうですか。それはまあ、あそこにいるお巡りさんたちよりは少々解り辛いでしょうが」

「警察官たちは、何か掴んでいると思われますか？」

「彼らの頭の中は、この家にやってくる前と同じです。連中はいわば、ゴシック建築のファサードの飾りです。なくても家は倒れやしません」

「あなたはどうなんです？」

「どうといわれますと？」

「この事件の真相です。知ってらっしゃるのか。犯人の名をご存知なんですか？」

「犯人というだけなら、これは誰の目にも明らかでしょう」

「ほう！　誰です？」

「あの人形だと申しあげませんでしたかしら」

「しかしそれは本気でおっしゃっておるとは思えませんな」

「あなたもそう言われますか？　いずれにしても、これはなかなか凝《こ》った犯罪です。そしてわれわれはすでにゲームを始めているらしい。あまりありきたりのやり方で王手を言うのでは、この芸術家に対して失礼でしょうね」

一月一日の夜からは、例の脅迫状の一件があるため、幸三郎は孤立していて危険な塔の上の自室で眠るのはやめ、十二号室に、大熊と阿南とに護衛されて眠ることになった。この決定に関しても少々すったもんだがあったのだが、そんなことばかり書いていても煩雑《はんざつ》な印象になるので省《はぶ》くことにする。

翌日の二日は、犯罪めいた事件は何ひとつ起こらなかった。警官たちは、昨日自分たちが壊したところを一生懸命もと通りにしようとする作業に一日を費やした（しかし全然もと通りにはならなかったが）。

御手洗と刑事たちとは、全然コンタクトするところがないようだったが、牛越だけは私のところへやってきて意見を訊いた。御手洗は頼りにならないので、私は自分が考え、整理していた問題点を、よっつばかり披露した。

第一には上田一哉の、あの両手をV字にあげ、腰をひねったような奇妙な姿勢という点。

第二は菊岡の背に立ったナイフが、心臓のある左側でなく、右側であった点。これは何ごとかを意味するものではないか——？

第三は、上田殺しと菊岡殺しが一日も間をおかず、連続して起こっている点だ。これは妙だといえばまったくもって妙だ。時間はいくらでもあったはずなのに、まるで焦《あせ》って無理をしたという印象だ。上田殺しから時間があけば、刑事たちもいくらか油断をすると思われる。その時を狙おうとするのが普通ではあるまいか。

現にあの夜、事件発生直後であるために警察官は四人も泊まり込んでいたわけだが、これが二、三日たてば、間違いなく阿南はいなくなっていたと思われる。何故それを待たなかったのか？　上田殺しの翌日となれば、警備に最も気が入っている時だろう。これはそんな危険な時、あえて犯行を強行する理由を、犯人は持っていたと考えるべきではないか？　とすればそれは何なのか——？　時間がなかったのだろうか？　しかし菊岡殺しの直後、流氷館から去った者などはいないのである。

　さらにもうひとつ、よっつ目をつけ加えるなら、この家は階段が東西二ヵ所に分かれているという特殊な構造のため、一号室、二号室などから、十三号室、十四号室などへ行くためには、必ずサロンを通らなくてはならないという理屈になるが、これは確かなのだろうか？　この点に何度か救われている者がいる。このあたりに盲点はないか——？

　まあそういったことを、私は牛越に話した。私は刑事には言わなかったが、もっととんでもないことも考えていた。十四号室や、特に十三号室の密室の場合、常識ではどう考えても殺人など行なえない。だから、壁の穴から、何か恐怖で自ら心臓にナイフを突き立てずにはいられないような映像でもひそかに映して住人に見せたのでは、あるいは音を聴かせたのでは——、とまで考えたのだ。

　しかし、これはもちろんあり得ない。部屋は壁板を剥がされ、さんざん調べられたのだ。映写機やスピーカーなどは見つからなかった。さらに、それに類《るい》するあらゆる電気仕掛け、機械仕掛けはなかった。

　一月三日になると業者が仕事始めをするらしく、五、六人の職人たちが午前中から家にやってきて、警官たちがめちゃめちゃに荒した壁や天井板をもと通りにした。十号室のドアはそれまでにすでに直っていたが、十三号室と十四号室のドアもそれでようやくもと通りになった。そこで私と御手洗は、三日からやっと十三号室に移ることを許された。

　三日のお昼頃。制服警官が分析の終わったゴーレムの首を届けにきた。御手洗は礼を言って受け取り、三号室で待っていた体に帰して、例の皮の帽子を被《かぶ》せた。

　大熊や牛越たちは、その警官から遺留品の捜査に関する報告を熱心に聞いたが、内容はかんばしいものではなかった。登山ナイフも、糸も、紐も、どれもどこの雑貨屋ででも簡単に手に入る代物であったから無理もなかろう。

　三日も午後に入ると、天候はにわかに崩れはじめ、窓の外は激しく雪が舞い飛んだ。午後二時になると、もう夕方かと思うほど、流氷館の中は薄暗く、この調子では今夜は確実に吹雪くことが予想された。北の果ての風変わりな館を舞台に展開した殺人劇は、今ようやくその不思議なクライマックスを迎えようとしていた。

クライマックスの前に書き記《しる》しておかなくてはならないことがふたつばかりある。ひとつは三日の陽暮れ時、相倉クミが、自室の天井からかすかな人の息遣いが洩れてくるのを確かに聞いたと言い張ったこと。それから金井初江が、雪の舞う中に、確かに死人がぼんやり立っているのを見たと言いだし、半狂乱になったことだ。

しかしこのふたつは、共通した理由から起こったものということができよう。すなわち客たちは、もう恐怖と忍耐の限界に達していたということである。

今ひとつは、もう少し具体的な事件の報告になる。一月三日の夕食は、文字通り味けないものになった。ディナー・テーブルに顔を揃えた客たちは、誰もが蒼い顔をして、真に食欲を感じている者は一人もなかった。女性たちはナイフとフォークを目の前に置き、食事の間中外の吹雪の音を聴いて過ごした。英子は隣席の戸飼の右手にゆっくりと左手を重ね、怖いわとつぶやいた。戸飼はその冷たい左手を、自分の左手で優しく覆った。

テーブルには警官四人を含め、まだ生きて滞在する全員が顔を揃えていた。その時——。

サロンにある階段から、白い煙がわずかにホールへ降りてきた。最初に煙に気づいたのは御手洗だった。

「おや火事だ」

と彼は交番の中に巡査を発見した時のような声で言い、刑事たちがフォークを放り出して階段を跳びあがっていった。幸三郎も、もし三号室なら一大事と、蒼くなって続いた。

結論からいえば、これはぼやのうちに消しとめられ、大事にはいたらなかった。燃えていたのはどういうわけか、二号室の英子のベッドの上であった。灯油を撒き、誰かが火をつけたものらしい。しかし当然のことながら犯人も、そしてこの馬鹿げた放火の理由も、皆目《かいもく》見当がつかなかった。繰り返して言うまでもないが、サロンのテーブルには、滞在する者たちの完全に全員が、顔を揃えていた。

今や流氷館には、互いに見知った顔のほかに、少なくとももう一人の得体の知れない者——すなわち姿の見えぬ奇怪な殺人鬼——が潜んでいるのは確実と思われるようになった。しかし家捜しとなると、これまで警官たちが何度も、心ゆくまで行なっているはずだった。
ただこの時、二号室はロックされてはいず、階段の踊り場のところにある窓も鍵がかかってはいなかったから、この珍妙な放火事件に関する限りは不可能犯罪的な要素はなかった。むろん誰が犯人であるかという点と、目的が何であるかという点を考えなければの話であるが――。

外の吹雪が、窓の桟《さん》を手に掴んで揺すっているとしか思えないような荒々しい音を響《ひび》かせ、中で身を寄せ合った一ダースほどの無力な人間どもを縮《ちぢ》みあがらせた。
幕間のすべての準備は整い、最後の夜は更けていく。
終幕が上がる前に、ここに書いておくべき事柄がもうひとつだけある。この言葉を読者が聞き馴れていることを、筆者はむしろ望んでいる。そういう方にならこの言葉は筆者の心根《こころね》をよく伝え、すなわち優しく響くに違いないからだ。この言葉を聞くのがはじめての方は、いくらか戸惑われるかもしれない。しかしここにこの有名な言葉を書き記す誘惑に、筆者は到底太刀打ちできない。

『私は読者に挑戦する』

材料は完璧に揃っている。事の真相を見抜かれんことを！

「うずくまる得体《えたい》の知れぬ者よ、夜の闇より立ちあがれ。そして我に解答の光を与えよ」

第一場　サロン西の階段の一階の踊り場、
　　　　すなわち十二号室のドア付近

浜本嘉彦が、三階八号室の自室から階段を降りてくる。牛越刑事は、十三号室の御手洗を訪ねて何やら話し込んでいるふうだったが、ほかの者たちは全員サロンにいるはずであった。外に風の音が強く、菊岡が殺された夜と同じように、誰もが早々に自室へさがる気になれなかったのだろう。

二階の天狗の部屋前の廊下から、一階に向かって階段を降りながら前方を見ると、そこには高々と、塀のような壁が聳《そび》えている。それは十二号室と十号室が上下に重なった、二階分の高さの壁なのであった。

その壁には、一階十二号室のドアがあるばかりで窓がないため、よけいに壁面がだだっ広く、不気味に感じられる。ドア以外には例の二十センチ四方の換気孔がふたつ、十二号室のものと十号室のものとが縦一列に並んで開いているばかりである。階段の照明はやや暗い。

階段をほとんど一階まで降りきってから、嘉彦は何げなく上を見あげた。壁面の遥か上方の隅に、十号室の換気孔があるはずだった。上田一哉が殺された例の十号室である。その換気孔がこちら、母屋側の空間に向かって開いているのだ。

穴はずいぶんと高いところにある。何故この時、十号室の換気孔を見ようという気になったのか、嘉彦自身も解らない。格別理由があったわけでもない。しかし彼は絶壁のような壁に沿って視線をあげていき、そうして思わず息を呑んだ。遥か頭上で、四角い小さい明かりが、今消えたところだった。光の残像が、嘉彦の網膜に残った。

気づくと彼は、巨大な暗い壁面に向かい合って立ちつくしていた。長く尾を引き、妙に心に残る表の風が、突然その天井の高い空間に飛び込んできて、思うまま荒れ狂いはじめるような予感がした。

急に、荒野に一人立ちつくしているような錯覚が来た。尾を引いて入り乱れる悲鳴に似た風は、この家で死んだ怨霊《おんりょう》たちの呻き声のように聞こえる。いや、一人や二人ではない、無数の霊《れい》たちか。長くこの北の地にいる、数限りない霊たちに違いない。

ふとわれに返る。信じ難い現実に、今や彼はぶつかっているのだった。放心から醒めると、大声をあげて誰かを呼ぶか、と嘉彦は考えた。

十号室は今誰も使ってはいず、したがって誰もいる道理がないのだった。御手洗と牛越は十三号室におり、残る全員はサロンにいるはずだった。それが今、十号室の換気孔から明かりが洩れていた！　確かに！　それを今はっきりと自分は見た。あそこに何かいる!!

知らず駈けだし、サロンのドアを勢いよく開けていた。


「誰か、ちょっと来て下さい！」

大声を出していた。

サロンにいた者たちがいっせいに振り向き、椅子から立ちあがる。幸三郎、英子、金井夫婦、戸飼、相倉クミ、早川夫婦に梶原、それから大熊警部補と尾崎と阿南、彼らが全員ぞろぞろとこっちへ来る。嘉彦はそれらを目で点検した。やはり御手洗と牛越を除く全員がいた。

「どうしたの？」

尾崎が言う。

「こっちへ！」

嘉彦は、十号室の換気孔が見える位置までみなを導いて、廊下を戻った。そして手をあげて壁の一角を指さした。

「あの十号室の換気孔から、さっき明かりが洩れているのが見えたんです！」

「ええっ!?」

みながいっせいに恐怖の声をあげた。

「そんな馬鹿な！」

大熊が言った。

「どうしたんです？　みなさん」

もの音を聞きつけ、牛越が御手洗と一緒に廊下へ出てきた。

「あ、牛越さん、今あなた方のどちらかでも十号室へ行かれましたか？」

尾崎が尋ねる。

「十号室!?」

牛越がびっくりしたような声を出した。

「また何で？　われわれはずっと十三号室にいた」

彼のその声の様子や表情に嘘がないことを、嘉彦も幸三郎も見てとった。

「ついさっき、あの換気孔の穴から明かりが洩れていたそうです」

「そんな馬鹿な！　ここに全員、十六人全員がいるじゃないか!?」

牛越も言った。

「いやほんの一瞬ですけど、確かに見たんです。明かりが消えるのを」

嘉彦は言い張った。

「何か動物でもいるんじゃないか？　この家は。オランウータンでも」

大熊が言う。

「モルグ街の殺人ですな」

幸三郎が言った。みなまさか、という顔をした。しかしその時、

「あの、ですね……」

と普段無口な梶原が口をはさんだ。

「何です？」

「冷蔵庫から、その……、ハムが少しなくなってるみたいなんです」

「ハムが!?」

一同の大半が、いっせいに頓狂な声をあげた。

「ええ、ハムと、それからパンも少々……」

「そんなことは今までにもあったのかね!?」

大熊が訊く。

「いや、ないと思います……。ないと思うんですが……」

「思う？」

「いや、よく解らないんです。すいません」

しばらく妙な沈黙があった。

「とにかく調べにいこう、十号室へ。こうしていても仕方がないじゃないか！」

尾崎が言った。

「無駄だと思うな」

御手洗がつまらなそうに言った。

「何もいやしませんよ」

しかし警察官たちは、勇敢に雪の中へ出ていった。私と御手洗、女性たちと幸三郎、それに金井と嘉彦はその場に残って待った。ややあって換気孔に明かりがつく。

「あ、そうです。あの明かりです！」

嘉彦は叫んだ。


しかし調査は、今度も無駄足だった。尾崎の報告によれば、十号室のドアには「カバン錠が降りて、その上に雪まで積もり、部屋も冷えていて誰もいた気配はない」のであった。結局のところ嘉彦は、幻を見たという話になった。

「あのカバン錠の合鍵は？」

尾崎が訊く。

「それは私が持っておりますが、誰にも貸してはおりません」

早川康平が答えた。

「錠前の方は、しばらく厨房の入口のところに置いていたことはありましたけど」

「それは、あの部屋に誰か泊まっている時だね？」

「はあ、そうです」

刑事たちは念のため、その後もう一度家の中や庭の物置小屋、塔の上の幸三郎の自室などをざっと調べて廻ったが何ら異常はなかった。

「解らん！　じゃあその光ってのは何なんだ!?」

というのが例によって、刑事たちの結論であった。


その騒ぎから一時間ばかり経って、サロンからのドアが開き、金井初江が一人姿を現わした。西側の階段に向かって歩いていく。自室に取ってきたいものがあった。

風の音はますます強くなっている。階段をあがる時、初江は何げなく手すり越しに地下の廊下を見降ろした。彼女は日頃から霊能力があると自負している。あるいはこの時の行動も、彼女のその能力故のことかもしれない。

そうして彼女も、地下廊下に、見えるはずのない奇妙なものを見たのだ。

一階から見降ろせる地階の廊下は薄暗く、まるで墓石を持ちあげて覗き込んだ、納骨堂の暗がりを思わせた。その隅に、白いぼんやりした光があり、それが徐々に人間のかたちを成してきた。

この家にいる生きた人間たちは、全員がサロンにいた。今彼女は、そこから抜け出てきたのである。

底知れない恐怖の感情が、強烈な磁力のように、彼女の視線をぴたりと吸いつけて離さなかった。白くぼんやりとした人影（と見えるもの）はすうっと、紙を床に落とすほどの音もたてず、地下の廊下を滑るように移動した。菊岡の殺された十四号室の方へ行く。まるでそこに霊たちの集会場でもあるかのようだ。

するとすると十四号室のドアが、それに呼応するように音もなく開き、人影はその中へ消えようとした。この時、その人型の光るものがはじめて頭部を横に向けた。続いてゆっくりと頭を背後に廻してくる、と思う間もなく、ほんの一瞬だが、初江の顔をまともに見た。彼女は、その得体の知れぬ存在と瞬間目が合った。その顔！　それは確かに、あの薄笑いを浮かべたゴーレムという名の人形だった!!

自分の髪の毛が逆立つのが解った。全身の産毛《うぶ》がみるみる鳥肌立ち、気づくと怖ろしい悲鳴をあげていた。自分の声ではないようだった。外で吹き荒れる嵐のように、長く尾を引き、いつまでもいつまでも、自分のものでない意志によって迸《ほとばし》り続けた。そうして、その重労働の疲労と消耗のため、すうっと気が遠くなっていく。自らのたて続ける悲鳴を、どこか遠いところから響く山びこのように、初江は聴いていた。

気づくと彼女は、亭主の腕の中にいた。覗き込んでいる大勢の顔々々。時間はいくらも経っていないようだった。全員の顔がそこにある。日頃頼りない亭主の痩せた腕を、この時ばかりは頼もしく感じた。

それからしばらくの間、初江は周囲の人々の質問に答え、たった今自分の見た怖ろしいものを説明した。自分では素晴らしく要領よく説明しているつもりなのだが、その場に集まっている人間たちには、彼女の言わんとする内容がいっこうに伝わらないのだった。何て無能な人たちなのかしら！　と初江は心の中でののしった。そして、もうこんな怖ろしい家は嫌！　と錯乱して口走ったかもしれない。

「水を持ってきてくれ！」

と誰かが言ったが、彼女はそんなものは少しも欲しくなかった。しかし、届いたコップの水に口をつけると、不思議なことに気分が落ちついた。

「サロンのソファで休むか？」

と夫が優しく尋ねる。彼女は小刻みに頷いた。

しかし彼女がサロンのソファに横になり、もう一度たった今見たものを、想像など何ひとつ混じえずに説明すると、彼女の亭主は、さして力もないくせに頑固で排他的な、いつもの小市民に戻った。

「人形が歩くわけがない！」

というのが思った通り亭主の意見であり、

「お前は夢でも見たんだ」

というのが予想通り彼の結論であった。

「あの階段のあたりはちょっと普通じゃないわよ、何かいるのよ！」

あきらめて彼女はそう主張した。すると亭主は、

「日頃からお前はちょっとおかしいところがある」

と決めつけるのだった。

まあまあ、と刑事たちが夫婦に割って入った。そして、そういうことならこれから三号室のその人形と、十四号室をみなで確かめにいきゃいいじゃないですか、と提案したが、彼らも初江の言うことを信じていないのは明らかだった。

三号室の前に立ち、幸三郎がドアを開けると、尾崎がドアのすぐ内側にある明かりのスウィッチを入れた。ゴーレムは相変わらず天狗の面で埋まった壁の手前で、廊下側の窓枠にもたれるようにしてすわっている。

つかつかと尾崎が、投げだされた人形の足のあたりまで歩み寄った。

「この顔だったのですか？」

刑事が尋ねた。

入口のところに立ったまま初江は、人形の方をまともに見られれないでいた。また、見る必要もなかった。

「絶対に間違いありません。この人です！」

「よく見て下さい。確かにこの顔でしたか？」

尾崎が苦笑を表情に浮かべて言った。

「絶対に確かです！」

「しかしここにいるじゃないですか」

「そんなこと、私知りませんわよ！」

「こんなふうに帽子を被って、この服を着てましたか？」

彼女の隣りで牛越が言った。

「さあ……、そんなところまでは、憶えてないわね。とにかくその顔なのよ、にやにやして気持ち悪い顔。でもそういえば……、帽子は被ってなかったような……」

「帽子はなしだったんですな？」

「いえ駄目。憶えてないわよ、そんなところまで」

「だからお前は頭がおかしいっていうんだ」

金井がまた言った。

「あなたは黙っててよ！」

初江が言った。

「あんな目に遭ったら、誰だって憶えてなんかないわよ。そんなところまで！」

刑事たちはしばし沈黙した。彼女の言い分にも一理はあった。したがってこれ以上何と言ってよいか、解る者はなかった。つまり、私の友を除いては、だが。

「ですからぼくが申しあげたでしょう！」

御手洗は勝ち誇ったような声を出した。途端に尾崎や刑事たちがうんざりした顔になる。

「犯人はそいつなんですよ。人形のような顔をしてるけど、騙されちゃいけない、そいつは自由に動き廻れるんです。自らの関節をはずせば、小さい穴だって通り抜けられる。そして平気で人を殺すんだ。凶悪なやつです。次は十四号室を確かめるんでしたね？　けっこう、ではそこでぼくが解説をやることにしましょう、そいつの数々の悪業について。あ、お巡りさん、触らない方がいい、命が惜《お》しければね。

さて梶原さん、さっき紅茶を淹れようって話でしたね、では早川さんと一緒に十四号室の方へ運んで下さい。説明は十四号室の方が都合がいいのです」

刑事連中の方に向き直ると、御手洗は自信たっぷりに言った。

第二場　十四号室

十四号室の壁かけ時計が午前零時を指している。梶原と早川夫婦とによって、たくさんの紅茶茶碗が運ばれてきた。部屋の中で所在なさそうに立ちつくした一ダースほどの人たちは、のろのろとそっちへ行動を起こした。

御手洗はさっと両手でひとつずつの茶碗を取り、ひとつは私に、ひとつは横にいた英子に、うやうやしく手渡した。それから大急ぎで受け皿も続けて手渡し、それから自分の分を取った。その様子はなかなかにかいがいしい。

「珍しくサービスがいいね」

私は言った。

「これなら女王さんも文句の言いようがないだろう？」

と御手洗は応えた。

「早くこのわけの解らない事件の種明かしをやってもらえませんか？　もしあなたにできるのなら」

紅茶茶碗を持って突っ立ったまま、戸飼がぶっきら棒に言った。みなも同感だったとみえて、まるで軍隊のかしら右のように、さっといっせいに御手洗を見た。

「種明かし？」

御手洗はきょとんとした。

「種明かしなんてものはないですよ。さっきも申しあげた通り、これは正真正銘あのゴーレムという人形が死者の怨霊によって動かされ、連続殺人を成した事件なのです」

私はこれ以上ないほどの苦々しい気分になった。御手洗の口調に、また例の人を喰ったような、不真面目な様子が感じられたからだ。

「ぼくの調査したところでは、まだこの家が建つ前、この辺は一面の平原でありました。昔々のある夕暮れ時、この家の前になる崖の上から、一人のアイヌの若者が身を投げたのであります」

と彼は話しはじめたが、しかしどうもその内容は、たった今でっちあげた話くさかった。

私は御手洗の真意をはかりかねた。彼は出まかせを口走って時間稼ぎをしているように感じられたからである。

「しかしそのアイヌには、若い恋人がおりました。彼女の名はピリカといった。そして彼女も、彼の跡を追って身を投げたのです」

とどこかで聞いたような話を続けた。

「以来このあたりには、春になると血のように赤い菖蒲《しょうぶ》の花が咲くようになりました」

私はこの地に到着した日の夜、食事したレストランの名がピリカであったのを思い出した。その店内の壁には菖蒲の写真が貼ってあって、その花に関する詩が印刷されていたのも思い出した。だが赤い菖蒲の花など、見たことも聞いたこともない。

「二人を引き離そうとしたのは、村人たちの心ない打算だった。ピリカは村一番の豪族が見染めていたのでありました。ピロカが彼に囲われれば、村人たちの家には手押し車が一台ずつ配られる約束になっていた。二人はそういう村人に絶望し、命を絶ったのです。以来二人の怨念というものは、このあたりにずっと漂っており、この家が建ったことによって安住の拠点を得たのであります。この霊が……」

「あっ！」

という声がどこかで起こった。気づくと、私の横で英子が額を押え、しゃがみ込もうとしているところだった。

「このカップを」

と彼女は言い、私があわてててそれを受け取ると同時に、彼女は床に崩れ落ちた。戸飼と幸三郎が駈け寄り、牛越は、
と叫んだ。

「そのベッドへ！」

「ああこれは睡眠薬です。このまま眠らせておけば、明日の朝には無事目を覚ましますよ」

と英子の上に屈み込みながら御手洗が言った。

「睡眠薬は確かなんでしょうな⁉」

幸三郎が尋ねた。

「絶対ですよ。ほら、こんなにすやすや寝息をたてている」

「いったい誰が⁉」

幸三郎は呻くように言って、早川たちを振り返った。

「わ、私たちは知りませんよ！」

三人は怯えて手を振った。

「犯人はこの中にいる！」

幸三郎は、老人らしからぬ激しい口調で言った。

「とにかくここは危険だ。英子の部屋の方へ運びますよ！」

有無を言わせぬ口調であった。こんな時、若い頃の敏腕さがしのばれた。

「しかし、英子さんの部屋のベッドは焼けていますよ」

尾崎が言った。瞬間浜本幸三郎は、電流に打たれたような顔になった。

「それに睡眠薬なんだから、このままそっとしておいた方がいいかもしれませんな」

牛越が言った。

「じゃ、じゃああの穴だ！　あそこを塞いでくれませんか⁉」

「しかし、それならベッドに乗らなきゃあ……」

「じゃあ外からでもいい！」

「しかし、睡眠薬で眠っている人間の枕もとでガンガンやると、彼女が明日の朝、ひどい頭痛を起こすかもしれませんよ」

御手洗が言った。

「とにかく、この部屋は危険なんだ！」

「何故です？　十号室や十三号室の例をみても、どこにいても同じじゃないですか？」

御手洗はそうは言わなかったが、十三号室の日下を例にとるなら、あのケースでは換気孔も完全に塞がれていたのである。今さら換気孔を塞ぐことにどんな意味があるというのか？　みなも内心ではそう考えていたろう。

幸三郎は拳を握りしめ、じっと俯向いて立ちつくした。

「そんなにご心配なら、ここに一晩中護衛をつけましょう。まさかこの部屋で一緒に眠らせるわけにもいきませんから、ドアに鍵を降ろして、廊下に椅子を置いて、一晩中すわって寝ずの番をさせましょう。それならよいでしょう？

おい阿南君、ご苦労だけど頼みたいんだ。しんどくなったらうちの尾崎を交代させるからそう言ってきてくれ。

この部屋は合鍵はないんでしたな？　それでしたらその鍵はご自分でお持ち下さってもけっこうです。

阿南君、犯人は誰か解らんのだ。われわれの中にいるのかもしれん。だからな、誰が来ても入れるなよ。たとえ私でも大熊さんでもだ。明日朝、みなが起きて顔が揃うまではな。そういうことですから、浜本さんもよろしくお願いします。

さて、お聞きの通りです、みなさん。私は今こちらの占いの先生の面白い昔話で少々眠くなってきた。続きを聞きたいが、そうしたらいよいよ気持ちよく寝てしまいそうだし、眠っているご婦人の枕もとで騒ぐのもどうかと思うんで、もう眠るとしませんか？　時間も遅い。続きは明日ということにしましょう」

牛越が言い、みなもその気になった。

しかし幸三郎だけは、それでも密室で何人も殺されている、それでは安心できない、と低くつぶやいた。

第三場　天狗の部屋

誰もが寝鎮まり、暗いひっそりとした館内や空中の回廊には、風の音だけがわがもの顔に荒れ狂っている。

ごくかすかな音をたて、三号室のドアの鍵がゆっくりと廻った。そろそろとドアが開く。廊下から徐々に侵入してくる薄ぼんやりとした光線に、天狗の部屋の大小の人形の顔が、わずかに照らされた。その中には、ゴーレムのにやにや笑いの顔もあった。

誰かが足音を忍ばせ、部屋に入ってくる。薄い氷を踏むような足どりで、ゴーレムに近づく。窓の前まで来た時、廊下からの明かりで、この人物の横顔が照らされた。浜本幸三郎であった。確かに、この部屋の鍵を持っているのは彼一人のはずである。

彼は、床に足を投げだしてすわったゴーレムには目もくれず、天狗の面で埋まった壁に向かうと、不可解な作業を始めた。壁のお面を手あたり次第にはずしはじめたのだ！

いくつかは床に置かれ、そして十個ばかりは腕に抱えた。それで南側の壁は、中央のあたりにぽっかりと丸く、今まで面で隠されていた白い壁が現われた。

その時だった。奇蹟が起こった！　ゴーレムの爪先がぴくりと動いたのだ‼

その木の関節をきしませながら、投げだした両足をそろそろと体の方へ引き寄せていく。顔には相変わらず例の薄笑いを浮かべたままだった。

ゆっくりと立ちあがる。そして、操り人形のようなぎこちない足どりで、幸三郎の方へ一歩を踏みだした。

ゆっくりと、しかし時計の秒針のような着実さで、ゴーレムは両手をあげていく。そして幸三郎の首を絞めるため、両手のひらで丸い輪を作る。

幸三郎は、壁の大半の面をはずし終わり、手にいくつかの面をまだ抱えたまま、部屋の隅に置いてあった煉瓦を拾うため、背を向け、腰を屈めたところだった。煉瓦をひとつ右手に持ち、ゆっくりと振り返る。すると、そこにはゴーレムが立っていた。

幸三郎はびくりと体を痙攣《けいれん》させ、恐怖の表情を凍りつかせた。風の音が鳴る。かろうじて、彼は叫び声をこらえた。ばらばらと、彼の足もとに天狗の面が落下し、やがて煉瓦も重い音をたてて床に落ちた。

その時！　雷光が閃くように蛍光灯が瞬き、部屋が真昼のように明るくなった。幸三郎は反射的に入口の方を向く。刑事たちの全員が立っていた。

「現場を押えた！」

と言ったその声は、ゴーレムに向かって刑事たちの誰かが言ったのではなく、ゴーレム自身の声だった。

「何故その天狗のお面を壁からはずすんです？　浜本さん。この理由だけはひとつしかないはずですよ。つまり、このたくさんの天狗のお面が菊岡栄吉を殺したということを、あなただけが知っているからです」

ゴーレムは言った。そして帽子をとり、例のにやにや笑いの顔のあたりを手を広げて押える。そして下へ降ろす手の動きにつれて、その気分の悪い表情も消え、御手洗のにやにや笑いに変わった。

「額の文字を消しませんでしたね？　浜本さん」

御手洗は言った。

「お面ですよ。よくできているでしょう？」

彼の手には、ゴーレムの顔そっくりの仮面《マスク》が握られていた。

「多少のトリックはご容赦下さい。あなたから学んだことですのでね」

「そうか！　それで人形に服を!?　なるほど。見事だ！　見事な詰めだ、御手洗さん、完敗を認めなければならん。私は今まで潔《いさぎよ》くあれと自分に言いきかせて生きてきた。私の負けだ、私が上田や菊岡を殺しました」

第四場　サロン

「考えてみれば……」

と浜本幸三郎は口を開いた。手には例によってパイプが握られている。ディナーテーブルには牛越と大熊、尾崎、それに御手洗と私がついている。

「私がこんな異常な告白をするには、こんな夜がちょうどいい。聞かせたくない者は睡眠薬で眠っておりますからな」

ただならない気配を聞きつけてか、サロンにぞろぞろと人が降りてきた。阿南と英子を除く全員が再び集まってしまった。外は相変わらず風の音が強い。みな眠れなかったのであろう。サロン隅の大時計を見ると、午前三時に十分前だった。

「もし少人数の方がよろしければ、どこかにわれわれだけで移りましょうか？」

御手洗が言った。

「いや……、かまいません。そんな我《わ》が侭《まま》は言えない。あの人たちはたっぷり恐怖を味わった。私の話を聞く権利があります。ただ、もしひとつだけ我が侭を許してもらえるなら」

「娘は……」

幸三郎は口ごもった。

「もし英子さんも起こしてきてくれとおっしゃるのでしたら、残念ながら無理ですね。あの睡眠薬はきわめて強力ですので」

御手洗がぴしゃりと言った。

「そうか！　今解りましたよ。英子に睡眠薬を飲ませたのも、娘のベッドを燃したのもあなたですな？　いったいどういう仕掛けでやったんです？　あなたはずっとわれわれと一緒にいたと思うが。さっぱり解らん」

「それは順を追って話します。ぼくが今から言うことで、もし間違っている点があったらおっしゃって下さい」

客たちは思い思いにテーブルについた。この場の雰囲気から、どうやら事件が終わろうとしている気配をみなが感じとっていた。

「承知しました。が、おそらくその必要はありますまい」

「上田殺しの動機には苦労しました」

御手洗がせっかちな調子で始めた。何やら急いでいるように見える。

「いや、これには限りません。この事件では動機にはまったく苦労しました。特にこの上田には、浜本さんはまったく殺意がないはずです。

しかし、菊岡殺しを考えたらすぐに解りました。すなわち、殺したい人間は菊岡一人だけだった。当初の予定ではです。そのために金と時間をかけ、このトリッキィな家も造った。ひとえに菊岡を殺すためです。しかし上田も菊岡に殺意を抱いていた。これだけ計画を練りに練ったのに、横から上田なぞに先を越されては大変だという、そういうことですね？」

「私には、自分がどうしても菊岡を殺さにゃならん理由があったのです。でないと義理がたたん。

先日、娘さんの葬式から帰って来た康平さんたちの様子がおかしいのに気づいたんです。しつこく問い詰めるうちに、とうとう菊岡殺しを上田に依頼したことを白状しましたよ。私はあわてた。そしてその金の残りは私が出してもよいから、依頼を撤回するように言いました。私は彼らを信頼しておりますからね。康平さんは私の言う通りやってくれたと思う。でも上田が引きさがらんと言っておると言うんです。彼は頑固で、ちょっと男気《おとこぎ》なところがあった。彼自身も菊岡に激しい憎悪を抱くようになっていた。どうやらそういう、ちょっとした事件があったようなんですな」

菊岡もまた、ずいぶんあちこちから怨まれたものだ。

「その事件というのは？」

牛越刑事が几帳面《きちょうめん》な調子で口を挟んだ。

「われわれからみれば何でもないことです。菊岡が何かの言葉のはずみで、上田の母親を侮辱《ぶじょく》したというんです。というのは大阪の彼の母親の家が、敷地の問題で隣家と揉《も》めておるということがあって、その隣家というのが火事に遭って、そのために垣根も焼けて境界が曖昧になったらしい、そこへ上田の母親が、近所の車を駐車させて金を取っているらしい、それで裁判沙汰になっているようなんです。母親も意地になっていて、立ち退きをかけて争っていて、それで金が要るという事情があったようなんですが、菊岡がその母親のことを強《ごう》つく婆《ばば》あとか、まあそんなようなことを言ったらしい、それも救いがないような言い方をしたので、上田も心底《しんそこ》腹をたてたようです。しかし殺してやろうと思うほどのことじゃない、いやそんな言い方を私がするのはおかしいが……」

「それであなたは結局彼を殺す決心をした。だがどうせ殺すのなら、次の練りに練った菊岡殺しの伏線になるような、あるいはより捜査を混乱させるようなやり方ができないものかと考えた。それがあのナイフの柄に結んであった糸ですね？」

「そうです」

私はちらと早川夫婦を見た。千賀子は終始俯向き、康平は主人から目を離さなかった。

「あれは、次の菊岡殺しにはどうしても糸の付いたナイフ、いやナイフの柄に糸を付ける必要があった。それでその伏線とするために、上田殺しのナイフにも糸を付けたんですね？　上田を殺したナイフには、別段糸を付ける必要はなかった。

でも解らないことがある。どうして上田の右手首とベッドとを紐でつないだんです？」

「あれは、自分でもよく解らない、動顛して頭がおかしくなっていたのも確かなんですが……、私はナイフで人を殺したことがない、それでどんなふうになるものやら見当がつかなかった、半死半生で外へさまよい出られては困ると、そんなふうにも考えたんじゃないかと、いや、これは後でそう思うんですが……」

「よく自衛隊あがりの屈強な男を、あんたが一人で殺せたね」

大熊が言った。

「ええ……。そのために、奸計《かんけい》を用いざるを得ませんでした。自衛隊の話など何度かして、彼は私には気を許していたんですが、いくら向こうが油断しているにせよ、まともにやっては到底勝ちめはありません。彼はそういった種類の訓練さえ受けているのです。

万が一、自分が人に出遭う可能性もないではないと考え、実際それは役にたったわけですが、返り血を隠せるようにジャケットを着ていきました。それを脱いでおいて殺し、返り血を浴びたセーターの上にはおって帰るつもりでした。しかしこのジャケットにはもうひとつ意味があったのです。私が彼の部屋を訪ねて……」

「それは、どういうふうに？」

牛越が言った。

「いや、それはドアを叩き、名乗ると簡単に入れてくれました。当然でしょう、康平さんがやってきたというならともかく、私が、彼や菊岡氏を殺そうと考えているなどとは、彼が考える理由もありませんから。依頼を撤回したのも、康平さんは自分の意志だと言ったはずです」

「ふむ、続けて」

大熊が言った。

「私は彼の部屋へ入ると、ジャケットを脱ぎ、上田君を見ました。もしできそうなら、そのまま刺すことも考えてはいたんです。しかしとてもできそうではなかった。彼は体も大きい、私は特に彼の右腕が怖かった。やはり殺しをやろうなんていう時は頭が相当おかしくなっていて、ポケットのナイフを握りしめながら、彼のあの右手首さえベッドにくくりつけられたらずいぶんと仕事が楽なのに、と何度も思いました。そして、やはりかねて計画した通りやろうと思いました。

私は、自分のいくらか上等のジャケットを差し出し、自分にはちょっと大きいから、もし君の体に合えば差しあげよう、ちょっと着てみたまえと言いました。彼が着て、前のボタンをひと通り填めると、やはり予想した通り少し小さかった。それで私はやはり小さいなと言いながら、セーターの右の袖口にナイフを隠し、両手でボタンをはずしてやって、襟の下を持って左右に広げ、脱がそうとしました。彼はおとなしくされるままになっていました。私は両側の襟が彼の両肩をはずれた時、ぐいっと乱暴に押し下げました。ジャケットが小さかったので、彼の両腕はそれで一時封じられたのです。その時になっても、彼はまだ私の意図が解らなかった。私はセーターの袖からナイフを出し、力まかせに彼の左胸に押し込みました。彼には、自分の背中からナイフが出てきたように思えたでしょう。今でもあの不思議そうな顔が忘れられません。

それから私はジャケットを脱がせ、自分が着込みました。地味な色のセーターだったし、返り血はあまり目だちませんでした。ありがたかったことは、あまり手に血がつかなかったことです。そのセーターは、部屋の洋服箪笥の底の方にしまいました。あなた方は私に遠慮して、あまり底の方まではひっくり返さなかった、それで私は助かりました。しかし今見ても、ほとんど血の跡は解らないとは思うが。

殺人を終えた時、やはり半分気が狂っていたんでしょう、ふと気がついたら、もう刺した後なのに、上田君の右手首を、ベッドの枠にせっせと結んでいました」

それを聞き、みな少なからず衝撃を受けたようだった。

「殺人者というやつは、相手の心臓にナイフを突き立ててからも、ずいぶんと不安なものです。はたしてあれで死んだのかどうかと。錠の下に雪を挟むやり方をしなかったのも、とにかく、一刻も早くロックしてしまいたかったからです」

「密室の工作は、いつか学生が言った、あの砲丸でいいわけですな？」

牛越が問う。

「その通りです」

幸三郎が応え、あとを御手洗が続ける。

「しかし動顚していたせいにしても、あの手首の紐のおかげで、犯人は密室の中に入っているというアピールは完全なものになった。何といっても次の密室は入れませんからね。これは伏線の張り方として、大きな効果をあげました。

ただ半死半生で、自分の手首が上にあげられていることに気づいた上田は、それでダイイング・メッセージを残すことに思いいたった。両手を上にV字型に上げたら、手旗信号では『ハ』ですね。これは偶然が彼に教えた。手旗信号というやつは、たいていふたつの動作でひと文字を示すことが多いんだが、『ハ』に限っては一動作なんですね。

ところがここに困ったことがあった。『ハ』一文字では『浜本』を示すものとしては弱いんですね、というのも他に『早川』という名の人がいる、それで彼は『マ』まで示そうと考えた。しかし『マ』は二動作なんです、右手を横水平にのばし、左手をその下三、四十度ばかりの角度でやはり横斜め下に伸ばして添える、それから『チョン』の動作ですね、旗を頭上でかちんと交叉する、この二動作によらなくてはならない。しかしそんな連続動作など、とても一度に示せるものではない。

ところが足があった。手旗信号というものは文字通り手に持った旗の動作であって、足は常に空いているわけです。それで足でもって『マ』の形を作ろうとした、それがあの形です。『チョン』は横の床に血で描いて示した、それがあの血の丸い点、そしてこれがあの奇妙な『踊る死体』の理由です。ぼくは手旗信号のかたちは、この家の図書室の百科事典で確かめました。それから次は菊岡栄吉殺しの方ですが……」

「ちょっと待ってくれよ御手洗君、まだいっぱい疑問が残ってるじゃないか！」

　私は言った。客たちも少々ざわついていて、私と同感の様子だ。御手洗はこういう時、自分はとっくに解っているものだから、実にいい加減な説明しかしようとしない。

「あの二本の棒は⁉　雪の上の」

「私の部屋を覗いていたあのお人形は⁉」

「三十分遅れの悲鳴の理由も、ご説明願いたいもんですな」

　みな、口々に言いたてた。

「そんなこと！　……そうですな、まず何からいきましょう、みんなつながってます。石岡君、二本の棒のことくらい解るだろう？　雪の上の自分の足跡を消すには、たとえば後ろ向きで屈んで歩いて、手で消しながら帰るなんてのもいいが、つまり同じ道を往復なんだからね、しかしそれじゃ全然不完全だ。すぐ解ってしまうだろう。ではどうすればいいか？　簡単だ、もう一度雪を降らせればいい、それも歩いた場所の上だけにね」

「どうやって⁉　雪ごいでもするのか？」

　私が言うと、御手洗は目を丸くした。

「それに歩いた場所だけに降らせる？　そんな都合のいいことができるわけがない！」

「だから逆にやるんだ。降らせることができる場所を、歩いておくのさ」

「何？　どうやって雪を降らすっていうんだ⁉」

「そいつはもちろん屋根から降らすのさ。屋上の雪を落とせばいいに決まってるじゃないか。うまい具合に雪は粉雪だ。普通屋根の雪を落とせば風でも吹いてない限り軒下に落ちるだけだが、でも都合のいいことにこの家は傾いてる、真っすぐ落とすと軒下から二メートルばかりのあのあたりに落ちるのさ」

「ははあ！」

　牛越が言った。

「しかし何しろ隠せる場所は限られる、屋根の梁線に沿った一直線だ。これを踏みはずすわけにはいかない。だからあらかじめそこに線でも引いておいて、その線の上を正確に往復するのが最も望ましい。しかしわざわざそんな面倒なこともできないだろう？　それに雪が降れば線などすぐに消えてしまう。それが理由だよ。解ったかい？」

「解らん。何で棒を立てたんだ？」

「目印《めじるし》だよ！　線を引く代りさ。あの二本の棒を結ぶ線が、屋根の梁線の真下にあたる。つまり雪が落ちる場所で、ということは歩くべきルートというわけだ。遠くから家を眺めて、屋根の先端からの鉛直線が地面と交わるあたりに棒を立てておいたんだ。何しろ夜は足もとがよく見えないってこともある。行きは西の棒、帰りは東の棒をめざして、帰りは足跡を一応ざっと消しながら一直線に歩いたわけだ。帰る時、棒はむろん抜いて持って帰り、暖炉で燃す。

もちろんこんなトリックは、雪が上田一哉氏を殺した後も降り続けていれば必要はないんだけれどね、雪がやんでしまった時の用心だったというわけさ。役にたったがね」

「そうか、じゃあ上田殺しのあと屋根に登って雪を落としたわけか……」

「降らしたわけだ」

「なるほど、そうか……」

「で次は……」

「待った！　あの十号室の近くでバラバラにされてた人形は？　あれは何でだ？　理由がちゃんとあるのか？」

「それは決まってるだろう？　あのあたりには雪を降らせることができないからだよ。軒下しか無理だからね」

「え？　ということは……、つまりどういうことになるんだ？　やっぱり、足跡の問題……」

「階段のところなら、手すりから外側にぶら下がるようにして階段の端の角のところを歩くとかして、足跡をつけないようにもできる。でも建物の西の角から階段までの間は、これはどうしようもない。それで人形を置いて、その上を歩いたんだ」

「ああ！」

「しかしそのまま置いただけでは、階段までとても距離が足りない、それで手足をバラバラにして、その上をぽんぽんと歩いた」

「ああ！」

「したがって体をバラバラにできる人形を選んだ」

「そうか！　何でこんな簡単なことに気づかなかったんだろうな!?　あれ……？　しかし、そうすると相倉さんの部屋の窓から人形が覗いたのは、その前になる……、のか……？」

「いやそれはだな、首だけなのさ。何でそんなことをしなきゃならなかったかと言うと……」

「私の口からご説明しましょう」

御手洗が苛立つふうなので、幸三郎が言った。

「今こちらがおっしゃった通り、私は人形の体の上を歩き、目印の棒を抜き、ざっと足跡のついたところを平らにならしながら家の中に戻ってきた。しかしその時、首だけは持っておったのです。そして首だけは三号室に返し、私自身も最終的には三号室か、その隣りの図書室にでもひそんで朝を待つつもりでおりました。というのも、私はもう塔の部屋へ帰っていることになっておりましたので、あのうるさい音をさせて橋を降ろすのは、朝起きだしてこっちの母屋に渡ってくるいつもの時刻になるまで、できなかったのです。朝七時くらいになったら、まだ誰も起きないうちに私は跳ね橋のところへ行き、一応上下させて、早起きを装う計画でした。

首だけ持って歩いたのは、やはり頭部はひと晩中雪の上などに置いて、傷めたくなかったからです。まず首を三号室に返しておこうかとも思いましたが、どうせあとで行くのだし、また二度も三号室に行くのでは誰かに見られる危険も増しますので、持ったまま跳ね橋のところから梯子を伝って屋上に登りました。そのために私は、前もって跳ね橋を完全には閉めず、体を横にすればギリギリ出られるくらいに隙間を開けておいたのです。

そして雪を落とし、仕事を完了したと思った頃、間《ま》の悪いことに英子が起きだし、跳ね橋の扉を完全に閉めてしまったのです。扉は外からは開けられず、また無理してこじ開け、その物音など聞かれて姿でも見られれば、私は文句なく疑われるでしょう。何しろ上田はもうすでに殺してきているのです。私は、菊岡を殺すまでは捕まるわけにはいかなかった。

閉め出された吹きさらしの屋上で、彼は一生懸命に知恵を絞りました。屋上の給水タンクのところに、三メートルばかりの短いロープがありました。以前業者がタンクによじ登るのに使って、置いていったものです。しかしむろん地上に降りるにはとても足りません。梯子は跳ね橋のところまでしかありません。その下にこのロープを垂らしても、とても地上までは届かなかったのです。それに下に降りたのでは何にもなりません。もうサロンの扉も内側から自分でロックしてきておりましたから、母屋か、もしくは塔の自室へ帰らなければ疑われることになるのは目に見えます。ふと見ると、手にはゴーレムの首がありました。この人形の首と、三メートルのロープとを使って、なんとか家の中へ帰る方法はないものか……。そして、やっとひとつだけ、このクイズの解答を思いついたのです。

まず、そのロープを屋上の手すりに結びつけ、それを伝って相倉さんの部屋の窓のところまで降り、窓にゴーレムの顔を覗かせて驚かす、目を覚ませば彼女はまず悲鳴をあげるに違いない。たった今跳ね橋を閉めたくらいだから、英子は起きているだろう、するとその悲鳴を聞きつけ、ベッドに起きあがるに違いない。その頃を見はからい、屋上へ戻ってロープをほどき、英子の部屋側の手すりに結び換えながら、次に私が大声をあげる。英子の部屋の真上だから、うまくすると英子は、立ちあがって窓へ寄り、窓のロックをはずして表を見廻すかもしれない。あいつは気丈なところがあるから、その可能性は大いにありました。

そして窓の下に何も見つけられなければ、次にあいつはどうするか？　まず間違いなく、さっき悲鳴の聞こえた隣りの相倉さんの部屋へ行くだろうと踏んだのです。運がよければ英子は、急いでいるため、窓は閉めてもロックはかけないかもしれない、すると私はロープを伝い、窓から英子の部屋には入れるのです。その時ゴーレムの首は、屋上の西の端から地上へ、それも思い切り遠くへ放り投げておく。

もし英子がうまく一号室の中へ入り込んでくれるようなら、二号室のドアのところからそれを確かめ、素早く跳ね橋を降ろして、塔の部屋から今悲鳴を聞いて駆けつけたふうを装うことができるのです。

しかし、もし英子が一号室のドアのところで立ち話をするだけなら、私は英子の部屋のもの入れにでもひそんで、朝までいるよりほかない。また英子が運よく一号室内に入っても、私がまだ鎖を引いている時に出て来られれば言い逃れはむずかしいでしょう。それに窓も開けないかもしれないし、私が窓から侵入しているところを金井さんたちに見られる危険もありました。一《いち》か八《ばち》かです。しかし私は英子の性格をよく知りつくしておりましたので、成功の可能性は大いにあると判断しました。そしてやってみると、はたしてこれ以上ないほどにうまくいったのです」

「なるほどな！　実に頭がいい！」

牛越が感心して言った。

「私ならたちまち娘の窓を叩いて、入れてくれと頼むところだ」

「むろん私もそれは考えました。ほとんどそうしかけたくらいです。でも私はまだやることが残っておりましたんでね」

「そう、菊岡殺しですね。牛越さん、このくらいで驚いているようでは、次の説明を聞くと腰を抜かしますよ。これこそ素晴らしい計画だ。頭の下がるアイデアです」

御手洗が言った。

「菊岡殺し……。しかしあの時、私はずっとこの人と一緒にいた。死亡推定時刻にはずっと一緒にいて、ルイ十三世を飲んでおった。どうやって……？」

牛越が言った。

「むろんつららですよね？　この家に来た時、そして塔を見た時、予想した通り、大きなつららがたくさんあった」

「つらら!!」

刑事たちはいっせいに大声をあげた。

「しかし、ナイフでしょう!?　ナイフですぞ、菊岡殺しの凶器は！」

大熊がわめいた。

「ナイフ入りの、つららです」

御手洗が、一語ずつゆっくりと口にした。

「軒下に糸でナイフを吊り下げておくと、先端にナイフの入ったつららができる。そうですね？」

「その通り、すべてお見通しだ」

幸三郎は言った。

「この地方でできるつららは巨大なものです。一メートル以上にもなる。そしてできあがったら先端をお湯にでも漬けて、ナイフの刃先を露出させておけばより完全です。そしてそれを冷凍庫にでも保管する」

「なるほど！　それで糸か!!　こいつはまいった!!　しかし……」

「おっしゃる通りだ。でもこれはいざ実際にやってみると、思いのほか大変でした。つららってやつは、糸で吊り下げたナイフの刃先の方にまずできようとする。思い通りの凶器を作るのに、ずいぶんと時間がかかりましたな」

「しかし、何故つららにせんといかんのです？　いや、何でナイフにつららのシッポを付けなければいけないんです？」

牛越が尋ねた。これは私も訊きたい質問だった。

「いや、というより凶器は解ったが、どうやってそいつで……」

「言うまでもなく滑らせたんですよ」

「どこを!?」

私も含め、思わず何人もが声を揃えた。

「階段に決まってるでしょう！　思い出してご覧なさい、この家は階段が東西二ヵ所にある。さらに跳ね橋式の階段を塔に架ければ、塔の台所の窓の下から十四号室の換気孔までは、一直線の、長くて急な滑り台になるんですよ！　この家の二ヵ所に分けた風変わりな階段は、そのための設計なわけです」

「ちょ、……ちょっと待ってくれ！」

私は瞬間、何か釈然としないものを感じ、思わず声に出した。

「階段を、つらら付きのナイフを滑らせるといったって……、踊り場で止まってしまうじゃないか！」

「どうして？　踊り場と壁との間は全部、十センチばかり隙間があったぜ」

「そこを必ず通過するってのか!?　階段ってやつは広い幅がある。ナイフがどこを滑るかなんて解らない、たぶん真ん中あたりを滑るだろう。そんなにうまく階段の端っこを滑……る……なんて……、そうか!!」

「その通り。ただそれだけのために、この家は傾けてあるのさ。家が傾いてれば当然階段も傾いてる。この長い階段の滑り台は、極端にいえばV字型の滑り台になってる。家は南側に向かって傾いてるから、ナイフは必ず階段の南側の端っこを滑っていくわけさ」

「なるほど!!」

私も刑事たちも、そして客たちも、われを忘れて感嘆の声をあげた。もしここに英子がいたら、自慢の父親に対し、どんな賞讃の言葉を贈っただろうか。

「それで、踊り場と壁との十センチの隙間を必ず通り抜けるわけか……（図9）。まさか人を一人殺すためにわざわざ家を一軒造るとは思わんものなァ……。しかし御手洗さん、そしてつららは十四号室の換気孔に飛び込むわけですな？　しかし……」

牛越は呻くように言う。

「何度も実験して、ちょうどよい位置に換気孔は開けてあるわけです。跳ね橋階段の一番上に、何の力も加えずにつららを置いた状態で、ということでしょうがね」

私も牛越の言わんとすることに気づいた。

「そうだ、しかし、その長い滑り台には真ん中に三号室、天狗の部屋がはさまってるじゃないか！　ここにはナイフのつららを支えて滑らせる台はないぞ！」

「あるじゃないか」

「何が？」

「天狗の鼻だよ！」

「あっ!!」

と、言ったのは私だけではなかった。

「南側の壁がどうも奥まってると思った。それに窓が、

図9

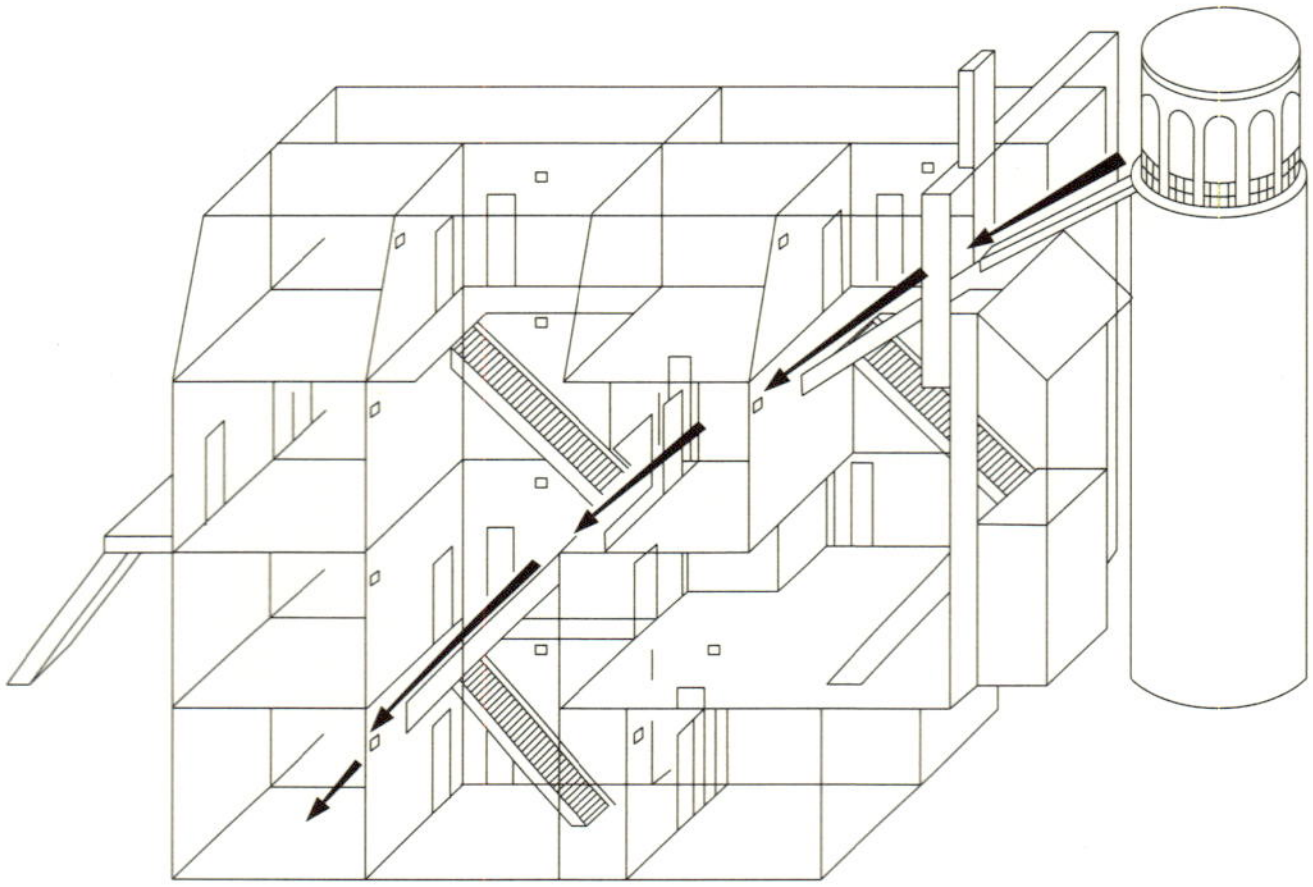

大して必要とも思えない換気と称して、いつも三十センチばかり開いている、変だと思わなかったかい？」

「そうか！　あのおびただしい壁の天狗の面の中には、階段の延長線上に一列に並んでいる鼻があるわけだな、でもそれではあまりに見え見えになるので壁一面を天狗の面で埋め、その一列を目立たなくした、カムフラージュか、こいつは考えたな！　なるほどなあ‼」

「ずいぶん実験されたでしょうね？」

「ええこれは、面の位置にも苦労しましたし、つららのスピードによってもまったく違ってきますし……、ほかにも実にいろんなことがありました、何だか誇っているようなので、あまり言いたくはないんですがね」

「いや、是非伺いたい」

牛越が言った。

「とにかく、時間はたっぷりありましたから、康平さんや娘を、口実をもうけては家から追い払って何度も実験をしました。つららが途中でふたつに割れはしないだろうか、また大変長い距離を滑っていくわけですから、摩擦熱でつららが溶けてしまわないかということも考えました。そのためにつららをあらかじめ太く大きくしておくのは簡単ですが、十四号室に残る氷があまり大きすぎると、こんどはいくら暖房をあげてもひと晩では溶けない可能性も出てきますし、溶けた後の水の量が多すぎるのも困ります。できるだけ細く小さく、しかも溶けずに十四号室まで届いてくれる大きさ、これを決定する必要がありました。しかし実験してみると、つららは長い距離をあっという間に滑りますし、意外なことに、摩擦で溶ける量は非常に少ないことが解りました」

「しかし、溶けて出る水の問題でははらはらされたでしょう?」

「おっしゃる通りです。ドライアイスにしようかと何度も本気で考えました。しかしそれでは購入先から足がつく可能性が出ます。それであきらめましたが、そのために菊岡の死体に危険を冒して水をかけなくてはならなくなりました。いや、水の問題では、ほかにも心配した要素はたくさんあります。まず階段に水が少し遺ります。それから十四号室に飛び込む時、ごくわずかですがやはり水が地下の廊下や、換気孔の下の壁にかかるのです。これにも気づかれる可能性がないとはいえません。ただ暗い廊下だし、一応暖房のきいた家の中でひと晩経つわけですから、朝までに気づかれなければまず蒸発しているだろうとは思いましたが。ごくわずかな量ですしね」


「そうですね、しかし天狗の鼻とは驚きました。ぼくはそれで、天狗の面の輸出の話を思い出しましたよ」

「それは何だ?」

私が訊いた。

「昔、欧米から日本に大量に天狗の面の注文がきて、お面業者は大儲けしたんだそうだ。それで次におかめやひょっとこの面も大量に作って輸出したのだが、これはちっとも売れなかった」

「何でだったんだ?」

「天狗の面を帽子掛けに使っていたというわけさ。天狗の鼻を見て、何かを支える目的に使おうと考えないのは、案外日本人だけかもしれないぜ」

「すると、階段から換気孔に飛び込むまでの間には、支えるものはないわけですな?」

大熊警部補が言った。

「十四号室の換気孔の手前はそうですね。しかしここはもう非常にスピードがついてますから。天狗の部屋の換気孔の手前には、支えるために壁におむすび型の大きな浮き彫り《レリーフ》みたいな装飾が張り出してましたよ」

(この一点だけが、少々アンフェアではなかったかと作者は心残りを感じている。しかし真実に対する真のイン

スピレーションをお持ちの方には、大した障害にはならなかったと信じる）

「そうか、天狗の部屋の鼻の上から、二つ目の階段に飛び出すところはいくらかラフでもいいものな」

私も言った。

「なるほど、それで足を床に固定された異常に狭いベッドか……」

尾崎刑事が、天狗の部屋からこっち、はじめて口をきいた。

「心臓を固定するためですよ。それから薄い電気毛布、これも寝具の上からでも殺せるようにするためです。厚いフトンではナイフが通りにくい。毛布なら、上からナイフを刺していても、殺し方としてはあり得るからです。

しかし現実は奇なもので、ここに予想もしなかった非常にラッキーな出来事と、具合の悪い出来事が起こりました」

「それは⁉」

大熊と牛越が思わず声を揃えて言った。

「このトリックのうまいところは、つららが溶けてしまうと、死体にはナイフだけが残り、ナイフによる殺人のように見えるという点です。さらに、その前に上田一哉氏を実際にナイフで殺しているため、ますます周りはそう思いやすい」

「なるほど」

「それで氷を溶かすために、あの夜はいつもより暖房をあげ気味に指示しておいた。うまい点というのは、そのために菊岡が暑がって毛布を剥いで寝ていたことです。そのためにナイフは、うまく菊岡の体に直接突き立った。まずい点は彼が俯伏せに寝ていたということです。

このメカニズムでは、目ざす相手はあの十四号室のベッドに仰向けに寝ている状態で、ナイフがうまく心臓に突き立つように調整されていたわけです。しかし彼は俯伏せに寝る癖があった。そのためナイフは、背中の右側に刺さってしまった。

しかしこのことも、結局は次のもうひとつのラッキーを呼んだわけですから、ついてないとばかりも言えますまい。菊岡氏は非常に、まあ小心《しょうしん》なところがあった。自分の運転手が殺されるという異常事態が持ちあがったために、ドアにみっつの錠をかっただけでは安心できず、ソファを移動してドアを塞ぎ、その上にさらにテーブルまで積んでいた。このために瀕死《ひんし》の重傷を負ってのち、急いで廊下へ逃れようとしても手間取ってうまくいかなかったわけです。このバリケードがなければ、心臓という急所をはずしたわけですから、菊岡氏は重傷の体を押して、もしかするとサロンまでやってこられていたかもしれない。彼は最後の力を振りしぼって邪魔なテーブルを跳ねのけ、ソファを手前に倒してどけた。しかしそこで力つきてしまった。現場のこの様子が上田さん殺しの時と呼応し合って、浜本さんも意図しなかった、『犯人が室内に入った痕跡』というものを生んだわけです」

「さよう。私はこれに関してずいぶんつきがあった。アンラッキーだったのはひとつだけ、あなたという人物がやってきた点です」

浜本幸三郎は、しかし格別悔しそうでもなくそう言った。

「おう、今思い出した！」

牛越が頓狂な声をあげた。

「菊岡が死んだ十一時に、あの夜、あなたと塔の上でコニャックを飲んでいた時、あなたがかけた曲、あれは……」

「『別れの曲』でした」

「そうだ」

「娘は嫌いだと言うが、私がショパンという音楽家を知ったのはあの曲によってです」

「私もそうだ」

牛越が言った。

「しかし今でも私はあの曲しか知らん」

「教科書に載ってるからな」

横から大熊が言った。

「あの時、あの曲名に思いいたればよかった」

牛越は悔しそうに言ったが、もしそういうことから彼がことの真相に思いあたったとしても、結末はすこぶる面白味のないものになったろうと私は思う。

「ぼくはこの真相に思いいたりはしたんです」

立ちあがりながら御手洗は言う。

「相倉さんの部屋の窓にゴーレムの顔が覗いたというのを聞いて、すぐにピンときました。これは跳ね橋階段を頻繁《ひんぱん》に利用している人物の仕業だとね。ほかの人間なら、浜本さんの領分である跳ね橋の扉を少し開けておこうという計画の発想は、なかなか出てきにくいでしょうからね。

しかし考えてみると、犯行の立証はできるが、犯人の立証まではできないわけです。実験でもやってみせて、犯人はこんなふうにやったんだと解説するのは簡単だが、それがやれるのは浜本幸三郎氏が一人だけとは限らない」

われわれは考えを巡らせながら頷いた。

「まあ早い話が一、二号室の住人ならすぐにやれるし、早川千賀子さんが犯行時刻付近に塔の部屋を訪ねているのなら、彼女にも犯行は可能です。

今のは階段の頂上から滑らせたと仮定した場合ですが、滑り台の三号室を過ぎた地点、つまり三号室の前に出るために昇っていく階段ですね、そこから腕で強くはずみをつけて滑らせるというやり方をすれば、むずかしいだろうが絶対に不可能という話にはなりません。何しろ動機の点に関して曖昧なのは、誰しも似たようなものなんですから。使うまで、つららの凶器は自室の窓の外にでもぶら下げておけばそれでいい。表は冷凍庫だ。

そこでぼくは、これは犯人に自分で説明してもらうほかはないと考えた。すなわち犯人を追い詰め、追い詰められた彼のとる行動が、否応なく自分の犯行を雄弁に告白してしまうようなうまい方法を考えることにしました。絞あげて自白させるような野蛮な方法は、ぼくは性格的に好まないんでね」

そう言って御手洗は、尾崎の方をちらと見た。

「犯人の見当はむろんついておりましたから、追い込む方法として、最愛のもの、つまり娘の生命が、菊岡殺害とまったく同じ方法でもって狙われているのだと思わせることにしました。だから彼女を、十四号室のベッドで眠るほかないように仕向けた。しかし父親は、それが解っても、どういうやり方で娘が殺されようとしているかは、当然警察に打ち明けることができない、自分一人で何とか防がなくてはならないのです。何しろ自分が犯人なんですからね。そしておあつらえ向きに、外は吹雪になった。おや……、やんできましたね」

外の風の音が弱くなっている。

「というのも、この殺しには外で大きな音がしているという条件が必要なんです。つららが階段を滑っていく時、いくぶんか音がしますから」

「そうか、それで上田殺しと菊岡殺しは連続したわけだ！」

私が言った。

「そうだ。吹雪の夜を逃すわけにはいかなかったんだ、次はいつ吹雪くか解らないからね。しかし、柱に耳をつけている人には、凶器が階段を滑る音は聞こえるわけさ、それが……」

「蛇の音ってわけだ！」

「すすり泣きだ、女の！」

刑事たちが口々にわめいた。

「むろんつららですからね、冬という絶対条件も必要ですが。ぼくは今夜、もし外が墓場みたいに静かだったとしても別段かまわない、やろうと思っていましたがね。

かくして準備は整った。

浜本氏としては、誰が娘を殺そうとしているのかは解らないわけです。したがってじか談判はできません。しかしそいつは菊岡殺しの方法を知って、同じやり方で復讐をしようとしている、それだけは解ります。たぶん菊岡の手の者とでも考えたでしょう。

さてここで浜本さんの考えることはこうです。それなら跳ね橋は閉まっているし、犯人も音をたててこれを開けるのまではむずかしかろうから、そのすぐ手前、つまり母屋の東階段の一番上から、はずみをつけてつららを放り出すつもりだろう、そう想像します。

だがその次を予想することがむずかしい。幸三郎氏が次にどう行動するか、これを百パーセント正確に読むのはむずかしいのです。東階段に行くか？　これはおそらく犯人と直接向き合うことになりそうだ、幸三郎氏がそれを選ぶか、あるいは西の階段で、滑ってくる凶器をくい止めるだけに留めるか、この判定はむずかしいです。


考えられる行動パターンは何通りもある。西の階段に煉瓦を置き、東階段へ向かうかもしれない。しかし、確実にこれだけはやるだろうと思われることがひとつだけありました。それが三号室の、天狗の面を壁からはずしてしまうことです」

私たちは、何度目かのなるほどを言った。

「しかしこれも、百パーセントそうするとは言い難い。面はそのままにして、別のやり方をするかもしれない、これでも博打の要素は残ります。しかし朝までの時間は長い、犯人はいつやるか解らない、要は人に見られなければいいのです。すぐどけられる煉瓦を置いたくらいでは浜本氏は安心できないだろうし、ひと晩中階段に立ってるわけにもいきますまい。しかし天狗の鼻は位置が微妙だ、これをはずし、いくつかは完全に燃すなり鼻を折るなりしてしまえば、東階段からの攻撃はほぼ百パーセント封じることができるのです。いずれにしても彼がこれをやらないはずはないと考えました。

さて、幸三郎氏がこの天狗のお面を壁からはずしているところを完全に目撃されたら、これは九十九・九パーセント言いのがれは不可能になります。ほかの人間なら、寝床の中で菊岡殺しのトリックに思いいたったが、警察嫌いだから自分一人で行動したと、言って言えなくもないかもしれないが、幸三郎氏の場合、何としても生命を守りたい実の娘なわけですからね、警察に打ち明けて相談しないというのは不自然です。その理由は唯《ただ》ひとつしかない、犯人だから。ほかの理由はあり得ません。

しかし、ではそれをどこで目撃するか、これがまた、すこぶるつきのむずかしい問題です。隣りの図書室あたりにひそんで待つか？　しかし三号室に入る前に、幸三郎氏はたぶん図書室を調べるでしょう。何しろ顔を合わせても、とりたてて不自然な要素はないのです。幸三郎氏はその時点で菊岡殺害のトリックに思いいたったとしてもいい。それはそのためにあつらえたこの傾いた家を造った張本人だから、立場はすこぶるまずくなるだろうが、まったくの偶然であって、設計の段階では殺人のやれる可能性になど少しも気づかなかったと言い張れば、何ぶん名士のことですからね。

ま、それはともかく、設計者だから、家のどこに人間が隠れられる場所があるかなどは、ぼくの何倍もご存知だろう。これはそういう競争をしても勝ちめはない。だが、幸三郎氏の昇ったあとしばらくして階段を昇り、はずし終わった面を手に持っているところをおさえたというのでは弱い。まああなたはそんなじたばたはなさらないだろうが、寝つかれないので来てみたら、部屋がこんなふうに荒らされていた、面が床にあったと言い逃れをしてもいい。頭のいいあなたなら、ベッドから起きだしてきた警官を利用して、とっさに作戦を立て替えるかもしれない。何しろお面はもうはずし終わったのだから、あとは西側の階段だけです。刑事が出てきたのはかえって都合がよかったという話にもなりかねない。だから絶対にあなたが壁からお面をはずしているところを目撃する必要がある。のみならず、あとのごたごたをいっさい排除し、事態を単純明快にするために、あなた自身にもぼくがそうしたということを間違いなく確認していただく必要もありました。そして、まさにこれ以上ないほどにうってつけの隠れ場所が、特等席にすわっていたわけです」

「見事だ！」

もう一度幸三郎が言った。

「しかし、あのお面は、ゴーレムの顔のお面はどうやったんです？　それもあんな短時間で、どこでどうやって手に入れたんです？」

「それは首を持ちだして、知人の芸術家に製作を頼んだのです」

「ちょっと見せて下さいますか？」

御手洗は面を幸三郎に手渡した。

「ほう……、これはよくできている。細部の傷まで瓜ふたつだ。素晴しい腕だ、これだけの腕を持つ人が、北海道にいましたかな？」

「たぶん京都にしかいないでしょう。ぼくとこの石岡君との共通の友人で、人形作りの名手が京都にいるんです」

「ああ！」

私は思わず声をあげた。あの人か！

「京都まで!?　あれだけの間に!?」

「三十一日の夜こっちを発ちましたんでね、どう急いでもできあがるのは三日の朝になるという事情があったんです。前もって電話しておいたんですがね、だから解決はどうしても、こんなふうに三日の夜になってしまった」

「正味二日の仕事ですか……」

幸三郎は感に堪えないように言った。

「いい友人をお持ちだ、あなたは」

「警官に京都まで行ってもらったのか？」

私は訊いた。

「いや、お巡りさんにそんな仕事頼んじゃ悪いだろう？」

「しかし、ちっとも気がつかなかった。できあがったゴーレムのお面はいつ受け取ったんだ？」

「そんなささいな問題はどっちでもいいでしょう！　それより次の十三号室の日下殺しの密室を、今度は解説して下さらんか」

大熊が言った。それには私も異存はなかった。

「しかし浜本さん」

御手洗は言った。

「ぼくにはどうしてもひとつだけ、解らないことが残りました。それは動機です。こいつだけはとうとう解らなかった。あなたほどの人が、ただの遊びで殺人をやるとも考えられない。しかし個人的には大してつき合いもない菊岡栄吉を、あなたが殺す理由がない。それを今、あなたの口から説明して下さいますか？」

「おいその前に、十三号室の密室の説明はどうなるんだ!?　まだ解らないことはたくさんあるぞ」

私が言った。

「そんなのは説明するまでもない！」

御手洗はうるさそうに私を遮った。

「ご説明しましょう」

穏やかな声で幸三郎が言った。私は十三号室の説明と思い、黙った。

「それならもう一人、その話を聞く権利を持つ人をここへ呼ばなくちゃ」

御手洗が言い、

「阿南ですな？」

と大熊が言った。

「どれ、私が呼んでこよう」

彼は言い、立ちあがって十四号室の方へ向かって歩きだした。

「じゃあ大熊さん、ついでに……」

御手洗が声をかけ、警部補は立ち停まってこっちを振り返った。

「十三号室の日下君も呼んできて下さいますか？」

その時の大熊のあっけに取られた顔といったらなかった。おそらくUFOが鼻先に着陸し、中から頭がふたつある宇宙人が降りてくるのを見ても、彼はあれほどに驚いた顔はしなかったろう。

しかし彼のことを笑えない。私も含めて、ディナー・テーブルの客たちはみな似たような顔をしていたはずだ。

阿南と一緒に日下の姿がサロンに現われると、客たちはこの憂鬱《ゆううつ》な一連の事件の中の、唯《ただ》ひとつの明るい出来事のために、小さな歓声をあげた。

「天国から戻った日下君です」

御手洗が上機嫌で紹介した。

「どうやら天国には医者は必要なかったらしい」

「じゃあ、京都へ行ってもらったのは彼なのか!?」

私が思わず大声を出した。

「初江さんが見たゴーレムの幽霊も、ベッドを燃したのも」

「パンとハムを食べたのも彼さ」

御手洗が陽気に言った。

「彼は死体を演じるにはうってつけの人物でしたよ。何しろ医学生ですからケチャップの血を使わなくてもいいし、心嚢《しんのう》タンポナーデの出血量もよく知っていました」

「飲まず食わずの活躍でね、十号室に隠れたり、外でじっと待ったり、二号室のもの入れに隠れたり、本当に死体になるところでしたよ！」

彼は快活に言った。その様子から、御手洗がこの重要な役を彼に割り振ったのも、何となく理解できる気がした。

「なるほどな、理屈であり得ない密室殺人は、やっぱりあり得ないってわけか……」

私は言った。

「論理性は、信頼しないとね」

御手洗が言った。

「京都へ行くのはぼくだってよかったじゃないか」

「そりゃそうだが、君は、そう言っては何だが演技というものが全然できない。君がナイフを胸に立てて寝ていても、ポイと抜かれて叩き起こされるのが関の山だ。それに以前からの客の一人が死んだ方が、浜本氏に与えるプレッシャーは強くなると思ってね」

浜本氏より、娘に与えたプレッシャーの方が大きかったように私には見えた。

「じゃああの脅迫文も、あんたの作文ですな？」

牛越が言った。

「やれやれ、全員の筆跡鑑定なんぞをやらんでよかった！」

「次はこの友人が書きたいと言ってますがね」

御手洗は私の肩を叩いた。

「われわれまで騙すことはなかったじゃないか！」

尾崎刑事がいくらか荒い声を出した。

「ほう！　じゃあ君はぼくが計画を打ち明けたら、二つ返事で自分が協力したと思うわけですな？」

御手洗は口を開けけば皮肉を言う男だ。


「しかし、よくうちの署の堅物連中が承知したなあ……」

大熊が感心したように言う。

「そこが、この事件で一番むずかしかった点です」

「さもありなん」

「しかし中村氏に電話で延々と説得してもらいましてね、渋々ですよ」

「ふうん、中村さんも、なかなか目が高い」

牛越がつぶやいたその声は、私だけが聞いた。

「さて、言い残した事柄はもうないでしょうね、では……」

「そうか！　それであの晩、あなたは嘉彦君と娘の英子さんに、ビリヤード台のところにずっといるようにとしつこく勧めたんですな。警官と一緒にいれば、アリバイとしてこれ以上強いものはない」

牛越が言い、幸三郎は無言で頷いた。父親の娘への愛情、致命的なこの弱点があるために、思えば彼は、友人の罠に落ちたのである。

「牛越さんは、あの男からある程度聞いておられたんですか？」

声をひそめて尾崎が訊いていた。

「ああ、ホシの名と、大ざっぱなところはな。それでとにかく自分の言う通りにしてくれと言うのさ」

「それで黙ってしたがったんですか？」

「まあな、だが間違った決断じゃなかったろう？　ただ者じゃないぜ、あいつは」

「どうですかね、私はそうは思わんですがね、スタンドプレーの塊りみたいなやつだ！」

尾崎は悔しそうに言い、黙った。

「そう、だが奴《やっこ》さんだって、相手によりけりだろうとは思うがね」

「あ……、そうか、髪は、牛越さんと一緒に浜本が、ノブを持ってガチャガチャやったんで落ちたんですね？　十四号室の私の髪は」

尾崎が思いついて言った。

「ああそうだな……。それとね、俺は今気づいたんだが糸の血だ、上田の時は赤く染まってたが、菊岡の時は染まっていなかった。両方とも糸は血に触れてたのにな、気づくべきだった」

「さて、ほかにないようでしたら、ぼくの最も知りたい事柄を、そろそろ伺うことにしたいと思うんですが」

御手洗の、このまるで感情がないような事務的な話しぶりに、私はいくらか残酷なものを感じて、胸が傷む気がした。これは、こういった場合の彼のいつものやり口だった。

ただ彼は、警官がよくやるように、罪人と決まっても決して見下げた態度はとらず、浜本幸三郎という好敵手に対し、敬意を忘れずに振るまっていた。

「そうですな……、何から話していいか……」

幸三郎は、すこぶる気重そうに口を開き、その様子は、私にはほとんど辛そうにみえた。

「みなさんは、何故私が、大して親しいつき合いをしていたわけでもない菊岡栄吉氏を殺そうと考えたか、おそらく疑問に思っておられるでしょう。無理もない。私は菊岡氏と幼馴染でも何でもないし、若い頃つき合いがあったわけでもない。私個人としては彼に何の怨みもない。しかし、私は後悔はしておらんのです。私にはそれでも彼を殺す理由があった。後悔しておるのは上田君殺しの方です。彼は殺す必要はなかった。あれは私の利己主義でした。

菊岡氏を殺さなければならなかった理由というものをお話しましょう。これも決して美しいもの、あるいは正当な、正義感故の産物というわけではありません。若い頃の、私自身の犯した過ちの償《つぐな》いです」

彼はちょっと言葉を切り、何かの痛みに堪えているようだった。その表情は、おそらく誰の目にも、良心の呵責《かしゃく》というものを連想させた。

「もう四十年近くも前になりますが、ハマー・ディーゼルがまだ村田《むらた》発動機といっておった頃のことです。かい摘まんで話します。その頃村田発動機は、玄関先の土間に机を並べた事務所と、焼け跡にバラック建ての仕事場があるだけの、まあ町工場に毛がはえた程度の会社でして、私は腕にいくらか自信があったおかげで、番頭あたりまで昇格した丁稚《でっち》職人といったところでした。親爺さんは私を頼りにしておりましたし、実際、自分の口から言うのは何ですが、会社は私がいなければ、というようなところはありました。

社長には一人娘がありまして、もう一人上に兄がいたんですが、戦争で亡くしておりました。この娘と私とは、気持ちの通じ合うものがありまして、むろん当時のことですから格別何があったというものでもありませんが、彼女は明らかに私を必要としており、父親もそれを認めているように、私は感じていました。娘と一緒になって、工場の後継者の椅子にすわって、と私にとってはいいことだらけの、そういう野心がなかったとは申しませんが、私の気持ちは純粋なものでした。私は戦争に行っている間に空襲で両親も亡くしておりましたし、養子になることにも問題はありませんでした。

その時、平本《ひらもと》という男が現われたのです。この男はさる政治家の次男坊で、富美子《とみこ》、娘はそういう名だったのですが、彼女の同窓生で、どうやら昔から富美子に目をつけていたということのようでした。

この男は、正真正銘、どうしようもないヤクザな男であったと断言できます。その時もどうやら妙な女と暮らしているようでしたし、これが立派な男でしたら、私は富美子の幸せということを誰よりも願っておりましたから、男らしくことに対処したと思います。自分と一緒になることと、社会的に力を持つ者で、人格的にも優れた者と一緒になることとの比較、あるいは彼女の父親のことや会社のこと、私はそういう場合の総合的で客観的な判断ができない人間だとは、自分のことを思いません。しかしこの平本という男は、いわばチンピラの遊び人で、どう考えても富美子に相応《ふさわ》しくないのです。が、親爺さんはこの話に大いに気持ちが動いているのが感じられました。

私は親爺さんの気持ちがどうしても理解できず、日夜悩みました。でも父親になった今、いくらか解るような気もしてきました。父親という生き物は、娘が心身ともに惚れぬいた人間と一緒になることに、心のどこかで抵抗したい気持ちを持つものです。とにかく、私は自分の身を犠牲にしてでもいい、大事な富美子をあの平本という男の妻になるなどという堕落からは救いたい、そう思い詰めるようになりました。誓って言いますが、私は富美子をわがものにするためにそんなふうに考えたわけではありません。そんなことは、その時は思ってもみませんでした。

そんな時、私の目の前に野間《のま》という古い友人がふらりと現われたのです。彼は私の幼友達で、ビルマ戦線で戦死したものとばかり思っていました。われわれは再会を喜び、大いに飲み、かつ語りました。とはいうものの野間は痩せこけて、顔色も悪く、だいぶ体は弱っているようでした。

要点だけを話します。野間がこの時東京に現われたのは、ある男を追ってのようでした。その男は彼より年は若いのですが、軍隊時代の彼の上官で、何とも残忍な男らしく、生き残った今となっても忘れることのできないくらいの煮《に》え湯を、外地でさんざん呑まされたということでした。

こういう話は当時無数にありました。しかし彼の場合ちょっと違うのは、その上官はやつにとっては、戦友と愛人の仇《かたき》だという点でした。その上官は、戦時下にあっても部下に私的制裁を楽しむなどというのは日常茶飯であったらしく、ためにほとんどかたわ同然になった戦友もいるという話でした。

野間は戦地で、ある現地人の娘と恋仲になったと話しました、大変な美人だったそうで、やつは戦争が終わり、もし自分が生き残ったら、この女と一緒になって現地に残ってもいいと考えていたようです。

しかし戦時下の不幸で、例の上官がその女を逮捕させたというんです。理由はスパイ容疑でした。野間が理由を質し、必死で食い下がると上官は、『美人はスパイに決まっとる』と言ったというんですね。むちゃな理屈です。そして彼はその現地人の女性に、人間として許せない虐待行為をしたというんです。そして彼女は、捕虜として拘置されました。

それだけならまだしも、いよいよ戦局利あらず、撤退という段になって、その上官は捕虜の全員虐殺を命じたというのです。のみならず、のちに降伏した時、部下たちにそのこと、つまり自分が捕虜虐殺を命じたことを敵軍にしゃべるなと固く口どめしたそうです。ためにその命令を遂行した野間の戦友の一人は処刑されたそうです。しかしその上官はのうのうと生き残り、一定の抑留期間を経て復員したらしい。

野間は、どちらかと言えば学究肌の、線の細い男でした。それがその上官に復讐することだけを思い詰めて生きているうち、体を壊し、吐血するようになっていました。私の目にも、もうあまり長くはないことが解りました。自分は死ぬことなんぞ少しも怖くはないと野間は言いました。でも、このままでは死んでも死にきれない心残りがあるんだと私に訴えます。というのは、つい先日、とうとうかの上官を見つけたというのです。

野間は、南部式のピストルを肌身離さず隠し持っていました。しかし弾丸は一発しかありませんでした。もう手に入らないんだとやつは言ってましたが、それをかまえてもと上官の目の前に立ってやった時、彼は少しも動じなかったそうです。

上官は復員してくると、何もかも失って裸同然だったようで、酒びたりのすさんだ毎日を送っているようでした。その時も安酒の瓶を持っており、野間を見ると、『お前か、よく心臓を狙って撃てよ』と言ったそうです。野間がひるんでいると、『俺はもう失うものは何もない。生命を惜しがる理由がない。死はむしろ救いだ』と言い放ったそうです。

自分や戦友、そして最愛の女性が味わった苦しみに較べたら、そこであっさり殺してしまうことがどうしてもできなかったと言って、野間は私の前ではらはらと涙をこぼしました。

こういう話はほかにもたくさんあるのかもしれませんが、しかし、ずいぶんひどい部類には入るだろうと思います。私は憤《いきどお》りました。そして私が代わって仇を討ってやろうかとさえ思いました。野間が私の近況も訊いてくるので、私も次に自分のことをしゃべりましたが、彼に較べれば私の悩みなど、悩みのうちにも入らないと思いました。

話し終わった時、野間の目が輝きました。そして、『お前、その平本ってやつに、俺の残ったたった一発の弾丸を使おう』と言いだしました。『そしたら貴様もその女と一緒になれるだろう。そのかわり、俺は長くないからこの先いつかあの外道《げどう》に失うものがたくさんできた時、俺の代わりにあいつを殺してくれないか』と言うのです。親友の、文字通り血を吐く叫びでした。

私は悩みました。あの平本さえいなくなれば、私は晴れて富美子を妻にし、村田発動機をわがものにもできるのです。そしてそのことはどう考えても、社長にも、富美子にとっても最善の道のように感じられました。私は若く、働き盛りで、自分の腕も非凡なものと考えておりましたから、自分にやりがいのある大きな仕事が与えられないのは不条理だとも思いました。会社を発展させる自信もありました。その具体的なアイデアも持っていました。

それからどんなことがあり、私がどんなふうに悩んだかを細々《こまごま》とお話しても、退屈されるだけでしょう。とにかく平本は死に、私は最愛の女と、村田発動機を切りまわせる立場を得ました。焼け跡を腕のない復員兵が徘徊し、飢えて死ぬ子供が日に何人も出ても、誰も何もできなかった時代です。

それから私は身を粉にして、小さな町工場を現在のハマー・ディーゼルにまでのしあげました。この仕事にだけは、私はいくらか誇りを持ちたいと思っております。しかし私の着る上着は次第に上等になっていっても、胸の内ポケットには常に、野間から受けとったかの上官の古い写真と、彼の住所を書いたメモとが入っていました。言うまでもなく、その上官が、菊岡栄吉です」

幸三郎はそこでしばらく言葉を切り、私は素早く相倉クミの顔を盗み見た。彼女の表情には、格別何の変化もなかった。

「菊岡が会社を興したのを人づてに聞きましたが、私は何の接触も考えませんでした。やがて自分の会社が順調に波に乗り、海外投資も次々に成功して、私には野間とのことが、若い頃の悪い夢のようにも思えてきました。社長室に金のかかった服を着て十年もすわっていると、不思議なもので、歩く道も、すわる椅子も、金のなかった頃とは全然違うものになって、まるきり別の世界を生きるようになります。もう二度と、貧しい時代のものに再会することはないのです。私はあやうく、現在の地位は、自分の腕だけで築いたものと錯覚しそうになっていました。しかし、平本の死なくしては、村田発動機はまだ町工場かもしれず、すると私は間違いなく一介の工員のはずでした。それを気づかせてくれたのは妻の死です。

やはり悪いことはするものじゃありません。妻はまだ死ぬような年齢じゃなかった、病死です。それも原因はとうとうはっきりしませんでした。私はあの世からの野間の意志を感じました。急きたてられているような気がしたのです。

その頃、菊岡の会社も軌道に乗りつつありました。私は彼に、できるだけ自然なかたちで接触しました。彼にとっては渡りに船の話だったろうと思います。

あとはみなさんご承知のことです。私は隠居し、この気違い屋敷を建てました。みなさんは単なる狂人の酔狂とお考えになったろうが、私にははっきりとした、目的を持った家でした。

私は罪を犯したが、しかしこのことから得たものもあるんです。先日ワーグナーを聴いていて気づいた。大声もたてないような生活をずっと何年も送ってきて、周りはあらゆる嘘で固まっていきましたよ、まるでセメントに塗り込められるように。私の周りには無数のイエスマンがひしめき、私に発せられる言葉はすべて、歯の浮くようなお世辞でした。しかし私はその一部を壊すことに成功したと思いました。若い頃自分の周りにあった真実が戻ってきておりました。ジャンピング・ジャックといつか言われましたね？」

「ジャンピング・ジャック・フラッシュです」

御手洗が言った。

「跳ね人形のいっときの真実か……、それはゴーレムじゃない、私のことです。ここ二十年ばかりの私の生活は、別に私の人形でも務まる種類のものでした。創造的であったのはほんの最初だけです。あとは雪だるまでね、さっきはああ言ったが、決して美しい仕事じゃありませんでした。

いっときでも自分を取り戻したかった。親友があり、純粋さがあり、そういった過去のめくるめくような自分をです。だから私は約束を果たした。四十年前の、大事な自分との約束をです」

誰もが無言だった。成功の持つ、何という危うさ、儚《はかな》さ――。

「私ならそのまま放っておきましたね」

金井道男が、突然、いかにも彼らしいことを言った。初江がよしなさいと言うように脇腹を突つくのが私の位置からは覗けた。しかし彼は取り合わなかった。おそらく彼なりに、ここが自分の男の見せどころと信じたのだ。

「私ならそんなに律義《りちぎ》にはなりませんでしたよ。この世は騙し合いです。悪い意味だけで言うんじゃない、騙すのも芸のません。いやよくある意味で言うんじゃございません。悪い意味だけで言うんじゃない、騙すのも芸のうち、仕事のうちです。サラリーマンは半分は嘘つかなきゃ仕事になりません。それが誠意ってことだってある、そうじゃないですか？

たとえば医者だ。胃癌の患者に胃潰瘍だと嘘つきます。しかしこれを誰が責めます⁉　本人は死ぬけど胃潰瘍が悪化したと思って死ぬんです。自分はあの怖ろしい癌にだけはならなかった、ああ幸せだ、幸せな一生だったと思って死ぬんです。会長の友人だってそうですよ。ああこれで友達が自分に代わってあの外道《げどう》を殺してくれると信じて、安らかに死ぬんだ。胃癌の患者とどこが違います⁉　会長はハマー・ディーゼルの社長の椅子にすわる必要があった、だからすわった。どこにも損した者はおらんのです。

私だってあんな菊岡を尊敬しちゃおらんかった。この好色ひひ爺い、殺してやりたいと何度も思いましたよ。しかしこの世は騙し合いだ。それよりはこいつを死ぬまで利用してやる、骨の髄までしゃぶってやると、そう私は思いました。その方が得ですからな。あなたもそうすべきだったですよ。私はそう思います」

「金井さん」

と幸三郎は言った。

「今夜はみなさんの、非常に、何というか……、不思議な思いやりを感じます。社長室にすわっている時にはこんな気分は味わえなかった。

確かにおっしゃる通りかもしれん。しかし野間は、病院でなく拘置所の、薄い毛布にくるまって死にました。それを思うと、私一人が、死ぬまで金のかかったベッドで寝起きする気にはなれませんでした」

気づくと夜はすっかり明けていた。風も落ち、表はひっそりとして、雪ももう舞ってはいず、まだ群青色《ぐんじょういろ》の空には、サロンの窓から見える限りは雲もなかった。

客たちはしばらくそのままでいたが、やがて三々五々立ちあがり、幸三郎に深く一礼すると、この異常な冬休みを切り上げる仕度をするために、各自部屋へさがっていった。

「そうだ御手洗さん」

と幸三郎は、思い出したように言った。

「はぁ？」

と御手洗は気の抜けたような声を出した。

「あなたはあれは解っているんですか？　戸飼君などからお聞きになったでしょう？　私が彼らに出題した花壇

のパズルです」

「ああ、あれですか」

「お解りですかな？」

　すると御手洗は腕を組んだ。そして言う。

「あれは、……そうですね、解りません」

「ほう！　あなたらしくないな。あれが解《と》かれないままなら、私はあなたに完全に敗北したという気になれませんな」

「あ、そうですか。その方がよくはないですか？」

「それがあなた流の思いやりのつもりでしたら、私はそういうのは好みませんな、釈然としない気分が残るだけです」

「では刑事さん方、あの丘まで朝の散歩をする元気はありますか？」

　すると幸三郎は朗《ほが》らかな笑い声をたてた。

「やはり私の思った通りだ。私は君のような人に会えて嬉しく思いますよ。決して負け惜しみでなくね。できればもう少し早くお会いしたかったが、そうすれば私も、あれほどには退屈しないですんだろう。実に残念だ」

第五場　丘

　私たちが白い息を盛大に吐きながら、冷えた空気の中を丘の頂上にたどりついた時、流氷の右手にちょうど陽が昇ってきた。私たちがしばらく滞在した家のあたりだけを、ほんの申しわけ程度に残して、周り一面は柔らかい綿《わた》のようなものが覆いつくし、それが朝日の色に染まって一種の暖か味を感じさせた。

　私たちの一団は、流氷館とその右の塔の方角に向き直った。ガラスの塔が、昇ってくる朝日を受けて、いっ時目が痛いほどの金色に光った。御手洗が額に手をかざしたまま、じっとそれを眺めているので、鑑賞しているのだと思ったが、そうではなかった。彼はその金色の輝きが去るのを待っていたのだ。

　やがて口を開く。

「あれは菊ですか？」

「そう菊です。首の折れた菊です」

　幸三郎が答える。私には何のことかまるで解らなかったのでどれが？　と尋ねた。

「あのガラスの塔だよ。菊が折れてるだろう？」

私は、ああ！　とようやく歓声をあげた。だいぶ遅れて警官たちも低く、控えめな驚きの声をたてた。

ガラスの円筒に、頚《くび》の折れた巨大な菊が、咲いていた。それは雄大な一幅《いちぷく》の絵画だった。塔を足もとで囲む花壇の奇妙な図形が、中心の円筒に映ると、ちゃんとした菊の花のかたちになるのだ。無彩色で咲く菊であった。

「あれが平らなところにあったら、ヘリコプターにでも乗らなきゃ鑑賞できないでしょうね。花壇の真ん中に立って見あげたところで何も映っちゃいない。遠く離れて、しかも斜め上方から見下ろすのでないとね。しかしここにはうまい具合にこの丘がある。でもこの頂上からでも高さが充分じゃなかった。それでこっち向きに塔を少し傾けてあるんですね？　するとよく見える。あの塔が傾いているのは、主としてそういう理由からでしょう？」

幸三郎は黙って頷いた。

「そうか！　菊は菊岡の菊ですね。その首を折る、つまり菊岡を自分が殺すという宣言だ！」

思わず私は大声になった。

「私は逃げる気はなかったんですよ。どのみち拘置所に入る気でいた。このままあんな嘘っぱちの生活を続けたところでたかが知れてますからな。ただできることなら、生涯唯《ただ》一度の私の悪業を、誰かに鮮やかに見抜いて欲しかった。それであんなものを造った、でもその必要は全然なかったですがね。

それからもうひとつ、野間の家は花屋でしてね、彼の親爺は菊造りの名人だった。戦前、よく丹精した菊を菊人形に出品したもんです。野間も復員したら親爺の跡を継《つ》いで菊造りをやるのが夢だったようです。それに私らの世代には、菊という花は特別の感慨を抱かせるんでね、友人へのせめてもの手向《たむ》けです。

しかし正直言えば、私は忘れたかったですよ、野間との約束を。周りにもっと違う人間が大勢いたら、あるいはそうできたかもしれんと思うが……」

幸三郎はそこでちょっと言葉を停め、哀しげに笑った。

「御手洗さん、最後にひとつ、あなたは今回何故あんなに終始一貫道化の真似を？」

すると御手洗は困った顔をした。

「真似ではないです。あれは地ですよ」

私は横で、ちょっと頷いていた。

「私はそうは思わない。あれは私を油断させるためだ。最初から頭脳明晰を披露しては、私が警戒して騙されないと思われたんでしょう。

　だがね、私は薄々予想はしていたのです。昨夜英子が眠りはじめたのは、ひょっとしてあなたの仕掛けた罠かも、とね。今さら負け惜しみは言わないが、しかし私は、それでももし万一そうでなかった時のことを思うとね、とてもじっとしてはいられなかった」

　浜本幸三郎は無言で御手洗を見つめた。

「ところで御手洗さん、あなたは娘の英子をどう思われますかな？」

　御手洗はすると一瞬何かを睨むような表情をした。そして、

「ピアノが弾け、育ちのすこぶるいいお嬢さんです」

　と慎重な言い方をした。

「ふむ、それから？」

「すこぶる我が侭《わまま》な利己主義者です。ま、ぼくほどじゃないが」

　浜本幸三郎はそれを聞くと御手洗から目をそらし、苦笑いをした。

「ふむ。私と君とはよく似たところがあるが、そこが決定的に違う。そして現在の私という者を考えれば、君はまさに正しい。

　さて御手洗さん、君と会えてよかった。できればこの次第を娘に伝えてもらう役目をあなたにお願いしたかったが、我が侭は言うまい」

　幸三郎は右手を差し出した。

「もっとふさわしい人間がいますよ」

　そう言ってから、御手洗はその右手を握った。

「もっと金を欲しがっている人間かね？」

「使い道がある人間ですよ、たぶんね。あなたもそうだったでしょう？」

　短い握手は終わり、二人の手は、おそらく、永遠に離れた。

「柔らかい手だ。労働をあまりしておられんな？」

　すると御手洗はにやりとして言った。

「ずっと金を握らずにいれば、手の肌も荒れません」

エピローグ

ぼくは見た、わが生涯を通じて、たった一人の例外もなく、狭い肩した人間どもが、数知れぬ狂気の沙汰をしでかすのを。同類をけだもの扱いにし、またあらゆる手段を弄《ろう》して魂を腐《くさ》らせるのを。そういう行為の動機を人呼んで栄光という」（ロートレアモン「マルドロールの歌」より）

今、丘の同じ場所に立つと、まるで昨日のことのように思い出される。

今季節は夏の終わり、いやこの北の果ての地では、すでに秋と呼ぶべきかもしれない。枯れ草を倒しながら渡っていく風を隠すものはまだなく、藍色の海を覆うものもない。

私たちを怯えさせた巨大な犯罪箱はひどく荒れ果て、蜘蛛の巣と埃の棲み家になった。訪れる人もなく、まして手を入れて住みつこうという人はない。

あれから日下か戸飼かが、浜本英子と結婚したという話は聞かない。金井道男のその後のことも解らないが、相倉クミなら青山に店を出したという案内状が、御手洗と私宛に来ていた。二人ともまだその店を訪ねてはいない。

最後に、御手洗がふと私に洩らした非常に重要な事柄を、私はここに書き留めておく必要がある。

「娘の仇というだけで、早川康平は菊岡殺しを上田に依頼したと思うかい？」

と御手洗はある日突然私に言った。

「ほかにも理由があると思うのか？」

私が言った。

「思うね」

「どうして解る？」

「簡単なことだ。つららを滑らせる実験を浜本幸三郎氏がやろうとしても、どう考えても一人じゃできない。天狗の鼻の調節なんかは、彼が三号室にいて、階段の頂上でつららを離してくれる助手が必要だ、とするとそれには誰を使ったろう？」

「早川康平か？」

「うん、ほかの人間は考えられない。それで康平は主人の菊岡殺害の意図を知り、それを……」

「未然に阻止しようとしたわけか！」

「うん、彼は一人の名誉ある人材を、殺人者となる不名誉から救おうとしたんだと思うね」

「そうか！　……しかし駄目だった。浜本氏の決心は固かった」

「幸三郎はおそらく、そういった腹心の誠意には結局気づかずに拘置所へ入ったと思うな。しかし彼はまた彼流の優しさを貫いて、実験はあくまで一人でやったと言い張った。そして早川康平も、そういった自分の思惑《おもわく》の推移を決して語らず、胸ひとつにおさめてすませた」

「何故だろう？　どうして早川康平はそういったことを言わなかったんだろう？　それほど尊敬する主人なら、行動を共にすべく、つららの実験を手伝ったことを……」

「たぶん英子のことがあるからだろうな。幸三郎の気持ちを知っていたんだと思う。自分も殺人教唆《きょうさ》だが、幸三郎に較べれば罪はずっと軽い。両親を失った娘のこの先の面倒くらいは見られるだろうからね」
「なるほど」

朽ちていく流氷館の傾きは、今となってはひどく象徴的だ。この館は今やその役割を終え、ごく短い生を生き抜いて、土に戻ろうとしている。そう考えるとこの家は、沈みゆく、巨大な船のようでもある。

私はこのたび、この北の地を一人旅する機会があり、それで思いたって、わざわざこの思い出深い丘まで足を延ばしてきた。

陽が落ちていく。それが不安ででもあるかのように、足もとの枯れ草たちがざわめく。彼らも、じきに自分たちを深く閉じ込め、眠らせてしまう雪がやってくるまでのわずかな生を、こうして風に晒すのだ。

作中で引用した文章は、
「ボードレール詩集」（新潮社）堀口大学訳、「ポォ小説全集」（創元推理文庫）より
「盗まれた手紙」丸谷才一訳、「マルドロールの歌」（角川文庫）栗田勇訳などによりました。

3

改訂完全版

死者が飲む水

目次

プロローグ

窓の外に雪が舞っている。額縁《がくぶち》の中で降っているようだ。窓枠《わく》の形に切り取られた、無害の、観賞すべき雪だ。

北の街に雪が降ると、人はとたんに肩をすくめ、内向的な者の足どりになる。不思議に、自分の身ひとつを守って生き延びられるなら、ほかに何も望むものはないといった気分になるらしい。そして、この風土が犯罪をも粘り強い、いっそう陰気なものにする。

雪の舞いを幻想味あふれる美しいものとのみ感じるのは、雪が珍しい地方の人々の空想力に違いない。この北海道では、雪はあらゆるものを仮死させ、冷凍魚《うお》に変えてしまうような、強力な麻痺《まひ》剤にも似ている。

またそのひとひらひとひらは、舞い落ちる手のひらで弱々しく溶け、桜の花びらよりも可憐だが、やがては頬の感覚をすっかり奪い、ストーヴにかざす手のひらの、骨が砕けるかと思うほどに痛め、急な坂道を危険な氷の滑り台に変えてしまう、そういう狂暴な力をも秘めている。

そしてこれらがひとたび吹雪《ふぶき》となり、視界のすべてを埋めつくして乱れ狂うとき、あらゆる生あるものは地にへばりつき、ひっそりと息をひそめ、仮死、やがては本物の死へと誘いこむ危険な孤独と懸命に闘い、おのれの無力を思い知る。

そんな中で、少しも弱められることなく燃え続ける情熱がもしあるとすれば、あるいはそれは、殺意だけであるのかもしれない。

第一章　トランクの中の海

1.

その日、昭和五十八年一月十四日、正月気分が抜けたばかりの札幌署の刑事部屋の、主任の電話が鳴った。この時点で、午前十時半を四分ばかり廻ったところだった。

トラブルに向かって、主任は面倒臭そうに手を伸ばす。しかしふた言み言話すうちに声の調子が変わった。椅子にすわり直し、デスクに左の肘をつく。

札幌は東京から見れば地方に違いないが、いかに地方の署でも、刑事課の主任が通常の殺しやタタキで声の調子を変えることはない。

主任は受話器を握り、耳にあてたままで部屋を見廻す。彼はどんな時も受話器を手でふさぐことはしない。

部屋は刑事がほとんど出払って、食事時の終わった蕎《そ》麦《ば》屋《や》のようにがらんとしており、さっきから目を輝かせて主任の挙動を見守っている若い刑事と、さかんに机の抽斗《ひきだし》をかき廻している中年の刑事とが二人いるだけだった。

「モーさんと佐竹君をやる」

と主任は電話に告げ、受話器を置いた。

中年の刑事が万事休すというように肩を落とし、抽斗を面倒臭そうに閉めるのを眺めながら、主任は言った。

「モーさん、探し物のさいちゅうで悪いが、えらいヤマだぜ」

主任の声の調子には、何となく楽しむような響きがある。

「もと極北振興副社長の赤渡雄造《あかわたゆうぞう》が殺されたらしい。大物だ。慎重にかからんとな。モーさんも知ってるだろう？今は引退してるが、札幌じゃけっこういい顔だ」

モーさんと呼ばれた中年の刑事は、名を牛越佐武郎《うしこしさぶろう》といった。

「私ですか？　さあ……」

「大変なヤマになるかもしれん。何せ赤渡と思われる死体が、二つのトランクに詰められて送られてきたんだ」

二人の刑事は顔を見合わせた。そんな事件は札幌署はじまって以来のことだった。

「赤渡家の住所はここ、札幌市豊平区豊平、モーさんの家の方だぜ」

「トランク二つに、大の男が入りきりますかね？」

牛越が言った。

「そりゃあね、行ってみりゃ解るよ。

佐竹君、君もモーさんと一緒に行ってくれ。赤渡は隠居しているとはいえ、かつては中央からの天下り役人だからな。汚職《おしょく》、怨恨《えんこん》がらみの線は当然ひとつ踏まえてな」

「解りました」

「主任、私は神経痛がよくありません。座して停年を待つ身なれば、きついヤマにゃ向いているとは思えませんです」

主任は少し悩むような仕草をしてから、

「神経痛か、そりゃあ運動せんといかんなあ」

と言った。

ニセアカシアの並木を抜け、車がやがていかにも金持ちたちが住んでいるぞと言っているような住宅街へ入っていくと、あまり広くもない道の行く手に、警察の車が何台もひしめくようにして停まっているのが見えてきた。

「あれですよ」

佐竹がちょっと顎で示す。

その時刑事たちの車は、空地《あきち》の前を抜けるところだった。ちょうど一軒分だけ、塀もない空地がぽつんと、両脇から豪邸にはさまれるような感じで残っており、子供たちの雪合戦の、格好《かっこう》の戦場のように見えた。ほう、こんなところにもまだ空地があるのか、と牛越は思った。

赤渡家の門柱には、例によって綱が渡されている。いつだったか若い佐竹は、この綱をくぐるとき、身が引き締まるような心地がすると牛越に言ったことがあるが、牛越の場合、たいていうんざりして火鉢《ひばち》が恋しくなる。

邸内の雪を踏みしめていくと、黒塗りの大型外車があり、問題のトランクはふたつともまだ玄関先の軒下に置かれている。蓋は両方とも開かれており、中から黒いヴィニールらしいものが覗いている。その中身までは、さすがに見えなかった。

きびきび動いている制服警官の一人が牛越を見つけ、

「あ、牛越さん」

と声をかけてきた。

「よう、冷えるなあ」

と牛越は、またちらちらしはじめた粉雪を防ぐように、眉のあたりに手をかざしながら言った。

「なんか吹雪《ふぶ》きそうだな、かなわんな、こういう気候のおりは。あんまり大層な事件は起こってほしくないな。聞《き》き込《こ》みが辛いからな、春まで待って欲しいもんだ」

「この黒いヴィニールで四重にくるまれてます。えらい事件ですよ。札幌署はじまって以来かもしれません。

ヴィニールはゴミ用の袋で、どこのスーパーでも売っておる代物《しろもの》です。ふたつのトランクのものとも四重ですよ。これなら匂いもなかなか外に洩れんでしょう。それに札幌のこの寒さですからね」

「ああ送り先がよかった。どこの野郎か知らんが、この家がもし鹿児島にでもあったら、こんなふうに無事に届いたかどうかな」

「駅で開けられたかもしれませんね」

「冬を狙ったということですかね」

佐竹も言った。

「それとも正月を狙ったかな。ああ頭がはっきりせんな。風邪気味なんでね、鼻水も出るんだ。ちょっと失礼」

牛越はティッシュを出して鼻をかんだ。

「そりゃいけませんね。こっちの軒下で話しましょう」

三人は玄関の軒下に移動した。

「ちょっと妙なんですよ。こっちのトランクに頭のない胴体だけ、こっち側の方にゃ両足の折り曲げたやつが入ってるんですけれどね、どういうわけか首と、……つまり頭ですね、頭部と両腕がないんですよ。もう一個、両腕と首入りのトランクが送られてきてもいいんですがね」

「入りきらなんだのだろう？」

「ええ、だから三つ目のトランクが送られてきてもいいでしょう？　どう思います？」

「遅れて来ているさいちゅうかもしれんな」

「ええ、そう思って国鉄に同型のトランクを問い合わせときました」

「早手まわしだな。ほかに何か意見はあるかい？」

「トランクがひとつ足りないってことに関してですか？　もしかすると、両腕や首を見ると殺し方とか、ホシの素姓が一目瞭然に割れるからって線もあるんじゃないでしょうかね。したがってこれを隠したと」

「うん、そうね……、ちょっと待って」

　そう言って、刑事はまた鼻をかんだ。

「ほかに変わった点は？」

「別にないですね。服装は出た時のままだし……」

「出た時とは？」

「赤渡雄造《あかわたゆうぞう》は、この四日より十日までの予定で、水戸《みと》と東京の娘のところへ旅行してるんですよ。そしてトランクに詰まって帰ってきたわけです」

「発送はいつになってる？　トランクの」

「一月十一日、さきおといですね。水戸から発送されてます」

「ふたつとも？」

「そうです」

「娘のいる街から発送されてるわけかい!?　うーん……、ガイシャは娘にゃ会ったんだろうなあ」

「でしょうな、おそらく。そのための旅行でしょうから」

「かみさんとか、今いるんだろう？　話聞けるかな……」

「いますがね、どうかな……、相当まいってますからね。私の方も、娘からやっと聞き出したようなわけで、……ですから私の方でもう少し説明して、大まかにアウトラインを掴《つか》まれてからの方がよいでしょう」

「だいたい何人家族なんだい？」

「この家に現在おるのは四人のはずです。ガイシャはもうおりませんので別にすれば三人。赤渡雄造の妻の静《しず》枝《え》、娘の実子《じつこ》、それと、この近所に家をあてがわれている沢入保《さわいりたもつ》という、住み込み運転手兼、赤渡の秘書みたいなことをやっている男がいます」

「さっき東京と水戸の娘がどうとか言ってたね？」

「ええ、赤渡には娘が三人ありましてね」

「ほう！　女ばかり？」

「そうです。一番上の娘が晶子《あきこ》、これは東京に嫁いでまして、現在上野の近く、鶯谷《うぐいすだに》の方におるはずです。この娘は四十近いはずですな。二番目が裕子《ひろこ》、これが水戸に嫁いでます。三十過ぎでしょう。一番下がこの家にいる実子、二十八歳ですな」

「なるほど、一番下のもちょいと焦《あせ》ってもいい年齢かな？」

「牛越さんの年代ならね。近頃じゃどうですかな」

「翔《と》んでるなんとやらか。それでこの荷物はふたつ配達されてきたのかい？」

「いや、駅留《ど》めです。駅から電話があったんで、さっき話した運転手の沢入が今朝取りにいってます。この辺の事情は本人か、娘の実子に聞いて下さい」

「何で娘が？」

「ちょうどついでがあったそうで、娘も沢入の車に同乗していたんですよ」

「ふうん」

「さてこのトランク、牛越さん方もホトケご覧になるでしょう？　もうすぐ鑑識が持っていきますよ」

三人は黒ヴィニールを開いた。特有の臭気――。

奇怪な眺めだった。かつてこれが人間の体の一部であったとは信じがたい、黒ずんだ物体がのぞく。すべてが湿って黒ずんでいる。火事の焼け跡から出てきた蒲団《ふとん》のようだ、と刑事は思った。

ヴィニールの手袋を填めた警官が上着の合わせ目をめくると、「赤渡」の刺繍《ししゅう》文字が見えた。

「今のところ、これによってわれわれは赤渡雄造当人であろうと判断しておるわけです。何しろ首がないですから。またこれは家を出た時の服装のようです。身体的特徴その他は、まだ妻の方から聞き出せずにいるような状態でして」

警官は説明する。

「切断は服ごと、洋服の上からやってるわけだな？」

屈《かが》み込んで、死体を子細《しさい》に覗き込みながら刑事が言う。

「そうです。こりゃ鋸《のこぎり》を使ってますな。死後一日、二日、経《た》ってからやったものでしょう」

「湿ってますね」

若い刑事が言う。だがこれには誰も応えなかった。

「ところでこのトランク、型式は何て言うんだろう？」

立ちあがりながら牛越が言う。

「さあ、知りませんな」

若い方の刑事が応える。

トランクは近頃、空港などでよく見かけるタイプで、合成樹脂製の角が丸くなっている大きなものだ。牛越が若い頃愛用していたものとはだいぶ格好が違っている。

玄関を入り、奥へ声をかけると若い娘が出てきた。別に沈んでいる様子もないが、どうやら末娘の実子らしい。

「札幌署の牛越と申します。こっちは佐竹です。実子さんですな？」

「そうです」

娘の声の調子は冷たい。

「お母さんの静枝さんはいらっしゃいますか？」

実子はこの質問は予期し、そして返事も決めていたようだった。

「はい、おりますが、今ちょっと伏せっておりますから」

「そうですか、そうでしょうな……。いや、このたびはとんでもないことで、さぞお気を落としでしょう。こういう時、無神経な質問をしなきゃならんわれわれも心苦しいんですが、犯人をすみやかに逮捕せんがためのやむを得ん処置です。解っていただけますな？」

「もちろんです。何なりとお訊《き》きになって下さい」

「お父さんを殺して、あんなむごいやり方でトランクに詰めて家へ送りつけてきた、家族のもとに送りつけてきた、これはわれわれの常識からすれば、どう見ても怨恨です」

「えんこん？」

「ええ、この推測はちょっと動かせんところです。お父さんに怨みを抱くような人間に心当たりはございませんでしょうかな？」

「そういう人は絶対にありません」

末娘は即座に、断定的に言った。

「父は……、娘の私がこう言うのは何ですけれど、それはよくできた、思いやりのある人でした。私なんかの、娘にも優しかったけれど、沢入君などにも優しくて、それはよくしてやってたみたいです。そりゃ仕事の上でいくらか敵はあったかもしれませんけど、あんなことするほど父を憎んでる人なんか、いるはずもありません！」

怒りと悲しみのため、娘の肩が震えた。

「尊敬する人こそあれ、恨む人なんて絶対いません。いろんな方たちにお訊きになって下さい。私の申し上げることが嘘ではないと解ります。そういった方向でお調べになるのは絶対に無駄です」

「ふむ、なるほど」

「と申しますのも、こっちの、極北振興での父は、まあ顧問のようなものでしたし、今やっている仕事も二、三の会社の相談役というだけです。そんなに深刻な敵ができるといったほどの仕事はしていなかったはずです。もし万が一にも恨みを抱く人があるとしたら、東京の農林省時代のことでしょうけれど、それももう二十年も昔のことになります。母なんかに尋ねましても、その時代にもそういったことはありませんでした。父は温和な、そりゃあ人当たりのいい人でしたから。そんな怨恨なんて、絶対に考えられません！」

「ははあ……、なるほど、しかし、そりゃ弱ったな……」

牛越のこの言葉はまったくの本心だった。

「そういうことでしたらねえ……。それに万々が一、その頃、お父上に恨みを抱いた者が仮にあったにせよ、十何年も経って突然ああいう陰惨な復讐の挙に及ぶというのも妙ですな。ありゃあ突発的な報復という線でしょう。

ところで玄関先は冷えますな、風邪気味だもんで、熱いお茶など一杯いただけませんですかな」

「あ、気がつきませんで、失礼しました。ショックで、とり乱して……」

「そうでしょうな、いや、無理もありません」

「お上がりになります？　どうぞ、お上がり下さい」

牛越と佐竹は応接間に通された。二人は素早く隅々まで見廻したが、格別金がかかっているというふうでもない。そう広くもないし、名の通った人間の応接間としては、むしろ質素な部類に入るであろう。

だいぶ待たされ、実子が湯呑茶碗をふたつ載せた盆を持って入ってくる。牛越はやっと熱いお茶にありつけた。

「怨恨の線は絶対ないというお考えなんですね？」

今度は若い佐竹が尋ねた。

「はい。絶対にないと断言したい気さえします。近頃の父はにこにこして、そりゃあ仏様みたいな感じで生活してましたもの」

「怨恨ではない……」

佐竹もこの点にはこだわっていた。彼らとしては、経験の教えるこの線が消えるとなると非常に困るのだった。

「ではどういう動機で、犯人はあんなむごいことをしたとお考えです？」

このとき、娘は一瞬ものにつまずいたような表情を見せた。牛越はこれを見逃さなかった。

「どうって……、そんなこと、私には何とも……、解るわけがありません」

「怨恨の可能性はないと、あなたはさっきから一貫しておっしゃっている。いくらお父さんが人当たりのいい人だということでも、ずいぶんと強く断定なさっているようにみうけます。こりゃあなたに何かお考えがあると、われわれは推定せざるをえませんな」

佐竹はやや言葉を強めて言った。

娘はわずかにうろたえたようだった。やや声のトーンを落として言う。

「いえ、そういうことではありません。そうお感じになったのなら、私が言い過ぎたんですわ、きっと。私は父が人から恨みをかうような人間ではないと強調したかっただけです。強く言い過ぎたために誤解を招いたんだと思います。それに……、父が殺害された理由の想像なんて、僭越《せんえつ》に私が申しあげるようなことではないと思います」

お終《しま》いの言葉がまた牛越にはひっかかった。しかし、彼にも佐竹にも、ここのところをもう少し重ねて突っこんでよいものかどうか、ためらわれた。

「では、お話を変えまして」

踏ん切りをつけ、牛越が切りだした。

「こんなトランクが突然二個も届いた時はびっくりされたでしょうな？」

「そりゃ、誰でも父親が殺されれば驚きます」

娘は少しヒステリックな声を出した。感情が高ぶっているのだ。若い佐竹は、やや不快な印象を受けたようだった。しかし牛越は穏やかに続ける。

「ああ、いや、そういうことではなく、トランク詰めの何か不審な小包みが、それも二個、東札幌貨物駅に届いたと連絡があった時にです」

「ああ、でしたらいいえです。私は荷物が届くことは知っておりましたから」

佐竹が驚いて身を乗りだした。

「ほう、どういうことです？」

「明日、一月十五日は父と母の結婚記念日なんです。毎年この十五日の結婚記念日には、東京と水戸へ嫁いだ姉たち夫婦が、父の趣味の中国骨董品を何か買って、プレゼントに送ってくるのが慣例だったんです。ですから、もうそろそろ来る頃だろうと思ってました」

「何ですと⁉」

今度はさすがに牛越も大声を出した。

「では、あの二個のトランクは、お姉さん夫婦が発送したものなんですか⁉」

娘は気圧《けお》されて少し目を伏せた。牛越が、そうなんですな、ともう一回念を押すと、ええと応え、悲しげに頷《うなず》いた。

「あのトランクは、ふたつとも水戸から発送されてましたね？」

佐竹が言う。

「はい」

「あのトランクに書かれた送り手の住所氏名が、その水戸の姉さん夫婦のものに間違いないんですな？」

「そうです」

「ちょっと電話を拝借」

佐竹は立ちあがった。実子は廊下に出て突き当たりだと電話のありかを教えた。

佐竹が出ていくと、牛越はさすがに考え込んだ。これはいったいどうしたわけだ!? どう解釈したものだろう。

まさか殺して自分の住所氏名を明記して死体を送り出す馬鹿もあるまい。しかも血のつながった娘と、その夫なのだ。では、どこですり替わったのか——。そしてそのプレゼントの骨董品の方はどこへ行ったのだろう?

姉夫婦に罪をなすりつけようとしたのか? だがこいつはあまりうまいやり方ともいえまい。いくら何でも見えすいている。いかに単純な人間が捜査に当たっても、これで水戸の姉夫婦が犯人だと短絡的に考える刑事もあるまい。

しかし、とはいっても水戸の姉夫婦は少々やっかいな目に遭うことにはなろう。

ともあれ、このトランクという容器は誰が選んだものか、宛《あ》て名の筆跡は当人のものに間違いはないのか、こうなるとたちまち疑問点は数多く出てくる。

「水戸に嫁いでいらっしゃるお姉さんは、ええと、お名前は何とおっしゃいましたかな?」

「裕子です」

「そう、裕子さんご夫婦は特に驚かれたんじゃないですかな? 下手をすれば自分たちが父上を殺害して発送したと、疑われかねない立場になったわけですからな」

「でしょうね……」

「例のトランクはふたつとも、水戸から発送されてますな?」

「ええ」

「ひとつのトランクは東京の夫婦からのプレゼント、もうひとつが水戸からのプレゼントじゃないんですか?」

「そのとおりです」

「じゃひとつは水戸、ひとつは東京から発送されてもいいんじゃないですかな?」

「ええ、でも水戸の姉夫婦が、東京の夫婦がどんなものを送るのか見てから決めたかったんじゃないですか。小さい品がたくさんある時は、東京の姉夫婦のトランクにも入れなきゃならないでしょうし、やっぱり水戸にはいいものがないでしょうから。だから毎年、東京の姉夫婦はいったん自分たちの選んだ品を水戸へ送り、水戸の姉夫婦がそれと、自分たちのと両方を水戸から発送するようにしていました。東京の姉夫婦も、水戸までの料金でいいんだから、よかったんじゃないかしら」

「ちょっと待って下さい。するとあのトランクは、今回に限ったことじゃなく、毎年使用していたものなんですか？」

「そうです。この、父母へのプレゼント発送用に、姉たちが購入したものです」

「は、はあ……、じゃあ毎年一月になると同じトランクを使い、この目的以外にこのトランクを使用することはなかったわけですな？」

「と思います」

「じゃあ宛て名を書いた紙なんかは……」

「たぶんひとつは貼りっ放しだったんじゃないかしら……」

「ひとつというのは？」

「もうひとつの方は東京からいったん水戸に送るわけですから剥がすでしょう」

牛越は少し頭が混乱した。

「ははあ……、それからその、筆跡ですが、宛て名の筆跡は確かに水戸のお姉さん、裕子さんのものに間違いありませんでしたか？」

「姉のものでした」

そこへ佐竹が戻ってきた。牛越にちょっと目で合図を送り、黙ってソファに腰を降ろす。

「じゃあ、この二個のトランクが関東と北海道とを、毎年正月になると往復していることは大勢の人間が知っていたわけですな？」

実子は無言で頷いた。

「こういった習慣はいつ頃から始められたんです？」

「もう、十年近くになるんじゃないかしら。あのトランクを使いはじめてからですわね。それ以前にも贈りものはしてたんですけれど、トランクは使ってなかったんです。でもうまく梱包できるくらいの箱に品物が入ってればいいですけど、そうでなければ毎年箱を造らせるというのも不経済ですし、それで、トランクを使うことにしたんです」

「なるほど、じゃ十年近くもあの同じトランクを使っていたわけですな？」

「そうです」

「ふうむ……。ところでこのトランク、毎年札幌に着いて中身を出して、返す時はどうするんです？　いつも。カラで送り返すんですか？」

「いえ、カラではあれですから、お返しに北海道の何かお土産を詰めて送り返す時もあるし、何かことづてがあるときは沢入君が持って、直接帰ることもありました」

「沢入さんが？」

「ええ、彼は実家が東京ですので帰り道だし、それに今お母さんがよくないそうで、年に二、三回は帰るんです」

「ほう、そうですか。ご主人の赤渡さんがあんなことになられて、沢入さんも困るんじゃないですかな？」

「ええ、彼の場合、困るでしょうね。あの人はこれで職を失うことになりますから。病気のお母さんを抱えて困るんじゃないかしら……」

「娘さん方には、遺産が入るんですかな？」

実子は、このぶしつけな質問には何とも応えなかった。ただ、唇の色が白くなるほどに口を結んだ。

さっきこの娘が何かにつまずいたように見えたのは、これに違いないと牛越は見当をつけた。東京と水戸の、娘たち当人はまずあり得まいが、その亭主たちなら遺産に魅力を感じても不思議はない。

しかし、もし殺したにせよ、プレゼントのトランクに詰めて発送するなどという愚挙に出るはずもないが。それとも、よほど何か深い考えがあってのことか——？あるいは裏の裏を読んでのことかもしれぬ。

だが愚挙というなら、犯人が別にあるにせよ、この者がよりによって娘夫婦からのプレゼントと死体をすり替えたというのも徹底した愚挙である。何を考えてこんな馬鹿げた真似をしたのか？　死体の処理なら、もっと楽な方法がいくらもあったはずである。これにも、罪を娘夫婦になすりつけるという目的以外に、何か深い理由があったのだろうか——？

いずれにしても、これは見た目ほどに困難なヤマとはなるまい、と牛越は判断した。事件の表面に現われた部分は確かに陰惨で大袈裟《げさ》だが、プレゼントのトランクは国鉄の小荷物であるから、移動の経路は正確に割り出せるであろう。娘夫婦が犯人でないなら、彼らが発送のために駅へ持ち込むまでの経過も、逐一解るはずである。

そうなれば犯人である第三者が、トランクをすり替えることの可能な時間帯というものが、そういくつもあろうはずがない。この時間というものは、たちまちにして浮かびあがってくるであろう。そしてこれを割りだすのがそれほど困難とも思えない。それが解るなら、時間的に、あるいは場所的に、そんなことが可能な人間というものを逆にたどっていけばよい。

アリバイや、動機の捜査にプラスして、こんな大きな手掛かりを犯人は残したことになる。であるから愚挙と言いたくもなるわけだが。

「えー、ところでですな、お父上の身体上の特徴など、ご存じないですか？　胸、腹、背中などに、特徴的な傷あとがあるとか、ホクロ、痣《あざ》、イボ、そういった類《たぐ》いのものですがね」

「私は解りません……。母に訊いておきます」

「ご面倒でも、後で署の方に出向いていただくことになろうかと思うのですが」

「母ですか？」

「さようです」

「今日中ですか？」

「のちほどご連絡さしあげます」

「………」

「それから沢入さん、今おられますかな？」

「おります。呼んでまいりましょう」

やがて応接間に現われた沢入保は、長身のなかなかの好青年であった。儀礼的な挨拶がすむと、

「赤渡さんがあんなことになって、ショックだったでしょう？」

と牛越は尋ねた。

「ええ、驚きました」

沢入の言葉は少ない。

「さて沢入さん、これはあきらかな殺し、殺人事件です。それも相当手の込んだ、陰険なやり口だ、しかしお嬢さんは、怨恨の可能性は絶対にないとおっしゃる。君はどうお考えです？」

「ぼくもそう思います。赤渡さんって方は、そりゃ人柄のいい人でしたから。殺したいほど恨んでる人っていうのはいないと思うんです」

「ふむ、あんたもそうおっしゃるか」

そこで牛越は何とはなしに、ざっくばらんに話してみたくなった。そういうやり方で、案外、活路が開けることがある。

「ここだけのお話ということで、あなたにお訊きしたいんだが、遺産目当ての、東京か水戸夫婦の犯罪という可能性はどう思いますか、君は」

牛越は、こういう時はさすがに老練であった。にこやかに、相手を信じきった体《てい》の話し方をするが、小型の目はじっと相手を見すえ、どんな表情も見逃すまいとしている。

沢入は、苦笑いを洩らした。

「それは……、ぼくは何とも申しあげられません。ぼく

の立場としては……。ただ、奥さんが寝込んでしまわれたのは、その可能性を考えられたからだとは思うんですけど」

「君は赤渡さんの秘書のような仕事もやっておられたということだから、東京と水戸の、それぞれのご夫婦たちとも会う機会はあったんでしょうな？」

「はい、ありました」

「どんな人たちです、彼らは？」

「はあ……、水戸の刈谷《かりや》さんは、まあ社交家で、ダンディーな方です。奥さんの裕子さんは、地味な、家庭的なタイプの人です。

東京の服部《はっとり》さんは無口で、恰幅《かっぷく》のいい人ですけど、ちょっと神経質な感じの方です。活発に話すこともする人なんですが、それは、何ていうか……、目上《めうえ》の人に対してだけといったようなところはあります。奥さんの晶子さんは、もう四十前だけど、若くて、すごく奇麗な人ですね」

「それぞれ職業は？」

牛越はメモを取りながら尋ねる。

「刈谷さんは、お父さんの代からのポンプ会社を継いで、現在若社長です。服部さんはサラリーマンですが、ゴトー製薬の営業部長です」

ゴトー製薬という名には、牛越もテレビのコマーシャルで馴染《なじ》みがあった。

「なるほど、お二人ともいいところに嫁いでいらっしゃる。これなら経済的に不自由なさることはありますまいな」

「そうですね」

「時に、さっきの実子さんはどうなんです？　縁談の方は」

「実子さんも、狸小路《たぬきこうじ》の香坂《こうさか》電気商会の社長の息子さんと、今縁談が進行中です」

「その方のお名前は？　息子さんの」

「登《のぼる》です。香坂登」

「いい名前ですな、歌手みたいだ。……時に赤渡さんは、東京方面にご旅行なすったんでしたな？」

「はい」

「どういうスケジュールだったんです？」

「一月の四日にお発《た》ちになって、一応十日にお帰りになるとはおっしゃっておられましたが、別にスケジュールを細かく決めてらしたわけではありません。もう、こういう旅行もあまりできないかもしれないので、今回は気ままにやってみたいとぼくにおっしゃってました。気が向けばどこへ行くか解らないと。ですから十三日になってもぼくたちは、あまり心配はしていなかったんです。

　まずはじめに、水戸の裕子さんご夫婦の所へお寄りになって、五日、六日と水戸を見物なすって、それから東京へ行き、晶子さんの家へ腰を落ちつけて、久し振りに農林省時代の知人といろいろお会いになりたいと、そうおっしゃってました」

「ふむ、じゃああなた方は、今朝、つまり十四日の朝、札幌貨物駅に死体が届くまで、まったく心配されてなかったわけですな？」

「いえ、そういうわけではないんです。札幌のぼくらは心配してませんでした。つまり赤渡さんの言われたことを憶えていたからです。でも晶子さんと裕子さんからは、しょっちゅう電話がこの家に入ってました。特に東京の晶子さんは、八日の午前中に自分の家を出たきり連絡がないので心配だと言って、八日から毎日、日に二度以上も電話が入ってました。だから奥さんは心配されてましたが、ぼくや実子さんは、そのうちひょっこり連絡が入るさと言い合ってました」

「晶子さんというのは、東京の鶯谷《うぐいすだに》の方だったね？」

「はい」

「そこを八日の午前中に出たきりだったのかい？」

「そうです。旅行鞄《かばん》も置いたままだという話でした。でも財布も、身の周りのものを入れる小さなバッグも持っておられたようでしたから、昔の知り合いの人を訪ねる小旅行くらいなら、別に不便はないだろうと思っておりました。昔のお友達にいろいろと会われるうちに、東京の近くに住む、会いたい人の住所が解ったのかもしれませんし……」

「赤渡さんは、以前にもそういうことがあったのですかな？」

「いえ、今までも、よくお正月には東京旅行をなさいましたが、こういうことは一度もありませんでした。でも今回は、もうこれを最後の旅行にしたいというふうにおっしゃっておられましたので」

「最後とは？」

「やはりもうお歳だから、ということです」

「赤渡さんは、おいくつでしたか？」

「明治四十四年のお生まれでしたから、今年七十一歳ですか。十二月のお生まれですので」

「ふむ、七十一歳……。時に、君はおいくつです？」

「ぼくは昭和二十二年の生まれです。ですから三十五歳です」

「ほう！　もうそんなになられるのか、私は二十七、八かと思っておりました。佐竹君と同い歳じゃないか？」

「いいえ」

佐竹が横で無愛想に言った。佐竹の方が五歳以上若い。

「まだ独身？」

「そうです」

牛越はそのあたりをもう少し訊きたそうであったが、話を変えた。

「赤渡さんは、四日午後、札幌をお発ちになったんでしたな？」

「そうです。十五時五分発の『おおとり』です」

「その列車は確かですか？」

「確かです。ぼくが手配したのですし、赤渡さんはここ数年、ずっと『おおとり』を利用されてきたんです。関東方面へのご旅行には」

「『おおとり』にお乗りになったところは、ご覧になりましたか？」

「はあ……、ぼくと実子さんがお送りしましたから」

「飛行機じゃなかったのですね」

「ええ、飛行機も、新幹線も、赤渡さんはお嫌いでした」

「では青森以降も、東北新幹線にはお乗りになってないのですかな？」

「はい。水戸は常磐線ですので。常磐線沿線の駅へ行くには、かえって新幹線を利用すると不便だと思います。乗り換えが多くなりますので」

「赤渡さんは、まず水戸の刈谷さんのところへお寄りになったわけですな？」

「そうです。例年そうなさっておいでですので」

「いつも『おおとり』でお発ちになる」

「そうです」

「そして連絡船の後は？」

「『ゆうづる』です。『ゆうづる十号』。毎年決まったルートです。すると水戸に朝の七時半過ぎに着くのです」

「東北新幹線開通でダイヤ改正になっても、そのルートは残っていたんだね？」

「残ってました。ただ昔の『おおとり』は二時四十五分札幌発でしたけれど、今は三時五分発になりました」

「すると『おおとり』が、連絡船との待ち合わせなどが一番スムーズなんだね？」

「そうです。函館でも、青森でも、それぞれ二十分の待ち合わせだけで、すんなり『ゆうづる』に乗れるんです」

「後は、『ゆうづる』では寝台車だね？」

「はい、そうです」

「このルート以外には、こんなふうに接続のうまい列車はないんだね？」

「はい。いえ、もうひとつだけ、特急『おおぞら二号』から『ゆうづる六号』というルートもあります。待ち合わせのロスがなく、札幌から常磐線の水戸へスムーズに行けるルートはこのふたつだけです。でもこの方法だと、水戸へ明け方の五時前に着いてしまうんです。それでは不便ですから」

「なるほど、それじゃ困るね。では水戸以降、赤渡さんがどんな列車を利用されたかは、ご存じないですな？」

「はい、あとはぼくは存じません」

「ふむ、ところで東札幌貨物駅から荷物が届いているという連絡は、誰がお受けになりました？　君ですか？」

「いえ、実子さんです」

「電話ですね？」

「そうです。……と思いますが」

「それは何時頃でした？」

「九時半頃だったろうと思います。実子さんがその頃、朝食の頃でしたが、荷物を取りにいこうと言いはじめましたので」

「で朝食後、すぐに取りにいったのですね？」

「はい」

「車で？」

「そうです。赤渡家の運転手というのが、今のぼくの主な仕事ですので」

「車は、この家のガレージに置いてあるのですね？」

「その時はそうでした」

「というのは？」

「ぼくの借りている家というのは、このすぐ近くなのですが、そっちへ帰る時はたいてい車で帰ります。そして横の空地《あきち》へ置いておくのです。そうすれば電話一本ですぐ車を廻せますから」

「なるほど。荷物を受け出しにいった時、実子さんも同乗してたのでしたな？」

「はい」

「どうして？」

「手紙を投函する用事があったのです。ゆうべ頼まれていたのですけれど、ぼくが忘れちゃったものですから」

「ふむ……」

牛越はそれからもしばらく手帳に鉛筆を走らせていたが、それが終わると少し考えこんだ。それからぱたと手帳を閉じた。

「さあて、今日のところは私のコンディションもよくないし、こんなところでけっこうです。奥さんの静枝さんは、今日はまだお話は聞けませんな」

「ええ……、無理と思います」

「でしょうな。検死の結果、死亡推定時刻なんぞ出ましたらね、また不愉快な質問をしに来ることになりますでしょう」

「はあ……」

「申しわけないが、しばらく札幌から出ないで下さい。赤渡家のみなさんにもそうお伝え下さい。では……」

牛越は腰をあげた。沢入は急いで実子を呼びに奥へ行った。

外へ出ると、雪は案の定、ますます強くなっている。

2.

「モーさん、解剖の結果が出ましたよ」

佐竹が、刑事部屋に早足で入ってくるなり言った。

「うん、どうだった？」

「意外ですよ、溺死ですね」

「溺死《できし》!?　溺《おぼ》れたのか!?」

佐竹は牛越の横に腰をおろしながら言う。

「たっぷり水を飲んでます。それも塩水をね」

「海か！」

「いや、どうもそこまで濃くはないらしいんですね、高木先生がそのへんをひとくさり言ってましたよ。海に非常に近い川だという話です」

「しかし、この事件は意外なことの連続だな、ずいぶんと驚かされる。だが……、解らんな、溺死……。溺死したのに死体は引き揚げられて、トランク詰めにされて送られたのか？　溺死体ってのは普通海とか、水から揚がるもんだろう？　ということは、溺死させたやつが……、いや、死体を切ったり、トランク詰めにしたやつが赤渡を溺れさせたというわけか？」

「殺す方法として溺れさせるのを選んだ、ということでしょうねえ」

「じゃあ何でそのまま水の中に放っておかないんだ？　わざわざあげて……。それほど送るのにこだわったということか……。第一、抵抗するだろう」

「足首に紐状のものを巻きつけた跡があったそうです。自由を封じておいてやったんでしょうね」

「しかし……、溺死させるにゃ水が要る、海とか川とか、場所が限定されてくる。わざわざそういうところまで出向かにゃなるまい。

しかし絞殺や刺殺、毒殺、こういうやり方をすりゃ場所を選ぶ必要はないはずだ。水に突き落として放っておくというのじゃないなら、その方が殺し方としてはよほど手軽なはずだ。ホシのやつが、死体をトランク詰めにして送るってことを最初から決めていたとするなら、溺死させるなんて方法はずいぶんとまた手間を、やっかいをかけたことにならないか？　それとも、殺したやつと別々か？　誰かが海へ突き落とし、それをたまたま拾ったやつが送った……。

第一、海ってのは確かなのかい？　塩水ってだけじゃあ？　たとえば消毒用の塩素の入ったプールとか……」

「いや、海特有の有機物があるそうですから、海は間違いないようです。それと、ごく微量の水銀が検出されたようです」

「水銀!?」

「ええ、最近は聞かなくなりましたが、例の水俣《みなまた》病でおなじみの有機水銀ですね。今度の赤渡の死因には関係がないですけれども」

「て、ことは……？」

「ええ、上流に亜鉛《あえん》の製錬所とか、ソーダ工業の工場がある川の下流、海に注ぐあたりということになりますかね」

「どこだろう？」

「おそらくそうたくさんはないでしょう、というのも赤渡の死亡推定時刻と照らしてみてですね……」

「何時だったんだ!?　いつだ？」

「一月八日の午後八時から十時ということのようです。赤渡はその八日の午前中に鶯谷《うぐいすだに》の晶子の家を出ているわけですから、日本中を候補地にする必要もないでしょう。

というのも、赤渡は八日の日も東京で誰かに会ってるはずですから。失踪《しっそう》した時間はかなり下るはずです。となると、関東近郊の川じゃないですか？」

「ふーん……。関東近郊で、上流から水銀を流している川、その海に注ぐあたり……、これは絞れそうだな」

「今当たってます」

「水銀か……、水銀と、もと農林省の役人、何かつながりそうだがな……」

「ええ、しかし、水銀汚染なら厚生省の管轄でしょう?」

「え？　そうかい？　ああそうか。ところでホトケを、女房に確認させないうちから解剖しちまったのか？」

「いえ、赤渡静枝は来ました」

「来たのか!?　で!?」

「認めました。ご主人当人と、確認しました」

「ふむ……」

「それから、赤渡がかかりつけの医者がありまして、こっちから血液型その他のデータが届きましてね、もう疑問の余地はありません。赤渡雄造ですね、ガイシャは」

「そうか」

　牛越はそう言ってから、ちょっと赤渡静枝のことを考えた。


　札幌署に、赤渡雄造殺害事件捜査本部が置かれた。墨痕黒々としたためた白い紙が、まるで十日遅れの書きぞめのように、麗々しく、刑事部屋のドアにぶら下がった。

　牛越佐武郎は刑事課を出ると、廊下の突き当たりの窓の所まで行き、そろそろ事件のことを考えようと思った。死因と死亡推定時刻の報告が来た。死ぬ直前何を食っていたのかはまだ解らないが、もうぼちぼち頭をひねることは始められる。

　赤渡雄造の飲んだ水は、海の水を多量に含んだ川の水だった。ということは、当然川が海に注ぐあたりという理屈になる。

　それから水銀だ。今はもうとんと聞かぬ言葉だが、いっときは耳にタコができるほど聞かされた。今こんな言葉を聞くと、何だかいかにも時代遅れのような感じがする。勝手なものだ。

　上流にソーダ工場か、製錬所がある川となると、もし関東あたりと限定するならだが、大きな亜鉛の製錬所は、群馬県安中《あんなか》の、例の有名な東洋亜鉛だろう。ほかにもソーダ工場などはあるのかもしれないが、牛越にはそのあたりの土地勘《かん》がないので何とも解らない。ただ亜鉛の製錬所に関してなら、関東地方なら安中と、あとは新幹線の終着駅、埼玉県の大宮にしかなかったはずと思う。

　もしそういうことでいいなら……、と牛越は考える。大宮は別に大きな川沿いではなかったと思うが、安中なら利根川に沿っている。利根川が海に注ぐ場所となると……。

　牛越は廊下を移動して、日本地図の貼《は》ってある壁の前まで行った。安中を見つけ、そこから利根川を指で押さえて海の方へ滑らせていくと、延々とずいぶん長い道のりだが、しだいに太くなり、そして犬吠埼《いぬぼうざき》へと注ぐ。

銚子《ちょうし》だ！

しかし、ずいぶんと距離がある。こんな長い距離を走っている利根川の、ほんの上流でもって水銀を垂れ流したとして、銚子までも届くものだろうか？

だがいっときあれほど騒がれた安中製錬所だから、あり得るかもしれない。それにごく微量というではないか。しかし、このところ水銀公害の名をとんと聞かぬのはいったいどうしたわけだろう？

彼はそれから大宮の方も見た。念のためというつもりであったが、地図で見ると大宮も小さな川に沿った位置にある。川下へたどっていくと、荒川に合流して東京湾へと注いでいる。注ぐあたりは江東区と江戸川区だ。

これは大ざっぱに言ってだが、この二つの地点のどちらかではあるまいか、と牛越は考えた。もし荒川なら東京の姉夫婦に近く、銚子なら水戸の妹夫婦に近い。

ただこれは、八日の赤渡雄造の足取りの裏がどこまでとれるかにかかってくるであろう。赤渡の死亡推定日時は、八日の午後八時から十時であるから、八日の午後遅くにでも赤渡と会ったという人物が現われるなら、赤渡の到達できる範囲は当然せばまってくる。関東のこの二地点に絞れる可能性もあろう。

しかし、赤渡が八日に誰とも会っていないとでもいうことになれば、製錬工場を上流に持つ、本州中の川を対象にしなくてはならなくなるかもしれない。特に今は新幹線もある。一日費やすなら九州や上越、青森までも行けるであろう。

さて、現時点であと問題にしなくてはならないものは遺留品であるが、死体の入っていた黒ヴィニールの袋は、どこのスーパーででも買える代物《しろもの》だからどうせ何も出まい。それから例のトランクだが、あれも赤渡家の人間が父へのプレゼント発送用に購入したもので、どうということもない。

死体切断に用いた鋸といっても、たぶん何も解るまい。あとは関係者のアリバイだが、これは重要な容疑者連中がみな札幌以外に住んでいるわけだから、報告を待っているより仕方がない。

現時点ではこんなものだな、と牛越は考え、それから一応東京の区分地図でも見ておこうと思って、刑事部屋へとって返した。

そして東京二十三区を見てちょっと驚いた。荒川と隅《すみ》田《だ》川とはつながっているではないか。そうして今度は隅田川を見ると、鷲谷の姉夫婦の家からそう遠くない場所を走っているのだ。

たとえば言問橋《ことといばし》あたりだ。このあたりなら鶯谷の駅からでもわずかに二キロ足らずである。しかしまあこのあたりまでは海水は上ってこないかもしれないが、と牛越は思う。

捜査会議が始まる。これには刑事部屋のほぼ全員が参加する。佐竹が立ち上がって言う。

「水戸署と上野署からの連絡が入っております。水戸の刈谷《かりや》旭《あきら》、裕子夫婦、東京の服部《はっとり》満昭《みつあき》、晶子夫婦、ともに犯行を否認しております。

犯行時刻のアリバイですけれども、まず水戸の刈谷夫婦、こっちの二人は完全にたちます。

状況を説明しますと、彼らの新居がですね、一月の七日に落成しておりまして、翌八日、つまり赤渡の殺害推定日でありますが、この八日の夜は、土曜でもあるので新居の落成祝いをやっておったわけです。

刈谷家の近所の者たちや、刈谷旭の会社の社員数人が刈谷家に呼ばれて、ちょうど犯行推定時刻にかかる夜七時、八時頃より、十二時過ぎまで、酒を飲んだり食ったりしております。このあたりはですね、この宴会に出た者たちより裏がとれております。刈谷旭は、この夜、招待客の前より十分と姿を消してはおりません。

妻の裕子の方ですけれども、これは、頻繁に台所の方へ立ったということですが、これもみなの前から三十分とは消えておりません」

刑事たちがみなふむ、と声をたてた。

「次に東京の服部夫婦でありますが……、こっちは問題です。アリバイはたたぬと言ってよかろうと思います。

妻の晶子の方は、ずっと一人自宅におって父を待っていたといいますし、夫の服部満昭の方は、夜七時頃より十一時頃まで映画を観《み》ていたと証言しております。この映画なんですが……」

「映画をね！」

主任が遮った。こういうところで映画などを持ちだされると、確かにうさん臭い。

「お偉い義父が上京してきてるってのにかい？　服部……何と言ったか、満昭か？　服部満昭は映画好きなのか？」

「いや、滅多にそういうことはないようです。たぶん義父がけむたかったんじゃないでしょうか。それでこの親爺が眠ってから帰ろうとしたものでしょう。ただ……」

「しかし八日は土曜日だろう？　服部は出社して、しかも夕方までいたのか？」

「はい、そう申したてております。服部の勤務するゴトー製薬は隔週で土曜を休みにしておりまして、隔週週休二日制ですね。この八日は土曜だが出社の日だった。そして半ドンだったはずですが、服部は社の自分のデスクで一人溜まった仕事を処理していたと主張しているんです」

「何時頃まで」

「それが六時頃までというんですがね」

「今時はやらないモーレツ社員か。しかしそれを証明する者はいるのか？」

「今当たっているんですが、どうもむずかしいようですね」

刑事たちは一様に考え込んだ。どうやらこの会議に関する限り、服部満昭の心証はあまりかんばしいものとはいえない。

「ただ服部は、犯行推定の時間帯に観ていたと主張している映画の筋については、すらすらと答えたそうです」

だがそれがどれほどの証明となろう。

「それから満昭は、七時頃から三十分おきに家へ電話を入れております」

「映画を観ながらかい？　それは」

「たぶん赤渡が帰らないと女房が言うんで、様子を訊いてたんじゃないかと思えますが。それはやはり映画館からかけたものでしょう」

「ま、疑えば満昭が赤渡殺しの首尾を晶子に報告していたととれなくもないが」

「はあ、しかし、それは……」

「うむ、ま、晶子は実の娘だからな、まずあり得まいが」

「満昭が帰宅したのは十二時過ぎだそうです」

「満昭は車の免許は？」

「一応持ってますが、運転することはないようです。車も持ってはおりません」

「水戸夫婦、東京夫婦の四人のうちで、免許のある者は？」

「両方の亭主です。女房族は両方ともありません」

「水戸夫婦は車を持ってるんだな？」

「はい」

「八日の夜、服部満昭が知人、もしくはレンタカー屋から車を借りた形跡は？」

「それを今当たってくれておるようです。現時点では不明です」

「うむ。まあ、まだ現場も浮かばんような状態だからな。東京の尻を叩くこともできんな」

主任は言う。

「それから本土へ渡った赤渡の足取りの詳細ですが……」

北海道の人間は、本州のことを時々本土などと言う。

「赤渡は一月四日、十五時五分発の『おおとり』で札幌を発っております。これは娘の実子と秘書の沢入がホームまで見送りに出ております。

この列車は十九時二十四分に函館へ着き、十六分後に出る青函連絡船に接続します。十九時四十分発の船です。

この船が青森に着くのが二十三時三十分、そうしますと、二十五分後に『ゆうづる十号』、青森発二十三時五十五分に接続するわけです。

これは赤渡は、秘書に寝台車を取らせておりますので、この列車内で一泊したものと思われます。

そうして五日の朝七時三十九分に水戸着、刈谷旭はまだ正月休みであったらしくて、妻の裕子と一緒に車で水戸駅まで出迎えてやっております」

「ちょっと待ってくれ。すると赤渡は東北新幹線は利用してないわけだな？」

「そうです」

「何故だ？　せっかく出来たんだ。新幹線の方が楽だったろうに」

「秘書の証言によれば新幹線が嫌いだったということのようですが、例年どおり、まず水戸へ寄りたかったからだろうと思います。

水戸へ先に寄るためには、新幹線には乗らない方が便利なのです。ご承知の通り水戸は常磐線の沿線にありまして、常磐線は、仙台から二手に分かれて海側を南下します。東北新幹線は東北本線に沿っておりますので、こっちから水戸へ行くためには、新幹線には盛岡から仙台まででしか乗れないことになります。連絡船への乗り換えが面倒な上に、また盛岡で乗り換え、仙台で乗り換え、という格好になりますので」

「ふむ、しかし、東北新幹線に小山《おやま》あたりまで乗って、小山から東へ向かって水戸へ行くという手もあるだろう？」

「ええ、しかしそうなりますと、小山―水戸間は鈍行しかありませんし、乗り換えの回数も同じです。大して楽にもならないと思われます。それで彼は以前より乗り馴れている『おおとり』―『ゆうづる』というルートを、今回も利用したものと思われます」

「ふむ、年寄りはまあそういうところがあるからな。しかし、先に東京へ行く気になれば、新幹線の方が楽だったろうな」

「ええ、東京が先ならそうだと思います。しかし赤渡は昔からのやり方を変えたくなかったんでしょう」

「そうだろうな、続けてくれ」

「はい。それから刈谷裕子の話では、赤渡は列車の中でよく眠れていないからと言って、それからすぐ刈谷夫婦の家へ車で直行して、眠ったそうであります。

　ところがですね、刈谷夫婦はこの時ちょうど家を新築中でありまして、落成直前だった。どうやら本来の予定では昨年中に完成の運びだったらしいんですがね、しかし遅れてしまっていて、この時はまだ臨時のアパート住まいであったというわけです。

　だから父に、この新しい家の方で休んで欲しかったんだが、と夫婦は残念がっております」

「アパートじゃ手狭だったろうな」

「はあ、刈谷夫婦には小学一年生と、五つになる子供、両方男の子なんですが、二人子供がありますので、ちょっと手狭であったろうと思われます。

　で赤渡でありますが、彼はもう七十一歳ですので、五日の日は疲れて水戸見物どころじゃなかったようです。


それに水戸ははじめてじゃなく、前に何度か来ておりますので、その日は夕方になって、新築中の家のあたりをぶらついた程度ですね。

　そして翌六日、この日は朝から活動してます。大洗《おおあらい》海岸のあたりとか、水戸のお馴染みの偕楽園《かいらくえん》とか、刈谷旭が車で案内してやっております」

「女房はどうした？」

「ええ、ただ女房はこの時、小学一年生になる息子が、町内の野球の試合があるとかでどうしても応援にいかなきゃならんということでしてね、刈谷が一人で案内してます」

「正月から野球かい⁉　元気がいいな」

「裕子としましては、東京からの帰路に、もう一度父に寄って欲しいと言っていたようです。その頃ならたぶん家もできているという手はずでしたので。

　赤渡としても、帰りは新幹線でさっと帰りたかったのかもしれませんが、一応承知していたようです。こういう約束があったので、裕子としても、亭主一人にまかせたんですね。

　そうして、その六日の夜、十九時三十分水戸発の『ひたち二十四号』で、亭主は一緒に上野まで行っております」

「ん？　刈谷旭は、義父について東京まで行ったのか？」

「そうです。水戸―上野間は特急ならたったの一時間二十分ですので。旭は、義父が疲れているようなので心配であったというふうに言っております。それと東京の友人に、仕事がらみで会う用事もあったらしい。

しかしですね。このあたりがどうもその、何かありそうだというふうな言い方をするわけです。水戸署の者はですね」

「ふうむ……、何かと言うと？」

「さあ、そりゃ解りませんが」

「女房は行ってないんだな」

「行ってません、旭一人です」

「うん」

「で、この『ひたち二十四号』が上野に着いたのは二十時五十分、長女の服部晶子は上野駅に出迎えております。

上野から鶯谷はすぐですので、赤渡は晶子と一緒に服部家へ着いて、疲れているのですぐ眠ったようです。何しろ家へ着いたのは九時過ぎと思われますので」

「刈谷旭の方はどうしたんだ？」

「刈谷の方は、東京で友人と会ってですね、遅い列車で、正確には二十三時ちょうど上野発の『ゆうづる七号』で水戸へ帰ったと本人は言っておるようです」

「晶子の方は家からもう出てないんだな？」

「出てません」

「東京のこの晶子夫婦に子供はないのか？」

「ないんですね、これが」

「子供はなしか、ふむ」

「で、翌日の七日ですが、疲れているということで、赤渡は昼頃まで床の中にいたらしいんですが、昼過ぎに起きだして、昼食をすませて、勝手知ったる東京だからというので、一人で歩き廻ったということです」

「七日には赤渡はただ歩き廻っただけなのかい？　お役人時代の友人連中に会ったんだろう？」

「そうです。農林省時代の知人と会っておったようです。それらの者の名前ですが、これは晶子の記憶があまり正確ではありませんので、現在のところ苗字しか解りません。何といっても娘ですので。妻なら解るでしょうが。

七日は、中村という人物、それから広岡と藤木だか藤本だか、藤原だか、そんなような名の人物の計三人と会ってきたと、七日の夜、赤渡は娘に言ったようです。このうちの中村は染一郎という名前だったと思う、と晶子は言っております。今、東京の方でこれらの人物を当たってくれております。

それから問題の八日なんでありますが、八日の朝の時点で、芝木という人物、それから八木という人物、それに川津という人物、この三人に会うんだと晶子に話したらしいです。そう言って朝の十時少し前頃鶯谷の家を出ていき、そのまま消息を絶ったわけです」

「電話も入ってないのか？　それ以後」

「入っておりません」

「その三人は、やはりお役所時代の友人か？」

「そうです。三人とも農林省時代の同僚です」

「三人とも住所は解っているのか？」

「現時点での情報としては、晶子の記憶のみですので、正確なところは不明です。芝木は解りません、八木は大森らしいと晶子は言っておるようです。川津は品川のようです。いずれも晶子の証言です。現在東京の方で当たってくれております」

「言ってみりゃ赤渡というのは天下り役人で、まあ何といっても成功者だな、しかし知人の内にはアパート住まいでサラ金の世話になっておる、なんてのもおるかもしれん。そんなのには逆に赤渡としても会いにくいだろうな」

「でしょうね」

「だからの連中はみな、家に門を構えたいっぱしの連中なんだろうな」

「ええ……、そうかもしれません」

「その連中のうちの誰に会ったかはまだ解らんのだな？」

「解りません」

「一人も会わなかったかもしれんし、三人ともに会ったかもしれんのだな」

「はい」

「ふむ、まあこうなるとその三人がポイントだな。まだ何とも言えんが、その三人との会見のうちに、赤渡の失踪の原因があるという可能性は大だな」

「そう思います」

「ふうむ、で、ほかにも何かあるかい？」

「赤渡が飲んでいる水に微量の水銀が含まれていたこと、川が海へ注ぐ河口付近であるらしいという報告はさきほど申しましたので、後はと申しますと、高木さんの方からなんですが、赤渡は死後、六時間経過時点から十五時間経過時点までの間に、仰向け、俯向けを含んで、いろいろな姿勢に変化させられた形跡があるようです」

「うん？　よく理解できなかった。つまりごろごろひっくり返したりしていじられたと、こういうことだろう?」

主任が言う。

「ええ、それが六時間を経過してのちも行なわれたということでしょう」

この点は牛越もよく理解ができなかった。後で直接法医学教室へでも行ってみた方がよかろうと考えた。

「あとは二個のトランクです。赤渡家の者たちは、毎年発送に用いているものに間違いないと証言しております。表面の傷や、全体の傷み具合などわれわれが見ましても、二組の娘夫婦が八年前に購入したものに間違いないと思われますが、送られてきている途中で、容れもののトランクごとすり替わっているという可能性もまったく考えられないことではないので、一応水戸署の方へ送っておきました。

宛て名等は、水戸の刈谷裕子が書いたということですので、当人が目の前にすれば、自分が数日前に発送した現物であるかどうかはっきりするであろうと思います。そして場合によっては、製造元に製造数、製造年月日、販売地域等、調査してもらうよう言い添えておきました」

「このトランクが水戸を発送されているのはいつだね?」

「一月十一日の火曜日です」

「二つとも?」

「そうです」

「ふむ、解った。佐竹君、ご苦労。さて、みなの方で何かあるかね?」

「ガイシャの赤渡の現在の職業等に関してはどうなんです? 極北の副社長はもう辞《や》めておるんですか?」

刑事のうちの誰かが言った。

「辞めております」

佐竹が応える。

「副社長は辞めております。現在は相談役顧問です。赤渡は極北振興以外にもディーラー、オート・チャンジャーという輸入自動車販売会社、栄林不動産、共栄土地家屋という大小四つの会社の相談役を兼ねております」

「そのいずれかと確執があったということは?」

「それはこれから当たります」

「さて、モーさんはどうだい?」

主任が言う。

「今のところはまだ何とも。八日に赤渡がどの人物にまで会ったかが解った時点で申しあげたいと思います」

そう牛越は言った。

3.

牛越は一人廊下に出ると、歩きながら、法医学の高木先生に会ってみようと考えた。専門家に尋ねたいことがいくつかあったからである。まずは、何といっても川の水が海へ注ぐあたりというのがどうにも牛越にはひっかかっていた。

まったくの素人《しろうと》考えだが、赤渡雄造が死ぬ直前、シャケの塩づけか何か、それもうんと塩をまぶした奴を食っていて、そこへ川の水を飲んだらどうなるのか？　ちょうど川の水に塩が混じって、海に注ぐあたりってことになるのではあるまいか。

まああまりに素人考えなので、真顔で切りだせるような話ではなかった。それに牛越にもいくらか身に覚えのあることだが、老人にとって、塩分は高血圧の原因となるので禁物である。まして七十一歳ともなると当然気をつけているだろうと思われた。

高木先生は、札幌医大の偉い先生らしかったが、あまり気取ったところがないので牛越とはよく気の合う相手である。かん高い声で、ちょっと女性的な話し方をする。牛越が塩シャケ説を恐る恐る持ちだすと、途端に笑い声をあげた。

「塩ジャケ⁉　考えちゃいましたねえ牛越さん。塩ジャケ、なるほどねえ！　しかしね、でもそりゃ全然無理ですよ、全然無理」

「…………」

「何故かと申しあげますとね、海の水と申しましても、川の水に塩を混ぜたってだけのものじゃないです。たとえば塩分に限って申しましてもね、塩化ナトリウムだけじゃないです、海水と申しますのは。全塩分中の約三分の二をこの塩化ナトリウムが占めてはおりますが、ちょいと今、詳しい数字は諳《そら》んじてはおりませんが、その他にもざっと多い順に申し上げましても、塩化マグネシウム、硫酸ナトリウム、塩化カルシウム、塩化カリウム、重炭酸ナトリウム、臭化カリウム、ホウ酸、それから……と、ストロンチウムとか、まあこういったさまざまな塩類の溶け込んだもの、総合体なわけです」

「はあ、そうですか」

「それから日本の塩っていうのは、これは独特でして、もう塩田がなくなりましたのでね、一九七二年からは百パーセント、イオン交換膜法という方法を用いて食塩を作っています。これは海水から直接塩化ナトリウムだけを取り出す方法で、日本に独特のものです。これだと塩化ナトリウムが九十九パーセントになって、むしろ食用に適さないんです。ミネラル分が削ぎ落とされてしまう。それで日本の市販の食用塩は、マグネシウムやカルシウムなんかの炭酸塩を、後で人工的に添加しております。

　こういう点からもね、海水と食塩水とはかなり違っておりまして、この両者の区別なんかはすぐについてしまいます。塩買ってきて、ちょいと混ぜたって駄目なんです」

「ははあ、なるほど、するとそのホウ酸だの重炭酸なんとかだの」

「重炭酸ナトリウム」

「それだとかを全部調合しなきゃならんわけですな？」

「それなんですが、それだけでもやっぱり駄目なんです。これは川の水にも言えることですがね、こういう水には、さまざまな珪藻《けいそう》類が混り込んでおりますのでね、こういうものは実際に自然界にしかおりませんから。

　われわれは溺《でき》死《し》と思われる死体を前にすると、まずこの珪藻類を調べるんです。と申しますのも、何といっても溺死体というのは溺死にみせかけて、死後投水されるというケースを充分に警戒しなくちゃなりませんので、こういう時、この珪藻類が実にありがたい働きをしてくれるのです。

　生前中の入水後、溺死したケースでは当然肺内に大量の珪藻が吸入されます。そうして肺から血行に入り、身体各所に分布いたしますので、肺末梢、心臓、肝臓、腎臓、骨髄などの大循環系の臓器を発煙硝酸などで処理致しまして、鏡検によって、つまり顕微鏡検査によってですね、珪藻類の被殻《ひかく》を証明するわけです。

　死体の投水の場合もですね、肺内に珪藻がまったく入らないことはありませんが、これはごく少量の迷入でありまして、後は心臓に少々見いだされる程度です。よって差異は歴然といたします。

　ま、私もですね、こんな札幌などにおりますとあまり溺死体などに接することはないですが、こういったことは法医学者の常識ですから、心得ております。今度の死体にも、あきらかにこの大循環系統に大量の珪藻類の被殻が見いだされました」

「なるほど。よって海水への入水溺死ですか……、ふむ。よく解りました。トランクの中の海か……」

「それからですな、生活排水の問題もあります」

「生活排水」

「私は専門外ですから、これまではちょっと調べきれませんが、家庭排水としての有機物、農業畜産排水、つまりは牛豚の屎尿ですね。それから工場排水、まあ水銀分もそうですが、白蟻駆除系の薬品汚染なんかも最近は深刻です。こういう汚れの気配がどうもありますな。これも自然界だけにある特徴です。私でも言えることは、だからこれは海の沖の方の水じゃないってこと、人間の生活の匂いがぷんぷんする。それから人工の水ではないってことですな。必要ならそっちの方向も調べて、分析されたらどうです？」

「はあはあ」

そこまで必要なものなのか、と牛越は考えていた。殺人の捜査で、そこまでやった経験も前例もない。少なくとも札幌署ではない。

「それだけじゃござんせんな、この水、さらに特色がありますね」

「ずいぶんあるんですな」

「水ってもんも、死体同様いろんなことを教えてくれるんですよ」

「ははあ。で、なんです？」

「バクテリアとか、微生物です。ゾウリムシの類の原生生物、これが異様に多い。珪藻類、つまり藻ですな、これも多い。これはちょっと特筆すべき部分です」

牛越は俯向き、しばらく考えた。しかし解らなかったから訊いた。

「……つまり、どういうことです？」

「水が、いわゆる腐っておるんです」

「腐っている……」

「はい、水が腐るというのは、要するに水中の有機物等が微生物で分解された状態ですな。それでどういうことが起こるかと言いますと、その結果微生物たちが増えて、藻が増えて、水が緑色になって、アンモニア臭、腐敗菌臭がするようになる。そういう状態になっておるということです」

「ということは、どういうことかな」

「つまり、水が淀んで動かないような場所ですな、これを示すと」

「水が淀んで動かない……、水溜り、潮溜りのような場所ですか？」

牛越は訊いた。

「そう、そしてどちらかと言うとですが、水は陽が当たる方が腐敗は早いし、温度も高い方が早いし、機密性も高い方が早いだろうなぁ」

「そんな場所、ありますかね」

牛越は、ちょっと驚いて言った。

「いや、これはたとえばの話です。理屈の上ですね」

「はあはあ、つまりはまあそんなような場所と、現場は」

「まあ断定は危険ですが、そう見えますな、この状態は」

「そんな場所はないと思うが」

「まあね、それ考えるのは牛越さんの仕事です」

「ふうん、解りました」

牛越はゆっくり腕を組んだ。

「あ、それからですな、うちの佐竹君が言っておったのですが、あの死体は、死後六時間から十五時間のうちに動かされておると……」

「ああ、そりゃ背部と腹部に両側性死斑《りょうそくせいしはん》があるからです」

「両側性死斑、すなわち、たびたび動かされていて、六時間を経過した後も死体は動かされたということですな？」

「いや、そういうことではございません。六時間を経過する以前にですね、そういうふうに、仰向け、俯伏せを含んでいろんな体位を死体がとらされたとしたら、死斑はむしろ現われない方が普通なのです」

死斑というのは、死体に現われる暗紫赤色《あんしせき》の斑点のことで、死後早いもので三十分くらいから現われはじめ、普通は一〜二時間で発現しはじめる。

血液循環が停止すると、血管内の血液が、重力にしたがって身体内部で下降するために起こる。この現象を法医学では「血液就下《しゅうか》」といい、とらされた姿勢でみて下部の表面に現われる。すなわち仰向けなら背部に現われ、腹部は逆に蒼白となる。

「死斑というのはご存じのように、死体が一定時間以上安定して置かれているがために起こるうっ血ですので、今言われたように死体が頻繁に動かされ、姿勢を変えている場合、死斑は現われにくいのです。ですから、一般的な水死の場合、まさに水中で同様のことが起こるために死斑はたいてい現われないのです。あの死体の場合は、溺死後すみやかに水から引き揚げられておりますので……」

「それは確実なのですかな？　どのくらいで揚げられておるんでしょう？」

「それはむずかしいですね、しかしまず、死後一時間以内には水中より揚げられたものと私は思います。と申しますのも、そうしないと死斑ができませんので。ま、この点は今ご説明申しますが。

それとですね、長く水中に置かれた水死体の場合、水の浸漬《しんし》作用のために手部や足部の皮膚が白くふやけて、いわゆる漂母皮《ひょうぼひ》というものを形成してですね、やがては爪とともに手袋状、足袋状に剥離《はくり》するのが普通です。また衣服が離脱しておることも多いです。しかしあの死体にはそういうことがありません。とにかく、両側性死斑の説明ですが」

「そうですな、失礼しました」

「両側性死斑というのはです、身体の下部になっていたと思われる部分と、その時上部になっていたはずと思われる部分の両方に死斑が現われる現象ですが、こういうことは死体を六時間程度安置し、その後、十五時間程度を経過するより以前に裏返しにしたということです。

六時間程度死体を安置しておかないと、死斑は定着しません。それ以前に裏返しにすれば死斑は消滅してしまいます。

また、十五時間を経過してから裏返したのでは、新たな下部に、新たな死斑は発生いたしません。死斑は片面だけに定着してしまいます。

以上の説明でお解りでしょうか？　牛越さん」

牛越はうなずいた。

「よく解りました」

牛越はしばらく黙ってすわっていたが、お邪魔しましたと言って立ちあがった。

4.

翌日は成人の日で祝日であり、その次の日は日曜で、牛越などは心待ちにしていた連休であったが、とてもではないが休めるような雰囲気ではなかった。

赤渡家も、今年はとんだ結婚記念日になったものだった。彼らに較べれば、祝日に出署するくらいどうということはなかった。

牛越は、昨日の高木の説明を頭の内で整理していた。そういうことなら、海水への投入による殺害で間違いはなかろう。川が海に注ぐあたりという判断も、信頼してよいのであろう。

それから両側性死斑だ。背部と腹部に死斑があるということは、赤渡の死体は一度六時間以上安置され、その後十五時間経過時点以前に裏返しにされたということだ。犯人はそういうことがやれる環境の者ということになる。

あるいはそうせざるをえなかった環境の者だ。だがこの程度の条件が、現実に犯人像をどのくらい結実させるかとなると、まだまだ疑問に思える。牛越にとって、事件はまだまだ霧の中であった。

この日の午前中の会議では、もっとずっと多くの情報が入っていた。しかし会議といっても、この日顔を揃えているのは牛越と佐竹と、あとは主任の三人だけだった。

事件の内情が知れるにつれ、札幌でやれることはごくわずかだということが解り、「赤渡雄造トランク詰め殺害事件捜査本部」は、発足後わずか一日で、事実上解散状態だった。

主任が、札幌から刑事を東京や水戸へ派遣したものかどうか迷っているらしいことが、二人の刑事には感じられた。しかし主任には地方警察という負い目があるらしく、こういった派手な事件の捜査は、中央の連中の方が手馴れているだろう、と決心しつつあるらしかった。

報告は、南から頻繁に入ってくる。わざわざ出向く必要もあるまい、と牛越も思っていた。この電話を受けるのは、主として佐竹の役目であった。

「七日と八日に、赤渡が会った人物たちの正確なところが解りました」

佐竹が言う。

「一月七日には、中村染一郎、広岡徹、藤木敬士、この三人に会っております。三人から裏が取れたようです」

だが牛越も主任も、七日のことなどはどうでもよかった。

「問題の八日ですが……」

「うん、三人ともに会っているのか⁉」

主任が訊《き》いた。

「いや、会っておりません。会っておるのは二人です。芝木、八木、この二人に会い、川津と会う前に失踪しております」

「ふうむ」

「赤渡は八日、芝木朝雄、八木治、川津光太郎、この三人と会う予定で約束を取りつけておりました。そうしてこの八木と……」

「順番はそれであってるのか？」

「はい。芝木、八木、川津の順です。芝木とは朝十時に上野駅の構内で待ち合わせております。それから軽食をとって、二人で上野の森や美術館のあたりをぶらついたそうです。

それから芝木も誘ったのだけれども、彼はその後用事があって行けず、赤渡が一人で銀座の『とり月』という釜飯屋に向かっております。この釜飯屋が赤渡と八木の待ち合わせ場所であります。

　赤渡が着いたのが十二時半頃、八木は先に着いていて待っていたようです。それから二人で食事をして、ですね、二人で有楽町付近の『マイアミ』という喫茶店に歩いていった。ここでコーヒーを飲んで、この店の前で八木治は赤渡と別れたそうです。その直後、赤渡は消息を絶っています」

「その時間は何時だったんだ？　二人が別れた時間は」

　牛越が慌てたように尋ねる。

「午後三時ちょっと前、五分程度前であったようです」

「三時五分前!?　ずいぶん遅い時間だ、こりゃ利根川が近づいたかもしれんな」

「そりゃ何です？」

「後で言うよ」

「赤渡はその時何と言ってたんだ？　別れた時」

「これから品川、大井町の、川津光太郎の家へ行くと言っていたらしいです。手土産も持っていたらしい」

「省線で行くつもりだったんだろうな？」

「ショウセン、といいますと？」

「国電だよ」

「ええ、山手線のつもりだったんでしょう。『マイアミ』は山手線、有楽町駅のすぐ近くのようですから」

「で、どうだったんだ？　その時の赤渡の様子は？　八木は何と言ってるんだ？　そのまま姿を消しちまいそうな感じがあったのか？」

「これがですね、まったく意外なんですが、八木が言うには、赤渡の様子には何ら変わったところはなかったと、こう言っておるらしいんです。終始なごやかに話してですね、『マイアミ』の前で別れたときも同様で、何ひとつ態度のおかしなところはなかったそうです」

「慌ててもいなかったというのか？」

「はあ、しごく落ち着いたものだったという話です」

「何だと!?　それはしかし……、それで次の川津宅には現われてないんだな」

「そうです」

「連絡も入れてないのか？　断わりの電話ひとつ」

「入ってないようです。川津は家で一日中待っておったようですが、待ちぼうけを食わされたようです。それでどうしたのかなと思っていると、警察から連絡が入ってびっくり仰天したようです」

「赤渡は省線には乗ったんだろうか？　八木は何と言っ

てる？」

「そこまでは知らんようです。八木は銀座で孫に頼まれた買物があるとかで、『マイアミ』の前からすぐ銀座通りへ引き返しておりますので、その後は、赤渡がどっちへ向かって歩いたかもよく知らないという話です」

「川津家への訪問は何時の約束だったんだ？」

「これは相手が家で待っておるわけですから、まあ夕方の四時くらいにということで、正確な時刻は決めてなかったそうです。ですから赤渡も別に急いでいる様子はなかったと、八木は話しております」

「どうしたことだ。ここでぷっつり足取りは切れてしまうわけか。北海道の田舎駅ならともかく、東京のど真中の有楽町駅じゃあ、赤渡が改札を通ったかどうかなんぞも調べようがあるまい。


しかし自分で、川津をすっぽかしてまで行動を起こしたのなら、八木との話の中にでも、何かそれらしい要因がなくちゃなるまい、すると八木は気づくんじゃないか？　それがないとすると、何者かに拉致《らち》されたか？


しかしすると計画犯罪と思われる。では赤渡が銀座にいると、前もって知る者ということにならんか？　誰が知っておるというんだ？」

「晶子や、その亭主くらいでしょうかね、水戸の連中も知っておるかもしれませんが」

「人通りの多い場所で拉致というのは、むずかしくないですかね」


牛越が言った。

「ついて行けば身の危険があると解っているなら、その場で暴れた方が助かる確率はずっと高いです。人の目がありますから、拉致する側としてもそうむちゃはできんでしょう」

「ああ、日本中でこれ以上人通りの多いところもちょっとないだろうからな、華の銀座だ。しかし、拉致といっても顔見知りというケースもあるからな」


牛越は黙って頷いた。

「しかし、自主的に行動を起こしたという確率の方が高いように思いますな、私は」

「ふむ、それは俺もそういう感じがする」


主任も言った。

「だがモーさん、あんたの理由は？」

「そりゃつまり、強制的な拉致はさっき言ったような理由でむずかしいですが、次に顔見知りが、意図を隠して赤渡に接近し、連れ去ったとするなら、赤渡は川津には断わりの電話くらいは入れると思うからです」

「なるほど、そうだな……。しかし、そうすると赤渡は、自分の意志で川津をすっぽかしてまで飛《と》んだ……、何だろうな？　何があったんだろう？」

「そう……、すぐには何とも言えませんですなあ」

「うん、この問題はゆっくり考えるとしてだ、さっきモーさん、何か言いかけたな？」

「ええ、あれは水銀のことです。午後の三時前まで赤渡が東京にいたということになってきますと、河口付近といってもです、何となく関東近郊の川という可能性が濃くなってきたように思うんです。

するとです、関東近郊の川で、上流にソーダ工場とか、亜鉛の製錬工場などの、水銀の化合物を垂れ流しそうな工場のあるものといいますと、安中の利根川、大宮の荒川、このくらいなんじゃないか。そうしてこれらの川で、海水が大量に混じるほどの河口となると、利根川なら銚子、荒川なら江東区の亀戸《かめいど》とか、そんなあたりに絞れてくるんじゃないか、そういう気がしておるわけです」

「うん、うん、なるほど。佐竹君、このふたつを当たってくれんか、銚子なら確か水産試験場があった。利根川の水質データなんぞがあるかもしれん」

「ええ、有楽町駅付近から数時間かけて行くとなると、江東区よりも、銚子という気が私もします」

牛越が言った。

5.

牛越は、それから札幌の街に一人聞き込みに出た。刑事は二人一組で行動するのが原則だが、今度の場合、相棒の佐竹は電話番に置いておく必要があった。

まず確かめなくてはならぬ問題は、何といっても鉄道で輸送中のトランクの中身を、第三者、おそらくは国鉄職員以外の人間によってすり替えることができるかどうか、という点である。これを確かめてみないわけにはいかぬ。もしそういったことが可能なら、これは根底から考え方を改めなければならない。

牛越の気持ちとしては、この部分は「聖域」として除外して考えたかった。国鉄にまかせたものは、いわば警察官にまかせたもののように、信頼してしまいたい。そうすると捜査もずいぶんと楽になる。すっきりとして、推理もやりやすくなるというものだ。

東札幌貨物駅へ向かいながら、牛越は別のことを考えた。この事件は、妙に腑に落ちないところがある。たとえばこのトランクの発送に関してもそうだ。

まず水戸からの発送日、一月十一日火曜日という。ということは、父赤渡雄造が失踪して三日後ということである。父が行方不明となったのに、その三日後、娘は父への贈りものを発送したことになる。

東京の長女晶子、これが自分のトランクを水戸に向けて発送したのはいつか、確かめてはないが、おそらくこれより二、三日前であろう。つまり一月の八日か九日ということになる。すると父の失踪し、殺された当日か、その翌日ということになる。

その贈りものが具体的に何であったのか、考えてみればまだ札幌の牛越たちは聞かされていない。しかしいずれにしても父親が滞在している家のどこかに、すでにそのプレゼントは買われて置かれていたことになる。父には見せないように隠しておいたのだろうか——。

だが、そんなふうに考えるのは、娘たちに酷にすぎるかもしれない。父が失踪したとはいっても、それは今だからそうはっきりいえることで、八日や九日の時点では娘たちは失踪と断定はできなかったであろう。また結婚記念日の贈りものとなれば、母へ宛てたものでもあるわけだから、発送しても不自然とはいえない。贈りものはそれ以前から買われていたと思われるので、送らなければ無駄になってしまう。

などと考えたとき、牛越は突然ある事柄に思い当たり、足を停めた。

『両側性死斑』だ！

東京の服部夫婦が父を殺し、トランク詰めにして発送したという嫌疑は、この両側性死斑によって薄らぐことになる。

つまり父を殺害し、ひと晩置いたとして、たとえば夜九時前後に殺し、翌朝まで放置したとすれば、これは六時間以上が経過するから、死斑は背部か腹部か、下部に当たったどちらかに固定するであろう。

しかしそれからすぐ切断し、すぐ発送したとしたら、輸送中トランクはひんぱんに動かされるから、もう一方の側に死斑は現われないはずではないか——？

いやいや、そうではない、と牛越はすぐに思い直した。六時間安置後十五時間以内に裏返すということは、六時間と一分後に裏返してもよいということだ。それから裏に死斑が定着するためにやはりあと六時間、するとつまり十二時間もあれば両側に死斑は付けられるという理屈になる。すると犯行推定時刻の遅い方で考えて十時から十二時間後、つまり翌九日の朝十時には両側性死斑は完成していることになる。これなら服部夫婦にも充分可能性は残ることにならないか。

ただ、トランクが八日に発送されていれば別である。赤渡の身体がまだ東京にあるうちに、容れものの方は水戸へ行ってしまうことになる。

それに、そういう意味では東京夫婦に、トランク詰め発送はむずかしい。実子の言を信ずるなら、東京にはトランクはひとつしかなかったはずだからだ。もうひとつは水戸にあった。

いずれにしても、晶子が自分のトランクを発送した日時をはっきりさせなくてはならない。

この事件が札幌の新聞で大々的に取りあげられ、いささか有名になってしまったので、東札幌貨物駅の連中も話は早い。牛越が身分をあかして、トランクが輸送されてきている途中ですり替えられることがあり得るかと尋ねると、彼らは口を揃えてそんなことはあり得ないと断言した。

小荷物が貨物列車に積み込まれている間は、一般の人間は貨車内に絶対に入れないし、駅構内にも入れない。鉄道の関係者たちも、たいていの場合、仲間同士は顔見知りだから、不審な人間が紛れ込めばすぐ解る。

これらの鉄道仲間全員が示し合わせれば別だが、そんなことはあり得ないし、仲間の一人がすり替えるために代わりのトランクをよたよた持ち込んでくればすぐに解るだろうと言う。ましてや広げて中身を入れ替えるなどは論外だ。思いもよらないと主張した。

また盗難防止のためのチェックが、積み降ろしの際、しつこいほどにあるし、一個でもなくなればすぐ気づく仕組みになっているという。

むろん彼らとしてはそう言うに決まっていたが、これは取りあえず信用してよかろうと牛越は考えた。

貨物駅を出て、一応というつもりで署に電話を入れたら、佐竹の声が出て、えらいことが解ったと言う。今どこかと問うので場所を告げると、すぐそっちへ行くと言うので、ではロイヤルホテルの喫茶室で待っていると言った。

牛越が喫茶室の奥でぼんやり煙草をふかしていると、佐竹が一人でせかせかと入ってきた。ほとんど小走りになっている。

「何が解ったんだ？」

牛越が訊いた。

「出ましたよ、現場が」

佐竹が答える。

「問い合わせてみると、やっぱり水産試験場に利根川河口の水質データがありましてね、送ってもらったんです。するとえらいもんですね、赤渡が飲んだ水は、まさにその水であるとほぼ断定できるというんですよ、高木先生が。まず八十パーセント以上、九十パーセント近くまで、この銚子の水であると断定できるというんですね」

「本当かね!?　そんなことまで解るもんなのかね？」

「いや、これがね、面白いんです。われわれはなかなかついておりましてね、ボールペンなんですよ」

「え？」

「いや、赤渡はボールペンを身に付けておりましてね、このペン軸の中に少量、問題の水が残っていたわけなんです。ですから先の、川の海に注ぐあたりという推定も可能だったらしいんですがね、とにかくこの水と赤渡の胃の中にあった水とは同一のものと証明できるらしい。そしてこのボールペンの水が、銚子の利根川河口付近の水のデータとぴったり一致したというわけです」

「ほう！　なるほど、こいつはすごいな。現場が出たな」

「出ましたね」

「じゃあさっそく銚子署に連絡しておいた方がいいな」

「それはもうしときました」

「そうか。……しかしまだ漠然としてるな。これで正確な現場がおいそれと出るとも思えん」

「ええ、まあそうなんですが、殺しの現場ですのでね、人通りは少ないところでしょうし、かなり絞れる要素はあります。いや、というより具体的に現場が浮かぶ望みはあるんです。というのは……」

「うん」

「最初にこいつを聞いた時は愕然としたんです。ちょっと悩みましたがね」

「何だい？」

「実は、例の水銀ですよ」

「ああ、うん、あれやっぱり未だに垂れ流してるんだな」

「いや、それがそうじゃないんです」

「え？」

「もう垂れ流してないっていうんですよ、安中も大宮も」

「何だって？　どういうことだ？」

「ソーダ工場ですがね、最近汚染の問題がうるさくなって、ソーダ工業は、従来の水銀法から隔膜法へ切り換えたというんですね、だから有機水銀の垂れ流しはもうないと」

「それは安中もそうなのか？」

「そのようです。水産試験場でも、銚子署でもその点を言われました」

「じゃ、どういうことだ？　そりゃ」

「ですから、私は考えたんですが、こりゃ流れのちゃんとした普通の川べりじゃなくて、古い水の澱んでいるような、小さい入江みたいな場所じゃないかと、こう思うんです。これなら水銀の混じってた頃の古い水も残ってるんじゃないかと。

　そうして、こういう場所はあんまり人通りのない場所にあるのかもしれない。そうじゃなく、こういう場所がもしいくつもあるのなら、その内から人目につかないような場所を選んだらいいんじゃないですか？　それが間違いなく現場ですよ」

「なるほど、絞れるな。そりゃ銚子の方へも言っといたかい？」

「いや、そりゃここへ来る途中、さっき思いついたんです」

「ふうむ、しかし、そりゃ案外すんなり浮かぶかもしらんな……。ふむ、現場は銚子か。東京から銚子まではどのくらいかかるんだろうな、時間は」

「さあて、どうでしょう。東京の服部満昭ですがね、この人物が八日に、例の映画鑑賞を終えて帰宅したのは深夜の十二時過ぎです。もしやつが夕方の六時過ぎくらいに勤務先の銀座を車で出発したとしたら往復三時間ずつ、やってやれないことはないかもしれません。

　地図で見当をつける限りでは、この二地点間は百五十キロはないですし、今は成田空港行きの新空港自動車道もありますしね。しかしこれは銚子まではない、途中まででですから、成田を過ぎると細い道で、これを猛烈に飛ばさなきゃならんことになります。

　服部満昭は正真正銘、車の運転は下手らしいんですよ。事実上、もうできないといっていいくらいらしいです。ちょっと無理でしょうね。それに、満昭にはわざわざ義父を銚子まで連れていく理由がないですよ。銀座あたりは人目があって無理としても、晴海《はるみ》あたりへ行けばひっそりとしてるんじゃないですか？　あるいはどっかほかの埋立地です」

「うん、うん、晴海の水でいいわけだよな、わざわざ銚子の水を飲ませる理由はない。ただ、東京組はもうないんじゃないかと私は考えてるんだ」

「何故です？」

「その前に、服部晶子が例のトランクを水戸に向けて発送したのはいつだい？」

「八日の昼前だと言ってるようです」

「八日、じゃあますます、あり得んことになるかもしれんな」

「と言うと？」

「つまり、彼らが水戸まで出向けば別だが、まず単純に考えて、トランクの発送が八日の午前中、赤渡が殺されたのが八日の夜だから、そのトランクに物理的に赤渡の死体が入るわけがない」

「ああ、そりゃそうですね。すでに東京から水戸へ送り出されたトランクには、死体は入りっこないです。ま、これは現に水戸夫婦が、東京から送られてきたトランクに石造りの衝立が入っていたのを見たと言ってます。中華ふうの衝立。これは服部夫婦が横浜の中華街で買ったものだそうですが」

「石の中華ふう衝立か、それが服部夫婦の贈りものだったわけだな。ずいぶん重そうだな……。で、翌九日、あるいは十日の服部夫婦の様子はどうなんだ？」

「晶子の方ははっきりしませんが、満昭の方は、翌九日の日曜日は、社の同僚とともに東村山の方で接待ゴルフをやってます。これは日没近くまでゴルフ場にいたことが確認されております。十日の月曜日もちゃんと出社しておりますね」

「ふん、東京を離れてないわけだ。そうなるとむずかしかろう」

「ええ……」

「トランクは二個とも、もっとも一個はもともと水戸にあったわけだが、二個とも東京を去ったわけだから、犯罪の舞台は水戸へ移ったことにならないか？」

「そうですね、でも銚子という問題は残るんじゃないですか？　満昭が車でなく、電車で義父を銚子へ連れだしたとして、銚子で赤渡を殺し、切り刻んで三つのトランクに詰め、また電車で持って帰ったとしたら、トランクみっつは一人で持てない、せいぜいふたつだ、だからひとつは銚子駅のコインロッカーにでも残したと。だからあとひとつのトランクは、まだ銚子駅のコインロッカーにでも残ってるんじゃないかとですね……」

「そんなのはまるっきり考えられんよ。無理な点がいくつもある。まずトランクはもう水戸へ行っちまったんだ、死体を東京へ持ち帰る必要はない。それから有楽町の『マイアミ』の前で八木と別れた赤渡だが、この時点では、やっこさんの主張を信じるならだが満昭は会社にいた。ところで、こいつの裏はとれたのかい？」

「まだです」

「もしこの証言が出鱈目で、満昭が昼に退社し……、このゴトー製薬はどこにあるんだい？」

「これが銀座なんですよ。近いんですね」

「銀座か……、ふむ、だが満昭が社を抜け出し、義父を連れ出したとしても、顔見知りの娘婿《むこ》に誘い出されて行くのなら、赤渡は川津に断わりの電話くらい入れるだろう。

さらにだ、両側性死斑の問題もある。殺した赤渡をすぐに切断してトランクに詰め、コインロッカーに入れたとしたら、コインロッカーならまず縦に入れる格好になる、死斑は右側部もしくは左側部に現れるだろう。しかし実際には、背部と腹部に出ている」

「うーん、そうか、電車なら車より早いと思ったんですがね……。じゃあ銚子駅のコインロッカーに調査を依頼しておきましたが、無駄でしょうね」

「ああ、まず何も出んと思う」

しかしそう自分で言いながらも牛越は、服部満昭の線を、頭からすっかりは消し去れない気分だった。服部が、八日の午後もまだ社に残っていたか否か、この裏が取れない限り、今の牛越の言も完全には生きてこない。

「しかしみっつめのトランクというなら、それより国鉄の方はあれから何も言ってこないのか？　一個だけ遅れてきているさいちゅうかもしれんと、前に誰か言ってたと思うが」

「当たってますがね、何も言ってきませんね」

「ふむ……、みっつめのトランクは送られなかったのか……？　どこへ消えたんだろうな」

「しかしもともと容れものとしてはふたつしか存在してなかったわけですからね」

「ああ、あらかじめ存在しているトランクとしてはな……。そうだな、だが……、まあいい、ところでさっき、石の衝立って言ったな？」

「ええ、服部夫婦の方は、ですね」

「東京組は解った。それで水戸の刈谷夫婦の方のは何だったんだい？」

「金属性の唐獅子《からじし》の一対、二匹一組ですね。それとその石製の台だそうです。こっちも重そうですね」

「水戸用のトランクは、ずっと水戸にあったんだな？」

「ありました。だから東京の服部夫婦は、ひとつしかトランクを持ってなかったわけです。そのひとつのトランクに石の衝立を入れて、八日のお昼前、服部晶子は秋葉原駅から発送しておりますね」

「それなんだが、お昼前というと午前十一時くらいか？」

「でしょうね」

「すると父赤渡が晶子の家を出ていったのが午前十時前だったろう？　これを送り出してすぐ、今度はその人物にあてる小荷物を発送したというわけだ」

「そうなりますね」

「しかしまあこれを一概に不自然と決めつけることもむずかしいか」

「ええ、こういうのが毎年のことだったんでしょう」

「晶子は一人で発送したわけだな」

「そうです。それを十日に、刈谷夫婦が水戸駅で受け出しておるんです。

　そうそう、われわれの送った例のトランク二個、水戸へ着きましてね、水戸署の方から報告がきましたよ。刈谷裕子は、自分が十一日に駅から発送したトランクに間違いないと認めたそうです。水戸の方じゃ気を利《き》かせて、裕子の筆跡もこっちへ送ったそうです。


ですから、トランクの製造元への問い合わせなどはもう必要なかろうと思うんですね」

「ああ、そうね。ちょっと待って、十日に受け出して……、そりゃ何時頃だい？」

「午後の四時半頃のようです」

「十日の時点で、父の雄造がいなくなったという連絡は、東京の姉夫婦から水戸の方へも当然入っていたろうな。それでも十一日にはかまわず発送したわけか」

「ええ、それはしかし、するんじゃないですか？　その時点では失踪とは決まっていなかったでしょうしね、発送しなければ母の静枝をよけいに心配させるかもしれませんし」

「うん……、ま、そうかもしれんな……。で、水戸の方は、刈谷旭から何か変わった話を聞きだせたとは言ってこないかい？　こいつには何かありそうだという話だったろう？」

「ええ、しかし、旭にはアリバイがありますんでね、あまり突っ込むわけにもいかんでしょう。ただですね、おっしゃる通り、何か臭《にお》うというような言い方をしてます、水戸の連中は」

「ここしかないんだよ、トランクの中身がすり替わるとしたら。水戸しかない。東京は、もう赤渡の殺害の時点ではすでにトランクは発送されていたんだからな。しかしまあ、だからといって東京組をすんなり白というわけにもいかんがね。

トランクはどうだね？　水戸駅から発送する時点で、二個のトランクの中身がすり替わる可能性はどうだい？　出したのはどっちだい？」

「出してるのは刈谷裕子の方です」

「女一人で二個のトランクを持てるのか？」

「ええ、だからですね、主人の旭が朝、出社する途中で水戸駅に寄って、コインロッカーに入れておいたっていうんです」

「ええっ!?　それで、それからどうした!?」

「昼頃、買物がてら裕子が旭の会社に寄るから、昼休みに二人で出そうってことだったらしいんです」

「臭うなあ……、妙じゃないか、それ。何でロッカーへ入れたとき、旭がそのまま発送してしまわなかったんだ？」

「ええ、それはですね、小荷物の業務受付が午前九時かららしいですが、旭も九時までに会社へ行かなければならなかったから、ということのようです。二人の証言では、これは今年に限ったことではなくて、毎年たいていそうしているようです」

「ふうん……。で、昼に二人で出したのかい？」

「ところが裕子が会社へ寄ってみると、旭は社の急用ができたということで、裕子に出しておいてくれと言ってコインロッカーの鍵を二つ渡したんだそうです」

「で、裕子が一人で頑張って発送したわけか？　確かに何かありそうじゃないか。決定的に旭が臭くなってくる。やつなら時間はたっぷりある。ロッカーに入れてあると見せかけている十一日の午前中のうちに、トランクの中身をすり替えればいい」

「ええ、ただですね、社員の二人が、社長の旭がコインロッカーの鍵を社長室のデスクの上に置いているのを見てます」

「そんなのはどうにでもやれるだろう？　別のコインロッカーの鍵でも持っておけばいい」

「ええ、そうなんですが、旭は昼過ぎに女房にコインロッカーの鍵を渡すまで、一度しか外出してないんです。それ以外はずっと社長室にいた。そしてこの外出は午前十時頃から十一時頃までなんですが、これは駅前の画廊喫茶『シオン』へコーヒーを飲みにいったものでして、ここのママやウエイトレスから裏が取れております。刈谷は自分で車を運転しますので、この時も一人で行ったんですが、社からこの店までの往復に要する十分弱程度の時間を引きますと、駅へ寄ったり、ましてそんな細工をする時間はないというんです」

「しかしなあ、そりゃ前もってコインロッカーの隣りの箱に入れといたらどうかな、赤渡の死体を。そいつをトイレか何かで素早く移し替える。あるいは同型の中古のトランクをあらかじめ買い込んでおいて、同じように縄がけしておけばもっと簡単だろう」

「しかしですね、『シオン』は駅前とはいえ、歩けば五分以上かかるようですしねえ、駅までは。

また車で駅まで行ったとすると、駐車の問題などもありますからね、そう素早くはいかんのじゃないですかね。

刈谷は会社とシオンの往復ぎりぎりの時間しか人前から姿を消してはいないんですよ。

ただですね、このシオンのママと刈谷とは、若干あやしいふしがあるらしいんですがね、でも証言はママだけじゃないですのでね」

「うん、いや、そうじゃないんだ、俺の言いたいのは。前の晩からそっくり同じに作っておくんだよ、赤渡の死体入りのトランクを。それをあらかじめ駅のコインロッカーへ入れておく。そうしておいて女房から受け取ったトランクを持っていって、これもまたその隣りの箱かどこかへ入れる。そうしておいて、女房には前の晩に入れておいた方の鍵を手渡すんだ。

女房がロッカーから出すとき、ロッカーのメーターが一日経過していて具合が悪いということなら、朝の時点でコインを入れてドアを開け、また閉めておきゃあいい」

「ははあ、なるほど……。しかしそれじゃ宛て名の筆跡の問題が起るでしょう。それにトランクが替わってりゃ、刈谷裕子には解るんじゃないですか？　裕子は今日、このトランクを自分が発送したものと確認しているわけですからね」

「うん、そうなんだが……、十日夜から十一日の朝にかけて、トランクはどういう状態だったんだ？」

「二つ並んで、刈谷家の玄関先に置いてあったそうです」

「ふん、まあ亭主としては、ここでもすり替えることはできるな。何もそんな大袈裟なことをする必要もないか」

「そうですよモーさん、そりゃ筆跡の問題を除けば、物理的に可能には違いないでしょうが、刈谷旭がそれをやるというのはまずおかしくないですか？　そんなことをすりゃ、自分で自分の首を絞めるようなもんですよ。ま、やつには確かにアリバイという最後の切り札はありますがね」

「うん、そうなんだな……、いくらアリバイがあるっていってもな、わざわざ面倒をしょいこむようなもんだ。となると……、あとは、水戸夫婦のこの習慣を知ってるやつが問題かな。主人が朝いったん駅のコインロッカーに入れて、昼に女房が出すというのは、毎年やっていたことだとさっき言ったな」

「ええ」

「これを知ってる者がこの習慣を利用した……」

「となるとまた東京の服部ということになりますか」

「そうなんだ。どうもこの水戸組と東京組ってのは、二組をひとつにすればこの殺しがやれそうって雰囲気があるんだな。水戸組にはアリバイがある。東京組にはない。しかし水戸組はトランクに死体を入れることができるが、東京組にはできない。水戸組は車の運転ができるが、東京組はできない……」

「二組が組んで分担すれば、ということですね？」

「うん。……しかし女房は二人とも赤渡の実の娘だからなあ……」

「やるとすれば亭主二人の方でしょうね」

「この亭主二人は仲がよいのか？」

「それが悪いときてるんですよ。何度か会ったことはあるらしいんですが、ウマが合わないらしいんですね」

「やれやれ。どうも爪のたつ場所がないな、おかしな事件だ。じゃあまたとにかく、この亭主二人の背後関係だな。念のため女房連を含めてもそれはよいが。

　主として金銭関係だ。亭主たちが金に困ってないかどうか、ギャンブル癖、女関係、サラ金に手を出してないかどうか。それから義父がらみの何か意味ありの因縁関係なんてのも隠れてないか、心しておいた方がいいかもしれん。どうもお定まりの発想で、言う方も気がひけるがな、とにかくこの辺を徹底して洗ってもらってくれよ」

「解りました」

　しかし言いながら牛越は、こんな月並みなやり方では到底歯が立たないのでは、というような予感が脳裏をかすめた。

「それからさっきの、例のトランクすり替えの可能性のある時間帯、十一日の朝だ、この日、服部満昭が水戸へ出向いてるなんて可能性がないかどうか、この点もだ。それから言うまでもないが、八日午後満昭は事実会社にいたか、それから八日夜、銚子へ出向いたふしはないか。もしこの東京組、水戸組のうちの誰かで、やれる可能性のある者というと、これはもう満昭しかいないわけだからな」

「解りました」

それから牛越はちょっと考え込んだ。

「それともうひとつ、頭にひっかかっていることがあったんだ。今思い出した」

「ええ」

「例の両側性死斑だ、これは、ちょっともう一度確かめたいんだが、胴体部にも、足部にもあったんだな？」

「そうです。そう聞いてます」

「胴体にはあったが、足のは違うってことはなかったよな？」

「ないです、ありません」

「ということは、全身にこれが出てから切断したというわけだ」

「そうなりますね」

「解った」

「これからモーさんは？」

「オレは赤渡家へまわるよ」

6.

赤渡家の玄関の呼びリンを押すと、昨日の実子が出て来る。

「やあ、昨日はどうも」

牛越は頭を下げた。

「そろそろお母さんの静枝さんのお話がうかがえるかと思って、うかがったんですがね」

「母はまだ伏せっております」

実子は沈んだ声で言う。

「そうですか、ではあなたでもけっこう。少しお話がうかがえますかな？」

「ええ、それはかまいませんが。お上がりになります？」

「恐縮です」

同じ応接間に通され、やがてお茶が出された。

「その後、お宅で変わったことはありませんか？」

「ありません、別に。あれ以上変わったことなど起こりようがありませんわ」

「ごもっとも」

「捜査の方は進展なさいまして？」

「いささか。まずお父上の犯行推定日時、および場所が解りました。一月八日の午後八時から十時。夜の八時から十時ですな。場所は千葉県の銚子市です。この場所に何かお心当たりはございませんか？　お父上のゆかりの地であるとか、この銚子市にお父上の古い友人が住んでおるとか」

「さあ、父の東京時代は、私はほんの子供でしたし……、私の知る限りでは、銚子なんて街の名ははじめて聞きます。母なら何か知っているかもしれません。後で私が母に訊いてまいります」

「そうしていただけるとありがたいですな。ところでこちらのお宅の方々で、今年に入って札幌を離れた方はいらっしゃいませんか？」

「いいえ、一人もおりません。父だけです」

「そうですか。ところでお父上は、中国製の骨董品の収集がご趣味だったようですね？」

「ええ、父の書斎にはたくさんあります」

「この応接間のは違うんですか？」

「これなんかもそうなのかしら？　私は興味がないからよく解りません」

「後で拝見できますか？」

「ええ、じゃあ沢入君に言っておきましょう」

「あ、それでしたらこの後、彼と話したいんでね、私が直接言いますよ」

「ではどうぞ」

「ところで、きのうはあなたも沢入さんと一緒に貨物駅までいらしたんでしたね？」

「ええ、ついでがあったものですから」

「どんなついででしょう？」

「手紙を投函することです」

「手紙を？　しかしそんなことは沢入さんにでも頼めばよかったでしょうに」

「最初はそう思ってたんです。でも彼も自分でポストに入れてくれと言うし、私も人に託すのは不安だなって思って」

「ほう、どなたに出されたんです？　もしさしつかえなければ」

「お友達です。そんなことまでお答えしなくてはいけないんですか？」

「いやけっこうです」

「ではほかになければもう失礼して沢入君を……」

「八日なんですが、夜はみなさんでこちらの家にいらしたんですか？」

「母は大平興業の社長さんのお宅へお呼ばれしておりました」

「じゃあ沢入さんとお二人で、ずっとこちらにいらしたんですか？」

「そうです。夕方からずっと。沢入君にお料理を手伝わせて、それから二人で食事してました」

「お母さんは何時頃、帰宅されたんですか？」

「十時ちょっと前です。沢入君が車で迎えにいきました」

実子はそう答えたものの、みるみる顔が曇った。

「刑事さん、いったいそれはどういう意味でおっしゃってるんですか？　八日の夜と言えば父の殺された時間じゃありませんの？」

「いやいや誤解なさらんで下さい。ほんの形式的なことなんです」

娘はそれでも憤懣やる方ない様子で、しばらく怒りを鎮めているふうだった。そして落ちつくと、さっと立ちあがった。

「ではよろしければ沢入君を呼んでまいります。先ほどの銚子のことは、母に訊いて後ほどまたまいります」

「はは、よろしく」


それからややあって、沢入保が応接間に現われた。

「今日は」

「や、今日は。昨日はどうも。あなたはお正月も帰らなかったんですってね」

「ええ。毎年、年末からお正月は赤渡さんが案外スケジュールが入って大変なんですよ。ですから例年、一月は中旬以降になって、ぼくは帰ることにしてるんです」

「そろそろ中旬だね」

「ええ、それで、刑事さんにお願いなんですが、今、母の具合がよくないらしいんです。ぼくに会いたがっているんですが」

「母上は悪いの？」

「ええ。癌《がん》なんです。今年いっぱいはもたないだろうとお医者さんには言い渡されてるんです。ぼくは毎日電話しているんですが、今日明日逝《い》っても不思議はないんです。ですから、よろしければ明日にでも帰らせていただけないでしょうか。もしそうできたら、大変にありがたいんですけれど」

「そうか、そりゃあ大変だなあ……」

そう言って、牛越は考え込んだ。これが東京の警察だったら、許可はしないだろうなあと思った。しかしこの青年が親の死に目に遭えないのも気の毒だと思った。それで、よし、問題はなかろう、と判断した。

「ま、よろしいでしょう。事情が事情ですので、特別に許可しますよ」

「そうですか!?　助かります」

「ただし、東京での所在を明確にして下さい。連絡を取りたい事柄も生じるかもしれません。それから、用事がすんだらできるだけすみやかに札幌へ帰って来て下さい。よろしいですか？」

「承知しました」

「どのくらいで帰ってこられます？」

「では一週間で戻ります。明日十六日が日曜ですね、次の日曜の二十三日に東京を発って、二十四日の月曜日にこっちへ戻ってきます」

「そうですか。しかし君も、一応進退をはっきりさせなきゃあならんでしょう」

「はい、そう思ってます」

「君も、こう言っちゃ何だが、これで母上のそばにいられるわけだから、踏ん切りもついたというものじゃないですか」

「ええ……、そうですね」

「どうして今までそうしなかったんです？」

「そりゃ、いろいろと理由はあるんです。まず東京はすごく物価が高いです。何といっても家賃が高いですから、夜間高校出のぼくが首尾よく仕事を見つけても、家賃で足が出てしまいます」

「しかし、お母さんの家があるだろう」

「母は兄夫婦の家にいるんです」

「お父さんは？」

「父はぼくが子供の頃事故で死にました」

「ああ、そう。何人兄弟なんですか？　君は」

「男二人です。ぼくは下。母が病気だもんですから、ぼくの仕送りだって重大なんですよ。

ここなら家をただで貸してもらってますし、給料もまあまあだし、それにぼくは文章を書いたりするのが好きですから、本を読んだり、書いたりする時間のとれるこの仕事はとてもありがたいんです。いや、ありがたかったんですがね」

「そうか、じゃあこれから君も大変だなあ」

牛越はお愛想でなくそう言った。

「いや、どうにかなると思いますよ。やはり何といっても母のそばについてやる方がいいと思いますしね、さっき言われたように、これでよかったのかもしれません」

「君は東京出身なのに、どうしてまた札幌に住むことになったの？」

「親しかった友達が、仕事の関係でこっちへ越してきたんですよ。それでぼくは前から札幌へは行ってみたかったもので、そいつのところへ遊びにきたんです。そうしたら気に入ってしまって。

そいつの友達がすすき野で宝石店をやってたんです。人が足りないから手伝って欲しいと言われて、しばらく手伝ってたんですけど、その店がうまくいかなくなってしまいまして、ぼくもどうしようかなと思っていると、そのお店の人が赤渡さんを紹介してくれたんです。もう十年近く昔のことになりますが」

「ふうん、君から見た赤渡さんはどんな人でした？」

「いい方でしたよ。これはお世辞じゃなくそう思います。時には老人に特有の、わがままなところはありましたけど、それは誰にだってあることでしょうから。ですからぼくも、こんなひどいことした犯人を許せない気がします」

「心当たりはどうかね？」

「さあ……、ぼくは何とも。ただ、ぼくが秘書みたいなことやって、赤渡さんの下で働くようになってから出来た人間関係じゃないことは断言していいと思います。ですから、まず札幌に住んでいる人たちじゃないんじゃないか、そう思いますね。札幌の人たちとのおつき合いは、みんな一様に和気あいあいの親睦会みたいな感じでしたから。自分の家族には時に大声を出すことがあっても、そういう人たちには赤渡さんは笑い顔を絶やしたことがありません」

「なるほど。で、君は赤渡氏の東京時代の人間関係については詳しくないわけだね？」

「ないです」

「君の考えが聞きたかったんだがね」

「牛越さん、今ぼくは何とも解りませんが、こういう問題を考えるのはぼくは好きなんです。東京時代のことはよく存じませんが、赤渡さんの対人関係もだいたいよく知っておりますし、真剣に考えれば、きっと何かひとつくらいは思いつくと思うんです。東京でゆっくり考えてきたいんです。何か思いついたことがあったら、署の方へ連絡してもよろしいですか？」

「おお、いつでもいいですよ。赤渡雄造氏はね、一月八日の夜八時から十時の間に、千葉県銚子市の利根川河口で溺死させられているんですよ。銚子と聞いて、秘書の君に何か浮かぶ心当たりはありませんか？」

「それは私がお答えいたします」

と突然しわがれた女の声が背後で聞こえ、牛越が振り返ると、応接間の入口のところに、寝巻にロウブをはおって痩《や》せた老婆が立っていた。

「赤渡の家内でございます」

老婆は言った。ようやく会えたか、と牛越は思った。眼窩《がんか》は窪み、眼は充血して、深い憔悴《しょうすい》を物語っている。袖口から覗いた腕が棒のようだ。

「あ、こりゃお邪魔しております。札幌署の牛越です。ただ今名刺を……」

牛越が慌てて腰を浮かせながら言うと、赤渡静枝はしっかりとした調子の声でそれを遮った。

「名刺はけっこうでございます。警察手帳さえお見せいただければ。もう目も遠くなりましたので」

「お体、いかがでございましょう……」

「どうかご心配なく。それより今、銚子市がどうとかとおっしゃっておいででしたか？」

「はあ、申しました。あ、こちらへどうぞおかけ下さい」

老婆はゆっくりとソファへ腰を降ろした。牛越は手帳を見せた。


「銚子と言えば漁港でございましたわね？　主人は農林省時代、外局の水産庁にしばらく勤務しておりました。その時代、漁獲法の振興指導とか、漁船の安全基準の検査などで、関東一円のいろいろな漁港へ参っていた時期がございます。その頃、確か銚子へも参ったはずです」

「それは、昭和何年頃のことでございましょう？　農林省の水産庁に勤務なさっておいででしたのは」

「確か、昭和二十七年くらいから、三十三年くらいまでであったと思います」

牛越はメモを取った。

「この頃、銚子市に住まわれたというようなことは？」

「それはございません」

「ではここに古い友人がいらしたとか、現在住んでらっしゃるというようなことは」

「そういうことはございません」

「では銚子市において、過去に何か変わった事件に巻き込まれたといったようなことはありませんでしたか？」

「そういう話も聞いておりません。そもそも銚子、銚子と言われましても、主人はおそらく一度か、せいぜい二度程度行ったことがあるというだけでしょう。私も今言われるまでは、銚子の名などまったく忘れておりました。

ほかの港でしたら、たとえば横浜とか横須賀とか、竹芝桟橋だの日の出桟橋なら、よく主人の口から聞きました。そのほかにもいくつか印象に残っている港町の名はありますが、銚子に関しましては、ほとんど印象にありません」

「ふむ……」

牛越は考え込んだ。では銚子という街は、赤渡にとってとりたてて意味はないのか。殺された場所がたまたまこの海に近い街だったというだけで、単なる通りすがりの場所にすぎなかったものかもしれない。

「では、次に申しあげます名前にご記憶がございますでしょうか？　中村染一郎、広岡徹、藤木敬士、芝木朝雄、八木治……、いかがです？」

「みな、主人の同僚です、農林省時代の。ほとんどが親しくしていただいた方ばかりです」

「このほかに足りない方はありませんか？　この五人以外に親しかったという方は」

「川津さんです。川津……、お名前の方は忘れましたけれども……」

「川津光太郎さんですか？」

「そうです、そうです。光太郎さんでした」

「ほかにはいかがです？　この六人以外に親しい方は」

「ありません」

「そんなはずはないと思うんですが。よく思い出して下さい」

「これ以上いらっしゃいません」

「よく考えて下さい。ここはとても大事なところなんです」

「いくら考えても同じです。あとは北海道の方たちです。東京時代にはこれ以外に親しい方、私が憶えているほど親しいおつき合いをしていただいた方はもうありません。主人はお友達はどちらかといえば少ない方でした。この方々にしたって、ええと、最初なんとおっしゃいましたか？　中村さん、藤木さんに、八木さん……」

「広岡さんですか？」

「ええ！　その方です。そのお方は私、存じあげません。主人がきっと親しくしていたのでございましょう。私は存じません。ほかに私が考えられる人といえば、代官山に住んでいた頃のご近所の方ですわね」

「どういった方たちです？」

「お隣りの松木さん、裏の横溝さん、お向かいの森原さん、親しかったのはそのくらいかしら。でもこのみなさんも、主人とはそれほど親しくはしておりませんでした。

私が親しくしていただいていたのです。それに、みなさん東京にはもういらっしゃらないはずでございます」

「その方々のどなたかが現在銚子に住んでいらっしゃると、赤渡さんがもし何かでお気づきになったら、何をさておいても飛んで会いにいらっしゃるとお思いですか?」

「さあ、それは……、参らないと思います。先ほども申しましたとおり、主人はあまり親しくはしておりませんでしたから。それに現在の住所はみなさん解っておりますよ。銚子の方はいらっしゃいません」

どうやらこれは違うであろうな、と牛越は思った。しかし一応念は押した。

「後に会う予定の川津さんをすっぽかしてまで、飛んでいらっしゃるほどのことではないわけですな?」

「どういうことでしょうか?」

牛越は、ここでようやくこのあたりの事情を打ち明けた。赤渡静枝は、ほとんど目を閉じるようにして、黙って聞いていた。やや沈黙があって彼女は言う。

「そうでございましたか……。それほどのことではないはずです。もし解ったとして、主人が思いたって会おうと考えたにしても、川津さんの後にすることでございましょう。でも主人はたぶん、あの方たちにとりたてて会いたいとは考えないと思います、私は」

「はあ……、そうでしょうね、ただご近所というだけではね」

「はい」

「これは、念のためにうかがうんですけれども、先ほどの農林省時代の六人の方々の内に、今のご近所の方々も含めてよいのですけれど、ご主人と、その、かつて深刻な衝突をなすったとか、赤渡さんを深く恨んでいると思われるような方は、いらっしゃいませんでしょうか?」

「そういう方はございません」

赤渡雄造の妻は、即座に、きっぱりと言い切った。

「主人は、人様に恨みをかうような人ではありませんでした」

こうはっきり言われると、牛越も次の言葉に窮した。

「少し気分がすぐれません。よろしければ、奥で少し横になりたいと思うんですが」

牛越が顔をあげて見ると、静枝の顔には血の気がまったくなかった。

「おお! そりゃいけません。どうぞ、どうぞ! できましたら後で、念のため先ほどのご近所の方たちの現住所もお教え願えるとありがたいのですが」

「実子に届けさせます。しばらくお待ち下さい」

静枝はそう言うと、血の気の失せた顔を難儀そうに屈めた。そうしてよろよろと立ちあがると、沢入の肩にすがって応接間から出ていった。彼女はすでに半分死人だった。

しばらくして戻って来た沢入に、牛越は生前赤渡が収集したという中国骨董品を見せてもらった。書斎狭しとそれらは並べられていたが、牛越には興味がないために、いっこうに面白くない見物であった。

それから牛越は、実子から松木、横溝、森原の三人の現住所のメモを受け取って、赤渡家を辞した。

赤渡雄造にわれを忘れさせるほどの人物がもし存在するにせよ、それは夫人のあずかり知らぬ人物とみえる。となると……、と牛越は考えた。農林省時代の六人、それに一応代官山時代の隣り組を加えた九人、これらのアリバイなどを当たるのも必要ではあるが、赤渡雄造の女関係、これを洗わずにはすむまい。

7.

月曜日の午前中の会議も、メンバーは牛越と佐竹と主任の三人だけであった。ドアの書きぞめも、むろんもう取り払われている。

佐竹がメモを広げて言う。

「赤渡雄造に関する聞き込みなんですがね、嫌になるほど評判がいいんですね、東京からの報告によりますと。

ホトケになった者に対しては、特に今度のような冷酷な殺され方をした知人に対しては、人情として口が重くなるものですけれども、しかしこの赤渡に対する農林省時代の友人たちの証言というのはですな、どうも遠慮やお世辞からだけでもないらしいんですよ。

モーさんおといい言ってましたね、赤渡の女関係、特にそういう線に関してはまるっきり絶望的ですよ。

連中は、これは遠慮から言うんではないと前置きしましてね、赤渡に限ってはそういう類《たぐ》いの不名誉はいっさいないと言うんです。お役人時代、同僚たちが木石漢《ぼくせきかん》と噂するのが常であったらしいです。

でも女にもてないということでは全然なかったらしい。友人や仲間のつき合いでやむなくバーやクラブへ繰り込むなんてことがあると、なかなかの好男子ですから、ホステス連中に人気はあったそうです。しかし間違いは一度も犯しておりません」

「うん、だいたい女で失敗するやつってのは、日頃あんまりもてそうもないのが多いからな」

主任が言う。

「ええ、そういうことはありますからね、どうも赤渡が女でしくじるなんてことはありそうもない。今度のことにも女がからんでるって線はありそうもないですね。仲間連中は、赤渡ってやつは女に興味が持てない種類の男なのかもしれんと噂し合ったくらいだそうです」

「しかし、かみさんも子供もあるんだからな。案外一途《いちず》に思いつめた女を一人、どこかへ囲ってたなんてことはないのか?」

これは牛越も同感だった。そのあたりが一番可能性が高いと彼も考えていた。

東京時代のこの女とその後別れ、この女が現在銚子にいることが何かのきっかけ、——赤渡が友人と待ち合わせた銀座の店で読んだ新聞とか、壁の貼り紙とかによって解った、あるいはこの女に生ませた子が今銚子にいることが解った——、このくらいの事情がなければ次の川津をすっぽかしてまで銚子に飛ぶなどという彼の行為は解《げ》せない。


「それなんですがね、当時赤渡にそんな時間は絶対になかったはずだっていうんです。これは例の親しくしていた連中が言うんです。役所がひけて、彼は飲みにもいかず、伝書鳩みたいに帰っていくんで、自分らが彼の家へ試しに電話をかけてみると、まず絶対といっていいくらいいたというんですね」

「なるほど……。しかし、じゃあいったい赤渡の楽しみってのは何だったんだい? 趣味は?」

「趣味はですから例の骨董品収集とか、美術鑑賞、それから将棋、まれには魚釣りだそうです」

「なるほど、木石漢だ」

「魚釣り!?」

牛越が言った。

「それなら銚子へも行かなかったか?」

「それがもっぱら釣り堀と、川魚釣りだそうです」

「ほう、愛想がないな」

「こっちへ情報が続々と届いてくるんですがね、届けば届くほど、みるみる赤渡は紳士になっていきますよ」

「ふん、そんな感じだな」

「例のお役人仲間の六人自身はどんな調子だったんだい?」

「今回に関してですか？　これがですね、全員、不完全ながら八日夜の殺害時刻のアリバイがたちました」

「不完全というのは？」

「全部家人の証言だからです」

「そうだな、こんな爺さんたちが、十時頃まで夜遊びしているわけもない」

「ただ一人、八木治だけは八日の九時頃まで大森の自宅付近の馴染みの飲み屋に顔を見せておりまして、第三者のアリバイ証言が得られております。それ以降は帰宅しておりますので、ほかの連中と同じく家族の証言となりますけれども。

　赤渡と銚子へ同行したのではないかという質問には、彼をはじめ全員が否定しております。とりあえず信用してよかろうと思います。これらのお仲間たちは、現在までのところ、赤渡と確執があったとか、そういう報告は届いておりませんので、動機が全然ないわけです。また、こういう連中が全員で協力し合ったとでもいうのなら別ですが、個別となりますと、体力的にも溺死させるなどという荒技《あらわざ》の犯行はむずかしいと思われます」

「うん、まあ、それはそうだろうな」

「それからですね、一昨日のモーさんの方からの、松木、横溝、森原、これらの代官山時代の隣りですね、こっちの報告もすでに入っております」

「早いな」

「これらの人々で、八日を含めて、上京している赤渡と連絡をとった者はないそうです。みな、当日はそれぞれの自宅にいたそうであります。これが虚言なら別でありますが……」

「まあ、嘘は言わんだろうな、もとお役人が警察相手に」

「彼らは先の農林省時代のお仲間と一緒で、ですね、いやそれ以上でしょう、動機なんかないですからね」

「むろんこれらの人たちで、代官山時代赤渡と確執があったなんて報告は入ってないんだな？」

「ないです。大体、昨日モーさんも言ってましたが、これらの連中は、赤渡雄造個人とはまったく親しくしておらないようですので」

「ふむ、殺すわけもない、か」

「アリバイの気になる連中はこのくらいですかね」

「今のところは、だがな。しかし、女には興味はなし、役所がひければまっすぐ帰宅し、趣味は美術鑑賞と将棋ときたか」

「これなら娘があれほど怨恨でないと断言したのも頷け

てきます」

「うん、あとは金銭関係だ。金に関してはどうか。何と言ってもお役人ってやつは立ち廻り方ひとつでなかなかうまみがあるものだ。税務署の例をあげるまでもなかろう」

「実はそれなんですよ、困るのは。こっちこそ、女関係以上にすっきりしておるんです。お手上げでしてね。

赤渡雄造という男は振興局長まで登っておるんですがね、この出世という問題ひとつをみましてもね、夫人の静枝が上司関係の家系の出でないがために、これ以上の出世ができなかったという事情があるんです。こんなふうにですね、自身の結婚を出世に利用してないってことひとつをとってみましてもね、赤渡の潔癖さのある程度の証明になろうかと思うんです。

彼は一高東大の出身でしてね、在学中に高文試験に合格しておりまして、主任なんかはこういうことに詳しいでしょうが、いわゆるお役人の幹部候補生としての出世コースをまっすぐ歩んできておるわけです」

「うん、いわゆる『有資格者』というやつだ」

「それが外局の水産庁を廻されてですね、結局農林省振興局長止まりであったわけです。これは有力者の子女などを妻にしてなかったために、派閥、閨閥主義のお役所の出世ルートからはずれたためです。そうではありませんか？」

「そうだろうな。あるいは彼の潔癖さが災いしたかな。水清ければ魚住まずというからな」

「彼は一高東大ですからね、なにしろ。あの当時の常識にしたがって、というより周囲も勧めたでしょうがね、結婚をも含めた出世コースを歩んだにしても、さほどの堕落と自身を感じずにすんだはずです」

「静枝とは恋愛なのか？」

「まあ、そういうことになるでしょうかね、幼馴染みということです」

「なるほど」

「これなら赤渡雄造の方こそ被害者ですよ。彼の方で当時の上司たる俗物連中に復讐してもいいくらいです」

「なるほどな、金の方はどうなんだ？」

「それも綺麗なもののようです。だいたい酒を飲まないんですからね、そう金の遣い道もないでしょう」

「女もやらんのだしな」

「ええ」

「女でもなく、金でもなく、出世のために足蹴《あしげ》にした人物があるわけでもないか、汚職の線もこれなら出そうもないな」

「そうなんですよ、汚職がらみという線が期待できない」

「それで容疑者連中にはほとんどアリバイがたつ。新年そうそう何とも嫌な事件に関わったもんだな」

「赤渡雄造に関して、もう少し詳しいところを言いますとね、彼は明治四十四年十二月二十日、東京は小石川の生まれ。子供の頃から神童のほまれが高く、正義感の強い子供であったということです。

父は植物学者、母は栃木の医者の次女に生まれております。雄造はずっと小石川で育っており、二十八歳で現在の妻、西村静枝と結婚して、代官山に居を構えております。

生まれ育った家庭に、別に複雑な事情などといっても少しもありません。一人っ子で、両親に大事にされて育っております。両親は彼が四十代の頃二人とも亡くなっていますが、死因に関しても何ひとつ不審な事柄はありません。

静枝との結婚に関してもですね、先ほど言ったような問題はありましたが、別に両親が猛反対したといったようなこともなかったらしい。息子を信頼したようです。

二人の結婚そのものに関してもですね、ライバルがいたってこともないですし、双方のどちらかに別の意中の人があったという形跡もないらしい。ごく平凡にして、純粋な結婚であったということです」

「なんだか聞いていると気が滅《め》入《い》ってくるな」

主任が言った。

「こんな聖人君子がなんであんな殺され方をしなきゃならんのだ？」

「朗報と言うならですね、これくらいかな」

「何だ？」

中年組の二人が声を揃えた。

「刈谷ですよ。刈谷旭は相当な遊び人らしい。それでかなり借金があるらしいんです。サラ金で首が廻らなくなっているようです。今度新築した家の資金にも困っておるという話です」

「ふむ、そうか……。しかしな、刈谷は経営者だからな、比較的金は自由になるだろう。一介のサラリーマンじゃないんだからな」

「そうです。またやつにはアリバイがありますしね」

「東京の服部満昭の方はどうなんだ？」

「こっちは金銭面は几帳面《きちょうめん》な男のようです。借金の類いはないです。ギャンブルの類いはいっさいやらんようです。家のローンもすんでおります」

「こっちは金は要らんか、しかし金はいくらあってもいいものらしいからな。一億円の貯金があって保険金詐欺《さぎ》をやったやつをオレは知っている。しかし、赤渡は遺産はどうなんだ？　娘夫婦たちにかなりの額が渡るのか？

どうなんだいモーさん」

「その点ですがね、赤渡にはそれほど大した遺産はないと思うんですよ。さっきの話にもあったように、彼は実にまっとうにやってきた男なんでね、正直なやつは貧乏と相場が決まっておりますからな。少なくとも殺人に見合うほどの額はないと思われますな。そりゃあの家でも売りに出しゃ別ですけどね」

「しかし奴は天下りのお役人だ。天下りというのは言ってみればお役所の大物だけに許された退職金二重取りの特権だからな。つぶしのきかんわれわれが、紙きれ一枚で放り出されるのとえらい違いだ。こうなってくるとな、この辺に疑惑の目を向けんことには仕様がない。

民間企業の側も天下り役人を欲しがる以上、それなりのウマ味があるからに違いない。となると、赤渡の極北振興への天下りにはだ、相当な裏金が動いておることも考えられる。となると、やつが隠し金を相当貯め込んでるって線も疑ってかからにゃならんぞ。刈谷はなんだか軽々しい男のようだが、東京の服部の方はこの辺の事情に見当をつけておるかもしれん」

「ええ、その線は臭うんですが……」

「そうなると東京組だの水戸組だの、トランクの動きがどうのとばかり言ってなくていいかもしれん。どうもこっちの側はうまくないんでな。いっそ、極北振興がらみの殺しという方向に頭を切り換えた方がいいかもしれん」

竹やんはこんなことは知らんだろうが、農林省からの天下りと聞いてわれわれの頭にすぐ浮かぶものは、昭和二十八年の、ドミニカ輸入砂糖の割当て問題にからんだ汚職事件だ。

モーさんは知ってるだろうがね、わが国の砂糖はその八割を輸入に頼っておる。この輸入原糖の民間企業への割当て権は農林省が握っている。砂糖というやつは庶民の台所の絶対必需品だからな、その割当て加減によっては砂糖会社はボロ儲けもする。文字通り甘い汁というやつだ。

こういう民間の砂糖会社の重役あたりに、仮にだがな、農林省の食糧庁あたりのお役人が天下っておってだな、輸入原糖の割当て会談あたりを酒飲み話で始めたらどうなるかな？　もちろん一流の料亭に招いて金も動くだろうし、時には女も抱かすだろう。会談する者は一応砂糖会社の重役と食糧庁のお役人だが、そのお役人はもと重役の部下だったんだからな、結果は目に見えておる」

「ええ、そういったこともですね、自分は知識としては知っております。しかし自分が極北振興を聞き込んだ限りにおいてはですね、どうもそれほどの額の金は動いていないようなんですよ。天下りとはいっても、赤渡はそれほどの大物ではない、むしろ赤渡の方で望んだというようなニュアンスなんです」

「やつは副社長に天下ったんだったな？」

「そうです。これは専務が言うんですがね、副社長といっても名ばかりで、まあ顧問のようなものでして、直接仕事にタッチしてもらうようなことはごく少なかった。したがって会社内で深刻な対立関係ができるといったような可能性はまず考えられないということ、これがひとつですね。

それから食糧品関係の会社ならいざ知らず、極北振興というのは宅地の造成やマンション、貸しビルの建設、またゴルフ場の運営とか、その他観光業が主たる方向の会社でして、農林省関係とは認可にからんだウマ味などというものはほとんど考えられないと、こう言うんですね」

「じゃ何で天下り役人を受け入れたんだ？」

「それはいわばショウウィンドウだと言うんですね、官庁に対する」

「ショウウィンドウなんて言い方も臭いんだぞ。たとえば防衛庁と民間防衛産業だ。これは昔、業者が防衛庁から大きな仕事をとる時、その話と引き換えに防衛庁の定年将官を受け入れるなんて話があった。あの時も業者は、防衛庁に対するこれはショウウィンドウですと称しておった」

「ええ、専務はこういうふうに言うんです。たとえばカバン屋のショウウィンドウに、自分が日頃愛用しておるのと同種のカバンが飾られておったら、何となく店に入りやすかろうと思う、そういうことだというんですね。ただ、そういう意味あいであると」

「まあそりゃそう言うだろうさ」

「ただですね、赤渡が極北振興にいた時代には、彼が関わったいかなるトラブルも起こっていないとこう言うんですね。これは断言できる。どのようにお調べいただいてもけっこうであると、こう言うんです。

これはまあ、その通りでした。自分がその後社員や、もと社員といった連中を聞き込んだ限りでは、赤渡は人当たりのよい温厚な紳士、こういうイメージをくずすことはできませんでしたからね。極北振興に限らず、北海道での赤渡の周りはいたって平穏なものです」

「退職金が出てるだろう？」

「これがですね、意外に少ないんですよ。一千万程度だろうと言われてます」

「一千万!?」

「ええ」

「まあ五十五で……、赤渡が農林省を辞《や》めたのはいくつの時だ？」

「昭和四十一年、五十五歳の時です」

「ほう、こりゃ世間並みだな。お役所ってところにゃ定年はないんだからな。ま、とにかく、五十五でお役所を勇退して十年ばかり働いただけだからな、そんなものかもしれんな」

「赤渡家ってのはかなりの、豪邸とまではいかないまでも立派な家ですのでね、天下った時点までの貯えや退職金がこの家になっていると思われるわけです。ですから赤渡の遺産となると、この一千万の退職金にせいぜい毛が生えた程度と推測できるわけです。赤渡は自分の家屋敷、土地のほかには、不動産の類いはいっさい持っておりません」

「ほう……、じゃその一千万を貯金していただけか」

「そうです」

「今時珍しいな。この物価値上がりの変動の激しい時代に。確かにこれは殺人に見合う額の遺産じゃないな。また一千万程度の金しか極北の方で出さなかったとするなら、こりゃ大して悪どい仕事もやらなかったのかもしれん。極北振興の副社長はな」

「はい」

「ふむ、もと役人が殺されたというと、すわ汚職がらみと発想するのはわれわれ刑事の業《ごう》みたいなもんだからな……。ほかの会社の方はどうだった？　極北以外の、赤渡が相談役をやっている会社は」

「これは徹底して聞き込みましたがね、まったく問題はないという印象ですね。秘書の沢入も以前に言ってましたが、親睦会《しんぼくかい》ですよ」

「ふむ、われわれの膝元《ひざもと》は望みなしか……。そうだ！　保険は？　赤渡の生命保険だ」

「これがですね、ほんの葬式代ですよ。受取り額五百万円ですね、受取人は妻の静枝です」

「たった五百万か……、弱った」

主任はそう言って黙りこんでしまい、何とも声を発しないので、牛越が口を開かなくてはならなかった。

「竹やん、銚子駅のコインロッカーを当たるって言ってたろう？　報告来たかい？」

「何も出ませんでした」

佐竹はやや憮然として言った。

「じゃあ首と両手は、まだどこからも出ないんだな？」

「出ません」

「服部満昭に関してはどうだい？　八日の午後、事実社に残っていたかどうか、証明されたかい？」

「あ、そうだ、されました。夕方五時頃、清掃員のおばさんが、自分のデスクに一人居残って書類を整理している服部を見ているそうです」

「見たのか！」

これでさらにことが面倒になった、と牛越は思う。

「ただし、八日の午後一時半頃から五時までの間は、服部を見かけた者はいないそうです」

「それはつまり、やつが社にいなかったということか？」

「いえ、そうではありません。社から服部以外の人間がいなくなったからです」

「ふうん」

「あと服部満昭に関してですが、やつは八日の夜、知人の誰からも車を借りた形跡はなく、千代田区、中央区、台東区、のいずれのレンタカー屋からも車を借り出してはいないと思われると言ってきています」

「八日の昼の方は、昼過ぎて一時半頃まで、社の仲間の目撃があるわけだな？」

「そうです。昼食も社の食堂で一人でとっているところを、何人もの人間が見ています」

「昼食時も社から出ていない、か」

「また服部が言うには、この八日、義父の雄造から満昭に銚子行きを告げる電話も、あるいはそれ以外の用事でも、一度も電話連絡は入っていないようです」

「八日、赤渡は服部にも電話を入れてない……」

「またそれは晶子の方も同様でして、晶子のところへも父親から銚子へ行くなどという電話は入ってないそうです。入っていればあれほど心配はしなかったと言っております。なおこれは以前にも言いましたが、川津のところへも赤渡はキャンセルの電話を入れておりません。義理堅い赤渡なのに、いったいどうしたのだろうと川津光太郎は思っていたそうです」

「ふうん……」

「それからですね、銚子署の方からですが、聞き込みを続けるも、八日夜赤渡雄造なる老人を見かけたる者は確認できず、と言ってきております」

「おそらくもう陽も暮れてたろうからな、赤渡が銚子へ着いた頃は……」

主任がつぶやくように言った。

「銚子の現場はまだ浮かばないのか？」

「まだですね……」

佐竹が低く応え、あとは沈黙になった。

こうして三日目にして、捜査は暗礁に乗りあげた。

8.

実の娘が愛情を込めて、南から父親にプレゼントのトランクを発送した。国鉄便であり、途中ですり替わる気づかいはない。ところが札幌に着いたら中から当の父親が出てきた。まるで手品である。

捜査陣が南の地に洗いだせた容疑者は、広げてもせいぜい十人であった。しかし結局彼らもシロと断ぜざるを得ないのである。

空しく一月二十一日になった。すでに事件が発生して一週間が経過した。この間に加わった新たな材料といえば、刈谷裕子の筆跡くらいなものであった。水戸から送られてきたこの筆跡は、あらかじめ取っておいた例のトランクの宛て名書きの文字のコピーと較べると、誰の目にも同一人物によるものであることが明らかだった。

牛越佐武郎刑事は、署の廊下の突き当たりの窓のところから、凍《い》てついた道路を見降ろしながら連日頭をひねるのが日課になった。

わけの解らぬ事件だが、今までのところを整理してみようと彼は考える。ここにはふたつの動きがある。ひとつはガイシャ赤渡雄造の動き、もうひとつはトランクの動き、である。

赤渡雄造は一月四日に札幌を発ち、五日に水戸へ着いている。それから六日の夜水戸を後にして東京へ向かう。七日は一日中一人で東京を歩き廻り、知人に会い、その夜は無事に服部家へ帰ってきている。

翌八日も旧来の友人に会っているのは確かだから、生きて無事服部家を出たことも確かである。上野へ出、銀座へ廻り、午後三時直前まで銀座、有楽町にいたが、その直後、品川区の大井町へ行く予定を突然放りだして千葉県の銚子へ飛んでいる。そしてここでその夜、水死した。

一方トランクの方はというと、その八日の午前中、この先その中に入る運命にある赤渡と一足違いで服部家を出ている。この時点では中に中華ふう衝立を入れ、秋葉原から送り出される。そうして十日の午後遅く、水戸駅に着いて刈谷に受け出される。

この時赤渡はすでに殺され、二日の時間が経過している。銚子以降の赤渡の死体の動きは不明である。しかし十日午後のこの時点ですでに切断され、トランクに入れるだけになっていたと推察される。

刈谷夫婦は十日の夜、第一のトランクを開け、中身をあらため、もう一度縄がけし、自分たちの第二トランクも荷造りした。この作業には赤渡の実の娘も加わっている。この家には子供もいる。彼ら夫婦が主張する通り、この時のふたつのトランクの中には中華ふうの衝立と、一対の唐獅子の置物が入っていたと考えてよかろう……。そう、この時点では、まだ、よかろう。夫婦はこのトランクをふたつ並べ、新築なった家の玄関先に、並べてひと晩置いておいた。

玄関も、各窓も、厳重に戸締まりをしたと夫婦は水戸署に申したてている。これも嘘ではなかろう。しかしこの後、札幌の赤渡家の玄関先で荷が解かれるまで、このふたつのトランクは開かれることはないのである。

そして翌十一日朝、裕子の夫刈谷旭が一人、このトランクを車に積んで水戸駅のコインロッカーに入れにいく。この時刻が八時半頃。

それから昼休み、二人で発送するために裕子が夫の会社に寄ると、彼は用事ができたと言ってコインロッカーの鍵だけを渡した。

考えてみると、上野からも水戸からも、出したのは実の娘である。これも興味をひく偶然だ。十一日に水戸を送り出された二つのトランクは、海峡を渡り、十四日に札幌に着いている。そしてこれもまた実の娘の実子が開けると、中から赤渡の死体の胴と足の部分が出てきた。

刑事は二、三年前にテレビで見た魔術を思い出した。二、三人の男が大勢の観客の見守る舞台の上に大きなブリキのミルク缶を持ってくる。人間一人が入れる大きさである。これに彼らは水をみたす。するとマントをはおった手品師が舞台の袖から現われる。彼は外国人で、マントを脱ぐと上半身は裸で胸毛があった。彼が助手たちに抱えあげられ、ミルク缶の中に入る。ざあと水があふれる。手品師は缶から頭だけを出し、しばらく呼吸を整えていたが、さっと缶の中に身を沈める。また頭の分だけ水がこぼれる。すかさず助手たちが蓋を閉め、革のベルトを幾重にもかけ、錠まで降ろす。一分、二分とそのまま時間が経つ。観客は息をつめている。するとさっきの手品師が、舞台の袖からよろよろと、荒い呼吸で現われるのである。

牛越はこれを見た時、虚心坦懐《きょしんたんかい》に感心した。タネがさっぱり解らなかった。今でも解らない。こういう魔法使いのような男が、自分の技術を犯罪に応用でもしたら、刑事はさぞ困るだろうな、などと考えたものだった。しかし今、まさにそれが起こったのである。

八日の服部晶子の発送も、十日の刈谷の受け出しも、また十一日の水戸発送も、すべて駅に記録が残っているものだ。ごまかしようもない。したがって嘘はないであろう。

牛越は念のため、札幌に着いてからのトランクについても確かめてみた。これを沢入が貨物駅のカウンターから受け出し、車の方へ持って帰ってくる間中、実子がずっとそれを車の中から見ていたらしい。そして家に着いて、荷をほどき、異状を発見してから警察が来るまで、実子は少しも目を離さなかったという。実子が警察に電話する間は、母の静枝が荷物のところにいた。これでは中身がすり替わるチャンスはほんの一瞬さえもない。容れものごとすり替わるというのはないでしょうなと佐竹が言ったが、確かに一年に一回しか使わないトランクがすり替えられても、当人たちには区別がつかないかもしれない。

ところで、赤渡の八日の東京から銚子への移動にはどういう意味があるのか。

銚子は東京よりは水戸に近い。水戸—銚子間は直線距離にすれば百キロはないであろう。車を使えば割合短時間で移動できる距離だ。これが犯人の画策したものなら、犯人としてもやがては水戸へ着くトランクに、赤渡を接近させたかったからではないか。この時、トランクもまた水戸へ向かって移動している。

いや……、と牛越は思う。それならもう少し水戸に近い場所に赤渡を動かす方がいい。銚子ではまだ水戸までずいぶん距離がある。いってみれば東京、水戸、銚子は、ほとんど正三角形をかたち造る位置関係に近い。トランクは左斜辺を移動し、赤渡は底辺を動いた。これでは距離は詰まらない理屈である。

トランクに赤渡を近づけるためなら、霞ケ浦あたりの方がずっといい。これなら銚子にもっとずっと近い。そして溺死にこだわる気なら、ここにも水がある。

そうなると――、赤渡の銚子行きは、やはり彼の自発的な行動と考えたい。ではその理由は、となるとかいもく雲を掴《つか》むような謎であった。

だがそのきっかけなら見当がつくぞ、と牛越は思う。老人に突然そんな性急な行動を取らせるとしたら、何か直接的なきっかけがなくてはならない、そしてそれは再会した八木との会話の中にはなかった。では何か？　そうならそれは、銀座の「とり月」あるいは「マイアミ」で彼が目にしたもののうちにあると考えられないか。

新聞、雑誌の類い、あるいは壁の貼り紙、ポスター、カレンダー、それとも店内装飾用の写真とか額の中の絵、花瓶にさしてあった花も、無視できないかもしれない。こういったもののうちに、この老人にわれを忘れさせた何ものかがひそんでいるのだ。

時が経ち、繰り返しこの点を考えるうち、牛越の内側でこの想像が確信に変わっていった。彼はいつか東京へ行きたいと願うようになった。

しかし、何も収穫がなく、手ぶらで帰る時のことを考えると、彼の生来の慎重さが口に出すことをためらわせた。そんな状態でさらに一日がたった。

9.

一月二十二日の土曜日、彼が例のごとく廊下の突き当たりのお気に入りの場所で、紫煙を吐きながら事件のことを考えていると、靴音が駈け寄る気配がして、佐竹の声がした。

「モーさん！」

「何だい竹やん、慌てて」

「出ましたよ！」

佐竹の声は、切羽詰まって大声になっていたので、冷え冷えとした廊下に大きく反響した。

「何が」

「首と両腕ですよ、赤渡の。残りも、もう一個のトランクです！」

さすがに牛越の目の色が変わった。何となく牛越は、首と両腕はもう出ないであろうと考えていた。少なくともみっつめのトランクが存在するなどとは予想もしていなかった。ほとんど忘れていたといってもよい。

「どこでだ!?　水戸か？　銚子か？　いつ出た!?」

「昨夜ですよ。それがなんと千葉なんです。千葉駅のコインロッカーなんですよ」

「千葉!?」

牛越は絶句した。千葉とはまたどういうわけだ。東京、銚子、水戸、そして千葉、これらがどういう意図で結ばれているのか、とっさには彼は、見当をつけることさえできなかった。

「で、いつ、いつから入ってたんだ?」

「十六日からのようです。ご承知のように、国鉄のコインロッカーは四日目に入ると開函調査の対象となりますので。昨日でもう六日めになって、引き出される様子がなく、若干異臭もするんで、昨夜千葉駅の係官が開けてみると、赤渡雄造の首と両腕入りのトランクが出てきたわけです。札幌へ着いた前ふたつのトランクと同じく、やはり縄掛けされておりまして、荷札も付いていました」

「荷札も!? つまり、いつでも発送できる状態にあったわけか」

「そうです」

「発送するつもりだったのか……? で、その宛て名は?」

「宛て名は前ふたつのトランクと同様、札幌の赤渡雄造宛てです。差出人の名はないようです。ただ……」

「中に入っている人間に宛てているのか……。しかし……、そうだ、筆跡は!? 宛て名書きの文字の筆跡は今度のはどうなってる?」

「これはダーマトグラフ(クレヨンのように芯の柔らかい色鉛筆)です。色は黒、左手の筆跡ですね。これは荷札の方も同様です。ただですね、今度のが以前と決定的に違うのは、宛て名書きの紙なんです」

「うん?」

「つまり今までのものは、極北振興が作って使っている宛て名書き専用の上質紙なんですね、モーさんもご覧になったでしょう?」

「ああ……」

牛越は思い出した。上質のアート紙に紺色のワクが印刷され、細い縦の罫線《けいせん》も入っていた。それがきちんとガムテープで四辺を留められていた。

「あの宛て名書きの用紙は、極北振興の名が印刷されていないので、水戸夫婦は以前この紙を大量に父から貰って使っていたんですね。しかし今度の第三トランクは、当然こんな紙は使ってありません。ありふれた手紙用の便箋です」

「ふうん……」

「ホシとしては、発送するばかりにしてロッカーに入れ、逡巡《しゅんじゅん》しておるところを発覚したと、こういうことでしょうかね」

そうだろうか、と牛越は思った。自分らはそんなヤワなやつを相手にしているのだろうか——？　しかし彼は黙っていた。佐竹は続ける。

「こうなると、ホトケのもともとの発送地点はみっつとも千葉であった可能性というものを考えてみた方がいいかもしれませんね。もちろん、ホシが千葉在住だなんて言いませんがね」

「千葉？　どういうことだ？　現実にトランクのひとつは服部晶子によって秋葉原から出されているじゃないか。

それに八日の昼前の時点では、赤渡はまだ生きて芝木と上野をぶらついていたんだからな、少なくとも東京組の第一トランクには入ることはできんぞ、物理的に」

「ええ……、そう、それはそうなんですが、そういうことでなく、ですね、トランクは第一、第二だけじゃなく、一と二があったというのはどうです？　この二つにはダーマトグラフで宛て名が書いてあったと」

「うん？」

牛越は思わずその考え方に興味をそそられた。

「というと？」

「つまり一と二のトランクは、第一トランクより一日遅れて千葉駅を発送された、九日発送です。すると水戸には十一日に着く、そうすると水戸駅より札幌へ発送する時点に間にあうわけです。つまり、水戸駅で一と一、二と二の中身を入れ替えた、と。しかし第三のトランクは、まだ千葉駅の構内に残っていたというわけです」

「しかし……、ふむ、そりゃ確かに面白いな……。しかし……、だが千葉ってのは、それじゃどういうわけなんだ」

「そりゃ解りませんが、これで銚子が生きてくるような気が、自分はするんですがね。東京、千葉と考えていくと、この総武線の延長線は銚子に行き着きますからね。ホシはこの総武線の延長線上に何らかのかたちでゆかりがあるのじゃないですか」

「ふうん、なるほど……。十六日ってのはどうなるんだ？

十六日ってのはちょっと最近にすぎるだろう」

「そりゃ毎日百円玉を足し続けてたんじゃないですか、九日からずっと。何らかの理由で十六日からそれを辞めたと。あるいは何らかの理由により、十六日以降は百円玉を足すことができなくなったと、こういったことでいいんじゃないですか？」

「ううん……、なるほど……。だがそれにはどういった理由が考えられる？」

「ホシが関東の地を離れたのかもしれません」

「ふうん、そうなると……、つまりどうなんだ？　銚子で殺しはしたが、銚子から発送はしなかったと、これにはどういう意味が生じるんだ？」

　言いながら牛越は、また銚子、水戸、東京の三角形を脳裏に浮かべた。トランクは左斜辺を北上し、赤渡は底辺を東に動いた、と彼は昨日考えた。したがって距離は詰まらないと。しかしこの考え方なら、一、二のトランク、そして第三トランクは、赤渡と同じ底辺上を移動したことになる。千葉は底辺上に位置する。

「それはつまり、ホシが東京在住だからですよ。何といっても殺害した八日は夜が遅いですから、銚子駅も小荷物発送の業務などやってはいない。そしてホシは翌九日に、おそらくは東京の会社に出勤する必要があった。それで銚子から東京に、赤渡の死体を抱えて舞い戻ったんじゃないですか？

　しかし、あまり自分の近くにトランクを置いておくのは怖い、それで途中の千葉駅を発送の拠点に選び、八日夜取りあえずここのコインロッカーに三つのトランクを入れた。

　このロッカーや発送駅は銚子駅でもよいのですが、何といっても銚子は東京から遠い、後で発送のため出向くのに時間がかかる。それからいざトランクを発送する時、銚子のような田舎駅より、もっとも自分は銚子駅へも千葉駅へも行ったことはありませんが、おそらく千葉駅の方が大きいのじゃないですか？　何といっても人間が多い駅の方が人目にもつきにくい。面も割れにくいです。したがってこうした」

　牛越は、思いもかけなかった角度からの推理を聞かされるようで、緊張していた。

「すると……、ホシは……？」

「おそらく十一日、午前中のうちに水戸へ行って、自分が九日に発送した一と二のトランクを自分で受け出して水戸駅のコインロッカーに入れているんじゃないでしょうか。

　刈谷が駅へやって来て、第一と第二のトランクをロッカーへ入れるのを見届け、もしもですがこの時点ですでに一と二のトランクも第一、第二のトランクと寸分違わないような荷造りができていたとしたら、つまり前もって刈谷裕子の書いた札幌への宛て名書きの例の用紙なども手に入れていたとしたら、その場合は一と二のトランクを第一と第二のトランクの入っているロッカーの箱の隣りに入れればいい、そうしておいて刈谷ポンプの社長室に忍び込んで鍵をすり替えておけばそれでいいんです。ロッカーの番号まで刈谷はいちいち憶えていないでしょうからね。そう思っていたところに、さらに運がよいことに、発送にやって来たのは女房が一人だけだった」

「ふうん……」

「そうなると、何といっても服部満昭ですよ。やつが何と言い訳をしようと、今までに浮かんだ人物のうちで物理的に赤渡を殺せた者はやつがただ一人です。

しかも、です、何といっても赤渡が生きて上野をぶらついているうちに第一トランクは東京を去っているわけですから、やつに対するわれわれの猜疑心《さいぎしん》はこれで決定的に薄らぐわけです。われわれの目もトランクにつられて水戸へ行ってしまいますから」

「なるほど……」

「やつなら刈谷夫婦が例年どんな段取りでトランクを札幌へ発送しているか知っているでしょうしね。何より、義理の妹の筆跡になる宛て名書きの紙が、うまいことに楽々手に入る位置にいるんです。服部夫婦は、毎年自分たちの第一トランクをいったん水戸へ送りますが、そのトランクが東京の鶯谷へ帰って来る時、もし沢入が届けてくれるならですが、その場合いつでも裕子の書いた札幌への宛て名書きの紙が貼ってあるわけですからね」

「なるほど！」

「毎年一枚ずつ溜まるわけです。毎年そいつを剥がして、水戸宛てに自分たちの書いた宛て名書きを貼るわけですから。

さらにですね、服部なら千葉へ出向く便がよい。会社の近くの日本橋から地下鉄東西線に乗ると、終点は西船橋です。ここから千葉へは総武線ですぐですよ」

「なるほどな……。すると服部は十一日、水戸へ行ってなくちゃならんな。十一日火曜は会社を空けてなくちゃならない」

「ええ、もう手を廻しておきましたがね、たぶん自分は、服部は間違いなく十一日は会社を休んでいる、もしくは午後遅くからしか出社していないという自信がありますね」

佐竹は自信満々だった。牛越は一応同意はしたものの、今ひとつ釈然としなかった。その考え方は大変魅力的ではあるが、何かひとつ大きな見落としがあるような気がした。

「ところで千葉で出たトランクは、前ふたつのものと同型のものかい？」

「そうです。同型、同タイプです。やっぱりあの型のものが一番気密性が高いからじゃないですかね。臭いも洩れにくい。ただし今度のトランクは、前ふたつのものと較べて、若干新しいようです。

　それから首と両腕は、すでに札幌へ届いておるものと同様、四重に黒ヴィニールの袋に入れられているようです。

　血液型がAB型、MN式でBM、Q式でq、すべて赤渡雄造と一致します。細胞検査、染色体検査など経て、三つに分断された死体はすべて同一人物のものと断定されました。切断面も符合します。これで死体は完全に出揃ったわけです」

「死体の特徴はどうだい？　何か今までの見解を塗り替えるような事実は出てるかい？」

「いえ、溺死は動きません。鼻からも水を飲んでいます。例の両側性死斑も、今回確認されています。

　ただ今回、両手首を後ろに縛られて水に漬けられたらしいという事実が確認されております。それから上腕部にも縄で強く巻かれたらしい跡があります。足のものは以前確認されておりましたが。

　つまり体中、かなりぐるぐる巻きにして水中に沈めたようですね。衣類にも、海水は染《し》みてますから」

「ふむ、ひどいことしやがるな」

「ただ溺死は動かないものの、いったん後頭部をスパナ様の鈍器で強打されておりますね。新事実です。これは死因ではありませんが、出血をともなう損傷があります」

「つまりいったん気絶させてから沈めたわけか」

「そうです」

「そうか、よく解った。十一日の服部に関する報告が楽しみだな。もしこいつが社をうまく休んでいたとなれば、もう逮捕状までほんのひと息だ」

　佐竹はこれには何も答えなかったが、この難事件解決という大手柄を前にして、頬を緊張させているのが解った。

　しかし牛越には、どうもまだこの苦しみは続きそうな予感がした。けれどその点には触れず、別のことを言った。

「どうもちょっと気になることがあるんだがな」

「なんです」

「ホシのやつは何で首が入った方のトランクを先に送らなかったんだろう？　ま、もしこれが赤渡家への恨みを晴らすための復讐劇だとすればの話だがな、家人に与えるショックは、その方がずっと大きいはずだがな……」

午後になり、牛越がまた例のお気に入りの場所を陣取っていると、佐竹がいきなり背中を突ついた。牛越が考えに没頭していたせいもあるが、佐竹の足音に少しも気づかなかった。

「おう」

振り向いて牛越が言う。見ると佐竹はひどく元気のない顔色であった。

「弱りましたよ、モーさん」

「何が？　どうしたんだい」

「例の服部満昭ですよ。奴《やっこ》さんの十一日の様子ですよ」

「おうそうか！　解ったのかい？　で、どうだった!?」

「ちゃんと会社に出てましたよ。朝から一日中、ちゃんと社のデスクで仕事をしてます」

「本当かい!?」

「間違いないそうです。しかしそんなはずはないんですがね……。まず間違いなく、あれで正解と思ったんだがなあ……。いったいどういうカラクリになってるんでしょうね」

「ふむ、だが服部がこれで決定的にシロというわけでもなかろう」

「それは、そうですがね。しかし今までの連中のうちでは、やつより怪しい者はほかにありませんよ」

「まあ今までのところはだがな……。実は今朝竹やんの考えを聞いて、こいつは面白いと俺も思ったんだけれど、さっきからここでずっと考えていて、ふたつばかり、それでは致命的にまずい点に気づいたところだったんだ」

「何です？」

「言ってもいいかい？」

「いいですよ、もう」

「まずは例の両側性死斑ってやつだ。竹やんのさっきの説明では、八日の夜赤渡を殺し、すぐ切断して、その日のうちに千葉駅のコインロッカーに入れたことになる。

こいつは前にも何かの時言ったような気がするが、ロッカーにはトランクは縦に入れる、すると死斑は側部に出る理屈になる。しかもそういう段取りなら、両側性にはなり得んだろう？　これがひとつ。

それからもうひとつは、そういうことなら服部満昭は殺しの翌日の九日朝、千葉県へトランク発送に出向いてなきゃならん。ところが九日は一日中、奴さんは東村山でゴルフをしているんだな。ちょいと具合が悪い。

それでは何らかの方法で八日の夜発送しちまったとするか。小荷物扱いの業務は終わっているはずだが、何とか強引に頼みこんで発送できたとする、ところがそうなるとトランクは、輸送中さまざまな体位をとらされると考えられるので、死斑は現われにくいという理屈になる。

まあこの両側性死斑ってやつはやっかいだぜ。この先どのくらい役にたってくれるのか知らんがね、今のところは邪魔ばかりしやがる」

言いながら、牛越は考えた。実際この両側性死斑ってやつは、何を物語っているのだろう？　殺してすぐ、裏表六時間ずつ、最低十二時間程度は死体を動かさず放置したという事実を物語る。それはどこでだ？　現場の近くだ。すなわち銚子で、ということになる。

これはずいぶん現実と矛盾していないか。今までに登場してきている者たちは、すべて銚子以外の地に住んでいる。そして容疑の濃い者ほど勤めを持っている。彼らなら、佐竹が考えたようにすぐ死体を動かそうとするであろう。悠長に十数時間も放っておける状態にはない。

第一そんな安全な場所が銚子にあるのか？　八日の夜八時から十時の間に殺し、それから十二時間も経てば朝である。それも陽は高い。危険この上もないと思われる。

こんな矛盾をすべてうまく解決できる考え方がいったいあるのだろうか？　だが、この事件はすべて、最初から謎、不可解、矛盾の連続である。

意気消沈してしまった佐竹を廊下に残し、牛越佐武郎は刑事部屋に帰った。ドアを開けると主任も渋い顔ですわっている。

「主任」

牛越は声をかける。

「おうモーさん、ちっともはかどらん事件だ、弱ったな」

彼は顔をあげ、のろのろと煙草を一本抜いた。

「進展しません。何でだと思います？」

ライターの火を貸しながら、牛越は言った。

「モーさんが神経痛だからじゃないかな」

「おっしゃるとおりです。神経痛だからって他人まかせにしているから、未だに銚子の現場だって特定できないでおります。やはり刑事はですな、小説本の名探偵とは違います。スチームの前に陣どって、煙草ばっかりふかしていてもホシの逮捕はできません」

主任は煙が目にしみたような顔をした。

「やはり刑事はですな、現場百回、幾度も幾度も現場を歩き廻って、そうやって仕事をするものと心得ます」

「モーさん、そいつをうちの署のデカ全員に聞かせてやってくれんかね」

「そうせずして何の進展でありましょう。われわれは……」

「もういいモーさん、何を言いたいんだ？　ずいぶん遠廻しな言い方だな。よし解った。今夜にでも出発したまえ、現場へ向かってな。事前に水戸や銚子、上野、各署に連絡を入れておいた方がいいだろう」

「ありがとうございます」

「ただし百回も旅費は出せんぞ。予算ワクが乏しいからな」

「主任、自分も同行してよろしいですか？」

気づくと佐竹も入ってきていてそう言った。

「竹やん、今俺が言ったこと聞いてなかったのか？　わが署の恥を、何度も口にさせないでくれ」

「俺がたっぷり土産を掴んで帰るよ、竹やん」

牛越も言った。佐竹は、今日はろくなことがないなという顔をした。

「ま、座して停年を待っていた旧型のデカが、明日は日曜というのに何百キロも旅をする気になったんだ。竹やんがあんまり行きたそうにすると気が変わるといかん、
放っといてくれよ」

主任はそんなことを言った。

第二章　上京

1.

牛越佐武郎刑事はその夜、二十時ちょうど札幌発の特急「北斗八号」に乗って札幌を発《た》った。赤渡雄造と同じ「おおとり」にしようかとも考えたが、あの時間からではもう間に合わなかったし、翌二十三日の十五時五分までわざわざ待って乗車するほどの理由もあるまいと考えた。

それに牛越は、噂に聞く新幹線というものに一度も乗ったことがなかった。それでこの機会に、わずかでもよいからこれに乗ってみたかった。このルートを使えば、盛岡から仙台まで、わずか一時間と少しだが新幹線を利用することになるのである。

牛越は新幹線に少しでも長く乗っていたかったから、最初新幹線で小山《おやま》まで南下し、そこから水戸線で水戸へ向かうルートを考えた。しかし盛岡から乗り継ぐ新幹線はすべて小山には停まらないのである。小山に停車するものは仙台発のあおばクラスだけだった。では仙台まで東北本線で南下し、そこから新幹線に乗ればよいかというと、札幌を夜に出発するタイミングで乗り継げる東北本線の特急や急行列車は、すべて盛岡停まりなのである。この先は新幹線に乗れということらしい。しかしここからの新幹線はすべてやまびこクラスで、小山は素通りしてしまう。それで結局新幹線は一時間だけとあきらめた。

だが札幌を夜の八時に発つ夜行列車の旅というものは、五十を過ぎた人間にはかなり辛い旅ということができる。「北斗八号」は深夜零時二十分に函館へ着く。それから二十分の待ち合わせで零時四十分発の青函連絡船に乗る。青森着は午前四時三十分となる。ということは、この連絡船の中で主に睡眠をとらなくてはならない。しかしようやく眠ったかなと思う頃、青森着で起こされる。

　そして今度は二十三分の間隔をおいて四時五十三分発の特急「はつかり二号」に乗り継ぐ。これが盛岡に朝の七時十五分に着く。次に七時三十分盛岡発の東北新幹線に乗る。これの仙台着は八時四十六分。そして今度は九時二十五分仙台発の常磐線の特急「ひたち十二号」に乗る。するとようやく昼の十二時五十八分に水戸へ着くのである。

　乗り換えが多く、楽な旅ではない。北海道から本州への旅は、途中船旅が入るだけでも大変であるのに、東北新幹線ができてまた乗り換え回数が増した。常磐線沿線を目ざす者にはさらにもうひとつ乗り換え駅が増える。赤渡雄造が新幹線に乗らなかったわけだと、牛越は自分が旅をすることになって解った。昭和六十年に開業するという、青函トンネルが出来るまでの辛抱であろう。先進導坑はあと一週間ほどでつながると聞いている。

　しかし、旅の車中は事件のことを考えるにはよいと牛越は思う。いきなり背中を叩いて驚かす者はいないし、不粋な電話のベルも鳴らない。単調な窓外の流れや、一定したレールの響きに馴れてくると、雑念が入らず考えることに没頭できる。

　出発前は軽い気分でいたが、思い返してみると責任はなかなかに重いのだった。この点を思うと、牛越の気分はちょっと重くなった。

　事件発生から一週間、札幌署は容疑者さえ絞れないでいる。こういうタイプの事件に、彼らが馴れてないせいもある。この旅でも牛越が何も掴めなかったとしたなら、札幌署はやはり田舎警察と冷笑されても致し方がない。

　大袈裟に言えば、この一流とはいいがたい田舎刑事の肩に、札幌署の名誉がかかっているのであった。

　明け方の五時前、牛越は身を切るような寒気の中、激しく白い息を吐く人々の群れに混じり、青森駅の暗いホームから「はつかり二号」に乗り込んだ。席に落ち着くと同時に少し眠ったが、一時間半もすると目が醒《さ》めた。

　窓外に朝日が昇ってきていた。窓外を後方へ流れ去る景色は一面に雪の原だ。冷え冷えとした冬の明け方の風景がそこにある。窓は曇っていた。それを牛越が手で拭うと、水が幾筋も下枠に向かい流れ落ちていった。

　雪は一面にオレンジ色に染まっている。腰の下のスチームは少し熱すぎるほどだ。見わたすと、車内の客はみな窮屈そうな姿勢で眠っている。その寝顔も、一様にオレンジ色に染まっている。

列車が並木沿いにさしかかった。巨大な縞《しま》模様が凄い勢いで車内を走ってくる。折り重なった乗客たちの寝顔の上を、通路に置かれた大きな竹籠《かご》の上を、オレンジ色と黒の縞模様が無遠慮に走る。

次第に意識がはっきりしてくると、牛越の頭には自然に事件のことが浮かんできた。

彼はまずコインロッカーのことを考えた。仕事柄、彼はこの国鉄のコインロッカーとは馴染みであった。

国鉄のコインロッカーは、通常六時から二十三時まで営業し、二十三時を経過した時点で一日が経過する。それはこの時点で、ロッカーの小窓に現われた追加請求金額の表示が変わるということである。

そしてコインを足さずにおいて放置が許されるのは三日間で、四日目に入っている箱は係員に開ける権利が生じる。そうして内容物に問題がなければこれを三十日間別所に保管する決まりになっている。この三十日のうちに持ち主が現われたら、当然証明をとって返却し、その間の保管料をコインロッカーと同額請求する。

今度の千葉駅の第三トランクの場合、前ふたつのトランクと同型だから、当然四百円の大型の箱の方に入っていたのだろうが、十六日から六日めの二十一日に入っていたので、係員の手で発見されたということである。

この、頭部と両腕入りの第三トランクが、今頃、それも千葉駅から出てきたということは何を意味するのか。

犯人がまさか千葉市在住とは思えない。また、十六日から放置が始まったという事実を、ホシが十六日より関東地域を離れたと解釈するにしても、現在までに浮かんだ容疑者のうちに、そんな事実に該当《がいとう》する者は見当たらない。

そして、佐竹の服部満昭犯行説はなかなか説得力があったにもかかわらず、十一日彼が出社している事実によってあっさり粉砕された。

佐竹は、服部は九日、このロッカーからトランクをふたつだけ出し、水戸へ向かって送ったと言った。ところが服部は九日も東京のゴルフ場にいたことが判明している。

しかしこの点は、何もわざわざ送る必要はないと牛越には思われる。小荷物便では十一日の午前中までに水戸へ着かない危険も生じる。十一日の朝、自分で持って水戸へ行ってもよい。むろん大きなトランクを二個も抱え、目立って困るだろうが、そうしていけないという理由はない。

もちろんこの考え方は否定された。しかし牛越があえて今一度考えているのは、服部の亭主は無理でも、妻なら可能だからである。服部晶子に子供はない。時間は自由になる。また佐竹には言わなかったが、十六日から第三トランクの放置が始まったということは、八日以降ずっと十六日まで、ホシは連日千葉駅へ出向いてロッカーにコインを足し続けたことになる。勤めのある服部満昭ならそんなことはむずかしいが、女房なら造作もないことである。

しかしそこまでくると、思考は毎度行き止まりであった。服部の妻晶子は赤渡の実の娘なのである。

牛越はこの点を疑って調べてもみた。しかし、晶子も裕子も養女などではない。赤渡静枝の生んだ実の子であった。

実は、牛越にはもうひとつ別の考えがあった。佐竹に刺激されたわけではないが、彼も昨日の出発間際までかかって、ようやくあるひとつの考え方を組み立てることに成功していた。それはいってみれば、「隠し子説」とでも呼ぶべきものである。

この推理に到達するまでのことの起こりは、「いったい犯人は何故赤渡雄造の死体を、その娘たちからのプレゼントのトランクに入れる必要があったのか？」という疑問から始まっている。

これはこの事件と関わった冒頭にも感じたことだった。父親の死体をどうしても札幌の家に送りつけたいのなら、普通に送ればこと足りたはずである。わざわざ娘たちからのプレゼントとすり替える必要はない。そんなことをするのは大変な冒険であり、手間である。しかし犯人はあえてそれをやっている。おそらく非常な苦労をしたことだろう。これは殺す以上の苦労とも考えられる。いったいこんな無意味とも思える労力を費やしたのは何故なのか——？

それは娘からの贈りもののトランクから、父親の死体が出てくれれば、家人に与えるショックは完全なものになろう。そういう意味あいであろうか。

そして牛越は結局、そうなのであろうと結論した。これは復讐劇なのだ。だから、それほどの苦労をおしてでも、死体を結婚記念日の贈りものとすり替える必要があったのだ。

そこまで考えた時、待てよ、結婚記念日？　と彼は思い直した。そうだあれは結婚記念日のプレゼントだった。

その贈りものと、あれほどの冒険を冒《おか》してすり替えたということは、これが赤渡の「結婚」にまつわる恨みではないのか——？　牛越はまずこの考え方に到達した。

それから彼はさまざまなケースを想像した。この考え方は、彼の妻の静枝に心当たりがないという事実とも、うまく矛盾しないようにみえる。

そして、赤渡は八日の午後、銀座から突然銚子へと飛んだ。当然これは何ものかに触発されてのことと思われるが、この事実とも考えようによってはうまく符合する。友人たちが口を揃えるあれほどの聖人君子が、水戸にも鶯谷にも、ひと言の断わりも入れず、のちの川津も放りだして跳び出すという行動に、いったいほかのどんな理由が考えられるというのであろう。

赤渡はこの「とり月」か「マイアミ」で、東京時代ひそかに溺愛した女、それともその隠し子の存在に気づいたのではないか——？　あるいはこれに何か異変があったものかもしれない。そのため、赤渡はわれを忘れ、いっさいを放りだして銚子へ飛んだのだ。

そして——、以降にどんな経緯があったものかは不明だが、この女の隠し子、たぶん息子に、赤渡は殺されたのではないか。

息子は母を棄て、のうのうと結婚生活を続けていた父を憎んでいた。この息子が父の死体をみっつに切断し、そして娘たちからの結婚記念日の贈りものとすり替えた——。

牛越はここまで考えたとき、やや胸が躍った。この想像には、真実の持つ特有の手応えが感じられるように思えたからだ。

しかしこの考え方には、問題点も多々あると思った。まず、そうするとその息子は、毎年一月の十五日になると、この日に間に合うように水戸と東京の娘たちが結婚記念日の贈りものを発送するという赤渡家の習慣を、知っていたことになる。

のみならず、そのトランクの型式や大きさ、そして数は二個で、しかもそれらがいったん水戸の刈谷家に集められ、あらためて札幌へ発送されるという手順まで知っていたことになる。

いやそれだけではない。刈谷夫婦が発送の日の朝、いったん水戸駅のコインロッカーに昼まで入れておくという習慣まで心得ていたはず、という理屈になってくる。他人として生活してきたはずの赤渡の隠し子が、何故そんな赤渡家の詳しい習慣まで知ることができたのか——？

そうなるとこの隠し子は、赤渡家の誰かとよほど親しい位置にいる人間でなくてはならない。そしてトランクの中身をすり替えることが可能な地点というと、水戸のほかにはない。とすると、犯人は水戸に住み、刈谷家と親しい位置にいる人物というふうに推理は無理なく進む、そう牛越は思った。

そうするとどうなるか、牛越はさらに考えを進める。彼は以前刈谷旭の十日の行動を疑ったことがあった。つまりふたつのトランクを水戸から発送する前夜、東京組からの第一トランクが水戸に着いている日、この十日の夜というのはふたつのトランクが水戸にあった唯一の夜である。細工するとしたら、まずはこの十日夜が一番可能性が高い。

ところが十日の旭の行動の報告が入り、刑事のこの望みはあっさり絶たれた。十日、刈谷旭は夕刻六時過ぎまで会社におり、抜けたのは午後四時より一時間程度、これは女房に頼まれ、例の第一トランクを駅まで受け出しにいったもの。家に届けるとすぐ会社に戻っている。それから退社時刻になると、六時頃から部下を連れ、社の近所の馴染みのバーで九時半頃まで飲んでいる。どうやら望み薄であった。つまり、荷造りはほとんど妻が一人でやったものと思われる。

しかしこれを思い出した時、牛越の頭にある思いつきが閃《ひら》めいた。それはつまり、刈谷ポンプの社員なら、先の条件にすべてがぴたりと当て填まるのである。

刈谷ポンプの社員なら、赤渡家のそういう習慣や、刈谷夫婦の毎年の習慣を知っていて不思議はない。また、社長室に置かれたコインロッカーの鍵も、もしすり替える必要があるなら、社員なら簡単であろう。そして、うまくすれば社長夫人の宛て名書きの紙も、手に入るかもしれない。

だが何故ポンプ会社の社員が、赤渡の銚子行きを知ったのか？　いや、それはむしろ彼の方で、赤渡を銚子へ誘い出したものかもしれない。

この考え方をまとめるなら、赤渡には東京時代関係のあった隠し妻があり、この女は現在銚子に住んでいる。そしてこの女は赤渡の息子を生んでおり、その息子は現在水戸の刈谷ポンプに就職している。つまり三角形の頂点に息子はおり、右下の点に彼の母がいる。そして銚子から水戸へもし通勤が可能なら——、そう思い牛越は時刻表を調べた。ところがまた壁があった。この二地点を結ぶ鉄道はなかった。極端な言い方をするなら、この二地点を鉄道で移動するには、底辺を左へ向かい、左斜辺を北上するというほかない。

　これでは通勤は無理と思われた。しかし、もし短期間無理を押して通勤したと仮定すれば、千葉は通り道となる。千葉駅のコインロッカーにコインを足し続けるのも容易であろう。

　いずれにしても母の方がまだ銚子にいなければ、赤渡は銚子まで出向かないと思われるので、この考え方では母は銚子に置き、犯人である息子は、水戸に下宿しているか、会社の独身寮にでも入っているという推測に落ちつく。

　つまり彼の実家は銚子であり、母一人、たぶん子一人。現在水戸に住んでいると思われるが、八日夜は銚子へ帰っていた。うまい具合に八、九日は土、日曜である。そして十日から十五日までは銚子から通勤したと思われる。十六日からは水戸に戻った。

　さらに十日は、水戸の自室に大きな荷物、おそらくトランクを二個持ちこんでいたと思われ、十一日の午前中は社を抜け出して水戸駅へこれを運んでいっていなくてはならない——。

　牛越は、以上のような条件に該当する人物が刈谷ポンプの社員のうちにいないか、出発前、水戸署に電話で調査を依頼しておいた。したがって水戸が近づくにつれ、牛越刑事には胸の騒ぐ部分があった。彼は水戸に正午過ぎに着く。それまでにはおそらく回答が出ているはずである。

2.

　盛岡駅で東北新幹線に乗り換えた。しばらくしてもの珍しさに馴れると、牛越はまた事件を考える作業に戻った。

　千葉のコインロッカーで出た第三トランクに関して、もうひとつだけ気になる事柄が残る。実に素朴な疑問なのだが、犯人は何故これも発送してしまわなかったのであろう？

　十五日に間に合うように送り出すトランクは、それはふたつの方がよいかもしれない。それなら一日遅れでもよいではないか。死体を全部札幌に送り届けなくては仕事が完了しないというふうには考えなかったのだろうか。こんなふうに首と両腕だけ遅れて、それも千葉で発見されるなどというと、どうも中途半端な印象が牛越にはする。これで最初からの計画通りなのだろうか？

何か犯人側に事故が起こって、こうなってしまったような気もする。ではそれは何なのか。

昨日まで牛越は、頭部と両腕は、もう出てこないものと考えていた。その理由は、犯人が特にこの頭部と両腕を警察側に見られたくない理由を持っている可能性というものを考えたからである。つまり死体のこの部分に、犯人の素性を示す要素があるのでは、と想像した。

しかしそうではなかった。この頭部と両腕には、前ふたつのトランクにあった死体の部分と、著しい相違点はなかった。

コインロッカーに三日以上放置すれば発見されるということくらい、犯人には予測がついていたであろう。こうして頭部と両腕を遅れて、それも札幌から遥かに離れた場所で発見させるというそのことに、何らかの意味があるのか。

そんな理由などあるものか！　と牛越は自らのこの考えを乱暴に打ち消した。いつのまにか犯人をかいかぶっている危険だって充分にある。これは案外佐竹の言う通りかもしれないではないか。犯人だってこんな大それたことをやってしまい、怯えていたはずだ。気弱になり、逡巡しているところを発覚しただけかもしれない。あるいは単にコインロッカーに棄てたのかもしれない。いや、たぶんそれで正解であろう。

仙台からは常磐線になる。新幹線を降り、L《エル》特急の「ひたち十二号」に乗り継ぐ。

しばらくして、寝苦しい背中にふと目が開いた。どうやらうとうとしていたらしい。やはり自分にはこういう列車が合っていると牛越は思う。陽はもうすっかり高い。昨夜《ゆうべ》から事件のことばかり考えてあまり眠っていなかったせいで、どうもうたた寝ばかりする。ちょうど通りかかった売り子から、牛越はコーヒーを買った。

すすりながら窓の外を眺めた。すると浮かんでくるのはまた事件のことである。

被害者の赤渡については、たび重なる朝の会議で、牛越もずいぶん詳しくなっていた。彼はいわゆる天下り役人であった。札幌署はまず当然のようにこの天下りという事実に疑惑の目を向けた。ところがこのやり方は、まったくの空振りだった。今後もこの線からは何ひとつ期待できそうもない。

だいたいにおいて役人が怪しい死に方をした時は、汚職がからんでいるものと相場が決まっている。刑事という人種はこの点を充分に心得ている。

最も多いケースは下級役人、あるいは大物の運転手などの自殺（と思われる死）だ。近頃のロッキード疑獄でもそうだった。汚職が発覚し、捜査陣が動きはじめると、課長、課長代理、係長クラスの下っ端がまるで小羊のようにたやすく自殺して真相は雲散霧消《うんさんむしょう》してしまい、次官や局長クラスの上層部にまで捜査の梯子《はしご》が届くことがない。

しかし赤渡はもと局長であり、下級役人ではない。では札幌署がどういう可能性を考えたかといえば、こういうことである。いつか主任が佐竹刑事に昭和二十八年の砂糖汚職の話をした。こういう具体的な例をとれば説明は早い。

この事件では重要人物の一人、農林省食糧庁業務第二部食品課長、長沢武氏が自殺している。少なくともそう発表されている。工場視察旅行中の死であるが、これなど疑惑の死の典型であろう。遺書もなく、子供への土産もあり、帰宅の予定を電話で家人に報《し》らせてまでいる。

こういうケースで、不審な死の何時間か前、妻に電話で帰宅の意図をはっきりと報らせているという例は割合多い。ロッキード事件の某大物のお抱え運転手は、車内に排気ガスを引き込んで自殺（？）するほんの二時間ばかり前に、今帰路の途中だ、何時頃家に着く、と帰宅の予定時刻まではっきりと電話で告げている。内部事情に通じている自分が、殺される可能性のあることを自覚していたからと思われる。

長沢武氏の場合は、死の前夜、笑いながらマージャンをやり、しかもその後按摩《あんま》まで取っている。何時間かのちに死のうという者が按摩を取っているのである。

彼の場合、殺されたのか、それとも誰かが因果を含めたものか、その点はもう解りはしないが、彼は上層の人間の保身に、自らの生命を捧げたことになる。

百歩譲り、彼はそれでよかったとしてもよい。しかしその土産を受け取った家人や息子はどんな気持ちを抱いたであろう。遺品となった土産ものとともに父の遺体が帰ってきた時、そして父の死の顛末《てんまつ》を知るようになると、どんな気分を抱くであろう。

ぬくぬくと生き延びた上層部の者に、復讐を思いたっても不思議ではない。ロッキード疑獄の運転手の場合などは特にそうである。彼がこの先どれほどの社会的地位を得られたというのであろう。彼は一介のしがない運転手であり、一生をそのつつましい生活の内で終えただけであろう。

そんな人間を、大物として君臨する者たちが、あるいはその取り巻きたちが、保身のために殺した。牛越のような刑事が、最も憤《いきどお》りを感じるのはこういう事件に対してだ。最も卑劣で、最も救いのない罪である。しかしこういうものであればあるほど、牛越たちの力は及ばない。及ぶのは、貧乏人がそのうさを晴らすため、一杯の酒を手に入れようとして犯す罪に対してである。

思えば、大物のこうした汚れた罪の陰で、人知れず消されていった片隅の人々の子孫が、一生何もことを起こさずにいるのが不思議だ。

こうした復讐を受けるべき大物が、もしも赤渡雄造であったなら――、彼がお役人時代、こうした罪をもし犯していたなら――、牛越や主任たちが考えたのはこういう可能性であった。

それから牛越はまたうとうととし、目を醒ましては窓外を眺めるといったことを繰り返した。そのうち少し頭痛がしてきたので、朝食に駅弁を求める気にもなれなかった。

窓外は、夜明け頃は雪景色であったけれど、陽が高くなるにつれて雪は消えていった。列車が南下を続けているためである。しかし牛越にはそれが、まるで高くなっていく陽に溶けていくように思われた。本州の陽射しは強い。

やがて時刻が正午を廻り、午後の一時が近づく頃、牛越佐武郎刑事は寝不足と考え疲れで少々頭痛のする頭を抱え、一月二十三日日曜日の水戸駅に降り立った。

3.

水戸という街は、牛越にとっては生まれてはじめての街である。しかし国鉄の駅前はどこも似かよっているので、はじめての土地にはるばるやってきたという感慨は格別湧かなかった。

ただ天気が非常によい日だった。風もなく、嘘のように暖かい。日曜なので車も少なく、なんとなくのどかな様子である。薄暗い構内側からは、駅前大通りのアスファルトが白く、正午過ぎの陽を照り返している。

まるで春のようだな、と北国から来た刑事は思った。そうして、一月というのに少しも雪のない景色を、しばらく不思議そうに見た。

思えば彼は、これまで旅行というものをほとんどしたことがない。昔二度だけ東京に行ったことがあるが、それ以外では彼の行動範囲はせいぜい仙台までであった。

水戸へ着く列車は告げてないので、水戸署からの出迎えはない。牛越は、名が示す通り何ごともものんびりしている。彼はしばらく構内にぼんやり立ってから、次にコインロッカーの方へ歩いていった。そしてロッカーを正面に見るベンチに腰を降ろすと、じっとこれを眺めた。

ロッカーの箱数は割合多い。そして黄色いキーの頭がかなりの数見えているので、空《あ》いた箱も多い。特に大型の底部の箱は、ほとんどが空いていた。しかしこれは日曜のせいもあるのかもしれない。

しばらくそうしていたら、なんとなく疲れもとれてきて、頭痛も引いた。そこで牛越はようやく重い腰をあげ、水戸署に向かって歩きだした。

日曜だから出署している者の数は少ない。刑事課に顔を出し、適当に頭を下げて挨拶をしていたら、声に聞き憶えのある小山という若い刑事が進み出て、牛越さんは昼食はもうおすみですかと訊いた。

言われてみると彼は朝食も昼食もとっていない。車中でコーヒーを一杯飲んだだけであった。しかし、確かに空腹のはずなのだが、長旅をしてきたせいか、蕎麦のようなあっさりしたものしか食う気がしない。その旨を告げると、それじゃこの近くに新しい蕎麦屋ができたのでご一緒しませんかと言う。聞いてみると、刈谷ポンプを聞き込んだのは自分であると言うので、牛越は承知した。

二人は署の隣りの、なかなか小奇麗な店の座敷にあがりこんだ。落ち着くと小山は、長旅で大変だったでしょうと言った。

「ええ、何しろもう歳ですからな」

牛越がそう応えると、

「何でしたらビールにしましょうか?」

などと大きな目で牛越を窺うようにして尋ねる。いや勤務中ですから、と牛越は断わったが、考えてみれば今日は日曜である。

「うちの佐竹が、電話でいつもお世話になっているようです」

牛越は言ったが、内心は気もそぞろだった。

「いえいえ、こちらこそです」

小山ものんびりした口調で応える。

「さっそくなんですが……」

牛越は切りだした。

「刈谷ポンプの社員で、実家が銚子の者はおりましたでしょうか。その実家には、たぶん母が一人暮らしと思われるんですが……」

思いがけず、牛越の心臓が高鳴った。

小山は、牛越に負けずのんびりした性格のようで、ひどくおっとりした調子で応える。牛越にはそれが、気をもたせているようにしか感じられなかった。

「どういう理由から札幌の方《ほう》でそうおっしゃるのか解らないのですが、自分が調べた限りでは、刈谷ポンプにはそういう社員はおらんですよ」

牛越は知らず、一瞬放心したような表情になった。

「それは……、しかし……、確かなんでしょうか。歳の頃は三十前後と思われるんですが……」

「ええ、徹底してやったつもりです。社員名簿を隅から隅まで当たりましたので。あまり大きな会社ではないですのでね、従業員二十名程度の会社ですから。しかし……、そういう者はおらんかったですなぁ……」

小山は気をつかうような口調になった。牛越は実際のところ、かなり力を落とした。

「そうですか……、いや、お手数をかけました……」

言いながら牛越は気分が落ちこんだ。ではこの先どうしたものかという気になった。


「それから……、十一日、水戸駅の方へ午前中仕事を抜けだした者もいないと、こういう話でしたなぁ」

「ああそうですか、それもおりませんでしたか……」

牛越は、いちどきに旅の疲れが出るような心地がした。

それから蕎麦を食いながら刈谷夫婦や、刈谷ポンプの社員連の印象などについて、小山から詳しい話を聞いたが、今ひとつ気分が乗らなかった。捜査旅行の第一段階で、強烈な一撃を食らったような気分だった。

「刈谷旭と裕子の夫婦には、これから家の方へ行けば会えますか？」

牛越が尋ねた。

「ええ、今日は日曜ですので、家の方でお待ちしていると言っておりました。なに、豪邸が落成しましたのでね、誰彼となく家へ呼びたいのでしょう」

「この刈谷は、ちょっと臭《にお》うふしがあるというお話でしたな」

「妙におどおどするんですよ。何でもないことでつっかえたりしましてね。小心なせいなんでしょうがね、何か隠しているととれないこともありません。うちの署長なんかはそう言っております」

「ふむ……」

「これからすぐまわられますか？　刈谷家へ」

「そのつもりです」

「じゃあご一緒して、ご案内しましょうか」

小山は今度は気が早く、もう腰を浮かせかけている。

牛越はしかし、しばらく考えた末、この申し出を断わった。

まず刈谷ポンプの社員に銚子出身の者がいなかったという事実、この点を一人になって考えてみたかったことと、刈谷家へ小山と一緒に行ったのでは、刈谷の方が警戒して、何も新しい事実は引き出せないであろうと踏んだこともある。


刈谷家は牛越の予想したとおり、かなり大きな家であった。相当の広さの庭があり、畳二畳分くらいの池もある。隅にはゴルフの練習用らしい緑色のネットも見える。牛越はゴルフをやらないので解らない。たぶんそうなのであろうと思うばかりだ。洒落た庭園灯が置かれ、玄関先に立つと、ぷんと木の香りがする。

玄関先に彼を迎えてくれた刈谷裕子は、三十二歳という年齢よりはいくぶん老《ふ》けて見える。化粧気の少ない、地味な感じの夫人であった。札幌からの刑事の来訪ということで、だいぶ緊張しているのがありありと解る。


応接間に通され、待つほどもなく刈谷旭が現われた。彼の方は、夫人とは対照的に、白い厚手のセーター、グレーのズボンに銀縁の眼鏡、よく手入れされた髪といういでたちで、四十歳くらいのはずだが、三十そこそこにしか見えない。なかなかの洒落者と牛越は見た。

頭を幾度か刑事に向かって屈めながら、その視線を横ぎり、ソファに腰を降ろした。そうして、で、何か？と切り出した声が予想よりずっとかん高かったので、牛越はちょっとびっくりした。

刈谷旭は、何か、と言ってはみたものの、少々ぶしつけに過ぎたと思い直したらしく、とって付けたように、

「長旅お疲れさまです」

と言った。亭主のその口もとにもありありと緊張の色が見える。老練な牛越はわざと落ち着いた声を出し、おざなりに新居や、応接間を褒めた。

すると刈谷にとってはやはり自慢であるらしく、表情に目ざましい変化が現われ、打ち消すような言葉はついに聞かれなかった。

「なかなか大変な事件でしてね」

と牛越は、ぽつぽつと切りだした。これは小山の報告を聞いたばかりでもあるし割合本心であった。

「もうお聞き及びでしょうがね、赤渡雄造さんは、一月八日、銚子市の利根川河口付近で溺死させられております」

「できし？」

「ええ、溺死です」

「できし、といいますと……、はあ、そうですか、できしですか、はあ、できし」

「まだお聞き及びじゃございませんでしたか？」

「いや、だいたいのところは警察から聞いとります」

「銚子市という場所にお心当たりはありませんですか？赤渡さんが一人でいらっしゃる理由の心当たりといいますか……」

「さあ……、ぼくはちょっと……おい裕子！」

と刈谷は妻を呼んだ。するとまるでちょうどそれに応えるかように、夫人が紅茶の盆を持って奥から現われた。

「ええ、水戸警察の方にも申しあげたんですけれども……」

と裕子は紅茶茶碗を配り終わり、夫の隣りに腰を降ろすと言いはじめた。その調子は実に控えめで、少し聞き取りにくい。

「父が銚子市の方へ参る心当たりと申しましても、私の方では全然……」

そう言って彼女はちょっと言葉を停め、しばらくして、

「思いつきません」

と言った。

「そうですか。ところで一月五、六日と赤渡さんはこちらにいらしたんでしたね？」

「はい」

「その時は、このお家《うち》は工事中だったのですな？」

「さようでございます」

「ではお父上は、この家にはとうとう入られることはなかったわけですな？」

「はい、そうなりました」

「その時借りてらしたアパートは？」

「日の出町ですので、ここからは少し距離があります。でも今はもう新しい、別の方が入ってらっしゃるようですけれども」

「二個のトランクを発送なすったのは、一月十一日でございましたね？」

刈谷裕子は来た、という顔をした。少し身をすくめるようにして、声がさらに小さくなった。

「はい」

「荷造りを終えられたのは十日の夜でございますな？」

「さようでございます」

「その時中身がすり替わるような可能性は、ですな……」

牛越がそこまで言うと、裕子は泣きだしそうな顔をした。刑事の質問の意味を、あなたがすり替えたんじゃないですか、という意味にでも取ったのだろう。

「そんな……」

と言ってしばらく絶句した。

「いやいや」

牛越は慌てて言った。

「もちろんあなた方がどうこうという意味ではなく、まったくの第三者によってすり替えられる可能性という意味です」

「それは、ないと思います」

と言って少しして、

「ないです」

と言い直した。

「荷造りしたトランクはどこに置かれました？」

「そこの、そこを出た、玄関先の廊下のところです」

「玄関の鍵は、かかっておられましたか？」

「もちろん鍵はかかっておりましたし、翌日主人が駅へ持っていきますまでに、どなたも尋ねていらした方はありませんですから」

「刈谷ポンプの社員の方に手伝わせたり、運ばせたりは、なさらんのですか？」

「そういうことは一度もさせたことはないです」

これは刈谷旭の方が言った。

それで牛越は、今度は亭主の方に向き直って訊いた。

「ご主人は、朝いったん水戸駅のコインロッカーにお入れになったんでしたな？」

「はあ、そう、そうです」

「どうしてその時、出してしまわなかったのです？」

「はあ、それは社の朝礼に遅れそうで、まだ、駅の荷物の方の業務が始まってなかったからです」

「ロッカーの鍵は、ずっとご自分で持ってらっしゃいましたか？」

「はあ……、いえ、それが、社の社長室のデスクの上に放り出しておりました」

そう言ってから、

「盗る者もまさかおらんと思いましたし、盗られるほどの貴重品とも思わなかったし……」

などと妙に言い訳がましい言い方をした。自分には落ち度はないはずと言いたそうである。

「社長室は何階にあるんですか？」

「一階です」

「個室ですね？」

「そう、当然です」

この時、刈谷はちょっと傲然《ごうぜん》とした態度を取った。どうも複雑な性格らしい。

「となると、誰でも自由には入れませんな？」

「いや、それがですね、社長室はビルの一階の端っこにあるんです。隅っこです。この社長室には事務所側から主として入りますが、このドアと、それからあと、裏の駐車場へ出るためのドアとふたつがあるんです」

「裏口ですな？」

「そうです」

「その裏口のドアは、鍵はかかってるんですか？」

「いや、開いておるんです」

「開いている……。となると、ですな、事務所側のドアは、社員のデスクなんかのそばを抜けてですな、しかも、入口の受付なんかも通らなくちゃならないんでしょう？」

「ええ、はあ」

「そうなると、見も知らない人間はとても入れないが、裏の駐車場の側からなら誰でも自由にこっそり入れると、こういうことですな？」

「うん、しかし、裏から入る者などはおりません」

「そりゃ社員の方《かた》はそうでしょうな」

「社員はちゃんとノックをして入るよう教育しております」

ということは逆に、事務所側から入ろうとする社員は必ずノックをするので、裏口から忍び込んだ者は仕事がやりやすいということにもなる。

「社長室を留守にしたのは何時頃ですか？　十一日は」

「十一日は……、えーと十時ほんのちょっと前から、十一時くらいまでです」

「それだけですね？」

「いえ、朝礼を九時から十分間ばかりやりますんで、その間はいつも社長室から出ます」

「鍵はその時どうしてました？　ロッカーの鍵は？」

「ですからですな、別に貴重品というわけでもないと、自分は判断いたしてですな……」

「それで朝礼の後社長室へ帰ると、鍵はちゃんとデスクの上にありましたか？」

「むろんです」

「ふうむ、『シオン』へも、だいたい毎日午前中いらっしゃるんでしたね？」

「まあ毎日というわけではないですが、仕事の割合楽な時はです」

「それでは刈谷さんのそういう生活のパターンと、社長室の事情を心得ている者なら、ロッカーの鍵を持ちだしたり、もしくはすり替えたりするのは、割合たやすいともいえますな？」

「ロッカーの鍵なんぞ持ちだしてどうするんです？」

刈谷は言った。しかし牛越はそんな質問にはとり合わず、

「朝礼はどこでやるんです？」

と尋ねた。

「事務所です」

「社長室の前ですな？」

「そうです」

「十一日に社を休んだ者はありますか？」

「ありません。あれば報告が来ます」

「全員、朝礼に出ておりましたか？」

「何しろ社員は二十人以上おりますからな、全員の顔を確かめるわけにはいかんですが、たぶんおったと思います」

「ロッカーは当然、大きい、四百円の箱の方に入れられたんですな？」

「さようです。四百円のをふたつ」

「ロッカー全体から見て、端の方ですか？」

「いや、真中あたりですな」

「番号など憶えておられましたか？　入れた箱の」

「いや、いちいちそんなものを憶える人間がおりますか？」

「そうですな、じゃあひとつふたつ横へずれても解りませんな？」

「どういうことです!?」

「いや、別に何ほどのことでもないですがね……」

牛越は、まだここでは言わない方がよいと判断した。

「いずれにしてもですな、トランクの中身がすり替わるとしたらここしかないんです。あなたのその習慣を知っている人は大勢ありますか？」

「習慣といわれるのは『シオン』へ午前中よく行くとか、朝礼のこととかですか？　そりゃ社員はみんな知っておるでしょう」

「いや、毎年一月の札幌への荷物発送の段取りですね、そういうことも含めてです。それも社員の人たちはみな、知っておられますかな？」

「さあ、知っておるでしょう」

「ほかには、社員のほかにはどんな方が知ってます？」

「そりゃ『シオン』の連中とか、『シオン』の常連とかかなあ……、ええ」

「東京の服部満昭さんとか、その奥さんなどはいかがです？」

「えっ!?」

刈谷はびっくりした顔になった。

「知らんでしょう、おそらく」

「服部満昭さんとは、親しくていらっしゃるんですか？」

「いや、別に。面識はそりゃありますがね、会えば挨拶する程度でしょうかねえ、ええ。別にですね、それ以上のもんじゃないです、ええ」

刈谷旭のこの時の様子は、ベテラン刑事の第六感に露骨な刺激を与えるものがあった。なるほど、水戸署の連中の言っていたのはこれだな、と牛越は思った。

「赤渡雄造さんが一月六日の夜、この水戸から東京へ向かわれた時、刈谷さんは上野まで同行されてますね？列車は確か、十九時三十分水戸発の『ひたち二十四号』だった、そうでございましたな？」

刈谷のおどおどぶりはますますひどくなった。頭に血が昇ったらしく頬が赤くなり、それをしきりに手の仕草で隠そうとした。

「え、ええ、そう、そうです」

「その時、東京では服部さんご夫婦には、お会いにならなかったんですか？」

「え？　ええ、会いませんでした。別に会う理由なんかないじゃないですか」

牛越は素早く妻の方の顔も観察した。しかしこっちの表情には何の変化もなかった。

「ええと、一月八日の夜は、この家で落成パーティをなさったそうですな？」

牛越は話題を転じた。

「ええ、この部屋でね、夜中過ぎまでやりましたですね、ええ」

旭は頬から手を離した。どうやら顔のほてりも引いたものとみえる。

「みんな、集まった方は、その晩はお帰りになったんですな？　泊まった方はいらっしゃいませんな？」

「ええ、そうです。いや泊まった者もおりますです。社の連中で、家の遠い者なんぞは三、四人ほど、泊まりましたです」

「そうですか。家の遠い者とおっしゃいましたが、家が銚子の者などは、いなかったでしょうね？」

　この質問自体おかしいと言えるな、と牛越は思った。銚子出身で刈谷ポンプの社員となると牛越の求める犯人である。その犯人が犯行時刻ここにいてはアリバイがたってしまう。しかし念のため、彼は尋ねた。

「銚子出身？　そんな者はおらんです」

「刈谷ポンプの社員の中にも銚子出身、もしくは母が現在銚子に住んでおるという人はありませんか？」

「そういう者はおらんです。ほとんどが水戸の者です」

　それからもしばらくこの点について牛越は突っ込んだ質問をしたが、結果は同じだった。本籍が銚子の者もないという。しかしいずれにしてもこれは、水戸署の小山がすでに調べてくれたことでもある。

　牛越は刈谷家を出ると、刈谷ポンプへ廻った。日曜日だからシャッターが降り、ひっそりとしている。しかし裏へ廻ると守衛室があった。

　牛越は守衛に身分をあかし、シャッターを開けてもらうと、がらんとした刈谷ポンプの事務所や社長室、それから資材置場などを念入りに見て廻った。会社の事務所は貸しビル一階のフロアー全部を占めている。社長室はその南西の隅の一角を壁で仕切って設けられている。社長室のドアは、事務所側のものも、裏口側のものも曇りガラスが填まっていた。

　刈谷ポンプを出ると、冬の短い陽はもう落ちはじめている。刈谷家に少し長居をしたせいであろう。牛越の内に、少し焦りに似た気分が湧いた。まだ何の収穫もない。わざわざ旅費を使ってやってきただけのものは、何も得てはいない。

　駅前の通りを歩いていくと、大して探すほどのこともなく「シオン」という看板の文字が見えた。

　ふと気づくと、ようやく体の調子が戻ったものとみえてひどく空腹であった。これはちょうどよい、ママに会いがてら、「シオン」で軽く食事をしようと考えて店の前に立つと、「シオン」には飲み物以外はなかった。それで彼は、「シオン」を窓越しに望める広い大通りをはさんだ向かいのレストランに入った。

　カツ丼を注文しておいて、牛越は時刻表を旅行カバンから取り出した。時計を見るともうすぐ午後の六時である。時間の経つのが早い。

　今夜はこの街で宿を取ってもよいが、もう水戸で知りたいだけのものはほとんど得たし、このうえ眠るまでの時間をここでだらだらと過ごすのはどうにも無駄のように思われた。あとは「シオン」の連中に会ってみる程度のことだが、そんな調査で得られるものなどたかが知れている。

牛越は、何といっても赤渡に銚子行きを決心させたと思われる銀座の「とり月」や「マイアミ」の周辺を歩いてみたいという気持ちが強かった。それと、銚子での現場捜しがこの旅の第一目的である。

ふたつとも急ぐ必要があると思われた。店内の改装もある。写真やポスターは新しいものに変えられるかもしれない。銚子の現場も同様である。雨も注げば土埃《つちぼこり》もかかる。今こうしている瞬間にも、刻々と現場の痕跡は失われつつあるはずだった。

牛越は時刻表を広げ、どちらへ先に行ったものかと考えた。結論はすぐに出た。水戸から上野までは特急を使えばわずかに一時間二十分だが、水戸から銚子へ行くのは非常に面倒なのであった。

以前も調べたことだが、水戸と銚子を直線的に結んでいる鉄道というものは存在しない。水戸から銚子へ向かうには、上野へ行くのと同じく常磐線に乗らなくてはならない。しかも乗り換え駅に停まらないから特急には乗れない。そうして我孫子《あびこ》で降りる。我孫子から成田線で成田へ行く。そこでさらに乗り換えて銚子へ出るのである。

ところが東京からなら、千葉からでも東京からでも銚子までの直通電車がある。どうやら水戸も銚子も、東京を中心として存在する衛星都市ということらしい。つまりこの三角形の頂点は東京ということである。そして底辺を結ぶ鉄道は存在しない。

これなら先に東京へ行くべきであろう。牛越は決心した。しかしそれは考えてみれば当然である。外はもう暗い。現場捜しは昼でなければ無理だ。

牛越は次に、どの列車にしたものかと常磐線の上《のぼ》りのページを開いた。そして舌打ちを洩らした。「ひたち二十二号」、水戸十八時三十分発というものがある。六時三十分、時計を見るとすでに六時であった。料理を注文しなければ乗れたところだ。今からカツ丼が来て、それを食べてからとなるともう間に合わない。その後となると一時間後の「ひたち二十四号」、十九時三十分発だった。やむを得ない、これにするしかないなと牛越は決め、時刻表を閉じた。

彼は傍らのカーテンを持ちあげ、通りを隔てた「シオン」を見た。するとちょうどドアが開き、黒人の頭のようにきついパーマをかけた三十歳くらいの女が出てくるところだった。スタイルも悪くない。なかなかの美人に見える。手に花瓶を持っており、その中の水を舗道に撒《ま》いてすぐに引っ込んだ。

あれが刈谷旭と怪しいというママだな、と牛越は考えた。牛越は洒落者らしい刈谷の上等ないでたちを思い出した。二人が並んで立てば、なかなか釣り合うような気もした。

そして、待てよ、と思った。「ひたち二十四号」というと、一月六日に刈谷が義父を東京まで送って行った列車だな、とふと思った。

4.

L《エル》特急とやらはなかなか快適である。水戸から上野まで、ひと駅も停まらないのでほんのひと息という印象だ。北の都から長い旅を続けてきた牛越だが、この列車は彼をそれほど疲れさせなかった。

しかしそれには別の理由もある。上野が近づくと牛越佐武郎の胸はいささか躍った。彼にとって、東京の土を踏むのはこれがわずかに三度目なのだった。

しかも直接の目的地は銀座である。昭和七年生まれの牛越たちの世代にとって、銀座は特別の感傷を抱かせる場所であった。

四年の戦争が、ちょうど思春期と巡り遭わせた牛越の世代は不運である。異性の魅力に気づき、芸術に対する感動を知りはじめるはずのこの時期を、彼らはあの色彩感の乏しい時代に送った。

今度の事件と関わって、牛越は何故かあの時代のことをよく思い出す。たぶん主任が、砂糖汚職で死んだ長沢武氏のことを言ったからであろう。この自殺は、先にも書いたが因果を含められた可能性がある。もし事実そうなら、しかし自分にはこの気持ちがよく解る。

自分たちは思春期という、人格形成にとって最も大事な時期、文学や音楽の代りに徹底した軍事教育を施《ほどこ》された。一命を大義のために散らせることを悲壮な美挙であると繰り返し繰り返し叩き込まれてきた。自分らの世代の精神の奥底には、自滅を潜在的に願う感情が火薬のように眠っている。自らの死以上の感動を知らぬ、いわば人間爆弾にも似た欠陥人である。牛越は最近それに気づいた。程度の差こそあれ、自分らはみな三十年前に死にそこなっているのだ。これを突けばいい。自分らほど因果を含めやすい世代はほかにない。

こういう思春期を送らざるを得なかった自分らが、幸福であるか不幸であるか、それは解らない。これ以外の気分を知らないからだ。ただそういうことを考える時、牛越の脳裏には決まって銀座が浮かんだ。いわばそういう暗いイメージと、もっとも鮮やかに対照をなすものが、彼にとって銀座である。牛越は自分をとりたてて不幸だと思ったことはないが、もし事実そうなら、それは青春時代に銀座を訪れることができなかったからである、とさえ思う。

大戦中、ラジオのスイッチをひねれば、「前線へ送る夕べ」などという番組しかなく、目に入るものといえば戦意高揚のスローガンばかり、こういう時代にも、銀座では同盟国ドイツの映画、たとえばツアラ・レアンダー主演の「南の誘惑」であるとか、ポーラ・ネグリの「夜のタンゴ」などというロマンチックな作品を細々《ほそぼそ》と上映していた。こういうものや、戦後のフレッド・アステアなどに自分がどれほど憧れたか、今の若い連中にはとても解るまいと牛越は思う。

八時五十分に上野へ着くと、牛越は駅構内の赤電話から大森の八木治に電話を入れた。八木は銀座と有楽町で赤渡と最後に会った人物である。この男との会見中に、赤渡は突如銚子行きを思いたった。

電話口に八木治はすぐに出た。八木ですが、と先方は言った。老人の声には聞こえなかった。

「もしもし、八木、治さんでいらっしゃいましょうか」

「はい、はい、さようです。私、八木治ですけれども」

「あ、突然お電話いたしまして、まことに恐縮なんでございますが、私、札幌署の牛越と申す者です」

「はあ、はあ、するとこりゃ札幌からでございますか？」

「いや、たった今上野へ出て参ったところなんですよ」

「ほう……、それは遠いところからはるばるご苦労さまでございます。お疲れさまです」

「いえいえ、それは仕事ですので……。あの、さっそくでございますが、赤渡雄造氏が失踪の直前、最後にお会いになったそうですね？」

「はあ、はあ、さようです」

「それでございますね、その時の様子を詳しく知りたいと存じまして」

「はあ、はあ、よろしいですよ」

「明日のご予定などいかがなものでしょう」

「空いておりますよ。隠居しておりますものでね、盆栽をいじる以外にさしたる仕事も持ちません、いかがいたします？　何でしたらこれからでもよろしいですよ」

「今夜、ですか？　もう九時ですが、よろしいんでしょうか？」

「かまいませんよ。私は年寄りに似ず夜遊びする方ですので」

「私の方は、それは大助かりですが……」

言いながら牛越は、この八木老人が唯一人、八日夜家人以外の証言によるアリバイがあったのを思い出した。

「どうします？　何でしたらこれからすぐ、赤渡君と会った銀座の現場までまいりましょうか？」

「あ、さようでございますか、そりゃ大いに助かりますです。それじゃあ銀座の、例の『とり月』ででも待ち合わせいたしますですか」

「よろしいですよ」

「どのくらいでいらっしゃれますか？」

「何、すぐですよ。今ちょうど外から帰ったところでして、仕度もできております。一時間以内には行けますな」

「では九時四十分くらいでいかがでしょう」

「けっこうです。九時四十分ですな、承知しました。間違いなくまいります」

「それではお待ちいたします。ごめん下さい」

と切ってから、牛越はお互いの目印を言ってなかったことに気づいた。どうやら十数年ぶりの東京で、いささか取り乱しているらしい。もう一度ダイヤルを廻した。

「あ、あ、たびたびお電話いたしまして恐縮です。さきほどの牛越でございますけれども」

「はあ、はあ、何でしょう」

「いや、うっかり目印を言い忘れまして。何か服装の特徴でもないと困るんじゃないかと……」

しかし、八木の方は一向に動ずる気配がない。

「ああ、ああ、さようでございますな。それでは私は胸に白い花を付けて参りますことにしましょう。それから杖を、ステッキを私の方は持って参りますので」

牛越は何となく妙な気がしたが、まあ東京人はそんな格好をするのかもしれぬと考えた。

「さようでございますか、それでは……、私の方はこれといった特徴がないもので、あれなんですけれども……」

こういう時、実際自分は困るのだと牛越は思う。

「おたくさんの方で、私を見つけて下さい」

八木は言った。

「かしこまりました。ではのちほど。ごめん下さい」

牛越は受話器を戻した。

四十分後となると時間がない。牛越はそれから大急ぎで上野署へ顔を出し、電話で声だけは馴染みになっている刑事に上京の挨拶をした。日曜日だから、ここも人は少ない。明朝、またあらためて挨拶にこようと思った。

それから水戸での顚末《てんまつ》を大まかに説明し、相手の捜査報告も聞いたが、さすがに東京は手馴れたもので、千葉駅のコインロッカーから出た首と両腕入りのトランクを売った店までもう嗅ぎ出していた。

「銀座の報美堂という輸入品を多く扱っているカバン屋なんですがね」

と若い刑事は言う。

「去年の十月頃売ってます。これは国産の安物なんですけれども」

牛越は、ただはあはあと言って聞くばかりである。

「残念ながら買った者の人相まではもう憶えてないらしいんですな。まあ、老人ではなかったと、それから男であったと、このくらいで精一杯ですな」

「はあ、はあ、なるほど……。これはむろんひとつなんですな？　この男がその店から買っていったトランクは」

「そうです」

「ああ、そうですか」

刑事課を見渡すと、出署している若い刑事などはなかなかダンディーで、牛越のように時代遅れのオーバーを着ている者はない。ただ中年以上の刑事では、東北訛《なま》りで話す者が意外に多い。これが彼には救いであった。

牛越はその若い刑事に、銀座の「とり月」の位置を詳しく訊いた。出ようとする時、若い刑事が思い出したように言った。

「そうそう、一課の中村刑事があなたに会いたいって言ってましたよ。今夜の宿が決まったら、一応ここへ連絡を入れておいて下さいますか」

牛越はまたああそうですかと言い、礼を言って上野署を出た。


牛越佐武郎はタクシーを拾い、銀座へ向かった。日曜の夜で、車の流れは予想外にスムーズだった。

四丁目、服部時計店の角で、彼はタクシーを降りた。それ以上の詳しい指示は、彼にはできなかったのである。

銀座の舗道の敷石を踏むのは、ほとんど三十年ぶりになるな、と牛越は思った。十数年前、一度だけ休暇を取って関西を旅行したことがあるが、あの時は時間がなく、東京で降りて銀座を歩けなかった。

三愛の円筒形のビルの前を過ぎながら、こんなおかしなものは当時なかったなと思う。彼にとっての銀座とは、服部時計店と、森永キャラメルの広告塔、それから日本橋のはずれかどこかに、確かバンビが走るネオンがあった。

「とり月」はすぐに解ったが、自動ドアの格子戸を入った時、彼は一瞬息を呑んで立ちつくした。それからフレッド・アステアに憧《あこが》れた日本人は、自分だけではなかったことを思い知った。

店の入口から真正面に見える突き当たりの壁の前に、椅子をテーブルの脇から通路の中央にまでずらして出し、それに小柄な老人が、両足を開き、ステッキに上体をもたせかけるようにして踏んばり、まるで合戦を前にした武田信玄のようにすわってこっちを睨んでいた。

しかも、彼の格好が何ともすさまじく、頭には純白の鳥打ち帽をかぶり、ブルーのワイシャツにえんじのアスコットタイを覗かせ、真紅のチョッキの胸に、手のひらを広げたほどの、直径二十センチもあろうかという白いバラの造花（であろうと牛越は思ったのだが）を挿していた。ズボンも白、そうして、今にもタップダンスを始めそうな皮靴も白、ついでに鼻の下のヒトラー髭まで白であった。

店内の客、及び店員は、この得体《えたい》の知れぬ人物が何者であろうとさかんに頭をひねっていたらしく、完全に全員がこのウェディング・ケーキのような老人を注目している。どんな相棒が現われるものかと、今や遅しと待ちかまえていたに相違なかった。

しかし八木自身は視線を浴びるのが苦でない性格と見え、いたって堂々としている。牛越はさっきの電話で、八木治が服装の目印などに頓着しなかったわけに思い至った。

牛越は脇の下を冷や汗が流れ、八木のテーブルに直行することが躊躇《ちゅうちょ》された。心の準備が必要な相手のようである。彼は一瞬、この旧友を見た赤渡雄造が、このいでたちゆえに失踪したのではあるまいなと、なかば本気で考えた。

「牛越です」

彼は覚悟を決めて近より、言った。

「おお、おお、こりゃさきほどはどうも、八木治でございます」

挨拶をかわし、牛越はまたびっくりした。耳が遠いせいか、八木は雷のような大声で話すのである。隣りのテーブルの若い男が驚いて体をがくんと揺するのが見えた。まるで目の前の牛越を通り越し、背後の往来に向かって話すようであった。

　牛越は話を続けるのが気重になった。世間話ならともかく、殺人事件の話である。

「お待ちになりましたか？」

「何の、たいしたことはありません。銀座を歩くのは私の無上の楽しみです」

　すると背後で、無上の楽しみだってよとささやく声が聞こえた。

「それよりあなたの方こそ、札幌からではお疲れでございましょう」

　これで牛越が札幌から上京してきた地方人であることは店内中の知るところとなった。

「いや、こちらは向こうと較べますと、そう寒くないですんで、いい骨休みになります。あまり寒いと……」

　牛越は恐縮し、おのずと小声になった。すると八木は耳のところに手をあて、ちっとも聞こえないぞという仕草をした。そこで牛越はえいままよと、

「あまり寒いと神経痛が出ますな」

　とほとんど叫び声をあげた。するとどうしたものか、店内中が爆笑の渦で充たされたから、牛越はびっくり仰天した。

　しかし八木は、マイペースを崩さず言う。

「おお、さいですな、寒いのはよくありません、閉口します。私も夏生まれのせいか、寒いのはどうも苦手でございましてな、ついつい厚着をしてしまいます」

「夏生まれでいらっしゃるんで？」

「ええ、八月生まれです」

　今や、彼ら中高年二人組は、完全に店内中の退屈しのぎとなった感があった。全員が息をひそめて聞き耳をたて、もっと何か面白いことを言わないかなと待ちかまえている。その証拠に誰もしゃべらず、席も立たない。

　しかし、牛越の方としても肝心な話をしないわけにはいかなかった。牛越は精一杯顔を近づけた。

「さっそくであれなんですけれども、もうお耳に入っておいでかと存じますが、赤渡雄造さんは、一月八日の夜、八時から十時の間に利根川河口でその、あれされております。

　そして同八日の午後三時まではおたくさんとこの店および有楽町の『マイアミ』で会見なさっておられる、そ

しておたくさまと有楽町で別れて突然銚子へ飛んでおるんですな。しかもおたくさんの後、訪ねると約束していた品川、大井町の川津家をすっぽかしておるんです。それも律義《りちぎ》で通っておった赤渡さんが、断わりの電話ひとつ入れておりません。こりゃきわめて異常なことと言わずばなりません。

　この店の内部の装飾の何かか、それとも『マイアミ』の方か、あるいは、おたくさまのお話の中のどこかに、赤渡さんをあれほど夢中にさせた、われを忘れるほどに慌てさせた何かがあったと、そう考えざるを得んのですよ。いかがでございましょう？」

「はあ、はあ、もうお聞き及びでしょうが、警察の方にも、そこんところをしつこく訊かれましてな、その後も私はさんざんに考えたんですよ。しかしですな、もう、以前、警察の方にお答えした以上のことはないんですな。はい」

「このお店ですわったのはこの席ですか？」

「はあ、この席でした。私はここに来るとたいていここにすわります。今とまったく同じです。こっちに私がかけて、今のおたくさんの席へ、赤渡君がかけました」

　それは好都合だ、と牛越は思った。では今自分の視線の及ぶ範囲が、同時に一月八日の赤渡雄造の視界でもあったことになる。

　彼はゆっくりと店内を見廻した。目の前の壁、つまり八木が背にしている壁にはカレンダーが貼ってあるが、何の変哲もない油彩の風景画だ。それも山の絵で、海の絵ではない。絵の下の白紙に、一月から十二月まで全部の数字が入っている形式のものである。

　左手の壁に著名人のものらしい色紙が三枚ある。女性歌手のものらしいのが二枚と、作家のサインが一枚。牛越は、一応その三名の名を手帳にメモした。

　ほかにはこれといって特殊なものは見当たらない。彼は立って店の奥へ行き、黒皮の手帳を見せてから、店内の装飾で一月八日と変わっているものがあるかと尋ねた。店主らしい男が、これは一月、新年用に模様替えしたものだから、何ひとつ変化してはいないと言った。

　彼は一応手洗いにも入ってみた。壁は白一色で、何も変わったものはない。貼り紙の類いも、花もない。

　牛越はまた席に復し、赤渡氏の挙動で何か変わった点に気づかなかったかと八木に尋ねた。以前にも考えたことだが、八木の言葉から何らかの啓示を受けたものなら、八木自身が異常に感づいていてもいい。

「いやあ、そういうことは全然ありませんでしたなあ」

「何もお気づきにならなかった」

「はい」

「どんなお話をなさいました？　ここでは」

「どんなと言われましても……、ですな、ごく普通の昔話です。農林省時代の思い出話とか、互いの近況ですな。北海道はなかなかよいところだから、暖かくなったら一度是非来いとか、娘さんの縁談の話とか……」

「結婚記念日の贈りものの話はしてましたか？」

「ああ、してました。今年も十五日までに、東京と水戸の娘夫婦が、中華ふうの骨董品の贈りものをくれるんだって、話してましたな」

「銚子の話なんか出ましたか？」

「いいや出ません」

「赤渡さんが途中でふさぎこんだり、放心したり、興奮して早口になったり、そんなふうな出来事はありませんでしたか？」

「全然ないですな。終始一貫、淡々《たんたん》としたいい機嫌で話しておりました。もし何かあって興奮したとしたら、ですな、私はすぐ解ると思います。あの男は昔からそう隠しごとのうまい人間ではありませんでしたから」

牛越は、心の底から落胆した。

二人は一番値段の安い釜飯を食べ、一本だけビールを飲み、それから銀座の街へ出た。

「『マイアミ』までは歩いていかれたんですか？」

「ええ、赤渡君が久し振りで歩きたいと、こう言うもんですからな」

「こっちでよろしいですか？」

「ええ」

「その時と同じ道順で歩いていただけますか？」

「承知しました」

正面に、服部時計店の時計塔が見えた。それから三愛の例の茶筒みたいなビル。二人はそこを左へ折れた。

「にぎやかな通りばかり通ったんですなあ」

「そうです。裏道は全然歩きませんでした」

二人に肩をぶつけるようにして、原色に着飾った若い男女が擦れ違う。自分に、ああいう青春時代はなかった、と牛越は思う。

彼は、電柱の一本一本にも、道沿いのショウウィンドウのひとつひとつにも目をこらした。

「赤渡さんがふと立ち停まって、どこかを覗き込むなんてことはありませんでしたか？」

「そういうことも全然なかったですな。さっさと歩いて

『マイアミ』へ行きました」

「『マイアミ』というのはどちらがおっしゃったんです？」

「私です。赤渡君がどっかでコーヒーを飲みたいって言うから、私が以前何度か利用しておった『マイアミ』に連れていったんです」

「はあ、そうですか……、それじゃさっさと『マイアミ』へ」

「さっさと『マイアミ』へ参りました」

「マイアミ」へはたちまち着いた。

「マイアミ」の店内にも、何も変わったものはなかった。ここでも牛越は同じ質問を発したが、八木治の答えも同じであった。この店でも赤渡はにこやかに淡々と話し、八木の話に笑顔で相槌《あいづち》を打ったと言う。

「赤渡さんは、この後どうすると言っておりました？」

「品川へ行って川津に会うんだって、言っておりましたな」

「そうですか、つまりこの店の時点までは、彼もそのつもりでおったわけですな」

「そうですな」

「川津家へは何時の約束だと言っておいででした？」

「大体四時頃だと、言っておりましたな」


「おや、すると赤渡さんは品川へ、八木さんは大森ですな。でも電車でご一緒されなかったんですか？」

「ええ、私は娘に孫の絵本を頼まれましてね、銀座の三越か丸善にしかないなんてえことを言うもんですからな、それを買いにいかなくちゃなりませんで、この店の前で別れたんです」

「なるほど。どうやら明らかに八木さんと別れてから何かあったようですな……、ふむ。ここから品川の大井町まではどのくらいかかります？」

「そりゃもう四つ目か五つ目くらいですから、五分か十分か、そんなもんでしょうが、川津んところは正確には大井町じゃないんです」

「ほう」

「品川の次の大井町駅で降りることは降りるんですがね、そこからさらに大井町線で戸越《とごし》公園まで行くんです。赤渡君は大井町の駅からは、たぶんタクシーを利用したでしょうがね、それともここからタクシーを拾ったかな？

もし電車に乗ったなら、待ち合わせや何ぞで、三十分以上見なきゃならんと思うんです。この店からですから、もっとかもしれない。戸越公園の、農林水産省水産資料館の近くですから」

「農林水産省の水産資料館……」

「はあ、そうです。そのすぐ近くです、川津君の家は」

「となると、この店から直行しようとしたと見なくちゃなりませんな。赤渡さんはお土産なんか持ってましたか?」

「持っとりました。北海道の何かの包みと、ケルドセンのクッキーの箱を持っておりました」

「ではお土産を求めるためにどこかへ立ち寄るということもないですな」

「でしょうな」

牛越は時刻表を取り出した。

「ここを三時五分前頃出たんでしたな? するとですね、銚子へ行くなら十五時四十五分東京発、銚子行きの『しおさい九号』という特急があります。おそらく赤渡氏はこれに乗ったんじゃないかと思うんです。

その前に『しおさい七号』がありますが、これはもう間に合いません。次の『しおさい十一号』なんてのもありますが、こっちは十八時四十五分発で時間が空きすぎる。こんなに時間があったら、赤渡氏は川津家へ電話を入れたと思うのです。

ほかにも総武線じゃなく、成田線で『あやめ七号』なんてのがありますが、これは鹿島神宮行きです。銚子へは行きません。そのほかはすべて鈍行ですからね、面倒です。

これ以外なら車で、強制的に連行されたのかもしれません。しかし、それはどうも考えにくいのですな。車の線は調べても出ませんしね。赤渡さんの自発的な行動としか思えません。とすりゃ電車を利用したと私は思う。

しかし、いったい何が赤渡氏を銚子へかりたてたんでしょう? 今日のあなたのお話からも、とうとうそれが解りませんでした。いや実際、途方に暮れましたよ」

「お役にたてませんでしたな」

八木は申し訳なさそうに言った。

「いやいや、そんなことはありません。問題は、あなたとの会見の後だということが、はっきり解っただけでも前進ですよ」

とは言ったものの、牛越は内心相当落胆していた。この調査にかけていた彼の期待は大きかったのだ。出張は失敗だ、と彼は思った。

牛越は、放心したような気分でしばらく黙り込んでいたが、この愛すべき人物と、これで永久に別れてしまうのかと思うと、何やら残念なような心地がした。

「八木さんは、フレッド・アステアなんて俳優がお好きなんじゃありませんか？」

　牛越は言った。すると案の定、八木治の顔色が輝いた。

「好きかなんて質問はいささか野暮ですぞ、私の生涯の心の友です、アステアは。彼の映画ならすべて観《み》ましたぞ。それも何度もです、若い頃からね。そうおっしゃるところを見ると、あなたも彼がお好きですか？」

「はあ、若い頃少しです」

「どんなのがお好きです？　彼の映画は」

「いや、私が観《み》たのはジュディ・ガーランドとの『イースター・パレード』とか……」

「ああ、ありゃ戦後のやつだ！　映画にせよ、音楽にせよ、戦後はろくなものがありません。銀座そのものもそうですがね、私みたいに老いぼれちまった。

　やっぱりアステアの最高のものは、ジンジャー・ロジャースとの共演のものです。私なら彼の最高の映画というなら、『コンチネンタル』なんてのもいいが、『空中レビュー時代』をあげますな、ご覧になりましたか？」

「『空中レビュー時代』？　聞いたこともないです。アステアのものは題名ぐらいは全部知っておるつもりでしたが。それはいつ頃の映画です？」

「昭和八年です」

「八年!?　私がひとつの頃ですよ」

「おやそうですか!?　そんなにお若い、いやそりゃそうですな。私はその頃二十三でした。遊び人でしたからな、日本橋人形町にあったユニオン・ダンスホールによく通っておったもんです。あの頃と、そのちょっと前くらいの時代が一番よかった。銀座はダンスが大はやりでね、『リンゴの木の下で』なんて、私は大好きでした。その後はタンゴが全盛になりましてね、私は最初あれにはちょっと馴染めなかった」

「その、今おっしゃった映画はアステアのデビュー映画ですか？」

「そうです。ご存じないのも無理はない。『空中レビュー時代』というのは、ドロレス・デル・リオとジーン・レイモンドが主役だったんです。ところが彼らがすっかりかすんじまった。脇役のアステアやジンジャー・ロジャースが主役を食ってしまったんです。この映画以来、彼らは大スターになったんです。それから昭和九年の『コンチネンタル』とか、十年の『トップ・ハット』、十二年の『踊らん哉』というふうに、一年に一本の割りで日本に入ってきたんです」

「ほう……」

「昭和十一年に、当時アメリカ帰りの中川三郎が日劇でアステアの曲を歌って踊ったことがあります。私はこれも観にいきました。

　でもやっぱり銀座が一番よかったのはアステアが出てくる前の、昭和五年から九年にかけての頃ですね。あの頃のテンポのあるダンス・ミュージックが、私は今でも大好きです。ロマンチックでね、もうあんないい曲は今はないですな、『プリーズ』とか、『上海《シャンハイ》リル』とかね、よかったなあ……。

　そう、『ダイナ』が当たったのもあの年だったな。いずみ橋のダンスホールへ行きますとね、当時マイクロフォンなんてものなかったからね、でっかいメガフォンがステージにあってね、ディック・ミネがそれで大声で唄っておったんです。でもちゃんとホール中に聴こえておったな」

「ほう……」

　八木はそういう話になると、うっとりとした顔になった。牛越はしばらく彼の思い出話につき合った。しかし、やがて八木の方で切りをつけた。

「こんな話、してるときりがない、話を戻しましょう。赤渡さんはそりゃいい人でしたよ。こりゃお世辞やなんぞで申すんじゃありません、実際にいい人でした。曲がったことが嫌いでね、誰にも親切でした。そういう人が、あんなむごい殺され方をするんじゃあ、この世は闇です。どうか犯人を見つけていただきたい。私にできることがあったら、何なりとおっしゃって下さい」

　八木は真顔になり、そう言った。

「ありがとうございます」

　牛越もそう言って頭を下げた。


　喫茶店の前で彼らは、おそらく赤渡と八木がしたようにお辞儀をして別れた。八木からの事情聴取に、しかし収穫はなかった。

　いや、これは正確ではない。牛越が八木に言った通り、この後と解っただけでも前進といえる。

　しかも川津家は、時間的にこの店の前から直行してちょうどよい頃合いということも解った。ということは、この店と川津家とを結ぶ最短距離上に、彼は何かを見たということになるではないか、そう牛越は考えた。彼は一人でしばらく店の前に立っていたが、すぐに歩きだした。

　彼はあの日、寄り道をする時間の余裕はなかった。それにすでに土産物も用意していたのだからその必要もない。となるとすべて最短距離を行ったと考えられる。店から有楽町駅までの最短距離、電車の大井町までの車内、それから大井町線戸越公園までの車内、その駅から川津家までの道筋……。そして極端なことをいえば、赤渡は川津家の門柱の前で引き返した可能性だってないとはいえない。

ゆっくりとアスファルトの上を行く牛越の前に、いろいろなものが現われる。葉を落とした並木、マネキン人形が照明に浮かびあがって立つショウウィンドウ、肩をすくめ、道端で客を待つ易者、電話ボックス、破れかかった貼り紙、泥酔してうずくまる中年男、高価そうな毛皮をまとった夜の女たち——、どの都市にもある深夜の情景である。だがこれらは何も、牛越の頭にインスピレーションをもたらさない。

もう夜も遅い。街を充たしているのは千鳥足《ちどりあし》の酔客ばかりだ。それは牛越が国電に乗り込んでからも同様であった。赤渡が歩いた八日の午後三時頃とはだいぶ違っているだろう。これは明日、もう一度歩いた方がよいかもしれない、牛越は思った。

それでも彼は、車内の吊り広告を、一枚一枚丹念に見つめ、読んだ。しかし何ら異常は見出せない。

大井町にはすぐ着いてしまった。この先どうしたものかと考えながら階段を降りていると、その足が鉛のように重く、だるいことに気づいた。ひどく疲れていた。時計を見るともう十一時である。考えてみれば無理もない。彼は北の果てから長い旅をしてきている。昨夜はろくに眠りもせず、水戸と東京とを歩き廻ったのだ。宿を探さねばならんな、と牛越は思う。戸越公園へ行くのは明日にしようと考えた。

駅前へ歩み出て、適当に歩き、裏道を奥へ入っていくと、安そうな旅館があった。竹の塀に沿って門を入り、玉砂利の道を玄関まで歩いていくと、おかみと出遭った。訊くと部屋はあると言う。

部屋に落ちつき、牛越は宿の浴衣《ゆかた》に着換えた。寒々とした部屋で、遠くのどこかでかすかに酔客の声が聞こえていた。

すわり机の上に番茶が用意されている。最中《もなか》がふたつ、小皿に乗っている。刑事はそれを摘んだ。牛越は甘党だから、夜の巷《ちまた》というやつには大して魅力を感じない。特に今夜のような疲れている夜、甘い物はありがたかった。

牛越はあまり捜査の進行がかんばしくないので、今夜は何も考えず、眠りたいと思ったが、カバンをかき廻していると、上野署の者が宿を教えておいてくれと言っていたのを思い出した。それで部屋の隅の電話を取り、上野署に連絡を入れておいた。

5.

翌朝彼は少し寝坊し、帳場からの電話で起こされた。腕時計を見るともう九時である。電話が入っているというから、つないでくれと言うと、中年の男の声にかわった。

「もしもし、札幌署の牛越さんでいらっしゃいますか」

「はあ、さようでございますけれども……」

「私、一課の中村と申す者ですが、例の事件の聞き込みを私いくらかやりましたもんですからね、牛越さんが東京へいらっしゃってるとうかがって、ぜひ一度お会いしたいと思って電話をさしあげたんですよ」

男の声はいかにも東京の者らしい洒脱《しゃだつ》な感じがある。

「あ、さようでございますか。昨夜、上野署の方からお話はうけたまわっております。どうもご丁寧《ていねい》にありがとうございます」

と牛越の方はどうもいくらか垢抜《あかぬ》けない。

「いかがです、これからお食事ですね？」

先方は牛越の声の調子から、寝起きであることを読んだようであった。牛越がはあと言うと、

「一時間半ばかり後に、私大井町駅の方まで出向きますんでね、駅前の喫茶店あたりでいかがでしょう？」

牛越が承知しましたと応えると、中村は店の名を告げ、それじゃのちほどと言って電話を切った。牛越はまた目印を言わなかったなと思った。


しかし約束の店へ入っていくと、相手はすぐに解った。他に中年の男などいなかったからである。

だが中村は、牛越などの考える刑事像とはだいぶ違っていて、第一印象ではとても刑事には見えなかった。頭には黒いベレー帽をかぶり、茶のコーティングのかかった、牛越などの感覚では少々気障《きざ》な眼鏡をかけている。これでパイプでもくわえれば画家のようだ。

着ているものも小ざっぱりしている。仕立てのよいハーフコートを持っていたが、それを窓際の席で丁寧にたたんでいるところだった。その裏地に、カルダンという文字がちらと見えた。

彼の背後の大きなガラス越しに、駅前の交差点が見降

ろせる。中村はほんの少し前に、その席を占めたばかりらしかった。

「あの、中村さんでいらっしゃいますか？」

牛越が近づいてそう問うと、彼は立ちあがり、

「あ、中村です。牛越さんですな、さどうぞ」

と右手を横に出し、なかなか洒落た態度で言った。

背はあまり高くない。少し中年太りが始まっている。この辺は牛越とほとんど同じであった。しかし表面に現われてその人間のイメージを作るさまざまのものが、少しずつ自分と違っているように牛越には感じられた。

いくぶん歳が若いせいかもしれない。牛越は、北国の者らしい自分の赤い頬を、かすかに恥じた。

「昨夜は八木治氏に会われて、銀座を歩いてご覧になったようですね」

中村刑事はいきなり言った。

長旅でお疲れでしょう、と言わないところが牛越は気に入った。あまり繰り返し言われると、何だか僻地の者と馬鹿にされているような気がしてくる。

「はあ、しかし空振《から》りでした。もうあなた方に当たっていただいたことですからね、ただ確かめるというだけのつもりだったんですが」


それから牛越は、しばらく自分の仕事の進行具合を中村に話した。中村は控え目に相槌を打ちながら聞いた。話を邪魔する気配もなく、自分の考えを押しつけるでもなかった。語りながら牛越は、一課のこの刑事と気持ちの通じ合うものを感じた。会話のテンポが合うとでも言うべきか。それで、自分の推理をこの男になら話してみるかなという気になった。この男もこうしてわざわざやってきたところを見ると、何か意見があってのことと思われる。二人の考えを突き合わせれば、あるいは壁を突破できぬものとも限らない。

牛越たち札幌署は、今までにふたつばかりの道を開いていたのだが、現在のところそのどちらも行き止まりとなっている。

「実はですな、中村さん」

牛越は切りだした。

「われわれには今までふた通りの、まあ到達した考え方があったわけなんです。それをちょっと今から聞いていただきましょうか。というのもわれわれはちょっと今、行き詰まっておりまして……」

牛越はそう言って、まず佐竹の一、二のトランク遅送説、それから自分の隠し女、隠し子説を詳細に中村に語っ

て聞かせた。

「というわけでしてね、最初の方のは、今までに浮かんだ容疑者のうちに犯人を見いだそうとして組み立てた、まあ苦肉《くにく》の策です。具体的には例の服部満昭ですね、アリバイのない者というとこの男しかない。こいつに犯行を成さしめるにはどうするか、というのがこの説です。

ところがこれには十一日に服部が水戸へ出向いていなくちゃならんという、絶対的な付加条件がひとつ加わっていたわけです。しかし調べてみると、これがこの日会社に出ていた。これで崩れたわけです。

さらに、九日に千葉へ出向いてトランクを発送しなくちゃならんが、この日も、やつは東京にいたことがはっきりしている。さらには八日、義父が銚子行きを思いたったことなど知りようもないので、殺しようもないと考えられることなど不都合が多い。

ではやつの妻はどうか、妻なら物理的には可能とも思えるわけです。しかしこれは実の娘なわけです。とても考えられない。

ふたつめの方の説は、そういうわけで現在までに浮かんでいる者の内だけで考えようとしてもとても無理なので、今までに浮かんでない者がどこかにおるのではないか、こう考えてひねり出した案です。

しかしこれもあっさり崩されましてね、自分は水戸の刈谷ポンプにこの者がひそんでなくてはならぬと見当をつけたんですが、この会社にはそんな者はおりませんでした。

それで銀座の例の釜飯屋あたりの調査に、私なりに期するところがあったのですが、空振りでして、かくなる上は、もう一度隠し女、隠し子説を煮《に》詰め直してみようかなと思っておるところなんです。

なんといっても、現在までに浮かんでおる容疑者の内では絞りきれない。これはもうはっきりしたことなんですから。またこの隠し子が刈谷ポンプの内部にいないとしても、それですっかり捨て去るにはあたらぬと思うんです。どこかほかにいたっていい」

中村は黙って聞いていた。そして牛越が言葉を停めてもなかなか口を開かなかった。

「弱りましたな」

とかなりたってから、今度は彼が言う。

「これは、私の報告はたちまち逆落《さかお》としなんてことになりそうですなあ……。実は、です、こうして牛越さんにお目にかかろうと思ってお探ししたのは、まさにその隠し女、隠し子説なんですよ。

私も、言ってみればその説の信者でしてね、ま、この赤渡雄造トランク詰め殺人というのは、考えようによってはずいぶんと挑戦的な事件ですのでね、私らとしても滅多にないような、ちょっと放っておけぬ事件です。私もこれに興味を持ちましてね、私なりに知恵を絞ったんですが、私がこの概要を聞いてまず考えたことというのが、さっきそちらの言われた隠し女説なんですよ。私はもう、この事件はこれしかないと思ったもんです。

それでですね、事件発生から昨日まで約十日間ばかり、徹底して赤渡雄造の東京時代の女関係を洗って歩いたんですよ。

こりゃもう自分の仕事もそこそこにですね、徹底してやりましたよ。例の六人の農林省時代の赤渡の知人ですね、この連中はもちろんのこと、当時の農林省時代の名簿をチェックしましてね、同僚の女はむろんですが、仲間の男で生きてる連中に片っ端から会いまして、赤渡が一度でも行ったことのあるバーを彼らが思い出せる限りこいつに控えましてね、それを全部当たりました」

そう言って、中村は自分の手帳をひらひら振った。

「はあ、それは……、大変なお手数をかけました」

聞いていると、牛越の頭は自然に下がった。この男は本当に、生まれついてこういう仕事が好きなんだなと思った。羨《うらや》ましい気もした。しかし、同時に牛越は目の前が暗くなるような気もした。先を促《うなが》す声に、力を込められなかった。

「いかがでした……」

「残念ながらね」

中村は西洋人のような仕草で右手を少しあげた。

「綺麗なもんでしたよ」

二人はそれからしばらく黙りこんだ。

牛越佐武郎は、中村の肩越しに見える車の群れや、青信号になるとアスファルトを埋めつくすようにしてスクランブル交差点を渡っていく人の群れを見ていた。そして、絶望の苦い味を噛みしめた。

「赤渡に隠し女なぞいない、したがって隠し子なぞできるわけもない。すると赤渡が銚子へ飛ぶ理由もないし、赤渡が殺される必要もない。となるとトランクの中身をすり替える者もいなくなる……」

ややあって、中村がつぶやくようにそんなことを言った。

彼としては、自分の考えに自嘲の意味を込めてそう言ったのだろうが、牛越の神経には、痛烈な皮肉の一撃のようにこたえた。牛越は、自分の内心を悟られまいとして沈黙を続けた。

「どうも、あまりよい登場人物ではなかったようですな、私は。お役にたてなかった。かえってやる気をそいでしまったらしい」

「とんでもない！」

牛越は即座に言った。バネにはじかれたように、ほとんど反射的に言葉が出た。しかし、その後に続けるべき言葉を思いつけなかった。

「私はこれから廻らなきゃならんところがあるんですが、あなたはこれからどうされます？」

中村が問う。

言われてみると牛越は、東京で予定した仕事の半分も片づけていない。昨夜、有楽町から戸越公園の川津家まで歩いてみようと思いながら、その仕事も中途で放り出している。

「やはり一応、鶯谷の服部家と、服部満昭に会ってみます。むろんもうやっていただいたことですが、せっかく東京へ出てきたので、会っておきたいのです」

「ああ、そりゃ当然というものです。これは私のデスクの電話番号です」

中村は牛越に名刺を差し出した。

「裏に自宅の番号も書いておきました。お帰りになるまでに、もう一度お会いしたいですな。電話を下さい。私の方は今ちょっとやっかいなヤマを抱えておるので、当分東京を離れることはしません」

「承知しました」

牛越は応えた。

「ご自分のお仕事をお持ちですのに、ご足労をかけます」

すると中村は、ちょっと歯を見せた。

「なに、こんな面白い事件は、そうはありませんからな」

そう言って立ちあがりながら、警視庁捜査一課の刑事は、カルダンのコートを大事そうに抱えた。

6.

牛越は、正直に言えばもうどうしてよいか解らない状態だった。少なくとも推理に関してはそういうことだった。

大井町駅へ出て、空しい気分で大井町線に乗った。足だけは無意識に動いて牛越を運んだ。当初予定された仕事を機械的に消化するだけの、新米刑事に戻ったような気分だった。

なかば予想したとおり、この仕事の収穫はなかった。戸越公園駅から、川津家はすぐに見つかった。しかしこの道筋に、刑事の目を引く要素は何もなかった。川津家の門の前で引き返し、牛越はもう一度有楽町へ出た。川津光太郎には今会わない方がよかろうと考えた。服部夫婦に会う方が先だ、その後の方が質問も要領を得るであろう。

有楽町駅を出ると、彼は道筋を変えて「マイアミ」と駅の間を二往復した。それから「マイアミ」に入り、もう一度すわってもみた。しかし結果は同じだった。牛越は挫折の気分を重ねた。

鶯谷の服部家には、有楽町の駅前からあらかじめ電話を入れておいた。月曜日だから夫の満昭は当然出社している。こっちは後で会社の方に訪ねようと考えた。

牛越は気が落ち込んでいたから、鶯谷へ向かいながら自分はこれから何で服部の女房に会うのだったかなと気分を反芻しなくてはならなかった。

おまけにその答えもいささか頼りないものとなった。服部晶子は赤渡の娘である。殺すはずもない。ではいったい何のため自分は会おうとしているのか——？　自分がどうもピントのはずれたあたりをウロウロしているように思えてならなかった。

服部家は鶯谷の駅からそう離れてはいない。家はすぐに解った。なかなかに立派な門構えで、さっき見た川津光太郎の家より堂々としている。

昼食時をやり過ごし、門柱のベルを押すと、じきに玄関の扉が開き、晶子らしい女が小走りに出てきて金属の開きを開けてくれた。そしてどうぞと牛越に言ったが、この女を間近に見て少なからず驚いた。

四十歳ぐらいのはずであるが、若く、どう見ても三十そこそこ、それ以上には到底見えない。

牛越は、女の化粧のことなど解る男ではないが、どうも普通の女と化粧のやり方が違っているように思った。テレビのタレントのようである。客観的に言って、やはり大変な美人と言うべきだな、と牛越は考えた。

てきぱきとした魅力のある仕草で、彼を応接間に招じ入れてくれる。牛越がしばらくその様子を観察していると、水戸の刈谷裕子などとはまったく違った性格のようで、どちらかというと札幌の実子と似ている。

こういっては何だが、と牛越は内心で思っていた。真中の裕子の方がずっと老けて見える。子供を産んでいるせいだろうか。

紅茶茶碗を盆に載せて入ってくると、

「札幌からではお疲れになりましたでしょう?」

と言った。

「いや、みなさんそう言って慰めて下さいますがね、そうでもありません。昨夜《ゆうべ》一泊してもう二日目ですしね、こういうことでもなければこっちへ出てきたり、あなたのようなお綺麗な方と会ったりする機会もありませんからな」

牛越はその気になれば、案外女性とうまく接することのできる男であった。自分では自分のことを、それほど面白くない男だとは思っていない。

「まあ、お上手ですわね」

そう言って服部晶子は、刑事の目の前のソファに優雅な物腰で腰を降ろした。なかなか綺麗な膝小僧がふたつ、牛越の目の前に並んで現われた。

「こうしてお話ししておりますと、刑事さんに見えませんわね」

晶子は言う。牛越の方も、何だか昼間からクラブかどこかへやってきたような気分がしていた。

「雑貨屋の親爺か何かみたいでしょう」

「いいえ、どういたしまして、貫禄《かんろく》がおありになるから、重役さんみたい」

「そりゃ光栄です」

と応えたものの、ますますクラブのようだと内心思った。

「しかし、お父上はこのたびは大変なことでした」

あんまりこんな話を続けていてもまずいと思い、牛越は刑事としての本題に入った。途端に服部晶子の表情が曇った。

「ええ、あんないい父でしたのに……。本当に可哀想です。いったい何があったのか……。人間のやることじゃありません。殺してから切断するなんて」

服部晶子はそう言って涙ぐんだ。思い返して見ると、自分の前で父の死に涙を見せたのはこの女だけだなと牛越は思った。

失礼、と言って彼女は立ちあがると、応接間からちょっと姿を消した。しかし、伏し目がちの表情ですぐ戻ってきた。

「失礼いたしました。このところ少し疲れ気味で、どうも失礼いたしました」

「いやいや、無理もありません。お父上を亡くされれば、心が痛むのは当然です」

牛越はこの時本気でそう言った。公平に見て、彼はこの晶子という女性に好印象を抱いていた。

牛越は、どうせ答えは決まっているだろうなと思いつつ、父の殺害は怨恨によるものと思うかと尋ねた。案の定、この一番上の娘の答えも下の二人、とくに実子のと同様であった。

「お父上は、ええと、一月六日の夜、上京なすったのでしたな？」

「はい。私は上野まで出迎えました」

「どんなご様子でした？　そのときのお父上は」

「ひどく疲れているようでした。その日、一日中水戸を見物して疲れているから、早く横にならせてくれと言うので、私はすぐ父と一緒にここへ帰ってきました。それから布団を敷いて、すぐ寝かせました」

「食事もされずにですか？」

「ええ。お腹《なか》は空いていないのと訊きますと、駅弁を食べたと言って……、友部でうまく駅弁が買えたんだそうです。ちょうどトイレに行ったとき、デッキのところを通ったら友部に停まって、偶然そこに三色寿しとかの駅弁屋さんがいたので、おいしそうだから買ったんだって……」

晶子は声に詰まり、見るとまた小さく肩が震えている。

「ふむ……。ところで、水戸の刈谷さんも同行されていたようですね？」

晶子はぴくんと頭をあげた。

「ええ、でも私はちらっとお会いしただけですから」

「それからはもう、お出かけではありませんね、あなたは」

「はい。九時半頃には主人が帰って参りましたし、父と私が帰宅したのは九時を廻っておりましたから」

牛越はそれから服部家に滞在中の赤渡雄造の様子を細々《こまごま》と尋ねた。晶子は好意的に、何でも率直に語ってくれているらしかったが、何ひとつ、それまで牛越の知っている以上の情報はなかった。

八日の朝、出かける時も別段変わった様子はなく、失踪してからは電話ひとつ入ってないという。その様子に嘘は感じられなかった。

銚子市に関しては、彼女はさすがに長女で、父親の農林省、水産庁勤務のことを言ったが、それも格別目新しい事実ではない。

「むろんこれは念のためです、形式上やむを得ん質問ですので、お気を悪くなさらないで下さい。八日の夜、八時から十時の間は、ここにいらしたんでしたな？」

「はい」

「それを証明してくれる方はいませんか?」

「ええ。主人が……、私の外出にはうるさいもので……、私はご近所とのつき合いもありませんし、ずうっと家でテレビを見てましたから」

「解りました。では十一日の午前中はどうです?」

「十一日は……、それは、前にも警察の方に尋ねられましたが、どういうことでしょうか? 十一日もいつもと同じです。お掃除をしたり、お洗濯したりで、一日中家におりましたけれど」

「買物にもいらっしゃいませんでしたか?」

「あの日は行きませんでした。うちは家族が少ないものですから、お買物は毎日でなくてよいのです」

「解りました。どうも、お邪魔をいたしました」

「いえ、おかまいもいたしませんで……」

と立ちあがった時、晶子の顔が牛越のほんの鼻先二十センチばかりのところにあった。慌てて身をよけたが、奇妙に接近してくる女だな、と牛越は思った。

彼はそれから銀座へ出て、晶子の夫の満昭をゴトー製薬に訪ねた。


受付嬢に身分を明かし、面会を申し込んでしばらく待っていると、正面のエレベーターが開いて、背の低い、ずんぐりと肥満体の、見るからに血色の悪い男が牛越の方へ向かってくる。受付に鷹揚《おうよう》に手を上げ、立っている牛越を示されると、そばへ寄ってきて「服部です」と言い、身を屈めた。

受付嬢のいるカウンターの隣りは応接室になっている。服部は牛越をそこへ連れ込むと、中央のソファを勧め、自分も腰を降ろして、煙草を取り出した。

牛越刑事はじっと服部を観察した。ここが正念場だという気もする。何しろ、今までの登場人物のうち、アリバイの怪しいのはこの男だけなのである。

贅肉の塊りのようなこの男は、何をするのも億劫《おっくう》なように見える。初対面の時はほんの少し、仕事上の習慣からか愛想笑いをして身を屈めたものの、こうして向き合うと、その分の損失を取り返してやろうとするように、精一杯ソファにそり返り、横柄な姿勢を崩さない。

彼はどうやら仕事上直接の利害のない牛越などのような人種に、どう接してよいか決めかねているようなところがあった。取引上の上得意に対するように振るまうべきか、それとも部下に対するように接するべきか、である。おそらく、牛越の田舎ふうの風采も手伝ったのであろう。

だが彼の本心がどこにあるか、それは明らかであった。このタイプの男は、相手が自分に対し利益をもたらす場合に限り、愛想を見せる。

牛越がぼそぼそと切りだすと、ああ、とか、うん、とか鷹揚に受け応えるが、刑事が身を乗りだし、たたみ込むようにすると、とたんに肉の厚い頬に卑屈な笑《え》みが浮かび、身をよじるような仕草をした。

この男は違う、と牛越は直感した。あんな大胆な仕事のできる男ではない。

では刈谷旭などができそうかというと、それは全然そういうわけではないのだが、この服部だけは違う、と彼の第六感に訴えるものがあった。やつは小心な、目先の損得にのみ関心を示す保身主義者だ。求めるホシはこんな男ではないはずだ。

牛越はそれからも三十分ばかりおざなりな話をして、立ちあがった。何だか時間の無駄をしたような気分が去らなかった。まあいい、世の中いろんな男がいる。

そうして、この男はあの晶子の亭主という感じがどうもしないいな、と思った。

しかし考えてみると、牛越たちの前に立ちはだかった壁は、これで綺麗さっぱり完全なものになったともいえる。ぶ厚く、今や堅牢無比《けんろうむひ》なものとなった。

佐竹などは、服部満昭犯人説を頼りにしていた。主任は自分の考えを語ろうとしないが、どうも彼もそう思っているふしがある。牛越自身、自説の隠し子説との間をふらふらしながら、その考え方も捨てきれずにいた。

しかし今日できっぱりそれは忘れようと思った。やつはそんなことをする人間ではない。いやできるタマではない。

しかも牛越は、刈谷旭にも似たような印象を抱いていた。そして残りは彼らの女房連で、何度も言うようだがこれは実の娘たちである。

おまけに赤渡の愛人説も、中村という、いわばドン・キホーテの出現によって、完全に否定された。すなわちこれで、札幌署の向き合った壁は完全なものとなったのである。

ゴトー製薬は、地下鉄銀座線三越前だった。牛越は銀座線に再び乗り、京橋で降りると、銀座をぶらぶら歩いて東京駅の八重洲口に向かった。歩くうちに陽が傾いてきた。ビルを白く輝かせていた陽が、次第に黄ばみはじめる。

冬の陽は実に短い。腕時計を見るとすでに四時を廻っている。牛越は二十七日に札幌へ帰る予定でいた。すでに二十四日も暮れかかった。こんな調子ではこの旅そのものが無駄に終わる危険性もあった。

この日やや風が強く、東京も札幌と変わらぬほど寒かった。銀座の街並みも、牛越の気分を少しも引きたてなかった。

八重洲を地下街に降り、これからどうしたものかと考えた。時刻表を見ると、十八時四十五分東京発の銚子行きの特急「しおさい十一号」というものがある。しかし銚子へ着くのは二十時四十三分になる。

牛越は、宿も決めていない見知らぬ土地に、そんなに夜遅く着きたくはなかった。少し気弱になっていたせいもある。有楽町での見込み違いがこたえていた。赤渡雄造が飲まされた銚子の水を、以前まであれほど早く見たいと思いながら、今はもうどちらでもよいような気分だった。

たぶん疲れもあると思った。自分はもう若くはないし、旅馴れた体でもない。今夜はどこかで早めに宿を取り、ゆっくり休んで明日からの鋭気を養いたいと思った。

昨夜は日曜だったので、世話になっている上野署の人間で、挨拶できずにいる人もいた。これが気になったのと、宿の相談をしようと思い、牛越はそのまま山手線に乗った。

上野署へ着き、何人かに挨拶をして宿の相談をしたら、うちの宿直室へ泊まれと熱心に勧めてくれるので、気は進まなかったが承知した。

しかしこの夜、事件もなく、署は割合静かだったので、牛越は早々に寝てしまった。事件のことは、その夜は何も考えなかった。

第三章　錆色の街

1.

はっと気がつくと、もう朝の十時を廻っていた。やはりよほど疲れていたとみえる。牛越はとび起きて身仕度《みじたく》をすると、ずいぶんときまりの悪い思いで署の方へ行き、朝の挨拶と、泊めてもらった礼を言った。

曇っていたが天気は悪くなかった。牛越は署の近くの喫茶店で軽く朝食をとり、東京駅へ向かった。疲れはずいぶんとれて、楽になっていた。同時に、いくらかファイトも戻った。

東京駅から、十一時四十五分発「しおさい五号」に乗った。銚子には十三時四十六分に着く。いよいよ赤渡雄造の飲んだ水が見られるな、と牛越は思った。

銚子駅の駅前は、例によってどうということもない。漁港のある駅といっても海が見えるわけでもなく、水戸駅とも大差はない。

しかし、海の方角へ向かって歩いていくと、さすがに古くから開けた漁港の街という印象が起こる。古びた石でできた街のいたるところにえび茶色に錆《さ》びた部分があり、ここが海に接する街であることを教える。グレーの石の壁に流れた、錆色の水の跡。

彼はここでもまず警察署へ、挨拶と捜査協力の礼を言うために足を運んだ。

銚子署の雰囲気は上野署などとはだいぶ違い、いかにも地方の警察という感じがする。牛越は故郷の小樽を思い出した。知らずほっとしている自分に気づく。出された番茶は、何故か少し塩の味がした。

銚子署員たちとの調査報告の交換はほどほどに留め、牛越は早々に署の建物を出た。早くしなければ冬の陽はじきに落ちる。

彼は急ぎ足で潮の香に向かって歩いた。貧しそうな家々の間をぬって路地が続く。

突然灰色の視界が開け、風が顔に吹きつけた。遮《さえぎ》るものがなくなったからだ。粘った潮の香が、髪にからみつくような気がした。刑事は襟《えり》を立てた。

これが赤渡の飲んだ水か、と牛越は思った。これを見るため、はるばる北の果てから旅をしてきたと思うと、少々感慨が湧いた。

寒々としている。陰鬱《いんうつ》な色だ。濁っている。そうしてだだっ広い。ここはまだ河口のはずだった。海ではない。しかし海と変わらない。

空はどんよりとしている。厚い雲が重そうだ。水はその色を映じている。じっと立ちつくし、見つめていると、雲の切れ間から時おり光線が細く、海に向かって洩れて落ちた。

一昨日、水戸に降り立った日に較べれば、今日は風があって肌寒かった。それがこの漁港を、荒涼とした印象に見せた。牛越はそれを、自分が殺害現場に近づいているせいと感じた。

利根川は予想したよりずっと幅広く、まるで深い入江のようだ。そのセメントの岸辺、牛越が立っているあたりに、漁船がまるで止まり木に群れて眠っている無数の鳥のように、ゆるく揺れながら繋《つな》がれている。

銚子という港は、この利根川沿いに、もともとは川を上下する船便のためにできた港なのだということを、以前牛越は聞いたことがあった。川の広さを見ると、これからの調査の困難さが思いやられた。

赤渡雄造はこの利根川の、どこかこの付近に、手足を縛られて漬けられ、殺された。今からたった一人でその現場を捜し出そうというのだ。牛越はとにかく、利根川の千葉県側を上流に向かって歩きだした。

ところが、階段で水際まで降りていけるような場所は、実にいたるところにあるのだった。これは容易な仕事ではない。

だが一方、もし自分が殺人者ならと想定し、人一人を殺害するに足る安全で人けのない場所を、となると今度は全然見当たらない。どこまで行っても広い道路のそばだし、人家が水際まで迫っている。

夜八時から十時といえば、まだ人通りもある時間帯である。いったん殴打して、手足を縛ってから水に漬けたわけだが、そう静かには死んでくれまい。気づけば悲鳴もあげるだろう。人家や、停泊している漁船のすぐそばでなど、自分なら到底やる気にはならない。

しかし行けども行けども、二十年の捜査経験を持つ刑事の琴線《きんせん》に訴えるような風景は現われなかった。淡々として、何の変哲もない水際を、中年刑事は小一時間も歩かせられた。

だがホシがもし妥協する気なら、と牛越は思いはじめる。ホシは若く、体力に絶対の自信を持つ男かもしれない。少々人家や人目の近くでも、荒っぽい仕事となるのを覚悟して、目撃でもされたら夜のことだし走って逃亡すればそれでよいとこう考えたとするなら、その程度の仕事場はそれこそ無数にあるのだった。彼はもうそういう場所を無数に見てきていた。

牛越刑事は、満々たる期待を持って歩み込んだ銀座の「とり月」や、「マイアミ」での失敗を思い起こして、少し暗い気分になった。何といってもこれも銚子署がすでにやってくれたことである。彼らは日に何度でもここへやってこられる。それでも断定ができなかったのだ。

これもあの二の舞かもしれぬ。札幌署の廊下で空想しているのと現実とは違う。こうして実際に足を運んでみると、水面から吹きつけてくる風は予想以上に冷たいし、行く手には何の変哲もない道や家並みが、砂漠のように広がるばかりだ。

相手がもの言わぬ現場であるだけに何とも頼りない。こうなると聞き込みの方が楽である。こんなはずではないような気がした。何か大事なことを忘れているような気もする。しかし、それが何なのか思い出せなかった。

そうだ、何か忘れている。自分は何かもっと確たる勝算があってここへやって来たいと願ったのだ。こんな漠然と歩き廻るだけのつもりではなかった——。

現場は人家から遠く離れ、人通りのある道もそこからは離れていて欲しい。しかし水だけはたっぷりなくてはならぬ——。牛越はもう一度、現場の条件を思い返した。ずいぶん虫のいい注文である。

川面《かわも》を見ると小さな漁船が行く。曇り空の冬の夕暮れの下を、小さな虫のように川を昇っていく。その時牛越ははっとした。船！　船ならその条件を難なく充たすのではないか⁉

いや駄目だ。彼はすぐに打ち消した。水銀のことがあったではないか。

あっ、と再び思い、小さく叫び声を洩らした。今やっと思い出した。

水銀だ、そうだ、これを忘れていた。水銀が出たということは、古い水が残って澱んだ場所、こういう大きな限定条件がもうひとつあったではないか！

それから珪藻類、微生物が多い、水が淀んで動かず、腐っているような場所、これだ。したがってこれなら絞れる、勝算がたつ、と以前考えていたのだった。それをようやく今思い出した。

つまり、船に乗って出るような沖では考えられないのだ。そしてまた同時に、今まで見てきたような川沿いの石段のような場所も、すべて切り捨ててよいということである。流れのあるそういった場所では、水銀を含んだ古い水など留《とど》まっている道理がない。

牛越は少し気分が軽くなった。彼の今までの経験のうちにも、こういうことがたまにあった。こうしてひたすら体を使って歩いていると、机の前で考えていた重大な事柄を、案外忘れて行動してしまう。

古い水の澱んで残っているような場所、つまり川から少し水が引き込まれている、ごく小さな入江のような場所と考えられる。

牛越は、小さい丸いプールのようなものを脳裏に描いた。そこには板切れや、ヴィニール袋や、発泡スチロールのかけらがいくつも浮かんでおり、油汚れで水面が嫌な銀色に光っている。

一服しようと思い、牛越は水を見降ろせる石の上に腰を降ろした。足の下にちゃぷちゃぷと音をたて水が寄せている。少々歩き疲れていた。

煙草《たばこ》をくわえてマッチを擦るが、すぐ消えてしまう。水に背を向け、マッチを手と体で覆うようにしてやっと火をつけた。一息喫い込み、吐き出すと、煙はさあっと凄い勢いで人家の方へ遠ざかっていく。風が強い。牛越はもう一度水際へ向き直った。

マッチをポケットにしまおうとしてふと手を止め、見た。大井町駅前「ポット」と書いてある。昨日の朝、一課の中村と待ち合わせた喫茶店のマッチであった。

急いだ方がよいのは解りきっていた。昨日も一昨日も、陽がすぐに落ちたという印象だった。暗くなってしまってはもう仕事にならない。

腹が減ったな、と思った。どこか汚ない田舎《いなか》食堂でいいから、カツ丼とかカレーライスで腹ごしらえをしたいと思った。しかし背後を見まわしたが、視界の及ぶ限りにはどこにもそれらしいものはない。

　昔、旅というと駅弁を食べるのが楽しみだった。近頃は新幹線のように窓も開かない列車とか、駅をめくらめっぽう飛ばす、速いだけが取《と》り柄《え》みたいな列車が増えたから旅も味けなくなった。あれでは乗客も高速輸送貨物だ、などと思いながら、牛越は来る途中ほんの一時間だけ乗った東北新幹線を思い出した。

　しかし、最近どこかで珍しく駅弁を食べた人間の話を聞いたな、と思った。そうか、昨日、服部晶子からだった。晶子が、父赤渡雄造が六日、水戸から上京の途中、友部で三色寿しの駅弁を買って食べたと言っていたのだ。

　三色寿しというのはもともとは確か小山《おやま》の名物という話だったと思うが、しかしあれもたまたまデッキのところを通りかかったからで、普通では——。

　牛越の体が凍りついた。天啓が訪れていた。何だと!? と思わず声に出した。駅弁だ!? 駅弁だと!?

　これは圧倒的に不可解な事実なのであった。駅弁だと? どうして今までこいつに気づかなかったのか——!?

　彼は大急ぎで手帳を取り出した。乱暴にページを繰《く》る。赤渡は確か水戸から上野までひたち何号かを利用した。そして自分も、偶然このひとつ前の特急を逃し、同じ列車を利用する結果になったと思う。そうして自分は、駅弁など食べなかった。

　あった、「ひたち二十四号」である。牛越ははっきり思い出した。「シオン」の見える水戸の食堂で前の便を逃がしたので、自分もこれに乗ったのである。そして——。

　牛越は次に、時刻表を取りだした。自分の記憶には自信があったが、確認するためである。

　あった！「ひたち二十四号」！ 風でめくれそうになるページを指で押さえる。やはりそうだった。間違いない！

　十九時三十分水戸発、上野着二十時五十分、そしてその間、この「ひたち二十四号」は途中のどの駅にも停車していない！ 友部にもどこにもである。

　牛越はしばし茫然とした。これはいったいどういうことだ？

　服部晶子の記憶違いとは考えられなかった。上野着八時五十分なら、父を家に連れ帰ったのが夜の九時過ぎだったので、父がすぐに横になりたいと言ったという話とも符合する。また「ひたち二十四号」というのは、彼女だけでなく、水戸の刈谷旭も言っていたことである。

上り 常磐線（原ノ町—上野）

原ノ町—水戸—上野

行先	上野		平	上野	小山	上野	水戸	上野		上野	我孫子	平	上野	上野	上野		我孫子
列車番号	2410M		640D	1018M	2746M	488M	230	1020M		1022M	2450M	642D	490D	1024M	214M		2452M
始発	仙台 1152	…	…	…	…	…	仙台 1311	…	…	…	…	相馬 1450	…	…	仙台 1545	…	…
原ノ町発	1345		1354		…	…	1449	1534		…	…	1556	…	…	1700		…
磐城太田	レ	急行	1401		…	…	56	レ		…	…	1602	…	…	レ	急行	…
小高〃	1353	〔ときわ12号〕	07		…	…	1502	レ		…	…	09	…	…	レ	〔ときわ16号〕	…
桃内〃	レ		13		…	…	07	レ	〔ひたち20号〕	…	…	15	…	…	レ		…
浪江〃	1402		19		…	…	17	1551		…	…	22	…	…	1716		…
双葉〃	1407		25		…	…	23	レ		…	…	28	…	…	レ		…
大野〃	1413		33		…	…	29	レ			…	36	…		1727		…
夜ノ森〃	レ		40	〔ひたち18号〕	…	…	35	レ			…	42	…		レ		…
富岡〃	1422		46		…	…	42	1609			…	50	…		1739		…
竜田〃	レ		54		…	…	50	レ		〔ひたち22号〕	…	58	…	〔ひたち24号〕	レ		…
木戸〃	レ	（原ノ町まで228M普通列車）	59		…	…	55	レ			…	1702	…		レ	…	…
広野〃	1437		1506		…	…	1606	レ			…	09	…		レ	…	…
末続〃	レ		12		…	…	12	レ	…		…	15	…		レ	…	…
久ノ浜〃	レ		17		…	…	17	レ	…		…	20	…		レ	…	…
四ツ倉〃	1449		23		…	…	25	レ	…		…	26	…		1807	…	…
草野〃	レ		28		…	…	30	レ	…		…	31	…		レ	…	…
平着	1458		1535		…	…	1637	1641	…		…	1738	…		1816	…	…
平発	1500		…	1540	…	1626	1652	1643	…	1710	…	…	1745	1813	1819	…	…
内郷〃	レ	…	…	レ	…	32	59	レ	…	レ	…	…	50	レ	レ	…	…
湯本〃	1507	…	…	1548	…	36	1704	1651	…	1718	…	…	54	1821	1827	…	…
泉〃	1513	…	…	1554	…	43	12	1657	…	1724	…	…	1801	1827	1833	…	…
植田〃	1520	…	…	レ	…	50	21	レ	…	レ	…	…	08	レ	レ	…	…
勿来〃	レ	…	…	レ	…	55	27	レ	…	1734	…	…	13	レ	1843	…	…
大津港〃	1529	…	…	レ	…	1700	40	レ	…	レ	…	…	18	レ	レ	…	…
磯原〃	レ	…	…	レ	…	07	47	レ	…	レ	…	…	24	レ	1853	…	…
南中郷〃	レ	…	…	レ	…	12	52	レ	…	レ	…	…	29	レ	レ	…	…
高萩〃	1543	…	…	1621	1700	1717	58	レ	…	1751	…	…	34	レ	レ	…	…
川尻〃	レ	…	…	レ	1706	1727	1804	レ	…	レ	…	…	40	レ	レ	…	…
小木津〃	レ	…	…	レ	10	33	09	レ	…	レ	…	…	45	レ	レ	…	…
日立〃	1555	…	…	1633	16	38	15	1733	…	1803	…	…	51	1903	1912	…	…
常陸多賀	1600	…	…	1638	21	43	21	1738	…	1808	…	…	56	1908	1917	…	…
大甕〃	レ	…	…	レ	26	48	27	レ	…	レ	…	…	1901	レ	レ	…	…
東海〃	レ	…	…	レ	33	55	35	レ	…	レ	…	…	08	レ	レ	…	…
佐和〃	レ	…	…	レ	37	1800	40	レ	…	レ	…	…	12	レ	レ	…	…
勝田〃	1621	…	…	レ	44	06	45	レ	…	レ	…	…	18	レ	1939	…	…
水戸着	1628	…	…	1658	1749	1812	1852	1758	…	1828	…	…	1925	1928	1944	…	…
水戸発	1630	…	…	1700	1750	1833	…	1800	…	1830	…	…	1933	1930	1946	…	…
赤塚〃	レ	…	…	レ	57	40	…	レ	…	レ	…	…	40	レ	レ	…	…
内原〃	レ	…	…	レ	1802	45	…	レ	…	レ	…	…	46	レ	レ	…	…
友部〃	1643	…	…	1712	03	50	…	レ	…	1842	…	…	52	レ	1958	…	…
岩間〃	レ	…	…	レ	小山着1908	56	…	レ	…	レ	…	…	58	レ	レ	…	…
羽鳥〃	レ	…	…	レ		1901	…	レ	…	レ	…	…	2009	レ	レ	…	…
石岡〃	1656	…	…	レ	以下346ページ	06	…	レ	…	レ	【休日運休】	…	16	レ	2012	…	【休日運転】
高浜〃	レ	…	…	レ		10	…	レ	…	レ		…	21	レ	レ	…	
神立〃	レ	…	…	レ		16	…	レ	…	レ		…	27	レ	レ	…	
土浦着	1708	…	…	レ		1921	…	1833	…	レ		…	2033	レ	2024	…	
土浦発	1709	…	…	レ	…	1922	…	1833	…	レ	1940	…	2036	レ	2024	…	2028
荒川沖〃	レ	…	…	レ	…	28	…	レ	…	レ	46	…	42	レ	レ	…	35
牛久〃	レ	…	…	レ	…	34	…	レ	…	レ	52	…	48	レ	レ	…	41
佐貫〃	レ	…	…	レ	…	39	…	レ	…	レ	57	…	54	レ	レ	…	46
藤代〃	レ	…	…	レ	…	42	…	レ	…	レ	2000	…	57	レ	レ	…	49
取手着	レ	…	…	レ	…	47	…	レ	…	レ	06	…	2103	レ	レ	…	54
我孫子〃	1731	…	…	レ	…	1954	…	レ	…	レ	2013	…	2110	レ	2047	…	2001
柏〃	レ	…	…	レ	…	2000	…	レ	…	レ	…	…	15	レ	レ	…	…
松戸〃	レ	…	…	レ	…	10	…	レ	…	レ	…	…	2125	レ	レ	…	…
北千住〃	レ	…	…	レ	…	レ	…	レ	…	レ	…	…	…	レ	レ	…	…
日暮里〃	レ	…	…	レ	…	2025	…	レ	…	レ	…	…	2140	レ	レ	…	…
上野着	1804	…	…	1821	…	2030	…	1920	…	1950	…	…	2145	2050	2116	…	…
到着番線	(19)			(10)		(11)		(10)		(14)			(19)	(19)	(10)		

急行〔十和田〕 12系

←上野行　青森行→

①	②	③	④	⑤	⑥	⑦	⑧	⑨	⑩	⑪	⑫
				自	自	自	自	自	自	自	自

下り
上野→青森
（750.3km）
所要12時間19分
表定速度61km/h

しかしこれでは、当然ながら友部で駅弁が買えたはずはない。

ずっとすわりこんだまま、牛越は考え続けた。もう寒さも少しも気にならなかった。

不思議な事実だった。一瞬、ことの見当さえつかなかったが、やがてじわじわと真相が見えるような心地がした。これは——、と彼は考える。刈谷旭が義父を「ひたち二十四号」と偽《いつわ》って、実は別の列車に乗せたということではないのか——？　ほかにはまず考えようがない。

牛越は再び時刻表に目を落とした。たとえば「ひたち二十四号」の十六分後に出る急行「ときわ十六号」である。これなら友部、石岡、土浦、我孫子《あびこ》、と停車する。

しかし——、「ひたち」と、「ときわ」では名前が違いすぎないか？　車内のアナウンスもあるに違いない。それに何よりL《エル》特急と普通の急行では車内の感じもまるで違うであろう。停車駅だって多すぎる。これでは赤渡も怪しむと考えられる。

とすると——、推論はひとつ、同じ「ひたち」の別の便、こう考えなければならないのではあるまいか——？

牛越は時刻表を遡《さかのぼ》った。はたして、ある！　一時間前、十八時三十分水戸発の「ひたち二十二号」、牛越自身、これに乗ろうとして乗り遅れた。そして——、牛越は指を滑らせる。

停まる！　まさにこの列車は、一駅だけ、友部に停まるのである！

それ以前の「ひたち」には、十八時発の「二十号」があるが、停車駅は友部ではなく、土浦がひと駅だ。そして十九時半の「ひたち二十四号」以降、もうL特急の便はない。

もはや事態は確定的と思われた。発車の時間帯があまりずれていては無理であろう。「二十二号」しかあり得ない。赤渡雄造は、「ひたち二十四号」に乗ったと思いこまされ、実は「ひたち二十二号」に乗せられたのである。

つまり上野着の時点で二十時五十分と思っていた。だが実際にはまだ十九時五十分だったのである！

これは何を物語る事実か——!?

目的は解らない。まだ何とも言いようがないが、はっきり推測できる事柄は、いくつもあると考えられる。

まずこんなことがやれる人間というと刈谷旭、この男しかいない。おそらく刈谷が、水戸で義父の腕時計を一時間進ませておいたと考えられる。そうしなくては怪しまれるだろう。彼は一日義父を車で案内した。赤渡は七十過ぎの老人である。それに馴れない土地、旅の途中で疲れてもいよう、できない相談ではない。

しかし、これは刈谷が一人でやっても意味がないのだ。またそれは不可能である。何故なら、一時間進ませた針を戻しておく人間が必要だからだ。そうでなくてはことは発覚してしまう。それはどこでやるか、水戸ではあるまい、東京であろう。すると——。

服部晶子となる。彼女以外にはあり得ない。彼女ならこの役が楽に勤まる。ということは——？

今までの考え方は、大きく軌道修正の必要が生じるのではないか。すなわち、この水戸東京の二組の夫婦は共謀しているという話にならないか!? 少なくとも水戸の亭主と、東京の女房とは共謀している！ 大変なことになってきた。

もう一度おさらいしてみる。刈谷旭は義父の腕時計を水戸で一時間進ませ、水戸駅では駅構内の時計などを見せないようにして列車へ案内し、一緒に乗り込む。

赤渡としても、すべて刈谷にまかせっきりだからおそらく時間を質《ただ》したりはしないだろう。見るとしても自分の腕時計がせいぜいではあるまいか。まして、世話をしてくれる娘婿は同じ列車に共に乗ってくれるのである。


「ひたち二十二号」と「二十四号」の違いなどに気づくとは思われない。

また万一駅構内の時計と自分の腕時計とを見較べたとしても、中途半端な狂いでなく、ちょうど一時間進んでいるわけだから気がつきにくいのではないか。赤渡は当然老眼だったろう。

まさにこれは実行可能な計画である。さほどの冒険とも思えない。しかし、何のために——？

それはおそらく、赤渡を七時半発の列車に乗せては具合の悪い理由ができたということではないか。

それとも、上野着の時点で、一時間という余分な時間を稼ぎ出すためかもしれない。赤渡は上野に八時五十分に着いたと思っている。他人にもそう言うであろう。もし刈谷や晶子も他人にそう言っておくなら、ここに実際には存在しない一時間という自由な時間が、上野で手に入るという理屈になる。この幻の一時間というものを、一月六日の夜、彼らは作りだす必要があったのだ。

しかし、ではそれを何に使ったのか——？

翌一月七日、赤渡はピンピンして行動している。おそらく昨夜、赤渡が寝入ってから晶子が腕時計の針を戻しておいたものだろうが、しかし、いったい何を目的としたこれはトリックなのか？　この幻の一時間は、のちの赤渡の死に、どう関わってくるのか——？

気づくと、煙草はどこかへ行ってしまっていた。しかし服部晶子もうかつな女だ、と牛越は思った。彼女が駅弁のことなど口走らなければ、自分もこれに気づくことはなかった。ということは、晶子は列車のダイヤなどには暗いということか。

牛越佐武郎は、とにかくこいつは後で整理するとして、まずは軽食堂でも探そうと立ちあがった。

十分も歩くと、それらしい店に行き当たった。煙草屋とも駄菓子屋とも食堂ともつかぬ不気味な店であったが、表のガラスケースに蝋《ろう》細工のカレーライスやオムライスが並んでいる。潮風を避けるためか、ガラス戸はぴったりと閉じられ、一見休みのようにも見えたが、よく見ると営業中の札が下がっていた。

陽が傾き、さらに風が強くなった。時おり土埃の舞う店の前には黒い武骨な自転車が倒れている。

牛越はこの店で、魚の肉の入ったカレーライスを食べ、近くの旅館を紹介してもらった。

その旅館は、先の食堂の親戚筋に当たるという話であったから、立派な家であろうはずもないと想像したが、実際のところはその三倍もポンコツであった。よくこれで商売ができるものだというような代物《しろもの》だ。

玄関とおぼしき付近の板の壁には、地面から緑色の苔《こけ》がはい昇りつつあり、建物自体、心なしか地面に対し垂直に建っていないような気がする。これなら今日明日にでも商売をたたみそうに思える。自分が最後の客となる光栄に浴すかもしれんな、などと牛越は考えた。しかし川に沿って建っているのがいくらか気に入った。

案内された部屋は一階で、縁側《えんがわ》に出てみると、白い布のかかった応接セットがおざなりに置かれているのはどこも同じだが、廊下の板がきいきい鳴るのと、足もとに水が寄せているのが風流というものである。

牛越は少し遅めの夕食を依頼し、となると食事まで多少時間があることになるので、散歩でもしてみようと思い、旅館の下駄をつっかけて上流に向かい歩いていった。しかし二、三百メートルも歩いたころで陽が暮れてきたので、万事明日にするかと思い直し、引き返した。それから夕食の前に札幌に電話を入れ、今までの経過を報告した。

夕食にお銚子を一本つけてもらい、牛越は孤独な食事を始めた。お膳を運んできた女中がいっこうに帰ろうとしないですわっているのでどうしたのだろうと考えたが、どうやら相手をしてくれるつもりらしい。その割にはただすわっているだけで愛想がない。訊いてみたらひまだからという返事である。

　牛越はこの女の子に身分をあかし、このあたりに人けのない、古い水の澱んでいるような入江がないかと尋ねた。

　女中は答える前に、こんな近くで刑事を見たのははじめてだなあという顔をした。珍しそうに牛越の顔や体を眺めた。ずいぶんしばらく、へえという顔をしてから、もう二、三百メートルも上《かみ》へ昇るとそんな場所がありますよ、と言った。

「おかしいな、さっきそのあたりまで行ってみたんだが」

　と牛越が言うと、

「じゃあ四、五百メートルかなあ、大きな松の木があるからすぐ解りますよ」

　とのんびりした口調で言った。

　このあたり、人通りは多いかと牛越が訊くと、割合少ないですと彼女は答えた。

2.

　翌二十六日の水曜日、牛越はせいぜい早起きをして早々に旅館を出た。昨夜《ゆうべ》女中から入江の話を聞いて以来、気になって眠れなかった。

　なるほど彼が昨夜《ゆうべ》来たあたりから、さらに百メートルも行くと、三本ばかり大きな松が川沿いに見えてきた。そのふもとに、地蔵の社《やしろ》らしいものがある。どこか遠くで列車の響きが聞こえ、汽笛が鳴った。

　川沿いの道は、その松と大きな廃屋のような倉庫を迂回するために、大きく水際から離れている。廃屋は、今は使われていないらしい。焦茶色の板壁が、白く土埃を被っている。この建物のすぐ脇に、ほぼ正方形の池のように、川の水が引き込まれた場所があって、水際まで石段が下っていた。

　牛越の気分は強く刺激を受けた。あらゆる内なるものが彼に向かい、ここだと叫んでいた。彼自身、自分がいよいよ近づいたと感じた。

　現在は船のかげもないが、以前はおそらくここに小船が入り、この廃屋になっている倉庫から、何かの荷を積み出したものと思われる。四辺は石垣を積んで囲っている。かなり広い。

思ったより水は汚れていない。腐って緑色に変色しているというほどではない。無数の枯れ草が浮いている程度だ。しかし高木先生も、そう断定したわけではない。その可能性があると言っただけだ。

牛越は高まる気分を押さえ、水際まで石段を下って、その付近を子細に調べた。しかしそのあたりには、すでに何の痕跡も遺ってはいなかった。

今日は二十六日、考えてみればもう十八日も日が経ってしまっている。雨も降っているかもしれない。何かよほどの好条件に守られてでもいない限り、直接的な痕跡など期待する方が無理である。牛越は、事件発生後、即座にやってこなかったことを悔《くや》んだ。

しかし、牛越は周囲を見廻し、今さらのように頷いた。ここはまさしく理想的な場所である。申し分がない。石段の一番下に立つと、四角い擦り鉢の底のようであった。しかも周囲は背の高い雑草が巡っている。そうして水面は低い。

かなり離れた場所を通る道は、今でさえ人通りが少ない。時おり車の音がする程度である。その向こうは林だ。人家など少しも見当たらない。

石段の所から二メートルばかり川寄りの石垣に、排水孔らしい四角い穴が口を開けていた。牛越は石垣に掴まりながら身をはすに乗り出し、その穴を覗き込もうと試みた。しかし目は届かなかった。かろうじて目に入る入口付近も、光線が逆になるため暗かった。

牛越は石段に腰を降ろし、どうしたものかと考えた。ここはまさしく有望である。それは疑う余地もない。しかしそれだけでは駄目だ。まだまだ断定するには足りぬ。証拠となり得る、何らかの痕跡を見出さなければならない。

それには、あの排水孔こそなかなか有望と思われた。というのも、赤渡は両手を縛られ水に漬けられたという。しかし腕は肩のところから切断されているわけだから、後ろ手か前手かは解らぬはずである。

もし前手とすれば、ホシは当然赤渡を、このひとつしかない石段を水際まで引きずり、降りたろう。そして水に漬けようとする。しかし赤渡はこの時、殴打による昏《こん》倒《とう》から醒《さ》め、暴れたかもしれない。もしそうなら彼の腕はこの時死にもの狂いで何を掴んだか。ホシの体はむろんだろうが、それ以外なら、石垣、特にあの排水孔ではあるまいか。

うまく赤渡の指が、あの排水孔の内部にかかるあたりに触れていてくれれば、あの内部なら雨もかからないので長く痕跡も遺るであろう。

しかしそれはいかにも虫のよい注文である。断末魔の人間に、うまく雨風を凌ぐ場所を選んで指紋を遺してくれと要求しているのである。

牛越は、ごく客観的に考え、その可能性は低かろうと考えた。どうもこちらに都合がよすぎる。しかもあの穴を覗き込むためには、どう考えても自分が水に入る必要がありそうだった。これは億劫である。そんな低い可能性のために、それほどの面倒はおかしたくない。

だがほかの場所に痕跡を見いだせる可能性はなかった。それをやらないのなら、これで引き揚げるだけである。牛越はそれからもしばらく逡巡していたが、やがてよし！　と決心した。

彼のバッグの中には丈夫な細いロープが入っている。犯人逮捕のとき、手錠だけで不充分な場合腰縄を打つためである。牛越はこれを排水孔の上部にある石の杭《くい》に結《ゆわ》えつけ、反対側を水際に垂らした。そうしておいて靴と靴下を脱ぐ。

牛越はロープをしっかりと握りしめ、ややぶら下がるようにすると、そろそろと水に足を入れていった。一月の水は氷のようだ。たちまち感覚が失われる。しかし赤渡のことを思えば、泣きごとも言えない。

じりじりと排水孔に寄る。足は石垣の水面下五十センチのあたりを踏んでいた。体は斜めに吊り下がっている。口には小型の懐中電灯を銜《くわ》えていた。慎重に穴の前まで来ると、右手でゆっくりと懐中電灯を握り、点灯する。

穴は左右二十センチ、天地が十センチほどの小さなものである。豆電球の頼りない黄色の光が穴を照らすと、中はまるで磨いたように石が奇麗だった。

牛越は思わず不審そうな目を注いだ。信じられないものを見た気分だった。それからようやく、おお、と声をあげた。

何という幸運か！　確かに指の跡だった。もがいた指の跡とおぼしきものがくっきりと、泥とも血ともつかぬものによって遺されていたのである。求めるものだ！　見つけた！

そう思うと同時だった。ブツンとにぶい音をたてて綱が切れた。あっと思うと同時に、牛越は腰まで水に漬かっていた。

考えてみればあのロープは、支給されて一度も使用しないまま、今日にいたっている。滴《しずく》をたらし、今朝の宿に向かって歩きながら牛越は考えた。もう二十年も昔のものになる。一度も新しいものと取り換えていなかったから無理もない。嫌な予感がしていた。

　電話は、例の傾きかけた宿屋までなかった。下半身ずぶ濡れで玄関を入ると、例の女中が目を丸くした。


　三十分もするうち、一ダースばかりの銚子署員が、三本松の現場に車で集まってきた。

　彼らは牛越が最初から洋服のままで水に入ったものと思ったらしく、北の地の人間は根性が違うなどとささやき合っているらしかった。収穫があったからよいようなものの、これで何も出ていなかったら大変な恥だったな、と牛越は思った。今後おそらくこの署では自分のことが語り草になるであろう。そう考えるといささか気が重かった。

　係官たちは、胸までのゴム長を用意してきていた。あんなものでもなければ、この寒空で水の中に入る気はすまい。やはりどうしても他署から依頼された調査だと大ざっぱになるものだな、と牛越は寒さに震えながら思った。

　牛越は並んで見物している銚子署員に、八日夜、赤渡ならびに犯人と思われる者を、銚子駅あたりからこの付近まで乗せたタクシーはないか、調べて欲しいと要請した。

　むろんこれまでもこの種の捜査はなされている。赤渡の顔写真を持って銚子市内および駅付近のタクシー会社を廻って、該当なしとの結論は得ていたが、今やこうして目的地がはっきり得られたと思われるので、再調査の必要性も生じたという判断である。

　銚子署員は、自分たちが現場をあげられなかったことに恐縮してか、非常に積極的に同意した。


　牛越佐武郎は銚子署まで同行し、ズボンを乾かしながら分析の結果を待つ間、考えた。係官は不完全ながら指紋が採《と》れたと言っていた。それをまずは赤渡のものと照会するだけであるから、時間はかからないはずである。

　もし八日の夜、赤渡が車等で連れ出されたのでなく、自分で出向いたとしたなら、彼は歩いていっただろうか？

　銚子駅からあそこまではだいぶ距離がある。若い者が急ぎ足で歩いても、一時間は最低かかるであろう。それもほとんど走るようにしてだ。赤渡は七十一歳だ。のんびり歩いたら三、四時間もかかってしまうかもしれない。まずタクシーに乗るであろう。

それとも銀座で拉致されて、ホシの所有する車で強制的にあの現場まで連行されたか？　それならタクシー会社関係の聞き込みから何も出ないとしても不思議はない。

自家用車——、だが運転の巧みな刈谷旭は完璧なアリバイに守られ、服部満昭は車の運転が駄目ときている。刈谷裕子も服部晶子も運転免許はない。

だが今や一月六日夜の一時間のトリックというものがある。彼らを無関係と除外し去ることはもうできない相談である。

まあよい、それは別の問題だ、話を戻そう、と牛越は考える。タクシー会社からの聞き込みに今後引き続き何の成果も現われないとすれば、後は彼が駅から現場まで歩いたという可能性だけと思われる。車を利用せず、歩かなくてはならぬ理由というものが何か考えられるだろうか？

まず考えられまい。第一あれは土地勘のない者には解りやすい場所とはいえない。三本の松が目印にはなるだろうが、土地を知らぬ者にあの地点を言葉で説明するというのはどうであろう。あらかじめ地図でも渡してあったなら別だが、まず無理ではあるまいか。赤渡は銚子という土地に詳しかったはずはない。

それにあんな辺鄙《へんぴ》な場所に、それも夜中に呼び出され、赤渡がのこのこ何の不審も抱かず出向いていくというのは不自然である。

たとえ銚子駅まで電車で来たにせよ、常識的には犯人はどこかで落ち合い、車を拾って乗せていくであろう。やはり車だ。犯人は車を利用していなければならない。しかし運転がただ一人できる刈谷にはアリバイがあるのだった。

銚子署員が大声で牛越の名を呼んだ。彼は考えを中断して立ちあがる。

「解りましたよ」

牛越と同年輩に見える署員は言った。

「あれで指紋は採れましたか？」

牛越は不安をもって訊いた。事件から十八日も経っている。しかも風雨に晒される野外だ。こういう条件下で指紋が採れたというケースは、牛越の二十年の経験の内でも、残念ながら聞いたことがない。

銚子署員は、案の定首を左右に振る。そして言った。

「残念ながら……」

牛越は肩を落とした。

「ああそうですか、やはり」

期待していたというほどではないが、それでもという思いはあった。

「完全なものにはほど遠いです。土埃も被っておるし、崩れておるし、指紋の痕跡は、あちこち飛び飛びの一部ずつということらしくてですな。ただですね、あの指紋は非常に珍しい型です」

「珍しい？」

「ええ、双胎蹄状紋というもので」

「双胎蹄状紋？」

牛越は、この言葉に記憶がなかった。

「はい、別称巴紋ともいうあれです」

「ああ、巴紋」

それなら記憶がある。

「縦長の渦が、ほぼ同じ大きさで、左右で対象になってます」

「ほう」

「私も見たのははじめてですが、ともかくあの指紋痕からは、この渦が左右にふたつ、同じ大きさで並んであって、格好は互いにひっくり返っておって、巴型を成していることだけは判別できるらしい。これが通常の蹄状紋とか弓状紋というなら証拠能力はまったくないですが、巴紋ともなりますとね、まあ百万人に一人でしょう。いやこの数字は違うかしれんが。ともかくきわめて珍しい指紋です。赤渡雄造さんは、この双胎蹄状紋らしいですな」

「あ、そうでしたか？」

牛越は迂闊にも、この点を心得ないで動いていた。

「そうなると、これは確率からほぼ、そうですな、九十パーセントくらいは一致と考えていいのじゃないですか」

「おお、そうですか」

「裁判官は納得するでしょう。おめでとうございます。現場がほぼ浮かびました」

署員は、ちょっとからかうように言った。牛越は、嬉しいというよりもほっとしたという印象がきた。しかし前進ではある。出張費に見合うだけのものが多少は発見できたかという思いだったが、しかしこれでもって、捜査が著しく進展するという予感はなかった。

「あと事件の性質上、泥土状のものの内には血液も含まれている可能性がありますのでね、うまくすれば今夜までに、その検査結果も判明します。もし血液があって、これが赤渡のものであれば、これで現場ははっきり浮かぶことになりますな」

彼は言い、牛越は頷いた。その通りだった。ここまできたら、もうそうあって欲しいと願った。

3.

牛越は十六時二十四分銚子発の「しおさい十二号」で東京に戻った。東京着は十八時二十四分だった。

東京へ戻る理由は主としてふたつあった。ひとつはまだ会わずじまいでいる戸越公園の川津光太郎に会うためである。

銚子の現場発見で、牛越にはささやかながら気力が戻ってきていた。気力の充実は、牛越にひとつの新しい考え方をもたらした。それはこうだ。

今まで捜査陣はすべて、赤渡は川津に会わずに死んだという川津の説明を鵜呑《うの》みにして動いてきた。しかしはたしてそう言いきれるか。銀座の「とり月」と「マイアミ」で、また八木の聴取からも、赤渡を銚子へ向かわせる何らの要素も見い出せなかった。国電の車中でも、大井町線の車中でも同様であった。

それなら、である。赤渡は川津家を予定通り訪れたと、こう考えてはいけないのか？

川津光太郎の八日夜のアリバイは、これは他の五人もほぼ同様であるが、ないに等しい。妻の証言があるばかりだ。ほかならぬ川津光太郎が、自分の家に約束通りやってきた赤渡を、車に乗せ銚子まで連れ出して殺したと、これだって絶対にあり得ぬという話にはならない。

そう思うと牛越は、即日東京へ引き返す気になった。牛越は翌二十七日、東京を離れる予定にしていた。もう日にちもない。

例の一時間捻出のトリックに関しては、東京に戻ってもまだ追及する気持ちはなかった。これは奥の手として、もう少し取っておきたい気がする。

何といっても赤渡は翌日ピンピンして行動しているのである。仮に刈谷と服部が共謀して赤渡の腕時計を一時間進めていたのが事実であったにせよ、それがどうしたと開き直られればそれまでともいえる。義父の腕時計を一時間進めたらいったいどんな罪に問われるのだと逆に問い返されたら、捜査陣の方が立ち往生する。そしてこっちがまごまごしているうちに、連中はうまい言い訳をひねり出すかもしれない。

やはりその先まで、考えを組み立ててからでなければなるまい。迂闊に行使して消耗《しょうもう》したくなかった。彼らに高跳びの危険などはまずない。慎重に事を運べばそれでよい。

そして東京へ戻るもうひとつの理由は、あの中村という一課の刑事と、帰るまでにもう一度会うという約束を果たすためであった。


ところが川津家の応接間で目の前にした川津光太郎は、牛越の期待をまったく裏切った。彼は腰が曲がり、頭髪はすっかり白く、弱々しい声でやっと喋るのが可能であるような、まったくの老人であった。かくしゃくとした八木治などとはまるで違っている。

牛越はこの老人の動作等をじっと冷静に観察した。演技などではないと思われた。しかも川津は、牛越の想像に反して、完全に善良そうな印象である。さらに彼は車の運転免許を持たず、現在は妻との二人暮らしである。妻もむろん運転免許は所有していない。息子は一人あるが、しっかりとした職業を持ち、住所も関西で離れている。

牛越はここでも赤渡雄造を紳士にするためのたくさんの言葉を聞いた。

川津家を出るともう九時が近かった。熱心に食事を勧められたが牛越は断わった。彼は今まで、被疑者となるかもしれぬ人間からの、いささかの饗応にも応じたことがない。内心、それが牛越のささやかな誇りであった。

大井町駅へ出て、牛越は公衆電話から中村の名刺の電話番号へ電話をかけた。

牛越はまだ宿を決めていない。最初の晩泊まった旅館はどうも気乗りがしなかったし、また上野署の世話になるのは、先日ずいぶん寝坊をしたこともあって気が重かった。中村が、どこかに素泊まりの安いホテルを知らないかと思ったのだ。

すると若い男の声がして、中村は今出先《でさき》ですと言う。お急ぎでしたら、電話番号を言いますのでそっちへかけてくれませんかと言った。

牛越はそれならどちらでもよいと思ったが、一応番号を聞いて控えた。これはどちらですと訊くと、東京都教育庁文化財調査研究室ですねと、何かメモでも読んでいるような調子で教えてくれた。中村は、ずいぶんいかめしいところへ行ってるんだなと思った。

ダイヤルを廻すと、いかにも学者然としたような男の声が出た。一課の中村さんをと言うと、じきに、

「はい、中村ですよ」

と少々ふざけたような中村刑事の声に替わった。牛越は何だか懐かしいような心地がした。中村の方でも牛越

と解ると、

「おお、牛越さん、これは！　お待ちしてましたよ」

と嬉しそうな声を出した。

牛越は明日帰ろうと思う、それでこうして電話してるんだと話した。中村はお手柄だったそうですね、と言った。それで牛越は少しだけ状況を話した。

中村はゆっくりお話したい、すぐにでもお会いしたいが今夜は手が離せそうもないので、明日連絡を入れます。今夜はどちらにお泊まりですか、と言うので、実はまだ宿が決まっていない、今大井町の駅にいるのだが、どこか素泊まりのできる安い宿を知りませんかと尋ねた。どのあたりがよいかと中村が訊くので、東京駅付近が便利でよいと思う、などと思いつきをいった。

すると中村は八重洲駅前のビジネスホテルを教えてくれた。中村の方でホテルの名を指定し、ここにしてくれ、明朝こっちで電話を入れるからと言った。どうやら彼自身、何度か利用したことがあるらしい。牛越は礼を言って電話を切った。

牛越は、起こされなければいつまででも眠っていられるタイプの人間である。札幌ではたいてい七時半には起きるが、この日は九時過ぎまで寝ていた。

そろそろと起きだしてテレビのスィッチをひねると、何だかトンネルの中らしい場面が映った。何だろうと思いボリュウムを大きくすると、いきなり爆発音がしたので目が醒めた。

「九時二十四分」という文字が大きく現われ、それから「貫通」という文字が出た。それでようやく解った。たった今、「青函トンネル」が貫通したのである。牛越は北海道の人間だから、興味を引かれてしばらく画面に見入った。

着工から今日の貫通まで十九年かかったという。しかも今日の貫通も先進導坑がつながったというだけで、本道が貫通して営業が開始されるのは昭和六十年の予定だそうだ。足かけ二十一年に及ぶ大工事ということになる。

牛越は、札幌でこのトンネルの話は何度も聞いていたが、貫通のこの日、自分が東京にいようとは思わなかった。

アナウンサーは、このトンネルの抱えるさまざまな難題を力説した。これは牛越も一応聞き知っている。トンネルは貫通後、その先三十年にもわたって毎年八百億円もの負債を返済し続けなければならない。しかし国鉄在来線を通す程度の収入では、とても採算が取れない。それで当初予定されていた新幹線を通す計画も、赤字を増すだけなので結局取り辞めとなった。けれどあの洞爺丸《とうやまる》の事故など思い起こし、長い目で見ればこのトンネルの意義は大きい、などとアナウンサーは語っていた。

その時中村から電話が入った。受話器を取りあげながらカーテンを引くと、窓の外は快晴のようである。しかし東京駅の真前では鳥のさえずりも聞こえはしない。

中村は、何時の列車にお乗りですと訊いた。牛越は、こんなよい天気だからとてもすぐ乗る気にはなれない。上野を十七時十七分発のリレー列車にしようと思うと答えた。

それなら大宮を十八時発の新幹線となる。この便なら青函航路や北海道内への連絡が最もスムーズであった。それ以前の便なら、上野発を十二時十七分まで早めない限り、青函連絡航路の便が多くないために、函館からの列車が、上野を十七時十七分発の場合と同じ列車になり、札幌へ着く時間は結局変わらないのである。牛越は東京でもうひと仕事くらいはしておきたかったので、上野を十二時過ぎに発つのは苦しかった。

中村はそれなら上野で遅い昼食でも一緒にしようと言う。彼は自分はこれからひと仕事するので、上野で二時くらいはどうかと言った。牛越にとっても、これは願ってもないタイミングだった。気の合う人間とは、生活のリズムも不思議と合うものである。牛越は即座に同意し、二人は午後二時十五分に、上野駅構内で待ち合わせることにした。

すると時間にはかなりの余裕ができた。牛越はチェックアウトの仕度を整えると、まず八木に、銚子で殺害現場を発見したと電話で報告した。八木は例の調子で、これで赤渡君も浮かばれることでございましょうと言った。

続いて銚子署に電話して首尾を訊くと、残念ながら泥から赤渡の血液は検出されなかったと言う。しかし現場はあそこで間違いはないでしょう、と言われた。

牛越はホテルを出、地下街を通って八重洲口へ行き、荷物をコインロッカーに入れてから目黒へ向かった。目黒には、赤渡が八木の前に会っている芝木朝雄が住んでいる。一応最後に、この人物にも会っておこうと考えた。

そのほかの人物は、つまり残る広岡徹、中村染一郎、藤木敬士、彼らはみな郊外で、鎌倉市や、辻堂《つじどう》在住などというものもいるから、とても今日の仕事にはならない。

そして牛越は、赤渡は郊外の連中にはまとめて七日に会ったのだなと考えた。

芝木は、八木や川津と較べれば多少無口でとっつきの悪いところはあったが、嫌な老人ではなかった。牛越はここに一時間以上いたが、やはり格別の収穫はなかった。ただ赤渡の友人たちがみな一様によい感じに枯れているのを知り、赤渡雄造という人物の人となりも想像ができるように思った。

「なるほど、怨恨ではないか……」

牛越は目黒から東京駅へ帰る山手線の中で、あらためてつぶやいた。すなわち、これは一筋縄ではいかぬ事件ということだ。定番の発想では間に合わない。

東京駅のロッカーから荷物を出し、上野駅へ出ると、まだ若干時間があった。一瞬服部晶子の顔が浮かんだが、今再び会う気はなかった。

黄色の公衆電話を見つけ、牛越は世話になった上野署や水戸署、銚子署に電話で礼を述べ、今日帰る旨《むね》を伝えた。

ボックスを出ると牛越は、中村には例の一時間のトリックのことを話しておこうと思った。そして今後何か新しい展開があれば、札幌から自分の考えを送り、東京は彼に動いてもらうのがよいだろうと思った。そんなことを考えながら、牛越は今度の旅で知り合った友人を待った。

4.

中村は、例によってカルダンのハーフコートをラフに着こんで現われた。牛越に向かってちょっと右手をあげる。その動作は先日と同じく少々気取っている。

頭には相変わらず黒いベレー帽が載っていた。牛越は今度の東京出張で、帽子を愛用する人物に二人出遭った。そして二人とも牛越とは気が合った。

中村は、精養軒へ行きましょうと言って牛越を誘った。二人は駅前からタクシーに乗った。牛越は不案内だから黙ってついていったが、精養軒というのは夏目漱石の作品にも出てくる有名な洋食店であることに、ずっと後で気づいた。そしてあれは、田舎刑事に対する精一杯のもてなしだったんだなと思った。

席へ着くと、中村は例によっていきなり言った。

「銚子の方はいかがでした？　大変だったでしょう」

そこで牛越は、三本松の現場発見までのいきさつを話した。

「なるほど、水銀を含むような古い水の澱む場所ですか、ふむ。こういうはっきりした条件があるってのに銚子署の方で見つけなかったたってことは、連中あんまり真面目にやってやがらねえな」

中村は、しだいにべらんめえ口調が顔を出した。

「いや、現場の痕跡発見場所ってのは、裸足《はだし》になって水に入らなきゃならないような所でしてね、無理もないんです」

牛越は銚子署を弁護した。

「そういうことよりもですね、実はちょっと驚くべき事実に気づきましてね」

そう言ってから彼は、例の刈谷旭と、おそらくは服部晶子もからんだ、一月六日の一時間捻出トリックの話をした。

「なるほど！　こいつは大変な発見かもしれませんな、牛越さん。停車駅のない『ひたち二十四号』に乗ったはずの赤渡が、友部で駅弁を買って食べているんですか。こいつは面白い！

実はね牛越さん、私が今日お話しようと思ってきたのもまさにこの点でしてね、いやこいつは因縁だ。刈谷旭は一月六日夜、水戸工業高校時代の同窓生、黒田浩一という男と東京で会っていたと今まで主張してやがったんですがね、今まではこの黒田の方もこの事実を認めていたんですが、昨日もう一度この黒田んとこへ行って絞めあげてやりますとね、やっこさんここだけの話にしてくれととうとう言い出しましてね、実は刈谷に頼まれた嘘だってんですよ」

「え!?　じゃ刈谷はこの六日の夜、誰とも会っていない……」

「少なくとも仕事がらみで友人と会っていたってえのは出鱈目ですな」

「ふうん、そうですか……」

「しかしじゃあこの一時間を、刈谷は何に使ったんでしょうな。解らねえな、次の七日は、何しろ赤渡はピンピンして東京中を歩き廻ってるんですからね」

「そう、私もそこが解らんのです」

牛越も言った。

「だがまあピンピンしてたってのは七日の一日だけですからね、たった一日おいて次の八日にはもう殺されてる。ですからやっぱり、何らかの準備のために無理して捻出したと、こういう線じゃないですか？

何しろ牛越さん、こう考えねえといけないと私は思うんです。一時間腕時計を進め、時間を誤魔化《ごまか》した。そいつでもって誰を騙《だま》すかっていうと、そりゃ赤渡しかいないわけです。服部満昭はその場にゃいないですから。つまり親爺を早いとこ寝かせちまおうとした。そうして浮いた時間で何か準備をやったというわけです。もしかすると、というよりたぶん間違いなく、服部満昭もそこに遅れて加わったんじゃないか。

そこでどんな相談や準備が行なわれたかといや、そりゃ親爺殺しのための相談しか考えられねえってもんでしょう」

「ふむ、つまり一時間の捻出というより、赤渡を早く寝かしつけようと、こういうことですな？　赤渡が眠ってしまえばいくら遅くまでても話せる……、うん？　しかしそれはおかしくないですか？　だったら時計を一時間進めなくたって、待ってれば眠るでしょう、赤渡は」

「うん、ですから、水戸の裕子は加担してないってことじゃないですか？　だから早く旭は帰らなきゃならない……。うん？　いや、それじゃおかしいか……」

中村も言った。牛越はどうもこの説には承服できかねた。

「それに相談なら電話でもできるんじゃないですかね？」

「ええ、だからそりゃ刈谷が直接東京に来なきゃいかんような種類の準備だろうと、こういうことになろうとは思うんですがね。そういうこともだが、どうも、もうひとつうまくねえな」

「そう、もう少し時間をかける必要がありますね。それでこの先の計画の全貌まで見当をつけてから、刈谷なんかには、こいつを突きつけたいですね」

「賛成ですな、そいつは。こっちも何だかよく解らねえうちから盲目射ちをやるってえと、腹の内を読まれかねませんからね」

「しかしその黒田って男は、よく今になって偽証を認めましたね」

「なに、最初は軽いつもりで刈谷の頼みを引き受けたんでしょう。ところがそのうち、殺しがからんでるって知ってびびったんですよ」

「そんなところでしょうね。しかし問題はその先ですね、連中が何をやったか解らないものでしょうかね。そいつが解ると、この一時間のトリックってのは具体的な奴らの失策ですからね、ぼつぼつと馬脚を現わしかかっているわけです。全体の見当がわれわれについているなら、この辺からからめ手で、じわじわといけそうなんですがね」

「そう、赤渡に隠し女はどうも現われそうにないんでねえ。今まで浮かんでいる連中の内からホシを割り出すよりなさそうですなあ、どうやら」

「そう、そうなるからしんどいんですが、どうやら少しずつ見えてきてはいるんです」

「こういうのはどうなんですか？　つまり今のところやれそうな者というと、服部満昭が一人だけです。強引にこいつがやったものと仮定してですね、残るその先は、填め絵みたいに当て填めてゆく、と……」

「ええ、ところがその服部なんですがね……、中村さんはこの男にお会いになりましたか？」

「会いました」

「いかがでした？　やれそうだとお感じになりましたか？」

「ふうむ……、確かにね、食い足りない。しかしほかにいないんで致し方もない」

「そうですね……」

「こいつが銚子へ飛んだ義父を追った」

「そこなんですがね、やつはどうして赤渡が銚子へ向かったことを知ったんでしょう」

「電話が入っていたんじゃないですか、赤渡から晶子のところへ。そして晶子は亭主に連絡を入れた。晶子はこの点をわれわれには伏せておるわけです」

「ふむ……。確かに亭主は土曜日の午後、誰もいない会社で一人残業していたわけですからね、どんな連絡だっておおっぴらにできますね。同僚の目というものはない……。しかしどこで掴まえます？　赤渡を。銚子の街でということになりますか？」

「そう、訪問地が銚子のどこそこというところまで正確に解っていればってことになりますな、こりゃ条件付きだ」

「そう、銀座では少なくとも無理でしょう。『マイアミ』へ連れていったのは八木ですから。そして『とり月』では八木の目があった」

「そう、銀座では無理でしょう。ではいっそこういうのは考えられませんか、赤渡は川津の家までは行かなかったとわれわれは考えている。しかし実は行ったと。でも門の前までです。そこで服部が待っていた」

「なるほど」

「赤渡を掴まえるには、次の訪問地へ先廻りして待っていればそれでいい」

「そうか、それは面白いですな……。いや、やはりそれは無理だ！　川津家を訪問するのはおよそ四時の約束でしたからね。服部は五時に会社にいたところを清掃員に見られていますよ」

「あ、そうか！　そうですな、こいつはうっかりしちまった」

中村はそう言ったが、もしその役を晶子がやる気になればことは可能だなと牛越は考えていた。しかしそうなると、例によって実の父に銚子の水を飲ませる理由がどうしても解らない。これだけは何としても見当がつかないのである。

「じゃあやっぱり電話だな。赤渡は娘か、それとも娘婿に電話連絡を入れていたと、それっきゃないでしょう。

しかしそれにしても銚子というのが解らない。もし犯人の側が選んだとすればとくにそうだ。何故銚子を現場に選んだのか」

「そうなんですね、銚子という街は、決して東京と水戸の中間点ではないですのでね。水戸から見れば東京とそんなに変わらないくらい遠い……」

「では赤渡自身の意志か……」

「ところがそうなると、『とり月』にも『マイアミ』にも、八木との会話の中にも、それを示唆するような要素はないのです。まあ私の捜し方が足らんのか知りませんが」

「そもそも、水戸でもかまわねえんじゃないでしょうかね。殺してトランクに詰めちまいたかったのなら、いっそ水戸まで連れてっちまった方が便利だ。水戸だって海に近い街ですからねえ」

「そうです。しかしそうなると、待ってれば赤渡は帰り道に寄る手はずでしたからねえ、慌てることはない理屈になりませんか」

「ああそうか、そうですな……。東京と水戸とは、どうやら手を組んでいそうですからね」

「そう、その問題なんですがね、私自身銚子で例の一時間のトリックに思い当たりましてね、嫌だなと思うのは、あれによって例の、先日大井町でお話しましたね、『トランク遅送説』、まあ別に遅送しなくても十一日に持って水戸へ行って中身をすり替えてもいいんですが、一、二のトランクが千葉から遅れて水戸へ移動したと、この考え方がはからずもあれで決定的に粉砕されてしまうんですな。

このトランク遅送説というのは、東京側の保身のための手段ですからね。罪を水戸になすりつけてしまおうとするやり方です。ところがあのトリックを見ますと、この二組は手を組んでいそうなんですね。

例のもうひとつの、私の『隠し女、隠し子説』、これは中村さんによって粉砕されましたんでね、残るあっちを頼りにしようかと思っておったところへこれです。実際弱りましたよ」

「ああそのトランク遅送説ですがね、そいつは少々無理じゃないですか？　自分が後で受け出すために、身寄りも親戚もない街へ荷物を送って駅留めにしておくということはできませんよ」

「つまり架空名義の宛て名へは、鉄道輸送はできない……」

「そうです。荷が駅へ着いたらすぐ、電話で宛て名の人間に連絡が行きますしね、ハガキも行く。これが本人不在で帰ってきたりすると、面倒なことになりますよ」

「そう、送ることはできないでしょうね……、自分で持って行くしかない……」

だがその考え方は、牛越自身がたった今、否定したばかりであった。

「とにかくこの事件はこういうことでしょう」

中村が言う。

「水戸の連中はアリバイでもって守られる、一方東京の方はトランクの動きによって守られる、とこうたかをくくったやり方じゃないですか？」

「ううん……、では東京から水戸へのトランクには、別に本物の骨董品が入ってなくてもよかったと、こういうことになりますか……」

しかし牛越にはどうしても何かひとつ、これには承服しきれなかった。

「そうだ、服部夫婦は、実際にその石の衝立を買ってありましたか？」

「これは買っておりました。中華街でね、横浜の。店の者が二人を憶えてました。しかしこいつは買っていてもかまわんでしょう。たかだか何万円という金を惜しんでわが身を危険に晒すよりはね」

「でしょうな……。刈谷の方はどうだったんでしょう」

「それは知りません。水戸の方で買っておるんでしょう」

それから二人は食事に専念した。事件の話は避け、北海道や旅の話をした。今朝《けさ》導坑がつながった青函トンネルの話も出た。

この時中村が持ちだした「ブラキストン線」の話が牛越には面白かった。北海道と本州では生息している生物の種類がまるで違うのだそうである。この境界線をブラキストン線といい、津軽海峡に引かれているのだという。

端的な例はモグラで、これは北海道にはいないのだそうだ。そういえば牛越はまだモグラという動物を見たことがない。これはモグラが津軽海峡を渡れなかったせい中村は刑事には珍しく、妙な雑学知識があった。牛越は昨夜自分が電話した、いかめしい場所の名を話のついでに持ちだそうとしたが、結局思い出せなかった。

たちまち出発の時刻が迫り、二人は上野駅へ戻った。中村はホームまで送ってくると、頑張って下さい。できるだけ応援しますので、と言った。

新幹線、東北本線と乗り継ぎ、津軽海峡を渡るのは翌日の午前零時三十五分から四時二十五分までの間となる。牛越はわざわざデッキに出て、寒風に堪えながらほんの一分間だけ深夜の海面を見つめてみた。

黒々としたこの海の遥かな底の、そのまた下でトンネルがつながっているとは、にわかには信じがたかった。

牛越はその夜、連絡船のベッドで夢を見た。海底のトンネルを、ぞろぞろとたくさんの動物が移動していく夢だった。その先頭に、何だか小さなシャベルのようなものを持ったモグラがいた。

目を醒まし、牛越は苦笑した。単純な自分が可笑しかったのである。

それから彼は、この出張の一部始終を回想した。あわただしい東京訪問ではあったが、銀座は歩けたし、なかなかよい旅だったと思った。

第四章　迷宮の扉

1.

津軽海峡を越え、北の都に帰り着くのは翌二十八日の朝八時五十七分となる。

牛越は駅に着くとすぐその足で署に出て、経過をざっと報告した。そして主任から、赤渡雄造の葬式が昨日すんだことを聞いた。バラバラ殺人の葬式だから、死体が全部帰宅するまで時間がかかり、それもあって葬式が遅れたということのようである。葬式には刈谷夫婦も、服部夫婦も出席していたという。したがって佐竹刑事も、この四人に会ったらしい。

出張は一応この日までであるから、牛越は昼前に自宅へ帰って女房に床を延べさせ、午後はのんびりと布団の中で過ごした。しかし疲れはあまり取れなかった。

その翌日の土曜日、牛越が旅疲れの残る体で出署すると、さっそく佐竹が寄ってきた。

「お早うございます、モーさん」

何か組み立てた推理があるらしいことが、彼の顔にはっきりと現われている。

「おう竹やん、おはよう。おっとちょっと待ってくれ。一服まずつけさせてくれよ。その間に忘れたりはせんだろう？」

牛越はのろのろと煙草に火をつけ、ひと息大きく煙を吐いた。

「ふう……、座して停年を待つポンコツ刑事には、出張ボケが顕著に現われる……」

と妙に実感めいたことを言った。

「さていいよ、何から来るね？」

この時聞いた佐竹の推理は、要約すると次のようなものだった。

例の一時間のトリック、これは赤渡を早く休ませ、服部満昭が遅く帰宅してもよいようにとはかったもの。服部はこの間銚子へ出向き、現場の選定等をした。

銀座の赤渡の拉致に関しては、川津家の前に先廻りして待ちぶせ、車に連れ込んだと考える。これをやったのは刈谷旭である。

それから刈谷は赤渡を乗せ、車で首都高速から京葉道路、さらには千葉東金道路を通り、国道126号線で銚子の三本松へ出た。不審がる義父をそこで車から降ろし、殴打して失神させた。

現場には服部満昭がすでに待機しており、刈谷は彼に後をまかせると、一目散に水戸へ帰って落成パーティに間に合わせ、服部は義父を溺殺した。

死体は死後二日程経過して切断されているため、服部は八日夜は死体に被《かぶ》せものでもして現場付近のどこかへ隠し、そのまま帰宅した。

そして十日頃、今度は刈谷が再び現場へ出向き、死体を水戸の自宅へ持ち帰ると、新居の浴室ででも切断し、発送した。すると、刈谷夫妻の十日夜荷造り終了、十一日発送、と日数の段取りも符合する——。

牛越は、一昨日中村が言ったように、容疑者連中を填め絵のように強引に当て填めていくと、こんなふうになるんだなと思って聞いていた。

しかしこれには当然ながら数々問題点が感じられた。たとえば、服部の現場の選定に関して、これは車を持っている刈谷には、前もってやっておく時間がいくらでもある。わざわざ六日に、それも車を持たぬ服部が選定に出向く理由はない。

さらに、たかだかこんなことのために、義父の腕時計を一時間進ませるなどという面倒を冒すだろうか。

服部満昭に、殺しのような仕事がやれるとは到底見えない。

現場の廃屋は鍵がかかっていたし、現場付近に死体を隠せるような場所はなかった。

また、車で東京、銚子経由水戸というドライヴを、刈谷は三時間程度でやったことになるが、物理的にそれは無理と思われる。

さらに一番の問題点は、そういう計画に何故銚子が選ばれたかということである。銚子は、東京、水戸の中間地点ではない。そういうことなら、東京、水戸を最短距離で結ぶ道路から、少しそれたあたりを現場にするのが合理的というものであろう。たとえば水海道とか、土浦あたりである。もし溺殺の必要があるなら、霞ケ浦で充分と思われる。

「何故銚子を現場に選んだんだ？」

牛越は訊いた。

「そりゃつまり、東京でも水戸でもない場所ということです」

「何で？」

「そりゃやっぱり、東京夫婦も水戸夫婦も、疑われないようにするためでしょうねえ……」

「それなのに自分の発送するトランクに、殺した死体を入れたのかい？　本末転倒だろう？」

思わず言ってしまってから、牛越は妙な気がした。何ごとも批判はたやすいというが、考えてみれば、これこそはすべてに対する致命的な一撃である。

佐竹のものに限らず、牛越自身の推理も、東京で中村の組み立てつつある考え方をも、あっさりと無意味にしてしまうものだ。牛越は、無意識に発した自分のこの言葉で、迷宮の扉を叩いたような気がした。

牛越は気重になり、とにかくそいつは八日、刈谷が水戸を留守にしているかどうか、その点がはっきりしてからだ、と佐竹に言いおいて署を出た。


赤渡家のベルを鳴らすと沢入が出てきた。おとといの葬式に間に合うように帰ってきたのだという。母親のことを訊くと、どうにかもち直したと言った。

応接間に通され、一人でお茶を淹れてきた沢入に、実子さんは？　と尋ねると、ちょっと笑みを浮かべて、デートですよと言った。

この家の者に、捜査の進展をもし報告しなければならないとしたら、東京と水戸の二組の夫婦しか、結局怪しい者は残らなかったと言わなければならない。この家でそう口にするのは憚《はば》かられた。

それでちょっと外へ出られないかと沢入に訊いた。しかし自分は今留守番ですので、と彼は応えた。それならやむを得ない。

「捜査の方はいかがです？」

案の定、沢入は尋ねてくる。

「うん、東京と銚子と水戸とに行ってきたんだよ」

と牛越は、やむなく語りはじめた。沢入はじっと無言で次の言葉を待っている。彼に話す内容は、そのままこの家の母娘に伝わるのだろうなと思うと、刑事の口は自然に重くなる。

「今日はどうもその話はしたくないいんだ。静枝さんはまだ悪いのかい？」

「ええ、葬式の疲れでまた寝たり起きたりです」

「今は？」

「奥の間で寝てらっしゃいます。声かけてみましょうか？」

「いやいや、いいんだ」

牛越は慌てて言った。

「葬式には服部夫婦も、水戸の刈谷夫婦も、出席したんだってね」

「はい、来られました」

「もう帰ったのかい？　東京へ」

「ええ、服部さんはトンボ返りですよ。仕事が空けられないそうで。刈谷さんご夫婦は、昨日帰られました」

「ああ、そう。ところで実子さんはデートというと、例の香坂電気商会の人と？」

「そうです。この春に結婚なさることがほぼ内定しました」

「ほう、それは、近頃なかなか明るい話題だ。お母さんもお喜びだろう？」

「そうですね」

しかし沢入の表情はあまり明るくない。

「静枝さんはあまり乗り気じゃないのかい？　この結婚」

「いや、そんなことはないです。ただ雄造さんはあまり賛成されてませんでした」

「ああ、そう。ところで結婚というなら、君ももうしてもおかしくない年齢だと思うんですがね、どうしてしないの？」

すると沢入は、はにかんだように笑った。

「この札幌に約束した人がいるんだろう？」

沢入はそれでも何とも応えなかったが、

「図星《ずぼし》じゃないのかい？　じゃないと病気のお母さんを放って君のような青年が札幌にずっと居坐ってるわけがない」

と重ねて問うと、

「ええ、まあ……、申しあげますとね、この前お話した、友人の知り合いで、すすき野で宝石店をやっている人っていうのが女性でした。でもそんないい話じゃないんですよ。もう期待するものはない、望みはないんです。

もうすぐ全部精算して、ぼくは東京へ、帰るつもりです……」

その言葉のお終いの方は、ほとんど聞き取れぬほどに小さくなった。牛越が少し不審に思ったほどである。牛越はそれを、この青年のその恋人への未練であろうと想像した。

2.

翌日は土曜日であった。定刻に牛越が出署すると、その直後、水戸と東京から相継いで報告が入り、佐竹の新説はあっさり粉砕された。

すなわち、まず一月八日の午後、刈谷は水戸の会社に出社していることがはっきりした。したがって彼が車で東京へ行くことは不可能となる。

さらに一月八日の夕方は、東京の首都高速道路の亀戸《かめいど》あたりが、事故による片側通行で大幅に渋滞していたという報告までが追い討《う》ちをかけた。渋滞は夜更けにまで及んだという。これで東京、銚子、水戸を、車で三時間で走ることはむずかしくなった。佐竹はその日、一日中渋い顔をしていた。

しかし牛越もその翌週から、やはり渋い顔をする運命にあった。しかもそれは、その後半年も続いたのである。

札幌署はこの事件に対し、ほぼお手あげの状態となった。一縷《る》の望みは、例の一時間のトリックだった。これをうまく刈谷と服部晶子に突きつけるなら、そこから必ずや突破孔が開けるに相違ない——。

これは牛越が南から持ち帰ったものであるから、この最後の手段を行使する権限は、牛越に委《ゆだ》ねられた格好だった。

牛越は満を持していた。文字通りこれが最後の手段と思えたので、何としてもしくじりたくなかった。最も効果的に突きつける方法を模索しつつ、また彼らのこの一時間の使い道の見当を、先廻りしてつけようと焦っていた。

しかし翌週、札幌の雪祭りもそろそろ終わろうという二月五日の土曜日、ついにあきらめた。そして水戸の小山と、東京の中村とに同時に動いてもらうことにした。両者の時間がずれては口裏を合わせられるおそれがある。牛越がこれを決心した時点で、事件発生からちょうど一ヵ月が経過していた。

日曜日をはさんで、この報告を待つ二日ばかりの間が、牛越たちにとって近頃珍しい緊張する時間となった。結果は月曜日の朝出た。

しかし――、結論から言えば、結果は期待が大きかっただけにいかにもみじめなものであった。現実というやつには、真に創造的な要素などごく少ないものであるらしい。そのほとんどは、実に平凡で、俗で、退屈なガラクタによってでき上がっている――、牛越はのちにこの時のことを回想して、何度もそう思った。

つまり、刈谷旭と服部晶子とは、できていたのである。刈谷の方はよくあることらしいが、晶子としては、何としても亭主に隠しておかなくてはならない事柄である。そのためこんな、考えようによっては少々大袈裟なトリックを講じた。そのために牛越たち捜査陣はひどい廻り道をして、こんなつまらぬ痴情ざたにつき合わされたのであった。

佐竹などは憤慨した。たかだかそんな情事の時間を一時間捻出するために、何故父親の腕時計の針まで進めなくてはならないのか。これは内心牛越も同感であった。おそらく中村なども似たようなことを言うであろう。しかし事情を聞いてみると、割合無理からぬところもあった。

晶子の亭主、服部満昭という男は、特にそういう事柄に対して病的に猜疑心《さいぎしん》が強いらしい。女房に買物など以外の不必要な外出をうるさく禁じたり、不本意にも自分の帰宅が大きく遅れるなどという場合、三十分おきに電話を入れて女房の在宅を確かめるなどするという。牛越は一月八日夜の、不審ともみえた満昭の行動を思い出した。

したがって、刈谷旭が父を送って上京してくるのは晶子にとって千載一遇のチャンスではあるが、不用意なやり方をしては、父の口から亭主に知られるおそれが出る。そこで一時間、例の架空の時間の捻出となったものらしい。こうしておけば父は早く眠るから、自分はこっそり家を抜け出せる。父は亭主には八時五十分の列車で上野へ着き、九時には家へ来たと言ってくれるであろう。そういう亭主なら、その辺のことを義父に探りを入れるかもしれない。

子供じみたやり方といえばそれまでであるが、人妻との情事というやつは、こうしたスリルが刺激なのであろう、と牛越は空想した。そして彼は、東京で会った晶子や満昭の様子を思い出し、何度も納得した。

服部満昭は想像以上に粘着質の男らしい。女房が外出から戻ると、何時に家を出て、何時に先方に着いたのかなどと実にネチネチ訊くらしい。時にはわざわざ電話して先方に確かめることもする。

恥ずかしいからやめてと女房が言うと、決まって自分の母親の例を持ちだすらしい。彼の母親が女学校時代、寮からお遣いに行くときは、必ず出発時間を書き込んだ紙を持たされ、到着したら今度はそれに先方で到着時間を書き込まれ、印鑑をもらったもんだぞと説教をするのだそうだ。

世間にはいろんな人間がいる。これでは女房としてもさぞうっとうしかろうと牛越などは思うのだが、そこには女心の不思議で、けっこう喜んでいるふしもあるらしい。


こうして、北海道中を揺るがせた「赤渡雄造トランク詰め殺人」に対する札幌署のお手あげぶりは、完全なものとなった。もはややるべき仕事は何ひとつ残されてはいなかった。牛越たちの推理も厚い壁の前で空転を続け、彼らは田舎警察の冷笑を背に浴びた。

ひと月、ふた月と時は過ぎ、街はスパイクタイヤと雪溶けの水が作りだす、何もかも汚泥にまみれるようなあの嫌な季節の到来となった。とみるまにそれらは乾きはじめ、もうもうと砂塵《さじん》となって舞いはじめる。

そんな状態がひと月以上も続き、ようやくおさまる五月頃、北の都にも遅い春が北上してくる。北の地には梅雨《つ ゆ》の季節はない。これから短い夏が逝《ゆ》くまでは、札幌は悪い季節ではない。

牛越もこの季節は好きだった。春の見せる萌《も》える色を眺めながら、蝶や蝉が蛹《さなぎ》から脱け出る時はこんな気分ではあるまいかと思ったものだ。

しかし、今年ほど嫌な春ははじめてだ、と思う。彼の周りばかりが変化を駈け抜け、牛越の心の内は相変わらず寒々としたままで、前進はなかった。

この時期で、書かなければならない事柄というものは多くない。現場や駅付近での目撃者を募《つの》るため、銚子署は五百枚ばかりのチラシやポスターを撒《ま》いてくれたが、何の反応もなかった。

新たに解った事実というものも、ないではない。しかし、それらは重要とはいいがたい。赤渡実子には東京に去ってしまった恋人がいたらしいこと。その男と別れたのが例の事件の直前、昭和五十七年の暮れらしいこと、そして、例の沢入とトランクを取りにいった時実子が自分で投函した手紙というのが、その人物に宛てたものであったらしいことなどである。この男のアリバイも、東京の方で一応当たってくれたが、何の問題もなかった。

春も過ぎ、短い夏の頃、牛越は大通り公園の地下街を若い男と二人で歩く赤渡実子を見た。

春には結婚するのではないかと沢入は言ったが、まだ結婚したという話は聞かない。さすがにあんな事件の後だから、もう少し待つのだなと考えた。

東京と水戸の娘は、二人連れだってこの夏再び札幌へ来ているという。静枝はもう床を払ったという噂だ。外から見る限りでは、赤渡家の傷は徐々に癒《い》え、着実に新しい時代が始まりつつあるように思える。ただ沢入だけは、どういう理由からか、赤渡家が貸し与えた借家にまだ留まっていた。

彼らは一様に、それも異様なかたくなさで口をつぐんでいるようにみえる。決して刑事たちを批難しないぞと決めているようだ、と牛越は思った。それだけに毎日は針の筵《むしろ》だった。

北の者は、短い夏の間に、冬の陰気なもののいっさいを強いて忘れようとする傾向がある。いっときをせいぜい陽気に過ごす。したがって雪に埋もれている頃と、溶けてしまった季節とではすべてが一変して感じられる。まるで二重人格者のようである。

冬の悲劇は雪とともに流れ去る。そして人々は忘れたような顔をする。しかしそれはいっときのことだ、と北の地に生まれ育った刑事は心得ていた。冬になれば、憂鬱は必ず戻ってくる。

北の者はたいてい、脳裏に一ヵ所溶けぬ氷を持っている。それが暗い冬の悪い記憶である。それはシベリアの永久凍土のように、生涯溶けぬものかもしれない。これが人格の奥深いところに刺さり続け、北の者の奇妙な寡黙さとか、粘り強さの原因となる。

そしてこのため、冬のあらゆる陰気なものは、雪とともにまた戻ってくる。今はただ、短い夏の眠りに就いているにすぎぬ。それまでに、何とかせねばならんのだ、そう牛越は考える。

しかし犯罪事件は、ある一定の期間を過ぎると等比級数的に捜査がむずかしくなる。担当刑事も心を残したまま他の仕事を抱えるようになり、当事者や目撃者の記憶は風化し、現場の痕跡も風雨に晒されて消えていく。短い夏が逝き、早い秋を捜査官が感じる頃、この事件もまさにこの時期にさしかかった。

後は勾配《こうばい》がしだいに急になる下り坂が待っている。その先は垂直な崖である。事件はこの道を速度を加えながら転がる玉だ。やがては迷宮という奈落《ならく》へ転落していく。そうなれば、もう誰の手も届かない。だから、急がなくてはならない。そんな思いで牛越は、たちまち九月の声を聞いた。

3.

牛越佐武郎は、自分のことを捜査官として天賦《てんぷ》の才能を持つ者とは思っていない。あらためて言うまでもないが、凡夫だと思っている。今まで大きな手柄をたてたこともない。したがって家には表彰状の類いは一枚もない。出世も遅い。未だに部長刑事にすらなれないでいる。普通ならもう警部補くらいにはなっていていい年齢である。だから近づく停年の足音も、別に苦ではない。むしろ待ち遠しい。座して停年を待つと言う口癖《くちぐせ》も、あながち冗談とばかりはいえない。

それは犯罪捜査という仕事に、彼が今ひとつ情熱的になれなかったせいもある。いや、そういう事件に巡り遭えなかったというべきか。

だが今度の事件は少し違った。最初は徐々に、次第にしっかりと、牛越を捕えて離さなくなった。気づくと、今や牛越は難事件の苦悩とも魅力ともつかぬものにがっしりと絡みつかれ、身動きがとれなくなっている。身も心も、深海に沈んだような気分だった。

しかしそんな中で、彼は生まれてはじめて自分の内に湧き起こる感情を知った。それはひどく静かな様子だった。静止して、微動だにせぬ蝋燭《ろうそく》の炎を牛越は連想した。静かな、闘志にも似たもの。これが情熱というものか、と牛越は考えた。

長い刑事生活の、もうお終いに近いが、こんな事件に出遭えたことを彼はいつか感謝した。自分に死ぬほどの赤恥をかかせるかもしれないが、出遭えたことはよかった。そして彼は、いつかこの事件と心中してもよいほどの気になった。自分のような者でよければ、こちらは相手にとって不足はない。

だが凡夫牛越が、事件の核心に思いいたるには、やはりあるきっかけが必要だった。九月に入って間もなく、牛越は赤渡実子が香坂実子となった噂を聞いた。その記憶もまだ新しいうちに、それは起こった。

帰宅途上の道で、牛越は沢入保とばったり行き合った。刑事は俯向いて歩いていたから、声は沢入の方でかけてきた。

「おう沢入君、君はまだ札幌にいたのかい？」

驚いて、牛越は尋ねた。

「ええ、もう少しもう少しと思っているうちに……。奥さんに、もうちょっといてくれと頼まれているんです」

沢入は応えた。

「ああそうか……、そうだろうね」

それから二人は、暗くなりはじめた道端でしばらく世間話をした。

「どうです刑事さん、こんな立ち話も何ですから、ちょっとぼくのところにお寄りになりませんか。割とこの近くなんです」

沢入が言った。牛越は沢入の住み処《か》に少し興味をそそられたので、同意することにした。

沢入が赤渡家から貸し与えられている一軒家は、赤渡家からそれほどの距離はないはずであったが、ずいぶんと淋しい場所だった。二人が連れだって五分も歩くと、住宅街を抜け、みるみる人家が少なくなった。

「えらく淋しい場所だね」

牛越が訊く。

「ええ、この辺はまだ空地《あきち》が多いんですよ」

言われてみるとその通りで、民家があるにはあるが、みな距離をおいて散らばっている。沢入の家もそういう一軒だった。しかも塀もなく、群を抜いて粗末である。白く汚れた板張りで、だいぶ古く、傷んでいる。窓も二重ではない。ただ別棟の物置が付いていた。

沢入は、鍵を取り出して玄関のドアを開け、明かりをつけると、どうぞと牛越に言った。

部屋には大きなすわり机がひとつと、あとは本の類いくらいしか財産は見当たらない。玄関のすぐ脇には流しと、簡単な調理台がある。

「ここから赤渡家まで、歩いてどのくらいなんだい？」

とすわり机の脇であぐらをかきながら、牛越が尋ねた。

「十分くらいでしょうか」

お湯を沸かしながら、沢入は応える。

見廻すと、浴室もないようだったが、それを訊くのもはばかられた。

やがてお茶が入ると、沢入は言う。

「それより刑事さん、事件の方はその後いかがです？」

そう言われると、牛越はやりきれないような思いで苦笑した。

「われわれが田舎警察なもんでね、君らにも迷惑をかけるな」

「いや、そんなことは……」

と沢入は言った。

「どうもことが単純な怨恨とか、そういうことでなさそうなんでね、難航するんだ」

刑事の声は、知らずつぶやくような調子になった。

「そうでしょうね」

即座に反応した沢入の声もまた、ささやくようだった。牛越は聞き咎《とが》め、彼の言葉の続きを待った。しかし、もう何も言葉は出てこなかった。

「赤渡雄造という人は、きわだった聖人君子だ。紳士はかくあるべきという見本のような人物だよ。誰からも恨みをかうはずはない、したがって怨恨ではない……」

牛越は自らに言い聞かすように言った。

「そうでしょうか」

すると沢入が、またそんなふうに言った。

牛越はじっと沢入の顔を見た。

「人間、どこで恨みをかうか解りませんからね」

牛越は、沢入のその意外な言葉が心に残った。それでしばらくの沈黙のあと、

「殺そうというほどの恨みでもかね？」

と訊いた。

「殺そうというほどの恨みでもです」

沢入ははっきり応えた。

牛越はお茶を飲みほし、立ちあがった。

「ごちそうさま、ひとつ原点に立ち戻ってよく考えてみるとしよう」

そして靴に足を入れながら、刑事は尋ねた。

「ところで君はどうするんだい？　いつまで札幌にいるの？」

「雪が降るのを見るまで、と思って待ってるんですが」

「ははあ、彼女がそれまでに返事をするとでも言ったのかね」

沢入は笑い、それには何も応えなかった。

「しかし十二月になるかもしれんじゃないか、去年の暖冬の例もある」

牛越は言う。

「ええ。しかし十月かもしれませんからね……」

沢入はそう言って、またちょっと笑った。

牛越はそれからも家へ向かわず、ぶらぶらと街を歩いた。何か新しい道が開けるような予感があった。そして、珈琲専門店に入ろうかと思いついた。珍しく、旨いコー

ヒーが飲みたいと思った。

店の奥には煉瓦《れんが》を積んだ暖炉がしつらえてあり、火が入っていた。しかしまだそれがありがたいと思う季節ではない。したがって、黒く煤けた暖炉の周りの席はいくつも空いていた。牛越は、そこまで足を運んでいって腰を降ろした。

ブラジル、と刑事は店の女の子に言った。それは単にブラジルが本日のサービスと書いてあったからだ。牛越は、食い物にしても何かの道楽にしても、この道にかけてはうるさいというものが全然なかった。

コーヒーを一口すすり、煙草に火をつけた頃、若い、学生らしい一団がどやどやと店に侵入してきて、たちまち暖炉の周りのテーブルは満杯になった。牛越は孤立した気分ですわっていた。髪の長いその連中の吐き出す煙草の煙がやがてあたりに充満し、彼らの無遠慮な大声とあいまって、刑事は少々居心地の悪い思いをした。音楽もたちまち聴こえなくなる。

煙草を置き、コーヒーをもう一口飲んだ。これはなかなか旨いと思った。それから牛越は、沢入のさっき言った言葉を思い返した。怨恨か、とひと言つぶやいてみる。相当の大声で一人言《ひとりごと》を言っても、誰にも聞こえる気遣いはない。

「そうだ、そうかもしれん」

彼はもう一度声に出した。

最初は当然そう考えた。しかし、みながあまりにそれは違うと声を揃えるので、いつか弱腰になってしまった。したがって、発想がずいぶんと中途半端になった気もする。今の今まで、捜査上やり残したことはもうないと思っていたが、はたしてそうか――？

怨恨だ、それ以外にない、とひと言決めて腰を据えるなら、まだまだやり残したことがあるような気がした。

そうだ、もっと自分の経験の教えるところを信頼してよかったのではないのか？　次第に周りの雑音に負け、いつものペースを崩した。ささやかな信念も、いつか腰砕けになったのだ。

だが、それなら何をやり残しているのか？　そう考えても解らない。飛んでもなく基本的な見落としが、あるいはあるのかもしれない。だが解らない。牛越は急に脱力を感じ、カップを置くと、背もたれに寄りかかった。

その時、背中のテーブルの若い連中の話し声が聞こえた。牛越は思わず聞き耳をたてた。それは、青函トンネルという言葉が聞こえたからである。牛越は東京出張の最後の日を思い出した。一月二十七日の朝、貫通の様子を偶然、八重洲のビジネスホテルで観た。洒落者らしい中村の顔も思い出した。

学生たちの間で、青函トンネルの話はしばらく続いた。牛越は一人だったから、聞くともなく聞いていた。話は次第に連絡船のことに移った。一人の物識《ものし》りらしい青年が、耐用年数の切れた連絡船がすでに何艘も繋留《けいりゅう》されていて、もう新船を建造する予定はないのだ、などと話した。

その時、同じ青年の口から「洞爺丸《とうやまる》」という言葉が続いて出た。瞬間、理由は解らないが牛越は、体を電気が駆け抜けたような心地がした。刹那《せつな》、彼はほとんど本能的に、この言葉の持つ意味を感じた。

青年は続ける。

「俺はな、昭和二十九年九月二十六日の生まれなんだよ。面白いと思わないか?」

思わない、とか、何で? とみなが答えている。

「何の日だか知らないのか? 昭和二十九年九月二十六日って」

牛越はよく知っていた。

「おまえら、北海道で育ったんだろ? 昭和二十九年九月二十六日ってのはなぁ、青函連絡船の洞爺丸が沈んだ日なんだよ」

ところがそれでも、ああそうかと言ったのは全員ではなかった。中には洞爺丸って何です? と言うのがいて、牛越は少なからず驚いた。

牛越たちの世代にとって、洞爺丸の沈没というのは忘れがたい事件であった。千百六十七人を乗せた洞爺丸が台風の日に出航を強行し、死者行方不明者千百五十五名という空前の大惨事となった。そうか、あの頃生まれた連中が、もう煙草を喫ってるわけか、と牛越は思った。聞いていると、事件の日生まれの彼が一番の、それも群を抜いた年上らしい。

「あの頃、船の遭難がどういうわけか多かったらしいんだな。その次の年の昭和三十年の五月十一日には、四国の高松沖で紫雲丸《しうんまる》ってのが沈没してるんだ。船同士の衝突でな。

おまえらの先輩で神戸《かんべ》ってのがいたろ? あのぼさーっとした、何考えてんのか解んないOB、あいつがこの五月十一日の生まれなんだぜ。昭和三十年の五月十一日生まれ。

俺は洞爺丸、神戸が紫雲丸、な? 面白いと思わないか?」

沈没コンビ、と後輩の一人が言った。牛越は苦笑いした。五月十一日といえば牛越の誕生日でもあった。むろん歳はまるで違う。昭和七年である。しかしぼさーっとした、何を考えてるのか解らないやつか、それはまったくその通りだな、と思った。

そして徐々に、自分は今何か重大なことを掴みつつあると感じた。それは何か――？

溺死だ！　そうだ溺死。この重要な要素を、今自分はすっかり忘れている。赤渡は溺死させられているのだ。

それから銚子だ。今まで牛越たちは、彼が何故よりによって銚子に行ったのか解らぬ、とそんなふうにばかり考えていた。そうではないのじゃないか――？　ここらで発想の転換が必要かもしれない。「溺死」と「銚子」、この言葉こそ、むしろ出発点かもしれない。

ここから逆にたどるべきではないか――？　その根拠、それこそが「怨恨」ではないのか!?　「溺死」「銚子」「怨恨」、この三つの要素は「謎」ではないのだ。むしろ三つひと組の「鍵」なのではないか――？

自分は何か重大なことを忘れているのだ。明らかな見落としがある。したがって大きなやり残しもまたある。

そうだ、怨恨だ。それ以外にこんな手の込んだ殺しをする道理がないではないか。

まず、昔銚子で溺死させられた者、またこういう過去の事件、こういう調査をこそ、真っ先にやるべきではなかったか――!?

そうだ、本末転倒だった。受け身一方に廻って、基本を忘れていたのだ。まだひとつ道は残っている！

あの聖人君子が、まさか直接自分で手を下して誰かを溺死させた、などということは考えられないから、間接的に関わってしまった、こういう事実はないか。

赤渡は水産庁時代、漁獲法の振興指導や、安全度のチェックで方々の漁港へ出向いていたという。銚子へも一、二度行ったというではないか。その時たまたま事件に巻き込まれたという事実はないか。

そうだ、その時代――、牛越はメモを取り出す。夫人の記憶が正しいなら、昭和二十七年から三十三年の間だ。この間赤渡は銚子へも出向いているはず。その振興指導の日に、銚子で誰かが溺死するという事件は起こっていないか――？

新聞だ！　当時の新聞を当たればよい。

だが時期を絞る必要があった。昭和二十七年から三十三年というだけでは漠然としすぎる。五、六年もの期間があるのだ。その間の古新聞を全部ひっくり返すというのでは大仕事になりすぎる。

牛越は、赤渡の銚子出張の年月日を静枝に質《ただ》そうかと考えたが、やめた。まず思い出せないであろう。八木がいい。彼なら、赤渡が銚子へ出向いた日時を、何らかの方法で調べられる。

牛越は席を立ち、レジに行って、店の者に長距離電話を頼んだ。

電話に出ると八木治は、おや牛越さん、また東京へ出てらしたんですかと訊いた。

「いや、これは札幌からです」

牛越が言うと、

「ずいぶん近う感じますね」

と言った。

事情を話し、赤渡雄造が銚子へ出向いた年月日を知りたいのだがと話すと、今は思い出せぬが資料があるのできっと解るでしょう、二、三時間お待ち願えればと八木は言った。牛越は、それではその頃またかけますと言って電話を切った。

牛越はそれから自宅へ戻り、夕食をすませると、頃合いをみてまたかけた。

日時は簡単に解った。赤渡は昭和三十年の二月末と、昭和三十一年の三月はじめの二度、銚子港へ出張しているという。一応牛越は、この二度のうちに銚子で何か事件があった様子はないかと尋ねたが、自分は記憶にないと八木は応えた。

受話器をおき、牛越は考えた。さて、問題の日時は解った。だが、この新聞調査を銚子署に依頼したものかどうか、ためらわれた。

三本松の現場のことなど今さら持ち出すつもりもないが、どうもあの署はのんびりムードが強すぎるように思った。依頼して三日ばかりして、「該当事実なし」という簡単な返事が帰ってくるような気がした。どうも今度の事件で、相手まかせにしていてよかったことはない。そんな返事を聞き、ああそうですかとこの線を捨てきれるかと考えると、どうも自信がない。自分の目で確かめてのちというのでなければ、やはり諦めはつかないだろうと思った。彼は再び銚子へ出向く決心を固めた。

しかし主任に出張を申し出ても、その程度の調査なら銚子署にまかせろと言われるのが目に見えていたので、牛越は自費出張の腹を決めた。その日で九月も終わった。

牛越佐武郎刑事が再び銚子の土を踏んだのは十月の三日になった。休暇に二日の日曜日をはさんだからである。もう事件発生から半年以上が経ってしまった。

札幌はもう冷え込みが始っていた。こっちは暖かいかと牛越は期待したが、この日は曇りで風も強く、以前来た日と同じような肌寒い日であった。札幌と、そう大差はなかった。

彼は例によってまず銚子署へ出向き、今回の訪問の目的を話して、昭和三十年か三十一年に銚子市で溺死者の事件はなかったかと一応尋ねた。しかし若い警官たちはただ首をひねるばかりだ。やがて彼らのうちの一人が奥へ消え、古参らしい警官を連れてきた。年の頃は牛越と同年配に見える。牛越ははじめてみる顔であった。

「どういったことでしたかな」

と彼は妙に慇懃《いんぎん》な調子で訊いた。そこで牛越はもう一度用向きを繰り返さなくてはならなかった。

中年の警官は赤ら顔いっぱいにしわを作り、懸命に考えるような仕草をした。そしてずいぶんして、

「私は知りませんなぁ」

と何となく突き放すように言った。しかし目はじっと牛越を見ていた。それから、

「そんな調査でしたら、言って下されば私の方でやりましたのに」

と言った。さらに、

「あれでしたら、私どもでやりますよ。一日、二日聞き込まれても、なかなか解りませんでしょう」

と言う。そうだろうとは思うが、一応心当たりもあるので、と牛越が言って立ち去ろうとすると、

「おそらく聞き込まれても何も出ませんよ」

と重ねて背中へ言ってきた。

牛越佐武郎はそれから漁港組合にも出向いて同じ質問をした。若い者は憶えてはいまいと思い、最初から年輩の者に尋ねた。しかし彼らも一様にさあ、と言うばかりである。そのうち忙しいのでと言い、あからさまに迷惑そうな様子をした。

ま、三十年近くも昔のことだから致し方もないな、と牛越は考えた。彼らの口からすぐに回答が得られるとは、牛越も期待してはいない。

どんな小さな事件でもいいのだ、と彼は図書館へ向かいながら考える。大きな事件だったら年輩の者は憶えているだろう。この街の者が忘れているということは、小さな事件なのであろう。酒を飲んで口論になったあげ

く、一人がもう一人を川に突き落としたというのだっていい。あるいは溺死事件でなくとも、利根川のほとり、おそらくはあの三本松付近の民家の殺害事件という可能性もある。

銚子市立の図書館へ着くと、彼は警察手帳を示してから、昭和三十年の二月末と三十一年の三月はじめ頃の新聞を閲覧させて欲しいと申し入れた。牛越はいつか、祈るような気持ちになっていた。文字通り、これが背水の陣であった。

ところが牛越は、ひどい失望を味わわされた。管理人らしい老人は、新聞は昭和四十年以降のものしか保存していないというのである。それ以前の新聞はすべて処分したという。マイクロフィルムに収めてもいないのかと尋ねたが、そんなこともしていないという。牛越は目の前が暗くなった。

大通りの電話ボックスから、銚子市の新聞社に片端から電話をかけてもみたが(といっても三社だったが)、すべてうちは販売店というだけですので、という返事だった。

駅前まで歩いていくと、新聞名の看板が見えたので、重複するとは思ったが、入って尋ねた。

答えは同じだった。うちはこんな小さな支社ですので、そんな昔の新聞の保存まではとてもしていない。東京の本社へ行けばあるでしょうが、しかし銚子版までは取ってはないでしょう、というようなことを言った。牛越は途方に暮れた。

通りを歩きだすと、もしもし刑事さん、という声がした。振り向くと四十くらいの男が立っている。さっき新聞社にいた男であった。

男は大江ですと名を言い、名刺を出すでもなくいきなりこう言った。

「古い新聞をご覧になりたいんですか? 図書館へいらっしゃればよろしいでしょうに」

牛越がむろんそうした、といきさつを話すと、男はしばらく考えているようだったが、そんなはずはないですねと言い、よろしかったらご一緒しましょうと言って、先に立った。

図書館へ着くと、大江は牛越に背を向け、管理人と何か話し込んでいる様子だった。しばらくして振り返ると、老人の姿は受付から消えている。そして大江は、

「間違いだったそうです、あるそうですよ」

と言った。

親切な新聞記者はそのまま帰っていき、牛越は厚く礼を言った。

牛越佐武郎が、午後の薄陽の落ちるがらんとした館内の一番奥に陣取り、待っていると、管理人の老人は無言で古新聞の束を持ってきた。すべて一辺に細い角材が付いているので、かなり重そうである。紙は変色していた。

刑事は腰を据えて仕事を開始した。銚子市のどんな小さな事件も、絶対に見落とさない覚悟であった。幸い期間は絞られている。

たっぷり一時間以上をかけ、昭和三十年の方を調べ終わった。が、こっちには目ぼしいものはなかった。一件刺殺事件があったが、山奥のものでもあるし、犯人はすでに逮捕されている。

昭和三十一年の方は、二月二十五日から用意されていた。丹念に読み進むうち、たちまちまた一時間ばかりが経った。

職員の老人が、無言のままお茶を運んできた。礼を言い、それをひと口飲み、ちょっとひと息入れると、三月五日の新聞にかかった。一面を開いた時、牛越は息を呑んだ。

どんな小さな事件も見逃すまい、と彼は固く覚悟を決めていたが、そんな必要はなかった。その日の新聞は、それまでのものと全然体裁《ていさい》が違っていた。太い活字が一面の上部を黒々と埋め、大事件の発生を伝えている。そのゴシック体の文字は、「漁業見学の学童五十三名を乗せた漁船が転覆、死者二十九名」となっていた。

瞬間、彼はよく事態が呑み込めなかった。あまりに大きな獲物がかかったので、一瞬拍子抜けがしたような気分だった。しかし、たちまち全身に興奮が駆け巡った。これだ！　これに間違いない！　牛越佐武郎は直感した。足もとで瀬戸物の割れる音がした。彼はむさぼるようにして記事を読んだ。記事は、この大事故の発生をこう教える。

「(三月）四日、午後三時半頃、銚子市立北小学校（里見一郎校長）三学年の児童五百五十七人が、春の遠足と漁業見学を兼ね、銚子港を訪れた。

子供たち一行は、魚市場や漁業協同組合、冷凍倉庫などをひと通り見学した後、海岸で弁当を食べ、一学級一艘、二交代の予定で五艘の漁船に分乗、湾内と沖合を一周したが、最初に出発した五艘のうち三年五組の担任、生徒の乗った船が突然転覆、学童五十三人がまだ水の冷たい初春の海に投げ出された。

やや岸が近づいてからの事故であったため、担任教師の必死の救助、および岸からの援助もあって、全員死亡の最悪事態は回避されたものの、担任教師を含め死者二十九名という未曾有《みぞう》の惨事となった。

付近には先行した、他の学級の乗る船もいたが、こちらも定員オーバーの乗船であったため、いったん生徒を降ろしてからでなくては救助活動ができず、この惨事につながった。

学童を五十人余りも乗せた船は、定員二十名程度の小型漁船であるため、銚子署は関係者から事情を訊き、責任の所在を追及している」

ほかに教師の話や、関連記事が続いていたが、後廻しにして、犠牲者の氏名、すなわち生徒二十八名、担任教師一名の名を一人一人、牛越は手帳にメモしていった。見馴れない名ばかりであったが、この子供たちのうちの誰かの親、それとも兄弟が、赤渡に復讐をしたのではないか——？　むろんこの事故に赤渡が関わっていればの話であるが。

記事には赤渡雄造の名など少しも見えないが、この日ちょうど、水産庁のお役人としてこの悲劇の場に居合わせていた可能性は大いにある。昭和三十一年三月四日、午後三時半頃である。この点はのちに、八木なり静枝なりに質す必要があろう、牛越は思った。

生徒の名、二十八名を写し終わり、末尾に連なる担任教師の名を見た時、牛越佐武郎は小さく声をあげた。そして、長い紆曲《うきょく》した道をやってきて、ついに今、事件の核心にたどり着いたことを知った。

担任教師の名は、沢入幸吉（四十二）であった。

4.

沢入幸吉と沢入保、この二人の苗字が共通しているのはおそらく偶然ではあるまい。

沢入保は昭和二十二年の生まれだと言っていた。ざっと計算して、もし彼が一月、二月、三月のうちに生まれていたら、つまり早生まれなら、昭和三十一年の三月、ちょうど小学校三年生であったと思われる。

では沢入が——!?

牛越佐武郎は、人けのない図書館の隅でしばし茫然とした。気づくと窓の外に陽は落ち、館内の明かりは蛍光灯のものであった。

では、沢入が――!?

刑事はもう一度考え、やはりこれは偶然ではあるまいか、と思い直した。

次第に冷静になるにつれ、牛越は否定的にならざるを得なかった。それはまず絶対に考えられないのである。沢入保などという可能性はあり得ないのだ。

何故なら、沢入保は昨年の暮れから一月十六日まで、明らかに札幌を離れていない。このことは赤渡静枝も赤渡実子も、はっきりそう証言している。物理的に、沢入に赤渡を殺せる道理がないのだ。

沢入幸吉と沢入保、この苗字の共通がもし偶然でないなら、年齢からいって二人は親子であろう。沢入保は、確か二人兄弟だと以前自分に言ったが、これが兄というはずはない、と牛越は思う。

父は子供の頃事故で死んだと言ったが、それがこの事故なのであろうか?

牛越は三月五日付けの新聞の、隅から隅まで目を通した。どこにも助かった子供の一覧表はなかった。翌日の新聞も、翌々日の新聞も同様であった。したがって、沢入保の名などどこにも見えない。

しかし保が動けないとしても、とまた刑事は考え直す。やつの兄か母、つまり幸吉の妻がやったということなら可能である。保は赤渡家に入り込み、雄造の動向をさぐっていたのかもしれない。

牛越は、沢入の東京の住所を聞いていなかった。端《はな》から彼は、嫌疑の外に置いていたのである。生年月日も知らない。本人に知られぬようにこれらを確かめ、東京の母や兄の一月八日のアリバイを当たらなければならない、牛越はそう考えた。また昭和三十一年三月当時、この一家はどこにいたのか、おそらくは銚子市にいたことを確かめなくてはならない。

牛越は、すぐにも図書館から表に駈けだしたい気分を押さえて、椅子にすわり続けた。ひどく複雑な気分に打たれていた。ひとつには、彼が沢入を気に入っていたということもある。そのせいもあるかもしれないが、あり得ない、とまた思った。

それから、銚子署で会った古参の警官の態度を思い出した。これもそのまま見すごす気にはなれなかった。彼をはじめ、この街の者たちの態度には何かある、という気がようやく起こった。

勘ぐる気になれば、彼らは示し合わせているとも取れた。示し合わせて牛越から、この事実を隠そうとしたのだ。

最初図書館員の老人が、昭和三十年と三十一年の新聞などないと言ったのも、誰かが、おそらくはあの警官が先に手を廻しておいたという気がする。あの親切な新聞記者がいなければ、牛越は諦めたかもしれない。

牛越は、素朴で善良そうに見えるこの街の住人たちの、思いがけぬ裏面を見せられたように思った。

しかし、とすれば何故、この事件を彼らは隠そうとしたのか——？

牛越は銚子署へ取って返すと、まず例の古参の警官の所在を尋ねた。彼は帰宅したという。牛越は、警察電話を使って札幌署を呼び出した。

佐竹に、沢入保には内緒で、静枝か実子から沢入の東京の住所を聞き出してくれと頼んだ。

沢入を⁉　と佐竹は驚いた声を出した。牛越が事情を話すと、彼は電話口で低く唸り声をたてた。自分は北小学校へ行って、明日までに名簿を当たっておくので、解ったらここへ連絡を入れておいてくれと言って、電話を切った。

牛越は次に八木治に電話を入れた。そして、昭和三十一年の赤渡雄造の銚子出張は、三月四日であったと思うがどうかと尋ねた。

八木は、自分一人では結論できないので、これより知人を当たって確かめる。明日までには確かなことが言えるであろうと言った。

牛越は、それでは明朝またかけると言い、次に銚子市立北小学校のダイヤルを廻した。

北小学校を訪ねると、宿直の中年の教師が大わらわで資料を当たってくれた。しかし、何ぶん二十数年も昔のことなので解らない、卒業生の名ならすぐに解るが、と言った。

沢入保が、もし当時北小学校にいたなら、昭和三十一年の四月で四年生に進級しているはず、そしてそのまま順調に行けば、昭和三十四年の春に北小学校を卒業しているはずだった。しかし昭和三十四年度の卒業生名簿に、沢入保の名はなかった。念のため当たった昭和三十三年と三十五年度も同様であった。

これは思い違いかもしれぬ、と牛越は思った。もしあの死んだ教師、沢入幸吉が保の父であるにしても、父が勤務する学校には、入学しないのが普通かもしれない。

署に戻ると、佐竹からすでに連絡が入っていた。沢入の兄夫婦の現住所は北区赤羽、母もそこに同居しているという。牛越は即座に一課の中村に電話を入れ、一月八日夜のこの者たちのアリバイ、およびこの一家の経歴を洗ってくれるように依頼した。

その夜は、署の宿舎に泊まれという熱心な勧めを即座に断わり、牛越は駅付近の安宿に泊まった。

翌朝、早くから銚子署に詰めていると、続々と連絡が入った。

まず八木治が自分からかけてきた。昭和三十一年の赤渡の銚子出張は、三月四日に間違いないという。ただ驚いたことには、八木自身はその日の銚子港での漁船転覆の事故は、まったく知らないという。

それから中村から報告が入った。東京の一課は実に捜査が素早い。牛越はいつもこれには感心する。牛越は、もしこの報告が遅いようなら、銚子市の別の小学校も当たるべきかと考えていたが、これによってその必要がなくなった。

沢入の一家は、母が名を房江、兄が健一郎、兄の嫁の名は久美子という。確かに昭和三十一年当時、一家は銚子市に住み、父親の名は幸吉で、銚子市立北小学校の教師をしていたことが判明した。

そして健一郎、保、の兄弟は二人とも北小学校に入学したという。しかし事故当時のことは不明である。

沢入保の生年月日も判った。昭和二十二年二月二十六日、早生まれである。すると例の事故当時、まさに彼自身小学三年生であったことになる。

ここまではしごく順調だった。しかし、後がいけなかった。

ただし問題の一月八日、沢入の兄健一郎は、自宅近所の彼が勤務する工場で、夜九時過ぎまで残業しているのが確認されており、彼の妻久美子も八日夜九時頃、ゴミ袋を出すために道に出てきたところをちょうど近所の者と行き合っているため、夫婦ともにアリバイが成立する。

母の房江はといえば、昨年よりずっと赤羽の救済会病院に入院しているから疑うこともできない。むろん抜け出した様子などなく、アリバイがあるが、何より房江はほとんど歩くことさえできない容態であるという。これでは殺しなど思いもよらない。

すると残るのはやはり札幌の保である。しかし、保こそあり得ないのであった。

この時点での情報は、まだ沢入健一郎や妻、あるいは母自身の直接聴取によったものではない。これをやれば彼らの東京引っ越しの理由など、もう少し詳しい事情が解るであろう。中村はそれをやろうかと牛越に言ったが、牛越は待ってもらった。

まだ入口に立ったばかりである。全体像がどうなっているのか少しも解らない。慎重にならざるを得ない。

牛越は、現在までのところを整理しようと考えた。沢入保の父が昭和三十一年三月四日に銚子港内の漁船転覆事故で死んでいる。そしてその二十数年後に殺される赤渡雄造も、その日銚子へ行っていた。

沢入保は当時小学校三年生であった。しかも父と同じ銚子市立北小学校に在学していた。ということは、その遠足に参加していたはずだから、どこかで父の死を目撃したかもしれない。

そして父のこの死、あるいは事故に、何らかのかたちで赤渡が関わっていたことを知った。だから復讐した――、これは今や疑いようもない事実と思われた。

だが――、沢入の兄も、兄嫁も、母も、東京の家や、勤務先や、入院先を動いていない。つまり、沢入を手助けする者はいない。のみならず沢入自身も、札幌を一歩も動いていないのである。

この時、思いがけず北小学校から連絡が入った。昨夜の教師からであった。昭和三十一年度の資料が見つかったという。牛越は丁寧に礼を言い、聞き入った。

それによると、事故当時沢入保は、なんと三年五組にいるというではないか。つまり彼は、父の受け持ちの生徒であったことになる。

その後、四年三組に進級したことは資料があるから確かである。しかし卒業していないから転校したものと思える。それが四学年時であるのか、五学年時であるのかは、今すぐには解らない、と教師は言った。

牛越は丁重に礼を言って電話を切った。保は、漁船の転覆で海に投げ出された生徒の一人であった。

牛越は、昭和三十一年三月四日の、赤渡の銚子での様子を知りたいと思い、もう一度八木に電話した。しかし八木によると、赤渡は一人で出張しているというので、もう知りようもない。そちらで彼を世話した人たちから聞いて欲しいと言った。

そして銚子署で調査をしてもらうと、当時赤渡と接した漁業組合の者たちは、大半が死んでいるという。生き残っている者は、一人も銚子にはいなかった。

牛越は、すぐに北へ帰る列車に乗ろうと思った。こうなると問題は沢入保である。この地でやれることはもうすんだ。彼の一月八日の動向を早急に調べなければならない。まだ気分は半信半疑であったが、もし事実、沢入が手を下したものであるなら、彼は八日、札幌を離れていなくてはならない。現場が銚子であることははっきりしている。この点の裏を、札幌で早急に取る必要がある。

牛越が銚子駅の改札を抜けた時、牛越さん、と背後で名を呼ぶ声がした。振り返ると、例の古参の警官が立っている。牛越は踵《きびす》を返し、改札口を間にして彼と向き合った。

ご立腹でしょうな、と警官は言った。そしてやおら制帽を取り、牛越の前に深々と、薄くなった頭を下げた。

「どうかご理解をいただきたい。この地の者には、他所《よそ》の方に知られたくない恥というものが、あるんです」

牛越は列車の中で、この言葉を幾度も幾度も反芻《はんすう》した。しかし、理解はできんと思った。

5.

十月五日朝、札幌駅に降り立つと、牛越はすぐその足で赤渡家へ向かった。疲れは感じなかった。

地下鉄に乗り換えてからも、彼は列車の中からの考えを続けた。たとえば問題の一月八日、沢入が札幌を離れていたとする、あるいは離れることができそうと確認されたとする。しかし一日程度で犯行は可能だろうか――?

札幌―東京間は、牛越のこれまでの経験では必ず列車か船の中で一泊しなくてはならないのだ。一日で往復など無理だ。

そうか、航空機がある、と牛越は思った。彼はどういうわけか、まだ飛行機というものに乗った経験がなかった。千歳―羽田間は二時間かからないと、彼は以前知人に聞いたことがある。ただし札幌―千歳間が、冬期、バスだと一時間以上かかる。

羽田から銚子まではざっと二時間半というところか。そして銚子駅から現場までの時間を考慮に入れて、札幌から三本松の現場まで片道六時間強というところであろう。往復で十二時間程度、現場での仕事の時間も入れるなら、ざっと十二、三時間というもの、八日の夜九時前後を中心に、沢入は札幌から消えていなくてはならない。

すなわち一月八日の午後二時から三時、これ以降少なくとも翌朝まで、沢入は赤渡家の者たちの前から姿を消していなくてはならない理屈になる。

赤渡家のベルを押すと、静枝が直接出てきたので牛越は驚いた。沢入は使いに出ているという。考えてみれば、実子はもう片づいたのだから当然である。そしてこれは、刑事にとって願ってもないことであった。

しばらく静枝の容態などを尋ねてから、牛越は切りだした。

「実は、これはまだ当人には内密にお願いしたいんでございますけれども、一月八日の、沢入保さんの行動について、おうかがいしたいんです」

「沢入君の、でございますか？　また何故でございましょう」

赤渡静枝は怪訝な表情をした。少し笑みをたたえたその様子は、相手に健康の回復を感じさせるものがあり、牛越はいくらか安心した。

「いえ、いえ。ちょっと参考までなんですけれども、八日は、彼はこの家には何時頃、姿を現わしましたでしょう？」

「さようでございますね……、普段はいつも九時半にはやってくるんでございますけれども、あの日は主人もおりませんでしたので、十時過ぎ頃やってきたように記憶しておりますけれども」

「十時過ぎですか……、はは」

牛越はいつもの癖でメモを取った。

「それからこの家にずっとおりましたか？」

「ええ。この家に、沢入君がずっと詰めておりますための小部屋があります。午前中はずっとそこで読書をしておるようでございました。それから……、昼食を娘と一緒にいただいて、あの日はかなり雪が降っておりましたものですから、実子と一緒に玄関と門の前の道の、雪かきをしたようでございました」

「雪かきを……、はあ」

「それから……、そうですね、二時半過ぎぐらいでしたかしら、お茶を飲んでくるといって、出かけたようでした」

「でかけた!?　一人でですね？」

「はい」

「それからもう、帰ってこなかったんじゃありませんか!?」

しかし静枝の返事は実に冷静だった。

「いいえ、三時過ぎ、たぶん十分か十五分頃には帰ってきましたが……？」

牛越はちょっと唖然《あぜん》とした。

「帰ってきた……」

「ええ、それからあの日は……、四時前頃でしたでしょうか、実子が夕食の仕度のための買物したいと申しまして、沢入君は実子を乗せて、車で買物に出かけたようでございました」

「そうですか……」

牛越は、内心激しく落胆していた。

「その後は実子に訊いていただいた方がはっきりするかと存じます。と申しますのも、私はその後、主人が株主に名を連ねておりましたところの、大平興業の社長さんと奥様にお呼ばれしておりまして、出かけましたものですから。帰って参ったのは、夜の九時半過ぎでございました」

そのとき、奥から電話のベルが聞こえた。

「あ、電話のようです。ちょっと失礼して……」

夫人がそう言うので、牛越はとっさに言った。

「あ、それでは私はこれで……。またまいりますです。ごめん下さい」

牛越はそれから、結婚した実子の新居のある、豊平区のはずれに向かった。家はすぐに見つかった。真新しい、これもなかなかの構えである。

門柱のインターフォンのボタンを押すと、はいと若い女の声がした。そしていきなり牛越さんですかと言う。牛越は少し驚いた。

実子は和服を着ていた。牛越が玄関を入ると、彼女は大急ぎで戸を閉めた。どうやら近所の目を気にしている様子である。

刑事は結婚の祝いをおざなりに述べ、すぐ本題に入った。一月八日の、沢入保の行動を知りたいと言うと、

「沢入君の、でございますの?」

と母娘とも同じセリフを言った。

「いや、ほんの参考までなんですけれども、八日は、四時頃から買物に沢入君の運転でお出かけになったのでしたな?」

「はい、さようでございます」

「どのくらいかかりました?」

「買物にですか? さっきからずっと、思い出そうとして考えていたんですけれども……。さっき母に電話したら、刑事さんがいらしてるって聞いて、私にもそれをお訊きになりにいらっしゃるだろうと思って、さっきからずっと思い出そうとしてたんですが、よく憶えていないんです。

スーパーへ行く前に、沢入君には車で待っていてもらって、デパートの家具売場とか電気器具売場を見まし

たから。それからお洋服も。

ですから一時間以上はかかりました。二時間近くかもしれないな。そのあとスーパーへ廻ってお買物して、駐車場で待っている車へ帰って……、だからそれが七時くらいだったかしら。その後帰りに電気屋にも寄りました」

「それは？」

「トースターを修理に出していたのです」

「それから家へお帰りになったのですね？」

「はいそうです」

「沢入君の運転で」

「もちろんです……？」

「何時頃です？　家に帰り着いたのは」

「七時……、ちょっと過ぎだったんじゃないかしら」

「七時ちょっと過ぎ……。デパートは、買物はどちらへ行かれたんです？」

「すすき野です。いつもそうですから」

「すすき野ですか、はあ……、では近いですな」

牛越は例によってメモをとっていた。

「何か……？」

「いえ……、それから、沢入さんの姿を見かけてないですね？」

刑事の頭の中は忙しく回転した。七時過ぎ、七時過ぎに赤渡家を出て間に合うものだろうか——。

「はあ……？」

実子は不思議そうな顔をした。そして平静な口調のまま、牛越を打ちのめすような言葉を吐いた。

「いいえ。私が料理するのを、沢入君に手伝わせましたから……」

「手伝わせた!?」

牛越は愕然とした。刻々、殺害時刻が近づいてくる。あと二、三時間に迫ったというのに、彼はまだ札幌で、それも空港から遥かに離れた赤渡家でうろうろしているのだ。

「はい。それから夕食ができたから、一緒にいただきました」

「食べた!?　……それは何時頃です!?」

「八時頃から……、さあ、九時前くらいまでだったかしら。はっきりとは憶えてないですけど」

「九時前!?」

刑事はついに悲痛な声をあげた。とうとう重なってしまった。犯行推定時刻、沢入はこともあろうに、被害者の娘と、それも現場から何百キロも離れた赤渡家の食堂で、飯を食っているのである。

「それから沢入君は、自分の部屋へ帰ったわけですね……」

「ええ、車に乗って帰りました」

「車で？」

「ええ、うちでは免許を持っている者はほかにありませんし、彼が自分のところの庭においておくと、私たちは電話一本で必要な時、車を迎えにこさせることができますから。現にあの夜も、それから母を迎えにいってます」

「迎えにいった⁉」

次から次へと、とどめを刺されるようであった。

「ええ。母はあの晩、大平興業の社長夫人に夕食を呼ばれておりましたので、帰る時、沢入君に電話を入れて迎えにきてもらったと申しておりました」

「はあ……、それは、何時頃でしょう」

「帰ってきたのがですか？　……確か……」

「いや、お母さんが沢入君に電話を入れたのがです」

「母にお訊きになった方がはっきりするかと思いますが、たぶん九時半か、それともそれよりちょっと前でしょう。それから迎えにきてもらって、家に帰ってきたのは十時五分前くらいでしたから」

「もちろん沢入君の運転でお帰りになったのですね？」

牛越は、自分が不細工な悪あがきをしていると思った。彼は今、迷宮の扉の前に立っているのである。

「もちろんです。母は運転はできませんから」

「家にお母さんが車で帰ってらした時、その時沢入君の姿をあなたも見ました？」

「はい……、見ました」

実子は、何を言ってるんだ？　という顔をした。

「翌朝、沢入さんは普段通りにやってきましたか？」

「はい、もちろんですわ」

打ちのめされる思いで、牛越佐武郎は肩を落とした。完全な見込み違いだ。これではまるっきり可能性はない。沢入保はシロだ。

第五章　消えた列車

1.

　十月八日の午前中、沢入保は自室の整理をしていた。長く住み馴れた部屋だったが、そろそろ出る時が近づいた。

　すべて終わったのだ。何をこれ以上ぐずぐずしている必要があるだろう。荷物を整理し、借りたものを返し、「お世話になりました。ぼくはもう行きます」これで終わりだ。そしてもう、永久にこの北の地へ足を踏み入れることはない。

　けれども沢入は動けないでいた。何故だ？　と彼は自問した。おそらく自分は、待っているのだ、と思う。何を？　それはたぶん、雪を、だ。最後に、この地の雪を見て去りたい。

　ドアがノックされた。沢入の体のどこかが、瞬間感電したように震えた。この家に、直接訪ねてくる者はめったになかった。

　沢入は無言で片づけものの手を停め、玄関の扉を開ける。そこに、安物のコートを風になぶらせて牛越が立っていた。

「入っていいかい？」

　と刑事は言った。いつもと同じ声の調子だった。

「一人ですか？」

　と沢入は訊いた。思わず意外な調子の声になった。

「うん」

　と牛越は靴を脱ぎながら、こともなげに言った。

「苦労したよ」

　あがり込み、以前と同じ場所にあぐらをかきながら、牛越佐武郎は言った。

「君の知恵に翻弄《ほんろう》されてね」

沢入は、はにかんだような笑い方をした。

「ここ二、三日というもの、ろくに眠ってないよ。考え続けていたんでね。

てんでんばらばらの事実が、都合よく南の地に用意されていた。それらの大半は、私が自分の足で見つけたものだったしね、それで吝嗇坊《けちんぼう》がガラクタを蓄《た》め込むみたいに、捨てる度胸がつかなかった。

みっつのトランクのうち、ふたつは水戸から発送され、ひとつはまだ千葉駅に残っていた。銚子の三本松には犯行現場がある。

こいつらは考えてみれば、うまく合いすぎた。ここと、南の地とで、まるで鍋とその蓋のようにぴったりと填まるから、誰も疑おうとしない。しかしこいつが落とし穴だったんだ。君が用意した落とし穴だ。もう一度バラして、最初から組み立てる必要があった」

「お茶を、淹れましょうか」

沢入が言った。刑事は一瞬ためらったが、

「ああ、ありがたいな」

と言った。


熱い紅茶を半分くらいまで無言ですすり、刑事は頭の中で、最終のまとめをやっているようだった。やがてカップを置くと、

「さあ始めよう、沢入君、最後の詰めだ」

と言った。その声は淡々としてはいたが、以前の牛越には見られなかった、一種の威厳のようなものが生まれていた。

「われわれは、最初から全然考え違いをしていた。いや、見事にさせられたんだ。君にね。

たとえば千葉駅のトランクだ。われわれはあれは当然、発送されようとしていったんコインロッカーに置かれ、そのままになってしまったものと考えた。発送前のものと思ったのだ。

ところがそうじゃない。もともとみっつのトランクの、どれひとつとして発送されたものなどないのだ。すべて逆だったのだ。関東からこっちへ送ってきたものと思ったがそうじゃない。ことの始まりは、すべてこの札幌の地だったのだ。

千葉駅のロッカーのものは、君が反対にこっちから持っていったものだ。最初から発送する気などさらさらなかった。あそこで発見させるためのものだ。

ということは、胴体と両足入りの第一と第二のトランクの中身は、東京夫婦と水戸夫婦の発送したトランクが、この札幌の地へ到着した時点ですり替えられたということになる」

「すると、ぼくが車でトランクを受け出しにいった時、こっちへ持って帰る途中で中身をすり替えたと、こういうことですか？」

「中身を……？　ふむ、まあそうだね」

「いつです？　あの時はずっと実子さんが一緒でしたよ。彼女は車から少しも離れなかったです。手紙を投函する時も、車をポストに横づけにしましたしね」

「そう、君が駅からトランクを受け出して、車の方へ持って歩いてくるのも、彼女は車の中から見ていたと言っている。それだけじゃない。家の中に運び込んで荷をほどき、それから電話して、警察が来るまで、ずっと荷物から目を離さなかったと言っている。彼女が電話している間は、お母さんの静枝さんが見ていたらしい。電話でこういうことを確かめた時は私も困った。中身をすり替える時間なんてない。

　だがようやく解ったよ。中身をすり替えたんじゃない。容《い》れものごと最初からすり替わっていたんだ。国鉄の荷物便は、郵便物と違って消印が押されない。私はこれを勘違いしていた。したがって一年前のものでも、今年送られてきたものと偽《いつわ》ることができるんだ。

　つまり君は、同型同色のトランクをふたつ、あらかじめ用意しておき、古く見せる細工でもして、偽《にせ》の方を水戸と東京に返しておいた。そして去年届いた本物のトランクの方に、赤渡氏の死体を入れておいた。

　むろん死体が入っている方のトランクの荷造り紐も、トランクに貼られている宛て名書きの紙も、去年送られてきた時のままで残しておいた。

　君にとって都合のよいことには、このトランクの発送には、毎年同じ宛て名書きの紙が使用されるということだ。極北振興であつらえた宛て名書き専用の用紙だ。しかもこの紙はうまいことに縦に罫線《けいせん》まで入っている、つまり字の大きさも、位置も、この罫線に指定されて、同じ人間が書く限り毎年ほとんど変わらないものになる。書いた当人に見せても、去年書いたものか、今年書いたものかの区別がつかないというわけさ。

　こうして去年の宛て名書きの貼られた本物のトランクに死体を入れたものを、君はあらかじめ車の後部トランクに用意しておき、荷物の受け出しにいった。そして偽のトランク二個が南から送られてくると、君はそいつを受け出し、同じ後部トランクの隣りに入れた。

赤渡家の自家用車は大型のアメリカ車だ。後部にはトランクの四つくらいは楽に収まる。そして家に着くと君は、死体の入っている方のトランクをふたつ、実子に渡したのだ」

牛越はちらりと沢入の顔を見た。

「そして実子が家の中に消えると、君は今年届いた方のトランク二個を持って、だっと赤渡家を走りでた」

「ではトランクを両手にひとつずつ下げて、真昼間、往来をここまで走ってきたというのですか？　走っても十分近くかかりますよ、お宅からここまでは。往復で二十分だ。間に合わないでしょう？　実子さんが異常に気づいて騒ぎだすまでに。それまでにお宅へ戻れない。

それに目撃者だって出るでしょう。この家まで誰にも擦れ違わないなんてわけにはいかない」

「目撃者はない。それで私もここでまた困った。しかし思い出したよ。赤渡家から二軒ばかり家をはさんだ隣りに、一軒分空地《あきち》があったね？　あの家にはじめて行った時、へえこんなところにまだ空地があるのかと思ったことを憶えてる。君はこの二個のトランクを、いったんあの空地へ隠したんだ。あらかじめ穴を掘っておいてもいい、あるいはその場で掘ったっていい、何しろ雪が相手だ、土じゃない、楽なもんだったろう。あの空地との往復ってだけなら、お嬢さんが悲鳴をあげるまでに、家に帰っておける。

私が一月十四日、はじめて出動してきて車の中からあの空地を何げなく眺めた時、あの時あそこの雪の下にトランクが二個埋まっていたんだろう。君はその夜にでも掘り出して、ここへ運んできて隠した。車でも使えばより安心だ。何しろ大きなトランクふたつなんて君の言う通り目立つからね。

私は最初、こんな娘からの配送物の中身と死体をすり替えるなんて、ホシのやつは何と愚行を演じたものかと思ったが、そうじゃない、これはわれわれの裏をかいて、殺害地点と発送の起点をごまかすためだったんだからね。君の思惑はなかなかうまくいった。われわれの目はいっせいに水戸や東京に向けられたからね。

ただ惜しむらくは、南にもっと怪しい人間がいたら、君にはもっとよかったろうな。赤渡に隠し女とか隠し子でもいたら、私がここへ来るのはもっとずっと後になったろう」

「…………」

「後は銚子の、例の三本松の舟溜《だま》りの殺害現場だ。真の犯行現場がもし北の地であるとするなら、あそこは演出された、作りだされた偽の犯行現場ということになる。となると、あの石垣の排水孔に遺っていた赤渡の手の跡、また指紋は……？

そう考えた時、私は君の知恵に脱帽したよ。私など、いや私をはじめ署の連中も全員、死体の切断はトランク詰めの、つまり発送の便を考えてのことと信じて、疑ってもみなかった。

しかしそうじゃないんだな、全然違う。もっとずっと重要な理由があったんだ。それは、切断した腕は、そのまま指紋スタンプになるということだ、そうだね？

君は頭がいい、これは実に無駄なく構成された殺人計画だった。私は感心したよ。だがあんな石垣の、それも都合よく雨風の凌げる場所からなんか、形を留めた指紋が出ること自体おかしかったんだ。私はこいつをちゃんと疑うべきだったよ。だが自分が苦労して見つけた証拠だと思うとね、どうも馬鹿息子を庇《かば》う父親みたいな気持ちになっていたらしい。

それから私は一昨日、あの舟溜りの水を分析してもらった。あの水に水銀などなかったよ」

牛越は、やや得意になっている自分をどこかで意識していた。東京も水戸も銚子も、そして札幌の誰一人として、これに気づかなかったのだ。

「ここまではよかろうと思う。水戸からの報告によると、君はこっちを十六日に発って、翌十七日の朝、水戸の刈谷家に寄って、こっちの状況を刈谷裕子に報告してやっている。

こっちの静枝さんの証言によると、君は赤渡氏と同じ『おおとり』で発ったという。刈谷裕子の証言によれば、君は『ゆうづる十号』で水戸へ朝七時三十九分に着いたと言ったそうだから、赤渡氏と同じ『おおとり』──『ゆうづる』のルートだね。

その後君は東京へ出た。そして同日午後、鴬谷の服部晶子の家へも寄って、札幌の状態を報告してやっている。これらの君の足取りはすでに調べがついていることだ。それから君は銚子へ廻り、例の犯行現場の創作をやってから……」

牛越はこの時、沢入の口もとに薄笑いが浮かんでいるのを発見した。

「それからどうしました？　ぼくは」

と沢入は言った。

「むろん君はそれから千葉まで出て、赤渡の首と、それから現場の偽装に用《もち》いた両腕が入ったトランクを、千葉駅構内のコインロッカーに入れた……」

「それはないでしょう牛越さん、それではコインロッカーにトランクが入るのは十七日になりますよ!? あのトランクは、千葉駅のロッカーに十六日からずっと入っていたはずです。そうじゃなかったですか?」

牛越は、声にこそ出さなかったが内心であっと言った。思わず、しまった! と口走るところであった。

そうか! あの千葉駅の頭部と両腕入りの第三トランクは、沢入がまだ札幌にいるうちから入っていたのか! では飛んでもない勘違いだった。今までのはすべて自分の妄想だった。あり得ない可能性をひねくり廻していた。沢入はシロだ――、とまで一瞬のうちに頭が先走った。彼は蒼くなった。やり直し、一から出直しか――!?

だが待て、待てよ! と刑事はかろうじて踏み留まった。確かに十六日からロッカーに入っている。第一と第二のトランクが札幌に着いたのは十四日だった。だからずいぶんと早く入っているような感じはするが、考えてみると沢入は、十七日まで札幌にいたわけではない。彼は赤渡と同じ「おおとり」に乗ったと家人に言っているのだから、午後の二時くらいまでは赤渡家にいたのかもしれない、いたのかもしれないが、午後まで札幌にいたとはいえ、十六日に発っているのだ。まるで不可能な話ではない。その日のうちに千葉駅のロッカーに入れてしまえばいいではないか。コインロッカーは夜の十一時まで営業している。

しかし、それでは刈谷の家に寄ったり、服部の家に寄ったり、銚子で現場を作ったりしている時間の余裕は到底ないはず――。

そうだ、まず根本的に改めなくてはならぬ考え方がある。刈谷家と服部家の訪問が十七日であるということだ。これは両家の妻の証言であるから動かしようもない。トランクはロッカーに十六日から入っている。これも厳然たる事実である。ということは、銚子行きがまず先だ。

「銚子行きがまず先なんだな」

牛越はそう言いながら、手帳を上着から抜き出した。新幹線か、彼はまずそう考えた。今は東北新幹線がある。常磐線の水戸へ寄るなら新幹線は大して有効ではなかったが、東京へ一直線に出てしまうなら……。

そう考え、たちまち自分の誤りに気づいた。沢入が

（下り・総武本線）

列車番号	1007M	343M	343M	345M		1009M	347M	1349M	351M	353M	355M	1011M	357M	1013M		359M	361M	363M
番線	②					②						③	②					
東京	345		…	…		1545						1845		1945				
両国	‖		…	…		‖						レ		レ				
錦糸	1352		…	…		1552						1852		1952				
千葉	1419	…	…	…	…	1619						1919		2019	…			
千葉	1421	…	1426	1525	…	1621	1628	1706	1729	1804	1845	1921	1936	2021	…	2026	2106	2213
東千	（しおさい7号）	…	28	27	…	（しおさい9号）	30	08	31	06	47	（しおさい11号）	38	（しおさい13号）	…	28	08	15
都賀		…	32	31	…		34	12	36	10	51		42		…	33	12	20
四街		…	36	35	…		38	16	40	14	55		46		…	37	16	23
物井		…	40	39	…		43	20	44	18	59		50		…	41	20	28
佐倉	1435	…	1445	1544	…	1635	1647	1725	1749	1823	1904	1935	1955	2035	…	2046	2125	2233
佐倉	1435	…	1449	1545	…	1635	1648	…	1749	1823	1906	1935	1955	2035	…	2046	2129	2233
南酒	レ	…	54	50	…	レ	55	…	54	28	11	レ	2000	レ	…	51	34	38
榎戸	レ	…	58	55	…	レ	59	…	58	32	15	レ	04	レ	…	55	38	42
八街	1446	…	1505	59	…	1646	1703	…	1802	36	22	1946	11	2046	…	2100	49	46
日向	レ	…	18	1606	…	レ	17	…	09	48	28	レ	18	レ	…	07	55	53
成東	1458	…	23	17	…	1658	25	…	15	55	34	1958	23	2058	…	14	2201	59
松尾	レ	…	30	24	…	レ	31	…	21	1905	40	レ	29	レ	…	20	07	2305
横芝	1509	…	35	29	…	レ	36	…	28	10	44	レ	34	2109	…	25	12	10
飯倉	レ	…	39	33	…	レ	40	…	33	14	49	レ	39	レ	…	30	17	14
八日	1516	…	43	37	…	1715	44	…	37	18	52	2015	42	2116	…	34	20	18
干潟	レ	…	51	46	…	レ	51	…	48	24	58	レ	48	レ	…	39	26	24
旭	1525	…	56	51	…	1724	56	…	53	29	2003	2024	53	2125	…	44	31	29
飯岡	1530	…	1600	57	…	レ	1805	…	56	32	06	レ	2101	2129	…	48	35	32
倉橋	⊗	…	03	1701	…	⊗	08	…	1900	36	10	⊗	05	⊗	…	52	38	36
猿田		…	07	04	…		13	…	04	40	13		09		…	55	42	40
松岸		…	15	13	…		19	…	10	46	19		17		…	2200	47	45
銚子	1545	…	1619	1718	…	1743	1823	…	1915	1950	2024	2043	2122	2145	…	2206	2252	2350

（上り・総武本線）

列車番号	1006M	346M	1008M	348M	1010M		350M	352M	1012M	1354M	356M	358M	1014M		360M	362M	364M	366M
銚子	1124	1210	1325	1334	1422	…	1427	1523	1624	…	1637	1744	1825	…	1850	1939	2032	2134
松岸	⊗	14	⊗	42	⊗	…	31	28	⊗	…	43	51	⊗	…	54	51	46	46
猿田		20		48		…	37	36		…	48	57		…	1904	56	52	56
倉橋		23		51		…	40	40		…	53	1801		…	08	2000	55	2200
飯岡	レ	30	レ	55	1436	…	44	43	レ	…	57	05	1839	…	11	07	59	03
旭	1141	34	1344	1400	1440	…	47	46	1641	…	1701	09	1843	…	16	11	2102	07
干潟	レ	41	レ	06	レ	…	53	58	レ	…	07	14	レ	…	24	20	08	12
八日	1151	54	1354	11	1450	…	58	1603	1651	…	15	19	1853	…	30	26	16	21
飯倉	レ	58	レ	15	レ	…	1502	07	レ	…	19	23	レ	…	34	30	20	25
横芝	レ	1309	レ	20	1457	…	10	12	レ	…	24	28	1900	…	45	36	25	29
松尾	レ	14	レ	25	レ	…	15	23	レ	…	32	33	レ	…	50	42	30	34
成東	1211	21	1411	31	1511	…	24	30	1711	…	38	42	1911	…	59	59	36	2240
日向	レ	26	レ	37	レ	…	31	36	レ	…	44	47	レ	…	2005	2107	42	
八街	1222	43	1422	48	1522	…	37	47	1722	…	51	53	1922	…	12	14	48	…
榎戸		47		58		…	41	51		…	58	57		…	16	18	52	…
南酒		51		1502		…	50	55		…	1802	1901		…	20	22	56	…
佐倉	1233	1356	1433	1507	1533	…	1555	1700	1733	…	1807	1906	1933	…	2026	2127	2201	…
佐倉	1233	1357	1433	1510	1533	…	1555	1700	1733	1736	1808	1907	1933	…	2037	2129	2201	…
物井	（しおさい6号）	1401	（しおさい8号）	15	（しおさい10号）	…	1600	05	（しおさい12号）	41	12	12	（しおさい14号）	…	41	34	06	…
四街		06		20		…	06	10		46	17	17		新宿2038着	46	39	10	…
都賀		10		24		…	10	14		50	21	21			50	43	14	…
東千		14		28		…	14	18		53	25	24			54	48	18	…
千葉	1247	1419	1447	1530	1547	…	1616	1720	1747	1756	1827	1927	1947		2056	2150	2220	…
千葉	1249	…	1449	…	1549	…	…	…	1749	…	…	…	1949	秋葉原2024着	…	…	…	…
錦糸	1316	…	1516	…	1616	…	…	…	1816	…	…	…	2016		…	…	…	…
両国	‖	…	‖	…	‖	…	…	…	‖	…	…	…	レ		…	…	…	…
東京	1324	…	1524	…	1624	…	…	…	1824	…	…	…	‖		…	…	…	…
番線	②		②		②				③									

下り 上り 成田線・鹿島線

東京 ― 千葉 ― 佐原 <銚子／鹿島神宮 （下り／上り・成田線・鹿島線・その2）

列車番号	1557F	447M	1449M	1855F	451M	1039M	1907F	453M	1023M		1879F	455M	547M	1457M	1909F	1459M	1461M
始発	逗子 1554	…	…	…		両国 1918	…	…	両国 2017	…	久里浜 1834	…	…	…	久里浜 1935	…	…
東京番線	④			③		↓	④		↓		④				④		
東京発	1706	…	…	1809	…	‖	1909	…	‖	…	2006	…	…	…	2110	…	…
錦糸町〃	1716	…	…	1819	…	1922	1918	…	2021	…	2015	…	…	…	2119	…	…
千葉着	1753	…	…	1855	…	1949	1957	…	2049	…	2056	…	…	…	2155	…	…
千葉発	1756	1821	1833	1857	1912	1951	1959	2012	2051		2059	2115	…	2145	2157	2230	2305
東千葉〃	快速	24	35	快速	14		快速	14	レ	特急	快速	17	…	47	快速	33	07
都賀〃	1801	27	39	1902	18		2004	18	レ		2104	21	…	51	2202	37	11
四街道〃	1805	31	43	1906	22	（あやめ9号）	2009	32	レ	（すいごう3号）	2209	25	…	55	2206	41	15
物井〃		36	48		26			36	レ			29	…	2000		45	19
佐倉〃	1813	45	53	1915	31		2018	41	レ		2118	34	…	08	2215	53	26
酒々井〃	レ	52	1902	レ	40		レ	50	レ		レ	41	…	15	レ	2300	33
成田〃	1827	1902	1909	1929	59	2020	2032	2100	2121		2132	50	…	38	2230	2307	2341
久住〃	…	10		…	2010			11	レ			58	…	46	…	…	…
滑河〃	…	22	…	…	17		…	18	2135		…	2205	…	52	…	…	…
下総神崎	…	29	…	…	25		…	26	レ	…	…	17	…	2302	…	…	…
大戸〃	…	34	…	…	30		…	36	レ	…	…	22	…	07	…	…	…
佐原着	…	1939	543M	…	2035	2045	545M	2141	2148	…	…	2227	…	2312	…	…	…
佐原発	…	1939	1953	…	2056	2046	2104	2153	2148	…	…	2227	2231	…	…	…	…
香取発	…	1950	1958	…	2001	レ	2111	2201	レ	…	…	2232	2236	…	…	…	…
十二橋発	…	‖	2002	…	‖	レ	2115	‖	‖	…	…	‖	2240	…	…	…	…
潮来〃	…	‖	05	…	‖	2054	18	‖	‖	…	…	‖	44	…	…	…	…
延方〃	…	‖	11	…	‖	レ	24	‖	‖	…	…	‖	49	…	…	…	…
鹿島神宮	…	‖	2015	…	‖	2104	2128	‖	‖	…	…	‖	2254	…	…	…	…
水郷発	…	2002	…	…	2106	…	…	2205	レ	…	…	2236	…	…	…	…	…
小見川〃	…	08	…	…	12	…	…	11	2201	…	…	42	…	…	…	…	…
笹川〃	…	14	…	…	18	…	…	17	2207	…	…	48	…	…	…	…	…
下総橘〃	…	20	…	…	23	…	…	23	レ	…	…	54	…	…	…	…	…
下総豊里	…	24	…	…	32	…	…	28	2217	…	…	59	…	…	…	…	…
椎柴〃	…	38	…	…	39	…	…	33	レ	…	…	2304	…	…	…	…	…
松岸〃	…	46	…	…	45	…	…	40	レ	…	…	10	…	…	…	…	…
銚子着	…	2051	…	…	2150	…	…	2243	2231	…	…	2314	…	…	…	…	…

列車番号	540M	1780F	448M	1702F	450M	542M	1024M	1956F	1452M	454M	544M	1040M	456M	546M	458M	548M	460M
銚子発	…	…	1606	…	1708	…	1732	…	…	1812	…	…	1920	…	2025	…	2113
松岸〃	…	…	13	…	12	…	レ	…	…	19	…	…	24	…	30	…	19
椎柴〃	…	…	19	…	17	…	レ		…	25	…		30	…	35	…	24
下総豊里	…	…	24	…	23	…	1748	特急	…	30	…		39	…	41	…	30
下総橘〃	…	（休日と12月31～1月3日は横須賀行・横須賀1946着）	28	…	27	…	レ		…	34	…	（あやめ9号）	43	…	45	…	35
笹川〃	…		37	…	33	…	1757	（すいごう4号）	…	44	…		49	…	51	…	40
小見川〃	…		43	…	39	…	1803		…	50	…		55	…	57	…	46
水郷発	…		1649	…	1745	…	レ		…	1856	…		2001	…	2105	…	2156
鹿島神宮	1631		‖	…	‖	1743	‖		…	‖	1854	1935	‖	2022	‖	2134	‖
延方発	35		‖	…	‖	48	‖		…	‖	59	レ	‖	27	‖	38	‖
潮来〃	41		‖	…	‖	57	‖	…	…	‖	1904	1943	‖	36	‖	44	‖
十二橋発	1644		‖	…	‖	1800	‖	…	…	‖	1907	レ	‖	2039	‖	2147	‖
香取発	1648		1654	…	1750	1804	レ	…	…	1900	1913	レ	2006	2050	2110	2157	2202
佐原着	1652		1658	…	1754	1809	1815	…	…	1905	1917	1951	2010	2054	2115	2201	2206
佐原発	…		1658	…	1754	…	1817	…	…	1905	…	1952	2010	…	2115	…	2206
大戸〃	…		1703	…	1800	…	レ	…	…	10	…	レ	19	…	20	…	11
下総神崎	…		11	…	07	…	レ	…	…	15	2054F	レ	24	2106F	26	2278F	16
滑河〃	…	快速	18	快速	14	…	1833	快速	…	22	快速	レ	33	快速	35	快速	22
久住〃	…		24		20	…	レ		…	28		レ	40		42		29
成田〃	…	1702	33	1759	29	…	1849	1900	1930	37	2000	2019	48	2100	53	2211	37
酒々井〃	…	レ	41	レ	37	…	レ	レ	37	45	レ	レ	56	レ	2200	レ	45
佐倉〃	（休日と12月31～1月3日は①）	1718	50	1816	44	…	レ	1915	45	56	2017		2107	2118	08	2227	53
物井〃		レ	54	レ	49	…	レ	レ	50	2001	レ		11	レ	12	レ	58
四街道〃		1726	1800	1825	53	…		1925	54	06	2026		16	2126	17	2236	2302
都賀〃		1730	04	1829	57	…		1929	58	10	2030		20	2130	20	2240	06
東千葉〃		レ	09	レ	1901	…	レ	レ	2002	15	レ	レ	24	レ	24	レ	10
千葉着		1735	1811	1835	1903	…	1917	1935	2004	2017	2036	2047	2126	2136	2226	2246	2312
千葉発		1737	…	1838	…	…	1919	1937	…	…	2037	2049	…	2137	…	2247	…
錦糸町着		1811	…	1914	…	…	1946	2012	…	…	2111	2116	…	2213	…	2321	…
東京着		1821	…	1925	…	…	‖	2022	…	…	2121	2124	…	2223	…	2331	…
東京番線	→	④		②			↓	①			①	②		②		④	
終着	…	…	…	…	…	…	両国 1951	久里浜 2158	…	…	久里浜 2253	…	…	…	…	…	…

（下り・上り・成田線・鹿島線・その１）

（休日と12月31〜１月３日は東京発④番線に変更）

列車番号	433M	993F	435M	1173F	1035M	1213F	437M	439M	1325F	1021M		441M	1581F	443M	1503F	1037M	541M	445M
始発	···	横須賀	···	逗子	···	逗子	···	···	逗子	両国	···	···	↓	···	逗子	···	···	···
	···	951	···	1104	···	1201	···	···	1302	1445	···	···		···	1501	···	···	···
番線		④		④	②	④			④	↓			②		④	②		
東京	···	1109	···	1210	1245	1309	···	···	1410	‖	···	···	1509	···	1609	1645	···	···
錦糸	···	1118	···	1219	1252	1318	···	···	1419	1448	···	···	1518	···	1618	1652	···	···
千葉	···	1155	···	1254	1319	1353	···	···	1454	1519	···	···	1554	···	1654	1719	···	···
	1103	1156	1209	1256	1321	1357	1403	1440	1456	1521		1543	1556	1640	1656	1721	···	1743
東千	05	快速	12	快速	L	快速	05	42	快速	レ	特急	45	快速	42	快速	L	···	45
都賀	09	1201	16	1301		1402	09	46	1501	レ		49	1601	46	1701		···	49
四街	13	1205	32	1306	（あやめ5号）	1407	13	50	1506	レ	（すいごう1号）	53	1606	50	1706	（あやめ7号）	···	53
物井	18	⊠	36	⊠		⊠	17	54	⊠	レ		57	⊠	54	⊠		···	57
佐倉	23	1216	42	1315		1417	22	59	1514	レ		1603	1615	1705	1718		···	1802
酒々	30	レ	49	レ		レ	29	1506	レ	レ		10	レ	13	レ		···	09
成田	40	1230	58	1330	1351	1431	37	14	1529	1551		31	1629	33	1731	1749	···	29
久住	48		1317		⊠		45	22		レ		38		41		⊠	···	40
滑河	1203	···	23	···		···	52	30	···	1605		44	···	47	···		···	46
神崎	10	···	35	···		···	58	40	···	レ	···	54	···	54	···		···	53
大戸	15	···	40	···		···	1503	45	···	レ	···	1704	···	1801	···		···	58
佐原	1220	*533M*	1345	···	1415	*535M*	1508	1550	*537M*	1618	···	1708	*539M*	1805	···	1815	···	1903
	1227	1310	1347	···	1416	1421	1510	1551	1557	1618	···	1709	1714	1821	···	1816	1826	1906
香取	1231	1317	1351	···	レ	1426	1514	1556	1602	レ	···	1713	1719	1826	···	レ	1831	1912
十二	‖	1321	‖	···	レ	1430	‖	‖	1606	‖	···	‖	1723	‖	···	レ	1835	‖
潮来	‖	29	‖	···	1424	33	‖	‖	09	‖	···	‖	26	‖	···	1825	39	‖
延方	‖	34	‖	···	レ	41	‖	‖	19	‖	···	‖	32	‖	···	レ	44	‖
鹿島	‖	1338	‖	···	1433	1447	‖	‖	1623	‖	···	‖	1736	‖	···	1833	1848	‖
水郷	1236	···	1356	···	···	···	1519	1600	···	レ	···	1718	···	1831	···	···	···	1917
小見	42	···	1402	···	···	···	25	06	···	1631	···	24	···	37	···	···	···	23
笹川	49	···	08	···	···	···	31	11	···	1637	···	33	···	43	···	···	···	29
橘	55	···	14	···	···	···	36	17	···	レ	···	39	···	49	···	···	···	33
豊里	59	···	18	···	···	···	41	25	···	1646	···	49	···	53	···	···	···	39
椎柴	1307	···	24	···	···	···	46	30	···	レ	···	54	···	59	···	···	···	45
松岸	13	···	31	···	···	···	52	41	···	レ	···	1800	···	1905	···	···	···	50
銚子	1317	···	1436	···	···	···	1556	1646	···	1700	···	1804	···	1909	···	···	···	1955

飛行機の時刻と案内

58. 1 .10〜 1 .31　日本航空

便名	羽田→札幌		便名	札幌→羽田	
501J	740	905	*500J*	830	1000
503J	830	955	*504J*	1000	1130
505J	940	1105	*506J*	1100	1230
507J	1040	1205	*508J*	1200	1330
509J	1140	1305	*510J*	1320	1450
511J	1240	1405	*514J*	1500	1630
513J	1340	1505	Ⓐ *516J*	1600	1730
Ⓐ *515J*	1440	1605	*518J*	1700	1830
▽ *517J*	1545	1710	▽ *520J*	1800	1930
523J	1800	1925	*522J*	1900	2030
527J	2000	2125	*524J*	2015	2145

Ⓐ＝金土日曜運航
Ⓑ＝1/14運航　Ⓓ＝1/16 運航
Ⓒ＝日曜運航　Ⓔ＝金日曜運航

58. 1 .10〜 1 .31　全日空

便名	羽田→札幌		便名	札幌→羽田	
53J	820	945	*52J*	910	1040
55J	935	1100	▽ *54J*	1035	1205
Ⓐ *931J*	1010	1135	*58J*	1155	1325
57J	1040	1205	Ⓐ *932J*	1230	1400
61J	1200	1325	*60J*	1300	1430
63J	1330	1455	*62J*	1430	1600
Ⓑ *933J*	1410	1535	*66J*	1600	1730
65J	1520	1645	Ⓑ *934J*	1630	1800
67J	1640	1805	Ⓑ *936J*	1700	1830
71J	1835	2000	Ⓒ *68J*	1730	1900
			72J	1945	2115

Ⓐ＝1/14運航　Ⓑ＝1/16運航
Ⓒ＝1/16休航

58. 1 .10〜 1 .31　東亜国内航空

便名	羽田→札幌		便名	札幌→羽田	
101J	855	1025	*102J*	1120	1300
103J	1055	1225	*104J*	1320	1500
105J	1805	1935	*106J*	1820	2000

もし言う通り赤渡と同じ「おおとり」に乗ったものなら、この列車は函館着が十九時二十四分、そして十六分後に出る青函連絡船に乗り継ぐのだが——、と牛越は手帳のメモを目で追った。この連絡船が青森に着くのが——、二十三時三十分!? すでにこの連絡船の中でコインロッカーの終了時刻がきてしまうのである。これでは論外であった。

「飛行機だ！ そうか、飛行機を使ったんだな!?」

牛越は思わず大きな声を出した。沢入は冷ややかに無言であった。

航空便の詳細は列車時刻表の巻末に載っている。牛越はカバンから列車時刻表を取り出した。そしてページを繰りながら尋ねる。

「君は赤渡静枝さんに、札幌駅から『おおとり』に乗ると言って家を出た。そうだね？ 奥さんとは何時頃まで会っていたんだ？ 赤渡家を君は何時に出た？」

「二時頃でしたね。三時五分の汽車ですから」

エアラインと書かれたページの、隅々にまで牛越は目を走らせた。そして見つけた。

「ふむ、こいつは大して厚い壁じゃないね、沢入君。君はたぶん、赤渡家の近くにタクシーを拾って待たせておいて、家を出るとすぐに飛び乗り、目いっぱい急がせた。豊平の家からなら、歩いて地下鉄の駅へ出て、そして地下鉄で札幌駅へ出るなんて時間より、むしろ早く千歳へ着けるだろう。

もし二時前に赤渡家を出たら、二時半過ぎ、多分四十分までには千歳空港へ着けたはずだ。すると、これだ、日本航空の五一四便、十五時〇〇分発の飛行機に乗れる。午後三時発だ。どうかね？

するとこれが羽田に十六時半、四時半には着く。なにしろ飛行機ならわずかに一時間半だからね。札幌—東京間は。それから……、だ」

牛越はそれから大急ぎで時刻表のはじめのページに戻った。

「東京方面から銚子へは、総武本線だ。できれば東京発の特急がいい、時間を節約できるからね……」

牛越は自分にも言い聞かせるように、総武線のページを指で探った。

しかし特急の本数は多くない。羽田着十六時三十分の時点で「しおさい九号」、東京発銚子行き十五時四十五分がすでに出ている。次の特急「しおさい十一号」は、東京発十八時四十五分である。これでは二時間以上のロスがある。うまくない。

ではもうひとつ、成田・鹿島線はどうか、これに十六時四十五分東京発「あやめ七号」というものがある。しかしこれは羽田着のわずか十五分後に東京を出る列車だ。まず乗れまい。それにこれは銚子行きではない、鹿島神宮行きであった。鹿島神宮というのは、途中の香取で二股に分かれて鹿島線となる、一方の鉄道の終点である。銚子より北に位置する。

その後の特急は、十九時十八分両国発の「あやめ九号」、そしてこれも鹿島神宮行き、どうもうまくない。

「特急はうまくないようだ。鈍行しかないな……」

牛越はそうは言ったが、総武線の鈍行となるとすべて千葉発である。羽田からは秋葉原に出て、そこからさらに乗り換え、千葉に出なければならない。

では成田・鹿島線はどうかというと、こっちの鈍行は確かに東京発ではあるが、すべて成田止まりであった。銚子へ行くためには、この成田か、途中の千葉でやはり乗り換える必要がある。しかも本数はきわめて少ない。

「羽田へ十六時三十分に着いた……、まず総武本線で考えるとすると、何時の千葉発に乗れるだろう？

一時間半くらいみておけばいいかな？　羽田—千葉間は。するとこの十八時〇四分発の電車には乗れるだろう。そうするとこれが銚子に十九時五十分に着く。

君は銚子駅を飛び出す。そして大急ぎで三本松の現場へ向かい、指紋を付けるとまた急いで引き返す、これに……、どのくらいの時間がかかるか……」

牛越は、自分も歩いた銚子の街を思い浮かべた。銚子駅から三本松の舟溜《だま》りまでは、ちょっと気が遠くなるほどの距離があった。五、六キロ、いや十キロ近くあるかもしれない。徒歩であれを往復するとなると——、自分には歩いて往復などということ自体無理だと思った。半日仕事になるであろう。

だが沢入は若い、牛越は考える。彼なら、ほとんどを走り通すようにして往復すれば、片道一時間、往復二時間でやりおおせるかもしれない。死にもの狂いでやれば、現場の偽装工作も含め往復で二時間、と牛越は乱暴に仮定した。それ以内では、いかに何でも無理であろう。

「二時間だ、往復に二時間。君は銚子駅から出て、現場偽装の仕事をやり、また銚子駅へ戻るというこの仕事を二時間でやったのだ。君はこの時車を使っていない。したがって二時間以内ではまず絶対に無理だ。

二時間とすると、さっきの電車の銚子着が、十九時五十分、それから二時間後というと二十一時五十分、したがって銚子から千葉への帰りの電車は……、うむ……」

牛越は銚子発の時刻表を見て、思わず唸った。うまくなかった。二十一時五十分というと、銚子からの終電車はすでに出てしまっている。銚子発の終電は二十一時三十四分であった。しかもこの電車では、たとえ乗れたにしても駄目なのであった。これは成東止まりである。千葉に届かない。千葉駅のコインロッカーに、現場偽装に用《もち》い終わった両腕入りのトランクを、この日のうちに入れることはできない。

しかも成東着の時点で二十二時四十分。コインロッカーの営業終了まであと二十分しか時間が残らない。これでは成東からタクシーを飛ばしたとしても間に合わないであろう。

つまり何としてもそのひとつ前の電車、千葉行きの最終便、二十時三十二分銚子発を捕まえなくてはならない。これなら千葉に二十二時二十分に着く。コインロッカーに楽に間に合うのである。

これがギリギリであった。成田線の方を見ると、二十時二十五分銚子発というものがある。しかしこれでは七分早い。少しでも遅い方がよかろうから、総武線の方が有利である。

では東京より銚子へ向かう往きの電車を、成田線で考えてみたらどうか？　十六時半羽田着、すると、十七時〇六分東京発がある。羽田からわずかに三十六分後だが、これに駈けこめたと仮定してみよう。この電車は成田に十八時二十七分に着く、すると成田発十八時二十九分の銚子行きに乗り継げる。すると――。

駄目であった。銚子着が十九時五十五分、さっき考えた総武線より五分遅い。これでは意味がない。

これでは無理である。最初からやり直しだ。つまり、千歳発十五時よりもうひとつ早い航空機に乗らなくてはならないという理屈になる。

「こいつはうまくなかった。はじめからやり直しだ。君は日航の五一四便じゃなく、もっと早い飛行機に乗ったんだ」

牛越は忙しく時刻表のページを繰《く》り、もう一度巻末のエアライン時刻表に戻る。

「十五時発の五一四便よりひとつ前の航空便というと、日航では五一〇便の十三時二十分、一時二十分か。しかしこれでは『おおとり』を偽るのは少し早過ぎるだろうな。

では全日空だ……、ふむ、これだ！　全日空の六二便、十四時三十分というものがある。ほかには東亜国内航空（現日本航空）は、十三時二十分発か、その後は十八時二十分、無理だな。

あともうひとつ、日航で札幌―成田という便もあるんだな……、しかしこれは一日一便だけで、十四時〇〇分発か、駄目だな。

とにかく六二便だ。全日空の十四時三十分千歳発、これなら三十分早い。君は間違いなくこの飛行機に乗ったはずだ。この便なら羽田着が十六時ちょうど。すると……」

しかし、それでもさっきの総武線のL特急「しおさい九号」の十五時四十五分発は、すでに東京駅を出てしまっている。これを捕まえられれば文句はなかった。後は以前見た通り、すべて千葉発の鈍行となるから総武線にはあまり魅力はない。

では成田・鹿島線はどうか、と見ると、おあつらえ向きの「あやめ七号」という東京発十六時四十五分の特急がある。

「『あやめ七号』、これだ！　賭けてもいいね。君はこの成田線十六時四十五分発の特急に、東京駅から乗ったはずだ」

しかしこの特急は、銚子行きではなかった。途中から成田線をそれて鹿島神宮へ行く。二股に分かれる地点に最も近い佐原駅で、銚子行きの鈍行に乗り換える必要がある。

「あやめ七号」の佐原着は十八時十五分、するとうまいことに、十八時二十一分に銚子行きの鈍行が出る。これに乗り継げる。

「君は『あやめ七号』で佐原に行き、ここから鈍行に乗り換えたのだ。

さて面白くなってきた。言っておくが、これはまだ十六日だからね。この鈍行は銚子に十九時九分に到着する。さっき考えたルートより四十分以上早いぞ。航空便で三十分、ここでまた十分稼げたわけだ。そして銚子駅を飛び出し、駅と三本松を走り通すようにして往復する。その間二時間。君が現場で仕事を終えて銚子駅に戻ってくるのはしたがって二十一時九分頃となるから……」

「間に合いませんね」

沢入はきっぱりと言った。

その通りだった。刑事は目を疑った。二十一時九分では、例の成東止まりの最終電車を捕えることはできるが、なんとしても乗りたい千葉行きの最終は、すでに三十七分前に出てしまっているのであった。

そもそも二十一時九分というのもなかば以上無理な注文なのであった。そういうことなら後十数分余裕をみて、二十一時三十四分発になんとか間に合わせることができたろう、と考えるのが常識的な線である。その一本前を狙うというのは、計画を立てる側からすると無謀というものであろう。これはどうしたことだ!? 牛越の脇の下を冷たいものが流れた。

こうなると、徒歩での往復という線を疑いたくなる。ここが、つまり銚子駅と現場の往復が徒歩であるというがために、間に合わなくなるのだ。

しかし目の前の沢入は、この時絶対にタクシーは用いていないのだった。それも銚子駅に限らない。調査は、総武線や成田・鹿島線沿線の主だった駅ほとんどすべてに及んでおり、これらのどの駅からも、一月の十六日頃、この時間帯にトランクを下げてタクシーに乗った男はいないのである。

レンタカー屋も同様だった。知人の車でも使ったならともかく、少なくともタクシーやレンタカーでは絶対にない。そして沢入は、友人の少ない孤独な男であった。


どうする——? 牛越は激しく自問した。歩きだ。この点は変えられない。では残る方法はひとつ。多少の無理には目をつぶり、もう一度航空便の方を遡《さかのぼ》って動かすしかない。牛越は無言で、しかし手は忙しく動き、再び時刻表を巻末に戻した。

全日空の六二便、十四時三十分よりさらに前の航空便、それならあるいは総武線の特急「しおさい九号」を捕まえられるかもしれない。

千歳発十三時二十分がある！　日本航空の五一〇便。これはもう一便、東亜国内航空にも同時刻発のものがあるが、日航の方が羽田着の時間が十分早いようだ。

沢入は多少の無理は押してでも、この日航の五一〇便に乗ったはずである。

「君は、この十三時二十分発の日航五一〇便に乗ったのだ。それしかあり得ん！」

刑事は沢入をじっと見据えて言った。

まず間違いはないと思った。牛越は少なからぬ自信を持ってそう言った。これは論理的な帰結である。沢入に共犯者はない。そして十六日夜、彼はタクシーもレンタカーも用いてはいない。とするとこれ以外の可能性もまたない。

沢入が五一〇便に乗っていなければ、彼はコインロッカーに十六日にトランクを入れることが物理的に不可能となり、そして沢入犯人説が根本から覆《くつがえ》ってしまう。

「奥さんに……、直接確かめてみられたらいかがです?」

沢入は、そう言って電話機を牛越の方に押してよこすと、無造作に受話器を取って手渡してきた。

牛越は一瞬迷ったが、意を決し、緊張した指で赤渡家のダイヤルを廻した。たちまち静枝の声が出る。

「赤渡でございますが……」

「あ、札幌署の牛越でございます。またさっそくなんでございますがね、一月十六日に沢入保君が『おおとり』に乗るからと言って、そちらを出たのは何時頃でしたでしょう?」

「沢入君がですか?　一月十六日でございますか?」

静枝は怪訝そうな声を出し、しばらく当惑したように沈黙した。

「もうだいぶ以前のことになりますですからねえ……、お忘れでしょうねえ……」

牛越は言った。なんだかその方がありがたいような気がした。

「だいぶ早かったはずと思うんですが……」


重ねて刑事は言った。思わず願望が口をついて出た。

「あ、そうそう、思い出しました」

すると静枝がそう言ったので、牛越は息を詰めた。

「ええ、あの頃私相当参って床に就いておりまして、壁の時計ばかり見ていました。東京へ帰る日、沢入君が私のところへ挨拶にきまして、帰ってからすぐ柱時計が二時を打ったのを憶えています」

「二時!?」

刑事は思わず声を荒らげた。

「二時!?　それはその……、確かですか?　つまり……」

「ええ、今はっきり思い出しました。確かでございます」

「一時の間違いということは……」

「それは絶対にございません。あの時私、沢入君としばらく話しました。話しながら時計を見たら一時四十分くらいでしたのをよく憶えております。ですから彼がこの家を出たのは、二時五分前か、十分前であったろうと思います」

牛越はしばらく茫然とした。二時五分前に赤渡家にいては、一時二十分発の飛行機に乗れるはずもない。

それどころか、さっきまで考えていた全日空の六二便、二時三十分にも乗れないことになってくる。赤渡家から千歳まで三十キロ程度はあるだろう。いくら道が空いていて飛ばせても、雪があるから車で三、四十分は最低かかる。空港には、搭乗便の出発時刻二十分前には入っていなくてはならない決まりになっている。

つまり、最初考えた日航の五一四便、三時発でようやくぎりぎりという話になるのだ。二時五分前に赤渡家を出る。待たせておいたタクシーに飛び乗り、千歳空港まで雪のハイウェーを四十分として、着くのは二時三十五分、五一四便の離陸時刻の二十分前の、二時四十分にぎりぎりである。

気づくと受話器は戻っていて、牛越の目の前に沢入の無表情な顔があった。

2.

牛越佐武郎は、三十年近い警察勤続生活一世一代の冒険を決意して、この沢入宅に一人できていた。自分の到達した結論は、まだ同僚の誰にも話していない。

その理由は、ひとつには沢入から犯行の動機を通常の会話によって聞きたいと考えたからである。殺風景な取調べ室での、乱暴なやり方によってではなく、だ。

また牛越は、一種の借りのような気分を、この青年に対し感じていた。彼がここへたどり着けたのは、一つには沢入の言葉によるものである。彼があんなことを言わなければ、牛越はこれに気づかなかったかもしれない。したがってこんなやり方で、刑事はあの借りを返しているつもりでいた。

しかし、牛越は今や無様《ぶざま》な立ち往生をしていた。一人だけで組み立てた考えであったために、やはり完全ではなかったのだ。思わぬ落とし穴があった。

予想外のつまずきである。動機を除き、この犯罪の謎をすべて解ききったと思っていたが、うぬぼれだった。巧妙に罠に導かれ、見事に片足をとられ、彼はついに一歩も進めなくなった。沢入保は今にも鼻先で立ち上がり、それではと言い置いてさっさと南へ去って行くかもしれない。

そうされても文句は言えない。十六日の午後二時近くまで札幌にいた沢入は、銚子で偽装工作をして、その夜の十一時までに千葉駅にたどり着くということは、物理的にできないのである。刑事の空想と言われても仕方がない。

そして海外に高跳びでもされれば、この先の捜査の困難は目に見える。それもこれも、すべて牛越佐武郎の分別を欠いた独断の招いた醜態なのである。まさしく滅棒ものの失態であった。

牛越の体中から冷たい汗が噴き出した。激しい後悔の念が頭の内を駈け巡った。

しかし、そんなはずはない！　と彼は内心で叫ぶ。あらゆる情況証拠が沢入を指し示している。ほかに犯人はないのだ。

トリックだ！　ではトリックであろう。今自分が組み立てたルートの内のどこかにトリックがあるのだ。もう一度洗い直すほかはない。冷静に、と刑事は自分に強く言い聞かせる。この状況で、どこまで冷静になれるかが勝負を分ける。

沢入は十六日、午後二時五分か十分前まで札幌の赤渡家にいた。これはもはや確かであろう。

すると沢入は必然的に日航の五一四便、十五時千歳発、これに乗ったことになる。するとこの飛行機の羽田着が午後四時半、ここまではもう確かであろう。この先だ。この先にトリックがあるのだ。

「君が千歳を三時に発つ飛行機に乗ったことはもう確定的になった。したがって羽田に四時半に着いたことも確実だ。問題はこの先だ」

牛越は言った。

「十六時半に羽田なら……、東京発十七時六分、ふむ、この成田線の鈍行か……、いやこれは成田の乗り換えで銚子着が十九時五十五分か、では千葉発十八時四分の総武線の鈍行の方が早い、これは十九時五十分に銚子へ着く。間違いなくこれだろう。君は千葉発十八時四分の総武線の鈍行に乗った。羽田から千葉まで、一時間半あれば行けるだろう……」

「刑事さん、ちょっと待って下さい」

沢入が右手をあげて制した。

「その論証は大ざっぱすぎるし、実際問題として無理です」

「と言うと？」

「羽田から千葉まで、一時間半ではとても無理ですよ。だって考えてもみて下さい。航空機は電車とは違いますから、大型のトランクは客席には持ちこめません。持ちこめる荷物は重さが五キロ以内で、サイズは四十五センチ×三十五センチ×二十センチ以内です。あのトランクは無理です。

すると空港に着いてから、自分の荷物がベルトコンベアに載って出てくるのを待たなくてはなりません。この間、到着から二十分くらいは余裕を見ておかなくちゃならない。

それからモノレールの駅まで徒歩でいく、これが意外に遠いですよ。十分くらいかかる。それからモノレールですが、浜松町まで十五分とはいっても、待ち合わせのタイミングが悪いことも考えられる。このモノレールは十分おきです。もしかすると出たばかりの時にぶつかるかもしれない。

それから浜松町に着いても、山手線のホームまで五分程度はかかる。それから……、ちょっとその時刻表を貸して下さい」

牛越は時刻表を渡した。

「ここに所要時間が出てます。浜松町から秋葉原までは十分ないし十一分です。秋葉原で総武線に乗り換えて……、秋葉原から千葉まで、これによれば五十分です。合計するといくらになりますか？　二十分、十分、待ち合わせがないとしてもモノレールが十五分、五分、十一分、秋葉原で、ほとんど待ち合わせのロスがなかったとしても三分程度は必要です。それから総武線に五十分、合計すると……、一時間五十四分です。二時間近くかかりますよ。一時間半ではとても無理ですね。

そしてモノレールで浜松町に出た時点ですでに到着から四十五分が経過しているわけですから、さっきおっしゃった三十六分後に東京駅を出る、成田線の鈍行にも乗れないことになります。

つまりですね、総武線の十八時四分千葉発の電車にも、成田線の十七時六分東京発の電車にも両方とも乗れないという計算になりますよ」

沢入はそう言って時刻表を戻してきた。牛越は再度打ちのめされる思いだった。気力を絞り、時刻表を見る。

それでは——、沢入はそのさらに一本後、十八時四十五分千葉発、この総武線の鈍行にしか乗れなかったはずとなる。

成田線の一本後は、十八時九分東京発、しかしこれでは銚子着が先の総武線より一時間半近く遅い。では総武線であろう。

「すると君は、十八時四十五分千葉発の総武線鈍行には乗れたはずだな……」

牛越は力なく言った。

確かにこれが確実な線なのであろう。しかしそうなると、これの銚子着は二十時二十四分である。帰りにどうしても乗る必要のある例の千葉行きの最終電車、これの銚子発が——、牛越は指で探り、愕然とした。

二十時三十二分!? なんと、銚子にいられる時間はたったの八分となってしまうのだ! これでは銚子駅の構内を出ることさえむずかしいではないか——!?

牛越はなかばあきれるような気分になった。これではたとえ車を使っても無理である。どんな早い乗り物でも、銚子駅と三本松とを八分で往復できるものなどあるはずもない。第一現場での偽装工作に、八分近くは最低かかってしまうであろう。

状況が正確さを増すにつれ、この考え方の不可能性もまた増した。もう今や、はっきり不可能と断定されたようなものだ。

沢入が、ちらと左の壁に目を走らせた。そこに小型の本棚があり、その上に目覚まし時計が載っていた。針は午前十時二十八分を指している。

牛越の額に汗が滲んだ。沢入は今にも立ちあがりそうであった。牛越の心臓は激しく打った。

牛越は、カバンから地図を取り出した。牛越はのちに、自分はあの時なんで地図を取り出したのだろうと何度も不思議に思った。そのくらい、無意識の行為だった。銚子の地図である。膝の上に置く時、思いがけず手がぶるりと震えた。

別に何か考えがあってのことではない。彼はまずメモ帳を取り出し、次に列車時刻表を取り出し、とうとう地図まで引っぱり出した。試験を前にして、大わらわの受験生のようである。はたで見ていればなかなか滑稽《こっけい》な眺めであったろう。しかし牛越は完全に必死であった。

銚子市街のあたりを、まず食い入るように見つめた。苦しまぎれだ、と自嘲の気分が起こった。利根川を目で遡《さかのぼ》っていくと、滑稽なことに辞表の文面が目の前をちらちらした。

川に沿い、鉄道が迫ってきた。その時! 牛越佐武郎はついに「おお!」と声をあげた。天が自分を哀れんだのだ、と思った。彼は生まれてはじめて神に感謝した。

「解ったぞ! そうか!」

一方、沢入は完全に静かであった。微動もしない。

「銚子ばかりを考えていた。まったく愚かだった!」

刑事はそう言ってひと息ついた。顔に生気が戻るのが解った。ようやく笑みが浮かんだ。

「何のことはない。こんな簡単なことを忘れていたとはな!

私は銚子駅にしか降りたことがないから、ことを銚子駅を中心にしてばかり考えていた。しかし、あの三本松の偽装現場は、終点の銚子より、そのひとつ手前の松岸駅からの方がずっと近かったのだ！　地図で見るとすぐ近くじゃないか！」

牛越の耳に、三本松の現場をはじめて訪れた日の朝聞いた列車の汽笛が、鮮やかに甦った。

「君は最初考えた通り、日航の五一四便で上京する。すると『しおさい』などの特急でなく、各駅停車に乗ることになるのだから、当然松岸にも停まる。君は十八時四十五分千葉発の総武線鈍行に乗る。するとこれが松岸に……」

牛越は再び時刻表を取りあげ、十八時四十五分千葉発の列車を指で下っていった。

「二十時十九分！　二十時十九分松岸着だ。そしてこの駅から現場までは、地図で見れば歩いてせいぜい十分の距離だ。急げば二十分で往復できるだろう。これに偽装工作の時間を五分加えて二十五分、君は松岸駅で降り、現場に行き、仕事を終え、二十五分でまた松岸駅へ戻ってこられたはずだ、つまり……、二十時四十四分に駅に帰りつく。すると……」

牛越は、数字の洪水の中を懸命に泳ぐようにして、例の千葉行きの終電のところまで戻った。銚子発二十時三十二分の各駅停車である。したがってこれは松岸にも停まる。この時に間に合わなければもう絶望である。ほかに方法はない。あとは辞表を書くしかない。

指がこの電車の銚子発の時刻を捕えた。二〇三二、そのひとつ下に松岸発の時刻があった。四六！　二〇四六！　二十時四十六分、間に合った！　肩から力が抜けていく。しばし放心の時間があった。

「間に合ったぞ……、沢入君」

刑事はつぶやくような声で、犯人に対し言った。これでようやく後が続く、と思った。

思いもかけぬ伏兵がいたものだった。おかげで予想もしなかった大変な道草を、途中で食わされた。

「この電車でなら、十六日のうちに千葉駅のコインロッカーへトランクを入れることができる。この電車は千葉へ二十二時二十分、十時二十分に着くからね、十一時に楽に間に合うのだ」

牛越はこれでひとつ、強烈な難関を突破した。

「最初われわれは首と両腕入りの第三トランクが千葉で出た理由が解らなかった。東京か水戸で出てもいいはず

（上り・常磐線・その１）

行先	上野	上野	上野	上野	水戸	平	水戸	上野	上野		水戸	上野	上野		水戸	上野	上野	平
列車番号	1456M	458M	460M	462M	420M	630D	422M	410M	7010M		424M	464M	1002M		426M	2440M	466M	632
始発	…	…	…	…	…	…	…	…	青森		…	…	相馬	…	…	…	…	…
	…	…	…	…	…	…	…	…	2355		…	…	514	…	…	…	…	…
原ノ町	…	…	…	…	…	…	…	…	レ	（季節）（青森発12月26日～1月10日運転）	…	…	535	〔ひたち2号〕	…	…	…	
太田	…	…	…	…	…	…	…	…	レ		…	…	レ		…	…	…	…
小高	…	…	…	…	…	…	…	…	レ		…	…	543		…	…	…	…
桃内	…	…	…	…	…	…	…	…	レ		…	…	レ		…	…	…	…
浪江	…	…	…	…	…	…	…	…	◆〔ゆうづる10号〕		…	…	551		…	…	…	600
双葉	…	…	…	…	…	…	…	…			…	…	レ		…	…	…	06
大野	…	…	…	…	…	…	…	…			…	…	600		…	…	…	12
夜森	…	…	…	…	…	…	…	…			…	…	レ		…	…	…	18
富岡	…	…	…	…	…	450	…	急行〔ときわ2号〕			…	…	609		…	…	…	26
竜田	…	…	…	…	…	502	…				…	…	レ		…	…	…	33
木戸	…	…	…	…	…	06	…				…	…	レ		…	…	…	38
広野	…	…	…	…	…	13	…				…	…	レ		…	…	…	45
末続	…	…	…	…	…	19	…				…	…	レ	…	…	…	…	51
久浜	…	…	…	…	…	24	…				…	…	レ	…	…	…	…	57
四倉	…	…	…	…	…	30	…				…	…	633	…	…	…	…	703
草野	…	…	…	…	…	36	…		レ		550	624	レ	…	…	…	…	08
平	…	…	…	…	…	543	…		619		557	630	641	…	…	…	…	715
	…	…	…	…	536	…	546	600	624	…	603	633	643	…	…	…	…	…
内郷	…	…	…	…	41	…	51	レ	レ	…	07	38	レ	…	…	…	…	…
湯本	…	…	…	…	46	…	56	607	レ	…	12	43	651	…	…	…	…	…
泉	…	…	…	…	52	…	602	613	レ	…	18	49	657	…	…	…	…	…
植田	…	…	…	…	59	…	09	620	レ	…	25	56	レ	…	…	…	…	…
勿来	…	…	…	…	604	…	14	625	レ	…	30	701	レ	…	…	…	…	…
大津	…	…	…	…	09	…	20	レ	レ	…	35	12	レ	…	…	…	…	…
磯原	…	…	…	…	16	…	26	635	レ	…	41	19	レ	…	…	…	…	…
南中	…	…	…	…	21	…	31	レ	レ	…	46	24	レ	…	…	…	…	…
高萩	…	…	…	604	26	…	36	644	レ	…	57	28	レ	…	740	…	…	…
川尻	【休日運休・但し、12月19日は運転】	…	…	10	32	…	42	レ	レ	…	706	34	レ	…	45	…	…	…
小木		…	…	15	37	…	47	レ	レ	…	12	39	レ	…	50	…	…	…
日立		…	…	21	43	…	59	656	レ	…	18	44	733	…	55	…	815	…
多賀		…	…	26	49	…	706	701	レ	…	23	49	738	…	800	…	20	…
大甕		…	…	31	54	…	11	705	レ	…	28	54	レ	…	05	…	25	…
東海		…	…	38	700	…	19	レ	レ	…	35	801	レ	…	12	…	32	…
佐和		…	…	43	05	…	25	レ	レ	…	40	06	レ	…	17	…	37	…
勝田		629	635	52	12	…	30	723	レ	…	47	12	レ	…	26	…	43	…
水戸		636	642	658	718	…	737	728	739	…	754	819	758	…	832	…	849	…
	629	638	645	713	…	…	…	730	741	…	…	820	800	…	…	…	850	…
赤塚	36	45	51	19	…	…	…	レ	レ	…	…	26	レ	…	…	…	58	…
内原	41	51	57	25	…	…	…	レ	レ	…	…	32	レ	…	…	…	915	…
友部	46	56	702	29	…	…	…	744	レ	…	…	37	レ	…	…	…	22	…
岩間	52	703	08	35	…	…	…	レ	レ	…	…	43	レ	…	…	…	28	…
羽鳥	57	08	13	40	…	…	…	レ	レ	…	…	48	レ	…	…	…	33	…
石岡	703	14	19	46	…	…	…	757	レ	…	…	54	レ	…	…	…	39	…
高浜	07	18	23	50	…	…	…	レ	レ	…	…	58	レ	…	…	…	43	…
神立	14	24	29	56	…	…	…	レ	レ	…	…	903	レ	…	…	…	49	…
土浦	719	730	735	802	…	…	…	809	レ	…	…	909	レ	…	…	…	955	…
	724	731	737	815	…	…	…	809	レ	…	…	913	レ	…	…	940	1000	…
荒川	30	38	44	22	…	…	…	レ	レ	…	…	19	レ	…	…	47	06	…
牛久	36	44	50	28	…	…	…	レ	レ	…	…	25	レ	…	…	53	12	…
佐貫	41	50	56	33	…	…	…	レ	レ	…	…	30	レ	…	…	1003	17	…
藤代	44	53	800	36	…	…	…	レ	レ	…	…	33	レ	…	…	06	20	…
取手	50	59	05	42	…	…	…	レ	レ	…	…	39	レ	…	…	12	26	…
我孫	56	804	812	848	…	…	…	833	レ	…	…	944	レ	…	…	1018	1032	…
柏	801	09	17	52	…	…	…	レ	レ	…	…	49	レ	…	…	23	38	…
松戸	11	18	27	902	…	…	…	レ	レ	…	…	958	レ	…	…	1033	1048	…
北千	20	27	36	レ	…	…	…	レ	レ	…	…	レ	レ	…	…	レ	レ	…
日暮	29	35	44	922	…	…	…	レ	レ	…	…	1012	レ	…	…	1048	1105	…
上野	833	840	849	927	…	…	…	908	910	…	…	1016	920	…	…	1053	1110	…
番線	⑲	⑩	⑲	⑱				⑪	⑯			⑪	⑩			⑨	⑲	

〔ゆうづる9.4号〕
24系（B寝台＝客車3段式）
（一部編成が変更される場合があります）

←上野行　　　　青森行→
①〜⑪
〔電〕A ★ ★ ★ ★ ★ ★ ★ ★ ★ ★
電＝電源車（荷物車の場合もあります）

上り 常磐線（原ノ町―上野）

なのにと思ったものだった。しかしこれでもう解る。千葉というのは、こんなふうに偽装工作をやって、十一時までに銚子から最大限離れられる場所だったんだ」

沢入の表情が、以前にも増して堅くなった。彼の口から、もうひと言の反論も聞かれなかった。

「さあ、この問題はもうこれでいいだろう？　沢入君。君が銚子遠征から千葉まで帰りつき、駅構内のコインロッカーにトランクを入れた時点で、当然十六日の二十三時少し前だろう。君が乗ったことになっている『おおとり』は、むろんすでに函館へ着いているから……」

牛越はまた手帳のメモに戻った。

「『おおとり』は、十九時二十四分に函館へ着く。そして十九時四十分発の連絡船に接続する。この船は二十三時三十分に青森に着くので、君の幽霊は連絡船に乗って、陸奥《むつ》湾の奥深く入ってきている頃だ。実体の君はそのまま千葉駅付近のどこかで夜を明かし……」

彼はまた時刻表を開き、

「おそらくこれだ、東京行きの始発に乗る。五時千葉発、東京着が五時四十五分。そして山手線で上野に出る。それから……」

彼は忙しく常磐線のところまでページを繰った。

「七時にL特急『ひたち一号』が出る。これに乗ったんじゃないかな。これが水戸に八時二十一分に着く。するとちょうど逆からやってくる君の幽霊の乗った『ゆうづる』……」

刑事は、今度は自分のメモをめくった。

「『ゆうづる十号』だ。連絡船を降りてから青森で乗り継いでいるはずのこの列車の水戸七時三十九分着を、偽ることができるんだ」

牛越はメモ帳を放り出し、また時刻表を取った。

「なにしろ刈谷裕子がホームまで迎えにくるわけじゃないからね、何の心配もない」

言いながら牛越は時刻表のページを繰った。一応常磐線の上りの『ゆうづる十号』を確かめておくつもりだったのだ。この事件で、彼は時刻表を見ることにずいぶん馴れた。

「この列車だね、『ゆうずる十号』、赤渡も乗った列車だ。これが水戸に七時三十九分に着くわけだ……。おや⁉　これはどうしたことだ！　幽霊は君だけじゃない。この列車も幽霊だ！」

意味が解らず、沢入は弾《はじ》かれたように牛越の顔を見た。

「これはここへきて、つきがこっちへ廻ってきたらしい。

君は時刻表をちゃんと見ておかなかったようだね。たぶん毎年赤渡氏が乗っているし、今年の一月にも乗っているから、あるものと思って安心していたんだろう。

これを見てみたまえ。連絡船を降りてから君が乗り継ぐはずの『ゆうづる十号』は、どこにもいない。この列車は今はもう季節列車になっている。青森発は、十二月二十六日から、一月十日までの間、運転されるだけだよ。それ以外は運休だ」

沢入は時刻表を引ったくるようにして取った。そして無言で見つめた。

「たぶん新幹線ができて、今度のダイヤ改正でこうなったんだろう。よく調べておくべきだったね。赤渡氏がこれに乗ったのは一月五日だった。たまたま走っている時期だったんだな。これで君がこの列車に乗っていないことがはっきりした」

確かに、これ以上雄弁な証明はなかった。

「さて、あとは一月八日の赤渡雄造氏の足取り、さらには君の足取り、また君のやった工作の推定だ。

八日の午後二時五十五分、まだ銀座、有楽町にいた赤渡氏が、その夜札幌で殺されたはずと見当をつけるなら、つまりホシが札幌を動いていないから、被害者の方を呼び寄せるしかないわけなんだがね、そうなると当然これも飛行機だ。

有楽町から羽田までは割合近い。ごく近いといってもよかろう。浜松町まで有楽町からはふた駅だからね。三時過ぎに有楽町を出て、搭乗手続きなどの面倒があっても四時半頃の便には乗れたはずだ。この飛行機の便は、君があらかじめ札幌から電話で予約しておいたのだろう。

この時、赤渡氏を呼び戻す口実としては、奥さんの静枝さんが交通事故で大怪我《けが》をしたとか、そういった嘘で充分じゃないかね？　これで彼は大慌てで川津家を放り出し、札幌へ飛んで帰ってくるだろう。

君がどうやって赤渡氏に連絡をつけたか、これが事実上不可能に思える、しかしそれは、赤渡氏の方で秘書に電話連絡を入れるという約束になっていたとしたら簡単だ。そうじゃなかったかね？　その約束の時間は、八日の午後三時だった。そして君はこの電話を赤渡家でなく、頼んで君の家の方、つまりこの電話にしてもらうことにした。

静枝さんに訊いてみると、君は八日の午後二時半過ぎに、お茶を飲んでくると言って家を出ている。そして四、五十分くらいして帰ってきたという。これがその電話待ちだったのじゃないかと思う。君はその時、ここへ帰ってきたんだ。そしてこの電話で赤渡氏からの連絡を受けた。

そしてこのエアライン時刻表を見るとね、そのあたりの時間帯の飛行機としては……、日航の十五時四十五分羽田発のものと、全日空の十六時四十分発のものがある。三時四十五分発のものには、ちょっと乗れなかったろう、時間的に無理だ。したがって全日空の六七便、四時四十分、おそらくこれで間違いなかろうと思うね。どうかね？」

沢入は、今度は無言のまま、頷かなかった。

「さて、問題はこれからだ。赤渡氏が千歳空港に着いた時、君は当然車で迎えに出ていなくてはならない。こういったタイミングが、札幌での君の行動とうまく噛み合うかどうか……、だ。

まず赤渡の千歳着、これは……、この通り十八時五分、午後の六時五分だ。この出迎えには君は楽に間に合ったろう。

八日、この日君は実子を乗せて、すすき野まで買物につき合ったということだった。しかし聞けば送り届けただけだ。四時頃家を出たというから、十五分もあればデパートに着いたろう。あとは君は、お嬢さんがデパートから出てくるのを駐車場で待っていただけだったそうだから、その間はどこへ出かけようと君の自由だったろう。お嬢さんが帰ってくるまでに駐車場へ戻っていればよい。四時十五分にすすき野から、六時五分までに千歳というのは悠々と間に合う距離だ。だから出迎えに関しては何の問題もない。

問題は帰りだ。実子さんの話では、デパートをぶらつき、スーパーで買物をして、君と駐車場で落ち合ったのは七時頃だったという。赤渡を空港へ出迎えて、彼はこの時トランクも持ってなかったから、すぐ空港を後にできたろうが、六時十五分頃空港を出られたにしても、それからすすき野へは直行してぎりぎりという時間帯だ。つまりこの間に赤渡氏を殺したり、そののちどこかへ隠すなどという時間はない。私が困ったのはこの点だ。

いや、そうではないな、この時、この間はまだ赤渡の死亡推定時刻にかかっていない。ではどこかで待たせたのだろうか、と私はまず考えた。

しかしそれではおかしい。緊急事態と思って飛んで帰ってきた赤渡が、のんびりどこかで待つわけもない。その時思い当たったのが例の赤渡氏の後頭部の殴打痕だ。

君は赤渡氏の後頭部を殴りつけ、失神させていっときどこかへ隠したのだ。

　当初私は、それを空港近くのどこかかと思った。しかしそれじゃ後で取りにいく時間なんかない。つまりそれは……、車の後部トランクだ！」

　沢入は黙って聞いている。

「この事件では、赤渡家の車が大型のアメ車で、後部トランクが大きいという事実が終始大きくものを言っている。例のトランクのすり替えも、これがなくてはできなかったろう。君は空港からの帰り道、車をどこかへ停めてこれをやったのだ。彼を殴り、そして縛り、口も封じると、車のトランクに隠した。

　それから君はすすき野に戻り、実子を拾い、何食わぬ顔で、父親も乗せている車に彼女を乗せ、家に帰り、食事の仕度《したく》を手伝い、悠々と食事もして、それから車でここへ帰ってきた。それが実子さんの証言からすると、九時頃ということになる。

　赤渡雄造の死亡推定時刻は八時から十時の間だ。そしてこの後、赤渡静枝が君に電話をかけたのが九時二十分くらいという。君はそれからすぐ奥さんを車で迎えに出かけ、ここへ帰ってくるのは死亡推定時刻をはずれる十時頃だ。ということはつまり、君が食事をして赤渡家からここへ帰って来た九時から、電話がかかってくる九時二十分までの二十分間に赤渡を殺したということになってくる。

　となると、必然的に場所も決まってくる。ここだ。この部屋以外ではあり得ない理屈になる。どうだね？　違うかね？

　違うはずはない。おそらくこの通りだろう。だが八日、もしお嬢さんがデパートの中まできて買物につき合ってくれと言ったら、君はどうするつもりだったのかと思うがね。しかしたぶん、実子さんはいつでもこんな調子だったんじゃないのかな。君は経験でそれを知っていた。

　だから突然お嬢さんに買物にいくから車を出してくれと言われても、空港へ行く時間はあると踏んだのだ。

　この航空機の利用に関してはね、列車とは違って搭乗者の氏名が名簿にはっきりと遺る。君の方は偽名を使ったかもしれんが、赤渡氏はそんなことをする理由がない。誰かをやって捜させれば、すぐに動かぬ証拠があがってくるだろう。まだやっていないがね」

「どうしてそうなさらなかったんです？」

「それを私に言わせるのかね？　沢入君。それは簡単な理由からだよ。そんなことをしたら、逮捕状を取らなくてはすまなくなるからだよ。私の腹ひとつにおさめておくことができない。そうなると、君は自首ができないことになる」

　沢入保の表情のどこかがぴくりと動いたようだった。彼は明らかにこのひと言に心が動いた。しかし彼はなお言った。

「ひとつだけ……、でももうひとつだけ、納得できない大問題が残っているんじゃありませんか？　赤渡さんは、銚子の、利根川の水を飲んで、死んでいるんじゃありませんでしたか？」

　刑事はゆっくりと頷く。

「それなんだ。実は一番最初に、そして最も困ったのがそこのところなんだ。

　札幌署の連中とは話さなかったが、東京の一課の友人とは、よくこの点を話した。そしたら彼が面白いことを言ったんだ。

『こうなると、札幌に利根川を運んでいかなくちゃなりませんな』とね。これでようやく解った。

　赤渡雄造は札幌で、それもここ、この部屋で殺されてなきゃならんのだ。そう考えないと、辻褄《つじつま》がどうしても合わんのだよ。となると、だ、答えはひとつ、水の方を運んできたと、こう考えるしかないじゃないか」

　牛越はそこでちょっと言葉を切った。感に堪えぬというふうだった。

「これには私も驚いた。指紋のトリックと同様、君の知恵に素直に頭を下げるとしよう。

　溺死するほどの量となるとね、誰でも水泳プールいっぱい分くらいの水を考えてしまう。これが盲点なんだね。ただ溺死させるだけというなら、体さえ押さえつけてしまえばバケツ一杯の水で充分なのだった。しかしこれになかなか思いが至らなかった。バケツ一杯にね」

「二杯要りました。衣類を浸すために、血や唾液で汚れていない水がもう一杯必要です」

「なるほど……。君は、私なんかとは頭の出来が違う。私が君なら、自分の思いついたこのアイデアを、人に自慢したくて困ったろうな。そうか、二杯か……。

　バケツ二杯分くらいの水なら、少しずつ、何度も何度も分けて運んできていたら、やがては溜まるだろう。何に入れて運んできたかは、結局解らなかったがね。

　まさかコップじゃあるまい、バケツや洗面器に入れて列車に乗ったわけでもないだろうしね。ヴィニール袋か何かかい？」

沢入はこの時目を閉じていた。

「水筒ですよ。父の形見の水筒です」

彼がゆっくりとそう言ったとき、牛越佐武郎は彼の表情のうちに、はじめて深い悲しみと憎しみ、そしてそれらが彼の精神を押し歪《ゆが》めるのを見た。

再び開いた彼の目に、殺人者の光があった。鞘《さや》におさまるようにして隠れていたそれが、今一瞬抜き身となり、鋼鉄の光を放った。それが、一見穏やかなこの男の、強烈な意志の力を思わせた。

そしてこの「水筒」という言葉に、牛越佐武郎は事件のすべてを聞いたと思った。

終章　父の飲んだ水

1.

「お訊きになりたいでしょうね。ぼくがどうして赤渡さんを殺したか」

　沢入が口を開いた。

「是非聞きたいね。そのためにこうして、馘を覚悟の冒険を冒してやってきたんだ。

　この事件は、私がほとんど、ふむ……、はじめてといってもいいだろう、真底《しんそこ》から燃えて取り組んだ事件だった。私は三十年近くも警察の飯を食ってきたが、このほかにはついぞ、こういう経験は思い出せない。今回ほど刑事《デカ》になってよかったと思ったことはない。苦しかったがね、また楽しかった。だから、この事件の最後の締めくくりは誰にも邪魔されたくなかった。私が一人占《じ》めしたかったんだ。

　それというのもね、君はどうしても人を殺すような人間に見えない。私は職業柄、これでも大勢人殺しとつき合ってきたが、君みたいのはいなかった。

　よほどの訳があるんじゃないのかね？　それをどうしても聞きたい。今、じっくりとね。今となってはそれが、私の解らぬ、残ったただひとつの謎だ」

　沢入は苦笑するように、ふと微笑を洩らした。それはすでに殺人者の笑いではない。牛越は、ずいぶん久方ぶりにそれを見るような心地がした。

「別にそんなふうに言っていただく必要はありません。ぼくは人殺しです。理由など問題じゃない。それ以外のものではないです。ぼくはこの犯罪を、ゲームのように楽しみさえした。

理由をお話する前に、今刑事さんが言われた事柄のうち、いくつか細かい点を補足させていただかなくちゃならないと思います。でも大筋ではもちろん、今牛越さんのおっしゃった通りです。少しも間違いなどありません。さすがだと思います」

牛越は何となくそれを、皮肉を聞くように聞いた。一瞬、過ぎた十ヵ月ばかりが牛越の脳裏を駈け抜けた。

「でも細かい点でいくつか、たとえば赤渡さんを騙《だま》して札幌に呼び返したやり方、あれは少し違っています。

実はぼくも最初は、奥さんか実子さんの急病、それとも事故という口実を考えました。でもそれでは赤渡さんが病院の名を訊いてくることが当然予想されましたし、その時嘘の病院名を教えたとして、赤渡さんがそっちへ電話をしないようにさせる方法がないと思いました。また当然自宅にもかかるでしょう。

そこで実子さんが誘拐されたということにしました。これなら、赤渡さんは札幌で一応以上に名の通った名士ですので充分あり得ることでしたし、奥さんが犯人からの電話で、電話のベルに非常に神経質になっているので、電話しないでとにかく一刻でも早く帰ってきてくれとおっしゃっているというふうに言うことができました。

それに犯人が、警察などに知らせるとお嬢さんを殺すと言っているので、このことを知っているのはまだぼくと奥さんの二人だけだと言いました。そうすれば、赤渡さんが警察にもどこにも電話をする気遣《きづか》いがなかったからです。

とにかく指示を仰ぎたいので、一分でも早く帰ってきて欲しいと言いました。

飛行機はおっしゃった通り、全日空の四時四十分羽田発の六七便です。これを予約してあるのですぐに羽田へ向かってくれと言いました。

刈谷家と服部家と、それから次に廻る予定でいると赤渡さんが言われた川津家には、ぼくの方で適当な口実を作って電話を入れておくと言いました。そして川津家の電話番号を訊きました。赤渡さんはショックを感じておられて、簡単にそれらをぼくにまかせて下さいました。

フライトに四時四十分のものと、三時四十五分のものとがあることは前もって解っていましたので、電話連絡をもらう時刻が三時というのは、ぼくにはあまりありがたい時間ではありませんでした。

というのも、電話連絡をいただく予定というのは、たいてい十分や二十分遅れるのが普通でしたので、それからではもう三時四十五分のものには間に合いません。かといって四時四十分のものでは少し時間がありすぎ、空港で時間を持てあまして、川津さんとか、晶子さんなどに電話をされるのではないかと気が気ではありませんでした。実際にはそんなことはなかったわけですが。

ですから三時四十分くらいか、そうでなければ二時四十分くらいに電話をもらうようにするのが最も理想的なのです。それなら余計な時間はあまりません。しかし赤渡さんの方で三時と言われるのに、そんな中途半端な時間に変えてくれとぼくの方で言うわけにもいきませんでした。実際にかかってきたのは三時八分頃でした。

それから、赤渡さんの電話連絡は、ここでなく家の方にすると言われることを覚悟していたのですが、こちらはうまい具合に赤渡さんの方で家にしようか、それとも君の部屋にするかと尋ねて下さったのです。ぼくは内心しめたと思って、資料がこっちにあるからこっちにして下さいとお願いしたのです。

もし家の方にされて、うまくぼくが電話を取っても、その時ちょうど実子さんでも近くにいて、替ってくれと言いそうだったら、この計画は諦めるしかないと考えていました」

その方がよかったのではないか？　とその時牛越は思った。しかし、たとえそうだったとしても、この青年はやはり別のやり方で殺したろうな、とも思った。

「赤渡さんからの電話を切って、家へ帰っていって、四時頃になって実子さんから買物にいくから車を出してと言われた時は、もう駄目だと思いました。

でもすぐに、その方がいいかもしれないと思い直しました。お嬢さんは買物の時、いつも二時間くらいぼくを車で待たせるからです。うまくすると、空港へ行ってくる時間がちょうどあるなと考えたのです。

しかし飛行機の到着時刻と考え合わせて、殺す時間まではとてもないと思いました。しかし殺さなければ面倒は目に見えています。かといって、簡単に首を締めたり、ナイフを使ったり、そんなやり方はぼくには採れない理由があったのです。どうしても溺死させる必要があった。これはもう決めたことだったのです。必死で考えを巡らせ、とっさにあの方法を思いついたのです」

「本来ならどうする予定だったのだね？」

「友達が突然札幌へ出てきたと言って、夜の八時頃まで車を借り出す予定でいました。ぼくは、車を私用のために借りるなんてことはそれまで一度もしてませんから、きっと貸してもらえるだろうと思ってました」

「それで？」

「空港から赤渡さんを直接ここへ連れてきて、すぐに殺すつもりでおりました。奥さんが大平さんのお宅に、夕食に呼ばれていらっしゃるのは知っておりましたので、電話がかかる頃までには、仕事をすましておかなければと思っていました。それでもう、ここの準備は朝の時点ですっかり整えていたのです」

「銚子の水の入ったバケツをふたつ、並べておいたのかね？」

「そうです。その玄関の土間のところに置いておきました」

「銚子の、利根川の水というのは、やはり意味のあることだったんだね？」

「もちろんです」

「例の漁船の転覆事故だね？　昭和三十一年三月四日の」

「そうです……。もうすっかりお調べになってらっしゃるのでしょう。ご推察の通り、ぼくの父沢入幸吉は、銚子北小学校の教師でした。

針金みたいに痩《や》せた体にだぶだぶの袋みたいなズボンを穿いて、鼻の下までずり落ちた眼鏡越しに生徒を見て、かん高い声で話しかけるような、もの凄く冴えない田舎教師でした。でもぼくがどんなにこの父を愛したか、これはどう言葉を尽くしても、他人に伝えられるようなことではないと思います。

昭和三十年頃の日本っていうのは、今考えると何かに祟《たた》られてたんじゃないかと思えるくらい、おかしな事件が多かった。特に船の転覆事故が多かったです」

牛越は思わず頷いていた。その通りだと思った。昭和二十九年の惨事は、洞爺丸だけではない。まず七月、西日本は大水害で、死者行方不明者を大勢出した。そして八月以降に入ると、五号、十二号、十四号、十五号と大きな台風が続けざまに上陸した。そのどれもが被害を残したが、十五号が九月の洞爺丸事故につながった。

この時函館湾で沈んだ船は、洞爺丸だけではない。第十一青函丸、十勝丸、北見丸、日高丸の四隻も沈み、五隻の死者合計は千四百三十名という、タイタニック号の遭難にも匹敵する数字だった。

しかもこの年、十月にも確か相模湖で、遠足の中学生の乗った遊覧船が沈没して多くの死者が出たはずである。そして翌三十年の紫雲丸事故、死者百六十八名にと続く。これらを牛越ははっきりと憶えている。ニュース映画の白黒の画面を、今も鮮明に思い浮かべることができるほどである。

「ぼくが小学校三年生の時の、三学期終わりのあの事件というのも、それは洞爺丸や紫雲丸と較べると全然規模は小さいですが、あの時代の妙な雰囲気のために起こった事故のひとつだったという気がしてなりません。

ぼくは銚子で生まれ育って、銚子北小学校へあがりましたけれど、自分の父親が教師をしている学校へ行くというのは、最初はとても抵抗がありました。

田舎のことですから、何かと人の口がうるさいのです。常に沢入先生の子供という目で見られますから、成績が悪いとどんなことを言われるか解ったものではありませんし、そのくせできすぎると父親が家で特別教育をやっていると言うのです。

その頃はでも、そんなに嫌な思い出というものはないです。海が近い街というのは小学生の子供にはなかなか悪くなかった。いい環境でした。ただ土地の人情というのか、表面は素朴で善良そうでも、裏ではひそひそ何か言い合っているような、土地の者のああいう感じには馴染めなかったですが。

……なんだか関係のない話をしているようですが、かまいませんか?」

「ああいいとも! もちろんかまわない。聞きたいんだ」

「でも父は、そういうことにはまるで無頓着だったし、家でも息子のぼくに、特別勉強を教えるみたいなことはしませんでした。

あの頃、小学校の低学年の頃のぼくというのは、割合成績がよかったこともあるんですが、何より学校での父は、そんなふうに体面を気にしなくちゃならないほど目立った存在じゃなかったんです。

三年生になって、ぼくははじめて父の受け持ちのクラスになったんです。どうしてそんなことになったのか、よく解らないんですが。父も驚いていたのを憶えています。それまでは、兄も北小学校に通っていたのですが、一度も父の受け持ちのクラスになったことなんかありません。

その頃はもうぼくは、教師の子であるということを嫌とも何とも思わなくなっていましたけれど、でもそれは、廊下で見かけるような父の姿に馴れていたというだけで、父がどこかの教室で授業をやっているってことがどうもピンとこなかったんですね。考えないようにしていた。だから新学期の一日目、いよいよ父の授業を聞くという段になって、ずいぶんどきどきしたのを憶えています。

　廊下から入ってきて教壇に立った父は、家の畳の上でごろごろしている父とは全然違って、やはり最初は誇らしかったです。舞台の上の役者を観るようで、とても立派に見えました。

　でも最初のひと声が、まるでどこから出たのか解らないようなかん高いうわずった声だったので、ぼくはびっくりしました。家では聞いたこともない声で、やはりあれはあがってたんだろうと思うんです。

　しかもまずいことに父は、両腕をまるで泳ぐような、それとも壁を引っ掻《か》くような、そういう仕草を頻繁にやりだすのです。

　最初はみなあっけにとられていたけど、悪童連中から順々に笑いはじめて、お終《しま》いには何を言っても笑われるようになりました。ところが父には、自分が何故笑われるのかさっぱり解らないらしいのです。

　それからしばらく、何ヵ月もぼくはクラスメートからさんざんにからかわれました。アメンボウの子供というわけです。言われてみればなるほどと思いました。確かに父は、授業中一生懸命になると、両腕をプルンプルンとまるで水を掻くように振り廻し、体はがりがりに痩せているし、丸いトンボ眼鏡をかけているものだから、アメンボウによく似ているのです。

　ぼくは父の授業がこれほどのものとは思わなかったので、何度もあの仕草だけは辞めるようにと父に言いました。父も解った解ったと言って、それから授業中精一杯おさえようとしているのがありありと解るのですが、興が乗ってくると、どうしてもやるのです。授業中、その回数をノートにメモしているやつもいました。そしてその数でもって賭をやるという趣向です。

　それに体の印象は弱々しいのに、どうしたわけか髪だけは堅くて、ポマードをぺったり付けているのにたいてい頭の後ろのあたりの髪がぴんぴんに立っていました。

　そういう父が、風が吹けばはためくようなズボンの腰に、時にはご丁寧に手拭いまでぶら下げて、一種独特の泳ぐみたいな格好で廊下なんかを歩いているのを横から見ると、息子のぼくでさえつい吹き出しそうになることがありました。父はさながら、銚子北小の名物といった風情がありました。

　何だか、人に笑われるために生まれてきたような父でしたけれど、そういう喜劇的な外観とは裏腹に、性格はまったく真面目一方の人でしたから、一度も生徒を叱ったこともないので、みんな当然最初は舐めていたけど、徐々に父のことを理解して、からかったり、馬鹿にしたりはしなくなりました。

今さかんに校内暴力なんてことが言われているけど、ぼくには信じられないんですね。ぼくらが子供の頃、鉛筆を削るために生徒全員の筆箱に小刀が入っていたような時代です。けれどもそれで人を傷つけたという話など、一度も聞いたことがありません。

当時だって異常な教育ママも、気持ちのすさんだ病的ないじめっ子も、やはりいたんです。今ほどじゃなかったけど、塾もあった。やはり根本は同じことと思うんです。

あの頃はみな貧しかったです。特に銚子なんて漁村はそうでした。病気で学校を休んでいる子がいても、その子の親は夜遅くまで働いている、なんてケースは珍しくなかった。

ぼくらが敬遠していたいじめっ子の父親は遊び人の博《ばく》打《ち》打《う》ちだったし、売春宿の娘もいた。父は生徒一人一人のそういう家庭事情を全部頭に入れていて、放課後、必要とあればそういう子の親のいるところ、どこへでも出向いていったものです。やくざな親と会うために賭場へあがりこんだこともあります。一人で寝ている子の家へも寄って、毎晩遅くまで看病して帰宅するなんてこともしょっちゅうでした。

今の小学校にあんな教師がいるでしょうか？　絶対にいないと思います。いたら年間に何百人も小学生の自殺者が出たりはしませんよ。ぼくは今でも、一介のしがない田舎教師としての父を誇りに思います。

あの、例の三月の事件の日なんですけど、もう終業式が近づいていて、ぼくら子供にも父兄にも、あの遠足実習はあまり評判がよくなかったんです。でも漁業組合か何かにとって、あの日が一番都合がよかったのでしょう。

あの遠足の企画は父が立てたものでした。父は銚子の郷土史なども趣味で研究してましたから、子供たちに、漁業という職業に興味や憧れを持たせなければいけないと考えたんでしょう。当時から、若い連中の郷土離れはやはりありましたので。

でも、今にして思うことですけれど、父は教員仲間からも煙たがられていたんです。ずいぶん経って気づいたことですけれどもね。今ならぼくもよく解ります。教師といってもサラリーマンですから、父みたいに異常に熱心な同僚がいることは愉快ではなかったでしょう。ですから、父兄連中に父の不評を煽《あお》ったようなふしがあります。

あの日、曇った日で、雲間から時おり陽は射したけど、寒々として嫌な感じの日でした。魚市場とか冷凍倉庫を見学して、漁労長やそういった類いの偉い人たちの退屈なお話も聞き終わって、いよいよぼくらが唯一楽しみにしていた漁船に乗っての港外一周という段になったんです。

ぼくらは弁当を食べ終わって、海岸のあたりで水筒のお茶を飲んでました。父もぼくらと一緒にすわってました。

クラスの子が父のところに、先生お茶を下さいと言ってよくきました。父はそのために特別大きい水筒を東京で買ってきて、遠足の時は必ず肩から下げていました。その中身のお茶は、母が今朝入れたもので、ぼくの水筒の中身と同じものでした。

ぼくらがそうやってお茶を飲んでいると、ほかのクラスの先生が父の名を呼ぶのが聞こえたので、父は号令をかけてぼくらを整列させ、船着場の方へ連れていきました。

ところが埠頭《ふとう》へ着くと、思いもかけぬ事態が起こっていたのです。漁業組合の人らしい、陽に焼けて鉢巻きをした太った人と、ネクタイを絞めて背広を着た人とが二人並んで立っていて、それに父と、もう一人別の先生との間で、何ごとか口論が始まりました。生徒たちはみな無関心でしたけれど、ぼくは父のことですから、列の間をこっそり前進して、そばでじっと聞いたのです。

それは最初の話では十艘提供するという話になっていた漁船が、手違いで五艘しか提供できなくなったという話らしいんです。

父ともう一人、隣りのクラスの先生とが、いったいどうした理由からなんだと訊くと、これはあとで母に聞いて知ったんですが、その日ちょうど水産庁の、漁船の安全度チェックがあることになったというんです。

父は、しかし前から通してあった話じゃないかと、その時言ったんですね。これは当然の話でしょう。しかし鉢巻き男の話はいっこうに要領を得ないんですね。つまり彼がどうやらちゃんと全体へ徹底させないまま、安請《やすうけ》合《あい》をしてしまったらしいのです。

父は、それではどうしても困る、と食い下がりました。ぼくらの頃はベビーブームで、クラスは十クラスもありました。五艘しか出せないのでは、二交代制にしても一艘に五十人以上の生徒を乗せなければならない計算になります。父の当初の考えでは、十艘を使って、二交代にして、一艘二十五人くらいずつを考えていたようでした。

父は、それではそういうことなら四交代にして、四回船を出して走らせてもらうしかない。われわれは解散が夜になるかもしれんが、やむを得んと言いました。

しかし鉢巻き男は、何故かネクタイの男までも、父のこの意見を、白い歯をむいて一笑にふしました。四回も船を出すことなんかとてもできんというのです。

思うに鉢巻き男は、引き受けはしたものの、当日になってみると子供のお遊びにつき合わされるような気持ちになったのでしょう。早いところ切りあげて、どこかで一杯やりたいと思っているのがありありでした。洒落たネクタイは、

『ここを遊園地か何かと間違えてんじゃないの、君』

とひどく歯切れのいい東京弁で、笑いまじりに言ったのを今も憶えています。その様子はとても格好がよくて、ぼくはその時、ああこの人は土地の人じゃないなと思いました。

おそらく彼は、肩から大きな水筒を下げて、弁当の風呂敷包みを持った、もの凄く田舎臭い父の風采をも一緒に笑ったのです。

父は珍しく激怒しました。ぼくは父があれほど怒ったのを見たのは、後にも先にもこの時が一度だけです。家でも一度も聞いたことのない、激しい声を出しました。

『それじゃ安全性に責任が持てんじゃないか！』って。

でも悲しいかな、興奮すればするほど、父の姿はユーモラスでした。怒ることに馴れていないので、父の大声は何だか悲鳴のようになって発音も不明瞭となり、例の水を掻くような仕草まで出ました。

洒落た背広の東京男は、唇に冷笑を浮かべ、まるで話にならないというように、あきれてものも言えないというように、父を見てました。父はその男にも、

『子供の命を危険に晒して、何が安全度のチェックだ！』

と怒鳴りました。

彼はその一瞬、じろりと父を睨みましたが、すぐに嘲笑的な顔に戻って、わざと吹き出すような仕草で横を向きました。馬鹿馬鹿しくて話にならないという態度でした。彼がなかなかの好男子であるだけに、その様子は実に効果的でした。そして、

『大丈夫だよ君、こんなちっちゃい子供たちなんだから』

と父に言い、それからそばにいたぼくのクラスの生徒たちに向かって、

『なあ』

と言いました。

子供は悲しいもので、事態がよく解らないものだから少し湧いて、笑い声も起こり、鉢巻きまでが大声で下卑《げび》

た笑い声をたて、父は孤立しました。こういう政治的な立ち振るまいにかけては彼はさすがに中央官庁の人間で、役者が父より一枚も二枚も上手《うわて》でした。

今にして思えば、父は男らしく、たった一人でよくこの不条理に立ち向かったと思います。ぼくはこの時の父の無念さを思うと、今も涙が出ます。隣りのクラスの教師は、これが父の立てた企画であるためか、ほとんど父に加勢しませんでした。

父は諦めて、ぼくら子供たちの方へ向き直ると、

『それじゃ船に乗るのはやめだ』

と言いました。

子供たちからいっせいにあからさまな不満の声が湧き起こり、ぼくはそのかん高い残酷な響きが、今もはっきりと耳に残っています。

その声が、どんなに父を追い込んだか、子供である当時のぼくらには解らず、中には露骨に父を罵《ののし》る子までいました。ひどいことだ！

子供たちとすれば、後で船に乗れるということで、それまでの退屈なお偉方の演説とか、興味もない倉庫の見学に我慢してつき合ってきていたわけですから、無理からぬところもあるにはありました。一部始終を見ていたはずのこのぼくでさえ、その時思わずつられて不満の声に加わったくらいですから。

そのことを、ぼくは後で、何度も何度も思い出した。ぼくはあの時の自分の馬鹿さ加減を、犯した取り返しのつかぬ罪を、どうしても許す気になれません。

父はちらとぼくを見ました。父のその失望の目。信じがたいものを見たというあの目。ぼくの、わが子の不満の顔つきが、父をしてあんな無謀な冒険を決意させたと思うのです。一部始終を見ていながら、なんであの時、ぼくまであんな声を出したのか！　周りにつられたのか、船に乗れなければどうだったというのか！　解らない。何故あんなひどいことをできたのか……。

あの事故は、鉢巻き男、洒落者の東京男、そしてまぎれもなくぼくの罪だ。

その洒落た背広とネクタイの男が赤渡雄造でした」

2.

「遠い子供の頃の、まるで幻みたいな記憶ですけれど、ぼくらの乗った漁船のそばを、確か大きな船が通ったんです。

ぼくは、波は割合高かったけどそんなに荒れてたわけでもないのに、どうしてぼくらの乗った船だけがひっくり返ったのか、未だによく解らないんです。が、たぶんその時、その大きな船を見ようとして、ぼくらが父の留めるのも聞かず、一方にかたまってしまったせいだろうと思う。

何が何だか解らず、まるでこの世の終わりのような大きな音と、緑色の水中が目の前に見えて、気がつくとぼくは海に浮かんでいました。瞼のところに水面があるんです。冷たいかどうかなんて解りはしません。何が起こったのかさえ、さっぱり解らないのです。

ぼくは泳ぎは割合できました。それは父に教えてもらっていたからです。漁村で生まれ育った父は、ほかの運動はまったく駄目でしたけれど、泳ぎだけはすごく達者でした。

岸から二百メートルもないところだったようですが、その時、上下する波の間から見え隠れする岸は、遥かな彼方、まるで世界の果てのようにも思えました。

振り向くと、漁船は船底が上になって浮いているらしく、見たこともない、汚れた丸い怪物のようでした。その巨大さがたとえようもなくて、ぼくには何より恐ろしかった。

そして何故だか今も解らないけれど、目の前に父がいました。平泳ぎで寄ってきて、『大丈夫か？』と問いました。ぼくはできるだけ平気な声で『うん』と言おうとしました。そうすることで、子供心にも少しでも父を慰めたいと思ったのです。でも出た声は、自分でもびっくりするほど震えました。ぼくは父に抱えられて、岸の方へ連れていかれました。

ぼくはその時、どこも打っていたわけじゃないし、『ぼくはいいからほかの子を』と言えたはずなのです。でも言わなかった。ぼくはほんの子供でしたから、父がその時どんな決心でぼくを抱えて岸へ向かったか、知るはずもなかった。それにぼくは、実際助かったと思って嬉しかったんです。

でもぼくは後で、父がどんなに不運だったかに思いいたりました。父はぼくを、わが子を、助けるべきじゃなかったんです。それも真っ先に。

父はこの遠足学習の立案者で、したがって責任者でしたから、この大事故は当然父の責任でした。その父の息子が死ねば、まだしも父は世間的には救われたのです。しかし船が転覆して、浮かびあがってみたら目の前にわが子がいた……。こんな時に、わが子だからといって後廻しにできますか!?

父は本当についてなかった。ぼくなら一人ででも何とかなったと思うんです。クラスでも、運動は一番できたから。

父はぼくを岸近くの安全なところまで運ぶと、これを持っていろと、ぼくに自分の水筒を渡してすぐ沖へ引き返していきました。ぼくの水筒はどこへ行ったものか、ありませんでした。父はそうやって、その後十人近くの生徒を助けたんです。でもそのまま、帰ってきませんでした。

たぶん父は、一番最初にぼくを助けることになってしまった時、もう死ぬ決心をしたんだと思います。こんな大事故を起こして、二十八人も生徒を死なせた教師が、自分の息子を真っ先に助けて、それでおめおめ生きていられるはずがないです。田舎は特にそういうことに敏感で、決して許しはしません。

でもほかにどういう方法があったというのでしょう?

ぼくはあの街の連中、一人一人に尋ねて廻りたかった。あんただったらどうするかって。最初に目の前にいたのがたまたまわが子だったというだけだ。誰だって助けるはずじゃないですか！　わが子か、そうでないかなんて考える余裕はないですよ。あんな時。

父の遺体はどういうわけか、利根川のかなり上《かみ》の方、あの三本松のあたりに浮かんだのです。その時満潮だったから押し流されたのか、それともそう思った父が上《かみ》の方へ子供を探して泳いでいったのか、それとも泳いでも泳いでも死にきれず、上流へ昇ってしまったものか。

父は泳ぎが達者だったから、溺れるのはずいぶんと大変だったんじゃないかと思うのです」

「それからは、本当に何ひとついいことはありません。ぼくも、ぼくの一家も、心が和《なご》むような思い出は何ひとつない。母は寝込んでしまうし、兄はよく意味もなくぼくを殴りました。

学校で行なわれた、大袈裟《げさ》なお祭りみたいな慰霊式のこととか、その式で、体育館の落成の時と大して変わらないようなおざなりの演説をやっていた校長とか、彼は格好だけ白いハンカチを目にあてていた。そして、ほとんど誰もこなかったぼくの家の葬式とか……。思い出すたびに吐き気のするような、くだらない出来事が続きました。

でも一番信じられないことは、学校が結局責任を死んだ父一人になすりつけて、ことをうやむやに丸め込んでしまったことです。人間が、保身のためにあそこまで汚なく立ち廻れるものとは、ちょっと信じがたかったな。

父が五艘の船にあんなに反対したことなどは、綺麗さっぱり世間から隠されました。大勢の目が見ていたのだけれど、大半が子供だったということです。父の同僚の教師も、むろん鉢巻き男も、保身のため、口を固く閉ざして、それ以後あの時のいきさつなど何ひとつ語りませんでした。赤渡もどこへ消えたのか、二度と姿を現わしませんでした。

父が一人であの遠足学習の計画を立案し、周りが危ぶむのに、定員の倍の生徒を船に乗せて港外一周を強行したというわけです。水産庁の偉い人たちからも、漁業組合からも、その後何ひとつ言ってはきませんでした。

彼らはこの時以降、あれに関していっさいの口を閉ざしたのです。あの街の連中にとって、この事件は何より忘れたいもののはずです。いわばあの街の恥部のようなものです。彼らは未だにそれを続けているはずです。

ぼくは一応北小学校の四年に進級しましたけど、二学期の終わりに転校することになりました。

四年になってから憶えていることといえば、悪人にされた沢入教諭の息子ということで、何かとみなに虐められたことくらいです。成績も下がる一方で、クラスのトップに近かったものが、下から数えた方が早くなりました。新しい担任や校長のよく言う、『君たちのタメを思って先生は……』という白々しい嘘八百を聞くたび、怒りで体が震えました。『その言葉を本当に口にしてよいのは父だけだ！』、と心の内で何度も叫んだものです。

実際、父は正真正銘、何の見栄でもポーズでもなく、生徒のためとそれだけを考えて日々登校していました。あの事故も、それが裏目に出たのです。でも父自身は、とうとうただの一度もぼくら生徒の前でそんな言葉を口にすることはありませんでした。

母は働きはじめ、ぼくは学校の帰り道、よく一人で、父の浮かんだ利根川の岸に立って考えました。

いったいこれは何の報いなのか？　ぼくはどんな教訓をここから得ればよいのか――？　ＰＴＡの顔色をうかがって、日々を無難にすませているあのサラリーマン教師たちが結局正しかったということか。ぼくは子供心にも、こんなことでは学校はいつか間違った道に進むだろうと思いました。

そしてある日、やはり土手のところで、ぼくはふと、今まで思ってもみなかったことを考えました。それは、海に投げ出され、浮かびあがった父が目の前にぼくがいるのを見た時、はたして父はそれを不運と感じたろうか、幸運と感じたろうかということです。

ぼくはいつも自分の側からしかものを考えなかった。だから父は不運だったと、そんなふうにばかり思っていたのです。でも、もしかしてそうではなかったのじゃないかと気づいたのです。瞬間、『大丈夫か？』と言いながら泳ぎ寄ってきた父の安堵した顔が浮かびました。

体が痺《しび》れるような感じがしました。そしてその時、ぼくは、はっきりとこう思った。

『ぼくがおとなになったら、父をあんな目に遭わせたやつら全員、あの日と同じ水の冷たい日に、父の飲んだ水を飲ませてやる！』

そう心に誓ったのです。

そして、銚子ではやはりよい働き口のない母に連れられて、ぼくと兄は東京へ出るために、昭和三十二年の冬、このいつも魚の腐《くさ》ったみたいな匂いのする漁村を後にしたんです」

「兄もぼくも、父が生きているうちは成績も悪くなかったんです。でも二人とも進学は諦めざるを得なくなって、兄もぼくも中学を出ると働き、夜間の高校へ通いました。

兄の方はそれからも優等生であることを続け、夜間高校では生徒会長をやったりしていました。でもぼくは駄目になりました。あの事件以来、すっかり劣等生になり下がったのです。

もう一人あの事件で駄目になった者は母で、完全に人が変わってしまいました。母はあの日のことをいつまでも、決して忘れはしませんでした。

東京に出てしばらくして、母はどこからか赤渡雄造のことを調べてきて、安請合《やすうけあい》をした組合の例の佐々木という鉢巻き男と二人を呪い殺してやると口走るようになりました。母はぼくからあの日のいきさつを聞いて知っていたからです。

佐々木の方はずっと銚子にいるのが解っていましたが、一昨年癌《がん》で死にました。

ぼくは成人してからも、ふたつ上の兄とまるっきり相性が悪かったので、定職に就かず、アルバイトか日雇いのような仕事を続け、家には寄りつきませんでした。トラックに乗ったり、キャバレー廻りのオーケストラのマネージャーをやって地方まわりをしたり、旅ばかりしていました。だから兄はぼくのことを、世にもくだらない人間だと思っているはずです。

そのうち赤渡雄造が、農林省から北海道の民間企業に天下りして、札幌に移り住んだという噂を母から聞きました。それももう十何年も前のことになりますが……。六十六、七年、確か昭和四十一、二年の頃だったでしょうか。

その頃になると、佐々木と赤渡を昔と変わらず憎んでいたのは母くらいで、兄はもう綺麗さっぱり忘れているようでした。

ぼくだって、まあ似たようなものでした。子供の頃、あれほど固く心に誓ったはずなのに、何故か気持ちはぼんやりしていました。

でもそれは、忘れていたわけではありませんでした。ぼく自身の怨念は体に染み込んでいたのです。計画を実行に移しはじめて、そのことにはっきりと気づきました。ぼくは二重人格者なんです。普段は表に出ませんが、ぼくの内にはもうひとつの人格がある。それは暗い血を持っているんです。

やはり殺しておいて切断するなんて、ちょっとやそっとの怨みではできません。また普通の人間ではやれない。それも、普段普通に接していた人をやるのですから。

ぼくの内側には暗い血の狂人がいる。そいつは人殺しも平気なんです。ぼく自身はこれが嫌でたまらない。でも事実なんです」

3.

「ぼくは札幌にふらりと出てきたんです。それは友人が札幌にいたからです。

しかしこの時は、赤渡さんをどうこうしようという気なんか毛頭ありませんでした。というよりすっかり忘れていたし、殺すなんて大それたことは思ってもいませんでした。あれは子供の頃の熱病のようなものだと、自分では思っていました。

もし殺そうなんて気があれば、赤渡さんが札幌へ来た時点ですぐに追ってきたかもしれない。ぼくがこっちへ来たのはそれから五、六年も経った、確か昭和四十七年の二月の三日だったと思うんです。雪祭りの時だったので。

あの時はまったくの観光気分でした。ぼくは雪が珍しかったから、雪や雪祭りを観ようっていうのと同じように、赤渡家の門でも観ておいてやろうと、まあその程度の気持ちだったのです。ぼくらの一家は落ち込んでひどいありさまだったけど、赤渡はどんどん出世していい暮らしをしているって母が言うんで、いったいどんな家に住んでいるんだろうというような、まあそのくらいの興味です。ですから、赤渡家の前に立ったときも、やはり立派な家でしたが、格別何とも思いませんでした。へえ、ここかとぼんやり思っただけです。

　ぼくが赤渡さんの殺害を決心するまでには、それから主としてふたつの要因があったんです。そのことがなければ、ぼくは普通の人と一緒だったと思う。その出来事のひとつというのが、その時この街で出会った一人の女性だったんです。ぼくにはこれが大きかった。牛越さんにはこのことも是非お話したい。ですから関係ないように思われるかもしれませんが、少し我慢して聞いて下さい。

　今お話したような事情ですから、ぼくは友人のアパートに世話になりながら、雪祭りを観たら帰ろうと思っていたんです。ただ、帰って母親の顔を見たらこっちもおかしくなるので、東京には帰らない方がいいかなとか、そんなふうに思案していました。ぼく自身は、放浪生活が性に合っていたんですね。

　でもこの時、ぼくを札幌に引き留めるようなものに出遭ってしまった。それが、以前牛越さんにも少しお話したことがあるような気がしますが、女でした。ぼくはこの女性との出遭いというのが、一種の運命的なものであったと思います。いや、むろん世間的な意味での、ロマンチックな意味で言うのではありません。そんな美しい意味でなく、何て言うか……、もっと悪い意味です。

　雪祭りを観たいと言うと、友達は勤めがあるから駄目だと言うので、ぼくは場所だけ聞いて、一人で大通り公園の会場に出かけました。

　あの頃は今と違って人も少なかったですから、ぶらぶらと、いくらでも落ちついて雪像が観られました。規模も小さかったですし。会場をぶらぶらしていたら、目の前を毛皮の襟巻《えりまき》をして、黒いコートを着た女が行きました。雪が少し舞っていて、そういう中でこの黒一色の女は目立ちました。それに背が高く、混血みたいな感じでしたから、ぼくはひと目惚《ぼ》れというやつで、何となく後ろを尾《つ》いていったんです。

　それからこの人とどんなやりとりをしたかなどはもう忘れましたし、退屈でしょうからお話しません。ちょっとしたきっかけでぼくらは言葉を交して、一緒に歩くことができたんです。

ぼくらはテレビ塔や会場の見降ろせる、Cーハウスという二階のコーヒーショップに入りました。札幌の人かとぼくが訊くと、そうだと言いました。ぼくは急にこの北の都が魅力的なものに思えてきたのを憶えています。

彼女はぼくより二つ歳上ですから、当時二十六歳だったはずです。しかし実際よりずうっと歳上に感じられました。そしてテーブルをはさんで見る彼女が、ぼくにはすべて新鮮に映りました。それまで見たこともないような美人に見えましたし、彼女の笑い顔や、雪国の女らしい白い肌や、ふと横を向く仕草や、何げなく髪に触れる指の動きや、そういったすべてが、二十四歳のぼくを夢中にさせたんです。

ぼくはあんな美人が、どうして雪祭りを一人で見ていたんだろうと後になって何度も思いましたが、その時はそんなことを考える余裕もなかった。その理由を考えれば、ぼくはすべてに思いいたったはずなのです。若かったということです。

この時、彼女の方にもぼくを印象づけたことがもしあるとすればひとつだけです。彼女はぼくに星座は何だと訊いたのです。そして自分は魚座だと言いました。ぼくがそういうのはよく知らないんだと言うと、何月何日の生まれかと尋ねます。ぼくが二月二十六日だと言うと、彼女は信じられないというように、目を丸くしました。『本当に？』と言うから、『そうだけれど？』と言うと、『私もよ』と言いました。ぼくと彼女は偶然同じ日の生まれだったのです。それでぼくはさっそくぼくらの出遭いは宿命の導きだとか何とか、そんな馬鹿馬鹿しい冗談をさんざん言いました。でもそれは、今考えると本当です。

それから道に降りて、また会場を少し歩いて、夕方になったので食事でもと誘ったけど、彼女は先約があると言って帰ろうとするのです。ぼくは名前も訊いてなかったので、せめて電話番号くらい教えてくれと言うと、彼女は『本当に縁があるのならまた会えるわよ』と言いおいて、ネオンのともりはじめた街に消えたのです」

「ぼくは彼女のことが忘れられず、それからも友達のアパートに居候《いそうろう》したまま、ずるずると札幌に留まりました。そして札幌の街を、彼女を探してぶらついたのです。

ある日、からかわれるのを覚悟で彼女のことを友人に話すと、それはもしかしてすすき野の宝石店のママじゃないかと言うのです。ぼくがいくつか特徴を話すと、間違いないといいます。大変な美人で、いつも黒しか着ないのでちょっと評判なんだと言いました。

教えられた店の前にいくと、確かに中に彼女がいました。しかもウィンドウの隅に小さく店員募集の貼り紙があるではありませんか。ぼくは、この街で何か仕事が欲しいと思っていたところだったので、内心小躍りしたものです。

彼女が背を向けてる時内に入ると、店内も黒で統一されていて、とても洒落ていました。『表の貼り紙を見てきたんですが』とぼくが彼女の背中に向かって言うと、『申し訳ありませんが……』と言いながら彼女はこっちを向き、そして『あら』と言いました。

『ね、縁があったでしょう?』とぼくは言いました。それから雇ってくれと食い下がると、彼女は『女の人のつもりだったのよ』と戸惑ったように言います。でも結局、強引に承知させました。

でもぼくは、店にとっては決して損な買物ではなかったと思います。運転免許もあったし、上品な接客も得意でしたし、客の大半は女性だから、男の店員もいた方がよいはずです。でも店にとってはそうでも、彼女にとってはどうだったのか……。でもぼくは彼女に夢中でした。札幌に留まりながら、ぼくは逆に赤渡のことなど綺麗さっぱり忘れたのです。思い出すこともありませんでした。

ぼくは何としてもこの女性と結婚したいと思ったのです。そしてそうできるなら、一生をこの地で送り、この北の都に骨を埋ずめようと思いました。

この頃の自分を思い返すと、間抜けさ加減が可笑しくもあるけど、いじらしくもあります。そんなことができる道理もないのです。しかしそれが解らなかった。

ぼくは彼女のことについて、今もほとんど何も知りません。家庭や家族についても、生い立ちについても、何ひとつ知りません。ただ、近くに身内の者が住んでいるような感じではなかった。彼女は本当に一人ぼっちで、淋しそうで、それが自分とあまりに似ていたので、ぼくはあれほどに心を動かされたのだろうと思いますが、そういう若い女が、どうしてこんな立派な店を持っているのか、考えてみるべきでした。

ぼくは、もし彼女が自分と結婚したなら、彼女はこの店を失うことになるのじゃないかと、それでも本能的にそう考えることがありましたが、でもそれだったらぼくが働いて、などと呑気なことを考えていた。お笑い草です。こんな宝石や毛皮に囲まれる生活を知った女が、そんな平凡な生活に堪えられると考えること自体馬鹿げています。世間知らずというものです。

　ぼくは二年以上、三年近くその店に勤めました。アパートは店の近く、歩いて十分ばかりのところに借りました。彼女のマンションは北区で、店からずいぶん離れていました。彼女の部屋にはぼくはとうとう一度も入ったことはありません。でも彼女はぼくのところへはよく来ました。

　彼女がぼくを愛していたのかどうか、それは結局謎です。でもぼくは、『絶対あなたを諦めない』と、そんなふうに何度も言いました。でも所詮は無理だったのです。

　ある日、店が思わしくなくて給料が払えない、と彼女が言いました。ぼくはその時、もう長く働いて店の経営状態もおおよそ知っていましたので、この言い分は解《げ》せませんでした。ぼくが来て、少なくともぼくの給料分以上は実績が上がっているはずだったからです。でもぼくは、それでもかまわないと言いました。しかし、『そういうことじゃない』と彼女は言うのです。そして替わりの仕事を自分が見つけてくるから、そっちへ移って欲しいと言うのです。その日、ぼくらは口論して喧嘩別れしました。

　忘れもしない、昭和四十九年の十一月の終わりの雪の夜でした。ぼくははじめて彼女のマンションに行ったのです。

　彼女のマンションの場所はもうよく知っていました。下までは何度も行ったことがあるからです。三階の彼女の部屋の窓も、ドアも知っていました。彼女のマンションは、玄関のところだけ露出した形式のもので、部屋のドアも下の道から見えるのです。

　ぼくが下まで来た時、黒塗りの外車が停まって、頭の禿げたずんぐりした老人が、マンションの玄関を入っていきました。車は帰っていき、ぼくは本能的に足を停めたのです。そしてエレベーターのドアが閉まるのを見ました。見上げていると、案の定老人の姿が吹き晒しの彼女の部屋の玄関のところに現われ、中に消えました。

　もうその頃はうすうす解っていたことだけれど、やはり堪えがたい気分だった。それでぼくは彼女の言葉を口の中で何度も何度も反芻《はんすう》しながら、雪の中に立っていたのです。

　ぼくは自分の愚かしさに罰を与えるような気持ちで、ずっと立ち続けたのです。そしてひたすらドアが開くのを待っていた。ドアが開き、老人が帰ったらぼくが行こう。それなら、とりあえず彼女の生活を壊すことにはならないだろうと考えました。そうしたら、彼女はぼくをきっと暖めてくれるだろう。何か暖かいものを飲ませてくれるかもしれない。もしそうなったら、どんなに救われるだろうと想像しました。もしそんなふうにできたら、ぼくは彼女のために、明日から何でもしようと思いました。

もう少しだ、もう少しだ、とぼくは思い、震えながら待ち続けました。もう少しであのドアが開く。そして男が帰っていく。あと少しの辛抱だと思いました。

しかし雪はますます激しくなり、窓の明かりも消えたまま、再びつく気配はありませんでした。ぼくはその黒々としたガラスを見つめたまま、ここで負けたら彼女を永久に失うような気がして動けませんでした。

朝までドアは開きませんでした。人通りが増すと、立っていることもできなくて、ぼくはアパートへ帰りました。体の感覚はすっかりなくなっていて、ぼくは敗北の味を噛みしめました。ぼくがあの男と闘うには、ああして立っているほかなかったのだけれど、このままでは死んでしまうと思って……、ぼくは負けを認めたのです。

翌日、彼女の持ってきた就職の話を聞き、ぼくは唖然《あぜん》としました。それが、なんと今の赤渡さんの秘書兼運転手という仕事だったのです。ぼくはこれにはすっかり打ちのめされた。さすがに愕然としました。やはりそういう運命だったのかと思ったのです。ぼくは自分が何かの、逆《さか》らいがたい糸に操られているような気になって、おとなしくしたがったのです。

後で、すべての事情が解ってきました。彼女は、札幌のある財界の大物の女でした。つまりあの宝石店には当然のことながらパトロンがいたのです。この男が彼女の希望であの店を持たせていた。そしてぼくのことを、おそらく寝物語にでも聞きだし、財布の紐を締めることによってぼくを追い出そうとしたのでしょう。

そして馘にするだけでは後が面倒だから、替わりの仕事も自分で探してきて彼女に指示したのです。つまり彼女のパトロンというのは、なんとあの極北振興の経営者だったのです。そこに赤渡は天下っていたのです。

まさにこれは運命だ、とぼくは悟りました。天はぼくに一生活者になることなど許さなかった。復讐を果たせと言って、すべてをお膳立《ぜんだ》てしたのです。

そして、その意志をぼくに伝えたのは、黒い、喪服《もふく》を着る女だった」

4.

「でも、できればぼくは殺人者になどなりたくはなかった。運命に操られているような気はしていたけれど、ぼくさえ手を下さなければ大丈夫なのだから、などと考えていました。それで、とにかくこの運命に逆らってやろうと思い、名前を偽わらず、本名の沢入保のままで履歴書を書き、経歴の方も偽わりなく書いて赤渡家へ行ったのです。それが昭和四十九年の十一月でした。

十八年前のあの事件のことは、東京の方は知りませんが、銚子の新聞にはでかでかと出てましたし、もし赤渡さんがあの事件のことや、あの日に死んだアメンボウみたいな田舎教師のことを憶えていたら、何とか理由をつけてぼくを断わると思う、そうしたら復讐はできなくなる、少なくともやりにくくなるのです。でも赤渡さんは何も言わず、翌々日すんなりと採用してくれたのです。

ぼくは赤渡さんの車を運転しながら、後ろの赤渡さんに向かってそれとなく銚子市の話などしてみることもあったんですけれど、あの人はまるで憶えてなくて、もうすっかり忘れているのか、いや、というよりほとんど考えたことも悩んだこともないようでした。

その時は、さすがにぼくも気分を害しました。東大出身のエリートにとっては、田舎教師などほんの塵芥《ちりあくた》の類《たぐい》いだったのかと思いました。それともあの事故の時、赤渡さんはもうどこかへ引き揚げていたのか――？

そして別の話から、赤渡さんはお役所時代、仕事は能率よく切りあげ、早々に帰宅するのをモットーにしていたという話を聞きました。その方が業者などからの誘惑に乗らずにすむからというのです。

なるほどと思いいたりました。赤渡さんは、あの日早く東京へ引き揚げたいがために、あんなに父に反対したのかと思いました。確かに赤渡さんにとっては、遠足の子供が船を使うことなど関知しないことだったでしょう。悪いのはすべてあの鉢巻き男であったのは確かだけれど、事情を聞いて少し待ってくれてもよかったはずです。そのくらいの人情味はあっていいと思う。彼の能率のため、彼の早い帰宅のため、たったそれだけのために父は死んだのです。

でもその時でも、まだぼくは赤渡さんを殺そうなどとは思いもよりませんでした。考えるようになったのは、いよいよ母が倒れ、寝たきりになって、夜中なんか寝つかれないと、うわ言みたいに『佐々木と赤渡を殺してくれ』と言うのを聞くようになってからです。

母はもう半狂人のようになっていて、それも無理のないことだと思いました。ぼくは母の苦労をよく知っていましたので。

ぼくは、自分が赤渡さんのところにいるのを母には伏せていましたが、そんなことはどうしてもいつかは知れてしまいます。ぼくはそれでもなお決心がつかなかったので、銚子へ行ってみようと思いました。子供の頃よく立って考えた土手や、父の浮かんだ三本松のあたりに立つと、考えがまとまるかもしれないと思ったのです。その時、父の水筒も持って行ったのです。

水筒に何げなく利根川の水を掬《すく》い、それを持って汽車に乗りました。そしてそれを抱いて考えたのです。ぼくは子供の頃、赤渡を殺すならこの水を飲ませてからと誓った。はたして本当にそうできるものだろうか、とそんなふうに考え続けたのです。

ぼくは母のところへ帰るたび、銚子へ行き、水筒に水を掬って運びました。それがまるで習慣のようになり、持ってきた水は、外の物置に置いたポリバケツに溜めました。そして蓋をして、冷暗所に置いておきました。

その時は、まだはっきりした計画にしたがってそんなことをやっていたわけではないのです。トリックのために水を運んだわけではありません。ただ自分のためにやったのです。父が浮かんでいた場所の水を、札幌にいても見ていたかったからです。その水を見ていれば、ぼくのとるべき道もきっと見えてくると思いました。

一昨年の春、いよいよ母が入院ということになって、ぼくは何度か寝ずの付き添いをやりました。われわれは豊かではありませんでしたから、母は最初から五人部屋の、一番安い病室に入っていました。ほんの一メートルの隣りに別の患者のベッドがあって、他人が寝ているのです。こんな場所ででも母は苦しむと、赤渡を殺してくれと口走るのです。母は、自分の苦しみは、彼らのせいと信じているのです。

ぼくは母のこんな物騒なうわ言を、他人に聞かせたくなかった。何か母が本当に納得して黙るような、そんな言葉を言ってやる必要があったのです。

ぼくはその時徹夜続きで頭がおかしくなっていて、自分でも何を言っているのかよく解っていなかった。ぼくは母の手を握ってベッドの脇にしゃがむと、隣りのベッドに聞こえないように母の耳もとで、『解った、ぼくが赤渡を殺してやる。安心しな』と何度も言いました」

「苦しがっている、それも身内の人間の看病ほど辛いものはありません。完全に、狂気にあてられてしまいます。ぼくが本当に殺人を決心したのはその時です。

しかし考えてみれば、父はぼくが死ななかったために死んだのです。これはどう考えてみても間違いのないところでした。ぼくは父の生命と引き換えに自分の生命をもらっているわけですから、父の死に、いわば負債を負っているわけです。

それに加えて母は、ぼくを育てるために頑張りすぎて倒れたのですから、ぼくは父と母、この二人のために、自分を犠牲にすることで報いてもいいはずです。そう思いました。

水はもうその時札幌の家にだいぶ溜まっていて、それを見ていると、すらすらとあの計画ができあがっていきました。

ぼくはその頃、もう何年もこの家で働いていましたから、一月十五日に間に合うように、毎年一月の十日過ぎには水戸からトランクが二個送られてくることを、はっきりと承知していました。

また赤渡さんは、正月なら列車が空いているということと、寒い時に南へ行きたいということで、よく一月に関西や九州に旅行をなさいました。これを利用しない手はないと考えました。

水を飲ませるとしたら、ぼくにはここしかありませんが、この家はこの通り一軒家で、隣家とはずいぶん離れています。声や物音も、あまり聞かれる心配がない、これも好条件でした。

十年近くも水を運ぶうち、とうとう大型のポリバケツ二杯に水が溜まりました。

水銀のことは知りませんでした。でも銚子に水産試験場があり、水質の詳しいデーターがあることは以前から聞いて知っていましたので、水を何とか死体に身に付けさせる方法はないかと考えました。それがあのボールペンです。あれはむろんぼくのペンで、赤渡さんが札幌を発つ時は持っておられませんでした。奥さんやお嬢さんは、赤渡さんが東京でお買いになったと思われたでしょう。

同型同色のトランク二個は、一昨年の暮れ買いました。その時は二個ですむつもりでいたのです。これに傷を付けたり、紙やすりで細工をしたり汚したりして、古く見せるように工夫しました。千葉のロッカーに入れておいたみっつめのは、去年銀座で買いました。計画が完全にできあがったのは去年ですので。

しかし、それでもなかなか決行の踏んぎりはつきませんでした。奥さんなどによくしていただいたからです。でも去年、赤渡さんが今度のが最後の旅だと言われたので、これが最後のチャンスだ、もう今年やるしかないと腹を決めました。

その後は、だいたい刑事さんのおっしゃった通りです。指紋のトリックに関しては、捜査の進行状況を見て決行しようと思っていました。もし水が銚子のものと割り出されないようなら、あんな危険は冒さず、三つ目のトランクはただ東京のどこかのロッカーに入れておくつもりでした。

また指紋を付けた後も、それが発見される確率は、せいぜい十に一つくらいだろうと思っていました。

トランクのすり替えに関しても、まったくおっしゃった通りです。今度の計画のことがぼんやりと頭にあったので、以前極北振興で使っている宛て名書き用の用紙を一ダース、刈谷さんにあげておいたのです。

でももちろん、贈りものが届くのを見るまで安心してはいませんでした。今年に限ってこの宛て名用紙を使っていないかもしれない、また貼られている位置が例年と大きく違っていたり、ねじれて貼られているかもしれない。もしそうだったら、トランクのすり替えはその時点できっぱりあきらめ、死体は銚子に運んで、例の三本松の近くのどこかに遺棄するつもりでした。

もともとはそのつもりだったのです。死体が銚子で発見され、それはすぐ近くの水を飲んでいる、そして死亡推定日時が割り出されても、その時にはぼくは札幌にいるわけですから安心ではないかというふうに、最初は漠然と計画していたのです。

けれど刈谷裕子さんが几帳面な人で、毎年きちんとガムテープを、それもハサミで切って宛て名書きの紙を貼ってくるし、荷造りの紐も、刈谷ポンプで仕事に使っているらしい同じ紐が毎年かかってくるので、トランクのすり替えを決行することにしたのです。

ただ困ったのは、すり替えた後の二個のトランクの処置です。本物の贈りものの入った偽のトランクですね。これをその辺に置いておくわけにはいかない。すぐに警察が来るわけですから、そのあたりはくまなく捜されるでしょう。かといってここまで持ってくる時間はないし、危険だ。それでおっしゃった通り、あの空地《あきち》へいったん埋めました。

ぼくは殺しよりも何よりも、実はこの時を一番心配していました。朝ですから。トランクを持って走っているところを通行人に目撃され、後で証言されたら言い逃れはむずかしいです。しかし実際は、あの時まるで嘘のように人通りがなかった。警察も、二軒隣りのあの空地までは調べませんでした。

あの三本松の偽装現場は、子供の時父の仇を討つならここでと決めていた場所です。子供の頃は実際にあそこで水に沈めてやろうと考えていた。あそこは人目もまずない。昔はもっとそうだったのです。

あのトリックを考えたのは、やはり捕まりたくなかったからですけれど、何より、母がいよいよ駄目という時に、母のそばにいたいと思ったからです。それまで自由でいたかった。

でもいざ赤渡さんを殺してみると、なんだか母の顔が見られなくなってしまって、どうでもいいような気持ちになりました。だから奥さんに引き留められるまま、雪を見るまでとか、何となくそんなふうに考えて……」

しばらく沈黙があった。

「それで君が……」

牛越佐武郎は、沢入の長い話にはじめて口をはさんだとき、自分の声のかすれ方に驚いた。

「それで君が、赤渡を殺す時、赤渡は君のことや、沢入幸吉氏のことを思い出したかい？」

「いいえ。話しても、思い出しはしませんでした」

そうか、そうだろうな、と牛越は思った。赤渡雄造にとっては、二十数年前のほんのささいな、実に取るに足りぬ躓《つまず》きだったのだ。彼の輝かしい経歴にあっては、あれは自分や東京の中村の徹底した調査にも浮かばなかったほどの、小さな事件だった。しかしそのために、彼は天寿をまっとうできなかったのである。

「赤渡雄造という男や、赤渡家の人たちは、君にとってどんな人だったんだね？」

「赤渡さんは……」

沢入は言葉を停めた。すでに殺してしまった今、もう悪くは言いたくないというふうだった。

「いい人でした。きっといい人だったと思います。でもぼくに、復讐を思い留まらせるほどじゃ、ありませんでした」

「なるほど。案外冷たい面もあったのかな」

「やはり一高、東大のエリートとして生涯を送ってきた人ですから……」

「君に対しては？」

「ぼくに対しても使用人という態度を崩されませんでし

た。この点は実子さんもまったく同じです。お嬢さんはもっとそういう意識がはっきりと表に出ます。あの人にとって、お父さんはたいへんな誇りなんです。お二人とも、人間には厳然と毛並みというか、生まれついたランクがあるものと考えていらっしゃるようでした」

「静枝さんは？」

「中では奥さんが、ぼくは一番好きでした。実子さんとも似た、はっきりした性格の人ですけれど、案外人情味もありましたから」

「ふむ、だが君は計画を決行した……」

沢入に計画を思い留まらせるには、赤渡家の者が、彼に徹底した誠意を示し続けるという方法がひとつあっただけか、と牛越は考えた。

「ええ、そのことが一番辛かったです。ぼくはずうっと奥さんと、母との比較をしていたんです。

ぼくは、人間に毛並みの違いがあるという考え方には反対です。奥さんと母とは、まるで貴族と掃除婦くらい違っていますが、それが生まれつきだとは思いません。あの事件がなければ母ももっと全然違っていたろうと思うのです。母は少なくとも教養のない女ではなかったですから。ぼくも兄も、大学へは行ったと思う。もしかしてエリートと呼ばれたかもしれません」

牛越は内心で頷いた。確かに、この男ならそうなったろうと思った。

「この部屋で殺したんだね？」

「そうです。このテーブルに体を縛りつけて、暴れられないようにして、バケツの中に頭を……、入れました」

「赤渡家で食事をして帰ってきて、奥さんに電話で呼び出されるまでの二十分間に、だね？」

「そうです。あれは、手短かな電話ですから。迎えにいく場所も解ってますし、赤渡さんの頭を抑え込んだまま、電話に出ました」

「なるほど……、で帰ってから衣服を脱がせてもう一杯のバケツに浸し、もう一度着せてからそこの物置に隠した」

「その通りです。ヴィニールを敷いて、寝かせました」

「それが夜の十時過ぎだ。しかし君は翌日の朝、おそらく八時頃、もう一度見にいって死体を裏返した」

沢入は驚いて目を見張った。

「うつ伏せにしたんです。顔を見たくなくて……。どうしてお解りです!?」

「死斑で解るんだよ。両側性死斑といってね。翌日の夜裏返したんではもうちょっと遅すぎるからね。それで、切断はいつだね？」

「それは……、十日の夜です。今までで、一番早く結婚記念日の贈りものが届いた例が十一日だからです。これに間に合わせておかなくちゃならなかったのです。ですから、車の後部トランクには十一日の朝からもうずっと死体の入った二個のトランクを入れていました」

「もしお嬢さんあたりに、後ろのトランクを開けてと言われたらどうするつもりだったんだね？」

「赤渡さんならともかく、奥さんやお嬢さんに、そんなことを言われたことは一度もありませんでした。買物の荷物くらいなら後部座席でこと足りるし、今まで奥さんやお嬢さんのお伴で、トランクを開けたことは一度もないのです。開けるのは赤渡さんのゴルフの時と、結婚記念日の荷物を取りにいく時くらいです。もうゴルフもおやりになりませんでしたし。


それでももし言われたら、トランクの中で何かが引っかかっているらしく開かない、とでも言うつもりでした」

「ふむ、雪の中から掘り起こして持ってきた、中国骨董品とトランクの二個はどうしたんだね？」

「物置の床下に埋めてあります」

「それが正解だな。あんな高価なものはどこへ棄てても足がつく。


それから一月八日、君は赤渡を空港へ迎えにいき、すすき野へ帰ってくる途中で殴りつけ、トランクへ隠した。これはいいかな？」

「はいそうです。あらかじめ人けのない場所を選んでおきました。そこに車を乗り入れ、タイヤの調子がおかしいと言って、出てきた赤渡さんをスパナで殴りました。それから、気がついても声を出せないようにして、縛って、毛布でくるんで、トランクへ入れました。夜でしたし、目撃もされませんでした」

「それからすすき野でお嬢さんを拾って、家へ帰り、食事の仕度を手伝った」

「そうです」

「十四日に水戸からの荷物を受け出しにいった時、実子もついてきたから嫌だったんじゃないかい？」

「いえ、あれはむしろああし向けたのです。ぼくは前日手紙の投函を頼まれていたのですが、わざと忘れたふりをすると、あの人は自分で出すために車に乗ってくるだろうと思っていました」

「つまり、もう荷物が届いているのを君は知ってたのかね？」

「いえ、水戸の方から発送したという連絡を受けていましたから、もう着く頃だと思っていたのです。

もし駄目だったら、一人でトランクをすり替えるだけですが、それだったらぼくが疑われるのは目に見えてますから、何とか奥さんかお嬢さんに一緒にきてもらう必要があったのです。手紙の件がなければ、何か別の用事を考えるつもりでした」

「なるほどね……。殺し終わったときは満足したかい？」

「いいえ」

「後悔した？」

「後悔はしません。ぼくがこうやってのんびり本でも読んでいて、赤渡さんが卒中か何かでぽっくり逝《い》ったら、それこそ後悔したろうと思います」

「だが、お父さんは喜ぶだろうか」

「父は喜ばないです。そのことは何度も何べんも考えました。でもこれは母と、それから自分のためにやったことです。自分が父を愛した証としてやったことです。ですから、これでいいんです」

牛越はそれを聞くと、何かうまい、そして彼のためになる効果的な反論はないものかと思案を巡らせた。だが、結局思いつけなかった。

そして見当違いのことを考えた。すなわち、自分のできのよくない一人息子のことを考えたのである。

あのぐうたら息子なら、私のためにこんな犯罪を犯したりは間違ってもしないだろう、と思った。そんな心配は薬にしようとしてもない。刑事の息子としては、何とも喜ぶべきことである。適度の怠惰と、そして保身のための計算とで、日常の正義は、そして平和は、守られているものらしい。

牛越は腰を浮かせた。すべてが終わった。

「さて、ではそろそろ行くとしようか。いいかね？ 沢入君」

「ええ」

沢入は素直にしたがった。

牛越はコートのポケットを揺すった。金属のがちゃつく音がする。

「不粋なものは使いたくない。だから……、頼むよ。君は今から自首するんだ」

沢入は黙って頷いた。

刑事は先に立って土間へ降り、靴を履くとドアを押した。するとドアの外に、音もなく、雪が降っていた。牛越は低く声を洩らした。そして、

「雪だよ、君」

と背後に声をかけた。ずいぶん早い初雪である。

沢入も靴を履き、コートを引っかけて出てくると、本当だ、と言った。

二人は肩を並べ、軒下を出ると、雪に頬を晒した。

「君はいつだったか、確か雪が降るまで誰かを待つつもりだって、言ってなかったかな」

言ってしまって牛越は後悔した。娑婆《しゃば》に未練を残させるような発言は、刑事としては慎《つつし》むべきである。

「そんなことを、ぼくは言いましたか？」

沢入は苦笑とも微笑ともつかぬ笑いを、頬に浮かべた。

沢入は、黒い服の女からの返事を、初雪を見るまで待ってみると確かに言った。刑事はそう憶えていた。今、初雪は降ってしまった。女からの電話はなかったのであろう。だがもともと望みはなかったのだ。彼自身それは知っていたはずである。

「いや。聞き違いだったらしい」

刑事は言った。それからしばらく無言で歩いた。

「あれは違うんですよ」

と突然沢入の方で言った。

「え？」

と牛越は訊き返した。

「雪が降るまで宝石店の彼女のことを待ってみると言ったのではないのですよ」

「では何を、待つのかね？」

「そう思われたのでしょう？　違うんです」

「ただ雪を見たくて待つという……」

沢入はよくはにかんだような表情をする。

「ええ。でももしそうじゃなければたぶん、あなたをでしょう」

と沢入は、刑事には予想外のことを言った。牛越はしばらくその言葉を噛みしめ、次に、この男は早くから父親を失《な》くしたんだったなと考えた。それから、私は君のアメンボウのようなお父上に似たところがあるかねと訊こうかと思ったが、やめた。とても及ぶ境地ではないと思ったからだ。そのくらいの勤勉さがあれば、今頃は主任のデスクにすわっていてもおかしくない。

だがこの時、牛越佐武郎は今日の自分の冒険が間違っていなかったことを知った。

そして、隣りを歩く沢入の肩に、初雪が少しずつ載っていくのを眺めながら、彼はふいと思いついたことがあり、話しかけた。

「ということは、だ、私はようやく間に合ったということだね？」

「え？」

と怪訝そうな表情を向けた沢入の髪にも、雪のかけらが少しずつ載っていく。

「雪さ。この初雪に、私は間に合ったということだ」

まさしくそれは事実であった。初雪も舞った今夜、沢入は札幌を離れたはずである。

それから牛越は、ちょっと苦笑いして続けた。

「滑りこみセーフだったけどな」

その牛越の髪にも、雪は載っている。

全集第一回配本のための後書き。（この解説を読まれるのは、本編を読んだのちにしてください）

島田荘司

南雲堂が全集を作ってくれるというので、第一回配本に収録される最初の三作品、「占星術殺人事件」、「斜め屋敷の犯罪」、「死者が飲む水」を読み返してみたら、予想通り、加筆や修正の必要を感じた。デビュー作となった「占星術殺人事件」を書いてから、もう二十年以上もの時間が経過していることを思えば、それも当然なのだが、この作品に関しては気になり続けたことも何点かある。

この作品は一九七八年に第一稿を書いた。小説書きにまだ馴れていず、途中で飽きてしまって中断し、別の小説を書いたりした。いざ出版ができることになると、そんなことが気になって、八一年に冒頭から終わりまで、ローラー的に文章を直していった記憶がある。この時を入れたら、二〇〇三年の今回のものは二度目の文章磨きということになる。他の作品は、文章を直したものが割合あるが、代表作とみなされることが多い「占星術殺人事件」にはまだこれを行ったことがなく、ずっと気になっていた。今回ようやくこれができ、かなり安堵している。

「斜め屋敷の犯罪」は、割合最近、おそらく四六の愛蔵本を作った八八年に、冒頭から最後まで文章を直した。だからこれは、文章に関しては、今回赤面するほどのものはなかった。しかしこれも、執筆当時は調べきれなかった重大な情報があり、今はもうそれを心得ているので、これを書き足したい思いがずっとしていた。それで今回機会を得て、ようやくこれを行った。むろん文章も、全体的にもう一度磨いた。

情報を書き足したい思いが最も強かったのは「死者が飲む水」で、この作の場合は、厳しく見れば誤りともとれそうな場所があった。これも執筆後二十年という時間を経るうち、ぼく自身が多くの経験を積み、監獄収監者とのつき合いなどからも学んで、これらのことを、この作に反映しなくてはという思いがつのっていた。これは文庫のために行ってもよかったのだが、量が多くなりすぎるし、新作執筆の忙しさに追われて果たさず、今回全集に収録という運びになって、ようやく踏ん切りをつけて実現させた。

始めてみれば、これも予想したことだが、特に「占星術殺人事件」と「死者が飲む水」に関しては、全面的といえるまでの大改訂になって、ゲラはプロローグからエピローグまで赤く染まった。二作は新作のようになり、こういう機会を与えてくれた南雲堂には深く感謝している。

以下で、各作品ごとに加筆の個所を述べ、将来への記録としておきたい。


「占星術殺人事件」

この作品の今回の修正点は、冒頭からの全面的な文章磨き、またこれに導かれた細かな修正を別とすれば、おおよそ四点になる。

説明が簡単な事柄から述べると、まずその第一は、発見死体の表を加えたことである。平吉手記に沿って殺され、全国に遺棄された女性の死体が順次日本各地で発見されていくわけだが、これらの死体の発見日、発見場所、名前、埋葬の深さなどを逐一列記したリストの必要性を、これは八〇年代からずっと感じてきた。この作品は純粋に論理志向のものであり、フェアな推理材料を読者に提供しておいて、ともに推理を競おうとする性質のものであるから、このような表があった方が親切である。しかし新作執筆に追われてこれが果たせず、ほとんど一次出版時の体裁のまま、この作品は二十年という時をすごしていた。そろそろリニューアルの時期であった。

第二に、推理から導かれる重要なポイントや史跡が、東経百三十五度の南北線上に並んでいるという指摘が文中で行われているが、同種のものは東西方向にもあり、またイギリスにおいても、古墳や祭祈場が直線を成して並んでいる事実があって、それらの地名の末尾にはすべてレイの音が付くということを、今回説明に加えておいた。これも、この作品上梓後に得た知識である。

このことには少し思い出があり、作中この線に関して言及するうち、故高木彬光氏の著作に触れている箇所があるので、八三年に高木先生にお会いしたおり、この作品をさしあげた。そうしたら後日先生が、「寝台特急はやぶさ1／60秒の壁」への推薦文の中で、自作中の事件のそのような解釈にはまったく気づかなかった、と書いてくださって、大変嬉しかった記憶がある。

上梓後に得た、作品にとって重大な知識というなら、司法問題、冤罪問題に関するものが、あるいは最大であるかもしれない。アゾート殺人の犯人として昭和十一年に逮捕された作中人物が、取り調べ官に対して、あるいは法廷において、どのようにふるまうことになるのか、また判決はどのようなものが出され、獄中にある被告はこれとどう闘うことになるのか。さらにはこういう人物の人生が、以降どのように推移するか、などなどに関する知識が、執筆当時は充分ではなかった。近年、冤罪被告の救済に実際に関わることになり、拘置所や法律事務所にたびたび足を運ぶようになって、この方面の知識が大いに増えた。また冤罪の多さから死刑廃止の必要性を痛感するようにもなって、これに関連する諸問題を勉強するようにもなったから、今回読み返した時、当事件の被告の人生によく洞察が届くようになっていた。そこでこの方面の知識を用い、披瀝過剰にはならないように気をつけながら、この方面の補強もした。これが三番目の修正点となる。

四番目として、これも長く気になっていたことだが、平吉殺しの様子が、多く知るようになった実際の殺人のありようと比較して弱いという思いがして、補強の要を感じていた。ここではこれ以上詳細は述べないが、この機会にこれも行った。

とはいうものの、今回読み直してみて、好ましく感じた要素もある。執筆当時ぼくはまだ三十になったばかりで、警察や司法の内部に限らず、おとなたちの世界、とりわけ高齢者の世界は、その心情や感性、暗黙のうちの諸ルールなどがよく理解されていなかった。不明点に不安を感じると、見当違いになる恐怖を感じながら、目をつむって筆を走らせるといった調子だったが、今それらが解る年齢になって読み返してみれば、文章力の弱さは歴然だが、これを別にすれば、表現された内容は、幸運にもひどい間違いはなかった。

東横線、都立大学駅前や柿の木坂の周辺、駒沢のオリンピック公園の、今は失われたゴルフ場跡地の風景などが、なかなか当時の空気をたたえて書かれていて、これは小学生時代をすごした場所だったから懐かしかった。梅沢家のモデルとしたお屋敷は、当時暮らしていた目黒区大原町の家の、通りをはさんだ目の前にあった。これは今もある。

順正の板前の江本君は、当時つき合いのあった実在の人物だし、彼のアパートに転がり込んで、実際にこのようにして京都の街を歩いた。御手洗が犯人と会見する琴聴茶屋にもむろん行ったが、これは今もそのままある。御手洗が石岡にかけた電話ボックスは、これはもう当時の外観は失われた。このあたりの実況見分的描写が、京大ミステリー研の綾辻氏などとのつき合いを生んで、やがては新本格のムーヴメントに発展した。御手洗が真相に思いいたる都市がもしも仙台であったなら、新本格のムーヴメントは、あるいはもっとかたちが違ったかもしれない。

登場人物の一人が晩年をすごした保谷市は、学生時代に暮らしたアパートがあった街だし、御手洗と石岡二人の会話は、なにやら青春小説のようで微笑ましい。カラーテレビに色鮮やかに写しだされる東京オリンピックの開会式もまた、実体験を反映して懐かしく、そういった空気との再会ならば、未熟な文章を読み返すのも悪いものではなかった。

二十一世紀が開け、思いがけず文化庁が、この作品を英語に翻訳してくれるという運びになり、友人のアメリカ人夫妻が翻訳を行ってくれているところに、全集のためのこの加筆が間に合った。そこで、朱入れしたゲラは端から彼らにも見せ、今回の加筆内容は英訳文にも反映してもらった。英訳作業に修正が間に合ったことも幸運で、こういった展開にできたことを、彼らにも、わが文化庁にも感謝したい。

「斜め屋敷の犯罪」

この作品は、述べた通り、比較的最近に文章磨きを行っているので、句読点の位置や言い廻し、また会話の内容などに関しては、それほどの修正の必要は感じなかった。とはいえ、これらについても今回目についたものはまた直したから、ゲラが白いままだったというわけではない。

この作品に関しては、目立った修正点は二つである。文章に関しては一点ということになろうか。その第一は、塔の周回路から見降ろす雪をかぶった花壇の図を描き直したことだ。この絵が不充分と、ずっと感じていた。もっとも図に関しては、「占星術殺人事件」のものも、一次出版上梓にあたって自分が描いた走り書きのような図が、そのまま今も使われていて、あきらかに古びている。当時は無名で、腕のよい絵描きに作画を依頼できるような立場にはなかった。

気になる各図の中で、最も気になっていたのがこの花壇の図だった。現れている線は、植物の植込みの列によって表現されているはず。さらにこれに雪が載っているのだから、線はさらに太くなっているであろう。図形の線は、旧図のような細い実線であろうはずもなく、一定の太さを持った白線であり、しかしバックの花壇全体も白なのだから、この線はシルエットによって線と認識されたはずだ。

こういう点がどうにも気にかかり、いつか描き直したいと思っていた。イラストレーターに発注してもよかったが、右のような説明が面倒に思われたから、今回も自分で描き直した。本当は建物の全体図も、各殺人の現場の図も直したいのだが、そんな時間はとてもなかった。今はコンピューターの時代だから、専門家に依頼すれば遥かによい絵ができあがるはずである。これは「占星術殺人事件」の図に関しても、同様の思いがある。文庫ではやれればと思っている。

文章の最大の加筆点は、斜め屋敷館内にある、ゴーレム人形に関する蘊蓄である。ゴーレムというものへの興味は以前から強かったが、執筆当時はこれに関する知識が不充分だった。今はかなりの知識があるので、早くこれを加えたかった。とはいえ無計画にこれを始めると、この部分ばかりが際限なく肥大することも考えられたから、全体のバランスをくずさないよう、注意する必要があった。「占星術殺人事件」と並んで当作も、もうかなり本格のファンには読まれているので、傍流の部分をあまり膨らませることは慎まなくてはならない。全体のリズムをくずし、結部の切れ味をにぶくする危険があった。

「ゴーレム」とは、ユダヤ教の秘法「カバラ」が導く最大級の達成のことで、錬金術の「アゾート」とも性質が似ている。そう考えれば最初期のこの二作は、よく似た幻想を中心に配置して書かれている。アゾートが、卑金属から精製された純金という、大衆に理解しやすいファンタジーを持っていたように、ゴーレムもまた、凶暴で無敵の人造人間という、実に大衆小説的なファンタジーを持っている。

もともとこれは、約束の地に向かうアブラハムが、正直者のノアの息子セムと出遭い、二人で土くれから大勢の人間を作りだして、パレスチナに連れていったという「創世の書」中の記述などに端を発しているようである。それが時代が下るにつれ、被迫害の民ユダヤの、凶暴にして無敵の守り神に姿を変えていった。ユダヤ教の聖職者は、自身の精神を極限まで高めることにより、ついには粘土からゴーレムを作りだす能力を神より授かる、そういったストーリーが信者内に生まれていた。

チェコのプラハが世界の文化的な中心地となる時代に入り、この神秘の都市に魔術師、占星術師、神秘主義者たちが集うようになり、この集団の内からゴーレム作りの秘法が、ユダヤ教徒以外にも漏れ出すようになった。

ユダヤ教は、禁断の（善悪を知る）果実を食べたアダムとイヴを、原罪とはとらえない。創造につながる冒険は容認する。そしてあらゆる生命は、神の言葉や文字が創りだしたものと考える。これがカバラの基本的な発想で、修行や、自己鍛錬によって神のこの秘密の言葉を知ろうとするものである。ＤＮＡの発見を予告したようなこの発想は、ある意味で当を得ている。しかし神の言葉は、実は細胞の奥底にあった。今日の発生生物学は、ＤＮＡの文字を書き換えてゴーレムを創り出せる技術を、理論上はついに獲得した。こういう研究が最も進んでいる国のひとつがイスラエルであることは、述べたような過去と無関係ではあるまい。

カバラもまた、神の文字がゴーレムを創りだすと考えたが、それは賢人が口にする呪文とするような、ごく素朴な理解だった。粘土で人型を作り、秘密の呪文を唱えながらその額に「エメット」という文字を書き込めば、この粘土の人形は生命を得ると信じた。

こういうゴーレム信仰はプラハを中心に大流行し、さまざまな物語が生まれ、多くのゴーレム人形が作られた。欧州の地からはるばる斜め屋敷に来ていたものも、そういう一体である。

「死者が飲む水」

これも今回、ゲラ全ページが朱に染まって見えるくらいに文章磨きを行った。句読点、言い廻し以外の大きな加筆点はふたつで、そのひとつは、タイトルにもなっている「水」についてだ。

この点に関するクレームはたびたび受けた。少量の水を、循環のない場所に長時間放置すると「腐る」のではないかという指摘である。しかし「水が腐る」とはどういう現象であるのか、誰も具体的なことは知らない。この点は当時も一応調べていたのだが、充分ではなかった。今回作品を磨くにあたって、「水が腐る」とはどういう現象であるのか、かなり徹底して調べた。これは光文社の穴井編集者も尽力してくれて、専門家を取材してくれた。これもまた、文章の流れとバランスをくずさないように気をつけながら、得た知識の必要部分を加えた。

またこの作品の加筆をしていた二〇〇三年の春、日本人の大量の自殺が気になって、たまたまいろいろと調べていた。結果、日本産の塩の質的な変化も遠因のひとつになってはいないかという仮説を得た。

日本の塩は、一九七二年から百%、「イオン交換膜法」という製法に切り替わっており、これは海水から塩化ナトリウム単体を取り出すというもので、昔ながらの塩田からの塩作りは、日本列島から基本的に消滅している。当作の作中時間も、切り替わってのちにあたる。

塩化ナトリウム単体はむしろ食用には適さないので、後からミネラル分などを人工添加し、自然海塩に近いかたちに戻して国民に販売している。しかしこの塩が過剰精製塩であるとは、指摘せざるを得ない。

秋田県では、塩田精製の食塩の時代から、一貫して塩汁《しょっつる》という魚醤（一種の醤油）を作る伝統があり、過精製塩によるこれが、脳血管障害や、その結果である脳卒中の遠因となっている可能性は考えられた。脳卒中は、死亡をまぬがれた場合、回復期に多く欝病をもたらす。この精神の病が自殺を引き起こす、そういった連鎖は、検討の要があった。秋田県は、脳卒中による死亡者数が日本一であり、自殺者の数でも日本一となっている。しかしこういう指摘は、世間ではまだ充分に行われていない。今回の加筆では、こういう調査で得た塩の知識も少量加えた。

もうひとつの修正点は、指紋の保存に関することで、銚州の野外の殺害現場に遺された指紋は、たとえ雨風がしのげる場所であっても、紋が検出できるほどに良好な状態での保存はむずかしいということを、冤罪死刑囚の秋好英明氏から指摘された。彼はこういう問題の専門家なので、このアドヴァイスを入れて、今回現実的な展開に修正した。これらの手入れによって、この作品はほぼ完成したように思う。

この作品は、読み返していて、松本清張氏の影響を感じた。氏の『砂の器』という長編が好きで、この作品では、ある人物が突如予定を変更して意外な場所に飛び、その理由がどうしても解らない。調べ続けるうち、映画館内の壁にかかっていたなんでもない写真が、怪行動の理由となっていた事実が判明する。同種のアイデアは、「市長死す」という短編でも使われている。ぼくはこういうストーリーが好きで、そう思ってみたら、「死者が飲む水」にも、似たようなできごとを牛越が模索する場面があった。最終的にはこの方法を採っていないが、当事者には自分がこのようにした理由がよく思い出され、苦笑するような、懐かしいような、妙な気分になった。

思い返せば当時、ぼくはいずれは文学寄りの作品を書こうと考えており、この作品のアイデアは、そのためにとっておいたものだった。ぼくの郷里に、これと似た学童の大量遭難事件が実際にあった。

この作の執筆当時、「占星術殺人事件」と「斜め屋敷の犯罪」を講談社で上梓した直後にあたったが、当時は現在の視点から「清張呪縛下」と呼ばれる時期にあたっていたので、文壇での二作の評価は、論評以前というようなありさまだった。バラバラ殺人や素人探偵が登場するような小説は、知的で清潔な成長を果たした推理小説を、かつての乱歩的露悪趣味に引き戻す悪とみなされ、大いにうとまれた。当時の担当編集者は、中年刑事の登場する社会派を書かなくては駄目だと繰り返し主張し、それで当時はとっておきにしていたこのストーリーを引き出して、これも好きであった時刻表もののアイデアを組み合わせ、書いた。

また、先の二作品によって、動機が書けない人間と言われて驚いていたこともあって、この作品では遠慮なくその方向の人間ドラマを丹念に書いた。自分としてはそれこそが最も得意な方向であり、トリック重視の発想から、あえて控えるようにしていたものだった。

この作品は当初、「死体が飲んだ水」と編集者に題され、どう抗議しても「死体」ははずしてもらえなかった。こちらが無名であり、しかも賞を取っていなかったから、「死体」というショッキングな言葉を表紙に示さないと、本がまるで買われないという事情があった。

このようにして時流に行儀よく迎合した当作品に、編集者は相当の自信を持っていたが、その評価は、「占星術殺人事件」や「斜め屋敷の犯罪」に三倍して圧倒的な不評で、彼は頭を抱えることになった。先行二作への酷評は、こちらに軌道修正を迫るような性格のものではなく、実はただのレッテル貼りであり、こちらが猟奇小説（？）以外は書けない人間と決めて発言していた。

しかしこの社会派推理小説を世に出したおかげて、カッパノベルスが声をかけてくれ、一連の吉敷のシリーズが始まって、作家としてなんとか最初のハードルを越えることができた。そしてのちに「死体が飲んだ水」も再版される運びになったので、タイトルを考え通りの「死者が飲む水」に戻した。

当時、乱歩賞をとっていない作家はまず文壇に定着することはなかったので、この編集者の判断はそれなりに正しかった。この作品がなければ、ぼくは作家活動を続けることができなかったろうから、そうなれば「占星術殺人事件」も、「斜め屋敷の犯罪」も、一部に記憶されることはあったかもしれないが、その地位は今日のものよりもずっと低かったであろう。

その意味で、この作品の果たしてくれた役割は大きく、地味だから今後も改訂新版と冠されて文庫再版されることもないであろうが、ぼく自身は好きな作品であるから、今回は愛情をもって磨いた。清張呪縛下とやらの極端な発想といい、流行や賞からはずれた新人の扱いといい、当時の文壇のありようは、今日の視線からは反省すべき点が多い。

清張ふうも、本格探偵小説も、双方ともが必要で、どちらかが誤った道、あるいは幼く無思慮な悪、というような言い方はできない。悪いものがあるとすれば、それはそのように一方に傾きすぎることであり、政治的、排他的になりすぎることである。その上に怠惰が重なれば、これは悪というものにもなる。清張流社会派諸兄にも、当時こういう傾向は、平等に見えはじめていた。

この時の経験から、ぼくは双方ともを作って見せようと考えて執筆を続けてきたが、今日、やはり本格の方向に流行の針が振れすぎており、いくらかの怠惰も現れはじめている。社会派発想、あるいは文芸寄りの発想が、バランスするほどの量は存在していない。

最後に、この全集は先行例に影響されない、非常に見事な装幀であるが、戸田ツトム氏によれば、全体の構成は維持したまま、配本を重ねるにつれ、写真に変化がついていくそうで、今非常に楽しみにしているところだ。

二〇〇三年六月二十二日記

初出

『占星術殺人事件』　一九八一年刊行、講談社。
『斜め屋敷の犯罪』　一九八二年刊行、講談社ノベルス。
『死者が飲む水』　一九八三年刊行の講談社ノベルス、『死体が飲んだ水』を改題。

島田荘司全集Ⅰ

二〇〇六年九月二十五日　初版発行

著者　島田荘司
発行者　南雲一範
発行所　株式会社南雲堂　東京都新宿区山吹町三六一
郵便番号一六二―〇八〇一
電話（〇三）三二六八・二三八四［営業］（〇三）三二六八・二三八七［編集］
振替口座　東京〇〇一六〇―〇―四六八六三
ファクシミリ（〇三）三二六〇・五四二五
印刷所　壮光舎
製本所　長山製本

落丁・乱丁本は、御面倒ですが小社通販係宛御送付ください。送料当社負担にて御取替えいたします。
［検印廃止］©Soji Shimada

ISBN 4-523-26421-X C0093〈1-421〉

月報　二〇〇六年五月

島田荘司全集Ⅰ

対談
本格ミステリーの成り立ちと今後
島田荘司・宇山日出臣

『自己飽和』は、あふれ出る自意識、エゴと対峙し、内なる宇宙を描いた。

南雲堂

最初期の三人

島田……綾辻君の命名というと、私が吉祥寺に仕事場を作って、事務所開きみたいなものをやったことがあって、その時に芳名録を置いたんです。それは私のアイデアではなくて、あの頃おつき合いがあったイノ企画というデザイン・オフィスの、天《あま》さんという人のアイデアなんですが。それに名前を付けてあげたばかりの綾辻君がサインしているんです。

宇山……なるほど。第一号。

島田……そうです。綾辻君の自筆サイン第一号、少なくとも最初期です。それ見るとね、「綾辻行人」なんて字面がむずかしいでしょう？　だから各文字の傾きや、大小がばらばらで、とても名前に見えない。こりゃ手馴れていないなぁと思った記憶があります。名前にはむずかしい漢字群なんだなと。それで、これでいいのかなぁと。でもそれから四〜五年経って、彼がサインをした本を偶然見たら、見事にしっくりしていて、だから安心したんです。ずいぶん名前らしくなったなと、彼も書き馴れたんだなと思って。

そうか、綾辻君の『十角館の殺人』に関しては……、じゃあ私はまったく言いませんでしたっけ？

宇山……いいえ、島田さんからあるパーティーの席上で、「宇山さんのところに、そのうちすごい原稿が届くからよろしくね」と言われた記憶はあります。だからあれが、それを読まれた後なんでしょう……。

島田……ああそうですか。京都で『十角館』を読んだ後、宇山さんに紹介しようとか、読んでもらおうとか思った記憶はあるのですが。じゃあ、あの時私は、原稿を持って帰って、宇山さんに預けたりはしていなかった……。

宇山……それはなかったですね。

島田……そうすると、時間的にどういう経過になっているのだろう。読んだのち、宇山さんの手に渡るまでに、かなりの間があったのでしょうか。

宇山……そうだと思います。原稿は出版エージェントのキティから来ました。

島田……そうか、キティからですか。あの頃、竹本（健治）さんとは綾辻君は会っていたでしょうけど、だいぶ経ってから、竹本さんはキティには入っていませんでしたね。だいぶ経ってから、綾辻さんはキティの紹介で彼もキティに入って、それからキティの人が動いて、宇山さんのところに『十角館』の原稿を届けた……。

宇山……第一稿完成が二十二歳。それから本になるまで五年かかったようです。途中、乱歩賞への応募などもあったりして。角川さんに持ち込んだという話も聞きました。だからセールスが不成立に終わった結果幸いにもぼくのところにようやく辿りついてくれたというわけです。

島田……そうでしたか。では私が京都の喫茶店であれを読んでから、宇山さんのところへ行くまでに、一年ぐらいの時間があったのでしょうか。

宇山……もっとかかっていると思います。その京都の喫茶店は、進々堂ですか。

島田……いや、進々堂ではないです。

宇山……風見鶏の館かな？

島田……そうかもしれません。たぶんそちらでしょう、その二つで言うなら。進々堂はよく憶えているんです。読んだのは、店のテラスみたいな場所だった。

宇山……じゃあ風見鶏です。『占星術』にも出てくる喫茶店です。

島田……いや、『占星術』にはあの店は出てきません。

宇山……違ったっけ。御手洗が寝転んでいますよね。

島田……ええ、それは哲学の小道の……。

宇山……ベンチに。

島田……ベンチに。土手の下にある、あの俳優さんがやっている喫茶店でしょう？

宇山……ちょっと待ってください。ぼくの勘違いかもしれません。……風見鶏じゃないですね。若王子《にゃくおうじ》でした。『十角館』の綾辻さんの写真はあそこで撮りました。

島田……そうですか。あそこはむろん憶えていますが、綾辻君に原稿を読まされたのは、あの店ではなかったです。

宇山……なかった……？

島田……ええ。

宇山……綾辻さんちから遠いですものね。

島田……そうですね。彼が当時住んでいたマンションから、歩いて近くだった記憶があります。あれは、二条城のそばだったでしょうか？

宇山……二条城ではなくて、一乗寺じゃあ……。

島田……そうかな。そうなんですか。では一乗寺から歩いて行ったような記憶がありますからね。

宇山……でも、ぼくが知った時はそこだったけれども、島田さんが行かれた時は、二条城のそばだったかもしれないですね。

島田……ああ。もう全然憶えていないですね……。あの人、何回も引っ越していますかね。

宇山……そんなマメなタイプとは思えませんが……。

島田……ああそうか。

宇山……ただ、お金もないのに引っ越し、簡単に学生はしませんしね。小野さんとはもう結婚されていたのでしょうから。

島田……いや、私が会った頃は、まだ結婚してはいませんでしたよね。

宇山……あれ。表面に出ていなかっただけで、そばにいたんじゃないんですか。

島田…そばにはいました、もちろん。同じミステリ研だったから。

宇山…そうですね。

島田…でもね……、いや、じゃあ、すごい前なんじゃないかな、私が会った頃というのは。その頃は、彼女はよくマンションに来ているという印象じゃなかったですね。

一泊した時、彼の部屋に来ていたのは法月（綸太郎）君と我孫子（武丸）君で、私はコタツに入っていたりなんかしてたかな。綾辻君や私がこちらにいると、そばに寄ってきて、この二人が掛け合い漫才みたいに、「こんなトリック、考えたんや」「どんなんや」「大きい螺旋の道の付いた塔があってな」とか言い合っているわけです。「そんなん駄目や、わいのはこうや」とか言って、掛け合いで、二人が互いにアイデアの応酬をしていたのを憶えています。当時の彼らは、ああいう日常だったんだろうな。

実際、しゃべっているとアイデアが出ること、多いんですよね。「次の言葉をすぐ言わなければ」というある種の強制があるじゃないですか、会話には。だからまだもやもやしたものであっても、そうした強制が、無理やりかたちにしちゃうんですね。そういう際に、閃きもあるんです。

ノストラダムスの大予言というのは、あれはみんな会話だったでしょう？　弟子に向かってしゃべっている時に、予言がかたちを成していくらしい。彼らもそうやって、発想を磨いていたのだと思うな。当時、なかなか面白いアイデアが出ていたような気がします。本格のものというのは、そんなにはなかったですけどね、ふざけたようなアイデアが多かった。

綾辻君は、そういう感じじゃなかったですね。彼らはそういうリズムで、ぽんぽんやり取りをしていたけども、綾辻君はリズムが違っていた。割とゆっくり、ぼつぼつとしゃべっていました。

とにかくそういう時に、彼女がよく来ていたという記憶はないな。ただ二回目かな、ポルシェで京都に行った時、どこか近くのレストランに行く際に、綾辻さんと彼女を９１１に乗せたような記憶があります。

それから彼らが東京に出てきたような時、綾辻さんが一人で来た時もあったけど、かなり時期が経ってからは、一緒に出てきたりしていました。

宇山…『十角館』のトリックの功績は、小野不由美さんに属するものだというノベルスの「あとがき」はありますが、結婚されたか、式を挙げたかどうかすら、よく解らない……。

島田…あの頃……、私は全然知りませんね、そういうこと。当時、あまりそういうことに興味がなかったし。

宇山…今もないと思いますけど。

島田…今もないけど、「するならすれば」みたいな感じで。籍を入れた方がいいだの、一緒に暮らせだの、そういうことはいっさい言いませんでしたね。

『蒼鴉城』に書いていたのですよね、彼女はね。彼女は京大じゃないけど、京大のミス研は、女の人には門戸を開いていたのかな。それで、女性はミス研には自由参加だったのです。

宇山…合コンをやる感覚かな。

島田…合コンという感じだったのかなぁ。女の人がいなかったんじゃないですか、京大ミス研には。彼女は竜谷大だっけ。

宇山…大谷大。

島田…大谷大か。仏教系の大学なんですよね。

宇山…サンスクリットが読めるという話ですよ。

島田…すごく真面目でしたよね、彼女はね。

宇山…そうですね。今でもすごく真面目です。

島田…『蒼鴉城《そうあのしろ》』という同人誌が京大にあって、そこに彼女が『草みつる沼』という短編を書いていて、あれはいいものだった。今でも憶えています。

宇山…耽美系の話？

本格創作と文章意識

島田…文章が上手だったのですね。今でもそうかもしれませんが、ミステリ研の人たちというのは、アイデアや構成力に妙があって、文章にはそれほどの重きを置かない傾向があった。それは「犯人当てクイズ」に象徴されますが、あれは朗読するものですから、文章にはそれほど寄りかからない。犯人当ては情報がすべてで、文章の巧拙まで聴いていたら、大事な情報を聴き逃してしまいます。文章は、むしろ箇条書き的な方が親切というくらいで、そうしないで綴る文章は、むしろ隠蔽のための手段ですね。だから我孫子君、法月君らが口頭でアイデアの応酬するのも、そういう流れから来るものだったろうと思います。

ともかくそういう中にあって、小野不由美さんは文章派だった。あるいは、文章家でもあったわけです。小野さん……、そうそう、小野さんで思い出すのは、小野さんにも筆名を考えてと言われたんですよ、綾辻君に。もう会ってだいぶ時間が経ってからだったと思うけど。それでちょっと画数をやってみたら、もう完璧なんですね、細部まで。

宇山…ああ、名前が。

島田…そうです。だから、そういう知識のあるお坊さんがつけたとか、そういうのじゃないかな。だから、これはもう変える必要はないですよと。「小野不由美」って、「由美にあらず」って言ってるみたいな名前じゃないですか。

宇山…否定形が入っている名前って、珍しい。

島田…ないでしょう？　だからおそらく字画からの要請で、

ああいう文字を使ったのじゃないかなと思って。うん、そういうこともあったな。

そのほか、あの頃の思い出というと……、とにかく原稿をそちらに持っていったり、ペンネームを考えたりという記憶がとても多いけれども、最初期、原点の三人に関してはそうでもないのかな、じゃあ我孫子君、法月君の場合、原稿はどうでしたっけ。

宇山……我孫子さんは島田さんとのキャッチボールで熟成された『8の殺人』がぼくのところに届きました。

法月さんは、彼は三分の二まで書いて「乱歩賞」に応募しているんです。第二次まで通ったのかな。応募者リストの中の二十人ほどがゴシックで印刷されるのだけれども。だから未完成原稿だけで応募して、一応、ゴシック文字で大きく扱われたという話を聞きつけて、じゃあ、残りを書いて完成してくれたら本に出すことを考えると。そうしたら、七百枚ぐらいになったのかな。当時まだ新人の本で七百枚、いかにも多すぎるから、もう少し削って欲しいということで、『密閉教室』が完成しました。後年、『ノーカット版』もつくりましたが。

最初の原稿はけっこうもどかしい出だしから始まっていて、彼のモノローグ、いわゆる青春小説の趣が非常に強かった。だからそれは書き直してくれと言ったら、彼自身、各章をすごく短くして、切れ味のいいものに仕上げてくれたので、快哉を叫んだものです。

それで島田さんに読んでいただいたら、島田さんが今時の高校生はこんなレヴェルでいるのかという疑問形を提起されたのだけれども、ぼく自身の記憶を振り返ってみても、たぶん、高校生ぐらいの方がむしろ世界がよく見えていたような気がするので。一応、電話では訊きましたが、「高校生って、こんなだったよな」という言葉で終わって。「直す意志はありません。これで是非よろしく」というステップで、今の法月さんを予言するようなノベルスの推薦文をいただきました。

島田……憶えてないですね。「高校生のレヴェル」というのは、どういうことを言ったのでしょうか。

宇山……ハメットやチャンドラー、そしてロス・マクドナルド。ハードボイルドタッチの文章、主人公がハードボイルドなのです。

島田……台詞《セリフ》もそうなのですか。

宇山……そうです、そうです。

島田……ああ！　そこに抵抗があったんだ。ハメットはともかく、私はチャンドラーは大好きなので。私自身、チャンドラーへの理解、マーロウへの理解では人後に落ちないという自負が、当時からあったのです。おそらく日本の冒険小説系の人たちよりも、その点だけでは理解が正確だと思うぐらいに好きだったし、愛情があったのですね。だから、高校生の時点ではあの文体は使わない方がいいと言ったのでしょう。かたちだけ真似るとおかしなものになっちゃう。

宇山…そうですね。だからちゃんと推薦文の中で、「チャンドラーばりの台詞があるけれども空回りしている」というふうに表現されています。ひと言、そこで釘を刺しておられます。

島田…ああ、そうですか。うん、まあとにかく、チャンドラーの味というのは十代のものではないですよね。あれは成熟した大人になってからのね、なんというか、抑えた格好つけ……。

宇山…酸いも甘いも経て。

島田…経てね。

宇山…諦念に近い世界観を持たないと、あの世界はなかなか展開できないとぼくも思いますね。

島田…気障と言えば気障なんだが、誰にもそれを言わせない巧みなユーモアのセンス。世界に対し、ある種の失望が前提になってはいるのだが、決して絶望はしていない。自身の美学に沿って敢然と行動し、甘美な印象を残して遠くへ去っていく男。それがマーロウですね。これを言葉尻だけ真似るのは損じゃないか。「畳」、「繁華街」、「マンション」の類、最高級に馴れ馴れしく接近し、どんどん真似して使い捨てる、それとも足を引っ張るという日本型平等正義、そういう日本人論も思ったんだろうな。そう言えばね。今、思い出しますが。

宇山…ぼくが何でかなと思ったのは、たぶんそこだと思います。問題点は。

島田…そうですね。でもまあそれ以外、構成は面白かったし、床を……、

宇山…大胆というか……。

島田…荒業。

宇山…「本当かよ」という。

島田…そうですね。それは挙げ足を取る気になれば、いくらでも取れるでしょうけれど。

宇山…だから久世光彦《くぜてるひこ》さんなどは、あの表現だけで、もう嫌になってしまったのではないかと思います。

島田…誰が、久世さん？　テレビのプロデューサーの方ですよね。

宇山…そうです。あの方が『密閉教室』を見て、島田さんの推薦している本だから、喜んで読んだら、「なんだ、これは」という。若書きで、同人誌レヴェルのものではないかなというようなことを『週刊新潮』にお書きになったのですよ。

法月さんは深く傷つかれて呻吟されたし、島田さんにもその結果というか……、久世さんの周辺にたくさん新本格否定派が。学生ごときの作、というあの批判、本当に。

ぼくなどはトリックが面白ければ、文章なんて後でついてくるものだと思っていたけれども、一般の読者は完成された、

熟成されたというかな、そういう原稿を期待して、「島田さんの推薦だから」と思って読んだら、それはつまり、当然島田さんの創作レヴェルというか、作品を期待すると思うのだけれども。読んでみたら若書きでしかないという。ぼくは若書きだからこそ出したわけなのだけれども、そのへんのきしみというのかな、それはずっと続きましたね。

だから今になって思えば、「何だったの、あれは」と言いたいぐらい、何かみんな、自分の全存在をかけた否定形を使ってきたような、そういう感じがすごく強かったですね。今とは隔世の感があります。

島田……ありましたね。私もまったく忘れていたけれども、そうやって話を聞くと思い出します。久世さんのことも思い出しました。あれはね、今でも憶えているのですが、「私は島田荘司を信用している。これは信用組合の信用なのだ。だからこの言葉には大変な重みがある。しかし、この推薦の『密閉教室』は、これは何であろう」というような文脈でしたっけね。

久世さんはあの時、自分でも創作をおやりになろうとしていた時期だった。準備されていたのではないですか？　実際、書きましたよね。乱歩さんがらみの本格寄りのミステリーを。だからそういう意味で、当時彼の意識は創作のモードに入っていたのでしょう。それで『密閉教室』は、彼が考えている公的な出版という水準とは違う、そういう判断だったのでしょう。

若書きというなら、確かに若書きなのだろうな。うん。それはチャンドラーのことを思えば、私は相反すると感じるけれども、チャンドラーと若書きというのは、私の中では英語調文章を思った際の、ひとつの両極なのですね。チャンドラーも、ロス・マクドナルドだったかが出てきた時、やはり同じような批判をしています。だから若書きは大好きなのです、若書きでなければできない世界もあると思う、しかしその若書きのが言葉がチャンドラーになっている、私としてはまことに消化処理がむずかしい。

宇山……確かにそうですね。

島田……チャンドラーの言い方を真似た文章意識も、若書きという言い方でいいのかな……。簡単に言い廻しを真似する人がいるけれども、あれ、そういうものではないのです。出てきたものだけ見ない方がいいんですね、前提になる意識です、言葉を繰り出してくる意識、そこが重大です。日本にいて、日本語を遣っているとなかなかむずかしい、あのいい感じの精神世界到達は。おそらく冒険小説の人たちにも、チャンドラーの境地に達している人は、ちょっといないのではないかと……。

宇山……目ざしている人は多いと思いますが。

島田……これは、それだけで一つの議論のテーマに成り得ると思うけれども。日本語の構造や、儒教、どうしても一定量威張らないと、という切なる緊張。威圧用法とか、上意下達のシステムというか、日本型が到達した様々な美意識、秩序維持のための各種のスキルですね。そういう日本型夾雑物が、チャンドラー世界の成立を妨害するのです。

たとえば年長者の私立探偵が日本にいたとして、彼が若輩に接するとしたら、やはりどうしても一万円札を相手のポケットにぐいとねじ込み、「おう坊主、これで大人になるんだぜ!」と、言いたくなるじゃないですか、日本語だと。またそれをやらないと、この国だと舐められて危ない。だからこれはこれでいいんです。でもマーロウというなら、絶対にそれをやらないのですね。世界の捉え方が全然違うのです。そういうようなことをあれこれ、当時は考えたのでしょうね。

共に『新本格』の生みの親といわれる宇山氏（右）との対談。『新本格』の黎明期とブームに至る流れを語る。

宇山……だから島田さんの推薦文をもらえないのかと思ってショックを受けたのだけれども、二度目に読んでもらったら快諾していただいたので、本当に島田さんの存在がないと新本格は生まれなかったということは歴然としていますね。

ちょっと調べてみたのですが。

一九八七年に『十角館』が出て、八八年に『水車館』と『迷路館』。歌野晶午さんの『長い家』、法月綸太郎さんの『密閉教室』。八九年には我孫子武丸さんの『8の殺人』。一九九一年には麻耶雄嵩さんの『翼ある闇』と『人形館』、日本推理作家協会賞を受賞した『時計館の殺人』。さらにこの間にぼくが『ショートショートランド』でつき合いのあった、若い作家を、挟んでいますね。法月さんは二十三歳、麻耶さんなんかは二十一歳です。

こうやって見たら、毎年二十代の新人を、賞も何も取らずに、島田さんの推薦文だけを頼りに出し続けた営みって、今思うととてつもないプロジェクトだったのだなと。ぼく自身、単に面白い原稿が来たから出していただけ、若い人たちとつき合うのが好きだから。それから若い人の感性の方がぼくの周りにいる人たちの会話よりもよっぽど面白いし、ぼくに刺激を与えてくれたので。彼らと本当に同世代のつもりでというか、ぼくのミステリー観に、ようやくミステリーの書き手が追いついてきたなという感触を持って、最大級のエールを贈っていたのが、島田さんとリンクすることによって実を実らせたというか。本当にこれ、新本格って、今や島田さんあたりまで新本格の作家になってしまったりしている。新本格の旗手などと言われて。

島田…そういうふうに言われることがありますね。

宇山…ねえ。

島田…そうですね。まあ、互いに褒め合うようなのは気持ち悪いですが、さっきのチャンドラーの話ともつながるけど、宇山さんという特殊な人がいなければ、つまり宇山さんというこれだけのポジションにあるキャリアがいて、しかもその人が威張る人ではなかった、日本型の様々な手続きや分別をまったく知らなかった。

宇山…はい(笑)。

島田…これはもう本当に素晴らしいことでしたね。才能というのは、そういう出遭いで世に現れると思うんです。余計な雑念、夾雑物を身にまとわない。この国で正しく生きていれば、一定量の威圧技術を身につけてしまう。こういうちゃんとした人に原稿を見せたら、「賞、取ってこいや」って、必ずそのひと言ですよ。乱歩賞に入れておけと、そのために賞があるんだからなと。宇山さんはそういう出版人の常識を知らなかった。そういう対処の文脈さえ頭になかった。

宇山…本当にね(笑)。確かに。

島田…それが素晴らしかった。「読んでくれます?」、「はい、いいですよ」。「どうでした?」、「よかったから、これ出します」、まことにシンプル。いい原稿と聞いたから読む。よい作品だったから出版する。編集者の仕事はそれなのだけれども、それをできる人がいませんでしたね。今でもいないかもしれない。そういう人だからこそ、新本格のムーヴメントは起こし得たと思う。

最初期の頃というのは、私も記憶が失われていたけれど、歌野君などは、これは私が宇山さんのところに原稿を持っていって、名前も付けて、それで世に出したのですね。

宇山…そうです。

島田…そのようなやり方に、だんだんになっていくのですね。私もたまたま巡り合わせ、居合わせたけれど、出版社のデスクについている人がもっと常識人であれば、とてもじゃないが駄目でした。私などがいくらいてもね。もしかしたら宇山さんだけでも駄目だったかもしれないが、たまたまこういう日本常識を知らない変なのが二人いて(笑)、日本の特殊で過剰な出版事情というものがあって、それが総合的によかった。

宇山…当時の部長なんか、ぼくのことを赤川次郎さんや内田康夫さんなどは担当できない。非常識で、わがままで、自分の世界に閉じこもっているタイプって、一種のオタクみたいにぼくのことを見ていて、いわゆるベストセラー作家の担当は無理だと思っていたけれども、「やったらやれるじゃない、宇山君」となって、ちょっと見直された時期でもあったし。

島田……いや、宇山さんは本当に好き嫌いがはっきりしている、嫌いとなったら鼻も引っかけない。だって一流商社の、名前は特に伏すけれども、某一流M物産に入って、入ったとたんに上司が気に入らないから一か月で退社したとか……。

宇山……いいえ、自分の机と仕事をもらった瞬間にやめようと思いましたが、結局二年弱かかりました。

島田……え、そんなにいたのですか。でも、そういう人はなかなかいないです。

宇山……そうですよね。

島田……そうですよ。

宇山……M物産は、入社すると、組合員になるのだけれども、ぼくは入らなかった。だから一万人ぐらいいた中で、たぶん一人だけ組合員じゃないという。辞めるつもりでいましたから。組合には入らないと言ったら、それがそのまま通って。だから組合員にならないで二年間過ごしましたね。それほど自由な会社ではあった。素敵な会社だったと思いますけどね。

島田……あるいは子供の頃、幼稚園の頃かな、好きな本を読みふけっていて、明け方五時くらいになると市電が走りだして、その音を聞いてから寝る幼稚園生だったって、これは本当ですか？

宇山……もしかしたら幼稚園以前のことかもしれません。

島田……親は心配したでしょうが。

宇山……けっこう早熟だったと思いますね。

これまでのことと、今後のこと

宇山……「新本格」というレッテルを付けたのは『水車館』からですが、今でもぼくが鮮烈に憶えているのは、「宇山日出臣」という名前も島田さんに付けていただいたこと。だからゴッドファーザーは島田さんです。これは綾辻さんがデビューした後に考えていただいた名前なのですが、「この名前にしたら、ミステリー・シーンを変えられるよ」、とその時おっしゃいました。

その頃、基本的にまだミステリーよりもSFの方にぼくの関心は向いていたのだけれども、島田さんの言葉を聞いた段階では、「え、このぼくに？」というような思いが強かった。今にして思うと、自慢めきますが、やはりミステリー・シーンを大きく変えることにあずかったなという。だからそれが島田さんの読みというのかな。

それから、講談社ノベルスの京大ミステリ研出身の新人への推薦文を読まれたら解るのだけれども、見事に今を言い当てている。我孫子さんの解説などを読んでいると、「綾辻、法月の二人は、これからのミステリーを背負っていくに違いない」という一文がしっかりと書いてある。歌野さんも入っていいました。この三人は将来、日本のミステリーを支えるべき才能だということをちゃんと、もうデビューの段階でお書きになっているのですね。

まったくその通りで、推理作家協会賞を見ていてもそうだし、本格ミステリ大賞を見ていてもそうだし。だからこの予言力、本当に巫女《みこ》というか、ぼくには預言者としか思えないのだけれども、そのへんの血、それは島田さんの中で、いったい何がそれだけのものを見通していたのかなと、神秘に近い、「まさか、そんな」ということが本当になってしまった。

島田……今はっきり言えることは、別に私にそういう力があるわけではないのですね。人間には一時期、そういうものが降臨する時っていうのがあるのですね。あの時私がいなければ、誰かほかの人にそれが降りていたろうと思う。

ですから私はあの時、スプーン曲げとか、預言者の気持ちが解りましたね。あるいは巷の神々の気持ちが解った。そして同時に、彼らの弱点も解った気がしたのですよ。解る時があるのです。でもまあ私なんかのレヴェルでは、ずっとは解らない。ランプが点るような感じが時にあるのです。もうこれ、言ってしまおうかなと思ったような時、ぱっとランプが点くような感じ、この時は言ってもいいんです。そのようなランプをもらった時期があります。

だからスプーン曲げの人も、神がかった人たちも、たぶん、ああいう感じの人たちなのだろうなと今は思う。キリストなどもね。むろん私なんかよりも、うんとそういう能力があるのだろうけど、もっとずっとあれが安定しているのでしょうけど。

私の経験では、解る時と解らない時があるのですよ。だからスプーン曲げの人も、そういった人たちも、力が来てない時は、来ているような顔をしていたのだろうと思う。だから、インチキもしなければいけなくなる。そういうのがちょっと解りましたね、あの時期ね。

だから、誰かがあれを言う必要があったのだろうなと。乱歩さん以降の流れの内でね。清張さんが出てきて、使命を果たしたのち、これは言っていいのかどうか解らないけど、綾辻君たちは、もうアンチ清張をはっきり言っていましたね。そういうふうに振り子が揺れる……、これを言ったのは高木彬光さんですが、高木先生にお会いしたおりに、「本格の興亡は、ちょうど振り子が揺れるようなものです」とそう言われた。

そういえばあの時、高木さんは、今の宇山さんとそっくりな話し方をしていて、あの人は当時脳梗塞をやられていて、言葉があまり流暢ではなかった。あの方は、もともと口角泡を飛ばす論客だったのですね。それが脳梗塞をやられて、回復期に鬱病が出て、どこかのエッセーに書きましたが、非常に寂しげな印象だったのですね。

その時彼が、本格のブームというものは、揺れる振り子のようなもので、必ず戻ってきますよ、ということを言われたのですね。しかし私は、むしろその時ぴんと来なかった。本当に戻るのかなと。

あの頃、私でさえ思うぐらいだから、まして社会派志向の人は、その百倍思っていたでしょう。私は双方が拮抗並立する時代が来る、また来させなければ、というくらいは思っていたが……

社会派志向の人たちは、未来永劫、社会派のみが進歩向上であり、文壇がもう一度探偵小説趣味になど戻るわけがない、と確信していた。

しかし綾辻君たちが出てきて、探偵趣味を極端なまでに標榜し、トリック発想を、抽斗の裏側まで探るようにして、追求していくことになった。私は、その頃にはもう少し冷静だったのです。両方ともやらなくてはと思っていた。でも清張の呪縛というまでの暴力性を壊していくためには、やはりそのぐらいの、綾辻君型の暴力性が必要だったのだろうと、今は思います。

しかし今、振り子はまた一方に振られすぎているかなと。今後、また社会派なりの台頭があればいいのですが。社会派でも何でもいいのです、人間ゲーム駒型発想以外の、本格寄りムーヴメントが再度起こってくれればいいのですが。残念ながら、続くものが今ちょっと育っていないような危機感はあります。

宇山…今、どうですか。本格のムーヴメント、ブームはもう過ぎ去って、今は衰退期、黄昏時だという声が聞こえたりしてきますが、どうでしょう。そういう感じがありますか？

確かに今、その後、新本格系列の目覚ましい才能がデビューしていない。京極夏彦さん、森博嗣さん以降、この人はというような。まだ執筆中ですが、乾敦、許光俊という尋常ならざる才能のデビューが間近です。乞うご期待です。

要するに、ミステリー・シーンって、一人スーパースターが出たら変わる。綾辻さんが出たことで、綾辻以前、綾辻以降というふうに分かれたぐらいに影響力があったわけですが、やはりそろそろ、またもう一人、次のスターが欲しい時期にきているのではないかと。

島田…そうでしょうね。森さんは完全に本格志向を持った人だったと思うのですが、京極さんは本格が至上、本格が自分の中心軸だと考える人ではないかもしれないですね。

宇山…ないと思います。そうじゃないです。

島田…彼のデビューの時はどんな様子でしたっけ？　私は島田さんがおられて……。

宇山…ぼくが部長になったばかりのことです。新しい部長の研修会というのをやるのですけど、原稿を読んだ唐木君に傑作だと言われて、親しくしていた綾辻さんや小野さんらに読んでもらったのです。そしたら、ホテルで研修中に綾辻さんから電話がかかってきて、「宇山さん、これは傑作ですよ」と言われた時はうれしかったなぁ。ぼく、部長になるつもりはなかったのに、なってしまったけれども、京極さんがいてくれたら二、三年はやっていけるなというふうに思わせてくれた、大変いいタイミングで京極さんのデビューがあった。だから本当に助かりましたね。

島田…あの時、推薦文を綾辻さんたち四人ぐらいでやっていたのでしたっけ？　三人かな。

宇山…綾辻さんと法月さん、竹本さんです。この三人の強力な推薦文なしで、普通の「新刊です」というかたちだったら、京極さんブームはちょっと時間がずれていたはずです。こんなに即刻、効果が出ることはなかっただろうと思うな。

島田…うん。

宇山…そういった意味でもついてる、ラッキーだったなと思いますね。最近、歳をとるとともに、世の中、決定論ではないかという思いにすごくかられて。綾辻さんのデビューの時にもう、それとちょっと似ていましたね。

島田…麻耶雄嵩さんの時も、天才登場か、というような感じがありました。あの時も、むろん彼は、紛れもなく才能がある人ですけど、京極さんは、またちょっと違ったんだな。ある種、本格とは異質感があって、それが逆によかった。

宇山…麻耶さんの『翼ある闇』の時に、ぼくは一番吊るしあげを食らいましたね。ただぼく自身、全く確信犯というか、自信があったし。「熟成させたら」という声もあったけれども、ぼくは若さが持っているあの危うさこそが彼の作品の魅力だ、と思うので、別に何を言われようとまったく動じなかった。

同人誌レヴェルとはぼくには思えなかった。やはりあれは傑作だったと思う。だからその証が今回の『神様ゲーム』。それから去年でいうと、なんだっけ……。ああ、『螢』ですね。『螢』と『神様ゲーム』で、「麻耶雄嵩、恐るべし」という定評が定着しつつある。だから島田・宇山コンビで作った本の作家は全員、今の時代を支えている。綸太郎君なんか、『生首に聞いてみろ』が年度ベストワンだったし。なんだか自慢していますね（笑）。ただ新本格のカバーデザインをすべてお願いしていた辰巳四郎さんが亡くなられたのは残念です。

島田…すごいですね。

宇山…ね。だから、寡作だった連中が、第一期の新本格の連中が、今、巻き返しに戻ってきて、続々新作を書いて、やはり一位になったり、世の中を騒がせるだけの力を持っていたことを明かしはじめたと、ぼくは思いますね。

島田……もう若手ではなくなってね、成熟期に入っていますし。麻耶雄嵩君の時は、ある友人の作家が私のところに電話をかけてきて、開口一番に、「あんたが一番悪い！」と言われましたよ（笑）。

あと、さっきの久世さんの「信用組合の信用なのだ」みたいな、いまだに憶えている抗議の言葉、いくつかありますね。『十角館』の時だったか、綾辻さんへの推薦文の中で、「これからの新しい本格ブームへの、皮切りの一編となる」、というようなことを書いたと思うのですが、「『皮切りの一編となる』とまで島田が持ちあげる『十角館』——！」みたいな、ちょっとからかった評論もあったな。これはもう、ただそう書くだけで、確実にあきれと笑いが取れるという、そういう空気の時代だった。

麻耶君の『翼ある闇』の推薦文の時は、「本格の新人を三島由紀夫と同列で論じ——」というような、これもまた、あきれ返りを表明する評論が出ました。私はそういう書き方はしていないと思ったのですが。

だがそんなのはまだいいな。名前は特に伏すけど、「島田は、こんな程度の新人を推薦するという詐欺師まがいの誤りを犯した、ゆえに彼の作品評価は、今後常に一定量の減点をされてしかるべきだ」、と宣告した硬派評論家もいたっけ。この手、当時けっこう何人もいました。

さらには、不買運動提起まがいのことを言いだす人もいた。まあ、いろいろとあったな。もう忘れちゃったけど、あの頃はみな、なかなか殺気だっていましたね。

宇山……本当にリングに上がって、心と、体をかけてガードしていただいたなという思いが強いですね。

二〇〇六年一月十九日、収録

宇山 日出臣（うやま ひでおみ）
元講談社文芸図書第三出版部編集者。綾辻行人、歌野晶吾、法月綸太郎といった若い作家をデビューさせた、新本格の仕掛け人。二〇〇三年、「ミステリーランド」を立ち上げる。

島田荘司全集 II

［収録予定作品］

寝台特急「はやぶさ」1/60秒の壁
嘘でもいいから殺人事件
出雲伝説7/8の殺人
漱石と倫敦ミイラ殺人事件

表紙◉石塚桜子（いしづか さくらこ）一九七五年生まれ。（財）佐藤国際文化育英財団第7期奨学生。東京造形大卒。無所属。個展5回、グループ展8回。